Zu diesem Buch

«Die Welt hinter der Welt sichtbar machen, das ist nicht nur das Programm eines Fotografen, der Nádas einmal war, das ist auch ein Credo des Schreibens. Nicht um das bloß Naturalistische der Mienen und Gesten geht es dabei. Im ‹Buch der Erinnerung› geht es um die Entwicklungsprozesse bei der Entstehung von Bildern angesichts der Bilder. Von innen sehen, von außen betrachten, Perspektivwechsel der Räume und Blicke, kaleidoskophafte Verdrehungen von Ort und Zeit, das sind einige Kunststücke, die Nádas mühelos beherrscht... Die große Politik wird in kleine Evidenzen übersetzt. Die öffentliche Herrschaft findet ihren Nachhall im Familienleben... Nádas' Roman ist eine große Erfahrungskunde. Sie erzieht zur Schärfung der Sinne, die in sich Welt aufnehmen.» (Karsten Witte im NDR)

Péter Nádas, geboren 1942 in Budapest, wurde im Alter von sechzehn Jahren Waise. Er machte eine Fotolehre. Ein späteres Chemie-Studium brach er ab und arbeitete als Fotoreporter und Journalist. 1967 veröffentlichte er einen ersten Band mit Erzählungen. Heute gehört er zu den wichtigsten ungarischen Schriftstellern. 1992 erhielt er den Kossuth-Preis, die höchste ungarische Auszeichnung für Kunst und Literatur. Im Rowohlt · Berlin Verlag ist der Band «Von der himmlischen und der irdischen Liebe» erschienen und sein Begleitessay zum «Buch der Erinnerung», das mit dem österreichischen Großen Staatspreis für Europäische Literatur ausgezeichnet wurde. In der Reihe der rororo-Taschenbücher liegt ferner «Ende eines Familienromans» (Nr. 13310) vor. Péter Nádas lebt in Budapest und Gombosszeg.

Péter Nádas

Buch der Erinnerung

Roman

Aus dem Ungarischen
von Hildegard Grosche

rororo
Rowohlt

Lektorat Ingrid Krüger
Redaktion Christiane Böhler
Die Übersetzung dieses Buches wurde gefördert
vom Deutschen Literaturfonds e.V.
und dem Künstlerprogramm des DAAD

Veröffentlicht im Rowohlt Taschenbuch Verlag GmbH,
Reinbek bei Hamburg, Februar 1994

Die Originalausgabe erschien 1986 unter dem Titel
«Emlékiratok könyve»
bei Szépirodalmi Könyvkiadó, Budapest

Umschlaggestaltung Walter Hellmann
Gesetzt aus der Linotype Walbaum
bei Utesch Satztechnik GmbH, Hamburg
Gedruckt und gebunden bei Clausen & Bosse, Leck
Printed in Germany
2490-ISBN 3 499 13383 0

Buch
der Erinnerung

Es ist mir eine angenehme Pflicht, zu erklären, daß ich hier nicht meine eigenen Memoiren niedergeschrieben habe. «Buch der Erinnerung» ist ein Roman. Es war meine Absicht, Geschichten zu erzählen, ein wenig wie Plutarch, parallele Erinnerungen verschiedener Personen zu verschiedenen Zeiten. Und die verschiedenen Personen wären naturgemäß alle ich, ohne daß ich es wirklich wäre.

Alle Personen, Namen, Orte und Begebenheiten, die in diesem Buch vorkommen, sind also nicht als wirkliche zu betrachten, sondern als romanhafte Endprodukte schriftstellerischer Intention und Phantasie. Ähnlichkeiten mit wirklichen Personen und Begebenheiten wären rein zufällig.

P. N.

Er aber redete vom Tempel seines Leibes.
Johannes 2, 21

Die Schönheiten meiner Regelwidrigkeit

Meine letzte Berliner Wohnung hatte ich bei den Kühnerts, draußen in Schöneweide, im ersten Stock einer von wildem Wein bewachsenen Villa.

Die Weinblätter röteten sich schon, die schwarz gewordenen Früchte wurden von Vögeln heimgesucht, es war Herbst.

Kein Wunder, daß ich mich jetzt daran erinnere, drei Jahre sind seither vergangen, dreimal wurde es Herbst, und ich werde nie mehr nach Berlin fahren, ich wüßte nicht, zu wem, ich wüßte nicht, warum, deshalb schreibe ich auch, daß es meine letzte Berliner Wohnung war, ich weiß es.

Ich wollte, daß es die letzte sei, und auch unabhängig von meinem Willen hat es sich so gefügt, oder es ist so geworden, wie auch immer, jetzt tröste ich mich, während ich meinen lästigen Herbstschnupfen kuriere und mein Hirn zu nichts anderem fähig ist, aber auch in diesem rotzigen Zustand um die wesentlichen Dinge kreist, daß ich mir die Berliner Herbsttage in Erinnerung bringe.

Nicht, daß man auch nur irgend etwas vergessen könnte.

Natürlich weiß ich nicht, wen außer mir selbst das interessieren könnte.

Zum Beispiel jene Wohnung in der Steffelbauerstraße, dort im ersten Stock.

Reisenotizen nämlich will ich nicht schreiben, kann nur beschreiben, was zu mir gehört, sagen wir, die Geschichte meiner Liebesbeziehungen, vielleicht aber nicht einmal das, da ich mir nicht so weit vertraue, um hoffen zu können, ich sei imstande, von wesentlicheren Ereignissen zu reden als von

Ereignissen persönlichen Zusammenhangs, um so weniger, als ich nicht glaube, daß es bedeutendere Zusammenhänge geben könnte, als es die an und für sich ganz unwesentlichen und uninteressanten persönlichen sind, genauer gesagt, weiß ich nicht, ob es sie gibt, und daher glaube ich es nicht, also finde ich mich gleich damit ab, mit allem finde ich mich bereitwillig ab, mag das Geschriebene hier eine Art Erinnerung oder eine Rückschau werden, irgend etwas, was mit den Schmerzen und der Lust des Heraufbeschwörens verknüpft ist, etwas, was man eigentlich in seinen alten Tagen schreibt, ein Vorgriff auf das, was ich in vierzig Jahren fühlen werde, falls ich die Dreiundsiebzig erleben und dann noch fähig sein sollte, mich zu erinnern.

Der Schnupfen holt jetzt alles deutlich heran, es wäre schade, die Gelegenheit verstreichen zu lassen.

Ich könnte zum Beispiel erzählen, daß zu den Kühnerts in die Steffelbauerstraße, in jenen südlichen Bezirk Berlins, der Schöneweide, also die *schöne Weide* heißt und vom Herzen der Stadt, dem Alexanderplatz, ungefähr dreißig Minuten oder, wenn man den immer pünktlichen Anschluß verpaßt und im Regen warten muß, vierzig Minuten bis zu einer Stunde entfernt liegt, mich Thea Sandstuhl gebracht hat, ja, es war Thea.

Diese Wohnung hatte sie für mich besorgt, genauer gesagt, sie hatte sie organisiert.

Natürlich, auch sie ist mir in diesen Schnupfentagen wieder eingefallen, aber merkwürdigerweise nicht mit den auffälligen Zeichen, durch die sie ihre Eigenart so herausfordernd betonte, ihrem roten Pullover und dem weichen roten Mantel, dem unendlich vielen Rot, das sie immer an sich trug, es waren auch nicht die Falten in ihrem Mädchengesicht, diese blassen, nervös bebenden Furchen, die sie zwar nicht zu verleugnen suchte, aber doch nur mit einer gewissen Verkrampftheit ertrug, was sich vielleicht am deutlichsten in der steifen Haltung ihres Nackens ausdrückte, irgendwie schien sie den Hals immer nach vorn zu strecken, als wolle sie sagen, bitte, hier ist mein Gesicht, so alt und häßlich bin ich geworden, seht nur genau her! obwohl ich auch einmal jung und schön gewesen bin, lacht nur! freilich wäre das niemandem eingefallen, da sie keineswegs häßlich war, aber vielleicht lag ja gerade in dieser Verkrampftheit wegen ihrer Falten die Ursache für ihre unglückliche Liebe; doch nicht das war es, was mir jetzt einfiel, und auch nicht, wie sie in ihrem Zimmer mit den weißen Musselinvorhängen, mit dem roten Teppich in dem roten Sessel saß, eher erinnere ich mich an ihr Lachen und ihr Weinen, die großen, nikotingelben Pferdezähne, aber nicht an ihr Lachen und Weinen auf der Bühne, das kaum dem natürlichen ähnelte, an ihre Anfälle von Bosheit, bei denen ihre Augen sich spöttisch verengten und die trockene Haut sich über ihrem Kinn spannte; und der Baum im Hof der Synagoge an der Rykestraße fällt mir ein, diese dürre Akazie gehörte irgendwie auch zu ihr, an den Stamm war ein Schild genagelt, daß es verboten sei, auf den Baum zu klettern, aber wer hätte denn, dreißig Jahre nach dem Krieg, an einem Freitagabend im Hof einer Alt-Berliner Synagoge auf einen Baum klettern wollen? wer sollte hier auf so etwas Lust haben? und während die langen Schatten der Juden aus dem beleuchteten Tempel in das goldene Licht des Hofes fielen, sagte ich zu ihr, daß ich Fieber hätte, und sie strich mir mit der Hand mütterlich über die Stirn, aber ihrem Gesicht sah ich es an, mein Gesicht spürte es, daß sie weniger mein Fieber kontrollieren als meine Haut, die noch jung und faltenlos war, genießen wollte.

Und vielleicht deswegen steht hier, am Anfang, die überflüssige Entschuldigung, daß das Folgende keine Reisebeschreibung sein kann und sein soll, denn ich will nicht mit Arno Sandstuhl, Theas Mann, der so etwas wie ein Reiseschriftsteller ist, verglichen oder in Verbindung gebracht werden, obwohl ich weiß, daß die ausgeprägte Verachtung für Arnos unschuldige Leidenschaft, in ferne Gegenden zu reisen und anschließend seine Erlebnisse niederzuschreiben, meiner Eifersucht zuzuschreiben und keineswegs begründet war, zweifellos hatte aber gerade dieser Umstand meinen Argwohn erregt, denn von dort aus können tatsächlich nur wenige solche Reisen machen, so etwas wie Reiselust kennt man dort wirklich nur vom Hörensagen, aber er, die große Ausnahme, war, wenn ich mich recht erinnere, schon in Tibet und sogar in Afrika gewesen, und dennoch muß ich eher annehmen, daß meine unbegründete Antipathie nicht durch diesen flüchtigen Argwohn, nicht durch Verachtung und nicht einmal durch Eifersucht ausgelöst wurde, sondern durch Theas zweideutiges Verhalten, mit dem sie, natürlich ohne Absicht, auf eines der geheimen Kapitel meines Lebens abzielte.

Als wir sie das erste Mal besuchten – sie wohnten wiederum in einer anderen Gegend, ebenfalls ziemlich weit draußen, ich glaube irgendwo in der Nähe von Lichtenberg, aber ich weiß es nicht genau, denn wenn wir gemeinsam unterwegs waren, verließ ich mich, seit ich ihn kennengelernt hatte, immer auf Melchiors Ortskenntnis, ich sah nichts anderes als sein Gesicht, dieses Gesicht, das sich in meines einnistete, und meine Aufmerksamkeit reichte wirklich nicht aus, um auf solche Nebensächlichkeiten wie die Richtung, in die wir fuhren, zu achten, er sah mich an und ich ihn, während wir fuhren; aber das letzte Mal traf ich Thea zufällig in der S-Bahn, damals war Melchior schon aus Berlin verschwunden, und auch Thea war allein geblieben, nachdem Arno von ihr weggezogen war, an der Endstation Friedrichstraße stießen wir aufeinander, ein paar Minuten vor Mitternacht, «mein Wagen ist schon wieder im Eimer», sagte sie, als wolle sie sich rechtfertigen, ich kam aus dem Theater, und wir trennten uns erst am Ostkreuz, weil ich dort in Richtung Schöneweide umsteigen mußte, ich wohnte immer noch bei den Kühnerts, und sie fuhr weiter, nach Hause, daraus schließe ich, daß ihre Wohnung irgendwo in der Gegend von Lichtenberg lag, als wir sie an einem Sonntagnachmittag zum erstenmal besuchten und ich mich mit Arno unterhielt, wie es zwei Schriftsteller unter sich tun, bedächtig, ernsthaft und langweilig.

Das war Theas zweideutigem Verhalten zu verdanken, denn sie hatte die Situation dadurch so steif und feierlich werden lassen, daß sie, als Arno mit einer gewissen Verspätung ins Zimmer trat und ich mich aus dem Sessel erhob, uns beide an den Ellbogen faßte und damit verhinderte, daß wir uns die Hände reichten; und als wollte sie uns bedeuten, daß sie das Bindeglied zwischen uns sei, daß wir aber auch unabhängig davon zusammengehörten, sagte sie, «die beiden an einer schöpferischen Krise leidenden Schriftsteller», auf eine vertrauliche Bemerkung von mir anspielend, noch wichtiger als der verhinderte Händedruck schien ihr diese Gemeinsamkeit, denn dieser Satz verriet mir Arnos Qualen und ihm die meinen, aber mit diesem doppelten, schamlosen Verrat wollte sie Arno durch mich, mit mir helfen, so sollte die Zusammengehörigkeit von uns dreien besiegelt und wir beide unter einen Hut gebracht werden; wir sahen einander nicht in die Augen, weil kein Mensch es liebt, wenn man ihn, und sei es in bester Absicht, zu durchschauen vorgibt und ihm ein Spiegelbild zeigt, dem er weder ähnlich sieht noch ähnlich sehen will.

Diese Situation war mir gut bekannt, wofür die beiden freilich nichts konnten.

Und Melchior hinter unserem Rücken lachte, die beiden tölpelhaften Schriftsteller mochten wirklich einen erheiternden Anblick bieten, und in meiner Not, vielleicht auch vor Zorn dachte ich in jenem Augenblick, daß Arno die Weltreisen genehmigt bekäme, weil er ein berufsmäßiger Agent sei, ein Spitzel, ein Spion, durchaus möglich, dachte ich damals, daß er etwas Ähnliches von mir denkt, nein, das macht überhaupt nichts, daß ich so etwas von ihm denke, denn er weiß ja auch von mir, was ich gern verheimlichen möchte; Melchior hatte seine Blicke vor Thea wahrhaftig nicht beherrscht, und was ein Geheimnis bleiben sollte, daß wir nämlich nicht einfach Freunde, sondern Liebende waren, das war auch ihm gewiß nicht verborgen geblieben.

Außerdem mußte ich ihm einfach einen gewissen Respekt entgegenbringen, zum einen weil Arno um einiges älter als ich war, etwa fünfzig, zum anderen weil ich keine Ahnung hatte, was er schrieb, ich wußte nur, daß es Reisebücher waren und daß sie in Auflagen von Hunderttausenden erschienen, was ja nicht unbedingt ausschloß, daß es möglicherweise Meisterwerke waren, warum nicht, daher lag es nahe, meine

Vorsicht hinter respektvoller Höflichkeit zu verbergen, aber diese wechselseitige Rücksichtnahme machte uns beide verlegen, während Thea wie eine Beamtin an ihrem freien Sonntag den Kaffeetisch deckte und Melchior mit ihr im Flüsterton über mich sprach.

Dabei tat Arno wirklich alles, um der ihm aufgedrängten Rolle perfekt gerecht zu werden, und in seinen Fragen, in welche Richtung meine Theaterstudien denn gingen, was für Novellen ich schrieb, spürte ich sogar etwas wie männlichen Charme, die Verlegenheit des Stärkeren, ja, mit einer seiner Bemerkungen schien er mir sogar ritterlich einen Fluchtweg anzubieten, denn er gab mir zu verstehen, daß er den Dingen keineswegs auf den Grund gehen wolle, «gewiß nicht, nur beiläufig, anders läßt sich darüber ja gar nicht reden, ich denke nicht an einen Inhalt, nur so andeutungsweise», sagte er und lächelte, wobei die kleinen Falten um seinen Mund anzeigten, daß sich seine Gedanken nur selten in ein Lächeln auflösten und er eine eher grüblerische Natur war, daher schaute er seinem Gegenüber auch nicht direkt in die Augen, als schäme er sich einer Sache, als verberge er vielleicht sogar etwas.

Während ich antwortete, sah er mir plötzlich doch in die Augen, und obwohl sein Interesse nicht dem galt, was ich zu sagen versuchte, war es doch aufrichtig, das hätte ich würdigen müssen, denn wenn ein Blick die Zusammenhänge hinter unseren Worten zu ergründen sucht, beispielsweise begierig, herauszufinden, welche Beziehung meine schriftstellerischen Bemühungen zu der Tatsache haben, daß ich, ein Mann, in einen anderen Mann verliebt bin, und so etwas beschäftigte ihn meiner Ansicht nach, während ich redete, wenn also die Aufmerksamkeit, losgelöst von Überlegungen, bemüht ist, die Gefühle im Gegenüber zu ertasten, dann sollte einem dieser Augenblick bedeutsam genug sein.

Ich wußte, daß ich in einem anderen Zimmer schon einmal genauso gestanden hatte, einem Manne völlig ausgeliefert, aber Arno, der sonst anscheinend alle Verrücktheiten Theas duldete, schien jetzt diese uns beiden widerstrebende Rolle, die Thea uns aufgezwungen hatte, nicht zu akzeptieren, das war seinen schönen tiefbraunen Augen anzusehen, ich dagegen war mit meinen Gedanken beschäftigt und achtete mehr auf das, was Melchior Thea über mich zuflüsterte, als darauf, was ich Arno über meine eigene schriftstellerische Arbeit sagte, darum merkte ich nicht, daß wir uns jetzt endlich hätten frei fühlen können, sein Blick wurde kindlich, neugierig, begierig, offen, und mit wohlüberlegten Worten oder auch wortlos hätte unsere Unterhaltung nicht nur angenehm, sondern vielleicht sogar inhaltsreich werden können, das machte ich mir nicht bewußt, ich reagierte nicht auf den Blick; am Ende meines Berichts angekommen, versäumte ich daher die richtige Frage, ich wollte zwar höflich sein, doch aus Bequemlichkeit stellte ich ihm die gleiche Frage, die er an mich gerichtet hatte, und bemerkte die rüde Gleichgültigkeit, die in dieser Wiederholung steckte, erst, als sein Blick plötzlich fortglitt, er seine Hände an die Schläfen hob und mit einer seltsamen Geste, als wolle er sich selber Eselsohren drehen, abwinkte.

Diese Geste sollte freilich weder Leidenschaft noch Geringschätzung für seine Arbeit ausdrücken, sie drückte vielmehr Erstaunen, Verlegenheit, ja Kränkung und den Verzicht aus, jemals verstanden zu werden, «oh, ich bin bloß so ein Bergsteiger», besagte sie, und in der Tat war es so eine Bergsteigergeste, mit der man die Frage, wie die Tour gewesen war und ob das Wetter gut gewesen sei, abzuwehren pflegt, wie soll die Tour schon gewesen sein und das Wetter?

Er antwortete auch, natürlich, schließlich hatte er jene gutbürgerliche Erziehung genossen, die einen lehrt, Augenblicke der Unaufmerksamkeit, der Verwirrung, ja des Hasses mit gleichgültigem Gerede zu überbrücken, er sprach, wie es gebürtige Berliner tun, als spülte er seine Worte im Mund; aber selbst wenn ich zu irgendeiner Aufmerksamkeit fähig gewesen wäre – Melchior flüsterte Thea eben zu, was ich zum Mittagessen gekocht hatte – und wenn ich verstanden hätte, was Arno sagte: durch seine Körperhaltung, seinen gekrümmten Rücken drückte er unmißverständlich aus, daß es gar nichts Interessantes sei, daß er bloß rede, um der Konvention zu genügen, sogar seine Stimme entglitt mir, zum einen weil ich Melchior wegen seiner intimen Mitteilungen grollte und ihm auf irgendeine Weise bedeuten wollte, daß er endlich den Mund halten solle! zum anderen weil ich daraufgekommen war, oder glaubte, daraufgekommen zu sein, woher ich dieses sauber gefurchte, sprechende Gesicht kannte; es hätte das Gesicht meines Großvaters sein können, wenn mein Großvater als Deutscher geboren wäre; Ernst, Geduld, humorloses Selbstbewußtsein, ein Demokratengesicht, falls es so etwas gibt, und so kam mir nicht nur der Sinn seiner Worte abhanden, sondern auch der Klang seiner Stimme, wie eine leere Hülse stand er vor mir, und ich konnte nichts weiter wahrnehmen, als daß er mich noch immer genau beobachtete, aufpaßte, um nichts zu sagen, was interessant sein könnte, damit er mich nicht durch etwas in Verlegenheit brächte, worauf ich hätte achtgeben müssen, und noch bevor Thea fertig gedeckt hatte, ließ er mich einfach stehen; da stand ich, halb an den Sessel gelehnt, ein wenig wippend, und er ging, sich entschuldigend, rasch in sein Zimmer zurück.

Schön, wie sich die Herbstbilder übereinanderlegen.

Nie habe ich einsamere Erfahrungen gemacht.

Erfahrungen, die zwar auch mit meiner Vergangenheit zusammenhingen, doch die Vergangenheit war nur ein entfernter Hinweis, ein Hinweis auf meine eigenen unbedeutenden Leiden, und ebenso ohne Erdkontakt, schwebend wie jeder gelebte Augenblick, den ich Gegenwart nannte, nichts als die Erinnerung an den Duft und das Aroma einer Welt, der ich nicht mehr angehörte, ich könnte sie auch meine verlassene Heimat nennen, die ich umsonst, wahrhaft umsonst verlassen hatte, weil mich auch hier niemand und nichts band, weil ich auch hier fremd war, und das einzige menschliche Wesen, das ich liebe, Melchior, umsonst hier war, auch er konnte mich nicht daran gewöhnen, hier zu sein, ich war verloren, ich existierte nicht, alle meine Knochen und Knorpel waren zu Gallert geworden, und doch, obwohl ich das Gefühl hatte, von allem losgerissen zu sein und nirgendwo hinzugehören, blieb mir die Empfindung meiner selbst, vielleicht wie die einer

Kröte; wie der schleimige Leib einer Schnecke an die Erde geschmiegt, beobachtete ich reglos meine Nichtigkeit, nichts geschah mit mir, auch wenn in diesem Nichts schon meine Zukunft enthalten war und der aufeinanderfolgenden Herbste wegen auch schon etwas von meiner Vergangenheit.

Und das hätte ich in jenem Herbst, im Hinterzimmer der Wohnung in der Steffelbauerstraße, mit den zwei Ahornbäumen vor meinem Fenster, noch raschelnd und grün, und den Spatzen, die über dem Fensterrahmen in der Höhle des fehlenden Ziegels nisteten, nicht nur fühlen, sondern auch erkennen müssen, aber ich gab nicht auf und hoffte, daß ich einen besonderen, einen ganz außergewöhnlichen, einen nur mich angehenden Zusammenhang entdecken würde, daß sich eine Situation, irgend etwas, eine Stimmung, vielleicht sogar eine Tragödie, ergeben würde, durch die ich in diesem konturlosen Nichts zu einer Deutung meiner selbst käme, daß sich etwas finden würde, das zu retten sei, etwas, das einen Sinn ergäbe und das auch mich erretten, aus dieser animalischen Existenz befreien könnte, aber nicht in meiner mich tödlich langweilenden Vergangenheit, weil unwillkommene Erinnerungen einen üblen Geschmack hinterlassen, und auch nicht in der Zukunft, denn ich hatte Angst und hatte es mir längst abgewöhnt, auch nur den nächsten Augenblick zu planen, nein, jetzt wartete ich auf eine Offenbarung, eine Erlösung, und ich muß gestehen, ich wußte damals noch nicht, daß es schon genügt, das Nichts zu kennen, das aber gründlich.

Thea hatte mich mit ihrem Wagen dorthin gebracht, in diese Wohnung – Frau Kühnert war ihre Freundin, und dort war ich viel allein.

Man könnte sogar sagen, daß ich immer allein war; so hatte ich die Einsamkeit einer fremden Wohnung noch nie erlebt, die glänzend polierten Möbel, die Sonne, die durch die Ritzen der zugezogenen Vorhänge hereinschien, den hellen Streifen auf dem Teppich, den Glanz des Fußbodens, sein Knarren, und die Wärme des Ofens, diese Wärme, die auf den Abend wartete, darauf, daß die Bewohner heimkehrten und den Fernsehapparat einschalteten.

Das Haus war ruhig und nur wenig vornehmer als die schmutzigen Häuser am Prenzlauer Berg, «graue Vögel, alte Berliner Hinterhöfe», wie Melchior sie in einem seiner Gedichte beschrieb, aber auch hier gab es die gedrechselten, taubengrau gestrichenen Holzgeländer wie an den übrigen Schauplätzen meines Berliner Lebens, wie in der Chausseestraße und am Wörther Platz, auch hier die mit dunklem Linoleum bedeckte Holztreppe, den Desinfektionsgeruch des Bohnerwachses, die bunten bleiverglasten Fenster auf den Absätzen des Treppenhauses, nur die Hälfte davon mit den wuchernden stilisierten Blumen der Jahrhundertwende im Original erhalten, die andere Hälfte war Ersatz, trübes Preßglas, so daß immer dieses ärmliche Halbdunkel herrschte, wie schon im Haus in der Stargarder Straße, wo ich am längsten gewohnt hatte, und dort hatte ich auch Zeit genug gehabt, mich daran zu gewöhnen, daß ein Treppenhaus nun mal nicht anders ist; trotzdem war es mir immer noch nicht so vertraut, wie es ein beliebiges Budapester Haus gewesen wäre, es fehlte ihm an Vergangenheit, auch wenn sich diese Vergangenheit auf verschiedenste Weise zeigte, ich bemühte mich, die Zeichen zu verstehen, und obwohl ich wußte, daß Melchior mir durch dieses Spiel nicht vertrauter wurde, stellte ich mir, wenn ich nachmittags nach Hause kam, an meiner Statt im Treppenhaus einen jungen Mann vor, der eines schönen, längst vergangenen Tages nach Berlin gekommen war, und dieser Mann war Melchiors Großvater, er wurde der Held meiner von Tag zu Tag komplexer wuchernden Geschichte; er war es, der diese im gedämpften Licht der Hinterhöfe aufleuchtenden Glasblumen noch unversehrt neu hätte sehen können, wenn er dieses Haus samt seiner Geometrie gekannt und dessen Vergangenheit als Gegenwart erlebt hätte.

Unten, in der dunklen Toreinfahrt, mußte man sogar tagsüber auf jenen rotleuchtenden Knopf drücken, der die schwache Hausflurbeleuchtung gerade so lange einschaltete, bis der erste Treppenabsatz erreicht war, dann mußte man erneut drücken, manchmal ging ich aber im Dunkeln hinauf, denn das Licht des auch am Tage leuchtenden Knöpfchens erschien mir nachts wie das Feuer eines Leuchtturms in der Weite des offenen Meeres, und diesen Anblick liebte ich so sehr, daß ich den Knopf nicht drückte, das Treppenhaus also im Dunkeln blieb, und obwohl ich die Anzahl der Stufen nicht wußte, meldeten sie sich doch zuverlässig mit ihrem Knarren, an den Treppenabsätzen orientierte mich der rote Knopf, und so verfehlte ich die Stufen nur ganz selten.

In dem Haus am Wörther Platz, in dem Melchior wohnte, machte ich es genauso, fast jeden Abend ging ich die Treppe hinauf, von der biederen Frau Hübner im zweiten Stock durch den Türspion beobachtet, wozu sie angeblich einen hohen Stuhl benutzte, doch wenn ich im Dunkeln nach oben ging, konnte sie nicht sehen, wann ich vorbeiging, sie konnte nur hören, daß jemand kam, und öffnete die Tür entweder zu spät oder zu früh.

Im Haus in der Steffelbauerstraße war die Treppenbeleuchtung schlecht, sie funktionierte nur, solange jemand auf den Knopf drückte, und wenn ich mich abends anschickte fortzugehen und Frau Kühnert gerade in der Küche war, kam sie jedesmal heraus, sosehr ich mich auch bemühte, mein Zimmer unbemerkt zu verlassen, damit ich nicht im Dunkeln tappte, denn es störte mich doch einigermaßen, daß sie Thea, die alles über Melchior wissen wollte, über jeden Schritt, den ich tat, getreulich unterrichtete – nach einiger Zeit hatte ich sogar die Zwangsvorstellung, daß auch Frau Hübner für sie arbeitete – und dennoch gelang es mir fast nie, mich vorsichtig genug zu bewegen, «mein Herr, ich bin doch da, ich mache Ihnen gern Licht», und schon kam sie aus der Küche gelaufen und drückte auf den Knopf, bis ich im Erdgeschoß angekommen war, «danke» hinaufrief und dabei denken mußte, daß dort im zweiten Stock Frau Hübner mich bereits erwartete und ich auch sie in dem Licht, das aus ihrer Wohnung herausfiel, höflich zu grüßen hätte; doch wenn ich einmal nachts nach Hause kam und von der Straße kein Licht hereinsikkerte, mußte ich jede Stufe einzeln ertasten oder beim verlöschenden Licht eines Streichholzes aufpassen, wohin ich trat, denn dann war sogar der rotglühende Punkt erloschen, so daß ich mich nicht mehr orientieren konnte und fürchten mußte, mit etwas Lebendigem zusammenzustoßen.

Melchior kannte dieses Haus nicht.

Auch das Haus in der Stargarder Straße hatte er nie betreten, denn wir versteckten uns, besser gesagt, wir vermieden jedes Aufsehen, worin ich übrigens eine ausgezeichnete Übung hatte, es fiel mir nicht schwer, aber auch das wies in unangenehmer Weise auf meine Vergangenheit hin; nur einmal, an einem Sonntagnachmittag, als die Stargarder Straße vollkommen leer war, hinter den Gardinen aber jemand versteckt sein konnte, an einem dunkelgrauen Novembertag, an dem alle Welt zu Hause saß und vor dem Fernsehapparat Kaffee trank, hatten wir das Gefühl, uns nicht trennen zu können, und eigentlich hätten wir uns gar nicht trennen müssen, wir hätten beieinander bleiben können, nur daß wir schon drei Tage zusammen waren und der Dunstkreis um uns, der alles andere ausschloß, immer dichter wurde; wir mußten einmal ausbrechen, mußten uns trennen, um wenigstens einen einzigen Abend allein zu sein, auch hätte ich gerne gebadet, denn in Melchiors Wohnung gab es kein Badezimmer, man mußte sich in einer Waschschüssel oder einfach unter dem Wasserhahn in der Küche waschen, ich fühlte mich schmutzig, wollte wenigstens den Nachmittag und Abend allein sein, einmal Atem holen und dann vielleicht noch vor Mitternacht auf die Straße hinuntergehen und ihn anrufen, an die kalte Scheibe gelehnt, seine Stimme hören, um dann vielleicht doch noch zu ihm zurückzukehren; anfangs wollte er mich nur bis ans Ende der Dimitroffstraße begleiten, um unter der Hochbahn, wo auch um diese Zeit der Kiosk noch offen war, Zigaretten zu kaufen, aber wir konnten uns immer noch nicht trennen, obwohl wir uns an jeder Ecke verabschieden wollten; mal sagte er, daß er mich noch bis zur nächsten Ecke begleiten würde, mal bat ich ihn darum; an den Händen wollten wir uns nicht halten, das wäre lächerlich gewesen, feige und linkisch, aber irgend etwas mußten wir tun, wir sahen uns nicht an, bis er mir auf einmal doch die Hand entgegenstreckte, und weil wir irgend etwas voneinander fühlen wollten, faßten wir uns an den Händen, niemand kam, aber es war nicht gut so, ich wollte ihn küssen, dort vor dem Haus, am hellen Nachmittag.

Auch das Haus in der Chausseestraße kannte er nur von außen.

Es war an einem Sonntagabend.

Von der Straßenbahn aus zeigte ich ihm das Fenster, wir waren auf dem Weg ins Theater, und auf der menschenleeren Plattform erzählte er mit leiser Stimme vom Berliner Aufstand und ich vom Aufstand in Budapest, seine Sätze wechselten mit meinen ab, er blickte zwar hin, aber seinem Gesicht war nicht anzumerken, ob er es überhaupt wahrnahm, er sprach einfach weiter, während es mir damals sehr wichtig erschien, daß er wenigstens das Haus kannte, wenn schon nicht das Zimmer, mein erstes Zimmer in Berlin, das, ohne daß er es wissen konnte, auch in seinem Leben eine wichtige Rolle gespielt hatte, doch obwohl Melchior meine Vergangenheit nicht gleichgültig war, verschloß er sich gegen sie, etwas anderes konnte er nicht tun.

Ich wohnte schon den zweiten Monat in der Steffelbauerstraße, ich hatte mich an die Wohnung gewöhnt und liebte sie sogar in gewisser Weise, als eines Morgens Frau Kühnert, während sie das Feuer anzündete, sagte, daß die Elektriker im Laufe des Vormittags kommen würden, um die Beleuchtung im Treppenhaus zu reparieren, sie würden sicher nach ihr fragen, aber sie könne nicht zu Hause bleiben, ich sei doch zu Hause, ob ich wohl zu Hause sein würde? «Ja», antwortete ich aus dem Bett, während Frau Kühnert vor dem Ofen kniete und wie immer, wenn sie eine Hausarbeit verrichtete, vor sich hin summte; ich war ja meistens zu Hause, ausgenommen an den Abenden; da sie die Vertrauensperson des Hauses sei, sagte Frau Kühnert, würde man nach ihr fragen, und dann sollte ich sagen, daß sie nicht zu Hause bleiben konnte, «wie die sich das vorstellen, das wär ja noch schöner», aber ich sollte ihnen erklären, worum es ginge, wo der Fehler lag, und sollte sie nicht fortlassen, «die Schufte», ehe sie alles repariert hätten.

Ich war den ganzen Vormittag zu Hause und wartete auf

Melchiors Anruf, denn wir hatten damals nur noch wenige Tage vor uns, aber er rief nicht an, und die Monteure kamen auch nicht.

Wenn er angerufen hätte – draußen ein wolkenloser Himmel, die Sonne schien und ringsum tiefe Stille; morgens wurde nur das Wohnzimmer, das in der Mitte der Wohnung lag, geheizt, die Nächte waren kalt, weil es manchmal schon fror, ja, und auch mein Zimmer wurde geheizt; vom Flur aus kam man ins Eßzimmer, und von dort betrat man das Wohnzimmer, mein Zimmer befand sich im entgegengesetzten Flügel der Wohnung, an einem langen, dunklen Korridor, der die Küche und das Vorzimmer miteinander verband, und von hier aus gelangte man auch zu den beiden Schlafzimmern; ich hatte also die Türen, ausgenommen die des Wohnzimmers und meines eigenen, unnötigerweise offenstehen lassen, damit ich das Telefon sofort läuten hörte und hinlaufen könnte, falls Melchior anrufen würde, das Wetter wäre für einen Ausflug oder einen größeren Spaziergang günstig gewesen, und hätte ich im Kühnertschen Wohnzimmer einfach telefonieren können, hätte ich ihm vorgeschlagen, zum Müggelsee hinauszufahren, «das Wetter ist so herrlich», hätte ich, aus dem warmen Zimmer in den kalten Sonnenschein blickend, gesagt, aber ich hätte ihm auch gesagt, daß ich nicht mit ihm zu seiner Mutter fahren wollte, weil er mich ja nur mitnehmen würde, um sich den Abschied zu erleichtern, denn er mußte sich von seiner Mutter verabschieden, er würde sie vielleicht zum letztenmal sehen, ohne daß sie das geringste davon merken sollte, und ich konnte mir nicht vorstellen, daß er das Bett aus seiner Kinderzeit in dem ungeheizten Schlafzimmer nie mehr mit mir teilen würde, es schien mir damals undenkbar, daß das ein für allemal zu Ende sein sollte.

«Hast du wirklich darin geschlafen? Und genau so hat das Bett gestanden? Und der Fleck da, der war auch schon an der Decke? Da oben, der Fleck?»

Er lachte über meine Fragen, als könne er sich gar nicht vorstellen, daß sich hier jemals etwas ändern würde und daß solche Unveränderbarkeit jemanden überhaupt in Staunen versetzte, nein, die Dinge seien nicht so unbeständig, und seine Mutter, die man zur Erinnerung an die im Kindbett verstorbene Großmutter ebenfalls Helene getauft hatte, sorgte dafür, daß sich hier nichts veränderte und sie ihrem Sohn die Sicherheit eines letzten Zufluchtsorts erhielt; aber auch unabhängig davon hatte Melchior guten Grund zu seiner Überzeugung, denn es war ihm, wie er nicht ohne eine gewisse Eitelkeit erzählte, bevor er mich kannte, fast gleichgültig, mit wem er sich einließ, er hatte kein Bedürfnis nach Sicherheit, war nicht wählerisch, im Gegenteil, er könne sogar behaupten, daß ihm zuweilen die allergewöhnlichsten Beziehungen die größten Freuden bereitet hätten, doch um irgendeiner Sache in seinem abwechslungsreichen Leben echte Beständigkeit zu geben, verfeinerte er seinen Stil zu höchster Ästhetik, zwang sich in seinen fast abweisend hermetischen Gedichten zu asketischer Strenge, zu Anspruchslosigkeit und Härte; aber hierher konnte er, was auch geschehen mochte, an jedem Wochenende zurückkehren, im Koffer schleppte er seine schmutzige Wäsche mit, weil hier tatsächlich alles beim alten geblieben war, außerdem bestand seine Mutter darauf, für ihn zu waschen; «nur der Fleck, dieser Fleck ist erst später dorthin gekommen», er lachte, aber sein Lachen hatte niemals viel zu bedeuten, er lachte ohne besonderen Grund, leichthin, und nichts konnte das Lächeln in seinen Augen zum Erlöschen bringen, außer wenn er glaubte, daß niemand ihn sah. Und auch das konnte ich mir nicht vorstellen, daß ich eines Sonntagmorgens nicht mehr vom Glockenläuten, das durch die kleinen Fenster in sein Elternhaus drang, aufgeweckt würde, daß ich, allein geblieben, nicht mehr spüren sollte, wie sich der Geruch seiner Haut mit dem starken Duft der Äpfel im kalten Zimmer und dem süßen Aroma des zum Sonntagskaffee gebackenen Kuchens vermischte; die Äpfel auf dem Schrank in Reih und Glied, der Kuchen mit dem Zuckerguß auf der Marmorplatte der Kommode, alles wartete auf den Nachmittag, während das Fenster immer offenstand, aber seine Miene verdüsterte sich, er blickte auf meinen Mund und meine Stirn, als ich ihm unbedacht gestand, wie sehr ich seinen Schweißgeruch liebte, meine Nase, meine Handflächen und meine Zunge liebten diesen Geruch, und als hätte ich ihm damit einen Schmerz zugefügt, drückte er mich an sich und stieß seltsame Laute aus, «ich schmecke, rieche und fühle dich», sagte er, ich hielt es für Lachen, aber es war ein kurzes, trockenes Schluchzen, aus dem wimmernd ein ersticktes Entsetzen brach, dort, auf dem quietschenden Bett, in der Wohnung am Wörther Platz.

Dann stellte ich mir den von farbigen Herbstblättern bedeckten Weg um den Müggelsee vor, die regungslose Ruhe des Sees, das Geräusch unserer Schritte auf dem vom Morgennebel feuchten Laub, und allein deshalb hätte ich ihn gebeten, mit mir dorthin zu gehen, weil er da draußen sich mir oder ich mich ihm vielleicht endgültig hätte zuneigen können, wissend zugleich, daß das unmöglich war, o wunderbarer Herbst! oder wir könnten in den Tierpark gehen, wenn ihm der Spaziergang am Ufer des Müggelsees zu weit und zu umständlich gewesen wäre, denn wenn man den Bildern, die ich während meiner S-Bahn-Fahrten zerstreut betrachtete, wenn man diesen Bildern glauben konnte, war auch der Tierpark ein Wald mit versteckten, schattigen Wegen, außerdem waren wir noch nie dorthin gegangen, obwohl wir es uns schon oft vorgenommen hatten, aber ich stellte mir auch vor, daß ich in der Kühnertschen Küche ein Messer an mich nehmen und ihn auf dem Spaziergang umbringen würde.

In der letzten Berliner Wohnung stand ich spät auf, genauer gesagt, ich wachte zweimal oder dreimal auf, bis es mir endlich gelang aufzustehen, manchmal erst gegen Mittag. Das erste Mal schreckte ich frühmorgens auf, wenn Doktor Kühnert den Korridor von seinem Schlafzimmer zum Bad entlangknarrte, an meiner Tür vorbei, dann zog ich mein Kissen über den Kopf, um nicht zu hören, was nun folgte; er ging ins Badezimmer und urinierte zuerst, den kurzen, scharfen Aufprall, der einem langgezogenen, plötzlich abreißenden, allmählich schwächer werdenden Strudeln voraufging, konnte ich genau hören, die Wand war dünn, und ich wußte, daß er in den Hals des Beckens zielte, dorthin, wo nach dem Spülen noch ein Rest Wasser zurückbleibt, als Kind hatte ich das auch probiert, und in gewisser Weise bewunderte ich, daß jemand noch mit fünfzig und als Universitätsprofessor daran Vergnügen fand; war aber zuerst nur ein leises Klopfen zu hören und der Urin prallte dumpf spritzend auf dem Porzellan auf, dann wußte ich, daß er entleeren würde.

Die Winde allein waren noch kein Beweis dafür; wenn sie ihm nämlich im Stehen entfuhren, während des Urinierens, hörte es sich ganz anders an, als wenn er saß und das Rauschen in der Muschel sich allmählich verstärkte, die Geräusche waren nicht zu verwechseln, und das Kissen nützte nichts, weil das Stöhnen, der leise Seufzer der Erleichterung, das Knistern und Reiben des Papiers durch die Wand zu hören waren; das Kissen konnte gar nicht helfen, weil ich horchte, als genösse ich es, ja als wollte ich mir selbstquälerisch beweisen, daß ich meine Ohren gar nicht verschließen konnte, so wie man die Augen zumacht oder den Mund schließt; aber damit war die Sache keineswegs beendet, das Rauschen des Wassers hatte nur für Augenblicke aufgehört, und wenn ich nicht gewußt hätte, was nun folgte, dann hätte die Zeit vielleicht genügt, um wieder einzuschlafen, mit einem leichten Umdrehen, denn bei diesem nächtlichen und morgendlichen Aufschrecken war der Übergang zwischen Traum und Wachsein kaum kontrollierbar, manchmal wichen die verblassenden Gestalten des Traums sogar vor dem Licht der angeknipsten Lampe nicht zurück, sie hatten Gesichter, hatten Hände, die sich gerade so weit entfernten, daß man sie nicht erreichen konnte, sie hüpften auf das Bücherbord zwischen die Bücher, und umgekehrt konnte es manchmal geschehen, daß die Umrisse des Zimmers deutlich in den Traum hinüberglitten, ich sah das Fenster noch, aber schon war es ein Traumfenster, der Baum, das Loch in der Backsteinmauer, in dem die Spatzen wohnten, wurden zu Traumbildern, ich schreckte auf, weil Kühnert jetzt vor den Spiegel trat, sich über das Becken beugte, gerade über meinem Kopf, sich in die Hand schneuzte, das Wasser rauschte, er fing an zu krächzen und zu prusten und spuckte den heraufgequälten Rotz ins Waschbecken, direkt auf meinen Kopf.

Um sieben dann wachte ich vom Klopfen auf, «ja bitte», sagte ich laut, mit einer zu dieser Tageszeit immer fremden Stimme, ein Zeichen dafür, daß ich zuerst ungarisch sagen wollte, was ich im nächsten Augenblick deutsch sagen mußte, und Frau Kühnert kam summend herein, um den Ofen anzuheizen.

An den Abenden ging ich über einen Teppich glitschiger Platanenblätter ins Theater, die Sohlen meiner Lackschuhe waren leicht durchnäßt.

Damals war Melchior schon verschwunden.

Er hatte mir Berlin hinterlassen, naß und grau.

Nach der Vorstellung ging ich in die Wohnung am Wörther Platz hinauf, es war kalt, und im Lampenlicht schien der Purpur des Vorhangs verblichen, trotzdem zündete ich die Kerzen nicht an. Draußen regnete es.

Jeden Augenblick konnte die Polizei eintreffen, um die Tür aufzubrechen.

In der Küche summte der Eisschrank.

Tags darauf reiste auch ich ab.

In Heiligendamm schien die Sonne, doch was dort mit mir geschehen ist, kann ich mir nicht erklären.

Wenn ich mit Worten nachlässig umginge, würde ich sagen, daß ich mich dort glücklich fühlte, und bei diesem Glücksgefühl spielte gewiß das Meer eine Rolle, die Reise und alles, was ihr unmittelbar voraufgegangen war, aber auch der hübsche kleine Ort, den man die «weiße Stadt am Meer» nennt, eine leichte Übertreibung, weil zu beiden Seiten des ansehnlichen Kurhauses im Halbkreis nur ein Dutzend gleicher einstöckiger Villen stehen, mit der Stirnseite zum Meer, aber in der Tat ist alles weiß, die Fensterläden, die jetzt geschlossen sind, die Bänke auf dem glatten grünen Rasen, die Säulenhalle, die in einer Ecke aufgestapelten Stühle des Sommerorchesters, gleich weißen Bollwerken zwischen giftiggrünen, zu geometrischen Formen gestutzten Buchsbaumhecken und hoch aufgeschossenen Schwarztannen, die Hauptrolle aber fiel dem trügerisch schönen Wetter und der Stille zu.

Trügerisch sage ich, weil der Wind heulend pfiff und an der Uferbefestigung sich mächtige Wellen brachen, Wellen, hart wie Stahl, die zu weißem Schaum zerbarsten; Stille sage ich, weil die horchenden Sinne in den Pausen zwischen zwei Donnerschlägen in die Wellenschluchten abstürzten, in eine spannungsvolle Erwartung, und es einer Erlösung gleichkam, das Getöse einer in Schwere verwandelten Kraft zu vernehmen; aber am Abend, als ich zu einem Spaziergang aufbrach, hatte sich alles beruhigt, der Mond, ein Vollmond, schien, tief unten über dem offenen Meer.

Auf dem Deich ging ich in Richtung Nienhagen, der Nachbargemeinde, auf der einen Seite das tosende Wasser, lauter glitzernde Splitter, auf der anderen das stumme Moor und ich als einziges Lebewesen zwischen den Elementen; weil mir schon am Nachmittag die Zigaretten ausgegangen waren und weil Nienhagen, von einem sogenannten «Gespensterwald» vor den Westwinden geschützt, der Landkarte nach nicht sehr weit sein konnte – ich hatte die Entfernung mit einem entzweigebrochenen Streichholz maßstabgerecht gemessen, es erschien gut erreichbar; manchmal glaubte mein vom Wind geblendetes Auge das Aufblinken des Leuchtturms wahrzunehmen –, hatte ich beschlossen, meine Zigaretten dort zu kaufen und vor der Rückkehr noch einen schönen heißen Tee zu trinken; ich stellte mir Fischer um einen friedlichen Wirtshaustisch bei Kerzenlicht vor und sah mich, den Fremden, eintreten, sah die Gesichter, die sich nach mir umdrehten, und mein eigenes Gesicht.

Hell und durchsichtig sah ich mich vor mir hergehen, beschwingt, aber schwerfällig schleppte ich mich hinterher. Als könnte mein Körper die Qual der Trennung nicht länger ertragen.

Der Wind blies unter meinen weiten Mantel, packte mich, stieß mich nach vorn, und obwohl ich vor dem Aufbruch alle warmen Sachen übergezogen hatte, fror mich, auch wenn die barmherzige Sinnestäuschung jetzt nicht perfekt funktionierte; nicht, daß ich die Kälte wirklich gefühlt hätte, aber ich hatte Angst davor, weil ich wußte, daß ich eigentlich frieren müßte, zu einem anderen Zeitpunkt wäre ich wahrscheinlich umgekehrt, die Angst hätte gesiegt, und ich hätte meine Umkehr mühelos damit begründen können, daß es zu kalt war, daß ich mich vor einer Erkältung, einem zu hohen Preis für das sinnlose nächtliche Umherstreifen, fürchtete, aber diesmal ließ ich mich nicht von mir selbst täuschen: als habe sich jenes Bild verschoben, das man sich so mühsam, mit solch ungeheurer Selbstdisziplin von sich selber macht, um von der Umwelt als irgendwer angenommen zu werden, und das man dann – ein Zerrbild – für das eigene, wahre hält, denn ich war es wirklich, alle meine vertrauten Sinneswahrnehmungen funktionierten, trotzdem gab es so etwas wie eine Ungenauigkeit, einen Spalt, ja mehrere, es gab Verschiebungen, Risse, durch die man wie auf ein fremdes Wesen, auf einen anderen blicken konnte.

Auf einen, der vor langer Zeit, doch zugleich an diesem Tage in Heiligendamm angekommen und abends nach Nienhagen aufgebrochen war.

Als wäre das, was an diesem Tag geschah, bereits vor fünfzig, siebzig oder hundert Jahren geschehen, selbst wenn überhaupt nichts geschah.

Es war aufregend, neu, unerhört beglückend, diese Spaltung zu beobachten, trotzdem erlebte ich den Vorgang mit der Ruhe eines erfahrenen Menschen, als wäre ich fünfzig, siebzig oder hundert Jahre älter, als ich bin, ein freundlicher alter Herr, der sich an seine Jugend erinnert; aber daran war nichts Verwunderliches oder gar Mystisches, und ich hatte auch jetzt nicht den Mut, die Schlaftabletten, die ich in einer kleinen runden Dose bei mir trug, zu schlucken, obwohl ich mir für meinen Tod poetischere Umstände nicht hätte vorstellen können; um doch irgend etwas zu tun, mußte ich mich in einem Akt der Phantasie von mir selber trennen, auf diese Weise wollte ich mich von meinen verworrenen Gefühlen befreien, denn das, was ich als die Zukunft dieser meiner abgetrennten Existenz empfand, war nichts anderes als meine Vergangenheit und meine Gegenwart, all das, was schon eingetreten war oder noch eintreten würde.

Das Außergewöhnliche der Situation lag lediglich darin, daß ich mich weder mit dem einen noch mit dem anderen identisch fühlte, ein aufregender Zustand, als würde ich mich einem Schauspieler gleich in einer romantischen Kulisse bewegen, als wäre meine Vergangenheit ebenso die Darstellung meiner selbst gewesen, wie es meine Zukunft sein würde, mit allen meinen Qualen, als ließe sich all das spielerisch in die Zukunft oder in die Vergangenheit projizieren, als wäre gar nichts geschehen, und wenn doch, dann vor langer Zeit, alles war austauschbar, die Verwirrungen der auseinanderstrebenden Lebensbahnen waren nur in meiner Phantasie vorhanden und einer von der Last des Alltags bestimmten Haltung zuzuschreiben, die man das Ich nennen könnte, das ich zwar als mein Ich vorzeigte, das ich aber nicht war. Ich bin frei, dachte ich damals.

Aber meine Phantasie wählt nur zufällig und ungeschickt einige Möglichkeiten aus meiner grenzenlosen Freiheit aus, um mir daraus ein Gesicht zu formen, das von den anderen Menschen geliebt werden kann und von dem ich schließlich glaube, daß ich es auch wirklich bin, dachte ich damals.

Heute denke ich nicht mehr so, aber damals überfiel mich diese Erkenntnis mit solcher Macht und Intensität, ich sah jenes Wesen, das von den unterschiedlichen Möglichkeiten der Verwirklichung unberührt und frei geblieben war, in solcher Klarheit, es ging mit mir und ich mit ihm, es zitterte und ich fürchtete mich an seiner Statt, daß ich stehenbleiben mußte, aber noch nicht genug, ich mußte niederknien, für den Augenblick danken, obwohl meine Knie sich gar nicht in Demut beugen wollten, auch wenn ich die Augen gesenkt hielt, lieber wäre ich gleichgültig geblieben, lieber sogar ein Stein, nein, auch das wäre nicht genug gewesen, ein zerrissener Fetzen im Wind.

Der Mond stand tief, gelb, als wäre er auf Armeslänge greifbar, doch an der Grenzlinie des Horizonts spiegelte er sich in fahlem Licht, das dort die sprunghaft wechselnden Konturen der Wellen nicht nachzeichnete, das Wasser schien dort draußen glatt, auch das eine Täuschung der Perspektive, dachte ich, wie auf der anderen Seite des Damms, im Moor, wo das Licht keinen Gegenstand hatte, keine Fläche, keinen Wellenkamm, um sich darin zu spiegeln, es verlor sich, erlosch, und weil das angestrengte Auge nichts Genaues erkennen konnte, war dort weder Dunkelheit noch Schwärze, sondern das bloße Nichts.

Am Nachmittag war ich in Heiligendamm angekommen, kurz vor Sonnenuntergang, und hatte mich nach Einbruch der Dunkelheit, als der Mond schon am Himmel stand, auf den Weg gemacht.

Ich konnte nicht wissen, was dort in Wirklichkeit war, wo die Karte einen Sumpf, der Reiseführer aber ein Moor verzeichnete, es lag zu tief. Es war totenstill.

Als hielte auch der Wind inne, als wiche er vor dem Damm zurück, als habe er ganz aufgehört zu wehen.

Ob die Tiefe mit Schilf und Ried bedeckt war oder ob sie, normales Gelände vortäuschend, sich mit Gras tarnte?

Es hatte eine Zeit gegeben, da ich mich mit Gespenstern herumgeschlagen hatte, jetzt erschien mir diese Leere viel erschreckender.

Damals, vor Jahren, und darüber werde ich später, so gerne ich es vermeiden möchte, ausführlicher sprechen müssen – wenn damals ein Schatten, eine Bewegung oder ein Geräusch unerwartet Gestalt annahm, mich hinterrücks beim Namen rief, zu mir sprach oder mich anschwieg, war das die Gestalt meiner Ängste, jetzt aber lagerte sie düster über dem Moor, bewegungslos, gab keinen Laut von sich, warf keinen Schatten.

Sie beobachtete bloß.

Stand, eine leere Hülle, unbeteiligt über dem Moor, so höhnisch hätte sie jeden beobachtet, der sich hierher verirrte, und dieser Hohn war ungemütlich.

Zugegeben, sie hatte nichts Erschreckendes, sie wirkte eher diszipliniert, und ihre Macht zeigte sich daran, daß sie meiner aufgeregten Phantasie Zügel anlegte, als diese losgaloppieren wollte, um sich ihre eigene Geschichte zu erfinden, ein vergeblicher Wunsch; sie bedeutete mir mit Nachdruck, daß sie die Zeit verschoben, sie in meiner Seele die Risse zugelassen hatte, mir so Einblick in meinen Leib gewährend, und als Gegengabe für das Spiel mit meiner Selbstentzweiung verlangte sie nur, sie nicht zu vergessen, mir selbst also die Geschichte, die ich als Stütze für mein Ich erfunden hätte, nicht zu glauben, und wenn ich schon weder den Humor noch die Kraft zum Sterben aufbrächte, stets zu spüren, schmerzhaft, daß sie da sei, außerhalb meiner, aber jederzeit imstande, die sogenannten lebenswichtigen Organe in mir mit einem Griff zu berühren; denn auch wenn ich so täte, auch wenn ich mich unabhängig wähnte, besäße ich nicht mehr als eines oder zwei, meine Existenz sei durch die Phantasie nicht aufzuheben, ich solle nicht übermütig werden, mir nicht einbilden, eine solche mondüberglänzte Meeresstimmung könne mich freier, geschweige denn glücklicher machen.

Da stand ich schon wieder, und wie jemand, der seine rituelle Andacht beendet hat, wischte ich mit einer unwillkürlichen Bewegung meine Knie ab.

Und dieses Knieabwischen – umsonst hätte ich versucht, mich herauszureden, nun ja, die uns eingebleute Ordnungsliebe – machte mir einmal mehr bewußt, daß ich ein wenig lächerlich und scheinheilig war; schnell wandte ich mich um, wäre es nicht besser, rechtzeitig umzukehren, schließlich könnte ich auch im Speisesaal, in einem durch eine Glastür abgetrennten, mit Polstermöbeln ausgestatteten Raum, in dem es am Nachmittag so angenehm gewesen war zu speisen, die Zigaretten kaufen und einen Tee trinken, denn er war bis zehn geöffnet; der Wind heulte, am liebsten hätte ich mit ihm geheult, mich auf die Steine geworfen, aber ich war schon zu weit von den Lichtern von Heiligendamm entfernt, ich hatte gar nicht gemerkt, daß ich schon so weit gegangen war und mich nun anscheinend höher befand, weil nämlich irgendwo unten, wo Erde und Wasser aneinandergrenzten, ein paar flimmernde Sternchen an Häuser gemahnten, und meine Flucht wäre mir nicht weniger beschämend erschienen als die Angst, die die leere Aufmerksamkeit des Moors meinem Rükken verursachte.

Ich überlegte, wie ich weitergehen sollte.

Es war schier unmöglich, so zu gehen, daß die eine Seite meines Körpers, vor allem mein Rücken, nicht mit ihr in Berührung kam. Und wenn ich aufs Ufer auswiche?

Doch als diese Idee auftauchte, überflüssigerweise übrigens, weil die im gelblichen Mondlicht zerstäubende Gischt, wie ich sehen konnte, bis an den Fuß des Dammes schlug – außerdem erheiterte es die eine Hälfte in mir, daß die andere glaubte, mit einiger Geschicklichkeit im Schutze des steinernen Dammes irgendeiner Geschichte entgehen zu können, die sie doch zu akzeptieren hatte –, als diese Idee auftauchte, war auch eine Gestalt mitgekommen, kein Gespenst, vielmehr die Vorstellung von einem jungen Mann, der durch jene Glastür tritt, sich umsieht, wobei sich unsere Blicke begegnen und die Sonne in den Saal scheint.

Ich mußte also wieder kehrtmachen und ging weiter in Richtung Nienhagen.

Das wird ja immer lustiger, dachte ich.

Denn ich war hier und stellte mir vor, nicht hier zu sein, mit mir ging der alte Herr, der ich sein würde, wenn ich leben würde, mit ihm aber kam seine Jugend, und der sich an seine Jugend erinnernde alte Herr, hier auf dem Schauplatz des Meeresufers, entsprach vollkommen meinen zu Literatur domestizierten Vorstellungen: dem Raum mit den Polstermöbeln, auf dem weißen Damast des Tisches die Kaffeetasse, die er gerade zum Munde hebt, und auch der junge Mann war bei uns, der, die Hand auf der Lehne seines Stuhls, höflich und heiter den an der gemeinsamen Tafel Speisenden einen guten Morgen wünschte, doch ihn schickte ich, um ihn besser ins Auge zu fassen, weil er mich am meisten interessierte, sofort zur Tür zurück, durch die er eingetreten war, denn ich fühlte, daß er es war, der mir ganz gehörte, da er gar nicht existierte, ja, und dann war da noch jemand, einer, der uns beobachtete und von dem ich diesen blonden Jüngling wohl deshalb zum Tausch erhalten hatte, weil ich bereit war, ein willfähriges Werkzeug seiner Macht zu werden.

Dies war mit Sicherheit der Augenblick, in dem ich meinen

heimlichen, seit Jahren sich unbemerkt vorbereitenden Pakt schloß; denn wenn ich mir heute, im Bewußtsein aller Folgen, als traurig Wissender das Unmögliche vorstelle, nämlich was geschehen wäre, wenn ich, meiner Angst nachgebend, nicht nach Nienhagen weitergegangen, sondern umgekehrt wäre und wie jeder vernunftbegabte Sterbliche mich in mein langweilig alltägliches Hotelzimmer zurückgezogen hätte, dann wäre meine Geschichte vermutlich im Rahmen der allernormalsten Regeln abgelaufen, dann hätten jene Abweichungen und Verirrungen, die sich in meinem Leben bis dahin ergeben hatten, früher jene Richtung angezeigt, in die ich nicht hätte gehen dürfen, dann hätte ich vielleicht mit Nüchternheit und gesundem Abscheu jene Wollust in mir ersticken können, die mir die Schönheiten meiner Regelwidrigkeit beschert hat.

Spaziergang an einem längst vergangenen Nachmittag

Als ich am Nachmittag des Vortages in Heiligendamm angekommen war, war ich viel zu müde, mich umzuziehen und an der gemeinsamen Mahlzeit teilzunehmen, deshalb hatte ich mir das Abendessen aufs Zimmer kommen lassen, meine Vorstellung auf den Morgen des nächsten Tages verschoben und war früh zu Bett gegangen.

Doch es wollte sich kein Schlaf auf meine Augen senken. Als läge ich in einer großen, dunklen, warmen und weichen Blase, die von allen Seiten von den Wellen des Meeres bestürmt wird, und obwohl ich das Gefühl hatte, daß ich hier geschützt sei, schwappte das Wasser, während ich mich, müde wie ich war, endlich gerne entspannt hätte, unentwegt über meinem Kopf zusammen, und die Gischt drang unter meine Lider ein.

Das Haus war stumm.

Mir schien, als heulte draußen der Wind, doch die gefiederten Wipfel der Schwarztannen standen reglos vor dem Fenster.

Ich schloß die Augen und preßte die Lider zusammen, um nichts zu sehen, aber wenn ich nichts sah, befand ich mich wieder mitten in dieser dunklen Blase, in der es nur deshalb nicht vollkommen dunkel war, weil sich Bilder in ihr abzeichneten und wieder auflösten, Bilder meiner selbst, sie ließen mich nicht zur Ruhe kommen, sie zeigten mir Szenen, die ich schon vergessen glaubte, weil ich sie hatte vergessen wollen; in dem Bett, in dem ich jetzt lag, hatte mein Vater, auf dem Rücken liegend, geschlafen, aber gleichzeitig wußte ich, daß er nicht in diesem Bett, sondern auf dem schmalen Sofa im Salon schlief, seine Schuhe auf dem Boden waren so einsam ohne seine Füße, und seine mächtigen Schenkel waren unanständig gespreizt, er schnarchte, durch die heruntergelassenen Jalousien fiel die Nachmittagssonne in Streifen herein, die Streifen kreuzten sich mit den Streifen des Fußbodens, und ich spürte, wie mein Körper, von dem Anblick gereizt, tief im Traum aufzuckte, ich konnte den Anblick nicht ertragen, ich wollte Licht und Luft haben, der atmende Körper meines Vaters zeigte mir die Vergangenheit als eine zu nahe, zu schmerzliche Gegenwart, aber ich geriet wieder ins Dunkle und erblickte mich, wie ich im Schein einer Laterne auftauche und wieder verschwinde, auf einer bekannten nassen Straße auf mich zukomme, vielleicht ist das sogar die Schönhauser Allee am Abend vor meiner Abreise, menschenleer, kurz nach Mitternacht, ich bin auf dem Nachhauseweg von meiner alten Freundin Natalia Kasatkina, warte aber an der Ecke Senefelderplatz, vor der öffentlichen Bedürfnisanstalt, daß ich «ankomme», und während meine Schritte mir im Verschwinden und Wiederauftauchen entgegenhallen, scheint von dem unbeleuchteten kleinen Gebäude zwischen den kahlen Sträuchern so etwas wie ein Stöhnen auszugehen, der Wind schlägt die Tür auf und zu, im Rhythmus meines Atems, und als sie gerade wieder aufgeht, sehe ich hinein: Vor der geteerten Wand steht ein hochgewachsener Mann, und als ich endlich näher trete, streckt er mir grinsend eine Rose entgegen.

Die Farbe der Rose war bläulich-violett.

Doch ich wollte sie nicht berühren, auch dieses Bild mußte ich irgendwie wegscheuchen; es wäre schön gewesen, in einer ruhigen, lichtdurchfluteten Leere auszuruhen; sanft gleitet meine Verlobte tief in mein Inneres hinein, und zwar gerade in dem Augenblick, in dem sie ihren Schleierhut mit einer stolzen Bewegung vom Kopf reißt, ihr schweres rotes Haar ihr auf die Schultern fällt und sie mit einer wilden Gier mir ins Gesicht haucht, doch statt ihres Atems schlägt mir ein widerwärtiger, stinkender Lufthauch entgegen.

Irgendwo in der Nähe schlug eine Tür zu.

Hellwach setzte ich mich im Bett auf, vermutlich aufgeschreckt.

Die Tür des Schlafzimmers stand offen, und die weißen Möbel im Salon schimmerten in bläulichem Glanz.

Und es gab kein Fenster, hinter dem ich die schaukelnden Wipfel der Tannen hätte sehen können, der Vorhang war zugezogen, der Wind heulte nicht, das Rauschen des Meeres war zu hören, aber nur aus der Ferne, weil meine Zimmer auf der Seite zum Park lagen.

Als wäre das Türenschlagen der öffentlichen Bedürfnisanstalt der letzte Ton aus meinem Traum, der mir ins Wachsein folgte. Doch auf dem Gang waren eilige, sich entfernende Schritte zu hören, im Nebenzimmer schluchzte oder schrie jemand anscheinend sehr laut, vielleicht war die Wand auch nur so dünn, und als wäre ein Gegenstand oder ein Körper zu Boden gestürzt, war ein lautes Aufklatschen zu vernehmen.

Umsonst horchte ich, es gab keine weiteren Geräusche.

Ich wagte nicht, mich zu rühren, das Quietschen meines Bettes, das Rascheln meiner Decke hätten den Augenblick verschleiern, das unvorsichtige Zurückschlagen der Steppdecke gar die Geräusche eines Mordes überdecken können, aber es blieb still. Doch ich war mir nicht sicher, ob ich das alles nicht etwa träumte; einerseits, weil man oft träumt aufzuwachen, obwohl das nur eine neue Stufe hinunter, ein noch tieferer Abstieg in den Traum ist, andererseits schien es mir, daß dieses Weinen oder der Schrei, dieser Sturz eines Körpers sich schon einmal zugetragen hatten, und auch das erinnerte mich an Vater, und obwohl meine Augen offen waren, sah ich, wie er im Schlaf zusammenzuckte, sich aufbäumte und vom Sofa herunter auf den lichtgestreiften Boden fiel, wir hatten nämlich damals vor zwanzig Jahren, als er an den Nachmittagen auf dem Sofa im Salon ruhte, auf dem nachts ich schlief, ausgerechnet jenes Appartement gemietet, aus dem ich jetzt diese seltsamen Geräusche zu hören glaubte, weshalb in mir der Zweifel auftauchte, ob ich das Ganze nun wirklich erlebte oder ob ich von neuem träumte, um so mehr, als mir die Situation, die den schönen Tagen von Heiligendamm ein für allemal ein Ende setzte, durch den Kopf gegangen war, bevor ich mich hinlegte und die Tür zur Terrasse geschlossen hatte.

Damals ließen wir in den warmen Nächten nicht nur sämtliche Fenster offenstehen, sondern auch die Tür zur Terrasse, was mir schon deshalb eine außerordentliche Freude bereitete, weil ich, nachdem meine Eltern ihre Schlafzimmertür endlich geschlossen hatten, nach einer gewissen Wartezeit vorsichtig aufstehen und, indem ich mir vorspielte, alle meine Ängste besiegt zu haben, mich auf die Terrasse hinausstehlen konnte.

Um diese Zeit war sie von einer bedrohlichen Leere, breit und mächtig erstreckte sie sich in den Park hinaus, und wenn der Mond schien, schob sie sich sanft zwischen die Bäume, ich schwebte, die gefiederten Schatten der Tannen glitten sanft dahin, und während ich dies beobachtete, ausschließlich dieses, während ich mich durch meinen Blick sorgsam von der Umgebung abgrenzte, wollte es mir scheinen, als wäre ich gar nicht hier, als hätte ich ein Schiff bestiegen und das Schiff durchquerte ruhig das Meer, doch bevor ich hinaustrat, mußte ich mich jedesmal vergewissern, daß ich wirklich allein sein würde, denn es war schon vorgekommen, daß ich die Gestalt der uns benachbarten Dame nicht bemerkt hatte, sie lehnte in der Ecke der Terrasse an der Brüstung, ein Gespenst oder ein Schatten, je nach dem Stand des Mondes, und wenn sie draußen war, konnte ich nicht hinaus, denn obwohl sich zwischen uns etwas wie eine geheime, nur der Nacht zugehörende, das Tageslicht scheuende Beziehung entspann, fürchtete ich, daß sie mich meinen Eltern verriete; und wenn ihre Nähe mir auch wohltat und ich mich sogar zuweilen nach dieser Nähe sehnte, bedeuteten diese nächtlichen Fluchten nur dann ein echtes Glück, wenn ich allein war, wenn ich mir das Schiff vorstellen konnte, das mich von hier davontrug.

Als ich das erste Mal ohne Vorsicht hinaustrat und starr vor Überraschung mitten auf der Terrasse stehenblieb, schien der Mond hinter dünnem, unbewegtem Gewölk, und in dem blauen Dämmerlicht stand sie da, das Gesicht der Helle zugekehrt; ich hielt sie für ein Gespenst, für etwas, auf dessen Existenz und Wirken Hilde, unser Dienstmädchen, mich schon gründlich vorbereitet hatte, wunderbar sollten sie sein, die Gespenster, «erschreckend, erschreckend schön», hatte Hilde erzählt, und der leichte, duftige Umhang um die anmutige Gestalt, der silbrige Glanz auf dem hüftlangen Haar schienen das zu bestätigen, sie war schön, als stünde sie gar nicht auf dem Boden, aber trotzdem voller Schwere, als wären ihre Augen offen, aber ohne Augäpfel; in der warmen Nacht streifte mich ein kühler Hauch, es war ihr Atem, ich wußte es, ein Ausatmen, dem ein Einatmen folgte, ein Atem, mit dem sie mich einsaugte, mich hineinriß in die leere Hülle ihres Körpers.

Nicht die Angst verursachte mein Stillhalten, oder wenn es Angst war, dann war sie bereits auf einem solchen Höhepunkt, der die Gefühle in hellste Beglückung übergehen läßt, in einen Zustand der Steigerung, in dem der Körper sich von sich selber zu befreien scheint, ich fühlte weder Füße noch Hände, deshalb konnte ich mich auch nicht bewegen, doch gleichzeitig, ohne daß ich es mir ins Gedächtnis rufen mußte, war mir mein zehnjähriges Leben gegenwärtig, von dem ich mich nun, siehe da, trennen mußte, um in eine andere Gestalt zu schlüpfen, ähnliches fühlte ich später nur in der Liebe, und dieser außergewöhnliche Zustand erschien mir um so natürlicher, als mich nicht nur Hildes Märchen, sondern mein eigenes Verlangen auf dieses künftige Ereignis vorbereitet hatten.

Dieses Gefühl ehrfürchtigen Schauders und heftiger Begierde hatte natürlich nur einen einzigen Augenblick gedauert, gleich darauf wußte ich sehr genau, daß alles nur Täuschung war, mochten meine Gefühle noch so wirklich sein, «das ist doch Fräulein Wohlgast, die neben uns wohnt»; Fräulein Wohlgast, von der auf unseren abendlichen Spaziergängen oft die Rede war, hatte ich häufig bei den gemeinsamen Mahlzeiten beobachtet, während sie mit meiner Mutter plauderte; übrigens war diese Geistersache mir schon verdächtig geworden, seitdem ich einmal so etwas wie eine Erscheinung gesehen zu haben glaubte und Vater mir ernsthaft, fast nachdenklich, aber mit der maliziösen Herablassung humorbegabter Menschen zustimmte, natürlich, das Gespenst war bestimmt dort im Schilf, wo denn sonst, wenn ich es doch gesehen hatte, obwohl er, sosehr er seine Augen auch anstrenge, nichts sehe, doch, ihm sei, als höre er jetzt etwas, nein, er höre nichts, was freilich nicht bedeuten müsse, daß es vorher nicht dort gewesen sein könne, liege es doch ganz in der Natur der Geister, einmal hier zu sein und einmal dort, so seien sie nun mal, die Geister, manchmal würden sie sichtbar, meistens aber blieben sie unsichtbar, ja, und sollte es mich interessieren, auch das gehöre zu ihrer Natur, daß sie nicht jedermann und nicht irgendwem erschienen, sondern sich nur für außergewöhnliche Personen verkörperten, ich solle mich daher geehrt, ja ausgezeichnet fühlen, und auch er freue sich, daß ein Gespenst seinem Sohn die Ehre erweise, sich vor ihm zu manifestieren, was ihn aber betreffe, genieße er leider schon seit langem keine dieser höllischen Freuden, seine Gespenster hätten sich einfach verflüchtigt, seien ganz einfach verschwunden, was er bedaure, ihr Fehlen gebe ihm ein Gefühl von Mangel und Leere, ihre Existenz und ihre Versuchungen habe er fast schon vergessen, aber um seine einstigen und meine gegenwärtigen Erfahrungen miteinander vergleichen zu können, bitte er mich, ihm das Äußere meines Gespenstes doch genau zu beschreiben.

An jenem Tag machten wir einen größeren Spaziergang, auch das eine, selbst wenn ich das Erscheinen des Gespenstes nicht berücksichtige, ungewöhnliche Sache, wagten wir uns doch sonst bei unseren Nachmittagsspaziergängen nicht über die unmittelbare Umgebung des Badeortes hinaus, dieses Gebiet aber war nicht größer als der Park selbst, dahinter lag das unberührte Land, das steinig-schwarze Ufer des Meeres, die unzugänglichen Höhen und Tiefen der Felsen, in der anderen Richtung aber das Moor mit dem blasig spiegelnden See in der Mitte, der Schneckengarten und, weiter entfernt, schon im Innern des Festlandes, der Buchenwald mit seinem unheilkündenden Märchennamen, «Die große Wildnis».

Den Park allerdings, den die weißen graziös-schmalen Villenhäuser umgaben und gegen das Meer offenließen, hätte man auch gewaltig nennen können, breite Wege dienten den ein- und ausfahrenden Wagen, erweiterten sich zu Plätzen und liefen strahlenförmig auseinander, eigenwillige Pfade durchzogen den grünen Rasen, aber die einsamen Schwarztannen fanden trotzdem noch genügend Raum, um ihre Einsamkeit zur Schau zu stellen, genauso wie die weißstämmigen Birken, die sich an anderer Stelle mit scheinbarer Nachlässigkeit zu Gruppen zusammenfanden; zum Park gehörte außerdem die Uferpromenade, die im Schutz der hohen, mit schlanken Marmorkelchen geschmückten Steinmauer pfeilgerade das Wasser vom Festland trennte, und in einem gewissen Sinne gehörte auch jener kurze Abschnitt des Damms zum Park, der zwar die unmittelbare Fortsetzung der Promenade bildete, sich aber dennoch von ihr unterschied, auch dadurch, daß seine rauhe Oberfläche nicht mit dem gewöhnlichen weißen Schotter, sondern mit feinem weißem Kies für die Spaziergänger bedeckt worden war; in diesem Kies konnten meine Füße bis an die Knöchel versinken, aber vergebens hatte man den Damm auf diesem kurzen Abschnitt durch den angenehm knirschenden Kies zu einer Promenade domestiziert, nackt erhob er sich zwischen Meer und Sumpf und erinnerte an die brutalen Umstände seiner Entstehung, an jene furchtbare Flutwelle vor Jahrhunderten, die ihn in einer einzigen Nacht hierher geschleudert hatte, Wasser von Wasser trennend, um den einst lieblichen Meerbusen zu einem Sumpf verkommen zu lassen; eher wäre noch die Allee als zum Park gehörig zu nennen, obwohl sie, wenn auch nur im üblichen Sinne, nach draußen führte, nämlich vom hinteren Ausgang des Sanatoriums zum Bahnhof; von dort ging es dann wirklich nicht mehr weiter, von dort aus konnte man nur noch umkehren, denn das eine war ein Spaziergang und das andere ein Ausflug.

Es muß erwähnt werden, daß meine Eltern die Richtung unserer Spaziergänge nicht im vorhinein festlegten; wohin wir gingen, entschied stets der Zufall, den der Augenblick oder auch die geringe Auswahl an Möglichkeiten in sich barg, und vielleicht war es deshalb vollkommen überflüssig, darüber nachzudenken, welchen der beiden Pfade wir wählen würden, ob wir vom Sanatorium kommend auf die Uferpromenade einbiegen oder ob wir auf dem Damm weitergehen und von dort, unter Umgehung des Hotels, unseren Weg in Richtung auf die Bahnstation nehmen würden, oder ob wir in der offenen Halle des Kurhauses in den geflochtenen Armsesseln sitzen blieben und für den Spaziergang nur so viel Zeit ließen, um den vernünftigerweise kürzesten und nicht den unvernünftigerweise längsten Weg zurück zu nehmen, denn all das zählte nicht oder nur insoweit, als jeder mit einem Spaziergang verbrachte Nachmittag uns das angenehme Spiel mit den Möglichkeiten und Entscheidungen wiederholen ließ, doch nur bis zu dem Augenblick, da das Perlmutt des Himmels anfing, sich tiefer zu färben, und wir schon wieder aus dem Zimmer oder von der Terrasse seine völlige Verdunkelung beobachten konnten.

Diesmal überraschte uns der Abend draußen, obwohl wir den Spaziergang auf die herkömmlichste Weise begonnen hatten. Zuerst waren wir zum Ufer gegangen, um, an den Rand der Steinmauer gelehnt, ein Luftbad zu nehmen, das übrigens nicht länger als eine Viertelstunde dauerte, weil es einfach darin bestand, daß wir unsere Muskeln, den Gegebenheiten entsprechend, so gut wie irgend möglich entspannten; in strenges Stillschweigen gehüllt, mit geschlossenem Mund, die Luft ausschließlich durch die Nasenlöcher ein- und wieder ausatmend, bemühten wir uns, jene Zeitspanne der Dämmerung auszunutzen, die sich nach Ansicht von Doktor Köhler, im Hinblick auf den zeitweilig hohen Feuchtigkeitsgehalt der Luft und deren natürliche Wirkstoffe, von den Schleimhäuten der Nase auch als Düfte wahrnehmbar, besonders dazu eignete, die Luftwege zu reinigen, die Lunge aufzufüllen, infolgedessen den Kreislauf anzuregen und die Nerven zu beruhigen; wiewohl dieses hehre Ziel, wie der hochangesehene Doktor zu betonen beliebte, bloß dann wirklich zu erreichen war, wenn die sehr geehrten Patienten seine Vorschriften in jeder Hinsicht zu befolgen bereit wären und sie nicht leichtfertig und oberflächlich unentwegt verletzten, also der Bequemlichkeit halber sich an Bäume und Mauern lehnten, ganz zu schweigen von jenen, die in der Halle des Kurhauses oder auf der Terrasse des Badehauses einfach herumsäßen und tratschten und nur, wenn das Schwätzen mal ins Stocken geriet, mit verklärtem Gesicht schnauften und seufzten, bis ihnen dann etwas dringend Mitzuteilendes einfiel, nein, von diesen Damen und Herren zu reden erübrige sich für ihn, die säßen eo ipso in der Leichenkammer, ihre Bequemlichkeit sei daher verständlich, doch diejenigen, die ihr Erdenleben um einige Jahre zu verlängern wünschten, hätten die dreimal fünf Minuten, während deren die Übungen wiederholt werden müßten, auf den eigenen Füßen zu stehen, jawohl stehen! locker und ohne Stütze, Einwände und Ausflüchte könnten nicht akzeptiert werden, weil Schönheit und Gesundheit sich nicht voneinander trennen ließen; und deshalb wäre er aufrichtig dankbar, wenn man ihm glauben wollte, vor allem natürlich die Damen, daß dies unsere Schönheit nicht gefährde, sie im Gegenteil steigere, wenn auch auf kompliziertere Weise als Mieder und Schminke, wenn wir uns im Interesse unserer Gesundheit nicht scheuten, sogar ein paar Grimassen zu schneiden, was übrigens nur in den ersten fünf Minuten vonnöten sei, bis die verbrauchte Luft aus der Lunge heraus sei, in der von Parfüm und Tabakdunst geschwängerten ekelhaften Zimmerluft freilich etwas Unmögliches, weil wir da dieselbe Fäulnis einatmeten, die wir vorher ausgeatmet hätten, sondern, jawohl, in der unmittelbaren Nähe des Wassers, auch wenn alle Welt zuschauen sollte; es gehe doch um unsere eigene Gesundheit, nur keine Scham, durch die Nase atmen, nicht den Brustkorb aufblähen, wie es die auf ihre Demut so stolzen Katholiken tun würden, sondern runter mit der Luft, rein in den Bauch, wir seien schließlich Protestanten und könnten unseren Bauch, wenn auch nicht unseren Kopf, ruhig mit Luft anfüllen, alles zu seiner Zeit und am rechten Ort, dann gebe es keine Schwierigkeiten, das Gehirnschmalz in den Kopf, die Luft in den Bauch, natürlich nur, wenn wir das Mieder nicht schon wieder über jedes vernünftige Maß hinaus geschnürt haben, nicht wahr, meine Damen, die Luft halten wir an, tief unten, zählen bis zehn und dann, den Mund weit geöffnet, die Zunge spitz und gerade auf die Welt gerichtet, entlassen wir langsam, während wir wieder bis zehn zählen, im Takt diesen widerlichen Gestank, der in uns ist, ja, in jedem von uns, und den zu behalten nicht nur unnötig, sondern geradezu unschicklich ist.

Um diese Zeit ging die Sonne unter, aber es wurde noch lange nicht dunkel, ihr roter Widerschein stand noch eine Weile an dem in ein Grau übergehenden Himmel, nur das Meer wurde plötzlich schwarz, und die weißschäumenden Wellen stürzten aufleuchtend zurück, aus dem Wasser stieg schon der abendliche Brodem auf, der den Park langsam einhüllte, die Möwen flogen immer höher, und wie wir da standen, erschien mir unser gemeinsames Atmen – das ich gleichzeitig mit dem Knirschen der geruhsamen Schritte hinter uns vorbeigehender Spaziergänger wahrnahm, begleitet vom Schrei der Möwen und dem Dreierrhythmus des brausenden, tosenden, dröhnenden Wassers, dem sich, wie ich bemerkte, mein Atem anzupassen versuchte – als die süßeste Stille, eine Stille, in der jedes Gefühl zur Ruhe kam und die aufsteigenden Gedanken, die Oberfläche gerade nur kräuselnd, ohne artikuliert zu werden, wieder hinabsanken; auch wenn das Knirschen der Schritte, ein vergnügter Seufzer, das Geschrei der Möwen und ihr plötzliches Verstummen oder irgendein körperliches Empfinden, ein kühler Luftzug, ein Schlaffwerden der Knie, ein Jucken oder ein Berührtsein der Seele, eine flüchtige, unbestimmbare Beklemmung, ein alles überschwemmendes Wohlgefühl in der Art einer krampfhaften Sehnsucht wieder etwas an die Oberfläche holte, sich etwas auf unsere Lippen drängte, das Gegenstand einer Überlegung, vielleicht einer Handlung sein konnte, so ließ die Gewalt der Gefühle das alles nicht zu, sie hält alles zusammen, denn sie genießt gerade dieses Einssein des Selbst, kennt sie doch keine größere Lust als die Verwirklichung der Nichtverwirklichung, die Ruhepause des schwebenden Dazwischen.

Natürlich weiß ich nicht, welche Wirkung diese Momente der Stille auf andere, auf meinen Vater oder meine Mutter hatten, mir wurden durch sie viel tiefere Erlebnisse zuteil, als es mein Alter eigentlich erlaubte, seltsamerweise ahnte ich schon, daß dieses Dazwischen, die Unterbrechung und der Zustand des Übergangs, mir zeitlebens ihre Ungunst oder Gunst erweisen würden, was mir auch angst machte, denn es wäre soviel besser gewesen, jenen ähnlich zu sein, die diesseits oder jenseits dieses Grenzgebietes, jedenfalls aber auf sichererem Boden Fuß gefaßt zu haben schienen.

Ich ahnte demnach, welch qualvolle Zukunft mich erwartete, konnte aber nicht entscheiden, ob es damit zusammenhing, daß ich dank der genau befolgten Vorschriften Doktor Köhlers einen Zustand erreicht hatte, der das Ziel dieser Luftkur war, oder umgekehrt, daß ich die Übungen des alten Köhler nur deshalb begreifen konnte, weil mein Schicksal mich von Anfang an für dieses kontemplative Leben bestimmt hatte, dies letztere ist wahrscheinlicher, obwohl mein Pflichtbewußtsein diese Bestimmung gefördert und stimuliert haben mochte, denn Pünktlichkeit und auch Pflichtbewußtsein entsprangen auch früher, in den Zeiten vor den Ferien in Heiligendamm, weder dem Fleiß noch einem Tätigkeitsdrang, sondern vielmehr dem Wunsch, meine aus einer genießerischen Faulheit kommenden lustvollen Traumzustände vor der Welt zu verbergen; weder mein Gesicht noch meine Bewegungen sollten verraten, wo ich mich befand, dabei wollte ich nicht gestört werden und hinter der Schutzwand notgedrungen verrichteter Tätigkeiten unbehelligt von dem träumen, was mich wirklich interessierte.

Ich bin für ein Doppelleben geboren, genauer gesagt, die beiden Hälften meines geteilten Lebens decken sich nicht harmonisch, oder noch genauer ausgedrückt, auch wenn mein öffentliches Leben der unzertrennliche Partner meines geheimen Lebens war, spürte ich selbst so etwas wie einen regelwidrigen Zusammenstoß zwischen ihnen, den Abgrund der Sünde, etwas nur schwer zu Überwindendes, weil meine nach außen gekehrte Selbstbeherrschung eine gewisse langweilige, zaudernde Passivität zur Folge hatte, weswegen ich mich mit immer leidenschaftlicheren Phantasien entschädigen mußte; freilich wurde deshalb nicht nur der Abstand zwischen meinen beiden Hälften größer, sie isolierten sich auch mehr und mehr in eigenen Bereichen, immer weniger konnte ich von der einen auf die andere Seite retten, was allmählich mit Schmerzen verbunden war, der Organismus war nicht in der Lage, diesen Verzicht vernünftig zu verarbeiten, der Schmerz aber weckte in mir den heftigen Wunsch, zu sein wie die anderen, die keine Anzeichen solch unterdrückter und angespannter Wachsamkeit aufwiesen; ich habe es gründlich gelernt, von Gesichtszügen die Gedanken abzulesen und mich mit ihnen sofort zu identifizieren, aber diese auf Einfühlung beruhende mimische Begabung, diese auf ein Anderssein weisende Sehnsucht führte ebenso zu Anfällen von Seelenschmerz, weil sie keine Befriedigung brachte, ich wurde nicht anders, konnte mich nur als ein anderer zeigen, das Anderssein war genausowenig zu erreichen wie das Ziel, meine beiden Hälften vollkommen miteinander zu verschmelzen und mein geheimes Leben aufzudecken, oder umgekehrt, mich von all den Phantasien und Zwängen loszusagen, also zu sein wie die anderen, die man kerngesund zu nennen pflegt.

Meine kaum bezähmbaren Neigungen konnte ich nur als Krankheit, als seltsamen Fluch, als sündige Abartigkeit ansehen, auch wenn sie mir in meinen zuversichtlicheren Stunden nicht schlimmer erschienen als ein Herbstschnupfen, der mit Hilfe heißen Tees, kalter Umschläge, bitterer Fieberarzneien und honigsüßer kalter Fruchtkompotte leicht zu kurieren war, obwohl ich mir in solchen Augenblicken ebenso verloren vorkam, und doch würde ich mich, das war schon in den kurzen Atempausen des Fiebers zu ahnen, sobald ich zum erstenmal würde aufstehen und bis zum Fenster gehen können, am Ende leicht, kühl, unschuldig und auch ein wenig enttäuscht fühlen; vergeblich streckten die hereinhängenden Zweige mir ihre Fühler entgegen, vergeblich faßten sie mit ihren sanften Blätterhänden nach mir, während ich erkennen mußte, daß sich auf der Straße in Wirklichkeit nichts verändert hatte, daß meine Krankheit niemanden und nichts verstört und sich auch mein Zimmer nicht unter den Tritten eines Riesen in einen hallenden Saal verwandelt hatte; alles war, wie es sein sollte, ja noch vertrauter und freundlicher, weil auch die Gegenstände keine unangenehmen Erinnerungen an längst vergangene Ereignisse mehr wachriefen, alles stand beruhigt und sicher, fast gleichgültig an seinem Platz; ich sehnte mich nach einer solchen oder so ähnlich gedachten Läuterung, nur hätte ich gegen meine verwirrenden und beschämenden Wahngebilde selber eine Medizin finden müssen.

Nach Beendigung unserer gewohnten Luftkur gingen wir an diesem Tag in Richtung des Bahnhofs, und daran konnten meine dank der Ereignislosigkeit unseres Lebens unverbrauchten und daher für alle Nuancen empfänglichen Augen nichts Außergewöhnliches entdecken; nachdem Vater ein wenig schneller, als es die Vorschrift erlaubte, schnaufend die Übung beendet hatte, lehnte er sich, wie jemand, der eine schwere Prüfung überstanden hat, mit seiner jovial umfänglichen Körperfülle an die Steinbrüstung und blickte mit spöttischer Befriedigung auf Mutter, er wollte sich dem Meer zuwenden, konnte aber nicht widerstehen, zu ihr zurückzuschauen, freilich war das nichts Ungewöhnliches, da er es jedesmal tat; das Meer nämlich, das meine Mutter wie die Natur im allgemeinen «zauberhaft» nannte, langweilte ihn ebenso wie dieser ganze Luftkur-Zirkus, am Meer konnte er nichts finden, «das ist, bitte schön, ein großes, leeres Wasser, nichts weiter», meinte er, es sei denn, daß am Horizont gerade ein Schiff auftauchte, dann konnte er sich damit beschäftigen, die verblüffend langsame Bewegung des Schiffskörpers mit einem «sicher erscheinenden» Punkt des Ufers in Beziehung zu setzen und die Veränderungen des Winkels, den Ausgangspunkt und Entfernung bildeten, zu messen; «zwölf Grad West», rief er manchmal in völlig unerwarteten Situationen aus und versäumte zuweilen auch nicht, echolose Bemerkungen im Zusammenhang mit den Bewegungsrichtungen der Menschen von sich zu geben, wie er auch niemals einen Anspruch erhob, daß man seinen Gedankengängen folgen solle, «die Gedanken sind zum größten Teil Nebenprodukte bloßer Funktionen», sagte er, «denn auch das Gehirn hat, wie der Magen, immer Bedarf an irgendwelchem Verdauungsfüllsel, und der Mund, deshalb sollten wir ihn nicht schelten, spuckt bloß dieses kaum zerkaute Füllsel wieder aus», andererseits war er, wenn ihn nicht gerade sein Temperament hinriß, auch von großer Toleranz gegenüber dem Genußstreben seiner Mitmenschen, mehr noch, der Anblick menschlicher Anstrengungen und Freuden war das, was ihm wirklich unterhaltsam erschien und zum Gegenstand seines Vergnügens werden konnte. Vielleicht lag es auch an seinem mangelnden Interesse an jeglicher Naturerscheinung, daß er sich von allem angezogen fühlte, was grob, gewöhnlich und gemein war, daß er also im Erspüren der primitiveren Regungen der menschlichen Natur erlebte, was in einem größeren und allgemeineren Sinne Natur ist, und daß ihm alles Erlesene oder Künstliche notwendigerweise dazu zu dienen schien, ihr eigentliches Wesen zu verdecken, ihn zu belustigen und zu schneidendem Spott herauszufordern: «Theodor, Sie sind wirklich unerträglich», sagte dann Mutter verärgert, die aber wohl gerade darin ihre Genugtuung fand und zugleich darunter litt, daß ihre verdrängten Gefühle, an welchen sie trotzdem festhielt, unentwegt aufgedeckt wurden; im Verhalten meines Vaters war tatsächlich etwas erschreckend Zweideutiges zu spüren, er sagte seine Meinung nicht gern offen, sozusagen geradeheraus, und obgleich er sehr wohl eine Meinung hatte, eine ganz entschiedene Meinung über alles, gab er, den Anschein von Unsicherheit und Beeinflußbarkeit erweckend, allen und jedem recht; nein, er diskutierte nicht, er respektierte uneingeschränkt jede persönliche Meinung, er überlegte nur, und als suche er gewissermaßen Begründungen für seine Behauptung, brachte er seine Fragen in Konditionalsätzen, zögernd und schwerfällig, vor und stellte sich dabei so tolpatschig an, daß ihn seine Bekannten, auch im Hinblick auf seine überdurchschnittlichen Körpermaße, einfach charmant fanden, «Sie haben, lieber Thoenissen, mit

Ihrem mächtigen Brustkorb und diesen Schenkeln gar keine andere Wahl, wenn man so sagen darf, als ein Demokrat zu sein», wie es Geheimrat Frick zu formulieren pflegte oder wie es das immer ungeduldige Fräulein Wohlgast ausdrückte, «unser lieber Thoenissen versucht mal wieder, uns einen Bären aufzubinden», und Vater, mit dieser Wirkung rechnend und sie genießend, tüftelte so lange herum, bis das Meinungsgebäude langsam, ohne jemanden zu kränken, gleichsam in sich selber zusammenstürzte; doch in anderen Fällen war er keineswegs so vorsichtig, sondern griff die andere Meinung mit einem Ausbruch von Begeisterung auf, mit einem überraschten Ausruf, wie zum Beispiel meine Gespenstergeschichte, und umkleidete sie mit einem heftigen und begeisterten Wortschwall, der, wie jede Begeisterung, auch etwas faszinierend Kindliches hatte, er übertrieb, vergrößerte und schmückte jedes Detail der Behauptung dermaßen aus, daß diese ihre ursprünglichen Proportionen völlig einbüßte und die freischwebende Phantasie, zu einem Ungeheuer von überdimensionalen Ausmaßen aufgebläht, sich über jede Realität emporschwang, nirgendwo Platz fand und nirgends unterzubringen war; dieses gnadenlose Spiel gab er nicht auf, er trieb es weiter, redete, eiferte, artikulierte feurig bis zur totalen Ausdünnung der Behauptung, die dann dank ihrer eigenen Hohlheit auseinanderplatzte; meine Mutter allerdings trafen diese zwar unterhaltsamen, aber moralisch zweifelhaften Gedankenflüge nicht so empfindlich; ich glaube, daß sie, soweit die Wörter nicht Höflichkeitsfloskeln oder der Bewältigung des täglichen Lebens dienende gebräuchliche Äußerungen waren, die im Wortspiel versteckte Vielfalt ihrer Möglichkeiten auch nicht annähernd verstand, womit ich keineswegs behaupten möchte, sie sei dumm oder beschränkt gewesen, freilich ließe sich das Gegenteil leider auch nicht behaupten, denn es war ihr wegen ihrer strengen puritanischen Erziehung oder vielleicht aufgrund der in ihrem Charakter begründeten Sprödigkeit nicht gelungen, ihre geistigen oder seelischen und körperlichen Empfindungsfähigkeiten zu entfalten, alles an ihr blieb auf eine traurige Weise unfertig, wie auch ihr Leben selbst, und deshalb wäre es viel richtiger gewesen, wenn Vater an ihrer ewigen Ruhestätte nicht jenen an die eigene Brust schlagenden weiblichen Engel, sondern etwas Geschlechtsloseres, Würdevolleres hätte aufstellen lassen, denn Mutter hatte wirklich nichts engelhaft Weibliches gehabt, und wenn man sich schon an solche Symbole klammern wollte, dann wäre eine auf einem schlichten Sockel stehende, streng geriffelte schwarze Marmorsäule, in der Mitte abgebrochen, wobei die geborstene Struktur der schrägen Bruchstelle im Gegensatz zur bearbeiteten polierten Oberfläche stünde, viel richtiger und angemessener gewesen, was festzustellen ich, sooft ich den Friedhof besuchte, Gelegenheit hatte.

Weil ich nämlich zu Hause, wenn ich meine Geburtsstadt überhaupt noch als mein Zuhause bezeichnen kann, bei meinen Spaziergängen gerne die Altstadt durchquerte und, von dem verwirrend lebhaften Bild der engen Gassen erfüllt, meinen Blick auf den Wiesen jenseits des Stadttors ruhen ließ, ganz bewußt pfeilgerade in jene Richtung schauend, in der sich jenseits der Hügel Ludwigsdorf vermuten ließ, jenes Dorf, das ich an Samstagnachmittagen einst mit Hilde besucht hatte; und obwohl ich niemals die Absicht hatte, mich auf dem Friedhof aufzuhalten, konnte ich mich seiner seltsamen Anziehungskraft doch nie erwehren, er lag ja auch am Wege; wenn ich durch die Finstertorgasse gegangen wäre, hätte ich ihm gut ausweichen können, aber es war zu verführerisch, durch die verfallene, von Sträuchern überwachsene Ziegelmauer einzutreten und mit der Freude und Selbstverständlichkeit des Wiederkehrenden zwischen den verfallenen, unkrautüberwachsenen Krypten des altertümlichen Friedhofs, seinen von seltsamen Blumen überwucherten Grabhügeln umherzuschlendern, bis ich endlich vor unserem Engel mit seinen gefiederten Flügeln anlangte, der auf solch unglückliche Weise berufen war, unsere alte Familiengruft zu schmücken; aber vielleicht ging ich gerade deshalb hierher, um ihn wieder zu sehen. Es war so etwas wie eine selbstquälerische Neigung, was mich hierherführte, einerseits weil diese sogar innerhalb ihrer Gattung ärgerliche, dilettantische Arbeit meinen Anspruch und mein Schönheitsgefühl beleidigte, andererseits weil hier, vor diesem Denkmal, der Zorn auf meinen Vater, mein Abscheu und mein Haß endlich zu ihrem Recht kamen, ja, sie wurden noch gesteigert durch jene routinemäßige Sentimentalität und zielbewußte Heuchelei, mit der der Steinmetz die Wünsche des Auftraggebers und seine eigene, angeblich künstlerische Phantasie in Einklang zu bringen sich bemüht hatte; wenn er den Kopf des Engels auch nicht direkt nach dem Kopf meiner Mutter gebildet hatte, so hatte er, seiner persönlichen Erinnerung an das in unserem Speisezimmer an der Wand hängende, rosalasierte Mädchenporträt mittels seiner künstlerischen Findigkeit etwas aufhelfend, in das süßlich jungfräuliche Mädchengesicht doch etwas von Mutters chrakteristischen Gesichtszügen hineingeschmuggelt; das auffallende, stark hervortretende Stirnbein, die nahe beieinanderliegenden Augen erinnerten an ihre Stirn und ihre Augen, die schmale, schön gebogene Nase, der ein wenig frech geschnittene Mund und das in kindlichem Liebreiz gerundete Kinn riefen Mutters Nase, Mund und Kinn in Erinnerung, und damit die Verwirrung vollkommen und gründlich wurde, ließ der mit schulmeisterlicher Pedanterie geraffte Umhang einen ätherisch zerbrechlichen Leib durchscheinen, mit hohen, winzigen, gerade erst knospenden und deshalb besonders herausfordernden Brüsten, einem rundlichen Bauch, einem sich sanft rundenden Hinterteil, doch mit etwas eckigeren Hüften als nötig, und der Wind, der von vorne blies, klatschte die im übrigen jeder natürlichen Körperform entbehrende steinerne Hülle mit geradezu gewalttätiger Schamlosigkeit gegen den tief eingebuchteten Schoß der sich zum Fluge streckenden schlanken Gestalt, wehte ihr langes Haar nach hinten, aber mit diesen geschmacklos zusammengestellten Einzelheiten wurde weder die Idee noch die Realität des Todes heraufbeschworen, ja seltsamerweise auch nichts, was lebendig oder natürlich hätte erscheinen können, es sei denn, wir wollten die Phantasie eines alternden und zu allem bereiten Handwerksmeisters natürlich nennen; dieses Grabmal war gewöhnlich und geschmacklos, so geschmacklos und gewöhnlich, daß es nicht lohnen würde, Worte oder Emotionen daran zu verschwenden, wenn sein Zustandekommen einem unglücklichen Zufall zu danken gewesen wäre und es nur darum ginge, daß Vater etwas verlangt hätte, was mit nobler Einfachheit zu gestalten der Steinmetz nicht vermocht hatte, doch nein! in diesem Fall konnte vom Spiel des Zufalls überhaupt nicht die Rede sein, im Gegenteil, es war, als offenbare sich die verborgene Natur des auf uns zukommenden Verhängnisses mit Notwendigkeit darin, daß diese Statue viel eher zum Denkmal für die erbärmliche Veranlagung meines Vaters als zu einem der Erinnerung an meine Mutter geworden war.

Aber wer wohl hätte in den nichtssagenden Zeichen jener Tage die ganze Zukunft erkennen können?

«Wir werden noch den Zug versäumen», sagte Vater damals am Strand, und sein Gesicht veränderte sich, wenn auch nur um Nuancen; in die spöttische Überlegenheit, mit der er zuvor, an die Brüstung gelehnt, Mutter angesehen hatte, mischte sich etwas wie Ungeduld und Verlegenheit, Mutter aber schien weder den seltsamen Tonfall noch den ungewöhnlichen Satz, der nur insofern ungewöhnlich war, als er überhaupt gesagt wurde, auch nur zur Kenntnis zu nehmen, sie antwortete nicht.

Anders hätte sie sich gar nicht verhalten können, wenn sie die Übung nicht unterbrechen wollte, war sie doch in diesem Augenblick damit beschäftigt, mit offenem Munde und herausgestreckter Zunge die nach und nach eingeatmete und für eine bestimmte Zeit zurückgehaltene Luft in ruckweisen Stößen aus dem Bauch herauszupressen, und dieses Bauchatmen verursachte ihr, wie den Frauen im allgemeinen, ernsthafte Schwierigkeiten; andererseits offenbarte sich in dieser Stummheit auch so etwas wie ein beleidigter, sich mit seiner Konsequenz brüstender pädagogischer Zug, jenes winzige Mehr an Spannung, das gerade im Verstummen andeutete, daß das Geschehene nicht ohne Folgen bleiben würde, denn für den Fall, daß Vater diesen, wie er sich auszudrücken beliebte, «tierischen Zustand» nicht mehr ertragen konnte, gab es eine ausdrückliche Übereinkunft zwischen ihnen, die sie schon früher und mit Rücksicht auf meine Gegenwart halb scherzhaft, aber in einem leidenschaftlich erregten Ton geschlossen hatten, nachdem Vater einmal ganz überraschend mit dem hemmungslosesten Grinsen seinem durch übertriebenes Seufzen, Prusten und Murren erleichterten Leiden ein Ende gemacht und Mutter angeblickt hatte; in seinen Augen war jene keineswegs als amüsiert zu bezeichnende, unruhig flackernde, unverhohlen wache Neugier aufgetaucht, die ich gut kannte, wenn ich sie auch nicht deuten konnte, sein Gesicht war in solchen Momenten erschreckend nackt und von entwaffnender Verletzlichkeit, machte es doch den Eindruck, als wäre jeder andere für seine gesellschaftlichen Rollen glaubwürdig zurechtgemachte Gesichtsausdruck nur eine Larve, eine bloße Maske, die ihn deckte, schützte und verbarg; jetzt aber, von ihr befreit, war er ganz er selbst, endlich konnte er aus sich herausgehen, brauchte er sich nicht mehr vor sich selbst zu verstecken, er war schön, sehr schön in solchen Augenblicken, das schwarze Haar ringelte sich deutlich in seine glänzende Stirn, seine vollen Wangen zeigten die Grübchen eines unterdrückten Lachens, seine Augen waren von einem tieferen Blau als sonst, die fleischigen Lippen leicht geöffnet, und so trat er wie in Trance behend auf Mutter zu, griff mit drei Fingern einfach in ihren Mund und faßte mit einer der Brutalität dieser Handlung widersprechenden Zartheit und Vorsicht die herausgestreckte Zunge an der Wurzel, worauf Mutter in einer spontanen Abwehrreaktion zuerst instinktiv den Kopf wegriß, um sich nicht zu erbrechen, und, möglicherweise zu ihrer eigenen Überraschung, so heftig in Vaters Finger biß, daß er aufschreien mußte; von da an mußte Vater immer aufs Meer blicken, «nicht auf mich, verstehen Sie? nicht auf mich, aufs Meer! Sie sind unerträglich, verstehen Sie? Ihr Blick ist mir ganz und gar unerträglich», doch als der Augenblick wieder gekommen war und er sich, gelangweilt von der Übung, an die Brüstung lehnte, spürte ich an ihrer angespannten Körperhaltung, daß Mutter trotz ihrer

Angst und Zurückhaltung doch auch das Verlangen hatte, er möge sich nicht nach dem Meer umdrehen, sondern etwas mit ihr tun, etwas Überraschendes und Skandalöses, auf daß endlich Schluß sei mit diesen hoffnungslosen und krampfhaften Anstrengungen, die sie mit Rücksicht auf ihre monatelangen starken Menstruationsblutungen zur Wiederherstellung ihrer Gesundheit auf sich nehmen mußte, auf daß sie Vater ungehindert in jene heimlichen Gefilde folgen könnte, die das zweideutige Lächeln und der umwölkte Blick so deutlich vermuten ließen, ja, möge er doch mit ihr tun, was immer er wolle; obwohl sie vielleicht auch argwöhnte, daß die Dinge genau umgekehrt standen, waren doch ihre Ängste und ihre Zurückhaltung viel größer als ihre Zuneigung.

Und weil bei mir dir Bereitschaft, Doktor Köhlers Vorschriften genau zu befolgen, größer war, liebte es Mutter, wenn ich unmittelbar neben ihr stand, ganz nahe, sozusagen in der Wärme ihres Körpers, die üppigen Schultervolants ihrer puffärmeligen Bluse berührten fast mein Gesicht, was natürlich nicht annähernd bedeutete, sie wäre in ihrer Unbefriedigtheit zu mir geflüchtet oder hätte irgendeine unerlaubte, verwirrende Zärtlichkeit für mich empfunden; übrigens kann ich mir kaum vorstellen, daß Mutter zu irgendeiner Zeit zärtliche Gefühle für irgend jemanden oder irgend etwas gehegt hätte, nein, wir waren allein aufgrund verstandesmäßiger Überlegungen so nahe zusammengerückt, weil sie auf diese Weise den Rhythmus meines Atems hören und ihm gut folgen konnte; umgekehrt konnte ich, wenn sie, außer Atem, stockte oder gedankenverloren aus dem Konzept geriet, auf sie warten und ihren Fehler korrigieren, ich konnte sekundenlang meinen Atem zurückhalten, wartend genießen, wie der leichte Schwindel meine Gefühle aktivierte und wie alles, was ich bisher sehen, aber nicht fühlen konnte, schärfere Umrisse bekam und in mich eindrang, endlich konnte ich mich, woran auch immer, verlieren, an einen Ton, oder konnte mich als Welle fühlen, als Möwe, als fallendes Blatt, das auf der Brüstung der Steinmauer landete, als Luft, bis sich alles im Rot des zu Kopfe steigenden Blutes langsam verdunkelte, doch der Instinkt zu atmen zwang mich zugleich, genau zu hören und zu beobachten, wie Mutter mit ein paar zwischengeschalteten Atemzügen zu unserem gemeinsamen Rhythmus zurückkehrte, wie sie, an gewissen toten Punkten ausbalancierend, darauf wartete, daß ich sie im gleichen Rhythmus weiterführte; wir blickten uns nicht an und sahen einander nicht, unsere Körper berührten sich nicht, trotzdem kann nur ihre unbedachte Unerfahrenheit die Blindheit entschuldigen und erklären, mit der sie zuließ, daß wir uns auf ein gefühlsmäßig so heikles Gebiet begaben, sie hätte wissen müssen, daß wir etwas taten, was nicht erlaubt war, und daß durchaus sie die Verführerin war; denn die wechselseitige Empfindung bedient sich, nimmt man ihr das Tasten und Sehen, notwendigerweise empfindlicherer, archaischer, sozusagen animalischer Methoden, und die Glut des anderen Körpers, sein Geruch, seine geheimnisvolle Ausstrahlung und sein Rhythmus vermögen wesentlich mehr zu verraten als ein Blick, ein Kuß oder eine Umarmung, wie in der Liebe, in der die Praktiken der direkten körperlichen Berührung niemals das Ziel bedeuten, sind sie doch nur das Mittel zu einer Verinnerlichung, in der das Ziel sich in immer tieferen und tieferen Schichten, hinter immer dichteren Schleiern verbirgt und, wenn überhaupt, sich nur im Erleben unerfüllten Glücks und totaler Ziellosigkeit erfassen und zugleich entlarven läßt.

Und dann, zwanzig Jahre später, nur wenige Tage vor meinem dreißigsten Geburtstag, den ich dank eines deutlichen Vorgefühls oder einer bedrängenden Vorahnung, warum, konnte ich mir selbst nicht erklären, für einen so entscheidenden Wendepunkt hielt und der sich dann auch als solcher erweisen sollte, weshalb ich auf die Freuden heiterer Nachmittage mit meiner Verlobten sowie auf das Vergnügen, das das in ihrem Hause zu veranstaltende Geburtstagsfest in kleinem Kreise zu versprechen schien, verzichtete, nahm ich wieder einmal zur Einsamkeit Zuflucht, die allein der angenommenen Bedeutung des Zeitpunktes würdig war; in einem vertraulichen Gespräch unter vier Augen, wofür sich eine Gelegenheit bot, da mein zukünftiger Schwiegervater wegen geschäftlicher Abhaltungen noch nicht wieder zu Hause war, die schöne Frau Itzenplitz uns aber unter dem Vorwand, sich um das Abendessen zu kümmern, verständnisvoll allein gelassen hatte, suchte ich Helene meine Reiseabsichten bekanntzugeben, gegen die sie mit keinem einzigen Wort protestierte; im Gegenteil, ich hatte das Gefühl, daß sie ihnen zustimmte, wußte sie doch, daß ich das erste Kapitel meines seit Jahren geplanten Romans unbedingt noch vor unserer Hochzeit zu Papier bringen mußte, wenn ich nicht wollte, daß die Veränderung unserer Lebensumstände mich von meinen ursprünglichen Vorstellungen abbrächte oder sie gar endgültig verstummen ließe, «ich fühle, ja, ich fühle sehr genau, Helene, daß Sie keiner besonderen Erklärungen bedürfen», sagte ich leise, und die Glaubwürdigkeit meiner Worte wurde gewiß noch dadurch bestärkt, daß ich zärtlich ihre Hand hielt, daß unsere Gesichter sich so nahe waren, während das Rot des Sonnenuntergangs über das Muster der Seidentapete flimmerte, und daß ich meinen Atem, vermischt mit dem ihren, zu mir zurückströmen fühlte; der Herbst war warm, die Fenster geöffnet, «und doch habe ich das Bedürfnis, Helene, mit Ihnen über etwas zu sprechen, worüber ich nur mit einiger Beschämung sprechen kann, weil es eine so dunkle und vom moralischen Standpunkt aus fragwürdige Angelegenheit ist, denn es geht darum, und das erhöht das Risiko Ihres Schrittes genauso, wie es meine Verantwortung steigert, dessen sollten Sie sich bewußt sein, ja, Sie sollten es sogar noch einmal bedenken» – jedoch wissend, daß sie nichts mehr bedenken würde, lachte ich selbstgefällig –, «es geht also darum, daß das Glück, sosehr es auch im Mittelpunkt meiner Wünsche seinen Platz hat, mögen wir es noch so drehen und wenden, kein günstiger Zustand für die schöpferische Arbeit ist; wenn ich also jetzt gehe, vertausche ich gewissermaßen bewußt jenes Glück, das ich an Ihrer Seite genießen darf, mit dem Unglück, dem ich mich immer ausgeliefert fühle, wenn ich nicht in Ihrer Gesellschaft bin, und dem ich ausgeliefert war, solange ich Sie nicht kannte»; vielleicht brauche ich gar nicht zu sagen, daß ich, im Anschein der Aufrichtigkeit mich brüstend, gelogen hatte, das heißt, mein Geständnis war nur als Vorwand aufrichtig, und obwohl es meine Zuneigung steigerte, daß ich sie so einfach zu täuschen und in meinem Bannkreis zu halten vermochte, verstärkte es gleichzeitig, gerade weil sie sich mir, Tränen der Ergriffenheit in ihren blauen Augen, in ihrer Vertrauensseligkeit so ganz auslieferte, in mir jenen echten Wunsch, von dem zu sprechen ich vorhatte, «nur fort von hier, auf daß ich dich nie wieder sehe», das hätte ich zu ihr sagen müssen, weil ich nicht imstande zu sein schien, dem inneren Antrieb zu widerstehen, der mir zur Flucht, ja gewissermaßen zum endgültigen Verschwinden riet, weil ich mich schon einmal dabei ertappt hatte, in der Tür, beim Verlassen ihres Hauses, unwillkürlich voller Feindseligkeit vor mich hin zu murmeln: «Aus, fertig, ich bin frei»; und wenn ich mir jetzt mit Hilfe der Phantasie vorstellte, was geschehen wäre, wenn ich mich an dem Nachmittag vor meiner Abreise nicht hinter Gründen und Vorwänden versteckt, sondern ohne Umschweife gesprochen hätte, dann erschien mir dieses Mädchengesicht mit der durchscheinend weißen Haut, in der sanften Unbestimmtheit seiner ebenmäßigen Züge fast wie ein Schemen, und doch verliehen ihm die blassen Sommersprossen um die feine Nase und das dichte, schwere kupferfarbene Haar einen höchst lebensvollen Ausdruck, und ich stellte fest, daß es bei meiner seltsamen Mitteilung keinerlei Überraschung zeigte, im Gegenteil, ihr Lächeln verriet, daß sie so etwas erwartet hatte, genau das, und wenn sie mit vollen Lippen genußvoll lächelte, erschien sie erfahrener und älter, denn ihre von Feuchtigkeit schimmernden Zähne ließen auf einen eigensinnigen Willen schließen; schnell wischte sie die Träne ab, die ihr, dank ihres bereitwilligen Verzichts, das Bewußtsein moralischer Überlegenheit abgepreßt hatte, und machte jene Bewegung, nach der wir uns in diesem Augenblick, erregt von unserem gemeinsamen Atem, eigentlich beide sehnten, möglicherweise war es eine sehr gewöhnliche Bewegung, doch im Hinblick auf Helenes damals noch völlig unentwickelte Sinnlichkeit machte hier meine Phantasie anständigerweise halt; trotz des in freundlich-familiärer Atmosphäre verbrachten Abendessens und des angesichts der Umstände äußerst ungezwungenen Abschieds und ihrer geradezu leidenschaftlichen Billigung meines Entschlusses mußte ich unsere Zukunft als drohend und unheilvoll empfinden, weil wir allem Anschein nach gezwungen sein würden, sie auf Lüge und Täuschung aufzubauen; auch wenn diese sich als gegenseitige Rücksichtnahme und Höflichkeit tarnte, schien es doch, daß meine eindeutige sinnliche Veranlagung nicht auf jener rohen, ihrer selbst nicht bewußten Kraft beruhte, die nach meiner Kenntnis zu einer echten Liebe gehört, sondern sich nur von erlesener Schönheit und frivoler Hingabe nährte, und umgekehrt würde sie vielleicht niemals die Kraft zu dem Eingeständnis aufbringen, daß sie, um mit ihrer seelischen Verletzlichkeit fertig zu werden, ganz einfach derberer Umarmungen bedurfte, vielleicht sogar zotiger Anzüglichkeiten, die sie von mir unmöglich erwarten konnte und deren mutmaßlicher Mangel weder durch die lastende Ungewißheit meines geheimnisvollen Schweigens noch durch die ausweichenden Lügen meiner spielerischen Anfälle von Aufrichtigkeit zu ersetzen war.

Freilich fehlte es mir weder an der Neigung zu grober Sinnlichkeit noch an der zu derben Frivolitäten, ich glaube auch nicht an jene Formen der Verfeinerung, die ohne die Äußerung unmittelbarer Natürlichkeit als gesund zu bezeichnen wären, doch über die einfältige Angst hinaus, die jeder junge Mann fühlt, bevor er seine Braut zum Altar führt, war ich von einer weiteren Angst und Sorge geplagt, weil mir unsere Verbindung in gewissen Äußerlichkeiten unausweichlich die permanente und ausweglose Gereiztheit in der Beziehung meiner Eltern in Erinnerung brachte, ich in jeder Brutalität meinen Vater und in dem Verlangen nach ihr meine Mutter wiedererkannte; und wenn ich über jene Fähigkeit zur Selbsterkenntnis verfügt hätte, mit deren Hilfe wir Ursache und Wirkung genau voneinander zu unterscheiden und jene ins Unendliche reichende Stufenleiter der Gefühle zu erkennen vermögen, die, ohne sich mit Formen, Äußerlichkeiten und dem Augenschein zufriedenzugeben, nach innen, zu den wesentlichen Zusammenhängen führt, dann hätte allein das bedrückende Wissen, daß meine Krankheit erblich sei und das Schicksal mich zu der demütigenden Sinnlosigkeit verurteilt habe, das Leben meiner Eltern und ihre Verfehlungen zu wiederholen, also mit ihnen identisch zu sein und in diese tragische Identität auch noch ein unschuldiges fremdes Wesen hineinzuzerren, unsere Verlobung unmöglich gemacht.

Sanft leuchtete die Sonne

Damals schmolz schon der Schnee, und obwohl ich mich vor den Hunden fürchtete, ging ich doch lieber durch den Wald nach Hause.

Hier konnte man sich nur vorsichtig fortbewegen, weil der tief in den Boden eingetretene Pfad zwischen den knorrigen Stämmen der alten Eichen mit ihren mistelverzierten Kronen und schlangengleichen Wurzeln und dem auch in seiner Kahlheit undurchdringlich erscheinenden Buschwerk aus Wildrosen, Holunder und Hagedorn steil abwärts führte und ich auf dem schlüpfrig glatten Lehmboden mit der im Schmelzwasser versumpften dicken Laubschicht immer wieder ausrutschte, zudem vereinigten sich in der Mitte des Pfades die in eine Mulde strebenden Wasseräderchen und gruben sich einen Weg; ein kleiner Bach war entstanden, der kristallklar und ungestüm in seiner dunkelgelben Rinne dahinfloß, sich in den eigenwilligen Windungen des Pfades staute, um dann anschwellend und schäumend über die weißen Steine dahinzubrausen; und ich, ausgedehnte Wälder und wilde Stromschnellen um mich wähnend, wechselte zwischen den schmalen Ufern meines Bächleins von der einen Seite zur anderen, immer im Kreuzschritt hinüber und herüber, mein Körpergewicht dem Gefälle der Böschung anvertrauend; denn ich bemerkte, je waghalsiger meine Sprünge wurden, das heißt, je kürzer und je kraftvoller ich den Boden berührte, während ich mit einem einzigen genauen Blick nach vorn den Platz für den nächsten Absprung ausmachte, daß ich mich um so sicherer bewegte, je geringer die Wahrscheinlichkeit wurde, daß ich ausrutschte oder hinfiel; ich flog, ich sauste.

Unterhalb des Waldes verlor sich der Pfad in einer breit daliegenden Lichtung voller Schneereste, er ruhte sich aus; drüben, auf der gegenüberliegenden Seite der Lichtung, stand jemand im Gehölz.

Ich konnte nicht umkehren, konnte nicht fliehen, aber ich hätte wenigstens meinen Atem irgendwie beruhigen müssen, hätte nicht keuchen und japsen dürfen, damit er nicht glaubte, daß ich seinetwegen so aufgeregt war.

Er trat zwischen den Büschen hervor und kam auf mich zu.

Ich wollte vollkommen ruhig und ausgeglichen erscheinen, wie jemand, den diese zufällige Begegnung nicht in der geringsten Weise berührte, aber mein Rücken war vom Laufen schweißnaß geworden, meine Ohren waren von der Kälte lächerlich gerötet und brannten, und meine Beine erschienen mir plötzlich ungeschickt kurz und steif, so als sähe ich mich mit seinen Augen.

Der Himmel über uns war klar, ein riesiges Blau, fern und leer.

Hinter dem Wald, zwischen den knorrigen Baumkronen, leuchtete sanft die Sonne, die Luft hingegen war scharf und kalt, Raben krächzten, Elstern schackerten in der Totenstille, und man konnte ahnen, daß, sobald die Sonne unterging, alles wieder erstarren würde.

Langsam näherten wir uns einander.

An seinem langen, dunkelblauen Mantel glänzten goldene Knöpfe, die schwarze, aus weichem Leder gefertigte Tasche trug er, wie es seine Gewohnheit war, nachlässig über die Schulter geworfen auf dem Rücken, weshalb er seinen langen Hals schief halten mußte, daher die ein wenig gekrümmte Haltung, aber sein Gang war so vornehm und locker, als würde er ständig von einer sorglosen Leichtigkeit beschwingt, den Kopf trug er hoch erhoben; er beobachtete.

Der Weg zwischen uns war sehr lang; von dem Augenblick an, da ich ihn hinter dem Gebüsch wahrgenommen hatte, mußte ich meine widersprüchlichsten und geheimsten Gefühle ordnen und sie zur Vorsicht mahnen; «Kristian», hätte ich in meiner Überraschung am liebsten gerufen, wenn auch nur darum, weil ich in seinem Namen, den auszusprechen ich noch zu Anfang unserer Freundschaft keinen Mut gehabt hatte und deshalb nur heimlich in mir hersagte, die gleiche vornehme Erlesenheit zu spüren glaubte wie in seinem ganzen Wesen; selbst sein Name übte diese unüberwindliche Anziehung auf mich aus, der ich mich in keiner Weise auszuliefern wagte; hätte ich seinen Namen laut ausgesprochen, wäre das gewesen, als hätte ich seinen nackten Körper berührt, deshalb ging ich ihm lieber aus dem Weg, wartete stets, bis er mit den anderen nach Hause ging, um nicht in die gleiche Richtung oder gar mit ihm zusammen gehen zu müssen, sogar in der Klasse achtete ich darauf, nicht in seine Nähe zu geraten, um selbst der Möglichkeit auszuweichen, ihn vielleicht anzusprechen oder in irgendeiner zufälligen Balgerei mit seinem Körper zusammenzustoßen; gleichzeitig aber beobachtete ich ihn ständig, folgte ihm wie ein Schatten, ahmte vor dem Spiegel seine Bewegungen nach, eine besonders schmerzliche Lust verschaffte mir das Bewußtsein, daß er – während ich ihn beobachtete, heimlich nachahmte und versuchte, in mir jene verborgenen Eigenschaften und Charakterzüge, die mich ihm ähnlich machen könnten, aufzuspüren – nichts davon wußte und auch nicht merkte, daß ich immer bei ihm und er bei mir war, daß er mich keines Blickes würdigte, daß ich für ihn nicht mehr bedeutete als ein gleichgültiger Gegenstand, etwas, wovon er keinerlei Nutzen hatte, etwas vollkommen Überflüssiges und Belangloses.

Meine Vernunft mahnte mich freilich, von meinen leidenschaftlichen Gefühlen selbst keine Notiz zu nehmen, als wohnten zwei Wesen in mir, nebeneinander, vollkommen unabhängig voneinander, als wären die Freuden und Leiden, die er mir mit seiner bloßen Existenz verursachte, bloße Spielereien, keinerlei Beachtung wert, denn der andere Teil meines Ichs haßte und verachtete ihn genauso, wie der eine ihn bewunderte und liebte; und da ich mich bemühte, weder dem Haß noch der Liebe irgendeinen sichtbaren Ausdruck zu verleihen, war ich es, der den Eindruck erweckte, als wäre er ein mir völlig gleichgültiger Gegenstand; meine Liebe war viel zu inbrünstig und leidenschaftlich, als daß ich sie ihm hätte gestehen können, hätte ich mich ihm doch damit völlig ausgeliefert, mein Haß aber trieb mich in so entwürdigende Phantasien, die zu verwirklichen ich mich gefürchtet hätte, und deshalb war ich es, der so tat, als wäre ich unnahbar und selbst gegen zufällige Blicke von ihm unempfindlich.

«Ich möchte dich um etwas bitten», sagte er, mich mit meinem Namen anredend, mit kühler Sachlichkeit, als wir nicht weiter als auf Armeslänge voneinander entfernt und stehengeblieben waren, «du würdest mich außerordentlich verpflichten, wenn du es erfüllen würdest.»

Ich fühlte, wie mir das Blut in die Wangen schoß.

Was auch er sofort bemerken würde.

Weil jene liebenswürdige Natürlichkeit, mit der er meinen Namen ausgesprochen hatte – wußte ich doch, daß er das nur seiner einwandfreien Manieren wegen tat –, mich völlig vernichtete, jetzt hatte ich nicht nur das Gefühl, zu kurze Beine zu haben, sondern war nur noch ein einziger riesiger Kopf, irgendwo unmittelbar über der Erde schwebend, ein unverhältnismäßig häßlicher kleiner Wurm; und in meiner Verwirrung entschlüpfte mir das Wort, das ich gar nicht hatte aussprechen wollen, «Kristian», sagte ich laut seinen Namen, und weil das zu behutsam, fast erschrocken, auf jeden Fall aber unterwürfig klang und überhaupt nicht zu jener harten Entschlossenheit paßte, mit der er sich dazu gezwungen hatte, auf mich zu warten, ja von mir etwas zu erbitten, zog er wie jemand, der schlecht gehört hat, seine Augenbrauen hoch und wandte sich mir hilfsbereit zu, «wie bitte? du wünschst?» fragte er, aber ich, der ich ein unerwartetes und wohliges Vergnügen an meiner Verwirrung gefunden hatte, zeigte mich noch sanfter und liebenswürdiger, «nichts, gar nichts», sagte ich ruhig, «ich habe nur einfach deinen Namen ausgesprochen, ist das nicht erlaubt?»

Seine vollen Lippen öffneten sich, seine Wimpern zuckten, seine hellbraune Gesichtshaut schien sich in der unterdrückten Erregung dunkler zu färben, die schwarzen Pupillen in seinen Augen verengten sich, wodurch die blaßgrüne Iris noch größer erschien; ich glaube, daß es nicht einmal die Formen seines Gesichts waren, die breite und sich schnell runzelnde Stirn, die schmalen Wangen, das Grübchenkinn und die unverhältnismäßig kleine, fast spitze und vielleicht noch unentwickelte Nase, die mein Schönheitsgefühl am tiefsten und schmerzlichsten beeindruckten, es waren vielmehr die Farben, in dem Grün seiner aus dem barbarischen Braun der Haut hervorleuchtenden Augen lag etwas irreal Schwärmerisches und Hochgemutes, während das schrundige Rot seiner Lippen und das Schwarz seiner ungebändigten Lockenfülle in die Tiefe, ins Dunkel wies; die animalische Nacktheit seines Blickes aber brachte jene frühen vertrauten Momente zurück, als wir, versunken in unsere von offener Feindseligkeit und verborgener Liebe erfüllten Blicke, genau wußten, daß unsere gegenseitige Anziehung eigentlich keine andere Grundlage als die einer hemmungslosen Neugier hatte und daß diese Neugier zwar nur der Widerschein von etwas war, das uns zusammenführte und verband, daß diese Neugier aber tiefer als jede mit Namen zu benennende gefährliche Leidenschaft ging, weil sie ohne Ziel und ohne Befriedigung bleiben mußte; gerade die übereinstimmende Verengung der Pupillen und die Erweiterung der Iris in unseren Augen verriet offen und schonungslos, daß die Gefühle von Vertrautheit und Zusammengehörigkeit eine freundliche Täuschung, daß wir beide völlig verschieden und nicht zu versöhnen waren.

Als hätte ich nicht in wirkliche Augen, sondern in zwei schreckliche Zauberkugeln geblickt.

Jetzt allerdings konnten wir nur für sehr kurze Zeit unsere Blicke aushalten, zwar wichen wir uns nicht aus, sahen auch nicht zur Seite, weder er noch ich, doch sein Blick hatte sich verändert, seine Augen ihre strahlende Offenheit verloren, sie wurden von Absichten und Überlegungen verschattet, überzogen sich mit einem Schleier und gingen sofort in Deckung.

«Ich muß dich darum bitten», sagte er leise, aber mit schneidender Stimme, und damit ich ihn nicht etwa wieder unterbrach, packte er näher tretend grob meinen Arm, «keine Anzeige gegen mich zu erstatten, und wenn du sie schon gemacht hast, versuche, sie zurückzuziehen!»

Er biß sich dauernd auf die Lippen, zerrte an meinem Arm und blinzelte, seine Stimme verlor die sanfte Sicherheit, er stieß die Worte hervor, als wolle er verhüten, daß auch nur ihr leisester Hauch seine Lippen berühre, er mußte diese verhaßten Worte herausstoßen, wollte sie loswerden, weil er sich beweisen wollte, daß er alles Notwendige getan hatte, auch wenn er genausowenig Hoffnung in die Wirkung seiner Worte setzen wie auf meine Nachgiebigkeit bauen konnte; deshalb glaube ich auch nicht, daß er neugierig auf meine Worte war, unabhängig davon, daß es unklar war, wie er sich praktisch das Zurückziehen der Anzeige vorstellte; ich glaube, er wußte im voraus, auf welch unsicheres Gebiet er sich begab; er sah mich an, aber offenbar hatte es ihn allzu große Anstrengung gekostet, sich diesen demütigenden Tonfall abzuringen, wahrscheinlich ist auch, daß er mein Gesicht gar nicht wirklich sah, in seinen Augen war ich wohl nur so etwas wie ein in Unklarheit zerfließender Fleck.

Mir aber hatte das Gefühl der Überlegenheit, die Lust an ihr, noch nie größere Sicherheit verliehen.

Man hatte mir eine Bitte unterbreitet, und es lag in meiner Macht, sie zu gewähren oder zu verweigern; der Augenblick war gekommen, da ich meine Wichtigkeit beweisen, da ich nach Lust und Laune ihn beruhigen oder vernichten, da ich alle seine geheimen Kränkungen mit einem einzigen Wort vergelten konnte, Kränkungen, die am Ende gar nicht er verursacht, sondern die ich mir im Zusammenhang mit ihm selber zugefügt hatte; Schmerzen der Zurücksetzung, die er zufällig und unschuldig dadurch in mir ausgelöst hatte, daß er atmete und lebte, schöne Kleider besaß, mit anderen spielte, mit anderen redete, während er zu mir jene Beziehung vermutlich weder finden konnte noch wollte, nach der es mich so sehr verlangte und von der ich selber nicht wußte, wie sie hätte beschaffen sein können; und obgleich er fast einen Kopf größer war als ich, schaute ich jetzt auf ihn herab; das Lächeln, das er sich abquälte, fand ich widerlich; mein Körper gewann nicht nur seine natürlichen Proportionen zurück, sondern wurde in jenen unbeschwerten Zustand von Sicherheit versetzt, in dem sich das Bewußtsein nicht zur Wehr setzt, sondern sich unterwirft und mit einem sorglosen Achselzucken alle noch so gegensätzlichen Gefühle akzeptiert, mit dem Ergebnis, daß auch die äußeren Formen und Konventionen unwichtig werden; es interessierte mich nicht mehr, wie ich wirkte, ich wollte gar nicht gefallen; zwar fühlte ich den kalten Belag des verdunstenden Schweißes auf meinem Rücken, das Naß in meinen löchrigen Schuhen, das unangenehme Kratzen der alten, vergammelten Stoffhose auf meinen Schenkeln, das Brennen meiner Ohren, meine Kleinheit und meine Häßlichkeit, aber daran war nichts Kränkendes oder Demütigendes mehr, trotz meines ewigen körperlichen Elends fühlte ich mich frei und mächtig; ich wußte, daß ich ihn liebte, und was immer er tun würde, ich würde nicht aufhören ihn zu lieben, ich war ihm wehrlos ausgeliefert und wußte nicht, wofür ich ihn bestrafen oder was ich ihm vergeben sollte, zwischen beidem wäre auch kein großer Unterschied gewesen; obwohl er mir jetzt überhaupt nicht so schön und anziehend erschien wie sonst, wenn ich ihn mir vorstellte oder er plötzlich vor mir auftauchte und ich beglückt war, ihn zu sehen; seine braune Haut war jetzt gelblich blaß, und da er Knoblauch gegessen hatte, widerstrebte es mir, seinen Mundgeruch einzuatmen, in seinem Lächeln aber lag eine verzerrte und übertriebene Unterwürfigkeit, welche verriet, wie sehr er sich mühte, von seiner Angst, so echt sie auch sein mochte, nichts zu zeigen, sie stolz zu verbergen, mit vorgetäuschter Ergebenheit zu kaschieren, um mir zu schmeicheln und mich gleichzeitig zu täuschen.

Ich errötete und zerrte meinen Arm aus seinem Griff.

Dann konnte ich also doch nicht wählen, nicht selbstherrlich entscheiden; jede sich bietende Gelegenheit wurde für meine Gefühle zu einer Sackgasse; es war mir gar nicht in den Sinn gekommen, ihn anzuzeigen, aber wenn ich es täte, jetzt täte, würde ich ihn endgültig verlieren, vielleicht würde man ihn sogar festnehmen; wenn ich aber so tat, als überzeugte mich seine Bitte, dann ließe ich mich von seiner ungeschickt gespielten Unterwürfigkeit auf einen Irrweg führen, und sein Sieg wäre allzu leicht, als daß er mich um dessentwillen lieben könnte; ich schämte mich meines Errötens nicht, im Gegenteil, ich wünschte ausdrücklich, daß er es bemerkte, sehnte ich mich doch nach nichts anderem so sehr, als daß er meine Gefühle entdeckte und sich nicht gegen sie wehrte; aber mein Erröten brachte es nur mehr unmißverständlich an den Tag, daß es nichts gab, was mir helfen könnte; was immer ich tun, was immer ich sagen würde, alles würde mir wieder aus den Händen gleiten; es würde zu nichts führen als zu einem erneuten ungeklärten Augenblick, den er nicht verstehen würde, und zu unfruchtbaren Phantasien; ich muß also nach meiner eigenen Überzeugung entscheiden, schonungslos und nüchtern, dachte ich plötzlich; das gemahnte mich jedoch an Vater und Mutter, auch wenn sie mir dabei nicht deutlich vorschwebten, sosehr ich mir das auch gewünscht hätte, meine Überzeugung aber, wenn ich überhaupt eine hatte, wäre auch dann nicht ausschließlich meine eigene gewesen, denn die Situation war viel zu außergewöhnlich und nur auf mich zugeschnitten, als daß sie mir, sei es körperlich, sei es geistig, dermaßen gegenwärtig gewesen wären, daß sie mir gar Worte ins Ohr geflüstert hätten, die ich mit der Zuverlässigkeit eines Papageis hätte wiederholen können; trotzdem hausten sie mit einer Art familiärer Gewalttätigkeit in meinen Gedanken, stets zum Sprung bereit, und deshalb wußte ich, daß es eine Verhaltensweise gibt, die in der Lage ist, mancherlei Gefühlsaspekte auszugrenzen und nur auf der Grundlage von Prinzipien zu handeln, die man Überzeugungen nennt; aber ich hatte nicht die Kraft, meine Gefühle zu ersticken.

«Ich bitte dich wirklich nicht meinetwegen!» sagte er noch nachdrücklicher, und die Hand mit den schlanken Fingern und dem schmalen Handgelenk, aus der ich meinen Arm weggerissen hatte, hing noch zögernd in der Luft, aber ich ließ es nicht zu, ich wollte nicht, daß er weiterredete, ich wollte ihn nicht länger so sehen und unterbrach ihn: «Zunächst einmal wäre es gut, wenn du einen Unterschied machen wolltest zwischen Melden und Anzeigen!»

Er aber setzte, als habe er gar nicht zugehört, den angefangenen Satz fort: «Ich möchte nämlich meine Mutter vor neuen Unannehmlichkeiten bewahren.»

Wir fielen uns gegenseitig ins Wort.

«Wenn du etwa glaubst, daß ich ein Spitzel bin, dann ist es schade um jedes weitere Wort.»

«Ich hab's doch gesehen, wie du nach der Stunde ins Lehrerzimmer hinaufgegangen bist.»

«Glaubst du vielleicht, daß ich mich andauernd mit dir, ausgerechnet mit dir beschäftige?»

«Du weißt doch genau, daß meine Mutter herzkrank ist.»

Ich lachte laut auf, und dieses Lachen war kraftvoll.

«Immer wenn du die Folgen deiner Worte zu verantworten hättest, ist sie herzkrank.»

In seine Augen kehrte das Funkeln zurück, als erleuchte sie ein kalter Blitz von innen, er schrie, und mit seinen Worten schlug mir der ganze Knoblauchdunst ins Gesicht: «Also was willst du von mir? Was? Soll ich dir vielleicht den Arsch lecken?»

Etwas bewegte sich, und beide wandten wir unwillkürlich den Kopf; über die schneegefleckte Lichtung lief ein Hase.

Ich sah nicht dem Hasen nach, der sicher am Rande der Wiese unter einem Gebüsch verschwand, sondern sah ihn an; ohne es zu bemerken, waren wir in unserem Zorn einander so nahe gekommen, und wenn er darauf geachtet hätte, hätte er gespürt, daß mein Atem – umsonst versuchte ich ihn zurückzuhalten – seinen Nacken berührte; der weiche Knoten seines gestreiften Schals hatte sich gelockert, der oberste Knopf seines Hemdes war vermutlich offen, so daß sein Kragen in den Ausschnitt seines Pullovers gerutscht sein mochte, denn sein schlanker Hals bot sich mir in einer eleganten Halbdrehung gleich einer seltsamen nackten Landschaft dar, eingebettet zwischen den gespannten Sehnen und Muskeln sah man die unter der glatten Haut durchscheinende Schlagader gleichmäßig pochen, die Spitze des leicht vorspringenden Adamsapfels bewegte sich in einem unberechenbaren Rhythmus nach oben und unten; das Blut, das ihm während seines Schreiens ins Gesicht geschossen war, sackte langsam wieder ab, und ich konnte beobachten, wie seine natürliche Farbe wieder zurückkehrte; seine vollen Lippen öffneten sich ein wenig, er verfolgte den Weg des Hasen mit den Blicken, und als sie an einem Punkt anhielten, wußte ich, daß der Hase verschwunden war.

Im Grün seiner Augen spiegelte sich das blaßgelbe Licht der hinter dem Wald untergehenden Sonne, und es wollte mir scheinen, als wäre das ausdauernde Schackern der Elstern, das ununterbrochene Krächzen der Raben, der Geruch der Luft und selbst jedes winzige Geräusch des Waldes von der gleichen, fast greifbaren Wirklichkeit wie sein Gesicht, scharf umrissen, bewegt auch im Unbewegten, hart; ohne irgendeine Spiegelung von Gefühlen, einfach und unbeschwert überließ er sich dem Schauspiel, und vielleicht war es gar nicht seine Schönheit, die Harmonie seiner Farben und seiner Züge, die mich jetzt bezauberten und ihn mir so beneidenswert erscheinen ließen, sosehr ich mich auch danach sehnte, sondern vielmehr jene innere Beschaffenheit, die ihn befähigte, sich ohne Vorbehalt und vollkommen dem Augenblick hinzugeben; wenn ich in den Spiegel sah, um mich mit ihm zu vergleichen, dann mußte ich feststellen, daß ich auch nicht gerade häßlich war, doch mein Wunsch, ihm zu gleichen, war so stark, daß ich genau so sein wollte wie er; meine Augen waren blau, klar und durchsichtig, das blonde Haar fiel mir in weichen Wellen in die weiße Stirn, und doch fand ich die empfindsamen, verletzlichen, gefühlvollen Züge meines Gesichts verlogen, weil ich mich, während andere es ausgesprochen liebenswert fanden, gerne betasteten oder streichelten, grob, gewöhnlich, böse und tückisch wußte, ich fand nichts Liebenswertes an mir und konnte mich nicht lieben; es war mir, als hätte sich meine wahre Natur hinter einer fremden Maske versteckt; und um keine zu große Enttäuschung hervorzurufen, sah ich mich gezwungen, in Rollen zu schlüpfen, die meinem Äußeren weit mehr entsprachen als meinem

Inneren; ich bemühte mich, aufmerksam und verständnisvoll zu sein, setzte ein freundliches Lächeln auf und legte ein ruhiges, einschmeichelndes Wesen an den Tag, obwohl ich in Wirklichkeit mürrisch und reizbar war, es mich mit allen Sinnen nach vulgären Freuden gelüstete, ich aufbrausend und rachsüchtig war; am liebsten wäre ich immer mit gesenktem Kopf gegangen, um niemanden zu sehen und nicht gesehen zu werden, und ich sah den Leuten nur deshalb offen in die Augen, um in ihnen die Wirkung meiner Verstellungskünste zu kontrollieren, und es gelang mir, fast alle zu täuschen; doch fühlte ich mich nur wirklich wohl, wenn ich allein war, weil ich diejenigen, die mir so leicht auf den Leim gingen, ihrer Dummheit und Blindheit wegen verachten mußte, während ich jenen, die Verdacht schöpften, die nicht gutgläubig waren oder sich ganz einfach nie auf einen anderen einließen, ein großes Maß an Aufmerksamkeit zuwandte, was meine ganze Kraft und all meine Energie so sehr in Anspruch nahm, daß mich eine unvorstellbar wollüstige Ohnmacht anwandelte, weshalb ich gerade in jenen Augenblicken, da es mir endlich gelungen war, diejenigen zu erobern, die mir fremd, vielleicht sogar hassenswert oder gleichgültig waren, meine Schlauheit, meine Anpassungsfähigkeit und meinen Machthunger am deutlichsten empfand; ich wollte, daß mich alle liebten, ich aber konnte niemanden lieben; zwar erkannte ich die verführerische Täuschung der Schönheit und daß jemand, der von ihr so besessen ist wie ich und sich ihr ganz verschrieben hat, unfähig ist zu lieben und nicht geliebt werden kann, und doch vermochte ich nicht auf sie zu verzichten, weil ich das Gefühl hatte, als wäre mein schön genanntes Gesicht nicht das meine, dabei schien mir diese Schönheit meinem Betrug dienlich, der Betrug gehörte mir und konnte mir Macht verleihen; gegen Behinderte und Häßliche hatte ich eine ausgesprochene Abneigung, was um so unverständlicher war, da ich mich, obwohl man mich schön fand, was ich selber im Spiegel sehen konnte, immer nur häßlich und abstoßend finden mußte, mich selber konnte ich nicht überlisten, meine Gefühle sagten mir deutlicher, wer ich in Wirklichkeit war, als die mit der Anmut meines Äußeren eroberte Macht, und deshalb sehnte ich mich nach einer Schönheit, in der die äußeren und inneren Eigenschaften identisch waren, in der die äußere Harmonie nicht die Verwirrungen einer verkrüppelten Seele überdeckte, sondern ihrer Güte und Stärke entsprach; ich sehnte mich also nach Vollkommenheit oder zumindest nach einer inneren Übereinstimmung mit mir selber, nach der Freiheit, unvollkommen zu sein, ich wollte grenzenlos böse und gemein sein dürfen; er aber gab nicht nach.

«Ich habe dich nicht anzeigen wollen», sagte ich leise, aber er wandte nicht einmal den Kopf, «und sollte ich dich doch noch anzeigen, so kannst du ja alles abstreiten, du hättest ja genausogut euren Hund meinen können, auch wenn es nicht leicht sein wird, sich herauszureden, aber du hättest ja dabei tatsächlich euren Hund meinen können.»

Mein Flüstern war nicht deutlicher als die im kalten Licht sich abzeichnende Dunstwolke vor meinem Mund; jedes meiner Worte rührte an sein unbewegtes Gesicht; listiger hätte ich mich gar nicht verhalten können, hielt ich mir doch eine Möglichkeit offen, die ich gar nicht zu nutzen beabsichtigte, anstelle der sanften Drohung bot ich ihm sofort einen auf der Hand liegenden Ausweg an, mit dessen Hilfe er sich aus dem Netz, in dem ich ihn hätte fangen können, zu befreien vermochte, was alles aber meine Überzeugung, daß ich ihn in der Tat hätte anzeigen müssen, voraussetzte; nur so hätte ich mich als stark und hart erweisen können; vielleicht würde ich es auch noch tun; tiefer konnte ich gar nicht mehr sinken; ich war mir meiner selbst nicht mehr sicher, ich war neben mir, aber irgendwo tief unten.

Nichts war wichtiger – die Worte waren ganz bedeutungslos – als der Hauch, den ich ausatmete und der seine Haut berührte, aber auch das schien nicht genug, denn sein Blick blieb unbestimmt, er schien nicht recht zu verstehen, woran ich dachte.

«Daran habe ich überhaupt nicht gedacht, du kannst es mir glauben!»

Endlich wandte er sich mir zu, und ich sah an seinen Augen, daß sein Verdacht allmählich schwand.

«Wirklich?» fragte er, gleichfalls flüsternd, und seine Augen wurden klar und durchsichtig, so wie ich sie liebte; «wirklich», sagte ich mit Nachdruck, kaum noch wissend, worauf sich diese Beteuerung bezog, denn endlich war ich zugelassen, brauchte mich nicht mehr zu verstellen, fühlte, wie sich auch mein Blick klärte, und das war das Wichtigste; «wirklich?» fragte er von neuem, aber jetzt nicht mehr mißtrauisch, sondern eher wie jemand, der sich seiner Liebe vergewissern will, und wie ein Tautropfen streifte dieses Wort meinen Mund, «nein, wahrhaftig nicht», flüsterte ich zurück, dann wurde es plötzlich still zwischen uns; wir sahen uns an, waren uns nah, so nahe, daß ich den Kopf kaum zu bewegen brauchte, mein Mund berührte seine Lippen.

Mutter, die man vor drei Tagen aus dem Krankenhaus entlassen hatte, mußte auch zu Hause liegen, und sobald Kristian im Gebüsch verschwunden war und ich allein zurückblieb, erinnerte ich mich plötzlich an sie, wie sie in ihrem breiten Bett lag und ihren nackten Arm nach mir ausstreckte.

Noch fühlte ich seine Lippen auf meinen, das Schrundige der fremden Haut, die Weichheit seines Mundes und dessen Geruch, noch spürte ich das leise Zittern seiner Lippen, die sich unter meinem geschlossenen Mund öffneten, das langsame Ausatmen, das sich mir einverleibte, und das tiefe Einatmen, das seine Lippen von mir übernahmen, und obwohl der Tatbestand mir zu widersprechen scheint, glaube ich doch nicht, daß dies ein Kuß genannt werden kann, und zwar nicht nur deshalb, weil unsere Lippen sich kaum berührten, oder auch nicht nur, weil die Berührung unserer Lippen für uns beide zu einer ganz instinktiven Offenbarung wurde, deren zielbewußte, nennen wir es: Liebesanwendung noch keiner von uns beiden genau kennen konnte, in der Hauptsache wohl deshalb, weil in diesem Augenblick mein Mund nichts anderes war als das letzte Mittel der Überredung, das letzte wortlose Argument, er aber hatte seine Angst ausgeatmet und Zuversicht aus meinem Atem geschöpft.

Im Grunde weiß ich nicht einmal, auf welche Weise wir uns trennten, denn in jenem Augenblick war ein solch unmeßbares Partikel von Zeit enthalten, in dem ich mich gänzlich der sinnlichen Empfindung, die mir seine Lippen mitteilten, überließ und in dem, wie ich fühlte, auch er mit seinem Atem sich mir völlig überantwortete; und im Bewußtsein dessen habe ich keineswegs die Absicht zu behaupten, daß unsere Berührung oder auch nur unsere wechselseitige Beteuerung jeder Sinnlichkeit entbehrt hätte, das zu behaupten wäre geradezu lächerlich, nein, die Berührung war sogar sehr sinnlich zu nennen, aber sie war vollkommen unschuldig, das muß betont werden, frei von jedem Hintergedanken, mit dem die Erwachsenen den Kuß auf ihre eigene, natürliche Weise ergänzen, unsere Münder beschränkten sich auf die unschuldigste Weise allein darauf, was zwei Münder, unabhängig von allem Vorausgegangenen und allem Folgenden, während des Bruchteils eines Augenblicks einander geben können, Erfüllung, Linderung und Absolution, und da muß ich wohl die Augen geschlossen haben, in einem Moment, da weder Eindrücke noch Erfahrungen eine Rolle spielten, doch wenn ich daran denke, muß ich mich selbst fragen, was denn und wieviel mehr ein Kuß zu sein vermag, wenn nicht dies?

Als ich die Augen öffnete, redete er schon wieder.

«Weißt du, wo die Waldhasen im Winter wohnen?»

Obwohl seine Stimme jetzt tiefer und vielleicht sogar rauher klang als gewöhnlich, war nichts von Eile in ihr, er fragte mit einer so natürlichen Selbstverständlichkeit, als wäre der Hase erst in diesem Augenblick und nicht schon vor einigen Minuten über die Wiese gehoppelt, als wäre zwischen diesen zwei Zeitabschnitten nicht das geringste geschehen, und während ich sein Gesicht betrachtete, seine Augen, seinen Hals, dieses für mich plötzlich sehr ferne Bild, das sich mir vor dem strahlend opalfarbenen, von Zweigen und Baumkronen durchbrochenen Hintergrund darbot, muß mir für einen Augenblick die schreckensvolle Erkenntnis eines endgültigen und nie wiedergutzumachenden Irrtums gekommen sein, weil die Frage nämlich keineswegs bedeuten sollte, daß er in seiner natürlichen, ja berechtigten Verwirrung sich in den Schutz eines gleichgültigen Themas zurückziehen wollte; weder in seinem Blick noch in seinen Gesichtszügen oder in seiner Haltung war nur das leiseste Anzeichen einer Verwirrung zu entdecken, er war genauso vornehm gelassen, selbstsicher und gewissermaßen kühl geblieben wie sonst auch, vielleicht aber wäre es in diesem Falle richtiger zu sagen, daß er, durch den Kuß von seinen Ängsten befreit, wieder unerreichbar er selber geworden war, was nicht annähernd zu bedeuten hatte, daß er gleichgültig oder auch nur teilnahmslos gegenüber den Ereignissen gewesen wäre, die mit ihm geschahen, im Gegenteil, er war in jedem Augenblick seiner Existenz jeweils dem Augenblick ausgeliefert, in dem er gerade zu leben gezwungen war, so daß sowohl jede Vergangenheit wie auch jede mögliche Zukunft in ihm verdrängt wurden, was ihm den Anschein gab, als stünde er außerhalb seiner körperlichen Existenz, als wäre er dort, wo zu sein ihm bestimmt war, gar nicht anwesend; ich jedoch blieb stets der Gefangene der vergangenen Dinge, weil ein einziger, gewichtiger Augenblick ein solches Maß an Leidenschaft und Schmerz in mir aufstören konnte, daß mir für das Darauffolgende keine rechte Zeit verblieb, und so blieb auch ich außerhalb, wenn auch auf andere Weise; ich konnte ihm nicht folgen.

«Ich habe keine Ahnung», murmelte ich lustlos, wie jemand, den man aufgeschreckt hat.

«Vielleicht wohnen sie in Erdlöchern.»

«In Erdlöchern?»

«Mit einer entsprechenden Falle könnte man bestimmt eine ganze Hasenfamilie erwischen!»

Später muß ich wohl leise, ohne jede Eile, die Tür geöffnet und wahrscheinlich auch meine Tasche nicht wie sonst aus der Hand fallen gelassen haben, sie plumpste nicht auf den Steinboden, die schwere Tür schlug nicht hinter mir zu, daher hatte niemand mein Kommen bemerkt, außerdem war ich nicht über die auf den Vorplatz führende glänzende Eichentreppe nach oben gelaufen, aber ich war mir dieser eigentümlichen Veränderung oder dieses Mangels gar nicht bewußt geworden, ich konnte nicht ahnen, daß ich mich von jetzt an immer vorsichtiger und leiser bewegen, daß ich langsamer, nachdenklicher und in mich gekehrter sein würde, was mich freilich nicht daran hindern sollte, die sich in meiner Umgebung abspielenden Ereignisse zur Kenntnis zu nehmen, ja sie sogar schärfer wahrzunehmen, doch nur aus der Perspektive des Teilnahmslosen; die gläsernen Türen des Eßzimmers standen offen, am leisen Klirren des Geschirrs konnte ich erkennen, daß ich wieder zu spät kam, das Mittagessen war fast beendet, was mich übrigens nicht im geringsten interessierte, denn im Vorzimmer war es schön dunkel und angenehm warm, nur durch das gefächerte Opalglas der Tür sickerte ein wenig vom Licht des Spätnachmittags herein, der Heizkörper knisterte und blubberte ab und zu, begleitet von einem metallischen, echoähnlichen Knacken in den Rohren; ich mußte eine Weile in dem schweren Geruch des frisch zubereiteten Hackbratens gestanden und mich in dem bodenlangen alten Spiegel betrachtet haben, doch jetzt war mir der Anblick des purpurroten Teppichs viel wichtiger als mein Gesicht oder mein Körper, dessen dunkle Umrisse sich im silbernen Glitzern des Spiegels sanft verwischten.

Ich hatte es durchaus verstanden, warum hätte ich es auch nicht verstehen sollen, daß er mit dieser Hasenfalle so etwas wie die Möglichkeit zu einer gemeinsamen Unternehmung aufblitzen lassen wollte, und ich spürte genau, daß er, falls er überhaupt eine Antwort erwartete, darauf aus war, daß ich mich bezähmte und, zu den gewohnten Formen unserer Beziehung zurückkehrend, vielleicht selber einen handfesten Vorschlag zu einer gemeinsamen Unternehmung vorbrächte; das hätte natürlich auch etwas anderes sein können, wir hätten nicht unbedingt an diesem blöden Hasen festhalten müssen, nur hätte es eine Unternehmung sein sollen, die Kraft und Geschicklichkeit erforderte und damit unserer Vorstellung von Männlichkeit entsprach; doch erschien mir dieses mit versöhnlicher Ritterlichkeit vorgebrachte Angebot allzu simpel, in gewissem Sinne auch lächerlich im Vergleich zum Geschehenen, und das nicht nur, weil es nicht mehr so recht zu unserem Alter paßte, sondern weil es gerade in seiner Kindlichkeit verriet, daß es nichts anderes als die übereilte Idee einer Abwehr war, die dazu dienen sollte, das Geschehene nicht länger zur Kenntnis nehmen zu müssen, Deckung, Ausflucht, Ablenkung der Gefühle also, was sich schließlich als eine viel vernünftigere Lösung erwiesen hätte als alles, wozu ich in dieser Situation in der Lage gewesen wäre, nur daß mir in jenem Augenblick und in jener Situation nichts ferner lag, als vernünftig zu sein; die Freude über meine Absolution strömte aus mir, als wäre sie aus einem Stoff, den man mit Händen zu greifen vermochte, sie schien sich in Wellen auszubreiten, als wollte seinen Körper etwas erreichen, was meinem Körper entströmte, ich aber hatte keinen anderen Wunsch, als in diesem Zustand zu verharren, einem Zustand, in dem sich der Körper all dem völlig ausliefert, was triebhaft, sinnlich und leidenschaftlich ist, und er so viel an Gewicht und Schwere einbüßt, als die freigesetzten Energien wiegen, ja sogar aufhört, jener Körper zu sein, den wir als Last empfinden; diesem Zustand wollte ich Dauer verleihen, seine Gültigkeit auf alle zukünftigen Augenblicke ausdehnen, also alle Schranken durchbrechen, die Gewöhnung, die Einwurzelungen der Erziehung und des Anstands, all das, was uns unserer alltäglichen Augenblicke beraubt und uns hindert, die tiefsten Wahrheiten unseres Seins weiterzugeben, so daß nicht wir in der Zeit sind, sondern die Zeit an unserer Statt ist, ordnungsgemäß leer; und während ich, eigensinnig und unbeugsam, vollkommen unfähig, mit einer normalen und alltäglichen Stimme zu sprechen, mich bemühte, den Augenblick festzuhalten, mußte ich erkennen, daß nichts von alledem ihn zu erreichen vermochte und daß er, um angesichts dieser hemmungslosen Sehnsucht ruhig und geduldig zu bleiben, mit Gewißheit alle nur menschenmöglichen seelischen Kräfte aufbieten mußte, denn er erwies sich als glatte Mauer, an der alles, was von mir auf ihn zuströmte, gleichgültig zerschellte und zurückschlug und nicht ihn, sondern mich umfing, barg, in eine Hülle bettete, die keine genauen Grenzen besaß, mir aber einen gewissen Schutz bot, weil sie mit mir identisch war; doch umsonst schwebte ich so angenehm in ihr, die kleinste unvorsichtige Bewegung würde sie zerstören, ein lautes Wort genügen, und alles, was aus dem Körper ausströmte, würde sich in Luft auflösen wie ein Hauch unseres Atems; er sah mich an, sah mir direkt in die Augen, wir sahen nichts anderes als unsere Augen, und doch entfernte er sich immer weiter, während ich auf der Stelle stehenblieb, weil ich da bleiben wollte, genau da, und zwar so wie ich war, denn nur in diesem irrsinnig ausgelieferten Zustand fühlte ich mich wirklich, ja, ich könnte sogar sagen, daß ich zum erstenmal die Großartigkeit, Schönheit und Gefährlichkeit der in mir tobenden Gefühle wahrnahm, dies war wirklich ich, nicht jener vage Umriß, den der Spiegel als Gesicht oder Körper wiederzugeben vermochte, sondern ich; ich mußte sein Entgleiten wahrnehmen, als erstes jene flüchtige Bestürzung, die sich entgegen all seinen guten Absichten und seiner Disziplin auf dem Gesicht abzeichnete, dann jene in einem flüchtigen Lächeln sich zeigende törichte Überheblichkeit, mit der es ihm gelang, die durch die Überraschung ausgelöste Zärtlichkeit besiegend, sich so weit zu entfernen, daß er mit einer fast mitleidsvollen Neugier auf mich zurückblicken konnte, doch ich schwieg und machte nicht die geringste Bewegung; für mich war dieser wortlose Zustand die Erfüllung schlechthin, und ich war mir selbst so wichtig, daß es mich nicht einmal störte, als von seinem Gesicht sogar der Schatten jenes Lächelns verschwand, die Stille deutlich spürbar wurde und in dieser Stille wieder der Wald, das Schnattern der Elster, das Knarren eines entfernten Zweiges im Wind, das Gurgeln des Wassers über den spitzen Steinen und unser eigener Atem zu vernehmen waren.

«Komm doch mal rüber», sagte er mit einer etwas höheren und irgendwie dünnen Stimme, was zusammen ganz Verschiedenes und höchst Gegensätzliches bedeuten konnte; die unnatürliche Betonung schien dabei wichtiger als der Sinn des Satzes, weil sie anzeigte, daß er verwirrt war und alles nicht so einfach, wie er es gedacht hatte, und ich ihn immer noch gefangenhielt; ausgerechnet mein Verstummen hatte ihn zu einem Zugeständnis bewogen, das ihm sonst nie in den Sinn gekommen wäre, wenn auch die Tonlage signalisieren sollte, daß diese Versöhnung nicht ernst zu nehmen sei und daß es mir daher gar nicht einfallen dürfe, diese unbestimmte Einladung anzunehmen, im Gegenteil, ich sollte sie eher als höflichen Hinweis auffassen, daß ich von jetzt an nicht einmal mehr das Recht hatte, meinen Fuß in ihr Haus zu setzen wie bisher; trotzdem, der Satz war ausgesprochen und bezog sich auf jenen Nachmittag, an dem seine Mutter aus dem Fenster gerufen und ich zwei Nüsse in der Hand gehalten hatte.

«Kristian! Kristian, wo bist du? Kristian, warum läßt du mich so lange rufen? Kristian!»

Es war Herbst geworden, wir standen unter dem Nußbaum, leise tropfte der Regen, im dichten Abendnebel erglühte der Garten in Gelb und Rot, er hielt einen großen, flachen Stein in der Hand, mit dem er soeben Nüsse aufgeschlagen hatte, und ließ sich nicht einmal so viel Zeit, um sich ganz aufzurichten, so daß man nicht wissen konnte, ob er nicht im nächsten Augenblick mir den Stein auf den Kopf schlagen würde.

«Das Haus habt ihr uns noch nicht gestohlen, oder? Und solange das noch uns gehört, möchte ich dich bitten, deinen Fuß gefälligst nie wieder hereinzusetzen, hast du verstanden?»

Und daran war nun freilich nichts gewesen, was man hätte komisch finden können, trotzdem lachte ich.

«Dieses vielgerühmte Haus habt ihr doch denen gestohlen, die ihr ausgebeutet habt, und dem Dieb wieder zu nehmen, was er selber gestohlen hat, ist überhaupt keine Sünde, denn die Diebe, die seid ihr doch!»

Während wir beide die Folgen der verklungenen Worte abwogen, verging eine gewisse Zeit, aber welch kitzliges Vergnügen es auch bereitet hatte, diese Worte auszusprechen, war es doch seiner Wut und meiner ruhigen, aber mir irgendwie fremden Freude anzumerken, daß das nichts anderes war als Rache, Vergeltung für die fast unmerklichen Verletzungen, die sich während der kurzen, aber um so heftigeren und stürmischen Zeit unserer Freundschaft in uns angehäuft hatten; damals schon hatten wir seit Monaten fast jede Stunde des Tages miteinander verbracht, und über unsere Verschiedenheit half uns immer die Neugier hinweg, die Zusammenstöße waren sozusagen die notwendige Umkehrung dieser Nähe, ihre Kehrseite, doch vergeblich hätten wir noch so überzeugende Erklärungen dafür gefunden, dieser unerwartete Ausbruch hatte uns so weit voneinander entfernt, daß es kein Zurück mehr gab, und so unsinnig es war, was ich tat, ich mußte die zwei Nüsse auf die Erde fallen lassen, sie klatschten auf die nassen Blätter, seine Mutter rief immer noch, und ich ging zum Tor, zufrieden wie jemand, der etwas endgültig geregelt hat.

Er sah mir in die Augen und wartete.

Der als letzter Versuch so zweideutig formulierte Satz entfernte mich bis zu einem gewissen Grade von jenem anderen Augenblick, von dem ich mich im übrigen weder distanzieren konnte noch wollte, ich war daher gezwungen, das Fortgleiten nicht nur an seinen Augen, sondern an mir selber festzustellen, auch wenn diesem Ausweichen scheinbar kaum größere Bedeutung zukam, als eine flüchtige Erinnerung sie hat; ein kurzes Aufblitzen, nichts weiter, ein flinker Fisch, der im Sprung für einen Augenblick an die unbewegte Oberfläche emporschnellt, um Luft zu holen im fremden Element, ein paar schnell sich glättende Ringe zurückläßt und wieder ins Stumme zurücksinkt; die Erinnerung hatte einen Punkt ausgesucht, einen wichtigen, ja wesentlichen Punkt, und mich mit Nachdruck darauf hingewiesen, daß das, was jetzt mit uns geschah, nichts anderes als der Rückbezug auf ein früheres Geschehen war und sich genauso auf alles noch zu Geschehende beziehen würde, wie es auch ein Hinweis auf ein noch Früheres war, umsonst sehnte ich mich also, versuchte vergeblich, etwas zu erzwingen; denn es ist unmöglich, in dem zu verweilen, was wir Freude, Lust oder gar Glück nennen; allein die Tatsache, daß ich auf eine so zwanghafte Weise das Entfliehen und Entschwinden meines eigenen Glücks erlebe, weist darauf hin, daß ich es nicht festhalten kann, kaum ist es da, ist es schon vorbei, bin ich schon aus ihm herausgetreten, und ich kann nur noch darüber nachdenken; antworten konnte ich ihm trotzdem nicht, obwohl seiner Haltung immer noch die Bereitschaft anzumerken war, meine Antwort hinzunehmen; ich hätte sie ihm auch gerne gegeben, weil ich wußte, daß ich ohne diese Antwort nicht würde existieren können; er stand vor mir wie jemand, der sich zu gehen anschickt, dann, die Tasche über die Schulter werfend, drehte er sich plötzlich um und ging auf das Gebüsch zu, dorthin, woher er gekommen war.

Ein Telegramm trifft ein

Auch wenn es keineswegs ein gleichmäßiges Vorwärtskommen zu nennen war – zwang mich doch der eine oder andere heftige Windstoß immer wieder, stehenzubleiben und darauf zu warten, daß er sich beruhigte, war es doch schwierig, sich überhaupt auf den Beinen zu halten –, so mochte ich immerhin eine gute halbe Stunde auf dem Uferdamm gegangen sein, bis ich merkte, daß sich etwas bedrohlich verändert hatte.

Der Wind blies nicht direkt von vorne, eher vom Meer her, ich ging also ein wenig seitwärts gewendet, Kopf und Schulter gegen den Wind gestemmt, das Gesicht aber versuchte ich im hochgeschlagenen Kragen meines Mantels zu verbergen, damit das Gestiebe der auf den Steinen zerstäubenden Wellen meine Haut nur auf einer möglichst kleinen Fläche berührte; trotzdem mußte ich meine Stirn hin und wieder abwischen, weil sich die Spritzer zu Tropfen verdichteten, die salzschweren Tropfen aber, zu kleinen Bächen vereinigt, anfingen zu fließen, in die Augen hinein, an der Nase entlang in den Mund, und obwohl ich fast die Augen hätte schließen können, denn ich nahm sowieso nichts wahr, so wünschte ich doch, in die Dunkelheit zu blicken, als habe es paradoxerweise um dieser Dunkelheit willen Sinn, sie offenzuhalten; zunächst zogen nur Schwaden, durchsichtig graue, dünne Streifen von Wolkenrauch über den Mond, sie kamen vom Festland und jagten auf der Durchreise zu ihrem unendlichen Ziel über dem offenen Wasser dahin, doch die gleichgültige Ruhe des Mondes mit seiner hoheitsvoll trägen Fortbewegungsweise ließ ihre Eile ausgesprochen komisch erscheinen, es folgten voluminösere Wolken, dichtere und massigere, doch ebenso flinke, und als würde auf einer riesigen Bühne eine Kulisse vor den einzigen Reflektor geschoben, wurde es dunkel, vollkommen dunkel, das Wasser hatte nichts mehr zu spiegeln, und die Wellenkämme in der Ferne zogen keine weißen Streifen mehr, aber genauso schnell wurde es wieder hell, unerwartet und unberechenbar, dunkel und hell, bis endlich völlige Dunkelheit herrschte; auch das Theater habe ich nicht zufällig erwähnt, denn die seltsame Erscheinung, daß der Wind die Wolken oben in die entgegengesetzte Richtung jagte, als er hier unten zu blasen gezwungen war, diese widerstreitenden Wünsche von Himmel und Erde hatten etwas von der Dramatik eines Schauspiels, freilich nur so lange, bis dort oben in dem unaufhaltsam scheinenden Gang der Ereignisse irgendeine entscheidende Wendung eintreten würde, aber wer weiß welche? vielleicht hatte sich der Wind gedreht oder war in den zusammengeballten Wolken über dem Wasser hängengeblieben, um sie als Regen ins Meer zu schleudern, jedenfalls waren die Dunkelheiten von immer längerer und die Aufhellungen von immer kürzerer Dauer, bis der Mond, Erde und Wasser endlich ihrer eigenen Dunkelheit überlassend, ganz verschwunden war, von jetzt an konnte ich nicht mehr sehen, wohin ich meinen Fuß setzte.

Und vielleicht erschien das Spiel so nur noch aufregender, da ich, meine Angst inzwischen vergessend, als Spiel ansah, was man gewöhnlich das Toben der entfesselten Elemente nennt, dazu berufen, den Sturm der in mir kämpfenden entgegengesetzten Energien stellvertretend zu verkörpern; und auf diese Weise in einem lebendigen Vergleich meine Gefühle vor Augen, hätte ich mich sogar beschützt fühlen können, als wäre das alles nichts anderes als das lustvolle Spiel einer Spiegelung und zu nichts anderem als zu meiner Unterhaltung bestimmt.

Zugegeben, eine grandiose Selbsttäuschung, aber warum hätte ich mich nicht als der Hauptdarsteller dieses majestätisch großartigen Orkans fühlen sollen, wo ich schon seit Wochen an nichts anderes denken konnte, als daß ich auf irgendeine gewaltsame Weise mein Leben beenden müsse, und was hätte mir daher eine größere Befriedigung verschaffen können als diese in ihre eigene Dunkelheit eingeschlossene, tobende Welt, die trotz ihrer zerstörerischen Energie nicht nur sich selbst nicht auslöschen, sondern sich nicht einmal Schaden zufügen konnte, weil sie genausowenig Macht über sich hatte wie ich über mich.

Am vorangegangenen Abend, am Abend vor meiner Abreise – und ich beeile mich, das zu betonen, weil das Erlebnis des Meeres in der Tat alle meine voraufgegangenen Erlebnisse in einen so versöhnlichen Abstand gerückt hatte, daß ich mich überhaupt nicht gewundert hätte, wenn jemand behaupten würde, das sei ein völliger Irrtum, ich sei nicht erst am Nachmittag, sondern schon vor zwei Wochen, ja vor zwei Jahren hier angekommen, weshalb ich mich gewissermaßen selber in dem Glauben bestärken mußte, daß zwischen meiner Abreise und dem Uferspaziergang nur kurze Zeit verstrichen war, was freilich nicht bedeutete, daß diese angenehme Zeitverwirrung das Knäuel meiner Gefühle aufgelöst hätte, doch hatte der Anblick des nächtlich tobenden Meeres mir so viel Abstand verschafft, daß ich wenigstens über das Geschehene nachzudenken vermochte –, an jenem in wohltuende Ferne gerückten Abend also war ich nicht besonders spät nach Hause gekommen und hatte in dem dunklen Treppenhaus, in dem das Licht immer noch nicht repariert war, so lange und ungeschickt mit meinem Schlüssel an der Tür hantiert, bis Frau Kühnert in der Küche aufhorchte, wo sie gerade wie üblich ihrem Mann die Brote für den nächsten Tag richtete, erschrocken hörte ich, wie sie den Korridor entlangeilte, einen Augenblick stehenblieb, endlich öffnete sie die Tür doch, einen grünen Umschlag in der Hand, und lächelnd, als habe sie sich schon lange darauf vorbereitet, mich zu empfangen, ja als habe sie darauf gewartet, überreichte sie mir, noch bevor ich, einen guten Abend wünschend, eintreten und mich für ihre Freundlichkeit bedanken konnte, errötend den Umschlag; dank jener in vieler Hinsicht lächerlichen Sicherheit, die mir die Nähe des tobenden Meeres in jener lichtlosen Nacht gegeben hatte, fühlte ich nichts mehr von der ohnmachtähnlichen Schwäche, die mich am Vorabend an jener Tür überfallen hatte und bis zu meiner Ankunft nicht von mir gewichen war, im Gegenteil, es amüsierte mich sogar, Frau Kühnert wie auf einem überbelichteten, mir ganz unbekannten Foto zu sehen, während sie mir mit einem Ausruf das Telegramm überreichte.

«Ein Telegramm, mein Herr, ein Telegramm ist angekommen, ein Telegramm für Sie!»

Und hätte ich mit der gleichen Selbstverständlichkeit, mit der wir auf jeden Gegenstand blicken, der uns in die Hand gedrückt wird, das Telegramm angesehen und nicht sie, dann wäre es meiner Aufmerksamkeit vielleicht entgangen, daß ihr Lächeln nicht deshalb so merkwürdig und ungewöhnlich war, weil sie sonst etwa nicht lächelte, sondern weil sie ihre Gier dahinter verbergen wollte, den gierigen Wunsch, an meinem Leben teilzuhaben, die unersättliche Neugier, die sie entgegen all ihrer Theatererfahrung nicht zu verbergen vermochte; denn nachdem das Telegramm in meine Hände gelangt war und ich, meine Empörung unterdrückend und nur einen Blick auf die Adresse werfend, sie wieder ansah, war das Lächeln schon verschwunden, und ihre aus den Höhlen kränklich hervorquellenden riesigen Augen hinter den in dünne Goldrahmen gefaßten Brillengläsern schienen sich auf einen einzigen Punkt, auf meinen Mund zu heften, so aufgebracht und streng, als erwarte sie ein lang hinausgezögertes, grundlegendes Geständnis, weshalb auch ihr Gesicht, wenn schon nicht von brutalem Haß, so doch vom Ausdruck einer jeglichen Mitleids baren Wißbegierde beherrscht war; sie wollte sehen, wie ich auf die mit aller Gewißheit erschütternde, für sie unbegreifliche Nachricht reagieren würde, nach meinem Empfinden hatte sie das Telegramm bestimmt gelesen, und weil ich spürte, daß ich blaß wurde – es war der Augenblick, als mich jene unüberwindliche Schwäche befiel –, war mir das eine Warnung, mich auch weiterhin zusammenzunehmen, weil mir klar war, was immer dieses Telegramm enthielt, woher es auch kommen mochte, diese Frau wußte bereits zu viel oder wollte zu viel von mir wissen, als daß ich länger hätte bleiben können, gab es doch nichts, wogegen ich mich mehr zu verteidigen suchte, als daß sich jemand in mein Leben Einblick verschaffte; also hätte ich nicht nur jeden denkbaren Schicksalsschlag mit Würde hinzunehmen, ich würde auch von hier fortgehen müssen.

Frau Kühnert war von verblüffender und überwältigender Häßlichkeit, groß und knochig, breitschultrig, und wenn sie Hosen anhatte, sah sie von hinten ausgesprochen männlich aus, nicht nur waren ihre Arme lang und ihre Füße groß, sie hatte auch ein flaches Gesäß wie ein alter Büroangestellter, die Haare blondierte sie sich selber, schnitt sie kurz und kämmte sie glatt nach hinten, was zwar gut zu ihr paßte, ihr Äußeres aber kaum weiblicher machte, sie war so häßlich, daß selbst die Raffinesse, mit der sie die Lichtquellen in der großbürgerlich-weiträumigen Wohnung verteilte, daran kaum etwas zu mildern vermochte; am Tage wehrten die über die Spitzenstores gezogenen schweren Samtvorhänge die Sonne ab und erzeugten ein gewisses Dämmerlicht, abends verbreiteten Stehlampen mit dunklen Seidenschirmen und Wandleucher mit Wachspapierhütchen ihr gedämpftes Licht, nie wurden die Kronleuchter angezündet, wodurch sie Professor Kühnert zu einer seltsamen Lebensführung zwang; der Professor war klein, fast um einen Kopf kleiner als seine Frau, und in seinem Erscheinungsbild fast das Gegenteil von ihr, von zartem Knochenbau, feingliedrig, mit durchscheinend weißer Haut, so daß das Pulsieren der blauvioletten Adern an seinen Schläfen, an Hals und Händen zu sehen war, auch seine Augen waren klein, tiefsitzend, ebenso nichtssagend und ausdruckslos wie seine Bewegungen, mit denen er beiläufig und unauffällig in dieser lichtarmen Umgebung seiner Forschungsarbeit nachging, die von nicht wenigen als höchst bedeutsam beurteilt wurde; nicht einmal auf seinem mächtigen schwarzen Schreibtisch stand eine Lampe, und wenn mich Frau Kühnert ans Telefon rief, konnte ich beobachten, daß er mit seinen langen dünnen Fingern wie blind zwischen den aufgestapelten Zeitungen, Notizen, Büchern und Schriften herumwühlte, bis er tastend das gesuchte Papier fand, es herauszog, an dem blauvibrierenden Bildschirm des Fernsehapparats vorbei durchs Zimmer ging, unter einem Wandleuchter stehenblieb und dort im mattgelben Lichtkreis des hoch angebrachten Lämpchens, manchmal auch gegen die Wand gelehnt, zu lesen anfing; zu welch ständiger Gewohnheit das geworden sein mußte, war tagsüber deutlich an dem Fleck zu erkennen, den seine Schulter und sein Kopf infolge der regelmäßigen Berührung auf der blaßgelben Tapete hinterlassen hatten, doch wenn dieses friedliche Lesen von einer unerwarteten Eingebung oder einem längeren Nachdenken unterbrochen wurde, kehrte er auf dem gleichen Weg zu seinem Schreibtisch zurück, um etwas zu notieren, ging dann wieder an dem Bildschirm vorbei, was die in ihrem bequemen Sessel thronende Frau Kühnert offenbar genausowenig zu stören schien wie den Professor die zusammenhanglosen Geräusche aus dem Apparat oder die Dunkelheit; nie habe ich gehört, daß sie auch nur ein einziges Wort miteinander gewechselt hätten, doch schien ihr Schweigen nicht so sehr das Ergebnis einer kleinlichen, gezielten Rache zu sein; nicht etwa eine demonstrative, auf eine besonders leidenschaftliche Beziehung hinweisende Kränkung, mit der sich feindselige Ehepaare so häufig beschenken, hatte sie verstummen lassen, um sich damit gegenseitig etwas abzutrotzen, nein, dieses Schweigen hatte keine bestimmte Absicht, vielmehr ist anzunehmen, daß ein sich langsam abkühlender Haß sie in dieser Gleichgültigkeit hatte erstarren lassen, obwohl die Ursache dieses Hasses nicht mehr zu erkennen war, sie wirkten in diesem Zustand zufrieden und ausgeglichen, verhielten sie sich doch wie zwei verschiedenen Rassen angehörende wilde Tiere, die zwar jeweils die Gegenwart des anderen zur Kenntnis nehmen, zugleich aber auch, daß das Gesetz der Rasse stärker ist als das des Geschlechts; und weil sie einander weder Partner noch Beute sein konnten, hatten sie auch nichts miteinander gemein.

Ich betrachtete Frau Kühnerts Gesicht trotz meiner Empörung mit einer gewissen Ergebung, weil ich aus Erfahrung wußte, daß ich mich nicht so leicht von ihr würde befreien können, im Gegenteil, je mehr ich mich bemühte, um so lauter und zudringlicher würde sie werden, ich blickte ihr in die Augen und dachte, diesen Sturm mußt du noch über dich ergehen lassen, weil es sowieso der letzte sein wird; aus ihrer niedrigen, wulstigen Stirn sprossen die schwarzen Wurzeln ihrer blondgefärbten Haare wie Borsten aus einer Bürste – währenddessen fühlten meine Finger, daß der Umschlag offen war –, ihre Nase war dünn und lang, das Rouge auf ihren Lippen bröckelig, und mein Blick konnte natürlich nicht vermeiden, daß er sich auch auf ihre Brust verirrte, weil das vielleicht der einzige Teil ihres Körpers war, der eine gewisse Entschädigung für all die Häßlichkeit bot, sie hatte eine riesige, unverhältnismäßig üppige Brust, die ohne Büstenhalter sicher einige Enttäuschung bereitet hätte, aber die durch den engen Pullover sich deutlich abzeichnenden Brustwarzen konnten wohl keine Täuschung sein, und während wir da standen, an der Tür des fast dunklen Flurs, war im gleichen Augenblick, in dem sie wieder zu schreien begann, auch Kühnert, aus dem Vorzimmer kommend, in seinem bis zum Gürtel offenen weißen Hemd erschienen – er trug immer weiße Hemden, und wenn er las oder Notizen machte, zerrte er zunächst seinen Schlips vom Halse und knöpfte dann nach und nach das Hemd auf, um während seiner Grübeleien und Spaziergänge seine knabenhaft unbehaarte Brust zu streicheln –, der gerade schlafen ging.

Die Veränderung erschien mir nicht sonderlich bedeutsam, obwohl sie auffallend unangenehme Begleiterscheinungen mit sich brachte, schon allein weil ich bisher in der Dunkelheit meine Schritte mit völliger Sicherheit hatte setzen können, da ich immer den gleichen, ein wenig glitschigen Boden unter meinen Füßen spürte; auch wenn ich gar nichts sah, hörte ich doch das Brausen und Klatschen der Wellen aus ungefähr der gleichen Entfernung, die gleiche Menge salziger Gischt besprühte mich, so daß ich mich ruhig dem blinden Genuß des Sturms, meinen Phantasien und Erinnerungen überlassen konnte, ich mußte nur die Richtung einhalten und nicht vom Damm abweichen, aber dazu genügte das Tastgefühl, über das meine Sohlen verfügten, ja, und natürlich das Gestiebe des Meeres, bis zu dem Augenblick, da mir, während ich wartete, eine Welle gründlich ins Gesicht schlug, was zwar nicht schlimm gewesen wäre, weil mir nicht viel Wasser in den Hals floß, wenn man es auch nicht gerade als warm bezeichnen konnte, und weil es meinen Mantel nicht durchnäßt hatte, so daß mir das Ganze ausgesprochen unterhaltsam erschien, und wenn der Wind mich nicht daran gehindert hätte, den Mund zu öffnen, hätte ich gewiß laut gelacht; aber im gleichen Augenblick traf mich die nächste, größere Welle, die mir meine Sicherheit einigermaßen raubte.

Meiner Ansicht nach war ich bisher in der Mitte des Damms gegangen, jetzt versuchte ich, ohne länger darauf zu warten, daß der Wind sich legte, auf der inneren, gegen das Meer geschützten Seite des Dammes weiterzukommen, was nicht nur deshalb mißlang, weil der Wind kaum nachgelassen hatte und, hätte ich ihm nachgegeben, mich mitreißen würde, sondern auch weil ich nach wenigen Schritten merkte, daß ich an den Rand des Damms geraten war, zwischen riesige, spitze Steine; hier ging es also nicht weiter, und der Damm, viel schmaler, als ich geglaubt hatte, würde mich auch nicht vor den Wellen schützen; trotzdem tat ich nicht das, was sich in der gegebenen Situation als vernünftig erwiesen hätte, der Gedanke umzukehren kam mir gar nicht in den Sinn, wußte ich doch aus dem Reiseführer, daß das Wasser hier bei Flut nicht mehr als zwölf Zentimeter ansteigt, ich rechnete mir daher aus, daß das keine katastrophale Wendung verursachen könnte, und dachte, daß es sich einfach um einen gefährlichen Abschnitt handelte, wahrscheinlich machte der Damm hier eine Biegung und wurde deshalb schmaler, oder er lag aus irgendeinem Grund tiefer als anderswo, und wenn ich den gefährlichen Abschnitt erst überwunden hätte, würde ich bald die Lichter von Nienhagen sehen und wieder in Sicherheit sein.

Plötzlich legte sich der Wind.

Trotzdem hätte ich nicht behaupten können, daß sich so etwas wie Zorn gegen Frau Kühnert in mir geregt hätte, und natürlich redete sie nicht darum so unerträglich laut auf mich ein, weil sie etwa zornig auf mich gewesen wäre, denn wenn in den letzten Wochen auch eine durchaus enge Beziehung zwischen uns entstanden war, legte ich doch weiter Wert auf jene Distanz von drei Schritten, die es ihr meiner Meinung nach hätte unmöglich machen müssen, auch nur irgendein Gefühl oder eine Gemütsbewegung unverhüllt zu zeigen, selbst wenn sie welche gehabt hätte; nein, sie konnte einfach nicht leise sprechen.

Als würde sie zwischen völligem Schweigen und entfesseltem Schreien keine Abstufungen kennen; und diese seltsame Veranlagung, denn anders konnte man es nicht nennen, stand gewiß in ebenso enger Beziehung zu dem tragischen Verhältnis zu ihrem Mann, in dem sie ihre Stimme überhaupt nicht gebrauchte, wie zu der Tatsache, daß sie an einem der angesehensten Theater, dem «Volkstheater», als Souffleuse tätig war, also gerade davon lebte, daß sie ihre sonst tiefe, volltönende Stimme dämpfen mußte, die dann von ihrer ursprünglichen Stärke noch so viel bewahrte, daß man sie selbst im entferntesten Winkel der Bühne verstand; es gibt daher keinen Zweifel, daß ihr Leben durch ihre Stimme bestimmt wurde und ihre Häßlichkeit nichts anderes war als deren eher scherzhafte Ergänzung, doch glaube ich, daß sie sich dieser Häßlichkeit nicht ganz bewußt war, maßgebend war ihre Stimme, die sie aber nur selten in ihrer natürlichen Tonlage gebrauchen konnte.

Auch ich war öfter Zeuge, welche Unannehmlichkeiten ihr diese Stimme bereitete und in welcher Weise sie ihr eine Ausnahmesituation sicherte; wenn wir an den Vormittagen auf dem für den Regisseur errichteten Podium im unübersehbaren, großen Probenraum, der eher an eine Reitschule oder an eine Montagehalle erinnerte, nebeneinandersaßen und in der wegen irgendeiner Unstimmigkeit oder einer unlösbar scheinenden Aufgabe gespannten Atmosphäre alle gleichzeitig zu reden anfingen, jeder die eigene Meinung verteidigend, wodurch der Lärmpegel so schnell emporkletterte wie bei hohem Fieber das Quecksilber im Thermometer, um so mehr als auch die gelangweilten Bühnenarbeiter, die reizbaren Statisten, die Garderobieren und Beleuchter sich beeilten, die Gelegenheit zu nutzen, um endlich miteinander zu reden, oder wenn die Stimmung so explosiv wurde, daß alle in der anstehenden Frage ihre Meinung äußern wollten und damit die Verwirrung auf den Siedepunkt brachten, dann war es immer Frau Kühnert, die als erste von einer der nervösen Schauspielerinnen angeherrscht wurde, «Sieglinde, geht es nicht noch lauter?», oder einer der eifrigen Hilfsregisseure schrie sie an, sie solle den Mund halten, sonst würde er sie rausschmeißen, das hier sei schließlich kein Kaffeehaus, und setzte erst dann hinzu, was auch für die anderen galt, daß er um Ruhe bitte; Frau Kühnerts Gesicht verriet in solchen Augenblicken eine tiefe Verwunderung, ähnlich der eines Kindes, das bisher in friedlicher Unschuld hinter einem Busch auf seinem Pfeifchen geblasen hat, was die Erwachsenen plötzlich höchst tadelnswert finden, oder als geschähe ihr das zum erstenmal, als wäre ihr bisher nichts auch nur entfernt Vergleichbares geschehen; ihre kranken Augen hätten nicht verwunderter blicken können, und ein kleinmädchenhaftes Erröten, das plötzlich ihre Haut vom Hals bis zur Stirn verfärbte, verriet ihre tiefe Verwirrung, auf ihre Oberlippe traten Schweißperlen, die sie immer wieder mit einer gewissen Verschämtheit abwischte, und wir müssen zugeben, daß man sich kaum damit abfinden kann, ständig wegen einer elementaren Eigenschaft mit seiner Umgebung in Konflikt zu geraten, bewies doch die eine oder andere gereizte Ermahnung oder ein ungebührlich grobes Wort nicht nur, daß ihre Stimme sogar über den größten Lärm triumphierte, sondern auch daß sie eine elementare und explosive Leidenschaft in sich barg, die das Ohr anderer verletzte und beleidigte und sich mit ihrer unabsichtlichen Lautstärke als störend und in gewissem Sinne verräterisch erwies, so wie sie auch mich gründlich in Verwirrung stürzte, als sie mir in der Tür, blutrot angelaufen, das Telegramm überreichte, denn im Hinblick auf unsere Beziehung war weder dies noch das Schreien durch irgend etwas gerechtfertigt.

Aber gerade das war so schwierig, sich vor dieser schamlosen und durch nichts begründeten Aufdringlichkeit zu retten, ihr auszuweichen, war doch schon ihr erster Satz nicht als Mitteilung aufzufassen; freilich, wie groß auch die Lautstärke sein mochte, und ihr Widerhall erfüllte wirklich das ganze Haus, am Ende hatte sie nichts anderes gesagt, als daß ein Telegramm für mich angekommen sei, aber die einfache Mitteilung wurde von kräftigen und lauten Atemstößen unterbrochen, wodurch jede ihrer belanglosesten Äußerungen sich wie ein rhythmisches Stöhnen anhörte, und da ich gegenüber einer solchen Aufgeregtheit keineswegs gleichgültig bleiben konnte, übernahm ich unwillkürlich jene Stimmung, die sie auf mich zu übertragen beabsichtigte, und wie sehr ich mich auch zu beherrschen suchte, wie dunkel Flur und Treppenhaus auch waren, mußte sie meine Empörung deutlich gesehen und gefühlt haben, sie hatte die Klinke noch in der Hand, neigte den Kopf ein wenig zur Seite, lächelte sogar, aber schon mit dem nächsten Satz fauchte mich, nicht frei von Ironie, eine veränderte Stimme an.

«Wo zum Teufel haben Sie denn so lange gesteckt, mein lieber, werter Herr?»

«Warum?»

«Das Telegramm kam vor mindestens drei Stunden an. Wenn Sie nicht nach Hause gekommen wären, hätte ich wieder nicht schlafen können.»

«Ich bin im Theater gewesen.»

«Wenn Sie im Theater gewesen wären, hätten Sie schon seit wenigstens einer Stunde zurück sein müssen. Nur keine Widerrede, ich hab's nachkontrolliert.»

«Aber was ist denn passiert?»

«Was passiert ist? Was weiß ich, was mit Ihnen passiert sein kann? Also, kommen Sie schon herein.»

Und als ich, zwischen dem ersehnten Gleichmut, zwischen Aufregung und Erschrecken schwankend, mit der entschiedenen Absicht, dieser Diskussion ein Ende zu bereiten, endlich das Vorzimmer betreten durfte und Frau Kühnert die Tür hinter mir geschlossen hatte, mir jedoch, den Blick auf den Umschlag in meiner Hand geheftet, den Weg vertrat, schaute Kühnert, bevor er auf dem Korridor, der in die beiden Schlafzimmer führte, verschwand, noch zurück und nickte grüßend zu mir herüber, was zu erwidern mir natürlich nicht gelang, einerseits weil ich mich vergeblich bemühte, Gleichgültigkeit und Festigkeit zu zeigen, war doch meine ganze Aufmerksamkeit von der Veränderung gefesselt, die sich auf Frau Kühnerts Gesicht abzeichnete, andererseits weil der Professor, ohne eine Erwiderung abzuwarten, den Kopf sofort abwandte, woran ich aber nichts Außergewöhnliches fand, schien er doch nur höchst selten davon Notiz zu nehmen, daß ich anwesend war; nicht nur Frau Kühnerts Gesicht hatte sich von einem Augenblick zum anderen verändert, sondern ihre ganze Körperhaltung zeigte an, daß sie sich auf einen neuen, für mich noch unbekannten Ausbruch vorbereitete, auf etwas, was in ihrem Repertoire bisher nicht vorgekommen war, womit sie sich mir, alle nur denkbaren Grenzen überschreitend, nicht nur von einer unbekannten Seite zeigen, sondern mich auch gänzlich ihr ausliefern und – was ich damals zwar noch nicht wußte – im wahrsten Sinne des Wortes in die Ecke drängen würde; ihre Lippen zitterten, sie riß sich die Brille von der Nase, worauf ihre Augen noch erschreckender wirkten, ihr Rücken krümmte sich, weil sie ihre Schultern hochgezogen hatte, als müsse sie, das Abirren meiner Blicke von vorhin bemerkend, ihre mächtigen Brüste schützen; umsonst machte ich einen letzten, erbitterten Befreiungsversuch, er verschlechterte nur meine Chancen, denn als ich, Höflichkeit und Anstand beiseite schiebend, mich gewissermaßen dem Schutz der Wand anvertraute und, an ihr entlangtastend, in Richtung meines Zimmers auszubrechen versuchte, trat sie mir einfach in den Weg und stieß mich gegen die Wand.

«Was stellen Sie sich eigentlich vor, mein lieber, guter Herr? Glauben Sie, daß Sie hier kommen und gehen können, wie's Ihnen paßt? Und herumschweinigeln, wie's Ihnen beliebt? Seit Tagen kann ich nicht mehr schlafen, ich kann das nicht mehr ertragen und will es auch nicht! Wer sind Sie überhaupt? Und was suchen Sie hier? Wie stellen Sie sich das eigentlich vor, nach Monaten noch so zu tun, als wäre ich Luft, wie stellen Sie sich das vor? Sie haben zwar nichts dazu getan, daß ich alles über Sie weiß, nein, das haben Sie nicht, trotzdem werde ich nicht bis in alle Ewigkeit den Mund halten, das kann niemand von mir verlangen. Ich weiß alles, alles, sage ich, tun Sie doch nicht so geheimnisvoll, ich kenne Ihre ganzen Geschichten, aber ich möchte Ihre geschätzte Aufmerksamkeit darauf lenken, daß auch ich ein Mensch bin, ich möchte es hören, aus Ihrem Munde will ich es hören, Sie lassen mich leiden, ich habe Angst, Ihnen ins Gesicht zu sehen. Dabei habe ich geglaubt, daß Sie ein guter Mensch sind, aber Sie haben mich getäuscht, Sie sind grausam, schrecklich grausam, verstehen Sie? Und ich wäre Ihnen äußerst dankbar, wenn Sie mir verraten würden, was Sie vorhaben. Wollen Sie mir die Polizei auf den Hals hetzen? Glauben Sie etwa, ich hätte nicht auch so genug Ärger? Ich muß es wissen, und da wagen Sie noch zu fragen, was passiert ist, dabei will ich wissen, was los ist, was mit ihm geschehen ist? Sagen Sie's doch endlich, damit ich auf das Schlimmste gefaßt bin, und tun Sie nicht so, als wäre ich Ihr Dienstmädchen, das sich alles gefallen lassen muß. Sie haben doch eine Mutter gehabt! Lebt sie noch? Sind Sie schon einmal geliebt worden? Glauben Sie vielleicht, daß wir das Geld brauchen, das ich von Ihnen bekomme? Ausgerechnet Ihr Scheißgeld? Ich hatte geglaubt, daß ich einen guten Freund in meine Wohnung aufnehme, aber seien Sie doch so gut, und verraten Sie mir endlich, was Sie eigentlich tun? Womit beschäftigen Sie sich, außer daß Sie alle Leute zugrunde richten und das Leben anderer durcheinanderbringen, das ist es doch, womit Sie sich den ganzen Tag beschäftigen! Eine schöne Beschäftigung, das muß man schon sagen, aber was ist Ihr wirklicher Beruf? Wann muß ich die Polizei erwarten? Oder haben Sie ihn etwa nicht umgebracht? Inzwischen würde ich Ihnen das ohne weiteres zutrauen, trotz Ihrer unschuldigen blauen Augen, mit denen Sie immer so freundlich lächeln und auch jetzt so tun, als wüßten Sie von nichts und als würde ich mich wie eine kreischende Hysterikerin gebärden. Wo haben Sie ihn verscharrt? Endlich habe ich Sie durchschaut und muß Sie bitten, Ihre Sachen zu packen, aber sofort, und zu gehen, wohin es Ihnen beliebt. In ein Hotel. Das hier ist keine Lasterhöhle. Ich will nicht in etwas hineinverwickelt werden. Ich habe schon genug Angst ausgestanden. Wenn ich ein Telegramm bekomme, wird mir schlecht, wenn es klingelt, werde ich krank, begreifen Sie endlich? Haben Sie nicht gemerkt, daß ich ein kranker und gehetzter Mensch bin, der einiger Rücksicht bedarf? War ich nicht ausgerechnet zu Ihnen so vertrauensvoll, verrückt wie ich bin, und habe Ihnen mein Leben erzählt? Gibt es denn niemanden, der mein Vertrauen verdient? Das frage ich Sie. Will mich denn jeder nur ausnutzen? Warum antworten Sie nicht? Als wäre ich ein Abfalleimer, in den jeder seinen Dreck hineinwerfen kann. Antworten Sie, Herrgottnochmal! Was steht in dem Telegramm?»

«Sie haben es doch schon gelesen! Oder?»

«Sie sollen es aber lesen!»

«Was wollen Sie eigentlich von mir? Das würde ich gerne wissen!»

Wir standen so nahe beieinander, daß sich in der plötzlich entstandenen Stille, vielleicht gerade durch diese Nähe, ihr Gesicht zu entspannen schien, durchsichtig und zart wirkte, größer und in gewissem Sinne auch schöner wurde, als wären ihre unregelmäßig verzeichneten Züge bisher nur von dem strengen Rahmen der Augengläser und einer unterdrückten Leidenschaft zusammengehalten worden, jetzt aber – als hätte ihr Gesicht, nachdem es seine Maske abgelegt hatte, seine natürlichen Proportionen zurückbekommen – traten die rötlichen Sommersprossen auf der weißen Haut deutlicher hervor und waren ausgesprochen liebenswert, die üppigen Lippen schienen auffallender, die dichten Augenbrauen charakteristischer, und als sie von neuem zu sprechen begann, leiser und mit jener weittragenden Stimme, mit der sie auf der Bühne soufflierte, mußte ich, für mich selbst überraschend, feststellen, daß Schönheit – sah sie doch sonst auch ohne Brille fahrig, verschwommen und zerzaust aus – vielleicht nichts anderes ist als die Nähe völligen Ausgeliefertseins oder das überwältigende Gefühl von Nähe, und ich hätte mich keineswegs gewundert, wenn ich mich über sie gebeugt und sie plötzlich geküßt hätte, um nicht länger ihre Augen sehen zu müssen.

«Was könnte ich schon wollen, mein lieber, guter Herr? Was, meinen Sie, wünsche ich mir? Daß man mich ein wenig, nicht sehr, nur ein klein wenig liebt! Nein, nicht wie Sie denken! Sie brauchen keine Angst zu haben. Es stimmt schon, zuerst war ich ein bißchen verliebt in Sie, vielleicht haben Sie's auch gemerkt, jetzt kann ich's ja eingestehen, weil es vorbei ist, aber ich will nicht, daß Sie von hier fortgehen, Sie dürfen nicht ernst nehmen, was ich vorhin gesagt habe, das war dummes Zeug, ich nehm's zurück, Sie dürfen nicht von uns fortgehen, aber ich habe Angst, und deshalb müssen Sie mir verzeihen, ich bin sehr allein, und deshalb habe ich ständig das Gefühl, daß irgend etwas geschehen könnte, etwas Unberechenbares, Schreckliches, ein Unglück, und ich will nichts weiter, als daß Sie hier vor mir Ihr Telegramm lesen, weil ich wissen möchte, was passiert ist, nur soviel, nur das sollen Sie mir verraten. Ich habe es nicht geöffnet. Das müssen Sie mir glauben. Telegramme werden bei uns im offenen Umschlag zugestellt. Ich flehe Sie an, lesen Sie es endlich!»

«Aber Sie haben es trotzdem gelesen, oder?»

«Bitte, machen Sie es auf!»

Und um ihren Worten gleichsam Nachdruck zu verleihen, legte sie mir ihre Hand etwas oberhalb meines Handgelenks auf den Arm, das tat sie zwar mit großer Zartheit, aber zugleich so fordernd, als wolle sie nicht nur darauf Anspruch erheben, den Umschlag sofort wieder an sich zu nehmen, sondern nach Überwindung des nur noch winzigen Abstandes zwischen uns auf irgendeine Weise, wie, das war in dem Bruchteil dieses Angenblicks wirklich nicht von Bedeutung, auch mich in Besitz nehmen; sie faßte mich an, und ich hatte nicht die Kraft, Widerstand zu leisten, ja ich kämpfte sogar mit einem gewissen Schuldbewußtsein, wußte ich doch, daß mein auf ihren Busen verirrter Blick oder auch nur der Gedanke, sie vielleicht zu küssen, nicht ohne Wirkung auf sie geblieben sein konnte, denn es gibt keinen noch so verborgenen Gedanken, der in übersteigerten Situationen dem anderen nicht wahrnehmbar würde; folglich schien es in diesem Bruchteil eines Augenblicks durchaus möglich, daß unser heftiger Wortwechsel eine gefährliche Wendung nehmen würde, um so mehr, als ich nicht nur unfähig war, mich zu rühren oder wenigstens meinen Kopf wegzudrehen, um mich ihren leisen Atemstößen und Blicken zu entziehen, sondern auch entgegen meinen Wünschen und meinem Willen an mir jene verräterisch angenehmen, jetzt einigermaßen beschämenden Anzeichen sexueller Erregung feststellen mußte, den leichten Schauder der Haut, die Verdunkelung des Bewußtseins, den Druck in den Lenden und das Stocken des Atems, zwar konnte das alles die unmittelbare Folge der Berührung sein, gewissermaßen unabhängig von mir, aber doch auch wieder ein Lehrbeispiel, ein Beweis dafür, daß die Verführung nicht allein das Bewußtsein zu umgehen vermag und weder körperlicher noch sonstwie anreizender Mittel bedarf, ist doch das körperliche Begehren meist nicht Ursache, sondern Folge einer Beziehung, so wie, aus einer bestimmten Nähe betrachtet, selbst das Häßliche sich als Schönheit darzustellen vermag, wenn die Spannung einen Grad erreicht hat, an dem sie nur noch in der körperlichen Erfüllung ihr Heil finden kann, und dann genügt tatsächlich oft eine einzige Berührung, damit die inneren Kräfte sich, aufeinanderstoßend, gegenseitig aufheben oder die als unerträglich empfundenen seelischen Spannungen verwandeln in den Genuß der Sinne.

«Nein, ich werde es nicht aufmachen.»

Vielleicht hielt sie es sogar für möglich, daß ich sie schlagen würde, weil sie auf meinen etwas verspäteten, hysterischen Ausbruch hin ihre Hand von meinem Arm wegzog, denn es war offenkundig, daß dieser Ausbruch, ungewöhnlich genug bei mir, sich nicht so sehr auf die höchst rätselhafte Tatsache des Telegramms bezog, sondern auf die zwischen uns entstandene Nähe, aber damit nicht genug, sie trat ein wenig zurück und blickte mich, während sie sich die Brille auf die Nase schob, mit einer so brutalen Nüchternheit an, als sei nichts geschehen.

«Ich verstehe, Sie brauchen mich deshalb nicht anzuschreien.»

«Morgen verreise ich für ein paar Tage.»

«Und wohin, wenn ich fragen darf?»

«Es wäre gut, wenn ich meine Sachen solange hierlassen könnte. Nächste Woche verschwinde ich endgültig.»

«Und wohin wollen Sie verschwinden?»

«Ich fahre nach Hause.»

«Sie werden uns fehlen.»

Ich wandte mich meinem Zimmer zu.

«Gehen Sie nur, aber ich bleibe hier vor der Tür stehen, denn ich werde nicht schlafen können, wenn Sie's mir nicht sagen.»

Ich schloß die Tür hinter mir, auf das Fenstersims klopfte der Regen.

Im Zimmer war es angenehm warm, und die glänzenden Zweige der Ahornbäume draußen versetzten den schwachen Widerschein der Straßenlaterne an der Wand in eine flirrende Bewegung.

Ich machte kein Licht, zog den Mantel aus und ging ans Fenster, um den Umschlag zu öffnen, und hörte, daß sie tatsächlich vor der Tür stand und wartete.

Hier unten hatte der Wind sich zwar gelegt, aber der Wellengang wurde dadurch nicht besänftigt, oben heulte und pfiff es nach wie vor, und obwohl es manchmal schien, als wollte es endlich ein wenig heller werden, als habe der Wind die Wolken vor dem Mond aufgerissen, war das, glaube ich, ebenso eine Täuschung der Sinne wie die Hoffnung, daß ich über den gefährlichen Abschnitt schnell hinwegkäme, denn ich sah überhaupt nichts, ein höchst ungewöhnlicher Zustand, gegen den sich meine Augen freilich wehrten und sich zum Trost imaginäre Lichter vorgaukelten; gleichsam von mir unabhängig geworden, begnügten sie sich nicht damit zu schauen, nur weil ich sie dazu zwingen wollte, ohne daß es irgend etwas zu erkennen gab, und deshalb erzeugten sie nicht nur Lichtkreise, glitzernde Punkte und Strahlen, sondern erhellten mir, während ich weiterging, mehrere Male die ganze Landschaft, so als könnte ich plötzlich durch einen schmalen Spalt über dem geifernd tobenden Meer rasende Wolken und den wellengepeitschten Damm erblicken, um nachfolgend alles wieder in völlige Dunkelheit versinken zu lassen und mir bewußt zu machen, daß das schöne Bild nichts anderes als ein Phantom gewesen sein konnte, allein deshalb, weil der Anblick sich durch keine natürliche Lichtquelle erklären ließ, auch nicht durch den Mond, dessen Licht auf diesen Bildern immer fehlte, und doch konnte ich dank dieser phantastischen Vorstellungen, die in mir so etwas wie einen inneren Jubel auslösten, annehmen, daß ich den Weg vor mir irgendwie erkennen würde, obwohl es hier keinen Pfad mehr gab, mein Fuß stieß an spitze Steine, ich stolperte und rutschte.

Um diese Zeit, glaube ich, hatte ich jegliches Gefühl für Zeit und Ort verloren, möglicherweise auch daher, weil der unberechenbare Wind, die undurchdringliche Dunkelheit und der trotz seiner Erhabenheit einschläfernde Rhythmus der Wellen mich gleich einer starken Droge völlig betäubt hatten, und doch, wenn man sagen würde, ich sei ganz Ohr gewesen, dann wäre das gewiß eine zutreffende Bezeichnung, schien doch fast jede andere Wahrnehmungsform überflüssig geworden zu sein, und wie ein seltsames Nachtgetier war ich ausschließlich auf mein Gehör angewiesen, die Tiefe rauschte, aber das war nicht das Rauschen des Wassers und auch nicht das der Erde, es war nicht drohend und nicht gleichgültig, und mag es sich noch so romantisch anhören, ich wage dennoch zu behaupten, daß es das monotone Murmeln der Unendlichkeit war, das aus der Tiefe heraufträumte, ein Ton, der an keinen anderen erinnerte und keine andere Vorstellung als die der Tiefe hervorrief; wo sich diese Tiefe jedoch befand und wozu sie gehörte, das konnte man unmöglich entscheiden, es schien, als würde dieser Ton alles ausfüllen und beherrschen, sowohl den Raum über dem Meeresspiegel oben in den Lüften als auch unten auf dem Boden des Meeres, wodurch alles zu einem Teil der Tiefe wurde, bis jenes langsam anschwellende Brausen ertönte, das sich wie die enorme Kraftanstrengung einer weit entfernt in Bewegung geratenen geschlechtslosen Masse anhörte, ausscherend und aufbegehrend gegen die unheilträchtige Ruhe eines unendlich scheinenden, nicht enden wollenden Tosens; es näherte sich, nicht besonders eilig, aber kraftvoll, und erreichte plötzlich mit einem siegreichen Donnerschlag den Gipfelpunkt seiner eigenen Lautstärke, wodurch die Tiefe nicht mehr hörbar war, befriedigt hatte das Brausen sein Ziel erreicht, es hatte sie besiegt, einen einzigen Augenblick lang unterbrochen, woraufhin all das, was sich soeben noch als Kraft, Masse, Vorwärtsdrängen, Steigerung und schließlich als Sieg erwiesen hatte, im nächsten Augenblick, begleitet von einem schrecklichen Knall, auf den Ufersteinen zerplatzte und von neuem das Murmeln zu hören war, als sei seine Macht durch nichts beeinträchtigt, und dann wieder das unheilvolle Brausen des launischen Windes, sein Pfeifen und Heulen; so weiß ich eigentlich nicht, wann und wodurch diese geringe Veränderung eintrat, die sich nicht nur dadurch bemerkbar machte, daß der Damm schmaler geworden war und deshalb von den Wellen einfach überspült wurde, sondern hauptsächlich dadurch, daß ich erst nach einer ganzen Weile fähig war, von der auffälligen Veränderung meiner Umgebung Kenntnis zu nehmen, und auch dann gleichsam nur oberflächlich, als beziehe sich das alles überhaupt nicht auf mich und als ginge mich die Tatsache, daß allmählich nicht nur meine Schuhe und meine Hosensäume naß wurden, sondern auch mein Mantel nicht mehr recht standzuhalten schien, gar nichts an; denn ich hatte mich den Stimmen der Dunkelheit in einem Maße überlassen, daß langsam auch jene Phantasien und Erinnerungen, mit denen ich mich am Anfang meines Spaziergangs vergnügt hatte, von ihnen aufgesogen worden waren; das, was wir Selbstschutz nennen, funktionierte daher auf eine recht eingeschränkte Weise, ich war wie ein Schlafender, der, aus einem Alptraum auffahrend, mit den Armen um sich schlägt und schreit, anstatt sich an den Augenblick des Einschlafens zu erinnern und daran, daß das, was er so qualvoll erlebt hat, bloß die Wirklichkeit des Traumes war, aber gerade dies vermag er nicht, da er ja träumt; genau so versuchte ich mich zu schützen, nur blieben meine Schutzmaßnahmen in jeder Beziehung innerhalb der örtlichen Gegebenheiten, vergeblich suchte ich, zwischen den Steinen stolpernd, den Weg, ich rutschte und tastete hilflos um mich herum, als das Wasser mich erreichte, und es kam mir überhaupt nicht in den Sinn, daß dies alles als angenehmer Abendspaziergang begonnen hatte, es aber schon seit einer ganzen Weile nicht mehr war.

Dann berührte etwas mein Gesicht.

Es war immer noch dunkel, und die Stille war zu Ende, etwas, wovon ich mir keine Rechenschaft ablegen konnte, war zu Ende, und als dieses Etwas mein Gesicht von neuem berührte, spürte ich, daß es Wasser war; es war nicht unangenehm, obgleich kalt, und daher wußte ich, daß es mich an irgend etwas erinnern sollte, woran mich zu erinnern ich nicht fähig war, obgleich ich ihn hörte, wieder hörte ich den Ton, also mußte inzwischen einige Zeit vergangen sein, doch die Zeit war umsonst vergangen, es war immer noch dunkel, es war Nacht, und alles war naß, doch es war ja auch bis dahin alles dunkel gewesen.

Und endlich hatte ich begriffen, daß ich zwischen den Steinen lag.

In Gottes Hand

Helenes Erscheinen hat dann doch noch alles zum Guten gewendet, das heißt, in jenen wunderbaren Augenblikken schien unsere unglückverheißende Zukunft sich auf großartige Weise zu erhellen.

Als ich am nächsten Tag, am frühen Vormittag, ungewaschen, unrasiert und noch nicht angezogen, in Gedanken versunken an meinem Schreibtisch stand, noch ein wenig dösig mein stoppeliges Kinn kratzend und unfähig, diesen sich später als schicksalhaft erweisenden Tag zu beginnen, und doch voller Spannung, denn nach den ermüdenden Abschiedsbesuchen des vorausgegangenen Abends hatte ich tief, dumpf, traumlos und lange geschlafen, wie jemand, der seine Angelegenheiten aufs beste geordnet hat, und wenngleich dieser ohnmächtige Schlaf die unmittelbare Folge meiner neuerlichen Lügen, meiner zwangsläufigen Ergebung in die Ausweglosigkeit meines Lebens war, fand mein Gewissen, nach dem Aufwachen noch tiefer belastet und irritiert, in seine vertraute Bahn wieder zurück, entspannt, ausgeruht und unschlüssig; das Reisefieber hatte mich bereits gepackt, jener Zustand erwartungsvoller Freude, der uns glauben macht, daß wir allein infolge des Ortswechsels all das hinter uns lassen, was uns langweilt, was unangenehm, bedrückend oder unlösbar ist; mein Gepäck wartete im Vorzimmer auf den Träger, ich mußte nur noch jene Notizen und Bücher zusammentragen, die ich für meine geplante Arbeit brauchte und die in der schwarzen Lackhandtasche, die geöffnet mitten im Zimmer auf dem Teppich stand, untergebracht werden sollten; da ich aber bis zur Abfahrt des Zuges am Nachmittag für diese aus mehreren Gründen heikle Arbeit noch Zeit genug hatte und die unangenehmen Gefühle nicht überhand nehmen lassen wollte, beeilte ich mich nicht, meine Aufmerksamkeit auf die Arbeit zu konzentrieren, ließ sie vielmehr nach Belieben schweifen, als ich an meiner Zimmertür das Klopfen meiner betagten Wirtin, der braven Frau Hübner, vernahm, die, ohne meine Erlaubnis zum Eintreten abzuwarten, einfach hereinplatzte; das war freilich nichts Ungewöhnliches, und ich hielt es schon für einen unerhörten pädagogischen Erfolg, daß sie, um mir etwas Unaufschiebbares mitzuteilen, nicht ohne anzuklopfen die Tür aufriß, mit einem Wort, ich konnte ihr nicht begreiflich machen, daß sie, bevor sie ein Zimmer betrat, auch wenn sie selbst dieses Zimmer vermietet hatte, nicht nur anklopfen, sondern auch die Antwort abwarten sollte; «aber was kann der Herr schon tun, nicht wahr? wo ich doch weiß, daß der Herr allein ist, nicht wahr?» fragte sie, mit verständnisvollem Augenrollen die über ihren dicken Bauch gespannte Schürze glättend, als ich ihr das erste Mal meine Bitte in der allerhöflichsten Form unterbreitete, doch weil sie sich sonst gefällig und freundlich erwies, selbst wenn sie diese Kleinigkeit zu erlernen nicht fähig schien, amüsierte mich die Sache eher, als daß sie mich ärgerte, jetzt allerdings konnte man dieses Poltern selbst beim besten Willen kein Anklopfen nennen, sie trommelte mit den Fäusten gegen die Tür, die wie durch einen Windstoß aufgerissen wurde, und flüsterte mit erstickter Stimme: «Ein Fräulein ist da, verschleiert, ein Fräulein will zu dem Herrn, ein Fräulein!», was, so groß das Vorzimmer auch war, gewiß von der Besucherin gehört wurde, da Frau Hübner es natürlich versäumt hatte, die Tür hinter sich zu schließen, «ein Fräulein ist da, und ich glaube, es ist die Braut von dem Herrn!»

«Bitte, führen Sie den Gast herein, Frau Hübner!» sagte ich gemessen und etwas lauter als nötig, um ihre Ungezogenheit mit meiner Bereitwilligkeit ein wenig wiedergutzumachen und damit der im Vorzimmer wartende Gast meine Stimme vernahm, obwohl meine Aufmachung nicht geeignet war, einen Gast, welchen Standes oder Ranges auch immer, zu empfangen, vor allem wenn der Gast eine Dame war; zudem konnte ich mir überhaupt nicht erklären, wer um diese viel zu frühe Stunde mich besuchen wollte; zwar fielen mir sofort mehrere überaus beunruhigende Vermutungen ein, einen Augenblick lang ging mir sogar der Gedanke durch den Kopf, daß es eine Abgesandte meines zum Todfeind gewordenen väterlichen Freundes sei, um dessen Versprechen auf meine physische Vernichtung, das heißt auf meine Ermordung einzulösen, welche, die Pistole im kleinen Pelzmuff verbergend, draußen stand; «selbst die Mode arbeitet für uns», hatte er einst lachend gesagt, damals, als die Damen anfingen, einen Muff zu tragen, was in der Tat die Chancen solcher Verbrechen steigerte, und wirklich, er war immer von einer Anzahl von Frauenzimmern umgeben, unter denen eines bestimmt bereit gewesen wäre, alles für ihn zu tun, das wußte ich aus Erfahrung, vielleicht war diese Person auch gar keine Frau, sondern er hatte einen als Frau verkleideten Gehilfen geschickt, solche Vermutungen waren keineswegs so abenteuerlich, als daß sie nicht hätten wahr sein können; schließlich durfte ich in Kenntnis aller anwendbaren Methoden das wohlüberlegte Versprechen meines Freundes Claus Diestenweg keineswegs auf die leichte Schulter nehmen, schon deshalb nicht, weil ich von seinem Standpunkt aus als der Mitwisser schwerbelastender Geheimnisse zu einem mögchen Verräter seiner Sache hätte werden können, «du mußt sterben, wir können warten und werden im richtigen Augenblick erscheinen», teilte er mir in einem nicht von seiner Hand geschriebenen Brief mit, und ich hätte mich eigentlich wundern müssen, warum er sein Urteil noch nicht vollstreckt hatte, warum es aber gerade jetzt geschehen sollte, und in mir tauchte die Frage auf, ob dieser verunsichernde Aufschub vielleicht auch zur zugemessenen Strafe gehöre, die er erst zu vollstrecken wünschte, wenn meine Angst und mein Argwohn völlig eingeschlafen wären und ich das Gefühl hätte, daß er mich laufenließe, wie das Wild, das, auf Rettung hoffend, von der offenen Wiese unter die Bäume des Waldes flüchtet, ohne die Gewehrläufe wahrzunehmen, die aus dem Laub ragen, und so nimmt es uns nicht wunder, wenn es nicht begreift, daß es gerade an einem friedlichen Herbstmorgen geschieht; gerade seine Arglosigkeit macht diesen Tod so schrecklich; auch ich hatte seit Monaten das Gefühl, als berge mich ein Laubwald, als wäre ich nicht mehr so ausgeliefert, denn da ich jetzt öfter meine Wohnung wechselte, hoffte ich, aus seinem gefährlichen Bannkreis endgültig verschwunden und von ihm, wie das so zu gehen pflegt, vergessen worden zu sein; tatsächlich erreichte mich eine Zeitlang weder eine Nachricht noch ein Brief, meine Verlobung brachte mir nicht nur gefühlsmäßige Linderung, sondern führte mich auch in anderer Hinsicht in jene vernünftig zu nennende bürgerliche Lebensform zurück, der ich mich durch die leidenschaftliche Freundschaft zu Diestenweg für einige Jahre entfremdet hatte; jetzt aber war der Gedanke daran überraschend und schwindelerregend, ich mußte mich mit einer Hand auf die Armlehne des Sessels stützen, die laut gesprochenen Worte konnten nicht mehr zurückgenommen werden, und allein der Gedanke, daß nichts mehr zurückgenommen werden könnte, brachte mich an den Rand einer Ohnmacht; dabei hatte ich kaum Lust, etwas zurückzunehmen, war es doch nicht nach meinem Geschmack, so zu tun, als gehörte meine Vergangenheit nicht zu mir; wenn ich also sterben mußte, dann sollte es geschehen, und zwar sofort, schnell, schließlich war ich darauf vorbereitet, nur daß sich Frau Hübner nicht von der Stelle rührte, als fühle sie nicht nur, sondern als erlebe sie auch meine plötzlich sich steigernde Angst, stand sie erstarrt unter dem schöngeschwungenen Türbogen, der mein Arbeitszimmer von dem halbdunklen Vorzimmer trennte.

«Frau Hübner, meine Liebe, lassen wir den Gast nicht grundlos warten, führen Sie ihn herein!» wiederholte ich meine Aufforderung etwas leiser, aber nachdrücklicher, mit einer für mich selbst überraschenden Beherrschung, denn trotz des flüchtigen Erschreckens war ich kühl und sachlich geblieben, meine Stimme hatte die nötige Ruhe bewahrt, und was ich inzwischen gefühlt und durchlebt hatte, ging niemanden etwas an; aber ich sah, daß alles nichts nützte, denn Frau Hübner war von der ungewohnten Situation aus unerfindlichen Gründen so gelähmt, als wäre wirklich ein Pistolenlauf auf sie gerichtet gewesen, so daß ihr nicht einmal die einfache Zeremonie, den Gast hereinzuführen, gelang, obwohl sie das zu lernen wahrhaftig Gelegenheit genug gehabt hatte; also ging ich selbst, den Morgenrock über meiner Brust mit einem raschen Griff zusammenhaltend, um ohne weitere Verzögerung meinen Gast zu empfangen, wer immer das sein mochte.

Aus dem sonnenhellen Zimmer in das angenehme Halbdunkel der Halle tretend, aus der man durch die offene Tür ins Vorzimmer sah, konnte ich, so entschlossen und beherzt ich auch war, nicht umhin, stehenzubleiben und auszurufen, «sind Sie es wirklich, Helene?»; denn ihr Anblick in dieser ärmlichen, dürftigen Umgebung machte die Erstarrung meiner Wirtin nicht nur begreiflich, sondern geradezu körperlich spürbar, als erlebte ich dasselbe wie diese arme Witwe, die solch eine Erscheinung zu sehen nicht oft Gelegenheit hatte; wirklich stand Helene wie eine Lichtgestalt dort im Vorzimmer, und mir schien, als hätte auch ich zu diesem reichen, engelreinen, unendlich harmonischen und doch menschlich gebrechlichen Wesen infolge dieser Umgebung keine Beziehung; sie trug ein mir unbekanntes silbergraues Spitzenkleid, das der damaligen Mode entsprechend die vornehm schlanken Formen ihres Körpers aufs raffinierteste verdeckte und zugleich betonte, darauf bedacht, keinen Körperteil auf Kosten eines anderen hervorzuheben, wodurch er in anstößiger Weise aufgefallen wäre, vielmehr sollte das Gesamtbild wirken, indem die Natürlichkeit der Details die überbordende Künstlichkeit des Ganzen im Gleichgewicht hielt; da stand sie, den Kopf etwas geneigt, und ihre Haltung erinnerte mich sofort an jene Nachmittage, an denen sie am Klavier saß oder sich über ihren Stickrahmen beugte, an ihren Nacken, dessen aus den hochgeschlossenen Kleidern herausragende Nacktheit nur die Locken, die sich aus dem hochgesteckten Knoten gelöst hatten, keusch und angezogen erscheinen ließen, aber dadurch noch aufregender, und das nicht nur dank ihrer dunkelroten Farbe; denn unsere Phantasie wird nicht nur durch die Nacktheit, die eher ein Gefühl unendlicher Verletzbarkeit und peinvoller Schutzlosigkeit auslöst, in Bewegung gesetzt, wogegen all das, was verhüllt oder bedeckt ist, uns reizt, die Hüllen herunterzureißen und für uns, ausschließlich für uns, das Recht in Anspruch zu nehmen, den so verletzlichen Leib zu betrachten und zu berühren, seine Blöße uns zu eigen zu machen, uns auszuliefern, weil nur die wechselseitige Erregung des Erkennens und In-Besitz-Nehmens all das, was roh und naturhaft ist, zu ertragen, ja zu genießen hilft; obwohl ich ihr Gesicht nicht sehen konnte, weil die riesige Hutkrempe es überschattete und sie ihren Schleier noch nicht gelüftet hatte, spürte ich doch ihre Verwirrung, auch ich war in tödlicher Verlegenheit befangen, zum einen, weil die Überraschung zu groß war, zum anderen, weil das vorherige plötzliche Erschrecken, abgelöst von ebenso plötzlicher Freude, mich allzusehr geschwächt hatte; und obwohl ich wußte, daß es an mir war, etwas zu sagen, um ihr zu ersparen, vor Fremden reden zu müssen – inzwischen hatten zwei kleine, bleichgesichtige Mädchen ihre Wuschelköpfe neugierig durch einen Spalt der Küchentür gesteckt, das eine die Enkelin von Frau Hübner, das andere deren Freundin, die beide jetzt mit größter Beklommenheit die stumme Szene betrachteten, die Helenes Erscheinung bot und deren ungewollt Mitwirkende sie geworden waren –, vermochte ich kein Wort hervorzubringen, weil alles zu persönlich und exaltiert gewesen wäre, um es öffentlich zur Schau zu stellen, und so konnte ich ihr nur meinen Arm bieten, worauf ihr langstieliger, auf den Fußboden gerichteter Schirm in der behandschuhten Rechten erbebte und sie, ihre Schleppe anhebend, mit einem kaum hörbaren Rauschen durchs Vorzimmer auf mich zukam.

«Was ist in Sie gefahren, meine Liebe?» sagte ich, es war wohl eher ein leiser Aufschrei, den ich ausstieß, als es mir endlich gelungen war, Frau Hübner von ihrem Platz fortzuscheuchen, und wir, nachdem ich die Tür zum Flur geschlossen hatte, zwischen der Helligkeit des Zimmers und dem Halbdunkel der Halle allein geblieben waren, «was ist geschehen, ist etwas passiert? antworten Sie mir, Helene, wenn Sie mich nicht zur Verzweiflung bringen wollen!»

Sie sagte nichts, wir standen lange ganz eng beieinander, und diese Stummheit erschien mir endlos, ich hätte ihr gerne den Schleier vom Hut gerissen, der ihr Gesicht so albern verdeckte, ich wollte ihr Gesicht sehen, um etwas Sicheres über den Grund ihres überraschenden Besuchs in Erfahrung zu bringen, obwohl ich ziemlich genau wußte, warum sie gekommen war, ja, ich hätte ihr am liebsten die Kleider vom Leibe gerissen, damit sie mir nicht noch länger auf so lächerliche Weise fremd erschiene; es steigerte meine Erregung, daß sie am ganzen Leibe zitterte, so daß ich zu keinem groben oder vulgären Handgriff fähig war und mich nicht traute, diesen elenden Hut zu berühren, weil ich sie schonen wollte; «ich weiß, ich weiß es sehr gut, daß ich das nicht hätte tun dürfen», flüsterte sie hinter ihrem Schleier, und in unserer Aufregung wären wir fast zusammengestoßen, obwohl sie genauso wie ich darauf bedacht war, gerade das zu vermeiden; «trotzdem konnte ich nicht widerstehen zu kommen, es ist ja nur für einen Augenblick, mein Wagen wartet, und es brächte mich in schreckliche Verlegenheit, den wahren Grund meines Kommens einzugestehen! Ich wollte nur Ihre Augen sehen, Thomas, und jetzt, nachdem es ausgesprochen ist, habe ich gar nicht mehr das Gefühl, mich schämen zu müssen, denn gestern Abend, nachdem Sie gegangen waren, gelang es mir nicht, mich an Ihre Züge zu erinnern, bitte wenden Sie sich nicht ab und verachten Sie mich nicht wegen dieser Bitte, sondern sehen Sie mich an, ja, jetzt sehe ich Ihre Augen, die ganze Nacht ist es mir nicht gelungen, mich an diese Augen zu erinnern.»

«Aber mir schien doch, als hätten Sie verstanden, was ich Ihnen erzählt habe!»

«O bitte, verstehen Sie mich nicht falsch! ich will Sie nicht zurückhalten. Reisen Sie nur!»

«Aber wie könnte ich das jetzt?»

«Es wird Ihnen jetzt noch leichter fallen.»

«Sie sind grausam!»

«Nein, Thomas, lassen Sie uns damit aufhören.»

«Sie machen mich wahnsinnig. Ich liebe Sie wahnsinnig, Helene, ich liebe Sie immer mehr und fühle, daß ich Sie so noch nicht geliebt habe, Sie machen mich völlig wahnsinnig mit dem, was Sie gesagt haben, und daß Sie gekommen sind, ich kann es nicht richtig ausdrücken, ich komme mir lächerlich vor, Sie müssen wissen, daß Sie meine Rettung sind, aber nicht deshalb liebe ich Sie und nicht deshalb möchte ich alles vernichten, alle meine Manuskripte und alle meine Bücher.»

«Schweigen Sie.»

«Ich kann nicht schweigen! aber ich kann auch nichts mehr sagen. Mit Krallen und Zähnen will ich alles zerreißen, alle Papiere und alles Geschriebene.»

«Ich wollte nur Ihre Augen sehen, Thomas, Ihre Augen, und Ihren Namen aussprechen, weil ich ihn immerzu aussprechen muß, jetzt habe ich Sie gesehen und kann wieder gehen, und Sie müssen es auch!»

«Bleiben Sie.»

«Ich kann nicht!»

«Liebste.»

«Wir müssen vernünftig sein.»

«Ich möchte Ihr Haar sehen. Ihren Hals. Mit den Händen will ich in Ihrem Haar wühlen und daran zerren, bis Sie schreien.»

«Schweigen Sie.»

«Ich werde Sie töten.»

Diesen Satz sagte ich, während sie ihren Schleierhut herunterriß, so nachdrücklich, mit einer im wahrsten Sinne des Wortes so tiefen, von heißer Leidenschaft erstickten Stimme, als mündeten diese in völligem Außersichsein gesprochenen Worte genau in jenen geheimen Wunsch und jenes verborgene Verlangen, in ein Gefühl, von dem ich bisher nichts gewußt hatte; doch war nichts Überraschendes daran, als hätte ich diesen Wunsch schon immer gehabt, gerade diesen und keinen anderen, der mein ganzes Tun bestimmte, nämlich sie zu töten, daher schien der Satz mitsamt seiner Betonung zu meiner eigenen Verblüffung der Wahrheit zu entsprechen, obwohl er sich aus meinem Munde – der ich, wie man es auch drehen und wenden mochte, der Sohn eines Mörders war, eines gewöhnlichen Lustmörders – keineswegs so unschuldig und harmlos anhörte, für mich selber zumindest nicht, als daß man ihn für eine leere Formel von Liebestollheit hätte halten können; es schien, als könnte die Fähigkeit, die ich nach so langer, bitterer Zeit in meinen eigenen Händen fühlte, mir die bisher unverständliche, verabscheuungswürdige Tat meines Vaters erklären, und als eine nicht sehr angenehme Zugabe erkannte ich in einem einzigen Augenblick, in einem Bruchteil der Zeit, den tiefsten in mir wurzelnden Wunsch als etwas, das sich im Schicksal meines Vaters bereits erfüllt hatte, wie jemand in dem ans Tageslicht geförderten Wurzelwerk eines Baumes schaudernd die großartige Form der Laubkrone erkennt; in diesem Augenblick liebte ich das Geschöpf, das da vor mir stand und vor Hilflosigkeit zitterte, unendlich und war vollkommen über jene körperlichen Begierden erhaben, die dem Gefühl der Liebe vorübergehend so etwas wie die Möglichkeit einer Befriedigung vorgaukeln, dieses Gefühl hatte ich um so mehr, als im Hinblick auf die Umstände bis zu unserer Hochzeit gar nicht daran zu denken war, ich mußte einfach darüber hinwegkommen, aber trotz alledem hätte ich am liebsten mit meinen Händen ihren Hals umklammert und diesen bewunderten Hals so lange gewürgt, bis auch der letzte Atem in ihm erstickt wäre.

Nur konnte sie in diesem Satz ihr Schicksal nicht erkennen, ebensowenig wie meine Mutter das ihre an jenem längst vergangenen Nachmittag, sie mußte also nicht ernst nehmen, was ernst gemeint war, im Gegenteil, jene Entschlossenheit, die sie meiner Stimme anzumerken schien, steigerte ihre Schwärmerei noch mehr, «hier hast du mich mit Haut und Haaren», flüsterte sie lachend, und als sähe ich zum erstenmal, daß ihre Lippen üppig, feucht und sinnlich waren, flüsterte ich in ihren Mund «du dreckige kleine Hure», bevor ich ihn mit meiner Zunge berührte, aber jetzt störte mich meine unzulängliche Morgentoilette, denn ich hatte noch nicht einmal den Mund gespült; «du kleines Miststück, schämst du dich denn gar nicht, mich vor der Hochzeit zu duzen?» lachte ich, und diese nicht einmal absichtslos ausgesprochenen Worte schienen sie weder zu überraschen noch zu entsetzen; obwohl mein Atem einen unangenehmen Geruch hatte, preßte sie, wie von einer neuen Lust ergriffen, ihren Mund auf meinen, und ich hatte das Gefühl, über die sinnliche Lust hinaus durch diese ordinären Worte so etwas wie einen ungeheuren geistigen Triumph errungen zu haben, so als wäre ich über die Leiche meines Vaters hinweggeschritten, weil ich gewagt hatte, auszusprechen, was er tragischerweise in sich erstickt hatte.

Es war Freude, eine der größten denkbaren Freuden überhaupt, als ich ihren Hals mit beiden Händen umfaßte, wenn ich auch gar nicht sagen könnte, wie und wann meine Hände dorthin gelangt waren, denn jene aus Ähnlichkeit und Übereinstimmung genährte Angst, jener Haß und Zorn, die bisher unsere Beziehung charakterisierten, mir Gewissensnöte und Scham verursacht und nicht erlaubt hatten, den Augenblick zu genießen, sondern immer an etwas Bekanntes, Vergangenes erinnerten, waren plötzlich verschwunden, unbemerkt zerstoben; ich wollte nur noch diesen süßen Mund genießen, der küssend meinen Leib verschlingen sollte, aber ich wagte es nicht, sie an mich zu pressen, weil der leichte Morgenrock und der seidene Pyjama meine Steifheit nicht zu verbergen vermochten, meine Hand wurde zum Werkzeug der Zärtlichkeit und diente nunmehr allein dem Zweck, ihren Kopf in einer möglichst sanften und bequemen Stellung zu halten, ihr Mund hatte meinen Haß in Besitzerfreude verwandelt, die Hände wollten nicht länger drücken und würgen, sondern nur stützen, damit sie mich küßte, ihre Zunge meinen Mund entdeckte, und obwohl mein Bewußtsein die Beherrschung über mich zu bewahren suchte, könnte ich nicht einmal mehr sagen, wann ich die Augen schloß, wann sie die Arme um meinen Nacken flocht, als wären zwei dunkle Räume ineinandergestürzt, heiß und feucht, trotzdem zitterte in mir immer noch so etwas wie Angst, die vielleicht eher der Eifersucht zuzurechnen war, da ich nicht begreifen konnte, wieso sie mit soviel Erfahrung küßte, wobei ich gleichzeitig spüren mußte, daß das mit Erfahrung überhaupt nichts zu tun hatte, sondern daß sie mir ihre reinsten Gefühle zuwandte und daß gerade ihre Reinheit eine so tiefe Wirkung auf mich ausübte, wie keine Erfahrung sie haben könnte, so daß ich mit all meiner Liebeserfahrung mich immer noch nicht losließ, schlau und nicht ohne eine gewisse lüsterne Überlegenheit erduldete ich ihre Entdeckungen und Angriffe, das heißt, ich küßte sie nicht wieder, obwohl ich bewußt zu spät, in verzögernder Absicht, mit meiner Zungenspitze plötzlich ihre Lippen berührte, ihre Zähne und ihre Zunge blockierte, wobei ich es genoß, daß ich sie verwirrte und damit ihr Verlangen nach einer natürlichen Vereinigung immer stärker aufpeitschte, als wollte ich erreichen, daß sie auch die letzte Rettungsbastion ihres Schamgefühls oder ihrer Zurückhaltung aufgebe und sich mir ganz ausliefere, worauf wir um so mehr angewiesen sein würden, als die nüchtern gebliebene Hälfte meines Bewußtseins damit rechnen mußte, daß von jetzt an keiner von uns beiden den Ablauf ohne Risiko würde aufhalten oder unterbrechen können, wir würden also erst die umständliche und langwierige Operation des Entkleidens zu bestehen haben, die alle erdenklichen Reserven an Geschmack und Geschicklichkeit in Anspruch nehmen und die Peinlichkeit mit Knöpfen, Schnüren und Haken erst im nachhinein zu einer Quelle der Lust machen würde, zu einer ergötzlichen Erinnerung, wenn unsere nackten Körper sich vereinigt hätten.

Doch vergeblich versuchte ich, meine Bewegungen auch in den Augenblicken, in denen ich die Beherrschung ganz zu verlieren fürchtete, nüchtern und besonnen zu lenken; jetzt, da ich schon längst über alles hinweg bin und mich als kühler Beobachter meines Verhaltens bemühe, mir die Ereignisse jenes sonnendurchfluteten Vormittags ins Gedächtnis zurückzurufen, habe ich das Gefühl, als stieße ich genau an diesem Punkt an die unüberwindlichen Grenzen der Sprache, als sollte ich mit dem Kopf die harte Mauer der Unbenennbarkeit der Dinge durchbrechen und als machte nicht nur die obligatorische und daher in mancher Hinsicht lächerliche Scham mein Unterfangen fragwürdig, obschon es unbezweifelbar ist, daß es uns nicht geringe Schwierigkeiten bereitet, jene Dinge zu benennen, die in der Alltagssprache ihre wenn auch reichlich abgenutzten und heruntergekommenen Namen haben, doch muß ich auf die trotz ihrer saftigen Ausdruckskraft und Lebensnähe für die entsprechenden Organe, Tätigkeiten und Bewegungen in Frage kommenden Wörter nicht deshalb zur Wiedergabe meines Erlebnisses verzichten, weil ich etwa fürchtete, daß sie den gutbürgerlichen Anstand verletzen, nein, der sogenannte bürgerliche Anstand interessiert mich dabei nicht im geringsten, da ich Rechenschaft über mein Leben ablegen muß, und für ein Leben kann die bürgerliche Ehrbarkeit nur den Rahmen bilden, und wenn ich um dieser endgültigen Rechtfertigung willen die Landkarte mit den Stationen meines Gefühlslebens auf das genaueste aufzuzeichnen mich bemühe, muß ich meinen Körper preisgeben, und keine Scham darf mich daran hindern, seine Nacktheit in Augenschein zu nehmen; ebenso lächerlich wäre es, dem Anatomen zu verbieten, das Laken über dem Toten auf dem Seziertisch aufzudecken, daher muß ich jetzt Morgenrock und Pyjama ausziehen, sie wie damals aus diesem ärgerlich komplizierten, schönen Kleid herausschälen und jede Bewegung und jedes Gefühl beim Namen nennen, wobei ich nach einiger Überlegung sagen muß, daß es mindestens ebenso lächerlich und falsch wäre, von den sogenannten schamverletzenden Körperteilen und, da wir vom lebenden Körper reden, von dessen natürlichen Funktionen in alltäglichen Ausdrükken zu sprechen wie aus Anstand schnell das Thema zu wechseln; wenn ich nämlich, um die wirklichen Proportionen dieses Problems und die Schwierigkeiten seiner Beantwortung darzustellen, einmal die Probe aufs Exempel machte und mich selber fragte: «Sag, mein Lieber, hast du nun an diesem strahlenden Vormittag deine Verlobte gebumst?», so wäre ein Ja zur Antwort eine irreführende Vereinfachung oder ein bloßer Gemeinplatz, genauso falsch, als würde man gar nicht darüber reden, denn dieses Ja würde die verräterischen Einzelheiten des Vorgangs genauso ausklammern wie das

Schweigen; aber der narzißtischen Aufmerksamkeit, die auf nichts mehr neugierig ist als auf verdeckte, des Interesses nicht würdige Einzelheiten, fällt es auch deshalb so schwer, sich von ihrem Gegenstand, das heißt von sich selber, ein Bild zu machen, weil der Körper gerade in den Augenblicken, die am verräterischsten wären, das Bewußtsein von sich selbst verliert; daher kann die Erinnerung nichts von dem bewahren, was dem Körper nicht bewußt war, und es entgehen ihr auf diese Weise die wichtigsten Betätigungen, wenn auch gerade dieser Umstand das Gefühl der Einmaligkeit erzeugt, ähnlich wie nach einer Ohnmacht die Erinnerung auch nur das merkwürdige Gefühl vom Schwinden und der Rückkehr des Bewußtseins bewahrt, während die Ohnmacht selbst, die uns im nachhinein am meisten interessiert, jener Zustand ist, der, von jedem uns vertrauten unterschieden, unzugänglich bleibt.

Weil Helene sich in meinen Mund verbiß und damit glücklicherweise auch der letzte vernünftige Bezirk meines Bewußtseins vor dieser Entschlossenheit, der einzig möglichen Antwort auf meine zurückhaltenden, kindischen Liebesspiele, kapitulierte, glaube ich jetzt, im nachhinein, daß dieser schmerzhafte Biß die letzte Empfindung war, deren Sinn und Bedeutung von meinem Bewußtsein noch mit einiger Klarheit wahrgenommen wurde; und gerade auf dieser Empfindung glitt ich dann in jene später kaum vorstellbare Bewußtlosigkeit, ihr Mund hatte nicht nur jede Zurückhaltung aufgegeben, sondern auch ihren Wunsch, mich ganz zu besitzen, eindeutig zum Ausdruck gebracht; und von nun an würde sie keine Hindernisse oder Spitzfindigkeiten gelten lassen, es wäre daher überflüssig, den geschickten und in den Praktiken der körperlichen Liebe bewanderten Verführer zu spielen, sie wollte mich, so wie ich war, ihr Leib schmiegte sich an meinen, und ich durfte überhaupt nicht überlegen, wie ich zu sein wünschte, sie wollte ihren Schoß auf meinen pressen, sogar die in immensen Mengen übereinandergeschichteten Spitzen und Seidenstoffe waren nicht in der Lage, zu verhindern, daß einer des anderen Erregung spürte, die, so beglückend sie war, auf eine merkwürdige Weise auch ein Gefühl der Demütigung in mir auslöste; es schien mir, daß sie, nachdem sie selbst die Lenkung unseres Schicksals hatte übernehmen müssen und die berechnend unberechenbaren Spiele meiner Zunge, verglichen mit dem Geständnis ihrer Zähne, nur ungeschickte Versuche waren, meine Männlichkeit in Zweifel ziehen oder doch meine männliche Eitelkeit absichtlich kränken wollte; als hätten wir die Rollen vertauscht, war sie von männlicher Angriffslust, was mir natürlich gefiel, sehr sogar, obwohl ich mir im Lichte dieses entschiedenen Angriffs weibisch und kokett vorkam, ich mußte mich ihr überlegen zeigen, wollten doch meine Instinkte oder mein Nervensystem diesen Tausch nicht akzeptieren, und vielleicht war das zutiefst unbewußte Ziel ihrer Attacke genau darauf gerichtet, mein Überlegenheitsgefühl anzustacheln; da kehrte auch mein Zorn wieder zurück, und als wollte ich sie mir vom Leibe reißen – Blutegel reißen wir uns so wütend vom Leibe –, packte ich sie an den Haaren, zerrte an dem feinen Stoff ihres Kleides, kniff sie sogar in die Haut, riß mich mit einer einzigen Kopfbewegung von ihrem Mund los, um mit der Hand, tiefer nach unten vordringend, ihr Gesäß zu fassen und mit unverhüllter Brutalität ihren Schoß gegen meinen zu pressen, um ihr gleichsam zu verraten, was ich bisher zu verheimlichen gesucht hatte, das, was ich in meiner Hose und unter meinem Morgenrock verbarg; nunmehr nahm ich mit Mund und Zähnen ihren Mund in Besitz, die Zunge tief in ihre Mundhöhle stoßend, worauf sie, schon auf dem Boden liegend, mit der größten Zärtlichkeit, mit dem Streicheln ihrer Hände und dem sanften Liebkosen ihrer Zunge reagierte, obwohl ich keine Ahnung habe, wie wir dorthin gelangt waren; da aber hatte ich schon den Faden unserer Geschichte verloren, und von diesem Augenblick an, so scheint es, konnte ich ausschließlich aus ihren Bewegungen, ihren Gesichtszügen, ihren Blicken, dem Geschmack ihres Speichels, dem Geruch ihres Schweißes und dem Zucken ihrer Wimpern schließen, was mit mir geschehen war.

Sie lag mit dem Rücken auf dem nackten Boden, ich, auf

einen Ellbogen gestützt, beugte mich über sie und beobachtete ihre gesenkten Wimpern, ihr fast bewegungsloses weißes Gesicht, und mein Körper wurde von einem aus tiefster Tiefe kommenden, unbegreiflichen, trockenen Schluchzen geschüttelt.

Meine freie Hand versank in ihren auf dem Boden ausgebreiteten roten Haaren, und als wollte sich die Hand an das alte, oh, das uralte Versprechen erinnern, zerrte ich an den Haaren, zog ihren Kopf an den Haaren zu mir her, und ihr Gesicht rutschte fast leblos über den Boden.

Dieses Schluchzen war wie die Erinnerung an eine Kinderkrankheit, heiß, benommen, fiebergeschüttelt, und es schien, als wären wir aus tiefster Dunkelheit auf diese sonnenhelle Lichtung gestoßen worden, in dieses Zimmer, in dem die vertrauten und doch so fremden Möbel stumm herumstanden, in dem der dicke Teppich, von unseren Füßen zusammengeschoben, einen richtigen Berg bildete und die kleinsten Rillen und Muster der Tapete von einer schier unerträglichen Reglosigkeit waren; dieser glanzvoll leere Anblick machte mich so traurig, daß ich meinen Kopf auf ihre Brust bettete, vorsichtig, denn ich berührte sie zum erstenmal, ich mußte die Augen schließen, um von meinem verzweifelten Schluchzen wieder in jene Dunkelheit zurückgeführt zu werden, aus der mich die Stille herausgerissen hatte.

Und als bemerkte sie mein Weinen nicht, tröstete sie mich auch nicht, vielleicht habe ich sie wirklich ermordet, dachte ich damals.

Inmitten der Spitzen trafen meine Lippen auf ihren Hals, und da mußte ich meine Augen wieder öffnen, um mir die Farbe ihrer Haut, ihre Glätte, die meine Lippen und meine Zunge fühlten, einzuprägen; und obwohl die Stille in uns so tief war, wollte mein Mund wie etwas Fremdes, wie eine langsame, millimeterweise vorrückende Schnecke all das auskosten, was er sich so lange versagt hatte, und meine Augen mußte ich deshalb wieder öffnen, weil es mir nicht genügte, nur fühlend diese Haut in mich aufzunehmen, es war immer noch kein ausreichender Ersatz für die versäumten Minuten, und vielleicht half es, wenn ich sah, was ich mir so sehr wünschte und mir doch nicht anzuverwandeln vermochte.

«Ich möchte dir etwas sagen», hörte ich sie flüstern, und mein Mund näherte sich ihren Lippen, nein, sie sollte nicht sprechen, sollte es in mich hineinhauchen, was sie sagen wollte! aber ich hatte keine Eile, ich packte ihr reizend entgegengestrecktes Kinn mit den Zähnen, welch ein wunderbares Gefühl, zum Hineinbeißen fest, und wie ein Hund, dem man statt eines Knochens, den er in der Schnauze hält, einen noch besseren anbietet, geriet ich in die größte Verlegenheit, in die peinliche Qual der Wahl, denn ihr Mund wartete, und das entschied dann meine Wahl, auch wenn meine Augen schon wieder geschlossen sein mochten; erinnere ich mich doch nur an den Duft ihres Atems, der mir mit ihren Worten «Zieh mich bitte aus» in die Nase stieg. Und inzwischen hatten wir mein Schluchzen irgendwo hinter uns gelassen; etwas, das auch endgültig verloren war.

Ihre Stimme aber schien mich ein wenig ernüchtert zu haben, mein Bewußtsein erhellte sich, ich kann mich an meine eigene Verwunderung erinnern, dabei war ich keineswegs über das verwundert, worum sie bat, sondern über ihre Stimme, sie hatte ihre Bitte mit solcher Natürlichkeit ausgesprochen, daß ich mir gar nicht vorstellen konnte, daß sie um etwas anderes hätte bitten können, und doch war es nicht die Stimme einer reifen Frau, es schien, als wäre sie unwillkürlich in jene Zeit zurückgefallen, die auch mich vorhin mit meinen Tränen eingeholt hatte, und als schenkte sie mir damit jene unbekannte Zeit, die auch ich ihr mit meinen kindlich heißen Tränen ausgeliefert hatte, daher war es nicht Erstaunen, was ich damals fühlte, oder nicht nur Erstaunen, sondern Bewunderung, die Bewunderung ihrer Kindlichkeit und jenes einzigartigen Glücks, an dem die menschliche Natur teilhat, daß ein Geschöpf das andere an Erlebnissen aus einer Zeit teilnehmen lassen kann, die es eigentlich nicht mehr gibt.

Und dieser merkwürdige, kindliche, zeit- und ortlose Zustand, dessen Besonderheit darin zu bestehen schien, daß wir zu einem Instrument der Spannung zwischen einer konturlosen Vergangenheit und einer unbestimmten Zukunft geworden waren, hielt uns nicht nur so lange in seinem Bann, bis wir uns mit vermutlich großer Umständlichkeit gegenseitig entkleidet hatten und geradezu erhoben waren durch die Gesten gegenseitigen Vertrauens und gegenseitiger Nähe, sondern er erstreckte sich auch auf den Augenblick, da wir endlich, zwischen den lächerlichen Haufen unserer zerstreuten Kleider halb sitzend, halb liegend, gegenseitig unsere nackten Körper betrachten durften.

Ich schaute sie an, blickte aber auch ängstlich, gleichsam verstohlen an mir herunter, um mit einer gewissen Verblüffung festzustellen, was ich im übrigen deutlich fühlte, nur wollte ich mich noch einmal mit einem Blick von der Richtigkeit meines Gefühls überzeugen, nämlich davon, daß meine Männlichkeit, die eben noch so steif und hochgereckt ihr Recht gefordert hatte, jetzt in kindlicher Gleichgültigkeit zusammengeschrumpft auf meinem Schenkel ruhte; doch sosehr ich auch bemüht war, mich verstohlen zu mustern, entging selbst dieser heimliche Blick ihrer Aufmerksamkeit nicht, weil sie im Gegensatz zu mir mit hochgerecktem Kopf und Rumpf nur meine Augen suchte, als wolle sie um jeden Preis verhindern, ihren oder meinen Körper ansehen zu müssen; wir faßten uns an den Händen, und ich nehme an, daß sie nicht aus Schamhaftigkeit so zurückhaltend war, sondern daß sie sich ebensowenig an Einzelheiten verlieren wollte wie ich, der ich, während ich sie auszog, beim Öffnen der in den spitzengesäumten Nähten ihres Kleides verborgenen Haken, der Schnüre des Mieders, ihrer feinen, perlenbestickten Lederschuhe, der mit rosa Bändern verzierten pludrigen Hosen und der zierlich darunter befestigten langen Seidenstrümpfe, meine Aufmerksamkeit auf Haken, Knöpfe, Schnüre und Schließen konzentrierte und mich absichtlich zurückhielt, die sich mir nach und nach darbietende, bis dahin unbekannte Landschaft ihres Körpers zu betrachten, denn ich wollte sie ganz, ungestört das Ganze; jetzt aber, da sie in ihrer ganzen Nacktheit vor mir saß, schien es meinen Augen unmöglich, diesen wundervollen Anblick sofort aufzunehmen und zu erfassen, ich mußte gleichzeitig überall hinsehen, und zugleich wünschte ich an einem einzigen Punkt zur Ruhe zu kommen, einen Punkt ihres Körpers ausfindig zu machen, der einzigartig wäre; und vielleicht hatte sie darin recht, wenn man in diesem Zusammenhang überhaupt von recht haben sprechen kann, daß sie mir in die Augen sah, denn mag es noch so sentimental klingen, in ihren umwölkten blauen Augen spiegelte sich eine vollständigere Nacktheit, als ihre Haut sie hätte bieten können, was verständlich ist, schließlich können die Formen des Körpers unter der gleichmäßigen Hülle der Haut nur durch die Vermittlung des Auges etwas über sich aussagen.

Erklären kann ich es nicht, wie wir zu dieser eigenartigen Stellung gekommen waren, weil ich nicht behaupten kann, daß ich über jenen Grad von Bewußtheit verfügt hätte, der mich in die Lage versetzte, meine Bewegungen zu steuern; im Gegenteil, die plötzlich auftauchenden und ebenso schnell entschwindenden Gedankenfetzen irritierten mich, wie auch der überraschende Einfall, Frau Hübner könnte hinter der Tür stehen und horchen, der Kutscher warte unten und hänge den Pferden gerade den Futtersack um den Hals, oder jenes flüchtige Gefühl, daß Helene so unerhört jung sei, noch keine neunzehn Jahre, und wenn sie sich mir jetzt hingäbe und ich mich nicht mehr beherrschen könnte, auch ich ihr endgültig ausgeliefert sein würde; plötzlich überfielen mich sämtliche Nöte eines möglichen gemeinsamen Lebens, denn ich wäre ja der erste, der das Dunkel ihrer unbewußten Gefühle, wenn auch nur für einen Augenblick, in Klarheit verwandeln würde, und das allein würde uns aneinanderbinden; es war, als säße eine ohnmächtige, willenlose Puppe mir gegenüber, die ich zum Leben erwecken müßte, damit sie nachher mein Leben zerstörte, und gerade weil das die endgültige Bindung bedeuten würde, dürfte ich es nicht tun, nein, ich dürfte meine Freiheit nicht verlieren, weil ich sie sonst eines Tages würde töten müssen; und ich mußte mich an den vorangegangenen Abend erinnern, an mein aufregendes kleines Abenteuer, das zwar unvollendet geblieben, aber doch ein Hinweis darauf war, daß mich meine Gefühle auch auf Abwege führten, die sie nicht verstehen würde und auf denen mir zu folgen sie gar nicht in der Lage wäre, ich würde sowohl sie als auch mich in die größte Gefahr stürzen; aber in jenem Augenblick saßen wir dort auf dem Fußboden einander gegenüber, nackt und aufeinander angewiesen, uns an den Händen haltend, und ohne alle Hast wünschte ich jedes winzige Körperteilchen zu erkunden, weil ich mich so sehr nach dem Ganzen sehnte, nach all dem, was sie einmal gewesen war und was sie mit mir sein würde; ich wußte, daß sie mir gehörte, weshalb meine gefahrenanzeigenden wirren Gedankenfetzen zu nichts anderem taugten, als mein Verlangen noch zu bestärken, also gab es immer noch etwas zwischen uns, was auf Unterwerfung wartete, und sie schien etwas Ähnliches zu fühlen, deshalb ließen ihre Blicke meinen Körper auch nicht los, wie es jemandem geschieht, der ein Geschenk bekommen hat, aber noch nicht glauben kann, daß es ihm wirklich gehört; sie war aufs äußerste gespannt, obwohl wir scheinbar vollkommen ruhig dasaßen, gewissermaßen im Türkensitz, das eine Bein hatte sie untergeschlagen und mit dem anderen, das, im Knie abgebogen, fast ihre Brustknospe erreichte, stützte sie sich ab, so daß ihr Schoß vollkommen offen lag, ihr üppiges rotes Haar fiel auf ihre kindlich schmalen, zerbrechlichen Schultern, unter dem heller behaarten Dreieck waren die offenen Schamlippen zu sehen, und als ich verstohlen an mir heruntersah und mein schlaff auf dem Schenkel ruhendes Glied erblickte, schien es mir, als säße ich wie ein ruhender Pan in einem Wald im taufeuchten Gras, doch bedeutsamer als dieser Anblick schien mir, daß ich in der gleichen Stellung saß wie sie, einen Schenkel untergeschlagen, den Schoß offen, mit dem anderen Bein abgestützt, einer das Spiegelbild des anderen; und dann ihre Hüfte, aber vor allem ihre Brust, weil ich zwischen der Neigung ihrer Brüste und der Krümmung der feinen Linie ihrer Hüfte eine verblüffende Übereinstimmung entdeckte, so als wären beide Linien aus demselben Gehorsam gegenüber der Schöpfung entstanden.

Fast gleichzeitig rutschten wir über den Fußboden aufeinander zu, wobei uns unsere Hände behilflich waren, sie zog mich und ich zog sie, doch wie ernst und bedeutungsvoll dieser Augenblick auch sein mochte, den Wunsch nach Übereinstimmung unserer Bewegungen konnte man nicht anders als komisch finden, aber meine Augen hatten schon jene beglükkenden Punkte, die der Anblick ihres wundervollen Körpers bot, entdeckt, zwar war das kein einzelner Punkt und auch nicht das Ganze, vielmehr sah ich eine Einheit von Brust, Hüften und die im Sitzen geöffneten Schamlippen und konnte mir schon deshalb erlauben, diese Einzelheiten aus dem Ganzen herauszuheben, weil ich, dieses Ganze mit einer gewissen Kälte überprüfend, beruhigt war, nicht enttäuscht zu werden und zu bekommen, was ich begehrte, die Kleider hatten nicht getrogen, ich würde einen vollkommenen Körper mein eigen nennen; es schien, als hätte mich die Anziehungskraft dieser doch ziemlich entfernten Punkte von meinem Platz bewegt, da lachte ich laut auf und hörte, ja, ich sah, daß auch sie lachte, wir fingen beide gemeinsam an zu lachen, und weil wir beide jetzt wußten, daß wir an das gleiche dachten, weil wir es gleichermaßen komisch fanden, wie wir uns bewegten, und darüber lachten, schlug unser Lachen gleichzeitig in heftiges, hemmungsloses Geschrei um, wir brüllten geradezu, ich höre es noch heute, als würde sich mit unserem Lachen eine Welle unaufhaltsamer Kraft über uns ergießen; dennoch zögerte ich einen Augenblick, bis ich ihren im Lachen weiblich lockenden Gaumen sah, mein Mund reichte bis zu ihrer Brust hinauf, doch konnte ich mich nicht entscheiden, welche ihrer Brüste ich wollte, da ich beide gleichermaßen begehrte, und das Lachen, das meinen ganzen Körper schüttelte, erinnerte mich trotz allem an mein vorheriges Weinen, meine Hand schmiegte sich in ihren Schoß, um mit dem Finger zart zwischen ihre zwei köstlichen Schamlippen einzudringen, ins Weiche, Glitschige, Tiefe, ihr Haar auf meinen Schultern und meinem Rücken türmte sich wie ein Zelt über mir, vielleicht war mein Nacken der Punkt, den sie suchte, denn als ich die sich härtende Knospe ihrer Brust vorsichtig zwischen die Lippen nahm, preßte sie ihren Mund auf meinen Nacken, und auch ihre Finger drangen zwischen meine Schenkel ein, da wurde es plötzlich still, und wenn ich mich jetzt daran erinnere, läßt mich der Gedanke nicht los, daß wir in Gottes Hand saßen, damals, dort.

Der Schmerz kehrt langsam zurück

Und dann stand ich wieder in unserem Vorzimmer, vielleicht sogar zur gleichen Stunde, und sah im Spiegel, daß an dem Kleiderständer ein fremder Mantel hing.

Im Halbdunkel des Spiegels konnte man nicht eindeutig feststellen, welche Farbe der Mantel hatte; es war ein derber, schwerer Mantel, dessen Stoff den Regen zwar abhält, an dem aber jeder winzige Flaum und jedes Härchen hängenbleibt.

In den Dachrinnen rauschte und brodelte das Wasser, der wäßrige Schnee auf den steilen Dächern begann schon zu schmelzen, und ich stand mit meiner Tasche vor dem Spiegel.

Möglicherweise war es ein dunkelblauer, alter, inzwischen ausrangierter Uniformmantel, unter dem breiten Kragen ein Goldknopf, der auf rätselhafte Weise an seinem Platz geblieben war, die übrigen Knöpfe hatte man ausgetauscht.

Vielleicht war es dieser auf dem dunklen Mantel glitzernde goldene Knopf, der mich an ihn erinnerte, gerade an ihn, wie er über die von Schneeflecken bedeckte Lichtung auf mich zukam, und an die schmerzliche Stimmung jener anderen Stunde, als ich genauso im Vorzimmer gestanden und nicht die geringste Hoffnung mehr hatte, daß die Qual, die ich um ihn und seinetwegen litt, jemals aufhören würde; damals hatte ich mich im Spiegel betrachtet und geglaubt, alles würde für immer so bleiben, und in der Tat hatte sich nichts geändert, auch heute schmolz der Schnee wie damals, und um nicht mit ihm gehen zu müssen, war ich auch heute durch den Wald nach Hause gegangen, damals waren meine Schuhe genauso morastig geworden, und es war mir, als hörte ich die gleichen Geräusche aus dem Eßzimmer wie eh und je, die blöden Schreie meiner kleinen Schwester unterm Klappern und Klirren des Geschirrs, das unermüdliche Schimpfen der Großmutter, ständig unterbrochen von den geduldig-freundlichen Brummlauten Großvaters; Geräusche, die man, auch ohne hinzuhören, genau kennt, sie sind einem so bekannt und vertraut, daß man nicht auf sie zu horchen braucht; und wegen dieser vielfältigen Übereinstimmung mochte es scheinen, als gebe es keinen Unterschied zwischen damals und heute, und der Schmerz kehrte langsam zurück, doch der an dem Kleiderständer hängende, fremde Mantel, gerade dieser Mantel, der in mir das Gefühl meiner Liebe zu ihm und meines vergeblichen Kampfes gegen jene als vergänglich erhoffte Liebe heraufbeschwor, zeigte an, daß es also doch nicht damals war, daß ich jetzt hier stand, und wenn es also nicht damals war, sondern jetzt, dann würde vielleicht auch dieser Schmerz einmal vergehen.

Aber meine Mutter lag noch genauso da, ihr Kopf in die großen, weichen Kissen gesunken, als schliefe sie fest, sie öffnete die Augen nur, wenn jemand ins Zimmer trat.

Auch jetzt wandte ich mich zuerst ihrem Zimmer zu, wie seitdem immer, wohin auch hätte ich mich sonst wenden sollen?

Damals hatte mich, und das gewiß nicht bewußt, meine kindisch-rücksichtslose Selbstsucht zum erstenmal zu ihr geführt, denn bis dahin hatte ich immer ordentlich zu Mittag gegessen, und erst von jenem Tag an wurde es zu meiner berechnenden Gewohnheit, auf ihrem Bettrand zu sitzen, ihre Hand zu halten und die Zeit abzuwarten, die das Füttern meiner kleinen Schwester und das umständliche Aufräumen des Geschirrs in Anspruch nahm, um hinterher im Eßzimmer nur noch mein Gedeck auf dem Tisch vorzufinden und mich so dem schwerer und schwerer lastenden Anblick meiner kleinen Schwester zu entziehen, der mir vorher ganz natürlich oder doch fast natürlich erschienen war, mich aber jetzt abstieß; von nun an teilte ich die Zeit unwillkürlich in ein Vorher und Nachher ein, von diesem Zeitpunkt an heißt soviel wie nach dem Kuß, denn dieser Kuß, heute weiß ich es, hatte sehr vieles in mir grundsätzlich geändert, hatte meine Bindungen in einer anderen Selbstverständlichkeit geordnet, und zu wem sonst hätte ich damals gehen können als zu meiner Mutter, da der Schmerz um Kristian nicht so sehr daher rührte, daß er meine heimlichen Gefühle nicht erwidern konnte noch wollte, sondern hauptsächlich daher, daß diese Gefühle und Gefühlsmängel unbestreitbar physische Auswirkungen hatten, in den Muskeln, auf den Lippen, in den Fingerspitzen und – warum es leugnen – auch in der Spannung der Lenden, denn welche unserer Sinnesempfindungen sind vitaler als das Tasten, Greifen, Riechen, und alles, was wir anfassen, streicheln und betasten können, wünschen wir auch mit dem Mund in Besitz zu nehmen, ja zu verschlingen; aber alle diese Berührungswünsche mußte ich als unnatürlich ansehen, als etwas, was nur mir geschah und mich von allen anderen absonderte, ausschloß und zeichnete, obwohl meinen Sinnen und meinem Empfinden nichts natürlicher erschien als das; ich mußte mich des Kusses und meiner Begierde danach schämen, das hatte er mich, wenn auch unendlich behutsam, fühlen lassen, indem er sich von mir zurückzog, ja bis zu einem gewissen Grade sogar seine eigenen Instinkte verleugnete, denn damals war zwischen uns für einen Augenblick etwas aus der Tiefe aufgebrochen, das wieder dorthin zurückgedrängt werden mußte, es mußte verborgen gehalten werden, und er konnte es sogar vor sich selber verbergen, während ich es mir andauernd zwanghaft vergegenwärtigte, mich damit beschäftigte, dadurch gleichsam erst wirklich lebte; doch wie könnte die Phantasie die sich in realen Begierden äußernden Wünsche des Körpers befriedigen? und wen in meiner Umgebung außer meine Mutter hätte ich mit der gleichen Freiheit und der gleichen Beglückung berühren, anfassen, küssen, streicheln und riechen können, wie ich es mir mit ihm ersehnte. Und wenn ich das Gesicht meiner kleinen Schwester betrachtete, dieses schreckliche Gesicht, dann mußte ich zumindest nach jenem Kuß argwöhnen, daß es mit den sorgfältig dosierten Medikamenten überhaupt nicht zu verändern sein würde und daß die Familiendeutung, die von Hormonstörungen redete, nichts weiter war als eine fromme Lüge, ein Selbstbetrug, schließlich war das keine Krankheit wie etwa ein Schnupfen, es war überhaupt keine Krankheit! ich war ja auch nicht krank, weil ich anders war als sie! und diese Anomalie – von der sie gar nichts zu merken schien, denn sie war glücklich, unbefangen und konnte sich jedem plötzlichen Impuls überlassen – müßte ich doch als das Natürliche akzeptieren, um sie so, wie sie war, zu lieben, aber wäre das nicht, als sähe ich meine als regelwidrig empfundene Natur im Spiegel und als müßte ich mich endgültig davon überzeugen, daß ich tatsächlich so war, deformiert, ich müßte das akzeptieren und es gäbe keinen Weg zurück, um so weniger, als das Gesicht meiner kleinen Schwester trotz aller Verzerrungen unsere Züge trug, sie war unser lebendiges Zerrbild, unübersehbar, und obwohl ich nicht länger bereit war zu lügen, konnte ich meinen Abscheu und meine Angst doch nicht mehr unterdrücken.

Wenn ich ihr lange zusah – und dazu gab es in der Tat reichlich Gelegenheit, war ich doch manchmal gezwungen, viele Stunden mit ihr zu verbringen, und da sich in ihr so etwas wie eine Urgeduld mit der Ruhe eines Tieres paarte, war es gleichgültig, welches Spiel ich für sie erdachte, wie einfältig es auch sein mochte, denn es brauchte aus nichts weiter zu bestehen als aus der Wiederholung einer einzigen Bewegung –, dann war sie, wie Großmutter zu sagen pflegte, «gut aufgehoben»; sie hatte sogar die Fähigkeit, ohne jede Langeweile selbst in der Wiederholung die Wiederkehr zu genießen, sie war eingeschlossen in den Kreis der Wiederholungen, als habe sie sich selbst aus ihrem eigenen Spiel ausgeschlossen, und gleich einer aufgezogenen Puppe gab sie mir Gelegenheit, meine Beobachtungen an ihr zu machen, sie ließ sich durch nichts stören; wir krochen zum Beispiel unter zwei Stühle, und ich rollte eine bunte Glaskugel durchs Zimmer, die sie im Tor der Stuhlbeine abfangen und zu mir zurückrollen sollte, das wurde zu einem ihrer liebsten, auch von mir bevorzugten Spiele, einmal weil die Verfolgung der rollenden

Kugel ihre ganze Aufmerksamkeit fesselte und das Auffangen nicht allzu schwierig war, sie konnte dabei nach Herzenslust kreischen, ich aber brauchte die Bewegung nur mechanisch zu wiederholen, ich war also da, spielte mit ihr und erfüllte, was man von mir erwartete, konnte mich aber nach Belieben davon unabhängig machen, mich in irgendeine angenehmere Szenerie, ein anderes Geschehen zurückziehen, mich vielleicht sogar in gröbere Phantasien flüchten oder im Gegenteil mich ihr mit aller Aufmerksamkeit zuwenden – dann tat ich das nicht, um sie, sondern um das Phänomen zu beobachten, mich mit ihr zu identifizieren, in sie hineinzuschlüpfen, in ihren Gesichtszügen die meinen zu erkennen und in ihrer gewaltsamen, halsstarrigen Unbeholfenheit meine eigene Hilflosigkeit zu erkunden und doch kaltblütig, von außen, bar jeden Gefühls, gleichzeitig diese Kälte zu genießen; dann spielte ich mit dem Gedanken, ein Forscher zu sein, der einen Wurm beobachtet und den lebenden Gegenstand seiner Neugier genau kennenlernen möchte, um im nachhinein sich nicht nur die Mechanik der Bewegungen vergegenwärtigen zu können, sondern gleichsam von innen das merkwürdige Gesetz zu erfühlen, den Motor der Ordnung, jene Kraft, die eine Bewegung der anderen zuordnet, und so fort die ganze Folge von Bewegungen, um, in die Haut der fremden Existenz geschlüpft, gleichzeitig ihre und die eigene zu begreifen, so, wie wenn man eine durchsichtige grüne Raupe beobachtet, die mit ihren Füßchen an einem weißen Stein haftet und bei unserer Berührung mit einem überraschenden Krümmen des Rückens die eigene Länge verkürzt, indem sie das Schwanzende zum Kopf heranzieht und sich durch diese aufgebuckelte Masse nach vorne schiebt, Spann um Spann sich fortbewegend, eine Form des Gehens, eine eingleisige Fortbewegung, die um nichts abartiger oder lächerlicher als die unsere ist, wenn wir, einen Fuß vor den anderen setzend, unser Gewicht, die Ursache unserer Schwerfälligkeit, ausbalancieren, und sich nach langer Beobachtung fast in einen Raupenleib verwandelt, als könnten wir uns Haftfüßchen an unserem Bauch nicht nur vorstellen, sondern diese und einen biegsamen Rücken dazu uns sogar einbilden, wären wir dann noch so weit davon entfernt, uns als Raupe zu fühlen? und wenn unsere Einbildungskraft groß genug ist, um diese Möglichkeit an unserem eigenen Körper wahrzunehmen, dann sind wir nicht nur Beobachter der Raupe, sondern sind selbst zur Raupe geworden.

Jetzt kann ich freilich auch eingestehen, daß ich früher, als der Zustand meiner kleinen Schwester mich noch nicht so bedrückte und ich mir noch keine Gedanken darüber machte, sie, der Gewohnheit meiner Eltern folgend, nicht bei ihrem Namen rief und von ihr einfach als von meiner Schwester sprach; welches Versteckspiel zwang uns, mit übertriebener Liebe darauf hinzuweisen, daß sie, wenn auch aus einer gewissen Verpflichtung heraus, im Mittelpunkt unserer Familie stehe, aber dennoch aus unserer Mitte ausgeschlossen war, weil es das gesunde Gefühl für richtige Proportionen so verlangte; bevor mich Abwehr, Furcht und Widerwille, begründet in meiner eigenen Ausgeschlossenheit und Andersartigkeit, von ihr und von mir selber entfernten, waren meine Experimente mit ihr keineswegs nur auf einfache Beobachtungen beschränkt, sie hatten auch praktischere, sozusagen handgreiflichere Formen angenommen, und wenn ich dabei gewisse erlaubte Grenzen überschritt und diese Spiele als tiefstes Geheimnis bewahren mußte, geheimer noch als jenen Kuß, manche dieser Experimente sogar vor mir selber zu verheimlichen suchte, so glaube ich doch nicht, daß ich mich unmenschlich verhielt, später ließen Ekel und eine erzwungene Gleichgültigkeit mich viel unmenschlicher werden, im Gegenteil, mit einiger Kühnheit möchte ich sogar behaupten, daß unser Verhältnis vielleicht gerade aufgrund meiner erbarmunglos ehrlichen Neugier menschlicher war.

An solchen Nachmittagen, hauptsächlich Winternachmittagen, wenn die Stille im Haus nach dem Mittagessen in die gefühlvolle Stunde einer schnellen Dämmerung hinüberglitt, wenn in den großen Zimmern die Türen offenstanden und die Geräusche aus der weit abgelegenen Küche, das Klappern, Klirren und Scheppern langsam erstarben, es auch draußen still war, regnete oder schneite, ein leiser Wind wehte und ich weder im Garten noch in der Umgebung verschwinden konnte, auf meinem Bett lag oder an meinem Tisch saß, den Kopf über eine unlösbare Aufgabe gebeugt, immer wieder nach draußen starrend, sogar das Telefon still war, Großvater, die Hände zwischen die Knie gepreßt, im Sessel schlief, der Steinboden in der Küche schon trockene Flekken aufwies und Mutters Kopf, schwer vom Schlaf, tiefer in das Kissen gesunken war, ihr Mund sich ein wenig geöffnet hatte und das Buch aus ihren Fingern gerutscht war, waren wir ohne Aufsicht, meine kleine Schwester hatte man in ihrem Zimmer zu Bett gebracht, in der Hoffnung, daß sie schlafen würde und wir dadurch ein wenig zur Ruhe kämen, doch nach einigen Minuten bereitwilligen Schlummerns schreckte sie häufig auf, kroch aus dem Bett und kam aus dem fürsorglich verdunkelten Zimmer zu mir herüber.

In der offenen Tür blieb sie stehen, stumm sahen wir uns an.

Man zog ihr auch am Nachmittag ein Nachthemd an, weil Großmutter sie um jeden Preis überzeugen wollte, daß es Abend sei und sie schlafen müsse, obwohl ich kaum glaube, daß sie einen Unterschied zwischen Tag und Nacht machen konnte, daher nützte auch die Verdunkelung nichts; sie stand also geblendet in der Tür, die Augen im gedunsenen Gesicht waren völlig verschwunden, tastete nach der Helligkeit, griff nach ihr und streckte die Hand in meine Richtung aus; ihre kleine Gestalt wurde von dem langen weißen, von einem blauen Streifen gesäumten Nachthemd fast ganz verhüllt, trotzdem sah man, daß nicht nur die aus den weiten Ärmeln herausragenden Arme und die Füße, fast so groß wie die von Erwachsenen, sondern auch der ganze gedrungene Körper jeglicher Anmut entbehrte, sie war von plumper Schwere, die Haut von auffallender Blässe, von einem leblosen grauen Weiß und auf merkwürdige, für mich unerklärliche Weise derb, fast ledern, als bedeckte die grobe Oberfläche noch weitere feinere Schichten und als verberge diese an den elastischen Panzer von Käfern erinnernde Hülle die echte, menschliche, der meinen ähnliche, lebendige, glatte, zarte Haut; darum wohl übte sie eine so außergewöhnliche Anziehungskraft auf mich aus, daß ich jede Gelegenheit nutzte, um sie zu berühren, weshalb das Ziel des Spiels oft nur darin bestand, so schnell wie möglich, ohne alle Umstände in Reichweite ihrer Haut zu gelangen, wozu ich im Grunde keinen Vorwand brauchte, denn ich hätte sie einfach anfassen oder zwicken können; den Vorwand brauchte ich nur, um meine eigenen moralischen Skrupel zu überlisten, so daß ich gleichsam zufällig tat, was ich unter allen Umständen getan hätte; das auffälligste an ihr war freilich der Kopf, gedunsen, rund, von diabolischem Ausmaß, wie ein Kürbis, den Kinder auf einen Besenstiel gesteckt haben, in den schmalen Schlitzen die Augen als graue Punkte, die fleischige, herabhängende Unterlippe glänzend vom reichlich fließenden Speichel, der ab und zu mit etwas Rotz vermischt vom Kinn auf die Brust tropfte, nasse Spuren auf ihrem Kleid hinterlassend, und aus der Nähe betrachtet, war das Schwarz der Pupille reglos, winzig und vielleicht deshalb so ausdruckslos.

Doch diese Ausdruckslosigkeit war ebenso aufregend wie ihre Haut, wenn nicht sogar um vieles aufregender, als sie noch weniger zu begreifen war, denn ihre Augen entbehrten der gewohnten Anzeichen gefühlsmäßigen Ausdrucks nicht etwa wie normal zu nennende, die, wollen sie Gefühle nicht preisgeben, sich in Deckung begeben, gerade dadurch verratend, daß sie etwas zu verdecken wünschen, und so unwillkürlich auf das hinweisend, was sie zu verheimlichen suchen; nein, in ihren Augen drückte sich gar nichts aus, richtiger, das Nichts drückte sich darin genauso beständig und anhaltend aus, wie sich in normalen Augen Gefühle, Sehnsüchte und Leidenschaften ausdrücken, unmöglich, sich an diese unpersönlichen Augen zu gewöhnen, es waren Linsen, nichts als eine gefühllose Maske; schaute man in diese Augen und wurde man ihrer unsteten, flackernden Bewegung gewahr, dann sah man sich unversehens gedrängt, hinter diesen Sehschlitzen ein anderes Auge, reicher an Gefühlen, zu vermuten, wie wir hinter einer funkelnden Brille ja auch den unverhüllten Blick suchen, weil ohne den Ausdruck der Augen nicht einmal das gesprochene Wort sich richtig deuten läßt.

Wenn sie an solchen Nachmittagen in der Tür erschien, blieb sie immer stumm, als wüßte sie, daß ihre durchdringende Stimme sie unausweichlich verraten würde und, wenn Großmutter dann aufwachte, sie sich selbst der Freuden und Qualen eines möglichen Spiels, des Spiels aus einer zwischen uns entstandenen Komplizenschaft berauben würde; das mußte sie wissen, obwohl ihr Erinnerungsvermögen nicht recht oder doch nur unter ganz bestimmten Bedingungen zu funktionieren schien, denn es gab keinerlei Vernunftgründe, warum sie sich an das eine erinnerte und das andere vergaß, essen konnte sie nur mit der Hand, umsonst versuchte man jeden Mittag, sie an den Gebrauch des Eßbestecks zu gewöhnen, es wollte nicht gelingen, Gabel und Löffel fielen ihr einfach aus der Hand, sie begriff nicht, warum sie sie festhalten sollte, an unsere Namen aber konnte sie sich erinnern, uns alle sprach sie mit dem richtigen Namen an, sie war stubenrein, und wenn sie sich doch zufällig einmal naß oder in die Hose machte, dann jammerte sie stundenlang untröstlich in einer Ecke, sich freiwillig die Strafe auferlegend, die Großmutter einmal für sie ausgedacht hatte, es schien, als offenbarte sich darin eine unendliche Gutmütigkeit, eine Herzensgüte, mit der sie sich uns dankbar erweisen wollte; denn Zahlen konnte sie nicht behalten, sosehr ich versuchte, sie ihr einzutrichtern, sie lernte sie zwar, vergaß sie aber sofort, Schwierigkeiten zeigten sich auch beim Erkennen und Unterscheiden von Farben, andererseits versuchte sie, sich auf jede nur erdenkliche Weise anzupassen, sie war bemüht, immer und alles von neuem anzufangen, bereitwillig uns zu Gefallen zu sein, und geradezu ergreifend war ihr krampfhaftes Bemühen, nach einem täglich gebrauchten Wort mit tiefgefurchter Stirn zu fahnden, es war ja nicht ihre Sprache, und wenn das gesuchte Wort oder der Ausdruck doch noch wie ein Triumphgeschrei über ihre Lippen kam und sie es selber hörte, dieses Wort, das sie soeben gefunden hatte, verklärte das lieblichste Lächeln ihr Gesicht, ein Lächeln und Lachen von einer Glückseligkeit, wie wir sie vielleicht nie empfinden können.

Wenn man in ihrem Blick auch nichts entdecken konnte, was sich als Ausdruck von Gefühlen und Gemütsbewegungen deuten ließ, so schien es doch, als wolle sie sich in der Sprache des Lachens und Lächelns mit uns verständigen, das war die einzige Sprache, in der sie sich ausdrücken konnte, ihre Sprache, wenn auch zweifellos eine Sprache für Eingeweihte, aber sie war vielleicht schöner und nobler als die unsrige, weil ihr einziger, doch unendlich abwandelbarer Ausdruck die aus dem Vertrauen ins bloße Dasein entspringende reine Freude war.

Eines Tages lag auf meinem Tisch eine Stecknadel, eine ganz gewöhnliche Stecknadel, ich wußte nicht, wie sie dorthin gekommen war, sie lag plötzlich da, heute, gestern noch nicht, in dem tiefen Spalt zwischen unordentlich hingeworfenen Heften und Büchern glänzte sie auf dem braunen Holz gerade so stark, daß man sie wahrnehmen konnte; ich kann gar nicht sagen, warum ich tagelang so sehr darauf achtete, daß sie sich – während ich herumblätterte, etwas suchte, schrieb, las oder meine Sachen nachlässig hin und her schob, ein- und auspackte – nicht von der Stelle bewegte, zugleich darauf gefaßt, daß sie ebenso unerwartet verschwinden könnte, wie sie aufgetaucht war, aber auch am folgenden Tag lag sie noch da; die Lampe mit dem roten Schirm brannte schon, und obwohl es draußen noch nicht ganz dunkel war, stand meine kleine Schwester im Zwielicht, so daß ich, vom Schein der Lampe geblendet, in der ruhigen Wärme des Nachmittags ihre Anwesenheit nur ahnte, ebenso wie sie, noch blind vom Schlaf und der Helligkeit, mich nicht genau wahrnehmen konnte; von der Küche her hörte man ab und zu ein leises Klirren, dann wurde es vollkommen still, und ich wußte, daß diese Stille noch mindestens eine halbe Stunde andauern würde; das Spiel, auf das wir beide erpicht waren, konnte beginnen; die Stecknadel lag noch da, und nur der erste Anstoß war nötig, alles Weitere würde sich von allein ergeben; ich pickte die Stecknadel mit dem Finger auf, um sie ihr nur zu zeigen; sie lächelte voller Vertrauen, wenn auch mit einiger Zurückhaltung, weil sie sich vor mir fürchtete, doch diese Angst wollte sie jedesmal von neuem auskosten; ich fürchtete mich genauso vor ihr, aber wir hatten nicht viel Zeit, außerdem ließ sich die Sache nicht auf die lange Bank schieben, weil sie das nicht geduldet hätte; wenn sie nicht begann, dann war ich es, wenn nicht ich, dann machte sie den ersten Schritt, beide waren wir aufeinander angewiesen.

Später habe ich, einem echten, offenbar eingewurzelten, weil unerklärlichen Impuls folgend, eine ansehnliche Sammlung von Stecknadeln zusammengetragen und nicht nur die zufällig in meine Hände geratenen aufbewahrt, sondern mich auf die Suche, ja regelrecht auf die Jagd nach ihnen gemacht; seitdem das Suchen mir zu einer Art Leidenschaft geworden war, fand ich merkwürdigerweise andauernd welche, obwohl ich mich nicht daran erinnere, daß mir vorher auch nur eine einzige, dazu auf so auffallende und herausfordernde Weise, begegnet wäre; nun fand ich um so mehr von ihnen, und zwar an den überraschendsten Stellen, in einem Kissen, einer Ritze, einem Mantelfutter, auf der Straße, in der gepolsterten Armlehne eines Sessels, und alle machten sich durch ein Aufblitzen oder einen winzigen Stich bemerkbar; ich brachte sie in ein System, entdeckte, wie viele Arten es gab, und stach versuchsweise mir in den Finger, um zu sehen, ob er blutete; kurze und lange, rund- und flachköpfige, rostige und rostfreie, aus Messing, spitzige und lanzenförmige – jede von ihnen stach anders; doch jene gewöhnliche, rundköpfige, lange, die auf so geheimnisvolle Weise auf meinen Tisch geraten war, daß ich sogar meinen Vater danach fragte, war die erste; er blieb zufällig eines Abends an meinem Tisch stehen, beugte sich eher verwundert und fast ein wenig betroffen über den Tisch, ohne zu begreifen, was ich von ihm wollte; ich zeigte sie ihm, und während er sein langes, strähniges blondes Haar, das ihm in Stirn und Augen hing, mit einer ärgerlichen Bewegung zerstreut zurückstrich, herrschte er mich unfreundlich an, ich solle ihn mit meinen Dummheiten verschonen; diese Stecknadel also bildete die Grundlage zu meiner späteren Sammlung; ich zeigte sie ihr, ohne besondere Absicht, einfach so, als zeigte ich sie irgendwem, ich hob sie ins Lampenlicht, und siehe, meine kleine Schwester machte tatsächlich jenen ersten Schritt, sie näherte sich ihr, was mich zu einer Bewegung veranlaßte, die immer noch ohne jedes Ziel war, ich rutschte vom Stuhl und ließ mich, die Nadel in der Hand, unter den Schreibtisch fallen.

Heute, da mir der Zwang, ein Geständnis abzulegen, die Reihenfolge der Bewegungen, die ich ausführte und die sich mir unauslöschlich eingeprägt haben, wieder vor Augen stellt, bin ich vielleicht noch heftiger erschrocken als damals.

Die Angst ist ein Urgefühl, sie ist mächtig, und es scheint, als würde, was wir vergangen wähnen, erst durch das Aussprechen zur Wirklichkeit und erweise sich dadurch als lebendige Gegenwart.

Mein leiser Schauder damals hatte nichts mit Angst zu tun, das macht einen großen Unterschied! es war nicht diese unsinnige dunkle Angst, die ich jetzt spüre, sondern eine einfache Erregung, leicht, hell und rein, eine Erregung, wie sie uns befällt, wenn wir unsere Glieder dem Einfluß unseres Willens, unserer Vorsätze, unserer arglistigen Wünsche entziehen und ihnen erlauben, sich frei zu bewegen; lange geschah gar nichts; unter dem Schreibtisch war es dunkel und warm, als säße ich in einer umgestülpten Kiste, deren offenes Maul auf ihr Näherkommen wartete, damit es sie verschlänge.

Man konnte den Geruch von altem Holz spüren, jenen herben Geruch, den die Möbel niemals verlieren und der immer ein wenig an ihre Herkunft erinnert, was Sicherheit, das Gefühl von Schutz und Dauer verleiht; ich vermeinte den eigentümlich staubigen Papiergeruch alter Advokaturskanzleien einzuatmen, es war ein ausgemusterter Büroschreibtisch, Vater hatte ihn einmal nach Hause bringen lassen; sie rührte sich nicht, aber ich wußte, daß sie näher kommen würde, weil schon mit der ersten Bewegung eine gewisse Spannung zwischen uns entstand, die abklingen und beendet werden mußte, daraus bestand das eigentliche Spiel; dann vernahm ich ihre schwerfälligen, ungeschickten Schritte, sie hörten sich an, als würde sie das Gewicht ihres Körpers nicht nur hinter sich herschleppen, sondern es zugleich nach vorne stoßen.

Wie eine Spinne hockte ich in der hinteren Ecke der Schreibtischkiste, den Kopf der Stecknadel zwischen zwei Fingernägel eingeklemmt, die winzige Spitze auf sie gerichtet, als endlich ihr weißes, langes Nachthemd auftauchte; sie fiel auf die Knie, ein breites Grinsen auf dem Gesicht; es will mir jetzt scheinen, als wäre ich in jenem Augenblick bar jeden Gefühls gewesen, aber genauso könnte man auch das Gegenteil behaupten, daß sich alle meine Gefühle verdichteten; ungestüm und rasch kroch sie auf mich zu, herein, unter den Schreibtisch, als wollte sie sich auf mich stürzen, doch schon nach wenigen Bewegungen behinderte sie das zwischen ihren Knien verknäulte Nachthemd, sie verlor das Gleichgewicht, stieß mit der Stirn gegen die Schreibtischkante, fiel der Länge nach hin und schlug mit dem Kopf auf; ich rührte mich nicht; nach den geheimen Regeln der Grausamkeit mußte sie ohne jede Hilfe auskommen.

Ihre Erfindungsgabe war genauso unberechenbar wie ihr Erinnerungsvermögen, sie richtete sich auf, grinste, womöglich noch breiter und übermütiger, als sei nichts geschehen, und zerrte mit der natürlichsten Handbewegung das zerknüllte Nachthemd zwischen ihren Knien hervor, ganz beiläufig und selbstverständlich, weil sie, wie ich meine, zwischen ihrem Nachthemd und dem Sturz einen ursächlichen Zusammenhang zu spüren glaubte; diesmal jedenfalls war es so, während sie bei viel einfacheren und leichter durchschaubaren Anlässen außerstande war, Zusammenhänge zu entdecken; so kletterte sie, wenn sie Lust auf irgendwelche Früchte hatte, mühelos auf einen Baum, herunterkommen konnte sie aber nicht mehr, sie saß auf einem schwankenden Ast, krampfhaft sich festhaltend und leise vor sich hin jammernd, bis jemand sie entdeckte, obwohl das Herunterkommen keineswegs schwieriger gewesen wäre als das Hinaufsteigen; manchmal war sie so hoch hinaufgeklettert, daß wir sie mit einer Leiter aus einer Baumkrone herunterholen mußten; vielleicht war es auch nur die Freude, die pure Lust, die sie erfinderisch machte, und sobald diese befriedigt war, ob es sich nun bei dem Gegenstand ihres Verlangens um eine rote Kirsche, eine reifende Aprikose oder – wie in diesem Fall – um mich handelte, erlosch ihre Erinnerung, befriedigt verstummte auch ihr Erfindungsgeist, und sie kehrte in jene Welt zurück, in der die Dinge einsam und beziehungslos waren, der Stuhl wurde erst zum Stuhl, wenn sich jemand darauf setzte, der Tisch erst zum Tisch, sobald ihr Teller darauf stand, die Gegenstände an sich standen für sie in keinem Zusammenhang, sie waren ihr nur gegenwärtig, solange sie gegenwärtig waren, im besten Falle gingen sie ineinander über; dieses ins Unmögliche gesteigerte gierige Grinsen kündigte an, worauf ihr Wunsch zielte, nicht anders als die blicklosen, starr geweiteten Augen; auf ihren nackten Knien kroch sie näher, bis auch sie unter dem Schreibtisch war; keiner konnte entdecken, was wir in seinem Schutz trieben, auf meine Weise war ich von meinen Wünschen wohl ähnlich verblendet wie sie, sie atmete aufgeregt, auch mein Atem ging lauter, die Anspannung unserer Sinne ließ mich den Rhythmus unseres Atems, so verschieden er war, in seinem Zusammenspiel wie eine eigenartige Musik, wie eine Melodie empfinden, und wenn ich nicht die Hand erhoben hätte, um die Spitze der Stecknadel direkt auf ihr Auge zu richten – denn die Pupille schien die Stecknadel geradezu anzuziehen –, dann hätte sie sich gewiß sofort auf mich gestürzt; sie balgte sich gerne mit mir; auch jetzt schrak sie nicht zurück, ihr Grinsen hörte nicht auf, und in der Hoffnung auf meinen Rückzieher gönnte sie sich mit angehaltenem Atem eine kleine Pause.

Ihre Wimpern zuckten nicht, obwohl die Spitze der Stecknadel kaum wenige Zentimeter von der glänzenden Wölbung der Pupille entfernt war, auch meine Hand bewegte sich nicht, ich fühlte nur, wie sich mein Mund vor Schrecken öffnete, ich wollte ihr ja nichts antun, doch vor mir war das Auge offen ausgeliefert und dahinter verborgen vielleicht ein empfindsames Leben, zuckend, verwundert, ängstlich; wenn es nun doch passiert wäre, wenn sie sich zufällig auf mich oder wenn meine Hand sich auf sie zubewegt hätte, dann hätte nichts das schreckliche Drama aufhalten können, aber ein unsichtbares Hindernis, ein Schatten, ein Etwas erwies sich als unabhängig von meinen Wünschen, es war das Zeichen für die Anwesenheit einer eigenen, nicht in mir wurzelnden Kraft, die aber mit meinen eigenen Wünschen in Verbindung stand, selbst wenn ich von diesen Wünschen gar nichts wußte, besonders mit einer der rätselhaftesten und geheimsten unter ihnen, der Neugierde, die immer über mich triumphierte, nur dieses eine Mal nicht! und wenn es doch geschehen wäre? Vorwürfe hätte ich mir vielleicht auch dann nicht zu machen brauchen; denn das unersättliche Verlangen, hinter die gleichgültigen Erscheinungsformen der Dinge zu kommen, diese Gleichgültigkeit zum Sprechen zu bringen, sie mit Blut zu erfüllen, sie zu erobern, wie ich Kristians Mund und später noch viele andere erobert hatte, machte mich zwangsläufig zum Werkzeug dieser seltsamen Begierde; es sollte aber nicht geschehen, nur weiß ich nicht, ob das, was anstelle der Katastrophe geschah oder hätte geschehen können, nicht noch schrecklicher war.

Denn als dieser ohne Zittern durchgestandene fatale Augenblick vorbei war, sackte ihr Körper auf die Fersen zurück, und der Abstand mußte mich wohl so ernüchtert haben, daß die zwischen meinen Fingernägeln festgehaltene Stecknadel nichts anderes mehr war als der Beweis einer unvorstellbaren Dummheit, einer Albernheit, die man mit einem Achselzukken abtun könnte; etwas war nicht geschehen, was durchaus hätte geschehen können, wieder preßte ich die Lippen zusammen, wieder hörte ich die törichte Erregung meines Atems und des ihren dazu, und das alles weckte einen solchen Zorn in mir, einen höchst einfachen, gewöhnlichen und deshalb ganz und gar persönlichen Zorn, ich hatte es wieder nicht geschafft, wieder war ich allein geblieben, aber ich gab nicht auf und stach mit einer einzigen Bewegung die Stecknadel in ihren entblößten Schenkel.

Und wieder geschah nichts, sie lehnte sich zurück, gab keinen Laut von sich, als hätten wir uns vorhin auf einer Höhe befunden, aus der wir im Begriff waren, in die Tiefe zu stürzen, es verschlug ihr den Atem, vielleicht nicht einmal vor Schmerz, das hochgerutschte Nachthemd ließ den geöffneten Spalt ihres Leibes zwischen den gespreizten Beinen sehen, die dunkle Öffnung zwischen den beiden sich rötenden, festen, zartgerundeten Bögen, die Stecknadel näherte sich der Öffnung, ich konnte es nicht verhindern, aber sie stach nicht, ritzte die Haut nicht, drang nur in die Öffnung ein.

Dann stach ich noch einmal in ihren Schenkel hinein.

Nicht so leichthin wie zuvor, sondern kräftig und tief, sie schrie auf, ich sah, wie das Grinsen von ihrem Gesicht verschwand, als habe der physische Schmerz einen Schleier zerrissen, sah ihren schutzsuchenden Blick, dann stürzte sie sich auf mich.

Kein Zweifel, der dunkle Mantel am Kleiderständer zeigte unmißverständlich an, daß Besuch gekommen war, noch dazu ein ungewöhnlicher Besuch, denn der Mantel war streng und abweisend, nicht zu vergleichen mit den Mänteln, die sonst an diesem Ständer hingen, ärmlich und abgewetzt, deshalb hatte ich auch keine Lust, wie fast immer, wenn ich mit fremden Mänteln allein im Vorzimmer war, die Taschen zu durchsuchen und, wenn ich auf Kleingeld stieß, das Ohr an der Wand, auf Geräusche horchend, im geeigneten Augenblick ein paar Fillér oder Forint zu klauen.

Da kein Geräusch, kein Wort zu hören war und alles wie gewohnt zu sein schien, trat ich einfach ein und machte, ehe ich meiner eigenen Überraschung gewahr wurde, ein paar Schritte auf das Bett zu.

Ein fremder Mann kniete, das Gesicht über Mutters in die Decke versunkene Hand gebeugt, davor und weinte; seine Schultern zuckten, sein Rücken bebte, er küßte ihre Hand, während sie mit der anderen freien Hand den Kopf des Mannes umfaßte, ihre Finger in den fast ergrauten, kurzgeschorenen Haaren des Fremden vergrub, als wolle sie ihn an den Haaren zu sich ziehen, tröstend und zärtlich.

Dieser Anblick empfing mich, als ich eintrat, und als ich die wenigen Schritte auf das Bett zu gemacht hatte, hob der Mann ganz ohne Hast den Kopf, während Mutter plötzlich sein Haar losließ und, sich aus den Kissen herausbeugend, zu mir sagte: «Geh bitte hinaus!»

«Komm her!»

Sie sprachen gleichzeitig, Mutters Stimme überschlug sich, während sie ihren weißen Schlafmantel zusammenzuhalten versuchte, die Stimme des Fremden aber klang so freundlich, als sei er wirklich erfreut über mein unerwartetes Eintreten, so daß ich, wenn auch verlegen und verwirrt durch die gegensätzlichen Aufforderungen, stehenblieb.

Das Zimmer war von der untergehenden Wintersonne grell beleuchtet, ihr kaltes Licht zeichnete das komplizierte Muster des zugezogenen Spitzenvorhangs auf den Fußboden, draußen tropfte die Dachrinne, das schmelzende Schneewasser schäumte und gluckste in den Abflußkanälen, aber der Lichtstrahl ließ die beiden im Schatten, er erreichte nur das Ende des Bettes, auf dem ein ungeschickt zusammengeschnürtes Päckchen lag, ein unbekanntes Päckchen, das gewiß zu ihm gehörte, in bräunliches Papier gewickelt, mit Bindfaden verschnürt; als der Mann, seine Tränen abwischend, sich aufrichtete und lächelnd aufstand, offenbarte sich in diesem raschen Wechsel Unbekümmertheit und Kraft; sein Anzug erschien im übrigen ebenso ungewöhnlich wie sein Mantel draußen am Ständer, er trug einen hellen, etwas verschossenen Sommeranzug aus Leinen, er war hochgewachsen, das schöne Gesicht bleich, der Anzug und das weiße Hemd waren zerknittert.

«Erkennst du mich nicht?»

Auf seiner Stirn zeigte sich ein roter Fleck, seine Augen waren noch feucht von Tränen.

«Nein!»

«Du erkennst ihn nicht? Hast du ihn schon vergessen? Du mußt dich doch noch an ihn erinnern, es ist doch nicht möglich, daß du ihn so schnell vergessen hast!»

Mutters Stimme klang vor Erregung, einer mir bisher unbekannten Erregung, trocken und gepreßt, und obwohl sie versuchte, sich zu beherrschen, klang ihre Stimme unnatürlich, so als müsse sie sich jetzt als meine Mutter aufspielen, die zu ihrem Sohn spricht, nicht etwa weil sie ihre Rührung oder ihre Freude über den gewiß unerwarteten Besuch zu verbergen hätte, sondern eher wegen der starken inneren Erregung, der Grund dieser Erregung und Angst aber war mir unbekannt; ihre Augen blieben trocken, doch ihr tränenloses Gesicht hatte sich verändert, und das überraschte mich mehr als ihre Vertrautheit mit dem Fremden oder die Tatsache, daß ich ihn nicht erkannt hatte; eine schöne rothaarige Frau saß da im Bett, mit erhitzten, geröteten Wangen, die mit zitternden, nervösen Fingern an den Bändern ihres Schlafmantels zerrte, eine Frau, die bisher etwas verheimlicht hatte, deren schöne grüne Augen sie jetzt aber mit ihrem ängstlichen Flattern verrieten, sie einer peinlichen und verräterischen Situation auslieferten; ich hatte sie ertappt.

«Es sind eben doch fünf Jahre!» sagte der Fremde und lachte leichthin; nicht nur seine Stimme war angenehm, sondern auch sein Lachen, als neige er dazu, sich über sich selbst lustig zu machen und die eigenen Gefühle nicht tragisch zu nehmen, mit ruhigen, gelassenen Schritten kam er auf mich zu, und daran erkannte ich ihn endlich, an seinem Gang, seinem Lachen, dem offenen Blick seiner blauen Augen, vor allem aber an der beruhigenden Zuversicht, die von ihm ausging.

«Fünf Jahre, das ist nicht wenig», sagte er, umarmte mich, immer noch lachend, doch dieses Lachen galt nicht mir.

«Vielleicht erinnerst du dich, daß wir dir erzählt haben, er sei im Ausland, weißt du das noch?»

Mein Gesicht berührte seine Brust, sein Körper war fest, knochig und mager, und weil ich die Augen unwillkürlich geschlossen hatte, konnte ich daraus eine Menge erraten, trotzdem lieferte ich mich dieser Umarmung nicht völlig aus, einerseits weil die Nervosität meiner Mutter sich auf mich übertragen hatte, zum anderen weil die Gefühle, die sein Gang, seine Gelassenheit und seine ganze Erscheinung in mir wachriefen, mir allzu bekannt vorkamen, und dieser Überschwang der Gefühle machte mich zurückhaltend.

«Warum wollen wir ihn noch weiter belügen? Ich war im Gefängnis.»

«Ich dachte, es wäre am besten so, wie hätten wir dir das sonst erklären sollen?»

«So ist es, ich war tatsächlich im Gefängnis.»

«Hab keine Angst, er hat weder gestohlen noch betrogen.»

«Ich werde es dir erklären. Warum sollte ich es ihm nicht erzählen?»

«Wenn du es unbedingt für nötig hältst?»

Darauf gab er keine Antwort, und während er sich langsam von meiner Mutter löste und sich mit gesammelter Aufmerksamkeit mir zuwandte, packte er mich kräftig an den Schultern, schob mich von sich weg, schaute mich prüfend an, verschlang mich fast mit den Blicken, und seine Augen bekamen einen amüsierten Ausdruck, sein Lächeln wurde zum Lachen, und dieses Lachen galt ausschließlich mir, der Tatsache, daß er zufrieden mit mir war, er schüttelte mich, schlug mir auf die Schulter, geräuschvoll, fast gewalttätig küßte er mich auf beide Wangen, und als könne er von meinem Anblick und der Berührung nicht genug bekommen, küßte er mich noch ein drittes Mal; da ergab ich mich endlich diesem Gefühlsausbruch, jetzt wußte ich auf einmal, wer er war, ich wußte es genau, weil seine ungestüme Nähe festverschlossene Türen aufbrach und ich mich plötzlich überraschend an alles erinnerte, da stand er leibhaftig, küßte mich und hielt mich fest in den Armen; Türen, von deren Vorhandensein ich gar nichts hatte wissen können, war er doch plötzlich verschwunden, wir sprachen nicht mehr von ihm, zu Ende, vorbei, ja, ich hatte sogar vergessen, daß es in meiner Erinnerung einen kleinen dunklen Winkel gab, in dem er weiter existierte, seine Augen, sein Gang, der Klang seiner Stimme, seine Berührungen; jetzt war er also da, als Erinnerung und Wirklichkeit in einem, und wenn auch ungeschickt, ungeschickt wegen meiner Aufgeregtheit, berührte ich nach seinem dritten Kuß sein Gesicht mit den Lippen, aber fast gewalttätig riß er mich wieder an sich und hielt mich fest an sich gepreßt.

«Dreht euch um, ich möchte jetzt aufstehen.»

Verlust und Wiedergewinnung des Bewußtseins

Als ich in Heiligendamm schließlich zwischen den Steinen des Ufers wieder zu mir kam, hatte ich, obgleich ich wußte, wo ich war und in welchem Zustand, kein anderes Gefühl als das der von allem befreiten, puren Existenz, weil in meinem Bewußtsein alle von unseren Instinkten und Einwurzelungen ausgehenden Signale fehlten, die, auf Erfahrungen und Wünsche gestützt, Bilder und Töne hervorrufen und so jenen ständigen und nicht abreißenden Strom der Einbildungskraft und der Erinnerung sichern, durch die wir dem Sein Vernunft und bis zu einem gewissen Grade Zielstrebigkeit verleihen, unsere Situation bestimmen, zwischen uns und unserer Umgebung eine Beziehung herstellen oder auf sie sogar verzichten können, was ebenfalls zu einer Form von Beziehung werden kann; auch empfand ich in dieser gewiß nur sehr kurzen Zeitspanne meiner Rückkehr keinen Mangel, schon deshalb nicht, weil ja gerade das Erlebnis dieses sinn- und ziellosen Seins jenen Leerraum ausfüllte, den ich als Mangel hätte empfinden müssen; die glitschig spitzen Steine gaben mir das Körpergefühl zurück, und meine Haut spürte das Wasser wie ein Streicheln im Gesicht, also mußte ich ein Wissen von den Steinen, dem Wasser, von meinem Körper, meiner Haut haben, doch diese ausschließlich in sich selbst klaren Punkte meines Wissens standen in keinem Zusammenhang mit jener tatsächlichen Situation, die ich in normalem Zustand als reichlich unangenehm, gefährlich, ja als unhaltbar beurteilt hätte, gerade weil sie mir ein so starkes sinnliches Erlebnis verschafften, zu fühlen, was nicht zu fühlen war, was gleichzeitig aber auch bedeutete, daß das Bewußtsein schon in den gewohnten Gleisen der Erinnerung und des Vergleichens lief, so daß ich überhaupt nicht wünschen konnte, im Besitz jenes Ganzen zu sein, welches das Bewußtsein bieten kann, im Gegenteil, jenes wenige – das Wasser, der Stein, die Haut, der Körper –, das mir, von meiner Wahrnehmung abgeschnitten, von allen Verbindungen und Zusammenhängen vermittelt wurde, wies viel eher auf jenes unfaßbare Ganze hin, auf jene tiefere und ursprünglichere Ganzheit, nach der wir uns alle im Wachen und im Träumen schier vergeblich sehnen; und in diesem Sinne hatte sich das, was soeben aufgehört hatte, die völlige Empfindungslosigkeit der Ohnmacht, als ein viel größerer sinnlicher Genuß erwiesen als die Fühlbarkeit der Dinge; gab es also irgendeinen zielgerichteten Wunsch in mir, so gewiß nicht den, wieder zu mir zu kommen, sondern umgekehrt den nach einer Ohnmacht – lieber zurückfallen in die Ohnmacht als zurückkehren ins Bewußtsein! und vielleicht war das der erste sogenannte Gedanke, der mit der bis zu einem gewissen Grade stattfindenden Rückkehr der Erinnerung in mir keimte, wodurch das Denken diesen Zustand des «Irgend-etwas-fühle-ich-bereits» nicht mit dem des Bewußtseinsverlustes verglich und sich der Wunsch nach Bewußtlosigkeit als ein so tiefer enthüllte, daß selbst die eingewurzelte Erinnerung sich in die Erinnerungslosigkeit zurückzustehlen, sich gleichsam an etwas zu erinnern versuchte, woran man sich nicht erinnern kann, an das Nichts, an etwas, dem das pure Fühlen keinerlei greifbare Einzelheiten vorzuweisen vermag, das Bewußtsein darf sich lockern, braucht nichts festzuhalten, nichts zu ertasten, und deshalb schien es, als habe ich durch die Fähigkeit der Wahrnehmung, der Erinnerung und des Denkens das Paradies verloren, jenen Glückszustand, von dem zwar auch jetzt noch etwas zu spüren war, dessen Ganzheit sich mir jedoch schon wieder zu verbergen begann, nur noch die Erinnerung zurücklassend und eine flüchtige Spur, den Gedanken, daß ich niemals glücklicher sein würde und niemals glücklicher war als hier und jetzt.

Ich wußte auch, weder das Wasser noch die Haut, der Stein oder das Körpergefühl war das erste erkennbar Diesseitige und Faßbare, es war der Ton.

Jener seltsame Ton.

Doch während ich noch zwischen den Steinen lag, bereits wieder mit der unangenehmen Fähigkeit und Gewohnheit der Erinnerung und des Denkens beschenkt, dachte ich gar nicht daran, wie ich meine gefährliche Situation ändern könnte, ich erwog keineswegs die Möglichkeit einer Flucht, obwohl das um so angebrachter gewesen wäre, als ich die Wellen, die über mich wegschwappten, schon deutlich spürte und mich das eisige Wasser für Augenblicke überschwemmte, keinen Augenblick lang kam mir die Gefahr des Ertrinkens in den Sinn, ich begehrte nur jenen seltsamen, kraftvollen, doch so fernen Ton wieder zu erreichen, mich ein wenig auszustrecken in dem leichten und vagen Schwebezustand des reinen Gefühls, hier, wo jenseits einer undeutlich fernen Grenze, klatschend und handgreiflich, wie ein eindrückliches Signal, dieser Ton mich zum erstenmal davon in Kenntnis gesetzt hatte, daß ich bin.

Ich weiß selbst heute nicht zu erklären, wie es dazu gekommen ist, und später war es ein wirklich überraschendes Erlebnis, mein zerschundenes, blutiges Gesicht im Spiegel des Hotelzimmers zu erblicken, ja ich weiß noch nicht einmal, wie lange ich dort gelegen haben mochte, weil es mir trotz aller Bemühungen nicht gelang, mich auf die der Ohnmacht unmittelbar voraufgegangenen Ereignisse zu besinnen, denn die Tatsache, daß es halb drei, morgens halb drei geworden war, bis ich zurückkehrte, erklärt für sich genommen noch verhältnismäßig wenig; eine Stunde am frühen Morgen, nichts weiter, der schlaftrunkene Pförtner öffnet die große Glastür des Hotels und merkt nicht, in welchem Zustand ich vor ihm stehe, in der Halle brennt eine einzige kleine Lampe, an der Wanduhr kann ich die Zeit ablesen, es ist halb drei, kein Zweifel, doch ich habe nichts, womit ich das in Beziehung setzen könnte, ich erinnere mich an nichts, aller Wahrscheinlichkeit nach hatte eine mächtige, vielleicht mehrere

Meter hohe Welle mich emporgehoben – sich vorzustellen, wie sie mich auf dem Rücken trug, war geradezu genußvoll, vielleicht hatte ich in diesem Augenblick auch schon die Besinnung verloren – und wie einen beliebigen Gegenstand zwischen die Steine geschleudert, wo aber war bereits der Nachmittag geblieben, die Ankunft, die ich trotz ihrer seltsamen Spannung als letzte sichere Uhrzeit angeben kann.

Den Ton jedoch habe ich nie wiedergefunden.

Darüber, wie ich in das Hotel zurückgekommen war, kann ich ebensowenig Rechenschaft abgeben wie darüber, wie ich zwischen die Steine geraten war, weil das eine wie das andere so gut wie unabhängig von mir geschah, obwohl in beiden Fällen zweifellos ich der Agierende und das Opfer war, nur daß ich im ersten Fall der Kraft des Wassers und der Verkettung glücklicher Zufälle ausgeliefert war, die dafür sorgten, daß mir durch den Sturz der Kopf nicht zertrümmert, Arme und Beine nicht gebrochen wurden und ich mit einigen Hautabschürfungen, blauen Flecken und Kratzern davonkam, während mich im zweiten Fall wahrscheinlich jene Kraft, die wir als Lebensinstinkt zu bezeichnen pflegen, in ähnlich brutaler und primitiver Weise zum Funktionieren brachte, und wenn wir unter Zuhilfenahme von etwas Mathematik einmal prüfen würden, was, eingezwängt zwischen der inneren und äußeren Natur, diesen beiden von uns unabhängigen mächtigen Kräften, von uns übrigbliebe, das wir noch mit einigem Stolz als Selbstbewußtsein oder als Ich bezeichnen könnten, dann wäre das Ergebnis gewiß äußerst traurig, wenn nicht gar lächerlich, und die Willkür solcher Unterscheidung würde sich herausstellen; vielleicht würde sich auch zeigen, daß wir im Zustand der Bewußtlosigkeit identisch sind mit den Bäumen, den Steinen, auch die Blätter des Baumes bewegen sich in der Richtung, in der der Wind weht, wir sind zwar anders, aber nicht besser! und während meine Hände und Füße feste Punkte zwischen den kippenden, glitschigen Steinen suchten, nicht ich! meine Hände und Füße! und mein Gehirn mit dem Automatismus eines Apparates die Pausen zwischen den Wellenschlägen zählte, der Körper, jede Bewegung dem Ziel der Rettung unterordnend, von selbst wußte, daß er um seiner Sicherheit willen zuallererst die Böschung weiter hinunterrutschen mußte und sich erst danach aufrichten durfte, was war da geblieben von jenem überheblichen, lächerlichen Hochmut, mit dem ich am Nachmittag zu diesem Spaziergang aufgebrochen war, und was von jenen Qualen und Freuden des Bewußtseins, das sich an seinen Erinnerungen labt und sich seinen Phantasien hingibt?

Nichts, sagte ich zu mir mit um so größerem Recht, als ich beim Aufbruch mein Schicksal als grauenhaft aussichtslos, abgeschlossen und, was mehr ist, reif für ein freiwilliges Ende angesehen hatte, so daß ich, bevor ich die Tabletten eingenommen hätte, mir nichts anderes erhoffen konnte als einen angenehmen letzten Spaziergang, und die Geschichte, die ich mir während des Gehens ausdachte, gelang mir wohl deshalb so vollkommen, weil ich das sichere Gefühl hatte, daß ich an einem Ende angelangt war, an einem unwiderruflichen Ende; jetzt aber taten Hände und Füße, das Hirn und der ganze Körper so geschickt, überlegt und nach Erwachsenenart das Ihre zu meiner Rettung, mit übertriebenem Eifer sogar, während das sogenannte Bewußtsein zu nichts anderem fähig war als zu dem reichlich kindischen Plärren: «ich will nach Hause, nach Hause, ich will nach Hause!», als schreie jemand tief in meinem Innern, jemand, der unzweifelhaft ich war, und vielleicht schrie ich wirklich, weinte ich, war ich es ja auch wirklich, und dieses verzweifelte Entsetzen voller Selbstmitleid demütigte mich so tief, daß es mir stärker als alles andere, jede andere Erinnerung verdrängend, gegenwärtig blieb; ebenso lächerlich, wie der Sturm mit mir umgesprungen war, den ich vorher noch als wirkungsvolle Begleitmusik meiner Gefühle aufzufassen geneigt war, auf die gleiche lächerlich vulgäre Weise brachte mich die eigene Natur um mein hypothetisches Selbstbestimmungsrecht; schließlich war gar nichts geschehen, ich war ein wenig naß geworden, sagen wir ruhig sehr naß, was mir höchstens einen Schnupfen einbringen würde, auf meiner Stirn war die Haut aufgeplatzt, ein bißchen auch das Fleisch, was wieder heilen würde, meine Nase hatte angefangen zu bluten und dann wieder aufgehört, ich hatte für eine geraume Zeit das Bewußtsein verloren und es wieder zurückgewonnen, und doch hatte der Körper mit solcher Kraft alle zur Rettung notwendigen animalischen Reflexe und Instinkte mobilisiert, als wäre nicht von kleinen Verletzungen, sondern von tödlicher Gefährdung die Rede, wie für eine Eidechse schon ein bewegter Schatten eine Lebensgefahr bedeutet, und vor allem als habe das von Gefühlen genährte Bewußtsein sich nicht soeben noch den Tod gewünscht, doch das Bewußtsein des Nichts hatte nicht nur alle für großartig und einmalig gehaltenen Erlebnisse der Vergangenheit lächerlich klein werden lassen, sondern signalisiert, daß alles, was nun folgen könnte, auch von keiner größeren Bedeutung sein würde, ich war entlarvt, war das Sammelbecken von Nichtigkeiten, und selbst wenn ich gewußt hätte, was mit mir geschieht oder geschehen könnte, hätte das Selbstbewußtsein mir gar nichts genützt.

Langsam wurde es hell, draußen heulte der Wind.

Auf dem Heizkörper trockneten meine Kleider, ich stand nackt da und musterte mich im Spiegel meines Hotelzimmers, als es an der Tür klopfte.

Ich wußte, daß es die Polizei war, zuckte auch zusammen, aber nicht vor Angst, sondern eher wegen meiner Nacktheit, doch nicht einmal das interessierte mich sonderlich, ich war ganz in den Anblick meines nackten Körpers versunken, und es schien, als sei mein Zusammenzucken keineswegs eine Folge des Klopfens oder eingewurzelter Schamhaftigkeit, sondern der Offenlegung jener völligen inneren Unzulänglichkeit, die mich damals mehr als alles zu Erwartende beschäftigte.

Überhaupt, wie konnte in mir, wenn auch nicht ganz unerwartet, aber in durchaus überraschender Weise und auf weit Zurückliegendes verweisend, der Wunsch auftauchen, daß ich nach Hause wollte, und warum hatte der auf seine eigene Sicherheit bedachte Körper dem Gedächtnis ausgerechnet diesen Wunsch eingegeben, und warum erschien mir dieser Wunsch kindisch, blöde, obgleich großer Ernst und ein tiefer

Sinn in dem Wort lagen, denn ich fühlte, es war das letzte Aussprechbare, auch wenn ich vernünftigerweise nicht hätte sagen können, was dieses Zuhause bedeutete, denn was konnte es schon bedeuten?

Und noch bevor an die Tür geklopft wurde, hatte ich die offene Wunde an meiner Stirn berührt, um auch zu fühlen, was im Spiegel zu sehen war, den leichten Schmerz, den eine solche nicht allzu bedeutende Schramme verursacht, Anblick und Schmerz zugleich zu erfassen; dann führte ich den Finger an der Nase entlang, über Mund und Kinn, ohne nur einen Augenblick die Tatsache aus den Augen zu verlieren, daß der auf die Schranktür montierte hohe Spiegel das Bild des ganzen Körpers wiedergab, wie ja auch beim Vorgang einer Berührung der ganze Körper Darsteller und Schauplatz zugleich ist; doch am Munde, sosehr ich mich auch bemühte, den Finger gleichmäßig zu führen, schien ich länger zu verweilen, vielleicht war auch die Wirkung der Berührung intensiver, es folgte der Hals, auf dem Nachttisch hinter meinem Rücken brannte ein Lämpchen hinter einem Papierschirm, und in dem gelben Licht zeigte der Spiegel eher nur die Umrisse des Körpers als das ganze Bild, von der Schulter über die Wölbung des Schlüsselbeins erreichte der Finger jene sanfte Mulde, welche die Halssehnen beim Zusammentreffen mit den Knochen bilden, und von hier ab wäre der Finger schneller über die Behaarung der Brust in Richtung des Nabels gewandert – um über die sanfte Wölbung des Bauchs unten zum Geschlecht vorzudringen, das ohne Zweifel der überzeugendste Ort der Selbstwahrnehmung ist, und es mit der ganzen Handfläche zu packen –, wäre der Körper nicht schon vorher, als er das Klopfen wahrnahm, zusammengezuckt.

Denn nein und nochmals nein, ich wollte auf keinen Fall nach Hause zurück; schon am vorhergehenden Abend hatte ich mich reichlich verräterisch benommen, als Frau Kühnert in dem nahezu dunklen Vorzimmer die anziehende Nacktheit ihres Gesichtes zerstörte, indem sie die Brille plötzlich wieder auf ihre Nase schob, deren Gläser von der hinter ihrem Rükken matt leuchtenden, von einem Papierhütchen beschirmten

Wandlampe gewissermaßen von innen zum Aufblitzen gebracht wurden, wobei die Spiegelungen ihre Augen verschwinden ließen, und obwohl ich ihr Gesicht kaum zu sehen vermochte, war ihr unerwarteter Rückzug deutlich zu spüren, vielleicht an ihrer auffallend veränderten Haltung, auch meine kalte Zurückweisung, die unser körperliches Begehren berührte, hatte das Ihre getan, und diese Demütigung wollte sie trotz ihrer Dienstbotenmentalität nicht gern hinnehmen. Ihr Hals reckte sich steil auf, und als blicke sie von oben auf mich herab, war sie bereits zu jenen größere Sicherheit verleihenden Formen zurückgekehrt, die die gut eingeübte Beziehung zwischen einer aufmerksamen Hausfrau und dem in jeder Hinsicht angenehm zurückhaltenden Mieter zu geben vermag; sie richtete sich aus der ihren Busen schützenden, geduckten Haltung wieder auf und fand zu jener sensiblen Nüchternheit zurück, die bisher unsere Beziehung bestimmt hatte; doch in dem Augenblick, als ich spürte, daß dies geschehen würde, geschah, schon geschehen war, war es mir endlich gelungen, jenen immer brutaler fordernden Gefühlsimpuls zu unterdrücken, der uns das Gefühl des Hasses genauso vermitteln kann wie das der Liebe und der vorher noch den Anschein erweckt hatte, als ließe er sich mit Leichtigkeit in das eine oder das andere verwandeln und als wäre das Ganze also nur eine Frage der Willensentscheidung, diese unangenehme kühle Nüchternheit aber war nicht vorauszusehen gewesen; und wie jemand, der unerwartet die Herrschaft über sich verliert, weil es ihm gelungen war, etwas kraft seines Willens zu unterdrücken, was wesentlich wichtiger war als der Wille, wollte ich, gegen alle eigenen Bedenken, plötzlich zu jener gefährlichen, mir nunmehr aber erstrebenswerten Haltung zurückkehren, die Frau Kühnert aufzugeben sich anschickte, die sich bei mir jedoch durch die Spannung und den Druck in meinen Lenden zu immer größerer Dringlichkeit steigerte, wofür es deutliche Anzeichen gab; und deshalb sagte ich zu ihr auch, gewissermaßen als Drohung und nicht frei von Erpressungsabsichten, daß ich endgültig verschwinden würde, nicht jedoch auf eine Heimkehr, sondern auf die

Möglichkeit der Selbstvernichtung zielend, und ich wurde nicht enttäuscht, denn diese vieldeutige, doppelsinnige Mitteilung mit vagem Inhalt erzielte genau die Wirkung, die ich erreichen wollte; sie war überrascht, nicht daß ich annehmen konnte, sie habe die Anspielung genau verstanden, aber die seit Monaten gehegte und nunmehr zum Entschluß gereifte Absicht hatte meiner Stimme eine so dunkle Färbung gegeben, daß der Tonfall genausoviel Wahrheit und Ernsthaftigkeit enthielt, als nötig war, um sie von neuem in jenen Gefühlsbereich zurückzuholen, aus dem sie gerade den Rückzug angetreten hatte; doch welches Ziel ich letzten Endes außer der Befriedigung meiner Eitelkeit erreichen wollte, kann ich überhaupt nicht beurteilen, vielleicht wollte ich mich auch ein wenig bemitleiden lassen wegen meines bevorstehenden Todes, oder es war mir unbehaglich gewesen, mit dem Telegramm allein zu bleiben, von dem ich wußte, daß es, was immer es enthielte, an meinem Entschluß nichts mehr ändern würde, weshalb ich auf ihre beflissene und jede mögliche Gefahr rasch erwägende Frage doch nicht so antwortete, wie ich gerne gewollt hätte, nämlich, daß sie mich in Ruhe lassen solle, da jetzt doch schon alles vergeblich sei, es sei zu spät oder aber sie möge, wenn sie es unbedingt wolle, ihren Pullover ausziehen, so daß ich endlich die Augen schließen könne, ich wolle nichts mehr sehen, nichts wissen und nichts hören, aber wenigstens einen Augenblick lang, genau diesen Augenblick, könnten wir versuchen, uns entspannt zu geben; aber gerade das war es nicht, was ich sagte, sondern mich an einen früheren Versuch einer Ausflucht erinnernd, nannte ich ihr als beruhigende Erklärung für mein Verschwinden meine Heimkehr, was natürlich nichts anderes war als ein erneutes Ausweichen vor ihr und auch vor mir, denn damals bedeutete das Wort Heimat nichts weiter als eine sehr entfernte Hoffnung, ich hatte es als schonungslose Lüge gedacht, doch jetzt, da mir hier im Spiegel des Hotelzimmers ein Körper gegenüberstand, mein Körper, dessen Erscheinung und dessen Empfinden nicht ausreichten, um mich von der Wichtigkeit oder Notwendigkeit seiner Existenz zu überzeugen, da hätte ich nichts anderes nennen können, was mir meine unabdingbare Gegenwart nachdrücklicher hätte beweisen können als eben das.

So unerwartet mich das Klopfen auch getroffen hatte, schien es mir doch, als hätte ich darauf gewartet, was kein großes Wunder war, es ließ sich ja unmittelbar aus den Umständen erklären, es war unvermeidlich; doch als es vorbei war, fühlte ich nicht die geringste Neigung, die Ereignisse zu beschleunigen, ich dachte nicht daran, nach meinen Kleidern zu greifen, ich verharrte, als hätte es noch gar nicht geklopft, in die Betrachtung meines Körpers versunken, ohne mich stören zu lassen, und seltsamerweise fiel mir plötzlich sogar eine ganz entlegene Geschichte ein, Thea fiel mir ein, Thea Sandstuhl, als hätte ich jetzt noch Zeit dafür, eine einzige ihrer Bewegungen war es – wenn wir uns bemühen, den Knotenpunkten unserer Gedankenverbindungen nachzuspüren, entdecken wir womöglich ein Wunder der Seele, das Entfernte rückt uns nahe und erweist sich als einfacher Mechanismus –, an jenem Nachmittag nämlich hatte ich Melchior kennengelernt, das Klopfen jetzt aber hielt ich für die Folge seiner Flucht, mir fiel jener Augenblick ein, als Langerhans während einer Probe, die dicklichen Hände zusammenschlagend, mit seiner unangenehm hohen Stimme brüllte: «Aufhören! Hab ich nicht gesagt, daß der Buckel nicht so hoch angeklebt werden darf?» und, die goldgeränderte Brille von seinem schwammigen Gesicht reißend, zu toben anfing, Thea aber trotz allem so versunken blieb, so sehr eine Gefangene ihrer eigenen Bewegung, wie ich es jetzt vor dem Spiegel war, und wenn sie sonst die Beobachter ihrer Arbeit damit verblüffte, daß sie ihre Gefühlsregungen schnell und leicht auf jede Regieanweisung hin zu wechseln verstand – denn ob sie nun weinte, schrie oder sogar vor Liebe stöhnte, im nächsten Augenblick war sie bereit, mit der größten Aufmerksamkeit die neuen Anweisungen ihres Regisseurs anzuhören, als gäbe es zwischen den verschiedenen seelischen Situationen keine Barrieren, als ergäbe sich eine Situation zwangsläufig aus einer anderen oder als wäre es gar nicht schwierig, die Brüche und Unebenheiten von Übergängen zu überspielen, was im außenstehenden Beobachter notwendig den Verdacht erweckte, daß sie weder in der einen noch in der anderen Rolle ganz gegenwärtig sei, obwohl sie in beiden höchst glaubwürdig erschien –, faszinierte sie jetzt durch die Langsamkeit der Verwandlung, mit dieser Langsamkeit demonstrierte sie unwillkürlich, aber überdeutlich jene feinen Abstufungen, mit denen wir unsere Gefühle zwingen können, sich von einem Gegenstand auf den anderen zu verlagern; die Stimme erreichte sie wie ein verspäteter Stoß, der Anruf war schon verhallt, als sie mit den zwiespältigen Gefühlen von vorher das Schwert auf die nackte Brust des vor ihr knienden Hübchen richtete, sie führte die Bewegung aus, als höre sie gar nicht, was sie hätte hören müssen, wodurch jene scharfe Trennlinie spürbar wurde, die zwischen innerer Bereitschaft und äußerem Zwang verläuft, ihr Körper zuckte erst verspätet zusammen, und danach erstarrte er in der unschuldig schönen Pose der Verwirrung.

Sie war schön in ihrem enganliegenden, reich mit Spitzen besetzten dunkelvioletten Kleid, das den Bogen ihres gespannten Körpers zugleich betonte und verbarg, Rumpf und Hals waren ein wenig zur Seite geneigt, als hätte tatsächlich die Stimme sie daran gehindert, sich an die begehrenswert nackte Haut zu schmiegen, daher konnte sie der inneren Bereitschaft zum leidenschaftlichen Stoß auch nicht nachgeben, doch konnte sie auch der Forderung nicht genügen, die man aus einem unerfindlichen Grunde an sie stellte, und wenn sie danach das von beiden Händen gehaltene Schwert auch langsam senkte – dumpf prallte seine Spitze auf –, bedeutete das immer noch nicht, daß sie sich zwischen Bereitschaft und Befehl hätte entscheiden können, es war nur ein Rückfall in den uns anerzogenen Gehorsam, eine hilflose, ungeschickte Vortäuschung von Gehorsam; obwohl sie sich nicht für eine dumme Schauspielerin hielt, äußerte sie sich immer mit tiefer Verachtung über diejenigen, die ähnlich Dilettanten dazu neigen, ihre Rolle gleichsam zu durchleben, «oh, die Armen, was müssen sie alles durchmachen, sich hineinsteigern, bis ihnen die Tränen kommen, am liebsten möchte man sie kitzeln, damit sie endlich aufhören, die Schätzchen, oder ihnen ins Ohr flüstern, sagt mal, ihr Herzchen, müßt ihr nicht vielleicht mal furzen? das Publikum aber ist so dankbar dafür, o nein, man darf sie um keinen Preis stören, sie sind doch die echten, die wahren Künstler, mit unseren eigenen Augen sehen wir doch, wie sehr die Ärmsten sich für die erhabene Kunst mühen und wie sie leiden müssen, für uns leiden sie, für uns steigern sie sich so hinein, für uns? – dieser Trampel bringt's wohl nicht fertig, die Kurve zu kratzen!» so pflegte sie zu reden, und doch verrieten jetzt ihre verwirrte Haltung und ihr unbeirrter Blick, in welchem Maße sie die Gefangene jener Situation war, die zwar nichts mit der auf Einfühlung gegründeten Darstellungsweise zu tun hatte, aber doch ein solches Maß an innerer Hingabe verlangte, die sie entgegen all ihren Absichten zwang, sich zu öffnen, sich auszuliefern, die sie sämtliche Berufserfahrungen und Techniken vergessen ließ und sie wahrscheinlich gerade aufgrund dieser Spannung zum geeigneten Werkzeug einer Situation machte, die nicht sie selbst, sondern die raffinierte Heftigkeit von Langerhans geschaffen hatte.

Ein Teufelskreis, denn als Kurt Hübchen sich das grobgewebte, schmucklose Hemd heruntergerissen hatte, bot sein Körper einen so hinreißenden Anblick, daß sie sich, zudem unvorbereitet, ihm nicht zu entziehen vermochte, vergeblich probten sie die Szene wohl schon zum zehntenmal, doch selbst bei der hundertsten Wiederholung würde sie auf dasselbe Gefühlsgleis geraten, das ihr Langerhans allerdings zugedacht hatte, nicht ohne auf äußerst hinterhältige Weise mit ihren Eigenheiten und Wünschen zu rechnen.

Jetzt wurde von draußen Lärm gemacht und mit den Fäusten gegen die Tür des Hotelzimmers gehämmert.

«Wenn du ihn so hoch anbringst, dann kann sie ihn doch sehen!» brüllte Langerhans, aber es war nicht zu unterscheiden, ob er wirklich wütend war oder den Augenblick nur als Vorwand benutzte, um die ohnehin bedrückende Disziplin noch bedrohlicher werden zu lassen; der kahle Maskenbildner aber, der immer auf dem Rand des Podiums saß und mit dessen sommersprossigem, rotflaumigem Kopf ich deshalb im Laufe der Zeit in ein seltsam vertrauliches Verhältnis geraten war, sprang auf, und während er in seinem flügelflattrigen weißen Mantel auf die ausgeleuchtete Bühne lief, legte sich auch Langerhans' Zorn, Satz für Satz, er wurde immer leiser, bis er endlich zu jener fast flüsternden und ganz und gar gekünstelten Redeweise zurückfand, die zu seinen Eigenheiten gehörte. «Wo wir jetzt doch nichts anderes brauchen, als daß sie seine Schönheit sieht, nichts weiter!» brüllte er noch. «Wir brauchen jetzt nur seine Schönheit!» sagte er schon leiser, «auf daß das Weib sofort, meinetwegen hier, auf offener Szene, bereit ist, für ihn die Beine zu spreizen. Verstehst du?», er flüsterte nur noch, während er mit einer geschmeidigen, etwas affektierten Bewegung die Brille wieder auf seine flache Nase setzte, «also, er muß ein ganzes Stück tiefer, wie ich's gezeigt habe.»

Doch Theas unwahrscheinlich starres Auge zuckte erst, verengte sich dann ein wenig und ließ Kurt Hübchens bis zum Gürtel entblößten, geradezu zärtlich gestalteten Körper erst los, als die beiden Männer, der Regisseur und der Maskenbildner, schon neben ihnen standen, um den falsch angeklebten Buckel in Augenschein zu nehmen; doch sich abzuwenden oder sich zu rühren, war sie auch dann noch nicht fähig, es war geradezu zu sehen und zu fühlen, daß eine heftige Emotion keine ihr gemäße Ableitung fand, sie wußte nicht, was damit anfangen, niemand brauchte sie, sie mußte warten, bis das Gefühl in sich selber zusammenfiel oder sich überraschend Hilfe einstellte; auch ich stand ebenso ohnmächtig hier in diesem Gepolter, plötzlich glaubte ich dahintergekommen zu sein, daß ich mich bisher mit Melchiors Augen betrachtet hatte; genau das mußte auch Hübchen empfunden haben, er rührte sich nicht, Thea in die Augen blickend, blieb er auf den Knien liegen, brach aber in ein ziemlich albernes, grundloses Lachen aus, wiehernd und ein wenig jungenhaft, was an jedem anderen Ort gewiß unangenehm aufgefallen wäre, hier jedoch achtete niemand auf jene echten Gefühle und Leidenschaften, die als Späne eines zu bearbeitenden Materials absplitterten und umherwirbelten, und doch konnte kaum die Rede davon sein, daß Hübchens Körper, die geradezu lächerliche Unberührtheit seiner flaumigen Haut, ihre Unbehaartheit, so etwas wie einen privaten Liebeswunsch in Thea erzeugt hätte, obwohl das kein Wunder gewesen wäre; nicht umsonst sind Frauen geneigt, wenn auch um den Preis einer gewissen Selbstverleugnung, sich damit zu brüsten, daß die Schönheit des männlichen Körpers kaum Wirkung auf sie habe, und diese Behauptung scheint die Erfahrung zu bestätigen, daß der Aufbau der Knochen, die Ausgewogenheit und Festigkeit der Muskulatur oder deren Untrainiertheit und Schlaffheit, ja selbst die Laschheit des Fettgewebes in keinem erkennbaren Zusammenhang mit der Liebesfähigkeit stehen, es genügt, darauf hinzuweisen, daß die Körperformen nach dem Eindringen ihre Bedeutung verlieren, sie wirken bloß mit, trotzdem bleibt anzumerken, daß die symbolische Wirkung des Vorausgehenden nicht zu unterschätzen ist, weil der schöne Anblick die Voraussetzung des Begehrens ist, das Ausrufungszeichen zum Lustgewinn, da nämlich zwischen beiden Geschlechtern in diesem Punkt kein Unterschied besteht; beide reagieren auf alles, was gestaltlos, weich, verbraucht und schwach ist, viel lustloser als auf das Wohlgestalte, Harte, Elastische und Starke, und in diesem Sinne ist die Erscheinung des Körpers weniger dem Urteil der Ästhetik als dem puren Lebenstrieb unterworfen; Hübchens Körper war aber nicht nur vollkommen zu nennen, Langerhans hatte ihm aus einer gewissen berechnenden und für ihn bezeichnenden perversen Schläue heraus eine Hose schneidern lassen, deren Bund tiefer als gewöhnlich angesetzt war; als sei er zufällig heruntergerutscht, ließ er die schlanken Hüften und den sanft gewölbten Bauch frei, so als trüge Hübchen unter der heruntergerutschten Hose keinen Lendenschurz, so daß trotz der weichen Stiefel im Betrachter der Eindruck völliger Nacktheit erweckt wurde, der Blick auf seinen Schoß aber dennoch auf Bedeckung stieß.

Schließlich blickte Thea mich doch an.

Wahrscheinlich konnte sie mich gar nicht gut genug sehen, dazu war ich viel zu weit entfernt, und von dort aus konnte das Auge die scharfe Grenze von Licht und Schatten nur unsicher überwinden, aber das undeutliche Gefühl, daß da jemand ruhig saß und sie nicht ohne Teilnahme beobachtete, mochte ihr wohl schon genügen, um sich aus dieser leidigen menschlichen Offenheit in die verschlossenere und gefahrlosere Rolle der Schauspielerin zurückzuziehen, jedenfalls hatte ich das Gefühl, daß ihr schon meine bloße Gegenwart eine Hilfe war, und im gleichen Augenblick, vielleicht mit einer kleinen Verzögerung, mochte auch Langerhans diese tragisch zu nennende Bewußtseinsstörung an ihr wahrgenommen haben, weil er sanft, wenn auch mit dem berufsbedingten Gleichmut von jemand, zu dessen Aufgabenbereich die seelische Betreuung der Schauspieler gehört, die Hand auf ihre Schulter legte und sie ermutigend drückte, um ihr zur Ernüchterung zu verhelfen; Thea aber neigte, die Wärme des fremden Körpers fühlend, plötzlich, ohne ihre Stellung auch nur im geringsten zu ändern, den Kopf zur Seite, schmiegte die Wange an seine Hand, sie gleichsam zwischen Schulter und Wange einschließend.

Und so verharrten sie, von der riesigen, fast die ganze Probenhalle überdeckenden, leicht ansteigenden gläsernen Fläche gespiegelt.

Hübchen kniete, der Maskenbildner beugte sich über seinen Buckel, um ihn zu entfernen, Langerhans beobachtete das Gesicht seiner Schauspielerin, und Thea neigte, das gesenkte Schwert immer noch in der Faust, den Kopf auf die Hand ihres Regisseurs.

Die bildhafte Szene machte einen unendlich zärtlichen Eindruck, aber die grünlich glitzernde Glasfläche, die die Lichter irritierend spiegelte, verlieh ihr etwas Starres und Kaltes. Es ging schon auf den späten Nachmittag zu, wir waren nur noch wenige, und die Stille war so groß, daß man das Klopfen des Regens auf dem Hallendach und das leise Summen der Heizkörper hörte.

«Es würde mir überhaupt nichts ausmachen, seinen Buckel

zu sehen!» sagte Thea jetzt, doch vergeblich gab sie ihrer Stimme einen betörenden Klang, um ihre Gefühle der Berührung anzupassen, Langerhans ließ sich nicht so leicht, auf so billige Art irreführen, er zog mit geradezu grober Eile seine Hand aus dem Druck zwischen Wange und Schulter zurück und wurde, wie immer, wenn man sich ihm widersetzte, rot; «es scheint, als hättest du deine eigene Situation immer noch nicht begriffen, Thea», sagte er leise, und seine Stimme schien bar aller Gefühle, die sich nicht auf den Gegenstand bezogen, diese Stimme machte ihn hassenswert, zugleich aber auch unnahbar; «du brauchst doch nichts zu fürchten, es kann doch gar nichts passieren. Sei ruhig etwas ordinärer, mit etwas mehr Mut. Das hier ist ein Geschäft. Ein ganz gewöhnliches Geschäft. Du bietest deinen Körper als Ware, genauer, jenen gewissen Spalt deines Körpers, weil du nämlich nichts anderes mehr hast. Nur dieses Loch. Das Leben hat dir sein wahres Gesicht gezeigt. Es gibt nur den Körper, dieses Loch, deinen Körper, nichts weiter. Er hat deinen Mann umgebracht. Macht nichts. Er hat deinen Schwiegervater ermordet. Macht auch nichts. Deinen Vater hat er umgebracht, aber auch das macht nichts, denn du hast Angst, du bist allein zurückgeblieben, du lebst, sie sind tot, und wenn er sich das Hemd herunterreißt, wirst du merken, daß er durchaus begehrenswert ist, weil du nämlich seinen Buckel gar nicht sehen willst, daher scheint sein Angebot auf jeden Fall günstig. Sei also bitte eine Hure, und versuch nicht, seine Mutter zu sein.»

«Auch eine Hure kann Mutter sein, hast du das noch nie überlegt, mein Lieber?» fragte Thea noch leiser.

«Spuck's ruhig aus, nur keine Hemmungen.»

«Wirklich reizend, wie du mich behandelst.»

«Nein. Ich versuche nur, dich zu verstehen.»

«Aber was soll ich machen, wenn mir der ganze Schleim von dieser verdammten Flucherei hochkommt, daß ich fast daran ersticke! Was soll ich machen? Ich meine, an dieser Stelle müßte man ausspucken. Es war idiotisch, sie zu streichen. Ich ersticke fast daran. Wo soll ich hin damit?»

«Schluck's runter.»

«Wenn ich's aber nicht kann. Ich kann's einfach nicht.»

«Aufs Glas kannst du leider nicht spucken, wenn du das gemeint haben solltest.»

Thea zuckte die Schultern.

«Werde ich noch gebraucht?»

«Wir machen eine kleine Pause», sagte Langerhans, und ich erhob mich von dem Stuhl, auf dem ich bisher so angenehm geschaukelt hatte, weil Thea auf uns zukam.

Eigentlich war es eine langweilige Stunde, wie immer, wenn sich die Proben bis in den Nachmittag hineinzogen, und selbst wenn die hoch angebrachten, langgestreckten Fenster der Halle nicht mit schwarzen Vorhängen verhängt gewesen wären, hätte das Auge, wenn es mit der Außenwelt Verbindung aufnehmen wollte, von einem dieser dicht vergitterten Fenster aus nichts anderes gesehen als einige schlanke Schornsteine, die sich in der fortschreitenden Dämmerung über den dunkel werdenden Brandmauern erhoben, die schwärzlichen Ziegeldächer der gegenüberliegenden Häuser und den Himmel, der für gewöhnlich trostlos und eintönig grau war; manchmal stellte ich mich doch hinter die Vorhänge, wenn ich meinen Stuhl höflicherweise Thea überließ, die, hatte sie keinen Auftritt, sich gerne ans Tischchen am Rande des Podiums neben Frau Kühnert setzte; dieser Höflichkeitsgeste kam ich um so lieber nach, als mich in diesen langsam in den Abend übergehenden Stunden ein Gefühl der Unsicherheit, wie eine Art Lufthunger, überfiel, man hätte es auch Beklommenheit nennen können, denn im wesentlichen hatte ich hier nichts anderes zu tun als zu beobachten, was sich nach einer gewissen Zeit nicht nur als ermüdend, sondern auch als ausgesprochen ungesund erwies, also mußte ich von Zeit zu Zeit aufstehen und mir irgendeine andere Betätigung suchen, der Anblick jedoch, der sich mir aus dem Fenster bot, linderte meine Beklommenheit nicht sonderlich, denn ich tat ja wieder nichts anderes als beobachten, ich beobachtete nun zwar nicht die Bewegungen, die Gesichter und den Tonfall, welche im künstlichen Licht der Halle nur die inneren, wenn auch geheimen persönlichen Beweggründe der Akteure enthüllt hatten, sondern nur die Wand, das Dach und den Himmel hinter einem plumpen Eisengitter, doch auch hinausblickend war ich gezwungen, Beziehungen zu beobachten, die mich zwar nur soweit angingen, als ich es war, der beobachtete, aber vielleicht war das gar nicht so wenig, denn so eintönig grau der Himmel sich auch zeigte, das Spiel des Lichts vermochte, bestimmte Einzelheiten auf Kosten anderer hervorhebend, den Anblick immer wieder neu und anders zu gestalten, ebenso wie sich im gleichmäßigen Licht der Halle eine Menge Überraschungen ergaben, die die bereits bis zum Überdruß bekannt geglaubten Bewegungen und deren Bezogenheit aufeinander immer wieder neu erscheinen ließen; doch was nützte es, daß ich mich in den glücklicheren Stunden reicher werden fühlte, daß mein Wissen von Details und Zusammenhängen zunahm, wenn ich doch auf jede selbstverständliche Einmischung oder gar tätige Anteilnahme verzichten mußte, umsonst produzierte mein Hirn bereitwillig die tollsten Einfälle; da ich hier keine festumrissene Aufgabe hatte, stand mir auch keine Funktion zu, und das mußte sich in einer Gesellschaft, in deren äußerst strenger Hierachie der Rang des einzelnen von seiner Rolle bestimmt war und in der die Aufmerksamkeit, die ihm zuteil wurde, ausschließlich von seinem Wirkungsbereich Geltung, Richtung und Legitimität erhielt, als grundlegender Mangel erweisen; ich war gewissermaßen nur geduldet auf dem Stuhl, auf dem ich saß, einem Ersatzstuhl, ich war nicht mehr als ein «interessierter Ungar», wie das jemand einmal hinter meinem Rücken formulierte, ohne besonders darauf zu achten, ob ich diese in jeder Hinsicht eigenartige Bewertung hörte, die ja schließlich nicht beleidigend war und aufgrund ihrer Sachlichkeit sogar zutreffender als beabsichtigt; dieser Zustand erschien mir auch keineswegs ungewohnt oder unbekannt, im Gegenteil, soweit ich ihn auf mich bezog, hätte ich sogar einen symbolischen Sinn darin erkennen können, nämlich daß mir keine Befugnis zukam, in den Gang der Ereignisse einzugreifen; auch hier war ich ein stummer Zeuge, ein zur Untätigkeit verurteilter Beobachter, der die Folgen seiner Ohnmacht und seiner Stummheit allein zu ertragen hatte, der also nicht einmal die Möglichkeit besaß, die aus seinen, schon im Keime erstickten Ansprüchen entstandenen qualvollen Spannungen wenigstens mittels eines hysterischen Gefühlsausbruchs auf natürliche Weise abzuleiten; ich war zweifellos ein Ungar, darin sogar ein äußerst typischer Ungar, und so war es kein Wunder, daß mir die freundliche Aufmerksamkeit von Frau Kühnert und das auffallende Interesse, das Thea mir entgegenbrachte, ausgesprochen wohltaten.

Thea blieb vor uns stehen, und ich faßte schon bereitwillig die Lehne meines Stuhls, um ihr meinen Platz zu überlassen, auch in dieser Bereitwilligkeit lag etwas typisch Übertriebenes, ich hätte wirklich nicht zu befürchten brauchen, daß ich auch noch dieses bißchen Wohlwollen verlieren könnte, doch sie zeigte jetzt keine Neigung, sich zu setzen, ging auch nicht wie sonst aufs Podium hinauf, sondern schob beide Ellbogen auf die Podiumsplatte und stützte, ohne uns anzusehen, auch ihr Kinn darauf, wie ein Kind sich streckend, um hinaufzureichen, und schloß, den Kopf auf den Armen, langsam die Augen.

«Was für ein widerliches Getue, dieses Ganze hier», sagte sie leise, ohne mit der Wimper zu zucken; wahrscheinlich war sie sich dessen bewußt, daß ihr Benehmen, so theatralisch herausfordernd es sein mochte, wirksam genug war, um uns beide zu beeindrucken, schließlich war es eine große Schauspielerin, die sich da gehenließ, um sich zu entspannen, was freilich ihre wahre Erbitterung verriet; aber Frau Kühnert reagierte nicht darauf, und ich setzte mich nicht in Richtung auf das Fenster in Bewegung, um endlich hinter den schwarzen Vorhängen zu verschwinden; sie hatte mich neugierig gemacht, sie wartete wirkungsvoll lange, stieß kleine Seufzer aus und ließ uns sogar Zeit, dem sachten Heben und Senken ihrer Schultern zu folgen; ohne die Augen zu öffnen, senkte sie ihre Stimme, so daß ihre Worte kaum zu verstehen waren, und wie jemand, der sich seiner tödlichen Müdigkeit bereitwillig überläßt, seine Gedanken abzustellen jedoch nicht in der Lage ist, setzte sie den angefangenen Satz genüßlich fort: «Er wird mich noch ganz kaputtmachen, er hat mich schon kaputtgemacht mit seiner ekelhaften Nörgelei!»

Die Stille in der Probenhalle war jetzt so groß, daß man nicht nur den Regen auf dem Dach und das Summen der Heizkörper hören konnte, sondern auch das Geräusch, mit dem Frau Kühnert das auf dem Tisch liegende Soufflierbuch zuklappte, was sich wie ein richtiger Knall anhörte, doch mochte die rasche Bewegung eher eine ungeschickte Ersatzhandlung für eine andere, sinnvollere sein; denn das Textbuch zu schließen hatte ebensowenig Sinn, wie es offenzulassen, konnte sie doch den Text schon auf der ersten Probe genauso auswendig wie die Schauspieler, und sie hatte nichts weiter zu tun, als die sich während der Arbeit ergebenden, manchmal in mehreren Varianten abgewandelten Passagen einzutragen, später vielleicht auszuradieren, mit Tinte endgültig festzuhalten, wie auch dafür zu sorgen, daß diese Textänderungen in jedes im Umlauf befindliche Handexemplar eingetragen wurden; schließlich war es auch um der Sicherheit willen, daß sie hier über dem dicken Textbuch saß und ihre Aufmerksamkeit und ihre Stimme für den Fall bereithielt, daß jemand plötzlich steckenblieb, um ihm dann voller Eifer das Stichwort zu geben, was freilich nicht oft passierte, jetzt aber ließ sie wie jemand, der auf eine ernst zu nehmende Arbeit aus ist und endlich eine Aufgabe bekommt, zu deren Erfüllung er eine innere Bereitschaft fühlt, ihre männlich geäderte Hand noch einen Augenblick auf dem geschlossenen Textbuch ruhen, um sie dann, ebenso zärtlich wie besitzergreifend, auf Theas Kopf zu legen.

«Komm, mein Liebling, setz dich hierher, ruh dich aus!» flüsterte sie, und obwohl man den Satz sehr gut hören konnte, waren alle viel zu müde, als daß sich auch nur einer mißbilligend nach uns umgedreht hätte.

«Er hat mich so schrecklich fertiggemacht!»

«Komm nur, unser junger Freund überläßt dir seinen Platz.»

Sie waren in dieses Spiel eingeübt, doch diesmal rührte

Thea sich nicht, ihr Gesicht aber, eine offene Landschaft, die wer wollte bestaunen konnte, ruhte in sich versunken.

«Du könntest das Bürschchen anrufen, Sieglinde, ruf ihn doch an», fuhr sie noch leiser, als ob sie flüsterte, fort. «Bitte! Mir ist, als hätte ich nicht einmal die Kraft, nach Hause zu gehen. Wenn ich nur daran denke, daß auch mein Alter den ganzen Tag vor sich hin quengelt, dann wird mir schon bei dem Gedanken daran schlecht. Ich möchte mich endlich einmal ein wenig wohl fühlen. Ich hab schon überlegt, ob wir zusammen irgendwohin gehen könnten. Ich hab keine Ahnung wohin, bloß irgendwohin, und daß du das Bürschchen für mich anrufen könntest. Bitte! Rufst du ihn an?»

Als spielte sie, daß sie im Traum spräche, doch heute übertrieb sie das Spiel vielleicht deshalb so sehr, weil sie Frau Kühnert zu dieser unangenehmen Aufgabe überreden mußte, womit sie freilich den Bogen überspannte.

«Ich trau mich nicht, weil er mir schon das letzte Mal gesagt hat, ich soll ihn nicht mehr anrufen. Er bitte mich sehr, ihn nicht mehr anzurufen. Kein besonders höflicher Bursche, dieser junge Mann. Aber wenn du ihn anrufst und nicht ich, dann ist er vielleicht zu erweichen. Könntest du ihn für mich erweichen? Du brauchst ihm nur ein bißchen um den Bart zu gehen», und als warte sie auf Antwort, verstummte sie, doch bevor Frau Kühnert etwas hätte sagen können, öffneten sich ihre ungeschminkten Lippen wieder. «Meinem Alten würde ich, wenn ich einmal viel Geld hätte, einen großen Garten kaufen, weil es für ihn ganz schrecklich sein muß, den ganzen Tag in dieser fürchterlichen Wohnung zu sitzen, ganz schrecklich. Mir genügt sie, bloß habe ich jetzt keine Lust, nach Hause zu gehen. Aber auf ihn wirkt sie schrecklich deprimierend, und es stinkt ihm, dieser ganze Stumpfsinn den Tag über, dieses Sitzen, stellt euch doch vor, sitzen, aufstehen, hinlegen, wieder hinsetzen, und so vergeht für den Armen das ganze Leben. Wenn er aber einen Garten hätte, dann könnte er sich wenigstens in diesem ganzen Stumpfsinn Bewegung verschaffen. Sollte ich ihm nicht einen Garten kaufen? Wirst du ihn anrufen?»

Fortsetzung unseres Spaziergangs am Nachmittag

Doch nach so vielen Abschweifungen zurück zu jenem Spaziergang am Nachmittag! denn für das, was noch geschehen wird, werden wir reichlich Zeit haben, während wir die Vergangenheit allzu schnell bereit sind zu vergessen, zurück also! dorthin, wo wir aufgehört haben, zu dem Augenblick, in dem wir die Luftkur unter einigermaßen dramatischen Umständen beendet hatten und auf der zum Bahnhof führenden Straße unter den breit ausladenden Platanen entlanggingen.

Und hier sind wir schon mitten im Trubel der Gefühle, es ist die heiterste Stunde der Allee, sanft bewegt der vom Meer kommende Wind die schon langgestreckten Schatten der Bäume, und je nach Laune bringt er die einschmeichelnde Musik der Kapelle, die gerade in der offenen Halle des Sanatoriums zu spielen begonnen hat, in unregelmäßigen Wellen näher oder trägt sie in winzigen Tonfetzen davon; Kutschen rollen um diese Zeit zum Bahnhof, um die Ankommenden abzuholen, von ferne ist schon das Fauchen des nahenden Zuges zu hören, sein Klingeln und Pfeifen, Reiter traben einzeln oder in lockeren Gruppen auf dem Weg, umgehen, die schönen Rosse in Galopp setzend, das stattliche Bahnhofsgebäude und lassen sich vom dichter werdenden Dunkel des Buchenwaldes, auf altmodische Weise auch die «Große Wildnis» genannt, verschlucken; und erst die Spaziergänger! die zu Fuß Flanierenden! um diese Stunde waren alle auf den Beinen und jeder, den seine Kur nicht ans Bett fesselte, hier zu sehen; es war sozusagen Anstandspflicht, anwesend zu sein und plaudernd, Ideen und Komplimente austauschend, ab und zu stehenbleibend, den kurzen Weg hin und zurück zu absolvieren; wenn es gewisse bedeutsame Begegnungen, interessant oder verpflichtend erscheinende Gespräche mit sich brachten, so wurde der Weg im Gegensatz zu den geltenden Gepflogenheiten abseits vom allgemeinen Verkehr auch mehrmals zurückgelegt, obwohl das nicht gerade als schicklich galt, weil eine allzu übertriebene Vertraulichkeit als Ausdruck einer seelischen Zudringlichkeit hätte gewertet werden können, denn hier wurde jeder von jedem beobachtet; es war darauf zu achten, daß die aus dröhnendem Gelächter, düsterem Stirnrunzeln, Hüteschwenken, Händeküssen, Lachen und zittrigem Kopfnicken, aus hochgezogenen Augenbrauen entstehende großzügige Ungezwungenheit, die freilich mit versteckten Kränkungen und Eifersüchteleien durchsetzt war, keine der geltenden Formen verletzte, daß alles förmlich blieb und trotz aller Verkrampftheit unverkrampft wirkte; Buben und kleine Mädchen, so alt wie ich, trieben bunte Reifen über den mit weißen Marmorplatten gepflasterten Weg, und es galt als hohe Schule der Geschicklichkeit, daß die Reifen sich nicht in den Schleppen der Damen verfingen oder den Herren direkt zwischen die Beine liefen; manchmal erschien sogar Heinrich, Herzog von Mecklenburg, persönlich, in Begleitung der wesentlich jüngeren und ihn um einiges überragenden Herzogin, umgeben von seinem Gefolge, was die ungeschriebenen Gesetze dieser nachmittäglichen Spaziergänge jedesmal in eigenartiger Weise veränderte; dem Anschein nach veränderte sich nämlich gar nichts, es sei denn, man würde es als Veränderung ansehen, daß diese ganze Scheinwelt um einen weiteren Schein bereichert wurde, konnte doch der geübte Spaziergänger, an den beiden auf schlanken Sockeln stehenden bauchigen Marmorkelchen angelangt, schon feststellen, daß er da war; die zwei Marmorkelche, aus denen die samtigen, tiefvioletten Petunien gleich einem Wasserfall duftend herabstürzten, bildeten ein symbolisches Tor zur Allee, jawohl, heute würde der Herzog anwesend sein, denn in diesem Fall waren die Rücken etwas straffer, das Lächeln um einen Grad freundlicher, das Lachen und Reden aber entsprechend leiser, man konnte zwar noch nicht sehen, wie er, auf den Arm der Herzogin gestützt, im lockeren Karree seines Gefolges jemandem aufmerksam zuhörte, jedes Wort des Sprechenden mit einem Nicken seines schweren grauen Hauptes bekräftigend, denn ihn mit den Blicken zu suchen wäre nicht schicklich gewesen, man hatte ihn nur zur Kenntnis zu nehmen, sozusagen rein zufällig, und sich genauso locker und unbefangen dem Rhythmus seiner Schritte anzupassen, um jenen Bruchteil eines Augenblicks zu erspähen, in welchem er, ohne das Gespräch zu unterbrechen, uns seine Aufmerksamkeit schenken würde, damit unser respektvoller Gruß nicht in der Luft hängenbliebe, sondern erwidert werden könne; man mußte also auf der Hut sein und alles vermeiden, was peinlich wirken könnte, und gleichzeitig auf Würde achten; die in der Allee auf und ab wandelnden Spaziergänger waren auf der Hut, waren sogar auf die Möglichkeit vorbereitet, daß der Herzog mit ihnen, ausgerechnet mit ihrer unbedeutenden Person, ein paar nichtssagende höfliche Worte zu wechseln wünschte; sie horchten mit neidgespitzten Ohren, wer der Glückliche war, mit dem er gerade sprach, um später dann noch in Erfahrung zu bringen, wovon die Rede gewesen war.

Mutter, die aufgrund ihrer Erziehung in Dingen des Anstandes besonders bewandert, ja man könnte sagen, ausgebildet war, hängte sich natürlich an diesem Nachmittag mit einer die zärtlichste Gattin vortäuschenden Geste bei Vater ein, der ihr bereitwillig den Arm bot, und lächelte auf das bezauberndste, während sie hochaufgerichtet, die Schleppe ihres malvenfarbenen Kleides mit drei Fingern der freien Hand etwas angehoben, das Gewicht ihres Körpers bis zu einem gewissen Grade auf Vater verlagerte; so schritten sie Arm in Arm voran, ich aber ging, häufig zurückbleibend, ein wenig entfernt von ihnen, weil ich ihre Zänkereien nicht ertragen konnte, dann wieder, mich anschließend an Mutters Seite, weil ich doch auch neugierig war, und es war, als hätten diese kaum angehobenen Schleppen – man durfte sie ja nicht allzu hoch heben – die weißen Marmorsteine der Promenade so glatt poliert, daß sie glänzten und rutschig waren, es knisterten die Stoffe aus Seide, Taft und Spitze, weich glitten die zierlichen Damenschuhe dahin, es klopften Stiefel und Schuhe; und es war kein Wunder, daß Fremde, ja nicht einmal gute Bekannte weder den Gesichtern – lächelte doch auch Vater, wenngleich gequält – noch der Körperhaltung meiner Eltern entnehmen konnten, welch zügelloser Haß in Wahrheit beide beherrschte, «dann sollten wir doch lieber gleich nach Hause fahren! schließlich sind wir nicht Ihres Vergnügens wegen hier, lieber Theo, sondern wegen meiner Krankheit, wenn ich nicht irre!», und in diesen sich häufig wiederholenden, unauffälligen Szenen war Mutter es, die die Gefühlslage bestimmte, sie war es, die tiefer, unversöhnlicher haßte, war doch schon Vaters bloße Gegenwart eine Quelle ihrer Qualen, er war zwar gegenwärtig, doch für sie unerreichbar, für sie, deren aufgepeitschte Leidenschaften niemals befriedigt werden konnten, während Vater vollkommen gleichgültig gegenüber den seelischen Verrenkungen dieses zerbrechlichen Frauenkörpers erschien, auch wenn er es in Wirklichkeit nicht war; Mutter aber werde gerade durch ihre größere Leidenschaft und ihre außerordentliche Beschlagenheit in Dingen des Anstands dazu angestachelt, ausgerechnet in den heikelsten Augenblicken dieser Spaziergänge Rache zu üben, und zwar aus dem vollen, und je subtiler sie es anstellte, um so gewöhnlicher geriet sie ihr, zwar schien sie die Überlegene, denn sie benahm sich untadelig, ihre Rache aber war niederträchtig, weil sie die Atempausen dieser vertrackten, von der Gewohnheit abgeschliffenen Rituale des Grüßens und Plauderns nutzte, um ihre scharfen, spitzen, kränkenden Sätze, die zu parieren Vater aufgrund seiner Schwerfälligkeit nicht in der Lage war, angesichts der gesamten Gesellschaft mit ihrem bezauberndsten Lächeln in sein Ohr zu zischeln.

Und an jenem denkwürdigen Tag war es möglicherweise gar nicht einmal der Satz selber, der bei Mutter jene zuvor beherrschte, doch unheildrohend unterdrückte, dann in sich steigerndem Zorn alles andere hinwegfegende Empörung auslöste: «Oder sollte ich mich etwa täuschen, lieber Theo? antworten Sie! warum schweigen Sie? am liebsten würde ich Sie in solchen Momenten anspucken!» – nicht die Tatsache, daß Vater, die frühere Übereinkunft mißachtend und ohne das Ende der vorgeschriebenen Luftkurübung abzuwarten, daran erinnert hatte, daß wir, wenn wir so langsam weitermachten, die Ankunft des Zugs versäumen würden, brachte sie so auf, im Gegenteil, als hätte sie diese Aufforderung geradezu provozieren wollen, war sie in ein langsameres Tempo gefallen; ich merkte, wie sie ihr Atmen verlangsamte, und bemühte mich vergeblich, ihren Atem in den richtigen und vorgeschriebenen Rhythmus zu lenken, nein, dieser unvorsichtig und ungeschickt mahnende Satz war viel eher das Zeichen einer ursprünglichen, in jedem Augenblick zur Explosion bereiten Disharmonie, sozusagen ihre offene Demonstration, eine Formsache, ein Vorwand, der beiden die Gelegenheit gab, ihre Gefühle zu offenbaren; ich höre heute noch, wie Vater, trotz aller gewollten Leichtigkeit, linkisch, verkrampft diese letzten Endes auf einen ganz gleichgültigen Sachverhalt hinweisenden Worte aussprach, seine sonst tiefe Stimme rutschte in eine höhere Tonlage als gewöhnlich, umsonst waren seine Verstellungsversuche, Mutters Gehör funktionierte nur allzugut, sie hörte genau heraus, was er zu verbergen suchte, seine Ungeduld.

Mit dem Zug sollte nämlich Geheimrat Frick ankommen, den Vater schon seit Tagen aufgeregt erwartete und über den sie untereinander auf verräterische Weise nicht anders zu sprechen vermochten als vom «Geheimen Rat» oder «dem Frick», nachdrücklich den Gebrauch seines Taufnamens vermeidend, obwohl er Vaters bester Freund war, sein Intimus seit Jahrzehnten, ein Freund aus Kindertagen, und so wie ich das von heute aus zu beurteilen vermag, ist es eine unverbrüchliche, ungetrübte Freundschaft gewesen, als stammten sie, trotz ihrer verschiedenen Temperamente und Anschauungen, aus einer gemeinsamen Wurzel, kein Wunder übrigens, beide waren Zöglinge des gleichen, durch seine mittelalterliche Strenge berühmten und berüchtigten kirchlichen Internats gewesen, und was ihren weiteren Lebenslauf betraf, letztendlich auch dessen Abtrünnige; ihre Gemeinsamkeit mochte daher entweder in der nachträglichen Rechtfertigung ihrer strengen Erziehung oder im Gegenteil in der Auflehnung gegen diese Strenge begründet sein; und wenn Mutter auch darauf achtete, den Taufnamen des Geheimen Rats nicht in den Mund zu nehmen, so verriet sie sich doch, indem sie verkündete, sie wünsche nicht, unter keinen Umständen, mit jenem Manne in ein persönliches Verhältnis zu geraten, der ihrer Meinung nach durch seinen unmoralischen Lebenswandel, seine rechthaberische und kalte Wesensart auf meinen «moralisch leider auf zu schwachen Füßen stehenden» Vater einen schlechten Einfluß ausgeübt hatte und immer noch ausübte, «Theodor, Sie lassen sich blenden, wie eine Motte vom Licht, genau so! Sie benehmen sich kindisch und lächerlich, wenn Sie mit ihm zusammen sind, und ich fühle mich dadurch zutiefst erniedrigt!» – aber Vater, der den Taufnamen seines Freundes tatsächlich mit fast sinnlichem Vergnügen aussprach und ihn nicht nur bei seinem Vornamen nannte, sondern, was noch schlimmer war, den Geheimen Rat sogar mit Kosenamen bedachte und ihn «mein Lieber», ja «Scheißerchen», «Katerchen» und «mein Täubchen» nannte, wahrte in der Anrede selbst die einstige Strenge der Alma mater, nach der beide sich bis auf den heutigen Tag nicht duzten; wenn er aber mit Mutter über ihn sprach, dann vermied er den Gebrauch dieses ihm so teuren Vornamens, um sie nicht dorthin einzulassen, in jenes innige Verhältnis, in das Mutter um jeden Preis, und sei es um den Preis der Zerstörung dieses Verhältnisses, einbezogen werden wollte; das nämlich war jener geheimnisvolle Punkt, jenes verbotene Gebiet, auf dem keiner von beiden einen Spaß verstand.

Eines Tages, soeben aus meinem Nachmittagsschlaf erwacht, war ich selbst Zeuge eines solchen, in Mutters Sinne gewiß zu mißbilligenden Zusammenseins, sie standen draußen auf der Terrasse im Sonnenschein, und ich, auf dem schmalen Diwan liegend, brauchte mich noch nicht einmal zu bewegen, um sie durch den vom Winde ständig aufgeblasenen und wieder eingesaugten weißen Musselinvorhang zu beobachten, ohne daß sie mich sehen konnten; eine viel zu günstige Situation, eine allzu seltene Gelegenheit, als daß ich mich ohne Not verraten hätte, zudem war ich noch ein wenig benommen vom Schlaf; beide standen an die Balustrade gelehnt, die Arme auf die Brüstung gelegt, einsam auf dem sonnenüberglänzten Platz, nicht zu nahe beieinander, obwohl sich ihre Finger auf dem rauhen, vom Regen zerfressenen Stein gewiß berührten, was diesem Beieinander nicht nur Intimität, sondern wohl auch so etwas wie Spannung verlieh; sie standen da in ihren hellen Sommeranzügen, in gleicher Pose, als wäre der eine das Spiegelbild des anderen, beide gleich groß, nur war nicht zu unterscheiden, welcher von beiden den anderen spiegelte, spiegelten sie sich doch gegenseitig! «Die Instinkte, teurer Freund, unsere Instinkte und Reflexe!» sagte Frick, noch bevor ich die Augen geöffnet hatte, die Stimme tönte angenehm in mein Erwachen, tief und leise, so natürlich, als wär's die eigene Stimme, mit der man zu sich selber spricht. «Auch jetzt, daß ich hier stehe und das Vergnügen habe, in Ihre so schätzenswerten Augen zu sehen, auch das, und jeder unserer Augenblicke! sind wir doch längst vollgeschriebene Blätter, mein Freund, und vielleicht deshalb so unendlich langweilig, auch für uns selber! die moralische Vervollkommnung, das Gute und das Böse, das sind lächerliche, törichte Kategorien, und Sie wissen doch, daß ich nicht gerne von Gott rede, einfach weil ich ihn nicht liebe, diesen Gott, aber wenn es noch einen Ort geben sollte, wo wir ihm oder er uns begegnen könnte, dann nirgendwo anders als in unseren Instinkten, dort herrscht er vielleicht tatsächlich, wenn Sie das behaupten wollen, das könnte ich bereitwillig anerkennen, doch selbst wenn es so wäre, dann doch völlig unbeteiligt, ohne auch nur den winzigsten Teil seines kleinen Fingers zu rühren, er hat ja alles schon von vornherein festgelegt, ihm bleibt nichts mehr zu tun, untätig und gleichgültig beobachtet er, wie wir ausführen, was er schon ausgeführt hat, als er uns plante, was er schon vollstreckte, als er es in uns einschrieb, man könnte daher folgern, vorausgesetzt, daß Sie mein flüchtiger Gedankengang nicht allzusehr langweilt, daß wir das moralische Gesetz, will sagen, den Begriff von Gut und Böse, nicht in den Dingen selbst vorfinden, sondern sie nachträglich in sie hineinprojizieren, und nur die Philosophen, die Seelenforscher und ähnliche nichtsnutzige Völkchen wollen uns weismachen, daß dies die innere Natur der Dinge sei, oh, welch traurige Abspeisung! weil sie es für allzu beschämend, für viel zu einfach und bar jeder Größe fanden, die Triebfeder unserer Taten in den Instinkten zu suchen, sie suchten nach etwas Höherem, weitab von diesen gewöhnlichen Dingen, nach einer Idee, einem Geist, der dieses schlimme Verwirrspiel erklären könnte, nach einem Trost für die Schwachen! inzwischen aber ist ihrer Aufmerksamkeit die innere Natur dieses Wirrwarrs entgangen, und sie haben uns nichts, aber auch gar nichts von jenen wunderbaren Einzelheiten zur Kenntnis gebracht; sie haben sie einfach außer acht gelassen! und was jeder von uns in jedem Augenblick zu fühlen gezwungen ist, das sind die sogenannten unanständigen Dinge geworden, so daß ich, wenn ich zu hören bekomme, was gut und was böse sein soll, einfach daran denken muß, daß es mir zum Beispiel heute noch nicht gelungen ist, ordentlich zu scheißen, obwohl das vom Standpunkt einer geistigen Hygiene unerhört wichtig ist, oder daß ich einmal furzen müßte, aber das tut man in guter Gesellschaft nicht, weil nämlich die sogenannte moralische Verfeinerung nichts anderes bedeutet, als diesen Drang für einige Augenblicke zurückzuhalten!»

«Sie sind ein gläubiger Mensch, mein Kater! das beruhigt mich, ich beneide Sie!» sagte jetzt mein Vater mit der gleichen natürlichen Herzlichkeit, mit der auch sein Freund gesprochen hatte; beide sahen sich, unverändert in Kopf- und Körperhaltung – auch ihre Blicke irrten nicht ab –, gerade und auf die denkbar offenste Weise in die Augen, als wäre diese Art ihres Kontaktes wichtiger als das Denken oder die Berührung, doch gerieten die zwei Augenpaare keineswegs in die bedrohliche Nähe einer erotischen Verzückung, diese Zuflucht suchten sie nicht, was mit ihnen geschah, war wesentlicher und von viel größerer Wirkung, weil sie vielleicht gerade im Bewußtsein der Unmöglichkeit einer völligen Übereinstimmung sich mit den Blicken festhielten, sich bis zu einem gewissen Grade über jene sinnliche Erregung hinwegsetzend, die zwei ineinander versunkene Blicke bieten können; doch nutzten sie gleichzeitig jenen natürlichen Ausgangspunkt, den die Sinnlichkeit bedeutet, und ließen ihren Blicken nur so viel Spielraum, um die winzigen Zuckungen der Wimpern, der Lider wie der sich rings um die Augenhöhlen bildenden Fältchen zur Kenntnis zu nehmen, und das alles lockte ein unmerkliches, feines Lächeln um ihren Mund hervor, das gleiche Lächeln.

«Soll ich mich einfacher ausdrücken?» fragte Frick, als wäre diese Frage die Antwort auf eine gar nicht ergangene Aufforderung. «Das würde nichts schaden, wenn ich Sie damit nicht inkommodiere», sagte Vater, seinen Freund in dessen eigenen Wünschen bestärkend; sie schweiften nicht in die Beschäftigung mit der irreführenden Oberfläche des Körpers ab, sondern bewegten sich in den vertrauten Hintergründen ihrer Gedankenwelt, sie überließen sich keiner Schwäche, und so betrachtet, hatte ihr Zusammensein eine gewisse Strenge und Schonungslosigkeit, doch versuchten sie Eros' grenzenloser Macht vergeblich zu entkommen, auf raffinierte Weise schien dieser mit den Mitteln der Beobachtung, des Gedankenlesens und der unendlich behutsamen Aufmerksamkeit, mit der sie einander begegneten, sich selbst und die beiden zu entschädigen. «Schauen Sie, es wäre gewiß übertrieben, wenn ich behaupten würde, ausschließlich zwischen unseren Beinen!» antwortete Frick im Nachdenken über das, was er gesagt hatte. «Als hätten Sie aber genau das behaupten wollen!» ließ sich Vater wieder vernehmen, und wenn sie solche kurzen Sätze wechselten, dann glichen sich ihre Stimmen nach einiger Zeit in Tonlage, Lautstärke und Klangfarbe so an, als spreche, argumentiere und diskutiere jemand nur mit sich selbst. «Aber nein! Nicht im entferntesten! Sollte ich vielleicht selber in den von mir angeprangerten Fehler verfallen sein», bekannte Frick etwas lauter, aber ohne die geringste Verärgerung. «Erklären Sie's dann!», auf Vaters Aufforderung folgte eine Pause, sie blieb gleichsam in der Luft hängen.

«Unserer guten alten Gewohnheit gemäß sollten wir vielleicht davon ausgehen, daß ich hier stehe und hier, mir gegenüber, auch Sie stehen!» fing von neuem Frick an, der größer wirkte, weil er schlank war, jedoch wohlproportioniert, nicht mager, und nicht nur sein Körper, den ich während des vormittäglichen Bades im Meer in seinem gerade in Mode gekommenen, naß an ihm klebenden Badeanzug gründlich in Augenschein nehmen konnte, auch sein Gesicht schien sich an den knochigen Schädel anzuschmiegen; er begann kahl zu werden, und damit das nicht allzusehr auffiele, denn er war ausgesprochen eitel, ließ er sich das von der Sonne etwas gebleichte, flaumige dünne Haar soldatisch kurz scheren. «Insoweit es uns gelingt, die uns bloß anerzogenen moralischen Prinzipien großzügig abzuschütteln, bleibt uns als Gewißheit nichts anderes und nicht mehr als dies, wir sind da! die pure Existenz und die Anschauung, das ist alles, worüber wir uns Gedanken machen können, was nicht wenig ist, und ich muß gestehen, daß mich im Gegensatz zu den vorhin erwähnten nichtsnutzigen Dilettanten auch nichts anderes interessiert!»

An dieser Stelle lachte mein Vater leise auf, und diesem kurzen, nicht ganz absichtslosen Lachen war der Spott anzumerken, wodurch Fricks Eifer einigermaßen gebremst wurde, in seinem Gesicht aber, das zu den außergewöhnlichsten Gesichtern gehörte, die mir in meinem bisherigen Leben zu sehen vergönnt waren, lockerte die flüchtige Verwirrung ein wenig den strengen, grüblerischen Ausdruck, und das ist in der Tat ein großes Wort! weil sein Gesicht gerade durch eine innere Ruhe, einen natürlichen Stolz und eine reine und heitere Überlegenheit gekennzeichnet war, und natürlich durch die Nacktheit! vielleicht weil die Natur ihr Material so großzügig geformt hatte, versteckte sie jenen Knochenschädel, der das Gesicht zu tragen berufen war, weder hinter kleinlichen Details noch niedlichen Fettpölsterchen, die, halten wir es fest: einst der Tod abzuhobeln gezwungen sein würde; manchmal kam er mir direkt wie ein Totenkopf vor, ein Briefbeschwerer auf einem Schreibtisch, ein Toter, ein ausgekochter Knochen, umsonst redete er so schnell und so viel, ein andermal aber, wie heute, glänzte die vollkommene Rundung, die bräunliche Haut, die allsommerlich von der Meeresbrise fast schwarz gebrannt wurde; glänzend spannte sie sich über der großen, breiten Stirn und bildete auf den glattrasierten Wangen haarfeine Runzeln; diese trockenen Falten ließen ihn nicht älter erscheinen als seine Jahre, weil seine großen, überaus lebhaften grauen Augen alles andere überstrahlten, kühle graue Augen, unbarmherzig blickende Augen, und diese Strenge wurde durch die spitze Nase und die recht schmalen Lippen betont, während das kindlich weiche Grübchen am Kinn dem Gesicht so etwas wie eine anziehende Sanftheit verlieh.

«Glauben Sie nur nicht, daß der Wille zur Macht uns nicht mit der Lust zum Leben beschenken könnte!» fuhr er fort, und seine leichte Verwirrung löste sich schnell in ein etwas spöttisches Lächeln auf; immer noch hielten sie sich mit den Blicken fest. «Im Gegenteil, der Wille zur Macht und deren Besitz kann uns sogar sehr tief hinunter oder, wenn Sie so wollen, sehr hoch hinauf führen! nicht tiefer und nicht höher freilich, als wir, in dem unserer Natur am besten entsprechenden Rhythmus, in den Genuß des Samenergusses gelangen, dem größten unter dieser Art von Genüssen, aber gerade davon hatte ich ja sprechen wollen, schließlich sehnt und drängt sich doch alles in dieser Welt nach der Lust des Samenergusses, wenn wir nur frei genug sind, diese Wünsche und Angebote wahrzunehmen! es ist daher ausgesprochen liebenswürdig von Ihnen, daß Sie mich mit Ihrem Grinsen unterbrochen und meine Gedanken in diese Richtung gelenkt haben, aufs Wesentliche! nichts dagegen!» und nach einer Atempause: «So ist das! Zwischen Fühlen und Denken, den Instinkten und unserem Verstand gibt es so etwas wie die Möglichkeit eines angenehmen Gleichgewichts, es ist das Gleichgewicht der Gleichgewichte! und so ist gerade der im Besitz der Macht lebende Mensch der für den Lebensgenuß am besten geeignete; im Besitz der Macht hat er die Möglichkeit, bis an die äußersten Grenzen des Verstandes und Denkens vorzudringen, von wo er sich wieder zurückwendet, freilich nur derjenige, der es kann! um die Lust der Sinne zu erfahren, und da er aufgehört hat, sich vor den Gefahren marginaler Werte zu fürchten, hat er alle seine moralischen Hemmungen abgelegt, weshalb er sich dem Genuß seiner Sinnlichkeit uneingeschränkt hingeben und seine Lust auch dort bis an die äußersten Grenzen vortreiben kann; und wer wäre freier als jener, der seine begrenzten, weil schon im vorhinein zugemessenen Möglichkeiten am tiefsten erleidet und auskostet, aber dies bis auf den Grund, mein Freund! selbst dann noch, wenn unsere Freiheit uns nicht gestattet zu wissen, was das ist, denn was ist es wirklich? was ist dieses Ganze?, hat doch die Freiheit dort ihre wahren Grenzen, wo sie keine theoretische Frage bleibt, sondern zur Praxis des seine eigenen Möglichkeiten erkennenden, mit dem Verstand nicht zu begreifenden Willens wird! aber was rede ich da? Sie wissen doch längst, woran ich denke.»

«An ein neues kleines Abenteuer?» fragte mein Vater.

«An etwas Ähnliches», seufzte er.

«Erzählen Sie», sagte Vater.

«Sie ist Schauspielerin», antwortete er.

«Ich vermute, blond und sehr jung», so Vater.

«Oh, das ist das wenigste, was über sie zu sagen wäre!»

Er wäre fortgefahren und hätte sein Erlebnis gewiß nicht nur mit Übertreibungen, sondern bis in alle Einzelheiten geschildert – was festzustellen ich bei einer anderen Gelegenheit das Vergnügen gehabt hatte, wenn beide sich in diesem Augenblick nicht der breiten, aus dem Park zur Terrasse heraufführenden Treppe hätten zuwenden müssen, so aber brach das Gespräch bedauerlicherweise gerade an dem vermutlich interessantesten Punkt ab; von einer der üblichen nachmittäglichen Kaffeestunden zurückgekehrt, tauchte in Gesellschaft von Fräulein Wohlgast die Gestalt meiner Mutter auf; langsam, in vertrauter Übereinstimmung, stiegen sie herauf, das Fräulein begann schon unten an der Treppe in ihrer lauten Art und mit ihrer tiefen, ein wenig rauhen Stimme ihre koketten Angriffe, «oh, diese Herren!» rief sie, beinahe Fricks letzten Satz übertönend. «Während wir über schwierige Fragen diskutieren, sag ich's nicht, verehrte Frau Thoenissen, es ist vorbei mit der schönen alten Zeit, als sie noch unser Schicksal in Händen hielten, denn während wir Pläne entwerfen und Beschlüsse fassen, begnügen sich die Herren der Schöpfung mit angenehmem, leichtfertigem Geplauder, oder sollte ich mich getäuscht haben? Ob sie wenigstens dieses eine Mal ehrlich sein können? und uns nicht anschwindeln?»

Das alles lag doch schon eine ganze Weile zurück, zwei, vielleicht auch drei Sommer, jedenfalls hatte meine Erinnerung es so aufbewahrt, und weil der Verstand eines Kindes noch nicht fähig ist, alle Klugheiten und Dummheiten der Erwachsenen aufzufassen, war nun die Phantasie gezwungen, die dunklen Flecken dieser längst vergangenen Szenerie zu ergänzen.

Längst vergangen, sage ich, unsicher auf einige deutlichere Stellen meiner Erinnerung verweisend, als hätte das schöne Fräulein Wohlgast – von der allgemein bekannt war, daß sie Anno einundsiebzig, im Krieg gegen die Franzosen, ihren Liebsten, irgend so einen schmucken kleinen Offizier, verloren und daher, von einer Art nationaler Begeisterung ergriffen, gelobt hatte, bis ans Ende ihres Lebens Trauer zu tragen, «bis zum Grabe und darüber hinaus!», um die Welt für immer daran zu erinnern, «welcher Frevel nicht nur an mir, sondern an uns allen begangen wurde!» – damals tatsächlich noch graue Kleider getragen, wenn auch schon keine schwarzen mehr, doch dann hellte sich von Jahr zu Jahr auch dieses Grau auf; an jenem Nachmittag aber, als wir dank Mutters Bosheit in völlig zerrüttetem Zustand auf dem Bahnhof angelangt waren und die prächtige, in dieser Stunde besonders kühle Halle gerade in dem Augenblick durchquerten, als die gedrungene Lokomotive, ihre vier roten Wagen hinter sich herziehend, eingelaufen war, haben wir sie vermutlich in einem weißen, schneeweißen Spitzenkleid erblickt.

Da hatten sich die spitzen, ohne Antwort gebliebenen Sätze meiner Mutter bereits so tief in Vaters Körper hineingebohrt wie auf einer romantischen Darstellung die Pfeile in den Leib des heiligen Sebastian, sie waren tief ins Fleisch eingedrungen, in der Luft nachzitternd, und der einzige Satz, den er sich abquälte, lautete, laßt uns doch lieber umkehren, aber Mutter tat, als hätte sie das gar nicht gehört; allerdings kam ihr hier auch alles entgegen, ihr blieb jetzt keine Atempause, Bekannte mußten gegrüßt und angelächelt werden, auf dem offenen Perron war eine zahlreiche Gesellschaft versammelt, die nicht nur die Ankommenden begrüßen wollte, denn es waren nicht viele angekommen, sondern sich an dem Anblick erfreuen, den dieses kleine Wunder des technischen Fortschritts bot; als wäre dieser kurze Nachmittagsspaziergang nur hier würdig zu beenden; ich kann mir nicht vorstellen, womit sich die Kurgäste, bevor diese Eisenbahnlinie existierte, die die Sommerresidenz des Herzogs, das freundliche und altertümliche Bad Doberan, mit dem schönnamigen Kühlungsbronn verband, zerstreut hatten, denn jetzt, als säßen sie in ihren Theaterlogen, verstummte sogar das Gemurmel, und alle schauten fasziniert zu, wie die emsigen Schaffner die Waggontüren öffneten, die Treppchen herunterließen, der große Augenblick der Ankunft war gekommen! die Träger luden, in den Dampfwolken der paffenden und pfeifenden Lokomotive verschwindend und wieder auftauchend, eilig die vielen schweren Gepäckstücke aus, bis auf ein Zeichen des Stationsvorstehers, während die Stimmen des Abschieds und der Begrüßung von überallher ertönten, nach einigen Minuten leeren Wartens die Treppen wieder verschwanden, die Türen viel zu laut zugeschlagen wurden, in den Angekommenen die freudig erregte Müdigkeit der Ankunft, in den Wartenden aber die melancholische Stille des Fernwehs zurückblieb und dieses traumhafte Ereignis, pfeifend, klingelnd, das Stampfen und Schnaufen allmählich in ein gleichmäßiges Rattern verwandelnd, in der nächsten Biegung verschwand, während wir, jetzt schon endgültiger, zurückblieben, da, wo wir waren.

Peter von Frick hatte in der offenen Tür des roten Waggons gestanden, er war als erster aufgetaucht, und sein Blick, den er über den Perron schweifen ließ, hatte uns sofort unter den Wartenden entdeckt, ich fühlte und sah, daß er uns bemerkte, uns gleichsam aus der Menge der zu seinem Empfang erschienenen Bekannten und Freunde auswählte, doch wandte er sich sofort in eine andere Richtung, sein Gesicht schien ernster und ohne das gewohnte Lächeln, auch seine Bräune blasser, er trug einen eleganten Reiseanzug von englischem Schnitt, der seine Figur noch größer und schlanker erscheinen ließ, den weichen Hut und die Reisetasche hielt er lässig in der einen Hand, während er leichtfüßig die Treppe herabschritt, zugleich nach rückwärts gewandt, um jemandem herunterzuhelfen, den man in diesem Augenblick noch nicht sehen konnte, aber im nächsten, es war Fräulein Nora Wohlgast; kein Zweifel, sie war es, ganz in Weiß wie eine Braut, damals habe ich sie wohl zum erstenmal in Weiß gesehen, aber nach den späteren, rasch und erbarmungslos eintretenden Ereignissen muß gesagt werden, daß es auch zum letztenmal war; obwohl die Ankunft des Geheimen Rates mit Rücksicht auf jene heikle Rolle, die er bei der Aufdeckung des jüngst auf den Kaiser verübten Doppelattentats und der Ergreifung der Täter gespielt hatte – worüber sich das Ferienpublikum von Heiligendamm bisher nur aus Zeitungen hatte informieren können, jetzt aber aus erster Hand über Einzelheiten und geheime Zusammenhänge unterrichtet zu werden hoffte –, als außerordentlich bedeutsames Ereignis angesehen wurde, so wirkte die gemeinsame Ankunft als eine an die Grenzen des Skandals reichende Sensation; zwar zeigte sich mit Rücksicht auf das außerordentliche Ansehen, das der Geheime Rat Frick in dieser Gesellschaft genoß, alle Welt geneigt, die Augen zuzudrücken, als sähe niemand, was jeder doch sah, als wäre hier nur von einem zufälligen Zusammentreffen die Rede, andererseits hebt es das Ansehen eines Lieblings der Gesellschaft, steigert es seine Überlegenheit, wenn er sich ein wenig skandalös benimmt, erhebt er sich doch damit über uns, ist uns überlegen, weil er Grenzen überschreitet, die zu überschreiten wir uns nicht getrauen; aber das Fräulein? wie kam das Fräulein in diesen Zug, wenn sie das Frühstück noch mit uns an der gemeinsamen Tafel eingenommen hatte? und weshalb plötzlich in Weiß? in einem so auffallenden Weiß, das sie sich schon mit Rücksicht auf ihr Alter kaum erlauben konnte, war sie doch schon näher an dreißig als an zwanzig! warum also diese herausfordernde Kleidung, etwas bei ihr völlig Ungewöhnliches, warum? oder hatte vielleicht der Rat, dieser eingewurzelte, leidenschaftliche Junggeselle, sich heimlich mit ihr verlobt, sie etwa schon geehelicht? und von diesen auch in mir auftauchenden Fragen bewegt, sah ich zuerst Mutter, dann Vater an, als hoffte ich auf ihren Gesichtern eine Antwort zu finden; Mutters Gesicht gab keine Antwort, über Vaters Gesicht jedoch schienen, für mich unverständlich, Stürme der Empörung und Erschütterung zu jagen; unwillkürlich, als müßte ich ihn vor einer Katastrophe bewahren, griff ich nach seiner Hand, was er fast hilflos geschehen ließ, er wurde bleich, aschgrau, seine Augen starrten mit dem Ausdruck der Besessenheit auf das unmißverständlich zusammengehörige Paar, sein Mund war blöde geöffnet, noch während wir uns aufeinander zubewegten, sie kamen auf uns zu, und wir gingen ihnen entgegen, um in einem Bruchteil der nächsten Sekunde, von den übertrieben begeisterten Zurufen nach vorn gedrängt, als Teil des sich um Frick schließenden bunten Menschenringes stehenzubleiben; mindestens zwanzig angefangene Sätze prallten hier plötzlich aufeinander, unrettbar verhedderte sich einer im anderen, und da jeder, mit seinem eigenen beschäftigt, sich lebhaft nach den Umständen der Reise erkundigte, Freude über die Ankunft des Rats äußerte und in der besagten «überaus aufreibenden Arbeit» die Ursache für die Blässe seines Gesichts vermutete, achtete in der von Gemeinplätzen und Sentimentalitäten überhitzten Atmosphäre niemand auf das andere Gesicht, Vaters unheilverkündendes Gesicht, vielleicht nicht einmal Frick selber; das aber mußten alle gesehen und gehört haben, wie er seine Hand aus meiner erschrockenen Umklammerung riß, sich unvermittelt über Fräulein Wohlgast beugte und, obwohl bemüht, leise zu sein, ihr ins Gesicht schrie: «Und wie kommst du hierher?»

Als gäbe es weder Kräfte noch Affekte, die den zu einem Panzer erstarrten äußeren Schein zu durchbrechen vermöchten; denn der Skandal brach nicht laut aus! niemand begann zu schreien, keiner zu prügeln, obwohl die in der menschlichen Natur verborgene Neigung zur Hysterie das jetzt erfordert hätte! als wäre Vaters Frage gar nicht erklungen, als wäre es die natürlichste Sache, eine solche Frage zu stellen, obwohl alle wissen mußten, daß er mit Fräulein Wohlgast keineswegs in einer Beziehung stand noch stehen konnte, die eine solche Frage in der Duz-Form und dazu öffentlich erlaubt hätte; oder doch? enthüllte sich hier etwas Dunkles und Verworrenes? sollte etwa nicht nur von zweien, sondern von dreien, ja, Mutter mit eingerechnet, sogar von vieren die Rede sein? aber nein und nochmals nein! sie schienen nichts bemerkt zu haben, jeder beendete ohne zu stocken seinen Satz und fing beflissen einen neuen an, damit die in Frage gestellten Spielregeln der guten Gesellschaft von allen störenden Faktoren unberührt blieben; sogar ich konnte die strengen Gesetze des Anstands an mir selber beobachten, obwohl mich eine der Ohnmacht ähnliche Schwäche überkam und ich das Gefühl hatte, das sei schon der Skandal, der Abgrund habe sich aufgetan, es gebe keinen Aufschub mehr, jetzt drohe nicht mehr jenes schon früher erfahrene Gefühl eines Unheils, daß wir abstürzen würden, nein, es war schon der Sturz selber und wir mitten darin! am liebsten hätte ich die Augen geschlossen und mir die Ohren zugehalten, doch konnte ich das alles nicht tun, denn da die Anstandsregeln stärker waren als ich, mußte ich beherrscht bleiben; Mutters Leistung dagegen erschien mir geradezu bewunderungswürdig; als nämlich Frick sich elegant vor ihr verbeugte, um ihr die Hand zu küssen, gelang es ihr sogar, von Herzen und unbeschwert zu lachen, «ach, wie freuen wir uns, lieber Peter, daß Sie endlich wieder bei uns sind! und wenn nicht so wichtige Staatsgeschäfte Sie abgehalten hätten, würden wir es Ihnen gewiß nicht verzeihen, daß wir Sie so lange haben entbehren müssen!», aber in Wirklichkeit war nichts mehr aufzuhalten, denn als Frick im Weitergehen vor meinem Vater anlangte und mit einer gewissen heiteren Selbstzufriedenheit über die Antwort, die er Mutter gegeben hatte, «ich werde mich bemühen, meine Versäumnisse wiedergutzumachen!», ihm die Hand reichte, diesmal umarmten sie sich freilich nicht!, rief Vater noch lauter: «Staatsgeschäfte? Lächerlich!», und ohne sie wieder freizugeben, drückte er die Hand des Geheimen Rats heftig, sah ihm mit undurchdringlichem Blick in die Augen und dämpfte plötzlich seine Stimme zum Flüstern: «Straftaten vielleicht, mein lieber Herr Frick! Ist es nicht so? Und gar nicht so schwer aufzudecken, wenn dieses Attentat gut organisiert war!»

«Sie sind wirklich ein geistreicher Mensch!» sagte Frick mit einem so amüsierten Lächeln, als hätte er den besten Witz gehört, und wieder einmal war die Situation gerettet! die Mitglieder der kleinen Gesellschaft beeilten sich schon ganz offen zu helfen und fingen an lauter zu reden, bereit, weitere Attacken Vaters abzuwehren, so daß das vollkommenste, nervöseste Stimmengewirr entstand, bis eine ältere, allseits geachtete Dame, die wohl schon manchen Sturm erlebt hatte und die nötige Übung darin besaß, das zu retten, was noch zu retten war, sich an Fricks Arm hängte und mit dem Ausruf «Jetzt nehme ich Sie für mich in Beschlag» der Gesellschaft aus dieser festgefahrenen Situation heraushalf, während die übrigen Stimmen mit ihren Kommentaren über die nunmehr veränderte Situation die augenblickliche Peinlichkeit zu verschleiern suchten; ein Skandal! welch ein Skandal!, mochten alle insgeheim denken; da hängte sich auch Mutter bei Vater ein, was den Eindruck machte, als wolle sie ihn festhalten, und das war wohl nötig, weil es schien, als wolle er tätlich werden oder anfangen zu schreien. «Es ist wirklich nicht schön von mir, aber eine wichtige Nachricht macht meine unhöfliche Eile vielleicht verständlich, Sie werden vom Herzog erwartet!» erhob sich ihre freundliche, zittrige Stimme über die der anderen, während die Gesellschaft sich auf dem knirschenden Kies zur weißen Bahnhofshalle hin in Bewegung setzte; allein, ja ausgesprochen verlassen blieben wir beide zurück, Fräulein Wohlgast, die, durch die vorhergehende Situation irritiert, sich die rettende Veränderung noch nicht zunutze gemacht hatte, und ich, um den sich niemand kümmerte.

«Also bloß weg von hier, aber schnell!» brauste Vater auf, in die entgegengesetzte Richtung strebend, als eine unerfreuliche weiße Erscheinung ihnen den Weg verstellte, es war das Fräulein persönlich, das in dem Gedränge irgendwie in Mutters Nähe gelangt sein mußte und das, in seinem gelähmten Hirn minutenlang nach einer annehmbaren Erklärung fahndend, soeben eine Lösung gefunden haben mochte. «Sie werden es kaum glauben! Nach dem Frühstück überkam mich die Lust, einen größeren Spaziergang zu machen, und bis Bad Doberan habe ich nicht haltgemacht! und wem begegne ich dort?» erklärte sie in leichtem Plauderton, was sich jetzt wie eine äußerst komische Parodie anhörte. «Fräulein, Sie haben sich skandalös benommen!» war die hoheitsvolle Entgegnung meiner Mutter, dem Fräulein ruhig und freimütig in die Augen schauend, doch von Vater fortgezogen, wurde das Fräulein zur Seite gedrängt, fast umgestoßen; ich eilte ihnen nach, über den Bahnkörper hinweg, wo wir auf der anderen Seite stumm, fast im Laufschritt den Weg durch den Buchenwald nahmen und nach einem großen Umweg durch das Moor nach Hause zurückkehrten, eine ganze Weile nach Dunkelwerden.

Oh, welch schreckliche Nacht sollte darauf folgen!

Ich erwachte, weil jemand in der offenen Terrassentür, hinter dem durchsichtigen Vorhang stand, oder war es nur ein Schatten? ein Gespenst etwa? und da ich fürchtete, sogar ein Zucken meiner Augenlider könnte mich verraten, wagte ich sie nicht wieder zu schließen, obwohl es so gut gewesen wäre, nichts zu sehen und zu hören von all dem, was noch kommen sollte! gleichsam um meine Angst zu verdoppeln, kehrte das Entsetzen vom Nachmittag plötzlich zurück, und da bewegte sich auch der Vorhang! die Gestalt trat ein und eilte sofort durchs Zimmer, es war dunkel, eine lichtlose Nacht, die Schritte waren auf dem nackten Boden, dann auf dem weichen Teppich zu hören, bis ich endlich Mutter in dieser Gestalt erkannte; sie ging zur großen Tür, die sich auf den Gang öffnete, wahrscheinlich legte sie die Hand auf die Klinke und drückte sie ein wenig hinunter, denn ein kurzes Knacken unterbrach die tiefe nächtliche Stille, in der der träge Wellenschlag des Meeres kaum zu vernehmen war, nicht einmal das Rauschen der Tannen war zu hören, es war windstill; unentschlossen eilte sie wieder durchs Zimmer, ihre Schritte, die hohen Absätze ihrer leichten Pantoffeln klapperten so energisch auf dem Boden, als wüßte sie, wohin sie wollte und warum, sie trug ihren Frisiermantel mit der Schleppe, den sie gewiß nur übers Nachthemd geworfen hatte, die schwere Seide rauschte; als sie zur Terrassentür zurückkehrte, blieb sie einige Augenblicke reglos stehen, ich wollte etwas sagen, aber ich hatte das Gefühl, keinen Laut herausbringen zu können, als geschähe das alles im Traum, obwohl es keinen Zweifel darüber gab, daß ich wach war; vorsichtig lauernd zog sie den Vorhang zur Seite, trat aber nicht hinaus, sondern wandte sich rasch um, klapperte erneut durchs Zimmer und gelangte wieder an die auf den Korridor führende Tür, drückte heftig die Klinke hinunter, das Geräusch war unmißverständlich, die Tür gab aber nicht nach, sie drehte den Schlüssel im Schloß um, worauf die Tür aufsprang; aber sie trat nicht hinaus, sondern eilte zurück zur Terrasse, während die Tür ein wenig geöffnet blieb und der leichte Luftzug die weißen Vorhänge im Dunklen zu bewegen schien; ich setzte mich auf.

«Was ist geschehen?» fragte ich leise, vielleicht zu leise, weil die Bestürzung, die meine Angst ablöste, meine Kehle zusammengeschnürt hatte, doch sie trat, ohne von meiner Frage Notiz zu nehmen, vielleicht hatte sie sie gar nicht gehört, auf die Terrasse hinaus, machte ein paar Schritte, doch als habe das unangenehm laute Klappern der Pantoffeln ihre Schritte gehemmt, eilte sie erschrocken zurück, «was ist geschehen?» fragte ich diesmal lauter, während sie wieder bis zur Korridortür eilte, sie öffnete und von dort wieder zurückeilte! da aber hielt es mich nicht länger im Bett, ich sprang auf, um ihr zu Hilfe zu kommen.

Aus entgegengesetzten Richtungen aufeinander zustrebend, prallten beide Körper in der Mitte des dunklen Raumes aufeinander.

«Was ist passiert?»

«Ich hab's gewußt, seit fünf Jahren hab ich's gewußt!»

«Was hast du gewußt?»

«Ich hab's gewußt, seit fünf Jahren hab ich's gewußt!»

Wir klammerten uns aneinander.

Ihr Körper schien hoffnungslos erstarrt, man spürte, wie die Anspannung ihn verhärtete, und obwohl sie mich einen Augenblick lang umarmt hielt und ich versuchte, mich ihr in der Umarmung ganz zuzuwenden, mußte ich doch feststellen, daß diese Berührung ihr nicht zu helfen vermochte, meine Bereitschaft war vergeblich, ich fühlte sie, sie aber fühlte mich nicht, ich bedeutete für sie nicht mehr als ein Schreibsekretär oder ein Armsessel, an dem sie sich, wenn sie ihr Gleichgewicht verlöre, festhalten könnte, damit sie ihren Entschluß, der sich bis zum Wahnsinn gesteigert hatte, auszuführen imstande wäre; trotzdem wollte ich sie nicht loslassen, ich preßte meinen Leib so heftig gegen ihren, als wüßte ich, von welch schrecklichem Anschlag ich sie zurückhalten sollte; mir war es gleichgültig, von welchem, denn ich konnte von dem, was kommen würde, kaum eine Ahnung haben, mein Instinkt gebot es mir, sie von irgend etwas, was es auch sein mochte, von allem, was sie jetzt tun wollte, zurückzuhalten! und als hätte meine hartnäckige Kraftanstrengung doch eine Wirkung auf sie gehabt, als erkennte sie endlich, daß ich ihr Sohn war, daß ich zu ihr gehörte, beugte sie sich herab und gab mir einen leidenschaftlichen Kuß auf den Nacken, fast einem Bisse vergleichbar, doch verliehen ihr dieser Kuß und meine kreatürliche Angst Kraft für die nächsten Schritte, sie stieß meinen Arm von ihrer Hüfte weg, schob mich zur Seite, schrie verzweifelt «Unglücklicher!» und lief wieder auf die Terrassentür zu.

Ich rannte hinter ihr her.

Sie lief über die Terrasse, aber nicht, wie man hätte vermuten können, auf die breite Treppe zu, die in den Park führte, sondern in die entgegengesetzte Richtung; in der Tür zum Appartement des Fräuleins blieb sie stehen.

Drinnen brannten Kerzen, die Tür stand offen, und das Licht kroch zitternd und flackernd über die Steine bis vor unsere Füße.

Wie angewurzelt blieb ich stehen. Und nicht nur meine Augen, mein ganzer Körper nahm dieses Schauspiel in sich auf.

O nein, ich kann keineswegs behaupten, daß ich nicht gewußt hätte, was der Anblick bedeutete, doch kann ich auch nicht behaupten, ich hätte es gewußt. Denn ein Kind hat nicht nur ein Wissen von dem, was in einem solchen Fall geschieht, sondern es hat, so anstößig die Behauptung auch sein mag, aufgrund der dem eigenen Körper abgepreßten Lust auch schon eine Erfahrung davon; und doch wirkte das Ganze so überraschend auf mich, daß ich es kaum begriff.

Hier boten zwei fremde Körper ein Schauspiel dar.

Ihre Nacktheit leuchtete auf dem Fußboden.

Das Fräulein lag auf einer Seite, um die beiden herum waren Wäschestücke verstreut; die Beine fast bis zur Brust hochgezogen, gleichsam in sich selber verkrümmt, wandte sie ihren ausladenden, mit den erfahrenen Augen späterer Jahre beurteilt, überaus ansehnlichen Hintern meinem Vater zu; wandte? – streckte ihn hin, bot ihn an, drängte ihn auf! er aber, mit der Höhlung seines Leibes an die Rundung ihres Gesäßes gepreßt, stoßend, eindringend, sich wieder entfernend, kauerte, ja kniete über ihr, während er mit einer Hand das dunkle aufgelöste Haar des Fräuleins mit wahnsinniger Kraft an der Wurzel packte; er war also im Innern des ihn vollständig umschließenden Körpers, er konnte sich frei, stark und doch auf das zarteste in ihm austoben, und inzwischen weiß ich es: in dieser Position vermag das Glied nicht nur zur tiefsten, man könnte auch sagen, zur höchsten Stelle vorzudringen, sondern das empfindliche Häutchen der Vorhaut, der breite Rand der Eichel, die wulstig angeschwollenen Adern, die sich an dem hart werdenden Kitzler reiben, gleiten über die Schamlippen und dringen in die schlüpfrige Scheide wie in eine Höhle ein, so daß der Penis, steif und kräftig bis zum Muttermund, dem scheinbar letzten Hindernis! vordringend, den Hohlraum so vollkommen ausfüllt, daß nicht mehr zu unterscheiden ist, was zum einen und was zum anderen gehört; in dieser seltsamen Position können Vergewaltigung und zärtliche Hingabe einander gleichen, und was könnte schöner, welcher Lustgewinn größer sein? was ich aber damals erblickte, war nichts anderes, als daß Vaters Rücken sich krampfhaft krümmte, sein Gesäß sich öffnete und es ein wenig aussah, als wolle er sich entleeren, mit der freien Hand stützte er sich ab, und im Rhythmus der Pressung wurden seine mächtigen, hochgezogenen Hoden sichtbar, dann preßte er sich wieder gegen die Stelle, die beiden eine so blubbernde Lust bereitet hatte; mit einer durchdringend dünnen Stimme stieß das Fräulein einen Schrei aus, Vaters Mund war geöffnet und zum Fürchten, denn es schien, als könnte er ihn nicht mehr schließen, ein tiefes Röcheln entrang sich ihm, die Zungenspitze ragte aus dem Munde hervor, seine Augen waren ins Nichts geöffnet, doch die Schreie und das Röcheln hatten damals für mich keine unmittelbare Beziehung zu dieser offensichtlichen Lust, denn als er ins Tiefste eingedrungen war, als habe er seinen endgültigen Platz gefunden, erstarrte er, und seinen Körper, der von großen Flecken schwarzer Haare überwuchert war, überlief ein hilfloses, unstillbares Zittern, er riß den Kopf des Fräuleins an den Haaren immer wieder in die Höhe, um ihn mit voller Kraft mehrmals gegen den Fußboden zu stoßen, und obwohl ihre Schreie gerade dabei am eindringlichsten von Lust erfüllt waren, begann sie doch, sich unter ihm zu winden, sich ihm zu entziehen, ihn zu fliehen, damit er nach diesem Höhepunkt jenen zärtlicheren, doch an Kraft nicht weniger intensiven Rhythmus der Annäherung und Entfernung wieder beginnen möge, um die Lust wieder zärtlicher und inniger empfinden zu können, doch Vater zerrte ihren Kopf wieder hoch und schlug ihn gegen den Fußboden, daß es krachte.

Wenn in diesem Augenblick die Lust in mir sich um vieles stärker erwies als meine Überraschung und ich, sogar Mutter vergessend, alle meine Sinne auf diesen Anblick konzentrierte, mich sogar, jenseits von Gut und Böse, glücklich fühlte, dies ansehen zu dürfen, dann erklärt sich das nicht allein aus einer kindlichen Neugier und auch nicht aus der Tatsache, daß ich in dieses Geheimnis durch meinen Heiligendammer Spielgefährten, den um einige Jahre älteren Grafen Stolberg, so ziemlich eingeweiht war, sondern wohl auch aus einer Menge bisher in Schlupfwinkeln verborgener Wünsche, Grausamkeiten und Willfährigkeiten, die hier unerwartet zusammentrafen, als hätten sie mich entlarvt, als hätte das Fräulein mit ihren Schreien mich auf frischer Tat ertappt! der Anblick wurde mir zur sinnlichen Aufklärung; denn das hier bezog sich nicht nur auf mich und nicht auf ein abstraktes Wissen, nicht einmal auf meinen Spielgefährten, den ich im Moor dabei überrascht hatte, als er, auf dem schwankenden Boden hingestreckt, im Versteck des hohen Schilfes sich gerade mit seinem Pimmel beschäftigte, aber auch nicht auf meinen Vater, sondern unmittelbar auf den Gegenstand meiner Bewunderung und Zuneigung, auf das Fräulein.

Jene häufigen nächtlichen Ausflüge waren nicht ohne Folgen geblieben, da ich auf unserer gemeinsamen Terrasse zwar allein zu bleiben wünschte, mich aber doch freute, sie dort anzutreffen, wo sie mich an ihren von Bett und Schlaflosigkeit heißen Körper zog.

Dieser Körper strahlte Schönheit aus, obwohl seine Schönheit weder in den Körperformen noch in der Ebenmäßigkeit der Gesichtszüge lag, eher könnte man sagen, sie steckte im Fleische, ihre Haut glühte davon; zwar konnte alle Welt sehen, daß sie, was die Ästhetik der Formen und Linien betraf, keinem Ideal entsprach, doch ihre Anziehungskraft erwies sich als stärker als die eines jeden Ideals; ein Glück nur, daß wir unseren Handflächen mehr glauben als trockenen ästhetischen Regeln! und ich beeile mich anzumerken, daß selbst meine Mutter sich dieser starken, verwirrenden Wirkung nicht entziehen konnte, trotz ihrer ausgeprägten Neigung, sich pedantischen Regeln zu unterwerfen, in diesem Falle glaubte auch sie ihren Augen, sie war begeistert von dem Fräulein, vergötterte sie geradezu, wohl auch mit dem Gedanken spielend, in ihr eine Freundin zu finden, wie Vater in Frick einen Intimfreund gefunden hatte; die zutraulichen, strahlendbraunen Augen, die südliche, fast zigeunerhaft dunkle Haut, die sich rosig und straff über den breiten Bakkenknochen spannte, die nervös bebenden Flügel der kleinen Nase, die blutvoll geschwellten Lippen, die senkrecht wie mit einem Säbelhieb eingeschnitten schienen, übten auch auf sie eine elektrisierende Wirkung aus; Vater, nicht frei von Bosheit, machte sie vergeblich darauf aufmerksam, daß «das Fräulein in Wirklichkeit äußerst gewöhnlich» sei, sie übersah deren exaltiertes lautes Wesen, drückte die Augen zu über ihre die Grenzen der Ungezogenheit streifende Unverblümtheit und ließ sich sogar von ihrer auch physisch durch die niedrige, fliehende Stirn signalisierten Beschränktheit nicht beirren, welche das Fräulein nicht etwa durch Zurückhaltung auszugleichen sich bemühte, sondern durch Unverfrorenheit noch steigerte; den Körper, der dort auf dem Boden lag, kannte auch ich: die kleinen, festen, auseinanderstrebenden Brüste, die Taille, die mit Hilfe geschickt geschneiderter Kleider wesentlich schlanker wirkte, als sie in Wirklichkeit war, und die Hüften, deren Üppigkeit der Schnitt wirkungsvoll betonte; ich kannte diesen Körper gut, denn er war mir in jenen Nächten, als sie, getrieben von Schlaflosigkeit und Unruhe, auf die Terrasse heraustrat und mich mütterlich, wenn auch mit übertriebener Zärtlichkeit – die, wie ich jetzt wußte, meinem Vater gegolten hatte – umarmte, gerade in seiner unregelmäßigen und unverhüllten Vollkommenheit vertraut und lustvoll spürbar geworden; sie hatte ja nicht einmal einen Morgenrock übergeworfen, durch die dünne Seide des Nachthemds konnte ich wirklich alles fühlen, selbst das weiche Gestrüpp ihres Schoßes ertasten, als meine Hand sich wie zufällig dorthin verirrte, und dann erst ihr Duft, in dem ich versank.

Doch bis hierher und nicht weiter. Erfordern doch das Gefühl für Proportion und der gute Geschmack gleichermaßen, daß wir eine Pause machen in unserer Erinnerung.

Denn meine Mutter gab so etwas wie ein Stöhnen von sich und sank ohnmächtig auf den Steinboden nieder.

Mädchen

Der Garten war riesig, man hätte ihn einen Park nennen können, schattig, süß duftend in der sommerlichen Wärme; der herbe Tannenduft, das Harz, das aus den leise knisternden grünen Zapfen tropfte, die dicken Knospen der in Rot, Gelb, Weiß und Rosa prangenden Rosen, und da tatsächlich ein gewelltes Kelchblatt, das, von der Sonne versengt, sich nicht weiter würde öffnen können, es war bereit zu fallen; die mit ihrem Honig die Bienen anlockenden, hoch aufgereckten Lilien, die vom leisesten Lufthauch bewegten lila, bordeauxroten und blauen Kelche der Petunien, das Löwenmäulchen auf hohen Stengeln, die in ihrer Farbenpracht flammenden Fingerhutrispen am Rande der Gehwege, das Glitzern des taunassen Grases im Morgenlicht, vor allem aber das in Gruppen und Streifen angeordnete Dickicht der Sträucher, der Holunder, der Spindelstrauch, der Flieder, der berauschend süße Jasmin, Goldregen, Haselnuß und im ausladenden Schatten des Weißdorns jene feuchte Fäulnis, in der giftgrüner Efeu sich nach Lust ausbreiten und, bitteren Duft verströmend, sich mit den Ranken an Zäune und Wände klammernd, Baumstämme umschlingend, feine Luftwurzeln treibend, alles überziehend, jene Pilzfäule vermehren und beschützen konnte, von der er lebte und die er selber erzeugte; eine symbolhafte Pflanze, die mit ihrem dichten Laub und ihrem Dunkel alles, Zweige, Gras und Äste, verdaut, die sich in jedem Herbst unter dem Rot der fallenden Blätter begraben läßt, um im Frühjahr von neuem ihr auf harten Schäften hochgerecktes wächsernes Haupt zu erheben; grüne Eidechsen, bläßlichbraune Nattern erfrischten sich hier, und fette schwarze Nacktschnecken hinterließen mit dem weißgetrockneten, bei Berührung zerplatzenden Speichel ihre komplizierten Spuren; heute denke ich an diesen Garten zurück, wohl wissend, daß nichts mehr von ihm erhalten ist, weil man die Sträucher ausgerottet, die Bäume zum größten Teil gefällt, die luftige Laube, an deren grüngestrichenem Gitterwerk sich rosarote Rosen emporrankten, abgebrochen hat, daß der große Felsengarten, dessen Steine zu irgendeinem anderen Zweck abgetragen wurden, daß Hauswurz, Farn, Mauerpfeffer, Iris und Wiesenfuchsschwanz verkommen sind, der Rasen von Unkraut überwuchert und verdorrt, daß die weißen Gartenstühle sicher verwittert und auseinandergefallen sind, die steinerne, brüchig gewordene Statue des flötespielenden Pan, einst durch einen Sturm vom Podest gestürzt und seitdem im Gras liegend, vielleicht in einem Keller gelandet ist, das Podest ebenfalls verschwunden, die Stuckornamente des Gebäudes abgeschlagen, ebenso wie die in Meeresmuscheln ruhenden Göttinnen mit den weit aufgesperrten Mündern über den Fenstern, abgeschlagen auch die griechischen Schneckenkapitelle der unechten Säulen, die Glasveranda zugemauert und infolge dieser sogenannten Umbauten der wilde Wein, beliebter Tummelplatz für Ameisen und Käfer, von der Wand abgerissen, und doch, obwohl ich von all diesen Veränderungen weiß und obwohl der Garten nur noch in meiner Erinnerung lebt, höre ich wie einst das Rascheln der Blätter, nehme ich jenen Geruch wahr, die Lichtreflexe, die Windrichtung, genau wie damals, und wenn ich es will, ist es Sommer wie einst, Stille, Nachmittag.

Und da steht der Knabe, der ich damals war, von zerbrechlich zartem Knochenbau, doch nicht unproportioniert, dennoch hält er sich für ungeschickt und für sehr häßlich, weshalb er sich, mag es auch noch so warm sein, nur ungern nackt auszieht und wenn möglich das Hemd oder wenigstens das Trikot anbehält, gern lange Hosen trägt und lieber schwitzt, obwohl er auch seinen beißenden Schweißgeruch sehr abstoßend findet; aber das verlangt uns heute nur ein nachsichtiges

Lächeln ab, und ein wenig betrübt nehmen wir zur Kenntnis, daß wir uns kaum je der eigenen Schönheit bewußt sind, die seltsamerweise immer nur anderen wahrnehmbar zu sein scheint, uns selbst jedoch nur in einem nostalgischen Rückblick.

Ich stehe also auf dem steil ansteigenden Gartenweg, es ist einer jener seltenen Augenblicke, in denen ich nicht mit mir selber beschäftigt bin, genauer, das Warten hat mich so gefesselt, daß ich zum Mitwirkenden einer sich nach unbekannten Regeln entwickelnden Szene geworden bin und es mich ausnahmsweise auch nicht stört, daß ich weder Hemd noch Hose anhabe und nur in der vom Waschen fast weiß gebleichten blauen Unterhose dastehe, obwohl sie bald kommen wird.

Ich bin nur da, der Garten ist da, die Straße ist da, jenseits der Straße der Wald, in der Hand halte ich eine dick mit Schmalz bestrichene Scheibe Brot, ich habe sie mit Streifen von grünem Paprika belegt, die ich sorgfältig so herausgeschnitten habe, daß die scharfen Rippen, gewissermaßen das Skelett der Paprikaschote bewahrend, mit dem Stiel verbunden bleiben, und wenn ich das Brot zum Munde hebe, um hineinzubeißen, muß ich die Paprikastreifen mit den Fingern fest aufs Brot drücken, natürlich verrutschen sie trotzdem immer, gleichzeitig muß ich mit Umsicht und Geschicklichkeit darauf sehen, daß das Schmalz durch das Drücken nicht herausgepreßt wird, das würde mir das Gesicht ganz hübsch verschmieren.

Die Hitze hat graue Schleier über den Himmel gezogen, die Sonne brennt, es ist die heißeste Stunde des Nachmittags, kein Käfer regt sich, trotzdem meine ich auf der schlaffeuchten Haut jenen kühleren Luftzug zu spüren, den man nirgends sonst um diese Zeit zu spüren bekommt als auf diesem steil ansteigenden Weg.

Die Eidechsen sind verschwunden, selbst die Vögel sind verstummt.

Der Gartenweg führt zu dem kunstvoll gearbeiteten Eisentor zwischen den behauenen Steinpfosten, leise zittern die Schatten draußen auf der Straße, auf der anderen Seite liegt der Wald, und von dorther kommt der kühle, trockene Luftzug; ich stehe da und genieße es, wie er meine Haut streichelt, ich bin benommen, gleichzeitig aber höchst aufmerksam, und diese Benommenheit, geben wir es ruhig zu, muß ich mir allein schon der Selbstachtung wegen vorgaukeln.

Täte ich das nicht, dann müßte ich mir eingestehen, daß ich auf sie warte, schon damals in dem angenehm verdunkelten Zimmer hatte ich gewartet, als ich so tat, als sei ich ins Lesen vertieft, ich wartete beim Einschlafen und wartete, wenn ich hochschreckte, stundenlang wartete ich auf sie, tagelang, ja seit Wochen hielt dieses Warten an, sogar in der Küche, während ich das Brot strich, den Paprika aufschnitt, zum wer weiß wievielten Mal auf den laut tickenden Wecker sah, als verirrten sich meine Blicke nur zufällig auf die Zeiger, in der Hoffnung, daß auch sie nach der Uhr sah, in diesem Augenblick, um eilig aufzubrechen, denn jeden Tag kam sie fast um die gleiche Zeit vorbei, um halb drei, das konnte kein Zufall sein, und trotzdem ließ sich der schreckliche Gedanke nicht verscheuchen, daß alles ein Irrtum war, daß sie nicht meinetwegen hier vorbeikam, sondern wirklich nur zufällig, weil es ihr gerade Spaß machte.

Noch wenige Minuten, dann konnte ich, als hätte ich dort etwas Wichtiges zu tun, in Richtung des Zaunes aufbrechen, noch wenige Minuten oder höchstens eine halbe Stunde, für den Fall, daß sie, um Gleichgültigkeit vorzutäuschen, sich zu verspäten vorhatte, so wie ich, um den Anschein der Unabhängigkeit zu wahren, manchmal so tat, als stünde ich nicht hinter dem Gebüsch; ich überlegte, ob ich lange würde warten müssen, weil sie einmal, ein einziges Mal nicht gekommen war; damals habe ich bis zum Abend gewartet, ich konnte nicht anders, ich wartete auch noch nach Einbruch der Dunkelheit am Zaun, aber sie kam nicht, und seitdem weiß ich, wie abgrundtief die Zeit des Wartens sein kann, wenn man unbedingt warten muß.

Und plötzlich war sie da.

Wie jeder Augenblick, den wir gerne für bedeutsam halten würden, war auch dieser belanglos, kaum wahrnehmbar, es ist, als müßten wir uns nachträglich darauf besinnen, daß das, worauf wir so sehr gewartet haben, eingetroffen ist, aber es hat sich nichts geändert, alles ist geblieben, wie es war, sie war einfach da, das Warten war zu Ende.

Da stand ich schon zwischen den Sträuchern am Zaun, nicht allzuweit vom Tor entfernt, das war mein Platz, genau dem Pfad gegenüber, der sich fast heimlich unter den Sträuchern und den herabhängenden Zweigen einer riesigen Weide aus dem Wald bis auf die Straße schlängelte, um diese Zeit ging niemand die Straße entlang; und wenn ich hier am Zaun meinen Posten bezog, dann konnte ich sicher sein, daß mir kein Augenblick ihrer Gegenwart entgehen würde, geizte ich doch mit jedem dieser Augenblicke, mühsam bahnte ich mir einen Weg durch die Sträucher, und auf dieser frischen Fährte, auf der ich jeden Zweig kannte, der mir ins Gesicht schlug, konnte ich ihr bis an den Zaun des Nachbargartens folgen, mit den Blicken aber noch weiter, bis das Rot und Blau ihres lustig schwingenden Rocks im Grünen verschwunden war, und das dauerte eine ganze Weile; die einzige Überraschung konnte nur sein, daß sie nicht den Waldweg entlangging, weil sie darauf bedacht war, unser stummes Spiel nicht zur berechenbaren Gewohnheit werden zu lassen, deshalb machte sie manchmal einen großen Umweg und kam nicht durch den Wald, sondern auf der Straße und tauchte von links auf, wo der Fahrdamm, der einst asphaltiert war, steil anstieg und genauso steil wieder abfiel, aber jetzt reihten sich die durch Frostschäden entstandenen Löcher fast übergangslos aneinander, daher war ihre List umsonst; zwar wäre in der unendlichen Stille selbst das feinste Ohr nur mit größter Anstrengung fähig gewesen, aus der Tiefe der unregelmäßigen und zufälligen Geräusche wie dem Rascheln des Laubes, dem Zwitschern der Vögel, dem Bellen eines Hundes oder einem dumpfen menschlichen Ruf das ferne und eintönige Geraune und Getöse der Stadt herauszuhören, aber ich kannte hier jedes winzige Detail der Stille und der Geräusche und deren komplizierte Zusammenhänge, was ich allerdings in nicht geringem Maße diesem horchenden Warten zu verdanken hatte! deshalb ging sie vergeblich dort, auf der Straße, damit konnte sie mich nicht täuschen, ihre Schritte verrieten sie lange vorher, sie knirschten, das konnte niemand anders sein als sie, ich kannte diese Schritte nur zu gut.

An jenem Tag trat sie aus dem Waldweg auf die Straße heraus und blieb stehen, und wenn mir die Erinnerung ihr Bild genau bewahrt hat, was höchst wahrscheinlich ist, dann trug sie den roten, weißgetupften Rock und eine weiße Bluse, beide kräftig gestärkt, auf Hochglanz gebügelt, so daß die steife Weite der Bluse die kleinen Hügel ihrer Brüste fast ganz verbarg und ihre mageren Knie den Kattunrock angenehm zum Rascheln brachten; jedes Stück ihrer ärmlichen Garderobe zeigte oder verbarg etwas anderes von ihrem Körper, und deshalb mußte ich alles im Auge behalten, Röcke, Kleider, Blusen, alles, was ihr während des Anziehens, vielleicht sogar im Gedanken an mich, von größter Wichtigkeit sein mochte; den nackten Hals nach vorne gestreckt, sah sie sich langsam und vorsichtig um, das war die einzige Bewegung, die sie ihrer vorgetäuschten Zurückhaltung abtrotzte, erst blickte sie nach rechts, dann nach links, und während sie ihren Kopf umwandte, blieb ihr Auge gleichsam zufällig an mir haften, manchmal nur für den Bruchteil einer Sekunde, und vergeblich versuchte ich dann ihren Blick festzuhalten, ein anderes Mal etwas länger und mutiger, manchmal unvorstellbar lange – doch darüber will ich später berichten –, offensichtlich aber suchte sie mich, und wenn ich nicht dort, an meinem Platz stand, mich zum Beispiel niedergeduckt oder hinter einen Baum gestellt hatte, damit sie mich nicht gleich bemerkte, um so eventuell einen kleinen Vorteil für mich herauszuschlagen, dann wurde ihr Blick unsicher, und ihr Gesicht spiegelte jene tiefe Enttäuschung, die ich gerade mit dieser List zu erzwingen suchte, was freilich im Hinblick auf ihre Zurückhaltung als unverzeihliche Koketterie erscheinen mußte; nicht mehr als einen Blick schenkte sie mir, während ich dort hinter dem Zaun hilflos im schwülen Schatten der Sträucher stand.

Sie war nicht schön, doch diese Behauptung bedarf sofort einer Erklärung, denn daß sie nicht schön war, das mußte ich in einer Mischung aus Scham und Bedauern zugeben, auch wenn ich selbst sie für schön gehalten hätte! und sobald sie in der Straßenbiegung verschwunden war, schien es mir, als müßte ich mich vor den anderen schämen, weil das Mädchen, in das ich mich verliebt hatte, nicht schön, sondern häßlich oder, wollte man es schonungsvoll formulieren, kein besonders schönes Mädchen war, weshalb mein Dilemma um so größer war, eine unbegreifliche Schmach! und da nun schon so viele Tage in der Qual des Wartens vergangen waren, während deren ich mich umsonst dagegen gesträubt und zur Wehr gesetzt hatte, mußte ich es mir eingestehen, ja mußte ich es laut aussprechen, hinausschreien, und in der Hoffnung auf Befreiung schrie ich es in die Luft, daß ich verliebt war, verliebt in dieses Mädchen, aber glücklich machte mich nur das Schreien selbst, weil ich mich, als der Schrei verhallt war, keineswegs von dem bedrückenden Gefühl befreit hatte, daß ich weiter würde warten müssen, immerfort warten, bis halb drei; und wenn sie endlich gekommen war, auf ihr Verschwinden warten, um von neuem bis zum nächsten Tag auf ihr Kommen zu warten, was ohne Zweifel krankhaft und absurd schien, unverständlicher noch als die Zeit, in der ich die Begegnungen mit Kristian ängstlich mied, damit sein Anblick mich nicht so schmerzte.

Wenn ich sie nun immer wieder sehen mußte, dann sollte sie wenigstens schön sein, das hätte ich mir gewünscht, denn dann hätte ihre Schönheit noch nach ihrem Verschwinden in mir nachgeklungen und ich hätte mich meiner Gefühle nicht zu schämen brauchen; ich glaubte, daß ihre Schönheit mich hätte erlösen können, doch schien es, als solle ich immer wieder in die gleiche Qual verstrickt werden, heute würde ich sagen, in das quälende Verlangen nach Schönheit, in eine finstere Qual, die ich vor jedem fremden Blick verbergen mußte, wie meine Liebe zu Kristian, wenn auch aus anderen Gründen, und trotzdem fühlte ich mich gedemütigt; ja, gedemütigt, denn ihre flinken Bewegungen, ihr unbeholfenes Lächeln, ihre abweisende Traurigkeit, ihr wildes Lachen, das helle Aufblitzen ihrer grünen Augen, das nervöse Vibrieren ihrer Muskeln – alles machte sie mir so vertraut, ja ich saugte sie förmlich in mich hinein, machte sie mir gleichsam zu eigen, daher konnte sie sich in den überraschendsten Situationen in mir manifestieren, es schien dann fast, als wäre sie an meine Stelle getreten und ich wäre sie geworden; daher konnte sie mit einer einzigen ihrer vorgestellten Gesten, mit ihrem Lächeln und ihren Blicken alles zerstören, was mir wichtig gewesen wäre, oder sie konnte mir in Situationen helfen, die ich allein nur schwer bewältigt hätte, ihre Anwesenheit hatte ein Doppelgesicht, einmal schien es gütig, ein andermal grausam, in jedem Falle aber unberechenbar, sie ließ mich nicht mehr allein, als wäre sie mir eine Krücke, mein heimliches Vorbild, oder als existierte ich gar nicht mehr selber, sondern nur noch als ihr Schatten; auch jetzt geisterte sie hier herum, tauchte auf und verschwand, zuckte die Schultern, grinste oder versuchte listig vorzutäuschen, daß sie mich nicht beobachte, obwohl sie mir auflauerte; aber was nützte es, daß dieses Mädchen von einer so tief erregenden Wirkung auf mich war, und was, daß ihr Anblick, sobald sie auftauchte, alle dummen Gedanken wegfegte, wenn nicht ich allein ihr Beobachter war; was mich betrifft, so war ich nicht fähig, sie unvoreingenommen, mich nur auf meine eigenen Gefühle verlassend, zu beurteilen, sondern nur zwiespältig, beeinflußt von all jenen Urteilen, die ich in Fragen der Schönheit für maßgeblich hielt, und wer hätte in dieser Frage richtiger urteilen können als sie selbst?

Ich habe sie ja während dieser ganzen Zeit beobachtet, wer auch sonst hätte sie beobachten sollen? ich habe auf sie gewartet, ich freute mich, wenn sie kam, und ich bin seither niemals mehr einem Gesicht und einem Körper begegnet, die mich tiefer erregt hätten, oder, um mich genauer auszudrükken, es war, als hätte ich seit jener Zeit, jawohl, seit damals, in jedem weiblichen Wesen, das mir gefiel, gerade das gesucht, was ich von ihr nur in der Weise bekam, daß sie mir nämlich eigentlich nichts gab, womit sie mir auf schmerzliche Weise einen Mangel bewußt machte, und eben diesen Mangel versuchte ich später immer wieder, wenn auch unbewußt, auszufüllen; obgleich sie diese Schönheit hatte, die über jeden Zweifel erhaben ist, heute weiß ich das endlich, denn ihre Vollkommenheit offenbarte sie Tag für Tag, wenn auch nur für einen Augenblick, mir, ausschließlich mir, und was ist Schönheit anderes als ihre für uns selber verborgene, absichtslose Offenbarung! doch wenn ich sie trotz alldem nicht schön zu nennen vermochte, dann nur deshalb, und mag das noch so bizarr klingen, weil ich entgegen jedem Augenschein keinen einzigen Augenblick mit ihr allein war, immer standen irgendwelche zusammen mit mir hinter dem Gebüsch, und ich fühlte deutlich, wie sie meine Arme hinderten, sie zu umarmen, wie sie eine Gänsehaut über meinen Körper jagten, damit ich es nicht wagte, mich meinen Gefühlen hinzugeben, vielleicht taten sie gut daran, sage ich mir heute besserwisserisch, in solch einer gemeinsamen Qual lernen wir, was erlaubt ist und was nicht; nein, nicht er allein war es, der gegen sie redete, lächerlicherweise durchlebte ich nämlich auch noch die Eifersucht, die jener Kristian, den in mir zu haben ich mir einbildete, Livias wegen hätte fühlen können, sondern auf höchst seltsame Weise beobachteten wir sie in meiner Person zu mehreren, nicht nur ich, der dieses Mädchen damals so gern geliebt hätte, sondern die übrigen Jungen, selbst wenn mir das damals noch keineswegs deutlich bewußt war, sie alle störten mich, jeder einzelne stand hinter mir und beobachtete dieses Mädchen, und nicht genug, daß sie es nicht schön fanden, sie fanden es noch nicht einmal häßlich, weil, so glaube ich, es außer mir noch nie jemand auch nur wahrgenommen hatte.

Und daß ich der erste und einzige war, das hat auch in ihr seine Spuren hinterlassen.

Ich wußte, auch sie fühlte diese Scham über ihre Häßlichkeit; ihre Haltung, ihre Haut, die zwanghafte Sauberkeit ihrer Kleidung, ihre Vorsicht und Unbeholfenheit, ihre Sittsamkeit, all das waren Beweise dafür, und doch ließ sie sich nicht entmutigen, im Gegenteil, vielleicht machte gerade das ihre Schönheit aus, daß sie mit großem Ernst und gewiß nicht ohne Tapferkeit mir die Tatsache vor Augen führte, daß sie, obwohl sie sich für das häßlichste unter den Mädchen hielt, hierherkam und, setzen wir hinzu, daß ihr Ausgeliefertsein durch den herkömmlichen Armeleutestolz noch stärker betont wurde, ja geradezu lächerlich wirkte, gleichzeitig aber mußte ich mit einer Art neugierig-sehnsüchtigem Schauder auch an den Keller denken, in dem sie wohnte.

Sie war klein, von zierlicher Gestalt, den Kopf hielt sie fast immer ein wenig gesenkt, und daher beobachteten ihre großen braunen Augen häufig alles von unten her, reglos, man könnte dieses Schauen am treffendsten als eindringlich bezeichnen; ihr kurzgeschnittenes braunes Haar wurde von zwei weißen Spangen, zwei weißen Schmetterlingen, zurückgehalten, damit es ihr nicht in die Stirn fiel, und das verlieh ihrer Erscheinung vollends etwas kindlich Unbeholfenes, dennoch liebte ich sie so, denn dadurch blieb ihre schön gewölbte Stirn sichtbar und gewissermaßen auch jene liebevolle Fürsorge, mit der man sie umgab und darauf achtete, daß sie immer ordentlich aussah, das schien sehr wichtig zu sein; einmal sah ich, wie ihr Vater, in der Portiersloge sitzend, sie zwischen die Knie zog und ihr mit einem bespeichelten Taschentuch etwas von der Stirn wischte – ihr Vater war Pedell und gleichzeitig Sakristan in der nahegelegenen Kirche, ein schmächtiger blonder Mann mit einem kleinen Schnurrbart und künstlich gewellten Haaren, sie wohnten im Kellergeschoß der Schule, und jemand hatte erzählt, daß ihre Mutter, die ich selbst öfter beobachten konnte, wie sie, mit Töpfen und Taschen beladen, die Treppe aus jenem Dunkel heraufkam, um die Küchenreste, nachdem sie die Ihren verköstigt hatte, jemandem zu bringen, eine Zigeunerin sei –; die rosig glänzende, glatte braune Haut, von einer Bräune, die der Sommer nur um eine winzige Schattierung dunkler werden läßt, als sie von Natur aus ist, schien in ihrer winterlichen Blässe vielleicht noch schöner.

Ja, der Schnee war fast weggeschmolzen, als an einem in jeder Hinsicht bemerkenswerten Tag das Ganze zwischen uns begann, er schmolz nur langsam, der Winter war hart gewesen, und was die Sonne am Tage aufgetaut hatte, gefror in der

Kälte der Nacht von neuem, doch allmählich wurde es ernst mit dem Tauen, es war Frühling geworden; zuerst schmolzen die Schneepolster auf den Dächern, die Hauben von den Schornsteinen, die von den Winden zu Kristallen gehärteten Schneeklumpen an den Zweigen der Bäume, in der Nacht wuchsen lange Eiszapfen an den Dachrinnen, die tagsüber tropften, und von dem kühlen Wasser sackte der Schnee auf dem Boden zusammen, zuerst um die Häuser herum, die Eiszapfen aber konnte man abbrechen, an ihnen lutschen, welch köstliche Kälte! das faulende Laub in den Dachrinnen und der Rost des durchlöcherten Blechs verliehen dem Eis einen eigenartigen Geschmack, den wir Kinder liebten, nachts aber fror noch ein dünner Eispanzer über dem Schnee, es war schön, darüber zu gehen, knisternd zerbrach er unter unseren Schritten, so konnte man Spuren hinterlassen, bis endlich nach einigen milden Tagen alles zu leben begann, zu tropfen, knacken, bersten, plätschern, schmelzen, knistern, und die Vögel anfingen zu singen; solch ein milder, tropfend dämpfiger Tag war es damals, der Himmel draußen von vollkommen reinem Blau, und in der großen Vormittagspause mußten wir klassenweise in den Turnsaal hinuntermarschieren, stumm dastehen, nach vorne ausgerichtet, durften uns nicht rühren, den Kopf nicht wenden, doch sosehr uns auch die demonstrative Zurschaustellung der Trauer überwältigte, beobachteten wir aus den Augenwinkeln, ohne den Kopf zu drehen, in der vor Unruhe knisternden Stille die friedvolle Bläue draußen hinter den hohen Fenstern; es gab auch eine Bühne im Turnsaal, ihr bordeauxroter Vorhang war zugezogen, und die gesamte Lehrerschaft stand davor, reglos wie wir.

Es war die Stunde von Stalins Begräbnis, die Stunde, in der der einbalsamierte Leichnam aus der marmornen Aufbahrungshalle in das Mausoleum überführt wurde.

Ich stellte mir vor, das wäre ein großer, unüberschaubar großer und fast vollkommen dunkler Saal, so groß, daß man ihn eher einen überdachten Platz hätte nennen können oder eine Halle, es war gut, dieses Wort auszukosten, und doch wieder keine gewöhnliche Halle wie, sagen wir, die Halle eines Bahnhofs; sondern mit Marmorsäulen, dicht wie Bäume in einem Wald, ragte sie in die Höhe, und oben war es auch dunkel, der Raum war so hoch, daß nicht einmal die Kassettendecke zu sehen war, kein Schritt war zu hören, niemand durfte hier eintreten, und keiner hatte den Mut einzutreten, damit das Geräusch seiner Schritte die Stille nicht aufstörte, und dort, an der hintersten Wand dieses Saales oder Platzes, lag er auf der Bahre, ich stellte mir ein einfaches schwarzes Podest vor, eher ein Bett, das mehr zu ahnen als zu sehen war, weil durch die enge Tür nicht genügend Licht eindringen konnte, um den Saal zu erhellen, sondern gerade nur so viel, daß der Marmor da und dort sanft aufleuchtete, ein graubrauner Marmor mit edlem Geäder, der Fußboden glänzte, es glänzten die spiegelglatten Säulenbögen, es gab weder Kerzen noch Lampen; diese Vorstellung war so stark und so plastisch, daß ich sie mir heute noch ohne jede Mühe heraufbeschwören kann, und zwar ohne ihr nachträglich auch nur die geringste ironische Ergänzung hinzuzufügen; ich stellte mir des weiteren vor, daß jetzt die ganze Welt in der gleichen Stille verharrte, daß selbst die Tiere das unheildrohende Schweigen der Menschen verspürten und deshalb erschrocken verstummten; doch seinen Tod empfand ich nicht als ein Verlöschen, sondern als eine nicht mehr zu steigernde, letzte und erhabenste Apotheose dieser Feierstunde, in der sich alle Verehrung, Freude, Sehnsucht und Liebe hemmungslos bekundeten, die bisher keine Gelegenheit gehabt hatten, sich mit solcher Emphase zu äußern, sondern erst jetzt, im Augenblick dieses atemberaubenden Todes! und meine Vorstellung wurde noch nicht einmal davon gestört, daß selbst hier im Turnsaal das glückliche Zwitschern der um die Dachrinnen flatternden Spatzen zu hören war, daß auch die Raben gleichgültig krächzten, und dann diese Stille von ungeheurem Ausmaß; ich versuchte mir vorzustellen, wie das Schweigen der ganzen Welt, der Menschen und der Tiere, sich zu einer einzigen Stille verdichtete, ich versuchte, mir das Ausmaß dieser Stille vorzustellen, irgendeine annehmbare Maßeinheit für so viel Stille zu finden, wir wußten ja, daß in dieser Stunde sich auch draußen nichts regen durfte, der ganze Verkehr, Autos und Straßenbahnen standen still, auf offener Strecke hielten die Züge, von den Straßen waren die Menschen verschwunden, und sollte sich jemand zufällig draußen aufhalten, hatte er im gleichen Augenblick, in dem die Sirenen aufheulten, auf der Stelle bewegungslos zu erstarren, und so, wie sich einzelne Geräusche summieren, so daß man die Geräusche einer Stadt aus einer gewissen Entfernung als ein zusammenhängendes, beständiges Summen und Dröhnen wahrnimmt, mußte sich auch dieses Schweigen auf ähnliche Weise summieren, damit dort, in jener dunklen Marmorhalle, vernehmbar würde, daß die Welt verstummt war, obwohl er diese Stille nicht mehr würde hören können, und was mochte jemandem geschehen sein, der nicht einmal mehr die Stille hörte? er mußte tot sein; an diesem Punkt geriet meine zur Ordnung gerufene Phantasie in äußerste Verwirrung, denn ich wußte, daß er nicht einfach tot war, nicht auf so gewöhnliche Weise tot wie irgendwer, den man einfach in die Erde legt und der dort allmählich verwest, nein, der Balsam würde ihn erhalten und heiligen, andererseits erschien mir diese Einbalsamierung als eine finstere, bedrückende und unbegreifliche Sache, über die man besser nicht nachdachte, nur versuchte ich vergeblich, meine Gedanken von diesem verbotenen Gebiet fortzulenken, aber da mich diese Sache stärker aufregte als der Tod selber, mußte ich dauernd an sie denken, an diese geheimnisvolle Einbalsamierung, die nur den größten unter den Großen zustand, den ägyptischen Pharaonen vielleicht? und als ich meinen Großvater, von dem ich wohl wegen seiner Schweigsamkeit glaubte, er wisse alles, endlich doch über diese Einbalsamierung befragte, bemüht, auch darauf eine Antwort zu bekommen, weshalb gerade er und die Pharaonen, welche Beziehung es zwischen seiner Größe und der Größe der Pharaonen gäbe? und es mit einigermaßen schlechtem Gewissen fragte, weil ich ahnte, daß seine Antwort bissig und sarkastisch ausfallen würde, sprach er doch über alles und jedes in diesem Ton, wurde ich in der Tat mit einer Antwort abgespeist, die meine moralischen Bedenken, diese Operation betreffend, nicht beschwichtigte, sondern im Gegenteil steigerte. «Oh, das ist eine großartige Erfindung!» rief er mit einem plötzlichen Auflachen und nahm, wie immer, wenn er zu sprechen anfing, die Brille von der Nase – «das geht, bitte schön, folgendermaßen vor sich: alle inneren Organe, die schnell verderben, also Leber, Lunge, Nieren, Herz, Eingeweide, Magen, Galle und was es sonst noch gibt, ja freilich! das Hirn nicht zu vergessen! sollte in dem Schädel überhaupt eines drin gewesen sein, werden schön säuberlich herausgenommen, vorher jedoch wird das Blut aus den Adern gepumpt, vorausgesetzt, daß es noch nicht gestockt ist, gehört es doch, nicht wahr, zu den verderblichen Sachen, und wenn dann drinnen keine Weichteile mehr vorhanden sind, denn soviel ich weiß, werden auch die Augäpfel aus ihren Höhlen entfernt! wenn also nur noch Haut, Fleisch und Knochen, sozusagen nur noch die Larve übrig ist, dann wird das Ganze mit irgendeinem chemischen Mittel präpariert, natürlich ebenso von innen wie von außen, aber womit, das darfst du mich nicht fragen, das weiß ich nämlich nicht, und danach folgt nur noch das Ausstopfen und sorgfältige Zusammennähen, so wie es Großmutter am Sonntag mit dem gefüllten Huhn macht! und damit hat sich dann das Ganze!» – und als hätte er gar nicht darüber nachgedacht, warum ich diese Fragen stellte, und hätte er es getan, dann so, als interessierte es ihn nicht, auf wen sie sich bezogen, beendete er seinen kurzen Monolog, ohne das Gesagte mit einem weiteren Wort abzuschwächen, und verstummte; von seinen Lippen verschwand das Lächeln, er wurde wieder genauso sachlich und unpersönlich wie damals am Todestag, als ich in den Schränken nach irgendeinem schwarzen Stoff suchte, um am nächsten Morgen etwas der Gelegenheit Würdiges zum Dekorieren der Wandzeitung in die Schule mitzunehmen, aber ich hatte nichts anderes als ein altes schwarzes Seidenhemdchen meiner Großmutter gefunden, das ich dann für diesen Zweck zerschnitt, Spitzen und Achselträger abtrennte, wozu Großvater, der mir zusah, bemerkte: «Diese Idee wäre erst wirklich überzeugend, mein Kleiner, wenn du noch das Höschen dazunähmst!», und als zöge er sich mit dieser Bemerkung in jene stumme Welt zurück, in der er sonst seine Tage verbrachte, schob er die Brille wieder auf die Nase und wandte seinen eben noch interessierten und amüsierten Blick von mir ab.

Das alles aber war, bei nüchternem Verstande betrachtet, nicht nur nicht vorstellbar, sondern geradezu so etwas wie eine versteckte Gotteslästerung, nicht nur, daß man ihm den Bauch aufschnitt und die inneren Organe herausnahm, sondern auch wie Großvater über all das redete, mit dieser herablassenden Kennerschaft und bösen Respektlosigkeit! denn wenn der Tote anders schon nicht am Leben erhalten werden konnte, dann müßte man über diese Anstößigkeit doch wenigstens tiefstes Stillschweigen bewahren; als wäre das alles gar nicht wahr, müßte verschwiegen werden, daß darüber auch nur gesprochen worden war, wie auch verschwiegen werden mußte – verschwiegen auch vor mir selber –, was Kristian gesagt hatte, als man uns die Nachricht von der überraschenden Krankheit mitteilte, so vorsichtig und tief verschwiegen, als wäre allein die Tatsache, daß ich zufällig Ohrenzeuge dieser Äußerung wurde, als die größte Sünde und Schande anzusehen.

Es war wirklich ein Zufall, ein absoluter Zufall, und als hätte ich gute Gründe dafür, klammerte ich mich an dieses Wort, ja, es war ein Zufall, den man vergessen konnte, und auch daß ich – wäre damals nicht gerade ich der Diensthabende gewesen und daher in den Waschraum gegangen, um den Schwamm naß zu machen, oder wäre ich einige Minuten früher oder später gegangen, warum schließlich war ich ausgerechnet in diesem Moment hinausgegangen? aber war nicht gerade das der Zufall dabei? – dann nicht hätte anhören müssen, was Kristian sagte, zwar wäre es gesagt worden, aber ich hätte nichts davon gewußt, schließlich wird soviel geredet, wovon ich glücklicherweise nichts weiß! da es aber nun einmal passiert war und ich es gehört hatte, wiederholte mein Gehirn, als wollte es nach irgendeinem Ausweg suchen, seit Tagen zwanghaft und hilflos die Szene, in der Hoffnung, sie zu vergessen, und doch konnte ich sie nicht vergessen, ich fand den Ausweg nicht, im Gegenteil! sie wies mich auf meine Pflichten hin, unerbittlich, und hielt jedem Versuch stand, sie anders zu deuten; war es also doch kein Werk des Zufalls, sondern vielmehr eine Rache des Schicksals? jetzt würde also auch ich mich rächen können, oder war es etwa eine Falle, denn was sollte mir die Rache nützen, wenn sie mich entlarven würde, entlarven, daß ich gelogen hatte, und es wäre umsonst gewesen, daß ich mich seit Monaten bemühte, jeder Gelegenheit aus dem Wege zu gehen, die etwas mit ihm zu tun hatte, ihn einfach als Luft zu betrachten, ja noch nicht einmal als Luft, einfach als nichts! auf daß er ein für allemal aus meinem Leben verschwände, so als hätte ich ihn getötet.

Und es war nicht nur ein flüchtiger Gedanke, daß ich ihn umbringen würde, ich dachte ernsthaft darüber nach, kostete die Sache aus, arbeitete jede Einzelheit aus, plante, Vaters Pistole an mich zu nehmen, und da er mir einmal beigebracht hatte, wie sie zu laden und zu handhaben sei, war ich mir über die technischen Einzelheiten des Tötens vollkommen im klaren; er bewahrte die Pistole in einem Schubfach seines Schreibtisches auf und reinigte sie einmal im Monat mit einem petroleumgetränkten Tuch, seine langen, schlanken Finger wurden schwarz vom Petroleum, weshalb er die Haare, die ihm in die Augen fielen, nur mit dem Handrücken zurückstreifen konnte, wenn er, während er erklärte, zu mir aufschaute; die kühl blickenden blauen Augen, die verhältnismäßig einfachen Regeln zur Handhabung der Pistole, der durchdringende Geruch des Petroleums gaben mir an jenem Sonntagnachmittag einen Gedanken ein, der auch nüchternen Erwägungen standhielt, als brauchte ich nur noch die Art und Weise der Spurenbeseitigung herauszufinden, und jetzt wollte mir dieser blöde Zufall, von dem keine Notiz zu nehmen ich mich bemühte und den ich doch nicht vergessen konnte, einen Strich durch die Rechnung machen und meine mörderischen Phantasien bloßstellen, bin ich doch viel zu schwach und zu feige, um sein Mörder zu werden, wenn ich noch nicht einmal den Mut aufbringe, ihn anzuzeigen, nachdem er mir schon so einfach ins Netz gegangen war; diese

Möglichkeit aber war, kaum in mir aufgetaucht, sofort und heftig zurückgewiesen worden, wußte ich doch, daß ich sonst vor mir selber unglaubwürdig sein würde und mich als miesen kleinen Spitzel verachten müßte.

Bereits so fühlte ich mich als Spitzel, obwohl ich ja wirklich nichts getan hatte, nicht einmal zu denken wagte ich so recht, daß ich etwas tun müßte, so daß ich nicht einmal den Mut aufbrachte, meine Mutter über das Geschehene zu unterrichten, so gerne ich es getan hätte, doch fürchtete ich, sie könnte mir einen Rat geben, wie ich mich aus dieser peinlichen Situation herauswinden könnte, einen Rat, den ich unter gar keinen Umständen würde befolgen können, also schwieg ich; freilich fühlte sie das und fragte, ob mich etwas bedrücke, doch ich leugnete und sagte, nein, es sei nichts, mußte ich doch fürchten, daß, wenn ich anfinge zu reden, auch Großvater hineingezogen würde, da jene beiden so verschiedenen Äußerungen meinem Gefühl nach eng zusammenhingen, als setzte eine die andere voraus, denn nehmen wir einmal an, Großvater hätte sozusagen nicht den Boden dafür bereitet, dann wäre mir vielleicht auch Kristians Bemerkung nicht so aufgefallen, doch jetzt, nachdem ich wußte, daß sie, die Freunde, untereinander über Dinge redeten, über die sie vor mir niemals sprachen, daß es also einen vor mir geheimgehaltenen engen Kreis von Andersdenkenden gab, zu dem auch mein Großvater gehörte, in den ich nun ungewollt und zufällig eingedrungen war, ich wußte jetzt davon und konnte dieses Wissen nicht einfach auslöschen, auch schon wegen meiner sich steigernden und quälenden Eifersucht nicht, machte mich schon dieses unerwünschte Wissen, das heimliche Wissen von diesem für mich nicht zu akzeptierenden Urteil zum Spitzel.

Ihnen aber mußte es geradezu erscheinen, als hätte ich abgepaßt, wann sie in den Waschraum hinausmarschierten, um die Angelegenheit zu besprechen, und als hätte ich vorsätzlich den geeignetsten Augenblick abgewartet, um sie zu überraschen; natürlich sah ich Kristian zuerst, mit gespreizten Beinen stand er vor der geteerten Wand, und in was für einer

Haltung selbst beim Urinieren! die eine Hand locker aus dem Handgelenk an der Hüfte, mit der anderen den Pimmel gefaßt, nicht etwa in der Art von Kindern, die, eigentlich bis zur Schwelle des Erwachsenseins, den zärtlichen Griff der Mutter auch beim Pinkeln nachahmend, ihn mit zwei Fingern ungeschickt an der Wurzel halten, und da man so die letzten Tropfen nicht ordentlich herausschütteln kann, bleiben einige noch für die Finger übrig und für die Hose, nein, er hatte ihn schon nach Erwachsenenart gefaßt, sozusagen aus der Rückhand, zwischen Daumen und vier Fingern, locker den kleinen Finger ein wenig abspreizend, damit er nicht in den Weg des Strahls geriet, gleich jemandem, der bei windigem Wetter eine Zigarette raucht, so als wollte er ihn mit der Hand verdecken, was man durchaus für eine Geste der Schamhaftigkeit hätte halten können, hätte er dabei die Hüfte nicht mit so genüßlicher Schamlosigkeit vorgestreckt und wäre seine Grätschstellung nicht um eine Nuance breitspuriger gewesen als nötig, wie um mit seiner Haltung zu beweisen, wem wohl? sich selber oder uns? daß ihm sogar dies Genuß bereitete; er urinierte mit frecher Schamlosigkeit, woraus geradezu eine Mode wurde, die nicht nur die Jungen seines unmittelbaren Freundeskreises nachahmten, sondern jeder in der Klasse, selbst ich, wenn wir auch eine mit solcher Natürlichkeit demonstrierte Lust, wie er sie dabei haben mochte, mit Sicherheit nicht erreichen konnten; und als ich mit dem ausgetrockneten, kreideverschmutzten Schwamm in der Hand ihn in dieser wohlbekannten Pose erblickte, die ihn jetzt noch unbefangener erscheinen ließ, weil er mit dem neben ihm urinierenden Szmodits redete, doch so, daß es der unmittelbar hinter seinem Rücken wartende Prém und der am Türpfosten lehnende, rauchende Kálmán Csuzdi gut hören konnten, hätte ich mich am liebsten auf den Korridor zurückgezogen, nur wäre mein Rückzug mit nichts zu begründen gewesen, schon weil Kálmán Csuzdi es sofort bemerkt hätte; also trat ich ein, er jedoch, der das Öffnen der Tür nicht gehört hatte oder nicht hören wollte, beendete seinen angefangenen Satz «... endlich krepiert auch dieses Aas!», er sagte es in dem Augenblick, als ich, nach einigem Zögern, die Tür hinter mir zugezogen hatte.

Prém, ein untersetzter, dunkelhäutiger Junge, der Kristian wie ein eifriger Höfling überallhin folgte und mit seinen sanften, alles verstehenden und alles verzeihenden klugen braunen Augen dauernd bestrebt schien zu ergründen, womit er ihm zu Diensten sein könnte, gegen den ich aber, so hilfsbereit und freundlich er auch war, zu mir ebenso wie zu ihm und anscheinend zu jedem anderen, eine tiefe und unüberwindliche, eine an Abscheu grenzende Antipathie hegte, was kein Wunder war, schien er doch ohne besondere Hemmungen zu verwirklichen, wozu ich nicht genügend Mut, Geschicklichkeit oder Verspieltheit besaß, beide waren zudem durch eine bis zur völligen Harmonie verfeinerte Beziehung, wie ich sie mir so heiß ersehnte, miteinander verbunden, als seien sie Geschwister, Zwillinge, sie schienen sogar ein wenig gleichgültig gegeneinander, war doch ihre Beziehung schon von der Natur so vorgesehen, und so war ihr nichts hinzuzufügen, zugleich waren sie ein wenig verliebt, und in welche Entfernung die beiden Gesichter auch voneinander gerieten, blieben sie doch aufeinander bezogen, gerade weil es zwei so verschiedene Gesichter waren, als erfühlte der eine immer auch den anderen, bis zur völligen Austauschbarkeit, doch Prém war offensichtlich der Dienende, er war der Kleinere, und der Kleinere ist immer der Knecht des Größeren – Prém also lachte sofort lauthals auf, als hätte Kristian den besten Witz von sich gegeben, obwohl der Satz eher düster geklungen hatte, sorgenvoll, und ich hätte mich nicht gewundert, wenn Kristian ihm wegen dieses viel zu schnellen Lachens eine geklebt hätte, was er manchmal tat, wohl wissend, daß ein solcher Übereifer seine Macht seltsamerweise nicht steigerte, sondern eher karikierte, herabminderte, weswegen Prém bestraft werden mußte; seinen Mund verabscheute ich besonders, die Augen und den Mund! die verführerisch sanfte Unterwürfigkeit in seinen ein wenig hervortretenden, weit geöffneten, dicht bewimperten dunklen Augen, der Mund aber war wild, von brutalem Tiefrot, mit der etwas vorspringenden Unterlippe war er zwar nicht häßlich, wirkte nur im Verhältnis zu dem kleinen Gesicht übertrieben und unnatürlich, und als sei er sich der außergewöhnlichen Größe dieses Mundes, aber auch seiner Schönheit, die ihm trotz allem nicht abzusprechen war, bewußt, fuhr er sich während des Sprechens mit der Zungenspitze immer wieder genüßlich über die Lippen, aber sein Sprechen war höchst seltsam, er sprach leise, aus großer Nähe, ohne seinem Partner in die Augen zu sehen, vielmehr dessen Ohr zugeneigt, schon weil er seine Worte mehr flüsterte als deutlich aussprach, es waren kleine Monologe, die er dem anderen in die Ohren flüsterte.

Kristian amüsierte vermutlich nicht nur diese zweifellos alberne Geschwätzigkeit, sondern auch jene verdutzte Betretenheit, die Prém mit seinen Bosheiten auslöste; mit väterlich liebevoller Aufmerksamkeit begleitete er ihn, der seine Opfer nach einem undurchschaubaren System aussuchte, unauffällig über den Korridor huschte und zwischen den Bänken herumstrich, um unerwartet vor jemandem stehenzubleiben, mit zutunlicher Vertraulichkeit sich dessen Ohr zuzuneigen und mit Satzfetzen, die sogleich eine starke Wirkung, sei es der Neugier oder spontaner Empörung, auslösten, seine schmeichelnden Einflüsterungen zu machen, so als kümmerte er sich um die Wirkung überhaupt nicht, die Kristians Sache war, der ihn von Ferne beobachtete: «Mein lieber Spezi! hast du schon gehört, daß die Pfeilkreuzler wieder aus der Burg ausgebrochen sind? das Radio hat es nicht nur gestern abend, sondern auch heute morgen gemeldet! Komisch, nicht? aus der Burg, stell dir das vor!» und er verstummte plötzlich, «aus was für einer Burg denn?» lautete unwillkürlich die Gegenfrage, «aus der Wolkenkuckucksburg natürlich», gab er flüsternd zurück und war genauso unauffällig wie gekommen auch schon wieder fort; Kálmán Csuzdi aber, zwinkernd vom Rauch seiner russischen Filterzigarette, die ihm aus dem Munde hing, blickte mich abschätzig, wie einen fremden, etwas widerwärtigen Gegenstand an, nicht ohne eine gewisse Strenge und bereit, alle meine Bewegungen zu überwachen, in einem glänzend weißen, dicklich weichen Gesicht zwei kluge, ein wenig listige blaue Augen, mit fahlblonden Wimpern, die Hände in den Hosentaschen sollten besagen, daß er bloß zum Rauchen hierhergekommen war und natürlich wegen des Zusammenseins, seine Zigarette würde von Hand zu Hand gehen, ich wußte, sie teilten sie immer miteinander, seine strenge Aufmerksamkeit jedoch schien die übrigen geradezu abschirmen zu wollen, und sein wachsamer Blick betonte mit besonderem Nachdruck ihre Zusammengehörigkeit, als wolle er zugleich darauf hinweisen, daß das, was Kristian gesagt hatte, eigentlich jeder von ihnen hätte sagen können, ihre Übereinstimmung sei vollkommen, und als ich die Tür endlich hörbar zumachte und erst Szmodits und dann auch Prém den Kopf nach mir umwandten, Kristian aber, ohne das geringste an seiner Haltung zu ändern, mir direkt in die Augen sah, wußte ich, daß hier etwas passieren würde.

Der Satz war ausgesprochen, und es gab keinen Zweifel, auf wen er sich bezog, er konnte nicht zurückgenommen werden, das Lachen hatte ihn bekräftigt.

Und wenn Kristian mir nicht auf diese Weise in die Augen geschaut hätte, wenn er nicht in dieser unnachahmlich schamlosen Pose dagestanden hätte, dann hätte ich bestimmt so getan, als sähe und hörte ich nichts, hätte, um mich nicht mit ihm anzulegen, den Schwamm wortlos unter dem Wasserhahn naß gemacht und wäre, ohne auch nur einen einzigen überflüssigen Blick auf sie zu werfen, aus dem Waschraum gegangen; doch die Unverblümtheit seines Blicks, seine aufreizende Unbefangenheit erwiesen sich als eine Herausforderung, gegen die ich sofort aufbegehren mußte, obwohl das gar nicht in meiner Absicht gelegen hatte, aber meine Selbstachtung verlangte es, die Selbstachtung, die anscheinend unabhängig von meinem Willen in mir erwachte: «Was hast du gesagt?» fragte ich leise, ihm ebenfalls in die Augen schauend, und daß meine eigene Stimme sich dabei so ruhig anhörte, überraschte mich selber dermaßen, daß sich sofort auch meine Angst meldete und ich mich nun, lauter und heiser vor Erregung, mit meiner eigenen Stimme fragen hörte: «Wer mußte krepieren?»

Er antwortete nicht, daraufhin wurde die Stille noch größer, und als hätte ich mich endlich einmal als der Überlegene erwiesen, trat ich, seinen Blick mit meinem festhaltend, näher an ihn heran, doch da geschah etwas, was ich hätte voraussehen können, wenn der Augenblick mich nicht so selbstsicher gemacht hätte, überraschend tauchte Préms Gesicht zwischen uns auf, er schob sich mit seinem strahlendsten Lächeln zwischen uns, und während ich noch Kristian in die Augen schaute, mußte ich seine hervortretenden Augen wahrnehmen, seinen Mund, den er mit der Zungenspitze genüßlich ableckte, und seine Stimme, sein Flüstern hören: «Spitzelchen, kleines, weißt du, wie groß der Pimmel von einem Pferd ist? genauso groß wie der vom Csuzdi!» da hatte sich Kálmán Csuzdi auch schon vom Türpfosten abgestoßen, seine Stimme klang kräftig und rauh: «Zum Mittagessen kannst du den Pimmel vom Prém kriegen!» sagte er, und obwohl sie, um ihrem gemeinsamen Auftreten etwas von seinem Gewicht zu nehmen, laut ungeschriebenem Gesetz hätten lachen müssen, lachten sie nicht.

Die Stille wurde eher noch größer, noch tiefer, als verdecke sie so etwas wie eine gemeinsame Angst, die jedes geschickte Dazwischentreten zur Erfolglosigkeit verurteilen und ihre Übermacht abschwächen würde, was meine Überlegenheit sowohl festigen wie in Frage stellen konnte; endlich ließ er sich in dieser Stille vernehmen und sagte, zur Wand gedreht, um seine Hose in Ordnung zu bringen, «ob das nicht auch ein wenig eleganter ginge?», was die anderen womöglich noch mehr überraschte als mich und die Stille noch mißmutiger werden ließ.

Ich war ratlos, was ich mit mir anfangen sollte, und spürte plötzlich den Schwamm in meiner Hand; das einzige, was helfen konnte, war, zum Wasserhahn zu gehen, um ihn naß zu machen, schließlich war ich ja deshalb hierhergekommen.

Als ich mich umdrehte, schien es jedoch, als würde ich ihnen doch nicht so einfach beweisen können, daß ich nur deshalb und aus keinem anderen Grund gekommen war, alle vier starrten mich an, reglos.

Ich mußte hier raus, die Sache mußte irgendwie abgeschlossen werden.

Doch es verging schrecklich viel Zeit, bevor mich meine Füße irgendwie bis zur Tür brachten, ich öffnete sie, und noch ehe ich sie hinter mir hätte schließen können, murmelte Szmodits ohne jeden Nachdruck hinter mir her, «paß bloß auf, daß dir nicht jemand die Fresse kaputthaut!», aber ich konnte ihm deshalb nicht böse sein und brauchte mich nicht zu ängstigen, ich wußte ja, daß auch das hatte gesagt werden müssen.

Freilich kann ich nicht behaupten, daß ich, während wir stumm und mehr oder weniger regungslos im Turnsaal standen, gerade daran gedacht hätte und auf die gleiche Weise, irgendwie beschäftigte es mich aber, und vergeblich wurden meine Gedanken durch vieles andere abgelenkt, durch die Vorstellung der Leichenhalle, die Unbequemlichkeit des Stillstehens, den im winterlichen Blau des Himmels hinter den großen, dichtvergitterten Fenstern schon spürbaren Frühling oder den Leichnam, dessen Bauch und Brustkorb durch einen einzigen Schnitt geöffnet wurde, dem man die inneren Organe herausnahm, damit er ausgestopft werden konnte, womit wohl? doch nicht etwa mit Stroh? das blanke Herz, die weiche Lunge, die violetten Nieren zwischen Därmen auf dem Seziertisch, an den ich nicht gerne dachte, und doch machte es mir Freude, verschaffte es mir eine Art dunkler Genugtuung, an etwas Verbotenes zu denken, woran ich nicht hätte denken dürfen und auch nicht wollen, und doch lenkte die Mißachtung der Trauervorschriften meine Aufmerksamkeit von jener Angst ab, die ich wegen des Vorfalls stärker als alles andere fühlte; die Drohung hatte ihre eigene Wirkung getan, und als ich gerade dabei war zu überlegen, wie erfreulich ich das Ganze vergessen hatte, tauchte plötzlich eine unbedeutende Einzelheit in mir auf, die grüngestrichene Wand des Waschraums, der Rauch der Zigarette, sie brachten mir mein Erschrecken in Erinnerung, und wenn man Angst und Bedrängnis verspürt, dann möchte man eine präzise Ursache dafür haben, ich fürchtete mich also, daß sie mir irgendwo auflauern und mich verprügeln würden, ich fürchtete mich vor den Schlägen, der Übermacht, vor der Niederlage, obwohl meine Demütigung und meine Niederlage schon als vollzogen angesehen werden konnten; seit Tagen dachte ich darüber nach, wie ich mich schützen könnte, Prém stand in der Reihe unmittelbar vor mir, Kálmán Csuzdi hinter meinem Rücken, ein wenig weiter rechts, aber ich spürte auch die Gegenwart der beiden anderen, die am weitesten entfernt hinten nebeneinander standen, ich war eingekreist, doch jetzt konnten auch sie sich nicht rühren, und verglichen damit, wie sehr ich mich ausgeliefert fühlte, erschien mir diese verordnete Ruhestellung wie ein Schutz oder doch wenigstens wie ein wohltätiger Aufschub, trotzdem kehrte mein Blick zwanghaft immer wieder auf Préms Nacken zurück, als fürchtete ich, daß er sich plötzlich umdrehen und mir blitzschnell eine in die Fresse hauen könnte, zum Zeichen für die anderen, über mich herzufallen.

Schon deshalb konnte ich jenen Augenblick nicht vergessen, in dem ich fühlte, daß mich jemand ansah; die Angst hatte ihn mir eingeprägt.

Übrigens weiß ich gar nicht, wie es dazu gekommen war, es gehört zu den rätselhaftesten und unerklärlichsten Erfahrungen, daß wir, wenn uns jemand ansieht, von uns spricht oder nur an uns denkt, uns in die Richtung dieser Aufmerksamkeit wenden, ohne daß es uns bewußt würde, und uns erst hinterher klarmachen, warum wir eigentlich hingesehen haben; gewiß, es war ein Gefühl, aber die Frage bleibt trotzdem unbeantwortet, denn was eigentlich haben wir gefühlt? als reagierten unsere Gefühle viel differenzierter und natürlicher als unser Bewußtsein, genauer gesagt, als könnte das Bewußtsein nur jene Materialien und Energien verarbeiten – freilich immer verspätet und deshalb dauernd Disharmonien und Unsicherheiten verursachend –, die unsere Gefühle ihm anbieten, und trotzdem bleibt die Frage, was für eine Kraft, was für eine Energie oder Substanz es sein mag, die, sogar große Entfernungen überwindend, imstande ist, unseren Sinnen die Gefühlsströme anderer zu signalisieren, von welcher Beschaffenheit diese Signale sind, die wir auffangen und aussenden, obwohl das keineswegs in einer vom Bewußtsein gesteuerten Absicht liegt; obwohl wir anscheinend nichts anderes tun, als den anderen anzusehen, an ihn zu denken oder leise irgendeine beiläufige Bemerkung zu machen, und schon wird die Luft von etwas erfüllt, verliert ihre Neutralität, vermittelt Inhalte, feindliche, freundliche, und läßt uns, ohne daß wir dabei einer bewußten Überlegung bedürften, in den Besitz kompliziertester Mitteilungen gelangen; ich glaube nicht, daß sie meine Aufmerksamkeit auf sich lenken wollte, weil solch eine Absicht jetzt aus vielen Gründen gar nicht vorstellbar war, ihr Blick war daher genauso unbewußt wie meine Hinwendung zu ihr, zwei Unbewußtheiten sahen sich gebannt in die Augen, nackt, ungeschützt, mit unverhülltem Begehren, und jetzt mußten wir wirklich auf jede unserer Bewegungen achten, denn unsere Lehrer standen aufgrund der außerordentlichen Trauerstunde reglos auf der Bühne und ließen keine der gewohnten Ermahnungen hören, sie brüllten nicht etwa «dort hinten, daß sich dort keiner rührt!» oder «wenn du keine Ruhe gibst, mein Junge, kleb ich dir eine, daß du auf deinem eigenen Rotz durch den Saal schlidderst!» – alle diese Ermahnungen mußten sie jetzt durch ihre Blicke ersetzen, was die Stille viel drohender und lastender machte, als wenn sie brutal herumgeschrien hätten; mit dem Zucken einer Augenbraue, mit einem nur angedeuteten Nicken gaben sie kund, daß gewisse Ordnungswidrigkeiten, auffallende Anzeichen von Unruhe oder ein hörbares Kichern nicht ohne Folgen bleiben würden, man werde darauf zurückkommen, ganz gewiß; sie aber gehörte zweifellos zu denen unter uns, die am unauffälligsten waren, die niemals und mit nichts die Aufmerksamkeit auf sich lenkten, denn sie war viel zu mutlos, verängstigt und vor allem viel zu sittsam, um irgendeine Übertretung oder eine Regelwidrigkeit zu riskieren, daher kam mir gar nicht der Gedanke, daß sie etwa mit mir anbändeln wollte oder daß sie aus lauter Langeweile sich mit Kokettieren zu zerstreuen suchte, ich konnte ihren Blick daher einfach nicht deuten.

Weil dieser Blick, sobald ich überhaupt Zeit hatte, darüber

nachzudenken, gerade damit meine Aufmerksamkeit auf sich gezogen hatte, daß er nicht etwa einem kindlichen Gefühl entsprungen war; ein ausreichender Beweis dafür schien mir die Tatsache zu sein, daß sich auf meinen verständnislos fragenden Blick weder ein abwehrendes noch ein erklärendes Lächeln auf ihrem Gesicht zeigte, es blieb unbewegt, nicht einmal ihre Wimpern zuckten, noch war ihm so etwas wie ein abweisender Ernst anzumerken, es blieb ganz einfach nur ernst; «was glotzt mich diese Puppe so blöd an?» fragte ich mich, und das fragte sicher auch mein Blick, und natürlich fiel mir sofort jener Vers ein, den wir in ähnlich verfänglichen Situationen so lustvoll zur Selbstverteidigung wie auch zur Abwehr aufzusagen pflegten: «Glotz nicht so, glotz nicht so, sonst laß ich einen fahren!» – doch auch darauf folgte keine Reaktion, obwohl sie mein Grinsen hatte wahrnehmen müssen, das ihr bestimmt verriet, woran ich dachte; aber in mir selber mußte ich eine Veränderung wahrnehmen, ich konnte den Kopf nicht mehr abwenden und wurde so ernst, als sollte ich von der geschwätzigen Oberfläche aus Angst und Beklommenheit, die mich eben noch bedrängt hatte, und dem darauffolgenden übertriebenen Grinsen plötzlich in die weiche Masse eines unendlich grauen Wassers eintauchen, in ein fremdes und doch irgendwie vertrautes Element, in dem sich nichts greifbar Bekanntes fand außer diesem vollkommen offenen Blick, der sich um keine Wirkung bemühte und gerade damit die größte Wirkung erzielte, der auf alles herkömmlich Zweckdienliche verzichtete, nichts erreichen wollte, weder abzuweisen noch zu vermitteln trachtete, sondern nur einfach und natürlich die Augen zu dem zu gebrauchen schien, wozu sie da sind, zum Sehen und Schauen, sie auf ihren eigentlichen biologischen Ursprung reduzierend, auf die fast neutrale Aneignung des Abbildes, und das war so ungewöhnlich und erinnerte doch so sehr an all das, was ich im Zusammenhang mit Kristian für mich so erfolglos ersehnte, weil er immer eine Ausflucht fand; daher war mir das alles zur Genüge bekannt, trotzdem war ich gezwungen zu argwöhnen, schon allein deshalb, weil ein natürlicher, offener Blick sich nur durch eine winzige Schattierung von jenem Blick unterscheidet, der, auf ein inneres Geschehen fixiert, nicht wahrnimmt, daß er auf jemanden gerichtet ist, und weil das innere Geschehen gewichtiger ist, kann sich auch die Pupille nicht entscheiden, ob sie ihre Aufmerksamkeit auf den äußeren oder inneren Gegenstand richten soll, weshalb wir demjenigen, den wir zu beobachten scheinen, unser erloschen wirkendes Gesicht zeigen, ohne es zu wollen; doch nicht so bei ihr! in diesem Gesicht war kein einziger Zug zu entdecken, der auf jene durch die Fixierung auf die innere Aufmerksamkeit hervorgerufene Stumpfheit hätte schließen lassen, ihr Gesicht blieb auf eine sanfte Weise verschlossen und unnahbar, ihr Blick glich dem eines Tieres! und es gab keinen Zweifel, sie schaute mich an und keinen anderen, sie sah mich an, und ihre Aufmerksamkeit galt ausschließlich mir.

Ich sah sie zwischen Köpfen und Schultern, und weil sie zu den Kleinsten gehörte, stand sie in der ersten Reihe, ich aber, kaum etwas größer, in der dritten, die Entfernung zwischen uns war ziemlich groß, denn in der Turnhalle standen Mädchen und Knaben getrennt, ihr Blick mußte daher nicht nur jenes breite Niemandsland überbrücken, das nach den Schulvorschriften die beiden Geschlechter voneinander trennte und durch das bei anderen Gelegenheiten, begleitet von einem quälend lauten Trommelwirbel, feierlich langsam die bändergeschmückte Fahne der Pfadfindergruppe hereingetragen wurde, sondern sie mußte auch den Kopf ein wenig drehen, und doch war sie mir sehr nahe, hier vor mir, ich weiß nicht mehr, wieviel Zeit vergehen mußte, bis mein Argwohn zerstreut war und ich sie ganz in mich aufgenommen hatte, das aus der winterlichen Blässe der braunen Haut hervorleuchtende Weiß ihrer Augen, die fast krankhaft dunklen Ringe um ihre Augen, in denen die Äderchen so stark hindurchschimmerten, daß das Braun ins Blaue überzugehen schien, unter dem langen dünnen Näschen den sehr kleinen Mund, die sich frech aufbäumende Wölbung der Oberlippe und die Stirn, die ich später mit besonderer Zärtlichkeit liebte, im Sommer ihre gleichmäßige Bräune, im Winter die

Flecken, hervorgerufen von den bleichen Umrissen der Knochen, wodurch die sanfte Muschelbucht der Schläfen noch verschatteter erschien und noch dunkler das mit weißen Spangen zurückgehaltene Haar; ungebärdiges Haar, dicht und kräftig, die Augenbrauen von der gleichen Dichte wölbten sich in schönen Bogen über den Augen; so sah dieses Mädchen aus, besser gesagt, so erschien sie mir damals, soviel nahm ich von ihr wahr, ja, und dann noch ihren Hals, wie er, aus dem offenen Kragen ihrer weißen Bluse herausragend, mit knabenhafter Kraft in der vorsichtigen Halbdrehung des geneigten Kopfes erstarrte; ihren Körper begann ich erst eine Weile später zu beachten, jetzt war ihr Blick das Wichtigste, vielleicht auch die unmittelbare Umgebung dieses Blicks, das Gesicht, doch schließlich verlor sich das alles, um einem der Ohnmacht ähnlichen, undeutlich warmen Gefühl Platz zu machen, einem Gefühl, einem Zustand der Gewißheit, daß sie jetzt dasselbe fühlte, einem Zustand extremer Übereinstimmung, der sich aber nicht fassen ließ, es gab weder Gedanken noch Körper, noch Blicke, alles hatte sich in Schemen aufgelöst, und was an Stelle dessen trat, darüber läßt sich nicht mehr sprechen.

Ihr Auge war in meinem Auge, mein Gesicht drängte sich in ihr Gesicht, mein Nacken aber spürte genau die Gefahr, das Risiko ihrer Rückwärtsdrehung, ihrer Hinwendung zu mir, und da selbst das Schließen und Öffnen der Wimpern und Augenlider unsere beharrliche Aufmerksamkeit füreinander nicht behindern konnte, schien es, als hätten wir kein einziges Mal die Augen geschlossen, womit auch die Zeit unseres Blickwechsels beendet war.

Wir starren uns feindselig an, dachte ich damals, doch heute, während ich in meinen Erinnerungen krame, erscheint mir das als eine höchst lächerliche Vorstellung, denn verglichen mit der Zwiesprache der Augen und Gesichter ist jeder innere Monolog eine törichte Selbstverteidigung, eine Lüge oder im besten Fall ein Irrtum, denn natürlich haben wir uns damals keineswegs feindselig angestarrt.

Trotzdem sollten wir uns nicht wundern, wenn ein starkes

Gefühl sofort nach seiner Deutung verlangt, denn der aufgrund seiner Gegebenheiten reagierende Organismus, den wir als Persönlichkeit zu bezeichnen gewohnt sind, ist gerade in diesem Zustand gezwungen, sich am stärksten zu verteidigen, und schließlich ist jede Erklärung eine Verteidigung, da er durch seine Hingabe in Gefahr gerät, ausgerechnet dieser Gegebenheiten verlustig zu gehen.

Es war wirklich nicht zu begreifen.

Ich konnte nicht begreifen, was mit mir geschah, was geschehen war und was noch geschehen würde und wohin uns dieses starke, nicht zu unterdrückende, aber letzten Endes ganz unbegründete Glücksgefühl, dieses Gleichmaß, in dem auszuruhen uns der Blickwechsel gestattete, führen würde, und schon begann ich mich zu fürchten, jetzt auch vor ihr oder davor, daß Prém sich blitzschnell umdrehen könnte, jetzt, da ich mich endlich bei ihr in Sicherheit fühlte, und wenn er mir vor ihren Augen eine klebte, müßte ich zurückschlagen, was schon der nachfolgenden Scherereien wegen unbedingt zu vermeiden war; zudem konnte ich nicht verstehen, warum gerade jetzt und warum gerade hier, wenn es dafür oder für etwas Ähnliches anderswo und zu einem anderen Zeitpunkt Gelegenheit genug gegeben hätte; schließlich hatte kein unerklärliches Wunder ihr Gesicht in meine Nähe gebracht, und es wäre gewiß eine irreführende Übertreibung zu behaupten, daß die Kraft der Gefühle die reale Entfernung zwischen uns aufgehoben hätte, nein, kannte ich sie doch zu gut, als daß sie mir nicht auch in dieser Entfernung, von Köpfen und Schultern verdeckt, hätte nahe sein können, sah ich sie doch nicht zum erstenmal, obwohl sie mir in diesem Augenblick so fremd erschien wie jemand, den wir in unserer Verlorenheit aus einer großen Menge auswählen, weil er uns auf eine unerklärliche Weise vertraut, bekannt und befreundet erscheint, als hätten wir ihn schon irgendwo gesehen, als hätten wir schon einmal mit ihm gesprochen; ich kannte ihr Gesicht, ihre Gestalt, ihre Bewegungen, das alles kannte ich gut, nur hatte ich bisher nicht gewußt, daß ich sie kannte und daß dieses Kennen aus irgendeinem Grunde für mich wichtig werden könnte, ich wußte es selber nicht, warum ich sie bisher nicht bemerkt hatte, denn ich hätte sie wahrnehmen müssen, seit sechs Jahren besuchten wir die Parallelklassen derselben Schule, und meine Sinnesorgane hatten, gleichgültig und bar jeder Gefühlsschattierung, die Merkmale ihres Gesichts festgehalten, und wenn ich es recht bedenke, konnte mir keine einzige stärkere Gefühlsregung ihres unschuldig sittsamen Wesens unbekannt geblieben sein, während einer so langen Zeit und in solcher Nähe mußten wir in vielen Punkten und auf durchaus vertraute Weise miteinander in Berührung kommen, und so ist es auch ohne allen Zweifel gewesen, weil sie als die intimste Freundin der Mädchen Hedi Szán und Maja Prihoda – mit denen mich ein höchst eigenartiges, für mich gleichwohl charakteristisches Verhältnis verband, ein fragwürdiges, mehrdeutiges, äußerst leidenschaftliches, das man weder Liebe, weil es weniger, noch Freundschaft, weil es mehr als das war, nennen konnte – so etwas wie deren Hofdame war, der stille Schatten ihrer Schönheit, Mittlerin zwischen den beiden großen Rivalinnen in ihren mißgelaunten Stunden, aber trotzdem nur ihre Zofe, nichts als ein dienstbarer Geist, was sie aber dank eines angeborenen Gerechtigkeitsgefühls und ihrer Lebensklugheit niemals übelzunehmen schien, und so blieb sie als Dienerin genauso gleichmütig wie als gleichrangige, mit übertrieben eifernder Liebe umgebene Gespielin.

An jenem Sommernachmittag, als sie vom Waldweg auf die Straße hinaustrat, die Sohlen ihrer roten Sandalen noch ein paar Schritte lang knirschten, bis dann, bevor sie mir in die Augen sehen konnte, nur noch die Stille ihres suchenden Blicks in der vibrierenden Schwüle des Schweigens zu spüren war, stand ich, wie immer am Zaun, zwischen den Sträuchern, ohne zu wissen, worauf ich hoffte, und voller Angst, als müsse irgend etwas geschehen, als müsse das jetzt, in diesem Augenblick, geschehen, doch wußte ich nicht was, denn meine Phantasien, mochten sie noch so unschuldig sein, ließen sich, sobald sie in Wirklichkeit vor mir stand, niemals in die Tat umsetzen; ich hatte den letzten Bissen meines

Schmalzbrots soeben hinuntergeschluckt, mit der einen Hand hielt ich mich am Zaun fest, die andere landete in einer abgebrochenen Bewegung auf meinem Schenkel, ich hatte gerade das Schmalz von der Handfläche auf der Haut verschmieren wollen, als unsere suchenden Blicke aufeinandertrafen und sich nicht mehr trennen konnten, wir sahen uns genauso lange regungslos in die Augen wie damals im Turnsaal, wo wir jedoch, ohne daß es uns bewußt gewesen wäre, geschützt waren, geschützt durch die Entfernung und die Menge, jetzt aber waren wir schutzlos, unseren leidenschaftlicheren Gefühlen ohnmächtig ausgeliefert; gleichzeitig war unsere Lage genauso unerklärlich und zufällig wie damals, obwohl wir doch auch sonst die Möglichkeit gehabt hätten, unseren Blicken, unseren Gesichtern und Bewegungen diese Nähe zu verschaffen, trotzdem hatten wir es nie mehr getan, wiewohl wir dauernd eine Gelegenheit suchten, uns von weitem oder nahem zu sehen, jedoch nur vorsichtig, verstohlen und heimlich; sobald sich aber eine Gelegenheit bot, versuchten wir, gleichsam absichtlich, ihr zu entgehen, indem wir uns abwandten, wegsahen, um schnell wieder zurückzuschauen und uns zu vergewissern, ob der andere noch die gleiche Qual und Sehnsucht verspürte; einmal lief sie mir sogar davon, schaute im Laufen zurück, stolperte und fiel hin, sie sprang schnell wieder auf und rannte weiter, die Flucht hatte sie so behende und wendig gezeigt, daß ich nicht einmal zu lachen vermochte; jetzt stellte mich der Vormittag wieder auf die Probe, obwohl sich seit damals vieles geändert hatte, allein deshalb, weil das zwischen uns beiden sich anspinnende Verhältnis, ohne daß wir mit irgend jemandem darüber geredet hätten, nicht geheim geblieben war, soll heißen, es hatte sich herumgesprochen, und nach Ablauf von einigen Wochen hieß es allgemein, die Livi Süli sei in mich verliebt.

Es gehörte auch nicht viel dazu, daß es bekannt wurde, denn wir hatten uns schon damals, im Turnsaal, verraten, als Livia sich schamhaft von mir abgewandt hatte, zwar blieb ihr Blick noch in meiner Richtung, ich sah es, er galt aber nicht mehr mir, sie hatte also jenem Augenblick ein Ende gesetzt, von dem man nicht einmal genau wußte, wann er begonnen hatte; zuerst ließ sie ihren Blick abschweifen, als wäre das Ganze ein Irrtum gewesen, als hätte sie gar nicht mich, sondern eher den Prém ansehen wollen, doch die Art ihres Rückzugs hatte, da half kein Leugnen, etwas Kokettes, zwar wandte sie ernst und bedächtig, doch entgegen all ihrer Diskretheit höchst verräterisch und auf Wirkung bedacht den Kopf ab, um ruhig und pflichtbewußt dazustehen, den Erfordernissen der stummen Zeremonie anscheinend ganz hingegeben, als wäre nichts geschehen, als wäre alles bloß ein Zufall, ja ein Irrtum; was sollte ich tun, ich wandte mich ebenfalls ab, und in gewissem Sinne schämte ich mich meiner Ausgeliefertheit, ich hatte das Gefühl, als müßte ich trotz allem zurückblicken, als sei mir etwas Wichtiges genommen worden, von dem ich bisher nicht gewußt hatte, daß es für mich wichtig sein könnte, aber auch als sei nicht das entscheidend, was ich bekommen hatte, sondern daß man es mir wieder nehmen könnte, als sei von jetzt an jeder Augenblick, den ich ohne sie anzusehen verbringen müßte, vergeudete, leere, unerträgliche Zeit, eine Zeit, in der ich nicht existierte, ihre Augen waren mir unentbehrlich geworden, vor allem ihre Augen, aber auch ihr Mund und ihre Stirn, ich mußte sehen, was mir so wichtig war, denn Traum und Phantasie würden es mir nicht ersetzen können; ohne ihren Anblick schien alles sich in einem unangenehm bedrückenden, ungewissen Nebel zu verlieren, trotzdem sah ich nicht mehr zu ihr hin, was mich große Anstrengung kostete, langsam wurden mein Gesicht, mein Hals, die Schultern, der Arm taub, ich wollte nicht hinsehen, aber der Widerstand gegen das Wollen erweist sich immer als eine harte und hoffnungslose Kraftprobe, man darf die Saiten nicht überspannen, sonst reißen sie; je länger ich, mir selbst überlassen, da stand, um so deutlicher und quälender mußte ich erkennen, daß es kaum ein absurderes Gefühl geben konnte, es war, als hätte mein Körper, aufgebläht, den anderen in sich hineingenommen, als bedeckte die Haut nicht nur die Oberfläche meines Körpers, als dächte sogar mein Gehirn mit einem anderen Hirn, und je quälender dieser ein Ende, vielleicht eine Erfüllung herbeisehnende Zustand wurde, um so mehr steigerten sich meine Bitterkeit und meine Wut, denn durch all das wurde mir die tatsächliche Situation klar bewußt, das reale Kräfteverhältnis, in dem wir, bei genauer Betrachtung der Möglichkeiten, es so schwer ertragen, daß nicht wir der Überlegene sind, schließlich hatte sie meine Aufmerksamkeit herausgefordert und mich dann wieder verlassen, weshalb ich auf gar keinen Fall zurückblicken durfte, dann hätte sich herausgestellt, daß sie die Stärkere war, daß sie gesiegt hatte, daß wieder ein anderer stärker war als ich, wieder gab es jemanden, dem ich unterlegen war, und diesmal ausgerechnet einem Dienstmädchen, so einem häßlichen Mädchen, einem Mädchen, einem Dienstmädchen, und diese wütend wiederholte Feststellung entbehrte keineswegs völlig der Wahrheit, denn sie schien bei Hedi und Maja die gleiche Rolle zu spielen, wie sie dem vor mir stehenden Prém bei Kristian und Kálmán Csuzdi zufiel, und da sich meine Gefühle ganz schön verwirrt hatten, gelobte ich mir damals, daß ich sie, auch wenn sie ihr ganzes Leben lang nichts anderes mehr tun würde, als ausschließlich mich anzustarren, nie mehr ansehen wollte, damit sie mir das nicht mehr antun könnte, und wenn sie darüber grün würde; sollte sie mich ruhig bewundern, damit ich jemanden hatte, der mir, mir allein mit seinen Blicken folgte, und ich wollte so tun, als bedeutete mir das nicht das geringste; als ich schließlich nicht mehr anders konnte als zurückzuschauen, brannte ihr Gesicht, und mich bewegte nichts stärker als ihr Blick, sie schaute und schaute, warum bloß? und als sie so zu mir herübersah, gab ich nach einer kleinen Weile nach, für einen Augenblick nur, damit sie noch intensiver herübersehen und den Mangel noch quälender, noch bedrückender empfinden sollte, wenn ich dann meinen Blick von ihr abwandte; aber sie war es gar nicht, sie hatte gar nicht mich angesehen, wieder hatte mich das Gefühl getrogen, Hedi war es gewesen, die ein paar Reihen weiter hinten stand und Zeit und Gelegenheit genug hatte, uns beide zu beobachten, kein Zweifel, sie hatte alles gesehen, weil sie eine freundliche, nachsichtige, verstehende Grimasse schnitt, die nicht frei war von einer gewissen Grausamkeit.

Die letzte Stunde fiel aus, mittags durften wir nach Hause gehen.

Und während wir uns zum Abmarsch aufreihten, konnte man die Kirchenglocken hören, zuerst vier Schläge, blau glänzte die Stille draußen, tiefer erklang dann die große Glocke, heller die kleine, sie dröhnten und hallten, als wäre nichts geschehen, es war einfach nur Mittag geworden, als wäre dieser Tag nicht anders als die anderen.

Ich hatte keine Lust, mit einem von ihnen nach Hause zu gehen, ich wollte vermeiden, mit jemandem ein Wort wechseln zu müssen, daher trat ich im Treppenhaus aus der Reihe, und während die anderen schreiend, außer Rand und Band, die Treppe hinunterpolterten, um sich gleich einer zusammengedrängten Herde durch das enge Tor zu zwängen, hinaus ins Freie, wo man jedesmal das Gefühl hatte, zum erstenmal Luft zu bekommen oder überhaupt zum erstenmal im Leben richtig zu atmen und wo das hysterische Geschrei der Lehrer uns nichts mehr ausmachte, ging ich hinauf in den zweiten Stock, und das war wohl der Grund, warum Kristian geglaubt hatte, ich sei ins Lehrerzimmer gegangen, um ihn anzuzeigen; von dort aus aber ging ich in einem unbeobachteten Augenblick weiter nach oben, besorgt, daß mich niemand sah; nach dem Treppenabsatz werden die Stufen eng und staubig, ich sehe mich seitdem oft im Traum diese staubige, unberührte Treppe hinaufsteigen, die wahrscheinlich selten gesäubert wird, ich bin der einzige, der sie benutzt, in meinem Traum hat das immer eine besondere Bedeutung, ich tue etwas, was ich nicht tun dürfte, ich dürfte diese Treppe nicht hinaufgehen; bei jedem Schritt hebt sich der Staub dicht und träge, um sich dann ebenso träge wieder zu setzen, und wenn ich mich umblicke, ist keine Spur zu sehen, nichts regt sich, es ist still, also kann ich hinaufgehen, niemand hat mich gesehen, doch ich weiß, daß alle Welt meine Regelwidrigkeit sieht, es ist umsonst, daß ich meine Augen anstrenge, umsonst sage ich mir, daß niemand mich sehen kann, da ich trotzdem das Gefühl habe, daß mich jemand beobachtet, und dieser Jemand ist niemand anders als ich selbst, denn vor mir kann ich meine kleinen Geheimnisse nicht verbergen, angsterfüllt erreiche ich die Tür zum Dachboden, die natürlich verschlossen ist, eine schwarze Eisentür, ich fand sie tatsächlich immer verschlossen, obwohl ich immer wieder versuchte, ob sie nicht zufällig offengelassen worden war.

Dieser Ort war die letzte Zuflucht für einen, der auf seine tiefsten Instinkte zurückgeworfen war, ich hatte einen solchen Ort auch in unserem Garten, ähnlich dämmerig, dort hielt jedoch das Geißblatt, das sich an laubreichen Kastanienbäumen und hoch aufgeschossenen Sträuchern emporschlängelte, das Licht ab und machte ihn unsichtbar, es war interessant, den Kampf zu beobachten, wie die Sträucher immer neue Triebe aussandten und das Geißblatt, als habe es darauf gewartet, hinterherkroch, bis es im Herbst die neuen Triebe überwucherte; hier die planlos übereinandergetürmten alten Bänke, Schränke, Stühle, Tafeln, morschen Katheder und Registraturen, dort hatten die Gefühle meiner einsamen Stunden, ja, und die einst mit Kálmán getriebenen, als sündig empfundenen Spiele ihre schwülen Spuren hinterlassen, hier die Stille der so vertrauten fremden Möbel; gebückt, mich seitwärts zwischen Kanten und Nägeln hindurchzwängend, erschrocken, wenn es rumpelte, kollerte, der Möbelhaufen sich in Bewegung zu setzen drohte, ging ich, die Hände schützend über dem Kopf, auf das Allerheiligste zu, das nichts anderes war als ein hochgestelltes, mit den Sitzpolstern der Wand zugekehrtes altes Lederkanapee, das gerade so viel Platz ließ, daß ich dahinterschlüpfen konnte, von den Sitzkissen ließ ich mich gegen die Wand drücken, ich preßte mich an sie, und sie preßten sich an mich, es war ganz dunkel, das Leder war immer kühl, bis ich ihm die Wärme meines Körpers restlos weitergegeben hatte.

Ich schloß die Augen und dachte, daß ich mich nun umbringen müßte.

Sonst nichts.

Es war nicht schlimm, daran zu denken, im Gegenteil, es war ausgesprochen angenehm.

Ich würde nach Hause gehen, die Schublade in Vaters Schreibtisch aufbrechen, zu meinem Platz in den Garten gehen und es tun.

Ich sah die Bewegung, sah, wie ich es tat.

Ich steckte den Lauf des Revolvers in den Mund und drückte ab.

Und die Vorstellung, daß danach nichts mehr käme, beleuchtete mit einem grellen und doch irgendwie gnädigen Licht alles, was sich später ereignen sollte.

Auf daß ich es sähe.

Als sähe ich mein Leben zum erstenmal, unbeschönigt und bar jeder Sentimentalität, so wie es ist.

Was mich so schmerzte, in der Brust, im Nacken, manchmal auch an der Schädeldecke, als habe man ihr eine Kappe aus Schmerz übergestülpt, mein ganzer Körper bebte vor Schmerzen, was kaum noch etwas mit der Lust an Selbstmitleid zu tun hatte, so als wäre jeder Schmerz, den man körperlich fühlt, unabhängig von den Körperteilen, da er ja wandern kann, immer noch schlimmer als der vorhergehende, so daß dieser rückblickend nur noch wie ein wichtigtuerischer Zeitvertreib erschien, alles das war so schlimm, daß ich glaubte, es nicht länger ertragen zu können, und am liebsten ununterbrochen und unaufhörlich geschrieen hätte, aber ich traute mich nicht, und auch deshalb konnte ich es nicht länger ertragen.

Der Gedanke, daß ich ganz einfach nicht normal war und, wenn auch auf andere Weise, nicht weniger krank als meine kleine Schwester – sie war vielleicht sogar die einzige, mit der ich so etwas wie eine beruhigende Gemeinsamkeit in der Krankheit finden konnte –, dieser Gedanke war mir auch bisher nicht fremd gewesen, aber die Erkenntnis, daß ich meinen quälenden Bemühungen, mich anzupassen und zu identifizieren, ein für allemal ein Ende setzen könnte, weil diese Anstrengung völlig vergeblich war, nie würde es mir gelingen, irgend jemandem so ähnlich zu werden, daß ich mit ihm identisch wäre, und weil ich durch mein Anderssein trotz aller Anstrengungen immer auf der Strecke bleiben würde und allein, denn dieses Anderssein, oder wie immer ich es nennen soll, will niemand, auch ich nicht, wenngleich ich mich vergeblich deswegen hasse, denn jeder meiner Ausbruchs- und Verführungsversuche, um mich zu identifizieren und zugleich den anderen auf jenes Gebiet zu locken, das ausschließlich das meine ist, lenkt ja die Aufmerksamkeit auf diesen Unterschied, die Krankheit, auf das, was getötet werden müßte, und mit der Verführung verrate ich, was besser verschwiegen werden sollte, genauer, verschwiegen werden muß – daß diese gähnende, unüberbrückbare Leere in mir mit der Tötung meines Körpers zu beenden wäre, das ging mir dort zum erstenmal durch den Kopf.

Sie blickte mich nicht mehr an.

Ich aber hatte das Gefühl, als gäbe es außer diesem Blick nichts, das mich noch retten könnte.

Wenn man ihn festhalten könnte, wenn die Zeit ohne ihn nicht verginge; schien es doch, als wäre in diesem Blick, in der Ausschließlichkeit seiner Preisgabe, in dem, wie sie mich und wie ich sie ansah, nicht nur eine Erklärung für alle Wirrnisse, alle unerfüllten Wünsche, für die begangenen, doch nicht zu bereuenden Sünden, für die ununterbrochenen Lügen, denn zu meinem Schutz mußte ich andauernd und ununterbrochen lügen, kleinlich und lächerlich, und gleichzeitig vor der Entdeckung zittern, ich litt und konnte doch keinen Weg zu meiner Befreiung finden; es war nicht genug, daß ich andauernd log, es war nicht genug, daß ich mir alles versagen mußte, was mir Freude gemacht hätte, nichts war genug; alles, was ich mir gewünscht hätte, war unerfüllbar; ich mußte daher leben, als schleppte ich ein fremdes Wesen gleich einer schrecklichen Last mit mir, um darunter den zu verbergen, der ich in Wirklichkeit war; in meiner furchtbaren Verzweiflung versuchte ich zwar, etwas davon meiner Mutter mitzuteilen, aber schließlich war es so viel geworden, was sich angehäuft hatte, daß man es nicht erzählen konnte, es war so viel geworden, daß man nicht wußte, wo beginnen, andererseits konnte ich mich ihr nicht völlig anvertrauen, weil auch sie zahlreiche Einwände gegen mich hatte, und jeder dieser Einwände stand in Verbindung mit einem meiner Geheimnisse, die ich vor der Welt schon allein aus Rücksicht auf sie verbergen mußte, und diese Rücksicht schien um so angebrachter, als sie, trotz ihres ganzen Ärgers, ihrer Beanstandungen, ihres Zorns und gelegentlichen Abscheus gegen mich, gerne so etwas wie ein vollkommenes Ideal in mir gesehen hätte und deshalb noch strenger und an manchen Tagen noch unerbittlicher mit mir war als alle anderen, was nur dadurch gemildert und erträglich wurde, daß ich auch mit ihr wie mit meiner kleinen Schwester eine gemeinsame Sprache hatte, mit der man jedes mißverständliche Wort umgehen konnte, es war die Sprache der Berührung, manchmal sogar die Sprache der Zunge, der warmen Haut, die Sprache des Körpers, und wenn ich in Verbindung mit mir von Krankheit gesprochen habe, dann wäre vielleicht sogar meine Vermutung berechtigt, daß ihre Krankheit auf irgendeine rätselhafte Weise in mich herüberströmte wie auch die Krankheit meiner kleinen Schwester; diese beiden so weit voneinander entfernten und in mir trotzdem scheinbar zusammengehörenden Krankheiten, die vielleicht nichts anderes waren als eine Folge der seelischen Unsicherheit und Unausgeglichenheit meiner unmittelbaren Umgebung, die körperliche Auswirkung des Umstands, daß hier jeder krank war, obwohl mich das sehr lange überhaupt nicht gestört hatte, ich nahm sie an als die einzig mögliche Vorbedingung meines Lebens, ja ich fand die Krankheit meiner Mutter ausgesprochen schön und liebte sie sogar, die Krankheit hatte mich mit dem Gefühl ihrer Großartigkeit angesteckt, während ich, ihre Hand haltend oder meine Hand auf ihren nackten Arm gelegt, neben ihrem Bett auf dem Boden saß, den Kopf in ihren Schoß oder nur auf den Bettrand geneigt, und den Geruch, durchtränkt von jener fiebrigen Wärme, von Schweiß und Arzneien, der ihrem Körper, der Seide ihres Nachthemds und der steifgestärkten Bettwäsche entströmte, mochte das Zimmer noch so oft gelüftet werden, einatmete und ihrem Atem zwischen Traum und Wachsein lauschte, bis auch mein Atem diesen seltsamen, sanft schwebenden Rhythmus übernahm, der aus schnellen Hebungen und langsamen Senkungen bestand; selbst an den Geruch hatte ich mich soweit gewöhnt, daß er mich nicht mehr abstieß; manchmal begann sie zu sprechen, leise, die Augen ein wenig öffnend und wieder schließend, «schön bist du», sagte sie, und mich verblüffte ihr Anblick genauso, wie auch sie durch meine Gegenwart auf die angenehmste Weise berührt sein mochte, das in die weißen Kissen eingesunkene Gesicht, das sorgsam ausgebreitete, dichte dunkelrote Haar, in dem oberhalb der Schläfen graue Fäden schimmerten, die glattgerundete Stirn, die feine Nase, aber hauptsächlich die schweren Augenlider mit ihren langen Wimpern, die sich träge vor Erschöpfung öffneten, um für den Bruchteil eines Augenblicks die großen kristallgrünen Augen freizugeben, die mich so klar, vernünftig und fest ansahen, als wäre ihre ganze Krankheit ein Irrtum, eine Täuschung, nur ein Spiel, doch wenn sich die Wimpern wieder senkten und das blaugeäderte, ein wenig braun verfärbte Fleisch des Augenlids die Augäpfel bedeckte, schien sie von etwas, ich weiß nicht wovon, wieder krank, doch ihr Blick verklärte immer noch ihr krankes Gesicht, um ihren Mund aber lag ein kleines Lächeln, das mir galt, ein sehr blasses Lächeln. «Erzähle!» sagte sie, «erzähl mir, was ist bloß mit uns geschehen?» pflegte sie dann zu sagen, und wenn ich nicht antwortete, weil ich nicht antworten konnte oder wollte, dann fuhr sie selber fort, «soll ich dir erzählen, was mir gerade durch den Kopf gegangen ist? hat deine kleine Schwester auch ordentlich gegessen? deine Großmutter hat jedenfalls nicht so herumkommandiert! ich möchte nicht, daß du heute lange bei mir bleibst, ich fühl mich so schwach, deshalb ist mir vielleicht auch jene Wiese eingefallen, ich habe nicht geschlafen, ich war nur auf einer großen, weiten, riesengroßen Wiese, sie war sehr schön, und ich dachte gerade darüber nach, woher ich diese Wiese kenne, ich erinnerte mich genau, daß ich sie kenne, und da kamst du», sie verstummte für eine Atemlänge, und ich beobachtete, wie sich die Decke über ihrer Brust hob und senkte, «sonst wäre sie mir bestimmt nie wieder eingefallen, denn solange man lebt, treten die neuen Bilder immer an die Stelle der alten, mir aber scheint es schon seit langem, als wäre mit mir nie etwas geschehen, nie, obwohl doch wirklich sehr vieles geschehen ist, vieles davon habe ich dir ja schon erzählt, du erinnerst dich, und doch, als wäre das alles gar nicht mit mir geschehen, als wären es nur Bilder, in denen auch ich vorkomme, und doch ist es irgendwie wichtiger oder ist mir ähnlicher, oder scheine ich es selbst zu sein, wie ich so daliege und das Bild ändert sich nicht, ich liege genauso da, und wenn ich zum Fenster hinausschaue, sehe ich immer das gleiche, mal hell, mal dunkel, es ist immer das gleiche Bild, und inzwischen kann ich ruhig in meinen alten Bildern herumspazieren, weil es keine neuen gibt, die die alten stören würden», sie seufzte und der aus der Tiefe aufsteigende Atem unterbrach den gleichmäßigen Rhythmus ihrer Worte, «dabei weiß ich gar nicht, warum ich dir das alles erzähle, verstehst du, und habe so etwas wie Gewissensbisse, daß ich das alles einem Kinde erzähle, herumphilosophiere, was freilich ebenfalls lächerlich ist, weil ich glaube, daß sich in meiner Erzählung nichts Trauriges, Tragisches oder Belastendes findet, was du nicht wissen dürftest, es ist alles nur natürlich, habe ich mir doch nichts versagt, wovon ich glaubte, es sei natürlich und ich müsse es tun», sie lachte, und für einen Augenblick öffnete sie die Augen, faßte nach meiner Hand, als wollte sie mich auffordern, daß auch ich, ruhig, ganz beruhigt, alles tun solle, was ich als natürlich erkenne, «laß uns jetzt schweigen, ich bin müde geworden und kann mich vor allem nicht von jenem Bilde befreien, von dem ich dir hatte erzählen wollen, aber du siehst, ich konnte es nicht erzählen, weil man fast nichts in der richtigen Weise erzählen kann, wie ja auch du mir nur sehr wenig erzählst, obwohl ich dich doch immer bitte, erzähl mir, was du erlebt hast, und darum kann ich gut verstehen, daß du zwar gerne erzählen würdest, aber trotzdem schweigst, ja ich weiß sogar, worüber du schweigst, denn das einzige, womit wir rechnen können, ist, daß immer die gleichen Dinge mit uns geschehen, ohne jeden Unterschied, es müssen immer die gleichen Dinge geschehen, und daher sind auch die Gefühle immer die gleichen, bloß die Bilder unterscheiden sich, wir verstehen uns auch dann, wenn wir uns nichts erzählen. So ist das. Laß uns jetzt ein wenig schweigen, gut? Und dann gehst du, ja?»

Freilich war es nicht so einfach, von hier wegzugehen, und ich glaube auch nicht, daß sie es gerne gesehen hätte, wenn ich ihrer Aufforderung tatsächlich nachgekommen wäre, durch das Schweigen wuchs die Spannung zwischen uns eher noch, und als wollte sie diese Spannung von sich aus steigern, wiederholte sie den letzten Satz mehrmals, «geh jetzt, ja? geh deiner Arbeit nach, ja?»; dabei drückte sie mich noch fester an sich und klammerte sich unter dem Vorwand des Abschieds noch stärker an mich, bemüht, den Augenblick hinauszuschieben, bis ich endlich, von so etwas wie einem inneren Gleichgewicht bewogen, tatsächlich aufstand, um benommen, aber doch erleichtert in ein anderes Zimmer hinüberzutaumeln, allerdings nicht sofort, noch durfte nichts verdorben werden, noch konnte ich die Zeit dehnen, noch das Gesicht in dem von ihrem heißen Körper erhitzten Atem bergen, als wäre ich in dieser gemeinsamen Feuchte selber im Fieber erglüht, und mich so setzen, daß mein Mund die nackte Haut ihres Arms berührte, in der Armbeuge vielleicht, die sich als besonders zart und weich erwies, oder den Hals, wo der Mund die lockere Kraft der Sehnen und Muskeln zu spüren bekam, und das Ganze so einrichten, als wäre es ein Werk des Zufalls, den Mund zu öffnen, mit der Innenfläche der Lippen und der Zungenspitze Geruch und Geschmack der Haut zu fühlen.

Und sie tat keineswegs so, als bemerkte sie diese verliebten Berührungen nicht, auch nicht, als wollte sie meine kleinen Täuschungsmanöver entlarven oder als hielte sie alles für ein Zeichen naiver kindlicher Anhänglichkeit, auch als gefiele es ihr nicht, sie verschanzte sich auch nicht hinter dem Schutzwall ihrer Krankheit, als machte allein ihre körperliche Schwäche diese gefährlichen Übertreibungen wechselseitiger Zärtlichkeit möglich und notwendig, nein, sie reagierte einfach und natürlich, ja zärtlich, küßte mich aufs Ohr, auf den Hals oder das Haar, überallhin, wo sie mich traf, und einmal bemerkte sie, den Kopf in mein Haar vergraben, es entströme ihm der Geruch eines Böckleins, so etwas wie ein schülerhafter Bocksgeruch, den sie richtig gern habe, ein Geruch, den ich selber bisher nicht wahrgenommen hatte, auf den ich aber von da an achtete, denn ich wollte dem Grund ihres flüchtigen Entzückens nachspüren; all das hatte den Anschein, als hielte sie einen Anschauungsunterricht über die Natürlichkeit und über die Grenzen der Natürlichkeit ab, und wenn sie unsere Lust an der nackten Berührung mit Worten unterbrach, mit Worten unterkühlte, dann schien auch das so natürlich und richtig wie die Berührung selbst und nicht im entferntesten eine Schutzmaßnahme oder Abwehr zu sein, sondern vielmehr eine vernünftige Ableitung jener Gefühle, die keinen anderen Weg finden konnten.

«Gut, schon gut», sagte sie etwas lauter, ein wenig belustigt darüber, daß es mit uns soweit gekommen war, «dann will ich dir doch noch erzählen, was mir vorhin nicht gelungen ist zu erzählen, hör zu, ich wollte nämlich sagen, daß ich nicht allein auf dieser Wiese gewesen bin, es war, als hätten wir zwischen hohem Gras gelegen, die Sonne schien, am Himmel nur ein paar Wolken, jene leichten Sommerwolken, die sich kaum bewegen, und Insekten waren zu hören, Wespen, Bienen, aber es war nicht so schön, wie man meinen könnte, denn manchmal setzte sich eine Fliege auf meine Haut, umsonst bewegte ich Arm oder Fuß, zwar flog sie auf, kehrte aber gleich wieder zurück, in der Mittagshitze sind die Fliegen immer so frech, es war Mittag, du mußt sie einmal beobachten, als wollten sie absichtlich verhindern, daß man in Ruhe genießt, was man genießen möchte, genießen, daß die Welt so schön ist! sie lassen es nicht zu, vielleicht einfach deshalb, weil auch sie gerade etwas genießen wollen, und zwar ausgerechnet deine Haut, aber schon wieder erzähle ich nicht mehr das, was ich ursprünglich wollte, und merke selbst, daß es kein Märchen für Kinder ist, und schon gar nicht eines für dich, weil ich eigentlich über das alles schweigen müßte, mit einem Wort, wir waren zu dritt auf jener Wiese, es gab eine solche Wiese tatsächlich, wir waren mit dem Boot dorthin gefahren und hatten an dem verabredeten Platz angelegt, um uns mit den übrigen zu treffen, aber wir waren als erste angekommen und lagen nun entfernt voneinander im hohen Grase, zwei Männer und ich, und als du vorhin hereinkamst, wachte ich auf, eigentlich war es gar kein Aufwachen, eher eine Ernüchterung, ich hatte nicht geschlafen, ich war nur von dem Bild umfangen, das ich gerade von oben gesehen hatte, wie man die Dinge im Traum sieht, und erkannte, wie unheimlich und unsagbar schön das damals gewesen war, weil nämlich alles schön ist, das Ganze! doch damals schien es mir die Hölle, ein stinkender Pfuhl, und nicht etwa der Fliegen wegen, sondern weil wir uns nicht entscheiden konnten, zu wem ich gehörte.»

«Und Vater?»

«Er war auch dabei.»

«Und wie hast du dich entschieden?»

«Gar nicht!»

Als hätte sie noch etwas sagen wollen, doch als vermöge sie weder jetzt noch in Zukunft je wieder auch nur ein einziges Wort zu sagen, so überraschend war die Stille.

Und mir war es nicht möglich, weiter zu fragen, wir waren beide erstarrt wie zwei Holzscheite, wie zwei auf ihre Beute lauernde wilde Tiere in dem Augenblick, da noch nicht entschieden ist, wem die Beute zufallen wird.

Mehr konnte sie nicht sagen, hätte sie doch sonst jede denkbare Grenze überschritten, der wir uns so schon genähert, wenn wir sie nicht schon erreicht hatten.

Allein aus purer Rücksicht durfte sie nicht mehr sagen, ich wäre nicht in der Lage gewesen, mehr zu ertragen, sie lächelte freundlich, gelassen, mit einem Lächeln, das nur mir galt, doch schien dieses Lächeln nicht Teil eines Vorgangs zu sein, keinen Anfang und kein absehbares Ende zu haben, und ich sah sie an wie jemand, der ein Foto mit dem Lächeln eines längst vergangenen Gesichts betrachtet, und doch schien der Augenblick wesentlich mehr zu besagen als den bloßen Anblick oder die paar Gedanken, die unter der Wirkung des erstarrten Bildes in mir aufgetaucht und wieder versunken waren, und selbst wenn meine Behauptung sentimental und übertrieben sein sollte, muß ich doch sagen, daß dieser Augenblick eine Erleuchtung war oder zumindest das, was wir aus Mangel an einem besseren Ausdruck als Erleuchtung zu bezeichnen gewohnt sind, ich sah ihr Gesicht, ihren nackten Hals, die zerdrückte Bettwäsche, doch jedes kleinste Detail erzählte eine über alle Maßen reiche Geschichte, eine von Gefühlen und Bildern erfüllte Vergangenheit, von deren Existenz ich sonst keine Kenntnis gehabt hätte, von ihren entgleitenden Zusammenhängen, die nunmehr faßbar schienen, eine Geschichte freilich, die sich nicht mit der Folgerichtigkeit einer Erzählung zurückholen ließ; zum Beispiel ein Bild, wie ich vor der geschlossenen Badezimmertür stehe, es ist spätabends, dunkel, ich will eintreten und traue mich nicht, weil mir bewußt ist, daß das, worauf ich neugierig bin, mit Fug und Recht als verboten gilt, aber es ist nicht ihre Nacktheit, die sie nie absichtlich vor mir verbergen, trotzdem muß ich das als Geheimnis anerkennen, sozusagen als die äußere Hülle des Geheimnisses, denn wenn sich die Gelegenheit ergibt und ich sie nackt zu sehen bekomme, bin ich es, der, mögen sie sich noch so unbefangen vor mir bewegen, sich nicht satt sehen kann an dem Anblick ihrer nackten Körper, ich bin verwirrt, jedesmal überkommt mich von neuem und möglicherweise stärker als vorher das süße Gefühl der Neugier, das mich zwingt, die normalerweise verborgenen Teile ihres Körpers zu betrachten; ihr Körper war mir immer neu, anders, ich konnte mich nicht an ihn gewöhnen, doch erfüllte es mich mit noch schmerzlicherer Qual, verletzte mein Schamgefühl noch stärker und steigerte meine Eifersucht auf ihre Nacktheit noch mehr, daß selbst die betonte Unbefangenheit nur ein frommer Betrug ihres gemeinsamen Spiels zu sein schien, ich fühlte es, diese beiden unbekleideten Körper, ob sie sich gemeinsam oder einzeln zeigten, bezogen sich nicht auf mich, sondern nur und ausschließlich aufeinander, wirklich unbefangen waren sie nur miteinander, und aus dieser Gemeinschaft war ich stets ausgeschlossen, unabhängig davon, ob sie sich gerade haßten, tagelang kein Wort miteinander wechselten und jeder so tat, als bedeutete ihm die Gegenwart des anderen nichts, oder im Gegenteil, wenn sie einander gerade geliebt hatten und jede zufällige Berührung, jeder zustimmende Blick, jedes herausplatzende Lachen und spitzbübische Einverständnis eine unmißverständlich zärtliche Bedeutung hatte, zu der ich keinerlei Beziehung haben konnte, die mich ausklammerte, überflüssig machte, auch wenn sie mich dann am meisten zu lieben schienen, gleichsam mit dem Übermaß an gegenseitiger Leidenschaft, doch war das kaum weniger demütigend, als wenn sie mich gar nicht wahrgenommen hätten, als wäre ich ein störender Gegenstand; doch dieser unerwartete und in seiner Zweideutigkeit viele Möglichkeiten andeutende Satz, der unser kurzes Zwiegespräch in ein gespanntes Schweigen verwandelt hatte, schien in jene Ungleichheit ihrer Beziehung hineinzuleuchten, auf die ich neugierig war, und mich in jenes Geheimnis einzuweihen, um dessen Kenntnis ich mich unbewußt bemühte, weil ich inständig hoffte, daß ihre Beziehung doch nicht von solcher Ausschließlichkeit wäre, wie es den Anschein hatte, so daß ich mich noch irgendwie zwischen ihnen einnisten könnte; von drinnen war das Plätschern des Wassers, ihre leise Unterhaltung, Mutters Lachen zu hören, und dieses Lachen, das ich so noch nie von ihr gehört hatte, gab mir das Gefühl, ein schwindelerregendes Gefühl, als habe ich schon einmal im Dunkeln vor der Tür des Badezimmers gestanden, im Schlafanzug, und stünde immer noch genauso da und als sei das, was zwischen den zwei unbestimmbaren Zeitpunkten geschehen war, nur ein vager Traum, aus dem ich nun erwachte, an dessen Anfang mich zu erinnern mir nicht gelingen wollte; als von drinnen mit einer ganz anderen Stimme, tiefer und kräftiger, die noch etwas von einem schrillen, spielerisch übermütigen Lachen hatte, Mutter sich vernehmen ließ, «wer steht dort draußen vor der Tür, im Dunkel der Nacht?», antwortete ich natürlich nicht, vielleicht hatte der Fußboden geknarrt und sie auf meine Anwesenheit aufmerksam gemacht? oder sollte es eine so starke Präsenz geben, die auch durch eine Tür zu spüren wäre? «Bist du es, mein Schatz? oder ist es ein schwarzer Rabe, der klopft? komm herein, wer immer du seist!»; ich konnte immer noch nicht antworten, doch schien sie gar nicht auf eine Antwort zu warten, «laß dich hören und komm!», fast klang es wie ein Singsang, und gleichzeitig war beider ersticktes Lachen zu hören, das Wasser in der Wanne plätscherte, schmatzte, gluckste und schwappte auf den Steinboden, weggehen konnte ich nicht mehr, aber ich konnte weder antworten noch eintreten, doch da ging die Tür vor mir auf.

Es war also weder ein Irrtum noch eine Täuschung der Gefühle gewesen, als mir durch den Kopf ging, daß ich schon einmal so vor einer Tür gestanden hatte, und Mutters unvollendeter Satz brachte mir ein noch älteres Bild blitzartig in Erinnerung, Füße und ein Kissen auf einem Kopf, gerade genug, daß mir der Abgrund, in den hinabzublicken mir beschieden war, in seiner Unergründlichkeit noch anziehender erschien, ein Bild, an welches dort vor der Badezimmertür nur meine Sinne sich erinnern konnten, die, blind nach dem Abdruck eines ordentlich archivierten Erlebnisses tastend, genau über Zeitpunkt und Ort Bescheid wissend, sein ganzes Aroma schmeckend, es doch nirgends auffanden, jetzt war es ungerufen und ungewollt da, ragte in das andere hinein, demonstrativ wiesen die Bilder der Nacktheit auf den Zusammenhang hin; mein überraschtes Gesicht geriet in den großen, dampftrüben Spiegel des Badezimmers, als Vater, aus der Wanne gebeugt, die Tür vor mir öffnete, damals erschien er mir mächtig, wie er dort in der Wanne stand, zur Türklinke herübergebeugt, und sein Rücken sich in dem von herunterrinnenden Tropfen zerstückelten, beschlagenen Spiegel als roter Fleck zeigte, mein Gesicht und sein Rücken; Mutter saß in der Wanne und rubbelte ihr vom Shampoo schäumendes Haar mit den Fingern, sie lachte mich an, blinzelnd, weil der Schaum ihre Augen zwickte, dann tauchte sie, die Augen schließend, rasch unter, um das Shampoo unter dem Wasser aus den Haaren herauszuwaschen, auch damals hatte mich die gleiche taube Ohnmacht befallen wie jetzt, als sei der Schlafanzug der einzige Halt für meinen seinen unklaren Gefühlen ausgelieferten Körper, als sei der Schlafanzug wirklicher als ich, auch damals war ich einem Ton, einem entfernten, dumpfen, kaum erkennbaren und dennoch durchdringenden Ton nachgegangen, es war Nacht und ich war aufgestanden, um zu pinkeln, als ich auf den Ton aufmerksam wurde, der, obwohl mir unbekannt, mich nicht im mindesten erschreckte, es war eine eisige mondhelle Winternacht, in der das von den Fensterrahmen in starre rechteckige Flächen zerteilte Licht schattenhaft zu schweben schien, die Schatten so tief und fließend waren, daß sie jeden bekannten Gegenstand aufsaugten, und man sich fürchtete, die scharfe Grenze zwischen Licht und Dunkel zu überschreiten; der Ton kam aus dem Vorzimmer, im Spiegel sah ich einen Augenblick lang mein vom Mondlicht erschreckend blau verfärbtes Gesicht, es schien mir, als schrie oder weinte jemand im Vorzimmer, aber es war niemand da, der Ton kam aus der Küche, und geführt von meiner eigenen Benommenheit ging ich weiter, meine nackten Sohlen schlurften leise über den Fußboden, doch nichts war zu sehen, auch in der Küche war es dunkel, leise knirschte etwas unter der sich öffnenden Tür, dann war es wieder still, doch war mir, als nähme ich die Stille lebender Wesen wahr, als stünden nicht nur die vom toten Licht getränkten Möbel hier und als käme die Stille nicht nur von meinem zurückgehaltenem Atem, als ich plötzlich hinter der weit geöffneten Tür des Dienstbotenzimmers eine tiefe, röchelnde Stimme und das gleichmäßig dumpfe Ächzen und Knarren des Bettes hörte, und mir schien, als schlüpfe unter diesem bei jedem Knarren, Stoßen und Ächzen sich verstärkenden Röcheln jener dünne, sich immer höher schraubende, zwischen Lust und Schmerz kippende Schrei hervor, den ich zu hören vermeint und der mich hierhergeführt hatte; es war also keine Sinnestäuschung gewesen, und ich brauchte nur einen Schritt zu tun, um durch die offene Tür zu sehen, und ich wollte sehen! aber mir war, als könnte ich diese verdammte Tür niemals erreichen, immer noch hatte ich sie nicht erreicht, immer noch war sie weit entfernt, obwohl die Stimme schon von mir Besitz ergriffen hatte, ihre Tiefe, ihre Höhe und ihr Rhythmus, so daß ich gar nicht merkte, wann es mir endlich gelungen war, jenen ersehnten einzigen Schritt zu tun, und schon sah ich auch, was ich hörte.

Natürlich erschien mir Vater nicht deshalb so mächtig, weil er es in Wirklichkeit gewesen wäre, er war schmal und schlank, und der unwillkürliche Gebrauch des Wortes mächtig verrät mir, mit welch starken Hemmungen, mit welchen über Jahrzehnte sich erstreckenden Qualen des Selbstbetrugs ich zu kämpfen habe, wenn ich über etwas sprechen will, worüber zu sprechen weder schicklich noch gebräuchlich ist, doch da es unzertrennlich zu der sogenannten inneren Entwicklung jenes Knaben gehört, der ich gewesen bin, und sich daher nicht umgehen läßt, wollen wir tief Luft holen und, bevor uns die Stimme wieder versagt, berichten, daß unabhängig von jener frühen Erinnerung, die zum Glück oder Unglück aus meinem Gedächtnis entschwunden war und mir erst jetzt wieder in den Sinn kam, überraschend und plötzlich, Mutter von jener Wiese erzählte: Vaters Körper auf dem Bett des Dienstbotenzimmers in der Schere zweier weiblicher Beine, ein gut gehütetes Geheimnis, das ich auch jetzt nicht verraten durfte, das Gesicht konnte ich nicht sehen, aber ich konnte sehen, daß die Schreie von Lust und Schmerz sich so dumpf angehört hatten, weil Vater mit gespreizten Fingern ein Kissen auf einen Kopf preßte, doch die sich um seine Hüften schließenden Beine verrieten, daß es nicht Mutter war, wie hätte sie es auch sein können, warum hätte sie hier sein sollen? und da man einen Schenkel, die Fessel eines Fußes, die Wölbung einer Wade genauso unverwechselbar erkennen kann wie eine Nase, einen Mund oder ein Auge, war das Überraschende gar nicht, daß es nicht ihre Beine waren und nicht ihre Stimme unter dem Kissen, ich wußte ja, wer in dem Dienstmädchenzimmer wohnte, eher bestürzte mich, daß ich damit zu rechnen, darauf zu hoffen schien, daß es Mutter wäre, und als hätte ich nicht die blasseste Ahnung davon, was zwischen ihnen geschah, schien das Bewußtsein jenem Nichtwissen Vorschub zu leisten, wonach Vater die Gemeinschaft einer solchen gegenseitigen und gemeinsamen Lust nur mit Mutter teilen dürfte, daß also, was hier geschah, sei es noch so lustvoll und daher in den Augen eines Kindes das Allernatürlichste, mir trotzdem zuwider war; doch hatte das mit dem Eindruck seiner Mächtigkeit nichts zu tun, der in diesem Augenblick wahrscheinlich dadurch entstanden war, daß er, sich aus der Wanne beugend, auf seine gewohnte harmlose Art, ohne den Anflug eines Lächelns, sich vor mir aufrichtete, mir die Tür öffnete und gleichzeitig verstellte, meinen Weg kreuzend, so daß der am stärksten beschattete Teil seines nackten, in dem grellen Lampenlicht naßglänzenden Körpers, seine Scham, in den Mittelpunkt meiner Sicht geriet, sozusagen direkt vor meine Nase, während ich wußte und fühlte, daß auch diesmal keiner meiner unkontrollierten Blicke, keine Bewegung seiner Aufmerksamkeit entgehen würde; sein nasses Haar klebte an seinem Schädel, die Stirn freilassend, und sein Blick – den sonst das strähnig blonde, in die Stirn fallende Haar ein wenig freundlicher erscheinen ließ, sein Gesicht geradezu verschönend, wirkte es doch streng durch die blauen Augen und gebieterisch durch die dichte Haarmähne, die er normalerweise nach hinten kämmte, die aber, wenn er sich bewegte, immer wieder nach vorne fiel, zugleich locker und fast draufgängerisch jungenhaft – dieser nackte Blick beherrschte jetzt das Gesicht, offen, aufmerksam, kühl und feindselig, etwa so, als mache er ständig die Welt für irgend etwas verantwortlich, als erhöbe er sich nicht nur über mich, sondern als stünde er von vornherein auf einer unerreichbaren Höhe, der Höhe einer absoluten Sicherheit, von der aus er sogar zu tolerieren vermochte, daß andere sich mit ihren kleinlichen Wünschen, Instinkten und schmierigen Gefühlen herumschlügen, während er beobachtete und urteilte, auch wenn er seine Urteile selten in Worte kleidete; aus diesem Blickwinkel, ein wenig von unten, erschien mir sein Körper vollkommen oder zumindest als das, was wir einen vollkommenen Männerkörper zu nennen gewohnt sind, und ich gebrauche schon deshalb das gefühlsmäßig neutrale Wort, um jeden Verdacht einer natürlichen Sympathie peinlichst zu vermeiden und ihn nicht einfach schön, vielleicht sogar sehr schön oder gar überwältigend zu nennen, denn würden wir ihn schön nennen, müßten wir auch zugeben, daß wir ihm gegenüber schutzlos sind, ausgeliefert, und dem natürlichen Lauf der Dinge entsprechend uns auch gerne ausliefern, ist doch unser heißester Wunsch, ihn uns anzuverwandeln, und sei es auch nur, indem wir ihn mit dem Finger nachzeichnen, gleichsam durch Fühlen verinnerlichen, was das Auge als schön wahrnimmt; die breiten Schultern, deren Muskeln vom Rudern und Schwimmen so gut ausgebildet waren, daß sie die übrigens anmutig hervorstehenden Spitzen und Hügel von Schultern und Brustbein fast verdeckten, glatt, fast rundlich, aber dennoch kraftvoll das deutlicher gegliederte Muskelgewebe der Arme, die breit gewölbten Flächen der Brust, wo sich, die Verletzlichkeit der nackten Fläche ebenso betonend wie schützend, jene blonde Behaarung ausbreitete, feucht anziehender als trocken, weil die zusammengeklebten Haare den dunklen Hof der Brustwarze mit einem losen Kranz umgeben, wegweisend für den Blick, der entweder der sich verjüngenden äußeren Linie in Richtung der Hüften folgt oder über die sanften Wellen der die Rippenbögen bedeckenden Muskelstränge gleitet, vielleicht auch auf dem wie ein sanft sich erhebender Hügel gerundeten Bauch verweilt, wobei die dunkle Vertiefung des Nabels und hauptsächlich die in Keilform nach oben weisende Behaarung unseren Blick in seinem Abwärtsgleiten zwar behindern, doch keineswegs aufhalten wird, da das Auge unwillkürlich, dank seiner physischen Beschaffenheit, die dunkelsten oder hellsten Punkte auswählt, so daß wir über den Bauch hinweg unweigerlich hinunter zum Schoß gelangen; und wenn sich eine Gelegenheit bietet und unsere Blicke so vorsichtig sind, daß der andere sie nicht bemerkt – aber er wird sie bemerken, reagieren doch seine Blicke in einer ähnlichen Situation genauso, vielleicht tut er auch aus lauter Gutmütigkeit, als interessiere es ihn nicht, oder er wendet sich ab, wenn es ihm nicht paßt, hält sich rücksichtsvoll etwas vor seine Blöße, und um seine Verwirrung nicht zu verraten, macht er eine unverfängliche Bemerkung, es sei denn, er verfügte über eine so souveräne Menschenkenntnis, daß er, jede moralische Überlegung beiseite lassend, unsere Blicke einfach hinnimmt –, dann verweilen wir gerne hier, diese komplizierte Region so gründlich in Augenschein nehmend, als wollten wir jede Einzelheit erkunden, um dadurch alle ihre Möglichkeiten einschätzen zu können, wissend, daß der bisherige Weg unserer Augen nur ein Hinauszögern, Abwarten, Vorbereiten war, erst jetzt sind wir am Ort unserer tiefsten Neugier angelangt, nur von hier aus kann uns jenes Wissen zuteil werden, das wir zur Beurteilung des ganzen Körpers benötigen, weshalb es vielleicht nicht übertrieben ist zu behaupten, daß wir auch vom moralischen Standpunkt aus an der kritischsten Stelle angelangt sind.

Wie ich auch einmal dem Wunsch nachgab und ihn in die Hand nahm.

Es war an einem Sonntagmorgen im Sommer, durch die weißen Vorhänge vor den offenen Fenstern schien bereits die Sonne, als ich in das Schlafzimmer meiner Eltern hinüberging, um mich wie gewohnt zu ihnen ins Bett zu legen, ohne zu ahnen, daß ich an diesem Morgen von dieser angenehmen Gewohnheit endgültig würde Abschied nehmen müssen, in das Bett, in dem Mutter nun im betäubenden Geruch ihrer Krankheit, an den man sich kaum gewöhnen konnte, allein lag, ein breites Bett, etwas höher auch als die durchschnittlichen, weshalb es das fast leere Zimmer zu beherrschen schien, Lehne und Rahmen aus schwarzlackiertem Holz wie die übrigen Möbel, die glatte Schubfachkommode, das Frisiertischchen mit dem Spiegel, der mit weißer Seide bezogene Armsessel, der Nachttisch, nichts weiter, die Wände vollkommen leer, was jedoch merkwürdigerweise das Zimmer weder abweisend noch unfreundlich machte, die gemeinsame Bettdecke auf dem Boden, einfach hingeworfen, und Mutter war nicht mehr an ihrem Platz, bestimmt war sie aufgestanden, um das Frühstück zu bereiten, Vater aber schlief zusammengerollt weiter, sein nackter Körper war nur von einem Leintuch bedeckt; und nicht einmal heute weiß ich, was mich damals so hinriß, daß ich alle natürliche Scham und alle Hemmungen beiseite schob, ja nicht einmal auf den Gedanken kam, daß ich irgend etwas mißachtete oder gar ein ungeschriebenes Gesetz übertrat, vielleicht war es die leichtsinnige Luft des Sommermorgens, deren sanftes, kühles Wehen den Taugeruch der nächtlich abgekühlten Erde zu uns herauftrug, während die aufkommenden warmen Strömungen uns schon einen Vorgeschmack der betäubenden Mittagshitze gaben, noch zwitscherten die Vögel, in das dumpfe Dröhnen der Stadt unten mischte sich Glockengeläut, und in einem der Nachbargärten sprühte aus dem in die Erde gesteckten Rasensprenger schon das Wasser mit gleichmäßigem Surren, und man wurde ohne besonderen Grund in eine herrlich leichtsinnige Stimmung versetzt, ich warf ohne weiteres meinen Schlafanzug ab und kroch, über die auf dem Boden liegende Decke hinweg, nackt, wie ich war, zu meinem Vater ins Bett, unter das Leintuch.

Gewiß, wenn ich heute nach einer Erklärung, nicht aber einer Entschuldigung suchen würde, müßte ich zugeben, daß einer der wichtigsten Gründe für diese sonntäglichen Besuche darin lag, daß sie im Halbschlaf zu erfolgen hatten, damit, wenn ich später am Morgen in der Wärme der elterlichen Körper erwachte, dieser vollzogene Ortswechsel mich mit jenem angenehmen Erlebnis beschenkte, nicht dort aufzuwachen, wo ich eingeschlafen war, und damit wir über dieses kleine, von mir inszenierte Wunder staunen können, gewissermaßen im halbbewußten Zustand das Ineinanderrutschen von Räumen und Zeiten wiederholend, das im Traum mühelos gelingt; natürlich soll das weder als Entschuldigung noch als Erklärung gelten, trotzdem ist dieser Gesichtspunkt nicht zu unterschätzen, wenn wir bedenken, daß wir gewöhnlich unsere Kindheit als beendet ansehen, sobald das Dunkel wohltätigen Vergessens jene grausamen Spiele zudeckt und jeder Nerv in uns gelernt hat, die in unseren Phantasien sich offenbarenden Wünsche nüchtern und zielstrebig den ärmlichen Möglichkeiten anzupassen, die uns die Regeln des gesellschaftlichen Zusammenlebens als Realität anbieten, will sagen, als Wirklichkeit anzuerkennen, weshalb einem Kind keine Wahl bleibt, es ist auf geradezu anarchische Weise darauf angewiesen, den Gesetzen seiner inneren Natur zu folgen, die wir, geben wir es offen zu, für nicht weniger realistisch oder wirklich halten, vielleicht weil die Gesetze der Nacht das Kind noch nicht so rigoros von den Gesetzen des Tages trennen und wir, was diese Ganzheit betrifft, empfindlich sind; ein Kind muß die Grenzen des Annehmbaren und Unannehmbaren abtasten, und wir sind so lange Kinder, als der Zwang besteht, Grenzen zu überschreiten und an der Reaktion der Umwelt, oft in tragischem Konflikt mit der eigenen Natur, den sogenannten Standort der Dinge zu begreifen, ihre Zeiten und Namen, und damit zugleich die geheiligten Regeln jener heuchlerischen Lügen und Betrügereien unterirdischer Schlupflöcher, die schöne Tarnung des Augenscheins, das leise Öffnen und Schließen labyrinthischer Geheimtüren, dank deren Kenntnis sich neben den realen auch die elementareren Wünsche irgendwie verwirklichen lassen, was alles man Erziehung nennt, und da wir schließlich einen Erziehungsroman schreiben, brauchen wir nichts zu verschleiern, denn gerade die fromme Zweideutigkeit der Erziehung versetzt uns in die Lage, jenen heimlichen Gedanken auszusprechen, daß wir mitunter erst durch das Anfassen des väterlichen Genitals die Moral am genauesten einzuschätzen in der Lage sind, die uns anzueignen entgegen jedem Zwang und jedem guten Vorsatz immer nur unvollkommen gelingt; als ich wieder erwachte, meinen nackten Körper an den des Vaters gepreßt, schweißnaß vom Schlaf ihn umarmend, meine Finger in seinen Brusthaaren, und er noch immer schlief, schien es mir, als habe ich mich selbst betrogen, als habe ich nicht so sehr ihn, sondern eher mich selber überlisten müssen, um, an seinen Hintern und Rücken geschmiegt, meine Beine um seine Beine geflochten, seine Nacktheit zu fühlen; einerseits war ich zweifellos davon erwacht, überrascht und erfreut, daß während dieses kurzen, tiefen Schlafs unsere Glieder sich ineinander verflochten hatten, so daß das Reaktionsvermögen Minuten brauchte, um sie wieder zu trennen, andererseits gab es gar keinen Zweifel, daß ich selber dieses Aufwachen so eingerichtet hatte; dem Gefühl ist nicht das bewußte, sondern das unbewußte, instinktive, traumhafte Element das wichtigere, ich möchte sogar behaupten, daß dies der Gegenstand meines Experiments war, dies wollte ich ins Unendliche ausdehnen, weil nur dies das Gute war, nur so konnte jenes Gefühl von Ganzheit entstehen, in dem Wunsch und Phantasie sich noch harmonisch mit Lüge und List verbinden, wobei ich, Schlaf vortäuschend, als spielte ich mit mir selber Verstecken, meine Finger langsam, sehr langsam an seinem Leib entlanggleiten ließ, genau darauf achtend, wann seine Haut von der Berührung sanft erschauerte, wann der Speichel sich in seinem Munde sammelte, wann er zu seufzen anfing, ob er weiterschlief, doch während ich mir diese Empfindungen zusammenstahl, wurde mir erschreckend bewußt, daß ich hier in Mutters hinterlassener Wärme lag, ihre Stelle einnahm, daß ich sie bestohlen hatte mit dem, was ich ihn an ihrer Stelle fühlte.

Als müßte ich Mutter mit dem Mund, Vater mit der Hand berühren.

Auf seinem Bauch mußte meine Hand sich öffnen, damit sie sich an die gespannte Wölbung schmiegen konnte. Von da war es nur noch ein kurzes Gleiten, um dann, von den Schamhaaren ein wenig aufgehalten, die Hand an das Geschlecht zu schmiegen.

Der Augenblick zerfiel in zwei genau voneinander getrennte Phasen.

Die eine, als sein Körper, keineswegs unbeteiligt, fast bereitwillig zuckte und er aufwachte.

Und die andere, in der er sich mit einem krampfhaften Zusammenzucken seines Körpers von mir losriß und lauthals brüllte.

Wie jemand, der im warmen Bett eine kalte Kröte findet.

Gegen Morgen wird der Schlaf tiefer und schwerer, und hätte ich ihn nicht aus diesem Tiefschlaf aufgeschreckt, hätte er gewiß die Möglichkeit gehabt, sich daran zu erinnern, daß er selbst ein Protagonist des gleichen Entwicklungsromans war, in dem nichts fremd bleiben darf, was menschlich ist, daß also das Geschehene nicht so außergewöhnlich war, um eine so brutale Reaktion zu rechtfertigen; andererseits wollte er vermeiden, daß seine drastische Abwehr unabsehbare Folgen hätte, wenn er also keine negative, sondern als vernünftig abwägender Pädagoge eine positive Wirkung bei mir erzielen wollte, dann hätte er nachsichtiger und vor allem mit der Klugheit des Überlegenen vorgehen müssen, wissend, was ein Mensch, vor allem ein Mann! seines Alters, über vierzig, zumindest ahnen mußte, daß einmal im Leben jeder das anfassen muß, sei es in der Phantasie oder in der Wirklichkeit, symbolisch oder handgreiflich, daß jeder wenigstens einmal die Scham seines Vaters verletzen muß, vielleicht um selber unverletzlich zu bleiben, und daß das ein jeder mit Gewißheit auf die eine oder andere Weise tut; auch wenn ihm nach dieser Heimsuchung keine Kraft verbleibt, es sich selber einzugestehen, ist es doch ein Gebot der Selbsterhaltung und jener Moral, die nur im Extremen faßbar wird; er aber, aus dem Schlaf erwacht, sah sich durch seine erste instinktive Bewegung von der eigenen Natur verraten, daher konnte er nicht anders, er mußte brüllen.

«Was machst du hier? Was soll das?»

Und er stieß mich mit einer Wucht aus dem Bett, daß ich zu Boden stürzte, hinunter auf ihrer beider Bettdecke.

Danach herrschte noch tagelang die Betroffenheit des Sünders in mir, jene angespannte, taube Stummheit des Wartens, die, auf die Folgen, die Strafe gefaßt, die Tat noch weniger ungeschehen und damit großartiger, ja sogar genußvoller macht, aber nichts geschah, umsonst beobachtete ich beide noch so gespannt, es gelang mir nicht einmal, dahinterzukommen, ob mein Vater das Geschehene meiner Mutter erzählt hatte, wie in anderen Fällen, wenn sie im Zusammenhang mit einer meiner Untaten versuchten, ein einheitliches Verhalten mir gegenüber an den Tag zu legen, was ihnen freilich nie so lückenlos gelang, als daß ich die Unterschiede in ihren Ansichten nicht erkannt hätte; diesmal aber täuschten sie übereinstimmend vollkommene Ahnungslosigkeit vor, als wäre nichts geschehen, als hätte ich nur geträumt, die Berührung und auch das Brüllen geträumt, weil ich, auf ein sichtbares Zeichen der Bestrafung wartend, jene Reaktion nicht wahrnahm, die viel schlimmer war, als es jede Bestrafung hätte sein können – heute, als vernunftbegabter Erwachsener, frage ich mich selber, mit welcher Art von Strafe ich eigentlich gerechnet hatte? etwa daß sie mich erbarmungslos blutig geschlagen hätten? denn welche Strafe ließe sich ersinnen für den Fall, daß sich herausstellt, ein Knabe habe sich in seinen Vater verliebt? ist diese Leib und Seele verwirrende, schreckliche und nicht zu befriedigende Liebe nicht die Strafe selber? – ich bemerkte es nicht – oder wollte es nicht bemerken, vielleicht hatte ich auch keine andere Wahl, als so zu tun –, daß mein Vater von da an mir gegenüber noch zurückhaltender wurde und vorsichtshalber jeder Gelegenheit auswich, bei der er in unmittelbaren Körperkontakt mit mir hätte geraten können, er küßte mich nicht und faßte mich einfach nicht mehr an, aber er schlug mich auch nicht mehr, als fühlte er, daß sogar Schläge eine Erwiderung dieser Liebe wären, man könnte sagen, daß er sich mir entzog, er tat das so unauffällig, seine Zurückhaltung gelang ihm so vollkommen, es war so wenig Äußerliches an ihr, und wahrscheinlich machte sie eine sehr große Angst so subtil, daß selbst ich den Zusammenhang zwischen dem auslösenden Anlaß und den tatsächlichen Folgen nicht bemerkte, vielleicht nicht einmal er selbst, den Grund aber vergaß ich, wie auch, daß ich ihn mit der Maria Stein auf dem Bett des Dienstbotenzimmers gesehen hatte; vielleicht hatte auch er es vergessen, geblieben war nur die Bedrohung durch die Tatsache, an die ich mich nicht gewöhnen konnte, daß nämlich mein Vater mir nicht fremd genug war, um mich nicht zu irritieren, und nicht nahe genug, um mich zu lieben; als er nun die Tür öffnete, um mich ins Badezimmer einzulassen, waren seinem humorlosen Gesicht und der ostentativen Nacktheit seines Körpers diese Zurückhaltung, ein gewisses Mißtrauen und eine gut überspielte Verlegenheit deutlich abzulesen, aber auch der Zwang, daß er es nur auf Zureden meiner Mutter hin getan hatte, ansonsten wäre es keineswegs in seinem Sinne gewesen, noch hätte er es für entschuldbar gehalten, daß ich spionierte und horchte, und anstatt mich an dieser durchaus gewagten Familienidylle teilnehmen zu lassen, hätte er mich lieber ins Bett zurückgescheucht. «Marsch zurück!» hätte er gesagt, und damit wäre für ihn die Sache erledigt gewesen; Mutter gegenüber aber fühlte er sich mindestens so schutzlos und ausgeliefert, wie ich es ihm gegenüber war, und das galt mir als Genugtuung nicht wenig, und wenn es überhaupt eine winzige Hoffnung gab, mich zwischen die beiden zu drängen, dann durch diese Ritze, nur indem ich mich Mutters Zuneigung versicherte, ihr Wohlwollen errang und ihrer Sensibilität entgegenkam; zu Vater hatte ich keinen unmittelbaren Zugang.

«Mach die Tür zu!» sagte er, drehte sich um und setzte sich wieder in die Wanne, ich aber, der ich mich nicht entschließen konnte einzutreten, stand immer noch, ohne mich zu rühren, an der gleichen Stelle, das war ein unvermutetes, unheilkündendes Geschenk, eine Freude, die er auch mit dem gepreßten, mehr an meine Mutter als an mich gerichteten Ton nicht völlig hatte zerstören können, ich hatte gesiegt, ohne auf einen Sieg gehofft zu haben, die Drehung seines Körpers aber war ein neues Erlebnis, ein bestürzender Augenblick, der nur so lange zu genießen war, bis er wieder ins Wasser eintauchte; wenn ich vorhin behauptet habe, daß sein Körper von vorne gesehen vollkommener schien, wohlproportioniert, anziehend und schön, dann muß ich etwas erwähnen, vor dessen Äußerung die Scham noch größere Barrieren zu überwinden hat als bei dem bisher Gesagten, oder sollte es gar nicht die Scham sein? sondern jener seltsame Wunsch, unsere Eltern an Leib und Seele für die vollkommensten Geschöpfe zu halten, auch wenn sie es nicht sind? zwingt uns also die Erfahrung, das Häßliche schön zu finden oder, falls wir auf den unerfüllbaren Anspruch vollkommener Schönheit und Ebenmäßigkeit nicht verzichten können, die Unvollkommenheit wenigstens nachsichtig, mit Erbarmen hinzunehmen? an den Körperformen gewissermaßen abzulesen, daß in allem scheinbar Vollkommenen die Neigung zum Gebrechen, zur Abartigkeit, zum Kranken, ja zur Krüppelhaftigkeit steckt, und verleiht gerade das unseren Gefühlen den besonderen

Beigeschmack? und nicht nur deshalb, weil völlige Harmonie der Eigenschaften niemandem gegeben ist, sondern eher weil das Vollkommene und das Unvollkommene immer Hand in Hand gehen, unzertrennlich; und wenn wir vor den Unvollkommenheiten eines menschlichen Geschöpfs die Augen verschließen und versuchen, es dennoch als ein vollkommenes zu lieben, werden wir dann bloß von unserer Phantasie genarrt?

Von der Seite gesehen erschien nämlich ausgesprochen verwachsen, was ich vorher von vorn als vollkommen gesehen hatte, seine beiden Schulterblätter standen deutlich aus dem rundgewölbten Rücken hervor, so als wäre er auch im Aufrechtstehen nach vorne gebeugt, und wenn ich mich nicht vor dem Wort scheute, würde ich sagen, daß ihn nicht mehr als Haaresbreite davon trennte, bucklig zu sein, jawohl, einfach bucklig, was wir als besonders abstoßend empfinden, und als wäre es nur das Werk des Zufalls, daß er es nicht war, als hätte die Natur sich nicht entscheiden können, ob sie ein menschliches Ideal oder ein Zerrbild aus ihm machen sollte, und ihn so seinem Schicksal überlassen, er aber, in Kenntnis dieses Schicksals, versuchte diese finstere Heimtücke der Unentschiedenheit verschwinden zu lassen oder wenigstens zu korrigieren, was ihm jedoch trotz all seiner vermutlichen Qualen und seiner bis zu peinlichen Übertreibungen gesteigerten Energie nur zum Teil gelingen konnte, weil der Körper, die Form, mögen wir in unserem christlichen Verständnis den Primat der Seele vor der äußerlichen Schönheit noch so erschöpfend erörtert haben, schon im Augenblick unserer Geburt so deutlich geprägt ist, daß sie als endgültig anzusehen ist.

Ich aber liebte mit der ganzen Voreingenommenheit eines Verliebten auch dies, in einem Atemzug Schönheit und Häßlichkeit in mich aufzunehmen, mit einem durch Zärtlichkeit verfeinerten Verstehen zugleich und ebenso heftig Anziehung und Ablehnung zu empfinden; seine Unvollkommenheit machte ihn für mich vollkommen, nichts anderes konnte seinen starrsinnigen Ernst, seine strenge, ständig wache Aufmerksamkeit und den Eifer, mit dem er alles verfolgte, was er als böse, fehlerhaft, schlecht, also als abwegig und häßlich beurteilte, besser erklären als dieser winzige Schönheitsfehler, dieser Beinahebuckel, dessen Fehlen ihn vielleicht zu einem Allerweltsschönling gemacht hätte, so aber, ausgestattet mit dem Charakter des in permanenter Abwehr Lebenden, war er, trotz all seiner Ausschweifungen! gefühlsmäßig ein wenig abweisend, empfindungsmäßig ein wenig kalt, aber äußerst klug, als hätte sich sein auf Zärtlichkeit gerichtetes, doch ihrer unfähiges Gemüt, durch das Faktum seiner Körperbeschaffenheit zur Zurückhaltung verurteilt, so verfeinert, daß keine noch so gut verborgene Absicht vermocht hätte, ihn zu täuschen, so daß die Energie, die sich in der erzwungenen Zurückhaltung aufstaute, in seiner die Zusammenhänge genau durchschauenden Verstandes- und Urteilsfähigkeit geradezu gewaltsam zu äußern schien; seine Fähigkeiten und seine Körperlichkeit brachte er mit einer unfehlbaren Instinktsicherheit miteinander in Einklang, und nur selten war ihm so etwas wie ein unaufrichtiges Bemühen nachzuweisen, anders zu erscheinen, als er in Wirklichkeit war, und obgleich ich damals nur wenig darüber wußte, was ein Anwalt tut, hätte ich mir für seine Person keine würdigere Umgebung vorstellen können, als wenn er in der Strenge seines dunkelgrauen Anzugs, im Schein der auch am Tage brennenden Kronleuchter mit seinen schlanken Händen die auf dem glänzend polierten Schreibtisch ausgebreiteten Akten zusammensuchte, vielleicht täuschte der Schnitt seines Anzugs ein wenig, ließ doch das geschickt angebrachte Schulterpolster die Krümmung des Rückens fast völlig verschwinden – ja, und dann die breiten, langen, marmorverkleideten Flure, in denen selten jemand zu sehen war, nur ab und zu ein Bürogehilfe, der mit schweren Akten vorübereilte, oder eine kleine Menschengruppe, die stumm vor einer mächtigen Tür wartete und komischerweise so, als hätte keiner mit dem anderen irgend etwas zu tun; ehrfurchtgebietende, staubige Langeweile herrschte auf diesen Gängen, wenn nicht gerade immer lauter werdende Schritte, die sich näherten, die Stille unterbrachen oder in einer Biegung des Korridors, von zwei Wärtern begleitet, ein Gefangener in Handschellen auftauchte, um gleich wieder hinter einer der braunen Türen zu verschwinden, während Vater zur Verhandlung ging; ich liebte seinen sich im Flur entfernenden Rücken, es schien mir, als konzentriere sich in ihm all das, was ich im Gegensatz zur robusten Schönheit seines Körpers als fein, klug und vornehm an ihm empfand, der Vollständigkeit halber müßte man freilich noch von seinem rundlich muskulösen Hintern sprechen, in dessen sanften Linien sich etwas betont Weibliches zeigte, von seinen kräftigen Schenkeln, den unter der goldblonden Behaarung der Beine sich kräftig verzweigenden Adern, den zartknochigen langen Zehen seines gewölbten Fußes – und dann dieser Rücken! seine Schritte waren leicht und federnd, kraftvoll wie die eines Raubtiers, zu dessen natürlichen Freuden es gehört, seine lebendig-schwungvolle Kraft in den Sohlen zu spüren, doch schien es, als würde er jene eher geistigen Lasten und Sorgen, die nach meiner Vorstellung die Verfolgung des Verbrechens mit sich bringen, nicht auf den Füßen, sondern auf dem Rücken tragen, als hätte seine Macht im Rücken, in der Krümmung seines Rückens ihren Sitz, und mein Wunsch, ihm zu gleichen, mein Verlangen, diese Macht, Überlegenheit und Kraft zu der meinen zu machen, war so groß, daß es sich nicht nur auf die zu den Lenden führende und von dort ausstrahlende Schönheit der Linien, Flächen und Proportionen seines Körpers bezog, sondern auch auf seine vergeistigte Häßlichkeit, so daß ich mich eine Zeitlang sogar bemühte, meinen Rücken absichtlich krumm zu machen und die nicht annähernd so ehrfurchtgebietenden Korridore der Schule so entlangzugehen, wie ich es bei ihm im Gericht gesehen hatte.

Dann trat ich doch ins Badezimmer ein und schloß die Tür hinter mir, wie er gesagt hatte.

Er setzte sich wieder in die Wanne hinein, und weil Mutter im selben Augenblick prustend aus dem Wasser auftauchte, schwappte es heraus auf den Steinboden.

«Los, zieh deinen Pyjama aus und steig in die Wanne!»

sagte er so leichthin, als sei es die selbstverständlichste Sache der Welt.

Als ich zwischen den hochgezogenen Knien der beiden in die Wanne stieg und das Wasser wieder überschwappte, schwamm das ganze Badezimmer, die Pantoffeln schaukelten auf dem Wasser, und alle drei mußten wir lachen.

Und wenn wir schon bei diesem plötzlich ausbrechenden Lachen anhalten, das mit seiner natürlichen Fröhlichkeit alle Barrieren, die durch Zurückhaltung, Mißtrauen, Angst vor Folgen, grundlose Befürchtungen entstanden waren, wegräumte, so scheint es auch jenes Häutchen durchstoßen zu haben, das ich vorhin als die Grenze zwischen der Realität und der ihr überlegenen inneren Wirklichkeit bezeichnete, so als habe es den Körper von seinem Gewicht und der Schwerfälligkeit seiner Form befreit und uns in jenen seltenen Zustand versetzt, der von der Realität des Körpers direkt zur Wirklichkeit unserer Wünsche führt; drei nackte Körper im abkühlenden Wasser einer Badewanne, und doch war es, als lache ein einziger Mund, als breche dieses keineswegs jeder Bosheit entbehrende Lachen dank der Übereinstimmung unserer Gefühle aus einem einzigen riesigen Mund hervor, mein Körper eingezwängt zwischen Vaters gespreizten Knien, meine Füße in Mutters offenem Schoß unter dem vom Shampoo trübe schäumenden Wasser, das ihre großen Brüste sachte anhob, als schwämmen sie auf dem Wasser, und als Vater mich anstieß und Mutter mich zurückschubste, das Wasser bei jedem Stoß von neuem überfloß und aus der Wanne schwappte, lachten wir zwar über diesen kindischen Unfug, doch gleichzeitig schien dieser gemeinsame Mund die nackten Leiber zu verschlingen und wieder auszuspeien, um sie im dunklen Schlund der Lust von neuem verschwinden zu lassen und von neuem auszuspeien, im stoßweisen Rhythmus des Gelächters, das sich wellenartig fortpflanzte, nach oben schwebte, um dann auf seinem Gipfel innezuhalten, zurückzufallen und aus noch tieferen Schichten des Körpers verborgene, ungeahnte Schätze der Lust heraufzuholen, um aus geweiteter Lunge und noch größerer Höhe unversiegliche

Freude aus sich herauszuschleudern, ähnlich dem Wasser, das über den Wannenrand schwappte.

Doch muß ich um der Gerechtigkeit und um der Vollständigkeit willen versuchen, jenen Anschein zu vermeiden, als hätte mein damaliges Leben nur aus nicht enden wollenden Kümmernissen, erniedrigenden Ungerechtigkeiten, jämmerlichen Niederlagen, unerträglichen, jawohl, unerträglichen Leiden bestanden, nein, ich muß meinem zweifellos einseitigen Bericht entgegenhalten, daß dem ganz und gar nicht so war, da Freude und Glück einen mindestens ebenso großen Anteil an ihm hatten; das Leiden aber hinterläßt vielleicht deshalb tiefere Spuren, weil es mit Hilfe des Bewußseins die Zeit mit Zweifeln und Vorwürfen verlängert, während die echte Freude, die jede Art von Bewußtheit meidet und sich auf das Gefühl beschränkt, sich und uns nur so viel Dauer schenkt, als sie währt, weshalb sie erschreckend zufällig und beliebig erscheint, und während das Leiden in der Erinnerung lange, verworrene Geschichten hinterläßt, schenkt uns die Freude nur Augenblicke des Glücks; aber weg mit der in Einzelheiten sich verlierenden Analyse, und weg auch mit der Philosophie, die den Sinn der Einzelheiten zu erkennen sucht; wir benötigen sie, wenn wir ins Auge fassen wollen, über welchen Seelenreichtum wir verfügen, und warum sollten wir das nicht, wenn es uns zur Freude gereicht? etwa weil dieser Reichtum so unermeßlich wäre und das Unermeßliche zu den am wenigsten begreifbaren Dingen gehört und wir in unserem analytischen Erschrecken dazu neigen, den Grund unserer Verletztheiten, Verkrüppelungen, unserer Leiden und seelischen Krankheiten und – sprechen wir es ruhig aus – schließlich den auslösenden Grund unseres ganzen Elends in einfachen und natürlich zu nennenden Vorgängen zu finden, nachdem uns die Ganzheit des Vorgangs zugunsten bestimmter, willkürlich ausgewählter Details erst einmal verlorengegangen ist und wir uns in unserem Erschrecken über den unendlichen Reichtum der Details schon dort einen Halt gesetzt hatten, wo man hätte noch ein gutes Stück weitergehen können; unser Erschrecken sucht einen Sündenbock, richtet kleine Opferaltäre auf, stößt rituelle Opfermesser in die Luft, womit wir eine viel größere Verwirrung hervorrufen, als wenn wir gar nicht erst angefangen hätten, über uns nachzudenken, oh, wie glücklich sind die Armen im Geiste! lassen wir also das Nachdenken, überlassen wir uns lieber frei und ohne Vorbehalte jener angenehmen Vorstellung, daß wir an Mutters Krankenbett auf dem Boden sitzen, den Kopf auf die kühle Seidendecke gelegt, mit der sie zugedeckt war, die Lippen auf der nackten Haut ihres Armes, im Haar ihre zarten Finger, ein angenehmes Prickeln in den Haarwurzeln, weil sie in ihrer Verwirrung mit der Hand in mein Haar gefahren war, um damit gleichsam tröstend ihren Worten die Spitze zu nehmen, und obwohl dieser angenehme Schauder allmählich die ganze Oberfläche meines Körpers in Besitz nahm, gelang es ihr nicht, das Gesagte einfach zurückzunehmen; war doch auch mir schon der Gedanke gekommen, daß Vater vielleicht gar nicht mein Vater sei, und da sie sich zwischen jenen zwei Männern nicht hatte entscheiden können, könnte sich diese Ahnung jetzt zur Gewißheit verdichten, darüber jedoch, und das war verständlich, war nichts weiter zu sagen; wir schwiegen also, um zu erkennen, daß all das, was durch ihre Worte hervorgerufen, als Erinnerung in uns auftauchte und sich wieder setzte, so wichtig und entscheidend es sein mochte, doch nur den Hintergrund unserer Gefühle und unserer eigentlichen Interessen bildete, denn an jenem Ort, wo wir versuchen, all jene Eindrücke zu erfassen und als unsere eigenen zu begreifen und an dem sich unsere wahren Erlebnisse abspielen, sind wir allein, vollkommen allein, mit ihm hatten die beiden nichts zu tun und konnten sie nichts zu tun haben.

Und wenn mich all das trotzdem nicht völlig gleichgültig ließ, dann nicht deshalb, weil es so wichtig gewesen wäre zu wissen, welcher der beiden Männer eigentlich mein Vater war, diese Frage war zwar aufregend, aufreizend in ihrer Anstößigkeit und über die Maßen geheimnisvoll, so wie jenes Bild, das ich von dem für meinen Vater gehaltenen Mann und jener anderen Frau bewahrte, trotzdem meine ich, daß es sich dabei um eine zweitrangige Frage handelt, eine, die man vergessen kann, die zum Hintergrund gehört wie der weite Bogen des Horizonts am Rande einer im Nebel der Abenddämmerung ruhenden Wiese, ein sich im Nichts verlierender Rahmen, der zwar unleugbar zum Bild gehört, doch unser Bild beginnt und endet erst dort, wo wir sind, wo wir vorkommen, das Nachdenken über die Existenz hat nur einen Mittelpunkt, den Körper, die bloße Form, die dieses Nachdenken erst ermöglicht und uns hinlänglich Kraft, Überlegenheit und Sicherheit verleiht, so daß uns letzten Endes, ich betone zu guter Letzt, nichts anderes zu interessieren braucht als der Körper mit allen seinen denkbaren Bezügen; Mutters Worte hatten hauptsächlich deshalb meine Antwort erstickt und weitere Fragen verhindert, weil sie wie ein nicht ganz absichtsloser Hinweis auf all das schienen, was mich in Wirklichkeit beschäftigte, auch ich konnte mich nicht entscheiden, obwohl ich wie sie die Notwendigkeit, Entscheidungen zu treffen, fühlte, nur daß mich aus ihren Worten eine aus der Unfähigkeit zur Entscheidung resultierende lebenslange Gewissensnot anblickte, eine gründliche und vollständige Verwirrung, gleichsam als Sinnbild meiner eigenen drohenden Zukunft, freilich die Verwirrung eines Menschen, der gar nicht mehr hoffen kann, eine Entscheidung zu treffen, da sie nicht zu treffen ist, und in dieser Beziehung war ihr Geständnis geradezu befreiend, als ahnte sie, daß sie bald sterben würde, es war ein Testament, eine Aufforderung, daß ich nicht versuchen sollte, Dinge zu entscheiden, die nicht zu entscheiden sind, damit das unkontrollierbare Geschick allein mir zur Freude sei! als bestünde die Freiheit des Menschen allein darin, daß er, frei vom Zwang zur Verweigerung, jene Erscheinungen der Welt auf sich wirken ließe, die sich gerade ihm offenbaren, folglich war sie für mich damals nicht eine Mutter, von der man hätte erwarten können, daß sie uns mit der Wärme ihres Körpers vor der Kälte der Realität schützte, sondern ein mitsamt den Erfahrungen zahlreicher Abenteuer und Maßlosigkeiten auf sich selbst bezogener Mensch, der notgedrungen kalt und grausam war und der mich deshalb auch kaum etwas anging, da jede zwischenmenschliche Beziehung der Wärme bedarf, ein Mensch, mit dem ich aber trotzdem identisch war, weil, unabhängig von Alter und Geschlecht, die Prozesse identisch waren, die in uns abliefen.

Sie schien damals von einer Sache zu sprechen, von der sie im übrigen gar nichts wissen konnte.

Auch unser Schweigen schien davon zu sprechen.

Und endlich gelang es mir, ihr etwas von dem zu sagen, worüber ich selbst noch nie gesprochen hatte.

Das war keine hörbare Rede, natürlich nicht, kein einziges Wort wurde in dieser Stille laut, und das Ganze dauerte auch nur so lange, als mein Mund, kleine Küsse hinhauchend, von der zarten Armbeuge bis zu ihrer Schulter hinaufglitt; mich haben die Mädchen sehr gern, hätte mein geflüstertes Liebesgeständnis gelautet, sie lieben mich mehr als alle anderen Jungen, hätte ich geflüstert, als sollte ich etwas beteuern, zugleich ein wenig beschämt über diese überraschende, unpassende und in jeder Weise gockelhafte Behauptung, denn alle unsere heimlichen Gedanken sind, sobald wir sie laut äußern, wenn auch nur für uns selbst, sofort einer gewissen desillusionierenden Ergänzung bedürftig: weil sie mich nicht so lieben wie die anderen Jungen, ich weiß es und schäme mich deswegen, genauer gesagt, nicht so, wie Mädchen Jungen zu lieben pflegen, sondern eher als sei ich selbst ein Mädchen wie sie, während ich natürlich ein Junge bin, auf diesen Unterschied jedoch, der mich von den übrigen Jungen trennt, könne ich nicht ohne Stolz sein, und ich möchte sie bitten, mir zu helfen, weil ich doch alles, ohne das zu wollen, falsch erzähle, die Mehrzahl beziehe sich nämlich nicht auf die Mädchen im allgemeinen, sondern auf die drei, auf Hedi, Maja und Livia, das sind die Mädchen, und wenn ich an die Knaben denke, sind es Prém, Kálmán und Kristian, wenn ich mich aber entscheiden und meinen Platz zwischen den beiden aufeinander bezogenen und doch voneinander unterschiedenen Dreiergruppen verschiedenen Geschlechts bestimmen sollte, nämlich zu welcher ich mich stärker hingezogen fühlte, dann würde ich ohne jeden Zweifel sagen, daß mir die Frauen, die Mädchen, unbedingt lieber seien, daß die Männer, die Knaben, mich aber stärker anzögen.

Falls es überhaupt möglich wäre, sich über so etwas laut zu äußern.

Meinen Kopf an Mutters Schulter, fiel mir jedoch plötzlich ein, wie es ist, wenn ich, geräuschlos aus dem Garten kommend, in das geräumige Speisezimmer der Prihodas eintrete, in dem das Dienstmädchen Sidonia gerade den Tisch abräumt, und ich sie eine Weile stumm beobachte, wie sie sich auf die Knie niederläßt und, mir den Hintern entgegenstrekkend, die Krümel vom Teppich aufsammelt.

Vielleicht war es der schwere Geruch ihrer Haut, der mich nötigte, ihr alles zu sagen, ihr mein ganzes Geheimnis anzuvertrauen, alles, was ich ganz unabhängig von ihr durchlebte, was sich aber doch irgendwie auf sie bezog.

Und wenn sie mich endlich bemerkt, lege ich meinen Finger an die Lippen, um sie zur Ruhe zu ermahnen, damit niemand im Haus von meiner Anwesenheit erfährt und es mir gelingt, Maja zu überraschen; sie aber bleibt reglos, der tiefere Sinn meiner Vorsicht bleibt ihr glücklicherweise verborgen, sie glaubt, es handle sich um irgendeinen harmlosen Scherz, weil ich ja, nicht wahr, so ein zu Späßen aufgelegter Bursche bin! und mein Lächeln, meine Bitte, das ganze Spiel macht sie ja auch zu meiner Spießgesellin; vorsichtig, damit der Fußboden nicht knarrt, gehe ich auf sie zu, «so, da ist er ja schon wieder, dieser Lausejunge», sagen ihre Augen hingerissen, und laut lachend verfolgt sie meine Schritte.

Ich muß jedesmal etwas ganz Neues erfinden, dies hier ist nur das Vorspiel, muß mir etwas ganz und gar Ungewöhnliches ausdenken, um bei jeder Gelegenheit die faszinierende Wirkung meines Tuns neu zu bekräftigen, doch ist das keineswegs so schwierig, wie es im ersten Augenblick scheint, ich muß nur sehr vorsichtig vorgehen bei diesen Frechheiten und die Gegebenheiten nutzen, die die Situation gerade bietet.

In dieser Sprachlosigkeit erdreiste ich mich sogar, sie gar nicht zu begrüßen, denn ich weiß, daß nur die übertriebensten Gesten wirkungsvoll sind, also nicke ich bloß, manchmal aber fasse ich überraschend nach ihrer Hand, um sie zu küssen, und sie versetzt mir vergnügt einen Klaps auf den Kopf, unsere Beziehung bleibt daher, wenn nicht gerade Hiebe klatschen, stumm, wenn auch beredter, als wenn wir sprächen, wir wechseln Zeichen miteinander, und schon deshalb müssen diese Formen unbedingt bewahrt und dürfen nicht durch irgendwelche Worte verletzt werden.

Ich brauche auf nichts anderes als auf die gelblichen Pünktchen in ihren grauen Katzenaugen zu achten, weiß ich doch, daß jede ihrer vorsätzlichen oder auf einer Überlegung gründenden Bewegungen bewußt und daher unnatürlich ist, ich muß eine unmittelbare Verbindung zwischen diesen Pünktchen und meinen den Instinkten gehorchenden Bewegungen herstellen, und diese gelben Pünktchen in den grauen Augen lassen mich erkennen, ob ich auf der richtigen Spur bin oder ob ich mich täusche; jetzt zum Beispiel will sie mich mit ihrem lauten Lachen mit Sicherheit strafen, sie redet nicht, sie schweigt, weil ich ihr geboten habe zu schweigen, trotzdem lacht sie laut, und das schreit nach Vergeltung, zu unserer gemeinsamen Lust sind wir immerfort auf kleine Vergeltungen erpicht, um raufen, puffen, beißen, boxen und kratzen zu können, wobei wir bemüht sind, unser kämpferisches Keuchen, ja selbst unseren Atem zu unterdrücken; langsam lasse ich mich auf die Knie nieder, ohne mich über sie lustig zu machen, sie versteht mich auch so! ich wiederhole nur, spiegele sozusagen die komische und in gewisser Weise demütigende Situation ihres Körpers, wir knien nebeneinander zwischen den beiseite gestoßenen Stuhlbeinen, als wolle ich ihr zeigen, in diesem Hause bist du so etwas wie ein Hund, nichts weiter als ein Hund!

Sidonia ist ein dickes Mädchen, ihr reiches braunes Haar hat sie in dichten Flechten um den Kopf gelegt, ihr Gesicht glänzt fettig, ihre Augen sind fröhlich, und alle ihre Bewegungen sind auf eine liebenswerte Weise kindlich und linkisch; auf ihrer weißen Bluse, unter der Achsel, zeigen sich dunkle Schatten von Schweiß, und ich fühle, daß ich mit diesem starken Schweißgeruch etwas anfangen muß: jetzt bin ich dein

Hund! und laut schnuppernd bohre ich meine Nase in ihre Achselhöhle.

Ihr Körper sinkt hin in stummer Lust, kugelt unter den Tisch, und ich folge der lauwarmen, feuchten Ausdünstung mit der Nase, da aber beißt sie mir in den Nacken, so kräftig, daß es weh tut.

Manchmal auf diese, dann wieder auf andere Weise, doch, wie immer es sich auch ergab, das alles war erst die Vorhalle der Genüsse.

Weil im Heiligtum, in der Tiefe ihres großen, dunklen Zimmers, am Tisch über Bücher und Hefte gebeugt, den Kopf in die Hand gestützt, einen Bleistift zwischen den Zähnen, Maja sitzt, die ihre nackten, ineinander verschränkten Beine unter dem Stuhl in einem aufreizend unberechenbaren Rhythmus baumeln läßt.

Vor ihrem Fenster standen dichte, hochgewachsene Sträucher, und alte Bäume ließen ihre belaubten Zweige gleich einem Vorhang herabhängen, das Zimmer war erfüllt von grünem Geflirr, von grünem Vibrieren an der weißen Wand, vom Schweben und Schwingen der Blätter.

«Ist Livi noch nicht da?» fragte ich leise, mit Absicht stellte ich gleich zu Beginn diese bedeutsame Frage, wie ein Geständnis, sie sollte gleich merken, daß nicht sie gemeint war, daß sie umsonst auf mich gewartet habe, nicht ihretwegen sei ich gekommen.

Sie sah mich nicht an, so als hätte sie im ersten Moment gar nicht gehört, was ich gefragt hatte; immer saß sie mehr oder weniger geistesabwesend an ihrem Tisch und schien nicht wirklich zu lesen, sondern eher die Buchstaben in ihrem Buch von weitem zu betrachten, mit einem gewissen Abscheu oder einem Zwang, auf den größtmöglichen Abstand bedacht; sie las, wie andere ein Bild betrachten, die Einzelheiten und ihren Zusammenhang zugleich in Augenschein nehmend, bogenförmige Falten runzelten ihre Stirn, in ihren runden tiefbraunen Augen lag eine ständige, gleichbleibende Verwunderung offen zutage, während sie mit ihren schönen weißen Zähnen am Bleistift kaute, ihn drehte, kaute, wieder drehte und von neuem zubiß; und das einzige Anzeichen dafür, daß die Tatsache meines Erscheinens bis zu ihrem Bewußtsein vorgedrungen war, merkte ich daran, daß ihre Beine langsamer baumelten und daß sich der Bleistift zwischen ihren Zähnen langsamer drehte, wahrscheinlich brauche ich gar nicht zu erwähnen, daß dies alles keineswegs ein Zeichen von Gleichgültigkeit, sondern im Gegenteil einer gespannten Aufmerksamkeit war, befähigten sie doch gerade die aufs Motorische und Monotone reduzierten Gefühle, das vom Körperlichen so sehr abstrahierte Wissen aufzunehmen, und wenn es ihr endlich gelang, sich von dem zu lösen, was sie so stark gefesselt hatte, dann blickte sie mich mit dem gleichen überraschten Interesse an, möglicherweise war auch ich in ihren Augen nichts anderes als ein beliebiger Gegenstand, vielleicht aber ist jeder Gegenstand auf seine Art interessant, sie hob langsam, sehr langsam den Kopf, die Falten auf ihrer Stirn glätteten sich, den Bleistift zwischen ihren Zähnen mußte sie fast gewaltsam herausziehen, ihr Mund blieb offen, und ihre hungrige Aufmerksamkeit verschwand nicht.

«Wie du siehst», sagte sie einfach, was mich nicht darüber täuschen konnte, daß sie es im Grunde genoß, mir eine schmerzliche Nachricht mitteilen zu können.

«Und wird sie heute gar nicht mehr kommen?» fragte ich überflüssigerweise, nur um ihr zu zeigen, daß ich bestimmt nicht ihretwegen gekommen war, darüber sollte es keinen Zweifel geben.

«Livi langweilt mich inzwischen ein bißchen, heute wird sie vielleicht wegbleiben, aber Kálmán meint, daß wir uns heute auf jeden Fall treffen, Kristian veranstaltet wohl irgendein Theater.»

Damit hatte sie mir einen sauberen, tiefen Stich verpaßt, denn natürlich hatten sie mir nichts gesagt, und sie wußte genau, daß die anderen mich nicht dabeihaben wollten.

«Wir treffen uns also?»

«Klar treffen wir uns», bestätigte sie unschuldig, als sei auch ich in dem «wir» enthalten, und einen Augenblick lang gelang es ihr sogar, mich zu täuschen.

«Hat er gesagt, ich soll auch kommen? Daß du es mir sagen sollst?»

«Wieso? Hat er's dir nicht selber gesagt?»

Leicht herablassend, leicht spöttisch genoß sie mein verwirrtes Schweigen.

«Er hat irgend so etwas erwähnt», sagte ich, obwohl ich wußte, daß sie meine Lüge durchschaute und mich ein wenig bedauerte.

«Und warum solltest du nicht kommen, wenn du es möchtest?»

Aber ich wollte ihr Mitleid nicht.

«Dann ist unser Tag also wieder verdorben», sagte ich wütend, womit ich mich ungewollt verraten hatte, was ihr aber wohltat.

«Mutter ist nicht zu Hause.»

«Und Sidonia?»

Sie zuckte die Schultern, das tat sie mit unnachahmlicher Grazie, zwar hob sie die Schultern nur um eine Winzigkeit, aber dabei spannte sich ihr ganzer Körper, als habe sie den Höhepunkt der Hilflosigkeit erreicht, und der Augenblick schien kaum wahrnehmbar, in dem sie sich wieder entspannte, den Bleistift auf den Tisch warf und aufstand.

«Komm, wir wollen die Zeit nicht vertrödeln!»

Als interessiere sie tatsächlich nichts anderes; ich aber konnte mich von meinem Zorn nicht so schnell frei machen und verstand die Zusammenhänge auch nicht so recht, ich hatte nur das Gefühl, daß hinter meinem Rücken wieder etwas geschehen war, und das mußte aus mir heraus.

«Sag mir nur eins, sei so gut und sag mir, wann du mit Kálmán gesprochen hast?»

«Hab ich gar nicht!» sagte sie fast trällernd, und ihre Augen glitzerten fröhlich.

«Konntest du auch nicht, weil er nämlich mit mir nach Hause gegangen ist.»

«Na siehst du, gib dich also zufrieden», sagte sie unverschämt grinsend, um mir zu zeigen, daß sie meinen Zorn genoß.

«Darf ich vielleicht fragen, woher du es dann weißt?»
«Das ist doch meine Sache, oder?»
«Demnach gibt es also Sachen, die nur dich angehen?»
«Gibt es auch.»
«Du wirst also hingehen?»
«Warum nicht? Hab mich aber noch nicht entschieden.»
«Du möchtest wohl überall dabeisein, was?»
«Ich werd's dir bestimmt nicht verraten, mach dir bloß keine Hoffnungen!»
«Mach ich mir auch nicht!»
«Um so besser!»
«Was bin ich für ein Idiot, dir auch noch nachzulaufen.»
Einen Augenblick lang herrschte Stille, dann fragte sie leise und unsicher:
«Soll ich's dir verraten?»
«Interessiert mich nicht im geringsten. Behalt's für dich.»
Sie trat dichter an mich heran, ganz dicht, aber ihr Blick, der tief verstört schien, irrte ab und verschleierte sich, und seine flüchtige Ratlosigkeit machte deutlich, daß sie gar nicht sah, was sie anschaute, nämlich mich! nicht meinen Hals, obwohl es schien, als betrachtete sie meinen Hals, ausgerechnet die Stelle des Bisses, aber weil sie nicht sah, was sie anschaute, sondern mit ihrer Phantasie in jenen heimlichen Gefilden herumzigeunerte, die sie vor mir gerne verborgen hätte und auf die ich unendlich neugierig war, denn ich wollte ja Kálmán darin aufspüren, ja mehr noch, ich wollte jede seiner Bewegungen erkennen, wollte die Worte hören, die er ihr zuflüsterte, faßte sie mit einer zögernden Handbewegung, wie um sich von meiner Anwesenheit zu überzeugen und ohne sich dessen bewußt zu sein, was sie tat, mit zwei Fingern den Kragen meines Hemdes und zog mich zerstreut, die Stimme zu einem leisen, einschmeichelnden Flüstern dämpfend, näher an sich heran.
«Ich sag's dir nur, weil wir uns geschworen haben, keine Geheimnisse voreinander zu haben.»
Und wie jemand, dem es endlich gelungen ist, die erste und schwerste Hürde seines Schamgefühls zu überwinden, atmete

sie auf, lächelte ein wenig, um dann mit Hilfe dieses kleinen Lächelns zu meinem Gesicht zurückzukehren und, mir in die Augen schauend, den angefangenen Satz fortzusetzen.

«Ich hab einen Brief bekommen, er hat mir einen Brief geschickt, gestern abend, Livia hat ihn gebracht, daß ich auch kommen soll, du weißt schon, der Kleider wegen und daß wir uns heute nachmittag im Wald treffen wollen.»

Jetzt war ich im Vorteil, weil ich spürte, daß das nicht stimmen konnte.

«Du lügst.»

«Du bist wirklich total bescheuert!»

«Glaubst du vielleicht, ich bin blöd und merke nicht, wenn du lügst?»

«Du bist aber auch mit nichts zufrieden!»

Ich packte sie beim Handgelenk, riß ihre Hand von meinem Kragen, ließ sie aber nicht wieder los, sondern stieß sie weiter weg von mir, weil nicht sie die Nähe zwischen uns bestimmen sollte und vor allem nicht ihre durchsichtigen kleinen Lügen! ich tat es, obgleich mir ihre Nähe – ihr Atem streifte meinen Mund –, ja selbst ihr leidenschaftliches Leugnen, mit dem es ihr gewiß gelungen wäre, jeden anderen zu täuschen, ausgesprochen wohltaten, doch als wäre ich mir zugleich bewußt, daß ein Körper den anderen, mag er noch so verführerisch und wärmend sein, nicht ohne jede moralische Bedingung in Besitz zu nehmen noch zu behalten wünscht, sondern daß gerade im Sinne eines solchen vollständigen und vollkommenen Besitzes manchmal die sogenannte Wahrheit wichtiger ist als selbst die augenblickliche Nähe des anderen – die Wahrheit, etwas, das es natürlich nicht gibt, das aber auf irgendeine Weise doch zu erreichen sein müßte, die innere Wahrheit des Körpers, auch wenn sich diese innere Wahrheit im späteren als eine nur augenblickliche und zeitweilige erweisen sollte –, ging ich wie ein eiskalter Macker vor, der sich, in Verfolgung eines ihm nebelhaft dämmernden Ziels, voller Bedacht und nicht ohne eine gewisse Grausamkeit in den Lauf der Handlung einmischt, ich wies jetzt den Körper ab, um ihn in einer ungewisseren Zukunft bedingungsloser zurückzuerhalten.

Gibt es eine brutalere Bewegung als die, jemanden absichtlich überheblich wegzustoßen, denn damit verzichtete ich doch auf ihren Mund und gab mein Begehren nach ihrer Schönheit um eines tieferen Begehrens willen auf, wenn auch nur aus jener listigen Überlegung heraus, daß sie noch schöner werden würde, und zwar nur und ausschließlich für mich, weil ich den Rivalen, den anderen, den Fremden, den mir so Ähnlichen, den mit mir identischen Usurpator Kálmán zuerst ausschalten mußte, ihm den Besitz ihres Mundes streitig machen, da ich wünschte, daß dieser in seinen Formen und Linien vollkommene Mund nicht log; ich hoffte also genauso viel zu gewinnen, wie ich durch meine barsche Bewegung verloren haben mochte.

«Wenn schon! ist mir nicht so wichtig!» sagte ich kalt.

«Was willst du eigentlich von mir?» schrie sie heiser vor Zorn, ihr Handgelenk aus meiner Umklammerung reißend.

«Nichts. Du siehst abscheulich aus, wenn du lügst.»

Natürlich hatte die Lüge nicht das geringste an ihrem Gesicht geändert, es schien sogar, als sei es in seiner Gekränktheit noch schöner geworden, wieder hob sie die Schultern ein wenig, als interessiere sie nicht im mindesten, wie ich sie fand, und da diese flüchtige Bewegung so gar nicht mit dem übereinstimmte, was sie wirklich denken mochte, mußte sie beschämt die Wimpern senken; ihre vom ewigen Staunen weit geöffneten Augen verschwanden unter den fleischigen, schweren Augenlidern, so daß ihr Mund das Gesicht beherrschte.

Und mehr konnte ich mir jetzt nicht wünschen, als ihren unbewegten Mund zu beobachten, der wohl deshalb so außergewöhnlich zu sein schien, weil die Oberlippe – die vollkommene Entsprechung der unteren, die sich in steilem Bogen bis zu jener sanften kleinen Rinne erhob, die von der Nase abwärts führte, ohne von den üblichen zwei Höckerchen unterbrochen oder von der Vertiefung der Mundwinkel in ihrer nach unten verlaufenden Linie behindert oder gestört zu werden –, gemeinsam mit der Unterlippe ein vollkommenes Oval ergab.

Ein Mund, zum Pfeifen, zum Singen, zu einem unaufhaltsamen Geplapper bereit, wobei die schöngerundeten Wangen, eingerahmt von wildgelockten, auseinanderstrebenden dunkelbraunen Haarmassen, diesen fröhlichen, sorglosen und unbefangenen Ausdruck noch betonten; sie drehte sich um, und ohne ihre linkisch hochgezogene, magere Schulter zu entspannen, ging sie zur Tür, doch dann, nach einer neuen Überlegung, verließ sie das Zimmer nicht, sondern warf sich der Länge nach auf ihr Bett.

Eigentlich war es gar kein Bett, sondern eine Art Sofa, das als Bett benutzt wurde, das Bettzeug wurde morgens unter einer schweren Perserdecke verborgen, es war weich, nachgiebig, warm und seidig, ihr bewegungslos erstarrter Körper versank beinahe darin; sie trug das mit kleinen weißen Blumen gemusterte tiefrote Seidenkleid, das sie für diesen Nachmittag aus der Garderobe ihrer Mutter entwendet hatte, einem vom Boden bis zur Decke mit weißen Einbauschränken ausgestatteten sonnigen Zimmerchen, die Schränke zum Bersten gefüllt mit wohlriechenden Kleidern, einer der beliebten Tatorte unserer Nachforschungen; ihre nackten Füße, hilflos vom Sofa herabhängend, schienen im zwielichtigen Dunkel zu leuchten, und es gereichte diesem Anblick auch noch zum Vorteil, daß ihr Rock bis zu den Schenkeln hinaufgerutscht war, während sie, den Kopf im Schutze ihrer nackten Arme, dalag und ihre Schultern, der Rücken und auch ihr sanft gerundeter Hintern von ihrem Weinen anfingen zu zittern.

Dieses Weinen beeindruckte mich nicht sonderlich, denn ich kannte sämtliche möglichen Varianten solcher tränennassen Abläufe, das einfache Wimmern, das untröstliche Schluchzen und den leidenschaftlichen Auftakt zu den großen Ausbrüchen, die sich zu einem unerträglich häßlichen, tränenverschmierten, rotzigen Höhepunkt emporsteigerten, denen dann die langsame, wortreiche Beruhigung folgte, das sanfte Zittern und das unterdrückte Beben der Erschöpfung, bis endlich ihr Körper leicht und locker wurde wie ein Schwamm und sie ohne jeden erkennbaren Übergang zu ihrem gewohnten Selbst zurückfand, wenn möglich noch kräftiger und selbstbewußter als vorher, befriedigt. Diese Kenntnis bedeutete nicht, daß ich ihr mein Mitleid hätte versagen können, wußte ich doch, daß sie auch weinte, wenn ich sie nicht sah, denn von ihren einsamen Weinkrämpfen legte sie häufig, nicht ohne eine gewisse gesunde Selbstironie, öffentlich Rechenschaft ab, gleichsam bereitwillig die Tatsache verratend, daß das Weinen, die Demonstration des enthemmten, von Selbstmitleid erfüllten Leidens auch Lustgefühle in sich birgt, zum Beispiel weinte sie auch gerne in Livias Gesellschaft, in der sie eine ähnlich teilnahmsvolle, zärtliche, wenn auch vielleicht etwas objektivere Trösterin fand, als ich es war; trotzdem hatte ihr Weinen in meiner Anwesenheit immer einen auf mich bezogenen, sozusagen auf die Person gemünzten Akzent, etwas Spielerisches, Übertriebenes, eine gewisse Theatralik, es war gewissermaßen der organische Teil oder Grundbestandteil unserer wechselseitigen Unaufrichtigkeit, ein Grundelement jenes Lügensystems, das wir mit der größten Aufmerksamkeit und einer so glaubwürdig wie möglich scheinenden Einfühlung uns gegenseitig als Aufrichtigkeit vorspielten, unsere Lügenspiele in die Maske der Offenheit und dreister Aufrichtigkeit kleidend; als wollte sie mit diesem Weinen die zukünftige Rolle der Frau, der schwachen, ausgelieferten, zarten, empfindsamen Frau vorführen und an mir erproben, während sie in Wahrheit kalt, hart, berechnend, grausam und schlau war, an Schönheit konnte sie zwar nicht mit Hedi wetteifern, doch zäh und eigensinnig wollte sie alles und jeden in Besitz nehmen, wodurch sie eine stärkere Herrschaft über uns ausübte als Hedi mit ihrer Schönheit, was freilich wieder nichts war als Täuschung, und sie wußte genau, daß auch ich es wußte; sie erprobte, welches der spitzen- und volantbesetzten, weich fließenden, seidig glatten, duftigen Kleider, von deren zärtlichem Fluidum wir uns beide angezogen fühlten, dem weiblichen Charakter am besten gleichsam als äußere Hülle zur Unterstützung diente; die Tatsache des Diebstahls jedoch würzte dieses heimliche Spiel der Verwandlungen mit einer besonderen Erregung, denn sie wollte wie ihre Mutter sein; mit sicheren Schritten ging ich auf das

Sofa zu, im Sinne der mir zugewiesenen Rolle mußte ich stark, verständnisvoll, ruhig, aber auch ein wenig brutal erscheinen, männlich also, was so viel spielerisches Vergnügen in sich barg, daß es mir, so verlogen das Ganze sein mochte, nicht schwerfiel.

Und diese bewußte Bereitschaft zur Verstellung war wohl genau der Wesenszug, der mich von den anderen Jungen unterschied.

Ich durchlebte ihren Blickwinkel als Mädchen so intensiv, als würde ich nur vortäuschen, ein Junge zu sein, und als könnte mein Betrug jederzeit entdeckt werden.

Als gäbe es keine Abgrenzung zwischen männlich und weiblich in mir.

Als wäre nicht ich es, der dies oder jenes tat, als handele nicht ich selbst, sondern als gäbe es für jede mögliche Handlung zwei vorgefertigte Muster in mir, das Mädchenmuster und das Knabenmuster, zwischen welchen ich nur zu wählen brauchte, und da ich ein Knabe war, hatte ich natürlich das Knabenmuster zu wählen, obwohl ich genausogut das andere hätte wählen können; ich hatte sie zum Beispiel in barschem Ton zu fragen, was eigentlich mit ihr los sei, obwohl ich das sehr gut wußte, und, wenn sie nicht antwortete, sie in noch nachdrücklicherem Ton aufzufordern, endlich mit dieser Hysterie aufzuhören, ich hatte sie zynisch darauf hinzuweisen, daß wir mit ihrer blöden Heulerei nur kostbare Zeit verlören, zu fluchen und überhaupt so zu tun, als würde mich ihr Weinen stören, obwohl es mich keineswegs störte, oder andernfalls, in die Rolle der Freundin schlüpfend, ihr zu raten, daß, falls sie ihr liebes Kálmánchen, diese widerliche, fette Kreatur, noch heute zu treffen wünsche – denn es gab natürlich keinen Zweifel, daß sie hingehen würde, obwohl ich nicht begreifen konnte, was sie an ihm gefressen hatte, war mir doch schon sein Name zum Kotzen! –, sie auf ihre schönen Gesichtszüge besser aufpassen und nicht so gräßlich weinen sollte, so würde sie ihm nämlich kaum gefallen, was sie doch gewiß gern wolle; sie schien, im Vertrauen auf den sanften Auftakt ihres Weinens, nur auf diese Grobheiten zu warten, als seien sie ihr gleichgültig, zur Bestätigung ihrer Schwachheit nämlich war sie dieser symbolischen Ohrfeigen bedürftig, so wie ich der Schimpftiraden bedurfte, um meine Stärke zu beweisen, denn nachdem sie ihr endlich zuteil geworden waren, ließ sie ihrer unterdrückten Effekthascherei freien Lauf, schluchzte auf, drehte sich zur Seite, und mit einer heftigen Bewegung den Arm von ihrem Gesicht reißend, zeigte sie, in laut schniefendes Geheul überwechselnd, ihr von Tränen und Heulen entstelltes und daher irgendwie auch echtes, mitleiderregendes Gesicht.

Als könnte die Verstellung einen Grad erreichen, der Echtheit vorzutäuschen vermag.

«Was wollt ihr von mir? Warum quält ihr mich? Warum? Ihr alle tut nichts anderes, als mich zu quälen!» schrie sie mit tränenerstickter Stimme, und das war jetzt echt, doch für mich zugleich das niederträchtigste Vergnügen, weil es sich sowohl auf Kálmán als auch auf mich bezog, ihre Zerrissenheit zwischen uns beiden war echt, was für mich jedoch immer auch ein von außen zu beobachtendes Spiel blieb; sich auf den Bauch rollend, vergrub sie den Kopf wieder in den Armen, um nunmehr, von allen Hemmungen befreit, sich in die höheren und reineren, die eigentlichen Gefilde der Tränen zu steigern; ich stand trotzdem bezaubert und verzaubert über ihr, denn das, was soeben noch als Spiel erschienen war, auch wenn es ihr nur langsam, etappenweise und mit List gelingen wollte, nämlich den widerstrebenden Körper in ein Gefühl, das Gefühl des Schmerzes hineinzumanövrieren, was dieser in Ermangelung jedes realen Grundes nicht so recht geneigt war zu akzeptieren, das, sieh an, gelang ihr nun doch, sie litt und zitterte, schlotterte und bibberte, in das weiche Sofa versunken, das war kaum noch ein Spiel! doch hatte ich von meiner Ruhe so viel bewahrt, wie es die Pose überlegener Männlichkeit erforderte, ich rührte mich nicht, streckte die Hand nicht nach ihr aus und tröstete sie natürlich auch nicht, entsetzte mich doch ihr Anblick im wahrsten Sinne des Wortes; während sie mit Fingern und Nägeln an der Decke zerrte und knetete, sich mit den Zähnen darin verbiß und ihren Kopf wie eine Tobsüchtige rhythmisch hin und her warf, hingen ihre Füße leblos auf den Boden hinab, als sei der Anfall nur ein unlösbarer Krampf zwischen den Extremen vollkommener Offenheit und vollkommener Verschlossenheit, und ich hatte allen Grund, mich zu erschrecken und mich in eine hinter beruhigender Teilnahmslosigkeit versteckte Erstarrung zu flüchten, ich hatte das alles ja gewollt, ich hatte es so gewollt, mit meinen Worten hatte ich es vorangetrieben, hatte ich diesen in ihr verborgenen Wahnsinn ausgelöst, um meine Macht über sie zu fühlen und in ihrem Körper jenen anderen in mir zu besiegen, den ich im übrigen aus einer viel zu zärtlichen und rohen Vertrautheit kannte, als daß ich eine ernsthafte Eifersucht auf ihn hätte haben können, sie spielte mir doch das Ganze vor, und erst ihre Stimme! eine aus gellendem Weinen sich ins Schreien steigernde Stimme, als seien es gleichzeitig zwei Stimmen, als käme hinter den von krampfhaften Zukkungen des Körpers regelmäßig unterbrochenen Tönen eine zweite aus der Tiefe dazu, ein Schrei, der gleichmäßig immer dünner und höher wurde, er war nicht zu ertragen, und es schien mir, als sollte alles zusammenstürzen, sich alles meiner Kontrolle entziehen.

Und als ich mich neben ihr auf das Sofa setzte, mich über sie beugte und mit der Hand ihre Schulter berührte, war diese Bewegung weder von Mitleid noch von einem Gefühl der Zärtlichkeit diktiert, eher fühlte ich Abscheu und Haß gegen sie, vor allem aber fürchtete ich, daß dieser Zustand für immer und ewig so bleiben könnte, vergeblich machte ich mir bewußt, daß jedes Weinen früher oder später aufhört, die unmittelbare Wirkung des Anblicks und der Stimme war so stark, daß mich keine Erfahrung beschwichtigen konnte, nein, das würde nie wieder aufhören, das bisher Verborgene, das unversehens an die Oberfläche gekommen war, würde zum Dauerzustand werden, Sidonia konnte jeden Augenblick eintreten, und dann würde alles ans Licht kommen, die Nachbarn würden durch den Garten herbeieilen, da sie den Lärm natürlich auch gehört hatten, man würde den Arzt rufen, Vater und Mutter würden kommen, und sie würde hier in diesem Kleid immer noch heulen und jammern, und dann würde sich irgendwann herausstellen, daß ich der Auslöser dieser Schandtat war.

«Maja, Liebes!»

«Leck mich am Arsch!»

«Was hast du denn? Heul doch nicht so schrecklich! Was ist denn passiert? Ich bin doch bei dir. Du weißt doch, daß ich dich verstehe, voll und ganz. Du hast doch gesagt, daß wir's uns geschworen haben!»

«Einen Scheiß haben wir uns geschworen!» Und sich aus meinem Griff losreißend, rollte sie sich zur Wand.

Ich kroch hinter ihr her, wenn auch nur, um ihr den Mund zuzuhalten.

«Ich geh ja gar nicht fort, ich hab doch nur gedroht, daß ich gehe, aber ich geh ja gar nicht! Maja! Ich bleib ja da! Maja! Du kannst aber ruhig gehen, wohin du willst! Du weißt doch, daß du machen kannst, was du willst. Warum antwortest du nicht?» flüsterte ich ihr ins Ohr und versuchte, sie mit meinem ganzen Körper zu umarmen, mich an sie zu schmiegen, gleichsam in der Hoffnung, daß die Ruhe meines Körpers auf sie übergehe.

Aber wo war inzwischen die Ruhe männlicher Überlegenheit geblieben! ich stellte fest, daß auch ich zitterte, hörte meine Stimme zittern, nicht ahnend, daß sie all das mit präzise arbeitender Wachsamkeit wahrnahm und daß ich ihr kaum eine größere Genugtuung hätte verschaffen können.

Trotzdem beruhigte meine verschreckte Zärtlichkeit ihre Tobsucht keineswegs, sondern steigerte sie noch auf seltsame Weise, aber wie exaltiert und erschreckend ihr Verhalten auch erscheinen mochte, allein daran konnte ich erkennen, daß sie doch noch gerade genug natürliche und normale Vernunft behalten hatte, denn vergeblich versuchte ich die Bewegung, mit der ich ihren Kopf an mich zog, als zarte Fürsorglichkeit zu tarnen, wobei ich unter hinterhältiger Ausnutzung der Lage ihren Mund mit der Hand zu verschließen suchte, damit ihm nicht länger diese Stimme entwich! doch da wir uns gegenseitig in die Karten schauten, spürte sie nüchtern und genau die in diese Bewegung verpackte Täuschung, ihr Körper straffte sich, und mich gleichsam von sich stoßend, boxte und trat sie mich, biß mir heftig in die Finger, ohne jedoch mit Brüllen und Schreien aufzuhören, ihr Gesicht verzerrte sich, als habe sie sich in einen Jungen verwandelt, es wurde hart, die Züge scharf, von Tränen verschmiert, und hätte anstelle des zitternden Schreckens nicht so etwas wie berechnende List von mir Besitz ergriffen, hätte ich ihre Schläge und Stöße mit Schlägen und Stößen beantwortet, dann hätte sie mich gewiß fertiggemacht; zwar hatten wir uns noch nie ernsthaft gerauft, doch war sie mit Sicherheit stärker als ich, bestimmt aber wilder und rücksichtsloser.

Ich wehrte mich nicht und bemerkte gar nicht, wann sie mit ihrem Gekreisch aufhörte, ja, ich bemühte mich nicht einmal, sie zu überwältigen, aber ich hielt ihr stand, und unser Verhältnis hatte vielleicht nie zuvor einen ehrlicheren Augenblick gehabt, ich ließ es zu, daß sie mich schlug, kratzte, stieß und biß, mehr noch, jeden ihrer Angriffe beantwortete ich mit der sanftesten und gefühlvollsten Berührung, mit Streicheln und Küssen, was aber wegen der Ungleichheit der Situation genauso an ihr abglitt wie ihre ungeschickt ausholenden mädchenhaften Schläge an mir; und doch war sie in dieser Situation irgendwie zum Jungen geworden und ich zum Mädchen, das Weiß in ihren Augen, die weißen Zähne in ihrem fletschend aufgerissenen Mund, die eisern gespannten Muskeln an ihrem Hals waren zum Fürchten, doch ich ließ mich nicht vom Sofa hinunterstoßen, und in der plötzlich eingetretenen Stille war nur ihr Keuchen, das Knarren und Ächzen des Sofas und das Klatschen und Puffen der Schläge zu hören.

Die Fäuste gegen meine Schulter gestemmt, versuchte sie, mich wegzustoßen, auf den Boden hinunter, doch als meine Hände ihre nackten Schenkel berührten, schienen, für sie selber überraschend, die haßerfüllte Abwehr und die tobsüchtige Kraft aus allen ihren Gliedern zu entweichen, sich aufzulösen, ihr ganzer Körper entspannte sich in einem einzigen Augenblick, und als sähe sie mich zum erstenmal in ihrem Leben, schien sie zutiefst überrascht, daß ich ihr so nahe war und daß diese Nähe ihr so wohltat, ihre Augen rundeten sich, hatten nicht mehr dieses Wahnsinnsweiß, sondern ihren früheren staunenden Blick.

Sie hielt den Atem an, als wolle sie verhindern, daß er auch nur meinen Mund streifte, da wir schon in so große Nähe zueinander, in solche Wärme geraten waren.

Die nackte Haut unter meiner Hand schien zu erschauern, als habe sie erst jetzt begriffen, daß meine Hand sie berührte.

Doch wie mochte sie dorthin geraten sein?

Dann schluchzte sie wieder auf.

Als habe die Nähe, die Wärme ihr das Weinen von neuem abgepreßt, aber jetzt war es ein echter, fast möchte ich sagen stiller und weiser Schmerz.

Ein Schmerz, der nicht hofft, daß er sich durch die Heftigkeit seines Ausbruchs von selber befreien kann, auch wurde kein richtiges, mit dem vorhergehenden vergleichbares Weinen daraus, nur so eine Art Wimmern und Seufzen.

Und doch, diese Töne berührten mich tiefer als die vorherigen, irgendwann griffen sie auf mich über, so daß sich auch meiner Kehle ein langgezogener, klagender Laut entrang, aber ich konnte mich durch kein Weinen befreien, es würgte mich nur, weil sich in meiner Brust, in meinen Schenkeln etwas wie eine unerbittlich drängende, zugleich lähmende Kraft rührte, die zwar ein Schwachwerden, eine völlige Hingabe verhinderte, mich aber zu ihr hinzog, zu ihr drängte, als erwiese sich jene einem Verdacht gleiche Vermutung – wonach sie in ihrem Tobsuchtsanfall vorhin versucht hatte, ihrem Körper ein nicht existierendes, eingebildetes Leiden einzureden und mich damit zu täuschen, meine Aufmerksamkeit abzulenken, Mitleid und damit meine Kapitulation, so etwas wie eine Selbstaufgabe von mir zu erpressen – jetzt als vollkommen grundlos, weil ihr etwas wirklich und wahrhaftig Schmerzen bereitete, ich war es, der ihr Schmerzen bereitete, es bereitete ihr Schmerzen, daß auch sie mich liebte.

Ich rutschte näher zu ihr hin, und nicht nur, daß sie nicht protestierte, sie half mir sogar; ihren Arm unter meine Schulter geschoben, zog sie mich zärtlich an sich, meine Hand aber, wenn auch nur, um ein Gegengewicht zu ihrer Bewegung zu bilden, rutschte an ihrem Schenkel höher hinauf, und meine Finger schlüpften unter ihr Höschen.

So lagen wir beieinander.

Ihr heißes Gesicht an meiner Schulter.

Als lägen wir ausgestreckt in einem großen, weiten, glitschigen und weichen Pfuhl, in dem man nicht merkt, wie die Zeit vergeht, weil das im Grunde auch nicht von Belang ist.

Sanft schaukelte ich sie in meinen Armen, als wollte ich uns beide in Schlaf wiegen.

Mit meiner kleinen Schwester habe ich in einer von jenseits der Erinnerung auftauchenden Zeit einst so unter dem Schreibtisch gelegen, als ich mit den Stecknadeln experimentierte und sie, Schutz suchend und diesen Schutz ausgerechnet bei mir vermutend, sich mit einem Aufschrei des Schmerzes und mehr noch des Entsetzens auf mich stürzte, als wolle sie ihren plumpen, mißgebildeten und bei jedem anderen Abscheu erregenden Körper mir anvertrauen und mir zu verstehen geben, daß sie mein grausames Spiel mit ihr nicht nur verstehe, sondern mir sogar dankbar dafür sei, denn ich war der einzige, der dank dieser Spiele eine Sprache gefunden hatte, mit deren Hilfe man sich mit ihr verständigen konnte; auch wir hatten damals so miteinander geschaukelt, halb sitzend, halb liegend, auf dem ein wenig kühlen Fußboden, bis wir, einander umarmend, in der Dämmerung des späten Nachmittags einschliefen.

«Eines Tages wirst du noch einsehen, daß du mich ganz überflüssigerweise, ganz und gar überflüssigerweise quälst!» flüsterte sie später, und im Schaukeln berührte ihr Mund fast mein Ohr. «Ob du es glaubst oder nicht, aber so liebe ich nur dich allein, keinen anderen liebe ich so wie dich!»

Als käme ihre Stimme aus jener Zeit, geradewegs aus jenem Nachmittag, als käme sie aus dem Körper meiner kleinen Schwester, ein bißchen scharf, ein bißchen singend, mein Ohr kitzelnd, als hielte ich den unförmigen Körper meiner kleinen Schwester im Arm, während ich doch wußte, daß es Majas schmächtiger Körper war.

Unterdessen raunte sie mir unablässig dankbar, sanft und glücklich ins Ohr.

«Gestern habe ich ihm noch gesagt, daß nicht er, umsonst ist er so zudringlich, sondern du meine erste Liebe bist, und auch gesagt, daß du so gut bist und nicht so gemein wie die anderen, ich weiß doch, daß er es mit mir nur treibt, um hinterher alles Kristian zu erzählen. Er ist wirklich nur der zweite!»

Einen Augenblick lang schwieg sie, als wagte sie es nicht auszusprechen, dann aber traf es wie ein heißer Lufthauch mein Ohr.

«Du bist mir wie mein kleines Püppchen. Ich spiel so gerne mit dir. Und du brauchst wirklich nicht gekränkt zu sein, wenn ich so tue, als wäre ich verliebt in ihn. Er interessiert mich natürlich irgendwie, aber das ist nur ein Spiel, ich zieh dich bloß auf mit ihm, aber niemand, glaub mir, niemand anderen lieb ich so wie dich! Und ihn schon gar nicht, weil er ein grober Kerl ist und überhaupt nicht lieb zu mir. Manchmal denke ich, wir sollten spielen, daß du mein kleiner Junge bist. Manchmal habe ich mir schon gewünscht, einen kleinen Jungen zu haben, wie du einer bist, genauso lieb und freundlich, so ein kleines Unschuldslamm, ein blondes.»

Wieder verstummte sie, ihre ausufernde Sentimentalität stieß auf Gegenwehr bei ihren echten Gefühlen.

«Aber du bist auch gemein. Und auch deinetwegen muß ich weinen, weil du immer alles wissen, mich erpressen willst und nicht zuläßt, daß ich ein kleines Geheimnis habe, obwohl wir beide das große Geheimnis gemeinsam haben, und du kannst doch nicht im Ernst glauben, daß ich dich wegen irgendeiner anderen Geschichte verraten könnte, du bist mir doch wichtiger als alles, für immer und ewig! während du mir verschweigst, was ich doch längst weiß, daß du inzwischen gar nicht die Livia liebst, sondern die Hedi, und mich bescheißt.»

Nichts hatte sich geändert, wir schaukelten immer noch, und doch warnte mich etwas, mich dieser Stimme ganz hinzugeben, schien es doch, als wiegte nicht mehr ich sie, sondern als würde sie mich mit ihrer Stimme einlullen, betäuben, und als müßte ich uns davor bewahren, die Schwelle des Traumes zu überschreiten.

«Jetzt kannst du's mir ruhig erzählen!» sagte ich laut, in der Hoffnung, mich mit Hilfe meiner Stimme aus dieser angenehmen Ermattung herauszuwinden.

«Und was?» fragte jetzt auch sie laut.

«Was ihr gestern abend gemacht habt.»

«Nicht am Abend, sondern nachts!»

«In der Nacht?»

«Jawohl, in der Nacht!»

«Fängst du schon wieder an zu lügen?»

«Na schön, beinahe in der Nacht, das heißt, spätabends, sehr spät!»

Als sei es der Anfang eines erneuten Ablenkungsmanövers, eines Märchens, auf das ich genauso neugierig war wie auf die Wahrheit, doch sie setzte es nicht fort, ich aber hörte auf, sie zu wiegen.

«Sprich weiter!»

Sie antwortete nicht, und auch ihr Körper in meinen Armen war verstummt.

Melchiors Zimmer unter dem Dach

Mit leichten, federnden Schritten ging er im Zimmer auf und ab, wie jemand, der tief eingefleischte Bewegungen ausführt; der vollkommen, ja herausfordernd weiß lackierte Bretterboden knarrte bei jedem Schritt leise unter seinen Sohlen, seine schwarzen spitzen Schuhe nahmen sich auf dem dunkelroten flauschigen Teppich über dem weißen Fußboden besonders ausgetreten, vergammelt und dreckig aus; und als bereite er eine mir unbekannte geheime Kulthandlung, eine Art Initiationszeremoniell vor, zündete er, die Streichholzschachtel in der Hand schüttelnd, Kerzen an und bot mir mit einer ans Unpersönliche grenzenden Höflichkeit einen bequem wirkenden Sessel an, doch was sollte die betonte Höflichkeit, da in diesen durch nichts zu begründenden Vorbereitungen zugleich eine Spur Aufdringlichkeit lag, als wolle er damit seine Absicht unterstreichen, unser bevorstehendes Zusammensein angenehm und vor allem bequem zu gestalten, und als wolle er mich mit seiner Geschäftigkeit in das Vorhaben einbeziehen; er warf seine Jacke ab, löste den Knoten seiner Krawatte, knöpfte die obersten Knöpfe seines Hemdes auf, und während er sich zerstreut im Zimmer umsah, ob noch etwas zu tun sei, kraulte er, als gäbe es mich nicht, selbstvergessen und lustvoll in seinem Brusthaar, ging dann durch den schönen Türbogen hinaus in den Vorraum, und nach einigem Herumwirtschaften, das ich mir nicht recht erklären konnte, ertönte aus den versteckten Lautsprechern leise klassische Musik, ich aber, der ich mich dieser mit Geschmack, aber auch mit einer gewissen aufdringlichen Direktheit vorbereiteten Stimmung nicht überlassen wollte, blieb lieber stehen.

Er kam zurück, um den Kronleuchter auszuschalten, was mich überraschte, ja, um aufrichtig zu sein, mich als deutliche Anspielung auf etwas, das wir vor uns selber noch geheimhalten sollten, entsetzte; aber in den spiegelverzierten Wand- und Armleuchtern brannten schon Kerzen, es wurde also nicht dunkel, inzwischen waren es mindestens dreißig schlanke Wachskerzen, die sowohl an Krieg erinnerten als auch dem Raum einen sakralen Anstrich verliehen, die schweren roten Seidenvorhänge, deren eingewebtes Lilienmuster im Kerzenlicht golden aufglänzte, hatte er vor die Fenster gezogen, so daß der wallende Stoff die Wand von der Zimmerdecke bis hinunter auf den Fußboden bedeckte.

Er bewegte sich genießerisch, und weil seine Glieder schlank und geschmeidig waren, die Arme, die Hände, die Oberschenkel in den engen Hosen, wirkten seine Bewegungen nicht abstoßend, er berührte die Gegenstände so lustvoll, als bereite es ihm eine elementare Freude, sie anzufassen; zugleich schien er mich in dieses liebenswürdige, vertraulich zeremonielle, fast affektierte Spiel der Berührungen einzubeziehen, als wolle er nicht nur sich selbst, sondern auch mir etwas beweisen, ja als sei es sein Ziel, mir zu zeigen, wie man hier mit Genuß leben könne, welchen Bewegungsrhythmus die Umgebung erfordere, und als wolle er mir diesen Rhythmus, der wie die Gegenstände ringsum zu ihm gehörte, bis ins einzelne vorführen; und dennoch spürte ich in dieser Absicht, trotz aller Offenheit und Liebenswürdigkeit, etwas von Verkrampftheit, eine nicht ganz überzeugende Schamlosigkeit der Selbstdarstellung, nicht nur weil auch das nicht ohne jede Vertraulichkeit war, sondern auch weil hinter der eingeübten Sicherheit seiner Selbstdarstellung, seiner Überheblichkeit und Lustbezogenheit etwas wie eine empfindliche Unsicherheit zu spüren war, als beobachtete er hinter dem Schutzwall seiner Arroganz, ob ich überhaupt neugierig war auf das, was er mir an Vertrauen oder Vertraulichkeit zu bieten bereit war, oder ob er sich in der Beurteilung meiner Person etwa getäuscht hatte.

Und da ich in all seinen Bewegungen, mochten sie noch so harmonisch und sicher sein und gewissermaßen als unverhülltes Geständnis aufzufassen, eine begierige, zielstrebige, ja selbstsüchtige Neugier fühlte, schien mir auch seine versteckte Frage keineswegs unbegründet; deshalb tat ich, als wäre ich auf diese Vorführung überhaupt nicht neugierig, als bliebe ich viel lieber in den sicheren Grenzen des Anstands und der gewohnten Ordnung oder als würde ich den verborgenen Sinn seiner Gesten gar nicht erkennen, kurz gesagt, ich glaubte so sehr an meine Rolle und fürchtete mich einfach vor dem verführerischen Unbekannten, daß ich am liebsten die Augen geschlossen hätte, um nicht zu sehen, wie er sich öffnete und sich mir in der Hoffnung auf Erwiderung ganz auslieferte, worauf er, der Richtung und Sinn meiner Angst deutlich erkannte, sich rückhaltlos bereit zeigte, die Signale seines Gebarens durch ein verändertes Verhalten zu neutralisieren und den Rückzug anzutreten.

Freilich waren wir damals, ganz zu schweigen von dem Vorausgegangenen, schon viel zu weit gegangen, es konnte daher von einem echten Rückzug keine Rede mehr sein, der Fehler bestand bereits in der Tatsache, daß ich zu ihm heraufgekommen war, er stand vor mir, lächelte, ein unendlich vertrauensvolles, ausdauerndes, von allen Ängsten oder Beklemmungen freies, nicht um Vertrauen bettelndes, sondern Vertrauen anbietendes, zugleich ein von einer verborgenen Unsicherheit noch empfindsamer aufgeschrecktes Lächeln, ein alles andere verdrängendes Lächeln, in den senkrechten Fältchen des Mundes, in den Augen, auf der glatten Stirn und ein Schatten davon in den Mundwinkeln und natürlich auch in den sich in den Wangen bildenden, einschmeichelnden Grübchen, so daß ich die Augen nicht schließen konnte; selbst in diesem Bruchteil eines Augenblicks fühlte ich deutlich, daß schon ein unwillkürliches Zucken der Wimpern jene Neigung verraten hätte, die ich vom ersten Augenblick unserer Begegnung an für ihn empfand und die in deutlichem Widerspruch stand zu der von vorgetäuschter Gleichgültigkeit geprägten steifen Haltung, mit der ich mich bemühte, diese Neigung nicht nur vor ihm, sondern auch vor mir selbst zu verbergen, zu neutralisieren, in den Rahmen einer moralischen Ordnung zu pressen, so wie die Verzauberung, die sein Mund, sein Lächeln, seine Augen, seine tiefe melodische Stimme und seine eleganten, tänzerischen Schritte in mir auslösten; er ging, als spiele er, seht her, so gehe ich! und da sollte ich mich disziplinieren, das heißt meine Gefühle zu einer besseren Einsicht und damit seine Bewegungen in den Rahmen einer nüchternen Ordnung zwingen, das zu hoffen war ein so törichter wie vergeblicher Gedanke, als ließe sich die Situation, in der wir uns jetzt in diesem für mich eher abstoßend als anziehend interessanten Zimmer befanden, eine Situation, in der die Denkfähigkeit mit der Sinnlichkeit Verstecken spielte, durch eine wie immer geartete Disziplin kontrollieren; ich bemühte mich krampfhaft, meine in sein Lächeln verstrickte Aufmerksamkeit auf die ausgefallene, erlesene Umgebung zu richten, ich suchte noch nach einem Ausweg für mein den Gefühlen ausgeliefertes Bewußtsein, doch inzwischen war mir auf peinliche Weise bewußt geworden, daß meine Augen und mein Mund sein Lächeln unwillkürlich übernommen hatten, daß ich ihn mit seinen Augen, mit weit offenen Augen anlächelte, daß ich mit ihm identisch geworden war; inzwischen aber verging die Zeit, und was ich auch täte, was immer ich versuchte, alles würde uns in die Richtung drängen, in die er uns lenken wollte, wenn ich es zuließe, wenn sein Lächeln auf meinem Munde nicht erstarrte; und ich konnte meinen Mund nicht aus seinem Lächeln lösen, was aber nichts anderes bedeutete, als daß ich langsam all dessen verlustig ging, was wir Selbstbestimmung nennen! wenn mich nur seine aus Erfahrungen gespeiste, lockere, nachgiebige und bis zu einem gewissen Grade geschmacklos-arrogante Zielstrebigkeit nicht so sehr gestört hätte; so daß die einzige Rettung daher zu sein schien, eine geschickte Wendung zu finden, mit der ich mich hätte verabschieden und unverzüglich gehen können – bloß fort von hier! aber warum war ich dann so bereitwillig mitgegangen? –, oder mich wortlos auf dem Absatz umzudrehen und die Wohnung zu verlassen! doch eine solche Wendung gab es nicht, konnte es gar nicht geben, wenn wir auch darauf achteten, daß die Situation nach außen einen natürlichen, den allgemeinen Gepflogenheiten entsprechenden Anschein erweckte; schließlich war nichts Außergewöhnliches daran, daß ein junger Mann einen anderen auf ein Glas Wein zu sich einlud, wer sollte daran etwas auszusetzen haben? auch wenn ihre gegenseitige Sympathie eine flüchtige Verwirrung auslöste, weil sie sich als viel heftiger erwies, als ihr Schamgefühl zulassen wollte, doch könnte man durch einen anspruchsvolleren Gedankenaustausch, in dem sich die Kraft der Gefühle in immer abstraktere Gedanken überleiten ließe, gewiß auch diese Verwirrung überbrücken; ja, wenn die glatte Oberfläche nicht so durchsichtig gewesen wäre, wenn nicht dieser Zwiespalt, das vertraute Gefühl der Nähe, das ich mir zwar wünschte, dem ich aber dennoch ausweichen wollte, dazu unsere wechselseitige Rücksichtnahme – ich werde ihn nicht kränken, und er wird nicht zu weit gehen – diese Gemeinsamkeit bestärkt hätte, alles bestärkte sie, und was auch immer mich stören mochte, jeder angestrengte Verzicht, jeder Selbstbetrug, jedes Augenschließen, meine Verwirrung, die demonstrative Steifheit meiner Haltung, meine Rücksichtnahme, alles schlug gleich einem Bumerang auf mich zurück.

Dazu redete er ununterbrochen, schnell, etwas lauter als nötig, meine Blicke unerbittlich mit seinen Worten begleitend, ein anderes Thema konnte in diesem Augenblick gar nicht aufkommen, er kommentierte, erklärte alles, wovon er glaubte, meine Augen seien neugierig darauf; mit einigem Zynismus könnte man sagen, daß er bloß daherredete, um meine Verwirrung zu beschwichtigen und zu verhindern, daß diese von dem gequält zittrigen Lächeln meines Mundes ablesbare Verwirrung auf ihn zurückwirkte, er raspelte Süßholz, gurrte und schmeichelte, katzbuckelte, was alles nur dazu beitrug, daß seine Überlegenheit, um nicht zu sagen das Geschlechtsspezifische seiner Überlegenheit! mir unerträglich, unannehmbar wurde, gerade weil es eine äußerst männliche

Überlegenheit war oder eine, die wir dafür halten, eine Sicherheit verheißende, schmeichlerische, zudringliche, gewalttätig zärtliche, das unverschämte Spiegelbild, was heißt Spiegelbild! das Zerrbild einer Verhaltensweise, die zu beobachten ich bisher keine Gelegenheit gehabt hatte, dabei hatte ich selber ohne jede Überlegung mich dieser Tricks bedient, ein unerfreuliches Gehabe, das man sich irgendwann in der Pubertät aneignet und für äußerst männlich hält, nämlich nicht zu reden, sondern nur den Mund zu wetzen, damit aus der Ausdrucksweise, dem geschickten, täuschenden Lavieren mit Worten die versteckte Absicht zu erraten wäre; ob ich mich wundere, daß er den Fußboden weiß gestrichen habe? fragte er, wartete aber gar nicht auf eine Antwort, sondern nur darauf, meinen Blick mit seinem wieder einzufangen, um mich festzuhalten, freilich wisse er, daß das nicht üblich sei, sagte er, aber was tue er schon, was üblich sei! und ob ich es auch schön fände, er habe es, als er damit fertig gewesen sei, recht hübsch gefunden und sei mit sich zufrieden gewesen, schon allein deshalb, weil er einfach keine Lust gehabt hätte, den Boden zu schrubben; es sei ein Stall gewesen, ein Hühnerstall, ob ich mir vorstellen könne, daß hier ein alter Mann gehaust habe? er stelle sich häufig sein eigenes Alter vor und habe Angst davor, weil es im Hinblick auf seine regelwidrigen Neigungen sein schwierigster Lebensabschnitt zu werden drohe, er wisse, der Körper sei dann nur noch ein Wrack, habe aber immer noch die Wünsche der Jugend, immer noch das Verlangen nach jugendlichen Körpern, kurzum, die Nachbarn erzählten, der Alte sei im Vorzimmer gestorben, dort, wo jetzt das Sofa stehe, und, wie sie sagten, auf einem vollgepißten Strohsack, sein Wunsch an das Schicksal sei daher, ihm kein solches Alter zu bescheren, wie er sich überhaupt jegliches Alter verbitte, ich könne mir gar nicht vorstellen, welch grauenhaften Schmutz er vorgefunden habe, als er hier einzog, und einen so penetranten Gestank, daß er sogar im Winter die Fenster offenhalten mußte, und selbst heute, nach vier Jahren, glaube er ihn manchmal zu spüren, zum anderen aber, warum solle ausgerechnet ein Fußboden nicht weiß sein? warum solle er immer braun oder gelb sein? sei es etwa nicht eine ausgezeichnete Idee gewesen, mit der Farbe makelloser Reinheit diesen Unrat zu übertünchen? das sei schließlich ganz nach dem Geschmack der wackeren Deutschen, und er sei nun einmal, wenn auch kein ganzer, so doch ein halber Deutscher.

Ein halber bloß? fragte ich überrascht.

Das ist eine lange, leidlich unterhaltsame Geschichte, sagte er lachend, und wie jemand, der ein unerwartetes Hindernis leichthin zur Seite schiebt, fuhr er mit unvermindertem Eifer fort, ob ich wohl schon Gelegenheit gehabt hätte, solche oder ähnliche Beobachtungen zu machen, wenn nicht, dann würde ich gewiß noch entdecken, daß dieses Weiß ein treffendes Symbol für den Nationalcharakter der zweigeteilten Deutschen sei.

Ich entgegnete, daß mir dann doch ein Grau zutreffender erschienen wäre, und weil nicht er, sondern ich mich wegen dieser frivolen Äußerung schämen mußte, schweifte mein Blick unwillkürlich ab.

Aber er folgte ihm; diesen Schreibtisch, ein schönes Stück, nicht wahr? die Sessel, die Leuchter, die Teppiche habe er von seiner Mutter, fast alles hier sei Familienbesitz! er habe seine Mutter vollkommen ausgeplündert, aber das hätten Mütter ja gern! erst später, weil er anfangs alles vollkommen leer und vollkommen weiß hatte haben wollen, habe er sich ein Bett besorgt, mit einem weißen Leintuch zugedeckt, nichts weiter, jetzt aber rede er dummes Zeug, weil er sich einfach freue, daß ich hier sei, das habe er sich nur nicht getraut auszusprechen, aber sollten wir nicht lieber einen Schluck trinken? er habe zufällig eine Flasche französischen Champagner da, eisgekühlt, für eine besondere Gelegenheit, man weiß doch nie, was würde ich also dazu sagen, wenn wir unsere Begegnung als etwas Besonderes ansähen und die Flasche öffneten?

Und als er, mein zerstreutes Schweigen als Zustimmung nehmend, mich allein ließ, um den Champagner zu holen, schlug es auf der alten Wanduhr gerade Mitternacht, ergeben und stumpfsinnig zählte ich die Schläge, «es ist also Mitternacht», überlegte ich nicht gerade geistreich, denn mein Denken hatte zu diesem Zeitpunkt schon völlig ausgesetzt, um meinen Sinnesempfindungen und meiner Wahrnehmung die Herrschaft zu überlassen; ich betrachtete mich selber wie einen Gegenstand, von dem ich nicht wußte, wie er hierhergekommen war, und obwohl mir dieses Gefühl keineswegs unbekannt war, hatte ich es noch nie deutlicher und gründlicher empfunden, daß der Schauplatz hier nicht weniger ungewöhnlich war als die eben angezeigte Stunde, etwas würde geschehen, was ganz und gar nicht in meinem Sinne wäre, was mein Leben verändern würde, und diesem Geschehen, sei es, was es wolle, würde ich mich endlich anheimgeben, in dieser Stunde der Versuchung, dieser Geisterstunde, nie gab es eine günstigere! ich mußte über mich selber lachen, als hätte ich mich noch niemals und niemandem ausgeliefert, eine etwas übertriebene Behauptung fürwahr! ein Jüngferlein, das sich nicht entscheiden kann, ob es seine Unschuld verlieren oder behalten soll? als wäre dieses Zimmer die Endstation eines hinausgeschobenen, noch unbekannten Geschehens, wenn ich auch nur gezwungenermaßen so tat – welch elementares Vergnügen ist es doch, sich selber etwas vorzumachen –, als hätte ich keine Ahnung, was dieses Außergewöhnliche sei, das sich hier ereignen könnte oder vielleicht schon ereignet hatte, doch was?

Knisternd brannten die Kerzen, das war schön und beruhigend, draußen goß es in Strömen, und nachdem die Schläge der Uhr verhallt waren, war nichts mehr zu hören außer den gleichmäßigen Rhythmen der Barockmusik, dem Klopfen und Prasseln des Regens, als habe jemand diese Situation auf so übertriebene, bis zur Lächerlichkeit schöne Weise inszeniert.

Einer mußte sie inszeniert haben, dessen bin ich mir sicher, weder er noch ich, aber irgend jemand, oder sie hatte sich von selber ergeben, wie jede zufällige Begegnung, in der, erst für den späteren Rückblick, sich unser Schicksal anzukündigen scheint; auf den ersten Blick ist alles alltäglich, zufällig, belanglos, es sind Bruchstücke, Gedankenblitze, denen man keine besondere Bedeutung beizumessen braucht und denen wir auch keine besondere Aufmerksamkeit schenken, weil das, was aus einem wirren Haufen von Ereignissen als Zufall, sozusagen als Zeichen, als Hinweis herausragt, nichts anderes zu sein scheint als der Teil eines größeren, nicht uns betreffenden Geschehens; er war sozusagen ein Zubehör zu Theas ein wenig lächerlichen Liebesqualen, dachte ich damals, denn von ihm hatte sie an jenem langweilig dunklen Herbstnachmittag in der erzwungenen Ruhe der Probenhalle zu Frau Kühnert gesprochen und ihn ein Knäblein genannt, eine zweifellos seltsame, demonstrativ spöttische Bezeichnung, geeignet, unsere Neugier für jemanden zu wecken, mir aber war es in jenem Augenblick viel aufregender erschienen, den inneren Ablauf zu verfolgen, jene Stufen der Wandlung, mit deren Hilfe sie ihre für den Auftritt benötigten und gründlich aufgeheizten Gefühle dem äußeren Gegenstand zuwandte, den sie schließlich als ein Knäblein bezeichnete; und zu Theas außergewöhnlichen Fähigkeiten, wie zu den Fähigkeiten jedes bedeutenden Schauspielers überhaupt, gehörte es, wie ich in einem früheren Kapitel bereits dargelegt habe, diese in ihr ablaufenden Prozesse, gleichsam mit den Vorgängen ihres Privatlebens vermischt, ständig sichtbar und faßbar zu machen, und gerade weil die schauspielerische Demonstration der Gefühle sich aus dem sogenannten Privatleben speist, ließ sich nicht genau unterscheiden, wann sie es ernst meinte und wann sie spielte, mit etwas spielte, das für sie im Grunde genommen tiefer Ernst war; sagen wir es offen, der Vorgang, bei dem jeder Schauspieler – gerade umgekehrt wie jeder normale Sterbliche – mit dem Ernstgemeinten spielt, um ständig fähig zu sein, ernst zu nehmen, was ein Spiel ist! dieses Phänomen fesselte mich viel stärker als jene uninteressant erscheinende Frage, wer wohl diese als Knäblein verunglimpfte Person sein könnte, die sie so verachtete, ja geradezu haßte, daß sie seinen wirklichen Namen gar nicht aussprach; den anzurufen sie sich damals nicht traute, weil er sie aus irgendeinem Grunde gebeten hatte, ihn nicht mehr anzurufen, nach dessen Nähe sie sich aber im Augenblick der erzwungenen Trennung in der unpersönlichen Liebesszene während der Probe doch so sehr sehnte, daß sie bereit gewesen wäre, dafür jede denkbare Demütigung in Kauf zu nehmen, und in dessen Zimmer ich noch in der Nacht des gleichen Tages stehen würde, in gewissem Sinne sogar an ihrer Stelle.

Als ich mich trotz aller unglückverheißenden Vorzeichen, deren es wahrlich genug gab, entschlossen hatte, ihrem Drängen nachzugeben und den Abend mit ihnen zu verbringen – «na, hören Sie! warum sind Sie denn so unausstehlich? warum wollen Sie nicht mit uns gehen? warum lassen Sie sich so bitten, wo mir so viel daran liegt! oh, diese Männer, sie machen mich noch wahnsinnig! Sie könnten ihn doch wenigstens kennenlernen, ein wirklich originelles Exemplar, Sie brauchen aber nicht eifersüchtig zu sein, denn natürlich ist er nicht so originell wie Sie! Sieglinde, rede auch du ihm zu, daß er mitkommt! Und ich selber bitte Sie, reicht Ihnen das immer noch nicht?» –, hatte sie geschmeichelt und geflötet, nun das unbedarfte kleine Mädchen spielend, und, sich mit ihrem zerbrechlich leichten Körper an mich schmiegend, ihren Arm in meinen geschoben; doch ich war nicht etwa mitgegangen, weil ich soviel spielerischer Koketterie nicht hätte widerstehen können, auch nicht, weil mich so etwas wie Neugier getrieben hätte oder gar Eifersucht! auch nicht, weil mich das aller Wahrscheinlichkeit nach perverse Verhältnis zwischen den beiden neugierig gemacht hätte, sondern eher weil sich Thea in dem Augenblick, da es ihr endlich gelungen war, ihren von Entsetzen und Liebeshunger erfüllten Blick von Hübchens entblößtem Körper loszureißen, zu uns umgewandt und meinen vom Beobachten, ja fast möchte ich sagen, von der gierigen Lüsternheit des Betrachters ebenso hungrigen Blick aufgefangen hatte; auch ich war mit meiner ganzen Person berührt von dem Vorgang, der sich auf dem heiklen Grenzgebiet beruflicher und persönlicher Offenheit in ihr abspielte, denn in jenem Augenblick hatte es sich noch keineswegs entschieden, ob die Szene, die die routinemäßige grobe Einmischung des Regisseurs gerade auf ihrem Höhepunkt unterbrochen hatte, sich nicht zwischen uns beiden fortsetzen würde; daß man sie nicht abstellen konnte, darüber gab es keinen Zweifel.

Dessenungeachtet war das Spiel zwischen uns nur von der Vernunft bestimmt und konnte durch keinen verirrten oder unkontrollierten Blick von seiner verstandesdiktierten Bahn abgelenkt werden, er würzte es eher und machte mit kühnen Haarnadelkurven, erneuten Verschlingungen der Gefühle nur noch gewagter und hitziger, was im Grunde kalt war und kalt blieb; als hätten wir hochfahrend, hochmütig, erfüllt von Bewunderung für unsere geistige Überlegenheit uns gegenseitig versichert, daß wir zweifellos selbst solch unverhofft impulsive Blicke ertragen konnten, ohne deshalb übereinander herfallen zu müssen gleich wilden Tieren! das wärmste, auf alle Einzelheiten sich erstreckende gegenseitige Interesse, ja das Beteiligtsein selbst bleibt deshalb auf lebensfeindliche Weise im Bereich der Denkfähigkeit, auch wenn es das rohe Agieren der Instinkte sichtbar macht! ist doch die Neugier so heftig, daß das zu jeder natürlichen menschlichen Beziehung notwendige Loslassen keinen einzigen Augenblick zustande kommen kann; doch ist das kein so außergewöhnliches Phänomen, wie es zunächst erscheinen mag, es genügt, an die Liebenden zu denken, die, auf dem Höhepunkt ihres Begehrens angelangt, erst dann zu körperlicher Vereinigung fähig sind, wenn sie aus den geistigen Höhen der Gefühle in eine gewöhnlichere Empfindungswelt zurückgefallen sind und die Liebe durch die Qual ihrer Körper auf ein demütigendes Minimum geschrumpft ist, um erst durch den Spalt dieser gemeinsamen, bis zur Unerträglichkeit gesteigerten Qual in den Genuß zwar keiner ewigen, keiner endgültigen, doch einer für den Augenblick geltenden, befreienden Lust der Befriedigung zu gelangen, nicht dorthin also, wohin sie aufgebrochen sind, sondern nur bis dahin, wohin der Körper es ihnen erlaubt hat.

Wir standen auf dem engen, von Neonlampen unfreundlich erleuchteten und von eigenartigem Gestank erfüllten Gang, der von der Probenhalle zu den Umkleideräumen, dem Lager, den Duschkabinen und Toiletten führte, im kleistrigen und staubigen Geruch der Kulissen, in der stickigen Ausdünstung von Farbe, Puder, Kölnischwasser, durchgeschwitzten Kostümen und menschlichen Leibern, von verstopften Abflüssen, von ausgelatschten Pantoffeln und Schuhen, von aufgeweichter Seife und schmutzigen, feuchten Handtüchern, hier hatten wir uns zum erstenmal berührt, von so nah hatte ich bis dahin ihr Gesicht noch nicht gesehen, und es schien mir, als betrachtete ich nicht ein menschliches Gesicht, das Gesicht einer Frau, sondern eine ungewöhnliche Landschaft, eine heimatlich vertraute Landschaft, in der ich jeden verborgenen Winkel kannte, jeden Pfad, jede für Verstecke günstige Bodenvertiefung, die Schatten und die Erinnerungen, die Bedeutung der leisesten Geräusche, und deren Anblick mich wieder zum Kind machte; Frau Kühnert hielt noch den Hörer des an die Wand montierten Telefonapparats in der Hand, konfus und beleidigt, zugleich mit einer Art selbstgefälliger Genugtuung, «da kannst du's mal sehen, wie sehr mich deine Aufträge auch demütigen, es gibt nichts, was ich nicht für dich tun würde!» beendete sie ihren in bemüht sachlichem Ton gegebenen Bericht über das Gespräch mit Melchior; «na also! hab ich's nicht gesagt, daß ich unwiderstehlich bin?» rief Thea, woraufhin Frau Kühnert zwar mit einem Siegeslächeln, aber trotzdem wütend den Hörer auf die Gabel warf; Thea benahm sich wirklich empörend, wenn auch nicht empörender als sonst, es war ihre Gewohnheit, jeden kleinen Erfolg, nicht größer als das Schwarze unterm Nagel, für sich zu verbuchen, wenn auch nicht ganz ernsthaft, denn sie kannte ihre eigenen Schwächen nur zu genau, aber trotzdem! Frau Kühnerts Gekränktsein war nicht nur deshalb nicht unbegründet, weil es keine leichte Aufgabe sein mochte, jemanden von etwas zu überzeugen, was er gar nicht wollte, denn es war vollkommen klar, daß Melchior die Einladung nicht etwa darum angenommen hatte, weil Thea so unwiderstehlich war, nein, der Trick hatte sich bloß als richtig erwiesen, die Falle hatte funktioniert, Melchior hatte die Einladung nur angenommen, weil er die Vermittlerin, Frau Kühnert, die er übrigens kaum kannte, nicht hatte kränken wollen, nicht ahnend, daß Thea hemmungslos alles ausplauderte, als könnte sie um den Preis solcher Rückhaltlosigkeit die wesentlicheren Geheimnisse ihres Lebens bewahren, und er wollte die grobe Zurückweisung, mit der er sich gegen die stürmischen und, wie ich später erfuhr, vom moralischen Standpunkt aus nicht immer einwandfreien Attacken zu wehren gezwungen war, nicht an die Öffentlichkeit tragen, er wollte Frau Kühnert nicht in ein Geheimnis einweihen, das für sie allerdings gar keins war; ihren vorwurfsvollen Blick, die vorwurfsvolle Stimme hatte aber nicht dieses unangenehme Gespräch verursacht, auch nicht die heimliche Rache, die in Melchiors Antwort an Thea enthalten war, ihre zudringlichen Bemühungen seien vergeblich, er werde Herr der Situation bleiben und werde natürlich gerne kommen! nur daß er seinen französischen Freund mitbringen werde, der sich gerade bei ihm aufhalte, worauf Frau Kühnert natürlich nicht sagen konnte, das solle er nicht tun, im Gegenteil, sie versicherte ihm, wie sehr Thea sich freuen würde, Melchiors Freund kennenzulernen; Frau Kühnerts Vorwürfe, ihr Gekränktsein und ihr Zorn wurden vielmehr durch die in jeder Hinsicht überraschende, grundlos zärtliche Bewegung ausgelöst, mit der sich Thea während des Gesprächs mir zuwandte, sich an meinen Arm hängte, mich zu becircen suchte, was ich hilflos mit einem verlegenen Grinsen beantwortete, warum in aller Welt fingerte sie an mir herum, wenn sie einen anderen meinte? oder den einen anstelle des anderen? wie vorhin anstelle von Hübchens nacktem Körper meinen nackten Blick? oder wollte sie beides auf einmal? wollte sie uns beide zusammenbringen, um den einen gegen den anderen auszuspielen, um zu beweisen, daß Melchior ihr gar nicht so viel bedeutete, könnte sie doch jeden um den Finger wickeln, jeden! und damit die Demütigung tilgen, die sie wegen Melchiors Zurückweisung und Roheit hatte hinnehmen müssen und die in der Probenszene mit Hübchen wie eine tödliche Wunde aufgebrochen war – stimmte es doch, daß sie sich nach Jugend und Liebe sehnte –, und die in dem verzweifelten Wortwechsel mit dem Regisseur angefangen hatte, unstillbar zu bluten? jedenfalls hatte der Anblick unserer gegenseitigen Zuwendung, Vertrautheit und Zärtlichkeit, wie wir aneinandergeschmiegt, eines in des anderen Blick versunken, da im Flur standen, während das Leben um uns herum seinen alltäglichen Gang nahm, Frau Kühnert gründlich verwirrt; Requisiten und Kulissen wurden geschleppt, der Abfluß im WC betätigt, Hübchen schlenderte nackt von der Dusche in seine Garderobe, und im Vorbeigehen zwinkerte er Thea zu, als wollte er ihr unverschämterweise bedeuten, «na siehst du, du Unglückshure, jetzt kriegst du von dem, was du vorhin von mir gewollt hast!» Frau Kühnert aber verstand weder unser Verhalten noch unsere Blicke, ganz zu schweigen davon, daß Thea sich auch nicht mit einem Wort für ihre Vermittlung bedankte, schon allein deshalb nicht, weil sie nur mich anblickte, sie hielt es für ganz selbstverständlich, daß Frau Kühnert ihr dienstbar war.

Alsbald stellte sich freilich heraus, daß ihre Aufmerksamkeit nur scheinbar mir galt, wie sich auch meine nur scheinbar auf sie konzentrierte, und doch tat mir ihr vorgetäuschtes Interesse so gut, als wäre es ein echtes und ungeteiltes, es schmeichelte mir, ihr Körper war leicht und feingliedrig, und es war nicht das erste Mal, daß ich sie an mich zu ziehen wünschte, ich glaubte zu wissen, daß man diesen Körper nicht gewaltsam umarmen dürfe, weil er seine Hingabefähigkeit, in der sich auch eine gewisse Härte verbarg, nur zu zeigen vermöchte, wenn ich behutsam bliebe, wenn ich imstande wäre, meine Gewalttätigkeit auf den Hauch eines Atemzugs zu verringern; mit einem Wort, sie hatte mich herumgekriegt, doch während ich ihr gegenüber eine tiefe, geradezu unterwürfige Aufmerksamkeit zu bekunden schien, beobachtete ich, wie sie das machte, denn gemacht war es, wie brachte sie es fertig, diese geradezu vollkommene Spielart der Täuschung hervorzubringen, auf welche Weise gelang es ihr, unübertroffen wirkungsvolle Situationen zu schaffen und zugleich außerhalb zu bleiben, wer war sie in Wirklichkeit, wenn sie alle Gesten so unter Kontrolle zu halten vermochte, weshalb ich auch nur scheinbar so verehrungsvoll, ja geradezu hingebungsvoll verliebt tat, wie Frau Kühnert mich zu sehen meinte; aber schließlich war es dieses beinahe blutig ernste Spiel mit dem Schein, das mich in größter Spannung hielt von dem Augenblick an, als mich Langerhans, etwa sechs Wochen vor dieser Szene auf dem Flur, zum Regietischchen geführt und neben Frau Kühnert auf seinen Stuhl gesetzt hatte, den er nie benutzte, weil er während der Proben, sein Kinn kratzend, die Brille mal von der Nase nehmend, mal wieder aufsetzend, im Saal auf und ab ging, ein wenig so, als wäre er gar nicht anwesend und als würde er sich gar nicht mit dem beschäftigen, was ihn tatsächlich beschäftigte.

Aber daran, wann und wie sie an unseren Tisch getreten war, kann ich mich nicht mehr erinnern, ob sie, als ich diesen sich in vieler Hinsicht später als unangenehm erweisenden Platz einnahm, schon da stand und ich sie nur nicht wahrgenommen hatte?

Möglich, daß sie schon da war, möglich, daß sie erst später kam, jedenfalls hatte ich sofort das Gefühl, sie sei meinetwegen da, und jene Unaufmerksamkeit, jene Erinnerungslücke ist nur ein weiterer Beweis dafür, daß der Zusammenhang der Gefühle, auf den wir in diesem Roman so neugierig sind, gerade von deren mechanischem Ablauf so sehr verdeckt wird, daß wir nichts Wesentliches über ihn auszusagen vermögen; als werde jedes Geschehen verdeckt von einer überspitzten Beobachtung, weshalb wir uns rückblickend nicht an das erinnern, was geschehen ist, sondern an die Art und Weise unserer Beobachtung, an die Gefühle, die dieses im Nebel zerfließende Geschehen in uns erzeugte, weshalb wir das Geschehene nicht als Geschehen empfinden, die Veränderung nicht als Veränderung, die Wendung nicht als Wendung, obwohl wir von unserem Leben doch ununterbrochen Veränderungen, dramatische Wendungen erwarten, weil wir von jeder Veränderung, von jeder Wendung, selbst wenn sie tragische Ausmaße annehmen sollte, die Erlösung erhoffen, jenes hochgemute Gefühl des «als habe ich gerade darauf gewartet»; und da die Beobachtung das Geschehene, das Warten die Veränderung verdeckt und sich daher jede Veränderung unseres Lebens in der größten Stille und Unauffälligkeit vollzieht, schöpfen wir erst Verdacht, wenn uns die neue Situation schon in so bedrohlicher Weise in Besitz genommen hat, daß jeder Rückzug in das verabscheute, verachtete, jedoch über alle Maßen sichere Gewohnte unmöglich geworden ist.

Ich hatte einfach nicht bemerkt, daß ich seit Theas Erscheinen nicht mehr der war, der ich vorher gewesen war.

Sie stand neben dem Podium, die Ellbogen auf die Tischplatte gestützt, und als sei ich gar nicht anwesend, setzte sie ein bereits begonnenes und aus irgendeinem Grunde unterbrochenes Gespräch fort; Szenen aus Fotos und Filmen schossen mir plötzlich durch den Kopf, wie sie die Bettdecke zurückschlägt und zu jemandem ins Bett steigt, um mindestens zehn Jahre jünger, wie ihre kleinen Brüste von der Bewegung nach vorne wippen, es war bekannt und zugleich fremd, als sähen wir ein vertrautes Gesicht, das Gesicht der Mutter oder das der Geliebten, zum erstenmal; es war ein Gefühl der Vertrautheit, der Bekanntheit, aber gleichzeitig auch der Fremdheit, ein Gefühl, das sich der natürlichen Neugier schämte, es waren so heftige und widersprechende Empfindungen, daß ich nicht anders konnte, als beiden gleichzeitig nachzugeben und so zu tun, als sei ich unbeteiligt, dennoch achtete ich von diesem Augenblick an auf niemand anders als auf sie, ich behielt sogar ihren Geruch in der Nase, während ich tat, als sei meine Aufmerksamkeit auf alles andere, nur nicht auf sie gerichtet; seltsamerweise, wenn auch aus ganz anderen und erst später sich erhellenden Gründen, verhielt sie sich ähnlich, sie tat, als sei mein Gesicht nicht zwei Spannbreit von ihrem Gesicht entfernt, als spüre sie die Berührung seiner warmen Ausstrahlung nicht, und doch schien ihre Rede irgendwie für mich bestimmt, während sie sich an Frau Kühnert wandte, als setze sie das Gespräch einfach nur fort, allerdings mit solchen Formulierungen und feinen Nuancen der Betonung, damit sie mir, der ich mitten in diese Geschichte hineingeraten war, trotz aller Unverständlichkeit interessant bleibe.

Sie hatte wohl eine Art tiefgekühlter Krabben von drüben

bekommen, von drüben, also von jenseits der Mauer, aus dem Westteil der Stadt, und dieser seltsam gekünstelte Ausdruck verlieh dem Satz, der in dem von den Vorbereitungen zu den Vormittagsproben geräuscherfüllten Saal verklang, eine Irrealität, als habe er nichts mit dieser Wirklichkeit zu tun, als käme er aus einem Märchen, einem lächerlichen Schauerroman, und er zwang einem die Vorstellung auf, als stieße man, sobald man aus dem Saal hinausträte, sofort an eine Mauer, an jene Mauer, von der wir nur selten sprachen, und dahinter auf Sperren von Stacheldraht, Panzerfallen und hinterhältig in der Erde vergrabene Minen, die beim ersten unvorsichtigen Schritt hochgehen!, die Vorstellung von einem Niemandsland hinter der Grenzsperre und jenseits von ihr die Stadt, eine Wunderstadt, eine Geisterstadt, die für uns nicht existierte, aus der man trotz der strengen Bewachung durch maschinenpistolenbewehrte Soldaten und auf den Mann dressierte Wolfshunde diese tiefgekühlten Krabben herübergeschmuggelt hatte; irgendein Freund hatte sie hergebracht, dessen Namen ich nicht verstand, von dem ich aber annehmen sollte, daß er drüben ein überaus wichtiger Mann war, der sie, Thea, besonders verehrte, doch als sie den Beutel aufgeschnitten und seinen Inhalt in eine Schüssel geleert habe, habe sie plötzlich den Eindruck gehabt, lauter rosarote Raupen vor sich zu sehen, als sei, als sich die Ärmsten gerade einpuppen wollten, eine schreckliche Eiszeit über sie gekommen, zwar habe sie nicht zum erstenmal solche Krabben gesehen, aber diesmal, sie wisse selbst nicht warum, habe sie sich vor ihnen geekelt, der Magen sich ihr umgedreht, sie habe geglaubt sich erbrechen zu müssen, sie habe nicht gewußt, was sie damit anfangen sollte, sei es nicht ekelhaft, was wir alles in uns hineinfressen? wäre es nicht viel schöner, ein Nilpferd zu sein und glänzende, knackendfrische, duftende Gräser zu verzehren? aber die Geschmacksnerven der menschlichen Zunge sind voller unsinniger, kleiner Wünsche, sie wollen Scharfes, Saures, Süßes, Bitteres, plapperte sie weiter, sie bersten geradezu vor Wünschen und haben mehr Wünsche, als es Geschmacksrichtungen gibt auf der Welt, ihrer Meinung nach sei nicht der schamlos, der in der Öffentlichkeit fickt, sondern der in der Öffentlichkeit frißt, aber schließlich habe sie sich entschlossen, obgleich der Brechreiz keineswegs vergangen war, das Rohmaterial wie immer vor dem Kochen, Frau Kühnert wisse es, schön appetitlich auf dem Küchentisch auszubreiten, um sich gleichsam zu vergegenwärtigen, wie ein Geschmack sich dem anderen zugeselle, und damit sich mit der Wirkung auf Geschmacksnerven und Auge ein gewisser Gaumenkitzel einstelle, für sie sei auch das Kochen ein Spiel, eine Improvisation, und ein Spiel, nicht wahr, dürfe nicht durch Übelkeit gestört werden! daher hatte sie zuerst ein Kartoffelpüree zubereiten wollen, freilich kein gewöhnliches, sie wollte den faden Geschmack von Milch und Butter mit etwas scharfem geriebenem Käse und Sauerrahm interessanter machen, das heiße Püree habe sie dann in eine Schüssel gefüllt, mit dem Löffel eine kleine Vertiefung in der Mitte gemacht, die in Kräuterbutter erhitzten Krabben hineingetan, gedünstete, mit Nelken gewürzte Karotten dazugegeben, es sei himmlisch gewesen! einfach und trotzdem himmlisch! und dazu trockenen Weißwein! «wie ich's nun mal liebe!»

Wie sie ihren Kopf auf dem langen, von kräftigen Sehnen geformten und doch kindlichen, fast häßlich mageren Hals vorstreckte, ja ihn geradezu darbot, die schmalen knochigen Schultern ein wenig hochgezogen, den Rücken wie eine Katze zum Sprung gekrümmt, und ihrem Gegenüber dabei unbeirrt und ungeniert in die Augen schaute, als wollte sie es zum Spiel auffordern, dessen einziger Ort und Objekt das Gesicht sein würde, die Augen und das Mienenspiel, welches sie natürlich lenken würde, darin lag eine gewisse Gefallsucht, freilich keine gewöhnliche; in diesem Spiel wollte sie keineswegs schön und anziehend wirken, sondern vielmehr häßlich, als wolle sie sich absichtlich entstellen, oder genauer, als habe ihr Körper selbst eine andere Vorstellung von Schönheit und als verurteile sie jene allgemein verbreitete Meinung als Irrtum und Feigheit, wonach der menschliche Körper oder das Gesicht überhaupt schön sein könnte und nicht nur ein funktional angeordnetes System von Knochen, Fleisch, Haut und verschiedenen gallertartigen Substanzen, was alles nichts mit dem Begriff der Schönheit zu tun habe, und als habe sie daher kein Bestreben, schön zu sein, obwohl sie sich gewiß mehr mit sich selber beschäftigte als sonst jemand, doch schien sie das eher in der Absicht zu tun, über ihre eigenen Wünsche nach Schönheit und Vollkommenheit zu lachen, sie zu ironisieren und sich über sie lustig zu machen, mit einiger Übertreibung könnte man sogar behaupten, daß sie mit Vorliebe einen Affen aus sich machte, ihre Umgebung mit ihrer Häßlichkeit ärgerte, reizte und herausforderte, wie ein ungezogenes Kind, das durch seine Bosheiten und Widersetzlichkeiten die Aufmerksamkeit auf sich zieht und im Grunde nichts anderes möchte, als daß man es streichelt und auf den Schoß nimmt; an ihrem fast kugelrunden Kopf klebte das ungepflegte Haar, das sie eigenhändig kurz geschnitten hatte, «damit die Haut unter der Perücke nicht so schwitzt», rechtfertigte sie, ohne daß ich die geringste Bemerkung gemacht hätte, in weitschweifigen Monologen ihren Haarschnitt, ihrer Meinung nach gebe es zwei Arten von Schwitzen, das einfache physische Schwitzen, wenn der Körper aus diesen oder jenen Gründen nicht in der Lage sei, sich der Temperatur seiner Umwelt anzupassen, wenn er müde, erschöpft oder, im Gegenteil, überernährt und schlaff sei, viel häufiger aber sei das seelische Schwitzen, wenn wir nämlich nicht zur Kenntnis nehmen wollen, was der Körper brauche, wenn wir täten, als verstünden wir die Sprache unseres Körpers nicht, wenn wir verlogen, heuchlerisch, schwach, unglücklich, gierig, feige, unsicher und dumm seien, wenn wir gegen unseren Körper etwas durchsetzen wollten, was Anstand oder Gewohnheit verlangen, und der Zusammenstoß zwischen zwei Willensrichtungen dann diese Hitze erzeuge und, wie man zu sagen pflegt, uns «der Schweiß aus allen Poren bricht»; sie aber möchte, wenn überhaupt etwas, dann frei sein, möchte wissen, wann ihre Seele in Schweiß gerate, und sie wolle ihr Schwitzen nicht den Perücken oder den schweren Kostümen anlasten, umso weniger, als es nichts anderes sei als der Unrat der Seele, dies sei doch der Grund, weshalb sich der Mensch vor dem Schweiß ekle und sich seiner schäme! warum sonst? seine eigenen Ängste, seine seelische Unsauberkeit hasse er; freilich war das keine Erklärung dafür, daß sie sich die Haare selbst färbte, mal rot, mal schwarz, und ein andermal sich überhaupt nicht darum kümmerte, sie einfach wachsen ließ, wobei man dann sehen konnte, daß sie schon vollkommen ergraut war; es war allerdings auch gar kein richtiges Haar, sondern ein dünner, schütterer, wahrscheinlich von Geburt an farbloser Flaum, weder blond noch braun, unentwickeltes Gefieder auf dem Kopf eines Vogeljungen, und ihr Gesicht machten auch nur die vorstehenden Backenknochen ein wenig interessanter, sonst waren ihre Züge vollkommen nichtssagend, ein langweiliges Gesicht, mit einer weder hohen noch breiten Stirn, einer stumpfen Nase, deren Spitze ein wenig übertrieben in die Höhe ragte und die Nasenlöcher, von zwei fleischigen Flügeln flankiert, der Welt darbot, breite und sinnliche Lippen, die sich, möchte ich sagen, unangepaßt in das Gesicht schmiegten, als hätten sie sich zufällig aus einem anderen Gesicht hierher verirrt, doch welch eine Stimme entließen diese Lippen aus dem Gehege der starken, rauchgelben Zähne! eine tiefe, rauhe, volltönende Stimme, die sich nach ihrem Willen in ein weiches, biegsames oder ins Hysterische gesteigertes Organ verwandeln konnte, als verberge sich Zärtlichkeit in der Schroffheit und als schwinge Sanftmut darin mit, als enthalte das Flüstern die Möglichkeit des Aufschreis, der Schrei haßerfülltes, ersticktes Flüstern, als bedeute jeder Laut gleichzeitig auch sein Gegenteil; und die gleiche doppeldeutige Wirkung übte das ganze Gesicht auf den Betrachter aus, auch wenn es nichts anderes zu sein schien als ein strapaziertes, mit Gefühlsleere kämpfendes, freudlos und gleichgültig gewordenes Proletariergesicht und sich nicht besonders von den Gesichtern unterschied, die man zu den sogenannten Stoßzeiten, frühmorgens und am späten Nachmittag, in der Stadtbahn oder der Untergrundbahn zu sehen bekommt, versunken in einem seltsamen Frieden aus Müdigkeit und Leere; und doch war ihre von der Natur bräunlich pigmentierte Gesichtshaut so etwas wie eine Tarnung, eine Maske, aus der zwei riesige, von dichten Wimpern noch stärker betonte, unendlich warmherzige, verständnisvolle kluge Augen herausschauten, als gehörten sie nicht zu diesem, sondern zu einem anderen, hinter der Maske versteckten Gesicht, und es ist gewiß keine sentimentale Übertreibung, von ihren strahlenden Augen zu sprechen, als annehmbare Erklärung könnte ich mir denken, daß die Augäpfel größer waren, als man es in einem so kleinen Gesicht erwartete, oder waren die Augäpfel stärker gewölbt als gewöhnlich? was um so wahrscheinlicher war, als der Eindruck von der Größe und Bedeutsamkeit ihrer Augen auch dann nicht schwand, wenn sie die Augen schloß und schwere, glatte, gewölbte Lider sie bedeckten; in dem belebten Gesicht schien die Maske voller Falten so etwas wie eine klassische Landkarte des Alterns zu sein, auf der Stirn verliefen sie waagerecht, dicht und gleichmäßig, wenn sie jedoch die Augenbrauen hochzog, teilten zwei senkrechte, von den inneren Enden der Augenbrauen ausgehende Falten die waagerechten, als flatterten zwei hauchdünn gerippte Schmetterlingsflügel auf ihrer Stirn, nur an den Einbuchtungen der Schläfen und am Kinn blieb die Haut gespannt, auch an der Nase selbst fand sich, dem Nasenbein folgend, eine eher als Rand einer sanften Vertiefung denn als Falte zu bezeichnende Linie; wenn sie den Mund spitzte, entstanden Furchen über der Oberlippe, sie kündigten die Greisin an; wenn sie lachte, breiteten sie sich strahlenförmig von den äußeren Augenwinkeln aus, und als hätten die hervorstehenden Backenknochen in ihrer Jugend die Haut allzusehr gespannt, schien diese übertriebene Straffheit jugendlicher Frische sich jetzt zu rächen, hier auf den Wangen, wo die Runzeln triumphierten, bedurfte es gründlicher Betrachtung, um sich zurechtzufinden, aber es war keine Wirrnis, sondern ein Reichtum an so vielen, lebensreife Zusammenhänge aufweisenden Einzelheiten, die das Auge nicht mit einem einzigen Blick aufzunehmen und zu deuten vermochte.

«Wir warten, bis Sie sich umgezogen haben, gut? Dann können wir weiter darüber sprechen, ja», sagte ich leise. «Machen Sie nur schnell!»

Noch sah sie mich an, noch galten ihre Lachfalten mir, die Ränder unter ihren Augen und jene dicht aneinandergereihten, gebogenen feinen Striche, die die tiefverschatteten Linien der Bitterkeit und des Leids um den Mund fast auflösten, aber langsam, darauf bedacht, den Übergang zwischen den beiden Zuständen rücksichtsvoll, das heißt schön zu gestalten, zog sie ihren Arm aus dem meinen, und am Funkeln ihrer Augen war abzulesen, daß sie keine Zeit mehr haben würde, mein Anerbieten zu honorieren; hatte sie erreicht, was sie wollte, dann brauchte sie sich damit nicht mehr zu befassen, und wenn sie sich tatsächlich beeilte, so nicht, weil sie meiner Aufforderung nachkommen oder weil sie sich umziehen wollte, sondern weil sie etwas ganz anderes im Sinn hatte.

«Ich jedenfalls, sei mir nicht böse, werde bestimmt nicht mit euch gehen, fällt mir gar nicht ein! Das mache ich nicht mit!» ließ sich Frau Kühnerts vorwurfsvolle, beleidigte Fistelstimme, die sich ihrer Beherrschung entzogen hatte, vernehmen, Thea aber, die sich von mir losgerissen hatte, rannte den Korridor entlang, um in Hübchens Garderobe zu verschwinden, und rief im Laufen zurück: «Ich hab jetzt wirklich keine Zeit, mich mit dir zu beschäftigen!»

Als habe sie einen guten Witz gehört, lachte Frau Kühnert plötzlich aus vollem Halse, vermutlich blieb ihr gar nichts anderes übrig, denn Unverschämtheit und Rücksichtslosigkeit können einen Grad erreichen, auf den wir mit Gekränktheit nicht mehr zu antworten vermögen, weil sich darin eine Zuneigung offenbart, die unsere eigentlichen Absichten durchkreuzen und bei dem Beleidiger tiefe Genugtuung hervorrufen würde; sie trat näher an mich heran, und als wolle sie den noch nicht erkalteten Platz ihrer Freundin einnehmen, packte sie instinktiv und unkontrolliert meinen Arm, wonach, als ihr die Bewegung bewußt geworden war, sich ihr Lachen zu einem verlegenen Grinsen verkrampfte, das verlegene Grinsen sich jedoch abrupt, ohne Übergang, in grundlose Verdrossenheit verwandelte.

Außer Theas Gesicht fand ich jedes andere Gesicht, mein eigenes nicht ausgenommen, grob und gewöhnlich, die Gefühle plump und unbeherrscht spiegelnd, roh und unzivilisiert; so war es auch in diesem Augenblick, als ich meinen Arm gern aus Frau Kühnerts Hand gelöst und auch sie die Bewegung gern zurückgenommen hätte, und doch verharrten wir in der Spur, die Thea uns hinterlassen hatte, aber wir wußten nichts mit ihr anzufangen, so daß sie in ihrer Verwirrung, die meine Verdrossenheit nur noch steigerte, sich zu einer Offenheit und weitschweifigen Unverblümtheit hinreißen ließ, die zum einen von der Situation her nicht im mindesten begründet war, zum anderen uns beide aber in eine Verlegenheit stürzte, die man schon als solidarisch hätte bezeichnen können, obwohl keiner von uns diese Solidarität gewollt hatte.

«Ich möchte Sie inständig bitten, nicht mitzugehen!» sagte, ja schrie sie und krampfte sich an meinem Arm fest. «Ich bitte Sie inständig, sich nicht in diese Angelegenheit einzumischen!»

«Von welcher Angelegenheit sprechen Sie eigentlich?» grinste ich sie dumm an.

«Sie werden sich nicht so genau auskennen und brauchen das ja auch gar nicht! Manchmal habe ich sogar das Gefühl, aber ich möchte Sie wirklich nicht beleidigen, daß Sie nicht einmal genau verstehen, wovon wir sprechen, und daß Sie deshalb glauben könnten, sie sei vielleicht verrückt oder was weiß ich! und verzeihen Sie, aber das ist nicht zu erklären, denn es ist Wahnsinn! glauben Sie mir, es ist wirklich Wahnsinn! und obwohl ich versuche, sie immer wieder zurückzuhalten, so gut ich kann, muß ich ihr doch manchmal nachgeben, weil sie sonst mit dieser ganzen schrecklichen Hurerei nicht fertig würde, darum dreht sich doch das Ganze, und dann würde sie wirklich durchdrehen! deshalb bitte ich Sie, mißbrauchen Sie ihre Lage nicht! wenn Sie es nicht wären, wär's ein anderer, dann würde sie's mit dem treiben! Sie hören ja, was sich hier abspielt!»

Und tatsächlich war aus Hübchens Garderobe inzwischen ein wildes Getobe zu hören, das Johlen des Mannes, Theas Kreischen, das Fallen von Gegenständen, Püffe, gurrendes Gelächter und die stolze Tonleiter eines perlenden, von Affektiertheit nicht ganz freien, herausfordernden Lachens, dröhnend schlug die Tür zu, und damit schien das Zimmerchen für einen Augenblick die Töne der Lust in sich zu erstikken, dann flog sie wieder auf, und obwohl ich verstanden hatte, wovon Frau Kühnert redete, schien mir die Rolle, die sie mir angeboten hatte, äußerst vorteilhaft, gibt es überhaupt eine Geschichte, die man nicht noch genauer kennenlernen will? Gibt es Einzelheiten, die nicht noch viele weitere entscheidende Einzelheiten erwarten ließen? Wenn ich also weiter den Dummen spielte, so konnte ich hoffen, in den Besitz weiterer Einzelheiten und bisher unbekannter Zusammenhänge zu gelangen.

«Entschuldigen Sie, aber ich weiß wirklich nicht, wovon Sie sprechen», sagte ich, meinem unschuldigen Grinsen einen noch idiotischeren Ausdruck verleihend und eine gewisse irritierte Gekränktheit vortäuschend, und meine Rechnung ging auf, weil mein Nichtverstehen, das dem anderen natürlich schmeichelt, sie geradewegs in die Richtung wies, in die sie selber steuerte, jetzt konnte sie also ohne Hemmungen sprechen, und so redete sie auf mich wie auf einen Idioten ein, wobei sie ihren ganzen während des Telefongesprächs angesammelten Zorn auf mich ablud, «Sie verstehen es nicht, nein, Sie verstehen es nicht!» flüsterte sie hastig, ungeduldig, während sie mit einem flüchtigen Blick das Treiben auf dem Korridor überprüfte. «Ich sage doch gerade, daß Sie es gar nicht verstehen können! und es auch gar nicht verstehen sollen, ich möchte auch gar nicht, daß Sie es verstehen, weil es eine Privatsache ist, aber wenn Sie schon alles verstehen wollen, dann lassen Sie es sich gesagt sein, daß sie unsterblich, verstehen Sie? haben Sie so etwas schon einmal erlebt? unsterblich verliebt ist, genauer, daß sie glaubt, besser gesagt, sich eingeredet hat, in diesen Burschen verliebt zu sein!» wütend wies sie mit dem Kopf auf das Telefon hin. «Und nicht genug, daß er zwanzig Jahre jünger ist als sie, er ist auch noch schwul, aber sie hat sich in den Kopf gesetzt, ihn nun gerade zu verführen, weil sie angeblich noch niemanden so geliebt hat wie gerade ihn, dabei könnte sie doch mit diesem Idioten hier ins Bett gehen oder mit wem sie will, mit Ihnen zum Beispiel! Verstehen Sie? aber sie will ausgerechnet den, mit dem es nicht geht! Haben Sie jetzt kapiert? Deshalb möchte ich Sie bitten, sofort zu verschwinden. Seien Sie mir nicht böse, aber gehen Sie bitte! Jetzt, sofort! Vielleicht kann ich sie dann noch irgendwie zurückhalten. Ich ertrage es nicht, wenn man sie demütigt! Verstehen Sie? Ich ertrage es nicht!»

Wie groß auch der Anteil an Verstellung bei diesem Ausbruch sein mochte, hatte es ihr doch ein sichtliches Vergnügen bereitet, mich in etwas einzuweihen, worüber sie eigentlich schweigen sollte und wollte, ihre Leidenschaft war doch so tief und echt, daß ich mich ihr nicht entziehen konnte. Hinter ihrer ein wenig herabgerutschten Brille starrten mich krankhaft große Augen an, und da deren oberer Rand die wäßrigblauen, stark geäderten Augäpfel sozusagen halbierte, vergrößerte und verzerrte sich die untere Hälfte hinter dem stark dioptrischen Glas geradezu erschreckend; das war die Leidenschaft der Güte, Liebe und Fürsorge, rein und unmißverständlich, die nicht einmal dadurch entwertet werden konnte, daß sie, um ihre Güte deutlich zu unterstreichen, zu gewissen Übertreibungen Zuflucht nahm, sie genoß uneingeschränkt, daß sie die einzige war, die keine durchsichtig egoistischen, keine begehrlich gewinnsüchtigen, keine kleinlich törichten Ziele verfolgte, sondern den anderen Menschen in seiner Ganzheit, so wie er nun einmal war, verstand, sie als einzige verstand Thea, und eine fremde Persönlichkeit zu verstehen, an ihren Geheimnissen teilzuhaben, war die einzige Befriedigung, die sie im Tausch für ihre selbstlose Güte und Aufmerksamkeit bekam und zu bekommen hatte; die Hand, die mich soeben noch festgehalten hatte, wies mir jetzt den Weg, schob und stieß mich von sich, und bereitwillig ging ich auf den Ausgang zu, doch in diesem Augenblick waren die beiden schon auf dem Flur, atemlos und erhitzt, keuchend in ein blindwütiges kindisches Gerangel verkeilt; Hübchen, die Hand auf sein Geschlecht gepreßt, wich zurück, Thea hingegen verfolgte in einer Art Fechtstellung, mit einem nassen Handtuch unentwegt auf den nackten Körper einschlagend, den kleinen Idioten, wie sie ihn untereinander nannten; wenn das Handtuch den Körper erreichte, sollte es zwicken, kaum hatte sie aber, wohl nur aus dem Augenwinkel, wahrgenommen, was ich vorhatte, ließ sie, eine prächtige Volte produzierend, das Handtuch fallen, «wohin gehen Sie?» schrie sie und rannte, ihrem Opfer den Fluchtweg freigebend, hinter mir her.

Doch was sie als siegreichen Sturm geplant hatte, wurde eher zu einem leisen Abschied.

Als wir in ihren Wagen stiegen, um den kurzen Weg zwischen den beiden Theatern zurückzulegen – wir wollten in die Oper, um eine Neuinszenierung von Fidelio anzusehen –, war Thea verstummt, lange kramte sie im Dunkeln, bis sie endlich im Handschuhfach die Brille, die sie beim Fahren aufsetzte, gefunden hatte, auch diese ein ziemlich unmögliches Stück, die Gläser seit Menschengedenken nicht geputzt, fettig und staubig, überdies fehlte ein Bügel, so daß sie ihren dünnen Hals noch höher recken und auf jede winzige Bewegung ihres Kopfes achten mußte, um das Gleichgewicht nicht zu gefährden, damit ihr die Brille nicht von der Nase rutschte, es war ein düsterer Abend, die Straßen menschenleer, der Wind blies heftig, und im Lichtkegel der Lampen konnte man die schrägen Regenstriche sehen, keiner von uns sprach, und ich, auf dem Rücksitz, ein wenig nervös durch das Schweigen, beobachtete natürlich Thea.

Jetzt, da sie zufällig einmal nicht zu spielen schien, war ein außergewöhnlicher Augenblick, eine wohltätige Pause eingetreten, möglich auch, daß sie mir, dank der vertraulichen Mitteilungen Frau Kühnerts, nicht mehr so geheimnisvoll erschien, sie wirkte ernst, angestrengt, todmüde und ein wenig zerstreut, zwar führte sie die Handgriffe aus, die das Fahren erforderte, machte die gewohnten, eingeübten Bewegungen, doch sie war so wenig bei der Sache, daß sie, als wir von der fast dunklen Friedrichstraße auf die etwas besser beleuchtete Allee Unter den Linden abbiegen mußten, zwar vorschriftsmäßig anhielt und diese Absicht anzeigte, auf dem Instrumentenbrett leuchtete das rote Lämpchen auf, aber sie fuhr nicht weiter, als führen auf der leeren Straße in ununterbrochener Folge Wagen an uns vorbei und hinderten sie daran, sich einzufädeln, wir standen, das rote Lämpchen leuchtete klickend immer wieder auf, Windböen klatschten den Regen gegen die Seitenwände des Wagens, die Scheibenwischer schoben knarrend und quietschend das herabschießende Wasser von der Windschutzscheibe, und wenn Frau Kühnert nicht bemerkt hätte, es sei an der Zeit zu fahren, hätten wir gewiß noch lange Minuten an jener Kreuzung zugebracht.

«Ja natürlich», sagte sie leise, mehr zu sich selbst, und fuhr dann an.

Mir bedeuteten diese wenigen lang erscheinenden und doch viel zu kurzen Augenblicke, diese tote Zeit vor dem Abbiegen, sehr viel, ich hatte auf sie gewartet, ohne es zu wissen, ich hatte sie erhofft, ohne zu wissen, daß ich gerade diese gewöhnlichen Augenblicke gemeint hatte, Augenblicke des Loslassens, der Ungezwungenheit, einerseits war ich zu müde, andererseits zu aufgewühlt, um das alles bewußt kontrollieren zu können, anders gesagt, ich dachte nicht darüber nach, meine natürlichen, reinen Empfindungen nahmen nichts anderes wahr, und auch wenn ich ihr Gesicht nur im Profil betrachten konnte und ihr Profil, noch dazu mit dieser Brille geschmückt, nicht gerade bedeutend wirkte, so schien mir doch, als hätte der Widerschein der Straßenbeleuchtung auf dem dunklen, nassen Asphalt ihr Gesicht verwandelt, besser gesagt, es zurückverwandelt, indem er einerseits die Flächen des Gesichts stärker betonte, andererseits das feine Netz der Falten verschwinden ließ, dieses Gesicht hatte ich gesucht, hatte es schon vorher gesehen, doch wegen seiner Beweglichkeit nicht festhalten können, außer für kurze Augenblicke; dies war das Gesicht hinter der Maske, das Gesicht, das zu ihren Augen gehörte, eigentlich noch älter und häßlicher, weil es stärker verschattet und durch das trübe Licht und in seiner inneren Erstarrung tot wirkte, gleichzeitig war es das Gesicht des kleinen Mädchens, noch ungeformt und glatt, jenes kleinen Mädchens, dessen Bild ich seit langem in mir trug und zärtlich liebte, eines wunderbaren kleinen Mädchens, das seine Möglichkeiten an mir erprobte, doch das war keine Erinnerung aus meiner Kindheit oder meinen Flegeljahren, auch wenn der Augenblick, vielleicht wegen des stürmischen Herbstregens, nostalgische Erinnerungen begünstigte; zwar mit allen kleinen Mädchen verwandt, die ich je gekannt haben mochte, glich es in seiner Unbekanntheit jedoch eher mir als jenen, die ich wirklich gekannt hatte und an die ich mich nur selten erinnerte. Wahrscheinlich hatte ich sie deshalb seit Wochen mit einem so widerstrebenden und faszinierten Abscheu beobachtet, weil ich eine unerklärliche Wesensgleichheit mit ihr empfand, so als sähe ich mich in ihrem Gesicht wie in einem Spiegel, und wahrscheinlich blieb unsere Beziehung trotz unseres gegenseitigen glühenden Interesses deshalb von distanzierter Nüchternheit, die vor der bloßen Möglichkeit einer Berührung zurückschreckte, und von betonter Konventionalität, denn mit dem eigenen Spiegelbild, mag es einem noch so vertraut erscheinen, läßt sich keine unmittelbare Beziehung herstellen, die Eigenliebe kann sich nur auf Umwegen, auf geheimen Pfaden Befriedigung verschaffen; in jenem Augenblick aber, an den ich mich bis auf den heutigen Tag genauer und deutlicher erinnere als an spätere vertrautere und intimere Situationen, tauchte in mir ein vollkommen unmotiviert erscheinendes Bild auf, das das wirkliche Bild auslöschte, ein kleines Mädchen, das vor einem Spiegel steht und ganz versunken, mit geradezu müdem Ernst die Züge des eigenen Gesichts studiert, mit ihnen experimentiert, sie verzerrt, man hätte aber nicht sagen können, das sei nur Possenreißerei, eher schien sie, von einer inneren Stimme angetrieben, zu beobachten, welche Wirkung diese Grimassen auf sie selber hatten, aber auch das war keine Erinnerung, vielleicht eilte mir nur die Phantasie zu Hilfe, ich stellte mir vor, und wer könnte sagen, warum ich gezwungen war, mir diese Situation vorzustellen? wie dieses kleine Mädchen sich abmühte, sich so zu sehen, wie ein anderer sie sehen könnte, jene seltsame Diskrepanz zwischen der Beobachtung und dem eigenen Gesicht festzustellen und sie im Spiegel zu erkennen.

Vielleicht habe ich damals jenes Wesen, genauer, jene Schicht ihrer Persönlichkeit erkannt, auf der ihre ganze Verstellung, Spieltrieb und Komödiantentum, Heuchelei, Verwandlungsgabe, Verlogenheit und ihr ständiger, erbarmungsloser Selbstvernichtungskampf beruhten, jenen sicheren, kraftspendenden Grund, zu dem sie bei Müdigkeit, Unsicherheit oder verzweifeltem Bemühen zurückkehren konnte, jenen sicheren Punkt im Hinterland, von dem sie sich mit ihren Spielen und Verwandlungen entfernte, jenen sicheren Ort, von dem sie wohin auch immer ausschwärmen konnte, und vielleicht bedeutete für sie diese Fahrt von wenigen Minuten zwischen den beiden Theatern nichts anderes als einen Rückzug in dieses Hinterland, um dann beim Betreten des Foyers an Gesicht und Gestalt verwandelt vor Melchior zu erscheinen, sich ihm in ihrer besten Form, ihrer wahren Schönheit, dem Ergebnis ihrer Wiederherstellung zu zeigen, und diese Verwandlung erklärte bis zu einem gewissen Grade auch, welche inneren Wege sie zu bewältigen hatte, um sich auf der Bühne nach Lust und Laune in die extremsten Charaktere versetzen zu können.

Vielleicht war sie weder ein kleines Mädchen noch ein kleiner Junge, sondern jenes geschlechtslose Kind, das noch nichts abzuwägen braucht und ohne Argwohn ist, weil es sich gar nicht vorzustellen vermag, daß man es nicht lieben könnte, und sich deshalb mit solchem Vertrauen uns zuwendet, uns einen solchen Vorschuß an Vertrauen schenkt, vielleicht liebte auch Frau Kühnert dieses Kind in ihr, fühlte sich als Mutter dieses Kindes, dessen Zutrauen, und sei es nur in Form eines sich unwillkürlich einstellenden Lächelns, erwidert werden mußte; so betrat sie das Foyer, unbeschwert, schön und anmutig, ein wenig kindlich, und eilte auf Melchior zu, der mit seinem französischen Freund oben auf der Treppe stand, herausgehoben aus der lärmenden Menge der zur Vorstellung strömenden Menschen, und mochte seinem Gesicht auch im ersten Moment, nachdem er uns bemerkt hatte, so etwas wie Verdruß anzusehen sein, so hellte es sich auf, während er die Treppe herunter auf Thea zueilte, fast gegen seinen Willen übertrug sich ihr vertrauensvolles Lächeln auf sein Gesicht; kein Wort von jener zynischen Aufdringlichkeit, mit der Thea dieses Treffen in die Wege geleitet hatte, keine Spur mehr von dem tödlich brutalen Liebesrasen, mit dem sie die Spitze des Schwertes auf Hübchens nackte Brust gesenkt, oder von jenem Erschrecken, mit dem sie in meinen Augen Bestätigung gesucht hatte, und keine Rede davon, daß Melchior so ein Bürschchen für sie gewesen wäre wie etwa Hübchen, mit dem sie nach Lust und Laune herumalbern konnte; Melchior zeigte sich als ernster junger Mann, ruhig, gutaussehend, ausgeglichen, ein Bürger, der keine Ahnung hatte von dem Sturm der Leidenschaften und Gefühle, die Thea nach Verlassen des Probensaals hinter sich wußte, eine liebenswürdige Erscheinung, auf angenehme Weise ungezwungen, zum Lächeln bereit, zugleich aber von gerader, ja steifer Haltung, was von Wohlerzogenheit als auch von Beherrschtheit herrühren konnte, und in diesem Augenblick war auch zu spüren, daß wir, die Zeugen dieser Begegnung, jetzt, da sie aufeinander zugingen, einfach nicht existierten.

Die beiden umarmten sich, Thea reichte ihm gerade bis an die Schultern, ihr schmaler Körper verschwand fast in den Armen des Mannes.

Melchior schob sie sanft von sich, ließ sie aber nicht los.

«Schön bist du heute!» sagte er leise lachend, mit einer tiefen, warmen Stimme.

«Schön? Eher todmüde», entgegnete Thea, mit kokett geneigtem Kopf zu ihm aufschauend. «Ich wollte dich bloß sehen, für einen Augenblick wenigstens.»

Und dann waren diese wenigen Wochen vergangen, vielleicht war es ein ganzer Monat, in dem wir jede allein verbrachte Stunde als vertane Zeit empfanden und deshalb vergeblich versuchten, uns zu trennen, wiewohl wir uns hätten trennen müssen, uns von dieser Nähe befreien oder fortgehen, irgendwohin, um wenigstens, wenn wir uns schon nicht trennen konnten, nicht hier und nicht so zusammenzusein; denn einen Großteil unserer Zeit, jede andere Verpflichtung vernachlässigend, verbrachten wir in diesem Zimmer, dem

Zimmer unter dem Dach, an dessen Anblick sich meine Augen nur schwer gewöhnten, das auf eine frostige Weise schwül war und im Kerzenlicht wie der Salon eines vornehmeren Bordells oder wie ein geheimnisvolles Heiligtum wirkte, der Unterschied ist nicht groß, es war kalt und schwülstig, eine reichlich seltsame Paarung von Merkmalen, geeignet, einen zu verwirren, und es verwandelte sich erst in ein bewohnbares, menschlichen Maßstäben entsprechendes Zimmer, wenn die Sonne durch die schmutzigen Fenster schien, wenn auf jedem Möbelstück, den Rahmen der Bilder, den Falten der Vorhänge feiner Staub sichtbar wurde und in den Winkeln leichte Staubflocken und mit dem vage schwebenden, müden Herbstlicht jenes graue, verwitterte, starre System der Brandmauern, Dächer und Hinterhöfe hereinzuschauen schien, jene abweisend schöne Außenwelt, gegen die er sich mit seiner ganzen Sensibilität, den Seidenstoffen, reich gemusterten Teppichen und schwülstigen Samtvorhängen abzuschirmen suchte, an welcher er jedoch trotz seines Wunsches nach Isolation festhielt; schließlich war es auch ganz unwesentlich, wo wir waren, wer kümmerte sich schon um solch unwichtige Geschmacksunterschiede oder um die sogenannte Sauberkeit! schon deshalb nicht, weil nur dieses Zimmer uns ein ungestörtes Zusammensein zu verbürgen schien, es verbarg und schützte uns, manchmal wollte uns sogar der Gang in die Küche, um etwas Eßbares zuzubereiten, als ein beschwerlicher Ausflug erscheinen, dort war es kalt, Melchior hatte nämlich die fixe Idee, das Fenster in der Küche offenzuhalten, umsonst versicherte ich ihm, daß in der kalten Luft sämtliche Gerüche stärker zu spüren seien, er verabscheute den Küchengeruch, und deshalb mußte das Fenster offenbleiben, wir saßen also mit Vorliebe im warmen Zimmer einander gegenüber; morgens heizte er den weißen Kachelofen an, ich saß in jenem Sessel, den er mir am ersten Abend angeboten hatte, inzwischen mein fester Platz, wir sahen uns an, am liebsten betrachtete ich seine Hände, den weißen Halbmond der länglichen, an den Fingerkuppen in schönem Bogen sich rundenden Nägel, und strich mit meinen flachen, plumperen Nägeln über ihre harte, feingerillte Oberfläche, und dann seine Augen! die Stirn, die Augenbrauen, wir faßten uns an den Händen, ich berührte seine Schenkel, den Hügel seines Schoßes, den Spann seines Fußes in den Pantoffeln, unsere Knie berührten sich, wir redeten, und wenn ich meinen Kopf zur Seite drehte, sah ich eine schlanke Pappel, auf dem von Dächern und nackten Brandmauern eingeschlossenen Hinterhof stand eine einzige hochgewachsene Pappel, die bis zum fünften Stock heraufreichte, ja, sie wuchs sogar über das Dach hinaus, in den reinen Herbsthimmel, ihre Blätter fielen kreiselnd herab, bald würde sie kahl sein.

Wir redeten, sage ich, obwohl es vielleicht richtiger wäre zu sagen, wir erzählten, doch auch dieser Ausdruck entspricht nicht genau jenem fieberhaften Mitteilungszwang und jener süchtigen Neugier des Zuhörens, womit wir versuchten, unsere körperliche Berührung, die ständige Gegenwart unserer Körper mit Zeichen, die über diese sinnliche Nähe hinausgingen, mit der Musik der Stimme, dem vernünftigen Wort zu ergänzen, aber gleichzeitig zu verdecken und zu verdunkeln; wir monologisierten, schwätzten, überschütteten uns mit Worten, und insoweit das Verhältnis der Worte zueinander, ihre Betonung, die Tonlage und der freie Rhythmus der Rede unabhängig vom Sinn der Worte eine sinnliche, körperliche Bedeutung haben, verwiesen sie auf die körperliche Nähe, doch so, als wüßten wir, daß das Wort nur ein Hinweis auf das Geistige ist, auf das, was jenseits des Körpers existiert, das zwar glaubwürdig sein kann, umfassend aber nie! und obwohl wir ununterbrochen, unersättlich und unaufhörlich redeten, nicht zuletzt auch in der Hoffnung, mit unseren chaotischen Geschichten den anderen in die eigene Lebensgeschichte einzubeziehen, sie mit ihm zu teilen, wie wir auch unsere Körper miteinander teilten, schien es andererseits, als wollten wir uns mit diesem Erzählen gegen unser gegenwärtiges Ausgeliefert- und Aufeinanderangewiesensein zur Wehr setzen, es gab ja eine fröhliche Vergangenheit, in der wir noch unabhängig voneinander gewesen waren, und frei! gleichzeitig aber maßen wir diesen Geschichten aus einer Art Instinkt keine besondere Bedeutung bei, nicht etwa aus Gedankenlosigkeit, sondern weil wir uns nicht nur einen Teil erzählen wollten, sondern alles, das Ganze, jeden Augenblick in seiner Ganzheit, ein unmögliches, ein zu belächelndes Unterfangen; wir verloren uns ganz in unseren Erzählungen, ohne daß ich wußte, worüber wir uns so viel zu erzählen hatten, ich bin außerstande, mich an einzelne Sätze zu erinnern, auch wenn ich jetzt, da ich die Erinnerung an das Ganze in mir wachrufe, behaupten kann, daß es wahrscheinlich nichts gibt, was ich an Sachlichem nicht wußte, aber jede erzählte Geschichte brachte hundert andere aufs Erzählen wartende Einzelheiten hervor, wir konnten nichts zu Ende bringen, obwohl wir dauernd zu einem Schluß kommen wollten, um endlich zu begreifen, warum er mich liebte und warum ich ihn liebte? ganz zu schweigen davon, daß diese aus zwei verschiedenen Welten stammenden, aus verschiedenen geschichtlichen, soziologischen, kulturgeschichtlichen und psychologischen Elementen zusammengebrauten Erzählungen eine Art intellektuellen Text bildeten, in dem ein Wort oft auf die Ergänzung von hundert anderen Worten angewiesen war, und abgesehen davon, daß nur er in seiner Muttersprache redete, wobei er, diesen Vorteil genüßlich ausnutzend, mich mit immer neuen Rätseln konfrontierte, so daß wir einen ansehnlichen Teil unserer Zeit und Aufmerksamkeit auf die Erschaffung einer gemeinsamen Sprache verwenden mußten, auf ihre Auslegung, und alles etwas in der Schwebe blieb; nie war ich mir sicher, ob ich ihn genau verstanden hatte, er arbeitete mit Ergänzungen, war gezwungen zu erraten, was ich zu sagen versuchte, wir verwandten lästig viel Zeit zur Aufklärung von Mißverständnissen, der Erklärung und dem Verstehen von Begriffen, Ausdrücken, Wortverbindungen, grammatikalischen Zusammenhängen, von Regeln und Regelwidrigkeiten, was von seiner Seite nur scheinbar ein selbstsüchtiges Spiel war und eine tote Zeit für mich, in Wahrheit war es das Natürlichste und ein geradezu symbolisches Hindernis für eine Verständigung, ein Kennenlernen, ein Inbesitznehmen, dem man nicht immer mit vernünftigen Argumenten beikommen konnte oder mußte, weil wir in den Regeln einer Sprache ständig und immer unerwartet auf Punkte stoßen, wo der vernünftige, logische Anspruch ihre Beherrschung nicht mehr fördert, sondern hindert; dieser Hagel von Worten, diese zuweilen gehemmte, zuweilen überbordend sprudelnde Rede, dieses Sichanbieten und -öffnen mit Worten hatte auch Endpunkte, kleine Veränderungen, wenn der Blick abirrte, die Fingerspitzen spürten, wie das Blut in den Adern pulsierte, oder wenn das im Luftzuge flackernde Kerzenlicht plötzlich die Pupille aufleuchten ließ, als wäre sie von innen erhellt und ein begehbarer Ort, so daß der Blick durch das dunkle Tor der Pupille eintreten könnte in das Blau des Auges; hier könne er nicht leben, sagte er, doch so, als spräche er nicht von sich, sondern von irgendeinem Fremden, und lächelte über das Gesagte, nein, er könne hier nicht existieren, er könne es einfach nicht! nicht etwa, weil es ihn nur im geringsten störe, daß hier alles, wie man zu sagen pflege, bis ins Mark hinein verlogen, faulig und heuchlerisch sei, weil hier alles einen doppelten Boden habe, schmierig, klebrig und nicht zu fassen sei, nein, das amüsiere ihn eher, kenne er das alles doch viel zu gut und betrachte es geradezu als Glücksfall, an einem Punkt der Welt geboren zu sein, wo, ich solle bedenken, seit über einem halben Jahrhundert Notstand herrsche, wo seit mehr als einem halben Jahrhundert kein einziges normales Wort öffentlich ausgesprochen werde, ja nicht einmal unter Nachbarn, hier, wo Adolf Hitler mit überwältigender Mehrheit gesiegt hatte! hier plagten sich die Menschen wenigstens nicht mit überflüssigen Illusionen, und von einem gewissen Punkt an, und «diesen Punkt haben wir längst erreicht», halte er die Lüge für sehr menschlich, sogar für normal, und daher sei ihm die perverse Freude vergönnt, dieses von Lügen genährte und mit Lügen geölte System nicht unmenschlich zu nennen, es nicht des Faschismus anzuklagen, wie das alle Welt tue, sei es etwa nicht eine saubere Sache, eine unverschämt saubere Sache, immer das Gegenteil von dem zu sagen, was man denke, und immer das Gegenteil von dem zu tun, was man tun möchte, auf Eigenschaften wie Verlogenheit, Tarnung, Drückebergerei und Geheimniskrämerei zu bauen statt auf Wahrheit, Offenheit, Aufrichtigkeit, auf die sogenannte Gerechtigkeit, die übrigens nicht weniger schwer zu ertragen sei! und so wie der Humanismus sich bemühe, die naturgegebene Vernunft zu institutionalisieren, so habe der Faschismus die natürliche Lüge institutionialisiert, und das habe seine Richtigkeit; wenn man so wolle, sei das nur eine andere Form der Wahrheit, wenn auch eine der Welt bislang unbekannte, im übrigen sei ihm das Ganze scheißegal, alles, was er bisher gesagt habe, sei schiere Politik und er scheiße auf die Politik, auf ihre Wahrheiten und ihre Lügen, auch auf seine eigenen, er scheiße auf ihre Theorien und ihre Gefühle, nicht zu reden von seinen eigenen Gefühlen, auf die er gleichfalls, wenn auch ohne Haß, scheiße, sondern nur so, nebenbei, aus purer Laune, habe er doch Gelegenheit gehabt, aus allzu großer Nähe die innere Natur der Lüge kennenzulernen, als daß er sie nicht zu schätzen und zu lieben wüßte, er halte sie für eine heilige Sache, es sei gut zu lügen, sei auch notwendig und vergnüglich, er lüge ständig, lüge auch jetzt, lüge fortwährend, er belüge auch mich, deshalb bitte er mich, ihm nichts von dem zu glauben, was er sage, sondern es als Scherz aufzufassen, ihm nicht zu vertrauen, nicht auf seine Worte zu bauen und nicht auf ihn zu zählen, zum Beispiel wisse er genau, auch wenn ich noch so rücksichtsvoll gewesen sei, daß ich dieses Zimmer abscheulich fände, weil es verlogen sei, ich möge ihm verzeihen, aber er habe das Gefühl, daß ich noch ein wenig aus dem bürgerlichen Stall komme, weil ich so zaghaft lüge, gleichsam in Seidenpapier verpackt, doch ihm sei das Zimmer gerade aus diesem Grunde lieb, er habe es nicht deshalb so eingerichtet, weil es ihm so gefiele, er wisse ja gar nicht, wie das Zimmer aussehen müßte, das er wirklich als das seine bezeichnen könnte, er wisse es nicht und wolle es gar nicht wissen! hätte er es leer gelassen, wie ursprünglich beabsichtigt, wäre das ebenso verlogen gewesen, und war es dann nicht vollkommen gleichgültig, welche von zwei Lügen er gewählt hatte? er hatte einfach kein Zimmer gewollt, wie es zu sein habe, da er selbst auch nicht war, wie ein Mann zu sein habe, seien wir also konsequent im Lügen, stellen wir neben das Häßliche nicht das Schöne, und zum Bösen gehört das noch Bösere und so fort, zur Lüge aber gehört die Lüge, auch sei es seiner Aufmerksamkeit nicht entgangen, auf welche Weise ich ihn belüge, natürlich sei das, was er tue, Demonstration, Protest, Randale und Aggression, und er müsse zugeben, daß er darin sein Deutschtum wirklich nicht verleugnen könne, ich solle an Nietzsche denken, falls ich ihn kenne, an die schonungslose Radikalität, mit der er Gott leugnete, ihn reize das immer zum Lachen, weil jener sich auf diese Weise aus dem Mangel, aus dem verzweifelten Zorn über diesen Mangel, einen, nach dem er sich sehnte, geschaffen hatte, den er aber, gäbe es ihn, vernichten würde! jawohl, er wolle damit, daß er hier nicht leben könne, demonstrieren, und doch lebe er hier! daß er hier lebe, obwohl er sich dauernd an fremden und überflüssigen Gegenständen stoße, aber er kenne sich wenigstens unter ihnen aus, liebe ihre Verlogenheit, und obwohl er nicht glaube, daß es irgendwo besser sein könnte, werde er fortgehen, er sei der Sache einfach überdrüssig; selbst wenn es ihn das Leben kosten sollte, würde er den Versuch machen fortzugehen, auch das könne ihn nicht abhalten, womit er nicht behaupte, daß er zum Selbstmörder werden wolle, doch wenn er heute oder morgen oder wann immer sterben sollte, wäre das durchaus in Ordnung, ich solle mir doch einmal vorstellen, ein Leben, in dessen achtundzwanzig Jahren es nur einen einzigen Augenblick gegeben habe, den man wahrhaftig oder echt nennen könne, er wisse genau, welcher Augenblick das gewesen sei, nämlich als er sich von seiner Krankheit, bei der er fast draufgegangen sei, zu erholen begann; davon habe er mir schon erzählt, als ich ihn nach den zwei langen Narben auf seinem Bauch gefragt und er von den beiden Operationen berichtet habe, er war aus dem Bett gekrochen, siebzehn war er damals, und hatte zum erstenmal versucht, wieder auf den eigenen Füßen zu stehen, und mußte aufpassen, sich an den Möbeln festhalten, um im Gleichgewicht zu bleiben, so daß er gar nicht merkte, daß sein erster Weg ihn zu seiner Geige führte, der Geigenkasten lag verstaubt auf dem Regal, ob ich mir vorstellen könne, was einem Geiger so ein schwarzer Kasten bedeute? er merkte erst, was er tat, als er die Geige in der Hand hielt und sie am liebsten zerbrochen, nein, nicht zerbrochen, sondern unbrauchbar gemacht, sagen wir, sie gegen die scharfe Kante des Regals geschlagen hätte, um sie zu beschädigen, das Holz einzureißen, wozu er freilich gar nicht die Kraft hatte, alles um ihn herum war konturlos und nebelhaft, nur die Geräusche empfand er so laut, als ob in der Nähe gesägt würde, als schreie eine Sägemaschine im Holz auf; er war allein in der Wohnung und hätte alles tun können, was er wollte, aber er konnte es wegen seines physischen Zustandes nicht, es blieb ihm nur noch so viel Kraft, um die Geige wieder in das dunkelgrüne Samtfutter zurückzulegen, dann sackte er langsam zusammen und verlor das Bewußtsein, so, als wäre es ganz rasch dunkel geworden, in seinem Inneren war das zerbrochen, was die Geige für ihn bedeutet hatte, war doch die Geige gar nicht dazu da, um jenen Anspruch auf Bewunderung zu befriedigen, die er mit seinem gewiß jämmerlich provinziellen Spiel bei seiner Umgebung auslöste, die Geige war nicht für jene wohlmeinende Täuschung da, mit der seine Mutter ihn übertölpelte, mit der er selber sich und die anderen betrog, die ihn bisher als Wunderkind bestaunt und glauben gemacht hatten, daß er dank seiner Geige herausgehoben, auserwählt, eine Ausnahme, Star eines toten Gegenstandes sei! – die Geige sei vielmehr um ihrer selbst willen da, sie wolle um ihrer selbst willen gespielt werden, ihre physikalischen Möglichkeiten wollen sich mit den physischen Möglichkeiten eines Menschen vereinen, und das Genie werde sich immer auf jener schmalen Grenze bewegen, an der der Gegenstand aufhöre, ein Gegenstand, und der Mensch aufhöre, ein Mensch zu sein, wo der Ehrgeiz, diesen Gegenstand zum Erklingen zu bringen, nicht mehr persönlich sei, weil er sich nur noch auf den Gegenstand beziehe; dies zu erkennen, sei er gerade noch begabt genug gewesen, doch wie fleißig, sensibel und aufmerksam er auch wäre, er würde nur ehrgeiziges Blendwerk aus seiner Geige hervorlocken, sie selber zum Klingen zu bringen würde ihm nie gelingen, er habe sie nie wieder angerührt, umsonst bat man, beschwor man ihn und verstand ihn nicht, er selber verstehe es nicht, doch er sei nicht fähig, sie je wieder anzurühren.

Damals, in dem Kinderzimmer, habe er sie an die Wand gehängt, weil sie schön war! sie sollte nichts anderes sein als ein schön geformter Gegenstand, ruhig und zufrieden sie selber, deshalb hänge sie auch hier an der Wand, seine Geige wenigstens sollte bleiben, was sie war! obwohl es ihm, nachdem er mir zum erstenmal erzählt habe, was er noch nie und niemandem erzählt habe, scheinen wolle, als sei diese Geschichte, die er bis dahin so lustvoll in seinem Herzen gehegt habe, nicht ganz ehrlich, als bemäntele er damit seine Verzweiflung, seinen Zynismus, seine Enttäuschung und seine Feigheit, jenes einem Schock vergleichbare Gefühl, das früher schon einmal, auch davon habe er mir bereits erzählt, die Mitteilung seiner Mutter in ihm ausgelöst hatte, als er sie einmal ganz arglos, spielerisch und ein wenig kokett gefragt hatte, ob es sein könne, daß er nicht der Sohn jenes toten Mannes sei, dessen Namen er trage, weil es ihm nie gelang, auf Bildern irgendeine Ähnlichkeit festzustellen, sondern der eines anderen, seine Mutter müsse das schließlich wissen und er sei inzwischen ja ein großer Junge, sie könne es ihm also wirklich sagen; woher weißt du es? – schrie sie, sie wusch gerade ab und wandte sich zu ihm um, mit einem Gesicht, das aussah, als wäre es von langen, zappelnden Würmern durchfurcht, dabei hatte er weder etwas gewußt noch gehört! und was hätte er auch wissen sollen? als habe ihn sein eigener Tod angeblickt, sein Schicksal, der Aufschrei hatte ihm bewußtgemacht, daß sie beide unversehens und ganz unbegreiflicherweise in eine tödliche Gefahr geraten waren, eine wirkliche Lebensgefahr, die, das Gefühl der Todesstarre vorwegnehmend, jedes einzelne Glied und alle Sinnesorgane erstarren läßt, während sich die Haut nur ein wenig zusammenzieht, er starrte in tote Augen, von denen er sich nicht losreißen konnte, und bis zum Abend rührten sie sich nicht vom Spültisch weg, da erzählte sie ihm die Geschichte des französischen Kriegsgefangenen, seines leiblichen Vaters; und danach sei er krank geworden, obwohl er nicht glaube, daß die Krankheit viel mit dieser Erschütterung zu tun gehabt habe, jedenfalls schien ihm das kaum wahrscheinlich; weißt du, sagte er, da baut man sich einen Vater auf, wenn man keinen mehr hat, und dann stellt sich heraus, daß es auch den nicht gibt, den es in Wirklichkeit gab, und dieser, den es gar nicht gibt, ist der einzige, so wie Gott! inzwischen wisse er, warum es seiner Mutter so viel bedeutete, daß er nicht wie die anderen sei – die Geige!, schließlich war er es ja auch nicht, außerwählt sollte er sein, obwohl er es nicht war, sollte kein Deutscher sein, obwohl er ein Deutscher war, was er aber noch nicht erzählt habe, das sei ihm plötzlich auch eingefallen, daß er, nachdem er zwei Monate zwischen den Sterbenden gelegen habe, die so schnell aus den Betten verschwanden, daß er zuletzt als einziger im Krankensaal zurückblieb, als Sterbender, denn da kam keiner lebend heraus, er genoß die Rolle sogar, sein Bauch füllte sich immer wieder mit Eiter, eine weitere Operation schien sinnlos, den Eiter saugte man mit einer Kanüle ab, an der Stelle an seinem Bauch, wo die Kanüle heraushing, sei immer noch ein Höcker zu sehen, ich könne mich davon überzeugen, man wußte einfach nicht, was mit ihm anfangen, zwar war er ein Sterbender, aber als solcher wider alle Regel, denn er konnte nicht sterben, wie sich's gehört, und nach zwei Monaten bat man endlich seine Mutter, die vor lauter Schuldbewußtsein grau und fast wahnsinnig geworden war, ihn nach Hause zu nehmen, sie war abgemagert, zitterte, alles fiel ihr aus der Hand, und es schien, als würden ihre Augen ihn ständig um Vergebung bitten, aber, so gerne er es auch getan hätte, er konnte ihr nicht verzeihen; sie bewegte sich um ihn herum wie ein Gespenst, als würde jeder Schluck Wasser, den sie ihm zu trinken gab, ihr den Freispruch erwirken, als würde jene Schuld – und ich solle bedenken, eine deutsche Frau mit einem Franzosen! wobei sie damals der für Rassenschande zustehenden Strafe glücklicherweise entgangen war, doch «auch so hat sie drei Monate mit mir im Bauch im Gefängnis gesessen» – sich nach so vielen Jahren noch an ihr rächen! das wolle er mir später einmal erzählen! denn damals habe der Hausarzt, der ihn zweimal in der Woche besuchte, von einer plötzlichen Eingebung bewegt, zu ihm gesagt, mach doch mal den Mund auf! wie sehen eigentlich deine Zähne aus, mein Junge? laß uns doch mal die Zähne anschaun! und nachdem man ihm zwei Backenzähne gezogen hatte, war er innerhalb von zwei Wochen gesund wie eine Eiche, ich brauche ihn ja nur anzusehen, und dank dieser beiden faulenden Backenzähne könnten auch wir uns jetzt aus dem abgestandenen Sumpf seiner Seele herauseskamotieren, doch Scherz beiseite, er müsse mir auf das ernsthafteste versichern, daß er mir dankbar sei, daß er echte, tiefe Dankbarkeit empfinde, weil er all das, was er über sich wußte, nun zum erstenmal laut auszusprechen wage, ich sei für ihn so etwas wie der Zahnarzt, der ihm die beiden kleinen Adolf Hitlerchens aus dem Munde geholt habe, ich hätte etwas aus ihm herausgerissen, etwas gelöst in ihm, und während er erzähle, sehe er vieles deutlicher als bisher, auch wenn er darüber nicht richtig sprechen könne, und da er ein schrecklicher Egoist sei, glaube er zu wissen, daß ich mich nur deshalb in sein Leben habe einschleichen müssen, weil er all das nur mit einem Fremden teilen könne, er werde von hier fortgehen, darüber gebe es keinen Zweifel, seine Fremdheit hier langweile ihn tödlich, aber es sei besser, wenn er mit klarem Kopf, ohne Vorwürfe und ohne Haß gehe, das aber verdanke er mir und vielleicht gerade meiner Fremdheit.

Ich entgegnete darauf so etwas wie, nun übertreibe er aber und daß ich nicht glaube, daß ich ihm so wichtig sein könne, weil die Dinge sich nicht auf diese Art lösten.

Doch er sagte, darin könne er keine Übertreibung sehen, denn wofür man sich zu bedanken habe, dafür solle man sich auch richtig bedanken, und seine Augen füllten sich mit Tränen.

Vielleicht war es dieser Augenblick, in dem ich sein Gesicht berührte und leise einwarf, daß ja auch Pierre ein Fremder sei.

Mit ihm spreche er nicht in seiner Muttersprache, sagte er,

Pierre sei Franzose, und irgendwie sei auch er selbst Franzose, auch wenn seine Muttersprache Deutsch sei.

Zum Teufel, er sei kein Franzose, sagte ich, er übertreibe einfach, was mir zwar wohltue, ja schmeichle, aber er müsse mir glauben, daß ich keines Beweises bedürfe, weil ich es einfach fühle, doch was ich fühle, konnte ich nicht sagen.

Nur soviel, daß ich mich schämen würde, es auszusprechen.

Ich hielt sein Gesicht in meinen Händen und er meines in seinen, die Bewegungen waren identisch, und doch durchkreuzten wir damit unsere gegenseitigen Absichten, möglich, daß ich von meiner Scham gar nicht mehr laut sprach, in dem Gefühl, daß er, falls ich bei jenem Wort in Verlegenheit geriete, nicht anders darauf reagieren könnte als auf seine übliche abweisende Art, versteckt hinter seinem ironischen Lächeln, diesem ständigen, verrucht schönen Lächeln, und meine Verlegenheit würde etwas verderben, was auf keinen Fall verdorben werden durfte; ich würde meine Hand der Wärme seines Gesichts, seiner Glätte berauben, ich würde das Knistern seiner Stoppeln unter den Fingern vermissen, das ich so besonders liebte und das an jenem ersten Abend noch eine entschiedene Abwehr, die erschrockene Abwehr gegen das bekannt Unbekannte in mir ausgelöst hatte, das aber zugleich eine Verführung war, auf einem Männergesicht die Grenze von Glattem und Rauhem zu ertasten, mit meinem Mund einen Mund zu berühren, genauso von Stoppeln umgeben wie der meine, und in ihm dieselbe Kraft zu spüren, die ich ihm gab, als erhielte ich nicht die eines andern, sondern meine eigene zurück. «Warum der Mund meines Vaters» – rief ein anderer mit meiner Stimme an jenem ersten Abend, als sein Mund sich über meinen Mund beugte und das Reiben der Stoppeln Kinn an Kinn zu hören war, als berührten die Kinnstoppeln unserer Väter die glatte Haut der vergessenen Kindheit! lustvoll stieg ich hinab in dieses eklige Gemisch von Selbstliebe und Selbsthaß, jetzt ist es mir vollkommen klar, daß wir verstummen mußten, obwohl wir gar nicht bemerkt hatten, daß das kein Gespräch mehr war, ich akzeptierte meinen Ekel vor mir selbst, ich liebte ihn sogar, weil durch ihn alles in mir zu gesunden schien, was mich erschreckt und geängstigt hatte, im tiefsten Sinne des Wortes hatte ich die Leiche meines Vaters damit hinter mir gelassen, jetzt konnte ich ihm verzeihen, obwohl ich selbst nicht vollkommen sicher sein konnte, welcher von beiden mein wirklicher Vater war, das hatte keine Bedeutung mehr, jetzt waren sie vereint, verschmolzen miteinander, das war die Ruhe, die Sprache des Körpers, zwar hallen die sich überstürzenden Worte noch im Ohr, denn die in den Gehirnwindungen arbeitenden Ströme brauchen ihre Zeit, um das Verklungene zu zerlegen, das Aufzubewahrende an seinem Ort zu verstauen, in Dosen, Körbchen, Kassetten, Schachteln, luftigen Verschlägen, durchsichtigen Käfigen, und sobald das vom fieberhaften Bemühen um Aufarbeitung entstandene Dröhnen sich legt, flattern surrend und zischelnd immer noch jene Schnipsel umher, die sich aus irgendeinem Grunde nicht in die große Rumpelkammer des Begreifens einordnen lassen, seltsamerweise immer die belanglosesten Bruchstücke eines Gesprächs; «französischer Tod» zum Beispiel, was nicht den geringsten Sinn ergab, die Bewegung aber, mit der ich sein Gesicht zu mir heranzog, sein Kinn mit beiden Handflächen umfassend, mit den Fingerspitzen die Haut an seinen Wangen berührend, war nur ein unbewußt angewandtes Mittel, um ein undeutlich erkennbares Ziel zu erreichen, sprechen konnten wir nicht mehr, weder er noch ich; obwohl sein Blick, solange er sprach, meinen Blick keinen Moment losgelassen hatte, als habe er in meinen Augen jenen sicheren Punkt gefunden, an dem er sich festhalten konnte, hatte es den Anschein, als würde er nicht eigentlich mich sehen oder als sei ich in seinen Augen ein bloßer Gegenstand, er konnte sich noch weiter in sich zurückziehen, dorthin, wohin er sich allein vielleicht nicht getraut hätte, mir jedoch schien dieser Rückzug zu ermöglichen, auch dorthin vorzudringen, wohin es sonst nicht möglich ist, und je mehr sein Blick sich in meinem verankerte, je mehr ich in seinen Augen zum Gegenstand wurde, um so leichter gelang es ihm, sich weiter von mir zu entfernen, ich mußte auf der Hut sein, doch auch dorthin vermochte ich ihm zu folgen, und da ich bei ihm war, konnte er sich mit seinem wahren Gegenstand, seinen Gedanken, Erinnerungen, sprechen wir es ruhig aus! mit jener Einsamkeit, die die pure Existenz des Körpers verursacht, dem Gefühl der lebendigen Form in einem als tot empfundenen Raum! in immer gewundeneren Sätzen voll kühler Vernunft und einem sanfter werdenden Lächeln auseinandersetzen, bis er durch diese Kälte und dieses Lächeln in eine Distanz zur Geschichte seines Körpers geriet, aus der er seine kleinen Geschichten fast schon mit meinen Augen zu sehen vermochte, vielleicht hatte seine Dankbarkeit darin ihren Grund, daß er für einen Augenblick erkannte, wie der tote Raum die lebendige Form sieht, ein für mich selten erreichbares Gefühl der Identität mit der Außenwelt, daher das Tränen des Auges, das aber nicht ausreicht, um den hinter den Lidern gestauten Tropfen hervorquellen zu lassen, es reichte nur dazu, meinen Blick für seine Augen zu trüben und zu verschleiern, was er zu erreichen geglaubt hatte, auf daß die physische Verwirrung dieser Veränderung ihn aus der inneren Entfernung wieder zurückbrächte zu mir, damit aus dem Gegenstand wieder ein Mensch würde, ich, und so plötzlich, wie er von dort zurückgekehrt war, so schnell mußte ich mich aus seinen Augen zurückziehen, freilich erschrocken, etwas zu verlieren, was ich besessen hatte, dies, seine Knie zwischen meinen Knien, ein wenig vornübergeneigt sein Gesicht zu berühren, während seine Knie meine Knie umfaßten und er ein wenig vornübergebeugt mein Gesicht berührte.

Anfassen.

Anfassen und betasten.

Manchmal hörten wir Musik, er las mir etwas vor, oder ich rezitierte ungarische Gedichte, weil ich wollte, daß er sie fühle und verstehe, gleichzeitig wünschte ich ihm zu beweisen, daß es eine Sprache gab, in der ich mich geläufig und relativ fehlerlos auszudrücken vermochte, er amüsierte sich über mich, lachte, staunte mit offenem Mund, wie Kinder es tun, wenn man ihnen ein unbekanntes Spielzeug zeigt, ich war leicht und sorglos, wir schliefen, angezogen oder nackt, einer in den

Armen des anderen auf dem Sofa des dämmerigen Vorzimmers ein, während es langsam dunkelte, es wurde wieder Abend, ein Winterabend, Kerzen mußten angezündet, die Vorhänge zusammengezogen werden, um wieder dasitzen zu können, einander gegenüber, bis tief in die Nacht, manchmal bis zum Morgengrauen, während das Zimmer langsam auskühlte, die Wanduhr tickte gemütlich, die Kerzen waren flackernd bis auf den Stumpf heruntergebrannt, in unseren Händen schön geschliffene Gläser, schwerer bulgarischer Rotwein in den schlanken Kelchen; doch von diesen Stunden, Tagen und Wochen zu berichten, die uns unversehens aus dem Herbst in den Winter führten, als die Pappel wie ein Gerippe aus Spitzen allmorgendlich im weichen Nebel versank, fällt mir fast ebenso schwer, wie die Frage zu beantworten, mit welchem Recht ich die Gefühle eines fremden Menschen in die erinnernde Mehrzahl einer gemeinsamen Geschichte einbeziehe, mit welcher Berechtigung ich davon spreche, daß dieses oder jenes mit uns geschah, wenn ich mich doch sonst, und nicht ohne Grund, nur dazu in der Lage fühle, von mir selber zu sprechen, das heißt, mit annähernder Genauigkeit zu beschreiben, was mit mir geschehen ist; es gibt keine Antwort, anders und besser ausgedrückt, an jenem Winterabend habe ich etwas davon gespürt, wie sehr wir uns liebten, wenn man unter Liebe die Tiefe und Leidenschaft einer wechselseitigen Bindung versteht, doch vielleicht könnte das auch als Antwort dafür gelten, daß wir nach einigen Wochen, vielleicht nach Ablauf eines Monats, feststellten, daß sich etwas in uns bedrohlich verändert hatte, in ihm wie in mir, und sich weiter immer bedrohlicher veränderte; so sehr, daß ich für einen Augenblick die Augen schließen mußte, um ihn nicht so verändert zu sehen, um sie danach in der Hoffnung zu öffnen, daß ich, wenn alles Störende verflogen wäre, sein einstiges Gesicht zu sehen bekäme, seine Hand wie früher in meiner Hand fühlte, denn jetzt schien es mir, als drückte ich den Stumpf meiner eigenen Hand! und auch sein Lächeln unverändert sein würde, schließlich war nichts geschehen, und was hätte überhaupt geschehen sollen; ich erinnere mich nicht genau, was kümmerte uns damals der Kalender, es mochte Ende November oder früh im Dezember sein, der einzige Orientierungspunkt war Theas Premiere, zu der Melchior mich begleitete, obwohl die beiden damals nicht mehr miteinander sprachen; also muß es vorher gewesen sein, als sie auf dem Höhepunkt ihrer Ratlosigkeit, Verstörtheit und Verzweiflung eines Abends hier heraufgekommen war, in der Hoffnung, in der ich sie zu bestärken versucht hatte, daß sie Melchior allein antreffen werde, aber dann traf sie nur mich an, was wiederum vieles veränderte, obwohl sich äußerlich nichts verändert hatte; wir saßen noch genauso da, die Kerzen brannten wie vorher, es war still, das Zimmer war unverändert, das Telefon läutete nicht, und niemand klingelte an der Tür, niemand wollte etwas von uns, und wir wollten von niemandem etwas, als säßen wir auf einem Hochsitz über den Ruinen einer ausgestorbenen und entvölkerten europäischen Stadt, ohne die geringste Hoffnung, je befreit zu werden, und wenn noch ein anderer Mensch irgendwo in einem ähnlichen Zimmer säße, wir würden ihn niemals finden; die von allen anderen isolierte Gemeinschaft, die bisher gut gewesen und durch unser Versteckspiel noch enger geworden war, hatte sich plötzlich ins Böse verkehrt; ich weiß nicht wodurch, ich war mir der Ungerechtigkeit meiner Vorwürfe bewußt, doch vergeblich rief ich mir ins Gedächtnis, daß er in diesen Wochen meinetwegen alle um sich herum verscheucht hatte, das Telefon herausgezogen, wenn es läutete, die Tür nicht geöffnet, seine Wohnung verschlossen hatte, vergeblich, ich hatte das Bedürfnis, ihm Vorwürfe zu machen, natürlich nicht laut, denn alles, was mit ihm zusammenhing, betraf mich allein, und daher nützte es nichts, mit diesen Gedanken im Kopf die Augen zu schließen, mir graute doch gerade vor der engen Beziehung zu ihm, ich mußte diese Beziehung lockern, mir schien, als sei ihre Tiefe mir erst damals bewußt geworden und als mache erst dieses Bewußtsein sie so verabscheuungswürdig und unerträglich, ich mußte also einen neuen Punkt finden, etwas, was ich noch nicht kannte, was auch ihm unbekannt, was in keiner Weise zu ihm gehörig war, etwas, das uns nicht gemeinsam gehörte; und als ich wieder die Augen öffnete, erschien mir sein Gesicht gleichgültiger und fremder als das eines beliebigen Menschen, das war schmerzlich und gut zugleich, denn jedes fremde Gesicht kann in uns Hoffnung auf Erkennen oder wenigstens auf Erkennbarkeit wecken, aber dieses Gesicht war für mich vollkommen leer und uninteressant, es barg keine Hoffnung, ich war seiner überdrüssig geworden und glaubte es zu kennen, aber dieses Kennen erwies sich im Rückblick auf die vergangenen Wochen als genauso unwichtig wie jede andere Erfahrung, weil keine noch so gefährliche Erfahrung ausreichend schien, um mir so etwas wie einen Ruhepunkt, eine Orientierung aufs Wesentliche und Endgültige zu bieten, es war also ein Abenteuer, nutzlos für mich, er war mir und ich war ihm fremd geblieben, ich verstand nicht, warum ich ihn hatte schön finden können, da er doch eigentlich häßlich war, nein, nicht einmal häßlich, nur langweilig, ein Mann, der mir nichts bedeutete, eben ein Mann.

Ich haßte ihn und ekelte mich vor mir selber.

Und als hätte er etwas Ähnliches gedacht oder gespürt wie ich, zog er seine Hand aus meiner, wenigstens war ich nun befreit von diesem gräßlichen Stumpf, stand auf, stieß den Sessel beiseite und schaltete den Fernseher ein.

Weil das sehr brüsk geschah, sagte ich auch nichts, stieß meinerseits den Sessel zur Seite und ging ins Vorzimmer hinaus.

Auf gut Glück nahm ich ein Buch aus dem Regal, und als müßte ich mir selbst beweisen, daß mich dieses Buch interessiere, begann ich auf dem dunklen weichen Teppich ausgestreckt zu lesen.

Es war nicht nur das Teppichmuster, das mich irritierte, sondern auch der altväterliche Stil, durch den ich mich hindurchkämpfte, als ich las, daß es nur einen Tempel auf der Welt gebe, den Tempel des menschlichen Leibes, und nichts Heiligeres als die hehre Gestalt des Menschen; es tat mir wohl, ganz zufällig auf einem gemütlichen Teppich zu lesen, daß wir, wenn wir uns vor dem Menschen verneigen, seiner

Offenbarung im Fleische huldigen und an den Himmel rühren, wenn wir seinen Leib berühren.

Während ich versuchte, den für mich überhaupt nicht zeitgemäßen Inhalt zu verstehen und nichts weiter darauf zu geben, daß da irgendeine Frau aus dem Fenster kletterte, sich an die Ranken des wilden Weins klammerte, Mörtel hinabfiel, daß sie schrie und stürzte, schien mir, daß sich schon alles glätten werde, nur der Gedanke ließ mich nicht los, daß ich so unbeherrscht gegen den Sessel getreten hatte, ein Rettungswagen heulte auf, dann klirrten Instrumente, ich wußte, daß wir uns jetzt in einem Operationssaal befanden, und obwohl es eine so dumme und unbedeutende Sache zu sein schien, konnte ich das Gefühl nicht loswerden, daß ich brutal gewesen war, ich sah den Sessel vor mir, gegen den ich getreten hatte, obwohl er gar nicht mir gehörte, jetzt ertönte Trauermusik, die Frau war wohl gestorben, das hätte ich nicht gedurft, das war Sachbeschädigung, man sollte überhaupt keinen fremden Sessel wegstoßen, selbst wenn der Leib ein hehrer Tempel war, er durfte gegen den Sessel treten, weil er ihm gehörte, ich hätte es nicht tun dürfen, aber nun hatte ich es getan, und es hatte mir sogar gefallen.

Später fragte ich ihn laut, ob ich gehen solle.

Ohne den Kopf zu wenden, antwortete er, ich solle tun, was ich für gut halte.

Ich fragte, ob er etwas gegen mich habe, weil es mich bekümmern würde, wenn es so wäre.

Das könne er genausogut mich fragen.

Ich betonte, daß ich nichts gegen ihn hätte.

Er wolle jetzt ganz einfach diesen Film sehen.

Ausgerechnet diesen Film, sagte ich.

Ausgerechnet den.

Dann solle er es doch tun.

Das tue er ja auch.

Das seltsamste war, daß wir uns nicht sachlicher hätten begegnen können, auf diese Weise waren wir viel brutaler ehrlich, als wenn wir ausgesprochen hätten, was wir tatsächlich dachten, genauer gesagt, diese vorsichtigen kleinen Ausweichmanöver der Lüge legten die Situation ehrlicher dar, als es unsere Gefühle hätten tun können, waren doch unsere augenblicklichen Gefühle viel zu aufgewühlt, als daß wir aufrichtig hätten sein können.

Ich konnte nicht fortgehen, und er konnte mich nicht zurückhalten.

Und die Erkenntnis dieser aus unseren Worten sich ergebenden nackten Tatsache schien sich als stärkere Bindung zu erweisen, als es eine Blutsbrüderschaft gewesen wäre.

Der Lüge wegen jedoch hatte sich etwas, vielleicht eine bloße Kraft oder die Strahlung von etwas, das sich bisher unbemerkt und mit instinktiver Natürlichkeit zwischen uns bewegt hatte, verflüchtigt, es war nicht ganz verschwunden oder hatte nicht ganz aufgehört, aber es war zum Stillstand gekommen, jedenfalls war etwas nicht mehr da, und dieser Mangel ließ mich erkennen, was ich bisher wirklich gefühlt hatte.

Und daß auch er das fühlte, wußte ich.

Als geisterte es immer noch, ähnlich dem Blau der Mattscheibe, hier herum, fast greifbar füllte es den Raum zwischen Zimmer und Vorzimmer aus, vielleicht hätte man danach greifen oder es abstellen können, aber gerade diese von uns unabhängige, vibrierende Bewegungslosigkeit war so lähmend, daß keiner von uns beiden auch nur eine einzige Bewegung zu machen fähig war, als suggerierte es uns verstandeskalt, daß wir keine andere Möglichkeit hätten als die Bewegungslosigkeit zu erkennen und zu ertragen, die einzige Bindung zwischen uns, die so endgültig wie ein Urteil sei; als zeigte eine außerhalb von uns befindliche Person uns die wahre Natur unserer Beziehung zum erstenmal in ihrem jähen Sturz.

Und obwohl wir in solchen oder ähnlichen Situationen unwillkürlich die Möglichkeiten einer auf der Hand liegenden, also der einfachsten und praktischsten Lösung überdenken und abwägen, schien es mir jetzt ganz unmöglich aufzustehen, seine Pantoffeln von den Füßen zu schleudern, meine Schuhe anzuziehen, den Mantel zu nehmen und zu gehen, das wäre verglichen damit, daß letzten Endes ja nichts geschehen war, denn was war schon geschehen? nichts! viel zu umständlich und langwierig gewesen, es wäre viel zu umtriebig und unerträglich dramatisch geworden, andererseits schien es aber unmöglich, daß ich in dieser gemütlichen Lage hier auf dem Teppich verweilte, das hätte in anderer Hinsicht mein Gefühl für das richtige Verhältnis gestört, schließlich war es sein Teppich, auf dem ich lag, das Eigentumsrecht nämlich – und vergessen wir nicht, daß hier vom Ausmaß unseres Ausgeliefertseins die Rede ist! – scheint doch sogar in der Liebe wichtiger zu sein als das Gefühl selbst, ich sollte gehen, sollte aufstehen und fortgehen, dachte ich so zwanghaft, als könne ich damit geschehen lassen, was zu tun ich nicht in der Lage war, denn tatsächlich blieb ich und tat, als läse ich, so wie er tat, als gälte seine Aufmerksamkeit dem Bildschirm.

Keiner von uns rührte sich.

Er saß mit dem Rücken zu mir im blauen Licht, das der Bildschirm ausstrahlte, ich beugte mich über das Buch, und obwohl es reichlich kindisch ist, muß ich doch zugeben, daß mich meine steife Haltung stärker störte als alles andere, sie verriet mich, und obwohl er mich nicht sehen konnte, wußte ich, daß wir uns aufs genaueste belauerten, weshalb er über meine Verkrampfung genauso Bescheid wußte, wie ich von ihm wußte, daß er nur so tat, als sähe er sich den blöden Film an, in Wirklichkeit aber mich sah und auch wußte, daß ich das wußte, nur daß uns beide trotzdem irgend etwas zwang, uns dieses durchsichtige kleine Spielchen gegenseitig vorzuspielen, das einerseits schamloser war als jede wie auch immer geartete Nacktheit, andererseits trotz seiner Ernsthaftigkeit lächerlich und komisch.

Ich wartete, wartete ab und überlegte, ob es vielleicht gerade dieser belustigende oder lächerliche Zug wäre, den er nutzen würde, die einzige Ritze, dachte ich, durch die wir beide der Falle unserer eigenen Schwere entkommen könnten, besser gesagt, ich dachte das weniger, als daß ich es wie ein hinter der tragischen Pose sich hervorwagendes Lachen, wie einen Lachreiz spürte.

Denn es war ein Spiel, jetzt war er am Zuge, ein kleines ungeschicktes Spiel der Gefühle, das, mochte es noch so unbedeutend und kindisch sein, uns mit seinen Regeln zwang, die für menschliche Beziehungen notwendigen Maße und Proportionen zu beachten und zu bewahren, unser Streben nach Gleichheit, die ewige Sehnsucht nach Ausgleich spielt uns dabei einen Streich, und gerade weil es im edelsten Sinne des Wortes ein Spiel war, konnte ich ihn nicht länger als gleichgültig oder fremd betrachten, ich spielte mit, wir spielten gemeinsam, es war ein grausames Spiel, und das Gefühl dieser Gemeinsamkeit dämpfte sogar den Haß bis zu einem gewissen Grade, nur konnte ich mich trotzdem nicht rühren, nichts sagen, ich mußte warten, ich hatte meine Möglichkeiten schon verspielt, als ich ihn damit belog, daß ich nichts gegen ihn hätte, jetzt mußte er den Spielregeln entsprechend den nächsten Schritt tun.

Und dieses Warten, das Vibrieren einer in der Luft hängenden Entscheidung, das Unvermögen zur Entscheidung, jenes gewisse Dritte, das mich genauso betraf wie ihn, jene Kraft, die existierte, aber nichts zuwege brachte und von der sich nicht feststellen ließ, ob sie aus mir auf ihn oder aus ihm auf mich überströmte oder einfach in der Luft war, wie man mit einer sinngemäßen Wendung zu sagen pflegt, es liegt in der Luft, stand irgendwie damit in Verbindung und erinnerte in gewisser Weise an das, was wir an jenem Abend gefühlt hatten, als ich das erste Mal mit ihm hier heraufkam und er hinausgegangen war in die Küche, um den Sekt zu holen.

Er hatte die Tür offengelassen, und ich hätte eigentlich etwas hören müssen, Geräusche, das Öffnen des Kühlschranks, das Zuschlagen, ein Klirren der Gläser, Schritte, aber erst später, als wir uns schon zu weit davon entfernt hatten, um überhaupt noch etwas zu verstehen, und anfingen, uns zur eigenen Rechtfertigung unsere gemeinsame Geschichte zu erzählen, berichtete er bei dem Versuch, die Geschichte jener Minuten zusammenzusuchen, daß er, wie er sich erinnere, am Küchenfenster stehengeblieben sei, dem Regen zugeschaut und zugehört habe, und ohne daß er wisse warum, unfähig gewesen sei, sich von der Stelle zu bewegen, als wollte er nicht mehr ins Zimmer zurückkehren, jedoch mit der entschiedenen Absicht, mich im Zimmer die Stille seiner Hilflosigkeit spüren zu lassen, ich hatte sie auch gespürt, sein Warten und seine Unentschlossenheit, ich sollte spüren, daß er jetzt den Regen, die dunklen Dächer, den Augenblick selber als wichtiger empfand als mich, der da in seinem Zimmer wartete, weil er nämlich gestehen müsse, daß ihn dieses Warten glücklich machte und daß er das gerne mit mir hätte teilen wollen, sei es doch selten genug, sich eines solchen Gefühls erfreuen zu können.

Er stand auf und kam, als wolle er auch jetzt nur in die Küche hinausgehen, auf mich zu.

Wir wußten nicht, wie wir uns entscheiden würden, und doch fühlten wir beide, daß schon entschieden war, wofür wir uns entscheiden würden.

Plötzlich, als habe er seine Absicht geändert und gehe doch nicht in die Küche, ließ er sich neben mir auf den Teppich nieder, stützte sich auf einen Ellbogen, legte den Kopf bequem in die Hand, und halb sitzend, halb liegend sahen wir uns in die Augen.

Es war einer jener seltenen Augenblicke, da er nicht lächelte.

Seine Blicke kamen von weit her, er sah gar nicht mich an, sondern die Erscheinung, zu der ich soeben für ihn geworden war, so wie auch ich sein Gesicht anschaute, so wie man einen Gegenstand betrachtet, dessen Schönheit oder Qualität trotz all unserer Abwehr nicht in Zweifel gezogen werden kann und der trotzdem nicht identisch ist mit jenem, den wir lieben könnten, nicht von jener Schönheit, die er liebte oder die ich zu lieben glaubte.

Und dann sagte er leise, so sei es.

Ich aber fragte ihn, woran er denke.

Er denke an das, was ich fühle, sagte er.

Ich sagte, daß es Haß sei, weil das nicht mehr ganz stimmte.

Warum, ob ich ihm das erklären könne?

Das wirr gekräuselte blonde Haar, ein Wald, eine Mähne,

die glattgespannte Haut über der gewölbten hohen Stirn mit den zwei Höckern des Stirnbeins, die sanfte Vertiefung der Schläfen, die dichten, dunklen, fast schwarzen und mit einigen langen Haarfäden noch extra verzierten Augenbrauen, die sich über dem Nasensattel, wenn auch etwas ausgedünnt, treffen und mit blasseren Fäden vermischt in die Stirn wölben, um dann schütter und vollends ausgebleicht zu den Muscheln der Schläfen zurückzuführen, die empfindlichen weichen Polster der Augenlider sowohl beschattend als betonend, die, von den langen schwarzen, gebogenen Wimpern geteilt, einen lebendigen und beweglichen Rahmen bilden für den im Blau der Augen sich erweiternden und verengenden schwarzen Mittelpunkt der Pupille, und überhaupt! dieses Blau! seine Kälte und seine Kraft! das sich in dem schwarzen Rahmen so seltsam von dem Milchweiß der Haut abhebt, und das Schwarz! das ohne jeglichen Übergang ins Blond hinüberwechselt, diese letzten Endes aufdringlichen Farben! der gerade Nasenrücken, der, im Bogen der Nüstern endend, steil in die Tiefe des Gesichts eingebettet, mit einem eleganten barocken Schnörkel in sich selbst verschlungen, die kleinen dunklen Höhlen der Nasenlöcher einrahmt, um dann, unauffällig unter der Haut verschwindend, gleich zwei senkrechten Gebirgsrücken sich oberhalb der Lippen herauszudrücken und gewissermaßen symbolisch die Innenwände der Nüstern mit dem sich entgegenstreckenden Rand der Oberlippe zu verbinden und damit diese beiden so ganz und gar verschiedenen Teile miteinander in Zusammenhang zu bringen! das Senkrechte der Nase, das Waagrechte des Mundes in dem ovalen Gesicht, und wenn wir den Gesamteindruck des Kopfes nehmen, in der trotz allem kreisförmig anmutenden geschlossenen Fläche die Lippen! dieses als Paar angelegte, das Rohe kaum verhüllende Fleisch.

Er möge mir nicht böse sein, bat ich ihn.

Und daß es mir Ernst war, hätte ich nur beweisen können, indem ich ihn küßte, doch jetzt war es nicht mehr ein Mund, sondern der Mund, und auch meiner war der Mund, also ging es nicht.

Warum sollte er? er sei mir gar nicht böse.

Vielleicht waren es auch weniger die Einzelheiten seines Gesichts als vielmehr die Bewegungen seiner Lippen, wie sie sich öffneten und wortbildend schlossen, diese mechanische Bewegung, die zusammen mit seiner Gelassenheit auf mich unendlich kühl wirkte, oder sollte ich es gewesen sein, der damals so kühl war? oder waren wir es beide? doch alles, sein Gesicht, sein Mund, hauptsächlich sein Mund beim Öffnen und Schließen, aber auch mein Arm, der unter dem Gewicht meines Körpers allmählich fühllos wurde und wegen meiner verkrampften Haltung einzuschlafen begann, und seine Hand, die Art, wie er sich aufstützte, als sei dies alles nichts anderes als die Mechanik jener unbekannten Kraft in unserem Körper, die vergeblich in uns wirkt, da jedes Zucken und jede Bewegung durch zweckdienliche Formen festgelegt ist, da durch die Formen alles von vornherein entschieden ist, vergebens empfinde ich, daß Gott in mir wohnt, wenn die Bewegung nicht mehr und nichts anderes sein kann als das, was die Zweckhaftigkeit der Form erlaubt, jede Bewegung daher in der Zweckdienlichkeit der Körperformen ihre Begrenzung findet, die körperliche Form die Muster für jene Kraft vorgibt und daher die Wirkung, die eine Bewegung auslöst, nichts anderes sein kann als ein Zeichen, ein Hinweis, nichts anderes als die Wahrnehmung der zweckbestimmten Funktionen dieser Formen, die Wahrnehmung, wie sich die in mir vorgegebenen Muster verwirklichen, und das halte ich für Gefühl, obwohl es nichts anderes ist als Selbstgenuß, nicht ihn meine ich, ich sehe nur eine Form, ein Muster, nicht ihn, ein Zeichen, einen Hinweis, wir begreifen uns gegenseitig nur insoweit, als unsere Körper auf die gleiche Weise funktionieren, seine Bewegungen in mir die entsprechenden Muster hervorrufen, und das läßt mich seine Absichten erkennen, es ist die Lust an der Spiegelung, alles übrige ist bloßer Selbstbetrug, und diese Erkenntnis war mir damals so evident, als finge ich mitten im Genuß eines Musikstücks an, auf das Prinzip zu achten, das dem Funktionieren der Instrumente zugrunde liegt, auf die Saiten und Hämmer, die Töne selbst jedoch würden sich immer weiter entfernen.

Ich sagte, er möge es mir nicht übelnehmen, aber ich verstünde rein gar nichts.

Was ich verstehen wolle, fragte er, und weshalb?

Er müsse schon entschuldigen, aber ich könne es nicht besser erklären, aber vielleicht könne ich jetzt darüber sprechen, worauf er so neugierig gewesen sei und worüber ich unlängst geschwiegen habe, weil ich es zu sentimental gefunden und gefürchtet habe, damit etwas zu verderben, jetzt aber, und auch das müsse er mir nachsehen, seien sogar seine Bewegungen mir nicht mehr so wichtig, auch nicht, ob er mich berühre oder ich ihn berühren würde, denn was auch immer wir täten, richtiger, was auch immer wir uns zu tun bemühten, einer habe das alles von vornherein festgelegt, und daran ist nichts zu ändern! und daß wir schon irgendwie miteinander verbunden gewesen sein mußten, zu einer Zeit, als wir uns noch nicht kannten, nur haben wir es eben nicht gewußt, ob er sich so etwas vorstellen könne? nichts weiter als eine fixe Idee von mir, über die ich aber erst jetzt zu sprechen wage, daß er nämlich mein Bruder sei.

Er lachte laut, brüllte fast auf vor Lachen, und sobald ich das Wort ausgesprochen hatte, mußte auch ich lachen, doch um seinem Gelächter den Stachel zu nehmen, berührte er behutsam und nachsichtig mit dem Finger mein Gesicht, wir mußten jedoch nicht nur lachen, weil das Ganze wirkte, als hätte ich im Ton höchster Gefühlsemphase mitten in die Stille die größte Albernheit hineingesagt, es war gar nicht davon zu reden, daß ich etwas ganz anderes hatte sagen wollen, weil nämlich das Wort Bruder in dieser Situation in seiner Sprache nicht das gleiche bedeutet wie in meiner; als ich das Wort, das ich in meiner Sprache gedacht, in seiner Sprache ausgesprochen und den Fehler gleich selbst bemerkt hatte, mußte ich sofort an jenes kleine Beiwort «warm» denken, das man in seiner Sprache dem Wort Bruder beifügt, um den Schwulen zu benennen, so daß es schien, als habe ich ihn im Ton höchsten Gefühlsüberschwangs meinen warmen Bruder genannt, was als Wortspiel treffend, ja geistreich hätte sein können, hätte ich es nicht mit erstickter Stimme ausgesprochen; so erinnerte es an den Satz vom Strick, den man im Hause des Henkers nicht erwähnen darf, ein lächerlich schiefes Unterfangen, das sich gegen sich selber kehrte und über das wir lachen mußten, er lachte sogar, daß ihm die Tränen kamen, so daß ich vergeblich versuchte, ihm, verwirrt wie ich war, zu erklären, daß sich das ungarische Wort für Bruder, «testvér», zusammensetzt aus den Begriffen Körper und Blut und daß ich daran gedacht habe.

Nachdem er sich ein wenig beruhigt hatte und das Lachen immer seltener aus ihm herausplatzte, merkte ich, daß wir uns noch weiter voneinander entfernt hatten.

Als wäre er zu jener Überlegenheit zurückgekehrt, aus der er sich schon an unserem ersten Abend vorsichtig herausgewagt hatte.

Leise sagte ich, daß ich übrigens das gar nicht hatte sagen wollen.

Er nahm mein Gesicht in seine Hände, meine Dummheit hatte er mir verziehen, dieses Verzeihen aber ließ ihn, nachdem er aufgehört hatte zu lachen, noch überlegener erscheinen.

Eigentlich hätte ich ihm etwas sagen wollen, was ich bisher noch nicht gesagt hätte, weil ich ihn damit nicht habe kränken wollen, sagte ich, aber es helfe nichts, meine Lage erscheine mir völlig hoffnungslos, er möge mir nicht böse sein, aber ich habe das Gefühl, in ein Gefängnis gesperrt zu sein.

Und deshalb sollte er mir böse sein, deshalb?

Wir sollten uns, sagte ich, vielleicht für einige Zeit trennen.

Nun ja, deshalb habe er ja vorhin auch gesagt, daß das nun einmal nicht anders sei. Jetzt könne ich selber sehen, daß dem so sei. Aber ich hätte ja so getan, als verstünde ich ihn nicht.

Ich verstehe es auch nicht.

Es sei schon richtig, auch er habe nicht daran gedacht, jetzt dieses eine Mal, mit mir, auch er habe vergessen, daß das nun einmal nicht anders sei, und als er das vorhin an meiner Hand spürte, war er überrascht, ja erschrocken, aber es scheine wohl, das sei unsere Zeit gewesen, soviel und nicht mehr, und während er tat, als würde er der Fernsehsendung folgen, sei ihm bewußt geworden, daß er es, wenn ich das so empfinde, zur Kenntnis zu nehmen habe, und damit habe er sich beruhigt, denn das könne ich ihm glauben, er wisse aus Erfahrung, daß zwei Männer oder, wie ich vorhin so liebenswürdig gewesen sei mich auszudrücken, zwei warme Brüder, und hier ließ er ein glucksendes Lachen hören, das sich jedoch wie ein Schluchzen anhörte, es einfach nicht lange miteinander aushielten, und davon gebe es keine Ausnahme, ich aber hätte mich bisher bemüht, unserer Beziehung jenes Gefühlssystem überzustülpen, an das ich von Frauen gewohnt sei, doch dafür könne er wirklich nichts, daß ich ein so verworrenes Vorleben habe, nur dürfe ich nicht vergessen, mit einer Frau könne immer noch etwas daraus werden, was nicht ich sei und nicht sie, so als wäre die von der Natur gegebene Möglichkeit einer Fortsetzung durch keinerlei widrige Umstände zu gefährden, selbst dann nicht, wenn ich im übrigen zu wissen glaubte, daß das nicht möglich sei, zwischen zwei Männern laufe aber immer nur das, was gerade läuft, nicht mehr und nicht weniger, und deshalb könne er mir nur den Rat geben, wenn es soweit sei aufzustehen, mir nicht länger etwas vorzumachen, sondern unter irgendeinem Vorwand sofort und unbeschwert fortzugehen und nie wieder zurückzukommen, nicht einmal zurückzuschauen, weil das, was ich auf diese Weise bewahren könne, für uns beide von viel größerem Wert sei, als wenn ich versuchen würde, mir etwas vorzumachen, ihn nämlich, das könne ich ihm glauben, würde ich nicht täuschen, dafür kenne er diese Abläufe viel zu gut, nie wieder auch nur daran zu denken sei das allein Vernünftige.

Ich sagte, daß er auf allzu durchsichtige Manier versuche, den Gefühlskalten zu spielen, um nicht zu sagen, den Faschisten.

Ich sei sentimental, sagte er.

Das sei gut möglich, sagte ich, weil ich mich in dieser verdammten Sprache nicht richtig ausdrücken könne.

Dann würde er es an meiner Stelle ausdrücken.

Ich bat ihn, keinen Blödsinn zu reden.

Wieso Blödsinn, fragte er zurück.

Na schön, von mir aus!
Ob ich noch wisse, wovon wir reden?
Ob er es vielleicht wisse?

[illegible]

[illegible]

und [illegible]

[illegible]

[illegible] hatte [illegible]

[illegible]

[illegible] Luft [illegible]

[illegible]

[illegible]

[illegible]

[illegible] beachtet [illegible]

[illegible]

[illegible]

[illegible]

[illegible]

[illegible]

[illegible]

[illegible]

[illegible]

[illegible]

[illegible]

[illegible]

[illegible]

Auf ein antikes Wandbild

Auf dem Bild, das ich zwischen meinen Notizen aufbewahrte und das ich in der geplanten Erzählung als die heimliche Welt meiner Ahnungen und Mutmaßungen schon mehrmals hatte beschreiben wollen, vorausgesetzt, mein Talent und mein Können hätten dazu ausgereicht, war eine lieblich-schöne arkadische Landschaft zu sehen, eine sanft hingebreitete Lichtung am Fuße sich ins Unendliche verlierender Hügelketten, mit seltenen Sträuchern, seidigen Gräsern, Blumen, sturmzerzausten Ölbäumen, verkrüppelten Eichen, im übrigen ein gelungenes Abbild jenes antiken Wandbildes, das ich vor einigen Jahren auf meiner Italienreise Gelegenheit hatte in der ganzen Pracht seiner wilden Farben und seiner beachtlichen Größe zu bewundern, die Landschaft in dem Augenblick darstellend, da der Morgen sich langsam aus dem Ozean hebt, um den Menschen das Licht zu bringen und mit seinem unendlich zarten Schimmer den Tau auf den Spitzen der Gräser und den Flächen der Blätter aufblitzen zu lassen; es ist die Zeit, in welcher der Tau fällt, kein Blatt sich regt, der Wind zu ruhen scheint und der wir Ewigkeit verleihen möchten; zwar hat die Nacht bereits ihr silbernes Ei gelegt, doch Eros, bestimmten Sagen zufolge, Sohn des Windgottes, ist dem Ei noch nicht entstiegen, alles ist noch wie vorher, vor allem, was wir Ereignis nennen könnten, es ist der Augenblick unmittelbar davor, aber bereits nach jenem edlen Akt der Befruchtung und Empfängnis, in dem die beiden machtvollen Urelemente, der ungestüme Wind und das Dunkel der Nacht, sich paarten, da es also noch keinen Schatten gibt, wir noch vor dem Danach sind, das ist der antike Morgen! und deshalb ist dieser außergewöhnliche Augenblick, selbst als Gegenstück betrachtet, doch nicht mit jenem anderen zu verwechseln, an dem Helios mit seinem Wagen und seinen Pferden hinter dem Horizont verschwindet und alles Lebendige in der Angst vor der Vergänglichkeit und in der Hoffnung, die scheidende Sonne einzuholen, nur nicht hierbleiben! bloß nicht! sich mit dem eigenen Schatten bis ins Unendliche nach ihr streckt und im Schmerz des Abschieds alles blutrot und verhängnisvoll erscheint, golden schimmernd; in diesem frühen Augenblick aber ist alles noch fast tot, erstarrt, bleich, fast grau, silbern aus dem Dunkel heraufdämmernd, kalt, und wenn ich vorhin dennoch von starken Farben sprach, dann nur deshalb, weil dies jetzt nicht mehr das Silber der Nacht ist, das die Farben der Welt so gierig aufsaugt und sie in metallisch eintönigem Glanz auflöst, nein, jetzt hat alles Seiende schon die ihm gemäße Farbe erhalten, sie sind schon im Keimen, aber noch leben die Farben nicht, der im geometrischen Mittelpunkt des Bildes ruhende, wollüstig prangende nackte Körper des Pan glänzt in opulentem Braun, der niedliche kleine Ziegenbock zu seinen Füßen in schmutziggrauem Weiß, wie es sich gehört, das Gras ist giftgrün, tiefgrün die Eiche, der Stein weißer als weiß, die leichte Gewandung der drei Nymphen aus türkisfarbiger, olivgrüner und purpurroter Seide; doch wie sie selbst an dieser taufrischen Grenze zwischen Nacht und Tag noch vollkommen bewegungslos sind, zwar ist schon die letzte Bewegung ihrer Nacht getan, die erste Geste ihres Tages jedoch noch nicht, so sind auch die Farben ihrer Gewänder und Körper als bloß schattenlose Umrisse zu erkennen, genauso wie die Farben der schattenlosen Bäume, Gräser und Steine, und wie diese an der Grenze von Ende und Anfang nichts miteinander gemein haben – blickt doch jede von ihnen in eine andere Richtung, wodurch unser Bild selbst in dieser kleinen Kopie größer wirkt –, so haben auch die Farben keine Verbindung untereinander, das Rot ist für sich Rot, das Blau für sich ein Blau und nicht etwa, weil das Grün grün ist, als habe der Maler des Bildes in seiner barbarisch vereinfachenden Unwissenheit den Augenblick der Schöpfung selber festgehalten oder, einfacher ausgedrückt, sich mit beängstigender Genauigkeit an die Stimmung eines Sommermorgens gehalten, an dem der Mensch, ohne zu wissen warum, plötzlich aufschreckt, aus der blinden Wärme seines Bettes kriecht, hinauswankt aus seinem Haus, um, da er nun einmal wach ist, seine Notdurft zu verrichten, draußen aber von einer furchtbaren Stille empfangen wird, in der selbst der zum Tropfen angesammelte Tau nicht tropft, um die Stille nicht aufzustören, und obwohl er weiß, daß die Sonne mit ihrem wärmenden Gelb im nächsten Augenblick das All aus dieser Todesstarre erlösen und ins Leben gebären wird, erweisen sich doch sein ganzes Wissen und alle seine Erfahrungen im Vergleich zur Stille der Nichtexistenz als nichtig, und wenn er bisher, im Dunkel der Nacht tastend oder die Schatten des Tages erkundend, den Tod gesucht hatte, so entdeckt er ihn jetzt völlig überraschend und so voller Entsetzen, daß selbst sein heißer Urin nicht aus ihm heraussprudeln kann, in diesem farblos-farbigen Augenblick, den er bisher glücklich, im Schoße der Götter warm geborgen, verschlafen hatte.

Es könnte auch sein, daß es gar nicht Pan war, der dort auf dem Stein saß, trotz meiner gründlichen und umsichtigen Studien hatte ich es nicht mit völliger Gewißheit ermitteln können, und so war es fraglich geblieben, ob mein Bild nicht etwa Hermes darstellte, jedoch nicht den Vater, sondern den Sohn, gewiß kein kleiner Unterschied! weil wir, wenn es wirklich so wäre, in den drei Nymphen nicht die Liebesgespielinnen des Knaben zu sehen hätten, die fröhlichen Mädchen, sondern die Muttergöttin selbst, weil jedes noch so kleine Motiv des Bildes auf höchst zweideutige Weise alles sowohl in Frage stellte als auch bejahte, weshalb ich mich sogar insgeheim zu jener Mutmaßung verstieg, ja im Grunde war es diese Mutmaßung, die mich aufregte, daß der Maler vielleicht bewußt die Dinge so kühn vermischt hatte und Vater sagte, wo er den Sohn meinte, oder umgekehrt Jüngling sagte, sich aber den Vater als Jüngling vorstellte und die Mutter als die Geliebte beider präsentierte; sie nämlich, die, mit gesenktem

Kopf und mit vor Aufmerksamkeit glänzenden Augen das Spiel ihrer Finger auf den Saiten der Leier verfolgend, in ihrem ölgrünen Mantel auf der rechten Bildseite stand, schien uns um etliches älter als der nackte Jüngling, und diese Feststellung müssen wir selbst dann riskieren, wenn wir einerseits befürchten, daß wir uns, um unsere Phantasie bestätigt zu finden, von unseren Augen haben täuschen lassen, andererseits aber wissen wir nur allzu gut, daß die Götter alterslos sind, was freilich, soweit es die Nymphen angeht, nicht mit voller Eindeutigkeit zutrifft, sie sind, wie die uns überlieferten Sagen bekunden, um so unsterblicher, je näher sie dem Göttlichen stehen, es gibt auch Sterbliche unter ihnen, als unsterblich gelten die Meeresbewohnerinnen, was ja gleichermaßen für das Meer gilt, nicht aber die einfacheren Quellnymphen und noch weniger die Wiesen-, Wald-, Strauch- und Baumnymphen, vor allem die in den Eichen lebenden, die gemeinsam mit ihrem Baum sterben; und wenn wir überhaupt versuchen wollten, den verwirrenden Hinweisen unseres Malers folgend, ihr Alter an ihrem Gesicht abzulesen – der Finger greift gerade in die entfernteste Saite der Leier, genau mißt ihr Blick die Entfernungen ab, weil sie ihrem Instrument einen leichten, laufähnlichen Akkord entlocken will –, dann sollten wir uns die alte Berechnungsart in Erinnerung rufen, wonach die schwatzhafte Krähe neun Menschenalter lang lebt, ein Hirsch so lange wie vier Krähen, der Rabe erreicht das Alter von drei Hirschen, neun Rabenalter sind der Palme vergönnt, und die Nymphen, Zeus' schönhaarige Töchter, erreichen das Alter von zehn Palmen; sie mochte vielleicht gerade das sechste Rabenalter erreicht haben, und wenn ich sie als älter ansehe als den Jüngling, dann natürlich nicht, weil ich ihr Alter nach menschlichen Maßen berechnet hätte und auf ihrem Gesicht auch nur die kleinste Falte zu sehen gewesen wäre, sondern weil die Weisheit des Gebärens sie verklärte, wenigstens verglichen mit den beiden anderen, die dem Jüngling zwar ähnlicher waren, im Alter ihm sogar gleich, jedoch unberührt von jenem Glückszustand jenseits des Schmerzes; ich wüßte nicht genau zu sagen warum, aber auf diese mütterliche Weisheit ließ auch der aus dem in reichen Falten über die Schulter geworfenen Gewand hervorschauende Hals schließen, o diese Nackenlinie! die unter dem mit einem Silberband in lockerem Knoten zusammengehaltenen dunkelbraunen Haar sichtbar wurde, der Hals wirkte vielleicht deshalb so faszinierend und schamlos nackt, weil sich ein paar widerspenstige Locken auf dem Nacken kräuselten, ist es doch der Wechsel von Angezogensein und Nacktheit, der uns eigentlich bezaubert; und wenn es mir gelingen sollte, den Nacken der Nymphe zu beschreiben, dann würde ich mit Sicherheit auf den Eindruck zurückgreifen, den der Nacken meiner Verlobten in mir hinterlassen hat, den ich mir bewahrte, was heißt bewahrte! vergötterte! auf jenes Bild, wie wir, nebeneinander sitzend, in einem Album blättern und sie, vornübergebeugt, um eine nebensächliche Einzelheit des Bildes besser zu erkennen, im Profil zu sehen ist, und ich mich über sie beugen möchte, um ihren Nacken mit den Lippen zu berühren, ihre von der Bewegung gespannte Haut mit kleinen Küssen zu streifen, ihre Wärme und ihren Geruch mit dem Munde einzusaugen und bis hinauf in ihr Haar vorzudringen, wovon mich aber Anstand oder Rücksicht zurückhält.

Wenn der heraufkommende Morgen dann später das restliche Silber der Nacht zu Gold umschmilzt, ach, wäre es mir doch gegeben, in solchen Sätzen von den antiken Morgenfrühen zu künden! und die Finger die Saiten zum Klingen bringen, ein leichtfüßiger Akkord den Anfang macht und sie sich anschickt, mit den Klängen ihrer Leier als erste die Sonne zu grüßen, von deren Strahlen erwärmt die Eiche freundliche Schatten wirft.

Vielleicht brauche ich gar nicht zu erwähnen, daß hinter ihrem Rücken eine Eiche stand, windzerzaust, alt in unseren Augen; einst vielleicht, vor langer Zeit, vom Blitz getroffen, erschien sie irgendwie einseitig, da der Wind ihre verdorrten Äste abgerissen und verstreut hatte, an deren Stelle das Laubwerk in kleinen Büscheln hervorgesprossen war, und diese Tatsache bestärkte mich nicht nur in meiner Vermutung, daß sie sehr alt sein müsse, sondern wies eindeutig darauf hin, daß wir es hier mit nichts anderem als der Eichen-Nymphe zu tun haben; sie, die an diesem Morgen auf dem Bild in die Saiten ihrer Leier greift, ist niemand anders als Dryope, von der wir wissen, daß sie mit der Schönheit ihrer biegsamen Gestalt, den edlen Zügen ihres Antlitzes die Liebe des auf den arkadischen Wiesen seine Schafe weidenden Gottes Hermes so heftig herausforderte, daß der in Liebeswallung geratene Gott sie so lange verfolgte – nebenbei wollen wir aber noch schnell festhalten, daß dieses Spiel nur nach menschlicher Berechnung lange dauerte, ungefähr drei Menschenalter lang, was nicht mehr ist als ein Drittel des Krähenalters –, bis die Liebe sich aufs schönste erfüllte, kein ungewöhnlicher Fall übrigens, man könnte auch sagen, daß die Nymphe, die, wie ihr Name besagt, ein weibliches Wesen ist, durch das der Mann zum Nymphios, zu einem, der das Ziel der Männlichkeit erreicht hat, das heißt zum Bräutigam wird, bloß das Ihre getan hat, wie auch der Gott alles in seinen Kräften Stehende dazu beigetragen hat, nur daß derjenige, den die schöne Dryope aus dieser Liebe in die Welt der Unsterblichen hineingeboren hatte, einfach nicht mit den Maßstäben zu messen war, an die die arme, sterbliche, pflichtbewußte, fast menschliche Mädchenmutter gewohnt war.

Freilich liegt es nicht in unserer Absicht zu behaupten, daß Dryope ein ängstliches, zerbrechliches, etwa gar schreckhaftes Geschöpf gewesen wäre, wissen wir doch, daß sie eher als großgewachsen, von kräftigem Knochenbau, auch als die Starkzweigige beschrieben wurde, und wenn Götter oder Menschen sie mit ihrer Liebe verfolgten, floh sie nicht etwa, sondern griff von Zeit zu Zeit sogar selber an; dann stand sie, als hätten ihre Füße Wurzeln geschlagen, unbeweglich wie eine Eiche da, fauchte, bleckte die Zähne, schlug hart zu und wäre sogar bereit gewesen zu beißen, legte sie aber ihren grünen Mantel ab, um sich am Ufer einer kühlen Quelle den Schweiß abzuwaschen, waren an ihren laufgestählten Schenkeln, ihren runden Armen kräftige Muskelbündel unter der perlfarbenen Haut zu sehen, auch die Brust saß in gespannter Rundung an der richtigen Stelle, ihr Kitzler aber, wie sich später im Augenblick der Erfüllung herausstellen sollte, war zur Steigerung ihrer Lust von derselben Größe wie der Phallus eines gerade aus dem Schlaf erwachten Kindes, dem wäre noch hinzuzufügen, daß es daher den Gott nicht zufällig danach verlangte, diese Härte zu erweichen, die Wildheit zu zähmen und die Stärke in Zärtlichkeit zu verwandeln; und dennoch mußte sie, als sie die Nabelschnur mit den Zähnen zerbissen hatte und zwischen ihren Schenkeln ihre im blutigen Mutterkuchen blinzelnde, schreiende, lachende und strampelnde Leibesfrucht erblickte, in mädchenhaftem Entsetzen aufschreien und ihr Gesicht in ihren Händen bergen, woher auch hätte sie wissen sollen, daß es keinen Grund zum Erschrecken gab, da sie doch einen Gott zur Welt gebracht hatte? woher auch hätte sie es wissen sollen, da sie bloß sah, was sie sehen mußte! als habe sie nicht der Begierde des fröhlichen Hermes nachgegeben, sondern einem stinkenden Ziegenbock, entsproß doch auf dem Haupt des Neugeborenen eine langsträhnige, harte Behaarung, auf seiner Stirn, da, wo bei Göttern und Menschen der Knochen harte Wülste bildet, ragten zwei geringelte Hörnlein in die Höhe, seine Füße aber, o Graus! endeten nicht etwa in Sohlen wie bei uns, sondern in Hufen, wie beim Zicklein, jetzt noch rosig und zart, doch weiß man ja, daß sie sich mit den Jahren abscheulich verhärten, daß sie poltern, Funken aus den Steinen schlagen und sich schwarz färben werden.

Voller Entsetzen über ihre Leibesfrucht sprang Dryope auf und rannte fort.

Hier endet ihre Geschichte, mehr wissen wir nicht über sie, besser gesagt, über den Fortgang ihres Schicksals, wenn wir darüber etwas erfahren wollten, müßten wir uns auf unsere Phantasie verlassen.

Was wir aber wissen, ist, daß Hermes seinen Sohn im Grase gefunden hat und von dem Aussehen des Knäbleins nicht nur nicht überrascht, sondern auf das höchste entzückt war; da stand der Junge nämlich schon auf den Füßen, besser gesagt, auf seinen Hufen, radschlagend, lachend, Purzelbäume vollführend, voller Freude, daß ihn die Grasspitzen beim Baden im Tau zwickten und piekten, Wespen und Fliegen jagend, Blumenblätter rupfend und schmeckend, mit den kleinen, noch weichen Hörnern gegen Steine und Bäume angehend, gekitzelt von Schmerzen, und um sein Mütchen zu kühlen, pinkelte er auf einen Schmetterling, schiß einer Schlange einen ordentlichen Batzen auf den Kopf; wie man sieht, funktionierte seine Natur geradezu prächtig, daher ist es auch keineswegs verwunderlich, wenn sein Vater, dessen ansichtig, so recht seine Freude an ihm hatte, und da Väter in ihren Söhnen eilends die Wiederholung ihres eigenen Schicksals zu sehen versuchen, erinnerte sich auch Hermes an den Morgen seiner eigenen Geburt, als die sanfte Maja ihn zur Welt gebracht und in die Wiege gelegt hatte, er aber in einem unbewachten Augenblick herausgekrochen war, die Höhle verlassen, eine Schildkröte gefunden, eine Laute aus ihr gefertigt hatte und auf Wanderschaft gegangen war, und nachdem auch die Ohren von Helios' Pferden hinter dem Purpurglanz der Erdkrümmung verschwunden waren – wir kennen natürlich das genaue Datum, es war der Abend des vierten Tages im Mondmonat –, tötete er zwei Ochsen mit der bloßen Hand, häutete sie, erfand, um das Fleisch braten zu können, flugs das Feuer, raubte anschließend eine ganze Herde und kroch, um sein Bubenstück zu tarnen, wieder in die Wiege zurück; jetzt aber hob er den Kleinen auf seine Schultern und brachte ihn, wie es einst Apollo mit ihm getan hatte, hinauf zu den Göttern, damit auch sie ihre Freude an ihm hätten.

Am meisten freute sich Dionysos über den Ankömmling, der sofort Pan genannt wurde, welches Wort in der Sprache der Unsterblichen alles, das All, bedeutet, weil sie, wenn uns nicht alles täuscht, diesen Begriff in ihm am umfassendsten verkörpert fanden.

Aber dafür, daß die schöne Jünglingsgestalt, die in der Mitte meines Bildes saß, Pan sein sollte, waren – obwohl sie mit der einen Hand eine Syrinx zum Munde hebt, das unmißverständliche Zeichen Pans, der den Sagen zufolge des Nachts den Tanz der Nymphen anzuführen und hernach den Morgen heraufzuführen hat, ein zorniger, böser Gott, welcher seinem Zorn vor allem dann freien Lauf läßt, wenn er im wohltätigen Schatten der Eiche bei seinem Mittagsschlaf gestört wird, nach anderer Lesart aber der freundlichste unter den Göttern, fröhlich, auch wohltätig, verspielt, fruchtbarmachend, Späße, Musik und Lärm liebend – die vielen Anzeichen auf dem Bild umsonst; ich konnte mich des Zweifels nicht erwehren, daß es vielleicht doch nicht der mächtige phallische Gott sei, aber welcher andere hätte es sein können? auf diese Frage schien es unmöglich, eine befriedigende Antwort zu finden, hielt er doch nicht nur einen belaubten Stab in der anderen Hand, jenen belaubten Stab, den Hermes der Sage nach von Apollo zum Tausch gegen seine Leier erhalten hatte, auch war sein Körper weder behaart, noch hatte er Hörner auf der Stirn, er hatte auch keine Hufe, es sei denn, der hübsche Ziegenbock, der gleich einem Wachhund zu seinen Füßen kauerte, verkörperte all das, was seinem glatten, nach Menschenart gemalten Körper fehlte; sind uns doch jene Künstler sattsam bekannt, die das in seiner Häßlichkeit Vollkommene mit Schönheit ausstatten, weil sie davor zurückschrecken, das als das «All» Bezeichnete mit Haaren, Hufen und Hörnern darzustellen, was freilich nur einer lächerlich menschlichen Schwäche zuzuschreiben ist, nun ja, doch steht es mir nicht zu, für unmöglich zu halten, daß der Maler des Bildes auf Grund seiner zu belächelnden Schwäche bemüht war, auf solch irreführende Weise die Geschichte der Götter zu verschönen; wozu dann aber der verdammte belaubte Zweig, wenn es doch nicht sicher war, daß es Hermes sei, denn was sollte die Flöte in seiner anderen Hand? die ganze Geschichte war äußerst verwirrend, und gewiß hätte ich mich nicht so ausführlich mit ihr beschäftigt, wenn nicht gerade die Klärung dieser Wirrnis so eng mit den Vorarbeiten zu meiner geplanten Erzählung zusammengehangen hätte, ich grübelte, forschte nach, spielte mit meinen Möglichkeiten, experimentierte und zögerte mit Bedacht den Anfang hinaus, weil ich Angst hatte, meine Axt in den Stamm einer so schwierigen Aufgabe hineinzutreiben, sobald es aber geglückt schien, mich für die eine oder andere Lösung zu entscheiden, tauchte eine neue Idee auf, wie auch die, daß es vielleicht wirklich nicht Pan, auch nicht Hermes, sondern Apollo selbst war, von dem die Sage geht, daß auch er sich einst in Dryope verliebte und ihr, wie es sich gehört, nachgestellt hatte; da sich aber die schöne Eichenjungfrau pflichtbewußt weigerte, ihm zu Gefallen zu sein, verwandelte sich der lüsterne Apollo in eine Schildkröte, um sich auf diese Weise den verspielten Nymphen zu nähern; Dryope legte sich die kleine Schildkröte auf ihre schöne Brust, dort verwandelte sich diese schnell in eine Schlange und vereinigte sich unter dem Mantel mit ihr; doch platzte das Luftgebilde meines Einfalls schnell, denn wäre es so gewesen, wie wäre dann die Leier in Dryopes Hände gelangt, da ja, wie schon erwähnt, Hermes die Leier verfertigte, als er am Morgen seiner Geburt aus der Höhle herauskam und dieser Vorfall sich erst eine Weile später ereignete.

Meine Frage wäre eine Frage, jede meiner Mutmaßungen eine Mutmaßung geblieben, wenn ich das Verhalten der beiden anderen Nymphen auf der linken Seite des Bildes nicht so sonderbar gefunden hätte; eine von ihnen saß wie der braunhäutige Jüngling ebenfalls auf einem weißen Stein, in ein purpurrotes Gewand gekleidet, eine kleine Trommel im Schoß, zwei Schlegel in den Händen, das Gesicht aber fehlte, die Farbe war an dieser Stelle von der Wand abgebröckelt, aus der Stellung ihres Körpers konnte man jedoch erkennen, daß sie, solange sie noch ein Gesicht gehabt hatte, nach vorn schaute; sie ist es, die aus dem Bild herausblickt, uns ansieht und uns, wo immer wir vor dem Bild stehen, mit ihrem möglicherweise strengen, nachsichtigen oder auch zärtlichen Blick folgt, doch mehr noch als diese gesichtslose Nymphe regte mich die andere auf, die in ihrem Türkis-Mantel unmittelbar hinter ihr stand, denn in dieser Szene war sie die einzige, die Interesse an jenem Jüngling zeigte, den ich vorhin noch tollkühn als Pan bezeichnet habe, sie war die schönste der drei Nymphen, volle Wangen, eine reine Stirn, lockeres blondes Haar in einem Kranz hochgesteckt, von zerbrechlich zarter Gestalt, stand sie da, eine Hüfte etwas vorgestreckt, die Arme auf dem Rücken verschränkt, alles ein Zeichen von Ruhe,

Hingabe und Sicherheit, die Augen riesengroß, braun und warmherzig, ein wenig traurig, voll sehnsüchtiger Melancholie, und gleichzeitig! fast hätte ich aufgeschrien in der Freude des Erkennens, stellte ich fest, daß die gleiche Melancholie sich in den Augen des Jünglings spiegelte, der jedoch mit abgewandtem Kopf, scheinbar ohne von den sehnsuchtsvollen, die Wölbung seiner Brust streifenden Blicken Kenntnis zu nehmen, hinter der Schulter der leierschlagenden Dryope aus dem Bild hervorschaute, und weil dies keineswegs eine zufällige Übereinstimmung sein konnte, war es offenbar, daß er jemanden ansah, von dem auch er angesehen wurde; jemanden, der nicht zu sehen war, weil er vielleicht gar nicht hier auf der Lichtung, sondern zwischen den Bäumen des Waldes stand.

Mich aber interessierte tatsächlich der Wald, in dem diese unmögliche Liebe möglich werden könnte, auch wenn sie sich gar nicht ereignen sollte, darüber hätte ich gerne geschrieben.

Doch wieder auf das Bild zurückkommend und in der Hoffnung, daß sich im Lichte späterer Erkenntnisse erhellen würde, warum diese Szene mich so sehr beschäftigte, obwohl ich in meiner Erzählung das Wandbild oder die darauf dargestellten Personen nicht einmal zu erwähnen gedachte, glaubte ich jetzt Salmakis in der Gestalt der sich in den Hintergrund zurückziehenden Nymphe zu erkennen, und dieser Name, der meinen erregten Gefühlen neue Nahrung gab – schien er mir doch der Schlüssel zur Lösung des Rätsels zu sein –, brachte mir eine dritte, ebenso komplizierte Geschichte in Erinnerung, wir sind auf dem richtigen Wege, dachte ich befriedigt, Hermes hat nämlich, wie allgemein bekannt, noch einen weiteren Sohn, obwohl die Bezeichnung Sohn schon an sich zweifelhaft ist für ein Geschöpf, das der Liebe zwischen Hermes und Aphrodite entstammt; allein deshalb, weil beide aufgrund bestimmter Genealogien Geschwister sein müssen, die Kinder von Uranos, dem nächtlichen Himmel, und Hemera, dem Tageslicht, und nicht bloß Geschwister, sondern Zwillinge, ist uns doch bekannt, daß ihre Geburt auf den vierten Tag des Mondmonats fällt, und daher mischen sich in der Frucht ihrer Liebe auch beider Gesichtszüge, ihre Körper- und Charaktereigenschaften zu gleichen Teilen, wie wenn zwei wasserreiche Bäche rauschend ineinanderstürzen, einer in den anderen, wer wollte dann noch Wasser von Wasser unterscheiden! infolgedessen mischte sich in dem Kinde zu gleichen Teilen, was unsere Sprache als Mädchen und Knaben bezeichnet, was aber in bestimmten Göttern höchst einvernehmlich zusammengehört, und damit diese göttliche Mischung aus männlich und weiblich unverkennbar sei, erhielt das Kind einen Namen, der zu gleichen Teilen aus dem Namen seines Vaters Hermes und dem seiner Mutter Aphrodite zusammengesetzt war.

Inzwischen wird jeder ahnen, an wen ich denke, jawohl, der Neugeborene war Hermaphroditos, den Aphrodite gleich nach der Geburt den Nymphen des Ida-Berges anvertraute, die ihn auch sorgsam aufzogen, doch sobald wir unserer Bestürzung Herr geworden sind, denn schon wieder hat eine Mutter ihr Kind verlassen! müssen wir zugeben, daß es für die Götter nur natürlich ist, jeder von ihnen ist ein Ganzes, das ist allen gemeinsam, womit ich behaupten möchte, daß schon die Götter geborene Demokraten waren; doch zurück zur Geschichte von Hermaphroditos; herangewachsen, war er von solch blendender Schönheit, daß manche ihn mit Eros selbst verwechselten und überzeugt waren, auch Eros sei eine Frucht aus Hermes' Lenden und Aphroditens Schoß, was freilich unwahrscheinlich ist; mit fünfzehn Jahren begann er seine Wanderschaft, er zog durch ganz Kleinasien, und seiner Natur folgend, bewunderte er alle Gewässer, wo immer er sie antraf, bis er in Karien, am Ufer einer wunderbaren Quelle, Salmakis begegnete.

An diesem Punkt verwirrt sich freilich auch unsere dritte Geschichte, weil so viele verschiedene Varianten von ihr bekannt sind, denen man den Zeitabstand, der die wirklichen Ereignisse immer mehr verdunkelt, deutlich anmerkt, was freilich ebenfalls zur Natur der Legenden gehört, weil die menschliche Erinnerung ihnen Grenzen setzt, doch wenn wir uns in unseren Folgerungen nicht irren, könnten wir annehmen, daß die klare Quelle, wo sie der Erde entquoll, einen kleinen See bildete und daß dort Salmakis in ihrem Türkisgewand, sich darin wie in einem Spiegel betrachtend, ihr langes Haar kämmte, doch nachdem sie die Zotteln der Nacht ausgekämmt hatte, um es hochzustecken, weil es ihr aus irgendeinem Grunde nicht gefallen haben mochte oder ein Kräuseln des Wassers das Spiegelbild gestört hatte, löste sie es wieder und fing an, es von neuem zu kämmen, immer wieder von neuem, heute würden wir sie verrückt nennen, sie tat nichts anderes, als sich ihr Leben lang zu kämmen, da sie aber eine Quellnymphe war, kann man nicht nachzählen, wie oft sie es tat.

Und wie in jeder sich als bedeutungsvoll ankündigenden menschlichen Begegnung ist auch hier der erste Augenblick, das Wahrnehmen an sich, die überraschende Entdeckung des anderen das am wenigsten bedeutsame, das sozusagen kaum wahrnehmbare Ereignis, und das nicht zufällig! im folgenden werden zwei füreinander geschaffene und durch die Götter zusammengeführte Wesen sich jeweils im anderen erkennen, da aber der eine sich im anderen erblickt, ist er nicht mehr gezwungen zu tun, woran er sich in seinen alltäglichen Beziehungen schon so sehr gewöhnt hat, nämlich aus sich herauszutreten, hinauszublicken, um der Gegenwart des anderen willen die Grenzen der eigenen Persönlichkeit zu überschreiten, nein, die beiden selbständigen Persönlichkeiten können in diesem Fall ungehindert miteinander verschmelzen, hier gibt es die Grenzen nicht, die es sonst unbestreitbar gibt! und später, im Rückblick auf diesen sich nun als so bedeutungsvoll erweisenden Augenblick, hat man plötzlich das Gefühl, damals seltsamerweise nicht wahrgenommen zu haben, überhaupt nicht wahrgenommen zu haben, was man sehr wohl wahrgenommen hatte, und irgendwie traf das auch auf diesen göttlichen Fall zu: Hermaphroditos betrachtete das Wasser, und so schien ihm die sich in dessen Spiegel kämmende Salmakis nichts anderes als eine der Eigenschaften dieses ihn so unendlich anziehenden Wassers zu sein, eine Einzelheit, die er zwar sah, doch was alles spiegelte sich noch im Wasser, der Himmel, die Steine, das Weiß der langsam ziehenden Wolken, das dichte Schilf und auch Salmakis, die ihr eigenes Gesicht, ihr unaufhörliches Kämmen beobachtete, registrierte es bloß als nebensächlichen Umstand, daß sie unter dem Spiegelbild ihres Gesichts, der nackten Haut ihres Arms und dem Glitzern ihres Kamms das aufblitzende Silber der mit sanften Flossenbewegungen vorbeiziehenden Fische, das goldene Geriffel des Sandes auf dem Grunde des Sees sehen konnte, weshalb Hermaphroditos' Erscheinen in dieser Spiegelung für sie nichts anderes war als, sagen wir, eine Wasserspinne, die, mit ihren langen Beinen nur leicht in die Oberfläche des Wassers eintauchend und winzige Wellen verursachend, über ihr Gesicht lief; Hermaphroditos dachte in jenem Augenblick an gar nichts, er war nur traurig, unendlich traurig, so traurig wie sonst auch – die Traurigkeit aber hindert uns daran, im einzelnen über die Dinge nachzudenken, denn ihm hatte die Schöpfung nicht nur im Ganzen gegeben, was sie uns geteilt zugedacht hat, sondern ihn darüber hinaus mit Sehnsüchten ausgestattet, doch war es ihm nicht vergönnt, die kleinen, aufregend schönen Freuden der Befriedigung zu genießen, trug doch jede seiner Begierden ihre Befriedigung in sich, man könnte auch sagen, die Schöpfung verweigerte ihm die gewöhnliche Befriedigung, weil er selber die Befriedigung der Schöpfung war, und daher seine Trauer, jene unendliche Traurigkeit, die mich aber in meiner Vermutung bestärkte, daß ich hier auf dem Bild weder Hermes noch Pan sah, die, wie man weiß, fröhlich und wild sind, und auch unter Apollos Eigenschaften war kein Hang zur Trauer zu entdecken, wandte er sich doch mit gleichem Ungestüm den Göttinnen wie auch den göttlichen Jünglingen zu, den Nymphen wie den gewöhnlichen Hirtenknaben, und wir kennen keinen Fall, in dem er nicht genau gewußt hätte, wie er die Probleme dieser zweigeschlechtlichen Welt zu lösen habe, nein, die Traurigkeit war ausschließlich eine Eigenschaft von Hermaphroditos, entschied ich bei mir, die außergewöhnliche Eigenschaft dessen, der jetzt dastand in seinem großen Augenblick, da die überraschte Salmakis, ohne sich von ihrem Spiegelbild zu trennen, den Kamm in den Schoß fallen läßt; immer noch blickt keiner den anderen an, obwohl sie sich sehen, und Salmakis mag damals geglaubt haben, was in den späteren Berichten zu so vielen Mißverständnissen führen sollte, hier Eros zu erkennen, dessen wunderschönes Gesicht als Wasserspinne über ihr Gesicht kroch, und Salmakis war gewiß respektvoll genug, um sich auf der Stelle in ihn zu verlieben, war sie doch so etwas wie ein antiker Blaustrumpf, aber in diesem Augenblick war das Wieso und Warum vollkommen gleichgültig, da sich beide Spiegelbilder übereinanderschoben, Auge in Auge, Nase auf Nase, Mund auf Mund, Stirn auf Stirn, und was der traurige Hermaphroditos noch nie gefühlt hatte, fühlte er jetzt, in göttlicher Lust ertranken beider Lippen! er fühlte wie jeder gewöhnliche Sterbliche, der sich dem anderen hingibt, man stelle sich das vor! während alles in Reglosigkeit verharrt, scheint es, als rase ein Sturm daher, als blitze und donnere es, als stürzen Felsbrocken ins Meer, man stelle sich vor, welche Lust es sein muß, wenn ein gestandener Gott aus seinen eigenen Grenzen ausbricht, denn Salmakis verliert ihr Spiegelbild im gleichen Augenblick, als Hermaphroditos des Wassers verlustig geht, beide verlieren das, wozu sie geschaffen sind, und daher brauchen wir uns auch nicht zu wundern, daß sie genausowenig wie wir Sterblichen vereinigt zu bleiben vermögen, auch wenn die Legende von einer vollkommen erfüllten Liebe berichtet.

Als ich hier angelangt war, versuchte ich zusammenzufassen, was ich von diesem geheimnisvoll schönen Jüngling wußte oder nicht wußte, der hinter Dryopes Schulter hervorschaute und sehnsüchtig jemanden beobachtete, während Salmakis, erfüllt von den gleichen Gefühlen, ihn beobachtete, und es wurde mir klar, daß keiner von ihnen je die ersehnte Person erreichen würde, es sind doch Götter! aber was hat das Ganze für einen Sinn? wenn so törichte Fragen zu stellen überhaupt erlaubt wäre! fühlte ich doch, daß ich mich in meinen eigenen Gefühlen genauso verirrt hatte wie die auf dem Bild dargestellten Figuren, die sich miteinander und mit sich selbst im Zustand der größten Verwirrung befanden; in den Blicken von Salmakis mußte ich brutal und direkt, ohne alle preziöse Manieriertheit, Helenens, meiner Verlobten, Blick erkennen, wie sie sehnsüchtig, traurig, verständnisvoll bemüht ist, jede meiner Regungen und Gedanken sich anzueignen, während ich, der Verdammte und Verfluchte, der zur Liebe Unfähige, auch wenn ich sie noch so liebe, dem Jüngling gleich, mit dem ich mich an Schönheit nicht messen kann, nicht sie ansehe, und nicht nur, daß ich für ihre Liebe nicht dankbar bin, sie macht mich sogar ausgesprochen nervös, stößt mich ab und widert mich an, ich sehe daher jemand anders an, natürlich jemand anders! und wage die anmaßende Behauptung, daß dieser andere mich deshalb heftiger anzieht als ihre mit Händen zu greifende Liebe, weil er mich nicht in den Hafen einer trauten Familienidylle, sondern in das tiefste Dickicht meiner Instinkte zu führen verspricht, in einen Urwald, in die Hölle, mitten unter wilde Tiere, ins Unbekannte, das uns immer wichtiger scheint als das Bekannte, Berechenbare und Überschaubare; doch bei der Beobachtung dieser meiner Gefühlsverwirrung hätte ich mich genausogut an eine andere, nicht weniger brutal und unmittelbar mein Leben betreffende Geschichte erinnern können, zum Teufel endlich mit diesen antiken Geschichten! an eine wohlriechende Schöne, deren Namen ich hier, mit Rücksicht auf ihren Ruf, geheimhalten muß, an jene Frau, die entgegen meinem Willen, meiner Entschlossenheit und sogar im Widerspruch zu allen meinen Wünschen im Mittelpunkt meines geheimen Lebens stand, unerbittlich schön und streng, wie man auf modisch antikisierenden Bildern das Schicksal darzustellen liebt, und die mich an Dryope erinnert, sie war es, die meine Liebe auf dem Siedepunkt der Leidenschaft nicht hatte erwidern können, weil sie in jenen Mann verliebt war, den ich in meinen entstehenden «Erinnerungen» absichtlich irreführend als meinen väterlichen Freund bezeichne und unter Geheimhaltung seines wahren Namens Claus Diestenweg nenne, schon allein deshalb, weil ich zu erzählen vorhatte, daß er diese Frau nicht mit der gleichen Kraft liebte, mit der ich sie hätte lieben können, und daß er überhaupt nicht sie, sondern mich liebte, mit seiner wahnsinnigen Liebe mich begehrte, und wenn er überhaupt manchmal der leidenschaftlichen Liebe der Frau nachgab, dann nur, um etwas von jener Liebe zu spüren, die ich für sie hegte, um gleichsam stellvertretend für mich an dem teilzuhaben, was ich ihm verweigerte, er liebte mich in der Frau, während ich genötigt war, wollte ich sie irgendwie, wenn auch nur ein ganz klein wenig für mich behalten, ihn wenigstens wie einen Freund, wie einen Vater zu lieben und dadurch zu erfahren, wie ich sein müßte, damit die Frau mich allein liebe; diese Geschichte ereignete sich in meiner frühen Jugend, wir hatten uns unmittelbar nachdem ich nach meines Vaters schrecklicher Untat und seinem darauffolgenden Selbstmord nach Berlin gekommen war, in sie verwickelt, bis dann eine andere furchtbare Tragödie, auch wenn sie die Wirkung der vorherigen nicht hatte auslöschen können, diese kleine Geschichte zwischen uns dreien beendete; damals aber, da ich keinen Mut oder keine Kraft hatte, daran zu sterben, mußte ich ein neues Leben beginnen, wie öde, leer, bürgerlich langweilig und kleinlich verlogen aber wurde dieses neue Leben! oder, so dachte ich, sollte eine solche oder eine dieser ähnliche endgültige menschliche Katastrophe, sollte diese furchtbare Erschütterung im Angesicht des Unerreichbaren jener Prozeß sein, in dem der Mensch dem am nächsten zu kommen vermag, was göttlich ist in ihm? ist das, fragte ich, die Tragödie, nur die Tragödie? wozu dann aber das viele, vergeblich aufgehäufte Material, die Notizen und Einfälle, das Papier und die Gedanken? schließlich geben wir uns selbst in den Göttern von jenseits der Tragödie einen Wink, doch wir selber sind nicht einmal annähernd Götter, weshalb ich folgerichtig ebensowenig beantworten kann, wer dieser Jüngling auf meinem Bild sein könnte, wie die Frage, warum mich das alles interessiert? und wie ich über das hinwegkommen könnte, worüber hinwegzukommen nur Göttern möglich ist!

Trotzdem war ich nicht in der Lage, mich von dem Bild zu befreien.

Wie jemand, der beim Lösen eines Rätsels nicht nur die möglichen Beweise, sondern auch alle ausschließenden Faktoren in Betracht zu ziehen hat, mußte ich immer wieder bei mir feststellen, daß er wirklich so schön war wie Eros, seine Schönheit hielt mich gefangen, und doch war er es nicht, zwar war er traurig wie Hermaphroditos, doch auch dieser konnte es nicht sein, da er Pans Flöte und Hermes' Stab in der Hand hielt, jedoch überlegte ich, ein neues Argument gegen das Unbegreifliche aufbietend, während ich voll Freude seinen mit der Delikatesse von Miniaturen gemalten Phallus betrachtete, Pan könne es schon deshalb nicht sein, weil der mächtige phallische Gott niemals in dieser Pose der Schamlosigkeit dargestellt wird, mit gespreizten Schenkeln und von vorne! niemals! wir sehen ihn immer von der Seite oder in einer Stellung, die uns seine Scham verbirgt; das ist ja auch nur logisch und natürlich, weil er von den Hornspitzen bis hinunter zu den Hufen der personifizierte Phallus ist, daher wäre es absurd, ja ein geradezu lächerliches Unterfangen, wenn jemand nach seinem eigenen kleinlichen menschlichen Urteil entscheiden wollte, ob der Phallus groß oder klein, braun oder weiß, dünn oder dick darzustellen sei, oder zu behaupten, er baumle neben seinen herunterhängenden Hoden nur so schlaff herab oder rage, ein heftig geröteter Kolben, in die Höhe; auf meinem Bild war er eher ein hübsches kleines Anhängsel, unschuldig wie bei einem Neugeborenen, unbehaart wie der übrige Körper, dessen straffe, ölgesalbte Haut glänzte, und nachdem ich nichts mehr zu erwägen hatte, weil das Bild auch nicht mehr die winzigste Einzelheit aufwies, die ich mit dem bloßen Auge oder mit meiner Lupe nicht aufs gründlichste betrachtet hätte, und sich auch keine Bezüge fanden, die ich mich nicht bemüht hätte, mit Hilfe wissenschaftlicher Bücher zu klären und dem Dunkel meiner Unwissenheit und Unbildung zu entreißen, und nachdem ich endlich auch dahintergekommen war, daß es mir vollkommen gleichgültig war, wer auf diesem Bild dargestellt wird, und daß es gar nicht die Geschichte war, die mich interessierte – fließen doch die Geschichten von Apollo, Hermes,

Pan und Hermaphroditos ebenso ineinander wie all das, was ich von mir selbst zu erzählen vorhatte, und das ist auch ganz in Ordnung so –, daß mich nicht einmal ihr hinfälliger Leib interessierte, sondern eher der Umstand, daß der Gegenstand meiner geplanten Erzählung mit dem Gegenstand des Bildes identisch zu sein schien und daß dieser Gegenstand vielleicht am ehesten in ihren Blicken zu fassen wäre, in ihren Blicken, die zwar objektiv an den Körper gebunden sind, aber nicht mehr dem Leiblichen zugehören, sondern schon jenseits dessen sind, aber wie dem auch immer sei, um darüber sprechen zu können, müßte ich mich dorthin begeben, wohin der Jüngling blickt, wohin auch ich blicke, in den Wald, um nachzusehen, wer dort hinter den Bäumen steht, wer es ist, den er so sehr und so hoffnungslos liebt, während jemand anders ihn auf die gleiche hoffnungslose Weise liebt, und warum das? warum bloß? – damit wären wir also wieder bei der ursprünglichen Frage angekommen, ich vermag den zweifellos törichten Fragen meines Lebens nicht mit Hilfe irgendwelcher antiker Wandbilder einen tieferen Sinn zu geben, sie lassen sich nicht beschwichtigen, na schön, also Schluß damit, dann sprechen wir also ganz ohne Maske von dem, was uns betrifft, von unserem eigenen Körper und unseren eigenen Blicken, ich schauderte schon bei diesem Gedanken, plötzlich aber entdeckte ich etwas, wofür ich bisher blind gewesen war, auf dessen Suche ich auch mit der Linse meines Vergrößerungsglases vergeblich des Jünglings Waden, Zehen, Arme, Mund, seine Augen und seine Stirn abgetastet, mit dem Lineal die Richtung seines Blickes angepeilt und mit umständlichen Berechnungen sogar den Ort jenes rätselhaften Wesens zu bestimmen versucht hatte, ich hatte einfach nicht gemerkt, daß es nicht zwei krause Locken waren, die ihm in die Stirn fielen, sondern daß er zwei kleine Hörner hatte, wir hatten also Pan vor uns, mit Sicherheit und ohne jeden Zweifel, nur daß mich diese Gewißheit inzwischen überhaupt nicht mehr interessierte.

Und nicht einmal der Wald.

Wenn ich in der Dämmerung am Fenster meiner Wohnung

in der Weißenburgstraße stand und mir selber so etwas wie eine gewisse Zerstreutheit vorspielte, um mich jederzeit hinter die Flügel meines Vorhangs zurückziehen zu können, damit ich mich meines Spionierens nicht zu schämen brauchte und so der ungestörte Zeuge eines zweimal in der Woche sich wiederholenden Vorgangs werden konnte, dann fühlte ich die gleiche, leicht vibrierende Aufregung wie beim Studium des Bildes, denn wie in einer klassischen Erzählung, mag sie sich in noch so abstrakten und bis zur Durchsichtigkeit sublimierten menschlichen Geschichten ergehen, Zeit und Ort der Handlung mit äußerster Sachlichkeit und Konkretheit genannt sind, so auch in meiner kleinen Straßenhandlung, in der nicht nur die Dämmerstunde feststand, sondern auch der Wochentag, der Dienstag und der Freitag; fahrplanmäßig stellte sich daher auch die Erregung ein, in Schlund, Magen und Lendengegend; ich weiß nicht einmal, welches Bild mir das wichtigere war, das antike Wandbild oder das echte, das lebende, das ich durch die Fensterscheibe sehen konnte, jedenfalls hätte ich hier mit meiner Erzählung beginnen wollen, mit dieser Szene, doch hätte ich den Beobachter und seine einer Liebesaufwallung vergleichbaren schöpferischen Gefühle unbedingt aus dem Spiel lassen, die Geschichte also nicht so darstellen wollen, als würde sie von jemandem gesehen, sondern in ihrer eigenen Unmittelbarkeit, so wie sie sich abspielte, folgerichtig sich jedesmal wiederholend; der Wagen trifft ein; auf dem benachbarten Wörther Platz brennen schon die Gaslampen, der Lampenanzünder aber muß noch den ganzen Platz umkreisen, bis er mit seinem Gabelstab, nachdem er die kegelförmigen Glasbehälter geöffnet und die blaugelben Lichter hochgeschraubt hat, unsere Straße erreicht, aber noch war es nicht dunkel, das Tageslicht hatte sich noch nicht ganz verabschiedet, als der weißgestrichene, geschlossene Wagen im Schatten der jungen Platanen am Straßenrand vor dem Kellerladen der gegenüberliegenden Metzgerei hielt und vom Bock, die Zügel über den glänzend abgewetzten Bremspflock werfend, ein schlanker Fuhrmann heruntersprang; im Winter oder wenn ein kalter Wind blies, zog er mit einer raschen Bewegung zwei graue Decken unter dem Sitz hervor und warf sie den Pferden über den Rücken, damit sich die schweißnassen Tiere, während die Szene sich abspielte, nicht erkälteten, war es aber warm wie im Herbst und Frühling oder im Sommer, wenn das Abendrot mit der lauen Luft durch die Bäume glitt und über die schwarz gewordenen Giebel der ärmlichen Mietskasernen strich, dann blieb diese Bewegung aus, er knallte die Peitsche erst gegen seine Stiefel und steckte sie dann neben die Zügel; die drei Frauen jedoch standen schon auf dem Gehweg neben dem Wagen, und wenn ich aus der Höhe des vierten Stockwerks im Schatten des Dachs auf sie herabschaute, verbarg mir der Wagen ihre heiter-schönen Gestalten; soeben waren ihre Köpfe einer nach dem anderen aus dem Schlund der in die Tiefe des Kellerladens führenden steilen Treppe aufgetaucht; eine von den dreien war fülliger, doch keineswegs dick, die Mutter, die zumindest aus dieser Entfernung kaum älter wirkte als ihre beiden Töchter, eher hätte man sie für die ältere Schwester der Zwillinge halten können, die sich in Gestalt und Bewegung zum Verwechseln ähnlich sahen, nur aus der Nähe waren sie an der Farbe ihrer Haare zu unterscheiden; während das der einen aschblond war, war das Blond der anderen um einen rötlichen Schimmer dunkler, dafür waren die etwas dümmlichen blauen Augen in den vollen, weißen Gesichtern vollkommen gleich, ich kannte sie, obwohl ich noch nie in den kalten Schoß des weißgekachelten Ladens hinabgestiegen war, manchmal sah ich sie auf der Straße, wenn sie in der Mittagspause Arm in Arm, die Röcke gleichmäßig in den Hüften schwenkend, zum Spaziergang hinaus auf den Platz gingen oder wenn ich durchs vergitterte Fenster verstohlen hinuntersah und sie wie zwei mordlustige Göttinnen hinter dem Pult standen, in ihren bis zu den Ellbogen hochgekrempelten Leibchen, blutige Fleischstücke tranchierend; dank Frau Hübner, meiner braven Zimmerwirtin, die mich natürlich auch bekochte, Aufschnitt und Fleisch bei ihnen kaufte, wußte ich alles über sie, was durch einen Küchenklatsch zu erfahren war, auch wenn ich von diesen straßauf, straßab bekannten persönlichen Zusammenhängen in meiner Erzählung keinen Gebrauch zu machen vorhatte, weil mich der pure Ablauf der Szene viel mehr interessierte, sagen wir, ihre stumme Choreographie und das sich aus ihr ergebende aufregende System der Beziehungen.

Der Wagen kam aus dem großen Schlachthof in der Eldenaer Straße.

Der Fuhrmann konnte nicht älter sein als zwanzig, also kaum älter als die Mädchen, und daher war er noch im Besitz jener jungenhaften Wendigkeit, die ihm durch die schwere körperliche Arbeit mit den Jahren sicherlich verlorengehen würde, seine Haut von glänzendem Braun, das Haar so schwarz, daß es schier funkelte, und aus seinem ständig aufgeknöpften Hemd quoll dichte, dunkellockige Behaarung, die drei Frauen aber waren sich bei dieser Gelegenheit schon deshalb so ähnlich, weil sie über ihren Kleidern die gleichen blutbefleckten weißen Kittel trugen.

Er tätschelte, während er mit federnden Schritten nach hinten zum Wagen ging, leicht ihre Wangen, eine nach der anderen, die der Mutter ebenso wie die der Töchter, die schon darauf zu warten schienen, als spürten sie schon im vorhinein die Wärme der rauhen Handfläche auf ihren Gesichtern, sie folgten ihm lachend und tätschelten sich gegenseitig während des Gehens, grapschten und zwickten einander, als wollten sie miteinander teilen, was jede für sich schon von dem Mann erhalten hatte, er aber machte die Wagentür weit auf, warf sich ein weißes Leintuch über die Schultern, das ebenfalls von großen Blutflecken getränkt war, und gemeinsam fingen sie an, die bestellten Fleischstücke auszupaken.

Während die drei Frauen die kleineren Stücke trugen, die Schinken , die in lange Streifen zerteilten Karbonaden, die zu Hälften gespaltenen Köpfe, in blauen Emaillekannen die Innereien, Leber, Milz, Herz, Magen und Nieren, hob der Fuhrmann mit einer spielerischen, für sie bestimmten Leichtigkeit die Schweinehälften und gedrittelten Rinder auf die Schulter und schleppte sie hinunter in den Keller; so weit, so gut, doch hier hätte die wahre Schwierigkeit in meiner Geschichte begonnen, denn obwohl sie offensichtlich mit der größten Aufmerksamkeit und schön gleichmäßig arbeiteten, fanden sie immer wieder Gelegenheit, sich zu berühren, zu betasten, anzurempeln, ja, unter dem Vorwand der Hilfeleistung die nackte Haut des Fuhrmanns an Brust, Hals, Armen oder Händen zu berühren, und war das geglückt, gaben sie die Lust an der Berührung wie in einer Kette einander weiter, und manchmal gelang es ihnen sogar, sich an seinen Körper zu schmiegen, doch so raffiniert und begehrlich sie es auch bewerkstelligten, hatte es nicht den Anschein, als wäre dies das alleinige Ziel ihres Spiels und als wären sie befriedigt, wenn sie es erreicht hätten, eher schien es das Vorspiel zu einer vollkommeneren und reineren Berührung zu sein, zu einem größeren Spiel, das stufenweise vorbereitet werden mußte; dieses mit anzusehen aber war mir nicht mehr vergönnt, da sie für endlose Minuten, manchmal sogar für halbe Stunden, in der Tiefe des Kellers verschwanden, während der mit Fleisch beladene Wagen unbewacht und offen auf der Straße stand und manchmal Hunde mit gesträubtem Fell oder vor Hunger ausgemergelte Katzen im Bild auftauchten, schnüffelten, nach vergossenem Blut und Abfällen suchten, jedoch seltsamerweise nicht wagten, in den Wagen hineinzuspringen oder auf ihn hinaufzuklettern; ich stand oben hinter dem Vorhang im Dämmerlicht meines Zimmers, geduldig wartend, und wenn sie sehr lange nicht wieder auftauchten, dann öffnete und erweiterte sich in meiner Phantasie der Keller irgendwie, und sie waren, ihrer blutigen Kleider bis auf das lebendige Kleid der nackten Haut entledigt, auf jene arkadischen Gefilde gelangt, ohne daß ich wüßte wie, das heißt, natürlich wußte ich es! stellte ich mir doch einen unterirdischen Gang vor, der sie aus der Stadt ins Freie führte, wo dann die beiden Bilder einfach ineinanderglitten, das beobachtete in das vorgestellte, sie waren jetzt rein, unschuldig und natürlich, und eben hier hätte sich meine Erzählung von dem derbschönen Mann und den drei Frauen verwirrt.

Schon deshalb liebte ich es nicht, wenn Frau Hübner ohne anzuklopfen in mein Zimmer eindrang, weil mich in diesen dienstäglichen und freitäglichen Dämmerstunden, während ich dem lebenden Bild und den von ihm ausgelösten Vorstellungen nachhing, eine so starke körperliche Erregung befiel, daß ich, um mich zu beruhigen, was freilich notgedrungen zu einer Steigerung des Lustgefühls führte, der Versuchung nicht widerstehen konnte, in meine Hose zu fassen und mich zu berühren; ich bewegte mich nicht von der Stelle und blieb hinter dem bogenförmig zurückgenommenen Flügel des Vorhangs stehen und verharrte dort; die Angst vor Entdeckung steigerte meine Erregung noch, während ich mit allen fünf Fingern mein den Morgenrock spreizendes, hochgerecktes Glied zart umfaßte, hob ich mit der Behutsamkeit des Genießers die weichen Hoden und das sich im Blutandrang verhärtende Glied in die Wärme meiner Hand, als faßte ich das, was zur Oberfläche drängte, an seinem Ursprung, in der Tiefe, doch um mir eine gewisse raffinierte Selbstbeherrschung zu beweisen, verfolgte ich weiterhin mit gespannter Aufmerksamkeit die Vorgänge auf der Straße, dann die Stille, die Abwesenheit eines Geschehens und die nichtsahnenden Passanten; ich wollte keine schnelle Befriedigung, mit Hilfe der Verzögerung mußte ich mich an der Grenze des wirklichen Geschehens und meiner erfinderischen Phantasie halten, weil die mit dem Schauer krampfhafter Zuckungen mich überflutende Lust, der Austritt des Samens, mich gerade dessen beraubt hätte, was mit der Vorstellung von einer zeit- und grenzenlosen Wollust die dauernde Freude des Leibes an sich selbst nährt, mit dieser Verzögerung jedoch wurde die Zeit des Selbstgenusses verlängert, durch die Lust am eigenen Leib konnte ich mich in die Wonnen fremder Leiber versetzen, so daß man sagen könnte, die Stunde meiner Schande verwandelte sich in eine Stunde menschlicher Gemeinschaft, in eine schöpferische Stunde, weshalb es mich besonders unangenehm berührt hätte, wenn ausgerechnet in einem solchen Augenblick die brave Frau Hübner das Zimmer betreten hätte; und ich sah nicht nur die Straße, ich war sogar im Keller mit ihnen zusammen, ich war der Mann und war auch die drei Frauen, ich spürte ihre Berührungen am eigenen Körper, doch ihre in immer größerer Ernsthaftigkeit sich verwandelnden Spiele verwies meine Phantasie auf jene Lichtung, denn dorthin gehörten sie, der Fuhrmann wurde zu Pan, die Mutter und ihre Töchter zu Nymphen, und darin lag nichts übertrieben Verfälschendes, weil mir ja diese beschauliche Wiese wohlbekannt war und mich meine Phantasie daher an keinen fremden Ort führte, sondern nur ein wenig zurück in der Zeit, an jenen Schauplatz, der als Erinnerung an die Sommer in Heiligendamm in mir lebt.

Mein antikes Weltbild erinnerte nur noch dunkel an diese noch echtere als echte Lichtung.

Wenn man sich nämlich auf der Seite des Dammes, auf den lockeren Steinen immer wieder ausrutschend, hinunterließ auf einen festgetretenen Pfad, den Arm schützend vorgehalten, damit das harte Schilf die Augen nicht verletzte, und das Moor durchquerte, gelangte man zu jener lieblichen kleinen Bucht, in der ich, wie schon erwähnt, meinen Spielgefährten aus der Kindheit, den kleinen Grafen Stolberg, überraschte, wie er, hingestreckt auf dem sumpfigen Gras, sich mit seinem Pimmel beschäftigte; er lag auf dem Rücken, die Hose bis zu den Knien heruntergeschoben, den Kopf zurückgeworfen, die Augen geschlossen, den Mund offen, die bebänderte Matrosenmütze mußte ihm durch die gleichmäßigen Bewegungen vom Kopf gerutscht und lächerlicherweise auf einem Grasbüschel hängengeblieben sein, wobei die dunkelblauen Bänder ins Wasser tauchten, die Hüften hatte er zu einer leichten Brücke angehoben, die Schenkel konnte er nur so weit auseinanderspreizen, als es die von den Knien aufgehaltene Hose erlaubte, und mit raschen Bewegungen seiner Finger zog er die Vorhaut von der kleinen Eichel, alles war klein und hübsch wohlgeformt an ihm, beim Vor- und Zurückziehen ragte sie wie ein kleines rotköpfiges Tier aus seiner Hand, bis das Köpfchen wieder verschwand, sein Gesicht aber war gen Himmel gerichtet, und ich hatte den Eindruck, als würde er mit seinem zu einem Bogen gespannten Rumpf, dem offenen Mund und den etwas krampfhaft geschlossenen Augen sich geradewegs mit dem Himmel unterhalten, während er mit zurückgehaltenem Atem auf das inbrünstigste mit sich selber beschäftigt schien; und als ich ihn bestürzt, von Entrüstung aufgebracht, zur Rechenschaft zog, weihte er mich auf seine liebenswürdig fröhliche Art bereitwillig in die angenehmen Praktiken ein, mit deren Hilfe wir unserem Körper Lustgefühle verschaffen können, nur keine Aufregung, er verstünde meinen Zorn nicht, sagte er, ich sollte es lieber machen wie er, und wir sollten uns dabei gegenseitig beobachten, weil das die Sache vielleicht noch steigern könnte; wenn man also auf diesem Pfad weiterging, dann erreichte man nach einem Fußmarsch von gut zehn Minuten, in der dumpfen und reglosen Luft des Moores fast erstickt, jene bewußte Lichtung, plötzlich öffnete sich die Landschaft, und in der Ferne dämmerte der Wald, der altmodisch die Große Wildnis hieß und wohin ich, wenn es mir gelungen wäre, meine Erzählung niederzuschreiben, die vier in klaren Sätzen geführt hätte.

Mit ihm aber, zu dem ich mich seit unserem gemeinsamen Geheimnis noch stärker hingezogen fühlte, vor dem ich mich aber verständlicherweise auch fürchtete, ja den ich unseres gemeinsamen Geheimnisses wegen beinahe haßte, legte ich diesen Weg häufiger zurück, was für mich immer so etwas wie ein kleines Kokettieren mit dem Tod bedeutete, weil mir nicht gelingen wollte zu verdrängen, was Hilde mir einmal zugeflüstert hatte, als wüßte sie, wovon sie sprach und auch daß mich das, wovon sie sprach, an einem besonders heiklen Punkt traf! daß nämlich, «wer vom Pfade abweicht und Sumpfgelände betritt, ein Kind des Todes ist»!

Trotzdem nahmen wir diesen Weg, nur mußten wir einen Grund finden, um unser Verschwinden im Schilf zu erklären, die Tatsache jedoch, daß sich auf der Lichtung Doktor Köhlers Schneckengarten befand, in dem wir uns umsehen, die Schnecken beobachten, mit den Bediensteten und sogar mit dem gelehrten Doktor über die Lebensgewohnheiten der Schnecken sprechen wollten, lieferte uns einen ausgezeichneten Vorwand und wurde zur Tarnung unserer liebsten Zerstreuung, die Schnecken aber zu unseren Verbündeten, und jene Gespenster, von denen ich voller Schrecken meinem

Vater berichtete, waren wohl dem Sumpf jener frühen Lügengespinste entsprungen.

Doch um meine Geschichte niederzuschreiben, hätte ich mein Leben offenlegen, sämtliche Schichten des Selbstbetrugs aufbrechen und freilegen müssen.

Da jedoch diese Minuten und Stunden mich unbefriedigt ließen, wurde die Sinnlichkeit meines Körpers zu meinem größten Feind, es half nichts, daß die Zeit verging, so viele Wünsche, so verschiedene, miteinander unvereinbare lebten in ihm ihr eigenes Leben, denen ich weder mit meinem Verstande folgen noch sie unter meiner Kontrolle halten, das heißt unter meine Herrschaft, die Herrschaft der Vernunft bringen konnte, ich war nicht in der Lage, ein mir gemäßes Gleichgewicht zwischen Verstand und Sinnlichkeit herzustellen, das dann in einem klaren, durchschaubaren und einzig möglichen System von Worten seinen Ausdruck hätte finden können, nein, das war mir nicht gelungen, daher begleitete mich jeden Augenblick und jede Stunde gleich einem zärtlichen Gefährten der Gedanke, mein Leben mit eigener Hand zu beenden, was allerdings gerade deshalb zu nichts anderem führte als zur Koketterie, weil meine Neigungen, Träume, Sehnsüchte, der Wunsch nach literarischem Erfolg und die Wollust der kleinen heimlichen Befriedigungen mir eine Fülle von Lust bereiteten, körperliche Lust, welcher mich aus eigenem Entschluß zu berauben Torheit gewesen wäre; auch Leiden ist Lust, damit aber überspannte ich die Saiten und mußte mir unentwegt meinen Tod vorstellen, der mich von dieser Spannung erlösen sollte, ich wollte die Erlösung genießen, ja, ich bin sogar bereit zuzugeben, daß ich mich inzwischen so sehr an den Genuß des Leidens gewöhnt hatte, daß ich nicht einmal mein eigenes Glück wahrzunehmen vermochte, denn siehe, als ich am Vormittag meiner Abreise in den Armen meiner Braut auf dem Teppich lag, zum erstenmal wieder die Augen öffnete und mein Blick sich auf jenen schwarzen Handkoffer verirrte, in den ich sorgsam das zu meiner geplanten Arbeit zusammengetragene Material gepackt hatte – umsonst hatte sich die Feuchte unserer Lust in ihrem wundervollen Leib vereint –, war der erste klare Gedanke, der mir durch den Kopf ging, daß ich jetzt hier, in diesem Augenblick krepieren, verenden müßte, jetzt müßte ich zugrunde gehen, aufhören zu existieren, aufgesogen werden, dann würde ich nichts weiter hinterlassen als einige gefällig geschriebene Novelletten, Skizzen, die in verschiedenen literarischen Zeitschriften das Licht des Tages erblickt hätten und die die Zeit sehr schnell in Vergessenheit geraten lassen würde, sowie jenen mit schwarzem Lackleder bezogenen Koffer, der in der Rohfassung einer für Außenstehende nicht zu enträtselnden Form die echten Geheimnisse meines Lebens bewahrte.

Jemand, der mit unbefugten Händen in meinen Papieren wühlt, in ihnen blättert, dieser Jemand, dieser Geheimagent, der nach meinem Tode auftreten könnte, um aufgrund der in meinem Nachlaß aufgefundenen Schriften eine Anzeige gegen mich zu erstatten, dieser Jemand ist mir häufig im Traum erschienen, er hatte kein Gesicht, auch sein Alter konnte ich nicht genau feststellen, doch um so charakteristischer und bedeutsamer fand ich seine makellose Hemdbrust, den hohen steifen Kragen, das getupfte Halstuch, das eine funkelnde Brillantnadel schmückte, vor allem aber seinen ein wenig glänzend gewordenen Gehrock; mit seinen langen, knochigen Fingern wühlte er, geübt in dieser Kunst, in den Papieren, manchmal hob er das eine oder andere Schriftstück an die Augen, woraus ich schloß, daß er kurzsichtig sein müsse, obwohl ich nicht sehen konnte, ob er eine Brille trug, überflog den einen oder anderen Satz, und es war mir die größte Genugtuung, daß er hinter diesen Sätzen ganz andere Zusammenhänge vermutete, als ich sie in meinen Sätzen versteckt hatte, kein Wunder also, daß es mir gelungen war, auch ihn zu täuschen, hatte ich doch meine Notizen so abgefaßt, daß meine flüchtigen Ideen und hingeworfenen Aufzeichnungen sich im Rahmen des korrekten bürgerlichen Anstands hielten, auch schon im Hinblick darauf, daß die gute Frau Hübner, meine Abwesenheit nutzend, einfach aus Neugier in dem auf meinem Tisch angehäuften Material herumstöberte; so war also auch ich zu einem Illegalen in meinem eigenen Leben geworden, kam ich mir doch wie ein Übeltäter vor, wie eine unglückselige Mißgeburt, obgleich ich mir gewünscht hätte, in den Augen der Welt als ein vollendeter Gentleman dazustehen, ich selber war also der abgetragene Gehrock, die gestärkte Hemdbrust und die Nadel im Halstuch, diese ganze untadelige, leere, bürgerliche Form; während ich heimlich, stolz auf meine List, darauf baute, daß ich, insofern ich meine verschlüsselten Erlebnisse mit der nötigen Umsicht sammeln würde, wann immer es mir beliebte, mit dem mir vorbehaltenen Schlüssel das Schloß würde aufschließen können, doch war dieses Schloß, der Natur der Sache entsprechend, so gut gelungen, daß meine Hand, als ich es schließlich öffnen wollte, zitternd vor Angst das Loch nicht fand.

So mußte es für immer und ewig ein Rätsel bleiben, mein Geheimnis, was ich nicht einmal besonders bedaure! warum sollte sich die Welt schließlich mit etwas befassen, das gar nicht existierte, was daher nicht einmal als ein öffentlich anerkanntes Geheimnis gelten konnte? es mußte also ein Rätsel und ein Geheimnis bleiben, warum ich die beiden Büchlein auf die Reise nach Heiligendamm mitgenommen hatte, die wissenschaftlichen Arbeiten von Doktor Köhler über die helix pomatia oder Weinbergschnecke, und in welchem Zusammenhang diese Schnecken mit jenem unbedeutenden Geschehen auf der Straße und dem großartigen Wandgemälde stehen mochten.

Nach meiner Ansicht nämlich gehörten diese Schnecken, über die Köhler in seinen Büchern in so trockenen und leidenschaftslosen Sätzen berichtete und die die Sanatoriumsgäste zu Dutzenden zum Frühstück vertilgten – mit ihren kalkigen Häusern zu Brei gemahlen, etwas gewürzt, mit Zitrone beträufelt, roh –, genauso zur Kur wie die Luftgymnastik in der Abenddämmerung; die Schnecken, die der Doktor ihrem Äußeren, ihrem Aufbau, ihrem Lebensraum und ihren Eigenschaften entsprechend umsichtig in Arten und Unterarten einteilt, sind unendlich einsame und äußerst nervöse Tierchen, die, wie die Beobachtung lehrt, selbst eine gegenseitige

Berührung in größten Schrecken versetzt, es dauert stundenlang, und die Stunden können Tage, Wochen, ja Monate bedeuten, bis sie mit ihren vorsichtig feinen Kopffühlern und später, bei einem höheren Grad von Sicherheit, mit ihrem Mund und ihrer volantartig gewellten Sohle zur Kenntnis nehmen, daß sie füreinander bestimmt sind, wenn sie aber füreinander bestimmt sind, brauchen sie aus einem schlechterdings wesentlichen Grunde nicht unverrichteter Dinge weiterzukriechen, um eine andere zu suchen, weil sich grundsätzlich jede Schnecke mit jeder Schnecke paaren kann, in dieser Hinsicht sind sie die außergewöhnlichsten Geschöpfe der Natur, sie allein bewahren und leben die ursprüngliche Eingeschlechtlichkeit der Schöpfung, sie sind androgyn, sie verkörpern das, woran wir uns nur noch dunkel erinnern; vielleicht hat ihre außergewöhnliche Empfindlichkeit und Furchtsamkeit genau darin ihren Grund, daß jede von ihnen in sich vollkommen ist, daher müssen zwei Vollkommenheiten aufeinandertreffen, was eine unendlich schwierigere Aufgabe sein mag als eine gewöhnliche Ergänzung, und wenn sie endlich in vollkommenster Wechselseitigkeit kopulieren, empfangen und geben sie gleichzeitig, Köhler beschreibt den Vorgang bis auf das minuziöseste, sein Stil gewinnt an Leidenschaft bei diesem Thema, sie kleben dann mit einer solchen Kraft aneinander, kein Wunder, ist es doch die Kraft urzeitlicher Götter, daß man sie, Experimente beweisen es, nur um den Preis zu trennen vermag, daß man sie auseinanderreißt; sie wären übrigens in meiner Geschichte ebensowenig vorgekommen wie die Darsteller des Wandbildes; die Studien, die sich auf ihre Lebensgewohnheiten bezogen, bildeten ebenfalls einen Teil der Vorarbeiten, auch sie gehörten zum Material, das zwar das Werk bereichert, das aber im Werk selbst nicht nachzuweisen ist, solch geheimes Material findet sich reichlich in jedem ernst zu nehmenden Kunstwerk, vielleicht wären sie aber doch aufgetaucht, wenn auch nur in einem nebensächlichen und nicht besonders wichtigen Bild, gleich einem Emblem, sagen wir am Rande des Waldes kriechend, über ein ausladendes Farnblatt oder das faulig duftende Laub, vielleicht sogar zu zweien, wie sie sich mit ihren Augenfühlern gerade betasten.

Jawohl, jeder Schritt, den ich – sei es in der Sehnsucht nach einem gewöhnlichen Tod, sei es nach dem Glück der Gewöhnlichkeit – je getan hatte, führte in diesen Wald.

Es war kein dichter Wald, doch wenn jemand unversehens einen Fußweg zwischen den Bäumen fand und sich vom Zufall leiten ließ, mußte er sehr schnell feststellen, daß der Volksmund recht hatte, ihn eine Wildnis zu nennen, hierher kam niemand, um die Bäume mit Kreide zu bezeichnen, sie sorgfältig abzuholzen und mit einem Fuhrwerk abzufahren oder gar um Reisig zu sammeln, am Rande der schneckenbewohnten Lichtung Walderdbeeren, Himbeeren, Brombeeren oder etwa Pilze zu suchen, als wäre hier seit Urzeiten, seit langen, unvorstellbar fernen Zeiten nichts anderes geschehen außer dem, was wir als eine Geschichte von Flora und Fauna bezeichnen könnten, was freilich nicht wenig ist; die Bäume keimen, wachsen, leben ihre Zeit, und nach langsam verstreichenden Jahrhunderten gehen sie zugrunde, und in dem Maße, in dem die Sonnenstrahlen durch die verzweigten Laubkronen dringen, keimen, wachsen und vergehen Unterholz, Sträucher, Farne, Buschwerk, Kletterpflanzen, Gras, Brennesseln, tausenderlei Unkraut, grellbunte und krankhaft durchscheinende Blumen, je nach dem Wechsel der Jahreszeiten, um dann, sobald das Laub ihnen das Licht endgültig wegnimmt, langsam abzusterben und ihren Platz den das kühle Dämmerlicht bevorzugenden Flechten, Moosen und Pilzen zu überlassen, die, indem sie die Fäulnis fördern, das Leben der modrigen Erdoberfläche in Gang halten; es herrschte Stille, auch diese Stille war alt und undurchdringlich, so daß selbst der Wind sie nicht zu stören vermochte, und die Luft so angefüllt mit schweren Düften, daß man nach einigen Augenblicken von einem angenehm betäubenden Unwohlsein umfangen wurde, hier war es immer wärmer als draußen in der nüchternen Welt, es war eine feuchte Wärme, von der die Haut glitschig und schleimig wurde wie der Körper einer Schnecke; natürlich gab es auch keine richtigen

Wege, nicht Menschenschritte hatten hier das Leben zertreten, das Leben des Waldes selber richtete es ein, daß Durchgänge entstanden, launenhaft gnädig und unberechenbar, gleichsam als Unterbrechung des Geschehens an der Oberfläche, Pausenzeichen, denen bloß unser auf Ziele ausgerichteter menschlicher Verstand Namen zu geben wagt, weil er gewohnt ist, ohne Rücksicht auf andere, vielleicht wesentlich wichtigere Geschehnisse auf dem kürzesten Weg das Dickicht der Dinge zu durchqueren und die Ruhe der Natur auf seine eigene, einfältige Weise zu nutzen.

Ausgewaschene Gräben, in denen Kieselsteine gegeneinander rollen, Steinchen, hingebreitete Niederungen, in denen die Flut des Regens zerriebene Erdschollen herangeschwemmt hat, langgestreckte Teppichläufer aus weichem Moos oder so dicht aufgeschichtetes Laub, daß die Fäulnis selbst den Pilzen zuviel wird; hier konnte man zwar gehen, doch nicht ungehindert, weil, sagen wir, ein Strauch, aufgeschossen dank der Wärme eines hereinfallenden Sonnenstrahls, oder der dicke Stamm eines umgestürzten Baumes überraschend den Weg verstellten oder auch ein mächtiger, spitzer, glatter schwarzer Lavastein, den die Sprache erfinderisch «Findling» nennt, womit sie unseren Verstand an die Beziehung zwischen dem gefundenen Gegenstand und dem gefundenen Kind erinnert, welche Findlinge einst, wie gewisse Sagen überliefern, von den Riesen der nördlichen Meere auf die flachen Ufer geschleudert wurden, wo später, nach dem Ende der Schlachten, die schweigenden Wälder entstanden.

Tiefgrüne Dämmerung.

Nur manchmal etwas wie ein Kratzen, Klopfen, Brechen, Knacken. Man weiß nicht, auf welche Weise hier die Zeit verrinnt und vergeht, aber solange du noch die knackenden Zweige hinter deinen Schritten hörst und das Gefühl hast, daß jedes Knacken deine Ruhe stört, solange bist du noch nicht ganz hier.

Solange du noch an einen dir gemäßen Ort gelangen willst, von dem du zwar nicht weißt, wie er beschaffen sein müßte, solange du nicht bereit bist, den sich zufällig vor dir öffnenden Wegen zu folgen, bist du noch nicht ganz hier.

Hinter dem durchlässigen Vorhang des Gehölzes scheint sich ein Baumstamm von seinem Platz zu bewegen, als habe sich jemand bewegt, der bisher hinter ihm gestanden hat, ähnlich wie du, der du auch immer wieder hervorkommst von irgendwo und wieder in Deckung gehst hinter dem Gehölz.

Solange es dir gefällt.

Alle können dich sehen, genauer, jeder kann es, und doch bist du immer in Deckung.

Den Wald zu beschreiben wollte mir nicht gelingen, doch hätte ich gerne von den Empfindungen gesprochen, die er in mir erweckte.

Solange du dir die Abzweigungen der hinter dir gelassenen Fährten zu merken versuchst, ihre Kehren, Hindernisse und Kreuzungen, damit du dorthin zurückfindest, von wo du aufgebrochen bist, und in deiner Angst die Pflanzen gleich menschlichen Gesichtern als Wegzeichen betrachtest, ihnen Charakter, Lebenslauf und Eigenschaft zuschreibst, damit sie dich, gleichsam als Gegendienst, zurückgeleiten, solange bist du noch nicht ganz hier.

Selbst wenn du schon weißt, daß du nicht allein bist mit ihnen, auch dann bist du noch nicht ganz hier.

Ich hätte gern von den Geschöpfen des Waldes gesprochen wie Köhler von seinen Schnecken und hätte mir dazu seinen Stil geliehen.

Wenn du keine Empfindungen mehr hast, genauer, wenn du bemerkst, daß zwar einige Zeit vergangen ist, es dich aber überhaupt nicht interessiert, ob es kurz war oder lang.

Wenn du stehst und nicht weißt, daß du stehst, und du etwas siehst und nicht weißt, was du gesehen hast, und aus irgendeinem Grunde deine Arme ausgebreitet sind, als wärst du selber ein Baum.

Diese Erzählung konnte nicht gelingen.

Wenn du zu fühlen glaubst, daß der Baum aller Wahrscheinlichkeit nach nicht fühlt.

Und du das Knistern gehört hast, dieses ewige Geräusch, aber nicht gewußt hast, daß du es hörst.

Solange du noch weißt, daß du im Wald bist, aber nicht mehr weißt, wie du hereingekommen bist, weil du die Zeichen verloren hast.

Solange du noch horchst, solange du dich noch an verlorene Wegweiser erinnerst, solange bist du nicht ganz da, weil du glaubst, daß du beobachtet wirst.

Und wenn das Blau im Grünen zwischen zwei Bäumen vorüberhuscht und verschwindet. Du gehst ihm nach und weißt nicht, daß du ihm nachgehst, und findest es nicht.

Solange du einen Unterschied machst zwischen Bäumen und Farben, solange du über die Bedeutung von Namen grübelst, bist du immer noch nicht ganz da.

Solange du noch glaubst zu phantasieren, wenn dir im Vorbeihuschen das Wesen als Blau erscheint mitten im Grün, und während du ihm ängstlich folgst, nicht mehr auf die Wege achtest, dir die Zweige ins Gesicht schlagen, du das Knarren deiner Schritte nicht hörst, nicht bemerkst, daß du hingefallen bist, aufspringst und hinter ihm herrennst, deine Haut von Brennesseln gezwickt, von Dornen zerkratzt und geritzt wird, weil du einholen willst, was immer wieder verschwindet und sich immer wieder zeigt, und du trotz allem glaubst, daß du der Lockung nicht nachgeben dürftest.

Solange du dich behaupten willst, solange du denkst, solange werden sie dir immer wieder entgleiten, schon von weitem deinen sauren Geruch witternd.

Jetzt steht es in einer Vertiefung, und wenn du dich nicht rührst, kannst du seine Augen zwischen den sich lautlos bewegenden, sanft schwebenden Blättern sehen, die in deine Augen funkeln, und das ist nicht mehr das gleiche Wesen, sondern ein zweites oder drittes, ein Jemand, ein Irgendwer, und du läßt es zu, daß im gegenseitigen Blickeversenken die Zeit vergeht, und während du siehst, daß es nackt ist, erkennst du, daß auch du nackt bist.

Solange du aber seiner Nacktheit näher kommen willst und die Äste zur Seite biegst, um sie besser sehen zu können, solange du den Wunsch hast, daß seine Nacktheit endlich an deine Nacktheit rühre und so zu deiner eigenen werde, und dich deshalb von deinem Platz bewegst, obwohl du ihr gegenüberstehst, solange bist du noch nicht ganz da.

Und solange du sie suchst, die Wesen, die du bisher mit deiner Ungeschicklichkeit und deinem sauren Geruch aufgescheucht und verscheucht hast, solange du hoffst, ihnen von neuem begegnen zu können, und dich inzwischen darüber grämst, daß du nicht geschickter und vorsichtiger warst, solange bist du immer noch nicht ganz da, und niemand wird sich dir nähern können.

Doch wird dir der Zufall zu Hilfe kommen, denn so lange bist du immerhin schon hier, daß du ein wenig dazugehörst.

Du wendest dich um, und was bisher in deinem Rücken war, liegt jetzt vor dir, auf dem sanften Ufer eines Weihers liegt es bäuchlings im grünen Moos, du läßt deinen Blick über seinen Rücken gleiten, hinauf über die Linie seines runden Gesäßes und hinunter über seine Beine, es hat seinen Kopf auf den Arm gebeugt und beobachtet dich und blickt in deine Richtung, und das verursacht dir eine solche Freude, daß nicht nur dein Mund sich zu einem Grinsen verzieht, sogar deine Fußzehen fangen zu lächeln an, es lachen auch deine Knie, und jetzt rührst du dich nicht mehr von der Stelle, hier hast du deinen Platz gefunden, dein Lachen ist dein Platz auf Erden, und dann wirst du entdecken, daß jenes Auge nicht in dein Auge blickt, sondern daß sich, dort in der Vertiefung, noch ein Dritter auf dem Bild befindet, von dem du geglaubt hattest, daß er dir endgültig entschwunden sei, und daß es die beiden sind, die sich ansehen, von ihnen könntest du es lernen, denkst du.

Sie beobachten dich, wie auch du sie beobachtest.

Immer noch sind es deine Gedanken und nicht du selbst, solange du noch zu lernen versuchst, bist du nicht ganz hier.

Mit deinem Belauern schreckst du sie auf, sie fahren hoch und verschwinden im Dickicht.

So wie auch du dich versteckst vor dem, der dich beobachtet.

Um dann für lange Zeit niemanden zu finden.

Solange du etwas für dich willst, bleibt der Wald stumm.

Doch das ist schon ein anderes Schweigen, dieses Schweigen hat sich schon eingenistet in deiner Haut, das Lachen mußt du in den Knochen spüren.

Dann erst verändert sich dein Geruch.

Die Spuren des Feuers hat Gras überwachsen

Schon die kleinste Bewegung hätte diese Ruhe beenden können, ich hatte daher keine Lust, die Augen zu öffnen, ich wollte etwas festhalten, was damals endgültig geworden war in uns, in unserer gemeinsamen Wärme, und wollte nicht, daß sie an meinem Blick erkannte, wie sehr ich mich vor dem Kommenden fürchtete, es war gut so, möge die Angst mein Teil sein! ich fühlte von meinem Körper soviel, als ihr Körper meinem zu geben vermochte: auf der feuchten Oberfläche der nackten Haut unter der Seide des hochgerutschten Kleides die feuchte Oberfläche meiner nackten Haut, meines Schenkels, den aus ihrer Achselhöhle aufsteigenden, feucht würgenden Geruch, mit dem sich der Geruch meines Atems vermischte, die harte Linie der Hüfte, die vielleicht die harte Linie meiner Hüfte war, die Härte des Knochens, unter dem fülligen Gewicht ihres Armes, den sie mit einer sehr langsamen Bewegung wegzog, meine Schulter und meinen Rücken, wobei Schulter und Rücken immer noch sein Gewicht fühlten, das auch in Fleisch und Knochen fühlbar blieb, und als sie den Kopf ein wenig hochgehoben hatte, um den Abdruck jenes Bisses besser in Augenschein nehmen zu können, da freute ich mich sogar darüber, daß man auch unter kaum geöffneten Lidern zu sehen vermag, ohne von seinen Augen verraten zu werden; sie konnte nur das Zucken der Augenlider, das Zittern der Wimpern sehen und kaum ahnen, wieviel Angst ich hatte, obwohl wir noch gar nicht angefangen hatten, ich aber konnte deutlich und scharf beobachten, wie sie meinen Hals betrachtete, konnte sie überlisten; lange besah sie die bewußte Stelle und berührte sie vorsichtig mit dem ausgestreckten Finger, ihre Lippen öffneten sich und küßten sie da, wo es noch ein bißchen weh tat.

Als habe Sidonias Mund meinen Hals geküßt.

So lagen wir lange, sehr lange stumm und reglos, ihr Gesicht an meiner und meines an ihrer Schulter, heute jedenfalls scheint mir in der Erinnerung, als sei es so gewesen.

Vielleicht sogar mit geschlossenen Augen.

Doch auch wenn ich die Augen offen hatte, so konnte ich nichts anderes sehen als das Muster der Bettdecke und ihre Haare; die kitzelnden Kringel ihrer Haare auf meinem Mund.

Und obgleich ihre Augen geöffnet waren, konnte sie nichts anderes sehen als die sich lautlos bewegenden grünen Schatten des Nachmittags auf der leeren Fläche der Zimmerdecke.

Möglich, daß ich für eine geraume Zeit eingeschlafen war, vielleicht hatte auch sie geschlafen.

Dann, mit so leiser Stimme, daß mein Ohr es eher aus ihren Atemstößen erriet, schien sie gesagt zu haben, wir müßten endlich anfangen.

Wir müßten anfangen, sagte auch ich, oder glaubte wenigstens, es gesagt zu haben, aber keiner von uns beiden rührte sich.

Obgleich nicht das geringste Hindernis vorlag; wer hätte auch ahnen können, daß wir uns selbst das größte Hindernis waren.

Denn um diese Zeit am Nachmittag war Sidonia immer verschwunden, entweder zu den Nachbarn oder zu ihren Stelldicheins, sie stahl sich einfach die Zeit, und bis zu dem Tage, an dem sie Majas Eltern deren nachmittägliche Abenteuer verriet, konnte sie sicher sein, daß ihre kleinen Extratouren nicht ans Licht kommen würden; nicht als ob sie sich auf diese Weise gegenseitig nur gedeckt hätten, sie weihten sich auch in ihre Erlebnisse ein, tauschten die Ereignisse der gestohlenen Stunden aus, als wären sie Freundinnen und als gäbe es zwischen ihnen nicht einen Altersunterschied von sieben Jahren; einmal belauschte ich sie ungewollt und ob des unverhofften Glücksfalls mit angehaltenem Atem, Sidonia erzählte, in der Hängematte schaukelnd, das Haar offen, Maja aber, versunken in die Erzählung, saß im Gras und stieß nur manchmal zerstreut die Hängematte an.

Das aber, womit wir hätten beginnen müssen, womit wir beginnen wollten, die Nachforschung nämlich, mit der wir dann auch, zitternd vor der Unausweichlichkeit der Aufgabe, begannen, war ein so schwerwiegendes und dunkles Geheimnis, daß sie mit Sicherheit bis heute niemals und mit niemandem darüber gesprochen hat, davon bin ich überzeugt, wie auch ich niemals mit einer Menschenseele darüber gesprochen habe, mag also dieses weiße Papier mein erster Vertrauter sein; nicht einmal miteinander hatten wir den Mut, darüber zu sprechen, wir spielten bloß darauf an, erwähnten es, deuteten darauf hin, es blieb eine stumme Handlung, und in gewissem Sinne terrorisierten wir uns damit, daß wir ein so furchtbares und niemandem mitteilbares Geheimnis hatten, das uns schicksalhafter als jede vorstellbare Liebe aneinanderkettete.

Und was dieser Fleck bedeute, hier an meinem Hals, fragte sie mit jener hauchdünnen Flüsterstimme.

Dieser rote da.

In diesem Augenblick wußte ich nicht, wovon sie sprach, und dachte, sie wolle bloß die Zeit hinausschieben, um nicht anfangen zu müssen, andererseits aber lag mir selbst an dieser Verzögerung.

Was er bedeute? nichts weiter, ein Biß am Hals, ich brauchte nicht zu sagen, von wem, sie wußte es, und jetzt tat es mir besonders wohl, daß der Biß zu sehen war und sie ihn bemerkt hatte.

Träge schwang die Hängematte aus dem Schatten der Apfelbäume ins Licht.

Auch jenen Nachmittag habe ich nicht vergessen.

Und als habe sich ihr Mund an meinem Hals festgesaugt und sie sei darüber eingeschlafen, so blieben wir liegen.

Sobald die Hängematte hinaufschwang ins Licht und die zwei gespannten Seile an den Bäumen zerrten, wurde ihre Stimme lauter; es rauschten die Laubkronen der Apfelbäume, es knarrten die Äste, und als sie wieder zurückschwang in den Schatten, sprach sie leiser, was ihrer Erzählung nicht nur einen seltsamen, geradezu keuchenden Rhythmus verlieh, sondern auch gewisse Satzteile ganz unbegründet heraushob, während andere Satzteile und Worte leiser wurden bis zum Flüstern und kaum zu verstehen waren, weil auch ihre Stimme zu schaukeln schien, während die unreifen Äpfel unentwegt erbebten; ich stand hinter einem kugelförmig beschnittenen Buchsbaum im schwülherben Duft seiner fettig dunkelgrünen Blättchen, Sidonia erzählte von irgendeinem Schaffner, und der Rhythmus, dieses unwillkürliche Heben und Senken ihrer Stimme, schien eine unmittelbare Wirkung auf Maja zu haben, die, als reagierte sie direkt auf die Erzählung, die Hängematte mal stärker, mal schwächer anstieß, womit sie auch die Erzählung mal beschleunigte und mal verlangsamte, mal mit zorniger Kraft hoch hinauf schleudernd, mal eben nur antippend, aber immer unberechenbar; jedenfalls war der Schaffner klein, mit hervorquellenden Augen, großen braunen, blutig geäderten Augen, die Stirn voller Pickel, «so groß wie mein Daumen!» – erzählte Sidonia, «so rot und so höckerig», – was Maja zu kleinen kreischenden Lachsalven reizte und sofort zu einem schönen kräftigen Stoß verleitete, während in Sidonias sentimentalen Erzählungen gerade das seltsam war, daß sie über alles ohne jede Anteilnahme redete, mit dem heiteren Lächeln eines Menschen, dem die Einzelheiten zwar wichtig sind, der aber unter ihnen keinen einzigen Punkt findet, der von herausragender oder gar entscheidender Bedeutung wäre, die Einzelheiten selber waren ihr wichtig; sie war mit der Linie dreiundzwanzig gefahren, war in den letzten Wagen eingestiegen, den sie besonders mag, der «rüttelt» so schön, die ganze Straßenbahn sei fast leer gewesen, und natürlich habe sie sich auf die Schattenseite gesetzt, sie habe die weiße Bluse angehabt mit dem runden Kragen, den mit der hellblauen Litze, die auch Maja mag, weil sie so schön eng ist in der Taille, und den weißen Faltenrock, zu Hause darf sie ihn nur an Feiertagen tragen, zu Ostern, er wird so leicht schmutzig, wenn sie sich setzt, legt sie ein Taschentuch unter, und die Falten zu bügeln ist auch ziemlich schwierig, im Wagen war es sehr heiß, und dieser Schaffner, sie habe sich sogar überlegt, ob er ein Zigeuner sei, die Zigeuner nämlich haben so hervorstehende Augen, mit einer Kurbel ließ er alle, aber auch alle Fenster herunter, er kam nur sehr langsam voran, weil die Kurbel immer aus der Halterung sprang, dann setzte er sich ihr gegenüber, freilich ziemlich weit entfernt, auf der sonnigen Seite hin, die Kurbel habe er in seine Umhängetasche gesteckt und zu ihr herübergeblickt, sie aber habe getan, als merke sie das überhaupt nicht, und habe die Augen geschlossen, weil ihr der Wind ins Gesicht schlug, am liebsten sei es ihr aber, wenn die Straßenbahn rast und die Kurve nimmt, dann habe sie richtig Angst, einmal war sie mit der Schwester ihrer Patin auf der Achterbahn gewesen und hatte geglaubt, sie müsse sofort sterben, und im Wagen fuhr noch ein anderer Mann mit, und sie sah, wie dieser Bursche sie fixierte, doch manchmal vergaß sie das Ganze, weil sie wirklich zum Fenster hinausgeschaut oder wirklich die Augen zugemacht und an etwas ganz anderes gedacht hatte, aber trotzdem stieg sie nicht aus, sondern fuhr weiter, denn inzwischen war der Schaffner immer näher an sie herangerückt, natürlich habe sie sich auch die Hand des Schaffners angesehen, er hatte keinen Ehering am Finger, und obwohl er ihr nicht besonders gefiel, nur sein schwarzes Haar und die schwarze Behaarung an seinen Armen, ein etwas schmuddeliger Typ, war sie doch neugierig, ob etwas passierte, ob er sich trauen würde, sie anzusprechen, da auch dieser andere Mann sie dauernd beobachtete.

Man konnte förmlich zusehen, wie ihr schweres dunkelbraunes Haar in der nachmittäglichen Wärme trocknete; als ich mich hinter dem Buchsbaum postiert hatte, klebte es ihr noch naß an Rücken und Schultern, sie hatte ein Unterhemd aus weißem Leinen und einen spitzenbesetzten Unterrock an; dieses Hemdchen, von ihr Leibchen genannt, das ihre kraftvollen großen Brüste fast platt drückte, wurde vorn mit kleinen Haken geschlossen und ließ ihren Rücken, die runden Schultern und die füllig kräftigen Arme frei, und je nachdem die Hängematte in ihrem unberechenbaren Rhythmus ins Licht hinaufflog und wieder zurückfiel in den Schatten, lösten sich die trocknenden Haare langsam von ihren Schultern und ihrem Rücken, vorerst nur an den Rändern, sie flatterten und wirbelten im Luftzug des Fluges.

Bis sie dann endlich, weil sie nämlich lange so fuhren, an der Endstation angekommen waren, erzählte sie weiter, zwar habe sie nicht gewußt, daß es die Endstation war, doch habe der Schaffner da schon lange ihr gegenüber gesessen und war aufgestanden, und der andere war ebenfalls aufgestanden, um auszusteigen, und immer noch beobachtete er, was wohl passieren würde, er sah ganz ordentlich aus, war ordentlich gekleidet, hatte ein weißes Hemd an und einen schwarzen Hut auf dem Kopf, er hatte auch ein kleines Päckchen bei sich, sicher mit Eßbarem, das Papier war fettig, trotzdem sah er hungrig aus, aber nicht betrunken, und dann sagte der Schaffner zu ihr, das sei die Endstation und jetzt müßten sie sich leider trennen, sie aber lachte den Schaffner an, wer sagt denn, daß sie sich trennen müssen, wenn sie jetzt wieder mit ihm zurückführe.

Hier brachen beide in ein kurzes, trockenes, schepperndes Lachen aus, es war das Aufeinanderprallen zweier Gelächter und ihr überraschtes Abbrechen; Maja hatte aufgehört, sie anzuschubsen, stopfte mit einer raschen Bewegung den Rock zwischen ihre gespreizten Schenkel und fiel im Sitzen steif nach vorne; die Hängematte wurde langsamer, schaukelte noch sanft und einsam mit Sidonias Körper in der eingetretenen Stille, und es kam mir vor, als hätte ich ihr tiefstes Geheimnis belauscht, denn obwohl ich sie kannte, war es mir, als sähe ich sie zum erstenmal, schien es doch, als würde Maja Sidonia mit ihrem Blick ebenso anziehen wie abstoßen, sie schaukeln, und als würde zur gleichen Zeit das sanfte Schwingen von Sidonias Blicken Maja in diese verzauberte Bewegungslosigkeit bannen, doch hielten sie sich nicht nur mit ihren Augen fest, auch ihre Gesichter verharrten in diesem kurzen, trockenen, irgendwie spöttischen Lachen, mit den stumm geöffneten Lippen, den geweiteten Augen, den hochgezogenen Brauen, denn so verschieden sie auch waren, die Geschwisterlichkeit ihres Geheimnisses hatte sie einander ähnlich gemacht.

Und nachdem die Hängematte fast zum Stillstand gekommen war, sie wippte nur noch ein wenig, packte Maja sie mit beiden Händen und stieß sie von sich, Gier und Grausamkeit, ja Bosheit lag in ihrer Bewegung, doch nicht gegen Sidonia, sondern aus Solidarität mit ihr, die, wieder hinauf ins Licht geflogen, mit der gleichen, von Bosheit erfüllten Stimme von neuem anfing zu reden, ziemlich laut.

Daß dann auf dem Rückweg der Schaffner alles mögliche zusammengeschwätzt, doch sie mit keiner Silbe geantwortet habe, nur zugehört und ihm in seine glubschigen Augen geschaut, immer wieder sei sie plötzlich aufgestanden, habe sich auf einen anderen Platz gesetzt und dies eine ganze Weile mit ihm getrieben, der Schaffner sei ihr gefolgt, er habe es gar nicht gemerkt, nur geredet und sie verfolgt, weil lange niemand zustieg, und ihr erzählt, daß er auch vom Lande sei, in einer Baracke wohne und gern ihren Namen wissen möchte, sie freilich habe ihm den nicht gesagt, und daß er sich schon auf den ersten Blick in sie verliebt und sich schon immer nach so einem Mädchen umgesehen habe und daß sie keine Angst zu haben brauche vor ihm, er wolle ihr gleich ganz ehrlich sagen, daß er heute vor einer Woche freigekommen sei, er habe anderthalb Jahre gesessen, und in dieser Zeit sei er mit keiner Frau zusammengewesen, sie müsse ihn aber anhören, weil er völlig unschuldig sei, er sei ein lediges Kind, und seine Mutter habe einen Freund gehabt, einen Trunkenbold und Taugenichts, dem sie den Laufpaß gab, und von diesem Kerl habe seine Mutter ein weiteres Kind, seine kleine Schwester, die er über alles, ja mehr als sein Leben liebe, seine Mutter aber sei eine schwerkranke Frau, die Ärmste sei herzkrank, er habe selber seine kleine Schwester aufziehen müssen, ein süßes, kleines blondes Mädchen, aber der Kerl kam trotzdem immer wieder, wenn er kein Geld hatte oder nicht wußte, wo er schlafen sollte, dann polterte er gegen die Tür, hatte ihnen schon öfter das Fenster eingeschlagen; wenn sie ihn aber hereinließen, verprügelte er die Mutter und schimpfte sie eine Hure, und wenn er sich dann einmischte, verprügelte er auch ihn, stark wie der Viechskerl war, und dann eines Abends, sie hatten die Kleine schon gebadet und hingelegt und er, gerade dabei, das Geschirr abzuwaschen, hatte zufällig ein Messer auf dem Tisch liegenlassen, kein großes Messer, aber es war scharf, er pflegte die Messer immer zu Hause zu schleifen, war der Kerl wiedergekommen, und alles hatte von vorne angefangen, sie wollten ihn nicht hereinlassen, aber die Nachbarn fingen an, laut zu schimpfen, jetzt reiche es endlich, deshalb öffnete seine Mutter also doch die Tür, und wie der Kerl hereinkommt und seine Mutter zurückweicht bis an den Tisch und sich festklammert, da liegt das Messer! sie packt es und stößt es in diesen Scheißkerl hinein, und er habe dann, damit seine kleine Schwester nicht ohne Mutter bliebe, die Schuld auf sich genommen, bei der Verhandlung stellte sich dann doch heraus, daß nicht er es gewesen war, weil nämlich die Tür offengestanden und die Nachbarn es mit angesehen hatten, und so bekam er nur anderthalb Jahre wegen Mitwisserschaft und falscher Aussage, und er bitte sie, nicht auszusteigen, ohne ihm ihre Adresse gesagt oder ein Treffen mit ihm verabredet zu haben, weil er sie nicht vergessen könne und ständig an ihr schönes Gesicht werde denken müssen.

Maja war inzwischen vom Boden aufgesprungen, weil sie im Stehen besser stoßen konnte, sie trat zwei Schritte zurück, grätschte die Beine und stieß mit einer Kraft zu, als wolle sie, daß Sidonia sich überschlüge, was freilich nicht möglich war, die Apfelbäume krachten und ächzten, ihr Laub bebte und zitterte, aber die Hängematte verhielt jedesmal oben im Licht, bis ihr Gewicht sie mit der gleichen Kraft zurückschwingen ließ und Sidonia, mit einem vom Sturz erstickten Atem die Geschwindigkeit des Aufschwungs übertönend, «noch mal» rief.

Wenn er sie unbedingt treffen wolle, solle er am Samstagnachmittag mit der gleichen Straßenbahn bis zum Boráros-Platz fahren, dort in die Sechs umsteigen, er habe aber Dienst am Samstag, dann solle er halt tauschen! mit der Sechs bis zum Moskwa-Platz fahren, in die Sechsundfünfzig umsteigen, bei der Zahnradbahn wieder aussteigen und bis zum Adonisweg hinauffahren, die Straße entlanggehen, vorbei am ersten Haus bis ans Ende der Steinmauer, da würde er einen Weg finden, der in den Wald führt, er sei wegen der drei hohen Fichten nicht zu verfehlen, er solle ganz ruhig durch den Wald weitergehen, bis er zu einer großen Lichtung komme, dort würde sie ihn erwarten.

Nur, daß sie für die gleiche Zeit ein Treffen mit Pisti verabredet hatte, schrie sie.

Diesen Burschen namens Pisti kannte ich auch.

Sie war eben doch neugierig, was die beiden miteinander machen würden.

Maja aber konnte sich nicht beherrschen, ihr Körper straffte sich vor Erregung, und es war zu spüren, daß die Spannung an einen Punkt geraten würde, an dem sie die Flucht aus Sidonias Geschichte ergreifen mußte, sie versetzte ihr noch einen Stoß, schlug dann beide Hände vors Gesicht, als müsse sie genauso heftig lachen, wie Sidonia schrie, doch brachte sie nicht den geringsten Ton hervor; sie täuschte es vor, sich und Sidonia täuschte sie dieses Lachen vor, die Hängematte schaukelte von ihrem eigenen Schwung getragen weiter, da sie aber einmal angefangen hatte mit diesem Spiel, mochte es echt oder falsch sein, mußte sie weiterspielen, die Hände vor den Bauch gepreßt, krümmte sie sich, geschüttelt von einem krampfhaft stummen Lachen, sackte auf die Erde und starrte, die Hände zwischen den zusammengepreßten Schenkeln, zu Sidonia hinauf, als müßte sie vor lauter Lachen auf der Stelle in die Hose pinkeln.

Ihre Haut an Hals und Gesicht wurde blaß und fleckig, ihr Körper versank gleichsam im Gras, ich wußte, sie empfand tödliche Scham, aber genauso heftig und unstillbar mußte ihre Neugier sein, denn ihr Mund blieb offen, um Erbarmen wie um Fortsetzung flehend, während ihre Augen wild aus den in Samen geschossenen Gräsern hervorblitzten.

Sidonia jedoch wartete nicht ab, bis sich das Schaukeln der Hängematte ganz abgestellt hätte, sie setzte sich auf, und mit beiden Händen die gespannten Stricke packend, fing sie an, die nackten Füße vor- und rückwärts stoßend, sich wie auf einer Schaukel anzutreiben, bis sich ihre dümmlich hochgezogene Stirn rötete, ihre Stimme aber blieb bewußt leise, und das Lächeln, das ihre Zähne ständig sehen ließ, verschwand für keinen Augenblick von ihrem Gesicht, was Maja besonders zu quälen schien.

Als sie ankam, war Pisti schon da, sie zog sich ins Dickicht zurück, da wo der Weg steil hinabführt, auf jenen flachen Felsbrocken zwischen den Sträuchern, wo man die Gummis zu finden pflegt, Maja kenne das, von dort könne man zwar selbst alles gut sehen, von unten aber nicht gesehen werden, auf diesen flachen Stein kauerte sie sich, wagte sich aber nicht hinzusetzen, damit sie, sollte etwas passieren, weglaufen konnte, der Pisti war an dem Tag nicht in Uniform, er hatte ein weißes Hemd und einen blauen Anzug an, sie habe es Maja bisher nur nicht erzählt, weil sie fürchtete, es könnte irgendwelche schlimmen Folgen haben, und der Pisti lag da so im Gras und rauchte, die Jacke schön zusammengefaltet neben sich, ordentlich wie er sei, weil sie vorhatten, tanzen zu gehen, aber lange passierte nichts, der Pisti war auch nicht ungeduldig, und kein Rascheln war zu hören, so daß der Pisti hätte glauben können, sie käme, bloß daß die Sonne so heftig schien und daß sich bestimmt eine Fliege hin und wieder auf Pisti setzte, denn er schüttelte sich, weshalb sie gerne gelacht hätte dort oben auf dem Stein, aber sie durfte nicht lachen, sie glaubte auch nicht mehr, daß der Schaffner kommen würde, denn sie hatte hören können, wie die Zahnradbahn gehalten hatte und wieder abgefahren war, ohne daß er danach gekommen wäre, kurz gesagt, eine Stunde mußte darüber vergangen sein, weil er erst mit der darauffolgenden Bahn kam, der Pisti rauchte ununterbrochen, wälzte sich, um die Fliegen zu verjagen, und sie setzte sich manchmal doch auf den Stein.

Der Pisti tut immer, als würde er sie nicht hören, so tut er immer, und dann schleicht sie sich an ihn heran und küßt ihn, aber der Pisti zieht auch dann die Hand nicht unter dem Kopf hervor, wirft auch die Zigarette nicht fort, hat zwar die Augen offen, tut aber, als würde er sie nicht sehen, und sie muß ihn so lange küssen, den Mund, die Augen, die Wangen, den Hals, bis er es nicht mehr aushalten kann und sie wieder küßt, sie herunterzieht zu sich, und dann versucht sie vergeblich, sich zu befreien, er läßt sie nicht los, er ist sehr stark; doch, der Schaffner war sofort stehengeblieben, er war noch in seiner Uniform, die Tasche über der Schulter, hatte die Straßenbahn vielleicht nur ihretwegen verlassen, blinzelnd sah er sich um, ob er auch an der richtigen Stelle sei, und leise, damit der Pisti seine Schritte nicht höre, trat er hinter die Bäume zurück, wo sie ihn jetzt nicht mehr sehen konnte, aber der Pisti setzte sich auf.

Von ihrem Platz aus konnte sie sehen, daß der Pisti ihn nicht sehen konnte, daß aber der Schaffner ihn sah und daß der Pisti bestimmt wußte, daß er von ihm beobachtet wurde.

Denn er tat so, als habe er bloß so dagelegen, stand auf, hob seinen Mantel vom Boden auf und machte sich wieder auf den Weg, doch als er zu den Bäumen gelangte, drehte er sich rasch um und fixierte den Platz, wo der Schaffner zu vermuten war.

Und plötzlich, wie sie da oben kauerte in der Hitze, habe sie gespürt, daß ihre Monatsblutung gekommen war, und sie hatte keinen Schlüpfer an.

Du bist verrückt, total verrückt, sagte Maja.

Der Schaffner wagte sich jetzt langsam hervor, kam jedoch nicht ganz heraus, blieb erst eine Weile unter den Bäumen stehen, horchte, ob irgendein Geräusch zu hören wäre, hantierte an seiner Tasche, wischte sich die Stirn mit den Pusteln und war sehr nervös, ob er vielleicht doch die Stelle verfehlt hätte? er machte sich jedenfalls wieder auf den Weg und merkte überhaupt nicht, daß der Pisti ihn beobachtete, sie aber bekam solche Schmerzen im Bauch, daß sie glaubte zu zerspringen, und als sie unter ihren Rock faßte, war alles voller Blut, es schoß nur so hervor, und da sie kauerte, rann es ihr über den Hintern und tropfte hinunter, sie wußte nicht, was tun, konnte nicht aufstehen, doch als der Schaffner schon bis zur Mitte der Lichtung gelangt war, trat der Pisti plötzlich heraus, ging auf ihn zu, um ihm den Weg zu versperren, zum

Glück hatte sie ein Taschentuch bei sich, das faltete sie, drehte das Ende zusammen und führte es ein, nur konnte sie das Blut nicht abwischen und sich auch nicht richtig bewegen, und der Pisti wußte bestimmt, daß sie in dieser Geschichte drin war, er sprach zwar nie darüber, aber sie wisse es genau, er ging jetzt auf den Schaffner los, als würde er sie nicht sehen; wenn es so warm war, steckte Pisti immer den Finger in den Aufhänger seiner Jacke und warf sie sich über die Schulter, kurz, der Schaffner konnte nicht mehr umkehren, obwohl er es gerne getan hätte, er blieb stehen, Pisti blieb auch stehen, doch sie konnte nur so viel sehen, daß er die Jacke von der Schulter zerrte und sie dem Schaffner ins Gesicht schlug, und als der Schaffner die Hand hob und sich krümmte, um sich zu schützen, versetzte ihm der Pisti einen Hieb in den Nacken, einen richtigen Hieb mit der flachen Hand, an der die Jacke hing, so daß der Schaffner sofort zusammensackte, wobei seine Tasche so blöd umfiel, daß das viele Geld sich ins Gras zerstreute.

Sie streckte ihre schönen nackten Beine vor und zurück, doch saß sie viel zu tief, um sich selber antreiben zu können, die Hängematte wippte nur ein wenig.

Der Pisti sah sich nicht einmal um und ging einfach davon, sie sagte ihm natürlich auch nicht, daß sie das Ganze mit angesehen hatte, aber sollte sie dem Schaffner zufällig noch einmal begegnen, würde der sie bestimmt tüchtig verhauen.

Maja setzte sich auf; ihr Gesicht, die geheimnisvolle Würde ihrer aufrechten Haltung spiegelte etwas von Sidonias Ruhe und grenzenloser Befriedigung, Auge in Auge sahen sie sich lange schweigend und ein wenig entrückt an, und mir wollte dieses Schweigen noch beredter erscheinen als die erzählte Geschichte, immer wieder schienen Sidonias ausgestreckte Füße Majas Gesicht zu berühren, die aber zuckte nicht einmal mit den Wimpern, so als habe sich ein wichtigeres Geschehen als die erzählte Geschichte ereignet, sich in dieser Stille erfüllt, jenes Geschehen, das ich vorhin noch als Geheimnis empfunden hatte, als beider Geheimnis, und das in nichts anderem bestand, als daß Sidonia alles hatte erzählen und Maja alles hatte anhören müssen.

Unten in der Senke der sanft gewellten Hügel, in der Tiefe, im Dunst des sommerlichen Lichts flimmerte die Stadt.

Und da begann Maja mit einer seltsamen, nie gehörten Stimme zu sprechen. Friedlich und fern lagen die weiß glänzenden Häuser von Buda, die zusammengeduckten Dächer, die verschwimmende Silhouette der Türme.

Was war das für ein Taschentuch, meine Süße, fragte sie.

Und jenseits des schläfrigen grauen Flußstreifens das sich ins Unendliche erstreckende, Rauch und Staub ausdünstende Dickicht der Pester Seite.

Es war eine Fistelstimme, verletzend, scharf, nicht ihre gewohnte.

Halt irgendeines, entgegnete Sidonia mit tiefer, gleichgültiger Stimme und berührte mit den Zehen ihres ausgestreckten Fußes Majas Gesicht.

Aber was für eines, habe ich Sie doch gerade gefragt, meine Süße!

Ein blutiges, antwortete Sidonia mit dem nächsten Aufschwung der Hängematte und versetzte Majas Gesicht einen Tritt, ein blutiges.

Mein kleines weißes Batisttaschentuch haben Sie sich reingesteckt, schrie Maja mit einer noch schrilleren Stimme, obwohl ihr Gesicht die warme Berührung von Sidonias Fußsohle sichtlich genoß, und versöhnt, geradezu wollüstig schloß sie für einen Moment die Augen, mein kleines Spitzentuch, leugnen Sie es bloß nicht!

Das Seltsamste an der Sache aber war, daß das Lächeln jetzt von Sidonias Gesicht verschwand und auch Maja nicht mehr lächelte, sie waren miteinander einverstanden, waren sich ähnlich, vielleicht in ihrer Würde ähnlich, und doch war das alles nicht ernst gemeint.

Maja saß mit untergeschlagenen Beinen im Gras, die Schenkel gespreizt, den Rücken gerade, den Kopf hocherhoben, und stieß gleichmäßig, nicht allzu heftig gegen Sidonias ausgestreckte Fußsohlen; sie schwiegen, sahen sich nicht mehr an, und so konnte man auch nicht abschätzen, was sie tun würden.

Maja trug auch an diesem Nachmittag ein Kleid ihrer Mutter, ein unmöglich weites und langes lila Spitzenkleid, dessen Schulterpolster ihr fast bis zu den Ellbogen hinunterhingen, und auch ihre veränderte Stimme erinnerte an die Stimme ihrer Mutter, es kann natürlich sein, daß mich nur das Kleid darauf brachte, jedenfalls hatten die beiden ihr Rededuell so schnell und leichthin geführt, daß mir klar wurde, welch altes, vertrautes, eingeübtes Spiel das zwischen ihnen war.

Die Sonne brannte mir auf den Nacken, und erst ihr Schweigen machte mir bewußt, daß auch ich da war, daß mir heiß war, und es wollte mir scheinen, als sei ich vorher gar nicht präsent gewesen.

Ich wußte nicht, wieviel Zeit ich schon hinter dem heißen Grün des Buchsbaums verbracht hatte, und das nicht einmal besonders vorsichtig; schließlich hatte ich es ja gar nicht nötig, mich zu verstecken und zu horchen, hatten sie doch schon solche oder ähnliche Abenteuer in meiner Gegenwart oder auch mit mir besprochen, hatten mich um Rat gebeten, und ich hatte sie beraten, ich hätte daher jederzeit hervortreten können, und es hätte keine besonderen Folgen gehabt, wenn sie mich bemerkt hätten; lag es doch nur an ihrer sorglosen Versunkenheit, daß sie mich nicht bemerkten, die Buchsbaumkugel war so dicht, daß ich, wollte ich etwas sehen, und ich wollte etwas sehen, den Kopf herausstrecken mußte, und trotzdem konnte ich mich von meinem lächerlichen Lauscherposten nicht fortbewegen, am liebsten hätte ich spurlos verschwinden, mich in Luft auflösen oder mich vielleicht auch derb einmischen wollen, damit das hier endlich ein Ende hätte, oder einen schweren Stein zwischen sie schleudern, auch der Wasserhahn war nur auf Armlänge entfernt, und im Gras schlängelte sich der rote Schlauch, doch wäre es viel zu umständlich gewesen, den Sprühknopf heranzuziehen, den Hahn aufzudrehen, wenn ich unbemerkt bleiben wollte, oh, wenn ich doch diese verletzend fremde Vertraulichkeit zerstören könnte, die mir nur so lange gehörte, als ich nicht hervortrat und sie mich nicht bemerkten! umsonst machte ich mir etwas vor, geschieht doch in jedem Augenblick und jedem winzigsten Teilchen eines Augenblicks etwas zwischen ihnen, das, wäre ich anwesend, niemals geschehen würde, ich bestehle sie, obwohl ich keine blasse Ahnung habe, was ich ihnen stehle, und auch die Aufregung ist unerträglich, die Schande, daß ich etwas in Besitz genommen habe und daß ich in jedem noch folgenden Augenblick etwas in Besitz nehmen werde, das ich weder gebrauchen noch mißbrauchen kann, alles das gehört ausschließlich ihnen, ihr bisheriges Vertrauen war nur Täuschung, war Betrug, sie haben mir bloß die Brosamen ihres Vertrauens geschenkt, betrogen haben sie mich, weil sie mich in dieses, ihr echtes Vertrauen niemals einbeziehen könnten, einfach weil ich kein Mädchen bin und sie über ihre eigenen Dinge sprechen, und trotzdem bestehle ich sie.

Gerade war ich im Begriff, die beschämendste Lösung zu wählen und meinen Rückzug vorzubereiten, um zu verschwinden und nie mehr zurückzukommen, das Gartentor unbemerkt zu erreichen und laut zuzuschlagen, als Sidonia Majas Hals in die Schere ihrer zwei Füße schloß, diese im gleichen Augenblick nach den kräftigen Beinen griff, sie packte, um sie sich vom Hals zu reißen, aber die Hängematte schwang zurück und schleifte die hingestreckte Maja auf dem Gras hinter sich her; fast war es nicht mehr zu erkennen, was weiter mit ihnen geschah, denn bei dem Gezerre von Händen und Füßen, dem gegenseitigen Ziehen und Stoßen plumpste Sidonia plötzlich auf Maja herunter, die sich geschickt unter ihr herauswand, aufsprang und anfing zu laufen, wobei sie auch schon anfing zu kreischen, mit gräßlichem Gekreisch stürzte Sidonia hinter ihr her, zwei hintereinander herjagenden seltenen Schmetterlingen gleich, Maja in dem weiten Lila, Sidonia mit ihrem bis zu den Hüften herabwallenden und wie zu einem Flügel aufgeblähten Haar über dem weißen Leibchen, schienen sie über das steil abfallende Grün des Gartens dahinzujagen, drunten aufeinanderzuprallen, und ich sah, wie sie sich küßten, doch im nächsten Augenblick faßten sie sich an den Händen und wirbelten mit gestrecktem Körper lange im Kreis dahin, bis eine die andere vermutlich losließ, denn sie wirbelten auseinander und fielen hin, keuchend blieben sie auf dem Boden liegen.

Nicht mich hatte Maja geliebt, sondern das Mal, das Sidonias Zähne hinterlassen hatten.

Später bewegten sich zwei Lippen an meinem Hals, und das unerwartet rauhe Reiben jagte einen kalten Schauder über meine Haut, als mein Körper sich mit dem ihren verflocht.

Ich blute, sagten die Lippen auf meiner erschauernden Haut.

Und im Schoß meiner Mutter liegend, die Lippen in der Beuge ihres Arms, wo sich unter der Haut von den häufigen Blutentnahmen gelbe und blaue Höfe ausbreiteten und mein Mund auf der geschundenen Vene einen so weichen Platz fand, hätte ich auch das erzählen sollen, und irgendwie hatte ich auch das Gefühl, daß ich es ihr erzählte.

Vielleicht war es die Berührung selbst, die es ihr erzählte, gab ich es doch an sie weiter, was mir Majas Mund an jener Stelle gegeben hatte, an der sich Sidonias Biß befand.

Über diese quälende Verwirrung von Berührungen konnte man jedoch mit Worten nicht sprechen, so gerne ich auch gesprochen hätte, die Geschichte hatte aber keinen Anfang, weil zu jeder Berührung mehrere andere Berührungen gehörten, auch Kristians Mund gehörte dazu.

Komm, sagte ich, doch wir rührten uns nicht.

Ich fühlte, wie sie es genoß, an meinem Nacken zu flüstern, ich dürfe ihr nicht böse sein, sie sei sicher deshalb vorhin so nervös gewesen, sagte sie, weil sie blute, dann sei sie immer so nervös, das wisse ich doch, und auch das würde sie keinem anderen erzählen, niemals, niemandem.

Sie sei dann immer so aufgewühlt und viel empfindlicher, als ich es mir vorstellen könne, man müsse deshalb lieb zu ihr sein, sonst müsse sie wieder weinen.

Meinen Finger hätte ich aber gern aus ihrem Höschen herausgezogen, denn mein Arm war vom Gewicht ihres Körpers schon ganz fühllos geworden, und wovon ich bisher geglaubt hatte, daß es die Ausdünstung ihrer Haut sei oder Schweißnässe, war vielleicht Blut; ihr Blut, dachte ich plötzlich, mein Finger steckt in ihrem Blut, dachte ich, aber ich bewegte ihn nicht, den Finger, ich wollte nicht rücksichtslos sein gegen sie, so als müsse ich auf eine Empfindsamkeit bei ihr Rücksicht nehmen, die mir versagt war, ich beneidete sie um diese Blutung und erduldete, daß mein Arm immer fühlloser wurde, vor allem wollte ich nicht, daß sie merkte, wie sehr es mich erschreckte und aufwühlte und wie sehr ich mich ängstigte, daß mein Finger von ihr blutig werden könnte.

Ich wußte auch gar nicht genau, was das war, was es mit dieser Blutung auf sich hatte, obwohl ich es nicht für unmöglich hielt, daß sie mich angelogen und es nur erfunden hatte, weil sie auch darin Sidonia ähnlich sein wollte.

Ich wolle doch gewiß nicht, daß sie weine; nicht wahr?

Ich mußte mich hüten, auch nur die kleinste Bewegung zu machen, damit ihr Körper nicht spürte, was ich wußte, daß nichts von alledem wahr war, daß alles, was sie sagte und mir mit ihren Bewegungen vermittelte, nicht mir galt und daß alles, was ich im vorausgegangenen Augenblick noch als das Meine wähnte, nicht mir gehörte, wieder hatte sie mich um etwas betrogen und es mir nur gewährt, weil ich gerade verfügbar, ihr zur Hand war, und demjenigen, dem sie es hätte geben wollen, hätte sie nicht gewagt es zu geben und würde es nie wagen.

Damit ich sie liebe, wie sie mich liebte.

Und natürlich log auch ich, war ich doch nicht ihretwegen, nicht wegen der Nachforschung gekommen, sondern weil ich gehofft hatte, vielleicht Livia, deren Namen ich sogar bei mir selber auszusprechen haßte, hier zu finden, an jenem Nachmittag hatte ich vergeblich am Zaun auf sie gewartet, sie war wieder nicht gekommen, und ich konnte das Warten nicht länger ertragen, ich hatte hierherkommen müssen, in der Hoffnung, wenigstens einen einzigen Blick auf sie zu werfen und daß sie mich wieder ansehen würde wie damals! aber nicht einmal sie anzusprechen würde ich wagen, erst recht nicht sie zu berühren.

Aber es machte gar nichts aus zu wissen, daß wir uns gegenseitig betrogen, da ich fühlte, was Kálmán zu fühlen zustand, und da ich, ohne es zu wollen, ihr gab, was Livia zugedacht war, da es mir doch so wohltat und es so unbeschreiblich und schrecklich schön war zu hören, was sie an meinem Hals redete, und den Geruch ihres Körpers, ihr Blut, das Taubwerden meines Arms, ihr Gewicht, unsere Wärme und die dunkle Freude über meine Dieberei zu spüren, die mir wieder etwas eingebracht hatte, was nicht mir gehörte, auch wenn ich mich gleichermaßen wie sie des Betrugs anzuklagen hatte.

Schon allein dadurch, daß mir Livia jetzt überhaupt hatte in den Sinn kommen können, das heißt nicht sie, sondern vielmehr ihr Fehlen, schien ich sie auf eine nicht wiedergutzumachende Weise zu kränken und mit mir hinunterzureißen in den Sumpf, in dem ich mich übrigens durchaus wohl fühlte, doch sie haßte ich, weil sie nicht gekommen war.

Ich weiß, daß ich zur Hure werde, sagte Maja.

Aber auch dieser Satz war nicht von ihr, er war nur das Echo auf einen früheren Ausruf von Sidonia, den sie gleich einem fühllosen Stein, der die Hitze des Tages aufsaugt, um sie dann der Nacht zurückzugeben, in sich eingesogen und an meinem Hals ausgeatmet hatte, sie war das Echo der anderen, der sie ähnlich sein wollte, an der sie hing, die sie geküßt hatte, deren ganzes Wesen sie verliebt anbetete, und diese Verworfenheit erinnerte mich so schmerzlich an Kristian, als hätte man mich mit einer Nadel gestochen; gestern nacht nämlich, setzte sie im gleichen Atemzug fort, weil sie verhindern wollte, daß ich nur das geringste sagte, was sie kränken könnte, eigentlich sei es noch gar nicht so richtig Nacht gewesen, erzählte sie weiter, aber schon spät, alle waren schon zu Bett gegangen, da war Kálmán wieder durchs Fenster bei ihr eingestiegen, ich solle mir bloß vorstellen, er mußte hier unter ihrem Fenster gekauert haben, bis das Licht gelöscht war, sie war zu Tode erschrocken, hatte schon fast geschlafen, sie war so erschrokken, daß sie nicht einmal hatte schreien können, und hier vor ihrem Bett hatte er sie angefleht, er wolle nichts weiter, sie müsse es ihm glauben, nur ein wenig bei ihr liegen, nichts weiter, sie solle ihn bloß neben sich lassen, sie war nämlich davon aufgeschreckt, daß jemand mit kalten Füßen in ihr Bett steigen wollte, sie hatte es aber nicht zugelassen, hatte ihn heruntergestoßen, aber Kálmán hätte geweint, so schrecklich geweint, daß sie ihn trösten mußte, das miese Stück! und versprechen, daß sie es einmal erlauben würde, doch ihm, niemals! ob ich das verstünde? zwar würde sie eine Hure werden, aber mit ihm nie, niemals, nie! und doch hätte sie es ihm versprochen, damit er endlich zum Teufel ginge! weil er so schrecklich weinte und sie gut sein wollte, streichelte sie seinen Kopf und sein Gesicht, er aber faßte ihre Hand und weinte, wenn er aber trotzdem versuchen sollte, zu ihr ins Bett zu steigen, würde sie schreien, sagte sie und bat ihn, ihr nicht andauernd die Hand zu küssen, weil sie ihn verabscheue und zum Teufel wünsche, ihre Hand war ganz naß von Rotz und Tränen, weil er wirklich schrecklich weinte, und sie mußte schwören, daß sie ihn gern habe, daß sie aber schreien werde, ihr Vater werde dann hereingerannt kommen und ihn gewaltig verprügeln, er solle also vernünftig sein, und wenn er jetzt brav ginge, würde sie ihn auch ein wenig gern haben.

Mir war, als überflute eine heiße Welle mein Hirn, die mir ihre Stimme austrieb, mich taub werden ließ, ihre Arme von meinem Körper löste und ihren ganzen Körper ohne eine Spur zu hinterlassen aus mir herausschwemmte, während von der Berührung ihrer Lippen, ihres Atems, kalte Wellen des Schauders meinen Körper immer von neuem überrieselten.

Nachdem sie mir alles gestanden habe, da ich ihr ja doch alles abgenötigt hatte, solle ich glücklich werden damit.

Ich haßte sie, haßte sie mit dem gleichen Haß, mit dem ich eben noch Livia gehaßt hatte, weil sie nicht gekommen war und an ihrer Statt Maja da war, die mich gestern auf ihrem Bett ebenso gehaßt hatte.

Ich wisse aber, daß sie ihn geküßt habe, sagte ich zu ihr, und hörte, daß meine eigene Stimme voller Haß war.

Sie habe ihn aber nicht geküßt und bitte mich inständig, sie nicht länger zu quälen.

Sie konnte nicht ahnen, daß ich mir in jenem Augenblick wünschte, Kristian zu küssen, weil ich wieder gern sie gewesen wäre, die Sidonia auf den Mund geküßt hatte, ich hatte es doch gesehen, und tödlicher Neid erfaßte mich, weil sie ihr Leben mutiger lebte, nicht nur, daß sie sich mit Sidonia küßte, sogar Kálmán ließ sie nachts in ihr Bett steigen; sie rührte sich in meinen Armen und zeigte sich ausgesprochen dankbar für meine vermutete und ganz und gar mißdeutete Eifersucht, denn ich war ja damals nicht auf Kálmán eifersüchtig, sondern auf sie und Sidonia, ich haßte sie, weil sie Sidonia so schamlos nachahmte und ich vielleicht nie erfahren würde, was richtig und was falsch war, weil ich nicht wagte, Kristian ebenso schamlos nachzuahmen, ich würde nie erfahren, ob das Gute aus der Wahrheit oder der Falschheit geboren wird, würde nie erfahren, was erlaubt und was nicht erlaubt ist.

Und in dieser heftigen und dunklen Überflutung des Blutes tauchte noch einmal wie vor dem Ertrinken Livias blasses Gesichtchen vor mir auf, gleichsam durch ihre Abwesenheit jenen denkwürdigen Vormittag im März heraufbeschwörend, an dem ich mir vergeblich vorgenommen hatte, sie nicht mehr anzusehen und sie trotzdem immer weiter ansehen mußte, obwohl uns zu diesem Zeitpunkt Hedi Szán bereits beobachtete, und, als wäre das Ganze durch meinen Blick verursacht, ihr Körper zusammensackte, aus der Reihe stürzte und auf dem dunkelglänzenden Boden des Turnsaals hinfiel, die Mädchen schrien auf, niemand rührte sich, wir starrten sie an, dann gab es ein Poltern und Trampeln, als ihr ohnmächtig schlaff herunterhängender Körper rasch hinausgetragen wurde, die baumelnden Füße in weißen Socken.

Das ging alles so schnell, daß wir kaum Zeit hatten, es zu begreifen, wir standen da, jetzt tatsächlich ohne uns zu mucksen, doch diese Ruhe hatte nichts mehr mit Trauer zu tun.

Auch wenn es keiner wußte, das riesige Auge hatte es gesehen, genau gesehen, daß ich der Verursacher war; der Schuldige war ich.

Das freilich, was sie mir jetzt erzählte, was ich ihr sozusagen erpreßt hatte, konnte mich natürlich nicht glücklich machen, im Gegenteil, ihre Offenheit, die Gedankenlosigkeit ihres

Verrats hatte mich eher gedemütigt; obwohl die Preisgabe ihres Geheimnisses unser Zusammengehörigkeitsgefühl für den Augenblick steigerte, hatte ich doch erreicht, was ich mir so sehr gewünscht hatte, mich zwischen sie zu drängen, ich hatte den anderen von seinem Platz verdrängen wollen und das auch erreicht; ich hatte wissen wollen, wie er es machte, und so zu erfahren gehofft, was ich zu tun hatte, überhaupt, was das Ganze war, was da hinter meinem Rücken geschah, ob sie tatsächlich so unwiderstehlich waren, wie sie mit ihrem schlüpfrigen Geschwätz gern glauben machen wollten, denn wie sie untereinander über die Mädchen redeten, das klang verlogen; aber was Maja in ihrer Verbitterung heftig und brutal an meinem Hals erzählte, konnte mir sicherlich auch nichts anderes verraten, als daß Kálmán sie mit derselben hoffnungslosen Treue liebte, wenn auch in gewisser Weise mutiger, als ich dieses andere Mädchen, Livia, liebte, die ich mit den Blicken verfolgte, die mich gerade mit ihrer beharrlichen Zurückweisung an sich fesselte, weil auch sie gewiß nur mit mir spielte, um mich dann, im Bewußtsein ihrer schamlosen Überlegenheit, an einen zu verraten, den sie sogar weniger liebte; und in wilder, die Kehle zuschnürender Eifersucht stellte ich mir vor, daß Livia, während ich hier so schön mit Maja auf dem Bett lag, bei Kristian lag und über mich redete.

Als flüstere Majas Mund Livias verräterische Worte an Kristians Hals.

Passen Sie bloß auf, Maja, sagte ich, glauben Sie ihm nicht, auch wenn Ihr kleiner Kálmán noch so jammert, und ich genoß es sogar, wie leise und beherrscht mein Flüstern klang.

Und warum? fragte sie.

Nur so, sagte ich, aber passen Sie auf.

Aber warum?

Das wiederum werde ich Ihnen nicht verraten.

Das sei aber wirklich nicht schön von mir, wo sie mir doch alles erzählt habe.

Sie solle sich bloß hüten, heute in den Wald zu gehen, sagte ich.

Und warum?

Ich könne ihr nicht mehr sagen, als daß sie es nicht tun solle, und dafür hätte ich gute Gründe.

Daß ausgerechnet ich glaube, ihr sagen zu müssen, was sie zu tun und zu lassen habe, schrie sie und stieß mich von sich.

Jetzt konnte mein Finger endlich aus ihrem Höschen herausrutschen und mein fühlloser Arm sich vom Gewicht ihres Körpers befreien.

Sie könne natürlich tun, was sie wolle, ich habe sie gewarnt, weil Kálmán mir auch das eine oder andere erzählt habe, was ich ihr aber jetzt nicht verraten werde.

Im Nu hatten wir uns aufgesetzt, starrten uns an, als wollten wir uns mit den Blicken zu Leibe rücken, ich konnte dem düsteren Funkeln ihrer vor Haß und zitternder Empörung sprühenden Augen nicht ausweichen, wollte es auch nicht, noch waren unsere Beine ineinander verschränkt, als sie mir ihren im Zorn verkrampften Oberkörper entgegenstemmte, doch mein Körper blieb entspannt und scheinbar ruhig, ich glaubte, mit der sanften Überlegenheit der Bosheit ihren Blick bezwingen zu können, endlich bin ich Herr der Situation, dachte ich, und kann, was mich so sehr gequält hat, in ihr und in mir zunichte machen – freilich nur um den Preis des niederträchtigsten Verrats, flüsterte mir jenes kleingeschrumpfte moralische Wesen zu, ich könne stolz darauf sein! und doch überraschte und verunsicherte mich dieser unerwartete Situationswechsel bis zu einem gewissen Grade, denn was ich ihr im erhitzten Dunkel unserer Nähe über Kálmán hatte verraten wollen, worauf ich so nachdrücklich, gemein und listig, als sei ich im Besitz des absoluten Wissens, gezielt hatte, erschien mir jetzt, Auge in Auge, nicht mehr sagbar, es war schrecklich, unnatürlich geworden, in jenem Augenblick hätte ich es in der nüchternen und gleichgültigen Beleuchtung des Zimmers nicht einmal vor mir selber auszusprechen vermocht; vorhin noch ein einziger beiläufiger Gedankenblitz im Dunkel des inneren Monologs, ein unschuldig scheinendes Bild, das ans Licht will, für das es aber keine Worte gibt und das man schnell vergißt, ähnlich jener Situation, in der mich auch mein Körper damals getäuscht hat; heute, da ich, vom Hochsitz meiner Jahre und meiner Erfahrungen um mich blickend, diese Zeilen niederschreibe, erinnere ich mich mit nicht geringem Vergnügen an diese frühen, außergewöhnlichen, geradezu als Schicksalswende zu begreifenden Verwirrungen jenes von seiner Seele in die Irre geführten, von seinem Körper in eine Falle gelockten Knaben, der gerade eben noch in den Armen des kleinen Mädchens mit solcher Heftigkeit gespürt hatte, wie ihm das Blut ins Hirn fuhr, wie es in seinen Schläfen pochte – welch seltsames Zusammenspiel der Ereignisse, daß sie gerade von ihrer Blutung sprach! –, und betäubt vom Pochen seines Blutes, das die Stimme des Mädchens in ihm erzeugte, nicht bemerkt hatte und auch weiterhin nicht bemerkte, daß diese Bemühung, die Herrschaft über den anderen zu gewinnen, und der fieberhafte Kampf gegen die inneren Gewalten nicht allein in seinem Kopf das Blut erhitzt und in Wallung versetzt hatte, sondern daß er mindestens ebenso stark, wenn nicht stärker! in seinen Lenden das Seine getan hatte; gegen den Schoß des Mädchens und die eigene Handfläche gepreßt, war er natürlich steif geworden, was wieder an jenes vorhin aufgetauchte Bild und an jenen Satz erinnerte, den er als letzten Trumpf hatte ausspielen wollen und es dann doch nicht konnte.

Andererseits schien es, als habe Maja nicht wirklich gewollt, daß ich ihr auch nur irgend etwas hinterbringe.

Was hat er dir gesagt? Sag es schon!

Unsere verbotenen Spiele, der Schauplatz von Sidonias Abenteuern, allein die Erwähnung des Waldes hätte schon gereicht, um meinen Anspielungen das entsprechende Gewicht zu verleihen.

Nein, nur das nicht, schien sie auszurufen, anstatt zu fragen; abwehrend und verunsichert verengten sich ihre Augen, in deren tiefes Braun sich der Haß zurückgezogen hatte.

Die Liebe will nicht wissen.

Ich antwortete nicht, sondern hielt sie mit den Augen fest, damit ihr Blick sich nicht etwa auf meinen Schoß verirrte, weil meine Hose vielleicht verraten hätte, was in mir vorging.

Weil ich nämlich hätte erzählen wollen, was Kálmán tat, als

wir auf jenem flachen weißen Felsen im Schutz der überhängenden Sträucher lagen, und was auch ich gern getan hätte, doch solange er meinen nicht anfaßte, hatte ich nicht den Mut, seinen zu berühren, und als in Erwiderung seiner Bewegung mein Arm seinen Arm kreuzte und jeder von uns den des anderen gefaßt hatte, wobei es mir besonders merkwürdig erschien, daß seiner sich für meine Finger nicht so hart anfühlte wie ich selber im Druck seiner Hand den meinen spürte, obwohl mir beide gleich steil erschienen, damals also hatte Kálmán mit heiserer Stimme gesagt, und das hätte ich ihr weitersagen wollen, daß er eines Tages Maja doch noch ficken werde.

Das war es, was er gesagt hatte.

Dann sagte ich, um Zeit zu gewinnen und ihre Aufmerksamkeit von meiner Schande abzulenken, daß ich es ihr irgendwann bestimmt sagen werde, weil ich ihr doch alles sagte, aber nicht jetzt, und ich fürchtete, sie bemerkte, daß ich vor lauter Scham rot geworden war.

Obwohl ich wußte, daß ich es nie und nimmer über die Lippen bringen würde.

Doch es war nicht die Angst vor der Niedertracht eines solchen Verrats, die mich hemmte; um den anderen von seinem Platz zu verdrängen, hielt ich mich jeder Schandtat für fähig.

Wenn es mir geglückt wäre, den Satz aus jener Situation herauszulösen, in der er gesagt worden war, wenn nicht Kálmáns Hand an ihm geklebt, wenn ich nicht den erhitzten weißen Stein in ihm gefühlt hätte.

Doch wenn ich ihr Kálmáns verborgene Absichten verriete, käme meine eigene Verderbtheit an den Tag.

Ich konnte ihn nicht aus diesem Satz herausreißen, mich nicht von ihm befreien, weil er sich gar nicht so sehr auf Maja allein als auf uns beide bezog.

Und von uns beiden konnte man schon gar nicht sprechen, denn unsere Berührung war nicht etwa der Anfang, sondern so etwas wie der Schlußpunkt, das Ergebnis, die Endstation, jener äußerste Punkt, bis zu dem sich zwei Knaben überhaupt vorwagen können in jenem Reich, zu dem Mädchen keinen

Zutritt haben, im Gegenteil, selbst in jenem Reich ist es die verbotene Kammer, in die es sogar für Knaben keinen Zutritt gibt, und es gereichte Kálmáns natürlich großartig und genau funktionierenden Gefühlen zur Ehre, daß er an diesem äußersten Punkt nicht nur vor seinen innersten Wünschen nicht zurückschreckte, nämlich davor, sich zu überzeugen, ob der Körper des anderen Jungen genauso empfand wie er und was das war, was er empfand, sondern daß er mit einem für ihn bezeichnenden blinden Wagemut die Geste der Berührung durch den anderen Jungen mit jenem nicht zu befriedigenden Gefühl in Zusammenhang brachte, das er einem Mädchen gegenüber empfand, wodurch er dieses nicht zu befriedigende Gefühl in ein befriedigtes verwandelte und das auf sich bezogene Gefühl in eines, das sich nur auf den anderen beziehen läßt, als hätte er hier und so diese beiden sich zwar berührenden, aber doch unvereinbaren geheimen Bereiche zusammengeführt.

Das, was er mit Maja tun wollte, war eher eine Bitte um Verzeihung für das, was wir in jenem Augenblick tatsächlich getan hatten.

Und eine offensichtliche Anspielung auf das, was Sidonia mit ihm probierte und wovon er mir erzählt hatte.

Daher brauchen wir auch nicht zu erschrecken, wissen wir doch aus anderen, alltäglicheren Erfahrungen, daß wir, um die schreckliche Einsamkeit des Andersseins zu ertragen, unaufhörlich bei Identischem Stütze und Halt suchen.

Wie ja auch die Mädchen ein solches Reich für sich haben, in das man nur hinüberspähen, schnüffeln, es an seinen Grenzen ausspionieren oder vielleicht als feindlicher Agent eindringen und in den Besitz wichtiger Einzelheiten gelangen kann, doch das innerste Heiligtum, jene verbotene Kammer, bleibt trotzdem für immer verschlossen.

Ich hätte es ihr nur weitersagen können, wenn ich ein Mädchen gewesen wäre, wenn ich als Mädchen mich und den anderen Jungen hätte auskundschaften und sie mit den Augen eines Mädchens hätte beobachten können; mit den unwissenden, gläubigen Augen eines Mädchens; und weil ich so unendlich gern ein Mädchen gewesen wäre, schien es mir, als trennte mich nur ein einziges, dünnes, gänzlich durchsichtiges Häutchen davon, ein Mädchen zu sein, und der Wunsch, dieses Häutchen zu durchstoßen, mich über diese Trennung hinwegzusetzen, saß unsagbar tief in mir, als hoffte ich, ein solcher Durchbruch könnte mich in das strahlende Licht einer von Falschheit und Unsicherheit freien Welt versetzen, auf so etwas wie eine idyllische Lichtung, dementsprechend wollte ich damals mit ihr dadurch identisch und zu einem Mädchen werden, daß ich mein Geschlecht preisgab und verriet, da ich es ihr aber nicht sagen konnte, konnte ich jenes andere Reich nicht auskundschaften, was sie anscheinend auch gar nicht wollte, daher stießen mich mein Schweigen und meine Schande wieder zurück auf das Gebiet der Knaben.

Ein nicht zu vernachlässigender Aspekt der Geschichte unseres Gefühlslebens war freilich die Tatsache, daß wir, aufgrund der über jeden Zweifel erhabenen Vertrauenswürdigkeit unserer Eltern, am Rande jenes unabsehbar großen bewachten Gebietes wohnten, das Rákosis Residenz war.

Wenn ich von Maja kam, verspürte ich meist wenig Lust, an dem langen Drahtzaun des Sperrgebiets entlangzugehen, wo alles so feindselig stumm und kein Mensch auf der von überhängenden Zweigen beschatteten Straße zu sehen war, die den Wald gleich einer Schneise durchteilte, wo selbst die Luft zu stehen schien und nur das Knirschen der eigenen Schritte zu hören war, die bewaffneten Wachen aber nicht zu sehen, obgleich wir genau wußten, daß sie aus ihrem durch Bäume und Sträucher getarnten oder in die Erde gegrabenen Hinterhalt alles beobachten konnten und keine einzige Bewegung ihrer Aufmerksamkeit entging, daß sie einen mit ihren Periskopen oder Fernrohren heranholten und auf der Straße begleiteten, aber wenn ich der Abkürzung wegen doch einmal diesen Weg nehmen mußte und nicht durch den Wald nach Hause ging, dann spürte ich diese Aufmerksamkeit besonders heftig, genauer gesagt, war es gar nicht ihre Aufmerksamkeit, die ich spürte, war ich mir doch nicht sicher, ob man so etwas überhaupt spüren kann, aber irgendwie verdoppelte sich meine eigene Aufmerksamkeit durch die ihrige, ich sehe mich, wie ich arglos gehe und arglos betrachte, was meine Augen sehen, gleichzeitig aber beobachte ich argwöhnisch mit ihren Augen meinen mit Arglosigkeit getarnten Argwohn; dieses komische Gefühl war jenem ähnlich, das ich in der Schule hatte, wenn etwas verschwunden war und ich in der gräßlichen Atmosphäre allgemeiner Verdächtigungen plötzlich das Gefühl bekam, ich hätte dieses Etwas gestohlen, ich wäre der Dieb! hier jedoch, unter ihren Blicken, fühlte ich mich als Attentäter oder als Spion, dem man auf der Spur ist, und von dieser Anstrengung, der erzwungenen Gedankengymnastik einer solchen Betrachtungsweise, überlief mich jedesmal an Armen, Rücken und Hals eine Gänsehaut, ich ging hier entlang wie jemand, der unausweichlich einen Schuß zu gewärtigen hat; diesem Zaun sich zu nähern war verboten, er bestand aus einem gewöhnlichen, schon etwas rostigen Drahtgeflecht, und ich fürchtete mich vor den Hunden, mehr noch als vor den Augen der Wache fürchtete ich mich vor den Hunden.

Doch nicht nur wir Kinder fürchteten uns vor diesen riesigen Wachhunden, sondern auch die Erwachsenen, ja selbst die anderen Hunde, zum Beispiel Kálmáns sonst äußerst rauflustiger und kräftiger schwarzer Hund Vitéz, den man nicht einmal mit gutem Zureden aus dem Wald heraus auf den Weg locken konnte, selbst wenn wir ihm eine Schnur um den Hals banden und versuchten, ihn herauszuzerren, in der Hoffnung, daß sie aufeinander losgingen; eines gräßlichen, blutig-tödlichen Kampfes gewärtig, drückte er sich flach auf den Boden, das Fell auf dem Rücken vor Entsetzen gesträubt, jaulte er, und umsonst zogen und zerrten wir ihn, redeten ihm gut zu, schleiften und hetzten ihn, es wollte uns nicht gelingen, auch nur die geringste Kampflust in ihm zu wecken, während jene großmächtigen Viecher hinter dem Zaun teilnahmslos diesen albernen, sinnlosen Versuchen zusahen.

Und obwohl mir mein Verstand sagte, wozu diese Hunde gebraucht wurden, war mir das gesamte Sperrgebiet so etwas wie der lebendige Kern, das Zentrum meiner Ängste.

Und das, obwohl sich jenseits des Zauns ein unberührter Wald erstreckte, ein friedlich stummer Eichenwald, scheinbar nicht anders als auf der anderen Seite des Weges der echte, freie Wald, unser Wald, ein Wald, wie er zu sein hat: mit vertrockneten, abgebrochenen Zweigen, windzerzausten Laubkronen und Büscheln weißer und gelber Mistelperlen darin, mit umgestürzten Baumstämmen, mit Wurzeln, aus dem steinigen Boden ans Licht gesprengt, mit den versteinerten riesigen Lippenwülsten der auf Fäulnis gedeihenden Feuerschwämme, mit tiefen dunklen Höhlen, hellen Moospolstern, biegsamen Eichenschößlingen, zarten Sämlingen, hochgewachsen im Schutz struppiger uralter Eichenbestände, mit den Schachtelhalmen und Farnen, die aus dem weichen, in Jahrhunderten übereinandergeschichteten dürren Laub hervorsprossen, dem kurzlebigen grünen Unterholz, mit den von Sonnenstrahlen erwärmten Flecken, mit den violetten Kämmen des selbst vom leisesten Windhauch bewegten Hohlwurz, den blauen Dolden der duftenden Traubenhyazinthe, den schaukelnden weißen Schirmen des giftigen Schierlings, seinen gleich einem Spitzenwerk ausgebreiteten Blütentellern, den gelben Ähren des Wiesenhafers und der bläulich-grünen wilden Quecke; in feuchteren Vertiefungen dann die Sumpfdotterblume mit den glänzenden Blättern, im Schatten der Steine die fettig-grüne Zyklame, die hier nie zum Blühen kommt, an sonnenbeschienenen Stellen eine Ansammlung von wolligen Erdbeerblättern und am dicken Stengel des Salomonsiegels die zwischen seinen gerippten Blättern hervornickenden Glöckchen der weißen Blüten, und dann die großen Sträucher des Eichenwaldes, der Weißdorn, der sich, wenn er genügend Platz hat, zu einem Baum rundet, der zählebige Spindelstrauch und vor allem die in ihrem undurchdringlichen Dornengestrüpp wuchernde, rankende, auf den Herbst zu wohlschmeckende, herbe, früchtetragende Brombeere, und trotzdem! das geübtere Auge konnte sofort feststellen, daß dort drüben, jenseits der Straße, hinter dem Drahtzaun, sich nicht der gleiche Wald fortsetzte, dort nämlich gab es keine umgestürzten, herumliegenden Baumstämme, und die abgebrochenen, abgefallenen Zweige waren von sorgsamen Händen entfernt worden, vielleicht kurz nach Einbruch der Dämmerung, solange man im durchlässigen Zwielicht noch etwas sehen konnte, oder frühmorgens, heimlich, weil wir niemals jemanden arbeiten sahen, keine einzige Menschenseele! hier wuchsen die Sträucher vereinzelter, lokkerer, und weil deshalb im Herbst das trockene Laub nicht so reichlich fiel, konnte auch das Gras höher und in größeren Flecken wachsen, auf diese Weise war ein gepflegter Wald entstanden, der im uneingeweihten Betrachter den Eindruck von Ungepflegtheit erwecken sollte; eigentlich habe ich nie verstanden weshalb, mußte sich doch diese um Irreführung bemühte Geschäftigkeit schnell entlarven, hier nämlich hatte man auf einem Streifen von ungefähr zwei Metern Breite jede lebende Pflanze ausgemerzt, das Gelände mit weißem, sauberem Sand aufgefüllt, und an der Oberfläche des Sandes konnte man jeden Morgen die Spuren der hinterhältigen Arbeit jener geheimnisvollen Hände wahrnehmen, die Spur von den Zähnen des Gartenrechens, und auf diesem mit Sand bestreuten Streifen liefen die Hunde entlang.

Bog ich vom Gottesbergweg in den Adonisweg ein, wo die sanfte Steigung begann, so nützte es nichts, wenn ich auf der anderen Seite ging, und es nützte auch nichts, daß ich die stummen Sträucher hinter dem Zaun beobachtete, um herauszufinden, wann? sie tauchten lautlos und unbemerkt auf, und jeweils nur ein einzelner Hund, ich wußte, auch sie wurden abgelöst wie die unsichtbaren Wachen; es waren riesige, wohlgenährte Tiere, deutsche Schäferhunde, schwarzgeflecktes, semmelfarbiges, manchmal auch graues Fell, buschiger, hochgereckter Schwanz, im spitz nach vorn zulaufenden Kopf kluge, gutmütig scheinende, warme braune Augen, steil nach oben stehende, auf jeden Laut ungemein empfindlich reagierende Ohren, die Schnauze fast immer offen, aus der eine fleischige, in ständigem Hecheln auf- und abgleitende, rotglänzende Zunge lang heraushing und die weißen Kronen der gefährlich starken hauerähnlichen Backenzähne sehen ließ; sie taten nichts weiter, als neben mir herzulaufen, sobald ich meine Schritte beschleunigte, schneller, wenn ich sie verlangsamte, langsamer, natürlich ohne das geringste Geräusch zu verursachen, ihre schwarzen Pfoten versanken im Sand; stehenzubleiben versuchte ich schon lange nicht mehr, denn blieb ich stehen, blieben auch sie stehen, die offene Schnauze mir zugewandt, sahen sie mich an, ihre Blicke, ihre Augen waren vielleicht das Erschreckendste an ihnen, irgendwie gereizt, zugleich vollkommen teilnahmslos, schöne Kugeln, gleichzeitig sah man, wie sich unter ihrem dicken Fell die Muskeln zum Sprung spannten, und nicht nur, daß sie keinen Laut von sich gaben, weder ein Bellen noch ein Knurren, nicht einmal ihr Atem war beschleunigt; Kálmán wußte es von Pisti, denn Pisti, der auf der anderen Seite des Sperrgebiets, unten an der Schranke bei der Lorántstraße seinen Dienst versah, unterhielt sich manchmal mit ihm und gab ihm jene russischen Zigaretten mit dem Papiermundstück, die sie dann in der großen Pause gemeinsam im WC rauchten, kurz, von Pisti war zu erfahren, daß sie am gefährlichsten sind, wenn man stehenbleibt, man darf daher auf keinen Fall stehenbleiben, darf sie nicht beobachten, denn auch wenn die Dresseure alle Möglichkeiten berücksichtigen, wird ihr Nervensystem um so unberechenbarer, je strenger sie dressiert werden, sie können zwar alles und verstehen alles, werden aber zu völligen Nervenbündeln, erzählte Kálmán, so daß selbst die Dresseure vor ihnen Angst haben, und ihre Muskeln sollen stählern sein, so sagte er, so stählern, daß sie einen nicht zu hohen Zaun wie diesen aus dem Stand überspringen können, weshalb der Zaun oben keinen Stacheldraht hat, angeblich haben die Dresseure bei der Kommandantur die Entfernung des Stacheldrahtes gefordert, damit die Hunde nicht etwa mit dem Schwanz darin hängenbleiben, aber der Kommandant hatte sich nicht darauf einlassen wollen, weil der Zaun dann nicht vorschriftsmäßig gewesen wäre, bis es der Genosse Rákosi mit einer persönlichen Anweisung genehmigt haben soll, weil ein solcher Hund ungeheuer wertvoll ist; selbst innerhalb des Sperrgebiets werden sie an der Leine geführt, sich mit ihnen anzufreunden ist unmöglich, Futter oder

Zucker nehmen sie von niemandem an, riechen nicht mal daran, als wärst du Luft, oder noch nicht mal das, und wenn zum Beispiel jemand versuchen sollte, sie aufzuhetzen, sagen wir, er würde gegen den Zaun stoßen, wobei jeder normale Hund anfinge zu toben, dann ziehen diese hier nur schön die Lefzen hoch, damit alle ihre Zähne gut zu sehen sind, das ist die Warnung, darauf sind sie abgerichtet, daß sie nicht unnötigerweise knurren, sollten sie aber einen Fehler begehen, dann werden sie fürchterlich verprügelt, mit Stock und Riemen, aber wenn man nichts tut, als ihnen in die Augen zu schauen und ruhig dazustehen, dann wissen sie nicht, was los ist, daran zeigt sich, daß es reine Nervenbündel sind, umsonst verprügelt man sie wegen der sinnlosen Sprünge, sie haben sich nicht mehr in der Gewalt, springen hoch und packen den Menschen von hinten, an Kopf und Nacken; sie begleiteten mich also, richtiger, nach den ersten gemeinsamen Schritten sah es so aus, als begleitete ich sie, sie trabten einen Schritt voraus auf ihrem sandigen Weg, der auf dem höchsten Punkt der Steigung plötzlich einen Knick machte, dem auch der Zaun folgte, dann kam ein langer, gerader Abschnitt, auf dem sie mit gestrecktem Schwanz führten, und wenn ich mich ordentlich verhielt, weder vorauseilte noch zurückblieb, nicht etwa vor Angst zu laufen begann – was sich schon gar nicht als Lösung anbot, weil ich auf dem geraden Abschnitt hinter der Wegbiegung fast dreihundert Meter zu laufen gehabt hätte, begleitet von ihrem höllischen Gebell –, mich also trotz meiner Schande und meiner Demütigung, meinem Haß und meiner Empörung ihren Wünschen bequemte, nicht stehenblieb, nicht rannte, nicht schneller wurde und nicht zurückblieb, sogar darauf achtete, nicht zu laut zu atmen, und, soweit ich konnte, jede ordnungswidrig scheinende Bewegung und Gefühlsregung unterdrückte, was ihre Nervosität bremste und das gespannte wechselseitige Mißtrauen bis zu einem gewissen Grade stabilisierte, dann verfeinerte sich nach einer gewissen Zeit auch der Kontakt zwischen uns, war nicht mehr so bedrohlich, ich erfüllte meine Pflicht, und der Hund, fast schon gleichgültig gegen mich geworden, erfüllte ebenfalls eine Pflicht; doch wenn ich, von Maja kommend, keine Lust oder keine ausreichende innere Bereitschaft zu diesem Spiel hatte, weil auch das ja ein Spiel war, ein Experiment, ein nicht ungefährlicher Balanceakt an der Grenze von Selbstbeherrschung und Abhängigkeit, Disziplin und Unabhängigkeit, eine Art politischer Gymnastik, dann wählte ich den kürzeren und angenehmeren Weg und bog bei jenen drei Tannen, die Sidonia dem Schaffner als Orientierungspunkt angegeben hatte, auf den Waldweg ein, und aus der Deckung der Sträucher konnte ich mit einer gewissen Genugtuung den diensthabenden Hund beobachten, wie er verständnislos und enttäuscht hinter mir hersah, der Wald hatte mich sofort verschwinden lassen, obwohl mir bewußt war, daß mich das Fernrohr der Wachen sogar hierher begleitete, der Pfad führte steil nach oben, und manchmal wählte ich sogar nach Einbruch der Dämmerung lieber diesen Weg, obgleich mir hier noch finsterere, um nicht zu sagen unerklärlichere Gefahren aufzulauern schienen, doch konnte man diesen Gefahren freier, selbstbewußter begegnen als den verdammten Hunden.

Damals war es noch ein wirklicher Wald, der vielleicht letzte zusammenhängende grüne Streifen auf der Landkarte der Hügel und Berge, die die Stadt umgaben, der letzte Hinweis auf jene natürliche und ursprüngliche Zusammengehörigkeit des Bodens und der Vegetation, die die Stadt im Laufe der Geschichte ihrer Ausbreitung langsam aufgezehrt, verändert, sich einverleibt hat, heute stehen auch hier schon mehrstöckige Mietshäuser, übriggeblieben vom Wald sind nur einige wenige einsame Baumgruppen als gleichgültiger Gartenschmuck.

Nicht, daß ich das bedauerte, gibt es doch nichts, wozu ich ein intimeres Verhältnis hätte als zum Untergang, ich bin der Autor meines eigenen Untergangs, und wenn ich jetzt den Untergang des Waldes mit meinen Worten öffentlich mache, dann spreche ich auch von der Geschichte meines eigenen Untergangs, noch einmal, ein letztes Mal, und gestehe, daß ich nicht ohne Ergriffenheit auf die als unendlich empfundene Zeit der Kindheit, und wie endlich ist sie schließlich doch? zurückblicke, auf jene Zeit, in der womöglich nichts beständiger erscheint als die reichgekerbte Rinde eines ausladenden Baumes, die eigenartige Krümmung seiner Wurzeln, die Kraft, mit der sich der Baum dem Gelände anpaßt und darin festklammert; daher hat die kindliche Betrachtungsweise auch keine wirksamere Sicherheit und keinen besseren Rückhalt als die Natur selber, in der alles gegen den Untergang spricht, selbst der Verfall spricht von Beständigkeit, von Entpersönlichung und Dauer.

Doch möchte ich niemanden ermüden mit meinen äußerst subtilen Gedanken, die die Zusammenhänge zwischen den eigenwilligen kindlichen Gefühlen und dem selbstverständlichen Leben der Natur betreffen, ist es doch evident, daß die Natur unsere größte Lehrmeisterin ist, freilich nur für die Weisen! nie lehrt sie die Dummen, gehen wir also lieber weiter auf jenem verlassenen Pfad, der uns auf die Lichtung führt, und nehmen wir inzwischen in Augenschein, was ihm begegnet, jenem, dessen wissende Fußsohlen hier jede kleinste Erhebung des Bodens kennen, den Stein, an den er im nächsten Augenblick stoßen könnte, und den dort, der ihn zu einem längeren Schritt veranlaßt, die Dichte der Dämmerung, die Richtung der mutwilligen Lüfte auf seinem Gesicht; und sollte ein anderer vor ihm den Pfad entlanggegangen sein, könnte seine reizbare Nase unterscheiden, ob es ein Mann oder eine Frau war, nur sein Ohr täuscht ihn manchmal, wenn er im Klirren, Knacken, Knirschen ein dumpfes Aufschlagen oder so etwas wie ein Hüsteln zu hören vermeint, dann bleibt er stehen, und um weitergehen zu können, muß er zuerst mit den Augen die Angst überwinden und beängstigende Ahnungen, scheinbar wirkliche, sich bewegende Schatten, warnende Signale, schaurige Begebenheiten hinter sich lassen.

Dann verliert sich der Pfad im hochgewachsenen Gras der Lichtung, seine nackten Füße sind naß vom Tau, ein Säuseln des Windes begleitet ihn, der Sommerhimmel über ihm ist noch dämmrig hell, außer ihm aber scheint sich nichts zu bewegen, was reichlich unwahrscheinlich anmutet, eine Fledermaus fliegt stumm vorbei, umkreist ihn, bis er am Ende der Lichtung wieder in den Wald eintritt, doch da, wo er sich fortsetzt, gabelt sich der Pfad in zwei Richtungen, er könnte dem oberen folgen oder weitergehen.

Droben auf dem Berg führt ein einsamer Weg am Wald entlang, und von da sind es nur wenige Schritte bis zur Wolkengasse, wo in einem kleinen, gelbgestrichenen Haus gegenüber der dunklen Schule Hedi wohnt und wo Tante Hüvös um diese Zeit die Vorhänge zuzieht, um das Licht einzuschalten.

Aus Hedis Fenster aber sieht man auf Livias Fenster.

Ich nahm den anderen Weg.

Denn wie spät ich auch nach Hause kam, keiner fragte, wo ich geblieben war.

Hier lichtete sich der Wald, von hier aus konnte man schon den leicht geschwungenen Giebel vom Csuzdi-Haus sehen, auf dem Flur brannte das Licht, und sein schwacher Schein warf lange fahle Streifen und Flecke in das Dunkel des Waldes, das war freundlich und beruhigend und sagte zugleich etwas über die heimelige Einsamkeit des Hauses aus, und wenn ich auf diesem Weg nach Hause ging, dann konnte ich fast sicher sein, daß ich Kálmán noch draußen antreffen würde.

Ich war noch weit entfernt, als sein schwarzer Hund schon in der Stille anschlug.

Das Haus stand inmitten einer ziegelförmigen Rodung, oberhalb davon lag ein Maisfeld, unterhalb ein großer Obstgarten, sie nannten das Anwesen Einödhof, es bestand aus einem uralten Fachwerkhaus von ansehnlichem Äußeren, dessen einfache Fassade in der Bauweise einstiger schwäbischer Weinbauern mit einer vom spitzen Hausgiebel überdachten, weit ausladenden Holzveranda geschmückt war, von der eine schwere, zweiflügelige Tür hinunter in den Weinkeller führte; dem langgestreckten Gebäude gegenüber, auf der anderen Seite des weiträumigen, doch bequemen, ziegelgepflasterten Hofes befand sich ein ähnliches, etwas niedrigeres

Fachwerkhaus, das als Pferdestall, Wagenremise und Schweinestall diente, in der Mitte des von einer einfachen Hecke umzäunten Hofes stand ein ausladender Nußbaum und etwas weiter ein festgeschichteter Heuschober; heute erscheint uns das unglaubhaft, doch damals gab es auf den steinigen und lehmigen Hängen des Schwabenberges noch diese Bauernhöfe, die weitab von allem ihrem eigenen Untergang entgegenlebten.

Faul trottete mir der Hund bis zum Zaun entgegen, er bellte nicht, sprang mich nicht an wie sonst, zerstreut vor sich hin starrend, manchmal lässig mit dem Schwanz wedelnd, wartete er auf mich, als wolle er mir anzeigen, daß etwas Ungewöhnliches im Gange sei, und führte mich, bedächtig vor mir hertrabend, über den Hof.

Hier war es wärmer, die Steine atmeten die Sonnenwärme aus, und die dichte Hecke hielt die Abendkühle des Waldes ab.

Damals besaßen sie noch ein Pferd, zwei Kühe, Schweine, Hühner und Gänse, im Taubenschlag über dem Heuboden gurrten Tauben, am Nest unter der Dachrinne wechselte sich im Sturzflug ein Schwalbenpaar ab, während eine Schwalbe hinausflog, kam die andere zurück; um diese Zeit gegen Abend war der Hof erfüllt von den Geräuschen der sich auf die Nacht einrichtenden, ruhesuchenden Tiere, und in der schwülen Wärme ging vom Urin, dem Kot und dem faulig riechenden Dung ein scharfer Geruch aus.

Überrascht folgte ich dem Hund, das gelbe Licht der Petroleumlampe wirkte seltsam in der bläulichen Dämmerung; Kálmán stand unter der offenen Stalltür und beobachtete etwas, das von der hochgehobenen Lampe beleuchtet wurde.

Die Stirn gegen den Sturzbalken gelehnt, rührte er sich nicht von der Stelle.

Die Flamme unter dem Glaszylinder flackerte und rauchte, die gelbe Lichtzunge leckte über seinen nackten Arm, über Rücken und Hals.

Schon zeitig im Frühjahr entledigte er sich, sobald er aus der Schule kam, seiner Schuhe, warf Hemd und Hose ab und stiefelte bis in den Herbst hinein in nichts anderem als einer Klottunterhose herum, in der er, wie ich beobachtet hatte, auch schlief.

Aus dem Innern des Stalls war ein tiefes, bald in ein Gellen umschlagendes, dann plötzlich stockendes und nach einer Pause wieder ausuferndes Röcheln zu hören.

Und doch war er nicht lächerlich in dieser schwarzen Unterhose, seine kräftigen Schenkel, sein muskulöser Hintern füllten sie ganz aus, und das vom Waschen grau und brüchig gewordene Gewebe paßte sich mit seinen Falten den Bedürfnissen des kräftigen Körpers und dessen Bewegungen vollkommen an, spannte über dem Bauch, bildete eine kleine Ausbuchtung über seinem Geschlecht, schmiegte sich an wie eine Haut, so daß er wie nackt wirkte.

Der Hund blieb träge vor dem Stall stehen, wedelte einmal mit dem Schwanz, trottete dann, als habe er sich's anders überlegt, zu Kálmán hin, setzte sich auf die Hinterbeine, um sogleich irritiert zu gähnen.

In einem von den anderen abgetrennten Koben lag eine riesige Muttersau auf der Seite, Kálmán hielt die Lampe so hoch, daß sich das Licht am Türrahmen brach, im ersten Augenblick sah ich daher nur die gedunsenen, auf dem matschigen Boden ausgebreiteten Zitzen und das uns zugewandte Hinterteil, die Laute kamen aus dem Dunkel.

Ich wollte fragen, was los sei, fragte dann aber doch nicht.

Ihm bestimmte Fragen zu stellen war sinnlos, er antwortete nicht.

Er mußte schon lange hier gestanden haben, sicher lehnte er deshalb die Stirn an den Balken, regungslos starrte er in den Stall, scheinbar unbeteiligt, doch kannte ich ihn gut genug, um zu wissen, daß dies bei ihm das Zeichen einer bis zum Zerreißen, ja bis zum Explodieren angestauten Spannung war.

Und als ich neben ihm stand und auch dorthin sah, wohin er schaute, wurde im Zwielicht allmählich die offene Schnauze des Schweins sichtbar, dann die Augen, wir hörten das Röcheln, das plötzliche Stocken des Atems, das Pfeifen der sich erweiternden und verengenden Nasenlöcher, das sich zu ersticktem Quietschen verschärfte; zwischendurch schien es aufstehen zu wollen, doch als könnten die kurzen, sichelnden Beine den Boden nicht finden, als hielte eine viel größere Kraft es fest, zuckte, vibrierte die dicke Haut hilflos auf dem Fett des zerfließenden Leibes, und die gegensätzlichen Anstrengungen ließen die Muskulatur beben und zittern, Kálmán aber drückte mir plötzlich, ohne mich anzusehen, die Lampe in die Hand und kletterte in den Koben hinein.

Ich bemühte mich, sie festzuhalten, das Glas war heiß, und wenn der Docht im Petroleum schwappte, fing er an zu rauchen, und das Licht verdunkelte sich.

Er schien sich ein wenig zu fürchten, denn obwohl auf alles gefaßt, drückte er sich abwartend an die Stallwand.

Vielleicht hatte er Angst, daß das Schwein wütend werden und nach ihm schnappen könnte.

Dann packte er mit der einen Hand den Kopf des Schweines an der Ohrwurzel, kraulte und beruhigte es ein wenig, und tatsächlich grunzte das Tier ihn wütend an, aber gleichzeitig drückte er schlauerweise den Kopf gegen den Boden, um mit der anderen Hand den hochgewölbten Bauch und die eingefallene Flanke des Tieres abzutasten und nicht gerade zart abzuklopfen, worauf es erwartungsvoll verstummte.

Und dann machte er noch eine merkwürdige Bewegung; bis dahin hatte ich gar nicht wahrgenommen, wie weit sich die Schamspalte unter dem dunkelgefältelten, zusammengezogenen After des Muttertieres geöffnet hatte und sich gleich übereinandergelegten, rosigen, schwellenden Lippen, sauber, prall, seidig und glitschig aus dem Innern des Leibes herausstülpte auf das von Kot und Urin besudelte, verschmutzte Hinterteil, behutsam strich Kálmáns Finger an dieser lebendig brennenden Krateröffnung entlang, wobei der After des Tieres ebenso empfindsam zuckte, wie Kálmán ihn berührt hatte, dann aber wich er schnell zurück und wischte seinen Finger mit einer unwillkürlichen Bewegung an seinem Schenkel ab.

Als würde das Tier uns beobachten.

Ungeduldig nahm Kálmán mir die Lampe ab; die beobachtenden Augen des Tieres verschwanden wieder im Dunkeln, für einige Augenblicke verhielt es sich ruhig, nur aus den benachbarten Gattern waren unruhiges Grunzen und Trappeln zu hören, er aber lehnte seine Stirn wieder gegen den splittrigen Türbalken.

Schon vor einer Stunde, mindestens vor einer Stunde, ist das Wasser abgegangen, sagte er.

Es wäre blöd gewesen zu fragen, was für ein Wasser.

Daß sie ihn allein gelassen hätten, daß sie ihn verdammt allein gelassen hätten, sagte er, und die Stimme brach mit einer Kraft aus ihm, daß die Lampe in seiner Hand erzitterte und das Glas gegen den Balken schlug, vorwurfsvoll und verzweifelt schluchzte er auf, aber sein Körper blieb gespannt, die Anspannung ließ das Weinen nicht heraus, er wollte schlucken, aber es wurde ein Schluchzen daraus, daß sie ihn allein gelassen hätten, wiederholte er ein drittes Mal, obwohl sie es wußten, sie hätten es gewußt und ihn trotzdem allein gelassen, verdammt noch mal.

Auf dem glitschigen Boden zuckte das Hinterteil des Tieres, sein Kopf kippte nach hinten, rutschte weg, wobei es das Maul so weit aufsperrte, als würde es stumm nach Luft ringen, und es war schrecklich anzusehen, daß sich den Qualen kein Laut entrang.

In dem Tier geschah etwas, das kein Ende nehmen wollte.

Er müsse nach oben, seinen Vater holen.

Kálmáns Vater und seine beiden um einiges älteren Brüder arbeiteten als Bäcker oben auf dem Berg, längst gehörte ihnen die gesamte Bäckerei, weshalb er als «Kapitalist» genauso zu den Klassenfremden zählte wie Kristian; schon am Nachmittag machten sie sich auf, den Teig einzukneten und den Backofen anzuheizen, und kamen erst im Morgengrauen zurück, nachdem sie die Brote abgeliefert hatten, auch seine Mutter war ständig außer Haus, weil sie nachts, nachdem die beiden Kühe heimgetrieben und gemolken waren, unten im János-Krankenhaus putzte.

Wir waren frei, mich fragte niemand, wo ich mich herumtrieb, er aber wurde jeden Abend sich selber überlassen.

Der Hund zu unseren Füßen schlug mit dem Schwanz und jaulte leise.

Er drückte mir die Lampe wieder in die Hand, zauderte, so daß ich glaubte, er wolle sich auf dem Absatz umdrehen, um doch noch Hilfe zu holen, was bedeutet hätte, daß er mich hier zurücklassen würde, hilflos diesem Grauen ausgeliefert, aber vielleicht wußte er es selber nicht; gerne hätte ich ihm angeboten, Hilfe zu holen, am liebsten wäre ich ganz fortgegangen, aber das Schwein wand sich so stumm vor uns, daß er doch wieder zu ihm hineinstieg.

Auch ich beugte mich tiefer in den Koben hinein, um ihm zu leuchten, ich wollte ihm so gut wie möglich leuchten, obwohl ich keine Ahnung hatte, was er tun könnte oder ob er überhaupt wußte, was in einer solchen Situation zu tun sei, irgendwie traute ich es ihm aber doch zu, obwohl es jetzt aussah, als wüßte er es nicht, andererseits wußte er, wenn von Pflanzen und Tieren die Rede war, eine ganze Menge, wußte eigentlich alles, aber für mich war der Anblick so unbegreiflich und das Gefühl, das er auslöste, so gar nicht verstehbar, dieses Leiden, das durch unsere Hilflosigkeit sich alsbald in unser eigenes Leiden verwandelte und uns weder Zeit noch Kraft ließ, uns ihm feige zu entziehen, daß ich ihm dankbar war, daß er mich nicht allein zurückließ, sondern versuchte, etwas zu tun, es statt meiner zu tun, so daß ich nichts weiter zu tun brauchte, als diese Lampe ordentlich zu halten.

Er kauerte vor dem Hinterteil des Tieres und machte einige Augenblicke lang gar nichts.

Drinnen war es heiß und stank, das Atmen wurde plötzlich schwerer, was mich damals aber nicht störte, war doch der Tod anwesend, obgleich ich wußte, daß dies eine Geburt war.

Dann hob er langsam die eine Hand von seinem Schenkel, deren Finger merkwürdig nachdenklich und locker eingebogen waren, und ließ sie zwischen diesen übereinandergelegten prall-rosigen Lippen nach innen gleiten, ich sah, wie sie bis zum Gelenk verschwand.

Jetzt stöhnte das Tier auf, endlich bekam es Luft, das war kein Röcheln, ein würgender Krampf schüttelte es, es schlug aus und wollte mit der Schnauze, aus der Speichel rann und in der die Zähne aufeinanderschlugen, nach ihm schnappen.

Schnell zog er seine Hand heraus, das Kauern hinderte ihn daran aufzuspringen, auch ich hinderte ihn, weil ich mit dieser Lampe in der engen Tür stand und vor lauter Schrecken nicht nach hinten ausweichen konnte; er plumpste auf seinen Hintern, hinein in die matschige Streu.

Das Schwein ließ den Kopf wieder zurücksinken, seine Schnauze blieb offen, mit schnellen, unregelmäßigen, röchelnden Atemzügen sog es die kostbare Luft gierig ein und blickte ihn mit seinen von blonden Borsten bewimperten hellbraunen Augen an.

Ich spürte das gleichmäßige Schnauben des Hundes auf meinem Fuß.

Das Weiß seiner fast aus den Höhlen getretenen Augen, wie es ihn so von unten herauf ansah, war ganz von Blut unterlaufen.

Da überlegte Kálmán nicht länger, was zu tun sei, im Anblick dieser Augen hob er sich auf die Knie und drang mit der Hand wieder in den Körper des Tieres ein, während er sich langsam vorwärts bewegte; ohne sich darum zu kümmern, daß er in der Pisse und Scheiße nach vorne rutschte, legte er sich mit dem nackten Körper auf die hochgewölbte Seite des Tieres, drückte mit dem ganzen Gewicht dagegen, und Aug in Auge atmeten sie auch schon gemeinsam; sobald er sich mit dem Körper dagegenstemmte, atmete das Tier die Luft aus, und sobald er sich löste, atmete es bereitwillig ein, er war schon bis zum Ellbogen eingedrungen, als er wie vom Blitz getroffen den Arm zurückriß und, am ganzen Körper zitternd, zu brüllen anfing.

Er brüllte etwas, aber ich verstand ihn nicht, er brüllte irgendwelche Worte, aber sie waren nicht zu verstehen.

Das Schwein quietschte gellend, rutschte mit dem Hinterteil weg, rang nach Luft, streckte die Füße von sich und quietschte wieder so gellend, hoch und lange, als wolle es sich wehren, zuckte zusammen und erstarrte von neuem, aber irgendwie wahrte es den Rhythmus, genauer gesagt, sein Leib verfeinerte den Rhythmus noch, den sie soeben gemeinsam gefunden hatten, und inzwischen irrten seine Augen nicht mehr von Kálmán ab, sie blieben sogar vollkommen klar, während er, der den im Lampenlicht glitschig glänzenden Arm wie einen fremden Gegenstand von sich streckte, seinen Blick in diese Augen versenkte und so plötzlich verstummte, wie er angefangen hatte zu brüllen; wenn ich sagte, das Auge hätte von ihm Hilfe erbeten, wenn ich sagte, es hätte ihn zu etwas aufgefordert und ihm die Richtung gewiesen, wenn ich sagte, es war ihm dankbar, es bestärkte ihn und versicherte ihm, daß er mit seiner Bereitwilligkeit auf der richtigen Fährte wäre, nur weiter so! dann würde ich mit sentimentalen menschlichen Vorstellungen jene direkten und unmittelbaren, doch keineswegs rohen Gefühle herabsetzen, die ohne Zweifel nur das Auge eines Tieres auszudrücken fähig ist.

Auf sein Gebrüll hatte das Schwein mit gellendem Quietschen geantwortet, auf das Stillsein des Tieres antwortete er mit Schweigen.

Trotz der Trennung waren sie einander nahegeblieben.

In der Tiefe der geöffneten Schamspalte blubberte es im Rhythmus von Saugen und Pumpen, gleich dem Atem oder dem Herzschlag.

Er faßte wieder hinein, geradewegs an die Stelle, die ihn eben noch zurückfahren ließ, mit der Selbstverständlichkeit, mit der uns die Notwendigkeit an einen bis zum Überdruß bekannten Ort zurückkehren läßt.

Dabei hatte er den Kopf seitlich nach oben gedreht, als wollte er mich ansehen, doch die Augen waren geschlossen.

Das Tier war so still, als hielte es den Atem freiwillig zurück.

Als spüre er da drinnen etwas und dürfe deshalb die Augen nicht öffnen, um desto genauer zu fühlen, was er zu tun hatte.

Dann zog er langsam, müde seine Hand heraus und erhob sich auf die Knie, der Kopf sank ihm nach vorne, so daß ich sein Gesicht nicht sehen konnte.

Noch immer herrschte Stille, das Tier lag reglos da, und als wolle es ihm, wenn auch verspätet, antworten, fing zuerst seine Flanke, dann der ganze Körper an sich zu heben und zu senken, bis schließlich nach jeder Wehe ein wahnsinniger Schrei im unerträglichen Gestank des engen Kobens erstickte.

Es wird krepieren, sagte er, es geht nicht, sagte er leise, wie jemand, den auch dieser in Wellen auftauchende Schmerz nicht mehr aufregen kann, weil er den Tod schon hat kommen sehen, zwar rührte er sich nicht von der Stelle, er blieb da, konnte aber nichts mehr tun.

Das aber, was im Körper des Tieres geschah, war noch lange nicht zu Ende.

Denn im darauffolgenden Augenblick erschien etwas Rötliches zwischen den atmenden Hautwülsten des Spalts, und er, schmerzlich aufheulend wie das Schwein, stürzte sich darauf, verstummte aber sofort, weil dieses Etwas, als sei ein fremder Knochen ins Fleisch geraten, seinen Fingern entglitt, er packte es von neuem, und wieder entglitt es ihm.

Den Lappen, brüllte er, und das galt mir, doch ich hatte das Gefühl, daß schrecklich viel von dieser entscheidenden Zeit verging, bis ich endlich begriff, daß es hier irgendeinen Lappen geben mußte.

Als sei die Lähmung, die mich hinderte, den Lappen zu finden, der Ausfluß meiner zutiefst verborgenen Sünde.

Es gab keinen Lappen.

Als wüßte ich plötzlich nicht mehr, was das war, als hätte ich das Wort Lappen aus meiner Muttersprache verloren, ihm aber war es inzwischen mit seinem «den Lappen her!» wieder aus der Hand gerutscht.

Er brüllte.

Und da kippte der Lampenzylinder fast noch um, weil ich draußen vor dem Stall nachsehen wollte, denn seine Spitze stieß an den Türbalken, aber da war ja der Lappen, ich konnte ihn sehen, der Hund peitschte ihn mit dem Schwanz, aber ich mußte nach dem Zylinder greifen.

Daß das Glas dann doch nicht zerbrach und ich den Lappen zu fassen bekam, war ein so ungeheurer Sieg, wie ich ihn danach nie wieder erlebt habe.

Zwei winzige Füßchen mit Spaltzehen hingen heraus.

Er umwickelte sie mit dem Lappen und zog daran, hingekauert, sich rückwärts bewegend, je nachdem, wie das Schwein preßte und wimmerte.

Der Kampf dauerte lange, doch das Geschehen selber war kaum wahrnehmbar.

Der Körper glitt so glatt und geschmeidig hervor, daß er sich gar nicht schnell genug rückwärts bewegen konnte, er plumpste auf den Hintern, und auf dem matschigen Boden zwischen seinen gespreizten Beinen lag in der glasigen Schleimhülle der leblose, mattglänzende Körper des Neugeborenen.

Mir schien, als stockte uns allen dreien der Atem.

Ich glaube, die Mutter bewegte sich als erste, sie hob den Kopf, als wolle sie sehen, sich überzeugen, ob es endlich geschehen sei, fiel aber vor Erschöpfung zurück, doch als ihr Kopf aufschlug, durchlief ihren Körper so etwas wie eine erneute Unruhe, eine elementare Energie und beglückende Kraft, die sie so flink, geschickt, biegsam und erfinderisch machte, wie man es von einem so ungestalten mächtigen Tier nie erwartet hätte, es rutschte mit dem Hinterteil ein wenig zur Seite und achtete darauf, das Neugeborene nicht mit den Hinterbeinen zu stoßen, die lange Nabelschnur gab nach, und das Ferkel blieb reglos zwischen Kálmáns Beinen liegen, mit glücklichem Grunzen beugte sich das Muttertier nach hinten, beroch es schnüffelnd, frohlockte aufgeregt von dem Geruch und zerbiß mit zwei schmatzenden Geräuschen die Nabelschnur, und während Kálmán, ungeschickt von ihr wegrutschend, sich aus dem Koben hinausmanövrierte, stand das Mutterschwein auf, schnellte geradezu hoch, fing an, das Kleine zu lecken, es trippelnd zu umtanzen, stupste den kleinen Körper, grunzend und voller Ungeduld, beleckte ihn, als wolle es ihn direkt vom Boden auffressen, und stieß ihn so lange, bis er endlich anfing zu atmen.

Als wir nach einer guten Stunde die Stalltür schlossen und

der Holzriegel mit leisem Knacken in die Rille flutschte, saugten vier Ferkelchen schmatzend an ihren heißen, rötlich-violetten Zitzen.

Die Sommernacht war sternübersät, dunkel und stumm.

Der Hund trottete hinter uns her.

Kálmán ging nach hinten, schob seine Hose herunter und urinierte ausdauernd.

Ich stand mitten im Hof allein mit dem Hund.

Auf dem Dunghaufen vergrub er die Nachgeburt.

Es war nichts mehr zu sagen, und ich hatte das Gefühl, von nun an brauchten wir uns auch nichts mehr zu sagen.

Es war schon mehr als genug, daß ich hier stehen, dem anhaltenden Plätschern, dem reichlichen Fluß seines Harns zuhören durfte.

Weil wir uns, als das erste schon da war, er schnell aus dem Koben gestiegen und ich mit hochgehobener Lampe zur Seite getreten war, einen einzigen Augenblick lang angesehen hatten, zwar kreuzten sich die beiden Bewegungen, doch unsere Blicke trafen sich in einem identischen Gefühl des Glückes, und dieser Augenblick währte so lange, war so dicht, als wäre er aus der wirklichen Zeit herausgefallen und als könnte sich das, was sich während des Kampfes in uns aufgestaut hatte, nur in dieser Gemeinsamkeit entladen, die Lampe leuchtete in dieses Grinsen des Wahnsinns hinein, unsere Gesichter waren einander ganz nah, seine Augen verschwanden in dem Grinsen, nur der Mund und die Zähne, seine stark hervorspringenden Kinnbacken, die in die Stirn fallenden, verschwitzten Haare waren zu sehen, und wie er da so überraschend vor meinem Gesicht war, sah ich, daß es das Abbild meines Gesichts war, weil ich in dem gleichen lebensgierigen Wahnsinn vor mich hin grinste, und es war, als könnten wir aus der erstarrten Zeit unseres Grinsens nur herausfinden und in eine andere Gemeinsamkeit hinein, wenn wir übereinander herfielen.

Und uns umarmen würden.

Aber auch das wäre nicht genug, an den Sieg des Schweins würde es nicht heranreichen.

Aber es fing so etwas wie ein Gespräch an.

Das Lachen der Wörter.

Daß ich die Lampe fast zerbrochen hätte, sagte ich, und daß es bestimmt quergelegen habe, sagte er, und ich fragte, warum er so gebrüllt habe und daß ich nicht verstanden hätte, was er gebrüllt hatte, und daß sein Vater es auch nicht besser gekonnt hätte, sagte er, und daß ich zuerst geglaubt habe, das Schwein sei krank, sagte ich, und ein Glück, daß die Nabelschnur, und daß ich nicht gewußt hätte, wo der Lappen war, und wie klug das Schwein sei, sagte er.

Und der Hund rannte kläffend rund um den Hof, rundherum, in immer größeren Kreisen, was genauso eine Äußerung war.

Von der Veranda fiel das nüchterne Licht der Lampe herunter auf den Hof.

Langsam und erschöpft gingen wir die Treppe hinauf.

Noch dampfte das Wasser im Topf; während er darauf wartete, daß die Nachgeburt abging, hatte ich das Wasser aufgesetzt, damit er die Zitzen des Mutterschweins lauwarm abwaschen könnte.

Er ging zum Tisch, zog den Stuhl hervor und setzte sich.

Ich schaute mir zuerst die Gegenstände in der Küche an, den weißgekachelten Herd, den apfelgrünen Küchenschrank, das rosa Federbett auf der Holzpritsche, stellte dann die Petroleumlampe auf den Tisch, und weil die Tür hinter uns offengeblieben war, rauchte sie in dem leichten Luftzug mehr als daß sie gebrannt hätte, dann setzte auch ich mich.

Wir saßen da und starrten vor uns hin.

Verdammte Scheiße, sagte er später leise.

Wir sahen uns nicht an, aber ich spürte, daß er es nicht gerne hätte, wenn ich ginge, und auch ich wäre noch nicht gerne gegangen.

Sein Fluchen aber war so etwas wie eine stille Wiedergutmachung und galt mir.

Er fluchte nur selten, und im Gegensatz zu den anderen Jungen benutzte er auch keine unflätigen Wörter, wenigstens erinnere ich mich an keine anderen als an diese drei Gelegenheiten, diesen Abend, dann die Äußerung im Zusammenhang mit Maja, was er mit ihr machen würde, und an das, was er im WC gesagt hatte.

Daß ich Préms Schwanz zum Mittagessen bekommen könnte.

Was sich als schwere Beleidigung, als nie verheilende Narbe in mir festgesetzt hatte, die ich zwar vergaß, aber verzeihen konnte ich sie nicht.

Und nicht allein deshalb, weil er sich damals mit dieser scheinbar harmlosen Grobheit auf Préms und Kristians Seite geschlagen hatte, was hätte er auch anderes tun können? und sosehr es mich schmerzte, ich konnte diese ständige, in vieler Hinsicht beunruhigende Unsicherheit in den Beziehungen nicht übelnehmen, offenbarte sich darin doch die natürliche Ordnung der Welt oder auch der Geist der Zeit, daß man zwischen Freund und Feind nie genau unterscheiden konnte, letzten Endes aber mußte man jeden als Feind ansehen, es genügte, an jenen Haß und jene Angst zu denken, die mich vor dem Zaun des Sperrgebiets befielen, und schon wußte ich nicht mehr, auf welche Seite ich gehörte, oder an jenes quälende Gefühl, daß ich wegen der Stellung meines Vaters den anderen als Spitzel galt, obwohl ich noch nie jemanden verraten hatte; er aber hatte zugunsten seiner notgedrungenen Parteinahme unsere Freundschaft an ihrem empfindlichsten Punkt verraten, auch wenn die anderen nicht wissen konnten, worauf das wirklich zielte, daß ich zum Mittagessen den vom Prém bekommen konnte, sie konnten ja nicht wissen, worauf er damit zielte, und trotzdem! es war, als hätte er mir dort vor den anderen vorgehalten, und das war schlimmer als ein schamloser Verrat! daß ich den seinen angefaßt hatte, und als hätte ich jetzt keinen anderen Wunsch, als einen zum Mittagessen zu bekommen! als wäre das nicht in vollkommener Gegenseitigkeit geschehen und als sei nicht er es gewesen, der damit angefangen hatte.

Er stieß den Stuhl unter sich fort und holte aus dem Schrank eine Flasche Schnaps und zwei Gläser.

Ebenso mutig und ohne zu überlegen, wie er es geleugnet hatte, bewegte sich seine Hand jetzt auf mich zu.

Um sich vor den anderen nicht schämen zu müssen, hatte er seine intimste Bewegung verleugnet, jetzt aber schien es, als wollte er mit diesem Fluchen seinen Verrat wiedergutmachen und sich bedanken, daß ich trotzdem hier war.

Ein Überschwang der Gefühle, der mich verstummen ließ.

Über das alles konnte ich genauso wenig mit Maja sprechen wie ich, über Mutters Arm gebeugt, von den Mädchen hatte sprechen können.

Der Schnaps hatte uns betrunken und schweigsam gemacht.

Ach, wenn es doch damit genug wäre, die wichtigsten Dinge des Lebens zu erlernen, aber selbst darüber zu schweigen muß erlernt werden.

So saßen wir lange, betrunken auf die Tischplatte starrend, und sahen uns nach dem Fluchen aus irgendeinem Grunde nicht mehr in die Augen.

Hatte dieses Fluchen doch alles bereinigt, bis in den Tod.

Seine unverbrüchliche Treue, daß er es mir niemals vergessen würde, niemals.

Unschlüssig begann er an der Lampe herumzufingern, wollte sie ausmachen, doch vergeblich schraubte er den Docht tiefer, sie erlosch nicht, rauchte nur noch penetranter, und als er den Zylinder abnahm, um sie auszublasen – er mußte es wiederholt versuchen, weil er immer ein wenig danebenblies – platzte er laut heraus, dabei rutschte ihm das heiße, verrußte Glas aus der Hand und zerschellte auf dem Steinboden der Küche.

Er sah sich nicht einmal um danach.

Dieses Zerbrechen zu hören war gut, der Zylinder war in winzige Splitter zerplatzt.

Später schien es mir, als wäre ich aus vollem Wachsein in diesen schönen Zustand hinübergeglitten oder hätte mich in meinen eigenen Gedanken verloren, auch wenn ich nicht hätte sagen können, woran ich dachte oder ob ich überhaupt an etwas dachte; das Neue an dem in der Trunkenheit stumpf gewordenen Gefühl war das gedankenlose Denken, so daß ich nicht wahrgenommen hatte, daß er irgendwann aufstand, das große Lavoir auf den Steinboden stellte und jetzt den Rest des heißen Wassers hineingoß.

Es war nicht undeutlich, nur so weit weg, daß es mich nicht interessierte.

Und immer noch goß er das Wasser hinein.

Ich wollte ihn bitten, endlich damit aufzuhören.

Denn wieder hatte ich nicht gemerkt, daß es inzwischen ein anderes Wasser war, das er in das Lavoir goß.

Aus dem Eimer.

Ich hatte auch nicht bemerkt, wann er seine Unterhose auf den Boden geworfen hatte, nackt stand er im Lavoir, die Seife war ihm aus der Hand gerutscht und auf dem Steinboden fortgeschlittert unter den Küchenschrank.

Er sagte, ich solle ihm die Seife bringen.

Und seiner Stimme war anzuhören, daß auch er völlig betrunken war, worüber ich lachen mußte, nur konnte ich nicht mehr aufstehen.

Und als ich endlich aufstehen konnte, plätscherte und gluckste das Wasser, und er seifte sich ein.

Seiner war gar nicht so groß wie der eines Pferdes, eher klein, gedrungen, dick, er buchtete über den hochgezogenen Hoden die Hose aus; jetzt seifte er ihn gerade ein.

Ich stand da und fühlte, daß es mich immer noch kränkte, nicht zu wissen, wer mein Freund war.

Ich weiß nicht mehr, wie ich den Weg vom Tisch zum Lavoir schaffte, der Entschluß trug mich, ohne daß ich es gemerkt hätte, über die Zeit hinweg, die dazu nötig war, ich stand vor ihm und zeigte auf die Seife, er sollte sie mir geben.

Es war diese Art von Gemeinschaft jenseits aller erotischen Leidenschaft, nach der ich mich auch bei Kristian sehnte, nach diesem fast neutralen Gefühl der Brüderlichkeit, das ich in meiner Beziehung zu ihm niemals erreichte und das doch so selbstverständlich ist wie das Sehen, das Riechen oder das Atmen, ein Geschenk der geschlechtslosen Liebe; und daher ist es vielleicht nicht übertrieben, wenn ich von heißem Dank spreche, ja, ich war dankbar und demütig, weil ich von ihm bekommen hatte, was ich von dem anderen vergeblich erhofft hatte, weshalb das auch keine Demütigung war, nicht ihm brauchte ich dankbar zu sein, die Dankbarkeit galt nur dem Umstand, daß er hier war und daß auch ich hier war.

Unsicher sah er mich an, der Kopf schwankte auf seinem Hals, er wollte mir in die Augen schauen, fand aber meinen Blick nicht, trotzdem hatte er mich sofort verstanden, denn er drückte mir die Seife in die Hand und kauerte sich ins Lavoir.

Ich machte seinen Rücken naß und seifte ihn gründlich ein.

Wußte ich doch, daß Prém diesen Blödsinn nur deshalb verzapft hatte, weil er einen so großen besaß; auf Kristians Aufforderung zeigte er ihn uns manchmal, wir staunten ihn stumm an und platzten fast vor Lachen, weil er so groß war.

Ich war unsagbar glücklich, daß Kálmán trotzdem mein Freund war.

Ich spürte den Stallgeruch von seinem eingeseiften Rücken aufsteigen und mußte die Seife gründlich abspülen.

Prém hatte das nur gesagt, damit Kálmán sich nicht auch nur zufällig an mich anschlösse, sondern sein Freund bleibe.

Aber die Seife rutschte ins Lavoir, schwamm zwischen seinen gespreizten Beinen durch und war verschwunden.

Ich mußte hinausgehen ins Freie, so sehr widerte Prém mich an.

Mein Fuß war in Weiches getreten.

Mein Abscheu war so groß, daß mich Übelkeit überkam.

Der Hund schlief friedlich hingestreckt auf der Veranda. Meine Hände waren immer noch voller Seife.

Ich lag auf der Erde, inzwischen hatte jemand das Licht ausgemacht, es war dunkel.

Die Sterne waren verschwunden, die Nacht war schwül und stumm.

Lange dachte ich nur, daß ich nach Hause müßte, nach Hause, nichts weiter, nur, daß ich nach Hause müßte.

In der Ferne wurde der Himmel ab und zu von einem Blitz erleuchtet, dem das Grollen des Donners folgte.

Dann aber, von meinen Füßen getragen, gezogen von meinem Kopf, spürten meine Sohlen einen Weg auf, von dem man nicht wissen konnte, wohin er führte.

Und als der Donner das Näherkommen der Blitze ankündigte, wurde auch die Luft durcheinandergewirbelt, und der Wind heulte im Laub der Bäume.

Erst als mein Mund etwas Hartes, Kühles, einen Rostgeschmack verspürte, erkannte ich, daß ich nach Hause gekommen war; das vertraute helle Fenster hinten zwischen den Bäumen, und hier zwischen meinen Lippen das Eisen des Tors.

Als träte jemand zum erstenmal dort ein, wo er sich auskennt, als habe er schon einmal gesehen, was ihm so fremd scheint.

Ich mußte mir klarmachen, wo ich überhaupt war.

In der Kühle des aufheulenden Windes begann es, in großen, warmen Tropfen zu regnen, hörte dann auf und fing von neuem an zu tröpfeln.

Ich lag eine Weile im Lichtschein unter dem offenen Fenster und hätte gewünscht, nie und nimmer gefunden zu werden.

Ich sah die Blitze über die Wand zucken.

Ich hatte keine Lust hineinzugehen, weil ich dieses Haus verabscheute, und doch sollte es meine einzige Zuflucht werden.

Und selbst heute noch, im Bemühen um die Erinnerung und um einen unparteiischen, weiten Abstand, fällt es mir schwer, unvoreingenommen von dem Haus zu sprechen, unter dessen Dach die Menschen sich so weit voneinander entfernt hatten, in einem solchen Ausmaß vom Prozeß ihres eigenen physischen und moralischen Niedergangs zerstört, so sehr auf sich selbst bezogen waren, daß sie gar nicht merkten, wenn aus der sogenannten Familiengemeinschaft jemand, ein Kind, fehlte.

Warum hatten sie es nicht gemerkt?

Ich muß ihnen so wenig gefehlt haben, daß ich es nicht einmal selber merkte, in welcher Hölle des Mangels ich lebte; für mich ist die Welt zu einer Hölle des Mangels geworden.

Von drinnen war das leise Knacken des Parketts zu hören, manchmal ein Knarren, ein suchendes Geräusch, Tappen und schlurfende Schritte.

Ich lag unter Großvaters offenem Fenster.

Er vertauschte den Tag mit der Nacht, lebte nachts, irrte durchs Haus, döste am Tage oder schlief auf seinem Sofa im verdunkelten Zimmer und machte sich mit dieser wunderlichen Umkehrung unnahbar für jedermann.

Wenn ich wüßte, wann dieser wechselseitige und vielfältige Verfall begonnen hatte, ob er einen Anfang gehabt, wann und wodurch das geräumige Familiennest ausgekühlt war, dann könnte ich bestimmt manches über die menschliche Natur aussagen und natürlich auch über die Zeit, in der ich lebte.

Ich will mir nichts vormachen, über die ferne Weisheit der Götter verfüge ich nicht.

War es vielleicht die Krankheit meiner Mutter?

Bestimmt war auch das ein wichtiger Wendepunkt in diesem Prozeß, obwohl mir ihre Krankheit eigenartigerweise eher eine Folge als der auslösende Grund des anhaltenden Verfalls zu sein schien; jedenfalls wurde auch ihre Krankheit von dem durch seine Rücksichtnahme nicht weniger verlogenen Schleier der Familienlüge verdeckt, so wie der Zustand meiner kleinen Schwester oder die asthmatischen Anfälle meines Großvaters, von denen meine Großmutter insgeheim behauptete, daß weder ärztliche Behandlung noch Diät oder pünktliche Einnahme der Medikamente Abhilfe schaffen könnten, weil es sich ganz einfach um Hysterie handle.

Und daß er nichts weiter als einen Eimer kalten Wassers brauchte.

Über diesen physische Formen annehmenden Verfall durfte man ebensowenig ein Wort verlieren wie darüber, daß Großmutter nicht mit Großvater redete, der seinerseits nicht geneigt war, auch nur ein einziges Wort mit meinem Vater zu wechseln, Tag für Tag gingen sie aneinander vorbei, ohne sich auch nur zu grüßen, sie betrachteten sich gegenseitig, als wären sie Luft, obgleich es das Haus meines Großvaters war, in dem mein Vater lebte.

Ob Wissen oder Unwissen das größere Glück bedeutet, das könnte ich nicht einmal heute entscheiden; doch sosehr ich mich auf diese Lügen einstellte, mich sozusagen dem System der Lügen anpaßte und mit meinen wirkungsvollen Lügereien zum Funktionieren dieses feinen Lügengespinstes beitrug, auch wenn ich ihren Ursprung nicht erkannte und nicht einmal genau wußte, worum es ging, was es bemäntelte, so konnte ich hinter diesen Beschönigungen doch einiges erkennen; ich wußte zum Beispiel, daß Großvaters Krankheit echt und ernst war, jeder Anfall konnte tödlich sein, und da Großmutter die Anfälle untätig und mitleidslos beobachtete, hatte ich das Gefühl, als warte sie geradezu auf diesen jederzeit möglichen Tod, zudem wußte ich, daß meine kleine Schwester unheilbar war, sie war als Schwachsinnige geboren und würde es bleiben, nur daß die Umstände ihrer Geburt oder vielleicht ihrer Empfängnis, also der Grund, wenn es einen solchen gab, durch ein aus dem Schuldbewußtsein meiner Eltern entstandenes Bündnis abgeschirmt wurde, weshalb sie unentwegt die Hoffnung auf Heilung betonen mußten, als bemühten sie sich, mit ihrer Hoffnung jenes furchtbare Geheimnis, von dem niemand etwas erfahren durfte, zu verbergen; als habe in unserer Familie jeder mit einer Lüge das Leben des anderen in der Hand; ja, und infolge einer zufälligen Bewegung wußte ich auch, daß meine Mutter sich nicht im Zustand der Rekonvaleszenz nach einer geglückten Gallenoperation befand.

Auf ihrem Arm liegend und auf ihren Atem horchend, hatte ich nichts anderes gewollt, als ihren Hals zu berühren und meine Hand an ihr Gesicht zu schmiegen, deshalb spreche ich von einem Zufall; sie schlief nicht, hatte aber die Augen geschlossen, und als ich mich ungeschickt ihrem Hals näherte, blieb mein Finger in der Bandschleife hängen, die den Ausschnitt ihres Nachthemdes zusammenhielt und nicht verknotet war oder sich plötzlich gelöst hatte, so daß die leichte weiße Seide von ihrer Brust rutschte, will sagen, daß ich im Bruchteil jener Sekunde zu sehen glaubte, daß sie von ihrer Brust gerutscht sei, ich glaubte, ihre Brust zu sehen, obwohl ich eine strahlenförmig vernarbende Wunde anstelle ihrer Brust zu sehen bekam, die Spuren rötlicher Einkerbungen der Nähte.

Glas klirrte, über meinem Kopf wurde schnell das Fenster geschlossen.

Nie hätte mir der Sturm willkommener sein können, ich lag da, als hoffte ich, daß der herunterprasselnde Regen mich in den Boden stampfen könnte, der mich auch aufsaugen würde, doch die Kühle des Wassers ernüchterte mich.

Ich rappelte mich hoch, um ans Fenster zu klopfen, damit sie mich einließen.

Zu meiner größten Überraschung sahen mich Großmutters entsetzte Augen an; Großvater lag auf seinem Sofa auf dem Rücken, mit geschlossenen Augen.

Während ich vor der Tür wartete, waren mein Hemd und meine Unterhose ganz durchnäßt worden, es goß, donnerte und blitzte, und als Großmutter mich endlich einließ, troff mir das Wasser sogar aus den Haaren.

Doch sie machte nicht einmal Licht, sagte nichts, eilte, ohne sich um mich zu kümmern, zurück in Großvaters Zimmer.

Ich folgte ihr.

Sie beeilte sich nicht etwa, weil sie etwas zu tun hatte, sondern setzte sich sogleich wieder auf ihren Stuhl, von dem sie vorhin so überrascht aufgestanden war, sie beeilte sich, um dabeizusein, um anwesend zu sein, wenn es eintreten würde.

Über die großen Glasscheiben des geschlossenen Fensters ergoß sich der Regen gleich einem Vorhang, das ständig aufblitzende blaue Licht spiegelte die magisch verschwommenen Bäume in den Scheiben, die von den nahen Donnerschlägen erzitterten, und es hatte den Anschein, als wäre die schwüle Hitze, die vor dem Sturm geherrscht hatte, in diesem Zimmer eingesperrt.

Großvaters Brustkorb hob und senkte sich rasch, das geöffnete Buch in seiner Hand hing vom Sofa herab, als wolle es ihm im nächsten Augenblick entgleiten, zugleich aber schien er sich an dieses Buch zu klammern wie an den letzten Gegenstand, der ihn noch mit der diesseitigen Welt verband, sein

Gesicht war bleich, glänzte vor Schweiß, auf den Stoppeln über seinem offenen Mund saßen kleine Schweißperlen, sein Atem ging schnell, pfeifend und schwer.

Die Lampe hinter dem Schirm über Großvaters Kopf beleuchtete sein Gesicht, auf daß nichts verborgen bliebe von seinem Kampf, Großmutter jedoch saß im Schatten und schaute reglos aus dem freundlichen, warmen Halbdunkel hervor, ein wenig angespannt und erwartungsvoll.

Steif wie die Lehne des Stuhls.

Großmutter war hochgewachsen, von aufrechter Haltung, eine würdevolle alte Dame, obwohl ich heute, wenn ich zurückrechne, feststellen muß, daß ich sie für älter gehalten habe, als sie in Wirklichkeit war, damals also kaum mehr als sechzig, um fast zwanzig Jahre jünger als Großvater, was jedoch für mein kindliches Zeitgefühl überhaupt keinen nennenswerten Unterschied machte, die beiden erschienen mir gleich alt, uralt, und aufgrund ihres Alters einander ähnlich.

Beide waren mager, knochig, fast bis zur Stummheit schweigsam, und auch das hielt ich damals für eine notwendige Begleiterscheinung des Alters, obwohl sie wahrscheinlich aus ganz verschiedenen Gründen so sprachlos geworden waren, zudem war die Qualität ihrer Sprachlosigkeit nicht von der gleichen Art; in der Schweigsamkeit meiner Großmutter vibrierte eine leichte Gekränktheit, und mit dieser ständigen und betont zur Schau getragenen Gekränktheit zeigte sie, daß sie nicht etwa deshalb nicht redete, weil sie nichts zu sagen hätte, sondern daß sie ihre Worte in voller Absicht der Welt verweigerte und auch weiterhin verweigern würde, um sie dadurch zu strafen, und ich fürchtete diese Strafe; ich wußte nicht, wie sie in ihrer Jugend gewesen sein mochte, doch auf der Suche nach den Gründen für ihre Gekränktheit vermutete ich, daß sie die erst vor einigen Jahren eingetretenen Veränderungen in ihrer beider Lebensstil nicht ohne Kränkung hatte verbuchen und verkraften können, war doch diese Veränderung zu groß und sie als junges Mädchen viel zu hübsch gewesen, als daß sie darauf hätte verzichten können, bis ans Ende ihrer Tage sich als verwöhntes Weltkind zu sehen; noch einige Jahre nach dem Krieg brachte sie ein schwarzer, jederzeit spiegelblanker, an eine bequeme Kutsche erinnernder Mercedes in die Stadt, den, wie es sich gehörte, ein respektabler Chauffeur in Livree und Schirmmütze steuerte, doch den Wagen mußten sie verkaufen, ich aber benutzte noch jahrelang ihre wertlos gewordenen Aktien zum Einbinden meiner Schulbücher und Hefte, die Rückseite der Aktienpapiere mit ihrem makellosen Weiß diente, wenn man die perforierten Coupons abgetrennt hatte, ausgezeichnet diesem Zweck, anschließend mußte Großvater überraschend seine Anwaltskanzlei auf dem Teréz-Ring liquidieren, als Konsequenz mußte das Dienstmädchen entlassen werden, für eine gewisse Zeit zog dann Maria Stein ins Dienstbotenzimmer, bis auch sie verschwand und zum Schluß, als Krönung der Katastrophe, Großvater, ohne daß er es mit Großmutter vorher besprochen hätte, im Jahr der Verstaatlichungen freiwillig auf das Eigentumsrecht ihres gemeinsamen Hauses verzichtete; das aber hatte Großmutter so unvorbereitet getroffen, erzählte mir Mutter lachend, daß sie, als sie es Wochen später und auch dann nur zufällig erfuhr, in Ohnmacht fiel, schließlich steckte ihre Erbschaft in dem Haus, und als sie endlich wieder zu sich gekommen war – Tante Klara, Mutters ältere Schwester, hatte sie mit ein paar Ohrfeigen ins Leben zurückgeholt –, verhängte sie die schwerste Strafe über sich und die Familie und richtete von da an kein einziges Wort mehr an Großvater, das Komischste an der Sache aber war, daß Großvater weiterhin mit ihr sprach wie jemand, der diese Sprachlosigkeit einfach nicht zur Kenntnis nimmt; und sie war wirklich nicht dafür geboren – daher muß man ihre Gekränktheit als völlig berechtigt ansehen –, sich als Dienstbote, Pflegerin und barmherzige Schwester um drei Schwerkranke und zwei Geistesgestörte zu kümmern, von meinem Vater und mir nämlich war sie überzeugt, daß wir nicht normal seien, und damit, daß sie nicht dafür geboren sei, hatte sie auch nicht ganz unrecht, weil sie weder ein Gefühl noch ein Herz für diese Art von Betätigung hatte, auch wenn sie genau und verantwortungsvoll mit dem Hochmut der Beleidigten erledigte, was zu erledigen war; mein Großvater aber war gerade aus entgegengesetzten Gründen, vielleicht dank seiner unendlichen Geduld und seines tiefgründigen Humors, zum Schweigen gezwungen, er war nicht beleidigt, genauer gesagt, nicht er war der Beleidigte, sah er doch inzwischen die Dinge der Welt für so komisch, verkehrt, kleinkariert, langweilig, durchschaubar und lächerlich an, daß er mit seiner Meinung aus purer Rücksichtnahme niemanden kränken wollte, weil er all das, was andere tödlich ernst nahmen, so wenig ernst nehmen konnte, daß er, um einen Zusammenstoß zu vermeiden, seine etwaigen Äußerungen in sich erstickte, woran er, wie ich glaube, mindestens ebenso schwer litt wie Großmutter an ihrer Gekränktheit.

Die bittere Klammer seines ironischen Lächelns zuckte selbst während der Anfälle um seinen Mund, als amüsierte er sich im Schutze der geschlossenen Augenlider über seine eigenen Erstickungsanfälle und als hielte er den vergeblichen Kampf, den sein Organismus gegen sie führte, für einen zwar bedauernswerten, aber unvermeidlichen Irrtum, der es nicht zuließ, immer noch nicht zuließ, daß eintrat, was ohnehin würde eintreten müssen.

Meine Großmutter aber beobachtete Großvater geradezu wütend, schon deshalb wütend, weil er mit dieser seiner humorvollen Art unmöglich als dankbarer Patient gelten konnte, er wäre gern gestorben, konnte aber nicht sterben, daher vertraute er sich nicht den Händen seiner Pflegerin an, sondern überließ Körper und Seele mit einer Art letzter Weisheit jener Macht, die nach seinem Glauben über ihn verfügte, und entzog sich so der unvermeidlichen mildtätigen Pflege weltlicher Barmherzigkeit, wodurch er sie ein wenig der Lächerlichkeit preisgab.

Was von Großmutters grundsätzlich beleidigtem Standpunkt aus so aussehen mußte, als inszenierte er das Ganze hier, dieses undankbar lange Sterben, diese Faxen, um sie bis zum letzten Augenblick zu ärgern und zu beleidigen.

Dessenungeachtet haftete ihrem Streit und Zweikampf, soweit man die Äußerlichkeiten betrachtete, nichts Peinliches,

Plumpes oder Schäbiges an; beide bewahrten dabei ihre Würde.

Sie kleideten sich sorgfältig, korrekt und gewählt, nie habe ich sie unvollständig, unordentlich oder nachlässig gekleidet gesehen, Großvater rasierte sich, obwohl er nie ausging, täglich um die Mittagszeit, trug weiße, ausschließlich weiße Hemden mit gestärktem Kragen, ein wenig ungeschickt zu einem großen Knoten gebundene seidene Halstücher, scharfgebügelte weite graue Hosen und eine kurze kaffeebraune kordsamtene Hausjacke, Großmutter aber wusch ab, kochte und putzte in feinen Lederpantoffeln mit leicht erhöhtem Absatz, in taillierten, glockenförmig bis zur Erde wallenden Hauskleidern, angefertigt je nach Jahreszeit und Gelegenheit aus verschiedenstem Material, aus Kretonne, Seide, weichen Woll- und dunklen Samtstoffen, die ihre Gestalt immer mit einer Grazie umgaben, als wären es keine Hauskleider, sondern Abendroben, was keineswegs lächerlich, sondern eher streng und unerbittlich wirkte; die Gegenstände so behutsam berührend, als seien sie ihr fremd, hantierte sie in ihren langen Kleidern, rauchte viel und holte sich nur zu den größeren Arbeiten wie Fensterputzen, Parkettwichsen und Großreinemachen eine Hilfe, oder wie sie es ausdrückte: «Ich lasse dazu eine Frau kommen», so wie sie sich auch nicht einfach in ein Taxi setzte oder in die Straßenbahn stieg, sondern ein Taxi oder eine Straßenbahn nahm; die große Wäsche ließ sie von Kálmáns Mutter besorgen, die einmal in der Woche die Schmutzwäsche bei uns abholte und sie sauber und gebügelt zurückbrachte.

In der kurzen Pause zwischen zwei langen Pfeiftönen sagte Großvater jetzt so etwas wie Luft! Fenster! man konnte ihn nicht richtig verstehen, in krampfhaftem Ringen nach Luft brachte er nur wirre Laute hervor, und Großmutter stand tatsächlich auf, öffnete aber nicht das Fenster, sondern löschte die Lampe über Großvaters Kopf und setzte sich wieder.

Es mochte auf Mitternacht zugehen.

Wir machen das Fenster nicht auf, sagte sie im Dunkeln, jetzt in der Nacht haben wir keine Lust, den Boden aufzuwischen, nein! und Luft ist auch da, gerade genug.

Wenn ich anwesend war, sprach sie zu ihm, als spräche sie mit mir.

Dann warteten wir im Dunkeln, daß der Anfall nachließ oder daß etwas geschähe.

Am Tag darauf wachte ich trotzdem sehr zeitig auf.

Es war ein seltsamer, ganz ungewöhnlicher Sommermorgen, das Blau des Himmels war nach dem nächtlichen Gewitter vom aufsteigenden Dunst nur leicht verhangen, er war wolkenlos und hell, doch der Wind wehte stürmisch.

In der Höhe, ungewiß wo, braust und pfeift er gleichmäßig, mit heftigen, niederfahrenden Stößen durchrast er die Baumkronen, peitscht das Buschwerk, saust über das schimmernde Gras hinweg, läßt es erzittern und zerrauft es, und das Getöse der gezausten und gerüttelten, raschelnden, zu Haufen zusammengewirbelten Blätter, der krachenden Stämme, der ächzenden, knackenden Zweige vereinigt sich mit jenem Heulen dort oben, von dem dann alles hier unten zu einem Gleiten und Blitzen wird, da es den natürlichen Ort von Licht und Schatten durcheinanderbringt, verschiebt, verrückt, durchleuchtet und verändert, freilich ohne ihnen einen neuen, endgültigen Platz zuweisen zu können, weil damit sein Treiben schon zu Ende ist, nur noch das Getöse oben im Blau, aber das bringt nichts, keine Erfüllung, wie etwa dem Blitz der Donner folgt, und mit dem nächsten Windstoß beginnt alles von neuem, unberechenbar, doch treibt er weder Wolken noch Regen herbei, stört den Frieden des Sommers nicht, holt den Sturm nicht zurück, bringt weder Frische noch Wärme, die Luft bleibt klar, wird noch klarer und durchsichtiger, es entstehen keine Trichter, die den Staub aufwirbeln könnten, das Hämmern des Spechts ist zu hören, und doch ist es ein Sturm, vielleicht die leere trockene Kraft selbst.

Ein Getobe, dem wir uns, zitternd vor Nervosität und ein wenig schaudernd, überlassen, ähnlich den Vögeln, die in solchen Fällen ihren Körper lustvoll dem gefahrlosen Wind anvertrauen.

Es ist schön, daß er bläst, und schön, daß die Sonne scheint.

Draußen im Garten fand ich meine kleine Schwester, sie

stand am Tor, oben auf der Treppe, mit einer Hand klammerte sie sich an das rostige Eisen, der Kopf hing ihr schwer und hilflos auf die Brust herab, der Wind hatte ihr langes weißes Nachthemd rund aufgebläht.

Ich war mit einem Napf voll warmer Milch in den Wind hinausgetreten, und es störte mich, daß ich sie hier vorfand, wußte ich doch, sobald sie mich bemerkte, würde es schwer sein, mich ihrer zu erwehren, das war immer eine schwieriges Unterfangen, denn so voller Hingabe ich auch mit ihr spielte, mein angestrebtes Ziel war es immer, sie auf irgendeine Weise wieder loszuwerden.

Um diese Zeit jedoch war die Gefahr noch nicht allzu groß, morgens nämlich, wenn sie unseren Vater hinausbegleitete, stand sie manchmal eine ganze Stunde am Tor, versunken in ihren Kummer, als wäre sie erstarrt.

Und manchmal war sie so versunken in ihren Kummer, daß es nicht einmal Großmutter gelang, vor der sie sich doch gehörig fürchtete, sie von dort wegzuholen.

Meine kleine Schwester hatte gewissermaßen einen äußerst zuverlässigen seelischen Fahrplan; sie spürte, sich auf ihre geheimen Gefühle verlassend, pünktlich auf die Sekunde, wann unser Vater aufwachte, und fröhlich lachend kroch sie sofort aus ihrem Bett, folgte ihm ins Badezimmer und sah ihm, am Waschbecken stehend, beim Rasieren zu, der Akt des Rasierens war der eigentliche Höhepunkt ihrer Beziehung zueinander, die Erfüllung der Liebe meiner Schwester, die jeden Morgen wiederholbare jauchzende Freude; unser Vater stand vor dem Spiegel, und während er sich die Rasierseife aufs Gesicht pinselte, ließ er ein tiefes Gemurmel aus der Kehle hören, und je stärker die duftende Seife unter dem Pinsel schäumte, um so stärker wurde sein Murmeln, so, als freute er sich, einen so schönen, festen, appetitlich sich türmenden Schaum aus dem Nichts hervorzaubern zu können, und meine kleine Schwester machte es ihm nach, als aber das Gesicht fertig eingeschäumt und das Murmeln in ein lautes, fast singendes Brummen übergegangen war, verstummte Vater plötzlich, und auch meine Schwester verstummte, es folgte eine wohltätige Pause, bis Vater den Pinsel ausgewaschen und auf die Glasplatte gelegt hatte, und wenn er mit einer zeremoniellen Bewegung das Rasiermesser aufhob, starrte mein Schwesterchen mit angehaltenem Atem auf Vaters Hand, und Vater schaute ihr aus dem Spiegel in die Augen, und während er in einer Art lustvollem Brustton so etwas wie ein Gebrüll hören ließ, schnitt er, die Haut mit den Fingern spannend und bei jedem Zug diesen Laut wiederholend, mit dem Messer in den Schaum und machte sich daran, die Stoppeln darunter zu entfernen; das Spiel bestand darin, daß das Messer dem Schaum große Schmerzen zufügte, ihm aber zugleich auch wohltat, mein Schwesterchen schrie gemeinsam mit unserem Vater bei jedem Zug des Messers freudig und zugleich schmerzvoll auf, sah anschließend aufgeregt zu, wie er sich ankleidete, und saß lallend neben ihm, während er frühstückte; sobald er jedoch vom Frühstückstisch aufstand, sich den Mund mit der Serviette abwischte, um aufzubrechen, es also kein Sonntag war, an dem nach diesem Mundabwischen das geruhsame Rauchen einer Zigarette gefolgt wäre, überflog das heitere Gesicht meines Schwesterchens eine tiefe Verzweiflung, sie klammerte sich an Vaters Hand und Arm, und er mußte, wenn er vergessen hatte, die benötigten Akten vorsorglich an sich zu nehmen, das stumm an seinem Arm hängende kleine Mädchen nicht nur durch das Vorzimmer schleifen, sondern auch durchs Arbeitszimmer und von dort wieder zurück; zwar hatte Vater am Rasierspiel selber auch seinen Spaß, dies jedoch wurde ihm einfach zur Last, oft verlor er die Geduld, um seinen beherrscht lächelnden Mund zuckte es, leise schimpfte er vor sich hin, daß er Tag für Tag diesen Zirkus hinter sich bringen müsse, und war nahe daran, sie zu verhauen, worüber er aber sichtlich erschrak und sich zu noch größerer Geduld zwang, und als sie endlich jene schreckliche Tür erreichten, an der die Trennung unausweichlich wurde, stürzte meine kleine Schwester aus der Höhe ihrer tobenden Verzweiflung plötzlich in die ergebungsvolle Gleichgültigkeit ihres Grams und ließ es zu, daß Vater sie ordentlich an die Hand nahm, und so, Hand in

Hand, gingen sie hinauf zum Tor, wo der Wagen mit laufendem Motor wartete.

Wer konnte erklären, warum ich auf sie zuging, da ich ihr doch ausweichen und sie in ihrem mich so begünstigenden Kummer nicht stören wollte; offenbar war ich mir dessen nicht bewußt, wie maßlos eifersüchtig mich ihre bedingungslose Anhänglichkeit an Vater machte und daß ich, dem eigentümlichen Charakter dieser Eifersucht entsprechend, geradezu zwanghaft ihre Gesellschaft suchte, da wir uns gezwungenermaßen in den Gegenstand unseres gemeinsamen Begehrens teilen mußten.

War ich doch auch zu Kálmán aufgrund unserer gemeinsamen Zuneigung zu Maja in eine ähnlich nahe Beziehung geraten.

Sie hielt sich am Eisen des Gartentors fest, ich setzte mich auf die Treppe und schlürfte die Milch, darauf bedacht, daß mir die Milchhaut nicht in den Mund rutschte, und genoß mit geradezu niederträchtiger Schadenfreude den Kummer, den ihr Körper ausstrahlte.

Denn der Körper strahlt seine Gefühle wirklich aus, man muß ihm nur nahe sein, um das zu spüren.

Ich erkannte an ihrer Trauer ein Zerrbild des Gefühls, das der Verlust von Vaters nacktem Körper auch in mir ausgelöst hatte, jener Verlust, der mich von da an nie mehr verlassen sollte.

Nach einer Weile drehte sie sich zu mir um, folgte meinen Bewegungen, was mich veranlaßte, die Milch noch langsamer zu trinken, damit sie nicht vorzeitig alle würde; überhaupt tat ich wie jemand, der weder weiß noch sieht, weder spürt noch sich darum kümmert, daß sie da ist, womit ich sie instinktiv an dem Punkt traf, an dem sie schon verletzt war, und sie noch im Gefühl ihrer Verlassenheit bestärkte.

Bis zu dem Augenblick, da sie von jenem Topf mit Milch sich Linderung ihrer Verlassenheit erhoffte.

Es dauerte nicht lange, bis sie nach ihm griff, ich aber hob ihn zum Munde und schlürfte daraus.

Das Eisengitter loslassend, näherte sie sich mir, genauer,

sie näherte sich dem Napf, dem Schlürfen, dem Instinkt des Trinkens.

Sie stand über mir, und darin bestand das Gespräch zwischen uns. Ich tat noch immer so, als merke ich nicht, daß sie meine Milch wollte, den Napf steckte ich wie zufällig zwischen meine hochgezogenen Knie, um ihn zu schützen.

Sie griff nach ihm, doch da hob ich ihn zwischen meinen Knien heraus und hielt ihn von ihr weg, damit sie ihn nicht zu fassen bekam.

Sie ließ nur einen weinerlichen Laut hören, jenen verhaßten Laut, mit dem sie nachmittags unseren Vater erwartete.

Denn sie spürte nicht nur, wann er aufwachte, sie hatte auch ein dunkles Gefühl dafür, wann er nach Hause kam.

An den Nachmittagen, wenn ich auf Livia wartete, so zwischen vier und fünf, wurde sie, womit auch immer sie gerade beschäftigt sein mochte, plötzlich unruhig, aufgeregt, gereizt und ließ diesen seltsamen, gedehnten, weinerlichen Laut hören, als kündigte sich die Freude durch einen Schmerz an, sie wiederholte diesen Laut so lange, bis er sich tatsächlich in ein Weinen verwandelte, dem sie sich dann hingab, ja sich ganz hineinsteigerte; im Grunde war es kein echtes Weinen, sie hatte keine Tränen, es ähnelte viel eher dem Wimmern eines Tieres, das sie, durch Wohnung und Garten irrend oder an den Zaun geklammert, so lange wiederholte, bis Vater nach Hause kam.

Wenn ich es recht bedenke, zeigte meine kleine Schwester diese übertriebenen Anzeichen von Kummer und Schmerz, von Freude und Entzücken nicht, wenn die Familie zusammen war, wenn nach dem sonntäglichen Mittagessen alle anwesend waren.

Und da ich mir ihr Weinen nicht anhören wollte, steckte ich meinen Zeigefinger in den Napf und hob die Haut heraus. Diese Albernheit erheiterte sie, sie kauerte sich neben mich auf die Treppe und zeigte mit aufgesperrtem Mund, daß sie die Haut haben wollte.

Ich ließ sie ihr, wie dem Fisch den Köder, in den Mund hängen, doch bevor sie ihn mit den Lippen und der ausgestreckten Zunge erwischen konnte, zog ich den Finger zurück, wir wiederholten diesen Spaß so lange, bis sich ihr Mund von neuem zum Weinen verzog, dann aber ließ ich sie den Köder samt meinem Finger schnappen.

Sie lutschte ihn ab, und um ihre Freude zu steigern, drückte ich ihr den fast leeren Napf in die Hand, huschte hinter ihrem Rücken zum Tor hinaus und rannte los, damit sie, wenn sie es bemerkte, nur mehr die leere Straße zu sehen bekam.

Kálmán stand auf dem Weg.

Auf jenem Weg, der oberhalb des Maisfeldes hinter dem Anwesen seiner Eltern in den Wald führte, er hielt einen Stock in der Hand, die Spitze unbeweglich auf den Boden gerichtet.

An den dunkelgrün glänzenden Blättern der Maisstauden strich knisternd der Wind entlang, das ergab ein trockenes Geräusch, und der Wald rauschte.

Was er hier mache, fragte ich ihn, als ich keuchend oben ankam, fast mußte ich brüllen, das Toben des Windes überschreien, aber er antwortete nicht, wandte langsam den Kopf nach mir um und sah mich lange an, wie jemand, der nicht genau weiß, wen er vor sich hat.

Vor seinen Füßen, mitten auf dem Weg, lag eine tote Maus, ohne daß er sie mit der Stockspitze berührt hätte.

Ich hatte keine Ahnung, was mit ihm los war, denn als ich stumm um den Hof herumgegangen war, um ihn zu suchen – um diese Zeit durfte man nicht laut rufen, weil seine Eltern und Geschwister noch schliefen –, schien alles in bester Ordnung, die Hühner und Gänse hatte er schon herausgelassen, der Stall war leer, und im Schweinestall saugten die Ferkel schmatzend an den Zitzen der friedlich daliegenden Muttersau.

Als ich bei ihr stehengeblieben war, um nachzusehen, was seitdem geschehen war, hob sie den Kopf und grunzte mich lange an, sie hatte mich erkannt und freute sich, und die Freude, dieses alberne Gefühl, daß die Sau mich gern hatte, hätte ich am liebsten sogleich mit ihm geteilt.

Etwas weiter entfernt rannte sein Hund um einen Strauch

herum, vergrub die Nase aufgeregt im Laub, scharrte, umkreiste den Strauch noch einmal, um an dem Punkt, an dem er etwas äußerst Wichtiges und Aufregendes gefunden hatte, das er aber nicht zu fassen bekam, von neuem zu graben und zu scharren.

In der Hoffnung, ihn damit zum Reden zu bringen, kauerte ich mich schnell auf den Boden, weil ich plötzlich entdeckt hatte, daß er die Aaskäfer, die sich um den Kadaver der Maus zu schaffen machten, beobachtete; sein Schweigen irritierte mich, vielleicht war es wegen des lästigen Windes, ich weiß nicht genau warum, aber ich war viel zu aufgeregt und energiegeladen, als daß ich mich ohne Übergang mit ihm hätte identifizieren können, aber zu fragen, was mit ihm los sei, hätte ich auch nicht gekonnt, weil man so etwas nicht fragt.

Schon deshalb nicht, weil das Unglück so groß sein mußte, daß er nicht einmal meine Beflissenheit zur Kenntnis nahm, im Gegenteil, er tat, als stünde er ganz zufällig hier und als wäre es ihm sogar ein wenig peinlich, daß er diese idiotischen Käfer beobachtet hatte, durch seine Haltung oder durch seine Bewegungslosigkeit gab er mir zu verstehen, daß ich mich sehr täuschte, wenn ich glaubte, er habe hier etwas vor, weder hätte er die Käfer beobachtet, noch habe er etwas anderes vor, er stehe bloß hier, und das wolle er allein tun, und weiter interessiere ihn nichts, umsonst mache ich mich hier wichtig, er brauche mich nicht, ich solle mich zum Teufel scheren, umsonst täte ich, als interessierten mich diese Käfer so ungeheuer, er durchschaue mich, ihm reiche schon dieser verfluchte Wind und die widerliche Sonne und daß sein Hund vollkommen verrückt spiele, und ich solle mich endlich zum Teufel scheren.

Ich aber wich nicht von der Stelle, was ein wenig entwürdigend war, seine Gleichgültigkeit und Zurückweisung machten es nämlich sinnlos zu bleiben, trotzdem blieb ich.

Wozu war ich denn hier, und warum überhaupt kam ich hierher? aber wohin hätte ich sonst gehen sollen? und käme ich nicht zu ihm, würde er dann nicht zu mir kommen? denn wenn ich mich auf irgend etwas versteifte, mich gekränkt fühlte, die Demütigung zu tief saß, als daß ich mich mit einem Achselzucken darüber hätte hinwegsetzen können, war er es, der bei uns erschien, grinsend, als sei nichts geschehen, aber ich wußte genau, daß er nicht ausschließlich meintwegen kam, sondern weil er immer zu verhindern suchte, daß ich zu Maja ging, und das traf, zwar nicht in dieser krassen Form, auch umgekehrt zu, auch ich ging dauernd zu ihm hinüber, um zu kontrollieren, ob er bei Maja wäre.

Der Unterschied zwischen uns bestand darin, daß er versuchte, mich zu beaufsichtigen, zu hindern und aufzuhalten, ich wollte ihn nur kontrollieren und Bescheid wissen, und wenn ich ihn nicht zu Hause antraf und seine Mutter nicht sagen konnte, wohin er verschwunden war, ich vergeblich durch den Wald streifte in der Hoffnung, daß sich das Ganze als ein Irrtum erweisen und ich ihn irgendwo finden würde! und wenn ich ihn dann nicht fand, verdunkelte sich mir die Welt vor lauter Eifersucht, doch nicht so sehr Majas wegen als wegen Kristian.

Daß sie, während ich hier allein, elend und hilflos herumstand, zusammensteckten und nicht einmal an mich dachten und ich ihnen nichts bedeutete.

Davon aber konnte er nichts wissen.

Ebensowenig konnte er wissen, daß meine Eifersucht, soweit es ihm gelungen war, meine Wachsamkeit zu überlisten und zu Maja zu entkommen, nicht annähernd so groß war wie im umgekehrten Fall die seine, denn mich regte es bei weitem nicht so auf, was er mit Maja machte, um genauer zu sein, ich hätte es schon gern gewußt, doch verursachte es mir eher einen Genuß, einen schmerzlichen Genuß freilich, daß ich in einer Sache, von der ich dachte, daß sie mich nicht besonders interessierte, von ihm sozusagen vertreten wurde und daß ich ihn vertrat, wenn ich bei ihr war, diese Stellvertretung aber war von aufwühlender Erregung.

Als liebte Maja nicht zwei verschiedene Wesen in uns, sondern ein einziges, das sich jedoch in keinem von uns selbständig verkörpern konnte, so daß sie, wenn sie zu mir sprach, immer auch ein wenig zu ihm sprach, wenn sie aber mit ihm zusammen war, es den Anschein hatte, als wollte sie auch ein wenig bei mir sein, und daher mußten wir ungewollt immer auch den anderen in uns ertragen, einen Fremden, der ihr durch dieses Spiel zwar vertraut wurde, das Gefühl der Fremdheit jedoch verhinderte es, den ersehnten Höhepunkt und die Erfüllung zu erreichen, weil Maja auf diese Weise, wie sehr sie auch das Gehabe einer Hure vortäuschte, in unseren Augen ein ersehntes Wunschbild blieb, auch sie vermochte nicht, die echte Maja zu sein, weder für ihn noch für mich, ja nicht einmal für sich selber, weil sie das, was sie in ihm oder in mir suchte, nur in uns beiden gemeinsam fand, obwohl sie voller Qual nach diesem einzigen suchte und mit ihrer Schamlosigkeit Sidonias freies, zügelloses Wesen nur nachahmte, weil sie es nicht fand, und auf diese Weise wurde sie für uns zu einer Art Symbol der Weiblichkeit, dem wir mit unserer Männlichkeit hätten entsprechen müssen, doch konnten wir noch nicht wissen, daß sie uns gerade durch dieses Spiel der Stellvertretung, in dem wir aneinander und voneinander lernten, dieser Erfüllung annäherte, Geduld, mahnt uns unsere Natur, alles zu seiner Zeit, auch wenn diese Geduld der Ungeduld unserer Verliebtheit abgerungen werden muß.

Und ich glaubte, daß in diesem verworrenen Spiel ausschließlich ich der Gewinner sein würde, denn auch wenn etwas Unwiderrufliches zwischen ihnen geschehen wäre, was, sagen wir, mehr gewesen wäre als ein Kuß, und dieses Mehr wünschte ich mir natürlich auch, so teilte ich selbst dann und darüber hinaus ein so tiefes Geheimnis mit Maja – die Ermittlung nämlich –, daß Kálmán mit seiner Verliebtheit oder womit auch immer sich nicht zwischen uns hätte drängen können, selbst damit, dachte ich, hätte er unsere Verbindung nicht zu stören vermocht. Und selbst wenn es passiert wäre, so hätte ich sogar davon etwas von Maja abbekommen müssen, etwas davon hätte sie mir wiedergegeben.

Kálmán und ich hielten einander listig und hingebungsvoll umklammert, und verglichen mit dieser auf jeden unserer Augenblicke sich erstreckenden engen, in den Stunden der

Eifersucht tödlich scheinenden Umarmung war es eine Belanglosigkeit, daß einer des anderen Pimmel angefaßt hatte, und sollte es keine Belanglosigkeit gewesen sein, so war es doch eine Folge unserer Rivalität.

Doch nach dem gemeinsamen Erlebnis in der voraufgegangenen Nacht hatte ich das Gefühl, er könne mich von nun an, was immer er auch tun würde, nie mehr kränken, und nie mehr würde ich zu ihm sagen können, was ich vielleicht in ähnlichen Fällen zu ihm gesagt hätte, etwa: «Fick deine Mutter, du Schwachkopf!» – um mich dann durch Weglaufen der unangenehmen Situation zu entziehen; zwar lief ich schneller als er, mußte nur darauf achten, die Lästerung gewissermaßen aus dem Schwung des Anlaufens herauszuschleudern, weil er geschickter war als ich und mir blitzschnell ein Bein hätte stellen können.

Andererseits fühlte ich, daß sein Unmut, sein Zorn gar nicht mir galten, sich nicht gegen mich richteten, sie waren eher allgemeiner Art, anscheinend hatte ihn ein großer Kummer gepackt; auch wenn ich den Grund dafür im Augenblick nicht kannte, wollte ich ihm helfen, denn es war mir sofort durch den Kopf gegangen, daß vielleicht Maja der Grund sein könnte, deshalb versuchte ich, etwas anzufangen, damit er alles andere vergaß.

Mit dem Finger stocherte ich ein wenig an der Maus herum, was die Aaskäfer sofort zum Stillhalten veranlaßte, sie warteten ab, was geschehen würde, liefen aber nicht weg und gaben ihre Beute nicht preis.

Auch diese Sache mit den Aaskäfern hatte eine lange Geschichte.

Übrigens ging es mir auch mit Livia nicht anders, denn ohne daß etwas Besonderes geschehen wäre, überwältigte mich häufig ein Gefühl der Niedergeschlagenheit, des Ekels, als hockte ich tief unten in einem dunklen, glitschigen Graben, und falls dann jemand zu mir heruntersah, empfand ich nichts als Haß- und Mordgefühle, abhauen sollte er, krepieren, vom Erdenboden verschwinden auf Nimmerwiedersehen.

Mein Finger rührte an etwas Weiches, glibberig bewegte sich der Kadaver, das Auge der Maus war im Tode offengeblieben, und zwischen ihren hochgezogenen Lefzen hing ein Reißzahn heraus, unter dem ein kleiner gestockter Blutstropfen zu sehen war.

Ich mußte damit rechnen, daß er mich anherrschen würde, ich solle damit aufhören, weil er es nicht liebte, wenn man in den Dingen herumstocherte.

Den Prém hatte er wegen einer Eidechse verprügelt.

Einer schönen grünen Eidechse wegen, mit türkisblauem Köpfchen – nicht besonders groß, von der Winterstarre noch bedauernswert mager, jung, wie an den Schuppen abzulesen war –, die sich im Frühjahr, wenn sich die Eidechsen noch schwerfällig bewegen, auf einem Baumstamm sonnte; unsere Nähe spürend, rückte sie zwar weiter, wenn auch unbeholfen, aber nur wenig, weil sie aus der warmen Sonne nicht gerne in den kalten Schatten wollte, die Situation war vollkommen eindeutig, eine Zeitlang beobachteten uns ihre klugen Augen, bis sie sich in ihrer großen Bedrängnis wohl dafür entschied, daß wir keine feindlichen Absichten hatten, und ihre Augenlider ermattet schloß, womit sie sich endgültig unserem Wohlwollen anheimgab, da konnte Prém nicht mehr an sich halten und faßte nach ihr, und obwohl in der Eidechse so viel Lebensinstinkt zusammenschoß, daß sie aus der Faust herausschlüpfte, mußte sie doch ihren Schwanz zurücklassen, der, mit einem wäßrigen Blutstropfen an der Bruchstelle, auf dem Baumstamm zuckte und sich wand, und da stürzte er sich brüllend auf Prém.

Jetzt aber gelang es mir noch nicht einmal, ihn mit dieser Bewegung so zu reizen, daß er etwas zu mir gesagt hätte, was auch immer, und die Aaskäfer begannen, sobald der Schatten meiner Hand sich von ihnen entfernt hatte, sofort wieder zu arbeiten.

Mein Wissen über diese Aaskäfer wie über viele andere Tiere und Pflanzen hatte ich von ihm, und obwohl ich selber auch nicht unempfindlich war gegenüber den Erscheinungen der Natur, bestand der Unterschied zwischen uns vielleicht darin, daß ich ein Beobachter blieb, während er diese Erscheinungen gleichsam als Vorgänge seiner eigenen Natur erlebte, und während die Beobachtung in mir Gefühle der Erregung, der Empörung, des Abscheus, der Angst oder der Begeisterung erweckte, die fast unmittelbar den Wunsch nach Einmischung zur Folge hatten, blieb er immer im weitesten und tiefsten Sinne des Wortes beherrscht, wie jemand, der im Banne des dunkelsten Schmerzes oder der strahlendsten Freude sich nicht dagegen wehrt, sich seinen Gefühlen hinzugeben, der mit den Hemmungen seiner Vorurteile und seiner Ängste die eigenen Gefühle nicht blockiert, er war unbeteiligt wie die Natur selber, weder teilnehmend noch teilnahmslos, seine Ruhe war von anderer Art; ich glaube, gefühlsstarke Menschen reagieren so! und vielleicht brauchte er sich deshalb vor nichts zu ekeln, deshalb rührte er nichts an, was ihn nicht anrührte, deshalb kannte und wußte er alles über den Wald, den Schauplatz seiner Streifzüge; er war leise, schwerfällig, sein Blick weit und unbeirrbar, in diesem Reich duldete er keinen Widerspruch, hier war er der Herrscher, ohne herrschen zu wollen; sein sinnliches Wesen machte ihn unangreifbar, wie damals, als er an einem Sonntag, am frühen Nachmittag, bei uns erschienen war, überraschend stand er in der offenen Tür unseres Speisezimmers, und mit den fremden Augen der Erwachsenen betrachtet, bot er einen reichlich komischen Anblick, wir saßen noch bei den Resten des Mittagmahls gemütlich um den Tisch, und der Sohn meiner Tante Klara, mein Vetter Albert, ein etwas dicklicher, stellenweise schon glatzköpfiger junger Mann, den ich wegen seiner Selbstsicherheit und anmaßenden Überheblichkeit mindestens ebenso bewunderte, wie ich ihn seiner Duckmäuserei und Beschränktheit wegen verachtete, erzählte gerade eine Geschichte, die einem gewissen Emilio Gadda, einem italienischen Schriftsteller, passiert war; mein Vetter nämlich war der einzige sogenannte Künstler in der Familie, Sänger, der, was in jenen Jahren als Seltenheit und besonderes Glück galt, viel in der Welt herumreisen konnte und daher voll war von seltsamen Geschichten, mit denen er sich mittels seiner eine ernsthafte Karriere versprechenden, volltönenden Baßstimme, eine gewisse Bescheidenheit vortäuschend, gerne brüstete, die Worte seiner Anekdoten und schlüpfrigen Witze ließ er unentwegt in kleine Melodien übergehen, redend sang er und singend redete er in kleinen musikalischen Zitaten, als wollte er mit dieser seltsamen Angewohnheit darauf hinweisen, daß er, nicht wahr, so sehr Künstler sei, daß er es sich nicht einmal in angenehmen Stunden der Entspannung leisten könne, seine kostbare Stimme nicht zu trainieren; als jedoch Kálmán barfuß, in seiner Unterhose plötzlich in der offenen Tür erschien, stockte er in seiner Geschichte und begann dröhnend und selbstgefällig zu lachen: was für ein reizend unhöflicher Schmutzfink! und die anderen stimmten in sein Lachen ein, ich aber schämte mich ein wenig meines Freundes und schämte mich auch, daß ich mich schämte, weil er ohne Worte oder Gruß mich aufforderte, sofort mitzukommen, der Beweggrund, der ihn hierhergeführt hatte, mußte seiner Überzeugung nach so gewichtig sein, daß er diese Gesellschaft nicht der geringsten Beachtung für wert hielt, so als würde er außer mir niemanden wahrnehmen, was, ich muß es zugeben, nicht ganz ohne Komik war.

Die Käfer, behindert durch eine umfängliche Erdscholle oder ein größeres Steinchen, bohrten sich hurtig unter den Mäusekadaver, ihre im Schutz einer nachtschwarzen Panzerplatte rotierenden spitzen Köpfe dienten als Schaufeln, die herausgebohrte Erde aber warfen sie mit ihren Gliederfüßchen hinter sich; erst gruben sie einen regulären Graben um den Kadaver herum, sobald der Graben fertig war, höhlten sie das Erdreich unter dem Kadaver so tief aus, daß er gerade unter das Erdniveau sank, anschließend wühlten sie die aufgeworfene Erde wieder sorgsam auf den Kadaver, um ihn, ohne Spuren zu hinterlassen, zu begraben, weshalb man sie auch Totengräber nennt, wie ich damals von Kálmán erfuhr; ihre Arbeit ist schwer, und weil sie im Verhältnis zu ihrer Körpergröße auf diese Weise unbewegliche Riesen begraben müssen, haben sie viele Stunden damit zu tun, freilich nicht, ohne daß sie einen Nutzen davon hätten, legen sie doch noch vor Beginn dieser Arbeit ihre Eier im Kadaver ab, in dem dann die Maden ausschlüpfen werden, und wenn sie herangewachsen sind, müssen sie sich, sobald sie den verwesenden Kadaver aufgefressen haben, hinaus ans Tageslicht nagen, das ist ihr Leben.

An jenem Sonntag hatten sie eine Ratte begraben, was sich als unvergleichbar leichtere Arbeit erwies, obwohl die Ratte größer war, aber hier auf dem Feldweg, um die Maus herum, war die Erde nicht nur hartgetreten, sondern auch ziemlich steinig.

Neun Käfer waren an der Arbeit.

Ihr schwarzer Rückenpanzer wird von zwei breiten roten Streifen gekreuzt, an Hals und Hinterleib schützen gelbliche Flaumhaare die zerbrechliche Gliederung ihres Körpers.

Jeder Käfer arbeitet auf seinem genau umgrenzten Gebiet, und doch ist ihre Arbeit aufeinander abgestimmt, denn wenn einer von ihnen auf eine harte Scholle stößt oder einen Stein, scheint er seine Kameraden zu rufen, die dann innehalten, aufgeregt um das Hindernis herumrennen, es mit ihren langen hornartigen Fühlern abtasten und, nachdem sie die Situation eingeschätzt haben, sich gegenseitig mit den Fühlern berühren, als berieten sie sich; und danach beschließen sie, es zu mehreren anzugehen, und bohren die Scholle von mehreren Seiten an, die Steine aber versuchen sie gemeinsam fortzubewegen.

Während ich die Käfer beobachtete, eigentlich aber darüber grübelte, was mit ihm passiert sein könnte, sagte er überraschend, Kristian habe ihm die Milch absichtlich aus der Hand geschlagen.

Ich verstand nicht, von welcher Milch er redete.

Aber er beharrte darauf, daß er es absichtlich getan habe, daß es nicht zufällig passiert sei, sondern absichtlich.

Nur konnte ich nicht begreifen, was absichtlich geschehen sein sollte.

Gestern abend, das hätte er vergessen mir zu sagen, sagte er mit einem tiefen Atemzug, nachdem es ihm auf meine wiederholten Fragen gelungen war, sich von dieser schrecklichen

Absichtlichkeit zu trennen, gestern abend seien sie zum Zelten herausgekommen, ich wisse ja, daß der Prém dieses große Militärzelt habe, er hätte ihnen frische Milch hingebracht, und der Kristian habe ihm diesen blöden Streich gespielt, ihn aufgefordert, in den Topf zu schauen, weil eine Fliege auf der Milch schwimme! und als er hineinschaute, habe er den Milchtopf von unten hochgestoßen, der Topf sei zerbrochen, und das werde er ihm nicht verzeihen.

Er sprach in vollem Ernst, wegen des wahnsinnigen Brausens des Windes konnte man die Worte fast nur von seinen Lippen ablesen, er sah mich gar nicht an, blickte irgendwohin, als schäme er sich, darüber zu sprechen, oder als schäme er sich, daß er es nicht unterdrücken konnte, sich zu beklagen, während ich bei der Vorstellung dieser Szene, dieses plumpen Witzes, der immer Erfolg hat, bei der Vorstellung, wie die Milch in sein Gesicht schwappte, laut lachen mußte.

Als hätte Kristian mir damit Genugtuung verschafft, obgleich ich nie daran gedacht hatte, mich an Kálmán zu rächen.

Aber als hätte ich mit meinem Lachen, ich hörte es förmlich, doch noch Rache geübt, eine angenehme Rache, und damit gleichzeitig auch noch sein Vertrauen geschändet, so mußte ich lachen; ich hockte, über die eifrig arbeitenden Käfer gebeugt, sah zu ihm auf, die Spur, die Kristian auf seinem unschuldig kräftigen Gesicht und in seinem trotz der Kränkung offenen Blick hinterlassen hatte, war deutlich zu erkennen, und daß ich Kristians Spur an seinem Gesicht ablesen konnte, tat mir so wohl, daß ich mein Lachen weder aufhalten konnte noch wollte, ein Glück nur, daß der Mensch nicht weiß, was er tut! die Knie umschlungen, ließ ich mich auf den Boden fallen, wälzte mich geradezu vor Lachen, weil Kristian ihm die Milch in die Fresse geschwappt hatte, so daß der Milchtopf zerbrochen und puff! vor ihren Füßen in Scherben zerborsten und die Milch auseinandergespritzt war, umsonst sah ich, daß er betroffen und fassungslos meinem Treiben zusah, denn das konnte er wirklich nicht begreifen! wie auch hätte er es begreifen sollen, da Kristian ihn ja gerade deshalb so grausam zu behandeln und zu beherrschen vermochte, weil er, Kálmán, diese Sprache weder sprach noch verstand, ich jedoch verstand die Sprache der Grausamkeit und Gewalt und gebrauchte sie nicht nur, sondern möchte sogar behaupten, es war die einzige gemeinsame Sprache, die Kristian und ich miteinander hatten, die Sprache der Überlegenheit und der Gewalt, die auch dann noch unsere gemeinsame innere Sprache blieb, wenn wir von weitem unser jeweils verschiedenes Rüstzeug, unseren abweichenden Sprachgebrauch beobachteten, und jetzt tat es mir wohl, mich mit Kristian auf Kálmáns Kosten in dieser Geheimsprache verbunden zu fühlen.

Was ich zu lachen habe, fragte dieser, mich mit seinen durchsichtigen blauen Augen anblickend, was es darüber zu lachen gäbe, seine Mutter würde sich ihn bestimmt vorknöpfen, er sprach jetzt auch lauter, sei es doch ein guter, glasierter Milchtopf gewesen.

Noch dazu ein glasierter Milchtopf! in der starken und reinen Freude über die Vernichtung und Zerstörung mußte ich noch mehr lachen, und gerade weil der Mensch nicht weiß, was er tut, aber wenigstens darin frei ist, daß er es unwissend und unbewußt tut, mußte noch etwas getan werden, die Freude in mir war zu groß, als daß mir mein eigenes Lachen hätte genügen können, und selbst damit konnte ich mich nicht begnügen, daß mir seine pure Existenz, das Blinzeln seiner besenblonden Wimpern jetzt zu nichts anderem gut sein sollte, als die atemberaubende Lust meines Lachens zu steigern, und auf daß die Niedertracht ihr Freudenfest hätte, wollte ich ihn in diese Lust einbeziehen, ganz zu schweigen davon, daß mein Lachen nichts anderes war als ein Kuß auf Kristians Mund, und als ich mich dort auf der Erde, jetzt schon über mein eigenes Lachen lachend, neben dem Kadaver der Maus wälzte, packte ich ihn plötzlich an beiden Beinen, was ihn so unerwartet traf, daß er im gleichen Augenblick auf mich herabstürzte.

Das Lachen, der Spaß, der Kuß, die Wonne der unverhofften Rache waren zu Ende, als er im Sturz meinen Hals mit beiden Händen umklammerte und Kristians Spur spurlos von seinem Gesicht verschwand, und obwohl ich seinen Rücken sofort umfaßte, um ihn dann aus einer Brückenstellung abzuwerfen, entfesselte ich mit meinem Gelächter in ihm einen Strom starrsinnigen und unversöhnlichen Hasses, den zurückzudämmen, zu besiegen ich weder genügend Geschicklichkeit noch Kraft besaß; ich wußte sofort, und das war so etwas wie der letzte Funke eines Gedankens in mir, daß ich mich noch gemeinerer und unanständigerer Mittel würde bedienen müssen, doch wäre es unehrenhaft gewesen, sie sofort anzuwenden, zuerst mußte gekämpft werden, unter Vortäuschung von Tapferkeit, Erfindungsgeist und Männlichkeit hieß es, die als ehrenhaft geltenden Regeln des proklamierten Kriegszustandes zu akzeptieren, doch wollte es mir nicht gelingen, ihn abzuschütteln, weil er meinen Hals mit einer Kraft würgte, die das Brausen des Windes in meinen Ohren ersterben ließ, Dunkelheit brach wie ein roter Regen über mich herein, die Last seines Körpers wurde immer unerträglicher, zwar hatte sein Würgegriff in mir sämtliche Abwehrkräfte entfesselt, doch was bedeutete das im Vergleich zu seinem hemmungslosen Haß, dem man schon im Augenblick des Sturzes anmerkte, daß er nicht nur dem Lachen galt, nicht nur mir, sondern noch über den Haß hinausging, den er über die durch Kristian erlittene Kränkung empfinden mußte, es war die Umkehrung der für ihn so charakteristischen Unschuld, Gutmütigkeit, Geduld und Aufmerksamkeit, er wollte mich erwürgen! mir heimzahlen, was er von Kristian bekommen hatte, und sich wegen Maja rächen, das war kein Scherz, ein für allemal wollte er mir mein Lachen austreiben, Maja und Kristian in mir ersticken, mit dem ganzen Gewicht seines Körpers drückte er mich nieder, was sich sowohl als Vorteil wie auch als Nachteil erwies, weil ich ihn zwar weder gegen den Schädel treten noch mich mit Hüften und Füßen wehren konnte, aber einen Augenblick lang war ich zu Atem gekommen, denn der Druck seiner Hände um meinen Hals hatte sich lockern müssen, durch diesen einen Vorteil verheißenden Spalt versuchte ich auszubrechen, den Kopf aus seinem Griff zerrend, stieß ich mit der Stirn gegen seinen Kopf, wobei die beiden Schädel fürchterlich gegeneinanderkrachten und der Funkenregen so schlimm wurde, daß ich nicht in der Lage war, den Vorteil meines erbitterten Gegenangriffs zu nutzen, der Schmerz betäubte mich, ja er wurde mir zum Nachteil, weil Kálmán, um auch meinen Kopf unschädlich zu machen, mir seinen angewinkelten Arm ins Gesicht stieß, so daß ich in meiner Abwehr nichts anderes tun konnte, als, so gut es ging, meinen Kopf wegzureißen, zur Seite zu drehen, und während er ihn mit dem Arm auf die Erde preßte, fühlte ich, wie mir das Blut aus der Nase lief und ich mit offenem Mund neben der toten Maus lag.

Ich weiß nicht, welche Stelle in der Kriminalstatistik die von Jugendlichen verübten Morde einnehmen mögen, aber ich bin mir sicher, daß er mich umbringen wollte, genauer gesagt, ich glaube nicht, daß er es wollte, daß ihn ein bestimmter Wille antrieb, vielleicht hatte sich so etwas wie ein brutaler kämpferischer Instinkt seines Willens, seiner Absicht, seiner Überlegung bemächtigt, und wenn ich die tote Maus nicht an meinem Munde gespürt hätte – der in Auflösung begriffene Kadaver hing mir mehr oder weniger in den Mund –, wenn nicht diese Demütigung, die unseren Streit plötzlich aus dem Umfeld der gewöhnlichen täglichen Raufereien heraushob, bei mir jene tief verborgenen Instinkte in Bewegung gesetzt hätte, die im Falle unserer offensichtlichen physischen Niederlagen immer noch nach einem Ausweg suchen, dann hätte er mich bestimmt umgebracht, ich weiß zwar nicht wie, entweder hätte er mich erwürgt oder mir mit einem in Reichweite seiner Hand liegenden Stein den Schädel eingeschlagen; obwohl es damals überhaupt nicht um etwas Ernsthaftes ging, aber in der Vernebelung des Kampfes ging alles, was wir das kontrollierte Funktionieren des Bewußtseins nennen würden, unter und löste sich auf, aus dem Scherz, der jugendlichen Kraftmeierei, dem spielerischen Wettstreit und der Hänselei war in einem Augenblick ein Kampf auf Leben und Tod, eine Grenzsituation geworden, in welcher das Bewußtsein gerade deshalb in der Lage ist, die unbekannten Kräfte des Körpers zu mobilisieren, weil es das Rüstzeug der moralischen Kontrolle als überflüssig verwirft, diese Hemmung verliert, nicht mehr abwägt, ob das, was möglich wäre, auch erlaubt ist, und daher die Möglichkeiten des Körpers nicht mehr vom moralischen Standpunkt des Gewohnheitsrechts als eines Kontrollorgans betrachtet, sondern einzig und ausschließlich vom Standpunkt des eigenen Überlebens, und in diesem Sinne ist das ohne Zweifel ein außergewöhnlicher Augenblick, an dem Gott wegsieht, ein großartiger Rückblick für den sich Erinnernden, selbst wenn dieser, weil das Bewußtsein notwendigerweise mangelhaft funktioniert, keine bestimmten Entscheidungen, keine Fragen und keine Antworten des inneren Monologs, sogenannte Gedanken heraufbeschwören kann außer den chaotischen Bildern der Seele, dem Durcheinander der Gefühle; das Bewußtsein hat von jetzt an kein anderes Ziel als den Körper und hat deshalb auch keinen Willen mehr, es bleibt nichts als die nackte Form, die ohne das Wissen von sich selber nicht die unsere ist, genauer, im Sinne der Steuerung der Dinge nicht länger die unsere ist, sie bestimmt und verfügt jetzt über uns, und es ist gewiß kein Zufall, daß die Dichter so lustvoll den Zusammenhang zwischen Liebe und Tod besingen, weil wir niemals und nirgends im Leben das Selbstbestimmungsrecht unseres Körpers so rein empfinden wie im Kampf um unser Leben oder im Augenblick der Liebeserfüllung, es ist das Erfühlen des archaischsten Zustands des menschlichen Körpers, hinfort hat der Körper keine Geschichte, keinen Gott, er verliert seine Schwere, seine Umrisse, er sieht sich in keinem Spiegel und hat auch kein Verlangen danach, er wird zu einem einzigen, steil explodierenden, leuchtenden Pünktchen in der Unendlichkeit der inneren Finsternis; daher möchte ich nicht den Anschein erwecken, als hätte ich mir damals irgendwelche Gedanken gemacht über das, was ich tat, nein, diese netten, manch dunkle Flecken meines Charakters verratenden Handlungen setze ich jetzt aus jenen Scherben des puren Gefühls zusammen, die mir in der Erinnerung überhaupt erhalten geblieben sind, und wenn ich dunklere Flecken überhaupt erwähne, so deshalb, weil sich im Rückblick, ohne mein Zutun, das unausweichliche moralische Urteil meldet, was wiederum nichts anderes ist als eine nachträgliche moralische Verzerrung des Geschehens, ähnlich den Urteilen, die wir nach großen Kriegen über den Krieg fällen, in dem wir das Schändliche mit den moralischen Kategorien von Mut und Feigheit heroisieren, von Ehre und Unehre, Standhaftigkeit und Fahnenflucht, allein es ist unsere einzige Möglichkeit, den unmoralischen Zeitabschnitt dieses Ausnahmezustandes in die geordnete moralische Langeweile des friedlichen Alltags zurückzuholen, zu domestizieren und einzuordnen; hätte ich den Mund in meiner Qual zugemacht, dann wäre mir die Maus zwischen die Zähne geraten und das Blut aus meiner Nase auf die Maus geflossen, aber der Anblick, den ich bot, muß so ungewöhnlich, grausig und vielleicht auch ernüchternd auf ihn gewirkt haben, daß der Druck seiner Hand für den Bruchteil eines Augenblicks nachließ und etwas wie Unsicherheit in ihm aufkam, was mir jedoch keine echte Möglichkeit für einen Ausbruch eröffnete, sie öffnete der Seele nur einen Spalt, auf daß sie die völlige Niederlage des Körpers erkenne, nein, in diesem Bruchteil der Zeit dachte ich nicht an Maja, doch diese Niederlage konnte auch bedeuten, daß ich bei ihr in einen nicht wiedergutzumachenden Nachteil geriete, doch wozu sonst könnte die Seele ihre Zuflucht nehmen, um sich zu retten, als zu dem, was sie gerade aufgegeben hat, dem Lachen, ich mußte wieder lachen, noch hemmungsloser und lauter, und von diesem neu herausplatzenden, tobenden Gelächter, das seiner Mordlust, seines Sieges und seiner Kraft spottete und mich seine Haut, die Wärme seines nackten Körpers fühlen ließ, aus diesem bösartigen, heimtückischen Lachen entstand die unmittelbare Bewegung, das Kitzeln, und in der Freude über die Wirkung schloß sich mein Mund über dem Kadaver der Maus; in diesem Moment faßte er meinen Kopf mit beiden Händen und schlug ihn heftig gegen die Erde, was mich aber nicht störte, hatte mir doch meine niederträchtige Seele den Schlüssel zur Lösung der Situation in die Hand gegeben, ich kitzelte und lachte, würgte und spuckte, er hätte mir die Hände nur festhalten können, wenn er sich von mir abgerollt hätte, damit aber hätte er auf seinen Sieg verzichtet, doch das Kitzeln konnte er auch nicht ertragen, wohl viermal schlug er rasch hintereinander meinen Kopf gegen die Erde – ich hatte das Gefühl, ein spitzer Stein zertrümmere den Knochen hinter meinem Ohr –, als er anfing zu schreien, und wie er schrie! die Mordlust spornte ihn zu einem aufreizenden, erregenden Siegesgeheul an, das auf dem Höhepunkt seines Triumphes in ein winselndes Lachen umkippte, denn nicht nur seine Haut, sein aufgebäumter Körper, sein verkrampftes Fleisch wehrten sich gegen das Lachen, auch sein Gebrüll sollte mich abschrecken, er versuchte, sich damit über dieses unerwünschte Lachen hinwegzuhelfen, aber als sein vor meinen kitzelnden Fingern zurückweichender Körper sich über mir aufbäumte, konnte ich die schon einmal ausprobierte, aber zum Mißerfolg verurteilte Bewegung ausführen, ich stieß ihn mit den Hüften und boxte mich mit den Füßen hoch, und er, vom Kitzeln bereits geschwächt, ließ sich keuchend und wimmernd abwerfen, anschließend wälzten wir uns schreiend, grölend, ineinander verkrampft, einander schiebend und ziehend vom Weg hinunter, hinein in die Büsche, und über dieser Balgerei heulte und bellte sein Hund, mal mit den Zähnen, mal mit den Pfoten nach uns schnappend, was endlich den Ausgang des Kampfes entschied.

Dann lief ich mit der elementaren Wollust des Laufens, den Körper im Wind, ins Dickicht hinein, er mir nach, doch er durfte mich nicht erwischen, denn mein Davonlaufen war zwar die Anerkennung seines Sieges, eine Flucht, aber auch eine Revanche, ein Ausgleich, mit uns rannte der Hund, und so wurde es zu einem Spiel, einer Versöhnung, zur Anerkennung des unentschiedenen Ausgangs, und da war mir, gleich einem jungen Tier, das um das Weibchen kämpft, in der Freude über die geglückte Flucht, über die Schnelligkeit meines Körpers, in dem geschickten Ausweichen vor den zurückschnappenden Ästen, der Spannkraft, die dem Laufen das Gefühl von Freiheit verleiht, in den plötzlichen Richtungsänderungen tatsächlich Maja in den Sinn gekommen, ihre Flucht vor Sidonia in dem steilen, abschüssigen Garten, gewiß war sie mir wegen des Lachens, wegen der inneren Ähnlichkeit der Situation eingefallen, mir schien, als wäre ich Maja, war doch meine Kampfweise überhaupt nicht jungenhaft; er schnaubte, polterte, trabte unmittelbar hinter meinem Rücken, unter unseren Füßen krachten und barsten die trokkenen Äste, das Laub streifte klatschend, raschelnd und knisternd unsere Leiber, er bekam mich nicht zu fassen, ich wurde schneller, weil ich ihm durch den wachsenden Abstand meine Überlegenheit zeigen wollte, bis wir oben auf der Lichtung ankamen, unter den Bäumen, wo ihr Zelt stand.

Er zitterte, lachte nicht mehr, war bleich, was die sonnengebräunte Haut seltsam fleckig erscheinen ließ, bibberte am ganzen Körper, als ich plötzlich anhielt und mich schnell nach ihm umdrehte.

Nach Luft schnappend, bliesen wir uns gegenseitig den aufgestauten Atem ins Gesicht, und als ich mit der Faust meine Nase abwischte, war ich überrascht, daß sie blutig war, ich faßte nach hinten, hinter meinem Ohr tropfte das Blut auf den Hals herunter, doch interessierte mich das, aufgewühlt wie wir waren, obwohl wir uns scheinbar gleichgültig in die Augen blickten, nicht im geringsten.

Ich wußte, daß er es wußte, ich hatte es schon beim Laufen bemerkt, und er verstand mich ebenso, wie ich ihn verstand.

Das Blut verwirrte, erschreckte ihn ein wenig, aber während ich die Faust an meinem Schenkel abwischte, gab ich ihm zu verstehen, daß das jetzt vollkommen unwichtig sei, es kümmere mich nicht, und auch er brauche sich nicht darum zu kümmern.

Nur gut, daß sie unser Näherkommen dank dem Wind nicht hatten hören können, ich winkte ihm, weiter vorzudringen, hinein, hinter ein Gebüsch, schnell, und daß er etwas mit seinem Hund werde tun müssen.

Stumm beobachteten wir sie aus dem Dickicht.

Der Hund aber beobachtete uns, er verstand dieses plötzliche Innehalten nicht, und daher war zu befürchten, daß er eine verräterische Bewegung machen oder gar vorwurfsvoll bellen würde.

Konnte es doch nur gelingen, wenn sie völlig ahnungslos blieben.

In schimmernden Wellen wogte das hohe Gras über der Lichtung.

Wenn alles so bleiben würde, wie es war.

Kristian stand unten, am unteren Saum der Lichtung, er hielt einen langen Blätterzweig in der Hand, den er versunken und mit der für ihn charakteristischen lässigen Eleganz mit seinem horngriffigen Messer bearbeitete, einem richtigen Dolch, auf den er sehr stolz war und der angeblich von seinem Vater stammte, er schnitzelte die Blätter vom Zweig, sicher sollte ein Spieß daraus werden, Prém aber saß, nicht weit von ihm, oben auf einem Baum und sagte etwas zu ihm, was wir wegen des Windes nicht genau verstehen konnten.

Vermutlich, daß sie irgendwelche Bretter holen müßten.

Kristian antwortete nicht, sah manchmal nur zerstreut nach oben, ließ ihn reden, er hielt den Zweig ein wenig von sich fort; wo die Blätter in kleinen Wülsten am Zweig hafteten, brauchte er sie bloß mit der Schneide anzutippen, und sie lösten sich ab.

Als begriffe ich erst jetzt, daß ich sie bisher nie wirklich gesehen hatte, auch wenn ich aus ihren fallengelassenen Worten, ihren unbekümmerten Andeutungen, wegwerfenden Bemerkungen hätte erkennen müssen, daß sie unzertrennlich waren, denn obwohl ich sie beobachtete und mir meine Gedanken machte, blieb alles an ihnen geheimnisvoll, und jedes ihrer fallengelassenen Worte schien mir ein Beweis für ihren gemeinsamen Wunsch, ungesehen zu bleiben; so als gäbe es nur sie und eine andere, von ihnen getrennte, vollkommen uninteressante Welt, voll von minderwertigen, dummen Fremden, und wenn sich dennoch jemand bei ihnen eingeschlichen hatte, spielten sie, wie großartig eingeübte Fußballspieler auf die Absichten des Eindringlings eingehend, freundlich und bereitwillig mit ihm, allein deshalb, um sich weniger zu langweilen; ihr gemeinsames Leben blieb auf diese Weise verborgen, und vielleicht war es das Geheimnis ihrer Selbstsicherheit und Überlegenheit, das einen glauben machte, sie seien im Besitz des wahren, des wirklichen Lebens, nach dem wir uns alle sehnen, das uns aber verborgen bleibt und verborgen bleiben muß, weil sie die Hüter dieses großartigen Lebens sind.

Ich sehnte mich nach diesem Leben, und es beleidigte mich tödlich, daß ich es nicht selber haben oder doch wenigstens daran teilhaben konnte.

Droben, unter den Bäumen, stand ihr Zelt, daneben ein blauer Wassereimer zur Seite gekippt, der aufragende Stiel einer in den Boden gestochenen Schaufel, der für das abendliche Feuer vorbereitete Holzstapel, das sanft gewellte Gras der Lichtung, etwas weiter entfernt der rote Fleck einer Wolldecke und da unten Kristian, der dastand und dauernd nach seinem Rücken langte – wahrscheinlich setzte sich eine Fliege immer wieder auf dieselbe Stelle –, Prém aber dort oben auf dem Baum, in alldem lag wirklich etwas von einer himmlischen Ruhe und Ausgeglichenheit, was fast schon als ein geheimes Zeichen hätte gedeutet werden können, doch hoffte ich, viel aufregendere Geheimnisse über sie zu erfahren.

Kálmán bückte sich vorsichtig, hob einen Stein auf, der neben seinem Fuß lag, schleuderte ihn mit einer schnellen, gezielten Bewegung nach dem Hund, doch so, daß er ihn nicht treffen sollte.

Der Stein schlug gegen einen Baumstamm, ohne sich zu rühren, schaute der Hund zu Kálmán herüber, als verstünde er ihn, wüßte aber nicht, was das nun sollte, und wedelte lässig mit dem Schwanz, worin sich so etwas wie Mißbilligung äußerte.

Kálmán zischte wütend, bedeutete ihm abzuhauen, sich nach Hause zu trollen, zu verschwinden, drohend hob er wieder einen Stein auf, er war immer noch bleich und zitterte.

Der Hund setzte sich jetzt langsam, verunsichert in Bewegung, doch keineswegs in die Richtung, in die Kálmán ihn schicken wollte, sondern auf uns zu, inzwischen aber erloschen seltsamerweise in seinen Augen Aufmerksamkeit und Interesse für uns, er wechselte plötzlich die Richtung, und vergeblich zischte Kálmán hinter ihm her, drohte und schwenkte die Hand mit dem Stein, er trottete aus dem Wald hinaus auf die Lichtung, reglos beobachteten wir ihn, eine Zeitlang war er ganz verschwunden, man sah nur, wie er mit seinem Körper die sanften Wellen des Grases unterbrach, bis endlich dort unten sein schwarzer Rücken zu Kristians Füßen auftauchte, der aufblickte, etwas zu ihm sagte, worauf der Hund stehenblieb, es duldete, daß Kristian mit der Spitze seines Dolches ihn am Kopf kraulte, dann trabte er weiter, zwischen die Bäume.

Daß Kristian ohne jeden Argwohn blieb und nicht einmal in unsere Richtung blickte, nicht nachsah, woher der Hund kam, erfüllte uns mit einer so trunkenen Siegesfreude, daß Kálmán in die Luft boxte und wir uns stumm angrinsten, das Grinsen in seinem bleichen Gesicht mutete seltsam an, auch sein Zittern hatte sich noch nicht beruhigt, als kämpfe er immer noch gegen eine Kraft, die sich von allein nicht zu entladen vermochte und die seinen Faustkampf immer stärker herausforderte, oder mit einer unbekannten Krankheit, die ihn fiebern machte; sein Hals war ebenfalls bleich, doch die Haut an seinem Körper war nicht blasser geworden, nur zusammengeschrumpft, fröstelnd stumpf wie eine Gänsehaut, als stünde aufgrund dieser körperlichen Veränderung ein anderer, ein Fremder neben mir, ein Gefühl, dem ich damals infolge meiner eigenen Erregung keine besondere Bedeutung beimaß, denn was gäbe es auf der Welt, was ein Kind nicht für natürlich hielte? und was gäbe es, das es nicht verstünde! – die Blässe, das Zittern, die Glanzlosigkeit hatten die an ihm bekannten Züge der Ruhe und Gutmütigkeit ausgelöscht, obgleich er kräftiger und wohlgestalter erschien als sonst, vielleicht sogar noch schöner, doch vermutlich wäre es treffender zu sagen, das Weiche unter seiner Haut, das Fett, das ihm den Eindruck von Gutmütigkeit verlieh, habe sich aufgelöst, und das nervöse, gespannte Vibrieren seiner nackten Muskeln zeugte schon von einem anderen Wesen, er war schöner, aber auch abstoßender, die blauroten Brustwarzen schienen vergrößert auf den im Fieber unaufhörlich zuckenden Muskeln der Brust, der Mund klein, die Augen ausdruckslos, und anstelle der Natürlichkeit schlug mir eine unbarmherzige Starrheit entgegen, was die anatomischen Formen auffälliger machte, ein Grund, über die Gesetze der Schönheit nachzudenken; wäre er noch am Leben, würde ich ihn, neugierig auf die funktionalen Gesetze der Schönheit, über die inneren Ursachen dieser Veränderung befragen, aber er ist mir vor Augen, sozusagen unter meinen Händen, in der Nacht des dreiundzwanzigsten Oktober neunzehnhundertsechsundfünfzig, gestorben, an einem Dienstag, ich bin also auf die Vermutung angewiesen, daß seine durch unsere Rauferei hervorgerufene Erregung, seine Niederlage und sein Sieg in ihm so unbekannte Gefühle erweckt hatten, daß sein Körper, gerade wegen ihrer Unbekanntheit, vergeblich gegen sie ankämpfte; er rannte los, ich hinter ihm her, und wenn ich behaupte, daß die Idee in meinem Kopf aufgetaucht war, dann muß ich auch zugeben, daß seine Muskeln immer ungeduldiger zur Tat drängten; wir achteten beim Laufen auf jeden Schritt, mit gespannter Aufmerksamkeit suchten wir nach einem sicheren Platz für unsere Sohlen, um ja keinen Lärm zu verursachen, und machten lieber einen kleinen Umweg, damit Prém oben vom Baum uns nicht zu sehen bekam.

So gelangten wir unter Umgehung der Lichtung nach oben und erreichten jenen denkwürdigen Platz auf dem steil vorspringenden Felsen, wo wir uns einst gegenseitig berührt hatten und von wo aus hinter der Deckung des weitverzweigten Weißdorns Sidonia Pistis Schlägerei mit dem Schaffner beobachtet und vor Aufregung ihre Blutung bekommen hatte. Mit heutigen Augen betrachtet, ist das natürlich kein Felsen, sondern ein nicht einmal groß zu nennender, von Wasser, Frost und Wurzeln durchfurchter, in Schichten zerfallender flacher Stein, und als es mich später einmal zufällig dorthin verschlug, kam mir die überraschende Einsicht, welch leicht einzusehende Schlupfwinkel und welch schütteres Gebüsch Kinder in ihrer Arglosigkeit für die sichersten Verstecke halten.

Kristian war inzwischen mit seinem Stock fertig geworden und sagte etwas, was wir vor lauter Wind jedoch nicht hören konnten, Prém aber begann mit gestrecktem Körper, mit seinen herabbaumelnden Füßen nach Ästen suchend, vom Baum zu klettern.

Der günstigste Augenblick war gekommen, das heißt, wir durften nicht länger säumen. Als erster sprang ich vor, er sollte mir folgen, seine gestaute, sprungbereite Kraft war nicht länger zu bändigen, hätte ich ihn gelassen, dann hätte er es viel zu brutal angefangen, während es mir darum ging, die Feinheiten der Überraschung auszukosten.

Mit langen Sprüngen erreichten wir das Zelt, ohne daß sie uns gesehen hätten, einer auf dem anderen, krochen wir ins dunkle Innere, das überraschend geräumig war, die dicke Plane ließ kein Licht durch, es war warm, man hätte sich aufrichten können, aber wir krochen auf allen vieren, in dem stickigen Dunkel spürte ich sofort Kristians feinen Geruch, ein einziger dünner Streifen Licht fiel durch die zur Hälfte hochgeklappte Deckenöffnung herein, was aber das Zeltinnere noch dunkler erscheinen ließ; wir verhedderten uns dauernd mit Armen und Beinen, von Hell und Dunkel gleichermaßen geblendet, gierig tasteten wir die Gegenstände ab, krochen zwischen ihnen herum, heute noch glaube ich Kálmáns animalisches Schnaufen zu hören, aber trotz aller Anstrengung hat mein Gedächtnis keine andere Einzelheit bewahrt als dieses Tasten und Kriechen in der Aufgeregtheit der erstickenden dunklen Wärme, seinen aufleuchtenden Nakken in dem schräg hereinfallenden Lichtstreifen und sein Keuchen, daher weiß ich zum Beispiel nicht, wie lange es dauerte, bis wir etwas zueinander sagten, ich glaube, es gab keine Notwendigkeit dafür, ich wußte, was er wollte, wußte, was er tun würde, und er wußte, was ich wollte und tun würde, wir wußten, warum wir uns dieser teuren Gegenstände, die uns in einen Freudentaumel versetzten, bemächtigen wollten, im nächsten Augenblick würden sie in großem Bogen hinausfliegen, raus aus dem Zelt, und trotzdem war jeder allein, eingeschlossen in seine eigene Wut, mitten in jenem geheimen, echten Leben von Spießgesellen; ich glaube, daß er damit angefangen hat, möglich, daß er zuerst die den Eingang abschließende Flügelplane auf das Zeltdach geklappt hatte, jedenfalls war es im Inneren des Zeltes plötzlich hell geworden, daran erinnere ich mich mit Bestimmtheit, und erst danach hörte ich den Aufprall und das Klirren des in hohem Bogen hinausbeförderten Kochtopfs, ich hielt gerade eine Taschenlampe in der Hand, zunächst warfen wir alles, was uns gerade in die Hände fiel, einzeln hinaus, alles war uns recht, wenn es nur hart und zerbrechlich war! es krachte, knackte, splitterte, zerschellte, wir hatten auch gar keine Zeit, das geeignete auszuwählen, wie die Besessenen wühlten wir im Weichen, packten Kleider, Laken, Säcke, Decken, manchmal stießen wir in unserem Eifer gegeneinander, kamen sie doch schon über die Lichtung angerannt, hier herauf, auf uns zu, Kristian mit Stock und Messer; obwohl es noch eine Menge gegeben hätte, achtete ich sogar bei dieser Raserei darauf, daß die empfindlicheren Sachen, wie das Fernrohr, der Küchenwecker, die sich rostig anfühlende Sturmlampe, Gabeln, Feuerzeug und Kompaß, so weit wie möglich und in die verschiedensten Richtungen flogen.

Ich schrie, schrie aus Leibeskräften, brüllte seinen Namen, zerrte und zog ihn, er solle endlich mitkommen, denn schon knallten Steine auf die straffe Plane, Prém rannte, bückte sich, warf und rannte mit teuflischer Geschicklichkeit weiter, als könne das Bücken und Werfen seine Schnelligkeit überhaupt nicht bremsen, Kálmán aber war in seiner Besessenheit so verblendet, so weit entrückt, als würde er weder sehen noch hören, so daß ich Angst hatte, ihn zurücklassen zu müssen, was mir aber ganz unmöglich schien, ich schubste und stieß ihn also, doch es war, als bemerke er nicht, daß sie schon hier waren, Prém hatte Kristian überholt, wir hatten daher keine Zeit mehr, es mußte gehandelt werden, und während ich hinausflutschte, mich hinter dem Zelt an Wurzeln und Zweigen festhielt, mich immer wieder nach ihm umblickte, nach oben kletterte, um den verdammten Felsen zu erreichen und endlich hinter dem großen Gebüsch in Deckung zu gehen, blieb er stehen, aufrecht vor dem Zelt stehend sah er ihnen in die Augen, kaum ein paar Schritte von ihnen entfernt, dann bückte er sich, und in einer Art Spazierschritt um das Zelt herumschlendernd, riß er jeden Pflock einzeln aus der Erde, den lockeren gab er einfach einen Fußtritt, und erst dann ging er los, nunmehr auch im Laufschritt hinter mir her.

Das Zelt fiel in dem Augenblick zusammen, als sie es erreicht hatten, der Anblick bestürzte sie, und sollten sie vorher möglicherweise gewußt haben, was zu tun war, standen sie jetzt erstarrt, keuchend und hilflos davor.

Im gewaltigen Tosen des Windes hörte man das Geräusch der unter seinen Sohlen losbrechenden, herabrollenden Steine.

Ihre Niederlage war so einmalig, so endgültig, daß sie sich allein deshalb nicht von der Stelle rühren, nicht schreien, nicht schimpfen und uns nicht weiter verfolgen konnten, weil die Zerstörung mit einem Blick einfach nicht zu begreifen war, und daher wäre jede Bewegung, jedes Wort nur das Eingeständnis dieser vollständigen Niederlage gewesen, sie besaßen einfach keine Worte dafür, keine entsprechenden Reaktionen, und das war eine erneute Genugtuung für uns; trotz unseres Rückzugs blieben wir uneingeschränkt im Vorteil durch die Aussicht, oben aus der Loge, im Verborgenen, während sie unten dem freien Raum ausgeliefert waren; Kálmán warf sich sofort neben mir auf den Bauch, um kein Ziel abzugeben, wir rührten uns nicht, warteten; zwar war es ein Sieg, doch seine möglichen Folgen waren nicht abzusehen, deshalb würde ich nicht sagen, daß wir ihn besonders genossen hätten, im Gegenteil, ähnlich wie sie schienen wir selbst jetzt die Verhältnismäßigkeit unseres Tuns abzuwägen, für mich war es ein schlimmer Anblick und eine Ahnung, daß wir nicht mit der Hinterhältigkeit unseres Angriffs, der abrupten Aufkündigung der Freundschaft, wofür wir ja einen berechtigten Grund hatten, sondern erst mit der tatsächlichen Vernichtung wirklicher Sachwerte eine verbotene Grenze überschritten hatten, das hätten wir nicht tun dürfen, von hier konnte man nicht mehr zu den gewohnten Spielen zurückkehren, darauf mußte noch etwas Schreckliches, Katastrophales folgen, das konnte man nicht länger als Spiel ansehen, mit der Zerstörung von Sachen lieferten wir sie einer nicht abzuschätzenden elterlichen Einmischung aus, und so berechtigt unsere Rache im Sinne der normalen Spielregeln sein mochte, so war es doch unzweifelhaft, daß wir sie damit aufgegeben hatten, unser Sieg war daher ein niederträchtiger Verrat, und wir hatten uns damit außerhalb des Gesetzes gestellt, denn nicht nur daß wir uns zu Richtern aufgeschwungen hatten, wir lieferten sie nun auch der Vergeltung unseres gemeinsamen Feindes aus, wußten wir doch genau, daß Prém jeden Abend von seinem Vater verprügelt wurde, und nicht bloß irgendwie, sondern mit dem Riemen und dem Stock, und wenn er zu Fall kam, traktierte der Vater ihn sogar mit den Füßen, die Sturmlampe, der Wecker gehörten ihm, und als ich hörte, wie sie zerbrachen, wußte ich, daß Prém sie zu Hause geklaut hatte, und trotzdem war es ein Sieg, dessen augenblickliche Vorteile man wegen gewisser moralischer Bedenken oder dem Entsetzen über das Ausmaß der Zerstörung und deren Folgen schon deshalb nicht aufgeben konnte, weil unser Sieg ihnen eine moralische Überlegenheit verschaffen würde, die nicht zu ertragen wäre.

Sie sahen sich nicht an, regungslos standen sie vor ihrem eingestürzten Zelt, Kristian den Stock in der einen Hand, das Messer in der anderen, was wegen ihrer Niederlage eher lächerlich als bedrohlich wirkte, die Gesichter ebenfalls vollkommen unbewegt – es war nicht auszumachen, ob sie sich heimlich mit Zeichen auf einen Gegenangriff vorbereiteten –, als sähen sie ein, es ist zu Ende, Prém hatte die Faust geballt, als hielte er immer noch den soeben fortgeworfenen Stein in der Hand, wenn es aber aus war, was dann? ich weiß nicht, woran Kálmán dachte, ich jedenfalls erwog die Möglichkeit eines sofortigen bedingungslosen, stummen Rückzugs, irgendwie mußten wir uns aus dieser erniedrigenden Situation herauswinden, zurückweichen, auf die allerfeigste Art kriechend den Kriegsschauplatz verlassen und unseren Sieg schnell vergessen, er aber erhob sich plötzlich auf die Knie, ob er verspürte, auf welch großartigem Munitionslager er lag? hob eine Menge Steine auf und begann, sich hinter dem Gebüsch vorbeugend, ohne zu zielen in ihre Richtung zu werfen.

Mit dem ersten Wurf traf er Kristian an der Schulter, die übrigen trafen nicht.

Und dann, als würden beide von der gleichen Schnur, aber in entgegengesetzter Richtung fortgezogen, duckten sie sich und fingen an zu laufen, der eine nach rechts, in Richtung des Waldes, der andere nach links, bis sie am Saum der Lichtung zwischen den Bäumen verschwanden.

Womit sie einerseits den Angriff aufspalteten und den Angreifer verwirrten, andererseits die eitle Illusion zerstörten, als wüßten sie in ihrer Niederlage nicht, was sie zu tun hätten.

Obwohl man ihren Gesichtern nichts hatte anmerken können, hatten sie doch einen Plan, ihr Lauf war also keine Flucht, dort, vor unserer Nase, unter unseren Augen hatten sie ihn besprochen, auch wenn wir von ihrer geheimen Zeichensprache nichts hatten wahrnehmen können, es gab also doch etwas zwischen beiden, das nicht zu zerstören war.

Daß er ein Idiot sei mit seinem Herumgeschmeiße und ein Hurensohn dazu, zischte ich wütend; das Wort, mit dem ich ihn sonst nie beschimpft hätte, jetzt ausgesprochen zu hören, tat mir wohl, war es doch auch eine Art Rache für das Ganze.

Er verharrte auf den Knien, in beiden Händen Steine, und zuckte nur leicht mit den Schultern, was bedeuten sollte, daß es keinen Grund zur Aufregung gäbe, von seinem Gesicht waren die merkwürdigen bleichen Flecken verschwunden, er zitterte nicht mehr, war gelassen, geradezu freundlich, und schaute mich mit der stumpfsinnigen Überlegenheit seines erkämpften Rechts an, sein Mund war geöffnet, aus seinen Augen war der grausame Glanz gewichen, doch in seinem freundlichen Wohlwollen mir gegenüber spürte ich eine gewisse Verachtung, und mit einer Handbewegung deutete er an, daß sie jetzt wahrscheinlich versuchten, uns einzukreisen, weshalb es bestimmt sinnvoller wäre, mich nicht weiter zu ereifern, sondern mich umzudrehen, weil wir uns auch von hinten absichern müßten.

Ich war so wütend auf ihn und mein Haß so groß, daß ich am liebsten über ihn hergefallen wäre oder ihm diese verdammten Steine aus der Hand geschlagen hätte, mit denen er seines glasierten Milchtopfes wegen Kristian endgültig zu meinem Feind gemacht hatte, ich erhob mich auf die Knie und schimpfte, während zwei schwarze Schmetterlinge zwischen uns hindurchflogen, die mit ihren heftig schlagenden Flügeln fast seine Brust berührten, sie flogen im Kreise umeinander, in die Höhe hinauf, an seinem Gesicht vorbei, ich schimpfte ihn aber nicht einen dummen, dreckigen Bauern, was ich am liebsten getan hätte, sondern packte ihn an der Hand, aber auch das geriet mir ganz anders, als ich es beabsichtigt hatte, ich weiß nicht, was mit mir passiert war, aber ich begann ihn anzuflehen, laß uns, zum Teufel, von hier fortgehen, redete ihn mit Kálmánchen an, wie es seine Mutter tat, weshalb ich mir ganz widerlich vorkam, sagte, das Ganze sei ein Blödsinn und überhaupt nicht interessant, und was er denn noch wollte, und wenn er nicht mitkäme, dann ginge ich eben allein, darauf zuckte er bloß wieder die Achseln, zog seine Hand gleichgültig aus der meinen, was bedeutete, daß ich seinetwegen gehen könne, wohin ich wolle, es interessiere ihn überhaupt nicht.

Er sei total beschissen, sagte ich, und sagte es um Kristians willen.

Eigentlich hätte ich gerne gesagt, daß wir es nicht hätten tun sollen, nur ließ sich nicht so schnell vergessen, daß es meine Idee gewesen war, und das Unanständige der Sache konnte man nicht mit einer neuen Unanständigkeit ins Lot rücken, war doch auch er mir wichtig, nur nicht so! ich fühlte es, nicht so! andererseits war der Augenblick des Sieges nicht geeignet, über seine Niedertracht ein Wort zu verlieren, und deshalb blieb mir nichts anderes übrig, als wenigstens unausstehlich zu sein.

Noch abscheulicher kam ich mir vor, weil ich es nicht fertigbrachte zu gehen, hilflos drehte ich mich auf dem Stein um, legte mich auf den Bauch und beobachtete den Wald, ob sie von dort kämen.

Und irgendwie war ich ihm auch dankbar, daß ich nicht ehrlos geworden und meine Feigheit wenigstens zwischen uns beiden geblieben war und er das nicht einmal dazu ausnutzte, eine Bemerkung darüber zu machen, obwohl er begriff – hatte ich doch in seinen Augen jenes kleine Aufblitzen der Bosheit gesehen – und vielleicht zum erstenmal zur Kenntnis nahm, wie wichtig mir Kristian war und daß er im Grunde nicht zählte.

Grausam brannte die Sonne auf uns herab, ihre Glut wurde nicht einmal vom Wind gemildert, der Stein war heiß, und nichts geschah, nur Fliegen kamen, und man hätte sich damit abfinden müssen, daß es nun mal so war und daß sie nicht kamen, obgleich sie jeden Augenblick unter den Bäumen hätten hervorstürmen können, denn soviel war sicher, das würden sie nicht ohne Vergeltung lassen; jeden Augenblick hätte ich losbrüllen können, sie kommen! ja, mir fuhr sogar der Gedanke durch den Kopf, ihn nicht zu warnen, sollten sie doch kommen! mit uns machen, was sie wollen! die im Winde ächzenden, sturmgepeitschten, krachenden und knarrenden Bäume, die gebeutelten und zerzausten Laubkronen, die sich öffnenden und schließenden Spalte im Strauchwerk, das unregelmäßige Aufblitzen der Lichter erweckten die Vorstellung in mir, immer wieder Schritte zu hören, das Knirschen von Sohlen, ein lauerndes Gesicht zwischen den Blättern zu sehen, Körper, die hinter einem Baumstamm hervortraten oder sich dahinter versteckten, aber nichts dergleichen geschah, vergebens wünschte ich mir, Kristian durch einen Verrat zurückzugewinnen, niemand kam, mir blieb nur noch, auf dem Stein nach den ungeschriebenen Gesetzen irgendeines idiotischen Ehrenkodexes erhitzt auf der Lauer zu liegen, an seiner Seite in dieser Falle auszuhalten; da mich die Sache nichts anging, nicht interessierte, schichtete ich, um nicht denken zu müssen, Steine vor mir auf, um mir sozusagen meine Kampfbereitschaft zu bestätigen, damit sie zur Hand wären, sollte es zum Werfen kommen, aber auch das hatte ein Ende, es gab nichts mehr zu tun, und wenn er sich neben mir regte und mein Fuß zufällig seine Schulter berührte, zog ich ihn zurück, die Wärme der fremden Haut war mir nicht angenehm.

Wir mußten damit rechnen, daß sie nicht allein kommen,

sondern Verstärkung mitbringen würden, daß einer von ihnen uns von irgendwoher beobachtete, der andere schon losgerannt war, und doch ging mir andauernd nur Kristians Messer im Kopf herum, daß er von hinten mit seinem Messer! was mich die Sonnenstrahlen auf meinem Rücken noch heißer empfinden ließ und das vergebliche Streicheln des Windes.

Es mußte auf Mittag zugehen, zwar war aus der nahegelegenen Kirche noch kein Läuten zu hören, das den Wald volltönend erfüllt hätte, die Sonne stand direkt über unseren Köpfen und es schien, als brenne sie aus großer Nähe auf uns herunter, ja, als hätte sie sich auf uns herabgesenkt; hätte der Wind nicht so heftig geblasen, dann hätte man diese mit Nichtstun verbrachten Stunden gewiß nicht ertragen, zweimal fragte ich, ob er etwas sähe, da ich nichts sah, er antwortete aber nicht, und sein hartnäckiges Schweigen verriet mir, daß unsere nebeneinanderliegenden Körper von der gleichen erbitterten Kraft auf den Steinen festgehalten wurden, Furcht hält die Wut im Zaume, und die Flamme des unverhüllten Hasses erstickt in feiger Angst; doch dieses gebremste und dennoch freischwebende Gefühl bezog sich nicht auf die anderen, sondern auf uns, auf uns selber, es war keine gewöhnliche Angst, nicht die Angst, daß sie Verstärkung mitbringen könnten, uns verprügeln, einkreisen, daß wir eine Niederlage erleiden würden, denn es war offensichtlich, was auch geschehen würde, wir hätten keine große Chance, und Chancenlosigkeit mindert die Angst, nur daß wir in dieser voller Unsicherheit verbrachten Zeit unsere erkämpfte Überlegenheit selber zunichte gemacht hatten, das sonderbare, zwischen uns kommunizierende Gefühl hatte sie zerstört; es ist das Schicksal der Sieger, daß sie selber besorgen, was der Feind zu besorgen hätte; unsere Körper redeten, unser Schweigen war beredt, unsere Haut war von vernichtender Beredtheit, in dieser Stunde war es uns klargeworden, daß unser Sieg nicht nur moralisch fragwürdig, sondern auch aus einfacheren, praktischeren Überlegungen unannehmbar war; nicht einmal untereinander konnten wir uns über ihn einigen, für jeden von uns bedeutete er etwas anderes, und so lernten wir langsam die Grenzen unserer Freundschaft zu begreifen und einzuschätzen, wir erkannten, daß unser ohne die beiden anderen Jungen für den Augenblick geschlossenes Bündnis nicht länger bestand; umsonst hatten wir uns gegen sie aufgelehnt, umsonst hielten wir unser Bündnis während der kurzen Zeit unserer Verschwörung und unserer Aktion für ebenso fest, wie es das ihre war, unser Bündnis konnte einen Sieg weder ertragen noch bewahren; es fehlte ihm an jenem Geheimnis, wir zwei reichten nicht aus, wir taugten höchstens zu Spießgesellen, uns fehlte es an jener Harmonie der Übereinstimmung und Ergänzung, die wir in ihnen bekämpft hatten, die ich ihnen neidete, die mich reizte, die sich als so uneinnehmbar erwiesen hatte wie eine Felsenburg und durch deren magische Ausstrahlung, jawohl, magische Ausstrahlung, ich scheue das Wort nicht, sie uns nicht nur in ihre Freundschaft einbezogen hatten, sondern uns auch beherrschten, und so war es gut gewesen, wir aber hatten dieses Gut vergeudet, es verbraucht, zerschlagen, doch nicht sie, sondern uns hatten wir damit getroffen; Kálmáns Platz war an ihrer Seite, seine Ruhe der Gegenpol zu ihrem Ungestüm, seine bedächtige Lebensklugheit das Pendant zu ihrer Pfiffigkeit, seine Güte das Gegenstück zu ihrem grausamen Humor, ich aber konnte nur von außen, über Kálmáns Freundschaft eine Verbindung zu ihnen finden als der kühle Kontrolleur dieser Dreiheit, allein hatte ich keinen Zugang zu ihnen, aber sie brauchten jemanden, der außerhalb stand, der ihren Zusammenhalt sicherte und stärkte; es war also eine Hierarchie, an deren Spitze zweifellos Kristian stand mit dem überwältigenden Charme seiner Schönheit und seines Einfallsreichtums, wir hätten das akzeptieren müssen und es mit keiner wie auch immer gearteten Revolte zerstören dürfen, weil es uns angemessen war und unser Leben bestimmte, und vielleicht hatte ich sogar den Wunsch, um seinetwillen zu leiden, weil sich auf diese Weise doch noch etwas erfüllen und wirksam werden konnte; das, was ich sofort erkannt hatte, daß nämlich in unserem Sieg die endgültige Niederlage beschlossen war, daß jetzt, zusammen mit meinen Qualen, auch alles Gute verlorenging, das reifte langsamer in ihm, aber ich spürte, wie es von seinem Körper ausging, das Gefühl, daß es überflüssig war, weiter hier zu liegen, überflüssig zu warten, überflüssig, unsere Ehre zu verteidigen, und selbst wenn wir sie besiegen würden, was keineswegs wahrscheinlich war, wäre die zerstörte Ordnung der Welt nicht wiederherzustellen, eine neue Ordnung aber gab es nicht, nur das Chaos.

Sieh nur, sagte er plötzlich leise, heiser vor Überraschung, und obwohl ich auf einen Laut, ein Zeichen, auf irgend etwas gewartet hatte, geschah das zu plötzlich, denn in der Wüste des Wartens ist auch die Bewegung eines Staubkorns unerwartet und überraschend, schnell hob ich den Kopf, das war nicht seine kämpferische Stimme, sondern seine alte, aus einer ruhigen Betrachtung auftauchende, freudig überraschte Stimme, als hätte er endlich, womit er während unseres Umherstreifens sonst immer rechnete, ein aus einem Nest gefallenes Vogeljunges erblickt, eine behaarte Raupe, ein im Laub wühlendes Igelchen, ich mußte mich aufsetzen, um es zu sehen.

Unten, wo der von der Straße heraufführende, steil ansteigende, mehrere Kurven beschreibende Pfad von zwei dichten Büschen verdeckt in die Lichtung mündete, tauchte zwischen den windverwehten Blättern ein weißes Blitzen auf, etwas Rotes, ein nackter Arm, ein blondes Leuchten, sie stiegen aufwärts, näherten sich, kamen hinter dem Gebüsch hervor, es waren die drei Mädchen.

Ohne anzuhalten, kamen sie herauf, immer näher, dicht nebeneinander, eines das andere im Gänsemarsch auf dem engen Pfad, der nach oben führte, fast verdeckend, und jetzt, beim Heraustreten auf den freien Platz, gerieten sie miteinander fast ins Gedränge; lauter kleine Bewegungen, ein Bücken, Drehen, Schwätzen und Kichern, Hedi, die das Blumenpflükken liebte, hielt ein paar Blumen in der Hand, und etwas nach rückwärts gebeugt, fuchtelte sie damit der hinter ihr hergehenden Livia vor der Nase herum, neckte sie und strich ihr damit zart übers Gesicht, sie war es, die das weiße Kleid anhatte, Maja beugte sich zu ihrem Ohr und flüsterte ihr etwas zu, in einem Flüsterton allerdings, der auch von Livia verstanden werden sollte, ihr Rock war das Rot gewesen; lachend lief sie voraus, und als wollte sie mit ihrem Schwung Maja mitreißen, packte sie deren Hand, Hedi aber faßte Livias Hand und schwenkte ihre Blumen vor Majas Gesicht, so blieben sie Hand in Hand, ihre Körper eng aneinandergeschmiegt, und näherten sich mit kleinen Schritten, Hedi, Livia in der Mitte und Maja, ganz ineinander versunken und dabei nach einem unerforschlichen System die Worte wechselnd, getragen vom Rhythmus von Rede und Gegenrede, Gesichter und Hälse einander zu- und wieder voneinander abwendend, was sie in dem vom Wind gepeitschten und aufgewühlten hohen Gras sowohl schnell als auch würdevoll langsam dahergehen ließ.

Nicht der Anblick war ungewöhnlich, gingen sie doch häufig Hand in Hand und Arm in Arm, es war nicht ungewöhnlich, daß Hedi in Majas weißem Kleid daherkam und Maja Hedis dunkelblaues Seidenkleid anhatte, das ihr der unterschiedlichen Maße wegen nicht recht paßte; Hedi war größer, rundlicher, «an Brustumfang ist sie kräftiger», nannten sie das mit einer freundlichen, ausschließlich auf die Kleider zu beziehenden Feststellung untereinander, ich hörte genau hin, weil ich herausfinden wollte, ob da nicht von einem ähnlichen Wettstreit die Rede war wie zwischen uns Knaben, doch waren sie nicht so sehr mit dem Größenunterschied ihrer Brüste befaßt als eher mit der Frage, wo die Abnäher anzubringen wären, worüber sie mit solch aufmerksamem Ernst berieten, absteckten, hefteten, herumzupften, daß sie meinen Verdacht ziemlich beschwichtigten, obwohl dieser gewiß nicht unbegründet war: jedenfalls preßten Majas Kleider Hedis Brüste «unvorteilhaft» flach, doch schien dieser nicht ganz passende, sich als ungenau erweisende und unentwegt zur Sprache gebrachte Unterschied ihren ständigen Kleiderwechsel noch erstrebenswerter zu machen, nur Livia machte diesen Tausch nicht mit, und die Freundinnen begegneten ihrem Stolz mit großem Zartgefühl, sie probierten zwar ihre Kleider an, bedrängten sie aber nicht, war doch ihre Garderobe viel zu ärmlich, auch wenn die beiden sie immer «reizend» fanden, andererseits borgten sie ihr gleichsam rivalisierend Tüchlein, Armreifen, Klipse, Gürtel, Schleifen, Halsketten, lauter Dinge, mit denen man Livia sozusagen «herausputzen» konnte, was diese unbefangen fröhlich akzeptierte, wie sie auch jetzt den aus einer Schnur roter Korallen bestehenden Halsschmuck trug, den Maja jedesmal von ihrer Mutter klaute; und über all diese Absonderlichkeiten hinaus schien sie nicht einmal die Tatsache zu stören, daß von dem Kleidertausch einseitig Maja profitierte, ihr standen Hedis Kleider mit ihrer losen Weite meist vorzüglich, in unseren Augen jedenfalls erschien sie darin reifer, das Linkische ihrer ein wenig eckigen Glieder verschwand in der Weite des Materials, und sie verwandelte sich in eine richtige Dame, ja es schien, als mache das großzügige Hinwegsehen über diesen gar nicht ausgewogenen Tausch den wahren, zu kränkendem Vergleich herausfordernden Unterschied zwischen ihnen wett, jenen Unterschied, der Maja so quälte, daß nämlich Hedi die Schöne war, genauer gesagt, daß sie es war, die immer und überall als schön galt, in die alle verliebt waren und der, waren sie zu dritt, alle Blicke galten; der gestandene, ernst zu nehmende Männer Obszönitäten zuflüsterten, die im dunklen Kino und im Gedränge der Verkehrsmittel selbst in Kristians Begleitung begrapscht und betastet wurde, was sie demütigte und ihr Tränen abpreßte, umsonst krümmte sie den Rücken, um mit den Armen ihre Brüste ein wenig zu schützen und zu verbergen, die Frauen aber waren bezaubert von ihr, vor allem ihr Haar hatte es ihnen angetan, entweder berührten sie es wie einen kostbaren Schmuck, oder sie griffen mit gierigen Fingern hinein; mit dem in weichen Wellen auf die Schultern fallenden blonden Haar, der hochgewölbten Stirn, den vollen Wangen, den riesigen, ein wenig hervortretenden blauen Augen war sie «die Schönste», und Majas Qual war so groß, daß ausgerechnet sie es immer wieder zur Sprache bringen, es betonen und Hedis Schönheit nachdrücklicher als alle anderen loben und preisen mußte, so, als wäre sie stolz auf sie oder als hoffte sie, daß man ihren Übertreibungen widersprechen würde; die nachtschwarzen langen Wimpern und schwarzen Augenbrauen machten Hedis Augen besonders interessant und strahlend, deren Schwung und Dichte sie selber bestimmte, indem sie mit einer kleinen Pinzette die überflüssig scheinenden Härchen auszupfte, eine äußerst schmerzhafte Operation, einmal war ich dabei, sie spannte die Haut über dem Auge zwischen zwei Fingern und blickte mich, während sie die Härchen mit der Pinzette an der Wurzel faßte und ausriß, aus dem Spiegel an und erklärte, daß jetzt schmale Augenbrauen in Mode seien, oft würden sie sogar ganz ausgezupft und mit dem Kohlestift nachgezogen, «wie es die Köchinnen tragen», was ganz ordinär sei, doch eine wirklich elegante Frau dürfe sich niemals blind der Mode unterwerfen, sondern müsse vielmehr die richtige Ausgewogenheit zwischen ihren eigenen Gegebenheiten und den herrschenden Richtungen finden, nicht wie Maja, die manchmal den Fehler mache, etwas äußerst Modisches anzuziehen, das ihr aber überhaupt nicht stehe, wenn sie aber etwas zu sagen wage, sei Maja zu Tode beleidigt, was so richtig kindisch sei von Maja, aber die Augenbrauen sollte sie sich wirklich zupfen, freilich, sagte sie, tut es weh, obwohl das gar nicht so schlimm ist, und wer so dichte und häßliche habe wie die Maja, könnte sie ja mit Wachs entfernen, das würde überhaupt nicht weh tun, um so mehr, als sie doch ihre Beine auch mit Wachs behandle, da sie ganz behaart seien, sie selbst aber zupfe ihre Brauen darum nicht so dünn aus, weil bei allzu dünnen Brauen ihre Nase, die an sich schon groß sei, noch größer wirke, sie würde damit also weniger gewinnen als verlieren; ihre Nase war vielleicht wirklich etwas zu groß, schmal und deutlich gebogen, einmal hatte sie gesagt, sie hätte die Nase ihres Vaters und daß diese Nase das am meisten Jüdische an ihrem Gesicht sei, sonst könnte sie sich direkt als Deutsche ausgeben, sie lachte, ihren Vater habe sie nie gesehen, das heißt, sie konnte sich nicht an ihn erinnern, so wenig wie Kristian, «man hat ihn verschleppt», und dieses Wort machte einen mindestens so tiefen Eindruck auf mich wie das andere, das sich auf Kristians Vater bezog, der «gefallen» war, aber ich fuhr gerne mit dem Finger über ihre Nase, weil ich dabei das Gefühl hatte, etwas zu berühren, was jüdisch war; und ihre Hautfarbe entschädigte für diesen winzigen Schönheitsfehler, wenn man das Unregelmäßige, das ein organischer Bestandteil der Schönheit ist, überhaupt als Fehler bezeichnen will, ihre Hautfarbe vervollkommnete gleichsam ihre Schönheit, sie war nicht weiß wie bei Blonden und Blauäugigen, sondern glich einer zart gebackenen Semmel, und diese zärtliche Farbe schuf aus den stark gegensätzlichen Einzelheiten des Gesichts erst die Harmonie der Vollkommenheit; nicht zu reden von ihren rundlichen Schultern, den kräftigen, langen Beinen, dem gewölbten, weich auf dem Boden aufsetzenden Fuß, der schlanken Taille, den weiblichen Hüften, die sie angeblich herausfordernd schwenkte, weshalb sie einmal sogar einen Verweis erhielt, worauf Frau Hüvös, ihre Pflegemutter, in die Schule gerannt kam und im Lehrerzimmer eine Szene machte, sie sollten ihre schmutzige Phantasie besser zügeln, bevor sie sich solche Schweinereien ausdächten, und «solchen müßte man das Unterrichten verbieten»; und diese Vollkommenheit hob sie nicht nur aus unserer Mitte heraus, sondern machte sie ganz allgemein zu einer auffallenden und herausfordernden Schönheit, einer echten Schönheit, auf die sie, wenn es sich so ergab, zugunsten des Kleidertauschs gerne ein wenig verzichtete, und das um so lieber, als Maja die schöneren und interessanteren Kleider besaß.

Sie kamen von Maja und waren auf dem Weg zu Livia oder Hedi, sie waren sicher hier entlanggegangen, um den Weg abzukürzen oder um Hedi Gelegenheit zum Blumenpflücken zu geben, die, so vorlaut und unverfroren sie war, genau wußte, wie gut ihr das Blumenpflücken stand, oder auch das Cellospielen, das Feine und Gezierte überhaupt, ihr Zimmer war angefüllt mit Schälchen, Gläsern und Väschen, und jeden Tag pflückte sie frische Blumen, bewahrte die vertrockneten Sträußchen lange auf, hatte dauernd irgendwelche Pflanzen, Gräser, Blätter oder Blumen zwischen den Zähnen, machte keine Eselsohren in ihre Bücher, benutzte keine Lesezeichen, sondern legte Blumen zwischen zwei Buchseiten, bunte

Herbstblätter, und borgte man sich etwas zum Lesen bei ihr, dann flog einem bei einer unvorsichtigen Bewegung ein ganzer getrockneter botanischer Garten entgegen; sie nahm Cello-Unterricht und spielte recht geschickt auf ihrem großen Instrument.

Sie wirkte auf Schulfesten mit und bat mich einmal, sie in die Stadt zu begleiten, wo sie auf einer jüdischen Veranstaltung spielen sollte, allein fuhr sie nicht gerne, in der Hauptsache, weil sie erst spätabends zurückkehren würde und ihr Instrument sehr wertvoll war, aber auch der zudringlichen Männer wegen; sie wohnte mitten in der Stadt, in der Dobgasse, nicht weit von der Synagoge, in einem alten dunklen Haus, in dessen Erdgeschoß es Arbeiterunterkünfte gab und wo die Arbeiter sich im Hof wuschen, ihre Mutter aber, die ich bis dahin nicht kannte, hatte sie zu Frau Hüvös in Pension gegeben, einesteils wegen der guten Höhenluft, weil sie angeblich eine schwache Lunge hatte und auch weil Frau Hüvös einen schönen Gemüsegarten besaß und Haustiere hielt, weshalb das Essen bei ihr angeblich kräftiger war, doch Hedi erzählte mir, daß all das eher eine Ausflucht wäre, in Wirklichkeit sei sie zum «Kostkind» geworden, weil ihre Mutter einen Liebhaber hatte, einen gewissen Rezsö Novák Storcz, einen Typ, den sie seines «schmierigen Gehabes» wegen nicht ausstehen könne; ihre Mutter trafen wir nicht zu Hause an, fanden nur einen an die Tür gesteckten Zettel, daß sie Hedi am Festort erwartete und welches Kleid sie anziehen sollte, und an das alles erinnerte ich mich jetzt wohl nur, weil Hedi an jenem Nachmittag das dunkelblaue Seidenkleid von Maja trug, und ausgerechnet daran hatte ihre Mutter etwas auszusetzen; wir standen auf dem trostlosen Gang vor ihrer Wohnungstür, und mir ging durch den Kopf, daß man damals wohl von hier ihren Vater weggeschleppt hatte, eine tumultartige Szene, ein Schreckensbild, vierschrötige Transportarbeiter schleifen einen lebenden, leibhaftigen Körper den Gang entlang wie einen Schrank oder ein Sofa, ringsum blitzen die Türgriffe, die Namensschilder und die schönen alten Klingelknöpfe aus Messing, an den Wänden Spuren von Einschüssen, Abgebröckeltes, Ausbesserungen, an dem dunkel gewordenen, an manchen Stellen rauchgeschwärzten Verputz die flinken Löcher von Maschinengewehrsalven; es war Herbst und noch warm, schräg fielen die müden Sonnenstrahlen über die Dächer herein, unten wuschen sich Arbeiter, halbnackt in Unterhosen, bespritzten sich gegenseitig, und der Oleanderhof hallte von ihrem Geschrei wider, irgendwo wurde Sahne geschlagen, durch ein offenes Fenster war ein Radio zu hören, Chorgesang, Hedi hatte das mächtige schwarze Gehäuse ihres Cellos zwischen die Knie geklemmt und las den Zettel, als stünde eine Schreckensnachricht darin, las ihn mehrmals, wurde blaß, schien ihren Augen nicht zu trauen, doch fragte ich vergeblich, was darin stünde, und als ich selber hineinschauen wollte, zog sie ihn weg und griff seufzend unter die Fußmatte, wo der Schlüssel lag.

In der geräumigen, kühlen Wohnung standen alle weißgestrichenen Flügeltüren offen, sie ging sofort aufs Klo, es war totenstill, die Fenster zur Straße waren geschlossen, vor den zugezogenen, dichten Spitzenvorhängen bogenförmig zurückgenommene, mit schweren Quasten gesäumte bordeauxrote Samtdraperien, und auch sonst war alles in dieser Wohnung übereinandergeschichtet, weich und nachgiebig, an den silbrig gemusterten Wänden dunkelschimmernde Teppiche, auf den Teppichen goldgerahmte Bilder, Landschaften, Stillleben und eine nackte Frau, beleuchtet von der Purpurflamme eines im Hintergrund lodernden Feuers, über den Teppichen auf dem Boden rotgestreifte Leinenläufer, auf den großgeblümten Schutzbezügen der ausladenden Sessel und steiflehnigen Stühle gehäkelte Spitzendeckchen, im mittleren Zimmer aber, in dem ich stand und auf sie wartete, hing wie die unförmig aufgeblähte Mumie eines Ungeheuers der Kronleuchter in seiner unter der Decke verknoteten weißen Schutzhülle, zugleich war alles sauber, auf eine ungemütlich steife und gleichsam unwiderrufliche Weise angeordnet, blitzsauber und auf Hochglanz gebracht, Gläser, Kupfer, Spiegel, Silber, Porzellan, und alles, so wollte es jedenfalls im Halbdunkel scheinen, war erbarmungslos staubfrei.

Sie kam lange nicht heraus, ich hörte kein Plätschern, dann aber ein Geräusch, sie hatte die Wasserleitung betätigt und ich sah, daß sie nicht verschwunden war, um dort zu pinkeln, sondern um ein bißchen zu weinen, sie kam heraus wie jemand, der etwas, das er hinter sich zu bringen für unumgänglich notwendig gehalten hatte, auch zu Ende gebracht hat; das hier, sagte sie, ist der Salon, und noch einmal, ein letztes Mal, wischte sie sich die Augen, die noch rot waren, aber ohne Tränen, «das dort ist mein Zimmer», sagte sie, es mußte eine Qual sein, über die sie schnell hinwegkommen wollte, doch sosehr sie sich auch bemühte, mich anzulächeln, merkte ich doch, daß es ihr peinlich war, daß ich das zu sehen bekam und auch, daß ich hier war.

Es war sehr still geworden in der Wohnung, sie sagte auch nichts mehr zu mir, öffnete den großen schwarzen Kasten, hob ihr Instrument heraus und setzte sich damit ans Fenster, sie spannte die Saiten und betastete es, wachste den Bogen, stimmte es eine Zeitlang, ich ging inzwischen durch die Wohnung, von einem Zimmer ins nächste; daß man von hier jemanden verschleppt hatte, konnte man sich sehr gut vorstellen, nicht aber, daß jener Rezsö Novák Storcz in dem auf den Hof gehenden, verdunkelten Schlafzimmer jede Nacht etwas mit ihrer Mutter machte, was ihr «auf den Nerv geht».

Ich war wieder zurück, als sie anfing zu spielen. Das Stück fing mit weichen, langgezogenen, tiefen Strichen an, ich liebte es, ihren gespannten und versunkenen Ausdruck zu beobachten, ihre den langen Hals des Instruments entlangtastenden Finger, wie sie blitzschnell eine Saite niederdrückten und vibrieren ließen, worauf klagende, kurze, rasch ersterbende Töne antworteten, die immer höher stiegen, und wonach sie, in raschem Wechsel die beiden Tonlagen ineinanderrutschen lassend, die tiefen und hohen, kurzen und langen Töne in die Melodie hätte einführen müssen, um das reine Thema zu entwickeln, doch griff sie mehrmals daneben und hörte verärgert auf.

Diese Verärgerung galt mir, trotzdem tat sie, als wäre ich nicht im Zimmer.

Sie lehnte das Instrument an den Stuhl, stand auf, ging in Richtung ihres Zimmers, bedachte sich aber unterwegs, kam zurück, faßte das Instrument mit einer sanften Bewegung am Hals und legte es sorgsam in seinen Kasten, tat Kolophonium und Bogen an ihren Platz, schloß den Kasten ab und blieb stumm mitten im Zimmer stehen.

Ich weiß nicht warum, aber ich sagte auch nichts, ich beobachtete sie nur.

Heute würde sie sich blamieren, sagte sie, kein Wunder, da sie sich nicht konzentrieren könne, ist es ihr denn nicht genug, diesen unappetitlichen Typ überallhin mitzuschleppen, sie sagte es leise und mit einem Haß, der ihren ganzen Körper schüttelte, könnte sie nicht wenigstens soviel Einsehen haben, ihn nicht zu ihrem Auftritt mitzubringen, da sie doch weiß, es nur zu genau weiß, daß es sie wahnsinnig macht, mit ihm zusammensein zu müssen; das alles erschreckte mich, hatte ich doch noch nie mit solch unverhülltem Haß über die eigene Mutter sprechen hören, und es erregte ein so tiefes Schamgefühl in mir, als wäre ich selber an etwas beteiligt, was nicht erlaubt ist, daß ich ihr am liebsten widersprochen hätte; und sie ertrage es nicht, fuhr sie fort, wenn dieser Typ dasitze und sie anstarre! aber das reicht ihr immer noch nicht, sagte sie und lachte böse, auch beim Anziehen mischt sie sich noch ein, natürlich die weiße Bluse, deine niedliche weiße Bluse, Hedilein, mußt du anziehen, und den hübschen kleinen blauen Faltenrock, jawohl, damit sie möglichst häßlich und lächerlich aussehe! seit mindestens zwei Jahren könne sie die Sachen nicht mehr tragen, weil sie total herausgewachsen sei, aber Mutter tue, als merke sie es nicht, weil sie nämlich glaube, dieser geile Bock würde sie dann nicht mehr begaffen!

In ihrer Wut löste sie ihren Gürtel und begann das Kleid aufzuknöpfen; das dunkelblaue Kleid hatte kleine rote Knöpfe, auch der Gürtel war rot, und als sie es bis zur Taille geöffnet hatte und ich die nackte Haut sehen konnte, wollte ich mich umdrehen, weil es keineswegs aussah, als zöge sie sich für mich aus, sondern eben nur so, sie jedoch schlüpfte mit einer einzigen Bewegung aus dem Kleid und stand in

Schlüpfer und Sandalen, das umgedrehte Kleid in der Hand, ein wenig zerstreut, im Halbdunkel vor mir.

Und sagte leise, ich brauchte keine Angst zu haben, sie habe sich auch Kristian so gezeigt, und dann standen wir stumm da, und ich weiß nicht einmal, wann diese Entfernung zwischen uns schwand, denn ich hätte sie gerne berührt, jetzt war sie gar nicht mehr so schön, eher linkisch, in den weißen Sandalen und mit dem herunterhängenden Kleid in der Hand, nur ihre Brüste strahlten Ruhe aus und sahen mich mit ihren zwei Augen an, und dann, so glaube ich mich zu erinnern, weiß es aber nicht mehr genau, kam sie auf mich oder ich auf sie zu, oder wir taten es beide gleichzeitig, als spürte sie ihre fast komische, kleinmädchenhafte Schüchternheit, und um vor mir mutiger und frivoler zu erscheinen, ließ sie ihr Kleid fallen, hielt aber mit beiden Armen meinen Hals umklammert, um doch noch zu verbergen, was sie mir enthüllt hatte; mein Gesicht überflutete der Geruch ihrer Haut, der flüchtige Hauch ihres Schweißes, mit einer unwillkürlichen Bewegung umarmte auch ich sie, obwohl ich lieber ihre Brust berührt hätte, die Situation hätte direkt lächerlich sein können, war sie doch fast um einen Kopf größer als ich, aber ich dachte damals an nichts dergleichen, ja ich empfand geradezu einen Schmerz, weil meine Finger nicht berühren konnten, was mein Kopf sich so sehnlich wünschte.

Nicht von ihren Armen und nicht von ihrer Haut, von ihrer Brust ging es aus, schnell und sanft küßte sie mich aufs Ohr, lachte und sagte, wenn sie nicht Kristian hätte, dann würde sie mich Livia abspenstig machen, das interessierte mich damals aber nicht, es war ihre Brust, ihr Fleisch oder ich weiß nicht was, wie sie mich berührte, ihre Weichheit, ihre Härte, aber sie achtete darauf, sich nicht an mich zu drücken, damit die Zärtlichkeit des Fleisches weiter zwischen uns bliebe, lachend wandte sie sich sofort ab, ließ das Kleid auf dem Boden liegen, ging in ein anderes Zimmer hinüber, ihre Schritte trugen ihre Brust davon, ich hörte noch das Knarren der Schranktür, dann war es, als wäre nichts geschehen.

Als mir aber Maja damals zugeflüstert hatte, sie wisse es, sie wisse es ganz genau, daß ich nur die Hedi liebe, hatte ich ihr nur deshalb nicht widersprochen und nicht beteuert, daß ich nur sie liebe, oder ihr gesagt, daß ich weder sie noch Hedi, sondern ausschließlich Livia liebe, weil ich mir gewünscht hatte, daß sie mich den anderen trotz allem abspenstig mache.

Sie mochten ungefähr bis zur Mitte der Lichtung gekommen sein, als sie, ein wenig verdutzt um sich blickend, plötzlich stehenblieben, jetzt erst hatten sie gemerkt, daß hier etwas Ungewöhnliches, Seltsames geschehen war oder geschah, etwas Gefährliches, worauf sie sich so schnell keinen Reim machen konnten, und als ich mich aufsetzte und sie erblickte, ging es mir sogar durch den Kopf, daß Kristian sie vielleicht geschickt hätte, es konnte eine Falle sein, eine List, doch ihrer Arglosigkeit war anzusehen, daß sie ganz zufällig hier aufgetaucht waren, und sosehr mich dieser Zufall auch verblüffte, empfand ich ihn doch als schön, einfach schön, es entzückte mich, wie die drei auf so verschiedene Weise in drei verschiedene Richtungen horchten, blickten, wie ihre Fröhlichkeit in sich zusammenfiel und sie sich fester an den Händen hielten.

Wie zärtlich sie sich berührten, sich an den Händen hielten, herumtollten, diese ständigen körperlichen Berührungen, dieses Arm-in-Arm-Gehen, wie sie miteinander tanzten oder sich mit der größten Unbefangenheit küßten, ihre Kleider tauschten, als wollten sie sich gegenseitig beschenken oder als würden sie etwas Wesentliches von sich selber der anderen leihen, wie sie sich gegenseitig die Haare kämmten, wickelten, mit dem Eisen Locken brannten, die Nägel lackierten und, waren sie traurig, den Kopf an der Schulter, im Schoß oder an der Brust der Freundin bargen und weinten, ohne sich zu schämen, und, einander mit dem ganzen Körper umarmend, ihre Freude teilten – dies alles erfüllte mich mit einer über jeden Neid erhabenen Sehnsucht, die ich höchstens zu verheimlichen, aber trotz aller Peinlichkeit nicht zu unterdrücken vermochte; und doch gab ich mir wirklich Mühe, denn ich hatte das Gefühl, daß Vater dauernd hinter mir herschnüffelte, jede meiner sogenannten mädchenhaften Gesten bemerkte und bekämpfte, vielleicht hatte er seine Gründe dafür, ich weiß es nicht, doch wenn ich ihnen zuschaute, und ich mußte das tun, dann genügte schon eine unschuldige Bewegung, um diese Sehnsucht in mir aufbrechen und mich überfluten zu lassen, und vielleicht könnte das die Erklärung dafür sein, warum ich ein Mädchen hätte sein wollen, ja oft stellte ich mir vor, ein Mädchen zu sein, und hätte gern eine eindeutige Rechtsgrundlage für diese straffreien Berührungen gewonnen, obwohl ich ahnte, daß sich in ihrer Freiheit viel mehr an Leidenschaften, Ängsten, Zwängen, Gewohnheiten und Anpassung verbarg, als ich es wahrhaben wollte; wenn das Schmachten nach diesen selbstverständlichen Berührungen mein Hirn nicht ganz vernebelte, dann wußte ich natürlich, daß ihre körperlichen Berührungen nur eine andere, fast parallele Form derselben Rivalität waren, wie sie zwischen uns Jungen herrschte, auch wenn wir uns nicht berühren durften, genauer gesagt, wir mußten ermüdende und umständliche, im Grunde unwürdige Umwege, so etwas wie künstliche Prozeduren finden, Tricks anwenden, mit denen wir uns gleichsam zu übertölpeln versuchten, um schließlich nur unsere elementarsten Gefühle irgendwie miteinander austauschen zu können; meiner Aufmerksamkeit konnte die tiefe Sympathie nicht entgehen, und sie erregte eine brennende Eifersucht in mir, die beispielsweise Kristian unentwegt antrieb, mit Kálmán eine Rauferei anzufangen, eine besondere Form jungenhafter Rauferei, wie sie unter Mädchen niemals vorkommt, die nur im Ernstfall raufen und sich dann kreischend angreifen, zerren, kratzen und beißen, zwischen uns aber brach jeweils ohne jeden besonderen Grund dieses unter Mädchen unvorstellbare Spiel aus, einfach deshalb, weil wir einander berühren, anfassen, den geliebten Körper des anderen in Besitz nehmen wollten und diesen Wunsch nur durch die spielerische Rauferei legitimieren konnten, denn hätten wir ihn wie die Mädchen unverblümt gezeigt, uns umarmt oder geküßt, hätten wir ihn nicht mit unseren Kampfspielen getarnt, dann hätten uns die anderen als Schwuchteln verdächtigt, aber nicht nur ich achtete darauf, auch alle anderen beobachteten sich und paßten auf, daß keiner diese Grenze überschritt, auch wenn man von dem Wort an sich nicht so recht wußte, was es meinte, es war eines dieser Wörter von mythischer Bedeutung wie fast alle Flüche und Beschimpfungen, mit denen man herbeiwünschen kann, was unter ein Verbot fällt, «lutsch mir den Schwanz», sagen wir, weil es verboten ist, «fick deine Mutter», weil es frevelhaft ist; für mich bedeutete das Wort übrigens ein Verbot, das sich auf ein natürliches Gefühl bezog und das von jener einen Bemerkung, die Prém einmal fallengelassen hatte, irgendwie umschrieben wurde, doch auch die hatte er nur von seinem Bruder gehört, der, weil sechs Jahre älter als er, eine ernst zu nehmende Autorität war und demzufolge «keiner, dem einmal so ein Typ den Schwanz abgelutscht hat, es einer Frau noch besorgen» konnte, und das bedurfte keines weiteren Kommentars oder einer Erklärung, weil es klar war, daß alles, was schwul, schwuchtig oder tuntig ist, die Männlichkeit gefährdet, ausgerechnet das, wonach wir so sehr streben, andererseits war es aber schon jenseits der Grenze, bis zu der die kindliche Phantasie reichte; für mich gehörte es zu den Geschmacklosigkeiten und Übeltaten der Erwachsenen, an denen teilzuhaben man sich natürlich nicht wünschte, doch dieses geheimnisvolle Wort vermochte die hinter der Unschuld spielerischer Raufereien verborgenen Wünsche nicht zu töten, nur zu bremsen, war doch unter den Knaben der Wunsch, darüber zu sprechen, ständig da, ich sah, daß ich nicht allein war damit, so zum Beispiel wenn Kristian den Kálmán plötzlich von hinten umschlang und niederwarf oder sie sich unter der Bank an den Händen faßten, was zu den besonders beliebten Spielen gehörte, diese drückten und stemmten; der Regel entsprechend durften die Hände weder oberhalb des Pultes auftauchen, noch durfte man die Ellbogen auf die Schenkel stützen, in der Luft gleichsam mußte ein Arm den anderen niederringen, wobei sie rot anliefen, grinsten und im Bemühen, eine gewisse Stabilität zu finden, die Knie gegeneinanderpreßten, um dem Körper Stabilität zu verleihen, doch im Gegensatz zu ernsthaften Raufereien war das Ziel nicht der Sieg, sondern die verliebte Freude an der Kraft, Geschicklichkeit, Biegsamkeit und dem Erfindungsgeist des Partners, die Lust an der Überlegenheit des Ebenbürtigen, die Erfüllung der Sehnsucht in der zärtlichen Begegnung zweier Kräfte; auch in der zärtlichen Berührung der Mädchen war etwas von einer unangenehm störenden Falschheit und Heuchelei zu spüren, freilich weniger deutlich, verschleierter, und wenn sie händchenhaltend, kichernd, klatschsüchtig, flüsternd und schnatternd, sich gegenseitig tröstend und neckend, streichelnd und kleidertauschend daherkamen, dann hatte ich das unbedingte Gefühl, als sei ihnen die unmittelbare körperliche Berührung nur erlaubt als die äußere Hülle ihrer Beziehung, ihrer Freundschaft, ihres Bündnisses, als sei sie eine ähnlich notwendige Tarnung wie unsere spielerischen Raufereien, mit welcher sie keineswegs ihre echten Gefühle ausdrückten, sondern eine geheime Verschwörung oder gar eine blutige Feindschaft tarnten; dieser Verdacht kam mir besonders, als Hedi damals im Turnsaal zufällig entdeckt hatte, mit welchen Blicken Livia und ich uns ansahen, und sogleich dafür sorgte, daß die Nachricht verbreitet wurde: wir seien verliebt ineinander, womit sie Livia nicht nur dem allgemeinen Gerede, sondern auch mir auslieferte, als sie verkündete, daß Livia aus Liebe zu mir ohnmächtig geworden sei, und sie mir damit öffentlich preisgab, was jedoch Maja keineswegs eifersüchtig machte, sondern bei ihr die größte Begeisterung auslöste, sie war dauernd darauf aus, Livia und mir ein Zusammensein unter vier Augen zu ermöglichen, doch gleichzeitig schien es, als wollten die beiden gerade mit ihrer zärtlichen Fürsorge, ihrer mütterlichen Billigung Livia nicht aus ihren Fängen entlassen, ihre Billigung war die Falle, ihre Freundlichkeit die Schlinge, ja, in diese Freundlichkeit und Billigung hatten die beiden so hinterhältige Zugeständnisse eingebettet, durch die sie in eine noch vertraulichere Beziehung zu mir zu gelangen meinten, als wüßten sie, daß mich das gründlich verwirren würde, und als wäre gerade diese Verwirrung ihr Ziel, um mir Livia zuzuführen und zugleich die Wahl zwischen ihnen dreien unmöglich zu machen, Livia sollte mir nur so weit und auf die Weise gehören, als es ihnen paßte und sie es zuließen; wogegen sie sich nicht einmal wehrte, weil ihr das meinetwegen und gegen mich geschmiedete geheime Bündnis, die enge Beziehung zu den beiden anderen wichtiger war als ich, genauer, es war auch ihr Interesse, daß dieses geheime Bündnis ihrer aller heftige Rivalität im Zaume hielte; eine offene Feindseligkeit hätte mich womöglich die Partei einer von ihnen ergreifen lassen, nein, es sollte alles bleiben, wie es war, unentschieden.

Anscheinend hatte sich Livia als erste gefaßt, sie zog ihre Hand aus der Verschränkung der anderen Hände, beugte sich hinunter und hob mit nicht geringer Verwunderung den angeschlagenen Wecker aus dem Gras, sie sagte etwas, kicherte, vielleicht weil er noch tickte, und zeigte ihn; sie war jetzt die ausgelassenste von den dreien, aber die beiden anderen achteten nicht auf sie, sie pulte die Glassplitter mit den Fingern aus dem Rahmen des Zifferblatts, ließ sie einzeln auf die Erde fallen und hatte ihr Vergnügen daran, dann setzte sie sich die Uhr auf den Kopf und ging, vorsichtig das Gleichgewicht haltend, gekrönt, wie jemand, der weiß, was er will, mit gespielt würdevollen Schritten weiter.

Die beiden aber, die Vernünftigeren, standen noch unschlüssig da, die eine horchte nach rechts, die andere nach links, und erst als Livia sich mit einer geschickten Bewegung die rote Wolldecke um die Schulter warf, rührten sie sich von der Stelle, weil das so etwas wie ein Zeichen zu sein schien.

Sie rannten hinter ihr her, und im Laufen wollte sich Maja ein weißes Leintuch, das sie vom Boden aufgehoben hatte, umhängen, doch da entstand offenbar ein kleiner Wortwechsel zwischen ihnen; weil auch Hedi das Leintuch haben wollte, zerrten sie daran herum, möglich, daß Hedi glaubte, es passe besser zu ihrem weißen, von Maja geborgten Kleid, doch wurde die Sache zwischen ihnen überraschend schnell wieder in Ordnung gebracht, woraus sofort zu erkennen war, daß der Streit sich nicht bloß um das Leintuch drehte, es mußte auch eine dem Augenblick entsprechende Rangordnung berücksichtigt werden, das Leintuch ging an Hedi, sie schaffte es jedesmal, ihre aus der Schönheit resultierende Überlegenheit auszuspielen, was Maja freilich in stummen Haß versetzte; das Leintuch wurde zu einer Art Schleppe an dem weißen Kleid, Maja half es unter den roten Gürtel zu stopfen, damit also wurde Hedi zu einer Art Hofdame, Livia war die Königin, Maja aber die immer gedemütigte Magd, die natürlich die Schleppe ganz falsch anfaßte, weshalb sie gleich einen Tritt bekam, der sie endgültig auf den ihr zukommenden Platz verwies.

All das taten sie rasch und routiniert, aber keineswegs ernsthaft, man könnte sagen, sie spielten, als würden sie spielen, daß sie spielten, und doch war es nicht zum Lachen, weil sie ihr albernes Getue unendlich genossen und weil sie auf diesem Gelände ganz fehl am Platze waren; wir beobachteten sie mit angehaltenem Atem und hatten in unserer Überraschung nicht begriffen, daß sie in dieser rettungslosen Situation eigentlich unsere rettenden Engel waren.

Ich fand alle drei abscheulich, weil sie sich in etwas einmischten, was sie nichts anging.

Im Gänsemarsch schritten sie weiter, Livia vorneweg, mit der unter den Kragen ihrer Bluse gezwängten roten Decke, den Wecker auf dem Kopf, Maja, die Hedis Schleppe trug, hob flugs den Kochtopf auf, über den sie fast gestolpert wäre, und stülpte ihn in tiefer Ergebenheit, aber nicht ohne eine gewisse Schadenfreude über Hedis Kopf; in dieser Aufmachung erreichten sie oben das eingestürzte Zelt.

Im gleichen Augenblick hatte ich begriffen, was sie spielten, als sie selber, ohne nur ein einziges Wort miteinander gewechselt zu haben, dahinterkamen, was sie hier zu spielen hatten.

Livia nämlich besaß ein großes Buch, «Ungarns Königinnen», das sie häufig zu Maja hinüberschleppte, sie sahen es gerne gemeinsam an, und in jenem Buch befand sich ein höchst trauriges Bild, auf dem Königin Maria, die Witwe König Ludwigs, dargestellt ist, wie sie im Traum auf dem Schlachtfeld von Mohács zwischen grauenerregenden Leichen und aufgeblähten Pferdekadavern nach dem Leichnam ihres Gatten sucht.

Jetzt fing Livia an, sich ebenfalls wie im Traum zu bewegen, was die beiden anderen sofort nachahmten, sie streckten die Arme gen Himmel, hoben die Füße, als schwebten sie wie im Traum, ohne den Boden zu berühren, wehklagend schlugen sie sich an die Brust und weinten wie auf dem Bild, auf dem dicke Tränen über das bläulich-bleiche Gesicht der Königin rollen.

Vor dem Zelt warf sich Livia mit ausgebreiteten Armen auf die Erde, der Wecker fiel ihr vom Kopf und rollte davon, aber das alles tat sie so, daß es möglichst komisch wirkte.

Ich fand das Ganze überhaupt nicht komisch, es war mir im Gegenteil zuwider anzusehen, wie sie sich für die beiden anderen zum Narren machte.

Kálmán sah mit offenem Munde zu; ich wäre gerne dazwischengetreten, um der Sache ein Ende zu bereiten.

Maja und Hedi betrachteten sie teilnahmsvoll, beugten sich über sie, blinzelten weinerlich, streichelten sie, faßten sie unter den Achseln, versuchten sie aufzurichten, die Königin war aber nur schwer von dem eben aufgefundenen Leichnam ihres Gatten wegzureißen.

Und als sie, von zwei Seiten gestützt, fortgeführt wurde, genau wie auf dem Bild, fand sie tatsächlich in ihre Rolle hinein, und für ein paar Augenblicke wurde die Posse zu einem echten Spiel, indem sie so etwas wie ein wahres, von ihr nicht erwartetes Gefühl überwältigte, sie mimte die Wahnsinnige, ihre Augen verdrehten sich, sie streckte beide Hände nach vorn aus und begann, das Körpergewicht auf ihre beiden Begleiterinnen verlagernd, zu schwanken, ihr Oberkörper fiel steif nach vorne, ihre Begleiterinnen mußten sich beeilen, weil der wahnsinnige Schmerz sie heftig vorantrieb, und dieser Anblick verkehrte meinen Abscheu unversehens in Bewunderung, es überraschte mich, traf mich unvorbereitet – so ähnlich war es, wenn ich im Kino beim Anblick eines schrecklichen Geschehens, um nicht vor Angst zu schreien oder zu weinen oder gar aus dem Saal zu stürzen, mich bemühte, daran zu denken, daß es sich nur um einen Film handelte, um ein Spiel, und daß daher auch das Gefühl, das mich übermannte, kein echtes Gefühl sein konnte –, fast im gleichen Augenblick aber zog Maja ihren Arm unter Livias Achsel hervor, ließ die beiden stehen und rannte los, wodurch sie das Gleichgewicht verloren und sich ineinander verhedderten; Hedi, die unter dem Topf nicht herausschauen und daher auch nicht wissen konnte, was passiert war, stolperte über Livia und riß sie mit sich, Livia aber klammerte sich ausgerechnet an diesen hilflosen Körper, und Maja rannte, ohne von alledem Notiz zu nehmen, auf den hoch aufgeschichteten Holzstoß zu, erblickte die wahrscheinlich dafür bereitliegenden Streichhölzer und begann, während die beiden, hingestreckt auf dem Boden, immer noch lachten, vor dem Holzstoß kauernd, das Feuer zu entzünden.

Da ertönte von den Bäumen her ein Schrei, es war Kristian, worauf von der anderen Seite der Lichtung, gleich einem Echo, ein anderer Schrei zu hören war, das war Prém, jetzt fing auch Kálmán an zu schreien, und ich hörte mich selber schreien.

Mit diesem siegestrunkenen, einhelligen Gebrüll das Brausen des Windes übertönend, stürzten wir zwei den Hang hinab, die beiden anderen stürmten von zwei Seiten auf die Lichtung heraus; krachend und knirschend, das rutschende Gestein unter den Sohlen, brachen wir, als kämen wir nicht aus vier verschiedenen Richtungen, wie eine geballte Naturkatastrophe über sie herein.

Die Flamme hatte das trockene Reisig ergriffen, der Wind sie sofort herumgewirbelt, sie zu hell auflodernden, langen und flachen Zungen aufgeblasen und eingesogen, Maja flüchtete, nachdem sie die Streichhölzer weggeworfen hatte, zu den anderen, die gemeinsam aufgesprungen waren, und als wir unten ankamen, stand der Holzstoß bis zur Spitze hinauf in Flammen.

Die drei liefen in drei verschiedene Richtungen, aber sie waren eingekreist und konnten nicht entkommen, und ohne recht zu wissen warum, nahm ich Hedis Verfolgung auf,

Kálmán jagte Maja, Prém und Kristian jedoch stürzten hinter Livia her, die schnell war wie ein Wiesel; Hedi rannte abwärts, im Lauf verlor sie eine Sandale, kümmerte sich aber nicht darum; den Kopf zurückgeworfen, flatterte ihr blondes Haar, das Leintuch fegte hinter ihr her, und ich dachte noch, wenn ich darauf träte, dann würde sie stolpern, daher weiß ich nicht genau, was hinter meinem Rücken geschah, sah nur, daß Maja fast die Bäume erreicht hatte, wo Kálmán sie mit beiden Armen aufgefangen hätte, doch da fing Livia so verzweifelt an zu schreien und gellend zu brüllen, das war kein Spiel mehr, so daß Hedi plötzlich die Richtung änderte und – während ich in meinem Schwung blödsinnigerweise über sie hinaus rannte – den Fluchtweg nutzend, in einer Kehrtwendung zurücklief, nach oben, um Livia zu helfen.

Zu einem einzigen Knäuel verheddert, kämpften sie auf dem Boden, die vom Wind langgezogenen Flammen schlugen über ihnen zusammen, Hedi stürzte sich wie eine Wahnsinnige auf die Kämpfenden und brüllte, vielleicht um der sich auf dem Boden wehrenden Livia zu signalisieren, daß sie hier sei, um zu helfen, ich aber warf mich auf Hedi, obwohl ich in jenem Augenblick schon deutlich sah, was da geschah, sie hatten ihr den roten Rock heruntergezerrt, er lag unter Kristians Knie, was gar nicht schwierig gewesen sein konnte, weil der Rock nur von einem dicken Gummiband in der Taille zusammengehalten wurde, jetzt aber wollten sie ihr auch noch die Bluse herunterreißen; während Kristian ihren nackten Unterleib mit den Knien niederdrückte, damit sie nicht strampeln könne, versuchte Prém das Hindernis ihrer abwehrend um sich schlagenden Hände abzuhalten und ihr die Bluse herunterzureißen; jenen vollkommen unglaublichen Umstand aber, daß der Prém keine Unterhose anhatte, nahm ich erst in dem Augenblick wahr, als ich mich auf Hedis Rücken warf, Livia hielt die Augen krampfhaft geschlossen und schrie aus Leibeskräften, und über ihrem Gesicht, unmittelbar über ihrem Gesicht, unter den heftigen Bewegungen schlenkernd, baumelte Préms denkwürdiges Geschlechtsorgan, es berührte fast ihr Gesicht.

Doch trotz dieses Anblicks wollte ich ihnen helfen, indem ich versuchte, Hedi von Kristians Rücken herunterzuzerren; kratzend und beißend wehrte sie sich.

Nur daß sich diese in vieler Hinsicht nachdenklich stimmende Hilfe als vollkommen überflüssig erwies, weil Kristian, als er Hedis Körper auf seinem Rücken spürte, von Livia abließ und mit einer ruckartigen Bewegung Hedi abwarf, die sich mit den Nägeln an seinen Schultern festgekrallt hatte und jetzt, durch den Stoß umgedreht, herunterrutschte; auch Prém ließ ab von Livia, doch als sie unter ihm wegzuschlüpfen versuchte, packte er sie erneut an ihrer Bluse, ich weiß nicht, ob sie ihr die Knöpfe schon vorher abgerissen hatten oder ob sie erst jetzt bei diesem Griff abgeplatzt waren, denn als sie hochfuhr, waren ihre Brüste zu sehen; Kristian grinste Hedi an, schüttelte aus irgendeinem Grund den Kopf mit seinen schönen dunklen Locken und wich ihr in einem geschickten Täuschungsmanöver aus, weil Hedi immer noch brüllend auf ihn losgehen wollte; unterdessen rannte Prém hinter Livia her, doch stellte sich alsbald heraus, daß er nicht hinter ihr, sondern hinter seiner fortgeworfenen Hose her war, Livia rannte in der über der Brust zusammengehaltenen Bluse, den roten Rock in den Händen, unter die Bäume, von wo Kálmán gerade unverrichteterdinge zurückkam und ein wenig verwundert zusah, wie Livia in ihrem rosa Höschen dort verschwand; «du bist ein Vieh, ein Vieh bist du!» brüllte Hedi mit vor Weinen versagender Stimme Kristian ins Gesicht, aber Kristian schien das nicht zur Kenntnis zu nehmen, so als wäre ihm seine Liebe zu Hedi vollkommen gleichgültig, sein Blick trotzte meinem Blick, ich spürte, daß ich genauso grinste wie er, an Stirn und Kinn hatte er lange Kratzer, er trat auf mich zu, wir grinsten einander an, Hedi stand zwischen uns, wir sahen uns in die Augen, da hob er, an Hedi vorbei, die Hand und schlug mir aus voller Kraft mit dem Handrücken ins Gesicht.

Es wurde mir schwarz vor den Augen, doch glaube ich, nicht von der Ohrfeige.

Irgendwie nahm ich noch wahr, daß Hedi, die diesen

Schlag überhaupt nicht begreifen konnte, mich beschützen wollte, daß aber Kristian sich losriß, sie abschüttelte, sich umdrehte und mit langsamen Schritten auf das windgepeitschte, wirbelnde Feuer zuging.

Ich muß dem Ganzen wohl gleich den Rücken gekehrt haben und einfach davongegangen sein.

Kálmán stand unter den Bäumen, sah gleichgültig zu uns herüber, Prém zog seine Hose an, Maja war nirgends zu sehen.

Prém behauptete später, er sei gerade am Scheißen gewesen, als Maja das Feuer angezündet hätte, aber ich glaubte ihm nicht, schließlich läßt man die Hose nur herunter, wenn man scheißt, man zieht sie doch nicht aus, aber nach alledem hätte es nicht den geringsten Sinn gehabt, ihm ins Gesicht zu sagen, daß er log.

Später habe ich auch noch erfahren, daß Kálmán Maja damals tatsächlich erwischt hatte, aber er mußte gemeinsam mit ihr einen Baum umarmen, er wollte sie auf den Mund küssen, doch Maja spuckte ihm in den Mund und konnte ihm auf diese Weise entkommen.

Viele Wochen mußten vergehen, bis es mir einigermaßen gelungen war zu vergessen.

Keiner ging zum anderen hinüber, ich wagte mich nicht einmal aus unserem Garten hinaus, um nicht zufällig einem von ihnen zu begegnen.

Gegen Ende des Sommers schien sich doch noch etwas von der alten Ordnung wiederherzustellen, weil Kristian, vielleicht um Hedi eifersüchtig zu machen und sie damit zurückzuerobern, anfing, Livia nachzusteigen, vielleicht auch, weil er sie damals tatsächlich erst wahrgenommen hatte oder weil er irgendwie Verzeihung für das Geschehene erbitten wollte; er wartete auf sie, begleitete sie, so daß Hedi öfter von ihrem Fenster aus beobachten konnte, wie sie sich, an den Zaun des Schulhofs gelehnt, unterhielten, lange, vertrauensvoll und versunken, worüber Hedi sich dann bei Maja beklagte, die mich ihrerseits, um mich zu quälen, unter dem Vorwand, etwas höchst Verdächtiges, ein ganz neues Schriftstück, unter den Papieren ihres Vaters gefunden zu haben, aufforderte hinüberzukommen; sie hatte mich angerufen, aber nichts wirklich Interessantes gefunden, jedenfalls schien es nichts Brauchbares, es war die Kopie eines als Aktenvermerk bezeichneten, doppelt gefalteten Schriftstücks, in welchem ihr Vater den Innenminister bat, ihm zu bestätigen, daß er nicht aus freien Stücken, sondern auf direkte, persönliche, mündliche Weisung des Ministers das Telefon einer gewissen Emma Arendt mit einer «Wanze» hatte versehen lassen.

Maja wollte klatschen, aber auch feststellen, welche Wirkung sie mit ihrer Nachricht bei mir erzielt hätte, für mich übrigens keine schlechte Gelegenheit zu einer Aussöhnung; ich ging hinüber zu ihr und tat, als interessiere es mich nicht im geringsten, was die Livia mit dem Kristian hatte, aber wir verabredeten, uns über so wichtige Dinge nicht mehr am Telefon zu unterhalten, denn wenn ihr Vater Weisung hatte, bestimmte Gespräche abzuhören, es also eine entsprechende Einrichtung dafür gab, dann lag nichts näher, als daß auch unsere Telefone abgehört wurden.

Als ich ging, stand Kálmán vor dem Haustor, er wurde rot und sagte, daß er zufällig hier vorbeigekommen sei – von da an durchschauten wir zwar alle unsere gegenseitigen Lügengespinste, logen aber trotzdem hartnäckig weiter –, wir gingen also gemeinsam nach Hause, konnte er doch keinen annehmbaren Grund finden, um hierzubleiben, und mußte die Konsequenzen aus seiner Lüge ziehen, unterwegs stellte sich dann heraus, daß er sich mit Prém und Kristian versöhnt hatte, die Gelegenheit dazu hatte der Umstand geboten, daß die Generalstabskarten, die Kristian gehörten, noch bei ihm waren, die Beziehungen stellten sich also gegen Ende des Sommers, wenn auch langsam und holpernd, neugeordnet und verändert wieder her, nur daß sie nicht mehr dieselben waren, sie hatten weder die frühere Würze noch ihren Schwung.

Kristian in seinem listigen Sinn verstieg sich sogar so weit, das Geschehene ein Theater zu nennen, womit er das Ganze verharmloste, ja er plante sogar weitere Aufführungen am ursprünglichen Schauplatz; die Büsche unter jenem flachen Felsen hätten wir roden müssen, das wäre die Bühne geworden, die Mädchen hätten die Kostüme genäht; mich wollte Kristian anfangs aus der Sache heraushalten, aber die Mädchen hatten kein Verständnis dafür und ließen es nicht zu, anscheinend war ihnen unsere Gegnerschaft wichtig, weshalb er notgedrungen auf die Idee verfiel, daß ich die Texte schreiben sollte, zweimal war ich auch bei ihm, um die Sache zu besprechen, wobei wir wieder Streit bekamen, darauf entschied er, daß wir überhaupt keinen Text brauchten, er wollte etwas Kriegerisches, ich eine Liebesgeschichte, die zweifellos an die wirkliche erinnert hätte, und mit meiner Starrköpfigkeit machte ich mich selber überflüssig, um so mehr, als es den Mädchen viel besser gefiel, als Heroinen aufzutreten denn als Liebende.

An jenem Nachmittag war Maja gerade dabei, auf eine Probe zu einer der geplanten Vorstellungen zu gehen, mich hatte man gar nicht mehr aufgefordert, aber natürlich kam keine weitere Vorstellung zustande, es blieb bei jener einzigen, echten, aus lauter Zufällen entstandenen, die man hätte vergessen müssen, die anderen wurden jedesmal von den verschiedensten merkwürdigen Zufällen verhindert, weil die Spiele unserer Kindheit, ohne daß wir die Veränderung selber wahrgenommen hätten, ein für allemal zu Ende waren.

Und trotzdem ging ich manchmal durch den Wald, um zu spüren, für mich allein zu spüren, wovor wir uns damals so sehr gefürchtet hatten.

Im nächsten Frühjahr hatte Gras die Spuren des Feuers überwachsen.

Und daher denke ich, es wäre an der Zeit, nach diesem weitläufigen Abschweifen, von dem wir nicht mehr so genau wissen, wo wir von unserer Erinnerung abgekommen und wohin wir ausgewichen sind, zurückzukehren an jenen Punkt, an dem wir sie verlassen haben, zurück zu Majas zerwühltem Bett, ihrem rund geöffneten Mund, ihren ein wenig erschrockenen und dennoch haßerfüllten verliebten Augen, als sie zugleich wollte und nicht wollte, daß ich ihr sage, was ich von Kálmán wußte, ich aber nicht sagen konnte, was ich sagen wollte; Absicht, Wunsch und Wille versagen an der strengen Trennungslinie der Geschlechter, hier wird spürbar, was einer stärkeren Kraft gehorcht, dem Gesetz und der Erektion; gleichzeitig aber reichte die bloße Erwähnung des Waldes aus, sie zu verunsichern, ihre Absichten zu durchkreuzen, sie umzustimmen, sie zurückzuhalten, ohne meine quälende Eifersucht preiszugeben.

An jenem Nachmittag wollten wir die Akten ihres Vaters durchsuchen, womit wir, von niemandem und von nichts gestört, sofort nach meiner Ankunft hätten anfangen können, war doch Sidonia zu ihrem Stelldichein, Majas Mutter aber in die Stadt gegangen, und doch hatten wir Grund, die Sache hinauszuzögern, wir hatten Angst; ich müßte daher auch auf unser mit stockender Stimme erwähntes Geheimnis zurückkommen und gestehen, daß wir mal bei ihnen, mal bei uns auf der Suche waren, und auch darauf hinweisen, daß es bei uns durchaus gefährlicher war, weil meine Forschungsleidenschaft meinem Vater keineswegs unbekannt war und er die Schubladen seines Schreibtisches verschlossen hielt.

Das Schloß war eines dieser trickreichen Schlösser, die auch die übrigen blockierten, sobald man die mittlere Lade abschloß, doch konnte man die Schreibtischplatte mit einem Schraubenzieher anheben, und das Schloß sprang brav auf; es war nämlich unsere fixe Idee, daß unsere Väter Spione seien und zusammenarbeiteten.

Von diesem furchtbaren Geheimnis meines Lebens habe ich noch nie jemandem erzählt.

Im Verhalten der beiden gab es wirklich viele geheimnisvolle Elemente, die unsere gewagte Vermutung nicht ganz grundlos erscheinen ließen, und wir waren auf der Hut, wir suchten und sammelten Beweise.

Sie kannten sich nur flüchtig, das heißt, wir dachten, sie würden nur so tun, als seien sie nicht eng miteinander verbunden; eigentlich hätten wir es für noch überzeugender und verdächtiger gehalten, wenn sie sich überhaupt nicht gekannt hätten, ihre Reisen mit unbekanntem Ziel fielen manchmal zusammen, obwohl es unseren Verdacht ebenso erregte, wenn sie nicht zusammenfielen und der eine abreiste, während der andere gerade zurückkehrte.

Eines Tages mußte ich ein mit rotem Wachs versiegeltes, schweres gelbes Kuvert zu Majas Vater hinüberbringen, ein anderes Mal wurden wir Zeugen einer äußerst verdächtigen Szene; mein Vater war mit seinem Dienstwagen aus der Stadt nach Hause gekommen, als ihr Vater gerade mit dem seinen in die Stadt fuhr, die Wagen hielten mitten auf dem Gottesbergweg, beide stiegen aus, wechselten ein paar anscheinend gleichgültige Worte, dann übergab Majas Vaters meinem Vater etwas, in verdächtiger Eile! und als ich ihn am Abend fragte, was er erhalten hätte – natürlich hatte ich ihn in ein Kreuzverhör verwickeln wollen –, antwortete er, ich solle meine Nase nicht in alles hineinstecken, und lachte verdächtig, was ich Maja sofort durchtelefonierte.

Hätten wir irgendein belastendes Material gefunden, eine Notiz, ausländisches Geld, einen Mikrofilm – wußten wir doch aus Filmen und sowjetischen Romanen, daß man immer Beweise brauchte, wir suchten im Keller, auf dem Dachboden, suchten nach Verstecken –, hätten wir also irgendein handgreifliches, nicht zu entkräftendes belastendes Material gefunden, dann hätten wir sie angezeigt, das hatten wir uns geschworen; denn alles ist umsonst, wenn sie Spione, Verräter sind, wir werden sie nicht schonen, sollen sie nur zugrunde gehen, und diesen Schwur hätten wir nicht gebrochen, weil diese gegenseitige Ausforschung des Lebens unserer Eltern zur Folge hatte, daß wir uns fürchteten, Angst hatten, auch voreinander, uns gegenseitig mißtrauten, wir suchten verbissen und hofften, auf irgendeine brauchbare Spur zu stoßen, damit endlich Schluß sei, spürten wir die Sünde doch geradezu in der Luft, und da es sie gab, mußte es auch einen Beweis geben; zugleich zitterten wir aber mindestens ebenso vor der Möglichkeit eines Beweises, doch mußten wir diese Angst auch vor uns selbst verheimlichen, weil die Angst um den eigenen Vater in den Augen des anderen als ein Bruch unseres Schwurs, als ein Verrat erschienen wäre, deshalb schoben wir die Suche immer vor uns her, hemmten uns gegenseitig und zögerten den Augenblick möglicher Gewißheit hinaus.

Dieser Augenblick hätte großartig und schrecklich werden können, ich stellte ihn mir immer so vor, daß er sich ausschließlich auf Majas Vater beziehen würde, sie aber dachte ich mir so tapfer, daß nur eine einzige Träne des Zorns und der Erbitterung in ihrem Auge erglänzen würde.

An jenem Nachmittag aber waren wir vor lauter Angst so sehr in unsere Seelen und Körper verstrickt, daß wir unsere ursprünglichen Absichten vergessen hatten, doch dem Geheimnis, dem Suchen, dem Schwur konnten wir uns nicht vollkommen entziehen, weil unser politisches Bündnis auf eine geheimnisvoll tiefe, gemeinsame und uns selber unbegreifliche erotische Qual und Lust hinsteuerte, die sich als mächtiger und aufregender erwies als unser unerfüllbares körperliches und seelisches Begehren.

Zurückkehren also, den verlorenen Faden der Erzählung wieder aufnehmen, auch wenn das erzählende Ich an diesem Punkt ein wenig zaudert, während es sich freilich auch wieder Mut zuspricht, nur zu, mutig drauflos! aber es hat Angst, noch heute hat es Angst, gesteht das sogar ein, und die Sirenenklänge seines Gefühlsreichtums versuchen es zu neuen Ausflüchten, neuen Auswegen, Erklärungen, zur Selbstbestätigung und Selbstdarstellung, zu einer noch genaueren Offenlegung der Einzelheiten zu verführen, nur um nicht davon sprechen zu müssen! was sein analytischer Verstand für um so berechtigter hält, als es ihm äußerst schwerfallen würde, ohne erneute Abschweifungen zu erklären, warum zwei Kinder ihre eigenen Väter anzeigen wollen, warum sie überhaupt annehmen, daß diese Agenten irgendeiner feindlichen Macht sein könnten, und welcher feindlichen Macht übrigens? wer sollte hier der Feind sein und wessen Feind?

Es wäre eine übereilte und reichlich vulgäre Erklärung, wenn ich sagen würde, daß diese geheime politische Gemeinsamkeit uns bis zu einem gewissen Grad hoffen ließ, daß – sollte es uns gelingen, diese beiden Männer, unsere Väter, die wir mehr als jeden anderen Menschen heiß und mit allen Sinnen liebten, dem Henker auszuliefern – wir uns vom Joch dieser unmöglichen Liebe befreien würden; den Gedanken an eine Anzeige aber konnte man in jenen Jahren nicht nur als das Spiel einer kindlichen Phantasie betrachten; unser Vorstellungsvermögen war, wie die auf einer Schallplatte hängengebliebene Nadel, auf Wiederholung programmiert.

Doch ließ die Zeit sich nicht länger hinauszögern, die Zeit, die wir hatten, war abgelaufen, es war geschehen, was geschehen mußte, Maja zog ihren Fuß unter meinem Schenkel weg, rutschte aus dieser Nähe fort, schnell und unbarmherzig wie jemand, der sich, einem Zwang gehorchend, losreißt, stand auf und ging zur Tür.

Von der Mitte des Zimmers schaute sie noch einmal zurück, auch ihr Gesicht war rot, fleckig und bestimmt ebenso heiß, wie meines sich anfühlte, sie blickte mich mit einem merkwürdig sanften Lächeln an, ich wußte, jetzt würde sie ins Arbeitszimmer ihres Vaters gehen, ich aber wartete, daß sich meine Erregung legte, wieder einmal war sie die Stärkere gewesen, und es war mir, als hätte sie sich gerade ganz aus mir herausgerissen, aber ich konnte mich nicht beruhigen, denn so wie sie dort inmitten des von grünen Schatten flimmernden Zimmers stand und lächelte, hörte ich Kálmáns Stimme in meinem Kopf, daß man sie hätte ficken müssen, und ich an seiner Statt hätte versäumt, worauf er vergeblich wartete.

Ihr Lächeln nenne ich deshalb merkwürdig, weil es ohne Überheblichkeit war und ohne Hohn, vielleicht zeigte es einen Hauch von Trauer, die wohl eher ihr selber galt als mir, es war ein weises Lächeln, ein altes Lächeln, ein Lächeln, das die unlösbare Situation nicht mit einem oberflächlichen Gewaltakt zu lösen versuchte, sondern mit der Einsicht des Verstandes, wonach der Mensch, wenn er sich in einer Situation nicht wohl fühlt und keine Befriedigung in ihr zu finden vermag, sie, ohne auf irgend etwas Rücksicht zu nehmen, zu verändern hat.

Jede unserer kleinen Situationsveränderungen birgt eine Hoffnung, auch die Unruhe.

Selbst dann, wenn die neue Situation, die sie mit ihrem

Gang zur Tür sich selbst und mir anbot, mindestens ebenso unlösbar, vom ethischen Standpunkt aber geradezu katastrophal erscheinen mußte, verglichen mit jener, der sie sich entzogen hatte; trotzdem, es war eine Veränderung, und diese Veränderung, der Wechsel hat etwas von einem in sich ruhenden Optimismus.

Ich saß auf ihrem zerwühlten Bett, meine Erregung spürte noch die Hitze der zurückliegenden Stunde, jene Hitze und Energie, die letztlich überhaupt nicht abgeleitet, sondern im Bett verblieben war, auch in ihr geblieben war, während das Zimmer kühl und gleichgültig auf uns zurückschaute, ich aber konnte, darin gefangen, ihrem Ruf nicht folgen, nicht nur wegen des im Augenblick wenig salonfähigen Zustands meines Körpers, sondern auch weil ihr Lächeln von neuem heiße Wellen des Dankes und der Einsicht durch mich hindurchjagte.

Obwohl diese Einsicht sich heute eher als Torheit erweist, als hätte ich in jenem Augenblick diesen heftigen und zu nichts verpflichtenden Dank nur gefühlt, weil sie ein Mädchen war; und obwohl ich nicht die geringste Lust hatte, mit ihr die Akten ihres Vaters zu durchsuchen, würde ich ihr folgen.

Als wüßte sie es besser; als wüßte sie, wie nahe dieses heimliche Suchen dem kam, was unsere Körper in ihrem Unbefriedigtsein empfanden.

Dann ging sie wortlos aus dem Zimmer.

Nie habe ich sie so geliebt wie damals, ich liebte sie, weil sie ein Mädchen war, was möglicherweise gar nicht so absurd ist, wie es sich im ersten Augenblick anhört.

Als nach langen Minuten mein Körper sich so weit beruhigt hatte, um ihr folgen zu können, durchschritt ich das verlassene Eßzimmer und betrat das Arbeitszimmer, in dem sie, mit dem Rücken zu mir, schon vor dem Schreibtisch ihres Vaters stand und wartete, denn ohne mich konnte sie nicht anfangen.

Es war ein mächtiges Möbelstück mit unterschiedlich großen und verschieden angeordneten Schubladen und Fächern, war unsympathisch dunkel und schmucklos, stand auf dünnen, kurzen Füßen, füllte das Zimmer fast vollständig und sah aus wie ein verfettetes, altes Tier.

Ich solle die Tür nicht zumachen, sagte sie leise, ungeduldig, fast feindselig, weil es spät geworden sei, was sich darauf bezog, daß sie bald nach Hause kommen könnten.

Das war überflüssig zu sagen, ließen wir doch die Tür immer einen Spaltbreit offen, damit sie uns zwar verdeckte, wir aber hören konnten, wenn sich jemand aus dem benachbarten Zimmer näherte, war dieses Zimmer doch eine Mausefalle, eine Art Blinddarm, mitten im Hause eine Fallgrube, der man nicht entfliehen konnte, außer man versuchte, ungeschickt über die Füße des Schreibtisches stolpernd, rückwärts gehend zu entkommen.

Sobald wir hier hereingehuscht waren, ging unser Atem, sosehr wir uns auch zu beherrschen versuchten, lauter, fast pfeifend, weil wir, um das Zittern unserer Hände zu verbergen, alles viel zu fest und zu langsam anfaßten, was uns erst recht verriet und einander auslieferte, weshalb wir uns selbst dann feindselig anredeten, wenn es keinerlei greifbaren Grund oder Anlaß dazu gab, aber immer schien der andere alles irgendwie falsch, ungeschickt und unglücklich anzupacken.

Wer von uns beiden in der größeren Gefahr war, war nicht abzusehen, hier war sie es vielleicht; wenn wir hier etwas gefunden hätten, wäre der Beweis zu Lasten ihres Vaters gegangen, was mich wiederum zwang, meine Gereiztheit stärker zu zügeln, als sie glaubte, es mir gegenüber tun zu müssen; andererseits, hätte man uns bei unseren Nachforschungen ertappt, wäre ich es gewesen, der gewiß in die unangenehmere Lage geraten wäre, war ich doch noch weniger berechtigt, diese fremden Gegenstände und Papiere zu berühren, und daher versuchte ich mich im Zimmer so zu plazieren, daß ich, sobald ich Schritte hörte, als erster verduften könnte, und sei es auf ihre Kosten, aber diesen kleinen Vorteil wollte ich haben.

Zwar schämte ich mich deshalb ein wenig, hatte aber doch nicht die Courage, darauf zu verzichten; mit dem Schlimmsten rechnend, machte ich mir einen Plan: sollte ich die Schritte erst im letzten Augenblick hören, dann nichts wie die Türklinke anfassen! wie jemand, der nur gleichgültig zusieht, was der andere treibt, der aber selbst, die Klinke in der Hand, nichts angerührt hat! was freilich schon als bloße Vorstellung von beschämender Feigheit zeugte.

Diese wirklich bis zum Bersten gespannte, an der Grenze der Unerträglichkeit balancierende Erregung konnte jedoch unsere Tätigkeit nicht beeinflussen, wir durften nichts übereilen, mußten schonungslos genau sein, langsam, äußerst umsichtig, durften nicht wie Dilettanten, wie Gelegenheitsdiebe vorgehen, die auf der Suche nach Schmuck oder Geld alles durchwühlen, um dann haste-nicht-gesehen zu verschwinden; der inneren Natur dieser Arbeit entsprechend, konnten wir mit keinem raschen Ergebnis rechnen, andererseits gab es aber auch keine Daten, die nicht wichtig gewesen wären, so daß wir trotz aller unserer Aufregung und Ungeduld, indem wir uns zu Askese, Selbstbeherrschung und Unterordnung zwangen, hervorragende Fachleute im Durchsuchen wurden.

Als erstes mußte das bis zum Überdruß bekannte Terrain in Augenschein genommen werden, worin wir einer bestimmten Ordnung, um nicht zu sagen einer Gesetzmäßigkeit folgten, weil in Majas Haus natürlich sie die Arbeit leitete, bei uns gehörte dieses wohlüberlegte Herausziehen der Schubladen in meinen Aufgabenbereich, die Handgriffe bei dieser Arbeit mußte jeder für sich ausführen, um dann gemeinsam festzustellen, ob seit der vorhergehenden Durchsuchung eine als wesentlich anzusehende Veränderung eingetreten sei; im Durchschnitt vergingen zwei Wochen, manchmal auch ein Monat, bis jeweils ein Schreibtisch wieder an der Reihe war, Zeit genug, auf daß sich der Inhalt mancher der Schubladen gründlich veränderte, daß einige Papiere oder Gegenstände vorübergehend oder sogar endgültig verschwanden, daß die innere Ordnung sich veränderte oder neue Gegenstände an der Stelle der verschwundenen lagen, und in dieser Hinsicht hatten wir es bei uns schwerer, weil ihr Vater, wenn er auch nicht gerade unordentlich genannt werden konnte, keineswegs so pedantisch und berechenbar war wie mein Vater, der unsere Arbeit nicht mit unbekümmertem Hineinfassen, Herausziehen oder ärgerlichem Durchwühlen erschwerte.

Als erstes zog also Maja die Schubladen langsam und leise heraus, wobei ich ihr über die Schulter schaute, eine nach der anderen, weder eilig noch säumig, wir kannten das Fassungsvermögen unserer Aufmerksamkeit und ihren Rhythmus, wir brauchten jedesmal genau die gleiche Zeit, um Gegenstand und Richtung unserer Aufgabe in Augenschein zu nehmen, um das innere Bild der Schublade, ihre Beschaffenheit festzuhalten, was uns auch einen raschen Vergleich ermöglichte, und zwar ohne daß wir ein einziges Wort miteinander gewechselt hätten, auf diese Weise liefen unsere seltsamen Fachdiskussionen ab, die selbstverständlich das Wesentliche unserer Arbeit betrafen; es ging um die Redlichkeit und die damit verbundene schwere politische Verantwortung unserer freiwillig übernommenen Agentenarbeit, denn manchmal schoben wir die eine oder andere Schublade allzu eilig zurück, so, als hätten wir die inzwischen eingetretene Veränderung nicht bemerkt, oder schlimmer noch, wir taten bloß so, als hätten wir sie nicht bemerkt, in solchen Fällen aber gebot einer dem anderen mit Blicken Einhalt, forderte Korrektur, unsere Rolle jedoch hing von dem Ort ab, an dem wir gerade nachforschten, bei uns zu Hause überwachte sie mich, hier war ich der Aufpasser, natürlich mußte auch darauf geachtet werden, daß die Überwachung unpersönlich blieb, argwöhnisch, aber ohne Schuldzuweisung, so etwas wie ein Augenzudrücken über jene bedauerliche und unabänderliche Tatsache, daß wir im Kampf mit unseren Instinkten den eigenen Vater zu schützen suchten, was der Arbeit freilich hätte zum Nachteil gereichen können; eine auffallend veränderte, eilig durchwühlte Schublade, ein neues Aktenbündel oder ein Kuvert von ungewöhnlichem Äußeren machte uns verständlicherweise nervös, und über diese für Dilettanten bezeichnende Nervosität mußte der jeweilige Überwacher mit großem Feingefühl und äußerster Rücksichtnahme hinwegsehen und, mit nüchterner Strenge auf die fachliche Redlichkeit der Aufgabe und die notwendige Sachlichkeit verweisend, im anderen eine vielleicht aufkommende und freilich zutiefst verständliche kindliche Befangenheit überwinden; man durfte aber auch nicht spöttisch, heftig oder grob reagieren, im Gegenteil, manchmal mußte man im Interesse der Sache ein Auge zudrücken, als bemerke man selber nicht, was der andere nicht sehen wollte oder nicht zu sehen wagte, um gleichsam zufällig und unverhofft auf den kritischen Punkt zurückzukommen und ihn von der überlegenen Warte der Aufgabe zu kritisieren.

Und erst danach konnte die echte, verantwortungsvolle Arbeit beginnen, das eingehende Studium der Zettel, Notizen, Briefe, Rechnungen, Schriften und Dokumente, wir setzten uns niemals hin, nebeneinander stehend, gleichsam in der gegenseitigen Wärme und Aufregung, lasen wir alles gemeinsam und gleichzeitig, verschlangen mit Heißhunger die zum großen Teil uninteressanten, langweiligen, aus dem Zusammenhang gerissenen und daher unverständlichen Informationen und nur, wenn es sich zeigte, daß der andere irgendeinen Hinweis nicht verstand oder mißverstand oder zu befürchten war, daß er zu falschen Folgerungen käme, unterbrachen wir mit leise erklärenden Worten die Stille.

Wir bemerkten nicht, was wir uns gegenseitig und uns selber antaten, weil wir im Interesse unseres Zieles unsere Gefühle nicht zur Kenntnis nehmen wollten, jene Gefühle, die sich als Folge unserer Tätigkeit wie ein nicht zu tilgender Rückstand an den Wänden von Herz, Magen und Gedärmen ablagerten, wir haben das Gefühl des Ekels nicht zur Kenntnis genommen.

Weil wir natürlich nicht nur amtliche und dienstliche Papiere fanden, sondern auch manches, was aufzufinden überhaupt nicht in unserer Absicht lag, die vielfältige, umfangreiche Liebeskorrespondenz unserer Eltern, wobei das in den Schubfächern meines Vaters aufgefundene Material leider das belastendere war; doch als es uns in die Hände gefallen war und wir uns genau und schonungslos, mit der mitleidlosen Strenge von Fachleuten hineinvertieft hatten, schien es uns, als wären wir, die wir um einer idealen Reinheit willen nach der Sünde fahndeten, in das Sperrgebiet tiefster und dunkelster Leidenschaften, in einen Geheimbezirk vorgedrungen und damit selber zu Sündern geworden, die Schuld nämlich ist unteilbar; wenn einer nach einem Mörder fahndet, muß er sich in den Mörder hineindenken, um Umstände und Beweggründe des Mordes innerlich zu durchleben, also folgten wir ihnen dorthin, wo wir nicht hätten eindringen dürfen, wo sogar sie selber sich, nach dem Zeugnis dieser Briefe, im Verborgenen bewegten, gleich Sündern, unfähig zur Reue.

Liegt doch eine tiefe Weisheit in jenem alttestamentarischen Gebot, daß keiner das Geschlecht seines Vaters unbedeckt sehen darf.

Hätte jeder von uns es für sich entdeckt, allein, hätte es noch gelingen können, dieses verbotene Wissen vor uns selber schnell zu verheimlichen, erweist sich doch das Vergessen bisweilen als recht kameradschaftlich, unsere Situation wurde jedoch durch die jenseits unserer Freundschaft, diesseits unserer Liebe sich ergebende leidenschaftliche und leidenschaftlich mißtrauische Gemeinschaft erschwert; wechselseitig und, nicht zu vergessen! unbefriedigt sind wir Mitwissende dieser Geheimnisse geworden, deren Gegenstand die Leidenschaft, die Gegenseitigkeit und die Befriedigung war, was aber zwei Menschen wissen, ist nicht länger ein Geheimnis; ich lernte mit ihrem Wissen und ihrer Billigung jene Briefe kennen, die zum Teil von einer Frau namens Olga, zum Teil von ihrer Mutter stammten, beide gleichzeitig auf dem Höhepunkt ihrer Gefühle und sexuellen Leidenschaften ihren Vater verfluchend, beschwörend, erpressend, umwerbend, beschimpfend, in der Hauptsache aber ihn anflehend, er solle sie nicht verlassen, all das in der Manier von Liebesbriefen, mit eingerahmten Tränen, abgeschnittenen Haarlocken, gepreßten Blumen und dekoriert mit rotgezeichneten Herzchen, was wir, die brutale Macht der Leidenschaften bereits ahnend, in unserer ästhetischen Zimperlichkeit besonders abstoßend fanden; Maja ihrerseits konnte mit meiner Zustimmung und bereitwilligen Hilfe jene in ihren Äußerungen viel puritanischeren Briefe kennenlernen, die János Hamar an meine Mutter und Maria Stein an meinen Vater geschrieben hatten, aber sie teilten sich auch gegenseitig mit, was sie in dieser unentwirrbar komplizierten Viererbeziehung füreinander fühlten, und nachdem dies alles zu unserer Kenntnis gelangt war, hätten wir uns ein Urteil bilden oder die Dinge wenigstens einordnen, an ihren Platz tun müssen, was natürlich unsere als viel zu gefestigt eingeschätzten moralischen Kräfte weit überstieg.

Woher hätten wir auch wissen sollen, daß unsere Beziehung, in einer zwar spielerisch übertriebenen und, wie ich heute weiß, teuflischen Verzeichnung, die Ideale unserer Eltern, welche bis zu einem gewissen Grade auch die öffentlich verkündeten und rücksichtslos praktizierten des historischen Zeitalters waren, nur wiederholte, ja kopierte; unsere Rolle als Fahnder war nichts anderes als deren ungeschickte, kindlich verquere, jämmerliche Reproduktion, eine Nachäffung sozusagen; da Majas Vater General im militärischen Abwehrdienst war, mein Vater Staatsanwalt, wurden wir durch ihre von uns aufgeschnappten und willkürlich gedeuteten Worte gleichsam beiläufig, wenn natürlich auch gegen ihren Willen, in die professionelle Verbrechensbekämpfung eingeweiht, genauer gesagt, gerade diese von uns in ein Spiel umgemünzte Tätigkeit machte ihre Lebensweise für uns nachvollziehbar, großartig, gefährlich, wichtig, ja geradezu respektheischend, und im Hinblick auf den Inhalt ihrer Schreibtische auch ihre mit Abenteuern, echten Lebensgefahren, Fluchten und Fälschungen beladene Vergangenheit, ihre Jugend; ja, und wenn ich noch ein wenig weitergehe, und warum sollte ich das nicht? möchte ich behaupten, daß sie es waren, die das Messer gesegnet hatten, mit dem wir ihnen nach dem Leben trachteten, und so gesehen erlitten wir diese Spiele nicht bloß, sondern genossen sie auch; genüßlich nahmen wir uns ernst, brüsteten uns mit unserer freiwillig übernommenen politischen Rolle, die daher nicht nur furchterregend, nicht nur mit Ängsten und Schuldbewußtsein beladen war, sondern die uns auch mit jenem erhabenen Gefühl, dem Gefühl der Macht, beschenkte, dem zufolge wir sogar über sie, über so anerkannt mächtige Männer, eine Kontrolle ausüben konnten im Namen und im Sinne jenes herrschenden ethischen Prinzips, das, wieder nach ihren eigenen Gesichtspunkten, als das heiligste anzusehen war und das nichts anderes forderte als die ideale, asketische, vollkommene, makellose kommunistische Reinheit der Lebensführung; und welch unbarmherziger Scherz des Schicksals, daß sie während dieser ganzen Zeit vollkommen ahnungslos blieben – woher auch hätten sie ahnen sollen, daß sie vergebens in ihrem purifikatorischen beziehungsweise praktischen Eifer ihre echten oder vermeintlichen Feinde haufenweise umbrachten, wenn sie zugleich eine Schlange an ihrem Busen nährten; wer, wenn nicht wir, hatte ihre Ideale nachdrücklich und endgültig zuschanden gemacht? wer in aller Unschuld ihre Ideale von Grund auf in Frage gestellt? und mit wem hätten wir das schreckliche Wissen von unserer Schuld teilen können, nachdem wir nun einmal den gleichen exorzistischen Verdacht gegen sie und gegeneinander hegten, den sie in uns eingepflanzt hatten und den sie in der Welt praktizierten, mit wem? darüber hätte ich weder mit Kristian noch mit Kálmán sprechen können, und auch sie hätte es weder mit Hedi noch mit Livia getan, wie hätten diese es auch verstehen sollen? auch wenn über unsere gemeinsame Welt der gleiche Zeitgeist herrschte, wäre ihnen das alles viel zu fern, zu fremd und abstoßend gewesen.

Unser Geheimnis hatte uns die Welt der Mächtigen erschlossen, hatte uns, unreif wie wir waren, reif und verständig gemacht, uns mit Weihen versehen und abgesondert von der Welt der Unterprivilegierten, in der sich alles viel gewöhnlicher abspielte.

Die Liebesbriefe bezogen sich offen und eindeutig auf jene Stunden, in welchen wir, dank eines komischen Zufalls, gezeugt wurden, zufällig, denn sie hatten nicht uns gewollt, sie wollten ihre Liebe.

Maria Stein zum Beispiel hatte in einem ihrer Briefe an meinen Vater bis ins einzelne beschrieben, was sie empfand, wenn János Hamar sie nahm, und was, wenn mein Vater es tat, und in diesem Brief, daran erinnere ich mich noch genau, schien mir die Bedeutung des Wortes die größte Sorge zu bereiten, hätte ich es doch gerne so verstanden, als bezöge es sich auf eine Umarmung, eine Art freundschaftlicher Umhalsung, ein Anschmiegen, doch ging es ohne alle Zweifel um etwas anderes, das für ein Kind etwa so ist, als fingen brünstige Tiere plötzlich an zu reden, interessant, gewiß, aber unverständlich, und die Briefe, die meine Mutter seinerzeit, noch vor meiner Geburt, von diesem János Hamar bekam, waren nicht viel zurückhaltender, János Hamar, der genauso geheimnisvoll und überraschend wie Maria Stein aus unserem Leben verschwunden war; sie kamen nie mehr, und so hatte ich sie vergessen; Maja aber bedrückte offensichtlich die Tatsache, daß ihr Vater immer noch mit dieser Olga genannten Frau ein Verhältnis hatte, das ihrer Mutter gegenüber als längst beendet ausgegeben wurde, mit einem Betrug mußte sie ihren Vater schweigend decken, obwohl er es war, den sie am meisten liebte.

Ich stelle mir vor, daß in den Stunden, in denen wir diese Briefe lasen, Engel ihre Hände vor Gottes Augen hielten.

Auch wir machten uns die Sache ein wenig leichter dadurch, daß wir diese Briefe immer schnell, als wären sie nicht weiter interessant, ja als wären sie geradezu albern, beiseite schoben, wie kämen schließlich erwachsene und respektable Leute dazu, sich solche Ferkeleien zu schreiben! und nachdem wir auf diese Weise den natürlichen Eifer unserer Neugier gedämpft hatten, forschten wir noch erbitterter nach jener Sünde, die es gar nicht gab, jedenfalls nicht so, nicht in dieser Form.

Nur daß ich das alles nicht länger ertrug; aber das hatte nichts mit einer Entscheidung oder Überlegung zu tun, es war eher so, als hätte mich in der ganzen Angelegenheit ein Gefühl völliger und gründlichster Gleichgültigkeit befallen, diese Schubladen mit ihren Papieren interessierten mich nicht mehr, eben noch hatten sie mich interessiert, jetzt aber, ich weiß nicht warum, interessieren sie mich nicht mehr, vielleicht weil ich fortgehen werde von hier.

Draußen das sinkende Tageslicht, hier schon ein sanftes, schönes Halbdunkel, das den großen Schreibtisch in dem kleinen Zimmer noch gewichtiger und irgendwie traurig erscheinen ließ, doch auf der feinen Staubschicht seiner glatten dunklen Fläche waren noch die verräterischen Spuren von Majas Fingern, ihrer Bewegungen zu sehen.

Und ein seltsames, fremdes, unerhört leichtes Gefühl dessen, was ich bin, nicht verantwortungslos, sondern im Gegenteil meiner Verantwortung bewußt, nicht mehr zu tun, was ich bisher getan hatte, was nicht Feigheit bedeutete, sondern Mut, obwohl es mich noch ein wenig störte, daß sie die eine Schulter so verkrampft und schief hochzog, die Bewegung störte mich und auch die Spuren, vielleicht hatte mich das Selbstbewußtsein, das die von ihrem Körper verursachte Erektion bei mir auslöste, von diesem kindlichen, zu Taten stilisierten Spiel befreit, ich weiß es nicht, jedenfalls sagte mir mein Gefühl, hier mußt du heraus! und als liebte ich nichts so sehr wie diese schönen, schmalen, nervösen Schultern, die im Kleid ihrer Mutter so lächerlich dünn wirkten, ich hatte sie lieber als Hedis ruhige, volle Schultern, die solche Gedanken gar nicht aufkommen ließen, jedenfalls regten mich Majas Schultern mehr auf, und ich hätte gewünscht, daß sich ihre Verkrampfung löste, aber wie! ich war nicht fähig, zu sagen, wie ich sie mir wünschte, und würde ich ihr jetzt sagen, daß ich sie mir so nicht wünschte, dann würde es bestimmt nicht so werden, wie ich es mir so leidenschaftlich wünschte.

Ich wußte ohnehin, daß ich sie verlieren würde, daß etwas zu Ende ging, aber das verursachte mir weder Schmerzen noch Ängste, ich hatte das Gefühl, als sei schon geschehen, was im nächsten Augenblick zwischen uns zu Ende sein würde, daß es Dinge gibt, die zu Ende gehen, und daß das nicht einmal zu bedauern ist.

Aber ich wollte mich nicht rücksichtslos zeigen, waren wir doch miteinander an einem Punkt angelangt, der jede Rücksichtslosigkeit verbot.

Es kommt jemand, sagte ich leise.

Ihre Hand, die gerade die unterste Schublade des Schreibtischs herauszog, zauderte einen Augenblick, sie horchte und stieß die Lade unwillkürlich zurück; da aber kein Geräusch zu hören war, war sie mehr über meine Stimme als über die Situation erstaunt, sie konnte nicht verstehen, warum ich sie belog, obwohl die Lüge sich gleich selber entlarven müßte.

Und als hätte ihr jemand eine Ohrfeige versetzt, die sie aber nicht weiter übelnahm, schaute sie bloß hoch, ihre Hand an der Schublade.

Nein, ich meinte zu hören, daß jemand kommt, sagte ich lauter, doch um meine Aussage glaubhafter zu machen, hätte ich sie mit einem Schulterzucken bekräftigen müssen, da ich es aber nicht tat, bestätigte ich ihr, daß ich sie immer weiter und absichtlich belog, inzwischen aber nahm mein Auge jene zärtliche Veränderung an ihr wahr, die sich aufgrund einer Aufwallung ihres Gemüts vollzog, sie wurde rot, als schäme sie sich; im gleichen Augenblick geschah, wonach ich mich gesehnt hatte; während sie dort vor der Schublade hockte, entspannte sich ihr Körper, und ihre Schultern entspannten sich auch.

Sie verstand mich nicht, doch das grämte sie nicht.

Ich muß jetzt nach Hause, sagte ich, was reichlich steif klang.

Ob ich verrückt geworden sei, fragte sie.

Ich nickte, wodurch sich diese komische, ungewohnte Leichtigkeit noch zu verstärken schien, weil es hier einfach keine Erklärung gab! und dieses Gefühl nicht zerstört werden durfte.

Weil es äußerst zerbrechlich war, und ein wenig fürchtete ich auch, daß es verschwand, und dann würde alles wieder so schwierig sein wie früher; man mußte vorsichtig damit umgehen, und zu dieser aufmerksamen Vorsicht, diesem Spiel um die Erhaltung des inneren Gleichgewichts gehörte es auch, daß man sich nicht sofort umdrehen oder im Rückwärtsschritt aus dem Zimmer verschwinden durfte, man mußte so tun, als wolle sie es selber, oder wenigstens, daß es nicht gegen ihren Willen geschehe, obwohl ich spürte, daß sie bleiben würde.

Komm mit mir, sagte ich, weil ich ihr plötzlich so viel zu sagen hatte.

Sie stand sehr langsam auf, so daß die Landschaft ihres Gesichts mir ganz nahe kam, es war ernst, ihr vor Verwunderung runder Mund öffnete sich ein wenig, und auf ihrer Stirn über der Nase erschien die senkrechte Falte, wie beim Lesen, wenn sie in der Ferne die Erklärung suchte für das, was sie vor Augen hatte. Doch spürte ich sofort, daß das unmöglich war, sie würde hierbleiben müssen, was traurig genug war.

Arschloch, feiges, sagte sie, als sage sie nur etwas, damit ich nicht merkte, daß sie sofort alles begriffen hatte.

Kannte sie doch alle meine hinterhältigen Absichten, und das Lächeln, das ich gar nicht beabsichtigt hatte, erfüllte sie mit einem Haß, der sie wieder erröten ließ, weil sie sich wegen meiner Niedertracht auch für mich schämen mußte.

Warum ich nicht endlich ginge, worauf ich noch warte, zum Teufel mit mir, Scheißkerl, Arschficker, mieser, warum ich hier herumstehe wie ein Stock.

Mein Kopf näherte sich ihrem fluchenden Mund, in den ich hineinbeißen wollte, und kaum daß mein Mund, meine Zähne das Feuchte auf der dunklen Haut ihres prustenden Mundes erreicht hatten, schloß sie sofort die Augen, ich aber schloß meine Augen nicht, weil ich nicht ihrem, sondern dem sich in mir regenden Gefühl nachgab, und während ihr Mund unter meinen Zähnen zuckte, sah ich, wie ihre Augenlider zitterten.

Ich wollte ihren Mund mit meinen Zähnen verschließen, doch sein weiches, nachgiebiges, warmes, neugieriges Zukken wollte meinen Mund, worauf wir uns gleichzeitig zurückzogen, weil ihr Mund meine Zähne gespürt hatte.

Als ich aus dem Gartentor trat und den steil ansteigenden Weg hinaufging, hätte ich gewünscht, daß Kálmán wieder hier auf sie wartete, ich stellte mir vor, wie ich ihm ungezwungen zuwinkte, jetzt könne er hineingehen zu Maja; was mir freilich nur meine Phantasie vorspiegelte, in Wirklichkeit waren beide weit weg, alle waren weit weg, und ich war endlich allein mit meinen Gefühlen.

Als hätte die Natur mir einen Vorschuß auf jenes Gefühl gewährt, das uns bei der Vereinigung zweier Körper erfüllt.

Heute ist mir bewußt, daß dieses seltsame, noch nie erfahrene, mächtige und sieghafte Gefühl vielleicht zu keimen begonnen hatte, als mein Körper mich hatte empfinden lassen, was eigentlich das mir seit dreizehn Jahren bekannte Wort «Mädchen» bedeutete, und sich realisierte, als eben dieser mein Körper sich weigerte, gemeinsam mit ihr weiter zu suchen, jenes Gefühl, das ich auf dem Nachhauseweg wie einen seltenen Schatz bei mir trug, das man behüten und achten muß, damit ihm nichts zustößt, und das mich so sehr beschäftigte, daß ich kaum merkte, wohin ich ging, ich setzte einen Fuß vor den anderen, als sei dieser Körper nicht mein Körper, sondern der Körper meines Gefühls, der, dieses Gefühl zärtlich hegend, auf dem vertrauten Weg zwischen den beiden Waldstreifen in der sommerlichen Dämmerung ging und der nur nebenbei zur Kenntnis nahm, daß ihn hinter dem Zaun jenes Sperrgebietes der diensthabende Wachhund begleitete, doch der Körper fürchtete sich nicht vor ihm, spürte keine Panik, spürte gar nichts, war doch sein Gefühl berufen, alles von ihm fernzuhalten, was quälend, unklar, sündhaft, geheimnisvoll und verboten war; heute weiß ich natürlich, daß gerade dieses Gefühl in jener zum Abend neigenden Stunde in mir eine völlige Wandlung herbeiführte, ich sollte nicht wissen oder verstehen wollen, was zu wissen oder zu verstehen ich noch nicht fähig war, ich sollte es nicht länger wollen! ich brauchte nicht in den Abgrund des Entsetzens hinabzustürzen, nachdem es mir endgültig bewußt geworden war, wo mein Platz unter den Geschöpfen dieser Erde war, was für den Körper eine viel größere Bedeutung habe als gewisse Ideen und deren Reinheitsgrade; ich war glücklich, fast möchte ich sagen, zum erstenmal in meinem Leben, wenn ich nicht glaubte, daß auch das Glücksgefühl nichts anderes ist als eine verdeckte Erinnerung, ich war glücklich, weil ich das Gefühl hatte, daß diese plötzlich an die Oberfläche drängende und jede meiner Regungen beherrschende süße Ruhe meine Qualen gestillt und ein für allemal unter sich begraben hatte.

Ein Kuß hatte sie gestillt, und wirklich, mit diesem Kuß tauchte auch die Erinnerung an jenen anderen schmerzlichen Kuß auf, so daß ich mich damals mit jenem Kuß auf Majas Mund von Kristian, von meiner Kindheit verabschiedete, nachdrücklich, allwissend, wie jemand, der mit seinen in Trauer und Qual gestählten Gliedern alle Möglichkeiten erprobt hat, den Sinn der Worte versteht, die Regeln kennt, der nicht länger auszuprobieren und zu suchen braucht; ich war glücklich, obwohl dieses Gefühl, das zweifellos vieles zu erklären und aufzulösen schien, ein von sich selbst erfülltes und überwältigendes Gefühl, natürlich nicht mehr und nichts anderes war als eine dem Körper als Selbstschutz dienende und nur für einen Augenblick, für einen kurzen Übergang ausreichende Gnadenfrist.

Auf diese Weise schützen uns unsere Gefühle, sie täuschen uns, um uns zu beschützen, sie geben uns etwas Gutes, und während wir uns an die Lust des Augenblicks klammern, kehrt das Böse unter dem Deckmantel unseres Glücksempfindens schnell wieder zurück, weil doch – täuschen wir uns nicht – auch alle bösen Gefühle erhalten bleiben.

Ich spreche von einer Gnadenfrist, denn Maja und ich haben nie mehr weiter gesucht, nachdem dieses winzige Gefühl, mein tiefes Erschrecken, meine glückliche Abwehr, unserer perversen Tätigkeit ein Ende gesetzt und unsere Beziehung fast völlig beendet hatte; wir wußten nichts mehr miteinander anzufangen, was hätte auch interessanter sein können als der Austausch unserer uns mit den Eltern verbindenden Gefühle, und weil es nichts geben konnte, was aufregender gewesen wäre, taten wir, als seien wir beleidigt, grüßten uns nur noch von oben herab, um unter dem Vorwand der Gekränktheit den wahren Grund unseres Zorns zu vergessen.

Ich hätte das Ganze beinahe schon vergessen gehabt, denn inzwischen war ein Jahr vergangen.

Doch als ich an einem unschuldigen Vorfrühlingsnachmittag, aus der Schule kommend, am Kleiderständer im Vorraum jenen unbekannten Mantel erblickte, da drängten heimtückisch all jene beiseite geschobenen Ahnungen, Verdächtigungen, alles sündhafte und verbotene Wissen wieder an die Oberfläche des Bewußtseins, das wir, Maja und ich, zwar auf verbotenen Wegen, doch erfüllt von dunkler Lust an unserem heimlichen Spiel, immerhin erworben hatten.

War es doch nur ein Gefühl gewesen, das uns dieses törichte Suchen befohlen hatte, ein Gefühl wisperte und flüsterte uns ein, daß in unserer Umgebung trotz des nachhaltigen Augenscheins und des wohlmeinenden Gemeinsinns irgend etwas nicht in Ordnung war, wir suchten nach einem Grund dafür, einer Erklärung, und weil wir sie nicht fanden, lernten wir den Schrecken des Zweifels kennen und wurden in einem Gefühl heimisch, das identisch war mit der Gefühlslage unserer geschichtlichen Realität.

Doch wie hätten wir verstehen, wie mit unserem kindlichen Verstand begreifen können, daß unsere Gefühle uns die vollkommene Wahrheit offenbarten? wir hatten etwas Handgreiflicheres gewollt als das, was wir in Händen hielten, und so schützten uns unsere Gefühle vor unseren Gefühlen.

Noch konnten wir nicht wissen, daß das Schicksal, das den konkreten Inhalt unserer Gefühle einst vor uns ausbreiten und uns im nachhinein den Zusammenhang zwischen unseren voneinander unabhängig geglaubten Gefühlen erklären würde, immer auf Umwegen, im geheimen, still und ohne Aufsehen daherkommt, man braucht es nicht zur Eile anzutreiben, man darf es nicht und kann es auch nicht.

Es erscheint an einem spätwinterlichen Nachmittag, der sich fast genauso anläßt wie alle übrigen Nachmittage, meldet sich in Gestalt eines fremden Mantels, der Mantel riecht schlecht, verschimmelt oder irgendwie nach Armut, und ein einziger Knopf an ihm ähnelt den Knöpfen an Kristians Mantel, vielleicht auch seine Farbe.

Dieser dunkle Mantel am Kleiderständer signalisierte eindeutig, daß ein Gast eingetroffen war, ein seltsamer Gast, weil der Mantel streng und düster wirkte, nicht zu vergleichen mit den Mänteln, die sonst am Ständer hingen, weder war er der eines Arztes, noch roch er nach Verwandtschaft, eher schien er aus der Tiefe der Phantasie, aus dem Blickwinkel der Ängste, aus dem Vergessen aufzutauchen; es waren keinc fremden Geräusche oder Worte zu hören, alles war wie gewöhnlich, daher trat ich einfach bei Mutter ein, und ohne meine eigene Überraschung zu begreifen, machte ich noch ein paar Schritte auf das Bett zu.

Vor dem Bett kniete ein fremder Mann, er hielt Mutters Hand und weinte, das Gesicht auf die in der Decke versunkene Hand gebeugt; an Schultern und Rücken zitternd, bedeckte er ihre Hand mit Küssen, sie aber umfaßte mit der freien Hand den Kopf des Mannes und hatte die Finger in das fast ergraute, kurzgeschorene Haar des Fremden vergraben, als wollte sie seinen Kopf zu sich heranziehen, tröstend und zärtlich.

Das alles sah ich, als ich eintrat, und mir war, als bohre sich mir ein Messer in die Brust, sollte es also nicht nur den János Hamar, sondern noch einen anderen geben? von Haß getrieben, machte ich noch ein paar Schritte auf das Bett zu, als der Mann den Kopf von ihrer Hand hob, nicht allzu schnell, Mutter jedoch ließ augenblicklich sein Haar los, richtete, sich auf den Kissen vorbeugend, den Blick auf mich, erschrocken, daß ich ihr abscheuliches Geheimnis entdeckt hatte, und sagte, ich solle sofort das Zimmer verlassen.

Der Mann aber sagte, ich solle bleiben.

Beide redeten gleichzeitig, Mutter mit überschnappender Stimme, wobei sie sich an den Hals griff, um ihren offenen Morgenrock zusammenzuhalten und zu verbergen, daß auch ihr Nachthemd offen war, ich wußte deshalb sofort, was geschehen war, sie hatte es ihm gezeigt, hatte dem Fremden ihre Brust gezeigt! hatte ihm gezeigt, daß die Brust amputiert war, hatte ihm die Narbe gezeigt, der Fremde aber sprach freundlich zu mir, so sanft, als freue er sich gerade darüber, daß ich so unerwartet und in einem so ungünstigen Augenblick eingetreten war; ich aber blieb verwirrt, verwirrt auch von den gegensätzlichen Aufforderungen, stehen.

Scharf fielen schmale Streifen des nachmittäglichen Lichts ins Zimmer, ihre winterliche Strenge zeichnete die wirren Muster der zugezogenen Vorhänge auf den glänzenden Boden, um mich herum schien alles zu dröhnen, das Licht abscheulich zu summen, die Dachrinne draußen zu tropfen, das schmelzende Schneewasser zu rauschen und in den Abwasserrohren zu glucksen, als wäre ein Klangverstärker am Werk, alles dröhnte mir in den Ohren; die Lichtstreifen ließen die beiden im Schatten, sie erreichten nur das Fußende des Bettes, auf dem ein ungeschickt zusammengeschnürtes Bündel lag, und nachdem sich der Mann die Tränen vom Gesicht gewischt hatte, richtete er sich auf, lächelte und erhob sich, ich wußte zwar, wer er war, aber ich wollte es nicht wissen, sein Anzug schien mir genauso merkwürdig wie sein Mantel draußen auf dem Ständer, er hatte einen hellen, etwas verschossenen Sommeranzug an, war groß, größer als jener János Hamar, den ich in meiner Erinnerung bewahrt hatte und den zu erkennen sich meine Gefühle weigerten, weil meine Gefühle andere Empfindungen verteidigten, sein Gesicht war von bleicher Schönheit, sein weißes Hemd war zerknittert.

Er fragte, ob ich ihn erkannt habe.

Ich bemerkte den roten Fleck auf seiner Stirn und merkte, daß, obwohl er sich die Augen getrocknet hatte, ein Auge immer noch voller Tränen war, und sagte nein, ich erkenne ihn nicht, ich wollte es einfach nicht, auch hatte er wirklich etwas ganz und gar Fremdes an sich, aber ich behauptete es vor allem deshalb, weil ich an jener Lüge festhalten wollte, mit der ihn meine Eltern für mich jahrelang hatten verschwinden lassen, und als könnte diese meine seltsame Weigerung ihn von meiner Mutter trennen.

Doch meine angebetete Mutter verstand meine Weigerung nicht, oder sie wollte sie nicht verstehen, und wieder log sie, mußte sie lügen, auch wenn sie mich damit fortstieß, zugrunde richtete, denn sie tat, als müsse sie sich über alle Maßen wundern, daß ich diesen Mann nicht wiedererkannte, sie spielte ihm diese Verwunderung vor, weil sie den Anschein zu erwecken versuchte, als wäre hier nur von einer für mich typischen Vergeßlichkeit die Rede und als hätte ich ihn nicht um Vaters und ihretwillen aus meinem Gedächtnis streichen müssen; aber ihre Stimme klang trocken und erstickt von der

Aufregung, in die ihre eigenen Lügen sie verstrickten, damals war es abscheulich, sie anzuhören, heute jedoch, da ich die Scham über meine Hilflosigkeit und die schwere Kränkung, die sie meinem kindlichen Stolz zugefügt hatte, verwunden habe, finde ich ihre Selbstbeherrschung eher bewundernswert, was hätte sie anderes tun sollen – war ich doch in dem vielleicht dramatischsten Augenblick ihrer Begegnung ins Zimmer getreten –, als sich in den Schutz einer Rolle zurückzuziehen, so als gehörte es sich, die Mutter herauszukehren und mich zurechtzuweisen, sich also schnell in eine Mutter zu verwandeln, ihr Gesicht freilich hatte sich durch diese Seelengymnastik ganz verändert, eine ausgesprochen schöne rothaarige Frau saß da im Bett mit vor Erregung geröteten Wangen, eine mir fremde Frau, die mit heuchlerischer Stimme bezweifelte, daß ich diesen Mann so schnell hatte vergessen können, diesen Mann, den ich haßte, und doch verriet das Flackern ihrer schönen grünen Augen, wie sehr sie sich ihrer peinlichen und verräterischen Lage ausgeliefert fühlte.

Worüber ich mich natürlich freute, hätte ich es doch am liebsten gleich verkündet, daß sie log, es hinausschreien wollen in die Welt, daß sie lügt und uns alle betrügt, aber ich brachte nichts heraus, weil mich das Brausen in meinem Kopf erstickte, und die Tränen, die mir aus den Augen treten wollten, sickerten irgendwie meine Kehle hinab.

Der Fremde aber merkte nichts von dem, was zwischen uns geschah, er lachte laut auf, mit einem volltönenden, kräftigen Lachen, und als wolle er mir zu Hilfe eilen und die aus Mutters Stimme herauszuhörende Mißbilligung neutralisieren, sagte er, «es sind halt doch fünf Jahre», woraus ich folgerte, daß fünf Jahre inzwischen vergangen waren, und nicht nur seine Stimme, sondern auch sein Lachen berührte mich angenehm, tröstlich, so als würde er selber über diese fünf Jahre lachen und sich damit über sie hinwegsetzen; mit sicheren, ruhigen Schritten kam er auf mich zu, und damit wurde er wirklich wieder er selbst, sein Gang, das Lachen, die Offenheit seiner blauen Augen, vor allem aber das Vertrauen, das mich für ihn einnahm, vertrieb meine Gefühle der Abwehr und der Verteidigung.

Er zog mich an sich, und ich konnte nicht anders, als mich ihm zu ergeben, er lachte noch immer und sagte, es seien fünf Jahre gewesen, was nicht wenig sei, aber sein Lachen galt eher meiner Mutter, die fortfuhr zu lügen und sagte, sie hätten mir erzählt, daß er sich im Ausland aufhielte, was überhaupt nicht stimmte; als ich nämlich ein einziges Mal gefragt hatte, wo János geblieben sei, da hatte ausgerechnet sie geantwortet, und zwar um Vater zuvorzukommen, daß der János Hamar ein großes Verbrechen begangen habe und daß wir deshalb nie mehr von ihm sprechen würden.

Sie brauchte nicht zu sagen, welches Verbrechen, wußte ich doch, daß der Verrat das schwerste Verbrechen ist, und daher durfte es ihn nicht mehr geben, es gab ihn nicht und hatte ihn nie gegeben, und sollte er noch leben, war er für uns jedenfalls gestorben.

Mein Gesicht berührte seine Brust, sein Körper war hart, knochig und mager, und weil ich unwillkürlich die Augen schloß, um in dieses Brausen einzutauchen, mich zurückzuziehen in das Versteck, das mein Körper in diesem Augenblick als einzige Zuflucht anzubieten hatte, bekam ich viel von ihm zu spüren, seine heiß in mich einströmende Zärtlichkeit, seine aufgeregte Freude, die sich nicht zu äußern vermochte, seine Leichtigkeit, zugleich aber auch eine fast krampfhaft auf Sehnen, Knorpel und Knochen reduzierte Kraft, und doch konnte ich mich ihm nicht anheimgeben, konnte die Lügen meiner Mutter nicht überwinden, und allzu bekannt schien mir die Vertrautheit, die ich mit seinem Körper empfand, die begrabene Vergangenheit meldete sich von neuem, sein Körper erinnerte mich an Vaters verweigerten Körper und von ferne an all die Qualen, die ich in meiner Liebe zu Kristian durchlitten hatte; die kantigen Umrisse dieses männlichen Körpers zeugten von vollkommener Sicherheit, aber auch vom wiederholten Entzug dieser Sicherheit, sein Körper erschloß mir jene Vergangenheit von vor fünf Jahren, als ich noch in völliger Arglosigkeit alles berühren durfte, und gerade diese überspannte Rückhaltlosigkeit der Gefühle ließ mich so zurückhaltend werden in seinen Armen.

Die Zeit noch schneller zu verleugnen und zu verarbeiten war mir unmöglich, ich wußte nicht, daß sich das Schicksal nicht aufhalten läßt; über meinen Kopf hinweg begannen sie zu reden.

Warum solle er lügen? er habe im Gefängnis gesessen, sagte er.

Meine Mutter stotterte irgend etwas wie, daß sie es mir nicht richtig hätten erklären können.

Worauf er wiederholte, nunmehr leichthin und unbekümmert, doch, er habe im Gefängnis gesessen, jawohl, im Gefängnis, und komme geradewegs von dort; und obwohl er zu mir sprach, war sein ironischer Ton für Mutter bestimmt, die, in einem unbekümmerten Tonfall einen Ausweg suchend, mir versicherte, daß er natürlich weder gestohlen noch betrogen habe.

Er wollte es aber nicht zulassen, daß sie sich herausredete, und entgegnete scharf, er werde sprechen, warum solle er das nicht?

Da aber schlug Mutters Stimme haßerfüllt zurück, also gut, wenn er es unbedingt für nötig halte! was nichts anderes bedeutete, als daß sie ihm verbot, auch nur das geringste zu erzählen, sie wollte mich schützen, ihn aber treffen.

Daß sie mich doch nicht ganz verstoßen hatte! daß ich in meinem Rücken ihre schützende Stimme spürte, tat mir wohl, auch wenn mich dieser seltsame Schutz von der Schwelle der Erkenntnis rasch wieder ins finstere Reich des Schweigens zurückstieß, doch der Fremde antwortete nicht mehr, der Streit zwischen ihnen blieb über meinem Kopf in der Schwebe, trotzdem hatte ich das Gefühl, daß ich es erfahren müßte, da ich das Recht hatte, es zu erfahren! vielleicht ist es tatsächlich nicht erlaubt, las ich in seinem unsicheren Blick; er packte mich mit festem Griff an den Schultern, schob mich von sich, sah mich an, sah sich diesen Knaben an, ich aber, der seinem tastenden Blick folgte, spürte die Zeit, die sich ihm in meinem Körper offenbarte, weil er von dem Anblick, der sich ihm bot, von allem, was sein Auge als Veränderung und Wachstum zur Kenntnis nahm, entzückt war und unendlich zufrieden, er schien sich die fünfjährige Veränderung, die sich an mir vollzogen hatte, gleichsam mit den Augen einzuverleiben, machte sich mein Heranwachsen mit Entzücken zu eigen, schüttelte mich, schlug mir auf die Schulter, und für diesen kurzen Augenblick sah ich mich mit seinen Augen, weil mir alles weh tat, jedes einzelne meiner Glieder schmerzte unter seinem Blick, so, als wäre mein Körper selber der Betrug, den er genoß, und ich stand nicht unschuldig vor ihm, was mir so weh tat, so schrecklich schmerzte, daß die in der Kehle steckengebliebenen Tränen sich mit einem leisen, winselnden Laut Bahn brachen; was er vielleicht gar nicht wahrgenommen hatte, denn fast wütend küßte er mich laut schmatzend auf beide Wangen, und wie jemand, der nicht genug bekommen kann von der Berührung, von der Freude am Anblick, küßte er mich noch ein drittes Mal, als Mutter hinter unserem Rücken sagte, wir sollten uns umdrehen, weil sie aufstehen wolle; ich schluchzte inzwischen wild und zügellos und berührte beim dritten Kuß ungeschickt, meiner Aufgeregtheit wegen ungeschickt, mit meinem Mund sein Gesicht, den Schimmelgeruch auf seinem Gesicht, berührte sein Gesicht in meinem aufgewühlten Schmerz, aber er kümmerte sich nicht darum, riß mich brutal an sich und hielt mich an seinen Körper gepreßt, kümmerte sich also doch um mich, denn er wollte mit seinem Körper meine Tränen auftrinken.

Es war, als hätte das heftige Weinen das Brausen in meinem Gehirn weggespült, ich wußte nicht mehr, warum ich weinte, ich wollte gar nicht weinen, wollte nicht, daß er es fühlte, nicht, daß man es sähe, weil es meine Unreinheit war, die aus mir schrie, doch während ich, mich seinem Körper anvertrauend, noch mit mir kämpfte, war in seinen Körper schon Ruhe eingekehrt.

Als würden feine, in Felsentiefe entsprungene Wasseradern, stürmisch drängende unterirdische Quellen aus dem Höhlendunkel des Leibes die Zärtlichkeit herausschwemmen, die dann, an der Oberfläche angelangt, zu ohnmächtiger Kraft würde, zur Ohnmacht der Arme, des Schoßes, zum Zittern der Schenkel, nichts war geschehen, nichts hatte sich verändert, noch umarmte er mich mit der sanften Kraft seiner Zärtlichkeit, aber deren Quellen waren versiegt, er hatte nichts mehr zu geben, es war, als sei Ruhe eingetreten.

Ich weiß nicht, wie lange Vater schon in der offenen Tür gestanden hatte.

Da ich mit dem Rücken zur Tür stand, nahm ich ihn erst wahr, als das Verstummen der Zärtlichkeit mich spüren ließ, daß hinter meinem Rücken etwas geschah.

Über meinen Kopf hinweg blickte er ihn an.

Mutter stand vor ihrem Bett und wollte gerade nach ihrem Morgenrock greifen.

Er stand da im Mantel, den weichen grauen Hut in der Hand, das glatte blonde Haar in der Stirn, das er sonst mit seinen nervösen schlanken Fingern nach hinten strich, er war bleich und sah uns mit umwölkten Blicken an; es schien, als sähe er gar nicht uns, sondern etwas Unbegreifliches, anstelle unserer sich umarmenden Körper eine Erscheinung, ein Luftgebilde, und als fasse er nicht, wie diese Erscheinung hierhergekommen war, vielleicht hatte ich deshalb den Eindruck, daß sein sonst klarer und strenger Blick von einer Wolke begriffsstutziger Verwunderung verhüllt wurde, sein Mund aber zitterte ununterbrochen, als wolle er etwas sagen und ließe es dann aber sein, weil ihm die Sprache versagte.

Meine Tränen waren überflüssig geworden und das Schweigen so tief und undurchdringlich, daß ich meine Überflüssigkeit bis auf die Knochen spürte, gleich einem Tier, dessen Flucht nicht nur die ausgeklügelt gebaute Falle, sondern auch seine eigenen lahmgelegten Instinkte unmöglich machen.

Langsam ließ er mich los, müde, fast gleichgültig, wie man einen Gegenstand losläßt; Mutter rührte sich nicht von ihrem Platz.

Es bedurfte einer furchtbar langen Zeit des Schweigens, um jene fünf dahingegangenen Jahre zu bewältigen.

Und das, was ich zwischen Vaters Papieren kramend über

ihn erfahren hatte, wurde zu einer Bagatelle, verglichen mit dem, was sich auf seinem Gesicht spiegelte, vielleicht auch das etwas, das nicht erlaubt gewesen wäre; sein Körper war seltsam geschrumpft, seine schlanke, hochgewachsene Gestalt unter dem Gewicht des Mantels zusammengesackt, seine Haltung, sein sicheres Auftreten schienen sich als Täuschung zu erweisen und die Krümmung seines Rückens nur noch sichtbarer zu machen, den Kopf konnte er nur mit größter Anstrengung geradehalten, hilflos hing und pendelte er über dem Mantel; sobald er nämlich sagen wollte, was er nicht zu sagen vermochte, fing nicht nur sein Mund zu zittern an, dieses Zittern strahlte aus auf Nasenflügel, Wimpern und Augenbrauen, es runzelte die Haut auf seiner Stirn zu Falten, eine fremde Kraft schien Kopf und Hals zu versteifen, und was sein Mund sagen wollte, blieb ihm im Halse, in der Kehle stecken, sein sonst tadelloser Anzug wirkte unordentlich, seine Krawatte war verrutscht, eine Kragenspitze ragte nach oben, Mantel und Jacke waren nicht zugeknöpft, das Hemd über dem Bauch ein wenig aus der Hose gerutscht, alles Anzeichen einer vernunft- und würdelosen, hastigen Eile, der Aufgewühltheit und Verwirrung, deren er sich natürlich nicht bewußt war; ich kann mir bis heute nicht erklären, von wem und woher er die Nachricht hätte bekommen können, nachdem doch alle Umstände darauf hinwiesen, daß János gänzlich unerwartet bei uns eingetroffen war, allenfalls könnte ich mir vorstellen, daß er in dem Augenblick, als ihn die Nachricht erreicht hatte, losgerannt war und sich in seinen Wagen geworfen hatte, daß er glücklich und verzweifelt zugleich gewesen sein mußte, daß seine Seele, wenn es eine solche geben sollte, stumm in zwei Hälften geborsten war und, während er auf Weisung seiner Instinkte sich bemühte, den Anschein zu erwecken, ein unversehrter Mensch zu sein, zwei unvereinbare Gefühle mit gleicher Stärke in ihm toben mochten; das brachte ihn in Aufruhr, ließ sein Gesicht zucken, seinen Kopf schwanken und pendeln.

Damit habe ich aber nur von der Kraft, dem Rhythmus, der Dynamik der Gefühle gesprochen, von jenem Fluten, in dem sich Färbung und Richtung der Gefühle offenbaren, dem Atemholen und Pulsieren der Gefühle, also noch nicht annähernd von dem Gefühl selber, sondern nur von einer Eigenschaft des Gefühls; auf das, was sich in Wahrheit in ihm abspielte, kann ich nur mit Hilfe eines Vergleichs schließen, er war zum Kind und zugleich zum Greis geworden, als zeigten seine Gesichtszüge zwei verschiedene Lebensalter, das eines tödlich beleidigten Kindes, das die Welt bisher mit Illusionen verwöhnt hatte, dessen klaren Verstand man hatte verdummen lassen und das jetzt, da die gleiche Welt ihm ihr gnadenloses Antlitz darbietet und nicht geschieht, was es will, woran es gewöhnt ist, sich hinter Schmollen, Zorn, Haß und Gejammer vor der Wirklichkeit verschanzt, das nicht sehen will, was es sieht, was ihm weh tun könnte, das nicht leiden will und sich deshalb um so sehnlicher wünscht, in eine Welt des schönen Scheins zurückversetzt zu werden, das wieder gestillt werden möchte, dumm zu bleiben wünscht, den Finger in den Mund steckt, die Brust der Mutter will – daher erschien alles, was ich bisher als klar, großartig und rein, als die unnachsichtige Strenge einer moralischen Haltung in seinem Gesicht zu lesen geglaubt, deren Ursprung zu erkennen ich mich aber immer ein wenig gefürchtet hatte, so, als würde ich ihn damit entlarven: seine alberne Sicherheit und daß auch er einst an die Hand genommen worden war; sein Mund zitterte, Nasenflügel und Wimpern flatterten, die Augenbrauen zuckten wie bei einem kleinen Kinde, was, auf die Züge eines Erwachsenen übertragen, monströs und albern wirkte, genauer, in den zerrütteten Zügen des Mannes erkannte ich das Kind, das niemals hatte erwachsen werden können, gleichzeitig schien er über sein eigenes Lebensalter hinaus gealtert, bleich wie ein Schatten, war er zum Greis geworden, den die sich hinter den Erscheinungen der Welt verbergenden realen, unbarmherzigen, blutigen und verbrecherischen Geschehnisse in einem Maße zerstört und zerrüttet hatten, daß nichts, aber auch gar nichts in ihm unschuldig geblieben war, sein Lebenstrieb flackerte eben noch, er wußte alles, sah und durchschaute alles, nichts konnte ihn mehr unvorbereitet treffen, und alles, was ihn unvorbereitet treffen würde, wäre nur die Wiederholung eines Früheren, und daher verdeckte der feine Schleier seines Verstandes und seines Verstehens eher müde, zitternde Langeweile als echte Sympathie oder Liebe, so als hätte sein Gesicht, zwischen den Polen von Kindheit und Alter, von Vergangenheit und Zukunft hin- und hergerissen, den noblen Ausdruck für die zum Ertragen der Situation nötige Rolle nicht gefunden, es war zerstört.

Und János Hamar sah ihn sanft, fast gerührt an, blickte ihn mit seiner auf ein Minimum geschwundenen Kraft an, schaute ihn an, als betrachte er den Gegenstand seiner einstigen Liebe, als lächele er der verlorenen Vergangenheit zu, mit jenem sanften Ausdruck, mit dem wir dem Schwächeren beistehen, ihn ermutigen wollen, ihm gleich zu werden versuchen und von vornherein teilnahmsvoll versichern möchten, daß wir, würde er sprechen, seine Gefühle verstehen werden, oder doch wenigstens versuchen werden, sie zu verstehen.

Ich war mir sicher, besser gesagt, meine Gefühle waren sich sicher, daß er mein wirklicher Vater war und nicht diese lächerliche Figur in dem unglücklich weiten Wintermantel, und da fiel mir auch ein, daß János' Haare früher dunkel und dicht gewesen waren und daß ich dieses Gefühl einer tiefen inneren Nähe, die mich jetzt beseelte, nur deshalb nicht sofort erkannt hatte, weil sich auch seine Haut verändert hatte, seine Haut hatte ihre lebensvolle braune Farbe verloren und bedeckte runzelig weiß seine kräftigen Gesichtsknochen.

Mutters Gesicht war das geheimnisvollste, ihr Gesicht besiegelte meine Vermutung, weil ihr Gesicht sich plötzlich zwischen die beiden gedrängt hatte, ohne daß sie sich von ihrem Platz fortbewegt oder ihre Bewegung beendet hätte.

Und dann war es doch der zittrige Mund meines wintermantelbekleideten Vaters, der in dieser Stille den ersten Satz hervorbrachte, er sagte so etwas wie, dann bist du also doch hierhergekommen.

Worauf das Lächeln auf dem Gesicht des anderen von Schmerz überschattet wurde, und als er sagte, daß er es eigentlich gegen seine Absicht habe tun müssen, verschmolzen Lächeln und Trauer von neuem auf seinem Gesicht, und er fuhr fort, es sei ja wahrscheinlich bekannt, daß seine Mutter seit zwei Jahren nicht mehr lebe, er aber sei, wie sich's gehört, zuerst nach Hause gegangen und habe es erst dort von den Leuten erfahren, die inzwischen die Wohnung in Besitz genommen hatten.

Das haben wir nicht gewußt, sagte mein wintermantelbekleideter Vater.

Aber da ließ sich die Stimme meiner Mutter vernehmen, scharf wie eine Säge, die in einem Baumknorren steckengeblieben ist, schrie sie, jetzt ist es aber genug.

Wieder war es still zwischen ihnen, und während Mutter mit verkrampfter, erstickter Stimme, als wolle sie sich an jemandem rächen, sagte, sie hätten es gewußt und wären nicht zum Begräbnis gegangen, fühlte ich, daß mich die Kräfte verließen und ich mich deshalb nicht von der Stelle rühren konnte.

Alle schwiegen, als zögen sie sich in sich selbst zurück, um neue Kräfte zu sammeln.

Nach einer Weile sagte er, also gut, lassen wir das, und das Lächeln verschwand aus seinem Gesicht, nur der Schmerz blieb zurück.

Daraufhin ermannte sich mein wintermantelbekleideter Vater und ging, den Hut in der Hand, auf ihn zu, und obwohl er keine entsprechende Bewegung machte, sah es aus, als wolle er ihn umarmen, der andere aber, als beriefe er sich auf seinen Schmerz, hob abwehrend die Hand, er möge nicht näher kommen, möge es dabei belassen.

Er, im Wintermantel, blieb stehen, der schmale Lichtstreifen verfing sich in seinem Haar und ließ es aufleuchten, und – ich weiß nicht, warum, vielleicht wegen der unterbliebenen Bewegung – der Hut fiel ihm aus der Hand.

Daß sie es hinter sich bringen müßten, sagte Mutter im Flüsterton, so als wolle sie die Schroffheit der Zurückweisung mildern, und dann, leiser noch, daß sie darüber hinwegkommen müßten.

Beide blickten sie an, und in ihren Augen stand die Hoffnung, daß sie, die Frau, ihnen helfen werde.

Und diese Blicke brachten die drei irgendwie doch zueinander, zu einem Miteinander.

Nur daß hier keiner dem anderen helfen konnte; nach einer Weile wandte sich János von ihnen ab, es mochte ihn schmerzen, daß sie wieder zu dritt waren, die beiden aber, auf sich gestellt, wechselten haßerfüllte Blicke hinter dem Rücken des Dritten, er schien inzwischen durchs Fenster zu schauen, doch während er hinausschaute, als beobachte er das Tröpfeln aus der Dachrinne, die kahlen, im Winde schaukelnden Äste, schluchzte er auf, aus seinen Augen quollen Tränen, die er aber schnell hinunterschluckte, ja, gut, sagte er, ich weiß, sagte er, und jetzt brach er vollends in Tränen aus, Mutter aber schrie mich an, ob ich nicht merke, daß ich hier überflüssig sei? mit geradezu hysterischer Stimme schrie sie mich an, ich solle endlich verschwinden!

Ich wäre gerne gegangen, aber ich konnte es nicht, so wie sie es nicht fertigbrachten, die notwendigen Schritte aufeinander zuzugehen, viel zu weit waren sie voneinander entfernt, jeder auf seinem Platz.

Dann erwartest du also doch so etwas wie eine Rechtfertigung von mir, sagte Vater viel zu laut, weil es ihm endlich auszusprechen gelang, was auszusprechen er gefürchtet hatte.

Nein, sagte er, entschuldige, und wischte sich mit der Faust die Tränen aus den Augen, wobei das eine naß blieb wie vorhin, entschuldige, aber ich bin nicht zu dir gekommen, ich bin zwar in dieses Haus gekommen, aber nicht zu dir! und daß Vater keine Angst zu haben brauche, das hier sei keine Totenbeschwörung! er habe gar nicht die Absicht, mit ihm zu sprechen, und wenn er gekommen wäre, um Sippenhaft zu vollstrecken, dann hätte er's anders angefangen, nicht wahr? aber wie auch immer, von diesem Augenblick an, wie unangenehm das ihre Begegnung mache oder wie bedauerlich die

Angelegenheit für Vater sei, dieser müsse damit rechnen, daß er hier sei, daß er lebe, nicht krepiert sei und sagen werde, was er denke.

Ob er nicht glaube, fragte danach sehr leise mein wintermantelbekleideter Vater, daß ihn das auch etwas angehe?

Ob er damit seine Entlassung oder seine Verhaftung meine, fragte er zurück.

Seine Entlassung natürlich.

Nein, um aufrichtig zu sein, das könne er nicht recht glauben, er sehe sich vielmehr gezwungen, gewisser Umstände wegen das Gegenteil anzunehmen.

Dann glaube er also auch, daß er?

Gewisse Umstände könne er leider nicht vergessen, dazu hätten diese verdammten fünf Jahre nicht gereicht, sagte er, er glaube, auf die erforderliche Weise seien nur die vergeßlich, die nicht mehr am Leben seien, vielleicht hätte man gründlichere Arbeit leisten müssen, weiterschauende! damit niemand übrigbleibt, der sich erinnert.

Ob er so freundlich sein könne, ihm zu sagen, auf welche Umstände er anspiele, fragte mein wintermantelbekleideter Vater.

Da ließ Mutter ihren Morgenrock los und preßte, als ginge etwas Schreckliches in ihr vor, beide Hände gegen den Bauch, als wolle sie verhüten, daß geschähe, was doch geschehen mußte.

Nein, er finde die Voraussetzungen ganz und gar nicht geeignet, um sich auf ein Gespräch über belanglose Einzelheiten einzulassen.

Nein, nicht jetzt, flüsterte Mutter, nicht jetzt!

Das sei keineswegs eine belanglose Einzelheit, schließlich gehe es um seine Ehre, und er fordere ihn nachdrücklichst auf zu sagen, auf welche Umstände er anspiele, er wolle es wissen.

János schwieg lange, doch es war nicht mehr das Schweigen von vorhin, es war erfüllt von Spannung; Vater hatte der Zorn einigermaßen ins Gleichgewicht gebracht, seine Gefühle waren wieder in die eingefahrenen Gleise seiner Überzeugungen zurückgekehrt, doch hinter der zerbrechlichen Maske seiner wiedergewonnenen Sicherheit lauerte er erschrocken und ergebungsvoll auf das, was der andere vorbringen werde, dieser aber war von dem gegen seinen Willen ausgebrochenen Kampf auf seltsame Weise verunsichert, war es ihm doch nicht gelungen, mit seinen umständlichen und gewählten Formulierungen diesen anderen Menschen in Distanz zu halten; inzwischen war auch der gesammelte Ausdruck zärtlichen Gefühls und edlen Schmerzes, die der Schock der wiedergewonnenen physischen Freiheit, der Heimatlosigkeit, auch die Nachricht vom Tode seiner Mutter und die dramatische Begegnung mit uns in ihm verursacht haben mochten, von seinem Gesicht verschwunden, nicht zu sprechen vom Anblick von Mutters verstümmeltem Körper, der allein schon ausgereicht hätte, einen Menschen zu einem Gefühlsbrei im Rachen des Schicksals zu zermalmen, er aber schien sich, im Gegensatz zu meinem Vater, dank dieser Diskussion von der Last seiner Gefühle befreit zu haben und jetzt ohne allen Schutz und ohne jede Bindung nackt und waffenlos kämpfen zu müssen, er kämpfte auch, versuchte zu lächeln, kämpfte aber nicht gegen seine Gefühle, sondern gegen seine ihm von den Göttern zugemessene Freiheit, ein Geflecht von Falten zog sich um seine Augen zusammen, und mit einiger wohlmeinender Übertreibung könnte man sagen, daß Mentor persönlich ihm drängend und ermutigend zur Seite stand, seine Züge verfinsterten sich, worauf sich die Falten glätteten, er war müde geworden, aber nicht kraftlos, es war die Müdigkeit eines Menschen, der seiner Überzeugung sicher ist und seiner Wahrheit, die keineswegs mit einer kleinlichen persönlichen Wahrheit identisch ist, sondern mit der ganzen unteilbaren, allgemeingültigen Wahrheit, so daß ihn deshalb jedes Beweisverfahren von vornherein anödet, er es für überflüssig und vergeblich hält; vom moralischen Standpunkt aus allerdings erwies sich dieser Streit als nicht besonders elegant, denn nur er und ausschließlich er konnte dabei recht behalten, weil er das Opfer war, doch er scheute sich, nunmehr in Freiheit, diese Rolle auf sich zu nehmen, trotzdem war der Kampf nicht zu umgehen, weil sie sich ja mitten darin befanden und schon seit Minuten in dieser Geheimsprache redeten, die nur ihnen verständlich war, der Sprache der Vorsicht und des Mißtrauens, der ständigen Wachsamkeit und Verdächtigungen, nach deren Ursprung und Herkunft auch wir, Maja und ich, gefahndet hatten, das war ihre Sprache, die einzige Waffe, die sie gegeneinander gebrauchen konnten, die Sprache ihrer Vergangenheit, ihre gemeinsame Sprache, die er jedoch, wollte er sich nicht selber in Frage stellen, weder für vergeblich noch für langweilig halten durfte; er haßte ihre Gemeinsamkeit, suchte daher nach einem Spalt, einer sprachlichen Wendung, einer Intonation, mit deren Hilfe er jetzt noch vor sich selber hätte ausweichen können.

Sieh, sagte er gedehnt, als könne er mit diesem einen Wort eine lebenswichtige Spanne Zeit gewinnen, du weißt mit Bestimmtheit viel besser als ich, was du fordern und was du nicht fordern kannst, mit mir aber solltest du weder herumschreien noch hartnäckig darauf bestehen, recht zu behalten! andererseits aber erlaube mir, daß ich dich ganz leise, in diesem freundlichen leisen Ton frage, und zwar unabhängig von meinem sogenannten Fall, weil, nicht wahr, mein Prozeß an dem Verhältnis zwischen uns beiden nichts mehr ändert, mit einem Wort: Wie viele Todesurteile hast du unterschrieben? was ihn von einem rein statistischen Gesichtspunkt aus interessiere.

Vater schwieg eine Zeitlang, ihre Blicke kreuzten sich und ließen einander nicht los, bis auch er sich dieser umständlichen Sprache bediente und sagte, daß er die Frage nicht für berechtigt halte, schließlich müsse János doch wissen, daß er kein einziges Todesurteil unterschrieben habe, weil das nicht seines Amtes sei, die Frage sei daher, in dieser Form jedenfalls, als gegenstandslos zu betrachten.

Ach so, natürlich, er möge verzeihen, das habe er ganz vergessen!

Richtig sei, sagte mein Vater bedächtig, daß im gegebenen Falle zwar er das Todesurteil beantrage, doch wie allgemein bekannt, seien es die beiden Volksbeisitzer und der Volksrichter, die das Urteil nach eigenem Ermessen fällen.

Natürlich, rief er, so ist das also in der Rechtsprechung, und Vater möge ihm verzeihen, aber das sei so kompliziert, daß er es jedesmal durcheinanderbringe.

Ja, so sei das nun mal, und man dürfe die Dinge eben nicht durcheinanderbringen!

Schön und gut, dann sei ja alles in bester Ordnung!

Ich wäre zu gerne hinausgegangen, aber ich wagte noch nicht einmal, die Luft um mich herum in Bewegung zu setzen.

Er nehme an, fuhr Vater drohend, bedächtig und leise fort, wenigstens aufgrund dessen, wie er ihn von früher kenne, und er sei nicht sicher, wer von ihnen beiden der Radikalere gewesen sei! daß János im Einzelfall nicht anders gehandelt hätte und im besten Glauben seinen Pflichten nachgekommen wäre, oder etwa nicht? und daher sehe er es durchaus als ein Werk des Zufalls an, welche Rolle jedem von ihnen in diesen vergangenen fünf Jahren zugeteilt worden sei.

Ihre Stimmen waren zum Flüstern gedämpft, und auch Mutter flüsterte ununterbrochen ihr Nein, nicht jetzt, ich bitte dich inständig, nicht jetzt.

Siehst du, fast hätte ich die Zufälle vergessen, sagte er leise, aber wenn es auch nur Zufälle waren, so sind daraus doch Tatsachen geworden, die dich komischerweise stören, warum eigentlich? warum diese lächerliche Aufregung? das sei also meine Rolle gewesen, wie du sagst, gut! wir sind quitt, ich hier, du dort, ich will dir nichts vorhalten, verstehst du?

Er werde ihm alles, jedenfalls alles, was er wisse, berichten, aber er bitte ihn, weil er ja kein Recht habe, es zu fordern, ihm zu sagen, auf welche besonderen Umstände er vorhin so nachdrücklich gezielt habe.

Auf dein Ehrgefühl, sagte János.

So, sagte mein wintermantelbekleideter Vater, auf mein Ehrgefühl also.

Dann wurde es wieder still, und in dieser Stille ging ich auf die Tür zu, und diese Stille veranlaßte Mutter, die Augen zu öffnen, weil sie sehen wollte, was in dieser Stille geschah, ich ging an ihr vorbei, aber sie merkte gar nicht, daß ich endlich wieder gehen konnte.

Du führst dieses Verhör sehr geschickt, sagte er, schließlich kennst du mich ja und weißt womöglich mehr über mich, als ich selber weiß.

Was er damit sagen wolle?

Eigentlich nichts, und auf diese Weise wolle er auch nicht mit ihm reden.

Soviel habe ich noch im Weggehen gehört, aber ich konnte das Zimmer nicht verlassen, weil mein Vater anfing zu brüllen: solle die Welt doch mit allem, was Menschenhand auf der dünnen Rinde dieser Erde errichtet habe, untergehen, zusammenkrachen und zerfallen, er schluchzte und schrie es wild heraus, es war der Aufschrei eines Mannes, den nur noch ein Hauch von Selbstbeherrschung zurückhält, einen Mord zu begehen, und um den anderen nicht umzubringen, faßte er sich mit beiden Händen an die Schläfen, so, als ob ihm der Kopf zerspränge, und schluchzend rief er, warum das alles, und warum so? ich ertrage es nicht, ich kann es nicht mehr ertragen! und daß er gar nichts verstehe, und wie solle er die Nächte schildern, in welchen er darauf warte, daß er jetzt dran sei, und sich ganz verlassen fühle, er schäme sich, aber er verstehe es nicht und schäme sich auch wieder nicht, und warum sein bester Freund, dessentwegen er fast draufgegangen sei, nicht mit ihm sprechen wolle.

Du bist erbärmlich, lächerlich und widerwärtig, sagte der andere mit klarer und ruhiger Stimme.

Ich hielt mich am weißen Holz des Türpfostens fest.

Aber warum nur, warum, und ob er nicht sehe, wie sehr es ihn quäle und daß er es nicht länger ertragen könne?

Als du hereingekommen bist, sagte er, habe ich dich angesehen und mich gefragt, ob dir noch soviel Anstand, oder sagen wir lieber nüchterner Verstand geblieben sei, um zu begreifen, was du angerichtet hast.

Er ließ die Hände sinken, und als versage der Atem, waren seine Lippen in jenem kindlichen Schmerz geöffnet, der mitsamt diesem mörderischen Männerschluchzen in ihm aufgebrochen war, trotzdem hatte ich das Gefühl, daß es kein Zeichen von Schwäche war, sein Körper war stark geblieben.

Als würde der Körper ihm sagen, daß er von nun an aus nichts mehr als aus ein klein wenig Neugier bestehe und daß nichts anderes mehr zähle außer dem, was der Körper des anderen ihm sagt.

Gut, sagte János mit Nachdruck, laß uns also die Sache hinter uns bringen, und mit seinen weit aufgerissenen blauen Augen blickte er in die blauen Augen des anderen, und jede der haardünnen Runzeln seines Gesichts legte sich wieder zurecht, sein Gesicht glättete sich wieder, aber ich möchte nicht, daß du mich mißverstehst, man hat mir am zweiten Tag, und du wirst ja wohl sehr genau wissen, was der zweite Tag bedeutet, ein Papier gezeigt mit deiner Unterschrift, dein Geständnis, wonach ich, als ich im Mai fünfunddreißig entlassen wurde, dir weinend berichtet habe, daß ich die Schläge nicht länger ausgehalten und mich die Geheimpolizei gefügig gemacht habe, er stockte, holte tief Atem, und daß du dich verbürgt habest, sagte er, mich nicht anzuzeigen, weil ich so schrecklich gejammert habe, sondern mich unter einem Vorwand für einige Zeit aus dem Verkehr zu ziehen, damit ich erst gar nichts zu melden hätte, doch das soll keine Abrechnung sein, keine Anklage, ich will keine Rechenschaft fordern von dir! rief er, aber als ich unsere Aktion in Szob vereitelt habe und Maria meinetwegen gefaßt wurde, sagte er, war das der Beweis für dich, daß ich doch für die Polizei arbeite.

Aber das ist doch Unsinn! es weiß doch jeder, daß sie nachher noch zwei Monate im Keller zusammengearbeitet haben, sagte mein Vater.

Daß er von jenem zweiten Tag an alles, was sie von ihm wollten – denn am ersten habe er noch nicht verstanden, was es war –, oder besser vom dritten Tag an – er habe etwas Zeit gebraucht, bis er verstand – akzeptiert habe.

Er habe aber keinerlei Papier unterschrieben.

Er habe nicht nur unterschrieben, er habe sogar die Tippfehler korrigiert, ordentlich wie immer, sein Freund.

Nein, das müsse ein Mißverständnis sein, nein, er habe niemals auch nur die geringste Aussage gegen ihn gemacht, weil ja niemand eine von ihm verlangt habe.

Du lügst, sagte er.

Als hätte der weiße Türpfosten mir aus dem Zimmer hinausgeholfen, war ich endlich draußen.

János, glaub mir, jetzt lügt er wirklich nicht, vernahm ich die tonlose Stimme meiner Mutter.

Er lügt, wiederholte er.

Fast wäre ich, weil ich die sich nähernden Schritte meiner Großmutter nicht gehört hatte, in der offenen Tür mit ihr zusammengeprallt.

Nein, János, das wüßte ich, das hätte ich auch nie zugelassen, er wurde niemals und von niemandem befragt, hörte ich meine Mutter drinnen im Zimmer sagen.

Großmutter war, mit vom Kochen geröteten Wangen, aus der Richtung der Küche gekommen, auf dem Gesicht jenen Ausdruck ein wenig verlegenen Stolzes und ängstlicher Beklommenheit, die sich dann zeigen, wenn das Kochen keine lästige, alltägliche Routine ist, sondern wenn die tausendfältig gewohnten Handgriffe, das Raspeln, Schälen, Deckelheben, Abschmecken, das rasche Vom-Feuer-Nehmen der Töpfe, das Brühen, Spülen, Rühren und Seihen ihren schönen und festlichen Sinn jener erhöhten Aufmerksamkeit und Hingabe verdanken, die die Anwesenheit eines lieben, auf die Mahlzeit wartenden Gastes mit sich bringt, es ist angerichtet, wird es auch schmecken? ihr war anzusehen, daß sie nicht geradewegs aus der Küche kam, sondern zuerst ins Badezimmer geeilt war, ihre Frisur gerichtet hatte, das Gesicht mit der Puderquaste betupft und die Lippen mit dem Lippenstift ein wenig nachgezogen, wahrscheinlich auch das Hauskleid gewechselt, um den Küchengeruch loszuwerden, und das silbergraue Kordsamtkleid angezogen hatte, das so gut zu ihrem silbrig ergrauten Haar paßte, und um einen Zusammenstoß zu vermeiden, zog sie mich für einen Augenblick an sich, ich spürte den Duft ihres soeben benutzten Parfüms, von dem sie jeweils zwei Tröpfchen hinter die Ohren tat.

Es war unwahrscheinlich, daß sie die letzten Sätze nicht gehört hatte, und auch wenn sie deren Sinn nicht verstanden haben sollte, schien es ausgeschlossen, daß sie, sosehr sie von ihrer eigenen Tätigkeit in Hitze geraten sein mochte, aus dem Tonfall und dem Anblick, der sich ihr bot – so wie die drei voneinander entfernt dastanden, von ihren Leidenschaften verkrampft –, nicht sofort die Situation erfaßt hätte, dennoch ließ sie sich nicht beirren, schob mich mit einer energischen, aber keineswegs unfreundlichen Bewegung zur Seite, trat mit ihren hochhackigen Pantoffeln eilig ins Zimmer und verkündete feierlich, als wäre sie blind, taub oder unbeschreiblich beschränkt, Kinder, es ist angerichtet!

Natürlich hatte sie die Situation erfaßt, doch war meine Großmutter mit ihrer Feinfühligkeit, ihrer Vornehmheit, ihrem aufrechten hohen Wuchs, ihrer puritanischen Humorlosigkeit, den feinen Schnurrbarthärchen unter der Nase, den scharfgeschnittenen Zügen ihres ein wenig faden Gesichts, das jetzt von der Erregung, die eindeutig János galt, und der Küchenröte verschönt und fraulich wirkte, so etwas wie ein Urbild aufrechter bürgerlicher Lebenshaltung, sie kam und überfuhr mit der Erbarmungslosigkeit ihrer Beschränktheit alle jene Ereignisse und menschlichen Lebensvorgänge, die im Rahmen der sogenannten ehrbaren Wohlerzogenheit und des erforderlichen Anstands nicht unterzubringen waren, sie kam und nahm sie nicht zur Kenntnis, als wollte sie in ihrer überlegenen Art – die aber nichts Hochmütiges hatte, denn sie stellte sich nicht überlegen, sondern umging die Sache – sagen, es sei besser, gewisse Dinge, die wir nicht ändern können, nicht zur Kenntnis zu nehmen oder sich zumindest nicht anmerken zu lassen, daß dem Auge nichts entgangen sei, da der nicht aufzuhaltende Ablauf der Ereignisse sonst gleichsam beschleunigt und nicht abgewendet würde, und abzuwarten, bevor wir etwas tun, nicht zu werten, wäre doch jedes Tun schon ein Urteil, mit dem man jedoch vorsichtig umgehen muß! diese Haltung hatte mich als Kind natürlich aufs äußerste irritiert, ihre Verlogenheit mir Übelkeit verursacht, und es mußte viel Zeit vergehen, bis ich, durch eigene, bittere Erfahrungen klüger geworden, mir ihre Weisheit zu eigen machte, bis ich erkannte, zu ahnen vermochte, daß das scheinheilige Augenzudrücken, Wegschauen und die vorgetäuschte Taubheit möglicherweise mehr Flexibilität und Verständnisbereitschaft erfordern als die offen gezeigte Anteilnahme und das beflissene Mitgefühl, daß sie vielleicht mehr menschliche Einsicht, mehr humane Erfahrung voraussetzen als die um unmittelbare Wahrheitsfindung bemühte Einmischung, die sogenannte Aufrichtigkeit, denn diese Verhaltensweise ist geeignet, unsere natürliche Neigung zur Rechthaberei und voreilige Verurteilung im Zaum zu halten, freilich um den Preis einer anderen Rechthaberei; sie mochte sich damals in ihrem Element fühlen, es schien, als betrete sie, ohne mit der Wimper zu zucken, einen Salon, in dem man, an einem Aperitif nippend, über Nichtigkeiten plaudert; wie deutlich sie jedoch den Ernst der Situation erkannt hatte, war daraus zu ersehen, daß sie, fast ohne sich Zeit zum Atemholen zu nehmen, zu Vater gewendet, sich erstaunt zeigte, ihn hier zu sehen, da müsse sie sich gleich um ein weiteres Gedeck kümmern, und in ihrem alltäglichsten, ein wenig forschen Ton sagte sie: schnell den Mantel ausgezogen, Hände gewaschen, und marsch an den Tisch, es wäre schade, wenn das Essen kalt würde! doch inzwischen war sie schon auf János zugegangen, für den sie ja das ganze Theater inszenierte, das Theater aber sollte bekunden, daß wir hier, bitte sehr, geschehe, was wolle, eine Familie sind, in der alles wie geölt, liebevoll und ordentlich funktioniert, und vielleicht ist es nicht unangebracht, zwischendurch zu bemerken, daß gerade in diesem Funktionieren die in vieler Hinsicht kluge Moral und Vernunft des bürgerlichen Anstands deutlich wird, daß nämlich das Leben, und richte es sich auch gegen das Leben selber, immer und unter allen Umständen funktionsfähig bleiben müsse; es wird freilich nur ein zusammengehauenes Essen geben, sagte sie lächelnd und ließ den Blick lange auf János ruhen, um ihm rücksichtsvoll Zeit zu lassen, faßte dann sanft seinen Arm und sagte, daß er sich gewiß nicht würde vorstellen können, wie glücklich sie sei.

Das mit Täuschungsmanövern operierende ungestüme Vorgehen meiner Großmutter allein hätte natürlich nicht genügt, um die an einem Siede- und Wendepunkt angelangten

Gefühle in das breitere Becken der Einsicht zu lenken, im Gegenteil, die drei hatten einen Zustand erreicht, von dem man fürchten mußte, daß sie nicht nur ihre um Klärung bemühten mörderischen Gefühle von einem Augenblick auf den anderen nicht mehr würden besänftigen können, sondern daß Großmutters heuchlerisches Gehabe auch noch ihre restliche Zurückhaltung zunichte machen würde und daß der Zorn, die Schmach und Verzweiflung, die Verdächtigungen, der Schmerz und die Demütigung, von denen sie in jenen Augenblicken beherrscht wurden, auf Großmutters Kopf herunterprasseln würden, um in einer irgendwie greifbaren Gerechtigkeit eine Beruhigung zu finden, meine Mutter errötete vor Zorn über ihre eigene Mutter, und es schien, als wolle sie ihr die Tür weisen oder ihr an die Kehle fahren, um diesen falschen, verhaßten Ton in ihr zu ersticken; doch ihre dem Anstand meiner Großmutter so vollkommen entgegengesetzte Moral erlaubte diese extreme Handlungsweise nicht, eine Moral, die möglicherweise darin bestand, daß sie sich, um ihre Ziele zu erreichen, äußerst feiner Unterschiede zwischen ihren legalen und illegalen Verhaltensweisen, ihrer Taktik und ihrer Strategie bedienten, um mit Hilfe dieser Unterscheidungsmerkmale so unerkennbar wie möglich zu bleiben, eine Garantie ihrer moralischen Überlegenheit wie ihrer praktischen Macht in einem, weshalb jedes wie auch immer geartete endgültige Wort oder jede endgültige Geste zum Verräter hätte werden können, zum Verräter ihrer Gemeinschaft, genausowenig durften sie ihre entfesselten Gefühle offenbaren, die inneren Konflikte ihres geheimen Lebens mußten geheim bleiben, das war das Sperrgebiet, das sie auf die gleiche konspirative Weise schützten, mit der sie sich einst bemüht hatten, es aufzubauen, daher mußten sie alles untereinander und unter völligem Ausschluß der feindlichen und verdächtigen Außenwelt erledigen, aber für mich war das Verwunderlichste an dieser Szene, wie sich diese beiden, aus eindeutig gegensätzlichen Antrieben kommenden Verhaltensweisen unter der Oberfläche von Heuchelei und Täuschung friedlich einander anglichen.

Später freilich fingen sie dort wieder an, wo sie aufgehört hatten, doch jetzt sagte Vater rasch, als fände hier tatsächlich bloß ein oberflächliches Geplauder statt, so etwas wie, jawohl, er werde sich sofort die Hände waschen und kommen; das war ein Zeichen für Mutter, die zwar noch tiefer errötete, aber bereitwillig ihren Morgenrock anfaßte, schon um durch dieses Abwenden ihr haßverzerrtes Gesicht zu verbergen, und sagte, daß sie sich umziehen wolle, sie wolle nicht im Morgenrock erscheinen, sie werde sich aber beeilen! auf János' Gesicht aber verwandelte sich das Zucken einer flüchtig wahrnehmbaren Verlegenheit in ein eiliges Lächeln, als wolle er damit abschirmen, was geheim bleiben mußte, ein Reflex auch das, ein konspiratives Lächeln, das auf das genaueste jener mit heuchlerischer Übertreibung gezeigten Freude entsprach, mit der Großmutter ihn anstrahlte, beider Lächeln war auf seine Art vollkommen, produzierten doch beide seltsamerweise mit der Tarnung ihrer Gefühle echte Gefühle.

Daß er nicht gerade glücklich zu nennen sei, brachte er grinsend hervor, während seine Hand Großmutters Geste erwiderte, er freue sich aber, hier zu sein, und könne es im Grunde noch gar nicht fassen, was mit ihm geschehen sei; worauf Großmutter so etwas wie eine teilnahmsvolle Miene aufsetzte, deine liebe, arme Mutter, sagte sie, ihre Augen wurden naß, zwischen ihnen war eine echte Gemeinschaft entstanden, bestimmt hatten beide das gleiche Gefühlsschema in sich heraufbeschworen, daß nämlich seine arme Mutter dies nicht mehr hatte erleben dürfen, und das Schema funktionierte, zugleich aber, gerade weil sie nach einer möglichen Gemeinsamkeit suchten, waren das Seufzen, die Stimmlage, die in die Augen schießenden Tränen ein Rückverweis auf jenes Thema, über das seit János' Ankunft gesprochen worden war, und zugleich die Beendigung des Themas, so etwas wie dessen stille, gerührte Beerdigung; bis meine Großmutter, sich zusammennehmend, sanft und tröstend die tote Mutter einbeziehend, sich bei ihm einhängte.

Ich rührte mich nicht, um mich kümmerte sich weiter niemand, Vater war verschwunden, Mutter gegangen, sich umzuziehen.

Ernö freilich sei schon ganz krank vor Aufregung, sagte Großmutter lachend, so ungeduldig warte er auf ihn.

Sie gingen auf das Speisezimmer zu.

János aber, der sich dem Konversationston gewandt angepaßt hatte, fragte eifrig, ein wenig beschämt wegen seiner Vergeßlichkeit, wie es Ernö gehe? – dabei bekam auch seine Stimme einen falschen Klang.

Wie genau der Verstand jetzt alles vor sich sieht, was das Auge damals als Bewegung, das Ohr als Stimme und Tonfall aufgenommen und die Erinnerung, wer weiß warum, bewahrt hatte.

Auf diesen unechten Ton hin blieb Großmutter plötzlich vor der Speisezimmertür stehen und zog, als müsse sie ihm, bevor sie eintraten, unbedingt etwas sagen, ihre Hand aus János' Arm, stellte sich vor ihn und schaute mit ihren schon ein wenig altersschwachen Augen zu ihm auf, von ihrem Gesicht war das Strahlen, das sie ihm eben noch aufgezwungen hatte, verschwunden, Müdigkeit und Trauer wurden sichtbar, auch Angst, trotzdem sagte sie nicht, was sie hatte sagen wollen, sie unterdrückte es und faßte, Zerstreutheit vortäuschend, János am Revers seiner Jacke, zupfte in mädchenhafter Verlegenheit daran herum, was irgendwie doch wieder ernst zu nehmen war, die erneute Tarnung eines unaussprechlichen Kummers.

Die Beherrschung aber, die János mit dem der Situation angepaßten und einzig möglichen falschen Zungenschlag gefunden zu haben glaubte, fiel plötzlich von seinem Gesicht ab, es verfiel, die zurückgedrängte Aufregung der vorausgegangenen Minuten brach hervor, die Falten um Mund und Augen begannen heftig zu vibrieren und zu zucken, als fürchte er sich auch vor dem, was Großmutter sagen wollte, aber nicht sagen würde, und was er ohnedies schon wußte.

Weißt du, begann Großmutter leise, fast flüsternd, damit man sie drinnen nicht hören sollte, er war sein Leben lang ein sehr aktiver Mensch, sie sagte aktifer, er konnte nie Ruhe geben, und jetzt das Ganze, ich verstehe zwar nichts von Politik, möchte auch nichts dazu sagen, aber das hat ihn völlig zugrunde gerichtet, dieses Gefühl der Ohmacht! auch deinetwegen hat er gelitten, ich weiß es, obwohl er nie darüber spricht, er schweigt bloß, tut nichts als schweigen! und so lebt er von einem Anfall zum anderen, hat alle um sich herum weggebissen, spricht mit keinem; ihr Flüstern wurde immer leidenschaftlicher, und plötzlich erschien auf ihrem Gesicht eine tiefe Gekränktheit, hatte sie doch nicht von ihm, sondern von ihrer eigenen Verletztheit sprechen wollen, ihm ist nicht mehr zu helfen! und er will auch keine Hilfe mehr, von niemandem.

Er streichelte über Großmutters Haar, was keineswegs aussah, als versuche er, eine törichte alte Frau zu trösten, es war eher eine gehemmte und verschämte Bewegung.

Großmutter aber lachte wieder, sie wollte das echte Motiv von János' Geste nicht zur Kenntnis nehmen, so steht es um uns, sagte sie, komm, und öffnete die Tür.

Aber sie hatte sie nur für ihn geöffnet, ohne mit ihm einzutreten, wir beobachteten die Begegnung durch die offene Tür.

Und er hatte gewiß seine ganze Seelenstärke nötig, um den Anblick, der ihn unvorbereitet traf, als natürlich zu begreifen.

Die Heimsuchungen des Lebens vermag der Mensch nur zu ertragen, weil seine Verhaltensmechanismen an seiner Statt tun, wozu er den Einsatz seiner ganzen Existenz brauchen würde, was ein Gefühl erzeugt, als wäre der Mensch nicht ganz anwesend in dem, in dem er anwesend ist, und auf diese Weise schützen ihn seine Gefühle vor den eigenen Gefühlen.

An seinem Rücken, den beiden höckerig vorspringenden Schulterblättern, seinem bis auf die Sehnen abgemagerten Hals war zu erkennen, daß nicht sein Ich es war, das eintrat, denn das war vor Schrecken erstarrt, es war sein humanes Pflichtbewußtsein, das die Füße in Bewegung setzte.

Drinnen strahlte der Kronleuchter feierlich über dem langen, festlich gedeckten Tisch, und Großvater stand, mit einem Unwohlsein kämpfend, hinter seinem Stuhl, er hatte die hohe Stuhllehne gepackt und blickte nicht einmal auf, sein Blick lag auf dem gelblichen Porzellan, dem silbernen Besteck und den geschliffenen Gläsern, aber in Wirklichkeit überwachte er seinen Atem, er sah ihm gleichsam zu, sein zartes Gesicht war dunkel, und über den zwei tiefen Muscheln der Schläfen, auf der hohen gewölbten Stirn, deren schöne Strenge von den glattgestrichenen Wellen seiner flaumweißen Haare gemildert wurde, traten zwei blaue Adern dick hervor, er mußte sein Ein- und Ausatmen überwachen, damit es sich nicht verkrampfte und in einen unkontrollierbaren Anfall hinüberglitt, ein schöner Greis! meine kleine Schwester aber thronte am anderen Ende des Tisches, ordentlich angezogen mit einem blauen Kleidchen und einem runden weißen Krägelchen, sorgfältig gekämmt, auf den aufgehäuften Kissen ihres Stuhls und stieß mit dem Fuß geistesabwesend, ohne sich vom Öffnen der Tür oder vom Eintreten des Fremden stören zu lassen, gegen den Tisch und schlug mit dem Löffel gegen ihren leeren Emailleteller, der Mund natürlich offen.

Hinter seiner Brille blickte Großvater auf, er hatte den Kopf noch nicht gehoben, sein Blick wollte nur das sagen, was er fühlte, aber das war so viel und so aufrichtig, daß er mit Worten nur wesentlich weniger hätte ausdrücken können, daher brauchte er den Kopf gar nicht zu heben, aber die künstlich hinausgezögerten Pfeiftöne seines Atems beruhigten sich, sein Gesicht wurde noch dunkler, seine Stirn noch fahler, er hatte sich in der Gewalt.

Mit einem Blick hatte er die Verwirrung in den Augen des anderen erkannt, er lächelte nicht, blieb ernst, und doch leuchtete etwas in seinen Augen auf, was man Heiterkeit nennen könnte, und mit dieser Heiterkeit ermutigte er János.

Ein wenig spielerisch, den Kopf zur Seite gewandt, blickte er auf meine kleine Schwester, als wolle er sagen, jawohl, da kannst du's sehen, so ist sie nun mal, und ich stehe hier und passe auf, damit sie auf den Teller einschlagen kann, solange es ihr gefällt, als wolle er dies sagen, damit auch János sie ohne Scheu betrachten könne und nicht tun müsse, als bemerke er nicht, was er doch zur Kenntnis nehmen mußte.

Dann trafen sich ihre Blicke von neuem, und während

meine kleine Schwester weiter gleichmäßig mit dem Löffel auf ihren Teller einschlug, gingen sie aufeinander zu.

Sie faßten sich bei den Händen, zwei alte reife Hände über dem Kopf dieses idiotischen Kindes, und dann konnte ich János' Gesicht wieder erblicken, es hatte sich zurückverwandelt, sie bestärkten, trösteten einander.

Ich habe sehr viel an dich gedacht, Ernö, sagte er nach langem Schweigen.

Wenn dem so sei, sagte Großvater, dann könne er ihm nichts Schöneres sagen.

Es sei ihm ein Bedürfnis gewesen, ohnehin habe er viel Zeit zum Nachdenken gehabt.

Er hingegen habe sich auf die Ewigkeit eingerichtet und keine Hoffnung gehabt, nicht einmal die kleinste, daß es einmal ein Ende nehmen könnte, jedenfalls habe er nicht geglaubt, daß er es noch erleben würde, obwohl er es hätte wissen können.

Was, fragte János.

Großvater schüttelte den Kopf, er wollte es nicht aussprechen, doch plötzlich, als müßte es heraus ans Tageslicht, was sie weder aus Scheinheiligkeit noch aus Ängstlichkeit hatten verbergen wollen, fielen sie sich einfach in die Arme, hielten sich fest und verharrten lange regungslos in dieser Umarmung.

Als sie sich trennten, hörte meine kleine Schwester mit dem Hämmern auf, mit offenem Munde beobachtete sie die beiden; ob der Laut, der ihr dabei entschlüpfte, ein Laut des Schreckens oder der Freude war, ließ sich nicht ausmachen, Großmutter hinter meinem Rücken stieß einen Seufzer aus und eilte in die Küche.

Hilflos, mit hängenden Armen standen sie da.

Daß er vieles verstanden habe, sagte er, stell dir vor, so viel, daß ich fast ein Liberaler geworden wäre, Ernö!

Nicht doch, sagte mein Großvater.

Stell dir das bloß vor, sagte er.

Dann solltest du dich bei den nächsten Wahlen vielleicht aufstellen lassen.

Daraufhin faßten die beiden Hände wieder die zwei anderen, und sie lachten sich im wahrsten Sinne des Wortes ins Gesicht, hemmungslos und lautstark, fielen in ein geradezu trunkenes Gelächter, das plötzlich in Schweigen erstickte, in jenem Schweigen vielleicht, das schon hinter ihrem Gelächter ausgeharrt, auf sie gewartet hatte.

Ich stand in der offenen Tür, unfähig, mich loszureißen, und unfähig, einzutreten, um auch mit dem Körper den Vorgängen zu folgen, ich glaube, von einem Zustand wie diesem sagt man, daß jemand außer sich geraten ist; ich mußte mich umdrehen und sah, wie meine kleine Schwester, den großen Kopf zur Seite gekippt, den Löffel in der Faust, sie anstarrte und, ab und zu kleine Schluchzer von sich gebend, mal grinsend, mal mit herunterhängender Unterlippe und einem ins Weinen übergehenden Winseln herauszufinden versuchte, was von diesem ungewohnten Anblick zu halten sei, ob es ein feindlicher oder ein freundlicher sei, doch weil sie nicht in der Lage war, sich zwischen allzu differenzierten Schattierungen zu entscheiden, fing sie an, vielleicht vor der eigenen Unfähigkeit zur Entscheidung erschrocken, mit gräßlicher Stimme zu brüllen.

Was jeder, der nicht in unmittelbarer Umgebung eines Schwachsinnigen gelebt hat, als das launische Geschehen des Zufalls anzusehen geneigt ist.

Ich wurde später von Vater an den Tisch geschubst, hatte mich doch das Gebrüll meiner kleinen Schwester so gelähmt, daß ich, daran erinnere ich mich genau, nicht in der Lage war, mich von der Stelle zu rühren, ich berief mich darauf, nicht hungrig zu sein.

Dann kam Großmutter mit der dampfenden Suppenschüssel herein.

So genau meine Erinnerung die Vorgeschichte dieses Mittagessens bewahrt hat, so tief ist begraben, was nachher folgte; natürlich weiß ich, daß die Erinnerung alles unbarmherzig bewahrt, aber ich muß meine Schwachheit eingestehen, ich will mich nicht erinnern.

Daß Mutters Gesicht langsam gelb wird, sich immer tiefer

verfärbt, bis es ganz dunkelgelb ist, ich sehe es, doch tut sie, als wäre alles in Ordnung, und deshalb wage ich nichts zu sagen, weder zu ihr noch zu den anderen.

Oder noch davor, wie sie hereinkommt, in dunkelblauem Rock und weißer Bluse, an den schönen langen Beinen Schlangenlederschuhe mit sehr hohen Absätzen, sonst den festlichsten Gelegenheiten vorbehalten, zu meiner kleinen Schwester eilt, im weit offenen Kragen ihrer Bluse einen bunten Seidenschal, seit Monaten hatte ich sie nicht mehr angezogen gesehen, und dieser Seidenschal sollte verdekken, wie sehr sie abgemagert war; in diesem Zustand durfte man meine kleine Schwester nicht anrühren, Mutter kauerte sich vor ihr hin und faltete ihr ein Häschen aus der Serviette.

Und wie János dem zusieht.

Und wie Vater brüllt, man solle sie hinausbringen.

Und wie dann, nachdem man sie hinausgebracht hat und das Schweigen der drei Männer zurückgeblieben ist, ihr Gebrüll verebbt.

Und noch in den darauffolgenden Stunden zu fühlen ist, daß etwas hatte zum Schweigen gebracht werden müssen, und dann die Stille, das Kauen der Speisen!

Und daß sich das Ende so lange hinauszog, daß es nicht abzusehen war, es gab immer noch etwas, umsonst versuchte jeder, seinen Teller leer zu essen, und deshalb führte alles, was den Menschen als Möglichkeit einer Lösung oder eher als ein Ausweg einfiel, zu diesem Ende, das kein Ende war.

Später schlossen sie sich ein, und man konnte nur noch Worte, unterdrückte Aufschreie hören, doch ich wollte damals aus diesen nach außen dringenden Worten auf nichts mehr schließen, weil doch alles auf das gleiche hinauslief.

Es muß schon spät am Abend gewesen sein, als ich den Schraubenzieher nahm, weder Licht anzündete noch die Tür hinter mir schloß, war es doch sinnlos geworden, Vorsicht walten zu lassen, war mir doch alles gleichgültig geworden, ich steckte den Schraubenzieher zwischen Schreibtischplatte und Schublade, stemmte die Platte hoch, das Schloß sprang auf, und als ich das Geld aus der Schublade nahm, ging Großvater gerade durchs dunkle Zimmer.

Er fragte, was ich mache.

Nichts, sagte ich.

Fragte, wofür ich das Geld brauche.

Für nichts, sagte ich.

Er stand noch eine Weile da und sagte leise, ich brauchte keine Angst zu haben, jetzt würden sie ihre Angelegenheiten unter sich ausmachen, und damit ging er hinaus.

Seine Stimme war nüchtern, ernst und ruhig, und diese von ganz woanders herkommende Stimme, diese aus einer ganz anderen Richtung sich meldende andere Vernunft deckte auf, was ich hatte tun wollen, lange stand ich mit dem Gefühl, entlarvt zu sein, in dem dunklen Zimmer, meine Absicht war zerstört, ich war aber zugleich ein wenig beruhigt, doch das Geld, die zweihundert Forint, steckte ich trotzdem ein. Die Schublade blieb offen, der Schraubenzieher auf der Schreibtischplatte liegen.

Ich erinnere mich sogar, daß ich in jener Nacht in den Kleidern auf meinem Bett eingeschlafen war und es erst am Morgen gemerkt habe; jemand hatte in der Nacht eine Decke über mich gebreitet, morgens brauchte ich mich wenigstens nicht anzuziehen.

Ich erwähne das nicht etwa um der Komik willen, sondern eher als Beweis, mit welch kleinen Vorteilen sich der Mensch sogar in solchen Zeiten tröstet.

Als ich aus der Schule nach Hause kam, hingen die beiden Mäntel, Vaters schwerer Mantel und jener andere, immer noch dort am Ständer, und aus dem Zimmer waren ihre Stimmen zu hören.

Aber ich horchte nicht.

Ich erinnere mich nicht, womit ich den Nachmittag verbracht habe, es will mir aber scheinen, als habe ich im Garten gestanden und den ganzen Nachmittag über nicht einmal den Mantel ausgezogen, sondern nur dagestanden, so wie ich nach Hause gekommen war.

Es dämmerte schon, daran erinnere ich mich wie an eine Erleichterung, die Dämmerung war tiefrot, der Himmel klar, hoch oben der Mond, und alles, was tagsüber aufgetaut war, war wieder gefroren, es knisterte und krachte unter meinen Sohlen, als ich durch den Wald ging.

Und erst in der Wolkengasse, oben, als ich sah, daß die Vorhänge an Hedis Fenster zugezogen waren und dahinter Licht brannte, kam ich soweit zu mir, daß ich die Luft, die scharfe Kälte merkte, die ich einatmete.

Zwei kleine Mädchen kamen mir auf der dunkel werdenden Straße entgegen, sie zerrten einen Schlitten hinter sich her; auf der geschotterten, gefrorenen Straße blieb der Schlitten immer wieder in Höckern und Löchern stecken.

Ich sagte zu ihnen, sie hätten sich genau die richtige Zeit zum Schlittenfahren ausgesucht, jetzt wo der Schnee geschmolzen sei.

Sie blieben stehen, sahen mich dumm an, aber die eine von ihnen sagte schnell, den Kopf ein wenig zur Seite geneigt, mit zornig vorgestrecktem Hals, das sei überhaupt nicht wahr, weil nämlich in der Városkutigasse noch Schnee läge.

Ich versprach ihnen zwei Forint, wenn sie hineingingen und Livia sagten, daß sie herauskommen soll.

Das wollten sie nicht oder verstanden es nicht, doch als ich aus meiner Tasche einen Haufen Kleingeld holte, nahm die Vorlaute sich etwas davon.

Das Kleingeld hatte ich aus János' Manteltasche geklaut, bevor ich losgegangen war, soviel wie meine Hand fassen konnte, alles.

Sie zerrten den Schlitten hinter sich her, als sie über den Schulhof gingen; von außen zeigte ich ihnen, laut rufend, durch welche Tür sie ins Untergeschoß hinunter mußten. Sie murksten ziemlich lange herum, bis es ihnen gelang, den Schlitten die Treppe hinunterzuschaffen, es war still geworden, dieser knirschende, kratzende, gräßliche Ton, den sie mit ihrem verdammten Schlitten gemacht hatten, war verstummt, sie hatten Angst, die Dummerchen, daß ich ihn stehlen würde; eine Zeitlang geschah nichts, und als ich gerade gehen wollte – ein paarmal hatte ich mich schon dazu entschlossen, weil ich nicht wollte, daß mich Hedi zufällig hier sah –, da erschien Livia in Bluse und Trainingshose, die Ärmel der Bluse aufgekrempelt, vielleicht hatte sie gerade abgewaschen oder die Küche aufgewischt, und brachte den Schlitten die Treppe herauf.

Sie war überhaupt nicht überrascht, mich am Zaun zu erblicken, drückte den Kindern die Schnur in die Hand, und diese ließen ihren Schlitten wieder über den Schotter des Hofs holpern, wollten aber beobachten, was aus dieser Sache hier wurde, dabei tuschelten und kicherten sie.

Livia kam mit energischen Schritten über den Hof, fröstelnd schlug sie mit den Händen gegen ihre Schultern, krümmte ein wenig den Rücken dabei, als wolle sie ihre Brust vor der Kälte schützen, doch auf das Kichern hin sah sie voller Strenge zu den beiden, bis sie verstummten und machten, daß sie wegkamen, die Neugier freilich bremste ihre Eile ein wenig.

Sie war ganz nahe an den Zaun herangetreten, und der warme Küchendunst, der ihrem Körper und ihren Haaren entströmte, überflutete mein Gesicht.

Die beiden Närrchen riefen trotzdem noch etwas aus der Ferne zurück.

Ich sagte nichts, sie sah aber, daß ich in großer Not war, sie hatte es mir angemerkt, und meinen Augen tat es wohl, was sie auf ihrem Gesicht aus der Küche mitbrachte, diesen vollkommen alltäglichen, freundlich warmen Abend, auch hatten wir beide das Gefühl, daß es beinahe war wie in jenem Sommer, als ich sie immer am Zaun erwartete und sie es war, die kam, nur daß jetzt ich es war, der draußen stand, und daß diese späte Umkehrung uns beiden wohltat.

Sie steckte ihre Finger durch den Zaun, alle fünf, und rasch senkte ich meine Stirn auf ihre Finger.

Doch die lauwarmen Fingerspitzen berührten meine Stirn kaum, und als ich auch mein Gesicht hinhielt, preßte sie ihre Handfläche gegen das Gitter, so daß mein Mund zwischen dem rostigen Draht den warmen Geruch ihrer Handfläche spürte.

Leise fragte sie, was mit mir geschehen sei.

Ich sagte, daß ich fortginge.

Warum, fragte sie.

Ich sagte, daß ich's nicht länger aushielte zu Hause und mich von ihr verabschieden wolle.

Da zog sie schnell ihre Hand zurück, sah mich an, um an meinem Gesicht abzulesen, was mit mir geschehen sei, und ich mußte antworten.

Meiner Mutter ist der Liebhaber wichtiger als ich, sagte ich, und als hätte ich damit die empfindliche Knochenhaut getroffen, spürte ich einen kurzen, scharfen Schmerz, der mir sogar wohltat.

Ich solle auf sie warten, sagte sie erschrocken, sie wolle sofort mit mir kommen.

Obwohl dieser kurze, schneidend scharfe Schmerz vergangen war, während ich auf sie wartete, schien es doch, als habe er ein der Übelkeit ähnliches Empfinden zurückgelassen, das, wenn auch abgeschwächt, jetzt an den Verästelungen des Nervensystems entlanglief und sich nach allen Seiten ausdehnte, an jedem Nerv zerrte ein Gefühl, so als breite sich in mir der Schmerz meines nicht ganz zutreffenden Satzes weiter aus; etwas Richtigeres oder Wahrhaftigeres hätte ich ihr trotzdem nicht zu sagen vermocht, der Schmerz hatte zwar nachgelassen, doch inzwischen wiederholte mein Hirn im Gleichtakt mit den Schlägen meines Herzens «mit dir, mit dir», ohne daß ich mir hätte vorstellen können, wie das möglich sein sollte, wie sie sich das gedacht haben mochte.

Es war fast vollkommen dunkel geworden, in der kalten blauen Dunkelheit leuchteten nur die gelben Lichter der Straßenlampen.

Anscheinend hatte sie Angst gehabt, daß ich inzwischen gehen könnte, denn ich mußte nicht lange warten, da kam sie schon im Laufschritt, den Mantel offen, Schal und rote Mütze in der Hand; trotzdem schloß sie das Tor hinter sich mit großer Sorgfalt, denn es mußte, weil das Schloß fehlte, mit einem Draht festgemacht werden.

Erwartungsvoll blieb sie vor mir stehen, jetzt hätte ich sagen müssen, wohin ich wollte, aber ich fühlte, wenn ich es ihr sagte, dann wäre alles zu Ende, es würde sich als unsinnig und unmöglich herausstellen, würde sich anhören, als sagte ich, ich wolle die Welt verlassen, was freilich durchaus der Wahrheit entsprochen hätte; als ich nämlich mit dem Schraubenzieher die Schreibtischlade aufgesprengt hatte, schwankte ich einen Augenblick zwischen dem Geld und der Pistole, aber das konnte ich ihr nicht eingestehen.

Ich wollte fortgehen von hier, endgültig, aber wir waren keine Kinder mehr.

Sie wickelte sich den Schal mit einer schönen, friedfertigen Bewegung um den Hals, in der Erwartung, daß ich vielleicht doch noch etwas sagen würde, da ich aber nichts sagte, zog sie sich die Mütze über den Kopf und schaute mich an.

Weil ich aber auch nicht sagen konnte, sie solle nicht mitkommen, preßte ich fast gegen meinen Willen heraus, also komm; hätte ich das nicht gesagt, dann hätte sich mein Entschluß vor mir selber als unernst erwiesen.

Sie sah mich voller Ernst an, nicht nur mein Gesicht, sondern das Ganze erfassend, und sagte, es sei schön dumm von mir, daß ich keine Mütze aufgesetzt habe, und wo meine Handschuhe seien, ich sagte, das interessiere mich nicht, daraufhin zog auch sie die Handschuhe nicht an und streckte mir ihre Hand entgegen.

Ich packte die kleine, warme Hand, und so machten wir uns auf den Weg.

Sie war zu bewundern, weil sie nicht fragte, überhaupt nichts fragte und genau wußte, was sie wissen mußte.

Als wir uns an den Händen hielten und die Wolkengasse entlanggingen, brauchten wir gar nichts mehr zu sagen, unsere Hände unterhielten sich aufgeregt von etwas ganz anderem, wie hätte das auch anders sein können; als die eine Hand die Wärme der anderen spürte, daß sie da war, von ihr umschlossen war, fühlte sie, daß das gut war, daß aber dieses Gute unbekannt war, weshalb die Handfläche erschrak, die Finger jedoch halfen mit einem kleinen Druck nach, wodurch die widerstrebenden Muskeln der Hand sich lockerten und in die weiche Fläche, ins Dunkel der anderen Hand einschmiegten, und nachdem sich das als so natürlich erwiesen hatte, konnten sich die Finger erleichtert ineinanderflechten, was aber zu einer neuerlichen Verwirrung führte, schien es doch, als könnten die beiden Hände, nur auf sich gestellt, gerade das nicht fühlen, was sie zu fühlen wünschten.

Auch die Finger müssen bis zur völligen Willenlosigkeit gelockert werden, man muß sie gewähren lassen, zu nichts zwingen wollen, ihre Verflechtung zulassen, damit sich aus den Fingerspitzen jene spielerische, leichte Neugier vordrängen kann, die berühren, streicheln, fühlen möchte, die Pölsterchen der Handfläche ertasten und in die durch den Druck entstandenen Täler hinabgleiten, mit winzigen Berührungen und behutsamen Rückzügen die andere entdecken, was sich langsam, unbemerkt, nach und nach in einen Druck verwandelt, bis ich dann absichtlich ihre Hand so fest drückte, daß es ihr weh tat und sie aufschrie, was freilich nicht ganz ernst zu nehmen war, während wir auf dem steil ansteigenden Dianaweg aufwärts gingen.

Wir sahen uns nicht wieder an, wir hätten es nicht gewagt.

Wir waren nur noch Hand, als wäre der Schmerz doch ernst zu nehmen und als wolle sich die Hand beleidigt, gekränkt aus meiner Hand befreien, was meine Zärtlichkeit jedoch nicht zuließ, und mit dem abnehmenden Schmerz glitten wir in die Versöhnung hinein, die so vollkommen war, daß jeder bisherige Kampf sich als ein Spiel entlarvte.

Auf dem Kartäuserweg gingen wir weiter, und obwohl ich mich um die Wegrichtung nicht besonders gekümmert hatte, führte ich sie doch instinktiv und sicher in jene Richtung, die ich für geeignet hielt, um jenes ungewisse, ferne und mir in äußerstem, kindischem Selbstvertrauen gesteckte Ziel zu erreichen; was ich nicht bedauere, denn hätte ihre Hand mich nicht dazu gezwungen, hätte sich vielleicht viel zu früh das Gefühl in mir verfestigt, daß wir an unserer Situation doch nichts zu ändern vermögen; wäre ich allein gewesen und hätte ihre Hand mich nicht gezwungen, mein instinktiv gewähltes, sinnloses Abenteuer bewußt zu akzeptieren, dann wäre ich sicher an irgendeinem Punkt umgekehrt, die Wärme hätte mich verlockt, dorthin umzukehren, wohin ich mit gesundem Menschenverstand nicht wieder zurückkehren durfte, mit ihrer Hand in meiner aber gab es keine Umkehr, und jetzt, da ich mich erinnere und diese Erinnerung mit meinen Sätzen festhalte, kann ich nur noch wie ein Alter nicken, jawohl, mögen sie nur gehen, viel Glück auf ihrem Weg, ihre Torheit, muß ich gestehen, ist mir durchaus sympathisch.

Zwei Wagen der erleuchteten Zahnradbahn zogen auf dem noch verschneiten Bahndamm vorüber, einige Gestalten gingen hinter uns her, belanglose Schatten einer Welt, die wir hinter uns gelassen hatten.

In unseren verschlungenen Händen nahmen wir die gemeinsame Wärme mit, und als die zwei Hände schon lange reglos ineinander ruhten, schien es, als würde die eine Hand nicht bloß wegen der Kälte, sondern auch wegen der Gewöhnung die andere ein wenig verlieren, daher mußte ihre Lage vorsichtig geändert werden, und es war darauf zu achten, daß der Frieden durch den neuen Griff, durch die Veränderung nicht zerstört würde.

Manchmal war es gerade umgekehrt, und die beiden Hände, eine in der anderen, fanden sich in einer so natürlichen und gleichrangigen Position, daß sich nicht mehr genau feststellen ließ, welches die meine und welches die ihre war, ob ich die ihre halte oder sie die meine, worin freilich auch eine leise Angst mitschwang, daß sich meine Hand in ihrer Hand verlieren könnte, deshalb mußte ich sie bewegen.

Die fremden Schatten waren verschwunden, wir waren allein, unsere eiligen, vielleicht allzu eiligen Schritte hallten knirschend auf der vom fahlen Lampenschein beleuchteten Straße in das vom Mondlicht geisterhafte Dunkel der kahlen Bäume hinein, manchmal bellten Hunde, nah oder fern: in der Luft, die so kalt war, daß die feuchten Härchen in der Nase bei jedem kleinen Atemzug zusammenklebten, ein angenehmes Gefühl übrigens, konnte man den bitteren Rauch der Schornsteine spüren; auf der linken Seite des Weges, in den Gärten unten in der Tiefe, leuchtete der Schnee in großen

Flecken, und dort unten pafften die Schornsteine der meist dunklen Villen.

An jenem Abend war Vollmond, und als wir auf der Schweizer Treppe nach oben gingen, hatten wir ihn genau vor uns, er leuchtete oben am Ende der Treppe, als warte ein regloses Antlitz auf uns.

Diese endlose Treppe verunsicherte unsere Hände; auf dem ebenen Weg hatten sich unsere Schritte unwillkürlich einander angepaßt, jetzt aber zog mal sie mich hinter sich her, mal zog ich sie, und das nicht so sehr wegen der Stufen, dort gelang es uns noch, im Gleichschritt zu bleiben, sondern wegen der Absätze; nach drei Stufen folgten vier Schritte auf einem Treppenabsatz, und auf einem solchen Absatz, inmitten unserer vier durcheinandergeratenen Schritte – ich zählte sie fast zwanghaft –, fragte sie, wohin ich gehen wolle.

Sie fragte nicht, wohin wir, sondern wohin ich gehen wolle, und so, als stelle sie die Frage nur nebenbei und als komme ihrer Formulierung keine besondere Bedeutung zu, ich brauchte also nicht einmal stehenzubleiben.

Zu meiner Tante, sagte ich.

Was nicht ganz der Wahrheit entsprach.

Aber zum Glück stellte sie keine weitere Frage, und wir stiegen die Treppe weiter nach oben, sahen uns immer noch nicht an, wagten es schon ihrer Frage wegen nicht.

Es mochte eine halbe Stunde vergangen sein, als wir die Höhe erreicht hatten und unwillkürlich zurückschauten.

Als wir uns umblickten, um den zurückgelegten Weg abzuschätzen, berührten sich unsere Gesichter, und ich sah, daß sie es wissen wollte, aber ich wußte nicht, was ich ihr hätte sagen sollen, das heißt, es wäre viel zu umständlich gewesen, es zu erklären, und da ließen wir unsere Hände gleichzeitig los.

Ich setzte mich in Bewegung, und sie folgte mir.

Die Regegasse hatte eine leichte Steigung, ich ging schneller, floh vor einer Erklärung, doch da streckte sie nach einigen Schritten, die wir in dieser überstürzten, nervösen Fremdheit zurückgelegt hatten, die Hand nach mir aus.

Sie tat es, weil sie es schon wußte, und ich fühlte es an ihrer Hand, daß sie mich verlassen würde, doch meine Hand wollte sie nicht überreden, nicht zurückhalten, mochte sie gehen.

Wir gingen über die kahle Höhe, passierten den langen Drahtzaun des Hotels, und da, wo der Zaun zu Ende ist, erwartete uns der letzte Lichtmast der Stadt, das letzte gelbe Licht in der blauen Dunkelheit, als beleuchte es die äußerste Grenze unserer Möglichkeiten; dort war der Weg zu Ende, ein Fußpfad führte weiter zwischen einsamen Eichen und schütterem Gehölz, und nachdem wir auch dieses letzte Licht hinter uns gelassen hatten, hatte ich dauernd das Gefühl, als wünsche meine Hand ihre Hand loszulassen.

Eine weitere halbe Stunde, vielleicht auch weniger, marschierten wir miteinander weiter.

Wir durchquerten die tiefe Mulde des Wolfstals, dessen steile Hänge bedeckt waren von unberührtem, bläulich schimmerndem Schnee, der unter unseren Füßen knirschte und krachte, und dort geschah es.

Sie blieb stehen, worauf ich ihre Hand sofort losließ, sie aber behielt meine offene Hand in der ihren und schaute zurück.

Vergeblich, was sie zu sehen hoffte, war nicht zu erblicken, die Lichter, die wir hinter uns gelassen hatten, waren nicht mehr zu sehen, wir standen in der Tiefe des Tals.

Sie sagte, wir sollten umkehren.

Ich blieb stumm.

Da ließ sie meine Hand los.

Sie sagte, ich solle mir ihre Mütze überziehen, aber ich schüttelte den Kopf; blöde, aber ich wollte nicht in einer roten Mütze herumlaufen.

Dann solle ich wenigstens ihre Handschuhe nehmen, sagte sie und zog sie aus der Tasche.

Ich nahm sie und zog sie an, schöne, warme Wollhandschuhe, rote, aber das störte mich nicht.

Und das erschreckte sie, sie bat, flehte, sagte, nicht um meinet-, um ihrer Eltern willen, und es sei bestimmt keine Feigheit und überhaupt; sie redete leise und schnell alles durcheinander, doch das Tal schnappte sogar diese gedämpften Worte auf.

Ein kalter Schauder lief mir vom Widerhall dieser Laute über den Körper, und ich fühlte, wenn ich auch nur einen einzigen Ton herausbrächte, der einen solchen Widerhall erzeugte, müßte ich umkehren.

Sie fürchte sich, sagte sie, fürchte sich zurückzugehen, ich solle sie wenigstens ein kurzes Stück begleiten.

Begleiten, begleiten, widerhallte leise das Tal.

Schnell ging ich weiter, um nichts mehr zu hören, aber nach einigen Schritten blieb ich stehen und wandte mich um; vielleicht würde es, von hier aus, für uns beide einfacher sein.

Lange standen wir da, aus dieser Entfernung konnten wir unsere Gesichter nicht mehr sehen, und das war schließlich gut so.

Mir war es recht, daß sie umkehrte, mochte sie ruhig gehen, vielleicht spürte sie auch, daß es mir überhaupt nichts ausmachte, wenn sie ging, langsam wandte sie sich ab, woraus eine Kehrtwendung wurde, fing an zu laufen, rutschte, schaute zurück, ich beobachtete sie, solange meine Augen sahen, was sie sehen wollten, möglich, daß auch sie sich umwandte oder auch stehenblieb, eilte oder rannte, ein kleiner Fleck über dem blauen Schnee, bis er verschwand, obgleich ich ihn noch zu sehen glaubte.

Eine Zeitlang hörte ich noch ihre Schritte, dann bildete ich mir nur noch ein, sie zu hören, das waren aber keine Schritte, sondern das Klirren der gefrorenen Zweige im kalten Wind, der Widerhall von knirschenden und knisternden Geräuschen, ein geheimnisvolles Bersten, aber ich rührte mich nicht von der Stelle, wartete, bis sie verschwunden war, und begleitete sie in meiner Phantasie, bis sie mir ganz entschwand.

Ein kleines, kaltes Kratzen in der Kehle ließ mich hoffen, daß sie umkehren würde, jetzt, nein, noch nicht, jetzt müßte der Fleck wieder auftauchen, aber nichts tauchte auf.

Trotzdem war ich froh, daß ich sie abgeschüttelt hatte, war es mir doch nicht zumute, als hätte ich sie verloren, sondern umgekehrt, als hätte ich sie für immer gewonnen, und zwar gerade dadurch, daß ich die Kraft aufgebracht hatte, allein zu bleiben.

Der Weg mahnte, und ich ging weiter, doch glaube ich nicht, daß es wichtig sein könnte, auf die Geschichte meines Weges ausführlicher einzugehen.

Es war meine Torheit, die mich glauben ließ, daß ich selber Gegenstand meiner Geschichte sei und daß diese heimatlose kalte Nacht nur ihren Rahmen bilde; nein, meine wahre Geschichte erfüllte sich fast unabhängig davon, genauer gesagt, gleichsam parallel zu den von mir erlebten kleinen Abenteuern.

Als wir aufbrachen, war es acht Uhr am Abend, ich erinnere mich noch an das Glockenläuten, sie mußte also kurz vor zehn zu Hause angekommen sein, zu der Zeit, als ich, die Felsen des Teufelsgipfels hinter mir lassend, auf das Plateau unterhalb des Berges hinausgetreten war und voller Genugtuung unten in der Ebene die blassen Lichter von Budaörs erblickte; sie waren noch weit entfernt, aber die Richtung zu halten schien nicht schwer.

Später erfuhr ich, daß sie unbemerkt ins Zimmer geschlüpft war, hastig ihre Kleider abgeworfen und sich ins Bett gelegt hatte, fast war sie eingeschlafen, als man sie entdeckt und das Licht angeknipst hatte, man schimpfte sie aus, sie wollte aber nichts sagen und log, sie habe Kopfschmerzen gehabt und sei ein wenig spazieren gewesen, sie weinte, ihre Mutter ohrfeigte sie, weil sie aber große Angst hatte, daß mir etwas zustoßen könnte, gestand sie.

Um diese Zeit hatte ich schon Budaörs erreicht, der Weg dorthin war lang, kurvenreich und dunkel gewesen, eine Art Steilpfad führte hinunter in die Ebene, ein ungepflasterter Graben mit gefrorenen Wagenspuren, auf beiden Seiten das dichte Spalier hochaufgeschossenen Gestrüpps, eine Art Schutzwehr, es schien, als wäre es hier wärmer, aber auch bedrohlicher als im offenen Gelände, einmal, weil ich nicht wußte, was mich hinter der nächsten Biegung erwartete, zum anderen, weil ich dauernd überlegen mußte, ob ich in die richtige Richtung ging oder mich möglicherweise verirrt hatte, und um mich sozusagen selber zu trösten und zu ermutigen, beschloß ich, sollte ich jene fernen Lichter erreichen, mich für mein Geld in einer Unterkunft einzumieten oder einfach irgendwo um Einlaß zu bitten, doch meine Zuversicht hatte getrogen; als ich endlich die ersten Häuser des Dorfes erreichte, stürzte irgendwo ein Hund heraus, ein widerliches, verfrorenes kleines Scheusal, von einem knotigen, kurzen Stumpf anstelle eines Schwanzes verunstaltet, er folgte mir kläffend, seitwärts hinter meinem Rücken nach meinem Hosenbein schnappend, bei jedem Schritt mußte ich nach ihm treten, damit er es nicht erwischte, er knurrte und bleckte die Zähne, so kamen wir am Wirtshaus vorbei, wo gerade die Fensterläden geschlossen wurden, zwei Frauen und ein Mann schauten noch lange hinter mir her, warum der Hund mich wohl verfolge, ich war ihnen verdächtig, und so nahm ich Abstand von meiner Unterkunfts-Idee.

Ihr Vater hatte seinen Mantel genommen und war zu uns nach Hause gegangen.

Es muß gegen Mitternacht gewesen sein, als ich das Dorf verließ und Livias Vater bei uns klingelte.

Der Hund stand mit gespreizten Beinen mitten auf dem Weg und bellte; der Weg führte in einer Steigung aus dem Dorf hinaus; ringsum zeichneten sich die scharfen Umrisse der stummen Berge gegen den hellen Himmel ab, und daß er mich nicht mehr verfolgte, mich nicht ins Bein gebissen hatte, daß ich ging, sein Bellen sich aber hinter meinem Rücken zu einem zögernden, gedehnten Heulen steigerte, daß ich also in Sicherheit war und ganz allein und frei durchatmen konnte, das machte mich unsagbar glücklich, ich marschierte so fröhlich von dannen, begleitet vom Geheul des Hundes, daß ich für eine geraume Zeit sogar vergaß, wie sehr ich fror, freilich war mir inzwischen richtig heiß geworden.

Um die gleiche Zeit warteten sie zu Hause auf den Rettungswagen, um Mutter ins Krankenhaus zu bringen.

Livias Vater berichtete gerade im Vorzimmer, was geschehen war, als die Sanitäter kamen; János begleitete meine Mutter, damit Vater die Polizei anrufen konnte.

Ich wußte nicht mehr, wieviel Zeit vergangen war, ich schleppte mich auf meinem stummen Weg dahin und wußte nicht, daß mein unreifes Leben eigentlich auf das Geräusch des sich nähernden Autos gewartet hatte; zuerst dachte ich daran, es anzuhalten und mich, wohin sie auch führen, mitnehmen zu lassen; da ich mich dann aber doch nicht traute, trat ich von der Straße zurück, in den Graben hinein, versank bis zu den Knöcheln im Schnee und wartete, daß es vorbeiführe.

Der Wagen brauste vorüber, ich dachte, sie hätten mich nicht bemerkt, als die Bremsen und Räder mit einer Vehemenz aufkreischten, die den Wagen auf der glatten Straße zum Schleudern brachte, ihn gegen die etwas erhöhte Bankette stieß, so daß er schwankte, zurückgestoßen wurde und gegen einen Kilometerstein prallte; der Motor setzte aus, die Lichter erloschen.

Auf das Rutschen, Knirschen, Poltern und Krachen folgte ein Augenblick der Stille, dann wurden die Vordertüren aufgerissen, und zwei dunkle Mäntel rannten auf mich zu. Ich stolperte und rutschte den Abhang hinunter, rannte über die gefrorenen Erdklumpen einer verschneiten Wiese und verstauchte mir den Knöchel.

Sie packten mich am Mantelkragen.

Arschficker, elender, deinetwegen wären wir fast in den Graben hineingeschlittert!

Sie hatten mir die Arme nach hinten gedreht, zerrten mich zum Wagen, ich wehrte mich nicht.

Sie stießen mich auf den Rücksitz, den Schädel würden sie mir einschlagen, wenn ich mich auch nur zu rühren wage, der Wagen sprang schwer genug an, und sie schimpften während der ganzen Fahrt, aber es war so schön warm, daß es mich richtig schauderte, und in der sanften Wärme vermischte sich das Schimpfen immer mehr mit dem Rattern des Motors, ich war eingeschlafen.

Es dämmerte schon, als wir vor einem großen weißen Gebäude hielten.

Sie zeigten mir die eingedrückte Stoßstange, sie würden es

nicht sein, die das bezahlten, und die Lust am Schlafen werde mir schon noch vergehen.

Sie brachten mich in ein Zimmer im ersten Stock und sperrten mich ein.

Hier versuchte ich, mich zu besinnen, und überlegte, was ich ihnen vorlügen könnte, aber bald mußte ich den Kopf auf den Tisch legen.

Am Anfang war er zu hart, mit meinem Arm versuchte ich, ihn weicher zu machen, bis er sich dann doch als weich genug erwies.

Ein Schlüssel drehte sich im Schloß, ich war also doch eingeschlafen, eine Frau in Uniform stand draußen, hinter ihr im Flur mein Großvater.

Als wir mit dem Taxi vom Gottesbergweg in den Adonisweg einbogen und am hohen Zaun des Sperrgebiets entlangfuhren, erzählte er, was in der Nacht geschehen war.

Es schien, als sei es nicht eine Nacht gewesen, in der das alles geschah, sondern als seien inzwischen viele Jahre vergangen.

Der Morgen war heiter, überall taute und tropfte es im hellen Licht.

Auf Mutters Bett lag die gestreifte Decke, wie vor Jahren, als sie noch nicht krank gewesen war.

Es war zugedeckt, so als wäre sie nicht mehr am Leben.

Und mein Gefühl täuschte mich nicht, ich habe sie nicht wiedergesehen.

Beschreibung einer Theateraufführung

Unsere Pappel hielt noch ihre letzten Blätter fest, sie mußten erst zu tödlicher Blässe vergilben, um zu fallen; ein Luftzug stöberte zwischen ihnen, zu kraftlos, die nach oben strebenden Äste bewegen zu können, die manchmal erzitterten, aber die Blätter wirbelten und wippten und schlugen mit ihren kurzen Stielen gegeneinander.

Draußen schien die Sonne, und die schwebenden, zitternden gelben Blätter ließen den fernen Himmel noch blauer erscheinen; weithin durchschweifte der Blick das reine Blau, so als könnte das Auge zwischen nah und fern unterscheiden und sähe nicht etwa in ein Nichts, das irgendwo doch eine Grenze hat, über die man nicht hinausgelangt.

Im Zimmer war es angenehm warm, im weißen Kachelofen summte leise das Feuer, der Rauch unserer Zigaretten sank in trägen Schichten nach unten und stieg bei der kleinsten Bewegung wieder nach oben.

Ich saß an seinem Schreibtisch, in seinem bequemen, ausladenden Sessel, welchen bevorzugten Platz in seinem Zimmer er mir immer überließ, und widmete mich meinen Notizen, was soviel bedeutete, daß ich mir, während ich durch den sanft schwebenden bläulichen Zigarettenrauch hindurch aus dem Fenster starrte, heraufzubeschwören versuchte, was sich am vorhergehenden Tage während der Probe auf der Bühne ereignet hatte; ein Bild schob sich über das andere.

Gesten und Worte, deren Sinn und Beweggründe wir plötzlich begreifen, deren im Augenblick des Geschehens mögliche und als zufällig erscheinende Unregelmäßigkeiten wir aber zugleich registrieren, Risse und Abgründe der Unvollkommenheit, die den Spieler von seinem Spiel trennen, den Schauspieler von seiner Rolle, die die Schauspieler gemäß den strengen Regeln ihres Berufs immer mit irgend etwas zu überbrücken suchen, als wollten sie die Trauer darüber, daß es keine vollständige Identität, keine vollkommene Anverwandlung gibt, vergessen machen, auch wenn die tiefste Sehnsucht menschlichen Tuns darin gipfelt.

Schon in den Augenblicken, in denen ich meine Notizen machte, eine mechanische Arbeit übrigens, schien es mir, daß das Gesetz, das mich wirklich interessiert – wenn es ein solches überhaupt gibt –, nicht in einer augenfälligen Verkettung von Ursachen, nicht in den beschreibbaren Bewegungen oder in den widerhallenden Worten zu finden ist, obwohl sie unerhört wichtig sind, leihen doch erst Bewegungen und Worte unseren Geschichten Fleisch und Blut, sondern in den sich zwischen den Worten und Bewegungen öffnenden, zufälligen und unvorhergesehenen Rissen und Abgründen, in den Regelwidrigkeiten und Unvollkommenheiten.

Er saß etwas weiter entfernt und schlug gleichmäßig auf seine Schreibmaschine ein, die Finger hob er nur von den Tasten, um hastig an seiner Zigarette zu ziehen, ich wußte nicht, was er schrieb, so lange und so gleichmäßig konnte er kaum an einem Gedicht schreiben, vielleicht an einem Text, den er für seine Radiosendungen brauchte, aber auch das war nicht wahrscheinlich, weil er vom Funk niemals auch nur einen Fetzen Papier mit nach Hause brachte oder einen dorthin mitnahm, mit leeren Händen bewegte er sich zwischen den beiden Schauplätzen seines Lebens, so als wolle er bewußt den einen vom anderen trennen; die Füße hatte er unter dem Schreibtisch ausgestreckt, was das Sitzen reichlich ungemütlich machen mußte, so aber wärmte der schräg von oben hereinfallende Sonnenstrahl seine nackten Füße.

Und als er merkte, daß ich schon seit einer Weile untätig hinausschaute, sagte er, ohne zu mir aufzublicken, wir müßten die Fenster putzen.

Die Zehen seiner Füße waren genauso lang und schön geformt wie die Finger an seinen Händen; ich liebte es, meine Faust in die hohe Wölbung seiner Sohle zu schmiegen und mit der Zunge die scharfen Ränder seiner Zehennägel nacheinander zu berühren und zu spüren.

Nie machte ich unmittelbar nach den Proben meine Notizen, sondern am Abend, in der Nacht oder, wenn es mir glückte, früh aufzustehen, am Morgen des darauffolgenden Tages; um Ansatzpunkt und Ursache der Wirkung schärfer zu erkennen und aus einem gewissen Abstand beurteilen zu können, mußte ich mich von der Wirkung selber frei machen.

Ich antwortete nicht, aber ein gemeinsames Fensterputzen wäre mir keineswegs zuwider gewesen.

Zwar ließ sich dieses Notieren wie eine nicht allzu sinnvolle Extravaganz an, eine einsame Seelengymnastik, derentwegen ich keine geringen Gewissensbisse hatte, wenn ich an den Nachmittagen in den überfüllten Wagen der Stadtbahn zwischen der verdrossen zusammengedrängten Menge nach Hause fuhr: die Originalität ist der Luxus verfeinerter Intellektualität, dachte ich dann, trotzdem mußte ich mich aus der Rolle des zur Untätigkeit verurteilten Beobachters befreien und die sich seit Jahren ansammelnden Erfahrungen oder doch wenigstens jene bittere Tatsache nutzen, daß ich kein Akteur der sogenannten historischen Ereignisse war, sondern bestenfalls ihr klägliches Opfer, und so betrachtet selbst eine Figur der gesichtslosen Menge, gleichgültig, ob ein wichtiger oder unwichtiger Teil von ihr, ein mir selbst fremdes, verabscheuungswürdiges Subjekt, so als sei ich bloß ein einziges riesiges Auge, ohne Körper; daß daraus aber eine konsequent entwickelte Seelengymnastik hervorging, veränderte mein Leben doch bis zu einem gewissen Grade.

Auf den locker hingeschriebenen Seiten entstand ein intellektuell verständliches, aus sicher nicht uninteressanten Fakten zusammengesetztes Bild einer in Vorbereitung befindlichen Theateraufführung, so daß ich mich, ohne diese sich an mir vollziehende Veränderung wahrzunehmen, so tief in dieses Labyrinth einer Unternehmung mit ungewissem Ausgang, wie sie das Nacherleben fremder Menschenschicksale mit sich bringt, verstrickte, daß es nunmehr keine rein persönliche Marotte mehr zu sein schien, eine Vorstellung mit allen kleinen Einzelheiten, Bewegungen und Worten, mit ihren versteckten und offenliegenden Zusammenhängen zu beschreiben, den Prozeß ihrer Verwirklichung zu verfolgen, ihr Chronist zu sein, mit meiner Arbeit auf ihre Arbeit als einer unabdingbaren Voraussetzung jeder menschlichen Solidarität zu antworten, und damit eroberte ich mir innerhalb jener kleinen menschlichen Gemeinschaft, deren Bemühungen diese Niederschrift auf ihre Weise zu folgen trachtete, einen wenn auch unauffälligen Platz, einen Seitenplatz freilich, aber es war dennoch eine Rolle, die mir Freude machte, weil sie mir von ihnen zugeteilt worden war.

Es war Sonntag, Ferienzeit, ein Vormittag, an dem er unser Essen kochte, manchmal stieß er den Stuhl unter sich fort, ging in die Küche, kam wieder zurück und schlug auf die Maschine ein.

Soviel ich mich erinnere, war es Frau Kühnert, der ich zuerst davon erzählt hatte, sie hatte es Thea weitererzählt, die es in ihrer emphatischen Art den übrigen weitergesagt haben mochte; nach einiger Zeit bemerkte ich, daß man mir nicht nur vorsichtiger, ja geradezu mit Behutsamkeit begegnete, sondern sich auch bemühte, anders, sozusagen vernünftig und vertrauensvoll mit mir zu reden, als wollten alle an dem Bilde, das ich von ihnen zeichnen würde, etwas zurechtrücken.

Ich fragte ihn, was er schriebe.

Sein Testament, sagte er.

Tatsächlich hatte ich gar nicht gemerkt, wie selbstverständlich mir unser bedeutungs- und ereignislos erscheinendes Zusammenleben geworden war, nicht nur vertraut, sondern als ein Zuhause; und ich fragte mich nicht einmal, was das Zuhause bedeute, ich glaubte es zu wissen.

Er fragte, woran ich dächte.

Es war still, ich weiß nicht, seit wann die Schreibmaschine nicht mehr zu hören war, demnach mußte er mein Hinausstarren genauso beobachtet haben wie ich den Baum und den Himmel.

Als ich ihn anblickte und sagte, an nichts, sah ich seinen Augen an, daß er mich schon lange beobachtet hatte, um seinen Mund lag so etwas wie ein Lächeln.

An etwas müsse ich doch wohl denken, wenn schon an nichts anderes, dann eben an nichts, er lachte ein wenig.

Nein, wirklich an nichts, sagte ich, ich habe die Blätter am Baum betrachtet.

Tatsächlich hatte ich an nichts gedacht, was in Worte zu fassen gewesen wäre, man denkt übrigens auch gar nicht mit den Gedanken, es war nur ein Gefühl, dem ich mich entspannt und gedankenlos hingegeben hatte; zwischen der Ruhe, dem Frieden des Angeschauten und meiner Situation, der häuslichen Bequemlichkeit meines Körpers, zwischen meinem Gefühl und dem Gegenstand meines Gefühls gab es daher keinerlei Spannung, das mochte er an meinem Gesicht abgelesen haben; ein leib-seelischer Zustand, den man auch als Glück bezeichnen könnte, seine Frage jedoch ließ das Gefühl verletzlich erscheinen, ich glaubte, es bedürfe des Schutzes.

Weil er nämlich überlegt habe, fuhr er fort, ob nicht auch ich gerade überlegt hätte, daß es so bleiben solle.

Als könnte ich ihn nicht verstehen, fragte ich, wie er das meine.

Das Lächeln um seinen Mund verschwand, er wandte seinen forschenden Blick von meinem Gesicht, senkte den Kopf und fragte, die Wörter nur mühsam hervorbringend, so als hätten wir die Rollen getauscht und er sei es, der in einer fremden Sprache sprechen müsse, ob ich im Zusammenhang mit ihm schon an so etwas gedacht hätte.

Es mußte erst eine gewisse Zeit vergehen, bis es mir endlich gelang, das Wort auszusprechen, das in seiner Sprache mehr Gewicht hat als in meiner, ja.

Er wandte den Kopf fort und hob vorsichtig und zerstreut mit den Fingern das in die Maschine gespannte Blatt an, ich aber schaute wieder zum Fenster hinaus, wir schwiegen beide, reglos; so leidenschaftlich das sich in vorsichtig leisen Worten verdichtende Geständnis war, so voller Angst war die

Stille, als müßte man selbst Atem und Herzschlag anhalten, um sie zu hören und zu fühlen.

Er fragte, warum ich bisher nichts davon gesagt hätte.

Ich habe gedacht, er würde es spüren.

Es war gut, so weit weg zu sein und ihn nicht anzusehen, der Blick oder die Nähe hätten ihn verstören können, doch auch so wurde die Situation immer gefährlicher, weil etwas Endgültiges und Unumkehrbares hätte gesagt werden müssen; der scharfe Lichtstreifen, der durch das Fenster fiel, schien so etwas wie eine Mauer zwischen uns aufzurichten, und als könnten unsere Worte die Mauer nicht überwinden, führten wir Selbstgespräche, statt miteinander zu sprechen, als säße jeder in der gemeinsamen Wärme unseres einzigen Zimmers in einem Zimmer für sich.

Warum es mir erst jetzt in den Kopf gekommen sei, wenn ich es schon früher gewußt habe, fragte er später.

Das wisse ich nicht, ich dächte aber, sagte ich, das sei weiter nicht interessant.

Kurz danach stand er auf, stieß aber den Stuhl nicht zur Seite, wie es sonst seine Gewohnheit war, sondern schob ihn eher vorsichtig weg, ich sah ihn nicht an, und wie ich vermute, sah auch er mich nicht an, die Grenze jenes Lichtstreifens, die zur Mauer zwischen uns geworden war, hat er nicht überschritten; er ging wortlos hinaus in die Küche, und falls man dem Rhythmus und dem Gewicht der Schritte Bedeutung beimessen darf, würde ich sagen, sein Gang versuchte, die Spannung zu beschwichtigen, die sich in unseren Worten manifestiert hatte, er hielt an seiner behutsamen Vorsicht fest.

Und vielleicht kam der vertraulichen familiären Atmosphäre größere Bedeutung zu als jenen anspielungsreichen Worten, die von Schweigen und Verschweigen geschmeidig eingehüllt wurden, die Worte nämlich hätten auf Endgültiges gezielt, auf die Möglichkeit einer Besiegelung unserer Beziehung, ihre Verhüllung dagegen auf die uns beiden bekannten Umstände, die im Widerspruch zum Inhalt dieser präzise und sparsam formulierten Worte diese Möglichkeit bestritten; daß wir aber in einer Sprache miteinander sprechen konnten, die aus Andeutungen bestand, daß die Sprache also eine gemeinsame Ästhetik hatte, ließ in mir jedenfalls das Gefühl aufkommen, als könnte das Mögliche stärker als das Unmögliche sein; er aber, glaube ich, blieb mißtrauischer und vorsichtiger.

Nachdem er mich allein gelassen hatte, bemächtigte sich meiner eine seltsame, entwürdigende Unruhe, meine sich verselbständigenden Bewegungen und der Zwang, diese Bewegungen zu bremsen, ließen mich in der verdeckten wie in der offenen Sprache der Gesten den im Zwiegespräch letztlich unausgetragenen seelischen Kampf wiederholen, ich konnte meinen Blick nicht von der Pappel wenden, ich zappelte und kratzte mich, auf einmal war alles an mir in Bewegung geraten, ein Juckreiz hatte mich befallen; während ich meine Nase rieb, erinnerte mich der lederähnliche Nikotingeruch meiner Finger daran, daß ich gerne geraucht hätte, gereizt schleuderte ich meine Feder auf den Tisch wie etwas Überflüssiges, tastete gleich wieder zwischen meinen Papieren nach ihr, packte sie, befühlte, befingerte, drehte und drückte sie, auf daß sie mir helfe, mit den Notizen dort fortzufahren, wo ich sie unterbrochen hatte, aber wen sollte dieser Unsinn schon interessieren? ich wäre gerne aufgestanden, um nachzusehen, was er eigentlich schrieb, was für eine Art von Testament er da verfaßte, und blieb trotzdem sitzen, damit der Situationswechsel die Gunst des Augenblicks nicht zerstöre, hier mußte ich über etwas wachen, über das mich hinwegzusetzen oder ihm auszuweichen, mich aus ihm herauszuwinden, vielleicht besser gewesen wäre.

In dieser Situation kam er zurück, was mich sofort beruhigte, und ich war begierig zu erfahren, was noch geschehen könnte, was noch in uns steckte, was noch zu sagen wäre, was man immer erst weiß, wenn es gesagt wird oder auch erst hinterher; nur war mein neues Gleichgewicht das Zerrbild des voraufgegangenen, ich konnte mich nicht gegen ihn wenden, dazu reichte es nicht, ich wollte der gleiche geblieben sein, den er verlassen hatte.

Das Geräusch seiner nackten Sohlen ließ mein Ohr jene winzige Veränderung wahrnehmen, die sich draußen in ihm vollzogen hatte, es war kein Argwohn in den sich nähernden Schritten, auch nichts von jener schönen Rücksichtnahme von vorhin, eher so etwas wie Aufmerksamkeit und Nachdenklichkeit, in die vielleicht auch jene Sachbezogenheit oder Sachlichkeit eingeflossen war, die er in der Küche zurückgewonnen hatte, während er mit einem Topflappen den Deckel vom Topf hob; Blumenkohl kochte im Salzwasser, das Wasser blubberte, der Dampf schlug ihm ins Gesicht, und obwohl man mit dem bloßen Auge sehen konnte, daß er weich genug war, nahm er eine Gabel aus dem Schubfach und stach, damit die weißen Röschen des im Kochwasser treibenden Blumenkohls nicht zerfielen, vorsichtig hinein – der Blumenkohl zerfällt gern, wenn er zu weich wird – und drehte erst dann das Gas unter dem Topf aus; hier im Zimmer hörte ich oder glaubte ich wenigstens zu hören, sah ich oder glaubte ich zu sehen und spürte ich an seinen Schritten, daß seine durch Einübung beruhigten Bewegungen etwas von dem Gefühlsüberschwang, der sich in mir in unangenehmer Weise verstärkt hatte, zurückgenommen hatten.

Er blieb hinter meinem Rücken stehen, legte seine Hände auf meine Schultern, ohne sie fest anzufassen, er verlagerte vielmehr nur das Gewicht seiner Hände auf sie, die Muskeln seines Körpers waren frei von jeder Art von Spannung, daher vermittelte das Gewicht seiner Hände auch nichts von seinem Körpergewicht, was seine Geste höchst freundschaftlich erscheinen ließ, aber auch zurückhaltend.

Ich lehnte mich zurück und sah zu ihm auf, die handtellergroße Stelle meines Schädels, die die Nähe und das Streicheln der anderen Hand so sehr genießt und die in unserer Gefühlsskala einen vielleicht zu geringen Platz einnimmt, berührte seinen Bauch, lächelnd schaute er auf mich herab.

Ich fragte, was nun mit uns werden solle.

Seine Finger drückten sich ein wenig in meine Schultern, damit übertrug er mir etwas von seiner Kraft, nichts, sagte er. Um die Schärfe dieses Wortes zu mildern, hatte er mehr an Kraft nicht gebraucht.

Ich jedoch wollte diesen sich so eigenartig verhaltenden

Teil meines Schädels spüren, den man bei Säuglingen Fontanelle nennt, zwar verhärtet und verknöchert er sich später, doch nach meinen Erfahrungen reagiert er auf bestimmte Reize der Außenwelt weiterhin so empfindlich, als wäre er noch das von Adern violett durchpulste Häutchen, bis zu einem gewissen Grade sogar empfindlicher als unsere übrigen Sinnesorgane, weil er offenbar nur und ausschließlich auf freundliche und feindliche Reize spezialisiert zu sein scheint und sich bei deren Rezeption als geradezu unfehlbar erweist; ich wollte das prüfen und preßte diese Stelle unwillkürlich mit der gleichen Kraft gegen seinen Bauch, mit der er meine Schultern gefaßt hatte.

Und indem er die Worte noch nachdrücklicher betonte, sagte er, ich solle ihn endlich verstehen und nicht weiter mißverstehen, es sei kein Zufall, er jedenfalls betrachte es nicht als Zufall, daß ich bisher verschwiegen hätte, was ich über uns dächte, er aber möchte sich nicht in mein Leben einmischen, zwar wolle er nicht rückgängig machen, was er vorhin gesagt habe, das wäre töricht, aber er wolle mich auch nicht beeinflussen, auf gar keinen Fall.

Ich lachte ihm ins Gesicht und sagte, das sei ja zum Lachen, dann hätte er sich von allem Anfang an wesentlich strenger verhalten müssen.

Das Lächeln verzog sich von seinen Augen hinunter zu seinem Mund, eine Weile sah er mich fast reglos an, dann zog er mich über die Lehne des Sessels hinweg an sich.

Zu spät, sagte er.

Was ist zu spät, fragte ich.

Zu spät, wiederholte er mit düsterer Stimme.

Die Konstellation unserer Körper – er sah von oben auf mich herab und ich von unten zu ihm auf, so daß der Hauch seiner Stimme mit jedem Wort meinen Mund berührte – verlieh ihm etwas mehr Sicherheit.

Ich bat ihn, mir trotzdem zu sagen, woran er denke.

Er könne es nicht, er könne nicht darüber sprechen.

Sein weißes Hemd war offen bis zur Hüfte, und die laue Wärme seiner Haut wehte mich an wie eine Erinnerung; der

Körpergeruch vermittelt uns mindestens ebenso viele Einzelinformationen wie das Wort, der Tonfall, die Bewegung, wie das Aufleuchten der Augen, nur daß im Gegensatz zum Hören und Sehen der Geruch im Gehirn mit noch verborgeneren und heimtückischeren Signalen arbeitet.

Ich sagte, er wolle es bloß nicht.

So sei es, er wolle es nicht.

Behutsam streifte ich seine Arme von mir ab, er aber beugte sich noch tiefer zu mir herunter, und da er sich mit beiden Händen an den Armlehnen des Sessels festhielt, berührten die beiden Teile seines offenen Hemdes mein Gesicht, ja umschlossen es, unsere Gesichter waren sich ganz nahe, wenn ich auch gewünscht hätte, er würde nicht mit dem Körper, sondern mit dem Munde reden, und nicht mit dem Körper das Gegenteil dessen sagen, was er mit dem Munde sagen würde, aber mit Worten nicht aussprechen könnte.

Doch um dieser unmöglichen Forderung nicht nachkommen zu müssen, küßte er mich fast wütend auf den Mund, ich ließ es geschehen, aber ich konnte nicht anders, auch unter der weichen Wärme, den rauhen, kleinen Furchen seiner Lippen blieb mein Mund unbewegt.

Er sagte, ich solle lieber meiner Arbeit nachgehen, auch er wolle die seine beenden, der Kuß und seine Worte hatten den gleichen Sinn, sie sollten den Schlußpunkt setzen.

So leicht werde er mir nicht davonkommen, sagte ich, als er sich zum Gehen umwenden wollte und ich seine Hand festhielt.

Vergebens sei ich so hartnäckig, so gerne er es auch möchte, und ich solle endlich kapieren, daß er es möchte, doch könne er nun einmal nichts dafür, daß er nicht einmal den nächsten Augenblick zu kennen wünsche, er wolle es nicht und es interessiere ihn nicht, er sei nun einmal wie er sei und es würde ihm den Magen umdrehen, wenn wir in allem Ernst anfingen, darüber zu sprechen; und was ich eigentlich von ihm wolle? etwa daß wir uns darin ergingen, wie wir die Wohnung umräumen sollten? oder etwa, und das wäre vielleicht gar keine dumme Idee! daß wir auf dem Standesamt unsere ernsten Absichten kundtäten? damit hätten wir gewiß großen Erfolg! oder daß wir vielleicht gemeinsame Zukunftspläne schmiedeten? reicht es denn nicht, was wir haben? reicht es mir denn nicht, daß er sich ständig freut, ständig und ohne Unterlaß freut, wenn ich bei ihm bin, ob es das sei, was ich hören wolle, aber mehr sei nicht drin, mehr gebe die Sache nicht her und ich solle es nicht verderben.

Schön, aber vorhin habe er doch mehr und anderes gewollt und anderes gesagt, habe anders gesprochen, warum also nehme er das wieder zurück?

Er habe nichts zurückgenommen, das sei eine Zwangsvorstellung von mir.

Er sei feige, sagte ich.

Schön, dann sei er eben feige.

Weil er nie geliebt habe und niemals geliebt worden sei.

Ob ich das geschmackvoll fände, was ich da sage?

Ich könne aber nicht leben ohne ihn.

Ohne ihn, mit ihm, das seien Kindereien, aber vorhin habe er ja gerade behauptet, auch er könne es nicht.

Was er dann wolle?

Nichts.

Er zog seine Hand aus meiner, und diese Bewegung deckte sich wieder mit seinen Worten, er ging, um vielleicht doch noch an den Punkt zurückkehren zu können, der sich in diesem Zimmer als sicher erwiesen hatte, an seine Schreibmaschine, zu der Aufgabe, die er sich gestellt hatte und die er beendigen wollte, mitten im Zimmer aber, im schräg einfallenden Licht, blieb er stehen, den Rücken halb mir zugewandt –, auch er sah zum Fenster hinaus, zum Himmel hinauf, als genieße er die Sonne und lasse sich wärmen; sein weißes Hemd ließ die Umrisse seines schlanken Körpers sehen, des Körpers, dessen Duft bei mir geblieben war.

Im Duft die vergangene Nacht, in der vergangenen Nacht die Erinnerung an alle voraufgegangenen Nächte.

In der Nacht das dämmernde Dunkel des Schlafzimmers, in der dämmernden Dunkelheit die hellen Flecken der Schwärze des geschlossenen Auges, in den aufleuchtenden und aufblitzenden Augenblicken der Geruch der Bettdecke, des Leintuchs, des Kissens, darin wieder alles Frühere, die Kälte der Lüftungen, das Waschmittel, in den heißen Schwaden des Bügeldunstes die Hand der Mutter.

Unsere Körper unter der Bettdecke, in unseren Körpern das Begehren und die befriedigt ruhenden Körper im zerwühlten Bett; die Haut, auf der Haut die Ausdünstung der Poren, in den Poren die Absonderung von Fettstoffen, gestockter Schweiß in der Behaarung, dumpfe Schweißnässe in den Beugen, in den Haaren und den verfilzten nassen Strähnen, Fahrzeuge im Stau, Büros, Speiserestaurants, der Geruch einer ganzen Stadt mit dem salzigen Geschmack von schalem Sperma, die Bitternis des Tabaks im süßlichen Speichel, in der warmen Nische der Mundhöhle die im Speichel zerfallenden Speisen, die schadhaften Zähne, die zwischen den Zähnen steckenden Rückstände, die Zahncreme, der im Magen wieder zu Hefe abgebaute Alkohol, die erkaltende Leidenschaft des in die Einsamkeit des Schlafes gesunkenen Körpers und die Feuchte der ausschweifenden Träume mit ihren unstillbaren Erregungen, das kühle Erwachen, das ernüchternde Wasser, die Seife, die mentholgetränkte Rasiercreme und der vergangene Tag in dem über die Stuhllehne geworfenen Hemd.

Schön, sagte ich, dann haben wir endlich etwas, worüber wir nicht sprechen dürfen, mir soll es recht sein.

Schluß jetzt, und ich solle endlich den Mund halten.

Unten im Hof brüllte ein kleines Mädchen, es rief nach seiner Mutter, die es nicht hörte oder nicht hören wollte; im Grunde beneidete ich das kleine Mädchen, vielleicht weil es hier geboren war und nicht fortzugehen brauchte von hier oder seiner verbitterten unschuldigen Hartnäckigkeit wegen, mit der es nicht zur Kenntnis nehmen wollte, daß man es nicht zur Kenntnis nahm; sein schrilles Geschrei wurde immer nervtötender, immer hysterischer, bis es plötzlich verstummte, als sei es erstickt worden, nur der harte Aufschlag eines Balls war zu hören.

Er setzte sich wieder an seinen Tisch, ich durfte ihn nicht

länger ansehen, denn ich wußte, daß er wieder anfangen würde zu sprechen; wenn ich ihn aber ansah, würde ich das verderben.

Ich griff zur Feder, auf der fünfhundertzweiundvierzigsten Seite meines Manuskripts stand das letzte Wort, hier hätte ich fortfahren müssen.

Er schlug ein paar Tasten an, in der Stille fehlte mir das Geschrei des kleinen Mädchens, ich mußte warten, bis er wenigstens ein paar Zeilen geschrieben hatte, damit er wie gewohnt und wie nicht anders zu erwarten war, mit leiser Stimme mitten in die Stille hinein sagte, daß wir noch zwei Monate, das heißt genau siebenundsechzig Tage hätten, und ob ich etwa behaupten wolle, daß ich nicht die Absicht hätte, nach Hause zurückzukehren.

Ich starrte meine letzten Worte auf dem Papier an, die Beschreibung der verlassenen Bühne, und fragte ihn, warum er sich so krampfhaft verteidige, wovor er sich fürchte; meine Frage konnte nicht verhehlen, daß ich auf seine Frage keine eindeutige Antwort geben konnte oder wollte.

Er werde die Sache im Kopf behalten, fuhr er fort, als wäre er endlich auf die handgreiflichen Beweise meiner Absichten gestoßen, er werde sie nicht vergessen und werde versuchen, damit zu leben.

Mit grausamer Lust sahen wir uns über den trennenden Lichtstreifen hinweg an, er lächelte im Gefühl seines Sieges über meine Bloßstellung, und ich bekam etwas davon ab.

Ich werde aber zurückkommen, sagte ich nicht ohne Ironie, weil ich ihm keinen Ausschlupf lassen wollte.

Ich würde eine leere Wohnung vorfinden, ich wüßte doch, daß er nicht hierbleiben wolle.

Das sind doch kindische Phantastereien, sagte ich, wie sollte er denn fort können von hier.

Vielleicht sei er doch nicht ganz so feige, wie ich glaubte.

Dann habe er also Pläne für eine schönere Zukunft geschmiedet, bloß ohne mich.

Um aufrichtig zu sein, ja, er habe tatsächlich etwas geplant, er werde vor meiner Abreise verschwinden, damit ich fortgehen könne, ohne von ihm Abschied nehmen zu müssen.

Das sei ja eine großartige Idee, sagte ich, und von seinem Lächeln, das jedes seiner Worte mit einem Aufleuchten der Augen begleitete, vielleicht aber auch von der eigenen Angst und von seiner herablassenden Arroganz an die Grenze des Hasses getrieben, lachte ich laut heraus und sagte, ich gratuliere.

Er bedanke sich.

Grinsend sahen wir uns in die vom Haß entstellten Augen, entziehen konnten wir uns diesem Anblick nicht, ihn seiner tückischen Häßlichkeit wegen aber auch nicht steigern.

Merkwürdig, daß ich nicht ihn, sondern vielmehr mich in seinen Augen häßlich und entstellt gesehen habe; es war kein auserwählter Augenblick, keine besondere Stunde, kein ungewöhnlicherer Tag als alle anderen, die wir miteinander verbracht hatten, nur insofern, als das, wonach wir eigentlich suchten, seit wir vom Schicksal zusammengeführt wurden, besser gesagt, zum erstenmal in der Oper aufeinandergeprallt waren, damals zum erstenmal in vorsichtigen Worten ausgesprochen wurde, doch das, was wir damals als so außergewöhnlich empfanden, unterschied sich in nichts von dem, was immer ein erstes Mal ausgesprochen wird; vielleicht könnte man sagen, daß wir einer im anderen so etwas wie eine endgültige Heimat suchten, jedes Wort und jede Geste waren nur neue Formen einer Spurensuche, wir waren auf der Suche nach einer Geborgenheit, die man in Wirklichkeit vielleicht niemals finden kann, weil schon das Suchen an sich die Heimat dieser Geborgenheit ist.

Als hätten wir ein schicksalhaftes Gefühl vertiefen und ihm Dauer verleihen, es legalisieren wollen, ein Gefühl, das da war, existierte, das es zwischen zwei Menschen zwar geben konnte, aber zu mehr taugte es nicht, und das, wie er gelegentlich behauptet hatte, deswegen, weil wir beide männlichen Geschlechts waren und weil das Gesetz der Geschlechter vielleicht doch stärker ist als die Gesetze der Persönlichkeit, was ich damals weder einsehen noch akzeptieren wollte, weil ich überzeugt war, daß es hier um meine Freiheit als Individuum und als Persönlichkeit ging.

Jener erste Augenblick hatte alle folgenden vorweggenommen, anders gesagt, die folgenden hatten viel von dem ersten behalten.

Als er mit seinem französischen Freund in der matterleuchteten Vorhalle des Opernhauses inmitten der festlichen, zur Vorstellung strömenden Menge oben auf der Treppe stand, war es mir, als würde ich ihn seit langem kennen, seit sehr langem, und nicht nur ihn, sondern alles, was zu ihm gehörte, nicht nur seinen gewählt eleganten Anzug, seine locker gebundene Krawatte mit der Krawattennadel, sondern auch seinen nachlässig gekleideten Freund, ja selbst die Beziehung, die sie offenkundig miteinander verband, obwohl ich damals wirklich nur eine blasse Ahnung und keine rechte Vorstellung davon hatte, von welcher Art das Liebesverhältnis zwischen zwei Männern sein konnte, doch ein Gefühl von Vertrautheit verlieh dieser Begegnung sofort eine unerklärliche Nähe und Leichtigkeit, jene selbstverständliche Natürlichkeit, in der wir nicht mehr danach fragen, uns auch nicht mehr darum kümmern und daher kaum noch merken, was mit uns geschieht.

Nachdem er sich aus Theas Umarmung befreit hatte, was sein Freund übrigens mit einer dieser Übertreibung entsprechenden Befremdung beobachtete, gaben wir uns die Hand; nicht anders, als man das gewöhnlich tut, ich sagte meinen und er sagte seinen Namen, während ich hörte, daß sein Freund sich Frau Kühnert und Thea vorstellte und in der Art eines Vorstadtjünglings nur seine beiden Vornamen nannte, Pierre-Max hörte ich zweimal hintereinander, seinen Nachnamen Dulac erfuhr ich erst eine Weile später.

Nach diesem Händedruck beschäftigten wir uns nicht weiter miteinander, doch aufgrund einer inneren Gesetzmäßigkeit ergab es sich, daß wir uns – während ich mit seinem Freund redete, er mit Frau Kühnert und Thea plauderte und wir die mit einem purpurroten Teppich belegte, blendend weiße Treppe hinaufgingen –, gleichsam gegenseitig mit unseren Schultern die Richtung wiesen, zwar berührten wir uns nicht, aber von diesem Zeitpunkt an waren unsere Körper unzertrennlich, sie wollten sich nahe bleiben und so weitergehen; sie taten es mit einer Selbstverständlichkeit, die kein Aufsehen erregte, sie war weder überraschend noch lenkbar, sie war sofort auf ein bestimmtes Ziel gerichtet, über dessen Zweck und Möglichkeiten, wie sich später herausstellen sollte, nur ich Zweifel hegte, er konnte daher ruhig weiterplaudern, ohne mich anzusehen, während ich dank jener Sicherheit und Unbekümmertheit, die mir sein Körper und dessen schon damals wahrgenommener Duft vermittelte, mich mit dem Franzosen an meiner linken Seite unterhielt.

Als Komplizenschaft jedoch würde ich das nicht bezeichnen, dafür war das Gefühl viel zu dunkel und ernst; um es mit einem Beispiel zu sagen, es war, als würde man in einer schnellen Fahrt aus der eigenen fernen Vergangenheit in die Gegenwart zurückkehren und daher die Gegenwart als genauso unwahrscheinlich und traumhaft empfinden wie eine fremde Stadt, in der man sich im Augenblick der Ankunft noch wie betäubt bewegt; es hatte also nichts von jener aufgeregten Fröhlichkeit, die jeder erotisch schillernden Beziehung anhaftet, sondern eher etwas von der tiefer empfundenen Freude einer endlich geglückten Ankunft.

Für mich hatte jener Augenblick wohl deshalb besondere Bedeutung, und vielleicht erinnere ich mich heute noch so genau an ihn, weil wir gemeinsam mit Thea ziemliches Aufsehen erregten, die als bekannte und gefeierte Persönlichkeit die neugierigen Blicke des Publikums sofort auf sich gezogen hatte, und diese Neugier ging in Form schneller kleiner Seitenblicke auch auf uns über; geradezu instinktiv wollte man sehen, wissen und spüren, mit was für einem Mann, in welcher Gesellschaft die Berühmte, die Frau, hier erschien, wir aber, vier höchst verschiedene Erscheinungen, boten einen reichlich seltsamen, ja geradezu skandalösen Anblick in diesem überdisziplinierten Milieu.

Thea hatte auch hier ihren Auftritt, sie spielte die berühmte und berüchtigte Schauspielerin, und zu ihrer Ehre sei gesagt, sie tat es mit äußerst sparsamen Mitteln, als bemerke sie diese begehrlichen, respektvollen, manchmal verächtlichen und neidischen Blicke nicht, da sie ihre ganze Aufmerksamkeit Melchior zuwandte, seht her! dieser ist es! bedeutete die Bewegung, mit der sie ungezwungen Melchiors Arm nahm und so die Huldigung, die sie von ihren Bewunderern bekam, auf ihn lenkte; ihrem ungeschminkten Gesicht mit den tatarischen Backenknochen gab sie genau den Ausdruck von Schönheit, den ihr Publikum von ihr gewohnt war und den es erwartete, sah mit lächelnd zusammengekniffenen, schelmisch fröhlichen Augen zu ihm auf, womit sie freilich auch für ihr Inkognito Schutz in seinen Augen suchte, um nur ja nirgendwo anders hinschauen zu müssen! als achte sie nicht einmal darauf, wohin sie trat, ließ sie sich scheinbar führen, obwohl sie es war, die führte, und aufgrund dieser hingebungsvollen inneren Bereitschaft erschien sie in ihrem langen, engen, bis zum Knie geschlitzten schwarzen Rock, ihren nadelspitzen hochhackigen Schuhen und ihrer fast durchsichtigen graphitgrauen Seidenbluse noch zerbrechlicher und vor allem ausgelieferter als in jeder anderen Rolle, überdies zurückhaltend und bescheiden.

Unaufhaltsam und mit schwärmerischer Stimme, den Inhalt ihrer Mitteilung mit gedämpfter Lautstärke vor den Ohren der Neugierigen verheimlichend, redete sie nur mit dem Mund und ihrem Lächeln, das heißt mit größter Beherrschung, und machte das Fehlen einer gesellschaftlichen Mimik mit hemmungsloser Übertreibung zum Gespött, womit sie auch etwas von den Spannungen der hinter uns liegenden Probe herüberschmuggelte, mit deren angestauten Energien sie jene elementare Freude und Leidenschaft ökonomisch zu dämpfen und abzuleiten versuchte, die ihr Melchiors Anwesenheit und seine körperliche Nähe schenkte, doch so sparsam diese schauspielerischen Mittel im gegebenen Fall auch waren, nein, gerade weil sie so meisterhaft ausgewogen und sparsam waren, konnten sie der Aufmerksamkeit nicht entgehen, die Leute blieben stehen, schauten sich um nach ihr und schauten ihr nach, flüsterten hinter unserem Rücken, starrten ihr offen oder heimlich ins Gesicht, stießen sich an, zeigten auf sie, die Frauen begutachteten ihr Kleid, verschlangen ihren weichen, gleitenden Gang mit den Augen, die Männer, getarnt durch gleichgültige Blicke, griffen in spielerischer Phantasie zärtlich nach ihren Brüsten, erprobten ihre Handgriffe an ihren schmalen Hüften oder versetzten ihr in spielerischer Phantasie einen Klaps auf den Hintern, der hübsch und rund war, mit einem Wort, jedermann tat nach eigenem Geschmack und Gutdünken, als wäre sie sein Eigentum und ausschließlich das seine, die gemeinsame Geliebte, die geliebte kleine Schwester, während sie, scheinbar in den anderen, den erwählten Mann versunken, vorüberging, wir aber, die wir auf diese Weise durch sie ebenfalls herausgehoben waren, wurden in den Augen der Gaffer zu professionellen Statisten ihres kleinen Auftritts.

Ich, mehr von der Situation als von echter Neugier getrieben, fragte, Unkenntnis und Verwunderung vortäuschend, den schlanken, schwarzzerzausten Franzosen, was ihn hierher verschlagen habe, und er beugte sich, während wir nach oben gingen, mit einem liebenswürdigen, zurückhaltenden, aber deutlich herablassenden Gesichtsausdruck zu mir; ich war von seinen schmalen, flach geschnittenen Augen überrascht, in denen die Augäpfel nicht genügend Platz zu haben schienen, um sich zu drehen oder zu bewegen, weshalb sie einen stechenden und starren Ausdruck hatten, doch interessierte es mich weit mehr, was Thea dem Manne so Betörendes zu erzählen hatte, den ich an meiner Schulter, meinem Arm, an meiner Seite spürte.

Der Franzose antwortete in fast einwandfrei formulierten Sätzen, aber mit dem deutlichen Akzent seiner Muttersprache, daß er nicht hier wohne, das heißt nicht in diesem Teil der Stadt, aber er mache gern einen Rutsch hierher, und das möglichst oft, daher sei ihm unsere Einladung sehr gelegen gekommen, er hatte sowieso die Absicht, sich die Vorstellung anzusehen, doch verstünde er nicht so recht, warum ich mich wundere, warum solle er nicht hier sein? ihm sei das hier keine so fremde Welt, wie ich das vorauszusetzen scheine, im Gegenteil, er sei hier eher zu Hause als im westlichen Teil der

Stadt, da er Marxist und Mitglied der Kommunistischen Partei sei.

Seine wendungsreiche, geschickte Rhetorik, die unmißverständlich aggressive Spitze seiner Antwort, seine Empfindlichkeit, mit der er instinktiv in mir den möglichen Gegner aufgespürt hatte, sein selbstgefälliger Tonfall, sein ein wenig unverschämter, aber keineswegs unernster Ausdruck, sein starrer und herausfordernder Blick, der sowohl sympathische jugendliche Kampflust als auch engstirnige Voreingenommenheit erkennen ließ, überraschten mich sehr, und obwohl ich seine Herausforderung sofort annahm, schien mir ein politisch aufgeheizter Gedankenaustausch in dieser kühlen und öde repräsentativen Umgebung so wenig angebracht, daß ich am liebsten laut herausgeplatzt wäre, was redet der für einen Blödsinn daher? seine Äußerung wirkte auf mich wie ein netter, etwas unanständiger Scherz, und diese Wirkung wurde durch die kindlich trotzige Entschlossenheit seines schönen Gesichts nur noch erhöht, wie auch durch sein nach hiesigen Maßstäben als nachlässig zu bezeichnendes Äußere, durch seine aus einer anderen Kultur stammende lebhafte Eleganz, den dicken, ein wenig schäbigen und nicht ganz sauberen Pullover, den zweimal um den Hals gewickelten, über die Schulter geworfenen, langen feuerroten Wollschal, was alles von dem pflichtschuldig feiertäglich herausgeputzten und gerade deshalb so ärmlich und unelegant wirkenden Publikum mit Befremden und Mißbilligung in Augenschein genommen wurde, man vermeinte die empörte Krittelei geradezu zu hören, doch weil ich ihn einerseits nicht kränken wollte, andererseits das allgemeine Interesse auch auf mich gerichtet war, hielt ich mich für verpflichtet, Beherrschung zu zeigen, und so antwortete ich mit einem höflichen Lächeln, das auch etwas Überhebliches hatte, und sagte, ohne die Schärfe meiner Antwort abzuschwächen, daß er meine Verwunderung vielleicht mißdeutet habe, weil ich ihn weder zur Verantwortung ziehen noch ihm einen Vorwurf hätte machen wollen, im Gegenteil, ich schätze mich glücklich, ihn kennengelernt zu haben, weil ich nämlich auf dieser eher östlichen Hemisphäre seit wenigstens sechs Jahren, ich betonte, seit sechs Jahren, keine Gelegenheit hatte, einem Menschen zu begegnen, der sich nach gewissenhafter Überlegung einen Kommunisten nennen würde.

Was ich damit sagen wolle, fragte er.

Worauf ich mit der Überlegenheit des Sachverständigen entgegnete, nichts weiter, er brauche nur nachzurechnen.

Falls ich an den Frühling achtundsechzig dächte, sagte er verunsichert, und während ich, meine Überlegenheit genießend, nickte, so sei es, genau daran dächte ich, wartete er unschlüssig, den Blick starr auf mich gerichtet, doch im gleichen Augenblick, da ich genickt hatte, fuhr er noch heftiger fort, dann glaube er kaum, daß aus jenen Ereignissen die Lehre gezogen werden könne, daß der Kampf aufgegeben werden müsse.

Und während Thea heftig über ihren Regisseur schimpfte, hörte sich dieser schmetternde Wahlspruch aus seinem kindlichen Munde rührend an, jung, stark und daher überzeugend, aber an was für einen Kampf glaubte er eigentlich? mit wem und gegen wen? es war von einer solchen Situationskomik, daß mich vor lauter Verblüffung meine zu einer Antwort notwendige Geistesgegenwart verlassen hatte, und in dieser verunsicherten, ebenso komischen wie ernsten Pause war Theas Geplauder zu hören, wonach Langerhans einen prächtigen Botschafter abgeben könne, in Tirana, sagen wir, vielleicht aber bloß einen Stationsvorsteher, man braucht ihn ja nur anzusehen, wie er die Brille auf seiner Stupsnase auf und ab schiebt und mit den kurzen Fingern in seinem fettigen Haar wühlt, um an ein großes weißes Blatt Papier voller schöner runder Stempel zu denken, dann könnte er den ganzen Tag mit seinen roten und blauen Stempeln herumspielen, nur von der Regie sollte er um Himmels willen lassen! das sei wahrhaftig nicht übertrieben und kein Scherz, Melchior kenne die Szene, die vierte Szene im dritten Akt, die Sitzung des Kronrats, die einzige vorzeigbare Szene der ganzen Aufführung, diese gräßliche Sitzungsszene, in der sie um den Tisch herumsitzen, diese sechs unmöglichen Gestalten, dafür hatte er einen riesigen, einen so unmöglich großen Tisch anfertigen lassen und seine abgetakeltsten Schauspieler dazu geholt, Melchior könne sich vorstellen, wie die Ärmsten das genossen und wie dankbar sie für ihn spielten, wirklich gut! wie sie dort sitzen, ihre Akten herumschieben, sich kratzen und stottern und an ihren Nägeln kauen, genau wie Langerhans, der auch dauernd an seinen Nägeln kaut, widerlich! und nicht einmal darauf drängen, nach Hause zu gehen, das ist ihnen völlig gleichgültig, weil sie seit dreißig Jahren auf eine kleine Rolle warten, seit dreißig Jahren verstehen sie nichts mehr und werden von jetzt an erst recht nichts mehr verstehen, und stellen Sie sich vor, nun, Sie werden es selber sehen, wie langweilig das ist, so schrecklich langweilig, daß es einen geradezu umhaut! und das ist das einzige, was ihm je eingefallen ist, diese Langeweile, wie soll er auch eine blasse Ahnung davon haben, was eine Frau ist oder was sie von einem Mann erwartet, dieser blutleere Theaterbürokrat, der er ist.

Nach einigem Zögern sagte ich, ich hätte das Gefühl, daß wir an zwei völlig verschiedene Dinge dächten und von zwei völlig verschiedenen Dingen redeten, er natürlich von Paris und ich ebenso selbstverständlich von Prag.

Das heißt, fuhr Thea fort, sollte er überhaupt eine blasse Vorstellung haben, dann sei sie bestimmt gewöhnlich, grob und geschmacklos, und in diesem Zusammenhang wolle sie ihm eine Geschichte erzählen, ein pikantes kleines Abenteuer.

Dieser fatalen, aber aus historischer Perspektive vollkommen belanglosen Skepsis, antwortete der Franzose, begegne er hier nicht zum erstenmal, doch glaube er nicht, daß die ungeschickte Aktion der Russen jene wirtschaftshistorische Tatsache in Zweifel ziehen könne, wonach die Heimat des Sozialismus nun einmal hier sei, dann sagte er noch etwas Zusammenhangloses über das Eigentumsrecht an den Produktionsmitteln.

Das Abenteuer habe sich zwischen ihr und Langerhans abgespielt, heute noch werde sie rot, wenn sie daran denke, als sie dann endgültig nichts mehr miteinander anzufangen wußten, hatte sie sich vorgenommen, koste es, was es wolle, den Menschen aus ihm hervorzulocken, sie wollte wissen, wer er wirklich war.

Das sei in meinen Augen ebenso lächerlich und demagogisch, wie ihm meine Skepsis fatal erscheine, und ich glaube nicht, sagte ich, daß er auch dann noch von einer ungeschickten Aktion sprechen würde, wenn eine fremde Armee den Pariser Studentenaufstand niedergeschlagen hätte.

Es sei nur die Angewohnheit einer dümmlichen Elite, eine Revolution Aufstand zu nennen.

So wie es die Angewohnheit beschränkter Ideologen sei zu verkünden, daß der Zweck die Mittel heilige.

Wir waren beide auf der Treppe stehengeblieben, sie gingen weiter, das heißt, Melchior, bereits eine Stufe höher, wandte sich schnell um, als hielte ihn meine Schulter zurück, und ich sah es dem Franzosen an, so wütend er war, im Grunde genoß er, was ich keineswegs genießen konnte, weil ich es beschämend, qualvoll, lächerlich und überflüssig fand, dieses Gespräch, auf das ich mich nun doch eingelassen hatte und in dem ich nicht einmal meine eigene Meinung zu sagen schien beziehungsweise nur einen Bruchteil meiner gar nicht vorhandenen Meinung, weil es ein Ganzes nicht gibt, weil das haardünne Häutchen der Selbstbeherrschung sofort von dem Gebrodel der in der Tiefe angestauten rohen und sinnlosen Leidenschaften durchstoßen wird, meine Verblendung, die bloß eine Gefühlssprache hat und die man lieber verschweigen als aussprechen sollte, so daß ich nicht so sehr auf ihn als auf mich wütend war; er, der sich in seinem unmöglich schlanken, lang aufgeschossenen Körper und seinen ummöglichen Ansichten so ganz zu Hause fühlte, merkte es gar nicht, mit welch empörten Blicken ihn diejenigen anstarrten und mit welchem Neid! in deren Mitte er angeblich heimisch war, und daß sie ihn mit seinen ungekämmten Haaren und seinem schmuddeligen roten Schal für einen Clown hielten, einen Provokateur ihrer gesamten Existenz und ihrer erbärmlichen Anstrengungen, obwohl ich der wirkliche Clown war.

Es scheint, sagte er mit herausfordernder Gelassenheit, daß wir zwei verschiedene Sprachen sprechen.

So scheint es, sagte ich, aber wenn er sich hier schon so heimisch fühle, sagte ich, weil ich mich nicht zügeln konnte oder wollte, ob es ihm da nicht aufgefallen sei, daß er zwar von jenseits der Mauer herüberkommen könne, wir aber nicht hinüber. Ich war lauter geworden, worauf auch die beiden Frauen stehenblieben, schon deshalb, weil Melchiors Arm aus Theas Hand gerutscht war, sie drehten sich um, Frau Kühnerts Augen funkelten erschrocken hinter ihren dicken Brillengläsern, als wolle sie mir bedeuten, Achtung! jedes Wort ist zu hören, aber ich konnte nicht aufhören, und obwohl ich mich zu Tode schämte, sagte ich, er brauche sich nicht allzusehr zu wundern, wenn wir gemäß unserer persönlichen Freiheit in verschiedenen Sprachen sprächen.

Da machte Melchior dem Streit mit schulmeisterlicher Ernsthaftigkeit ein Ende, die Hand mahnend erhoben, ich solle aufpassen, sagte er, aus dem Munde seines Freundes sprächen Robespierre und Marat, noch könne ich es nicht wissen, aber ich hätte es hier mit einem unerbittlichen Revolutionär zu tun.

Mit mir selber unzufrieden, sagte ich in einem letzten Aufbegehren meines lächerlichen, neiderfüllten Zornes, gerade deshalb redete ich ja.

Dann sei also auch ich ein Revolutionär, fragte er mit erschrockenen, ungläubigen Augen unter den erstaunt hochgezogenen, dichten Augenbrauen; er machte sich auf Kosten seines Freundes lustig.

Natürlich bin ich einer, sagte ich, ihn voller Zorn angrinsend.

Die im vertraut komplizenhaften Ton gefundene Gemeinsamkeit zwischen uns beschwichtigte mit dieser unerwarteten und unverhofften Wendung die Scham in mir; er hatte meine Erregung verstanden und genauso meine Beschämung, mit seinem Verständnis löschte er sie aus, mit diesem Verständnis und Einverständnis zog er mich an sich und entfernte sich von dem Franzosen, er ließ mich wieder zu Atem kommen.

Der Franzose aber lachte unverhofft auf, eher tonlos als laut, noch mit diesem Lachen seine Vorzugsstellung mir gegenüber betonend, doch galt es auch Melchior, mit dem er gewiß über solche oder ähnliche Diskussionen hinaus war, zu weit hinaus, um noch so etwas wie eine Übereinkunft schließen zu müssen, vielleicht bestand gerade darin ihre Übereinkunft, und als wolle er den Schmutz dieser unserer gemeinsamen, zynisch überheblichen, kumpelhaften Haltung von sich abstreifen, den Ekel, den wir in ihm ausgelöst hatten, winkte er ab, als wolle er uns wegscheuchen und vom Platz verweisen, was nichts anderes bedeuten sollte, als daß wir nicht ernst zu nehmen, übergeschnappt seien, nicht wert, daß er länger mit uns diskutiere.

Seine Haltung, mit der er den hübschen Kopf zurückwarf und gleichzeitig von uns abwandte, hatte tatsächlich etwas von einer heldenhaften Pose, während die unsere, trotz unseres gemeinsamen Sieges, servil blieb.

Dann öffnete der in eine hechtgraue Livree gekleidete alte Platzanweiser, der aus uralten Zeiten aufzutauchen schien und seine Augen voller Aufmerksamkeit ausschließlich auf Thea richtete, die Tür zur Ehrenloge oben im ersten Rang.

Aus einer Höhe von nahezu vier Metern konnten wir hinuntersehen auf das Parterre, auf die hautfarbenen Flecken der Gesichter, die in bewegten und plötzlich wieder ruhenden Figurationen im Zuschauerraum wogten, der seine Gliederung von dem einheitlichen Purpur und Weiß der bogenförmig angeordneten Parterresitze erhielt, durch das von korinthischen Wandpfeilern mit ihren vergoldeten Kapitellen geschmückte, streng klassizistische Portal aber sah man auf die sich machtvoll öffnende Bühne: vor dem Hintergrund des in den stahlgrauen Farben der Morgendämmerung gemalten Himmelsgewölbes umgaben schmutzig dunkel emporragende Türme und fleckig gezackte Burgmauern den in trostloser Nacht versunkenen Hof des Burggefängnisses, von hier führten düster gähnende Gänge in die modrige Unterwelt, und hinten, in den Höhlengewölben der in die dicken Wände eingelassenen vergitterten Verliese, ließen sich schemenhaft auftauchende menschliche Schatten vermuten.

Nichts rührte sich, und doch schien alles zu leben, ein Funkeln – vielleicht der Gewehrlauf eines Wächters –, ein Rasseln von Ketten, ein Klirren war aus dem friedlichen Gemurmel des Publikums und den heiteren Läufen der Musiker, die ihre Instrumente stimmten, bis zu uns hinauf wahrzunehmen, und später schien so etwas wie das freundliche Rosa von einem Frauenkleid durch den undurchdringlichen Schatten der Burgmauern zu huschen, schien ein Windhauch die Fetzen eines melodischen Befehls näher zu bringen; hier muß man wirklich von einem Windhauch sprechen, wenn nämlich eine Bühne dieses Ausmaßes schon vor Beginn der Vorstellung offensteht und der heiße Atem der Zuschauer den Raum noch nicht aufgeheizt hat, dann ist von der Bühne her immer ein kleiner Luftzug zu verspüren, eine zart nach Klebstoff riechende Kühle.

In der leeren Loge ging es stumm und voller Höflichkeit um die Sitzordnung, und während hinter der Maske der guten Kinderstube und Rücksichtnahme die komplizierten Absichten in Blicken und vorsichtigen Gesten sich andeuteten, wurde ein in Wirklichkeit mit erbarmungslosen Mitteln geführter Kampf zufriedenstellend entschieden; war es doch keineswegs gleichgültig, wer sich wohin setzte, ich wollte an Melchiors Seite bleiben, und das wollte er auch, doch durfte ich mich nicht von dem Franzosen trennen und er sich nicht von mir, denn sonst hätten wir viel zu auffällig gezeigt, daß wir nicht bloß geistig, sondern auch körperlich nicht mehr zu versöhnen waren, daß wir die pure Nähe des anderen als störend, widerwärtig und abstoßend empfanden, und ein solcher allzu deutlicher Bruch hätte auch Melchior kränken müssen, das wollte ich nicht, andererseits gehörte Pierre-Max so eindeutig zu Melchior, daß weder Thea noch ich den Mut aufbrachten, diese Bindung zu stören, auch wenn Thea, die diesen ganzen Theaterbesuch letzten Endes wegen Melchior arrangiert hatte, nicht im Traum daran dachte, auf seine Nähe zu verzichten, während Frau Kühnert, obwohl sie sich in jenem Augenblick durchaus zurückhaltend benahm, in aller Bescheidenheit deutlich machte, daß sie uns alle zusammen als eine Art schlechten Zubehörs betrachte und mit uns nichts im Sinne habe, sie wolle neben Thea sitzen, und darüber gebe es keine Diskussion; das brachte wiederum mich in eine unangenehme Situation, weil ich wegen Theas stummem Vorwurf über mein unmöglich lautes, ihre Absichten durchkreuzendes Benehmen mich gerne zwischen beide gesetzt hätte, um weder auf Melchiors Nähe noch auf die Möglichkeit einer Aussöhnung mit ihr verzichten zu müssen, was sich freilich als nicht durchführbar erwies, hatte ich doch kein Recht, die beiden zu trennen.

Hier nun hatten wir die aus acht Stühlen bestehende erste Reihe der Loge vor uns, und jetzt schien die Aufgabe gestellt, die verworrenen Fäden unserer Beziehungen mit Hilfe der Sitzverteilung befriedigend zu entwirren.

Freilich, in solchen Situationen mißt das Interesse die wahren Proportionen der gegenseitigen Gefühle ab und läßt unter der sanften Hülle der Rücksichtnahme die unverhüllten Gefühle agieren; unter unseren vorsichtig höflichen Bemühungen klangen daher zwei Signale heraus, zwei kurze Sätze mit den dazugehörigen befehlenden Gesten, komm! forderte Melchior seinen Freund auf französisch auf, der bisher in neutraler Wartestellung die Umständlichkeiten beobachtet hatte, also bitte! sagte Thea kühl und voller Wut zu mir.

Was auf der Stelle deutlich machte, daß, sosehr Melchior sich gegen dieses Treffen gewehrt hatte, in Wirklichkeit doch Thea recht behielt, genauer, ihre Instinkte hatten äußerst präzise funktioniert; als sie dieses Treffen erzwungen hatte, konnte sie doch bloß erzwingen, was auch er gewollt hatte.

Melchior hatte nicht aus irgendeiner Rücksichtnahme oder Höflichkeit, sondern aus echter Zuneigung so schnell und brutal auf die Nähe seines Freundes zu Theas Gunsten verzichtet, er war gezwungen zu wählen, und seine Wahl wurde durch die Tatsache bestimmt, daß sie beide, Thea und er, hier die Hauptpersonen waren, sie waren einander zugeordnet und gehörten zusammen.

Thea zog auch mich besitzergreifend und verliebt an, so als wären wir ständig bereit, uns gegenseitig zu beobachten, bloß daß bei ihnen an der Grenze der Erfüllung pendelte, was zwischen uns noch Tasten und Beriechen blieb, das heißt also, daß ihre Beziehung keineswegs so einseitig war, wie Frau Kühnert sie darzustellen versuchte, ganz zu schweigen davon, daß der Altersunterschied zwischen ihnen keine zwanzig, sondern höchstens zehn Jahre betrug, was ihre Beziehung zwar merkwürdig, aber durchaus nicht lächerlich erscheinen ließ; wie auch immer, im Augenblick, da sie sich als die Beherrschenden erwiesen, stellte sich heraus, daß wir nur das Ehrengeleit ihrer herrscherlichen Zweisamkeit abgaben, und diese Tatsache konnte selbst der als angenehm zu bezeichnende Umstand nicht vergessen machen, daß mir in der strengen Hierarchie des Gefolges ein günstigerer Platz zugefallen war als dem Franzosen.

Im Erfassen von Gefühlsströmen, die von einem Manne ausgehen, hatte ich keine besondere Erfahrung, und deshalb dachte ich, daß mich Frau Kühnerts aufgeregte Mitteilungen über Melchior vielleicht irregeleitet hätten, so daß diese Ströme von Sympathie, die ich an meiner Schulter spürte, möglicherweise gar nicht mir galten, sondern Thea betrafen; denn beide kreisten wir um sie.

Unsere Plätze nahmen wir in dieser Reihenfolge ein: außen der verstummte Franzose, zwischen ihm und Melchior saß ich, Melchior zur Rechten saß Thea, dann folgte Frau Kühnert, die einzige übrigens, die den Platz bekam, den sie sich gewünscht hatte.

Ich achtete darauf, daß mein Ellbogen auch nicht zufällig Melchiors Arm auf der Sessellehne berührte, er aber, wie das einem Herrscher zukommt, schien meine Unruhe auf diesem mir von ihm zugewiesenen Platz sofort bemerkt zu haben, weil mir zum einen die Genugtuung, den Franzosen aus seinem rechtmäßigen Eigentum verdrängt zu haben, unangenehm war, mich zum anderen ein kleiner Stachel der Eifersucht plagte, als hätte ich ein Anrecht auf Thea, auf sie, die mir nicht gehörte und von der ich nicht einmal wünschte, daß sie mir gehören sollte, und doch schmerzte es mich, ich wollte sie besitzen und nicht verlieren, man hatte sie mir vor der Nase weggeschnappt, aber ich würde sie dem anderen abjagen, doch er, als wolle er die reichlich peinliche Situation noch mehr komplizieren, legte mir seine Hand freundschaftlich aufs Knie, sah mir einen Augenblick lächelnd in die Augen, unsere Schultern berührten sich zufällig, er schnitt eine Grimasse, zog seine Hand zurück und wandte sich, als wäre nichts geschehen, Thea zu, sein Lächeln schnell auf sie einstimmend.

Mit dem Lächeln, das um seinen Mund aufblühte, hatte er mich um Nachsicht gebeten wegen der Verdrießlichkeiten des Zwischenspiels von vorhin, was nichts anderes war als eine höfliche Einladung, die tiefere Bedeutung seines Lächelns zu verstehen, aus dem Inneren seiner riesigen blauen Augen breitete sich das Lächeln weiter aus und erzählte, daß er zu demjenigen, den er hier als seinen Freund, als Vorwand und Schutzschild hatte aufmarschieren lassen, um sich nicht vollständig Thea auszuliefern, zwar eine, nun ja, er wolle es zugeben, irgendwie geartete Beziehung habe, die man aber nicht ernst zu nehmen brauche, eine oberflächliche, die ich mir nicht zu Herzen nehmen müsse und die wir zwischen uns als erledigt betrachten könnten, er verriet ihn also einfach, verleugnete seinen Freund, mit seinem Mienenspiel aber nistete er sich wenn möglich noch tiefer in mir ein, es war eindeutig darauf angelegt, mich zu beruhigen; zwar bemühe sich Thea um ihn und schwärme für ihn, auch er sei entzückt von ihr und bemühe sich um sie, und in der Art, wie er seine wohlgeformte Lippe hochzog, lag eben soviel situationsbezogene Ironie wie Selbstironie, was ihn auf eine liebenswürdige Weise arrogant erscheinen ließ, doch auch in dieser Hinsicht gebe es keinen Grund zur Aufregung, es liege nicht in seiner Absicht, die Frau zu erobern, daher könne auch das zwischen uns als erledigt betrachtet werden, auf Kavaliersart sozusagen.

Weder seine Gestik noch sein Gesichtsausdruck konnten

von jenen, auf die sie sich bezogen, unbemerkt bleiben, doch unabhängig davon machten seine schamlose Offenheit und seine Falschheit – denn trotz allem fühlte ich in jenem Augenblick viel deutlicher als zu irgendeinem späteren Zeitpunkt, als sich meine Eifersucht beschwichtigt hatte und ich ihm rückhaltlos glaubte, daß dies nicht wahr sei –, seine Unverfrorenheit und sein Verrat den abträglichsten Eindruck auf mich, doch seltsamerweise hatte ich trotzdem nicht die Kraft oder die Möglichkeit, dieses nicht besonders ästhetische und erst recht wenig moralische Vertrauen zurückzuweisen; gelähmt und starr vor Entsetzen über meine Situation saß ich da, tat, als würde ich auf die Bühne starren; gleichzeitig spähte ich wie ein Dieb schnell nach rechts und nach links, um festzustellen, was die anderen davon bemerkt haben mochten, im Grunde aber genoß ich das Risiko unseres gemeinsamen Spiels.

Mein schlechtes Gewissen, das mir zuflüsterte, daß ich ihn, sollte ich seine stumme Mitteilung ernst nehmen, gleich zwei Menschen wegnehmen würde, einem, den ich nicht kannte, und einem, den ich damit abscheulich hintergehen würde, hatte meine Wachsamkeit bis zur Beklemmung gesteigert, zwar konnte der Franzose wirklich nichts von dem Ganzen bemerkt haben, auf seinem Stuhl nach vorne gebeugt, das Kinn auf die samtüberzogene Brüstung der Loge gestützt, beobachtete er den unter uns summenden Zuschauerraum, und selbst wenn Thea Melchiors Hand auf meinem Knie gesehen haben sollte, hatte sie dem keine besondere Bedeutung zugemessen, einzig dem strengen Blick von Frau Kühnert war anzumerken – ich mochte tun, was ich wollte –, daß ich keinen Augenblick ihrem kontrollierenden und Theas Interessen eifersüchtig wahrenden Blick entgehen würde.

Noch wirkten Melchiors Lächeln und sein Mienenspiel in mir nach, als auch ich mich auf dem Stuhl nach vorne beugte und, mich von den anderen distanzierend, auf die Brüstung stützte, um der Gefühlsverwirrung zu entgehen, die mir die aus seinem Körper entgegenschlagende Wärme verursachte, es war, als hätte er mit seiner wirklichen Stimme, mit wirklichen Worten zu mir gesprochen, seiner Stimme, die in einer widerhallenden Leere, in einem dunklen, leeren Raum umherirrte.

Zuerst ertönte der Applaus aus den Logen oben im dritten Stock, dann brauste er im zweiten Stock über uns auf und stürzte, als der Kapellmeister am Eingang des Orchestergrabens erschien, geradezu in Kaskaden in das Theater hinunter; er brauste durch den Zuschauerraum bis zu den ersten Reihen, gleichzeitig erlosch das Licht in dem aus der rosettengeschmückten Kuppel herabhängenden Kronleuchter.

Denn auch seine Stimme war mir bekannt, eine warme, tiefe, Kraft, Selbstsicherheit und Entschlossenheit verheißende Stimme, die über die Fähigkeit verfügte, sich nicht ganz ernst zu nehmen, spielerisch mit sich selbst umzugehen, nicht nur zum Schein, sondern um eines vernünftigen Abstandes willen, und tief werden konnte wie ein freundliches Brummen, ich wußte nicht, woher und wieso ich sie kannte, ich will auch nicht behaupten, daß ich in meiner Erinnerung nach einer Erklärung für diese Vertrautheit gesucht hätte, trotzdem kreiste seine Sitmme so zielbewußt in mir, durchströmte mich, tönte und dröhnte, als wolle sie sich immer und immer wieder in verschiedenen Lagen erproben, als suche sie in den entsprechenden Windungen des Gehirns ihren Platz, ihren Sinn, jenen winzigen Punkt, den Nerv, den Ort, an dem sich das sorgfältig isolierte und in diesem Augenblick unzugängliche Schatzhaus jener vergessenen Stimme fand.

Als ich fast zwei Monate vor diesem Theaterbesuch in Berlin angekommen war, hatte man mir beim Oranienburger Tor, im ersten Eckhaus der Chausseestraße, eine Unterkunft besorgt, es war eines dieser Untermieterzimmer im vierten Stock eines trostlosen grauen alten Mietshauses; natürlich gab es hier kein Stadttor, nur der Name bewahrte noch etwas von einer Topographie, von der die Geschichte inzwischen im wahrsten Sinne des Wortes vieles weggefegt, zerstört und niedergebrannt hatte, und wenn ich von einem trostlos grauen Haus spreche, dann habe ich damit nicht zuviel gesagt, weil in den Stadtvierteln, in denen die Zerstörung durch den Krieg überhaupt noch etwas an Altem, Vergangenem, Ursprünglichem hinterlassen hat, alle Häuser so aussehen, trostlos und grau, obwohl man sie keineswegs als stillos wird bezeichnen dürfen, wenn man den Begriff des Stils nicht auf das gewohnte Repräsentative begrenzt, sondern ohne Vorurteil anerkennt, daß jedes Gebäude von Menschenhand die materiellen und geistigen Gegebenheiten seiner Baugeschichte widerspiegelt und dadurch sein Aussehen erhält, und das nennen wir Stil, nichts anderes.

Oder auch die Zerstörung, die in der Geschichte der Menschheit eine nicht weniger zusammenhängende Kette bildet als das Bauen, die aber in diesem Stadtteil doch nicht so total und gründlich war wie in den übrigen, wo nichts mehr stehengeblieben war und zwischen den funkelnagelneuen Gebäuden immer noch der Wind der Leere blies; hier konnte man die Lücken stopfen, das ausgebrannte Skelett der Häuser mit dem Fleisch neuer Wände ausfüllen, noch war soviel Stein auf Stein geblieben, daß es vernünftig schien, neue Steine einzusetzen, um dem Schutzbedürfnis und den primitivsten menschlichen Ansprüchen gegen die Unbill der Witterung Rechnung zu tragen, noch waren viele der üblichen zuverlässigen und daher besonders überzeugenden Fundamente aus der Zeit vor der Zerstörung vorhanden, und obwohl die auf diese Art hochgezogenen, ausgefüllten, befestigten öden Giebelmauern nicht mehr jenen Eindruck erwecken konnten, den die Gebäude vor der Zerstörung boten, so war doch der Grundriß der einstigen Straßen und Plätze zu erkennen, und so vererbte sich doch etwas von der einstigen Struktur der Stadt und ihrem geistigen Entwurf, auch wenn von ihrem lebhaften, protzigen, mit falschem Zierat sich brüstenden, ihrem zugleich sparsamen und verschwenderischen, mondänen und sich gleichzeitig seriös gebenden, ihrem lebensgierigen Stil nicht mehr übriggeblieben war als eine bloße Erinnerung.

Das Blut des alten Systems, das alte Prinzip, das tote Bild der alten Ordnung wurde hinter der Fassade des neuen Stils sichtbar.

Die Hannoversche Straße, die prächtige Friedrichstraße, die Kreuzung zwischen der ehemaligen Elsässerstraße, in Wilhelm-Pieck-Straße umbenannt, und der Chausseestraße, die früher einen hübschen kleinen Platz bildete, war in dieser traurigen Auferstehung zum Scheitern verurteilt, zu einem fast leblos stillen Dekor ineinander verschränkter Zeiten, durch die manchmal eine Straßenbahn ratterte; am Rand des kleinen Platzes stand eine seit langem hier vergessene Plakatsäule mit ihrem von Sprüngen zerrissenen Bauch, und in den staubblinden Schaufenstern spiegelte sich das zerschlagene Glas der Uhr am oberen Ende der Plakatsäule, die in diesem trüben Spiegel die Zeit anzeigte, indem sie sie nicht anzeigte, genauer gesagt, sie zeigte die tote Zeit einer vergangenen Halbfünf an.

Unten in der Tiefe, unter der dünnen Rinde des Fahrdamms, ratterten die Wagen der Untergrundbahn von Zeit zu Zeit spürbar und hörbar dahin, das Rattern verstärkte sich, zog vorbei und erstarb in der Tiefe, diese Bahn konnte man allerdings nicht benutzen, die intakt gebliebenen Haltestellen waren zugemauert, in den ersten Tagen konnte ich mir diese blinden Abgänge auf den kleinen Inseln der Friedrichstraße überhaupt nicht erklären, bis mich schließlich Frau Kühnert bereitwillig aufklärte, sie sagte, daß diese Linie hier unter uns die westlichen Stadtteile verbinde und nicht zu uns gehöre, sie sagte tatsächlich, nicht zu uns, und auf den neuen Stadtplänen würde ich sie auch vergeblich suchen, ich würde sie nicht finden, doch ich verstand nicht, was sie meinte; dann solle ich doch aufpassen, sie würde es mir genau erklären: wenn ich nämlich, sagen wir, im Westen wohnte, damit also ein Westler wäre, dann könnte ich zum Beispiel in der Kochstraße einsteigen, und die Wagen führen mit mir hier schön durch, hier, genau unter uns sei nämlich eine Haltestelle, sie würden ihre Fahrt zwar verlangsamen, aber sie dürften nicht halten, sie würden einfach unter unserem Stadtteil durchfahren und dann wieder den sogenannten westlichen Sektor erreichen, dort könnte ich dann am Bahnhof Reinickendorf aussteigen, ob ich es jetzt verstünde?

Jeder kennt zwar seine eigene Stadt, die Straßennamen einer fremden Stadt aber und die Orientierung nach Ost und West bleiben, sogar die phänomenalste Orientierungsfähigkeit und die gründlichsten topographischen Kenntnisse vorausgesetzt, pure Abstraktion, dem Namen ermangelt es am Bild und dem Bild am Erlebnis; soviel allerdings verstand ich, weil ich nicht unbedingt hier geboren sein mußte, um zu verstehen, daß es hier unter dem Fahrdamm etwas gibt, was es eigentlich nicht gibt, das heißt, wir haben so zu tun, als existiere es nicht und als dürfe es bloß in unseren Erinnerungen an die alte Stadt existieren, obwohl es auch heute zum Kreislauf der gesamten Stadt gehört, also existiert, aber nur für die drüben, die aber an den von Wachtposten kontrollierten und zugemauerten Haltestellen nicht aussteigen können, schon deshalb nicht, weil eine Geisterbahn keine Haltestellen hat, und daß sie daher genausowenig für uns existieren wie wir für sie.

Ich sagte, daß ich fast alles verstehe, nur das eine nicht, warum die Bahn auf diesen nicht existierenden beziehungsweise doch existierenden Haltestellen ihre Fahrt verlangsamt oder wozu diese Wachtposten nötig sind, und überhaupt, was das für Wachen sind, diesseitige oder jenseitige, und da diese Haltestellen zugemauert sind, worauf sie aufpassen und wie sie dort wieder herauskommen, wenn ihr Dienst abgelaufen ist; irgendwie verstehe ich die Sache schon, sagte ich, nur scheint mir das Ganze nicht logisch genug oder ich verstehe diese Logik nicht.

Wenn ich in diesem spöttischen Ton weiter mit ihr redete, würde sie mir in Zukunft nicht mehr antworten, sagte sie mit dem gekränkten Stolz der Einheimischen, der mich dann verstummen ließ.

Auch das Zimmer im vierten Stock jenes Hauses in der Chausseestraße hatte etwas von diesem Stil; sobald man durch die breiten, kunstvoll geschnitzten, dunklen Flügeltüren in das an einen Empfangssaal erinnernde Vorzimmer trat, schlug einem das Aroma des gleichen Stils entgegen, das Vorzimmer war vollkommen leer, auf dem nachgedunkelten Parkett, das an einigen Stellen mit einfachen Brettern ausgebessert war, knarrte jeder Schritt, doch hier hätte man sich leisere, von weichen orientalischen Teppichen gedämpfte Geräusche vorstellen können, zum Beispiel, daß ein Stubenmädchen im hellen Licht des Kronleuchters geschäftig hinauseilt und festlich gekleidete Damen und Herren durch die Tür hereingeleitet; winkelige, mit Holzbrettern gedielte Gänge verbanden Küche, Dienstbotenzimmer, die verschiedensten Kammern, Vorzimmer und Nebenräume mit dem Wohnbereich der Herrschaft, den saalgroßen, ineinandergehenden fünf Zimmern, deren elegante Bogenfenster jetzt auf diese trübseligen Fassaden blickten; mich hatte man in einem der einstigen Dienstbotenzimmer einquartiert.

Aus dem Fenster des Dienstbotenzimmers sah ich auf die geschwärzte Brandmauer des Nachbarhauses, die sich in solcher Nähe befand, daß das Zimmer auch am Tage fast dunkel war, mein Quartier war also nicht anders als bescheiden zu nennen, ein Eisenbett stand darin, ein riesiger, in allen Fugen ächzender Schrank, der übliche Tisch mit einem fleckigen Tischtuch, ein Stuhl, an der gemusterten Wand aber mindestens zwanzig sorgfältig gerahmte Urkunden, die die Vermieter aus Gott weiß welchem Grund ausgerechnet hier untergebracht hatten.

Wenn ich, geruhsam auf dem Bett ausgestreckt, lange versunken durchs Fenster blickte, glaubte ich auf dem Relief der schwarzen Landkarte der gegenüberliegenden Mauer die riesigen Flammen vom prasselnden und berstenden Dachstuhl herabzüngeln zu sehen, den Wind oder den Orkan zu spüren, den die Heftigkeit des Feuers damals entfacht hatte, die furchtbare Feuersbrunst, die auf diese Weise der Zukunft und mir eine Spur hinterlassen hatte; verrußte Wucherungen des züngelnden Feuers auf einer intakt gebliebenen Mauer.

Ich war bemüht, dieses Zimmerchen als eine in jeder Hinsicht vorübergehende Schlafstelle zu betrachten, nur die notwendigste Zeit darin zu verbringen, und wenn es sich doch so ergab, daß ich nichts zu tun hatte, zog ich mich aus, legte mich in das trogförmige Bett, verschloß, um die Geräusche meiner

Umwelt nicht hören zu müssen, das eine Ohr mit der Hand und steckte in das andere den Stöpsel meines kleinen Taschenradios; in der Wohnung lebten vier kleine Kinder, ein Großvater und eine behinderte Großmutter, ein fast jede Nacht betrunken heimkehrender Vater und eine in Anbetracht der vier Kinder überraschend jung aussehende, blaßgesichtige Mutter, deren Gebrechlichkeit, Gehetztheit, deren warme braune Augen und deren Tätigkeitsdrang mich immer an Thea erinnerten, oder eher umgekehrt, es schien, als würde Thea in einer früheren Rolle darstellen, wer sie in Wirklichkeit war, wenn sie das je erzählen würde.

Auf diese Weise habe ich auch Programme angehört, die mich gar nicht interessierten, das heißt, ich hörte meist gar nicht zu, ich starrte durch dieses Fenster und könnte nicht einmal sagen, ob ich an etwas dachte, ich ließ es einfach zu, daß sich mein Körper an diesen haltlosen und heimatlosen Zustand verlor, um den eigenen Erinnerungen zu entkommen.

Als dringe langsam, allmählich, von weit her kommend, eine Männerstimme in mein gegen die Erinnerung ankämpfendes Hirn ein, eine tiefe, angenehm sanfte, lachende oder lächelnde Stimme, deren unerschütterliche Heiterkeit geradezu fühlbar, ja fast sichtbar wurde, die das unbekannte Gesicht während des Sprechens beherrschte; und nach einer kleinen Weile ertappte ich mich dabei, daß ich ihm zuhöre, aber in Wirklichkeit nicht dem lausche, was er sagt, sondern wie er es sagt, wer mochte es sein?

Er unterhielt sich mit einer uralten Chansonsängerin, plauderte so leicht und gewandt mit ihr, als säßen sie bei einer Tasse Kaffee und nicht vor dem Mikrofon, das die alte Dame wohl schon vergessen hatte, sie kicherte, die Worte sprudelten ihr mit sinnverwirrender Geschwindigkeit von den Lippen, manchmal lispelte sie fast, wodurch die nervöse Intimität ihrer Situation fast sichtbar wurde, dennoch war es kein oberflächliches Geplauder, das Gespräch wurde von alten Plattenaufnahmen unterbrochen, und der Sprecher wußte alles über die Umstände dieser Aufnahmen, über jene längst der Vergangenheit angehörende Welt, den eigentlichen Gegenstand ihres Gesprächs, jene pulsierende und hinreißende, leichtsinnige und grausame Weltstadt, die von dem mädchenhaften Lachen und Gurren der alten Frau wieder zum Leben erweckt wurde, er wußte alles, ohne daß sein Wissen aufdringlich gewirkt hätte, im Gegenteil, manchmal ließ er sich bereitwillig korrigieren oder gestand offen seinen Irrtum ein, auch wenn er die Möglichkeit nicht ausschloß, daß die alte Dame von ihren subjektiven Erinnerungen getäuscht werden könnte, aber das hatte nichts Kränkendes, weil er mit seiner liebevollen, jungenhaften Zuneigung und seinem sachkundigen Eifer die alte Frau für sich eingenommen und bezaubert hatte; als das Programm zu Ende war und ich hörte, daß er sich in der nächsten Woche zur gewohnten Zeit wieder melden würde, zog ich den Stöpsel aus dem Ohr und stellte, als seien alle meine physischen und geistigen Ansprüche befriedigt, schnell das Radio ab.

In der nächsten Woche meldete er sich tatsächlich zur gewohnten Zeit, aber zu meiner größten Verwunderung sprach er diesmal überhaupt nicht, in dieser Sendung trugen berühmte Opernsänger Schlager und Chansons vor, allesamt Aufnahmen von musealem Wert und Interesse, es sangen Lotte Lehmann, Schaljapin, Richard Tauber, und er sagte nur die Namen an, nichts weiter, was mich aber, aller Enttäuschung zum Trotz, mit Freude erfüllte; er war bescheiden, und das bedeutete, daß er nur gesprächig war, wenn er jemanden befragte, ich hoffte, daß er konsequent bleiben und das beibehalten würde.

Er ist konsequent geblieben, aber ich hörte ihn nicht wieder und vergaß ihn; eines Abends ging ich in die Küche hinaus, wohl um mir ein Glas Wasser zu erbitten, die junge Frau putzte gerade Porree, tagsüber ging sie zur Arbeit, sie hatte einmal gesagt, daß sie in einer Eternitfabrik arbeite, aber mit Rücksicht auf ihre vier Kinder nur tagsüber, und deshalb das Essen für den nächsten Tag schon am Abend vorher koche; ich setzte mich zu ihr auf einen Stuhl, wir unterhielten uns leise, das heißt, ich redete, während sie jedes Wort nur lustlos und zögernd herausbrachte, sie schnitt gerade Zwiebeln, als ich mich entschloß zu sagen, daß ich, wenn es ihr nichts ausmache, den großen Schrank von der einen Wand zur anderen Wand schieben möchte, weil der Schrank an dieser Stelle das bißchen Licht wegnehme, das hereinkommen könnte, sie antwortete mit keinem Wort, schnitt den Porree in dicke Scheiben, und ich wagte dann noch die Frage, ob sie es erlaube, daß ich, solange ich in diesem Zimmer wohne, die Urkunden von der Wand nehme.

Ihre Hand verhielt das Messer, sie blickte mich mit ihren warmen braunen Augen an, und eine kurze, stumme Sekunde lang war ihr Blick so sanft und ruhig, daß ich ihn ohne allen Argwohn erwiderte, mich an ihrer Schönheit freute; nur schien es mir seltsam und unverständlich, warum sie ihre mageren Schultern hochzog wie eine Katze, die den Rücken krümmt, um zu schnurren, sie tauchte ihre Hand mit dem Messer in die Schüssel voller Wasser und begann, als sei sie dem Weinen nahe, mit geschlossenen Augen und in seltsamen, mir damals so gut wie unverständlichen, komplizierten, fast literarisch wirkenden Wendungen aus Leibeskräften ihre Wut in mein immer noch arglos offenes Gesicht herauszuschreien und stellvertretend an mir ihren ganzen Zorn über jene Kränkungen auszulassen, die ihr andere zugefügt hatten; was denken die sich eigentlich, schrie sie, daß wir was weiß ich für sie zu tun hätten, einfach alles, vielleicht sollen wir sie auch noch auf unserem Buckel herumschleppen, diese miesen, dreckigen Fremden, diese beschissenen kleinen Gelben und das Lumpenpack von Schwarzen, derentwegen sie vielleicht noch an ihrem sozialistischen Feiertag arbeiten sollen und die es, was für eine Unverschämtheit! wagen, frech und fordernd hierherzukommen, denen soll sie auch noch den Dreck wegputzen, es werde noch so weit kommen, daß man nicht einmal in seiner eigenen Wohnung Ruhe habe, in seiner eigenen Wohnung, in alles würden sie sich einmischen, die Töpfe versauen, was die sich wohl einbilden, wer sie sind und wer wir für sie sind, ihr reiche es, was wisse sie schon, von woher es die hierher verschlagen habe, was interessiere sie das, es interessiere sie überhaupt nicht, was gehe es sie überhaupt an, die wissen ja nicht einmal, daß die verdammte Scheißbürste dafür da ist, im Klosett die Scheiße ihres verdammten dreckigen Arsches wegzuputzen.

Nachdem ihre Worte über die Gelben und Schwarzen verklungen waren, stand ich auf und hätte gern beruhigend, weil ich ihr helfen wollte, die zitternde Schulter berührt, aber vor der bloßen Möglichkeit einer Berührung verkrampfte sich ihr Körper in einer solchen Abwehr, daß ihr Schimpfen zu einem Gekreisch anschwoll, wobei sie energisch zwischen den im Wasser schwimmenden Gemüsestücken nach ihrem Messer suchte, weshalb ich es für ratsamer hielt, meine Hand schnell zurückzuziehen, und da mir meine sprachliche Geistesgegenwart abhanden gekommen war und mir die Worte in meiner Muttersprache herausrutschen wollten, versuchte ich, sie zurückzuhalten, und stotterte, sie brauche sich nicht aufzuregen, wenn möglich, würde ich sofort ausziehen, doch meine Worte waren nur Öl aufs Feuer, mit schriller Stimme kreischte sie weiter, ich ging aus der Küche, sie kam mit dem Messer hinter mir her, und ihre letzten Worte schrie sie schon in die Dunkelheit des riesigen leeren Vorraumes hinein.

Der durch die Wogen des Beifalls watende Kapellmeister nahm seinen Platz ein, sah nach rechts und nach links, krümmte den Rücken, und als schicke er sich an zu schwimmen, hob er im Licht der Notenpulte seine Arme, im Theater breitete sich Stille aus, warme, erwartungsvolle Stille; auf der Bühne dämmerte ein kalter Morgen.

Ganz nahe am Ohr des Franzosen flüsterte ich, daß wir uns, wie er sehe, im Kerker befänden; doch sein Gesicht blieb unbewegt in dem milden Dämmerlicht.

Dann war es, als würde die Woge des verebbenden Beifalls nach einer kurzen Atempause vom unmelodischen Dröhnen der ersten vier Takte der Ouvertüre wieder auf uns zurückgeworfen, um alles angeberisch Theatralische zu zermalmen und hinwegzufegen, zum Verstummen zu bringen; als machten die vier kurzen, abgehackten, explosiven Takte einer mit Getöse sich öffnenden, zerberstenden Erde die einfältigen

Anstrengungen unseres Lebens lächerlich und zunichte, auf daß nach einer erhabenen Stille der beim furchtbaren Anblick des offenen Abgrundes stockende Atem durch den Mund einer Klarinette die Melodie seiner in die Höhe strebenden Sehnsucht hinausblasen könne, von dort unten, aus der Tiefe, zart und verliebt, um Gnade flehend, begleitet von zärtlichen Fagotten und flehenden Oboen, nach Freiheit sich sehnend, nach oben strebend, auch dann noch, wenn die felsige Wand des Abgrunds den Seufzer als zorniges Donnergrollen zurückwirft, das jetzt anschwillt, stärker wird, sich gleich einem Strom heranwälzt, alles überschwemmt, die Spalten und Risse des entgegengesetzten Schicksals füllt, seine klaffenden Abgründe; doch vergebens reißt er Felskanten, Kiesel und Steinchen mit sich, da er es nicht vergessen kann, schließlich ist seine Kraft nur noch ein Bächlein, verglichen mit der Macht, die ihm das Anschwellen erlaubt, die ihn beherrscht, über die er nicht siegen wird, nicht siegen kann, solange nicht von oben, von weitem, von außen der bekannte, der sehnlichst erwartete, der unverhoffte und nicht zu erhoffende Trompetenstoß ertönt, die siegreiche Erlösung, der Befreier, simpel wie eine Ohrfeige, der lächerlich symbolische Befreier, die Stimme der Freiheit, die – wie die Liebe ihre lästigen Kleider – den Leib nackt auszieht bis auf den Grund der Seele.

Nachdem die Ouvertüre zu Ende war und ich mich endlich zu rühren wagte, weil es vorher unschicklich und kränkend gewesen wäre, lehnten wir, der Franzose und ich, uns fast gleichzeitig zurück, er grinste mich glücklich an, wir stimmten sozusagen wechselseitig dem Geschehen zu und schlossen in dieser Übereinstimmung gleichsam Frieden miteinander; durch die Ritzen der Festungsmauer stahl sich ein schmaler Lichtstrahl, der Morgen, ein dünner Streifen von Theatersonne auf den Kerkerhof.

An jenem Sonntagvormittag sprachen wir nicht mehr miteinander, auch Melchior schämte sich seines Zynismus, seiner Grausamkeit und Gefühllosigkeit; später, als wir den Tisch deckten, wechselten wir ein paar Worte, aßen aber, unsere Blicke meidend, stumm.

Noch bevor wir das Essen beendet hatten – auf seinem Teller lag noch ein Bissen Blumenkohl, etwas Kartoffelpüree, ein Stückchen Fleisch –, klingelte das Telefon, ärgerlich legte er Messer und Gabel auf den Teller, doch in der schnellen Bewegung, mit der er, Ungehaltenheit vortäuschend, hinter sich nach dem Hörer griff, lag so viel freudige Erwartung, daß deutlich wurde, seine Ungehaltenheit und sein Ärger waren mehr für mich bestimmt, als wolle er sich im voraus bei mir entschuldigen.

Freilich liebte er es auch nicht, wenn unsere gemeinsame Mahlzeit gestört wurde, weil wir bei dieser Gelegenheit nicht so sehr unsere notwendige Nahrung zu uns nahmen, sondern eine Zeremonie abwickelten, die unsere gemeinsam verbrachte Zeit bedeutungsvoll machte und unserer Beziehung Würde verlieh.

Ich fragte ihn nicht, noch fragte ich mich selber, wie er speiste, wenn ich nicht zugegen war, doch glaube ich, der Unterschied wird kein wesentlicher gewesen sein; wenn er allein war, pflegte er den Tisch wahrscheinlich genauso sorgfältig zu decken, aber ohne sich besondere Mühe zu geben und ohne zu übertreiben, ich schließe das aus den Wochenenden, die wir bei seiner Mutter in seiner Geburtsstadt verbrachten, wo man, umgeben von alten Eßzimmermöbeln, fast aus jeder Bewegung, der hübschen Anordnung der Gedecke, der Art, die Speisen zu servieren, jene mehrhundertjährige, sparsame, den Speisen Bedeutung beimessende, zur zweiten Natur gewordene protestantische Eßkultur erkennen konnte, die er nicht nur übernommen hatte, sondern in meiner Gegenwart mit seinem ästhetischen Anspruch auf geradezu herausfordernde Weise übertrieb; an jenem Sonntag aber, während wir stumm aßen und ich zum erstenmal seine Bewegungen, den Rhythmus seines Kauens und Schluckens beobachten konnte, als sähe ich ihn durchs Schlüsselloch, war jeder von uns beiden bemüht, sich ganz in sich selber zurückzuziehen, sich zu isolieren, den anderen mit seiner Gegenwart nicht zu stören, als wäre das schon die Vorbereitung auf einen vollständigen Rückzug; wodurch deutlich wurde, daß seine umständliche, systematische, auf jedes gemeinsame Essen und auf jede sogenannte alltägliche Handlung sich erstreckende übertriebene Feierlichkeit nicht so sehr das Zeichen einer mir bisher unbegreiflichen und bis zu einem gewissen Grade mißverständlichen Affektiertheit war, sondern daß sie mir, uns galt und daß er die Zeit, die gemeinsam verbrachte Zeit wie auch jede seiner Bewegungen aus dem Blickwinkel eines klar erkennbaren, auf Tag und Stunde bestimmbaren Endes hin einschätzte und protokollierte; und deshalb war er bemüht, den gegebenen Augenblick um so ästhetischer, eindrücklicher und festlicher zu zelebrieren, auf daß er einst auch jenseits dieses Endpunktes erinnerlich bleibe, sich in eine rückrufbare, greifbare, brauchbare Erinnerung verwandle.

In schönen altsilbernen Leuchtern brannten Kerzen auf dem Tisch, nicht nur der Festlichkeit und Ästhetik wegen, sondern auch damit beim Rauchen nach dem Essen kein Streichholz oder Feuerzeug den weißen Damast beschmutzte und kein alltägliches irdisches Element die künstliche Makellosigkeit, welche die fremde und verabscheute Welt auszuschließen versuchte, störte; auf dem Tisch standen Blumen, die Damastservietten steckten in monogrammverzierten silbernen Ringen, auch durfte keine gewöhnliche Weinflasche auf dem Tisch stehen, der Wein wurde vorab in eine geschliffene Kristallflasche umgefüllt, was – nebenbei – dem Wein nicht unbedingt zuträglich war, trotzdem verliefen unsere Mahlzeiten ohne jede Spannung oder Steifheit, obwohl diese zwanghafte Kultiviertheit durchaus ein Grund zur Mißstimmung hätte sein können; und das schon deshalb, weil er mit Genuß, fast gierig, jeden Bissen sorgfältig kauend, ungeheure Mengen verschlang, und hatte ich etwa auf meinem Teller etwas zurückgelassen, aß er auch das bis auf den letzten Krümel auf, den Wein aber goß er sich, ohne betrunken oder auch nur beschwipst zu werden, im wahrsten Sinne des Wortes die Kehle hinunter.

Pierre war am Apparat, und nachdem ich den letzten Bissen hinuntergeschluckt hatte, fing ich an – gleichsam als suchte ich einen Grund, aus dem Zimmer zu gehen und sie nicht weiter zu stören –, das Geschirr abzuräumen; sie unterhielten sich auf französisch, wobei sich Melchior, unabhängig von der Person Pierres, auf seltsame Weise veränderte, er wirkte wie elektrisiert; ohne meine eifersüchtige Voreingenommenheit zu leugnen, hatte ich bei solchen Gelegenheiten immer den Eindruck, als würde er sich ganz und gar verändern, als gebärdete er sich beflissen und als gäbe er seine sympathische Natürlichkeit um einer fremden Natur willen auf, er mimte einen Musterschüler, einen Streber, der in der Hoffnung auf Belohnung in einer um eine ganze Oktave höheren Tonlage spricht und der um einer richtigen und korrekten Aussprache willen, obwohl die ganze Klasse sich schieflacht, sogar den Hals nach oben reckt, die Lippen verschiebt und spitzt, die Worte nicht ausspricht, sondern ausstößt und knetet, und das alles nicht allein aus Ehrgeiz nach dieser perfekten Aussprache, sondern als fahnde er nach einem anderen Ich, einer anderen, in seinem Innern vermuteten Person, die er in den korrekt artikulierten Vokalen und der vollendeten Intonation der Sätze zu finden hofft; während er sprach und ich mich nicht nur seinetwegen ein wenig genierte, sondern in ihm auch meine eigene Bemühung erkannte, lehnte er sich bequem zurück, woraus ich ersah, daß er sich auf ein längeres Gespräch einrichtete, er machte mir ein Zeichen, daß ich seinen Teller nicht abräumen und auch sein Glas stehenlassen solle.

In der Küche stellte ich das schmutzige Geschirr auf dem Tisch neben der Spüle zusammen, wusch aber nicht ab, soviel an Großzügigkeit und Nachgiebigkeit gegenüber Pierre brachte ich doch nicht auf; freilich hätte ich auch ins Schlafzimmer gehen können, als ich aber zurückging, plauderten sie immer noch, genauer, jetzt redete Pierre, ausdauernd, und Melchior hörte lächelnd zu, pickte zerstreut die Essensreste von seinem Teller und leckte sich die Finger.

Ich öffnete das Fenster und lehnte mich hinaus, weil ich auch die wenigen Worte nicht verstehen wollte, dich ich kannte, ich wollte nur anwesend sein.

In diesem Spiel der Persönlichkeitsspaltung und einer sich in eine andere, fremde Identität hineinsteigernden Sprache gab es eine feine Schattierung, die mir galt, und nach unserem Gespräch am Vormittag faßte mein Ohr diese feine Nuance bereits ganz anders auf.

Je vollkommener es ihm gelang, die Melodie der fremden Sprache zu finden, je gründlicher er den Akzent seiner in Gesicht, Mund und Kehle, in der Körperhaltung eingenisteten Muttersprache ablegte, um so tiefer wurde der Graben, der sich zwischen der fremden und der Sprache seiner Mutter auftat; das ist nur natürlich, denn der Mensch spricht in seiner eigenen Sprache nicht in vollständigen Sätzen und geht nicht annähernd vorbildlich mit der Betonung um, sondern blubbert eher etwas, einem inneren Ziel und einem Gefühl für das Gleichgewicht gehorchend, in dem sich eine augenzwinkernde und grenzenlose, zugleich aber unübertretbare und nicht angreifbare Vollendung der sprachlichen Übereinkunft, eine in sich ruhende Perfektion der Sprachgemeinschaft offenbart; wenn der Mensch in seiner Muttersprache spricht, so fügen sich in einem einzigen ungeschickten Satz völlige Ungebundenheit und strengste Gebundenheit als zwei extreme Pole zusammen, zur gemeinsam akzeptierten Gefangenschaft kommt die Freiheit, und in diesem Sinne gibt es gar keine irrige oder falsche Betonung, Sprachfehler sind einfach unmöglich, denn jeder Irrtum, jeder Fehler oder falsche Ton ist zugleich ein Hinweis auf einen Irrtum, eine Verfälschung der Wirklichkeit; doch je unvollkommener und unnatürlicher er in dieser seltsamen farb- und geruchlosen mimischen Vollkommenheit wurde, um so deutlicher machte er mir klar, daß ich, der ich ihn nur in seiner Muttersprache kannte, in der Haltung und der Gestik seiner Muttersprache, ihn eigentlich gar nicht kannte, weil er keineswegs identisch war mit sich selbst, denn siehe, er ist jeden Augenblick zu dieser Verwandlung in der Lage, weshalb ich mich nicht der Person anvertrauen sollte, die ich zu kennen glaube, denn er bestehe aus zwei Personen und habe zwei Sprachen, zwischen denen er nach Lust und Laune wählen könne, vergeblich würde ich daher versuchen, seine Gefühle an mich zu binden, ihn zu erpressen, ob durch mich selbst oder mehr noch durch Thea, eine Hälfte seines Wesens würde immer frei bleiben, folglich sei er nicht erpreßbar, auf dieses Terrain würde ich keinen Fuß setzen können, dort begönne eine mir verschlossene, geheime Welt, in die ich keinen Einblick bekäme, meine Eifersucht wäre vergeblich, denn wenn er auch nicht diesen Franzosen liebte, dann eben jenen, der sein richtiger Vater war, seine Seele wünsche sich in seiner Sprache zu äußern, ich aber hätte seine Geschichte bisher als das Ergebnis vergangener historischer Verwicklungen begriffen, er habe sie mir offenbar ganz umsonst erzählt, ich sei einfach begriffsstutzig, nichts habe ich davon verstanden, nichts davon, daß diese extreme physische und seelische Spaltung seine wahre Geschichte sei, er habe sich für seinen von den Deutschen hingerichteten französischen Vater entscheiden müssen, seine Seele gegen seinen Körper und sein Körper gegen seine Muttersprache, nicht nur weil er sein richtiger Vater war, wen interessierte schon das Sperma eines fremden Mannes! er habe sich um der geschichtlichen Gerechtigkeit willen nicht anders entscheiden können, er mußte den deutschen Vater aus sich ausmerzen, den er zwar auch nicht gekannt habe, den er aber liebte, dessen Gesicht er stundenlang auf den Bildern betrachtet habe, dessen Namen er trägt und der irgendwo auf einer verschneiten Wiese oder in einem Schützengraben erfroren ist.

Wenn wir bis dahin auch eine Spannung zwischen uns als angenehm empfunden hatten, so wurde sie durch dieses sich hinziehende und mich in vieler Hinsicht ausgrenzende Telefongespräch schwer erträglich; einige Minuten ließ ich mich noch von den winterlich müden Sonnenstrahlen wärmen; seit dem Vormittag waren sie langsam weitergewandert, jetzt hatten sie nur noch einen schmalen Streifen auf einem Auge Melchiors, seinem Haar und auf der Wand über seinem Kopf zurückgelassen, dann zog ich mich zurück ins Vorzimmer, holte die Decke unter dem Kissen hervor, legte mich aufs Sofa, drehte mich zur Wand und wickelte mich, wie jemand, der endlich einen annehmbaren Trost gefunden hat, schön warm in die weiche Decke.

Vielleicht hatte er recht, ich nahm seine Geschichte ebensowenig ernst und hielt die Haßgefühle gegen sein Deutschtum für einen in ganz anderen Ursachen begründeten Selbsthaß, wie auch er mir meine herzzerreißende Lebensgeschichte nicht abnahm; zwar war er manchmal über sie in Tränen ausgebrochen, dennoch hatte er einmal recht kühl geäußert, er könne in ihr nichts anderes sehen als die persönliche und so genommen natürlich erschütternde Folge einer in dem Herrschaftsbereich der beiden Supermächte vollzogenen endgültigen Vernichtung der anarchistischen, kommunistischen und sozialistischen europäischen Massenbewegung, beide seien wir die unglücklichen Produkte der gleichen Vernichtung, sagte er, zwei typische Mutationen, und lachte.

Ein wenig gekränkt wies ich auf das besondere Beziehungsgeflecht der ungarischen Geschichte hin, gekränkt, denn schließlich schätzt es niemand, wenn man die Geschichte seiner Existenz als ein Symptom oder die Variante einer Krankheit oder gar einer Entartung von europäischem Ausmaß betrachtet, aber wie ich auch argumentierte, er beharrte auf seiner Überzeugung und führte im Rahmen eines großangelegten politologischen Gedankengangs aus, warum gerade der ungarische Aufstand sechsundfünfzig, er sagte Aufstand, nicht Revolution, das erste und wesentlichste, das erste ernst zu nehmende Symptom gewesen sei, das auch als Wendepunkt der neueren europäischen Geschichte bezeichnet werden könne, weil es die Zerstörung der verschiedenartigsten, dem traditionellen Geist verhafteten Bestrebungen, ihre Liquidierung und ihr praktisches Ende bedeute; die Ungarn hätten damals sehr heldenhaft, aber ebenso töricht an ein traditionelles europäisches Postulat appelliert, das, wie es sich herausstellen sollte, praktisch nicht mehr existierte, gewiß, eine Resonanz hatte der Aufstand hinterlassen und natürlich ein paar ungarische Leichen.

Mehrere tausend Tote und Hingerichtete, bemerkte ich vorwurfsvoll, darunter auch mein Freund.

Diese Prinzipien, fuhr er fort, als habe er meinen Einwand nicht gehört, haben von dem Augenblick an, da der Zweite

Weltkrieg beendet war, ihre Wirksamkeit eingebüßt, nur daß Europa in der Schmach, sich nicht verteidigen zu können, und im Taumel des Sieges nicht bemerkt hat, daß die Soldaten der beiden Großmächte an der Elbe nunmehr als echte Weltmacht über dem verbrannten Leichnam Hitlers sich in die Arme fielen.

Mögen ihre Ziele verschieden sein, mögen sie nationale Selbstbestimmung oder soziale Gerechtigkeit heißen, vom Standpunkt der beiden Weltmächte aus kommt es auf das gleiche heraus, sagte er, streben doch beide danach, in den ihren Vorstellungen angepaßten Interessensphären eine selbständige Entwicklung unmöglich zu machen.

Was auf der einen Seite bedeute, die Entwicklung auf ein vordemokratisches Niveau herabzustufen und damit jede Bestrebung nach demokratischer oder nationaler Selbständigkeit zur Erfolglosigkeit zu verdammen, was, ich solle doch darauf achten, von der anderen Supermacht, die sich zu den Prinzipien der Freiheit und Selbstbestimmung bekenne, bereitwillig abgesegnet werde; auf der anderen Seite bedeute es, daß den aus der bürgerlichen Emanzipation hervorgehenden und wildwuchernden praktischen Vorhaben nicht erlaubt werde, sich ihrer Natur gemäß zu entwickeln und zu verwirklichen, und daß die den Grundsätzen der Gleichberechtigung und der sozialen Gerechtigkeit verpflichteten, vernünftigen, ihrer Natur nach radikalen Bestrebungen an die Kandare des Konservatismus gelegt würden, wozu wiederum die andere, die Prinzipien der sozialen Gerechtigkeit betonende Supermacht ihren bereitwilligen Segen spende, zum einen, weil sie selber konservativ sei, zum anderen, weil sie sich durch eine, auf welche Gleichheitsidee auch immer gestützte, soziale Veränderung in ihrer hierarchischen Praxis bedroht fühlen würde.

So ist das, sagte er, sich gleichsam über den Eifer, mit dem er seine politischen Weisheiten zum besten gegeben hatte, belustigend; ich jedoch gab, die kurze, aus grüblerischer und selbstironischer Unschlüssigkeit entstehende Pause nutzend, meinem Zweifel Ausdruck, ob die beiden Großmächte, sei es in ihren Absichten, sei es in der Praxis, in einer so drastischen Weise miteinander gleichzusetzen wären.

Auch solle ich nicht glauben, fuhr er fort, ohne sich um meinen Einwurf zu kümmern, daß er, als wir die Treppe hinaufgingen, unsere Auseinandersetzung nicht gehört hätte, zwar sei er mit Thea beschäftigt gewesen, trotzdem habe er uns zugehört und habe das Gefühl, daß in diesem kleinen Wortwechsel der völlige Ausverkauf der traditionellen europäischen Werte deutlicher zu spüren war als in der sogenannten großen Politik, in der die vorsichtige Sprache der Diplomatie oder die ungehobelte Ausdrucksweise der Debatten alle Gegensätze zu dämpfen beziehungsweise bis zur Unmöglichkeit zu verschärfen suche; wir seien einfach lächerlich, wir brauchten die Mauer gar nicht, wir bellten uns an wie tollwütige Hunde, ohne auch nur zu ahnen, zu fragen oder zu erkunden, was jenseits der Mauer sein könnte, und ohne auch nur daran zu denken, daß die Mauer schließlich errichtet wurde, damit wir uns gegenseitig anbellen.

Sie hatten sich schon mindestens dreimal voneinander verabschiedet und fingen immer wieder von neuem damit an, sie hatten sich so ineinander verbohrt, daß sie nicht aufhören konnten, sie redeten seit mehr als vierzig Minuten, und ich fühlte nicht nur, sondern verstand auch, daß Melchior im Schutz der fremden Sprache von mir sprach, klatschte oder mich in der Auseinandersetzung zwischen den beiden zu seinen Gunsten benutzte; sie schwatzten, debattierten, quatschten, stritten sich und klatschten wie zwei alte Weiber, ich aber wickelte mich in stummer Wut in meine Decke und versuchte mich auf den Wellen seiner abscheulich singenden Stimme in einen oberflächlichen Schlummer hinüberzumogeln, ich wollte alles hinter mir lassen, und wenn er mich schon allein ließ, wollte ich auch allein bleiben.

Denn so überzeugend jeder seiner Gedankengänge schien und um so überzeugender, als er im Gegensatz zu mir, welch heikles Gebiet auch seine Analysen betrafen, sich niemals ereiferte, nicht heftig wurde oder aufbrauste, nicht explodierte, so als habe er keine Emotionen, dafür aber eine um so größere, trockene, auf ihrem Gegenstand beharrende, mit ironischen Zwischentönen dieses Beharren noch akzentuierende analytische Fähigkeit, so blieb ich seinen effektvollen Theorien gegenüber doch immer skeptisch, ich hatte den Eindruck, daß sich hier ein Mensch äußerte, der jedem wesentlichen Punkt in seinem Leben und sich selber unaufhörlich auswich und diese Ausweichmanöver mit solch lückenlos logischem Rationalismus analysierte, um lebendige, blutig sinnlose Gefühlsverknotungen damit zu verdecken.

Meiner Konstitution entsprechend achtete ich daher nicht so sehr auf das, was er sagte, sondern versuchte eher, die weitaus verräterischeren Stilelemente, diese seltsame Verkrampfung des Gefühls, dieses durch Kälte oder Ironie verfremdete bewußte Manövrieren mir einzuverleiben und ihn über das Erleben zu verstehen, ständig auf die Entdeckung eines Punktes ausgerichtet, dem er gerade auswich, um dann, auf diesem überaus seichten Gelände Fuß fassend, das System seines Charakters, seiner Gestik zu enträtseln, um es endlich fassen zu können; doch schien es, als würde ich mich zwischen Schatten bewegen, jede seiner Gesten war nicht mehr als eine Andeutung, sein Äußeres, sein Lächeln, seine Stimme, seine Umgebung waren deutliche Hinweise; ein Hinweis war Thea, die er begehrte und doch nicht wollte, Pierre-Max, den er nicht wollte und von dem er sich nicht lösen konnte, ganz zu schweigen davon, daß ich selbst auch nur ein Hinweis war.

In einer unbekannten Stadt stellt der Fremde mit Hilfe seiner Augen, seiner Nase, seiner Zunge und seiner Ohren für die Einheimischen merkwürdige, unverständliche, nicht nachvollziehbare, ja haarsträubende Zusammenhänge her, Zusammenhänge zwischen der Anordnung der Straßen oder ihrer Planlosigkeit, zwischen dem Aussehen der Fassaden, der Atmosphäre der Wohnungen und dem Verhalten ihrer Bewohner, zwischen ihrer Konstitution und ihrer Art sich zu kleiden, zwischen der Schnelligkeit oder Langsamkeit ihrer Reaktionen, weil in einer Stadt, in der nicht das Vertrautsein durch Gewöhnung weiterhilft, das Außen vom Innen nicht so scharf zu trennen ist wie in der eigenen Stadt, wo wir gewohnt sind, unsere äußeren Zwänge und unsere inneren Intentionen auseinanderzuhalten; in einer fremden Stadt fließen Wesentliches und Unwesentliches wie in dichtem Nebel ineinander, überlappen sich Fassaden und Gesichter, Geräusche und Gesichtsausdrücke, Treppenhaus und Bewegung, Farbe, Duft, Licht und Kuß, Essen und Umarmungen, weil wir von ihnen weder Ursprung noch Geschichte kennen, daher ist ihre Wirkung um so stärker; die fehlenden Kenntnisse und das fehlende Wissen werfen uns zurück in den paradiesischen Zustand einer leidenschaftslosen kindlichen Anschauung und der Lust auf Entdeckungen, welch glückliche Verantwortungslosigkeit! deshalb vielleicht liebt der Mensch unseres Jahrhunderts den Zustand des Unterwegsseins und treibt sich um dieses vertraut-bekannten Zustands willen allein, zu zweit oder in Herden in den fremden Großstädten der Welt herum, weil es fast der einzige gemeinsam akzeptierte Zustand inmitten verschiedenartigster drückender Verantwortungen und umtriebiger Vorhaben ist, in dem er ohne größere Gefahr jene massive Mauer überschreiten kann, die die Ereignisse seiner unbewußten Kindheit lückenlos von den Erlebnissen seiner selbstbewußten Erwachsenenzeit trennt, und in dem er sich endlich, welch unendliches Glück! auf die eigene Nase, den eigenen Geschmack, auf Ohren und Augen, auf seine elementaren und unbeirrbaren Sinnesorgane verlassen kann.

Vergeblich daher all seine wie auch immer gearteten Gedankenflüge, vergeblich auch seine selbstquälerische, haßerfüllte, den Anschein des Selbsthasses verleugnende Theorie, mit der er beweisen wollte, daß er kein Deutscher, daß er ein verlogener Mensch sei, der sich in seinen Lügen sonnte, und daß dies die ganze Wahrheit sei, die er sich abringen könne, und daß er deshalb von hier fortgehen müsse; es bedeutete ihm nichts, daß ich in seiner Wohnung das gleiche eigenartige Fluidum wahrgenommen hatte wie zum Beispiel in dem nach der Zerstörung durch den Krieg umgebauten Opernhaus, stand doch die Stimmung, die das Äußere und das Innere dieses Gebäudes ausstrahlten, der Stimmung der Proletarierwohnung in der Chausseestraße nicht nur nicht nach, sondern repräsentierte sie gleichsam, so wie es das Ziel jeder Stadt, jedes bedeutenderen öffentlichen Gebäudes ist, die Erfahrungen des Alltags auf die abstrakte Ebene der Baukunst zu heben.

Zwar wußte ich das eine oder andere aus der Vergangenheit dieser Stadt, freilich nicht mehr, als man aus einem leichte Vergnügungen versprechenden Reiseführer erfahren kann, so kannte ich zum Beispiel dank meinem Interesse fürs Theater die Geschichte des Opernhauses und seiner verschiedenen Umbauten und wußte, daß Prinz Friedrich, der später von der in geschichtlichen Kategorien urteilenden Welt Friedrich der Große genannt wurde, schon als Thronfolger in Gesellschaft seines bevorzugten Hofbaumeisters von Knobelsdorff sich mit dem Auf- und Ausbau seiner zukünftigen Residenzstadt so intensiv und umsichtig befaßte, daß ihn, als er nach dem Tode seines Vaters, des als Soldatenkönig bekannten Friedrich Wilhelm, den Thron bestieg, nichts mehr hindern konnte, bei unvermeidbaren Abrissen, Verwüstungen und Zerstörungen mit seinen großzügigen Bauvorhaben zu beginnen; all die bescheidenen, ohne jeden künstlerischen Anspruch hochgezogenen Bürgerhäuser von unterschiedlicher Breite und Höhe, die während der Regierung seines allzu nüchternen und tödlich gehaßten Vaters in der Straße Unter den Linden erbaut wurden, ließ er, ohne vor der rücksichtslosesten Willkür zurückzuschrecken, einfach von der Erdoberfläche ausradieren, um nach dem Muster venezianischer Palazzi einheitliche fünfstöckige, prächtige Fassaden zu errichten, auch wenn diese voll kühler Befremdung auf ihre Umgebung herabsahen; doch schließlich diente die Kenntnis dieser Daten zu nichts anderem, als daß sich in meinem Kopf für Melchior kaum verstehbare Zusammenhänge um so ungehemmter und unverantwortlicher zusammenbrauen konnten.

Ich wußte, daß man unter den für die höfische Repräsentation vorgesehenen öffentlichen Gebäuden, die Unter den Linden ihren Platz finden sollten, zuerst mit dem Bau des Opernhauses begonnen hatte, und wie alle Bauten Knobelsdorffs muß auch dieses Palais klassizistischen Stils gemäß der Formenlehre Palladios und Scamozzis sorgfältig konstruiert worden sein, damit hinter seiner nüchtern geometrischen, flächig großzügigen, in kühler Symmetrie gegliederten Front sich der persönliche Geschmack sowohl des Baumeisters als auch des Bauherrn austoben konnte, in dem schwülen, in asymmetrischen Verzierungen schwelgenden, weiß-golden-purpurroten Rokoko des Innenraums; als Bauplatz des zukünftigen Gebäudes aber hatten sie jenen riesigen, verwüsteten Platz ausersehen, der sich zwischen den Festungsbauten und dem alten Burggraben, jenem heute noch «Festungsgraben» genannten Sträßchen, erstreckt.

Als würde man unversehens eine grobkantige, hechtgrau gestrichene Militärtruhe öffnen und darinnen eine goldglänzende, mit Edelsteinen und tanzenden Figürchen ausgestattete, hübsche Melodien klimpernde Spieluhr auf einem Sokkel aus Jaspis vorfinden.

Der weiche, dicke tiefrote Teppich auf dem weißen Boden seines Zimmers, die weißlackierten Möbel, der in reichem Faltenwurf von der Decke bis zum Boden reichende dunkelrote Vorhang mit dem eingewebten goldenen Lilienmuster vor der Fensterfront, die weißtapezierten, glatten Wände, der barocke Spiegel, die schlanken Leuchter und die von jedem Luftzug angeblasenen, Rauchringe drehenden, schmutziggelben Flammen der winzigen Kerzen boten meinen Augen eine Faszination des Innen und Außen von gleicher Fremdartigkeit; derselbe ernste, erzwungene oder wenigstens alle Leichtigkeit entbehrende Anspruch, sich aristokratisch vom Außen, vom Gegenwärtigen, von der Wirklichkeit abzusetzen, drückte sich in der Sprache der Steine und Gegenstände aus, in dem von der Jahrhundertwende zurückgebliebenen, abbröckelnden und doch noch frisch wirkenden Verputz, den immer noch nicht geschlossenen, tiefen Wunden, die die Volltreffersalven aus den Maschinengewehren des Krieges in den bürgerlichen Häuserblöcken und den für Dienstboten und Proletarier erbauten hinteren Hoftrakten gerissen hatten, in der Wohnschachtel oben im fünften Stock ebenso wie in jenem historisch berühmten Gesangspalast, der die Kultur der Stadt repräsentierte.

Aus irgendeinem Grund mußten sie sich sehr beeilt haben, vermutlich wollten sie die Abkehr vom verhaßten Alten schnell bewerkstelligen, weil schon zwei Jahre nach Beginn der Arbeit das zu seiner Zeit sensationelle Gebäude fertiggestellt war; es diente nicht nur der Aufführung von Opern, sondern auch den verschiedensten gesellschaftlichen Zusammenkünften und festlichen Veranstaltungen, weshalb Knobelsdorff Küchen und Vorratskammern, Dienstbotenzimmer und Nebenräumlichkeiten im Erdgeschoß untergebracht hatte, da, wo sich jetzt der Kassenraum und das Foyer befinden, darüber aber errichtete er drei riesige, ineinandergehende Säle, so daß die Theaterräume mit Hilfe von entsprechenden technischen Einrichtungen, Senk- und Hebevorrichtungen, in einen riesigen Ballsaal verwandelt werden konnten, und nicht ohne Grund war es in den Augen der damaligen Welt ein Wunder! diese Dreiteilung blieb trotz zahlreicher Renovierungen und Umbauten bis auf den heutigen Tag erhalten.

Als ich dann, sein kühles Geständnis über seine Verlogenheit unterbrechend, sehr vorsichtig, um ihn nicht zu kränken, versuchte, ihm meine Beobachtungen mitzuteilen, sagte ich, daß ich in der Art, wie er seine Wohnung eingerichtet habe, nicht nur keine Verlogenheit entdecken könne, sondern im Gegenteil, daß ich dieser sterilen Kreuzung von vernünftig Bürgerlichem mit dem sich auf die Befriedigung der einfachsten Bedürfnisse beschränkenden Proletarischen und dem Aristokratisch-Fremdartigen, diesem verrutschten System, in dem alle Symbole und Elemente der Vergangenheit gegenwärtig sind, nur nicht an ihrem ursprünglichen Ort, in der ganzen Stadt begegne; mit mißtrauisch zusammengekniffenen Augen schwieg er, und obwohl ich fühlte, daß ich mich auf ein Gebiet verirrt hatte, auf das er mir weder folgen konnte noch wollte, sagte ich, daß ich den Gesamteindruck weder für intim noch für anziehend hielte, dafür aber für ehrlich, vor allem aber für sehr deutsch, und obwohl ich den Stil von drüben nicht kenne, wage ich zu behaupten, daß das alles für hier charakteristisch sei, weshalb nicht so sehr mein Verstand als vielmehr meine Nase und mein Auge gegen seine die eigene Nation betreffenden, gestaltgewordenen Gedankengänge und seine von Selbsthaß zeugenden Äußerungen protestieren.

Es genüge, sagte ich, wenn er dieses Haus genauer in Augenschein nehme, bei dessen letztem Umbau, eher einem Neubau, die Götter und Engelchen verschwanden, die Trennwände der Logen beseitigt wurden und mit Gold und Ornamenten äußerst sparsam umgegangen wurde, als habe man die Vergangenheit des Innenraumes zu sterilisieren versucht, zwar hatte man ein paar Stilelemente, gewisse Rokoko-Embleme auf den Brüstungen der Logen und oben in der Kuppel, belassen, und doch mache es den Eindruck, als habe man die schwüle Üppigkeit des einstigen Innenraums der kühlen Einfachheit der Außenfassade des Theaters angepaßt, eine durchaus konsequente baukünstlerische Idee, die die Vergangenheit zugleich bewahrt und zerstört, indem sie ihre abweisende und häßliche Uniformität, die so am vollkommensten der allgemeinen, die primitivsten menschlichen Ansprüche befriedigenden Stimmung der weiteren Umgebung entspricht, konserviert; außerdem herrsche hier überall der Gestank eines Desinfektionsmittels, sagte ich, als sei eine ansteckende Krankheit im Anzug.

Diese Angst vor der Vergangenheit, diese Stilverwerfungen im Bewahren und Entfernen, beobachte ich auch in den Wohnungen, daher glaube ich nicht, daß er sich auch nur von irgend etwas abkapseln könne, im Gegenteil, er wiederhole und imitiere ungewollt diese Angst, weil seine Proletarierwohnung im Hinterhof, die er mit den Überbleibseln der großbürgerlichen Möbel seiner Vorfahren ausstatte, um sich dadurch von den anderen abzuheben, in ihrer Absurdität sich kaum von der auf Repräsentation angelegten, großräumigen Chausseestraßenwohnung der kinderreichen Familie unterscheide.

Er schien nicht ganz zu verstehen, was ich meinte, und als

wir uns im schönen Schein der Kerzen gegenübersaßen, beobachtete ich den noblen Kampf auf seinem Gesicht, mit dem er versuchte, über sein Gekränktsein hinwegzukommen.

Wenn ich in der Geschichte der deutschen Baukunst so bewandert sei, sagte er, und überhaupt in der Geschichte der deutschen Volksseele, dann sei mir gewiß bekannt, was Voltaire nach seiner Begegnung mit Friedrich dem Großen in sein Tagebuch geschrieben habe.

Er wußte natürlich, daß ich es nicht wußte.

Er beugte sich etwas vor, legte seine Hand mit freundlicher Überlegenheit auf mein Knie und schaute mir, während er sprach, mit einem kleinen Lächeln voller Ironie und Selbstironie in die Augen.

Er war fünf Fuß und zwei Zoll hoch, sagte er, bedeutungsvoll wie ein Pädagoge seine Worte betonend, von proportionierter, wenn auch nicht annähernd vollkommener Gestalt, er wirkte infolge seiner angestrengt steifen Haltung etwas unbeholfen, seine Gesichtszüge jedoch waren angenehm und geistvoll, verbindlich und freundlich, die Tonlage seiner Stimme war auch dann noch ausgesprochen sympathisch, wenn er schimpfte, was er so häufig tat wie ein gewöhnlicher Kutscher, die schönen hellbraunen Haare trug er zu einem Zopf geflochten, frisierte sich immer selber und machte das recht ordentlich, zum Pudern aber setzte er sich niemals in Schlafmütze, Nachthemd und Pantoffeln vor seinen Spiegel, sondern in einem alten, ziemlich schmuddeligen Seidenmantel, auch liebte er keine gewöhnliche Kleidung, jahraus, jahrein lief er in der schmucklosen Uniform seines Infanterieregiments herum, in Schuhen sah man ihn so gut wie nie, immer hatte er Stiefel an den Füßen, auch liebte er es nicht, den Hut unter der Achsel zu tragen, wie sich das gehörte, sein ganzes Benehmen, die Details seines Äußeren hatten daher, trotz all seines Charmes, etwas Gezwungenes, er sprach zum Beispiel besser Französisch als Deutsch und redete nur mit Leuten in seiner Muttersprache, von denen er mit Sicherheit wußte, daß sie nicht Französisch konnten, da er seine eigene Sprache als barbarisch empfand.

Noch während er sprach, hatte er meine Knie gefaßt, sich im Sessel nach vorne gebeugt und mir so etwas wie zwei nachsichtige Küsse auf beide Wangen gedrückt, die er eher als den Anfang einer weiteren Belehrung denn als ihren Abschluß verstand; ich blieb abweisend, war es jetzt doch an mir, mißtrauisch und bis zu einem gewissen Grade beleidigt zu sein, wenn es mich auch zugleich amüsierte, daß ich ihn mit keiner theoretischen Haarspalterei aus dem Sattel seiner fixen Ideen werfen konnte.

Das bestärkte mich in meiner Überzeugung, daß er nicht durch irgendwelche Theorien, sondern nur durch die einfachere Sprache des Gefühls einzukreisen war, wenn ich ein Resultat erzielen wollte, doch auf welch törichtes Ziel ich aus war, wie ungeschickt, falsch und dumm ich es anstellte, davon werde ich später zu sprechen haben.

Mit seiner Stirn ganz nahe an meiner, nickte er, ließ aber meinen Blick nicht los.

Wie du siehst, sagte er indigniert, hatte schon der gute alte Fridericus seine Gründe, von Barbarei zu sprechen, die Bauten seines Vaters niederreißen zu lassen, und ebenso gewiß wird er gute Gründe für seine gezwungene, linkische Haltung gehabt haben, und ob ich die Geschichte des Leutnant Katte kenne, fragte er.

Nein, sagte ich, ich kenne sie nicht.

Dann wolle er sie mir, in der Hoffnung, daß ich dadurch einen nicht unbedeutenden Fortschritt in Germanologie mache, erzählen.

Manchmal hatte ich das Gefühl, daß wir so etwas wie ein Experiment miteinander beabsichtigten, nur daß wir den Gegenstand unseres Experiments nicht genau kannten.

Unsere Sessel standen einander gegenüber, er hatte sich bequem nach hinten gelehnt und wie sonst seine Füße in meinen Schoß gelegt, und während er sprach, drückte, massierte und knetete ich sie, was der körperlichen Berührung eine überflüssige Rechtfertigung und angenehme Monotonie verlieh; einen Moment lang wandte er sich zur Seite, sein Blick blieb am Weinglas hängen, er trank einen Schluck, sein Blick schweifte ab, dann sah er mich wieder mit einem ernsten, sentimentalen, nachdenklichen Blick an, doch galt diese Veränderung nicht mir, sondern jener verwickelten Geschichte, die er sich jetzt wahrscheinlich schnell ins Gedächtnis rief, überflog und zusammenfaßte, bevor er anfing zu erzählen.

Achtzehn war damals der seltsame Prinz, und er wird achtundzwanzig sein, wenn er den Thron besteigt und mit seinen großzügigen Bauvorhaben beginnt, fing er an zu erzählen, und nach einem gewaltigen Streit mit seinem Vater verschwand er einfach aus dem Schloß.

Man sucht ihn hier, man sucht ihn dort und findet ihn nicht, bis sich aus den Geständnissen der Bediensteten ein Bild ergibt, wonach er wahrscheinlich geflohen war und diese Flucht mit seinem Freund, einem gewissen Hans Hermann von Katte, Lieutenant der königlichen Garde, in Zusammenhang stand.

Der König persönlich nimmt mit seiner Begleitung die Spur des Flüchtigen auf, und ich könne mir gewiß vorstellen, welchen Anfechtungen die arme Königin ausgesetzt gewesen sei, während die Verfolger unterwegs waren.

Die Begleitung kommt am Vormittag des siebenundzwanzigsten August zurück aus Küstrin, doch über den Verbleib des Prinzen kann oder will niemand Aufklärung geben; am Nachmittag trifft auch der König ein.

Von Zweifeln gequält, eilt ihm die Königin entgegen, und noch während sie aufeinander zueilen und sich ihre Blicke begegnen, brüllt der wutschnaubende König: Ihr Sohn ist tot!

Die vom Warten verstörte, aber immer noch hoffende Königin scheint wie vom Blitz getroffen und beginnt, zusammenhanglos laut zu jammern: wie das? wie konnte das geschehen? sollten etwa Hoheit der Mörder seines eigenen Sohnes sein?

Aber der König bleibt vor der zur Salzsäule erstarrten Königin nicht einmal stehen, sondern wirft ihr bloß im Vorübergehen hin, daß dieser elende Schurke nicht sein Sohn, sondern nur ein ganz gewöhnlicher Deserteur sei, der den Tod verdient habe; und voller Wut fordert er von der Königin, ihm die Schatulle mit den Briefen des Prinzen auszuhändigen.

Sobald er sie in Händen hat, verliert er keine Zeit mit dem Öffnen, zerschlägt sie mit zwei Fausthieben, entreißt dem Kästchen sämtliche Papiere und stürmt davon.

Im Schloß ducken sich alle, jeder flieht den Zorn des Königs, die Königin eilt zu ihren Kindern, aber kurz darauf erscheint der König, der die Kinder, die zum Handkuß antreten wollen, einfach zur Seite schiebt und sie mit seinen Stiefeln fast über den Haufen rennt, um im Laufschritt auf Prinzessin Friederike loszusteuern, die etwas entfernter steht.

Und ohne ein Wort zu verlieren, versetzt er ihr dreimal hintereinander mit der Faust einen Schlag ins Gesicht, daß sie ohnmächtig hinsinkt, und wenn Fräulein Sonnefeld in jenem Augenblick nicht so geistesgegenwärtig und geschickt gewesen und es ihr gelungen wäre, die Prinzessin aufzufangen, dann hätte sie sich an der Kante eines Kleiderschranks den Kopf einschlagen können.

Der Zorn des Königs aber kennt keine Grenzen, er ist im Begriffe, den auf dem Boden liegenden Körper der Prinzessin mit den Füßen zu bearbeiten, woran er nur gehindert wird, weil sich die Königin und die Kinder, schreiend und laut jammernd, schützend über den Körper der Prinzessin werfen und mit den eigenen Leibern die Tritte und Stöße der Stiefel und die grausamen Schläge des königlichen Stockes auffangen.

Prinzessin Friederike schreibt später in ihren Erinnerungen, daß ihre damalige trostlose Situation nur schwer mit Worten zu beschreiben sei; das gedunsene und zum Schlagfluß neigende Gesicht des Königs war blaulila verfärbt, er erstickte fast an seiner Wut, sein Blick war der eines gereizten Tiers, sein Mund schäumte, die Königin schlug hilflos mit den Armen um sich wie ein großer Vogel, während sich ihren Lippen die schmerzlichsten Töne entrangen, die Geschwister umfaßten flehend die Knie des Königs, und alle waren geschüttelt von lautem Weinen, sogar das Kleinste, das damals nicht älter war als drei, die beiden Hofdamen der Prinzessin, Frau von Kamecke und Fräulein Sonnefeld, aber standen totenblaß und reglos da und wagten keinen einzigen Laut von sich zu geben; ihr aber, die keine andere Schuld traf, als daß sie den Prinzen über alles liebte und darüber auch in ihren Briefen Zeugnis ablegte, ihr, der Allerunglücklichsten, lief kalter Schweiß über das Gesicht, und nachdem sie wieder zu sich gekommen war, wurde ihr Körper von einem furchtbaren Zittern geschüttelt.

Der König ließ sich nämlich nicht nur zu Tätlichkeiten hinreißen, sondern überschüttete die Prinzessin mit den fürchterlichsten Drohungen und beschuldigte sie, den Zusammenbruch des Hauses vor aller Augen verursacht zu haben; ihre falschen, parteiischen, unmoralischen Ränkespiele hätten die Familie in einen Abgrund von Not und Unglück gestürzt, brüllte er, dafür würde sie mit dem Kopf zu zahlen haben, mit ihrem Kopf; aber er machte mit seinen Drohungen auch vor der Königin nicht halt, und weil er in seinem Zorn vergessen hatte, daß er den Prinzen schon vorher totgesagt hatte, schmetterte er ihr die fürchterlichsten und gotteslästerlichsten Flüche ins Gesicht, indem er drohte, ihren Sohn aufs Schafott zu schicken, jawohl aufs Schafott, schnaubte er.

Es schien, als könnte nichts seine Verwünschungen, seinen unbändigen Zorn, seine rachedurstigen Drohungen aufhalten, als eine verängstigte Stimme meldete, Lieutenant Katte sei vorgeführt worden.

Irgendwie ernüchterte das den König, besser gesagt, die um ihn Stehenden konnten deutlich beobachten, daß er sich von ihnen nur deshalb abwandte, weil die bloße Erwähnung dieses Namens das Feuer seiner Rache noch stärker auflodern ließ, das wilde Tier, das bisher nur in seinem Käfig getobt hatte, war jetzt ausgebrochen; bald werde sie es genau wissen, warf er noch der Königin hin, warum der Henker Arbeit bekommt, und damit rannte er aus den Gemächern der Kinder.

Auf die neue Beute konnte er sich nicht sofort stürzen, weil in seinem Kabinett die Herren von Grunkow und Mylius warteten, denen er mit heiserer, von Rülpsern unterbrochener Stimme zuflüsterte, ihnen werde es obliegen, Katte zu verhören, dessen Geständnis, möge es beinhalten, was es wolle, dem Ziel zu dienen habe, den Prozeß gegen seinen Sohn zu eröffnen; er faßte das Geschehene kurz zusammen und erklärte, der Prinz sei nicht nur ein Vaterlandsverräter, ein niederträchtiger Verbrecher und eidbrüchiger Deserteur, er sei nichts weiter als ein elender Wurm, eine Mißgeburt, ein Unmensch, der keine Gnade verdiene.

In diesem Augenblick wurde der schöngesichtige, großäugige, hochgewachsene, sechsundzwanzig Jahre alte und natürlich todbleiche Jüngling, Lieutenant von Katte, vorgeführt, der sich sofort dem König zu Füßen warf, der aber stürzte sich genauso plötzlich auf ihn und riß ihm in hemmungsloser Wut das Ritterkreuz des Johanniterordens vom Halse, bearbeitete ihn mit den Füßen und schlug mit seinem Stock so lange auf ihn ein, bis er außer Atem war und der Leib des Jünglings wie leblos zu seinen Füßen lag.

Der König von Preußen nämlich, der zugleich Großmeister des Johanniterordens war, verfügte über das Recht, jemandem wie diesem von Katte das Kreuz herunterzureißen.

Um aber in der Geschichte fortzufahren, Lieutenant Katte wurde hernach mit einem Eimer Wasser und einigen schwächeren Ohrfeigen wieder in einen geständnisfähigen Zustand gebracht, so daß man mit dem Verhör beginnen konnte.

Katte antwortete auf die Fragen so aufrichtig, mit soviel Seelenstärke und einem so ernsthaften Untertaneneifer, daß seine Haltung nicht nur die Befrager, sondern selbst den König in die größte Verwunderung versetzte.

Er gestand, daß er von dem Fluchtplan des Prinzen gewußt habe, und da er den Prinzen mit der ganzen Kraft seines Herzens liebe, sei es seine unumstößliche Absicht gewesen, seinen Treueid gegenüber dem König zu brechen und dem Prinzen zu folgen, doch hatte er keine Kenntnis davon, an welchen Hof der Prinz zu fliehen beabsichtigt habe, auch glaube er nicht, daß die Königin oder Prinzessin Friederike in seine Fluchtpläne eingeweiht gewesen seien, hatten sie sie doch aufs strengste geheimgehalten.

Nach dem Verhör wurde ihm ein Leinenschurz ausgehändigt, die Uniform bis aufs letzte Stück ausgezogen, und so, fast nackt, brachte man ihn mitten durch die Stadt auf die Hauptwache.

Das Urteil hätte das Kriegsgericht zu erbringen gehabt, seine ständigen Mitglieder aber zauderten, in einer so heiklen Angelegenheit zu richten, und deshalb bestimmten sie durch das Los zwölf Offiziere zur Erledigung der peinlichen Angelegenheit.

Graf Dönhoff und Graf Linger plädierten vor dem Kriegsgericht für eine weniger schwere Strafe, die anderen aber empfahlen in Anbetracht der beispiellosen Schwere des Falles, die Todesstrafe über Oberst Fritz – auf Befehl des Königs durfte der Thronfolger nur mit diesem Namen tituliert werden – und über Lieutenant Katte zu verhängen.

Als man Katte das Todesurteil verlesen hatte, sagte er mit ruhiger Stimme, er würde sich der Vorsehung und dem Willen des Königs völlig anheimgeben, er habe nichts Böses getan, doch wenn er sterben müsse, so geschehe das gewiß aufgrund eines von ihm zwar nicht erkennbaren, aber edlen Zweckes.

Ein gewisser Oberst Schenk erhielt den Befehl, den Verurteilten in die Küstriner Festung zurückzubringen, in der auch der Thronfolger inhaftiert war.

Morgens um neun kamen sie dort an, und den Rest des Tages verbrachte Katte in Gesellschaft eines Priesters, mit dem er über die Ausschreitungen seines Lebens sprach und größte Reue bekundete, die Nacht verbrachte er in eifrigem Gebet.

Inzwischen wurde auf dem Hof der Zitadelle das Schafott errichtet, und zwar so, daß es in gleicher Höhe mit der Zelle des Thronfolgers lag, auf ausdrücklichen Befehl des Königs wurde das Fenster bis hinunter zum Boden der Zelle aufgebrochen, die Öffnung aber, durch die man mit einem einzigen Schritt auf das Schafott hinaustreten konnte, vorerst mit schwarzem Stoff verhängt.

Die geräuschvollen Arbeiten wurden in Anwesenheit des Thronfolgers vorgenommen, neun Maurer und siebzehn Zimmerleute arbeiteten unter Anleitung der Aufseher, so daß der Prinz annehmen mußte, man bereite seine eigene Hinrichtung vor.

Am Morgen, sechs Minuten vor sieben, betrat Hauptmann

Löpel, der Festungskommandant, die Zelle des Prinzen und teilte ihm mit, daß er nach dem Willen des Königs Kattes Enthauptung beizuwohnen habe; Hauptmann Löpel hatte überdies ein Kleidungsstück aus braunem Stoff über dem Arm, er forderte den Prinzen auf, sich zu entkleiden und das braune Gewand anzulegen.

Nachdem er mit dem Umkleiden fertig war, entfernte man den schwarzen Stoff vom Durchbruch der Zellenwand, so daß der Prinz das sachgemäß gezimmerte Schafott erblicken konnte.

Drei endlose Minuten vergingen, bis man seinen Freund in einer zum Verwechseln ähnlichen Bekleidung vorführte und den Prinzen aufforderte, an die Öffnung der Mauer zu treten.

Diese in der Kleidung sich offenbarende Identität machte, wohl nicht zum geringsten, weil sein Vater sich das Ganze ausgedacht hatte, einen so erschütternden Eindruck auf den Prinzen, daß er sich in die sich unter ihm öffnende klaffende Tiefe stürzen wollte, aber er wurde zurückgerissen und von da an an den Armen festgehalten; doch war er auch später nicht willens, sich von dieser Kleidung zu trennen, er trug sie drei Jahre lang, Tag und Nacht, bis sie vollkommen zerschlissen war.

Nachdem man ihn zurückgerissen hatte, fing er an zu jammern und zu schreien, beschwor alle, die um ihn waren, die Hinrichtung um Gottes willen hinauszuschieben, weil er, wenn er schon am Leben bleiben müsse, dem König schreiben wolle; er beschwor sie und gelobte, auf alles zu verzichten, auf Krone und Leben, wenn er damit Kattes Leben rette, man möge ihm nur gestatten, sich um Gnade flehend an den König wenden zu dürfen.

Während er sie schluchzend beschwor, wurde dessenungeachtet das Urteil verlesen.

Nach den letzten Worten trat Katte, der ebenfalls an den Armen festgehalten wurde, näher an ihn heran, und einen stummen Augenblick lang sahen sie sich an.

Mein Gott, rief der Prinz, in welches Unglück stürzt du mich! mein geliebter, teurer, einziger Freund, ich habe

Schuld an deinem Tode, ich, der ich an deiner Stelle jetzt zu sterben wünschte.

Man mußte ihn festhalten, Katte aber, der ihn mein teurer Prinz nannte, entgegnete mit schwacher Stimme, er würde, auch wenn er tausend Leben hätte, jedes für ihn hingeben, doch jetzt müsse er Abschied nehmen von dieser Schattenwelt, und damit kniete er sich nieder unter das Fallbeil.

Man hatte ihm erlaubt, daß ihn auf seinem letzten Weg die eigenen Diener begleiteten, doch als ihm einer von ihnen die Augen verbinden wollte, wies er die zitternden Hände mit dem Tuch liebevoll von sich, und, die Augen zum Himmel erhoben, sprach er: in Deine Hände empfehle ich meinen Geist.

Die beiden Henker beugten seinen Kopf unter das Schwert, die beiden Diener traten zurück, der Prinz aber sank ohnmächtig in die Arme seiner Begleiter.

Sie hoben ihn auf sein Bett, doch erst gegen Mittag kehrte sein Bewußtsein zurück.

Auf Weisung des Königs mußte Kattes verstümmelter Leichnam bis zum Abend vor des Prinzen Augen auf dem Schafott verbleiben.

Von seinem Bett aus erblickte der Prinz den nackten Oberkörper, aus dem der Halsstumpf herausragte, und den blutigen Kopf im Korb.

Sein Körper wurde von Fieber geschüttelt, er schluchzte voller Entsetzen, und seine Stimme gellte so durchdringend, daß die auf den Festungsmauern patrouillierenden Wachen für einen Augenblick erstarrt innehielten, dann verlor er wieder das Bewußtsein.

An die Wand seiner Zelle gekauert, weinte er zwei Wochen lang, schlief kaum, ließ es nur manchmal geschehen, daß man ihm zu trinken gab, Speisen wies er zurück; nachdem seine Tränen versiegt waren, blieb er noch monatelang stumm, und als er wieder anfing zu sprechen, sagte er nein, weigerte sich, das braune Gewand abzulegen, und als das Gewand an ihm zerschlissen war, grub sich der Schmerz in seine Haut ein.

Lieutenant Kattes Leichnam hatte man noch am selben Abend in den Sarg gelegt und innerhalb der Mauern der Küstriner Festung bestattet.

In meinem Zorn muß ich wohl ein wenig eingenickt sein, weil ich, nachdem sie das Telefongespräch beendet hatten, durch die Stille des reglos schweigenden Zimmers aufschreckte.

Ich glaube, daß er, nachdem er den Hörer aufgelegt hatte, noch minutenlang in seinem Sessel saß, nachdenklich, ich konnte nur die Stille wahrnehmen, jene Zwischenzeit der Stille, in der er das Gehörte und Gesagte geordnet und gespeichert haben mochte, und deshalb war es, als hörte ich nicht ihn und nicht die Stille seiner Gegenwart, sondern vielmehr deren Fehlen.

Und nach meinem plötzlichen Aufschrecken muß ich aus einem auf der Grenze zwischen Wachen und Träumen schwebenden Schlummer in einen tieferen Schlaf gefallen sein, aus dem ich geweckt wurde, als er, nachdem er meinen Körper ein wenig zur Seite gedrängt hatte, unter die Decke kroch. Er bohrte sich einen Platz, nistete sich ein, langsam und behutsam, um mich nicht zu wecken, ich aber hatte keine Lust, meine Position aufzugeben, kein Verlangen nach der geringsten Regung seiner wachen Nähe und überließ ihm nur soviel Platz, wie er sich erobert hatte, ich öffnete die Augen nicht und tat, als schliefe ich.

Eine Zeitlang lag er, ohne sich zu regen, an die Wand gepreßt, meine hochgezogenen Knie in seinem Bauch; ein wenig hätte ich durchaus nachgeben können, so als würde ich's im Schlaf tun, aber weil ich immer wacher wurde, tat ich desto eigensinniger, als schliefe ich.

Etwas mehr Platz könnte ich ihm schon lassen, sagte er laut, womit er mich entlarvte; er wußte, daß ich wach war.

Ich versuchte meine ganze Verkrampftheit abzuschütteln, um mich nicht noch mehr zu verraten.

Den einen Arm hatte er unter meinen Nacken gebohrt, mit dem anderen meinen Rücken umfaßt, er wollte mich an sich ziehen, aber mein hochgezogenes Knie vereitelte seine Absichten, weder bot es ihm genügend Platz noch die entsprechende Vertrautheit, um hier auszuruhen.

Dann schien es für eine Weile, als würde er sich mit der Unannehmlichkeit abfinden, sich an seine unmögliche Körpersituation gewöhnen, er rührte sich nicht mehr, atmete ruhig, die Stirn auf meine Schulter gelehnt, versuchte, den Schlaf herbeizuzwingen, um schließlich wütend aufzufahren und seinen Arm unter meinem Nacken wegzuziehen; paß bloß auf, sagte er, ich werde gleich alles auf die Reihe bringen, und indem er die Decke auch von mir herunterzerrte und mit sich fortriß, ließ er sich, an die Wand gedrückt, strampelnd vom Sofa rutschen.

Ich hörte, wie er sich auszog, hörte das Rascheln seines Hemdes, den Reißverschluß an seiner Hose und daß er seine Kleider hastig auf den Boden warf, sich über mich beugte, an meiner Hüfte herumfingerte, den Hosenknopf aufknöpfte, die Hosenbeine an den Knöcheln packte und herunterzerrte, ohne daß ich mich bewegte, mein Körper gab nur der Gewalt nach, dann zog er mir die Socken von den Füßen, fuhr mit der Handfläche unter meinen Hintern und zog mir, während er ihn anhob, die Hose aus.

An der Wandseite kroch er zurück, besser gesagt, er bewegte sich auf den Knien vorwärts, robbte auf das Sofa zu, um meine Hemdknöpfe zu fassen, und da das Spiel darin bestand, daß ich mich tot stelle, hatte er jetzt auch mehr Platz gewonnen; nur um den Preis, die Spielregeln zu verletzen, hätte ich mich bewegen, die Beine wieder anziehen und ihm den Platz streitig machen können, aber meine Beine hatten sich, während er mir die Hosen herunterzerrte, gestreckt, und so mußten sie bleiben.

Meine unter dem Kissen vergrabene Hand mußte er herausziehen, die im Ellbogen eingewinkelten Arme geradebiegen und hochheben, das Hemd, beschwert vom Gewicht meines Oberkörpers, unter meinen Achseln hervorzerren, er murrte, schnaufte und stöhnte, was ebenfalls zum Spiel gehörte, allerdings hatte ich mich so steif gemacht, daß ihm die Operation keineswegs leichtgefallen sein konnte.

Und als er auf der weichschwingenden Federung des Sofas endlich einen festen Halt gefunden und sich mit gespreizten Knien über mich gebeugt hatte, überflutete mich der Geruch seines Körpers fast brutal, schließt doch die Hülle der Kleider den Geruch des Körpers ein und hält ihn von der Außenwelt ab, doch sobald die Kleider abgelegt sind, strömt der zurückgestaute Atem des Körpers, wie hinter der Schleuse ein gestauter Fluß, in wilden und üppigen Kaskaden hervor.

Mein herausgezerrtes, ausgezogenes Hemd warf er irgendwohin, seufzend ließ er sich neben mich fallen, und da meine Arme parallel über meinen Kopf hinausragten, mein verdrehtes Handgelenk die Wand berührte, hatte ich ihm, ohne es zu wollen, auch auf dem Kissen Platz gemacht; dann griff er nach hinten, zerrte die zwischen unseren Beinen eingeklemmte Decke heraus, zog sie auf meinem Rücken zurecht, stopfte sie hinter seinem Rücken fest, das Fenster im Zimmer war offengeblieben, von dort drangen kleine kühle Luftwellen herein, mit lustvoll glucksenden Lauten wickelte er die Decke um unsere heißen Körper, und nachdem er seinen Arm unter meinen Nacken geschoben, mit dem anderen meinen Rücken umfaßt hatte, legte er seinen Kopf auf das Kissen direkt vor mein Gesicht.

Ich machte die Augen nicht auf, ja es gab sogar noch einen langen, abwartenden Augenblick, bis Körper und Körper sich berührten; die beiden Körper, parallel einander zugekehrt, warteten, daß jeweils der andere seine sich in Entschlüssen und Absichten äußernde Moral aufgebe, hatte er mich in Wirklichkeit doch nicht aus meinen Kleidern, sondern aus meiner Gekränktheit, meinem Stolz, meiner Verbitterung und meinem Zorn herausgeholt, aus meinem Wunsch, daß, wenn ich nicht bei ihm sein, nicht bei ihm bleiben könne, ich ganz ohne ihn bleiben wolle, und obwohl in dem Entkleidungsspiel meine Passivität die gestörte Gemeinsamkeit wiederhergestellt und neu geschaffen hatte, so verrieten meine Leblosigkeit vortäuschenden Gliedmaßen doch, daß ich dies alles gegen meine Überzeugung zuließ und keineswegs bereit war, meine kämpferische Position aufzugeben und mich seiner Nähe, seinem Duft, seiner Wärme auszuliefern, und so bezog sich das Ganze auf das Gespräch vom Vormittag, das auf dem Höhepunkt unserer gegenseitigen Gereiztheit unterbrochen wurde.

Doch auch seine Aktivitäten waren von nicht geringerer Doppeldeutigkeit, denn je kraftvoller und entschiedener sich eine Aktivität äußert, um so deutlicher verrät sie ihr Ziel; er hatte den Kopf vor mir gebeugt, hatte zwar nicht um Verzeihung gebeten, hatte aber seinen Stolz überwunden und Abbitte geleistet, von seinem Standpunkt aus bedeutete dieser ganze Annäherungs- und Entkleidungsakt, daß seine Gefühle, die er mir am deutlichsten mit seinem Körper zu zeigen vermochte, ihn die allerchristlichsten Gesten der Demut hatten vollführen lassen, was aber keinesfalls als Demütigung aufzufassen sei, wie ja auch die rituelle Fußwaschung keine ist, aber wenn ich nun nach alldem die sanften Aggressionen seiner Unterwerfung nicht erwidern sollte, dann würde auch er keinen Schritt weiter tun, hier war die Grenze, jenseits dieser Grenze gibt es bloß die abstrakte Moral, und die ist halsstarrig.

Und dann bewegte ich doch meine über den Kopf hinausragenden Arme, schob einen Arm unter seinen Nacken und umarmte ihn mit dem anderen, er aber drang, indem er mit seinem Knie meine Knie spreizte, mit seinem Schenkel zwischen meine Schenkel ein, sein Kopf lag auf meiner Schulter, seine Hüfte an meiner Hüfte, so daß die zwei einander zugekehrten Körper sich auf der ganzen Oberfläche berührten.

Sie berührten sich in einem solchen Reichtum der Instinkte, der Gefühle und der Wünsche, daß dieser nicht meßbare Bruchteil von Zeit, in dem sich Haut und Haut, Hitze und Hitze, Duft und Duft berührten – es wäre physisch unmöglich gewesen, sich auf einer noch größeren Oberfläche zu begegnen –, wie ein tiefes und schmerzliches Stöhnen der Glückseligkeit und des Auserwähltseins war, wie wenn zwei aufeinander bezogene entfernte Punkte sich nahe kommen; Parallelen im Unendlichen mögen sich so fühlen.

Die sich in der bloßen Berührung der beiden Körper offenbarende, Gegensätze überbrückende und selbst ihre moralische Haltung beugende Übereinstimmung war so stark und leidenschaftlich, als wäre sie die Erfüllung selber, ohne jedoch den Anschein vorzutäuschen oder zu erwecken, als vermöchte schon die Berührung unserer Körper zu befriedigen, was wir den Regeln der Vernunft zufolge nicht zu Ende führen konnten; daher möchte ich eigentlich sagen, daß beide Körper kühl das eigene Interesse wahrten, wechselseitig taktierten und sich gegenseitig in Schach hielten, als wollten sie sagen: Nur wenn du dich ohne jeden Vorbehalt gibst, werde ich mich der Unvernunft des Augenblicks überlassen; dieses Ineinandergleiten von Hitze und Kühle, Triebhaftigkeit und Nüchternheit, von Nähe und Ferne enthob die beiden Körper aber, die, in ihrer Begierde verfangen, dem Augenblick der Befriedigung entgegenstrebten, der Notwendigkeit, eine neue und vollständigere Übereinkunft zu suchen.

Unsicherheit wurde zur Sicherheit, so war es gut, der sehnsuchtsvolle Körper beobachtete die Wunschlosigkeit des Körpers, und je mehr Gutes er in dieser Beobachtung fand, um so mehr entspannten sich beide; vielleicht war ich es, der einige Minuten später einschlief, ich hörte noch, wie der Wind die vergilbten Blätter der Pappel manchmal mit einem leisen Geräusch aneinander rieb und wie sein Atem gleichmäßiger wurde.

Wir schliefen, einander umarmend, seine Brust an meiner Brust, seine Hüfte an meine Hüfte geschmiegt, sein Kopf an meiner Schulter, sein Haar in meinem Mund, unsere Beine ineinander verschränkt, unter der Decke; und nicht nur deshalb einander so nahe, weil das Sofa reichlich schmal war, sondern auch weil seine harte, mit Roßhaar gestopfte Oberfläche nach den Seiten hin ein wenig abfiel, wir hielten einander also auch im Schlafe fest, um nicht hinunterzurutschen.

Beide wachten wir gleichzeitig auf; und wie wenn jemand aus einer tieferen Schicht des Traumes aufschreckt, zuckte sein Körper auf meinem zusammen, wodurch ich geweckt wurde, und da mir Schulter und Arm unter dem Gewicht seines Kopfes und seiner Schulter vor Taubheit schmerzten, rückte ich fort von ihm, unwillkürlich die bequemere Lage suchend, nach der der Körper übrigens ganz von allein strebt.

Unsere Körper hatten sich getrennt, doch gleichzeitig empfanden sie jene friedliche Nähe und Übereinstimmung, in der sie bisher geruht hatten; zwar hatten sie sich nicht ganz, nur so weit getrennt, daß in die zwischen ihnen entstandene Luftritze ein etwas kühlerer Lufthauch eindringen konnte, die Außenwelt, und nur so viel, daß die Hitze der Körper fühlbar wurde.

Ich glaube, wir öffneten die Augen gleichzeitig, und weil sein Kopf von meinem Arm auf unser gemeinsames Kissen rutschte, sahen wir uns aus dieser geringen Entfernung in die Augen.

Da jede unserer kleinsten Regungen und Empfindungen identisch blieb, wurden wir uns jeder Regung und Empfindung erst bewußt, sobald sie sich in der Regung und Empfindung des anderen spiegelte; mein Auge fing den gleichen, neutral scheinenden Blick auf, mit dem ich ihn ansah.

Unser beider Schlaf war gleich tief und kurz gewesen; er hatte die Zeit ausgelöscht, so daß das Bewußtsein mit einem gewissen Nichtbegreifen zu dem zurückkehrte, was es verlassen hatte, was nicht unbedingt als Stumpfsinn, sondern umgekehrt auch als der größte Scharfsinn gelten kann, ich könnte mir denken, daß Säuglinge so in die Welt blicken.

Ich sah es an seinen Augen, daß er das gleiche in meinen Augen las, doch es waren keine Gedanken, im nächsten Augenblick lächelten wir gleichzeitig, auch das war so auffällig parallel und so direkt dem anderen entlehnt, daß ich sein Lächeln zu lächeln schien und er das meine, was wiederum die gleiche Wirkung bei uns auslöste; um uns dieser ungewollten und unerwarteten Nähe schamhaft zu entziehen, beugten, genauer, neigten wir unsere Köpfe einander zu, so daß Stirn und Stirn sich berührte.

Ich machte die Augen nicht zu und nahm an, daß er es auch nicht tat, sollte er es aber getan haben, so hatte er sie sofort wieder geöffnet.

Der Blick, noch benommen vom Schlaf, aber schon bereit,

in dieser gemeinsamen Heiterkeit zu seinen wachen Vorurteilen zurückzukehren, hatte jetzt Einsicht in das Dunkel unter der Decke, in die Welt der Sinne, als sähe er von oben in einen Keil hinein.

Zwei gleichsam auseinanderstrebende Körper bildeten die Seitenlinien eines Keils, zwei Brustkörbe, der eine, seiner, etwas flaumiger behaart, und die von der Anspannung des Liegens konkaven Bäuche, der eine flach und straff, der andere ein wenig rundlicher; und unten in der Spitze des Keils füllten die dunklen Hoden wie ein weiches Nest jenen Winkel aus, den die einander überschneidenden Schenkel als Keilspitze einschlossen, die Geschlechtsteile aber, das eine, seines, ein wenig länger und fülliger, das andere, meines, in seiner ruhigen Geschrumpftheit eher komisch, lagen im gleichen Frieden miteinander wie wir hier oben, einer im Arm des anderen.

Aber auch aufgrund des unterschiedlichen Körperbaus konnte die Geometrie nicht vollkommen sein, zudem lag ich etwas höher, und daher waren unsere Empfindungen eher ähnlich als identisch, seine Lage war etwas bequemer, das Gewicht seines Unterleibs lag nämlich auf meinem Schenkel, und um das Bild nicht allzu idyllisch zu malen, und warum sollte ich das, muß ich gestehen, daß mein Schenkel es kaum erwarten konnte, von dem Gewicht befreit zu werden; doch während wir so dalagen, trotz all dieser Beschwernis in einer der Vollkommenheit ähnlichen Identität, hatten wir den Eindruck, als richtete unser Blick, das fast geometrische Gefühl unserer Identität, sie auf; die übereinander gekreuzten Geschlechtsteile fingen an, sich langsam, kaum wahrnehmbar, aufzurichten, sie füllten, streckten, versteiften sich, die Eicheln kreuzten, verfingen sich und kippten übereinander weg, wobei das Gefühl der Wechselseitigkeit der Versteifung jeweils noch Antrieb gab.

Die sich in diesem Anblick zeigende Symmetrie, das Gefühl der Übereinstimmung schien so eindeutig, so entschieden, zugleich aber auch höchst belustigend, weil wir darin, obwohl es ein echtes Gefühl war, das Schema erkannten, nach dem unsere Gefühle funktionieren, die geradezu unerbittliche Mechanik unserer Instinkte; unsere Köpfe stießen zusammen, weil wir wie Ertappte unsere Blicke gleichzeitig abwandten und gleichzeitig anfingen, darüber zu lachen.

Es klang gar nicht wie ein Lachen, mehr wie ein Triumphgeschrei.

Wie ein Ausbruch der Freude und Roheit, der Freude über die Manneskraft, die durch das steif werdende Glied in vielerlei Hinsicht bestätigt wird, über dieses «Seht her, was für ein Mann ich bin», der Freude über die Dehnbarkeit des lebendigen Organismus, der Freude über die Zeugungsfähigkeit, der Urfreude über die Zugehörigkeit zum starken Geschlecht, ein Gelächter über die Entlarvung der primitiven Mechanik archaischer Instinkte, was wir Kultur nennen; Kultur, die den rohen Instinkten zu doppeltem Genuß verhilft, weil ich nicht nur fühle, was ich fühle, sondern es auch weiß, und es um so mehr fühle, als ich weiß, daß ich fühle.

Unser Geschrei war die Umsetzung unserer Freude und hauptsächlich unserer elementaren Roheit und Gewalttätigkeit in Töne, war Kommunikation, und nachdem die darüber empfundene, durch Humor vertiefte Freude sich inzwischen als größerer Lustgewinn erwies als das, was eine Manipulation durch Berührung an Befriedigung hätte erbringen können, und weil wir, wenn auch unbewußt, immer nach einem noch größeren Teil an Lust verlangen oder ihn zumindest anstreben, riß ich ihn an mich, er jedoch stieß mich brutal von sich, und wie zwei außer Rand und Band geratene, vernunftlose Tiere fingen wir an, uns auf dem Sofa zu balgen.

In der Realität gibt es weder vollkommene Symmetrie noch vollkommene Identität, ein gelegentliches Gleichgewicht unserer Verschiedenheit ist das beste, was wir erreichen können, und obwohl unser Streit kein ernsthafter war, wurde keine Umarmung daraus, hatte er mich doch von sich gestoßen, weil ich bisher, schon um den Anschein einer völligen Symmetrie zu wahren, die unbequemere Lage gewählt hatte, damit er um so bequemer in meinen Armen liegen könne, so als hätte ich ihm zu verstehen geben wollen, daß er der Schwächere sei, womit ich freilich auch gesagt hätte, er sei keineswegs so männlich, wie er tue, auch wenn ich die in dieser Körperlage sich zeigende notgedrungene Ungleichheit um meines größeren Genusses willen akzeptierte, weil es ja keine vollkommene Symmetrie gibt, bloß ein Streben danach, so wie es keine Bewegung gibt, die nicht einer entsprechenden Ergänzung bedürfte.

Es wurde ein Kampf daraus, und obwohl wir beide peinlich darauf achteten, daß es ein Spiel bliebe, wurde es ein immer gewalttätigerer Kampf, ging es doch letzten Endes darum, wer den anderen unterkriegt, herunterstößt, abwirft, also um einen auf jeden Ausgleich verzichtenden totalen Sieg; wir hatten uns in der Decke verheddert, die dann später heruntergerutscht sein mußte, weil wir uns nackt und verschwitzt herumbalgten, soweit es der Platz erlaubte, zunächst noch lachend, dann eher stumm, manchmal so etwas wie einen Kampfruf ausstoßend, um im nächsten Augenblick mit dem Triumphgeschrei eines möglichen Sieges den andern zu erschrecken, wir kugelten übereinander, verbissen uns, stießen uns mit den Füßen von der Wand ab, strampelten, zerrten uns an Händen und Füßen, das Sofa unter uns knarrte, die Federung quietschte, schnarrte, ächzte, und wahrscheinlich freute er sich mindestens in dem gleichen Maße wie ich über alle diese gegeneinander gerichteten brutalen Ausbrüche und gegenseitig zugefügten echten Schmerzen, die in diesem Kampf aus einer bisher unsichtbaren Unterwelt an die Oberfläche gedrungen waren.

Der Körper, der vorhin dem gegenseitigen Begehren einen so harmonischen und mit Händen zu greifenden Beweis geliefert hatte, fand jetzt, ohne daß wir selber die Veränderung und die in dieser Veränderbarkeit versteckten moralischen Gefahren bemerkt hätten, eine andersartige, wenn auch nicht weniger elementare Beschäftigung, sie veränderte das Gefühl, ja kehrte es gleichsam vollständig um: meine Muskeln und Knochen lernten, ohne jede Rücksicht auf zärtliche Gefühlsregungen, seine Knochen und Muskeln in der Sprache des Zorns kennen.

Bis ich laut ächzend vom Sofa rutschte.

Ich versuchte ihn mitzureißen, aber er stieß mir die Hand ins Gesicht und turnte, auf mein Gesicht gestützt, zurück aufs Sofa, und das war so in Ordnung, denn von uns beiden war ich der Empfindsamere.

Er kniete oben und grinste stumm auf mich herab, beide rangen wir laut nach Luft, dann warf er sich in plötzlicher Verlegenheit, konnte doch keiner von uns beiden mit der Niederlage oder mit dem Sieg etwas anfangen, auf den Rücken, und auch ich drehte mich auf dem weichen Teppich auf den Rücken; Stille trat ein, wir schöpften Atem, um uns zu beruhigen.

Und während ich unten lag, mit ausgebreiteten Armen, er aber dort oben, die Arme genauso ausgebreitet, nach Luft schnappte und seine Hand vom Sofa herunterhing, ich hätte sie, wenn ich mich nur ein wenig nach oben streckte, fassen können, die Hand! doch ließ ich es sein, ließ sie mir ins Gesicht hängen, so war es schöner, mit dieser kleinen Entbehrung, mit dieser jederzeit ausgleichbaren kleinen Entbehrung, war mir, als hätte ich diese Zimmerdecke schon einmal gesehen, mit dem sich am Fensterbogen brechenden Licht des späten Nachmittags, das in drei auseinanderlaufenden Streifen die vagen Schatten der schaukelnden Zweige draußen herumwirbelte – als hätte ich diese verrenkte, leblose Hand schon einmal gesehen, als wäre mir das alles schon einmal geschehen, diese ganze unglaubliche Geschichte.

Damals fand ich keine Erklärung dafür und hatte nicht einmal ernsthaft danach gesucht, obwohl ich innerlich keineswegs so weit entfernt war von diesem Bild, als daß ich es nicht begriffen hätte, doch wie es scheint, gibt das seine Erinnerungen speichernde Gehirn die gesuchten Daten manchmal nicht preis, läßt sie bloß ahnen, ohne sie zu benennen, und eigentlich ist es dankenswert, daß es mit der Benennung der aufeinander bezogenen geheimen Angaben zögert und es nicht eilig hat, eine ergötzliche Situation zu beenden; daß es sich rücksichtsvoll benimmt.

Vielleicht, wenn ich nach seiner Hand gegriffen hätte.

Weil er zweimal hintereinander, als müßte er eine tödliche

Beklemmung, ein Ersticken, einen herzzerreißenden Schmerz oder ein wahnsinniges Glücksgefühl aus sich herauslassen, aufschrie, so daß sich sein ganzer Körper von dieser qualverzerrten Stimme verkrampfte und sich gleichzeitig all seine Kraft im Brustkorb und in der Kehle staute; er schrie seinen Schmerz in die Stille des Zimmers hinein, was mich so unerwartet traf, daß ich, wie unter der Wirkung eines Schicksalsschlags, minutenlang unfähig zu einer Bewegung oder Hilfeleistung, dem Kampf des hingestreckten, schweren Männerkörpers untätig zuschaute; im Grunde glaubte ich, er mache mir etwas vor, spiele Theater, seine Hand hing immer noch herab, seine Augen waren offen, von glasigem Glanz und blicklos, seine Füße schlaff.

Er atmete tief, sein mit Luft gefüllter Brustkorb bebte und zitterte, und ein Zittern und Beben durchlief seinen ganzen Körper; ich sah, er wollte noch einmal, ein drittes Mal, aufschreien, vielleicht würde er dann aus sich herausschreien, was er zweimal nicht gekonnt hatte und was ihm sonst das Herz zerreißen würde.

Vielleicht war ich auch deshalb zu jeder vernünftigen Bewegung unfähig, weil der Anblick schön war.

Doch diese Luft konnte er nicht wieder herausschreien, es war, als sei das gesamte Oxygen von den bis zum Bersten gefüllten Lungenbläschen aufgesogen und neue Luft könne nicht mehr aufgenommen werden, als wolle der vom Erstikken bedrohte Körper sich aufrichten, aufspringen, weglaufen oder sich einfach aufsetzen, ich weiß es nicht, aber als habe er wegen des Oxygenmangels gerade dazu nicht genügend Kraft, so daß jetzt nur noch die leeren Reflexe einen Scheinkampf miteinander führten, bis ihm endlich die krampfhafte Muskelanstrengung einen hohen, trotzdem von tief unten kommenden Laut aus der Kehle preßte, ein Wimmern, ein keuchendes, verzweifeltes, japsendes Wimmern, das um so gleichmäßiger wurde, je mehr er zu Atem kam.

Hemmungslos, laut und zitternd weinte er in meinen Armen.

Wir hätten allen Grund, den weisen Erfindungsgeist unserer Muttersprache zu loben, die von aufbrechenden Schmerzen spricht, weiß doch die Sprache alles über uns, stimmt es doch, daß eine Bemerkung gallig ist, daß die Haare zu Berge stehen und daß einem das Herz bricht, in diesen festen Wortverbindungen verdichtet sie jahrtausendealte menschheitsgeschichtliche Erfahrungen, und so weiß sie stellvertretend für uns, was wir nicht wissen oder nicht zur Kenntnis nehmen wollen; ich fühlte mit den Fingern, mit der Handfläche auf seinem Rücken, daß in seinem Inneren, in den Hohlräumen seines Körpers, tatsächlich etwas zu bersten drohte, als rissen die Hüllen eines schleimigen Organs.

Meine Finger, meine Hand sahen hinein in das lebendige Dunkel seines Leibes.

Sein Schluchzen brach mit jedem Anfall von neuem hervor, und immer noch gab es etwas, was aus ihm heraus wollte.

Unter den Verkrustungen der Zeit brachen Jahre auf.

Halb sitzend neigte er sich zu mir, der ich ihn, auf dem Sofarand kauernd, ungeschickt an mich zog, die Stirn auf meiner Schulter, ergossen sich die heißen Wellen seiner Tränen über meine Brust, seine Nase bohrte sich in mein Schlüsselbein, und seine von Schleim und Rotz nassen Lippen klebten glitschig auf meiner Haut; natürlich flüsterte ich ihm allerlei törichtes Zeug ins Ohr, wünschte ihn zu beruhigen, zu trösten, bis ich spürte, daß ein anderer Körper seinem Körper nicht nur keine Kraft zu geben vermochte, sondern daß jede sogenannte überströmende Liebe jene Kräfte, die heraus mußten, geradezu verdrängte, ja zurückstaute, daß er daher weinen müsse, ja, sagte ich, er solle nur weinen, und mit meiner Stimme, meinem ermattenden Körper versuchte ich, seinem Weinen zu helfen.

Wie lächerlich war doch unser ganzes theoretisches Geschwätz.

Zum erstenmal fühlte ich, was ich ja schon wußte, daß er sich mit all seinen hinter nüchterner Zurückhaltung versteckten Kräften an mich klammerte, in den kurzen Pausen des Weinens klebten seine Lippen auf meiner Haut, in seiner Qual wurde, was ein Kuß hatte werden sollen, fast zu einem

Biß, zum erstenmal mußte ich fühlen, daß ich ihm fast nichts zu geben hatte, weshalb ich seine Hand abschüttelte; was er ganz natürlich fand, was mich aber veranlaßte, doch noch das Unmögliche zu versuchen.

Nachdem er sich ein wenig beruhigt hatte und die Pausen kindlichen Schluchzens zwischen den immer wieder aufbrechenden Weinkrämpfen länger wurden, schien ein alt gewordenes Kindergesicht auf einem erwachsenen Männerkörper zu sitzen.

Ich bettete ihn und deckte ihn zu, wischte die verschmierten Tränen und den Rotz von seinem Gesicht, ich wollte sein Gesicht so nicht sehen; ich setzte mich auf den Rand des Sofas, ergriff seine Hand, tat, was dem Stärkeren zu tun obliegt, und genoß dieses Trugbild von Kraft sogar ein wenig, später, als er sich ganz beruhigt hatte, sammelte ich unsere verstreuten Kleidungsstücke vom Boden auf, zog mich an und schloß das Fenster.

Wie ein schwerkrankes Kind, das die Fürsorge der Mutter um sich spürt, nickte er ein, bis er endlich fest schlief.

Ich saß in seinem Sessel an seinem Schreibtisch, unberührt lag meine Feder im schwindenden Licht auf den Papieren, auf welchen ich mit der Niederschrift der Theateraufführung begonnen hatte; ich starrte durchs Fenster, und als er anfing, sich zu bewegen, und erwachte, war es vollkommen dunkel geworden.

Der Kachelofen hatte das Zimmer inzwischen wieder erwärmt; wir waren beide bedrückt und schwiegen.

Ich machte kein Licht, tastete im Dunkeln nach seinem Kopf und sagte, wenn er Lust habe, könnten wir spazierengehen.

Er habe überhaupt keine Lust, sagte er, er wisse nicht, was mit ihm passiert sei, am liebsten würde er sich ins Bett legen und schlafen, aber wir könnten natürlich auch einen Spaziergang machen.

Diese Stadt inmitten eines gepflegten europäischen Parks war, um den Gedankengang seiner verblüffenden Hypothese aufzunehmen und mit meinen eigenen Eindrücken zu ergänzen, in meinen Augen viel eher das seltsame Denkmal einer nicht wiedergutzumachenden Zerstörung als eine echte, lebendige Stadt; eine mit erschreckendem Kunstverstand konservierte Ruine in einer romantischen Parkanlage, denn eine wirklich lebendige Stadt ist niemals nur die bloße Versteinerung einer nicht bereinigten Vergangenheit, sondern ein aus dem steinernen Becken der Tradition ununterbrochen austretender und sich immer von neuem für Jahrzehnte und Jahrhunderte verfestigender, aus der Vergangenheit in die Zukunft wälzender Strom, ein versteinertes Vorwärtsdrängen und Pulsieren, eine Kontinuität, die ihr endgültiges Ziel zwar nicht kennt, und doch ist man gewohnt, gerade diese in vieler Hinsicht verantwortungslose, den Forderungen des Augenblicks profitgierig zugewandte, experimentierende, überbordende, zerstörerische wie aufbauende, unstillbar gefräßige Lebensgier so oder so, verurteilend oder zustimmend, als die innere Natur einer Stadt zu bezeichnen, als ihre Mentalität; diese Stadt jedoch oder zumindest die mir bekannte Hälfte hatte nichts mehr von diesen als typische Stadt-Erotik geltenden Eigenschaften, hatte sie weder bewahrt noch entfaltet, höchstens notgedrungen geflickt und sterilisiert, oder schlimmer noch, sie hatte ihre Vergangenheit schamhaft ausgelöscht, sie war zu einem Wohnort geworden, zum Unterschlupf, einem nächtlichen Schutzraum, einem riesigen Schlafsaal, und dementsprechend war sie abends nach acht endgültig ausgestorben, ihre Fenster waren dunkel, und hinter den zugezogenen Vorhängen war nur das blauviolette Licht der Fernseher zu sehen; das Licht jener kleinen, inwendigen Fenster, durch die ihre Bewohner irgendwie in eine lebensvollere Welt sehen konnten, über die Mauer hinüber; nach meiner Erfahrung sahen sie nämlich viel öfter die Sendungen von drüben an als die hiesigen Bilder, und auf diese Weise isolierten sie sich genauso vom Schauplatz ihres wirklichen Lebens, wie das auch Melchior versuchte; aus höchst verständlichen Gründen sahen sie lieber hinüber in jene unwirkliche, sie bis ins Mark erregende fremde Welt, als daß sie sich selbst betrachtet hätten.

Und wenn wir um diese Zeit oder noch später, manchmal sogar tief in der Nacht, uns von unserem Hochsitz im fünften Stock herunterließen auf die toten Straßen, ließ uns der Widerhall unserer Schritte die an niemanden und an nichts gebundene Einsamkeit und unser unendliches Aufeinander-Angewiesensein noch stärker empfinden als dort oben, wo uns hinter der verschlossenen Tür immer noch jene Illusion geblieben war, daß wir eben doch in einer Stadt und nicht auf dem Gipfel eines zum Kriegsdenkmal erklärten Steinhaufens leben.

Gewisse höherentwickelte Säugetiere, Katzenarten, Füchse, Hunde und Wölfe, markieren mit ihrem Harn und Kot das Hoheitsgebiet, das sie für sich beanspruchen, sie verteidigen es und betrachten es als ihr Herrschaftsgebiet; andere, niedrigere und weniger kämpferische Arten bewegen sich auf oder innerhalb von bestimmten Gängen, so Maulwürfe, Mäuse, Ameisen, Ratten, gepanzerte Käfer und Eidechsen, und wir, den letzteren ähnlich, unserem kulturellen Wissen, dem aufgezwungenen Respckt vor der Tradition und einer bürgerlichen Erziehung unterworfen, wählten wie unter einem biologischen Zwang, von unserem empfindlichen Geschmack gelenkt, mit der halbherzigen Lust von Intellektuellen des Fin de siècle vom Ästhetischen fasziniert, dem Schönheitsideal der Blumen des Bösen, jene Gänge, die in dieser Stadt überhaupt geeignet erschienen für Spaziergänge im herkömmlichen Sinne.

Wenn jemand in seiner Bewegungsfreiheit eingeengt ist, wird er, um wenigstens den Anschein der persönlichen Freiheit zu wahren, sich veranlaßt sehen, innerhalb dieser Begrenzungen sich selber Begrenzungen aufzuerlegen.

Bei unseren abendlichen oder nächtlichen Spaziergängen verirrten wir uns nicht einmal zufällig in die neuen Wohnviertel, in denen wir nur der brutalen Wirklichkeit einer freudlosen Öde begegnet wären, einer jeder Individualität ermangelnden Ideologie, die den Menschen als Arbeitstier betrachtet und ihn, ausgedrückt in der Sprache der Architektur, entsprechend seiner eng begrenzten Aufgaben, wie der notwendigen Ruhepausen, der Fortpflanzung und der Aufzucht des Nachwuchses, in sterile Betonkästen verweist; nein, nicht in diese Richtung! mit diesem Ausruf wählten wir stets Straßenzüge, wo immerhin noch etwas zu sehen, zu spüren, zu riechen war von einer wenn auch zerstörten und dem weiteren Verfall preisgegebenen, geflickten, geschwärzten, zerfallenden Individualität.

Man könnte behaupten, daß wir uns zwischen den Kulissen einer Persönlichkeitstragödie von europäischen Ausmaßen bewegten, doch schließlich mußten wir zwischen dem Trostlosen und dem noch Trostloseren wählen, und darin allein bestand der Anschein unserer Freiheit.

Wir konnten die Prenzlauer Allee entlanggehen, ab und zu ratterte eine leere Straßenbahn an uns vorbei, manchmal ein Trabant, der aus seinem Zweitaktmotor kleine giftige Gaswolken verpuffte – und auch eine Allee war es eigentlich nur mehr dem Namen nach –, bis wir, nach einem Weg von einer guten halben Stunde, nachdem wir ein von Bomben zerstörtes, von Unkraut und Sträuchern überwuchertes, häuserblockgroßes Grundstück umgangen hatten, in die Ostseestraße einbiegen konnten oder noch lieber in die entferntere Pistoriusstraße, in der wir, an dem nach dem heiligen Georg benannten alten Pfarrfriedhof vorbei, nach einem Fußweg von weiteren zwanzig Minuten durch allerlei gewundene Sträßchen den Weißensee erreichten.

Dieser winzige See, auf dessen schmutzig-dunklem Wasser tagsüber träge Schwäne mit verschmutztem Gefieder und flinke schwarze Wildenten herumschwammen und nach hineingeworfenen Brotstücken tauchten, wird von einer an einen Park erinnernden Baumgruppe umgeben, aus der früher ein Sommerschloß emporragte, heute steht an seiner Stelle ein anspruchsloses Gebäude mit einem Bierausschank.

An jenem Sonntagabend wählten wir den kürzeren Spaziergang und bogen aus der Kollwitz-, früher Weißenburgerstraße, in welcher ich mir in meiner sich mehr und mehr verwickelnden Geschichte den Wohnort jenes jungen Mannes vorstellte, der im letzten Jahrzehnt des vorigen Jahrhunderts nach Berlin gekommen war und von dem ich aufgrund von Melchiors Erzählungen annahm, er sähe mir etwas ähnlich, in die Dimitroffstraße ein.

Melchior ahnte natürlich nichts davon, daß ich mein Leben verdoppelt, ja vervielfacht an seiner Seite lebte, dem Anschein nach liebte auch ich diesen zu einem friedlichen Schlendern geeigneten Weg, weil die breite, kurvenreiche Dimitroffstraße nach einem Fußweg von kaum zehn Minuten den Spaziergänger auf die schmalen, gewundenen Wege des Friedrichshains führt, unter seine Bäume, was für mich aber nicht nur angenehm war, gaukelte mir doch meine Phantasie im undurchdringlich nächtlichen Schatten der Bäume insgeheim eine Menge kleiner, finsterer Szenen vor.

In jenen Wochen bummelte ich an den Vormittagen nach den Proben immer öfter mit Thea durch die Gegend.

Es war Herbst geworden, und es wurde früher dunkel, die im künstlichen Licht des Probenraums verbrachten endlosen Stunden, die Wanderungen mit Thea in der Dämmerung über die Wiesen in der Umgebung, die Abende und Nächte mit Melchior in der Stadt drängten die wirkliche Zeit meiner Tage dicht zusammen, unglaublich dicht; manchmal ertappte ich mich dabei, wie ich, wenn ich Melchior berührte, an Thea dachte, und umgekehrt, wenn ich mit Thea friedlich am Ufer eines Sees im kühlen Grase saß, fehlte mir Melchior so sehr, daß meine Phantasie ihn mir herbeizauberte; träge und einander fremd verknäuelten und entwirrten sich beide, zugleich aber isolierte mich diese von der Phantasie nicht begehbare unbekannte Welt unversehens von meiner Vergangenheit wie von meiner Zukunft, was als wahre Wohltat zu empfinden ich nicht umhin konnte.

Übrigens, wenn jemand aus einer Theaterprobe, sei er dort Beobachter oder Beteiligter, nachmittags um drei endlich auf eine gewöhnliche, kaum erwähnenswerte, sonnenbeschienene oder bewölkte, windige oder verregnete Straße hinaustritt und zwischen zweckentsprechend erbauten, von lebenden Menschen bewohnten Häusern steht, auf deren Gehweg die unterschiedlichsten Menschen, seien sie schön oder häßlich, fröhlich oder trübsinnig, alt oder jung, elegant oder ungepflegt, doch alle mit einer aus tief innerer Überzeugung stammenden Entschlossenheit, als horchten sie unentwegt auf die unsichtbar tickende Zeit, mit ihren Handtaschen, Einkaufsnetzen, Aktentaschen und Paketen ihren Angelegenheiten nacheilen, irgendwo hineingehen und wieder herauskommen, auf der Fahrbahn ihren Wagen lenken, aussteigen und weitergehen auf dem Trottoir, kaufen und verkaufen, sich mit vorgetäuschter oder echter Freude begrüßen, um sich bald wieder gleichgültig, verärgert, vielleicht sogar mit einem schmerzlichen Seufzer voneinander zu verabschieden, am Bratwurststand ihre Würste in Senf tunken und hineinbeißen, daß es knackt und der Saft unter der prallen Haut hervorspritzt, während aufdringliche Spatzen und erregt aufgeplusterte Tauben nach den hinabfallenden Krümeln Ausschau halten, und wenn mit anderen Menschen überfüllte Straßenbahnen und Lastwagen rasselnd unter der Last ihrer aus den verschiedensten rätselhaften Gegenständen bestehenden Ladung vorüberholpern – dann ist alles so beunruhigend unwirklich, als wäre nicht dieser Anblick der echte, wirklichkeitsgetreue; die Bewegung, die Schönheit, die Häßlichkeit, das Glück oder die Gleichgültigkeit hier auf der Straße sind nämlich nicht Zeichen oder Verdichtungen einer möglichen ganzen, sich aus nacherlebbaren Gefühlen nährenden Bewegung, sondern sind gerade dadurch unwirklich, daß sie, selbst die größte Bewußtheit vorausgesetzt, sich der eigenen Wirklichkeit nicht bewußt sein können; der eilige Mensch auf der Straße, sei er ein in den psychologischen Wissenschaften erfahrener Professor, sei er ein Gelegenheitsarbeiter, möglicherweise auch eine Prostituierte auf Männerfang, paßt, ähnlich dem Berufsschauspieler, seinen Gesichtsausdruck und seine Bewegungen auf die genaueste und natürlichste Weise seiner Umgebung an, was soviel bedeutet, daß er sich einerseits durch Angleichung an die Straße neutralisiert, also den moralischen Spielregeln gesellschaftlichen Verhaltens peinlich genau folgt, daß er andererseits, Lichtverhältnisse und Lufttemperatur berücksichtigend, den eigenen Körperrhythmus bewahrt und ihn zugleich dem Rhythmus des Verkehrs unterordnet, daß er die Zeit beachtet, die eigene Zeit natürlich, seine Bewegungen jedoch nur auf eine sehr kleine Einheit der Zeit einstellt, fast nur auf die Dauer eines flüchtigen Augenblicks; gemeinsame Umstände und gemeinsam vereinbarte Prinzipien regeln für die Übergangszeit, in der dieses Leben stattfindet, all das, was er tut oder nicht tut, denn er tut, was er tut, nicht vom Gesichtspunkt des gesamten Lebensablaufs wie auf der Bühne, wo gemäß den Regeln der Tragödie oder Komödie in der geringsten Bewegung das ganze Leben, Geburt und Tod, enthalten ist, ja, enthalten sein muß; da die Zeit aber aller Wahrscheinlichkeit nach auch Perspektive ist, hat der Mensch auf der Straße nur einen sehr geringen, praxisbezogenen Blick auf sich selber, und deshalb ist diese Wirklichkeit so unwirklich für jemanden, der mit dem an die größere oder wenigstens universellere Perspektive der Bühne gewöhnten Blick auf die Straße tritt.

In solchen Fällen ging Thea in ihrem kurzen, weichen, offenen roten Mantel, den man früher eine Kulijacke nannte, rasch auf die andere Straßenseite zu ihrem Wagen und winkte, den Autoschlüssel in der Hand, fragend und zugleich auffordernd herüber, ob ich einsteigen wolle; die Frage galt mir, die Aufforderung sollte den anderen anzeigen, daß wir es eilig hätten, einer gemeinsamen Sache wegen, und sollte meinen Abschied beschleunigen, wußte sie doch, daß ich fast immer bereit war mitzufahren.

Frau Kühnert lieferten wir bei solchen Gelegenheiten zu Hause in der Steffelbauerstraße ab, manchmal aber ließen wir sie auch einfach vor dem Theater stehen.

Wenn jemand, allein oder in Gesellschaft von anderen, nachmittags um drei aus dem Hinterausgang eines Theaters auf die Straße tritt und sich plötzlich in jenem absurden Zustand von Unwirklichkeit vorfindet, zudem die Straße viel zu hell ist, bieten sich ihm zwei Möglichkeiten an, entweder spaziert er sofort in diese jämmerlich kleinkarierte, perspektivenlose, aber dennoch über handgreiflichere Perspektiven und meßbare Zeiten verfügende Welt hinein, und ohne über den

Zusammenhang von Augenschein und Realität nachzugrübeln, was seine Aufgabe wäre, ißt er schnell etwas, obwohl er nicht hungrig ist, trinkt etwas, auch wenn er keinen Durst hat, kauft ein, obwohl er keinen besonderen Bedarf hat, und während er sich ganz auf seine fundamentalen Lebensfunktionen und seinen Wunsch nach Besitz zurückzieht, ist er so in der Lage, sich künstlich in die mit kleinen Aussichten, noch kleineren Einsichten und winzigen Perspektiven funktionierende Lebensrealität zu versetzen – oder er flüchtet, um seine unrealistische Betroffenheit vor einer als real definierten Welt abzuschirmen, zu verteidigen und zu beschützen, einfach aus den rücksichtslos beengenden Kulissen der Zeit, auch wenn er nicht weiß, wohin.

Ich hatte es nicht begriffen oder wollte nicht begreifen, daß ich in der Wirklichkeit des Unwirklichen lebte, obwohl der Zusammenhang in jeder von Theas Gesten gegeben war, hier vor meiner Nase, in mir selber, doch ohne daß ich es als Realität akzeptieren konnte, und so wagte ich es nicht, das Erlebnis Realität zu nennen.

Ich war ein willfähriges Kind meiner Zeit, angesteckt von den herrschenden Ideen der Epoche, sehnte auch ich mich danach, endlich jener wahren und nicht verfälschten Wirklichkeit habhaft zu werden, in der zwar alles Einmalige und Persönliche enthalten ist, die aber selber weder einmalig noch persönlich ist; die verschiedensten Philosophien, Zeitungsartikel und öffentlichen Reden sprachen von irgendeiner Wirklichkeit, die man packen, der man nachstreben müsse, und ich hatte ein sehr schlechtes Gewissen, denn wohin ich auch immer griff, ich fand immer nur meine eigene Wahrheit, da aber die ideale Wahrheit, die als vollkommen und vollständig ausgegebene Wahrheit, nirgends zu finden war, hatte ich das Gefühl, daß meine Wahrheit, sei sie noch so aufdringlich robust, noch so mörderisch oder auch freudenspendend und für mich daher vollständig und vollkommen, nicht die Wahrheit sei, sondern nur die Wahrheit der falschen Wirklichkeit.

Seltsamerweise fühlte und wußte ich genau das, was ich wissen und fühlen mußte, und trotzdem fragte ich mich unaufhörlich, was also die Wahrheit sei, wenn meine Wahrheit nicht die Wahrheit ist, was bin ich in dieser in meinem Innern gefühlten Nicht-Wahrheit, fragte sich mein nüchtern gebliebener Verstand, doch waren alle meine Fragen umsonst, da ich letzten Endes glaubte, daß die Unwirklichkeit keine Wahrheit ist, glaubte, ich sei irgendein komischer Übergang zwischen Wirklichkeit und Wahrheit, während das Ideal unerreichbar über meinem Kopfe throne und gegen meinen Willen über mich herrsche, beispielhaft und despotisch, denn ich paßte nicht hinein, weder repräsentiere es mich, noch würde ich es je erreichen, weil es so mächtig war, daß ich nicht würdig wäre, mich mit seinem Namen zu schmücken, also bin ich nichts als ein nichtswürdiger Wurm, so hätte ich von mir denken müssen, wäre der Mensch zu einer Selbsterniedrigung diesen Ausmaßes überhaupt fähig daß ich aber trotz aller meiner Proteste so von mir dachte, bedeutete, daß die ideologische Vergewaltigung der Epoche, ohne daß ich es merkte, ihr tiefstes und angelegentlichstes Ziel bei mir und mit mir erreicht hatte; ich verzichtete freiwillig auf das freie Verfügungsrecht über mich.

Thea hatte keine Ideale, besser gesagt, ihre Ideale wurzelten in ihren Instinkten, auch glaube ich nicht, daß sie überhaupt über Ideale nachdachte, aber gerade deshalb wehrte sie sich so heftig gegen einen Theaterstil, der das Hineinversenken oder Durchleben der Rolle verlangte, sie war nicht willens, das unwirkliche Erlebnis ihrer eigenen Gefühlswirklichkeit, all das, was in einem Menschen lebendig und blutvoll und übrigens auch die Keimzelle aller Ideale ist, zu einem Werkzeug zu korrumpieren, sie als Werkzeug in eine von anderen als Wirklichkeit ausgegebene oder aufgrund bestimmter Vereinbarungen als Wirklichkeit akzeptierte, sorgsam umgrenzte, enge und unbequeme ästhetische Form zu zwängen; diese Vorgehensweise hätte sie als schamlos und falsch, als lächerlich und verlogen empfunden, denn sie fragte sich nicht, wer sie selbst sei, sie mußte sich in ihren Gesten verwirklichen, was eine ungleich riskantere Aufgabe war, als nur in einem Satz gegenwärtig zu sein, sie demonstrierte als freier

Mensch, in eigener Person, einfach und losgelöst von jedem epochalen Zweifel all das, was uns gemeinsam ist, weil sie wußte, daß es keine Neigung, keine Eigenschaft, keinen Zug ihres Gesichts oder ihres Körpers gab noch geben konnte, in dem dieses Gemeinsame nicht enthalten wäre.

Wenn ich an solchen Nachmittagen mit ihr zusammen war, dann half sie mir, ja drängte mich geradezu mit ihrem Wesen, mit allem, was sich aus ihrer instinktiv erwählten inneren Freiheit als Gestus äußerte, aus dem Chaos meiner irregeleiteten Ideen heraus.

Letzten Endes war meine Ähnlichkeit mit Thea in vieler Hinsicht groß.

Im Gegensatz zu Frau Kühnert oder selbst zu Melchior, die sich mit ihrer Leiblichkeit, mit ihrem Leben den zu verborgenen und überraschenden Tiefen führenden Weg verstellten, glaubten wir, nur dort, unten bei den im Schlamm der Gefühle gründenden Wurzeln, beim Ursprung, den Sinn unserer Existenz zu finden.

Ich war davon überzeugt, daß ich – auch wenn ich dumm und ungeschickt wäre, gemein, häßlich, unbarmherzig, schmeichlerisch und intrigant, alles, was man von ästhetischen, geistigen oder moralischen Gesichtspunkten aus als minderwertig anzusehen hat – meine ästhetische, geistige oder moralische Minderwertigkeit, meine zur geistigen Sünde tendierenden Neigungen damit ausgleiche, daß meine Gefühle nicht zu täuschen und unbestechlich sind, erst fühle ich und dann denke ich, weil ich nicht so feige bin wie jene, die zuerst denken und sich erst hinterher erlauben, den geltenden Regeln entsprechend zu fühlen; daher weiß ich in letzter Instanz und unwiderruflich, was gut und was böse, was erlaubt und was nicht erlaubt ist, weil in mir das moralische Empfinden kein vom Gefühl unabhängig schweifendes zwanghaftes Wissen ist; ich kämpfte also genauso verbissen wie Thea um den Vorrang der Gefühle, auch ich wollte sie als Werkzeug benutzen wie sie mich, auch ich wollte, daß wir, entgegen jeder feigen Konvention und jedem banalen moralischen Verbot, den inneren Strom unserer Dreierbeziehung wenigstens erforschen, und auch ich konnte die Hoffnungslosigkeit unserer Situation nicht akzeptieren, hätte ich mir doch damit den Irrtum meiner unbeirrbar geglaubten Gefühle, mein moralisches Versagen eingestehen müssen.

Und ist es nicht komisch, daß der Mensch sich lieber den Kopf abschlagen läßt, als sich ein Geständnis abzuringen, das eine so peinliche Niederlage bezeugt.

Mit dem Anlasser mußte sie sich immer lange abmühen und fluchte, ob sie sich noch bis in ihr hohes Alter mit so einer verdammten Scheiße abgeben müsse.

Und welch seltsamer Umstand auch, daß ich glaubte, bei Melchior frei zu sein, obwohl ich die schicksalhafte Abhängigkeit meines Körpers von ihm als Gefängnis empfand.

Überhaupt, von dem Augenblick an, da sie unter dem Krimskrams im Handschuhfach, nicht selten auch zwischen den Ritzen der Sitzpolster ihre gräßliche Brille hervorkramte, der ein Bügel fehlte, sie aufsetzte und, den Kopf zurückgeworfen, umständlich auf der Nase balancierte, dabei immer noch mit dem Anlasser beschäftigt, dann endlich anfuhr, bestimmte eine seltsame und für mich höchst anziehende Mischung von sacheifrigem Dilettantismus und arroganter Unaufmerksamkeit, ja Kopflosigkeit ihre Bewegungen; einerseits achtete sie überhaupt nicht auf das, was sie tat, immer wieder versank sie ins Grübeln, verlor den Kontakt zur Straße und zu den sich im Motor vollziehenden und auf dem Armaturenbrett überprüfbaren Abläufen, andererseits erschrak sie, wenn sie sich bei ihren Fehlleistungen ertappte, durch die wir nicht selten in lebensgefährliche Situationen gerieten, und voller Eifer, wie ein kleines Mädchen, bemühte sie sich, die Sache wieder zurechtzubiegen, wobei sie die durch ihre Bewegungen beim Fahren nach vorn gekippte oder gar heruntergerutschte Brille behinderte.

Trotzdem fühlte ich mich an ihrer Seite in Sicherheit, wenn ich zum Beispiel sah, daß sie eine sich nähernde Kurve nicht bemerkte oder die Trennungslinie nicht beachtete und der Gegenverkehr zu dicht war, um fortgesetzt auf der Überholspur zu bleiben, es genügte dann, daß ich ruhig darauf hinwies, wie glatt oder wie naß, wie gerade oder kurvenreich die Fahrbahn sei, und schon korrigierte sie sich; es stimmte schon, meine Sicherheit war von seltsamer Art, ruhte doch der Grundgedanke meines Lebensvertrauens in tieferen Bereichen als den Verkehrsregeln, vom ersten Augenblick an mußte ich mein Leben abschreiben und mir sagen, mein Gott, wenn ich sterbe, sterbe ich eben, und mich damit gleichsam jenem humoristischen Element anheimgeben, das ihr Fahrverhalten bestimmte und dem zufolge ihr Vertrauen in die Ganzheit ihres Lebens viel zu stark war, als daß sie sich um die kleinlichen Forderungen der unmittelbaren Sicherheitsvorschriften hätte kümmern können; sie war mit anderem beschäftigt, sie würde nicht beiläufig und dumm zu Tode kommen, und ohne daß sie die Götter oder die Vorsehung in unsere Angelegenheit verwickelt hätte, drückten ihre Bewegungen aus, daß der Mensch niemals infolge von Unaufmerksamkeit zu Tode kommt, der Tod hat selbst dann eine andere Ursache, wenn es den Anschein hat, als wäre irgendeine Unaufmerksamkeit seine unmittelbare und auslösende Ursache, nein, so steht es bloß in den Zeitungen, es gibt keine Aufmerksamkeit oder Vorsicht, die uns retten würde, es gibt keine noch so umsichtige Wachsamkeit, die uns vor unseren kleinen Unfällen schützen könnte, immer ist es ein Zufall, wenn wir uns mit dem Messer in die Hand schneiden, zufällig treten wir in Glasscherben, auf eine Muschel, einen Nagel, doch nicht annähernd so zufällig sterben wir; mit dieser auf das Ganze des Lebens bezogenen Schlußfolgerung befand ich mich in völliger Übereinstimmung mit ihr, auch wenn ich mich mit den Füßen ein wenig fester gegen den Sitz stemmte, ein etwas lächerliches Beispiel für die Möglichkeit und Unmöglichkeit der Selbstaufgabe und daher komisch genug, um sich darüber zu amüsieren.

Rasselnd und rumpelnd, voller Getöse fuhren wir hinaus aus der Stadt.

Hätte ich später, am Vorabend meiner endgültigen Abreise aus Berlin, meine über die Proben angefertigten Notizen nicht vernichtet, dann wäre die Veränderung, die sich nach meiner Beobachtung in Thea vollzog, fast von Tag zu Tag zu verfolgen, zu dokumentieren gewesen; in letzter Zeit war sie schweigsam geworden, leise und zurückhaltend, für gewöhnlich fuhren wir wortlos dahin.

Daß ich die Notizen vernichtete, sie in Melchiors weißem Kachelofen verbrannte, daran hatte auch Frau Kühnert einen nicht geringen Anteil, die mich, beobachtend, wie sehr sich meine Beziehung zu Thea vertiefte, mit der Wut ihrer kaum verhohlenen Eifersucht, zugleich mit der geheuchelten Demut eines Menschen, der sich ergeben ins Unvermeidliche schickt, attackierte, indem sie mir einzureden versuchte, daß das, was ich als seltsame und aufregende Veränderung an Thea wahrnehme, nicht das geringste zu bedeuten habe, ihr jedenfalls hinge es schon zum Halse heraus, so sehr langweile sie das Ganze, doch zum Glück würde ich gar nicht merken, daß ich in Wirklichkeit nur ein Werkzeug in Theas Händen sei, ein Mittel zum Zweck, das sie benutze, um es nach Gebrauch wegzuwerfen; glücklicherweise, sagte sie, würde ich ihr auf diese Weise wenigstens gewisse Lasten abnehmen und sie ein wenig vertreten, sie kenne Thea nämlich seit zwanzig Jahren, ja, sie dürfe behaupten, daß sie seit zwanzig Jahren ihr Leben begleite, infolgedessen könne sie mir mit der Genauigkeit eines Fahrplans auf Tag, Stunde und Minute voraussagen, was sie wann tun werde, und wenn sie nicht sähe, wie sehr Thea mir in letzter Zeit zugetan sei, dann wäre sie bestimmt nicht so aufrichtig zu mir.

Zur ersten Probe erscheine sie immer gesammelt, sagte sie, feierlich und unnahbar, fast kroch sie in meinen Mund hinein bei dieser Angeberei mit ihren Kenntnissen über Thea, sie ist niemals wirklich schön, aber ich kenne sie ja, sie zaubert unaussprechliche Schönheit um sich, unter uns gesagt, aus dem Nichts, schon wieder hat sie sich etwas vollständig Neues mit ihren Haaren ausgedacht, sie färbt sie, schneidet sie ab oder läßt sie wachsen, spricht auch mit ihr kein Wort, jede ihrer freien Minuten verbringt sie mit Arno, in den sie wieder so verliebt ist wie in ihrer Jugend, rennt nach Hause und macht Ausfahrten mit ihm, die übrigens Arno, einen professionellen

Bergsteiger, langweilen und die er verabscheut; sie kocht ein, streicht die Wohnung an, putzt und näht, bis sie am Ende der zweiten Probenwoche oder am Anfang der dritten, genauso wie sie das jetzt nachmittags mit mir mache, nur winkt und sie beide gemeinsam irgendwohin hinausfahren, wo sie sich unter den Tisch säuft, sich wie der letzte Fuhrknecht aufführt, Streit anfängt, singt, rülpst, sich mit den Kellnern verkracht, furzt, den Tisch vollkotzt, das alles habe es schon oft gegeben, viel anderes werde ich mit ihr auch nicht erleben, dann muß sie von den unmöglichsten Orten nach Hause befördert werden, am nächsten Tag benachrichtigt sie das Theater, daß sie todkrank sei, man könne nicht mit ihr rechnen, es sei ihr furchtbar unangenehm, aber wenn man dem Arzt glaube, werde es Monate dauern, bis sie sich erholt habe, oder daß sie einen Nervenzusammenbruch erlitten, ein Magengeschwür habe, eine schwere Erkrankung, nein, darüber möchte sie nicht sprechen, eine höchst intime Sache, ein Frauenleiden, wahrscheinlich eine Geschwulst in der Gebärmutter, das Blut fließe in Strömen aus ihr heraus, eine Nierenkolik, eine Stimmbandentzündung, oder aber sie schleppt sich zur Probe, nimmt sich zusammen, wie man das nennt, nimmt sich so sehr zusammen, daß sie mitten in der Probe einen Weinkrampf bekommt und ihre Rolle zurückgeben will; natürlich muß man sie dann bitten, sie ihrer Unersetzlichkeit versichern, sie trösten und beschwören, sie zu überreden versuchen, doch stürzt sie dann in die tiefste Depression, und da hört der Spaß dann auf, sie kann nicht mehr aufstehen, sich nicht anziehen, läßt ihre Haare fettig werden und herunterwachsen, in diesem Zustand schneidet sie sich die Nägel an Händen und Füßen selber und hat furchtbare Gewissensskrupel ihrer Kollegen wegen, schon wieder habe sie sie im Stich gelassen, diese lieben und freundlichen, begabten Kollegen, und wie dankbar müsse sie sein, mit einem so hervorragenden Regisseur wie diesem Langerhans arbeiten zu können, der alles, aber auch alles aus ihr heraushole.

Sie ist dann voller Aufmerksamkeit, es gibt nichts, was sie nicht tun würde, kauft Geschenke, möchte ein Kind haben, fängt an, sich mit Arno tödlich zu langweilen, der den ganzen Tag zu Hause in dieser unglückseligen Wohnung verplempern muß, obwohl seine Welt dort oben wäre, auf den Gipfeln der Berge, wenigstens ein Haus mit Garten möchte sie ihm kaufen, er tut ihr leid, sie ist unglücklich, mit solch einem Unglücklichen ihr Leben verbringen zu müssen, und sie, Frau Kühnert, muß jeden Nachmittag einen regelrechten Nahkampf mit ihr ausfechten, sie in den Wagen schubsen, damit sie endlich nach Hause fährt! hat sie aber am Abend eine Vorstellung, geht sie anschließend nicht etwa nach Hause, sondern bummelt mit irgend jemandem bis in den Morgen hinein, schläft mit ihm, verliebt sich, will sich scheiden lassen, weil das so nicht weitergehe, sie quasselt, läßt sich bitten und will jeden, ohne Ausnahme jeden, sei es Mann oder Frau, erobern, und wer ihr nicht huldigt, weil er vielleicht selber mit den Schwierigkeiten seiner Rollenbewältigung zu kämpfen hat, den beginnt sie zu hassen, quält ihn, probt nicht richtig mit ihm, zeigt ihn an und droht ihm, aber auch sie wird genauso gehaßt, gequält, angezeigt, ich brauche daher nicht zu denken, daß dieser sich regelmäßig wiederholende Vorgang nur für Thea typisch sei, alle seien sie so, das hier sei ein Irrenhaus, jetzt aber seien wir in einer Phase – und daher behaupte sie, es könne keine Rede von einer Veränderung sein –, in der sie sich sammeln müsse, der Tag der Premiere nähere sich bedrohlich, da schraube sie sich langsam auf Sparflamme, beginne zu ahnen, daß sie wieder allein sei, daß ihr keiner hilft und keiner helfen kann, das heißt, daß diese von lebenden und lebensvollen Menschen aufgewühlten frenetischen Gefühle bloß auf der Bühne erlaubt sind, wenn sie nämlich Gefühle von dieser Intensität in ihrem Leben zulassen würde, ginge sie zugrunde, o nein, sie sei keineswegs so selbstvergessen spontan, wie ich das vermute, sie gehe äußerst vorsichtig und haushälterisch mit sich um, und letzten Endes interessiere sie nichts anderes als das, was auf der Bühne zu geschehen hat und wie sie das aus sich wird herausholen können, und wenn sie mir etwas raten dürfe, dann möchte sie mir sagen, ich solle nur insoweit an eine wie auch immer geartete

Veränderung bei ihr glauben, als jede neue Rolle eine andere Variante wahnsinniger Gefühle in ihr aufwühle, die Zahl der Varianten sei unendlich, sie selber jedoch gebe es gar nicht, umsonst würde ich meine Augen strapazieren, sie, Thea selber, werde ich nie zu Gesicht bekommen, jetzt zum Beispiel bekomme ich nur jene Differenz, jenen scharfen Spalt oder was es auch sei, sagte sie, zu sehen, der sie davon trennt, eine kalte, schamlos berechnende Person zu sein, die angesichts der Leiche ihres Schwiegervaters Königin zu werden wünscht, ein Mensch mit normalem Verstand läßt sich doch nicht auf so etwas ein, aber sie ist ja gerade deshalb nicht diejenige, die sie wirklich ist, weil sie sich bei jeder Gelegenheit in einer Rolle zu verwirklichen vermag, die gar nicht zu ihr paßt, weil sie nämlich ein riesiges Nichts ist, und wenn ich ihr wirklich helfen möchte, dann solle ich das nicht vergessen.

Ich hatte gar nicht die Absicht gehabt, ihr zu helfen, wahrscheinlich hatte sie sich aber von meiner Aufmerksamkeit, meiner konzentrierten Höflichkeit, meiner dienstbereiten Ergebenheit, die meiner leidenschaftlichen Wißbegier entsprangen, irreführen lassen, mir schmeichelte es einfach, daß Thea ein ähnliches Interesse für mich bekundete, hätte ich aber überhaupt jemandem helfen wollen, dann wäre es Melchior gewesen, daher hatte ich vielmehr das Gefühl, daß ich es war, der Thea als Werkzeug benutzte und nicht sie mich; Frau Kühnert konnte mich weder gründlich genug desillusionieren noch kränken, weil ich bis zu dem Zeitpunkt, den meine wild entschlossenen Bemühungen als den günstigsten ansahen, so kaltblütig mit den aus ihren Eigenschaften sich ergebenden Umständen rechnete wie ein professioneller Verbrecher, der seine großangelegten Pläne ausführt.

Trotzdem dauerte es eine geraume Zeit, bis ich mich in jener heiklen Frage, wann wir Frau Kühnert nach Hause fuhren und wann wir sie wortlos stehenließen, einigermaßen auskannte; Thea sagte nie, wohin wir fuhren, als wüßte sie es nicht oder als wäre es ihr so selbstverständlich, daß sie sich nicht weiter damit zu beschäftigen brauchte, Hauptsache, wir führen weg von hier, an einen anderen Ort, irgendwohin, allein, genauer gesagt mit mir, was für sie zu einer besonderen Form des Alleinseins geworden war, und wenn wir zum Beispiel den Müggelheimer Graben, das Köpenicker Schloß, das Naturschutzgebiet südlich von Grünau oder Rahnsdorf ansteuerten, dann brachten wir Frau Kühnert immer zuerst in die Steffelbauerstraße, die auf unserem Weg lag, und setzten sie dort ab, aber es war auch möglich, daß Thea diese Reiseziele nur wählte, um ihre Freundin vorher nach Hause zu bringen, in solchen Fällen wurden diese von einem Gefühlsimpuls oder einer Geste der Höflichkeit gegenüber Frau Kühnert bestimmt; wenn wir aber die Stadt in nördlicher Richtung verließen, in Richtung Potsdam, dem schönen, flachen Lauf der Havel entlang, oder in östlicher, Richtung Strausberg, Seefeld, dann ließen wir sie einfach vor dem Ausgang des Theaters stehen, Thea winkte ihr höchstens zum Abschied, manchmal tat sie nicht einmal das, was Frau Kühnert, apathisch vor Eifersucht und Gekränktheit, anscheinend nicht bemerkte, während Thea tat, als wäre das die natürlichste Sache der Welt.

Das alles blieb gewiß nicht ohne Folgen, aber die Folgen bezogen sie beide offensichtlich in ihre Freundschaft ein.

Im Grunde genommen hatte ich keinen Anlaß, an dem zu zweifeln, was sie mir über Thea erzählt hatte, natürlich kannte sie Thea näher, länger und aus einer persönlicheren Sicht als ich; wenn auch nicht besser, kannte sie sie doch nur so, wie eine Frau die andere kennen kann, aber jene verborgenen kleinen Impulse, jene geheimen Nuancen in den Bewegungen, den Worten und Körpersignalen, die sich bei Thea ausschließlich auf die Männer bezogen, nahm sie nur mit den Augen der Außenstehenden wahr, während ich sie als Eingeweihter, ja sogar als Werkzeug und Opfer an meinem Körper verspürte; die Perspektive, mit der wir unsere Blicke auf Thea gerichtet hatten, war daher durchaus verschieden, im übrigen kannte ich Frau Kühnert inzwischen so weit, um mich zwischen den Fallstricken ihrer Absichten zurechtzufinden und Sinn und System ihrer Übertreibungen zu durchschauen.

Um beispielsweise den Umstand richtig einzuschätzen,

warum sie die Anzahl der Jahre immer höher angab, als es der Wirklichkeit entsprach, denn ebensowenig wie der Altersunterschied zwischen Thea und Melchior zwanzig Jahre betrug, stimmte es, daß sie Thea seit zwanzig Jahren kannte, insgesamt waren es nur zehn, und obwohl ich sie bei diesen kleinen Übertreibungen ertappte, hatte ich doch keine Veranlassung, an der Glaubwürdigkeit ihrer Mitteilungen zu zweifeln, eher hatte ich das Gefühl, daß Übertreibung und Aufrichtigkeit, Indiskretion und Lüge gleichermaßen taktische Werkzeuge ihrer großzügigen und in ihrer Heftigkeit durchaus beeindruckenden Gefühlsstrategie waren.

Ihr abergläubisches Festhalten an dieser magischen Zahl hing möglicherweise gar nicht so sehr mit einer raffinierten weiblichen Rivalität zusammen, es schien, als beharre sie nicht nur deshalb auf zwanzig statt der zehn Jahre, weil sie, die zwar um einige Jahre jünger, aber in jeder Beziehung unbedeutender war als Thea, ihre Rivalin auf den ihrem Alter zukommenden Platz verweisen wollte, sondern sie machte sie möglicherweise aus dem gleichen Grunde eigensinnig älter, aus dem sie, was Theas Alter und ihre berufliche Hysterie betraf, so gefährlich aufrichtig zu mir gewesen war; durch diese unanständigen Mitteilungen, mit denen sie ihre Freundschaft schamlos verriet, wollte sie mir Thea, sich gewissermaßen auf Biologie, Ästhetik und Ethik berufend, entfremden.

Mußte ich doch zugeben, daß diese Mitteilungen, auch wenn ich ihnen weder große Bedeutung beimaß noch besonders viel über sie nachdachte, mein Interesse bis zu einem gewissen Grade neutralisierten und mich aus der Rolle des emotional Beteiligten in die Kastratenrolle des unparteiischen Beobachters verwiesen; Frau Kühnert war in jenem heiklen Moment zwischen uns getreten, an dem unser gegenseitiges Interesse uns hätte zueinander führen können, mit dem scheinbar unschuldigen Monolog ihrer Eifersucht hatte sie sich auf jenes feindliche Hoheitsgebiet gewagt, auf dem sie gemäß den Regeln der zwischen Männern und Frauen geltenden Liebesstrategie nichts zu suchen hatte.

Mit sicherer Hand, mit einer geradezu mythischen Ruhe wies Thea diese unbefugte Einmischung zurück.

Als entginge ihrer Aufmerksamkeit keine einzige von Frau Kühnerts Kampfgesten oder ihren in geheimer Gefühlsdiplomatie geübten Tricks, war sie auf der Hut, wie schon an jenem stürmischen Nachmittag Ende Oktober, als Frau Kühnert mich in eine Ecke des Ankleidekorridors gedrängt hatte, mir über die Rollengestaltung und die Notwendigkeit von Distanz ihren psychologisch faszinierenden und fachlich durchaus zutreffenden Monolog aufgeregt zuflüsterte und Thea aus ihrer Garderobe auf uns zueilte; es hatte genügt, in das erhitzte Gesicht der Freundin zu blicken, um nicht nur zu wissen, was geschehen war, sondern auch was sie zu tun hatte; ihre sensible Allwissenheit und ihre Allmacht über die andere sofort nutzend, packte sie mich an der Hand, und mit dem Ausruf «Du hast ihm jetzt genug vorgeschwätzt» das Gesicht ihrer Freundin mit der Wange streifend, als gäbe sie ihr einen flüchtigen Abschiedskuß, weil sie wie immer in Eile sei, rennen und rasen müsse, freilich mit mir, befreite sie mich aus meiner bedrängten Situation und zerrte mich im wahrsten Sinne des Wortes zum Tor hinaus, was von Frau Kühnerts Standpunkt aus Rache und Entlarvung zugleich war und sie nach dem erhaltenen und doch nicht erhaltenen Kuß in einem Zustand empörter Bestürzung und körperlicher Ausgeliefertheit zurückließ, wie jemanden, dem man einen Dolch mitten ins Herz gestoßen hat, ich glaubte fast das Blut zu sehen, das aus ihrem Herzen quoll.

Der Schwung ihrer Überlegenheit hatte Thea bereits auf die andere Seite der Straße getragen, doch als wir uns in ihren Wagen setzten, sah ich ihrem Gesicht an, wie sehr der Auftritt sie verärgert und ihr die Laune verdorben hatte.

Und erst eine Weile später, als wir schon aus dem Wagen gestiegen waren, sagte sie etwas; ich erinnere mich nicht mehr, in welcher Richtung wir aus der Stadt hinausgefahren waren, weil ich mich, genau wie wenn ich mit Melchior irgendwohin fuhr, ganz auf ihre Ortskenntnis verließ, daher gehörte jeder kleine Zug ihres Gesichts und jede ihrer Bewegungen für mich immer zu der unbekannten und mit der Eindringlichkeit einer neuen Entdeckung auf mich einwirkenden Landschaft; zuerst sausten wir auf einer fast leeren Landstraße dahin, dann bog sie überraschend auf einen Feldweg ein, der auf dieser fast vollkommen flachen, nur manchmal von den sanften Gruppen der Wälder, den haarscharfen Linien von Kanälen oder irgendwelchen Wasserläufen und Seen gegliederten Landschaft, unter der gleichmäßigen Glocke des Himmels geradewegs zum Mittelpunkt der tellerflachen Erde zu führen schien; hier schwankte der Wagen, holperte, schleuderte, und an einer ganz sanften Steigung fing er an zu husten; ohne die Sache weiter zu forcieren, wartete sie, bis der Motor stillstand, und zog die Handbremse.

Hatten wir die Stadt erst einmal verlassen, war es schließlich vollkommen gleichgültig, wo wir uns befanden.

Es war eine jener listigen Anhöhen, die mit ihrem sanft und weit hingestreckten Rücken glauben machen, sie zu besteigen würde keine große Anstrengung kosten, und doch gerät man außer Atem, bis man oben ankommt; vom Feldweg zur Anhöhe hinauf führte ein kleiner, festgetretener Pfad, der sich auf dem flachen Rücken verlor, als würde er im Firmament verschwinden, und der dem Auge wie ein sanft lockendes Ziel erschien, so daß der Fuß nicht zu widerstehen vermochte; die Hände bequem in die schräggeschnittenen Taschen ihres Mantels gesteckt, schritt sie langsam, nachdenklich, in sich versunken auf dem Fußweg vor mir her, ich aber starrte grübelnd vor mich hin, wer mochte sie so festgetreten haben, wie mochten sie entstanden sein, diese kleinen Pfade.

Als müßte ich über die vergebliche Frage nachgrübeln, auf welche Weise der Mensch die Welt in das Netz seiner geheimnisvollen Ziele einbezieht und wie er zum Gefangenen des Netzes wird, das andere vor ihm ausgeworfen haben.

Die Sonne, die sich zum Untergang neigte, kam nur für Augenblicke hinter den mächtigen Gebilden der lang hingestreckten, schweren, dunkelgrauen Wolken hervor, zwischen ihnen leuchtete die Weite des Firmaments in gelben, blauen und purpurnen Farben auf, der Wind blies heftig, doch auf der flachen Ebene fand er nichts außer uns, worin er sich hätte verfangen können, und daher schien die Landschaft stumm geworden.

Manchmal war die Stimme eines Vogels zu hören, verwaschene, lange Schatten und flammend kalte Lichtreflexe zogen vorbei.

In der klaren Luft der Ebene konnte das Auge jede der fernen, feingeschwungenen Linien deutlich, als wären sie nahe gerückt, erkennen, der Körper aber empfand die Kälte der Luft keineswegs unangenehm, weil sie den Bewegungen Frische und Kraft verlieh.

So etwas vermag der Mensch nur in nördlichen Breiten zu spüren, wo die Landschaft durchsichtig ist und die klare Kälte dem Körper die Wärme entzieht, ihn aber gleichzeitig die dieser Wärme innewohnende Energie empfinden läßt und ihm Natürlichkeit und Sicherheit verleiht.

Sie blieb stehen, ich näherte mich ihr bis auf wenige Schritte, inmitten dieser unermeßlichen Weite wäre eine zu große Nähe nicht angebracht gewesen, sie wartete auch nicht, bis ich sie erreichte, sondern sah mich bloß für den Augenblick einer flüchtigen Vergewisserung an, ging dann weiter und sagte, man dürfe Sieglinde nicht böse sein, sie sei ein braves Mädchen und habe in allem recht.

Als wir oben auf dem Dach der gemächlich hingelagerten Bodenwelle angekommen waren, breitete die Schönheit ihr neues Antlitz mit solch ruhiger Würde vor uns aus, daß Worte sie nur beleidigt hätten.

Von hier aus führte der Weg abschüssiger hinunter, weil dort unten die sachte Wölbung der Erderhebung unter dem Gewicht ihrer eigenen riesigen Massen steil abstürzte und in ihrer tiefen Senke einen kleinen, windgeschützten, blasigen Teich barg, weiter entfernt erstreckten sich der helle Streifen eines Stoppelfeldes und die Kammlinie eines schütteren Waldes bis hin zum Horizont, und die runden Silhouetten vereinzelter Sträucher ließen die innige Erhabenheit der Landschaft noch eindrucksvoller erscheinen.

Eine Zeitlang standen wir auf diesem hoch erscheinenden

und dennoch niedrigen Dach in jener üblichen Pose des gemächlich dahinschlendernden Spaziergängers, versunken in den Anblick der vor uns ausgebreiteten Natur, über die man sich im allgemeinen in emphatischem Ton zu äußern pflegt: nein, war das schön, so unwahrscheinlich schön, daß ich dachte, mich nicht mehr von der Stelle rühren zu können und bis ans Ende meines Lebens hier zu verweilen! was freilich, gestehen wir es ein, die von nostalgischer Wehmut erfüllte Erkenntnis des Umstandes ist, daß wir mit dem Anblick der Natur, sosehr sie uns auch gefallen mag, nichts anzufangen wissen, wir können uns nicht mit ihr identifizieren, wollen es zwar, können es aber nicht, sie ist zu groß, zu fern, wir selber sind ihr viel zu fremd, vielleicht auch viel zu lebendig, vielleicht werden wir erst im Tode, wenn wir sie verlassen, einen neuen Aussichtspunkt in ihr suchen müssen, der ein endgültiger sein könnte, obwohl wir in Wirklichkeit hierzubleiben hätten, denn für sich allein, ohne uns, wäre auch sie nur endlich; als wir dann nach dem Abstieg das Niveau des Sees erreicht hatten, jene beruhigendere und gewöhnlichere Höhe, von wo aus die Durchsicht und Einsicht nicht mehr so überwältigend schön und menschenleer war, blieb sie stehen und drehte sich zu mir um.

Manchmal könnte sie ihr die Augen auskratzen, sagte sie in ruhigem, nachdenklichem und gerührtem Ton.

Als nähme sie damit nur die Ruhe des Windes, der Wolken, der Landschaft auf, auch das war eine Wendung nach rückwärts, obwohl in eine sehr nahe Vergangenheit.

Aber wenn es sie nicht gäbe, sagte sie, hätte sie sich vielleicht schon umgebracht.

Jetzt schwang etwas von jener von Selbstmitleid nicht ganz freien Nostalgie in ihrer Stimme mit, die der Anblick der Landschaft als leisen, sehnsüchtigen Schmerz in uns hinterlassen hatte, doch auch ihn mußte sie abschütteln, denn in Wirklichkeit bemitleidete sie sich gar nicht, verfuhr sie doch genauso im Leben, wie es ihr die Perspektive des Theaters aufzwang, das heißt, sollte sie sich doch bis zu einem gewissen Grade bemitleiden, so war dieses Selbstmitleid weder formulierbar noch mitteilbar; ironisch, über ihre eigene unbezwingliche Neugier amüsiert, lächelte sie zwar, fragte aber trotzdem, was Frau Kühnert schon wieder über sie erzählt habe.

Ihr Lächeln stieß mich ab, ihre Kleinlichkeit angesichts dieser Landschaft fand ich auch dann zu deutlich, wenn sie sich dieser Kleinlichkeit bewußt war, ich hatte keine Lust zu antworten, außerdem hätte es sich mit meinen Plänen nicht vertragen, wenn ich Frau Kühnert jetzt verraten hätte; nichts Besonderes, sagte ich, obwohl ich kaum einen Menschen kenne, der eine so primitive Vorstellung davon hat, in welcher Weise sich eine Rolle in einem Schauspieler entwickelt, fuhr ich fort, den leichteren Weg einer theoretischen Antwort wählend.

Mit einem säuerlichen Lächeln quittierte sie meine Ausflucht und fragte, ob ich einen beliebigen Schauspieler meine oder etwa sie?

Ich meine einen beliebigen, sagte ich, irgendeinen.

Nein, sie sei überhaupt nicht primitiv, sagte sie nachdenklich, nachdenklich eher darüber, daß ich ihre Frage nicht beantworten wollte; sie sei ungebildet und unkultiviert, das stimme, aber sie sei intelligent und wisse über alles Bescheid, sagte sie, dann kehrte ihr Gesicht wieder eigensinnig zu dem spöttischen Lächeln zurück.

Ob sie erzählt habe, fragte sie, daß sie sich manchmal völlig gehenlasse und sich ausgesprochen ordinär benehme, denn ihre Beziehung sei so eng, fügte sie erklärend hinzu, daß ihre Freundin jede Einzelheit ihres Hinterhofbenehmens kenne.

Befremdet blickte ich sie an, sie nickte, mehr hatte sie vielleicht gar nicht erwartet, und legte mir die Hand leicht auf den Arm.

Weil sie nämlich nur zwei Menschen auf der Welt habe, und im übrigen sei das alles der letzte Schwachsinn, sagte sie, was immer sie tun würde, zu ihnen könnte sie jederzeit zurückkehren, bei ihnen wäre sie jederzeit geborgen.

Ich weiß, sagte ich.

Wir sahen uns lange an, ein wenig so, wie wir vorher die Landschaft betrachtet hatten, weil ich es wußte und sie sicher sein konnte, daß ich es weiß; es war der Augenblick, in dem sie nicht nur Frau Kühnerts psychologische Diplomatie, sondern auch jenen geistigen Verrat, mit welchem ich Melchiors Interessen zu dienen versuchte, verziehen hatte.

Zwei menschliche Wesen standen sich in einer Landschaft gegenüber, deren Atem mächtiger war als der unsrige, und verstanden einander; doch war das kein Verstehen des Verstandes oder der Gefühle, weil darin gerade jenem natürlichen Umstand die Hauptrolle zufiel, dem wir bisher weder mit unserem Verstand noch mit unseren Gefühlen eine besondere Bedeutung beigemessen hatten, nämlich der Tatsache, daß sie eine Frau war und ich ein Mann.

Der Augenblick überstieg unsere Möglichkeiten und unsere Absichten, er verwies uns auf den Unterschied unserer natürlichen Gegebenheiten und damit auf die einzige Möglichkeit einer Einswerdung und versetzte uns beide, sich unserer Kontrolle entziehend, in tödliche Verlegenheit.

Sie ließ die Verwirrung nicht Macht gewinnen über uns, zog ihre leichte Hand rasch von meinem Arm und zuckte amüsiert die Schultern; sich plötzlich besinnend und nicht ohne eine gewisse Koketterie sich abwendend, entfernte sie sich und ging, endgültig herausgetreten aus der Zeit der hinter uns gelassenen Stadt, nun auch der Landschaft den Rükken kehrend, weiter den Pfad entlang auf den fernen Wald zu.

Table d'hôte

Oh, wie sehr meine leidenschaftlich brodelnden Sinne trotz meiner geradezu heroischen Abwehr jenen rohen Trieben ausgesetzt sind, die man als niedrig, finster, ja mit einem noch gewöhnlicheren Ausdruck einfach als schweinisch oder gewählter als schamlos, teuflisch, der größten Verachtung, ja Bestrafung wert zu erachten gewohnt ist und – beeilen wir uns hinzuzufügen – dies keineswegs ohne Grund, steht doch alles das, worüber ich zu sprechen gezwungen sein werde, tatsächlich in Zusammenhang mit den unreinen Endprodukten menschlicher Betätigungen, das heißt mit Funktionen wie Ausscheidung, Erleichterung und Befriedigung; wenngleich die Frage, ob diese Triebe nicht genauso zu uns gehören wie unsere peinlich auf Reinheit bedachte Sittlichkeit, die freilich berufen ist, gegen diese anzukämpfen, nicht weniger berechtigt ist; aber wie auch immer, ob ich das Unreine als mir zugehörig erkenne oder nicht, ob ich, den mir zugeworfenen Fehdehandschuh aufnehmend, dagegen ankämpfe, ob ich mit müdem Achselzucken mich ergebe, es existiert und läßt mich seine unbestreitbare Macht, gleich einer Pornographie göttlichen Ursprungs, unaufhörlich fühlen; wenn ich es im Wachsein vorsichtig abwehre, dann greift es mich, seine absolute Macht über Körper und Geist heimtükkisch demonstrierend, im Traum an, es gibt kein Entrinnen und soll keines geben! wie in der Nacht nach meiner Ankunft in Heiligendamm, und das mag als Beispiel gelten! als ich mich, und wie sehr hatte ich es gewünscht! vor meinen vielfältigen Sorgen, törichten künstlerischen Zweifeln, den düsteren und dennoch aufregenden Erinnerungen an Eltern und Kindheit, der in vieler Hinsicht aufregenden Reise und der süßen und bedrückenden Last des nicht minder aufwühlenden Abschieds von Helene in den Linderung verheißenden Traum, einen tiefen, langen und reinigenden Traum flüchten wollte, schreckte es mich brutal auf, obwohl es mich diesmal viel sanfter und weniger unbarmherzig heimsuchte als sonst, wenn es mir zum Beispiel das Bild eines nackten Mannes zeigte, der mir seinen aufragenden Penis entgegenstreckte, jetzt meldete es sich nur in einem jener unschuldigeren Traumbilder, weshalb ich das, was sich zeigte, ruhig ein sanftes Musterbeispiel meiner Ausgeliefertheit nennen kann.

Das Bild einer nassen Straße mit dem Lärm übermäßig hart klopfender Schritte, eine vom Schein der Gaslampen gespenstisch gefleckte Nacht, die mich so glatt, weich und kraftvoll einsog, wie es nur ein liebender weiblicher Schoß oder eben der Traum selbst vermag, und so ließ ich mich nicht ohne Lust hineinziehen, ja gab mich vollkommen der Schönheit der von gelblichen Lichthöfen aufleuchtenden Dunkelheit hin, und da dieses nächtliche Straßenbild nicht sehr weit davon entfernt war, sie darzustellen, ja, sie selbst, Helene persönlich zu sein, obwohl unmittelbar nichts darauf hinwies, daß sie darin verkörpert war, glitten meine Gefühle und Begierden ohne Furcht und Zurückhaltung, in völliger Freiheit, gleichsam legitim in sie hinein, so als wäre sie es wirklich, als könnte ich sie auf diese Weise nachträglich mit jenen Gefühlen beschenken, die ich im Wachen, durch die Umstände gehindert, selbst in den leidenschaftlichsten Augenblicken der Erfüllung ihr und natürlich auch mir verweigern mußte.

Als schickte das Gute, das allervollkommenste Gute, das alles überstrahlende Gute sich an, jetzt seine Macht über mich auszuüben, als sollte ich mich ihm ganz überantworten, und im Grunde hatte es mich schon in Besitz genommen, mich ihm völlig einverleibt, es war ich und ich war es, doch als wäre immer noch mehr zu geben da und als hätte ich selber noch reichlich davon übrig, hallten meine auf fremde Weise kräftigen Schritte auf der Straße des Guten, es war der gute Weg, die gute Nacht, das Dunkel des Guten und die Lichtstrahlen des Guten, und ich fühlte, je mehr ich geben würde, um so mehr würde ich zu geben haben; und das war gut, es war sehr gut, auch wenn das Geräusch der Schritte wie aus einem eisig kalten Raum zu mir herüberhallte.

Von hier aus konnte ich es schon erkennen, weil die Natur des Guten sichtbar geworden war, und daher entschlüpfte ich, entzog ich mich um seinetwillen dem störenden Geräusch meiner Schritte, es wurde mir bewußt, daß es Besseres gibt als das Gute und daß, was mich erwartet, daher nur noch besser sein wird, denn wenn ich so leicht und frei durch das viele Gute hindurchgehe, dann hat die Erlösung, die ich aus der Tiefe meines Leidens so sehr ersehne, auf die ich so sehr hoffe, ohne alle besonderen Umstände schon stattgefunden.

Ach, die Liebe ist groß, die mir gegeben ist; die Steine der Straße zu lieben, von denen jeder einzelne, im Licht sich rundend, davon verschluckt wird, die Wassertropfen, die im Begriff sind, von den kahlen Ästen zu fallen, das böse Geklapper zu lieben, das sanfte Schaukeln der Gasflamme über dem Wasser, das sich in der Glaskugel sammelt, die Dunkelheit, weil sie das Licht zu sehen erlaubt, den unerwartet vorbeihuschenden Schatten einer Katze, die weichen Spuren, die ihre Pfoten in der Nacht hinterlassen, die reichverzierte und feingegliederte glänzende Oberfläche der aufragenden Laternenpfähle und das rostige Knarren, welches das Ohr in seinem liebenden Überschwang kaum aufzunehmen vermag.

Auch das Auge sucht vergeblich und ist bereit, wie eine Luftblase jeden Augenblick zu zerplatzen.

Das Knarren verstärkt sich, und das Geräusch meiner Schritte auf den Steinen hinter mir lassend, näherte ich mich, Eisentüren knarren rostig im Wind, obwohl es gar keinen Wind gibt! und weiter hoffend, das sei das letzte Geräusch, danach könne nichts mehr das dichte Dunkel stören, gehe ich darauf zu, und jeder Schritt erzeugt ein neues Geräusch. Und dann erblicke ich mich, wie ich mich nähere.

Aber wie könnte ich das Dunkel vor diesen Geräuschen bewahren?

Ich stand hinter der vom Wind aufgerissenen Tür im Gestank und begleitete aufmerksam die Schritte.

Der Wind schlug die Eisentür zu, sie krächzte, knarrte und ließ mich verschwinden, aber im nächsten Augenblick stieß er sie wieder sperrangelweit auf, und da sah ich mich wartend stehen.

Wo war ich eigentlich?

Dieser Ort war mir keineswegs unbekannt, auch wenn ich meinen eigenen Standort nicht genau zu bestimmen wußte, richtiger, darum ging es ja, um die Frage, wo? da ich gleichzeitig hier und dort war, gerade dadurch war meine Situation so beklemmend, daß ich am liebsten aufgeschrieen hätte, was auch mit Sicherheit geschehen wäre, wenn ich nicht so sehr fürchtete, mit einem weiteren lauten Ton das Dunkel zu zerreißen; noch ging ich auf der Straße, der Straße des Guten, weiß ich doch, daß dies die Straße des Guten ist, gebt euch keine Mühe, mich zu täuschen! und doch führt diese Straße geradenwegs zu dieser Tür, die kahlen Bäume und die nassen Laternenpfähle standen auf beiden Seiten der Straße, als wollten sie mir die Richtung weisen, es gab kein Ausweichen! ich mußte jene Eisentür erreichen, an welcher zuviel Schande, Sehnsucht, Angst, Neugier und Demütigung klebte, als daß sie mir unbekannt gewesen wäre, auch wenn ich es mir selber gerne verheimlicht hätte, und doch wartete ich jetzt an jenem alten Ort, in dem undurchdringlichen Gestank von Teer und Urin auf mich selber; ich mußte wohl schon lange hier stehen, weil sich der Gestank nicht nur in meine Kleider eingefressen hatte, wo war bloß mein Hut geblieben? sondern auch in meine Haut, er strömte aus mir, aus meinen Haaren, wie hätte ich also entkommen können, da ich nun so endgültig gefangen war.

Doch jemand herrscht über meinen Traum, denn trotz allem wußte ich, daß dies nur ein Traum ist, nur keine Aufregung, es ist bloß ein Traum, und ich kann jederzeit aufwachen! – doch einer herrscht über ihn und läßt mich nicht aufwachen, aber ich war nicht imstande, mich zu erinnern, wer es sein könnte, obwohl mir seine Stimme, als er mir zuflüsterte, daß es keine Gnade gebe noch geben würde – er flüsterte es leise und erstickt –, bekannt erschien; er wartet hinter der geschlossenen Tür und flüstert nahe an meinem Ohr, jenes Gefühl der Ruhe, mit der mich das Gute vorhin beschenkt habe, sei eine Täuschung, und kaum vernehmlich, umsonst, umsonst, wie eine Verlockung: das Dunkel wartet.

Umsonst.

Ich ging weiter, ohne mich über mein Zittern zu wundern; ich hatte Angst, doch war mir, als gäbe es keine Steigerung der Angst und Beklommenheit, an die ich mich nicht gewöhnen könnte, dabei protestierte und verteidigte ich mich sogar, doch schien es, als wolle jene Kraft meinen im Protest sich auflehnenden Körper zwingen und daran gewöhnen, alle seine heimlichen Begierden und die furchtbare Last, die das Leben mir bisher aufgebürdet hatte, hinzunehmen, ja anzunehmen: und während dieses Kampfes wurde der Weg immer länger, meine Schritte wurden zögernder, zwar klapperten sie noch, aber ich hatte den sicheren Boden unter den Füßen verloren, und wie ein Epileptiker, der von einem üblichen Anfall geschüttelt wird, verlor ich jegliche Beherrschung über meine Gliedmaßen; ich spürte, wie der Speichel aus meinem offenen Mund floß, ich stieß und schlug stöhnend um mich, trotzdem änderte sich nichts, der auf- und zugehende, klappernde, knarrende und quietschende Rachen des dunklen, kleinen Gebäudes wartete mit deutlich hörbarem, ja menschlichem Stöhnen inmitten der blattlosen Sträucher auf mich.

Reglos und gewichtig hob sich das Spitzenmuster des Gebüschs vom dunklen Hintergrund des Himmels ab, während ich, der nicht zu schreien wagte, weiterging.

Als ich am Morgen erwachte, war es daher, wie man zu sagen pflegt, kein Wunder, daß ich mich so zerschlagen und müde fühlte, als hätte ich die ganze Nacht schlaflos verbracht, tatsächlich mußte ich aber tief geschlafen haben, sonst wäre ich nicht so benommen gewesen, doch wäre ich in meiner Unzufriedenheit gerne noch einmal eingeschlafen, vielleicht würde dann im Traum geschehen, was geschehen mußte, aber das Zimmer war von einer blendenden Helligkeit erfüllt, als wäre inzwischen draußen, hinter den zugezogenen weißen Seidenvorhängen, Schnee gefallen, es war kühl, fast kalt geworden; vom Flur her waren manchmal leise Schritte zu vernehmen, und von irgendwoher, vielleicht aus dem Frühstückszimmer im Erdgeschoß, das leise und gleichmäßige Klirren des Geschirrs, durchdringendes Scheppern, Wortfetzen, das Öffnen einer Tür und – als hätte man die Tür wieder zugemacht, deren Schlagen mich nachts aufgeweckt hatte – ein kurzes weibliches Lachen, aber das alles leise und wohltuend, entfernt und freundlich, doch hatte ich keine Lust, aus dem Bett zu steigen, denn diese aus der Kindheit bekannten und vertrauten Morgengeräusche erinnerten mich daran, daß ich wieder an ein Leben würde anknüpfen müssen, das mit seiner sorglos scheinenden Natürlichkeit jetzt keineswegs in meinem Sinne war; nein, ich hätte doch nicht hierherkommen dürfen, dachte ich gereizt, und mich auf die Seite drehend, versuchte ich mit geschlossenen Augen in jene Wärme und Dunkelheit zurückzusinken, die mir der Traum bisher immer noch gewährt hatte, aber wohin?

Noch waren die Traumfetzen greifbar nahe, es schien nicht schwer, wieder einzuschlafen, der Mann steht noch vor der teerglänzenden Wand des Pissoirs und streckt mir gerade eine Rose entgegen, aber ich will sie nicht annehmen, weil das Grinsen auf seinem feisten weißen Gesicht so widerwärtig ist, und wie merkwürdig, die Rose erschien mir blau, bläulichviolett, eine sich gerade öffnende, fleischig kräftige Knospe, und diese große Traumknospe streckte sich mir wieder so nachdrücklich entgegen, als wäre es noch nicht Morgen, sondern Nacht, und ich wäre immer noch bei ihm.

Aber dann stand in der offenen Tür, die das Schlafzimmer vom Salon trennte, ein Hausdiener mit brandrotem Haar, ruhig, aufmerksam und besonnen, mit seinen freundlichen braunen Augen fast unbeweglich jede kleinste Regung meines Aufwachens verfolgend, als warte er schon wer weiß wie lange und sei sich womöglich auch darüber im klaren, was ich gerade geträumt hatte, obwohl mich nur seine lautlosen Schritte oder seine bloße Gegenwart von neuem aus dem

Schlummer aufgeschreckt hatten; diese mich auf meine Verpflichtungen hinweisende stille Erscheinung war ein junger Bursche, herausfordernd kräftig, eher als Träger oder Kutscher geeignet, seine Schenkel schienen die altmodisch engen schwarzen Hosen, seine Schultern den grünen Frack fast zu sprengen, als stiege auch er aus dem Traum oder von noch tiefer herauf, ich mußte an unseren Hausknecht zu Hause denken und daher natürlich auch an jene von Erinnerungen bewegte Nacht; die gleiche schwerfällige Ruhe und selbstsichere Würde ging von seinem Körper aus, wie ich sie einst in Hildes Nähe gespürt hatte, und deshalb unterdrückte ich, während ich meine Blicke nicht ohne Wohlgefallen auf seinem sommersprossigen Gesicht ruhen ließ, ein starkes Gähnen und wiederholte in meinem Innern zornig den gänzlich überflüssigen Satz, nein, ich hätte nicht hierherkommen dürfen, aber wohin denn sonst? doch dieser kräftige Körper, eingezwängt in die nicht für ihn geschneiderten Kleider, wirkte so komisch, die plattgedrückte Nase, die Sommersprossen, die kindlich neugierigen Augen und die Ernsthaftigkeit, mit der er zu Diensten bereit vor mir stand, und gleichzeitig erschienen mir meine Fragen und mein Ärger im wachen Zustand so töricht, daß ich unwillkürlich lachen mußte.

«Möchten Sie aufstehen, Herr Thoenissen?» fragte der Hausdiener, als habe er von diesem allzu vertraulichen Lachen keine Notiz genommen.

«Ja, ich glaube schon. Jedenfalls wäre es an der Zeit.»

«Wünschen Sie Tee oder Kaffee?»

«Vielleicht lieber eine Tasse Tee?»

«Darf ich das Waschwasser vorher oder nachher bringen?»

«Glauben Sie, daß man sich jeden Morgen waschen muß?»

Er schwieg eine Weile, sein Blick veränderte sich nicht, aber er schien etwas verstanden zu haben.

«Und werden Sie sich zum zweiten Frühstück hinunterbemühen oder wünschen Sie, daß ich es heraufbringe?»

«Nein, ich gehe natürlich hinunter. Aber ist es hier nicht kalt?»

«Ich werde sofort einheizen, Herr Thoenissen!»

«Und könnten Sie mich vielleicht rasieren?»

«Selbstverständlich, Herr Thoenissen.»

Er verschwand für ein paar Minuten, ich hätte diese Gelegenheit nutzen und aufstehen müssen, um schnell meine Notdurft zu verrichten, vielleicht irre ich mich auch nicht, wenn ich annehme, daß er mit der Rückkehr zögerte, um mir dafür Zeit zu lassen; Männer, wenn sie unter sich sind, nehmen da immer eine gewisse Rücksicht, was weder als Aufmerksamkeit noch als Höflichkeit zu werten ist, eher als so etwas wie ein brüderliches Augenzwinkern über jene Verlegenheitssituation, daß der in der Blase angesammelte Urin beim morgendlichen Aufstehen zuweilen eine Versteifung verursacht, und wenn wir dann sofort aus dem Bett springen würden, müßten wir unserem Gegenüber den Anblick einer biologischen Täuschung bescheren, ihn an einem Vorgang teilnehmen lassen, der uns selbst nicht ganz klar und deshalb etwas peinlich ist; ich hatte also das Aufstehen verpaßt, und als er, die Tür weit öffnend, ein Tischchen auf Rädern hereinschob und die Tür sofort hinter sich schloß, lag ich noch genauso da, besser gesagt, ich saß, das Kissen hinter meinen Rücken gestopft, mehr oder weniger aufrecht im Bett, mich auf möglichst bequeme Weise auf etwas einrichtend, als wüßte ich im voraus, daß ich mit meinem Aufstehen eine sich ankündigende Geschichte aufhalten, ihr ausweichen könnte, die mir jetzt viel wichtiger war, mochte also die körperliche Unannehmlichkeit in Kauf genommen werden! Zwar läßt sich die Spannung der Blase nicht künstlich vertreiben, die Versteifung aber läßt sich durch Ablenkung der Aufmerksamkeit allmählich beheben, und vielleicht verschwindet damit auch endgültig die sinnliche Erregung der Träume.

Damit waren meine Gedanken beschäftigt, während er lautlos um mich herum tätig war, das Tischchen zum Bett rollte, leise über den Teppich schritt, darauf achtend, daß das Geschirr auf der Glasplatte des Tischchens nicht unangenehm klirrte, wie eine Katze oder ein Raubtier, und dieses bis zur Unauffälligkeit verfeinerte Tun fesselte in jenen Augenblicken meine Aufmerksamkeit und tat mir wohl; er schenkte den Tee ein, der dampfend blubberte, fragte, ob ich ihn mit Milch wünsche, und aus dem Schnabel der Kanne fiel kein einziges Tröpfchen auf die Damastdecke, ich sagte, das wüßte ich nicht, die beabsichtigte Unverschämtheit meiner Antwort brachte ihn aber keineswegs in Verlegenheit, er nahm sie zur Kenntnis und gab damit zu verstehen, daß es ihm nicht zustehe, darauf zu antworten, die Entscheidung sei einzig und allein meine Sache, das heißt, wie immer ich entscheiden würde, könne er das nur uneingeschränkt gutheißen, doch dieser Zustimmung waren weder Unterwürfigkeit noch Gleichgültigkeit beigemischt, eher zeigte sich darin eine Dienstbereitschaft von beschämender Vollkommenheit, eine völlig neutrale Dienstbereitschaft, die zwar jedem meiner erfüllbaren Wünsche entgegenkommen, aber gleichzeitig auch mit meinen für sie unerfüllbaren Launen rechnen würde; mit seinen gedrungenen Fingern schlug er die Serviette über den knusprigen Semmeln im Körbchen auseinander, und eine Sekunde nachdem er, die in die Zuckerdose versenkte Zange anbietend, sich zu mir gewendet und ich die Teetasse aus seiner Hand entgegengenommen hatte, war er verschwunden, ich weiß nicht wie, ich hörte nicht einmal das Geräusch seiner sich entfernenden Schritte, er war gegangen, er mußte wohl angenommen haben, daß ich ihn nicht mehr brauche.

Obwohl ich niemanden dringender gebraucht hätte als ihn. Als ich nach dem ersten heißen Schluck vom Rand meiner Tasse aufsah, war er wieder im Zimmer, hatte in einem großen geflochtenen Korb Brennholz gebracht, sich vor den weißen Kachelofen gekniet, bemüht, während er den Ofen reinigte und das Feuer anzündete, mir nicht ganz den Rücken zuzukehren, damit ich ihn im Profil sehe, um so mit der einen Seite seines Körpers unverändert zu meinen Diensten zu stehen, mich aber mir selbst zu überlassen, falls ich das wünschte, oder andernfalls meines geringsten Zeichens gewärtig zu sein.

Die Semmeln dufteten ofenfrisch, die Wassertropfen an der zu Kugeln geformten gelben Butter auf dem frischen Grün der Erdbeerblätter glänzten, und als ich den Tisch mit dem

Ellbogen ein wenig anstieß, konnte ich beobachten, wie die durchsichtige, von Körnchen getüpfelte Himbeermarmelade erzitterte.

Wenn meine Kindheit nicht von so unangenehmen und finsteren Erinnerungen belastet und sogar die Erinnerung an die Gestalt meiner Mutter nicht so kühl und entrückt gewesen wäre, hätte ich mir einbilden können, daß mich in dieser Szene so etwas wie eine tief begrabene einstige Geborgenheit heimsuchte, in der Realität der Semmeln, im köstlich dampfenden Tee, dem Gelb der Butter und dem sülzigen Zittern der Himbeermarmelade die vernünftige Ordnung der Welt, die uns glauben macht, mögen wir aus noch so erschreckenden Träumen erwachen, daß diese Welt, in deren Mittelpunkt wir uns natürlich befinden, in einem von unserem Körper erwärmten Bett sitzend, nicht nur auf unwandelbaren Gesetzen absolut sicher ruht, sondern daß sie auch kräftig und eifrig bemüht ist, unsere Bedürfnisse und die Ansprüche unseres Geschmacksempfindens zu befriedigen und mit den Bäumen des Waldes unser Zimmer zu heizen, daß es also für Aufregungen, Bedrängnisse und Ängste keinen Grund gibt, andererseits aber, vielleicht weil ich sie gerade als Kind schon gespürt hatte, mußte ich die Brüchigkeit dieser Ordnung, ihre Falschheit und Unzulänglichkeit durchschauen; später führte mich meine leidenschaftliche Spurensuche in die Gesellschaft von Menschen, die nicht nur bereit waren, die Hüllen des falschen Scheins herunterzureißen, sondern deren nachdrückliches Ziel es war, der Heuchelei ein Ende zu setzen, eine echte und grundlegende Sicherheit zu schaffen, selbst um den Preis der Zerstörung dieser fragwürdigen und verlogenen Ordnung, auch Blutopfer nicht zu scheuen, um nachher, auf den Trümmern, eine wahrhaftige, nach ihrem inneren Bild geformte Welt aufzubauen, ich kann daher behaupten, daß ich, während meine Augen, meine Zunge und meine Ohren die überlebte Ordnung dieses Morgens überscharf wahrnahmen und mein Verstand aus größtmöglicher Distanz meine eigene kindliche Freude beobachtete, von alledem plötzlich alt geworden war.

Wie unendlich weit entfernt war dieses vom Morgenlicht durchflutete weiße Schlafzimmer von jenen Zimmern vergangener Jahre, den dämmerigen Zimmern meiner Jugend, die ich in der heimlichen Gesellschaft Claus Diestenwegs verbracht hatte, mit den Gedanken des Aufbaus eben dieser neuen Ordnung und der Zerstörung der verhaßten alten beschäftigt, und wie nah schien es den Zimmern einer in so reiner Form nie gelebten Kindheit.

Genügt doch oft ein einziger vorübergehender Stimmungswechsel, um die Zeiten in uns umzukehren.

Als hätte derjenige, der jetzt ein wenig enttäuscht, von seinen Träumen verwirrt, jedoch mit ruhiger Unbekümmertheit in seinem Bett lag und seinen heißen Tee trank, nichts mit den aufeinanderfolgenden Lebensabschnitten eines einzelnen zu tun, sondern mit den Erlebnissen von drei ganz verschiedenen Menschen.

Eine Rauchfahne quoll aus der Ofentür, dann loderte das Feuer auf, färbte das Gesicht des Burschen und schien in seinen roten Haaren weiterzulodern.

Er blinzelte vom Rauch, wischte sich die tränenden Augen und starrte einen Augenblick in den hellen Feuerschein.

«Wie heißt du?» fragte ich leise.

«Hans», antwortete er, und als hätte er seine pflichtschuldige Beflissenheit vergessen, drehte er sich nicht zu mir um.

«Und dein Familienname?»

Ich freute mich, daß es hier einen dienstbaren Geist gab, aber mich an mein anderes Leben erinnernd, schämte ich mich dieser Freude.

«Ich heiße Baader, mein Herr», sagte er mit seiner alten Stimme, und zwischen den beiden Stimmen gab es keinerlei Verbindung.

«Wie alt bist du?»

«Achtzehn, mein Herr.»

«Dann möchte ich dich bitten, Hans, mir zu gratulieren. Ich bin heute morgen dreißig geworden.»

Er stand unwillkürlich auf.

Grinste, seine schönen Mandelaugen verschwanden in den

kindlich weichen Fettpolstern der Wangen, über den animalisch kräftigen Zähnen blitzte rosig das Zahnfleisch auf, fast wie rohes Fleisch, das bei Rothaarigen eine so frappante Harmonie mit der Farbe von Haut und Haaren bildet; zutraulich, als wäre ich ein gleichaltriger Freund, der neben ihm steht, und als wollte er mir einen kameradschaftlichen Stoß versetzen, schwenkte er seinen Arm, aber die Bewegung war so direkt und zugleich unangebracht, daß er in Verlegenheit geriet und errötete; als er sein Erröten bemerkte, überzog sich sein Gesicht erst recht mit flammender Glut, und er brachte kein Wort heraus.

«Ich habe heute Geburtstag.»

«Wenn wir das gewußt hätten, Herr Thoenissen, dann hätten wir Ihnen natürlich unsere Geburtstagswünsche dargebracht, so aber erlauben Sie wenigstens mir, Ihnen zu gratulieren!» sagte er endlich und lächelte, aber sein Lächeln galt nicht mir, sondern sich selbst, konnte er sich doch freudig zugute halten, daß er sich aus einer so heiklen Lage so geschickt herausmanövriert hatte.

Nur trat dann wieder Stille ein.

Und als ich mich in dieser etwas hilflosen Stille bei ihm bedankte, da ereignete sich etwas zwischen uns, und jenes Ereignis, das ich im voraus geahnt, das ich forciert und auf das ich gewartet hatte, gewann Gestalt, da mein Dank natürlich nicht dieser erzwungenen und eher lächerlichen Gratulation galt, sondern der Tatsache, daß er so vollkommen war und daß mich dies so unendlich bewegte.

Er stand eine Weile stumm da, ich lag reglos, er senkte hilflos den Kopf, ich schaute ihn an.

Und als er später fragte, ob es mir recht sei, wenn er das Wasser hole, nickte ich, er solle es tun.

Hier war die Grenze, jenseits ihrer das verbotene Reich, und ich hätte gewiß nicht wünschen dürfen, es zu betreten, andererseits hatte etwas zwischen uns sein Ende gefunden, wurde doch die dem Augenblick abgelistete vertrauliche Nähe sofort zurückgenommen, konnte doch keine Rede sein von irgendeiner Gemeinschaft, ich blieb der Herr, auch Herr der Situation, ein etwas bedauernswerter, etwas lächerlicher einsamer Herr, er aber blieb der Diener, der sich konsequenterweise wehren mußte, der zur Vorsicht gezwungen war, zur Anpassung, und der aller Wahrscheinlichkeit nach ebensoviel Abscheu fühlte wie echte Ergriffenheit, ein ausreichender Widerspruch, um das reine Spiel der Nähe zu verderben; ein Experiment also, ich beabsichtigte etwas in ihm anzurühren, was nicht das geringste mit unserem Rollenverhalten zu tun hatte und wobei ich nichts zu verlieren hatte, war es doch, aufgrund meiner Überlegenheit, mein Experiment und daher für mich von beschämender Einseitigkeit, nur daß ich der Versuchung zu diesem Experiment nicht widerstehen konnte, weil ich meine Überlegenheit ebenso genoß wie seine Ausgeliefertheit und er diese Ausgeliefertheit gerade wegen seiner dienenden Rolle akzeptieren mußte, mehr noch, in seiner Demütigung genoß ich sogar meine eigene Demütigung, ganz zu schweigen davon, daß die Situation ihn mir direkt in die Hände gespielt hatte und daß unsere kleine Geschichte sich fast ohne mein Zutun fortsetzte, sie war nicht aufzuhalten.

Während er über meinen gespreizten Schenkeln in Grätschstellung mit einem porösen, noch ein wenig nach Meer riechenden Schwamm mein Gesicht anfeuchtete und mit sanftem Kreisen seiner Finger die Rasierseife auftrug, um aus ihr über den Stoppeln einen festen, steifen Schaum zu rühren, gerieten unsere Körper in eine verführerische Nähe zueinander, mit der freien Hand war er gezwungen, mich zu stützen, meinen Kopf zu halten, mit der Handfläche gegen meinen Nacken und meine Stirn zu drücken, ich aber mußte aus seinen Bewegungen seine Wünsche erraten, ihnen folgen, ihm helfen, sein Knie berührte manchmal mein Knie, er mußte seine Aufmerksamkeit ganz auf mein Gesicht konzentrieren, während ich jede seiner Bewegungen mit den Augen verfolgte; er hielt den Atem an, was auch ich tat, damit wir uns nicht gegenseitig ins Gesicht hauchten, dieses Anhalten jedoch beeinflußte nachhaltig das Geschehen, das seinen Höhepunkt erst erreichte, als er schließlich nach Beendigung der Vorbereitungen das Rasiermesser mit dem Beingriff aus dem

Futteral nahm, die Klinge einige Male über dem Lederriemen abzog, dann wieder, zurücktretend zwischen meine Beine, mit dem Zeigefinger meine Schläfe anhob und damit zugleich die Haut ein wenig straffte, um sie für das Messer zu spannen, dabei sah er mir einen Moment lang in die Augen.

Er führte das Messer mit einer einzigen energischen Bewegung über die linke Gesichtshälfte, die von der Haut sich lösenden Stoppeln ließen ein leises Knistern hören, und bis zu einem gewissen Grade war ich über meine eigene Nervosität belustigt, denn wie bereitwillig wir uns auch dieser Operation hingeben, vermeintlich völlig entspannt, verkrampfen sich doch unsere Gesichtsmuskeln vor Angst, gerne würden wir prüfen, ob das Messer hängengeblieben ist, ob es uns gar geschnitten hat? die Augen quellen uns fast aus den Höhlen, wobei wir natürlich nichts von unserer Vertrauenshaltung aufgeben dürfen, weil wir damit die Arbeit behindern, die Gefahr steigern und womöglich selber zum Verursacher des kleinen Unfalls würden, was uns mindestens so unangenehm wäre wie ihm; wenn nämlich die Haut verletzt wird, bricht plötzlich hinter der wechselseitig akzeptierten Maske körperlicher Vertrautheit und angespannter Aufmerksamkeit der nackte Haß hervor, er haßt uns, weil die Oberfläche unserer Haut so lächerlich unberechenbar ist und seine ganze Erfahrung Lügen straft; weil die Stoppeln sich zusammenzwirbeln, das Messer an einer dem Auge nicht erkennbaren winzigen Hautverdickung oder dem spitzen Köpfchen einer Pustel hängenbleibt, wir aber hassen ihn seiner Ungeschicklichkeit wegen, und zwar hauptsächlich, weil wir uns ihm unbedacht anvertraut haben, und dieser gegenseitige Haß steigert sich noch, wenn wir, im Spiegel das reichlich über unser Gesicht rinnende Blut erblickend, so tun müssen, als irritiere uns diese Geringfügigkeit nicht weiter, während er vor lauter Verlegenheit anfängt zu pfeifen und mit einer heftigen, forciert ungezwungenen Bewegung den Bimsstein packt, um sich auch noch mit diesem beißenden Schmerz an uns zu rächen; doch vorläufig war nichts passiert, aus der Bewegung, mit der er den Schaum auf seinem abgespreizten Zeigefinger abstrich und anschließend ins Schüsselchen kleckste, konnte man erkennen, daß er Übung hatte, er drehte meinen Kopf zur Seite, und als er noch näher an mich herantrat, berührte meine Nase fast seine panzersteife Hemdbrust, sein eingeknicktes Knie streifte fast meine Lenden, und genauso energisch rasierte er die rechte Hälfte meines Gesichts; die Haut aber bleibt trotz aller Geschicklichkeit, Erfahrung und fast chirurgischen Sicherheit des Barbiers krampfhaft gespannt, ein Zittern läuft über unser Gesicht, und dabei liegen die schwierigsten Strekken noch vor uns, das komplizierte Terrain des Kinns, der Kehlkopf, abgesehen davon, daß es uns, während er mit dem Messer herumfuchtelt, durch den Kopf gehen mag, ob er uns möglicherweise Nase und Ohr abschneidet, hat man doch schon von solch schrecklichen Dingen gehört! doch jenseits all dieser Erwägungen schien sein Gesicht, von unten mit verdrehten Augen betrachtet, trotz der bezaubernden Anmut seiner Jugend und Kraft zu weich, dieses Zuviel an Weichheit konnte man nur aus dieser Sicht wahrnehmen, auf seiner Haut, unter der sich eine weiße Fettschicht vermuten ließ, war noch kaum eine Spur rötlichen Flaums zu sehen, er würde sich nie rasieren müssen, stellte ich befriedigt fest, er wird unbehaart bleiben wie ein Beschnittener, das war vorauszusehen, große Nasenlöcher, ein eigenwillig schöngeschwungener Mund – er biß sich auf die Unterlippe, während er mit kleinen Strichen mein Kinn bearbeitete –, in einigen Jahren wird er wahrscheinlich ein Doppelkinn haben, dachte ich, sein kräftiger Körper wird verfetten, Atemnot wird die Folge seines ständigen Übergewichts sein, und während meine Kehle bereits im voraus die kitzlig peinvolle Wollust genoß, daß er die Haut über dem Adamsapfel gleich wegziehen, das Messer sauber und gefährlich ansetzen würde, hob ich unbemerkt die Hand, wartete, bis er ansetzte, und dann erst, als täte ich es aus Angst, legte ich die Hand, ohne Kopf oder Körper zu bewegen, auf seinen prallen Schenkel.

Das glatte Bündel der Muskeln war hart, unwahrscheinlich kräftig, meine Hand erschien dagegen kraftlos und ohne Bedeutung, als berührte ich ihn vergeblich, nicht nur weil die

Berührung von seiner inneren Natur nichts verriet, sondern weil sich sogar die Oberfläche der Annäherung zu entziehen schien, als wäre sie, obwohl ich sie spürte, nur die Umhüllung der Oberfläche, ihr Panzer, ihre Maske, hart bis zur Empfindungslosigkeit, ich hätte es mir denken können, wenn ich überhaupt etwas gedacht hätte, denn genausowenig wie seinen Augen, seinem Mund, den Zügen seines Gesichts, das sich über mein Gesicht beugte, konnte man seinem Fleisch eine Reaktion anmerken, weder Verwirrung noch Zustimmung oder Ablehnung, Gesicht, Haut und Muskeln blieben so gleichgültig wie bisher, auch seine Bewegungen, ich war es also, der diese grausame Gleichgültigkeit für sich gewinnen wollte, ich reagierte auf ihn und nicht er auf mich, er fühlte nichts und schien auch nichts zu verstehen.

Summarische Aussagen scheinen immer unsinnig, trotzdem möchte ich behaupten, daß ich niemals, weder vorher noch nachher, eine sinnlosere Bewegung gemacht habe.

Und gerade deshalb hatte ich den Eindruck, als hätte ich damit den Gipfel oder den Abgrund meiner Gefühle erreicht.

Ich konnte meine Hand nicht zurückziehen, ich hätte die Bewegung ohnedies nicht ungeschehen machen können, andererseits fühlte ich nicht das geringste, auch wenn meine Hand blieb, wo sie war, er aber arbeitete an meinem Hals so unbeeindruckt, als sei die Berührung ausschließlich ein Ergebnis meiner Phantasie, von der er natürlich nichts wissen konnte.

Ich aber hätte nichts dagegen gehabt, wenn er mir die Kehle zufällig durchgeschnitten hätte.

Mit einem kaum hörbaren Knacks hätte das Messer die zarten Knorpel durchtrennt.

Ich konnte meine Augen nicht schließen, immer noch wartete ich auf ein verräterisches Zeichen.

Um den an seinen Fingerspitzen angesammelten Schaum in das Schüsselchen zu schnipsen, mußte er sich zur Seite neigen, deshalb zog er seinen Schenkel unter meiner Hand weg.

Die einsame Hand, der komische Stumpf, der zu meinem Körper gehörte, hing leer in der Luft.

Er aber tauchte den Schwamm ins Wasser, bog meinen Kopf zurück und wusch mein Gesicht ab.

Endlich konnte ich die Augen schließen.

«Ein verfluchter Ort ist das hier, mein Herr!» sagte er ins Dunkel.

Als ich die Augen öffnete, beugte er sich schon wieder zur Seite, um den Schwamm in die Schüssel zu werfen, ein verräterisches Zeichen aber blieb aus.

«Gesichtswasser?» fragte er leise.

Trotzdem lag in alledem nichts Kränkendes oder Vorwurfsvolles, seine Perfektion erheiterte mich geradezu, schien es doch, als hätten wir damit mein Experiment gemeinsam in die große Rumpelkammer der sinnlosen Geschichten dieser Welt eingereiht.

«Ja, gerne.»

Gleichzeitig ging mir durch den Kopf, daß seine Bemerkung vielleicht ein heimlicher Hinweis auf jenes nächtliche Geräusch, Gebrüll und jenen Aufschrei sein könnte, der mich aus meinem ersten Schlaf aufgeschreckt hatte, und daß er gar etwas damit zu tun haben könnte.

Und daß ich ihn deshalb mit meiner Berührung keineswegs beleidigt hatte, daß sie daher auch nicht ganz umsonst gewesen sei.

Mit der einen Hand faßte er meinen Kopf oberhalb des Nackens, die Finger in mein Haar vergraben, während er mit der anderen den Alkohol vom Handteller auf mein Gesicht tupfte.

Dann fächelte er mein Gesicht mit einem Tuch, damit der Alkohol schneller verdunstete, ein Augenblick, in dem wir uns besonders frisch fühlen, und nach langer Zeit sahen wir uns zum erstenmal wieder in die Augen.

Mochte er wissen, was er wußte, aber so verflucht dieser Ort vermutlich war, die kleine Geschichte, die ich uns gleichsam als Experiment erfolgreich abgerungen hatte, ließ mir den Ort meiner Erinnerungen unendlich vertraut erscheinen und machte mich glauben, daß ich mich doch nicht getäuscht hatte, sein Blick aber war völlig unbefangen geblieben; jawohl, hier werde ich bleiben, im Ofen prasselte lustig das Feuer, ich konnte es kaum erwarten, bis er seine Utensilien zusammengepackt hatte und hinausgegangen war, und wie jemand, den plötzlich ein leichtes Fieber befallen hat, war ich versucht, mich über meine schwarze Aktentasche herzumachen, das Schloß zu öffnen, auf dem leeren Schreibtisch meine Papiere auszubreiten, um sofort an die Arbeit gehen zu können, wenn mich auch meine bitteren Erfahrungen eindringlich vor zu großer Eile warnten, so einfach ist es nicht, wie unsere Wünsche es gerne hätten, und richtiger ist es, sie hinzuhalten, den Schaum der Spannung von der blubbernden Suppe der Gefühle abzuschöpfen, ihre Dichte zu steigern, ist das doch keineswegs der geeignete Augenblick, und so trat ich, nachdem er schließlich die Tür hinter sich geschlossen hatte, zunächst ans Fenster, zog die weißen Vorhänge zurück, und der wunderbare Anblick kühlte mich tatsächlich ab.

Ich hatte noch eine ganze Stunde Zeit, bis unten die Glocke ertönen und die Gäste zum gemeinsamen Frühstück rufen würde.

Der Herbsthimmel erstrahlte in reinem Licht, die Rottannen mit ihren biegsamen Stämmen standen unbewegt im Park, der Nachtwind hatte sich inzwischen gelegt, und wenn ich von hier aus das Meer auch nicht sehen konnte, weder die Uferpromenade noch das Kurhaus, nicht den breiten Weg, der zur Bahnstation führte, nicht den Deich oder das Moor, und auch der Wald nicht zu sehen war, so wußte ich doch, daß alles auf eine Armlänge da war, was mir wichtig schien und schmerzlich zugleich.

Auf den gemusterten Steinplatten der Terrasse lagen verstreut einige Blätter.

Er war da, und deshalb konnte ich mir erlauben, nicht hier, sondern in meiner eingebildeten Geschichte zu verweilen.

Und alles zu vergessen.

Nährt sich dieses Gefühl von Leichtigkeit nicht aus der Tatsache, daß ich, nachdem es mir endlich gelungen ist, mich von meiner Verlobten zu befreien, mich mit jener unerfüllbar schönen Hoffnung betrügen kann, daß ich diesen bereitwilligen Diener in meiner Nähe weiß, den ich wann immer rufen kann, aber werde ich dann nicht wieder genauso zwischen zwei Menschen stehen?

Wo bleibt die ersehnte Einsamkeit?

Der Gedanke, der die beiden auf eine so unangenehme Weise in mir verquickte, drehte mir fast den Magen um.

Daß sie mich sogar in meiner Einsamkeit nicht in Ruhe ließen!

Aber das störte meine gute Laune keineswegs, im Gegenteil, mir war zumute wie einem, der mit den Augen eines Fremden überraschend seinen eigenen Körper erblickt und mit dessen Proportionen durchaus zufrieden ist, nicht als würde er seine Fehler und Unvollkommenheiten übersehen, sondern als erkennte und begriffe er endlich, daß die lebendige Form immer von der Synthese der Teile bestimmt wird, die aus unabänderlichen Prozessen hervorgehen, weil auch das Unvollkommene Gesetze hat, das ist das Vollkommene daran, das Funktionieren selber ist das Vollkommene, sein Vorhandensein ist das Vollkommene, die einmalige, unabänderliche Ordnung der Disproportionen ist das Vollkommene, und wenn das bis auf den heutigen Tag so ist, bis zu meinem dreißigsten Geburtstag, warum habe ich dann bis zu diesem rätselhaften Jahrestag – oder seit ich mich überhaupt erinnere, seit ich denken kann, seit ich die Geschichte meiner Körperfunktionen zu reflektieren vermag – stets darunter gelitten, daß ich zwischen zwei Dinge, zwei Ereignisse, zwei Personen eingezwängt war wie zwischen zwei knirschenden Mühlsteinen! und das schon seit meinen frühesten Erinnerungen! als ich zwischen dem Körper meiner Mutter und dem meines Vaters den eigenen Körper in jenen Dämmerstunden auf der Uferpromenade sowohl geteilt als auch ungeteilt empfand und ich mich mit beiden, mochten sie noch so feindselige und mörderische Gefühle gegeneinander hegen, weil sie in ihrem Fleische unversöhnlich waren, nicht nur identisch fühlte, sondern auch identisch sein wollte, weil ich mich zwischen ihnen nicht entscheiden konnte noch wollte, auch wenn sie mich auseinanderzureißen versuchten und ich zerrissen war; konnten es doch weder meine Gesichtszüge noch meine Körperformen oder meine Eigenschaften entscheiden, nach welchem von beiden ich geraten war, nach beiden vermutlich, vielleicht aber auch nach vielen, nach unzähligen, sprechen wir doch nur der Einfachheit halber von einer doppelten Verschiedenheit und einer doppelten Ähnlichkeit, denn ich war ja nach allen meinen toten Vorfahren geraten, die in meinen Eigenschaften, in meinen Zügen und Bewegungen noch immer gegenwärtig und in mir lebendig sind – jetzt aber machte es mich ausgesprochen glücklich, daß diese beiden sich so fernstehenden Personen auf eine so haarsträubende Weise in mir zusammengerückt waren –, wie sollte ich also wissen, wie es wollen und beurteilen, was erlaubt ist und was nicht, wenn ich den Ursprung nicht kenne, wie könnte ich teilen, was unteilbar in mir ist? alles ist erlaubt! jawohl, ich werde zum verstocktesten Anarchisten! und zwar nicht, weil mich meine Jugend zufällig in die Gesellschaft von Anarchisten geführt hatte und ich diese Jahre nicht einfach auslöschen konnte, war ich doch nicht hochherziger Ziele und geistiger Sympathie wegen in ihren Kreis geraten, sondern weil ich immer schon ein Anarchist des Körpers gewesen bin, außer meinem Körper gibt es keinen Gott, und nur die vollbrachte Tat vermag meinen Körper zu erlösen, dann erst fühle ich die Fülle meiner grenzenlosen Möglichkeiten.

Eure Moral aber interessiert mich nicht.

Im Traum vom Schoß meiner Verlobten ist die geteerte Wand des Pissoirs und der real existierende Schenkel des Hausdieners kein frivoles Abenteuer, nein.

Später, als ich den Frühstückssaal betrat und die Vormittagssonne plötzlich meine Augen blendete und sich funkelnd in den Gläsern spiegelte, den Spiegeln, dem Silber und Porzellan, nicht zu reden von den Augen, spürte ich diese neue Heiterkeit, diesen in sich selbst ruhenden Frieden, die Kraft der Überlegenheit in meinen Gliedern und freute mich, daß ich dieses Gefühl sofort mitzuteilen, den anderen damit in die Augen zu schauen vermochte und daß ich jenseits des

Fensters das Meer wußte, noch dunkel vom nächtlichen Sturm, voller Wellenkämme, die sich langsam beruhigten.

Wenn überhaupt etwas, dann ist es die schamlose Unmoral dieses miesen Gottes, die mich interessiert.

Doch jetzt freute ich mich sogar darüber, daß ich gewisse von mir verabscheute gesellschaftliche Regeln einhalten mußte, weil ich im Bewußtsein meiner Überlegenheit auf sie herabschauen konnte, ich hatte meinen Körper wieder unter Kontrolle.

Ich genoß den frommen Betrug unendlich, daß ich, der ich vorgestern noch meine Verlobte auf einem Teppich umarmt und vorhin noch den Schenkel eines Hausdieners befummelt habe, ungestraft und höflich, mit einem feinen Lächeln, hier zwischen den geöffneten Türflügeln stehe, etwas geblendet von dem Glanz, und nachdem der Hotelier – ein gemütlich dicker, kahler Herr, der niemand anders ist als der Sohn des einstigen Besitzers, ja er, der nicht nur immer wieder unten am Ufer die mit dem kleinen Grafen Stolberg gemeinsam erbauten Sandburgen vernichtete, sondern der auch, etwas älter als wir, uns wegen unseres handgreiflichen Protestes tüchtig verbleute – mich jetzt mit lauter Stimme, feierlich und doch auf väterliche Weise vorstellt, ich mehrmals meinen Kopf in alle Richtungen neige, darauf achtend, daß jedem ein Blick zuteil werde, worauf auch die anderen nicken, ebenfalls darauf achtend, daß ihre Blicke entsprechend liebenswürdig ausfallen und nichts von ihrer Neugier verraten.

Zum Frühstück und zum Abendessen wurden lange Tische gedeckt, und jeder konnte sich von den reichlich aufgetischten Speisen nach Lust und Laune bedienen, der lose familiäre Charakter dieser beiden Mahlzeiten stand im Gegensatz zu dem um fünf Uhr servierten Mittagessen, wenn wir mit einer gewissen Feierlichkeit in kleinen Gruppen an separaten Tischen speisten, jetzt brauchten wir nicht zu warten, bis die ganze Gesellschaft versammelt war, jeder konnte, nachdem er sich gesetzt hatte, von der um den Tisch sich tummelnden Kellnerschar bedient, beginnen; in dieser Beziehung hatte sich in den letzten zwanzig Jahren nichts geändert, ich hätte mich daher nicht gewundert, wenn ich meine Mutter, Regierungsrat Peter von Frick, meinen Vater und Fräulein Wohlgast hier an diesem Tisch vorgefunden hätte, die gleichen kunstvoll gearbeiteten Bestecke klirrten auf dem mit blaßblauen Blumengirlanden verzierten Porzellan, obwohl seitdem wahrscheinlich mehrere Garnituren davon zerbrochen waren, auf den gleichen mit künstlerischer Lässigkeit dekorierten schweren Silberplatten türmten sich die Speisen zu einer eigenartigen appetitanregenden und gaumenkitzelnden Landschaft, die in gesäuertes Öl getauchten geschlossenen Rosen der blaßgrünen Artischocken, der Hummer in seinem rötlichen Panzer, der rosaschimmernde Lachs, die fettglänzenden Schinkenscheiben, das blaßgedünstete Kalbfleisch, die mit schwarzem Kaviar gefüllten Eier, die knackigen Endivien, der in Streifen geschnittene, goldgelb geräucherte Aal auf den taufrischen Salatblättern, die zu Kugeln und Kegeln geformten Pasteten aus Wild, Waldpilzen, Meeresfischen und Geflügelleber, die niedlichen kleinen Salzgurken und die löchrigen festen Scheiben der gelben holländischen Käsesorten, der blaue Zander in Aspik, die milden, säuerlichen, süßen und scharfen Saucen, die Berge von warmduftendem geröstetem Brot, das Obst in mehrstöckigen Kristallständern und dann die Krebse von verschiedener Art und Größe, die saftigrot gebratenen Wachteln, die heißbrutzelnden Würstchen, der mit Nüssen gefüllte Quittenkäse, von dem ich als Kind nicht genug bekommen konnte, und dann die warmen Gerüche, die den ganzen Saal erfüllten, die verschiedenen morgendlichen Düfte von Gesichtswasser, Pomaden und Puder, die den Bewegungen entströmten, die aus Klirren, Krachen, Quietschen, Anstoßen, Plätschern, Huschen, Klingeln zusammengesetzte Musik, das Auf und Ab der Stimmen, das Lachen, die Seufzer, das Schnauben, das Kichern, das Flüstern, all diese mal in die Höhe strebenden, mal in der Tiefe versinkenden, mal sich verstärkenden, mal fast verstummenden Töne; betrachtet man das einen Augenblick lang von außen und bemüht man sich, einen festen Punkt in diesem geordneten Durcheinander zu finden, dann hat man das Gefühl, sich in einen eisig klirrenden Strom stürzen zu müssen, den Blick unbewölkt leer, um den Mund ein bereitwilliges Lächeln, das manchmal zu einem unangenehmen Grinsen gefriert, in den Nerven jene lässige Überheblichkeit, die man unter allen Umständen benötigt, um aus der Geborgenheit der Einsamkeit herauszutreten und den anderen so zu begegnen, daß diese Begegnung ohne Folgen bleibt, weiß man doch, daß hier und jetzt alles geschehen könnte, selbst wenn die Öffentlichkeit von vornherein ausschließt, daß irgend etwas Wesentliches geschieht; nirgends ist die zugleich angenehme wie unangenehme Theatralik unseres Lebens so deutlich zu spüren, die Höhen und Tiefen der Scheelsucht, der edle Zwang zur Lüge, wie gerade in einer Gesellschaft, in der jeder so verbindlich undurchsichtig bleibt, wie auch wir unangreifbar bleiben, farblos und unerreichbar dank der doppelten Anstrengung von Angriff und Verteidigung, wodurch wir, wieder uns selbst überlassen, uns ausgelaugt, müde und überflüssig fühlen und gleichzeitig so wohltuend verantwortungslos, ist doch auf geheimen Befehl unserer Neigungen alles geschehen, was nicht geschieht.

Doch wie makellos sich unser Entree auch gestaltet haben mag, immer gesellt sich ihm eine Widrigkeit bei, die sich als unüberwindliches Hindernis vor uns auftürmt oder als tiefe Verwirrung bemerkbar macht, manchmal ist es der Körper selbst, seine Gestalt und sein Äußeres, auch wenn wir ihn mit der größten Sorgfalt mit der Hülle des Anzugs bekleidet haben; wenn wir unseren Platz unter den anderen suchen und befürchten, ihn vielleicht nicht zu finden, erscheint uns dieser Körper plötzlich linkisch, häßlich, einfach abstoßend, die Extremitäten zu kurz oder zu lang, vielleicht gerade weil wir es uns wünschen, ungezwungen, schön, anziehend, um nicht zu sagen vollkommen zu sein, doch als wäre der Grund dieser Verwirrung gar nicht der Körper, sondern der ungeschickte, schlecht gewählte, aus der Mode gekommene oder gerade allzu modische Anzug, ein erstickend enger Kragen, eine Krawatte in allzu schreienden Farben, ein zu enges Ärmelloch, die in die Gesäßspalte eingeklemmte Hosennaht, ganz zu schweigen von den bei solchen Gelegenheiten sich heftig meldenden inneren Empfindungen, den Schweißausbrüchen auf der Stirn, der Oberlippe, dem Rücken und in den Achselhöhlen, der heiseren Stimme, den feuchten Handflächen oder dem gegen die gesellschaftlichen Regeln revoltierenden Magen, der möglicherweise laut zu knurren beginnt, und dem Gedärm, das die ruchbaren Winde einer nervösen Verdauung anscheinend immer bei solchen Gelegenheiten zu entlassen wünscht; und natürlich findet sich immer jemand in der Gesellschaft, dessen pure Anwesenheit uns herausfordert, dem gegenüber wir, alle vernünftigen Überlegungen beiseite schiebend, sofort unsere feindlichen oder auch liebenden, auf jeden Fall aber elementaren Gefühle äußern möchten, die wir aber zurückhalten müssen wie die stinkenden Winde aus unserem Unterleib, besteht doch das Spiel gerade darin, daß nichts gezeigt werden darf, was echt sein könnte, während sich alles Unechte auf das liebenswürdigste als echt auszugeben hat.

Vielleicht ist es ein Geschenk dieser Regie, daß uns gar keine Zeit bleibt, uns mit all diesen Mißhelligkeiten abzugeben, weil wir sofort mit einem Lächeln anfangen müssen zu reden.

Als bekäme man eine Birne von beträchtlichem Ausmaß in den After gesteckt, die man mit dem Schließmuskel ausbalancieren und festhalten müßte, ohne sie einzusaugen oder auszustoßen: ich muß gestehen, so ähnlich fühle ich mich in Gesellschaft und bin überzeugt, daß es auch anderen so ergeht, quasi als registrierten wir in der krampfhaften Anspannung unseres Unterleibs unsere gegenseitige Anwesenheit, zugegeben eine unschickliche Vorstellung, auch wenn wir noch so abgebrüht wären.

Ich war bestürzt, und fast wäre ich wie angewurzelt stehengeblieben, als ich, während der Kellner, der den gleichen grünen Frack trug wie der Hausdiener, mich an meinen Platz führte, am Tisch die beiden Damen erblickte, mit denen zusammen ich gereist war.

Doch selbst dafür blieb keine Zeit, da zwei meiner Tischnachbarn schon auf mich einredeten, und während ich meinen Platz zwischen ihnen einnahm, mußte ich auch die anderen in Augenschein nehmen, was bedeutete, daß ich, noch bevor ich mich dem Essen zuwandte, mein Gesicht und meine Blicke ihnen zum eindringlichen Studium anzubieten hatte, ein höchst kritischer Augenblick.

Der Mann zu meiner Rechten, dessen Äußeres – das fast völlig ergraute Haar, die straffe, jugendlich gebräunte Haut, die schwarzen buschigen Augenbrauen, der dichte Schnurrbart über den vollen Lippen, das dunkel blitzende Auge inmitten eines grausamen Lächelns – mich sofort fesselte, in mir aber das Gefühl erzeugte, daß es besser wäre, nicht neben ihm, sondern sagen wir ihm gegenüber zu sitzen, fragte mich mit einem fremden Akzent, ob ich gestern während jenes schrecklichen Sturms angekommen sei, und im ersten Augenblick hatte ich das Gefühl, als redete er in einem mir unbekannten Dialekt; erst als er fortfuhr, daß wegen des seit drei Tagen wütenden Sturms alle über Schlaflosigkeit klagten, was nur zu verständlich sei, versetze doch der Sturm, vor allem am Wasser, in den Bergen sei das ganz anders, das wisse er aus Erfahrung! das Nervensystem des Menschen in einen Zustand der Reizbarkeit und Verstörtheit, errege ihn und mache ihn zu Tobsuchtsanfällen geneigt! – erst da wurde mir klar, daß er nicht in seiner Muttersprache redete; die Anwendung der Zeiten beim Gebrauch der Verben in den verschiedenen Sätzen war fehlerhaft.

«Um so angenehmer, wenn dann morgens beim Aufstehen der Himmel so wunderbar blau ist! Sind sie nicht sagenhaft?» ließ sich mein Nachbar zur Linken lautstark und mit vollem Munde vernehmen, der mir, mit einer aufgespießten Garnele vor meiner Nase fuchtelnd, auseinandersetzte, ich solle ihn nicht mißverstehen, er habe nichts gegen die Küche des Hauses, im Gegenteil, sie sei hervorragend, phantastisch! aber er sei ein Freund der einfachen Gaumenfreuden, nur keine Soßen, keine Gewürze! und auch ich solle es mit nichts anderem versuchen; wenn ich also auf etwas wirklich Vorzügliches aus sei, dann solle ich seinem Beispiel folgen, sie seien frisch, fleischig, knackig, aromatisch, und beim Zerbeißen, einfach sagenhaft! fühle man den Geschmack des Meeres auf der Zunge.

Köstlich, sagenhaft, murmelte er auch später wiederholt, trotzdem hatte ich den Eindruck, daß er nicht zu mir, sondern vielmehr zu den Bissen in seinem Munde sprach, denn wie eifrig, begeistert und schnell er auch die Bissen verschwinden ließ, mit welchem Genuß er schmatzend kaute, mahlte, den aromatischen Brei zwischen seinen Zähnen mampfte, schien es doch, als könne er die Begehrlichkeit seiner Zunge nicht ganz befriedigen und als wolle er sich darin bestärken, daß er das, was er fühlte, genauer gesagt, was er nicht so vollkommen fühlte, wie er es sich gewünscht hätte, daß er also die fehlende Gewißheit des vollkommenen Genusses in seinen eigenen lauten Kommentaren zu finden hoffte; auf seinem Teller, ja, um den Teller herum türmten sich in großen Haufen Kerngehäuse, Schalen, Knöchelchen, Gräten, und später konnte ich feststellen, daß trotz des geradezu lächerlich beflissenen Eifers der Kellner um ihn herum immer die größte Unordnung herrschte, etwas war immer verschüttet, umgestoßen, übergeschwappt, vertropft; seine Serviette, von den heftigen Bewegungen dauernd verrutscht, lag auf seinem Schoß oder auf den Knien, manchmal mußte man sie unter dem Tisch hervorangeln, und nicht nur das Tischtuch, sondern auch sein schwarzer, bestimmt gefärbter Ziegenbart, die breiten Revers seines hochgeschlossenen Gehrocks und seine nicht ganz makellose Halsbinde waren voller Brösel, worum er sich aber gar nicht kümmerte, nur die kleineren Unfälle, zum Beispiel die Stückchen saftigen Fleisches, die seinem Messer entglitten, begleitete er mit einer gewissen Verzeihung heischenden Gebärde, während er unaufhörlich und unaufhaltsam weiterplauderte; genüßlich brachte er die Sätze zwischen Kauen und Schmatzen hervor, und sein ausrasierter Adamsapfel hüpfte beim Schlucken auf und nieder, wobei sein Gesicht unbewegt und fast ohne Lächeln angespannt blieb, seine schuppig-runzlige Haut war von ungesunder Blässe, seine tiefliegenden Augen aber flatterten nervös, fast erschrocken in ihren verschatteten Höhlen.

An die zwanzig Personen saßen um den langen Tisch, genau mir gegenüber war ein Gedeck noch völlig unberührt.

Die jüngere der Damen aß mit behandschuhten Händen, was natürlich nicht zu übersehen war, und während ich auf die unnormal enganliegenden weißen Handschuhe blickte, hatte ich das Gefühl, wieder von der gleichen ohnmachtähnlichen Schwäche befallen zu werden wie am vorhergehenden Tag, als sie mir in dem Coupé so grausam ihre Hand entdeckt hatte.

Gemächlich breitete ich meine Serviette über die Knie, obwohl ich keinen besonderen Hunger verspürte; ich fühlte die vorsichtigen Blicke auf Gesicht und Augen, auf Anzug und Krawatte.

Ich sagte zu dem an meiner Rechten sitzenden grauhaarigen Herrn, der übrigens nicht älter sein konnte als ich, die Schultern breit, der Hals dick, die Gestalt untersetzt, in einem kaffeebraunen, weichfallenden Anzug, der vorzüglich zu seiner dunklen Hautfarbe paßte, einer etwas helleren Weste und einem dezent gestreiften Hemd, das damals zum Straßenanzug in Mode kam, daß auch ich etwas von jener sturmgeladenen Spannung der vergangenen Nacht gespürt habe, die er soeben erwähnte, weil ich merkwürdigerweise davon erwacht sei, daß jemand brüllte oder schrie oder, sagte ich, ich sei mir zwar nicht sicher, halte es aber für denkbar, und setzte mit einer mich selbst überraschenden und wohl nur seinem vertrauenerweckenden Äußeren zuzuschreibende Offenheit fort, daß der Schrei möglicherweise zu meinem unerfreulichen Traum gehöre, mit einem Wort, auch ich könne mich jenen zurechnen, die ihre Schlaflosigkeit beklagen, obwohl die erste Nacht, wie wir wissen, keineswegs entscheidend zu sein braucht; er sah mich aber nicht mehr an, als hätte er mir gar nicht zugehört, und in dieser gut gespielten Unaufmerksamkeit war ohne Zweifel etwas unangenehm Belehrendes, wie es jener Sorte von Menschen eigen ist, die ihre Gesten, ihre Worte, ja ihr Schweigen im Bewußtsein ihrer Überlegenheit, ihrer Lebenserfahrung und ihrer Unfehlbarkeit zu dosieren pflegen, um uns auf diese Weise gleichsam zu völliger Offenheit, zu einschmeichelndem Zutrauen, zu unterwürfiger Aufrichtigkeit zu bewegen, zu all dem, womit sie ihre zerbrechliche Macht über unsere vermeintliche Unterlegenheit zu stärken vermögen, während sich der andere zu meiner Linken mit großer Sachkenntnis über die Beiz- und Räucherverfahren von Schinken ausließ, worauf wiederum ich nicht einzugehen vermochte, doch um nicht in den gleichen Fehler zu verfallen und um ihm einen Gefallen zu tun, ließ ich mir von den Garnelen auflegen.

Die ältere Dame, die ich in der Eisenbahn erst nach Stunden erkannt hatte, als sie eingeschlafen, ihr Kopf zur Seite geglitten war und ihr Mund sich geöffnet hatte, aß überhaupt nichts, sondern schlürfte, die Bewegungen ihrer Tochter verfolgend, ihre heiße Schokolade, aber das wohl nur aus Höflichkeit und um mit etwas beschäftigt zu sein.

Endlich begann auch ich mit dem Essen.

«Darf ich hoffen, daß Sie uns nach dem Frühstück so bald wie möglich hinüberbegleiten, Herr Rat?»

Die Stimme der alten Dame klang tief, heiser und männlich, auch ihr Körperbau war kräftig und knochig, weshalb das elegant geschneiderte schwarze Spitzenkleid an ihr ein wenig wie eine Verkleidung wirkte.

«Ich gebe offen zu, daß ich ungeduldig bin.»

Die beiden Damen saßen in einer anscheinend unzertrennlichen Gemeinschaft nebeneinander, vielleicht sogar etwas näher zueinander, als das schicklich gewesen wäre, gleichwohl hatte ich den Eindruck, daß es eher die Mutter war, die dieser Gemeinschaft bedurfte, wie schon im Zug, wo sie der Tochter fast auf der Schulter lag, obwohl sich die beiden Körper niemals berührten.

Und ich erinnerte mich, mit welcher Verachtung, ja mit welchem Abscheu die Tochter die schlafende und fortwährend kleine Schnarchlaute von sich gebende Mutter betrachtet hatte.

Oder sollte diese Verachtung etwa mir gegolten haben?

«Aber gewiß, natürlich, so hab ich's mir auch gedacht!» antwortete bereitwillig der vorzeitig ergraute Herr zu meiner

Rechten. «Natürlich, so bald wie möglich, obwohl, wie ich schon sagte, in der gegebenen Situation alles, aber auch alles möglich ist.»

Unterdessen hatte ich wieder das Gefühl, daß das Mädchen mich beobachtete, sich meinetwegen aufspielte; sie mied zwar meinen Blick, freilich mied auch ich den ihren.

«Und, wenn ich fragen darf, erinnern Sie sich noch an Ihren Traum, den Sie als unangenehm bezeichnet haben?» fragte der ergraute Herr mit schläfriger Stimme, indem er sich plötzlich mir zuwandte.

«Aber natürlich!»

«Und dürfte ich Sie bitten, ihn mir einmal zu erzählen?»

«Meinen Traum?»

«Ja, Ihren Traum.»

Wir schwiegen einen Augenblick und sahen uns an.

«Ich bin nämlich so etwas wie ein Traumsammler, wissen Sie, ich laufe mit Schmetterlingsnetzen hinter Träumen her», sagte er mit einem breiten Lächeln, mir seine schönen, blitzenden Zähne zeigend, um das Lächeln im nächsten Augenblick wieder zurückzunehmen und so zu tun, als hätten seine ernsten schwarzen Augen soeben etwas höchst Verdächtiges in mir entdeckt; der Blitz der Erkenntnis leuchtete in ihrer Schwärze auf.

«Aber fassen Sie es auf keinen Fall als Drängen auf, Herr Rat!» ließ sich da die ältere Dame wieder vernehmen; der aber drehte sich ebenso plötzlich von mir weg, wie er sich mir zugewandt hatte, offenbar hatte er an solch überraschenden und unberechenbaren Bewegungen sein Vergnügen.

«Andererseits ist es natürlich auch vorstellbar», sagte er mit der gleichen schläfrig zerstreuten Stimme, «daß die Krise ausschließlich dem stürmischen Wetter zu verdanken ist, und sobald die Elemente sich wieder beruhigt haben, wird auch der aufgeregte Organismus zur Ruhe kommen. Und das soll keine leere Beschwichtigung sein, gnädige Frau! eine solche Hoffnung, das möchte ich betonen, ist keineswegs unbegründet.»

Vorsichtig stocherte ich im Essen herum, wollte ich doch meine verstopften Gedärme nicht noch mehr belasten.

Mir fehlte mein morgendliches Ritual, auf das ich nur aus triftigen Gründen zu verzichten gewillt war, und nunmehr fehlte es mir schon den dritten Tag, hatte ich doch erst wegen des überraschenden Besuchs meiner Verlobten, dann wegen der Reise, schließlich wegen der angenehmen Gegenwart des Hausdieners schon seit drei Tagen nicht gründlich entleert.

«Nun, was sagen Sie jetzt?» ließ sich der Nachbar zu meiner Linken vernehmen.

«In der Tat, ein köstlicher Bissen!»

Doch wäre ich nicht in der Lage zu entscheiden, welche der beiden Anforderungen, die literarische Arbeit oder die tägliche Notwendigkeit der Entleerung, die wichtigere ist, jedenfalls mußte ich im Lauf der Jahre feststellen, daß das abstrakteste Geistige und das gröbste Körperliche in mir untrennbar vereinigt sind, so sehr, daß ich das eine nur durch das andere in annehmbarer Weise zufriedenstellen kann.

Seine volle Aufmerksamkeit mir zuwendend, beobachtete der Herr mit dem schwarzen Ziegenbärtchen nun, wie ich den Bissen kaute und schluckte, sein Mund war ein wenig geöffnet, die Lippen gespitzt, wie eine Mutter beim Füttern ihres Kleinkinds mit der Bewegung ihres Mundes das kindlichreizende Schmatzen nachahmt, um dann triumphierend um sich zu blicken, wie um zu verkünden, seht her, auch hier habe ich wieder recht behalten.

Wenn ich nämlich morgens aufstehe, setze ich mich, so wie ich bin, ungewaschen und unrasiert, nur mit einem Morgenrock bekleidet, an meinen Schreibtisch, und wenn die Erinnerung mich nicht täuscht, hat sich diese meine Gewohnheit schon in meinem Elternhaus herausgebildet, nach der schrecklichen Tat und dem grauenhaften Selbstmord meines Vaters, als es immer Stunden dauerte, bis ich den Tag beginnen konnte, denn obwohl ich keine genaue Kenntnis von seiner Geschichte hatte, lebte ich noch jahrelang nach diesem Geschehen wie in einer Betäubung.

Manchmal kam ich ans Ufer des unabsehbar breiten, majestätisch dahinziehenden Flusses, und wollte ich nicht, daß die Wogen des mächtigen Stroms mich mit sich rissen, dann mußte ich mich, an die zerbrechlichen Äste der dürren Uferweiden geklammert, aus dem Schlamm hochziehen, um zuzusehen, wie der grauschäumende Strudel entwurzelte Bäume und tote Leiber drehte, wiegte und forttrug.

Am Tisch sitzend, die Dächer der gegenüberliegenden Häuser aus meinem höher liegenden Fenster anstarrend, meinen Kamillentee schlürfend, schrieb ich den einen oder anderen Satz auf das gedankenverloren herangezogene weiße Papier, aus einer Laune heraus, ohne zu überlegen.

Auch hatten Hilde und ich keine Geheimnisse mehr voreinander, wir waren allein im Haus, nur selten gingen wir hinaus auf die Straße, vernachlässigt wucherte der sommerliche Garten um uns, manchmal schliefen wir, einander umarmend, ohne daß diese Nähe auch nur die geringste sexuelle Erregung zur Folge gehabt hätte; sie war damals schon in ihrem vierzigsten Jahr, ich war neunzehn; ich wußte, daß es mein Vater war, der ihrem hingebungsvoll warmen Körper die Unschuld geraubt und ihn jahrelang wie einen Gegenstand benutzt hatte, sie wußte, daß sie den herangewachsenen Sproß jenes geliebten Mannes in den Armen hielt, der einige Monate zuvor ihre ungewöhnlich schöne Nichte, ein zartes, junges Geschöpf, das sie selber zu Aushilfsdiensten in unser Haus gebracht hatte, vergewaltigt, ermordet und verstümmelt hatte.

Geschichten, seltsame kleine Märchen ohne jeden höheren geistigen Anspruch, rundeten sich aus den Sätzen, während ich darauf wartete, daß das langsam abkühlende bittere Getränk meine Gedärme wohltätig entkrampfte und meine Sätze mich die Nacht irgendwie vergessen machten.

An einem solchen Morgen, als ich, dank Hildes Tee, meine Notdurft erfolgreich erledigt hatte – der Vorgang selber dauerte immer lange, weil ich aufpassen mußte, nicht zu eilig oder krampfhaft zu drücken, da sonst das meiste drinnen blieb und die Seide meines Morgenrocks wie auch die Oberfläche meiner Haut getränkt sein würde vom strengen Geruch des Exkrements –, trat ich, in der Duftwolke eines kleinen Alltagssieges, aus der Toilette auf den Flur hinaus, als sie vor mir stand, ungekämmt, die Bluse über der Brust aufgerissen; mit irren Augen, zerbissenen Lippen stürzte sie sich auf mich, umarmte mich, biß mich in den bloßen Hals, noch nie habe ich eines Menschen Schrei aus solcher Tiefe, so trommelfellerschütternd vernommen, sie schrie unaufhaltsam auf mich ein, wobei ihr fülliger Leib kraftlos zusammensackte und mich mitriß, hinunter auf den Steinboden.

Dem Fräulein war der Bissen im Munde steckengeblieben, mit der behandschuhten Hand legte sie das Besteck auf den Teller zurück.

Mit dem gleichen Ausdruck von Ekel und Verachtung, mit dem sie im Zugabteil ihre jeder Haltung bare, schnarchende Mutter angesehen hatte, sah sie jetzt den zu meiner Linken sitzenden ziegenbärtigen Mann an, doch mußte ich erkennen, daß diese Verachtung und dieser Widerwille keineswegs der Koketterie entbehrten und nicht so sehr ein Zeichen von Abweisung als von Herausforderung waren, und als ich neugierig zu meinem Nachbarn hinübersah, stellte ich fest, daß sein Mund seine Tätigkeit beendet hatte, nur sein spitz geschorener Bart zitterte noch vor Anstrengung, weil die überlegenen Blicke des Fräuleins seine tiefliegenden, nervösen Augen zur Ruhe zwangen und beider Blicke nicht nur auf das unverhüllteste ineinander versanken, sondern deutlich miteinander kokettierten.

Zur gleichen Zeit wandte sich die respektable ältere Dame mir zu und bat um Nachsicht, weil sie gezwungen sei, mit dem Rat über ein ernstes Thema zu sprechen, das wirklich nicht in den Rahmen eines gemeinsamen Frühstücks passe, worüber sie sich durchaus im klaren sei, und wenn sie mir jetzt eine erschöpfende Erklärung schuldig bliebe, die anderen wüßten leider, wovon die Rede sei! dann möge ich ihr glauben, daß sie dies nur in meinem Interesse tue, weil sie meine sichtlich heitere Morgenstimmung nicht mit ihren Sorgen stören möchte, aus Schonung! sie möchte ihre Worte nur als Hinweis verstanden wissen, und trotz alledem hoffe sie aufrichtig auf mein Verständnis.

Die wenigen Augenblicke, in denen ich sie meines völligen

und vorbehaltlosen Verständnisses versichern und, eines meiner hingebungsvollsten Lächeln produzierend, mich für ihre liebenswürdige Aufmerksamkeit bedanken mußte, diese wenigen Augenblicke stahl sie mir sozusagen mit ihrem umständlichen Geschwätz, so daß es mir danach nur schwer gelingen wollte, mich wieder den beiden zuzuwenden, weil sie inzwischen noch offener miteinander kokettiert hatten, wie ich feststellen konnte, brauchten sie doch meine neugierigen Blicke nicht zu fürchten, und während ich höflich der Mutter lauschte, hatte ich aus den Augenwinkeln heraus die Tochter beobachtet, wie sie mit dem Ausdruck koketten Überdrusses auf ihrem rundlichen, rosigen Gesicht den alternden und gewiß nicht uneitlen Mann bezauberte; sie fing wieder an zu kauen, mit einer verblüffenden mimischen Fertigkeit den anderen imitierend, einen ebenso wilden, gierigen und unstillbaren Appetit vortäuschend, mit zitterndem Kinn, als wäre es der Bart, doch das war erst der Anfang des Spiels, denn dem Mann, der erst jetzt die Schönheit ihres Gesichts zu entdecken schien, kam es gar nicht in den Sinn, sich gekränkt zu fühlen, ihr gieriges Kauen spiegelte sich in seinem Blick, dem Erfüllung verheißenden Blick eines schamlosen Lüstlings, was die tiefliegenden, ein wenig schielenden Augen deutlich ausdrückten, was wiederum das Mädchen faszinierte, und nachdem sie sich einen Augenblick lang mit reglosem Kiefer über den unabgeräumten Tisch hinweg angesehen hatten, begann der Mann zu kauen, vorsichtig, fast mädchenhaft zurückhaltend, auf daß das Fräulein ein paar gierige Kaubewegungen gemeinsam mit ihm mache, und wie unglaubwürdig diese Szene auch sein mochte, sie kauten und schluckten gemeinsam, obwohl es gar nichts mehr zum Schlucken und Kauen gab.

Aber auch dafür sollte mir nicht mehr viel Zeit bleiben, weil die spannenden Ereignisse im Frühstückszimmer mit sinnverwirrender Geschwindigkeit anfingen, sich zu jagen.

In der Glastür erschien ein junger Mann, allein wegen seiner Kleidung eine auffallende Erscheinung, ich hob gerade meine Tasse zum Mund, und der eine schläfrige Ruhe vortäuschende Rat machte mit seinem Ellbogen eine so nervös unbeherrschte Bewegung zu meiner Rechten, daß der Tee aus meiner Tasse der älteren Dame, die sich zu mir herüberbeugte, fast ins Gesicht schwappte.

Den weichen hellen Hut schnippte er geradezu vom Kopfe, reichte ihn einem herumstehenden Kellner, und unter dem Hut hervor schien die in kleine Locken gekräuselte, sonnenhelle Krone seiner blonden Haarfülle fast zu explodieren; er trug keinen Rock, sondern einen aus dicker weißer Wolle gestrickten Sweater, einen langen Shawl aus der gleichen Wolle mehrere Male um den Hals geschlungen und über die Schulter geworfen, nicht gerade ein Beweis für eine gute Kinderstube; er mochte von seinem Morgenspaziergang zurückgekehrt sein, heiter, mit frischen Farben, ein bißchen keck, was nicht nur seine ungewöhnliche Kleidung, sondern sein ganzes Auftreten bezeugte, sein unbeschwerter Gang und sein unbefangenes Lächeln, und während er zu seinem Stuhl eilte, tauschten wir nachsichtige Blicke wegen dieses ungewöhnlichen Vorfalls, er aber nickte, grüßte, schien mit allen in liebenswürdigster Verbindung zu stehen, lächelte, strahlte und warf den von seinem Hals gewickelten lustigen Shawl über die Lehne seines Stuhls, und die ältere Dame mir gegenüber, die aus meinen faszinierten Blicken seine Ankunft erraten hatte, schaute strahlend zu seiner schlanken Gestalt empor und faßte mit ihrer beringten Hand nach der seinen. «Oh, ce cher Gyllenborg!» rief sie. «Quelle immense joie de vous voir aujourd'hui!»

Er zog die beringte Hand zu sich hinauf und küßte sie zart, was mehr, aber auch weniger war als eine galante Geste.

Aber da stand schon ein Kellner hinter unserem Rücken und flüsterte dem zu meiner Rechten sitzenden Rat etwas ins Ohr, im Rahmen der Glastür erschien der Hotelier, der mit einem betretenen und etwas törichten Ausdruck zu uns herübersah, als warte er auf die Wirkung des Gesagten.

Er hatte zu diesem Zeitpunkt seinen Platz noch nicht eingenommen, sondern eilte zu der am Kopfende thronenden, zerbrechlich schlanken Dame, die, genußvoll nach hinten gelehnt, ihm die klare, von einer silbergrauen, hochgesteckten Haarkrone gerahmte Stirn zum Kusse bot.

«Avez vous bien dormi, Maman?» war zu hören.

Der Rat aber stieß im gleichen Augenblick den Stuhl mit solcher Kraft von sich, daß er umgestürzt wäre, wenn der Kellner ihn nicht aufgefangen hätte, und rannte, allen Anstand vergessend, einfach aus dem Saal. Als seine gedrungene Gestalt fast in dem Halbdunkel des großen Salons hinter der Glastür verschwunden war, besann er sich plötzlich, kehrte um, stutzte einen Augenblick, als er sich mit dem Hotelier konfrontiert sah, eilte in den Saal zurück und flüsterte der älteren Dame etwas ins Ohr, die, ich kann es nunmehr verraten, niemand anders war als die Gräfin Stolberg, die Mutter meines Spielkameraden aus der Kindheit und des behandschuhten Fräuleins.

Ich wußte daher genau, von wem die Rede war, nur daß ich in der Eisenbahn keine Lust gehabt hatte, ihnen meine Identität zu entdecken, weil dann die Sprache unweigerlich auf meinen Vater gekommen wäre und es mir im Hinblick auf seine Geschichte unmöglich erschienen war, von ihm zu sprechen.

Niemand in diesem Saal, der in diesem Augenblick nicht gefühlt hätte, daß er Zeuge eines nicht nur ungewöhnlichen, sondern äußerst schwerwiegenden Geschehens war.

Stille trat ein.

Er stand immer noch neben dem Stuhl seiner Mutter.

Die beiden Damen erhoben sich langsam, dann verließen alle drei eilig den Raum.

Wir aber blieben zurück in dieser Stille, niemand wollte sich rühren, nur ab und zu war ein leichtes Klirren zu hören.

Erst jetzt verkündete der Hotelier der Gesellschaft mit bewegter Stimme, daß Graf Stolberg tot sei.

Ich starrte die Garnelen auf meinem Teller an, vielleicht starrten alle genauso vor sich hin, als er lautlos vor dem unberührten Gedeck mir gegenüber stehenblieb und seinen Shawl von der Lehne seines Stuhls nahm, ich sah es, obwohl ich auf meinen Teller blickte.

«Bien! Je ne prendrai pas de petit déjeuner aujourd'hui», sagte er leise und, obwohl das überhaupt nicht angebracht war: «Que diriez vous d'un cigare?»

Etwas betreten sah ich zu ihm auf, weil ich nicht sicher war, ob er mich meinte.

Aber er lächelte mich an, und ich stand auf.

Das Jahr der Begräbnisse

Ich vermochte nicht mehr zu weinen, beim Begräbnis meiner Mutter, vor anderthalb Jahren, hatte ich vielleicht zum letztenmal geweint, als das Prasseln und Poltern der gefrorenen Erdschollen auf dem Sarg widerhallte; es war, als würde es in meiner offenen Hirnschale dröhnen, in meinem Magen und in meinem Herzen, das schreckliche Geräusch zerstörte den bislang unerkannten inneren Frieden meines Körpers, als wolle es mir unerwartet und ohne jeden Übergang das Elend meiner physischen Existenz bewußt machen.

Und wenn bis dahin kein Weinen, keine Erregung, keine Angst, keine Freude oder Erschütterung meinen finsteren, unbewußten Frieden hätten stören können, so begann von da an alles in umgekehrter Weise abzulaufen; alles, was wir als schön oder häßlich bezeichnen können, Farbe, Gestalt, Maß, Ansehen und der äußere Schein, verlor seine Bedeutung, doch der Magen verdaute in der krampfhaften Anspannung des Ständig-auf-der-Hut-Seins weiter, da nun einmal Nahrung in ihn hineingestopft werden mußte, das Herz klopfte mit vorsichtiger Selbstschonung, weil immer wieder Blut in die Adern gepreßt werden mußte, unwirsch grollten, aufgeregt rumorten und entluden sich die Därme, der Urin brannte, der pure Schmerz, ein lebendiger Körper zu sein, wollte sich jeden Atemzug versagen und blieb in der Lunge, als Bedrückung, denn es gab keine noch so scharfe physische Qual, welche die abgrundtiefe Dumpfheit des seelischen Schmerzes mit Hilfe des Atems hätte aus mir herausstoßen können, wodurch mein Atmen sich anhörte, als wäre es jedesmal ein letztes Schnappen nach Luft; mich ekelte vor mir, und während jeder einzelne Nerv in mir darauf aus war zu wissen, was in mir geschah und was in mir noch geschehen könnte, wurde ich gegen alles, was um mich herum geschah, scheinbar ruhig, gefühllos, ja gleichgültig, und natürlich konnte ich auch nicht weinen.

Trotzdem überkam mich von Zeit zu Zeit ein Schluckauf, als stieße mir ein in der Kehle steckengebliebener Rotz auf, dann hoffte ich dummerweise, daß die wohltuende Wärme der Tränen mich zurückversetzen könnte in die glückliche Unbewußtheit der Kindheit, dorthin, wo die zärtliche Kraft einer Umarmung noch ausreicht, um zu trösten, nur daß gerade diese umarmende Wärme fehlte, so daß ich, anstatt zu weinen, nur in kaltes Erschauern verfiel, das kaum wahrnehmbar gewesen wäre, selbst wenn man mich beobachtet hätte, weil es immer nur kurze Zeit dauerte und fast keine äußeren Zeichen aufwies.

Ich gefiel mir sogar in der neuen Rolle, genoß sie geradezu, es befriedigte mich, daß ich weder mit meinen physischen Beschwerden noch mit meinen Gefühlen jemandem zur Last fiel.

An jenem Nachmittag, von dem ich, mich dem Ende meiner Geschichte nähernd, sprechen möchte, lag ich auf meinem Bett; und soweit man den Zustand der Todeserwartung mit einem vertrauten Wort benennen kann, würde ich von Stille sprechen, einer Stille, in welcher der vollkommene Mangel an Gnade zu spüren war, von dieser Beschaffenheit schien die Stille im Hause, sanft und schwer ließ sich die wolkenverhangene Dezemberdämmerung herab, diese meiner Verfassung zuträglichste Zeit und Stunde, da ich das Licht nicht weniger verabscheute als das Empfinden meines Körpers oder die Dunkelheit, nur das Zwielicht und die Dämmerung erleichterten mich ein wenig, die Türen standen offen, man hatte noch kein Licht gemacht in diesem mir fremd gewordenen Haus, in dem wir die Heizkörper nur lauwarm werden ließen, weil die Kohlen zu Ende gingen, aus dem entfernten Speisezimmer war manchmal Tante Klaras kräftige

Stimme zu hören, in dieser Stille nämlich hielt sie hartnäckig Zwiesprache mit dem endgültigen Verstummen meiner Großmutter; seit Vater ihr meine kleine Schwester weggenommen und in einer Anstalt irgendwo bei Debrecen untergebracht hatte, war Großmutter verstummt, und obwohl ich die Worte aus der Entfernung weder verstand noch auf sie achtete, nahm mein Ohr doch diesen seltsamen, völlig einseitigen Rhythmus wahr, der mich glauben ließ, die Stimme meiner Mutter zu hören, also hatte sich doch etwas fortgesetzt, etwas Bekanntes, etwas lächerlich Vertrautes.

Es war der achtundzwanzigste Dezember des Jahres neunzehnhundertsechsundfünfzig; ich erinnere mich so genau an dieses Datum, weil wir am darauffolgenden Tag, am neunundzwanzigsten Dezember, Vater beerdigten.

Als es ein zweites Mal läutete, hörte ich Schritte, das Öffnen der Tür, hörte sprechen, bis ich dann nach einer Weile und nur damit niemand merkte, wie wenig es mich interessierte, wer gekommen war oder was noch geschehen könnte, von meinem Bett aufstand; in der offenen Tür meines Zimmers stand Hedi Szán.

Wollte ich genauer sein, müßte ich sagen, daß ein linkisches Wesen dastand, mit herunterhängenden, viel zu langen Armen, eine menschliche Gestalt im Zwielicht der von den weißen Wänden erhellten Dämmerung, ein kleines Mädchen, als Dame verkleidet, ein verängstigtes Kind, das kaum noch an die schöne Hedi, die faszinierende, erwachsene, blühende Frau von einst erinnerte.

Sie stand da im pelzbesetzten Mantel ihrer Mutter, einem uralten, aus einer Mottenkiste herausgefischten Mantel, als hinge alles, was sie anhatte, wie zufällig an ihr, sie schien erschöpft, vielleicht auch nur nicht ausgeschlafen, ihr Haar aber, diese einst so dichte, verführerisch goldschimmernde Mähne, dieser ausladende, bei jedem Schritt und jeder Bewegung wippende und schwingende Katarakt, in dessen duftender Fülle ich meine Finger so lustvoll vergraben hatte, umrahmte jetzt farblos, gleich einer fremden Materie ein Gesicht, dessen Haut von der Kälte gegerbt war, sie zitterte eingeschüchtert, als hätte sie sich gegen ihren Willen in diese Situation hineinbegeben; vielleicht aber war sie auch nur wie alle anderen in diesen Tagen.

Doch nicht ihre verlorene oder vielleicht nur eingebildete Schönheit interessierte mich, auch nicht dieser Mantel, mich schmerzte ihr Blick, ihr Entsetzen, das Fehlen ihres Lächelns, denn ich lächelte sie an, weil ich nicht wollte, daß sie mein Erschrecken sah, mich schmerzte ihre hilflose Anteilnahme, dieses von den Erwachsenen erlernte klägliche Bestreben, selber keinen Schmerz zu empfinden, während man gerade im Begriff ist, sich in den frischen Schmerz der anderen einzumischen.

Voller Entsetzen und Abwehr wich mein Inneres vor ihr zurück, wußte ich doch, warum sie gekommen war.

Trotzdem machte ihre Erscheinung einen beruhigenden, der Situation durchaus angemessenen Eindruck; sie trug Stiefel an den Füßen mit dicken, umgeschlagenen Wollsokken.

Sie grüßte, und sicher habe ich ihren Gruß erwidert, daran erinnere ich mich nicht mehr, mir ist nur die Erinnerung an mein verkrampftes Lächeln geblieben, hatte ich sie doch anzulächeln versucht, mit dem fröhlichen und unbekümmerten Lächeln von einst, als wäre inzwischen nichts geschehen und als könnte auch nichts geschehen, solange sie dieses Lächeln noch kennt und auch ich es noch kenne; wir machten ein paar Schritte aufeinander zu, bis wir verunsichert stehenblieben, war es doch neu und abstoßend, uns in solch einer erinnerten und erinnerungsträchtigen Rolle wiederzubegegnen, der Toten waren zu viele, und um schneller über das Schwere hinwegzukommen, lachte ich und sagte, es sei wirklich schön von ihr, daß sie gekommen sei, hätten wir uns doch das letzte Mal beim Begräbnis meiner Mutter gesehen.

Mein Lachen hatte sie endgültig verschreckt, und meinen Satz mußte sie als bitteren Vorwurf verstanden haben, ihre großen Augen füllten sich mit Tränen, wer weiß, wie lange sie sich schon angesammelt hatten! und um in ihrer Hilflosigkeit nicht zu weinen und mir die Gelegenheit zu so verletzenden

Worten zu nehmen, warf sie gereizt den Kopf zurück, wodurch ihr dichtes Haar fast genauso ins Schwingen geriet wie einst, nein, sagte sie, nicht deshalb sei sie gekommen, schließlich sei sie noch nicht völlig verblödet, sie wolle mich doch nicht kränken, auch wüßte sie nicht, was sie sagen sollte, sie wolle sich bloß von uns verabschieden, sie sagte tatsächlich von uns, es habe sich nämlich eine einigermaßen günstige Gelegenheit ergeben, jemand wolle sie beide morgen vor Sonnenaufgang für einen relativ billigen Preis bis Sopron mitnehmen, und dort würden sie weitersehen, sagte sie und zuckte die Schultern; erst sei sie zu Livia gegangen und zur Tante Hüvös, bei Livia zu Hause aber habe sie niemanden angetroffen, deshalb bitte sie mich, ihr zu sagen, ja, was eigentlich? nein, ich brauche ihr weiter nichts zu sagen, nur, daß sie hiergewesen sei und daß sie fortgehen würde! dann sei sie durch den Wald gekommen und habe daran gedacht, auch bei Kálmán hereinzuschauen, da aber verstummte sie plötzlich, fragend und flehend erwartete sie, daß ihr das Unglaubliche durch mich zur Gewißheit würde, aber schnell, weil sie wegen der Ausgangssperre nach Hause müsse.

Und von dem Augenblick an, da sie, gegen ihre Tränen ankämpfend, begonnen hatte zu reden, die nebensächlichen Umstände, die die Situation erklären sollten, hastig herunterhaspelnd, ohne über das Wesentliche, über das, was uns beide am tiefsten berührte, gleichsam aus Schonung nur ein einziges Wort zu verlieren, hatte sie sich vollkommen zurückverwandelt und war in ihrem veränderten Äußeren wieder ganz zu der von früher geworden, nicht schön, aber stark, vielleicht hatten wir das damals als schön empfunden.

Ich nickte.

Dieses Nicken genügte ihr nicht, ich mußte ein fast tonlos trockenes Ja aussprechen, direkt in ihre Augen hinein, ich durfte nicht ausweichen, obwohl ich spürte, wieviel Grausamkeit, ja welch lustvolle Rücksichtslosigkeit darin lag, das letzte Fünkchen einer törichten Hoffnung, die sich mit den vollendeten Tatsachen nicht abfinden kann, in jemandem zu zertreten, dieses Ja, das auch dann noch grausam und rücksichtslos bleibt, wenn sie schon weiß, daß es nie wieder in ein Nein verwandelt werden kann und ein ausschließlich beklagenswertes Ja bleibt.

Und über dieses Ja brauchten wir nicht länger zu reden; sie hatte mich das Wichtigste wissen lassen, nämlich, daß sie fortgehen würden, ihrer Mitteilung, die ohne besondere Wirkung auf mich war, entnahm ich, daß sie aufgrund eines möglicherweise tragischen Ereignisses nicht zu dritt gehen würden, sondern zu zweit, dem Plural fehlte nämlich die gewohnte Gehässigkeit, jener kindliche, weinerliche Haß, den mein Ohr jetzt vermißte und der sich einst auf den Liebhaber der Mutter bezog, der sich zwischen sie und die Mutter gedrängt hatte; wir hatten nicht viel Zeit, aber ich hätte auch, was das Schicksal des Liebhabers betraf, nicht viel zu rätseln gehabt, entweder war er verstorben oder verwundet, entweder war er schon vorher allein geflohen, oder man hatte ihn in den voraufgegangenen Tagen verhaftet, und sollte er aus einem anderen, sagen wir aus einem persönlichen Grund aus ihrem Leben verschwunden sein, dann wäre ihr Haß auf ihn in der Mitteilung noch lebendig gewesen, und wenn sie jetzt den abgeschriebenen Liebhaber der Fürsorge der unpersönlichen Geschichte überließen und fortgingen, zu zweit, dann würde dies für mich genauso in das gefühllose Reich der Jaworte gehören wie für sie all das, was sie in den vergangenen Stunden über die Entwicklung meines Schicksals oder über Kálmáns Tod erfahren hatte.

Mein Ja hatte daher bedeutet, daß ich weiß, daß sie es weiß, und ich nichts hinzuzufügen habe, wie auch sie die Ereignisse nicht zu kommentieren brauchte, weil sie wußte, daß ich es weiß.

Mit weit offenen, nein, mit aufgerissenen Augen sahen wir uns an, genauer, wir sahen einander nicht an, sondern erblickten im Auge des anderen jenes von uns beiden verstandene und zugleich tief beschämende, unpersönliche und flüchtige Ja, das sich auf die Tatsache des Todes und die Anzahl der Toten bezog, vielleicht erkannten wir auch die Schande der Lebenden in unseren Augen, die auf keine Erklärung angewiesenen und gleichzeitig unbegreifbar abgeschlossenen Tatsachen, als könnten wir trotz aller unserer nervösen Eile doch noch Zeit gewinnen und uns Zeit lassen, auf daß der Widerschein unserer Schande in unseren Augen erlösche, aber wodurch? durch Reden, Erklären, Erzählen oder Beschreiben, aber wovon? da es im Augenblick des Abschieds keine gemeinsame Zukunft geben konnte und aus der gemeinsamen Vergangenheit nichts mehr zu retten war, und nicht einmal weinen konnte einer von uns, deshalb war es auch unmöglich, uns auf menschliche Weise zu berühren.

Wir waren nicht so sehr deshalb sprachlos geworden, weil wir nichts zu besprechen gehabt hätten, sondern weil das Gefühl von Aussichtslosigkeit und Scham die unendliche Menge des zu Besprechenden unaussprechbar machte, hätten doch die gemeinsamen Fäden unseres Verstehens zerrissen werden müssen, um der Schande des gemeinsamen Schicksals zu entkommen und um vergessen zu können.

Die lebendige Sprachlosigkeit sollte unsere Zukunft werden, ihre dort, wohin sie jetzt floh, meine hier; das ergab keinen wesentlichen Unterschied, und gemeinsam blieben uns die abwehrenden, ihren Schmerz aus Rücksichtnahme verbergenden, verschlossenen Gesichter und die, wenn auch gleichgültig, einander prüfenden, beschwichtigenden Augen, die trotz ihres gegenseitigen Verstehens sich nie wieder im Einverständnis begegnen durften, unsere neue Übereinkunft würde heißen: lieber Schluß machen mit allem, schließlich leben wir noch! das alles war uns geblieben, trotz allem gemeinsam, ganz bewußt gemeinsam.

Und nicht nur ihr, auch keinem anderen konnte ich es erzählen, ich konnte es nicht und wollte es nicht.

Mir war das Bedürfnis, darüber zu reden, abhanden gekommen, war mit meinen Toten verwest, sie aber ging fort.

In der Dämmerung standen die Stühle um den Tisch, vier einsame Stühle rund um den Tisch, und mir ging es durch den Kopf, daß ich ihr, wie es sich gehört hätte, einen Platz anbieten müßte, doch mit diesen Stühlen, auf denen sie übrigens niemals gesessen hatte, standen auch jene Nachmittage von einst zwischen uns, wenn sie schwatzend und schnatternd hereinstürmte und sich gleichsam schon von der Tür aus auf mein Bett warf, auf den Rücken oder auf den Bauch.

Ich fragte sie, als sei es das Wichtigste von der Welt, schön, aber was solle dann aus Kristian werden? obgleich wir beide wußten, daß ich uns damit die wesentlichsten Fragen ersparen wollte.

Um ihren Mund erschien ein kleines, bitteres Lächeln, ein ältliches, ein wenig spöttisches, sie mochte mein Ablenkungsmanöver für zu direkt, sentimental oder auch für überflüssig halten, sie habe diese Angelegenheit glücklicherweise hinter sich gebracht, sagte der hochmütige Bogen des auf Distanz bedachten Lächelns um ihren Mund, sie hätten sich schon lange nicht mehr getroffen, bemerkte sie mit einem Schulterzucken, womit sie mir zu verstehen gab, daß sie sich von ihm, nämlich von Kristian, nicht verabschieden würde, also doch etwas, was außerordentlich lebendig und schmerzlich bleiben würde, sie würde ihm aus der freien Welt schreiben, zitierte sie den aus dem Rundfunk bekannten Ausdruck, spöttisch natürlich, und im übrigen, sagte sie, sei das nichts als eine Kinderei gewesen zwischen ihnen, obwohl der Kristian ohne Zweifel ein hübscher Junge sei, und plötzlich sprang hinter ihrem gleichgültig, ja zynisch wirkenden Gesichtsausdruck für einen Augenblick ein lautes, ordinäres Lachen hervor, das ihre Zähne aufblitzen ließ, du kannst ihn haben! neuerdings habe sie eine Vorliebe für häßliche Burschen, und deshalb, sagte sie, käme ich auch nicht mehr in Frage für sie, leider.

Wenn sie nicht gesagt hätte, ich könne ihn haben, wenn sie es nicht herausgeschrieen, nicht öffentlich gemacht hätte zwischen uns, wenn sie mein tief verborgenes Geheimnis, das ich immer zu vergessen gewünscht und bisher ausschließlich als das meine angesehen hatte, nicht mit ihrem Lachen entwürdigt hätte, wenn sie damit die Gemeinsamkeit, die unsere Vergangenheit bedeutete, nicht verunglimpft hätte, dann wäre es ihr gewiß schwerer gefallen fortzugehen, soviel glaube ich heute zu verstehen.

Doch damals, als wir uns aus der erschrockenen Deckung

unserer abweisenden Gesichter in die Augen sahen, erschien, ausgelöst von dieser erneuten Schmach, anstelle des übereinstimmenden und gemeinsamen Ja von vorhin ein endgültiges und unwiderrufliches Nein.

Eine intakte Gemeinsamkeit hätte schmerzen können, eine verleugnete nicht, die konnte man vergessen.

Später passierte es mir oft, daß ich in den Zügen wildfremder Menschen das entstellte Gesicht der abschiednehmenden Hedi zu entdecken glaubte; das passierte vor allem, wenn ich in den alltäglichsten Situationen Gesichtern von dieser vibrierenden Reglosigkeit begegnete, die sogar in ihrer Feindseligkeit noch freundliche Gefühle evozierten, doch gleichzeitig merkte ich, sosehr ich mich auch zu einem Vertrauen, einer Anteilnahme oder Hinwendung anzuhalten versuchte, daß mich ein inneres Mißbehagen zurückhielt, trotz aller Gegenwehr eine Lähmung der Gefühle, eine mir seit langem vertraute, schmerzliche Erstarrung, war doch mein eigenes Gesicht im Laufe der Zeit starr geworden, als habe sich ein zweites Gesicht über mein erstes gelegt, ein mißtrauisches, zur Hingabe unfähiges, ein verängstigtes und von der ständigen Selbstbehauptung rechthaberisch gewordenes Gesicht, das das Weiche mit dem Harten verdeckte, das gleichzeitig ja und nein meint, aber damit nur Unbehagen verbreitet, weil es sich weder mit seiner Bejahung noch mit seiner Verneinung in die Verwicklungen einer wie immer gearteten Gesellschaft einzumischen wünscht; es wollte mir scheinen, als könnte ich in jedem ängstlichen, unsicheren, in gekränkter Empörung befangenen, hinterhältig lauernden, aber angriffsbereiten, krampfhaft abweisenden, dummdreisten oder ängstlich schlauen, unterwürfigen Gesicht mein eigenes, verändertes Gesicht erkennen, in allen Gesichtern, deren Blicke rasch dem fremden Blick ausweichen, gezwungen von der Scham, keinen Kontakt herstellen zu können; später, als ich über das alles nachzudenken begann, wollte es mir scheinen, als trüge jeder auf seine Weise, je nach seiner Partei- oder sonstigen Zugehörigkeit, die Spuren der Ereignisse jener vergangenen, gemeinsam erlebten Zeit unauslöschlich in seinen Zügen, all das, was er, verborgen hinter einer zwiespältigen Miene, verdrängen und vergessen lassen wollte.

Deshalb konnte ich es keineswegs als Werk des Zufalls ansehen, daß nach diesem schmerzlichen, schnell vergessenen Abschied so viele Jahre, so lange Jahre vergehen mußten, ja, fast meine ganze Jugend dahingehen mußte, ehe dieses Schweigen plötzlich in mir aufbrechen konnte und ich zum erstenmal – wenn ich dieses schriftliche Geständnis nicht mitrechne, vielleicht auch zum letztenmal – anfangen konnte zu erzählen, zu reden und ebenso zwanghaft, wie ich bisher geschrieben hatte, davon zu berichten, und das ausgerechnet in der Fremde, einem Fremden, jemandem, der von alledem nur eine blasse und entfernte Vorstellung haben konnte, dazu noch in einer fremden Sprache, auf der Plattform einer Berliner Straßenbahn, und das ohne jede Rücksicht, als blutiges Gewölle, so wie es heraus wollte.

Es war an einem Sonntagabend, auch diesmal war es Herbst, in der lauen Wärme lag schon ein scharfer, feuchter Hauch, man konnte ihn schmecken, sein Geruch war metallisch, und die erleuchtete Straßenbahn zockelte gemütlich mit uns durch die dunkle, zu dieser verhältnismäßig frühen Stunde ausgestorbene Stadt.

Wie gewöhnlich waren wir draußen auf der leeren Plattform geblieben, weil wir unter dem Vorwand, uns festhalten zu müssen, ohne Aufsehen uns an den Händen halten konnten, wir waren auf dem Weg ins Theater, und ich kann mich nicht mehr erinnern, wie wir darauf zu sprechen kamen, als Melchior anfing, vom Berliner Aufstand neunzehnhundertdreiundfünfzig zu erzählen, er erwähnte zwei pflichteifrige Volksaufklärer, die am sechzehnten Juni neunzehnhundertdreiundfünfzig, einem regnerischen Morgen, ahnungslos zu dem damals im Bau befindlichen Block vierzig der später in Karl-Marx-Allee umbenannten Stalinallee unterwegs waren, um die unzufriedenen und natürlich hungrigen Bauarbeiter, Mörtelmischer, Maurer und Zimmerleute von der volkswirtschaftlichen Notwendigkeit der Normensteigerung zu überzeugen, doch an diesem Morgen wollten sie das Selbstverständliche nicht nur nicht verstehen, freilich, der Morgen war scheußlich genug, im Gegenteil, sie forderten die sofortige Aufhebung der neuen Verordnung, jagten die beiden fort, und es hätte nicht viel gefehlt, daß sie die nicht weniger aufgebrachten Volksbeglücker verprügelt hätten, um dann, etwa achtzig an der Zahl, in geschlossenen Reihen, frisch gedichete Reime und Losungen skandierend, brüllend in Richtung Alexanderplatz zu marschieren, hör mal, sagte er, ungefähr so: «Wir sind keine Knechte, Berliner, fordert eure Rechte.»

Die in handfesten Reimen hinausgebrüllte Empörung, die er, soweit es die Metrik betraf, schön gefunden habe, die rasch anschwellende kleine Gruppe, die Vorstellung der unaufhaltsam dahinströmenden Menge, die offene Plattform der gelb erleuchteten herbstlichen Straßenbahn, seine Hand, ihrer verliebten Empfindsamkeit jetzt doch etwas verlustig, auf meiner Hand, das ratternde Holpern, der Geschmack des lauwarmen Dunstes auf meiner Zunge, um seinen Mund dieses von sich und von dem Geschehen distanzierte, unangenehm abweisende Lächeln, in seinen Augen eine mit Fünkchen von besänftigendem Humor gesprenkelte, übermütige Fröhlichkeit, die in der fremden Sprache noch realer und entschiedener wirkenden altbekannten Wörter wie Volkserzieher, Norm, volkswirtschaftliches Interesse – all dies hatte etwas in mir in Bewegung gebracht, ich weiß selber nicht, was.

Es war mir, als spürte ich die erregte Spannung jener einstigen Wachsamkeit in Füßen und Armen, und ich hatte das Gefühl, als fiele die widerwärtige Lähmung nun endlich von meinem Gesicht ab.

Er hatte mich zurückversetzt, in Bewegung gebracht, mir eine bisher nicht einmal erwünschte Möglichkeit zu einer Eröffnung geboten, und während seine Reime die anschwellende Menge heraufbeschworen und wir noch nicht einmal den Alexanderplatz erreicht hatten, blieb meine erleuchtete Straßenbahn schon hilflos in der wie ein dunkler Koloß wirkenden Menge an jenem Punkt des Marxplatzes stecken, an welchem die Bahnen sonst, mit einem kreischenden Geräusch, im sanften Bogen der Gleise auf den Szent-István-Ring fahren.

Arbeiter, soeben von den Gerüsten heruntergestiegen, einkaufende Hausfrauen, Studenten, Gassenjungen, Beamte, Lehrlinge, Gaffer, Gecken, Fußgänger, sicher auch Hunde, alle hatte der Zug mitgerissen, berichtete er mit unterdrückter Erregung, und da die Menge durch ihr Anschwellen auf dem Platz die Richtung verloren hatte, aber der Ruf «In die Leipziger Straße, in die Leipziger Straße!» immer häufiger und immer drängender erklang, wurde er irgendwie zum gemeinsamen Willen, der Wind hatte sich einfach gedreht, und schon marschierten sie auf das Regierungsgebäude zu, als plötzlich zwei Parteifunktionäre vor ihnen standen, als wollten sie mit ihren mitten auf dem leeren Fahrdamm aufgepflanzten Körpern diesen empörten, aber dank seiner Massigkeit sich ruhig dahinwälzenden Menschenstrom, der jetzt schon etwa zwölftausend zählte, aufhalten, «ein Blutvergießen muß vermieden werden!» bellte der eine und «geht nicht in den Westsektor!» brüllte der andere, «ein Blutvergießen muß vermieden werden!», und der Zug hielt, als wolle er Atem holen, für einige Augenblicke mit verunsichertem Schlurfen an, «ihr werdet doch nicht auf uns schießen?» war aus den ersten Reihen zu hören und «wenn ihr hinübergeht, schießen wir!», man erzählt sich, sagte er, daß nur zwei Wörter, Blutvergießen und Schießen, von dem vorne Gesprochenen zu den verblüfften Gesichtern der Menge drangen, die in ohnmächtiger Empörung weiterdrängte und hastete, war es doch ihre Sache, die Norm, das Brot einzufordern, deshalb mußten diese zwei zur Seite gefegt werden.

Es war ein Dienstag, sagte ich aufgeregt, ich war dabei, ich habe alles gesehen, wir lümmelten auf der Plattform herum, von dort aus gafften wir, labten wir uns an dem Aufzug, von der immer noch dahinholpernden Straßenbahn aus, und ich redete so hastig, als ob ich gezwungen wäre, auf seine Geschichte mit meiner Geschichte, auf seine Aufregung mit meiner Aufregung zu antworten. Von hier oben auf die Köpfe hinunterzusehen war nicht nur ein völlig neuer, sondern auch reichlich verwirrender Anblick; der im schwachen Lampenlicht zwielichtig dunkle Platz, der nicht nur von der für die Jahreszeit ungewöhnlich weichen Luft, sondern auch von der Vielzahl der Füße, die über Zeitungen und Flugblätter hinwegfluteten, drängten und wallten, aufgeheizt schien, kamen sie doch aus allen Richtungen, in Paaren, geschlossenen, unabsehbaren Marschkolonnen zusammengedrängt, einzeln, zu Gruppen zusammengewürfelt, mit Parolen, Fahnen und marschierten in die verschiedensten Richtungen; daher sah es aus, als wäre von verworrenen und einander kreuzenden Zielsetzungen die Rede, ohne daß es bei diesen extrem unterschiedlichen und in entgegengesetzte Richtungen strebenden, aufgelockerten, sich verdünnenden und zusammenballenden Kolonnen zu gegenseitigen Behinderungen gekommen wäre, im Gegenteil, als brauchten sie mit nichts Derartigem zu rechnen, bewegten sie sich selbstsicher und nicht einmal allzu eilig auf ihr Ziel zu, die ganze Stadt schien sich aus den Toreingängen, den Fabriken, Speisegaststätten, Schulen und Büros zu ergießen, am Straßenrand waren in größeren Abständen einige gleichgültig oder eher hilflos scheinende Polizisten zu sehen, mit der Flut, die sich aus den geöffneten Ritzen ergoß, konnten oder wollten sie nichts anfangen, was jedoch das seltsame Gefühl hervorrief, daß die gegensätzlichen Ziele und Richtungen deshalb so duldsam miteinander waren, weil in ihnen oder über ihnen ein mächtigeres Organisationsprinzip waltete, so etwas wie eine unsichtbar lenkende Kraft, wie ja auch aus dem irrsinnigen Gebrüll, dem Singen, den fröhlichen Rufen, den hysterisch herausgeschrieenen Parolen, den Tausenden rhythmisch oder unrhythmisch schlurfender, klopfender, trappelnder und scharrender Füße ein einziges wirres und trotzdem fröhliches Gepolter wurde, von der gleichen Leichtigkeit wie die feine Schärfe des abendlichen Dunstes in der Wärme; trotzdem konnte das Auge in dem einheitlich wirkenden Geraune und den sich wellenhoch auftürmenden Geräuschen dieser unpersönlichen Menschenmenge jene Mitwirkenden genau unterscheiden, die sozusagen unter keinen Umständen an irgend etwas teilnehmen wollten, die vom Bordstein aus zuschauten und, ihrem Auftrag gemäß, beobachteten, oder andere, die vielleicht noch nicht entschieden hatten, ob sie teilnehmen oder erschrocken, stumm, zurückweichend und sich distanzierend eilig in ein rein persönliches Ziel flüchten sollten, das waren aber eher tütentragende, mit Paketen beladene oder neugierig gestikulierende, von Kleinkindern geplagte Erwachsene, die diese an weniger gefährliche Orte bringen wollten.

Die Straßenbahn hatte eben polternd gehalten, als der Schaffner, um zu signalisieren, daß er unwiderruflich am Ende seiner Fahrt angekommen sei, das Licht ausmachte, wir sprangen ab, ich war mit zwei Klassenkameraden unterwegs, mit denen mich weder vorher noch nachher viel verbunden hatte; einem hochgewachsenen, kräftigen, schöngesichtigen Jungen namens István Szentes, der aus unerfindlichen Gründen ständig aufbrauste, um dann ohne zu überlegen dreinzuschlagen, und mit Stark, dessen traurige, neugierige und ein wenig verschleierte schwarze Augen andauernd zwinkerten, er wollte überall und bei allem dabeisein, als wäre er von einer unstillbaren Sammelleidenschaft getrieben, obwohl er sich immer vor möglichen Repressalien fürchtete.

Kinder, ich gehe lieber nach Hause, sagte er auch damals ängstlich, ich gehe lieber nach Hause, wiederholte er, zog aber dann trotzdem begeistert mit uns weiter.

Und das war das Wunderbare, Überwältigende, das Außergewöhnliche an dieser Situation! denn von dem Augenblick an, in dem wir von der Straßenbahn sprangen und die unwiderstehliche Kraft der Bewegung uns aufgenommen hatte, waren wir in einer Gruppe junger Männer, die wie Arbeiter aussahen und «Rotes Csepel führ den Kampf an, Váci-Allee gib die Antwort» sangen, sie preßten diese Váci-Allee mit einem so unmelodischen Gebrüll aus ihren Kehlen, als wollten sie jedermann, nicht nur jedermann, sondern in den dunklen Herbsthimmel hinauf der ganzen Welt mitteilen, woher sie kamen, dabei schienen sie geradewegs aus der Dusche zu kommen, ihre Nackenhaare waren noch naß, und hier unten, inmitten der Menge, nicht mehr von oben und von außen beobachtend, fragten wir nicht mehr, in welche Richtung wir gehen würden, und auch nicht, weshalb; nicht etwa, daß wir uns nicht hätten herausmanövrieren können, gab es hier doch keine der bekannten Zwänge, aber gerade deshalb mußte man eine beliebige Richtung als die einzig mögliche wählen, weil in jenen Stunden das überwältigende Gefühl der Freiheit der Menge noch jede Möglichkeit offenließ und alles erlaubte, und wenn alle Möglichkeiten offenstehen, kann man eine sich zufällig bietende wählen; die Wahl erfordert nur die Erfüllung einer einzigen Voraussetzung, nämlich zu gehen, so als gäbe man aufgrund dieses elementaren und kollektiven Anspruchs dem puren und natürlichen Bewegungszwang des Körpers nach, mit jedermann eine Gemeinschaft einzugehen, ich gehe mit ihnen, und sie gehen mit mir.

Infolgedessen waren mir meine Klassenkameraden, mit denen ich, dem Zufall gehorchend, in diesen mächtigen, gemeinsamen Strom geraten war, plötzlich so nahe, sie bestimmten und beherrschten meine Gefühle so, als wären sie mir vertraut und als wüßte ich alles über sie, und meine plötzlich lächerliche und überflüssige, in die Vergangenheit verdrängte Ablehnung beiseite schiebend, empfand ich sie als meine Freunde und Brüder, als könnten sie, sie allein, mich mit den unbekannten und doch nicht fremden Gesichtern vertraut machen.

Stark hatte nur diesem begeisternden, ungewöhnlichen Gefühl laut Ausdruck verliehen; was ihm wohlgetan hatte, hatte ihn zugleich erschreckt, er wollte vor diesem Gefühl, das ihn überwältigte, ausreißen, nach Hause gehen, Szentes aber schlug ihm, um zu zeigen, daß er ihn verstanden hatte, und um jeden Widerstand in ihm zum Schweigen zu bringen, grinsend auf den Rücken, man muß ihm bloß einen versetzen, einen kräftigen Klaps, was wir alle drei mit lautem Gelächter zur Kenntnis nahmen.

Zu dieser frühen Abendstunde hatte mich die Menge noch nicht verschluckt, noch nicht verschwinden lassen, noch nicht wie später so oft unter sich begraben, mir noch nicht meine

Persönlichkeit genommen, sondern sie hatte es mit ihrer vielförmigen Nachgiebigkeit gerade ermöglicht, daß ich, veranlaßt von dem elementarsten Bedürfnis meines Körpers, der Bewegung, spürte, was uns allen gemeinsam war, spürte, daß wir Teil eines Ganzen waren und identisch mit allen, wodurch die Menge keineswegs ihr Gesicht verlor, im Gegenteil, ich gewann durch sie mein Gesicht in dem Maße, als ich ihr selber ein Gesicht verlieh.

Da ich weder dumm noch unwissend war, wußte ich sehr wohl, wohin ich geraten war, und ich ahnte so genau, was hier vorging, daß ich mich bei dem nun folgenden seltsamen Ereignis durch die Bewegung und Leidenschaft der Menge geradezu in die traute Wärme familiärer Nähe versetzt fühlte; wir marschierten und lachten noch, als sich uns von der Bajcsy-Zsilinszky-Straße her unter gräßlichem Knirschen und Quietschen seiner Raupenketten und unter dem stampfenden Dröhnen seines Motors ein Panzer näherte und der Gefechtsturm auf seinem hochgeklappten Verdeck erschien, zuerst sah es aus, als käme sein leeres Stahlrohr über den Köpfen auf uns zu, bis die Körper sich verteilten, eine breite Schlucht öffnend, die Schritte langsamer, dann wieder eiliger wurden, Stille eintrat, die unschlüssige Stille eines argwöhnischen Abwartens, doch dann wurde, einer riesigen Welle vergleichbar, die über unsere Köpfe hinwegschwappen wollte, sein Näherkommen von siegestrunkenem Gebrüll begleitet, weil um den Gefechtsturm des in eine bläulichbraune Benzinwolke gehüllten Panzers unbewaffnete Soldaten saßen und standen, die ihre friedlichen Absichten durch Winken anzeigten; durch die Gischt der Geräuschwelle, die zu uns herüberschwappte, konnte man einzelne Worte, auch vollständige, sich überschlagende Sätze vernehmen, «Brüder» wurde gerufen, «Kameraden», «die Armee ist mit uns!», «Landsleute!» Szentes schnappte ein paar Worte auf und brüllte sie mit einer Kraft heraus, als sei es ihm zum erstenmal im Leben gelungen, seinen ständigen Zorn mit der Wurzel auszureißen, jetzt fühlte er sich befreit, er war frei, «nicht schießen!», kaum ein paar Schritte entfernt sahen wir die grinsenden Gesichter der winkenden Soldaten, ich brüllte nicht mit, das hatte seinen Grund, aber auch ich grinste zurück, und rings um uns antworteten die naßhaarigen jungen Männer mit dem gleichen Grinsen und brüllten im Chor zu den Soldaten hinauf «Jeder Ungar ist mit uns, jeder Ungar macht mit!», worauf aus einer entfernteren Ansammlung unsichtbarer Köpfe mit einem treffenden Spruch die Antwort kam: «Petőfis und Kossuths Volk, mit uns zusammen, Hand in Hand!»

Damals war der Karl-Marx-Platz noch mit buckligen, dunkelglänzenden Steinen gepflastert, und als der Panzer in einer trotz seiner Schwerfälligkeit eleganten Vierteldrehung seine Richtung änderte und den Spalt, der sich zwischen den in der Mitte des Platzes abgestellten Straßenbahnen öffnete, anpeilte, schlug der Stein unter den fürchterlich knirschenden Raupenketten Funken, wieder wurde es still – jetzt aber war es eine fröhliche, wie einem pompösen Fest voraufgehende, erwartungsvolle Stille, oder wie bei einem Fußballspiel, bei dem der allseits beliebte Mittelstürmer den Ball aus einer nicht ganz sauberen Position ins Tor schießt, was die Menge mit angehaltenem Atem verfolgt –, war es doch fraglich, ob der zwischen den beiden Straßenbahnen befindliche Spalt ausreichen würde für den Panzer, unwillkürlich versuchte das Auge es abzuschätzen, die Volksseele aber fürchtete einerseits den Zusammenstoß der zwei stählernen Ungetüme, andererseits wünschte sie das Unvermeidliche herbei, als ahnte sie schon, was sich an diesem Abend noch zutragen würde, bis endlich diese Stille abgelöst wurde von der den günstigen Ausgang des gegenwärtigen Wettkampfs begleitenden, wohl noch wilderen, fast fröhlichen Eruption eines Siegesgeschreis, einer Kaskade des Gelächters, der Entfesselung einer gemeinsamen naiven und elementaren Freude, und jetzt hatte selbst ich, als der Panzer in Richtung Váci-Allee davonratterte, keinen Grund, nicht mitzubrüllen.

Wir marschierten weiter, doch nach einigen Schritten blieb der Zug im Trichter eines unerwarteten Staus stecken und konnte sich nur langsam schlurfend Schritt für Schritt vorwärts bewegen, vor dem Schaufenster des Fotogeschäfts

«Zum Album des Lächelns» nämlich drängte eine riesige, zu einem unbeweglichen Pfropfen zusammengepreßte Menschengruppe auf den in breitem Bogen sich krümmenden Gehweg, auf der Gegenseite versperrten die mitten auf dem Fahrdamm abgestellten Straßenbahnen den Weg, was aber niemanden auch nur im geringsten ungeduldig werden ließ.

Vor dem erleuchteten Schaufenster stand eine zarte, mit einem Anorak bekleidete Frau auf einer Art Kiste, eigentlich war es eher die Silhouette einer Frau, sie stand wohl ziemlich erhöht, weil die ihr zugewandten, hochgereckten, horchenden Köpfe nur ihre Füße verdeckten, ihre reglose Gestalt stand wie festgewurzelt da, sie bewegte heftig den Kopf, schüttelte ihn, drehte ihn nach rechts und links, ließ ihn kreisen, stieß mit ihm in die Luft, als wolle sie jede Bewegung aus der Brust oder dem Bauch herausschütteln, ihr langes Haar schlug ihr um den Kopf, es flatterte und wehte, und sie schien nur deshalb nicht davonzufliegen, weil eine trotzige Kraft sie an die Kiste fesselte; Szentes drückte mir eine Ecke seiner Zeichentafel in den Schenkel, ich solle hinschauen! er war größer als ich und hatte sie früher bemerkt, Stark aber las uns gerade laut ein unter den Füßen geangeltes Flugblatt vor, «fünftens, weg mit den Bremsern, sechstens, nieder mit der stalinistischen Wirtschaftspolitik, siebtens, es lebe das Bruderland Polen, achtens, Arbeitermitbestimmung in den Betrieben, neuntens, Sanierung der Landwirtschaft und unabhängige Genossenschaften, zehntens, ein nationales Aufbauprogramm», und obwohl die Stimme der Frau kaum bis zu uns drang, unterbrach Stark das Vorlesen, und als wäre es die natürlichste Sache von der Welt, sprach er ihr nach: «Schon gähnt der Hölle Rachen, der Mastbaum stürzt mit Krachen, das Segel hängt zerfetzt»; und es überraschte mich nicht, vielmehr entfesselte es in mir eine heiße Welle der Genugtuung, daß dieses uns allen bekannte Gedicht von meiner eigenen Kusine deklamiert wurde, war doch die Gestalt auf der Kiste die geschiedene Frau meines Vetters Albert, zu ihr hatte ich vor anderthalb Jahren, dumm wie ich damals war, unter völlig irrigen Voraussetzungen nach Györ abhauen wollen, weg von meinen Eltern.

Wie töricht sich das auch anhören mag, so muß ich doch gestehen, daß ich von diesem Augenblick an, der mich beruhigt hatte, erleichtert darüber war, mit meiner besonderen Situation, will sagen, mit meiner besonderen Familiensituation nicht allein hier zu sein, waren doch alle mit ihrer besonderen Situation hierhergekommen, ohne daß sich diese Besonderheiten gegenseitig in Frage gestellt hätten, denn sonst müßte man die sich als eindeutig erweisenden, zum Gemeingut gewordenen Gefühle in Zweifel ziehen, es kam mir auch nicht in den Sinn, zu ihr hinzugehen oder es den anderen mitzuteilen, daß ich sie kannte, es sollte mein wohltuendes Geheimnis bleiben, das letzte Argument, daß ich am richtigen Ort sei; die kleine Verocska, wie meine Mutter sie, auf ihre Schauspielerei anspielend, neckend und spöttisch nannte, deklamierte dort oben, und ich marschierte hier unten mit, sie besaß das gleiche Recht dazu wie ich, auch wenn ich nicht mit jenen zu brüllen wagte, die das Recht zu brüllen hatten, wie etwa Szentes, der mir einige Wochen zuvor, genau wissend, wer mein Vater war, von seinem bis zur Gewalttätigkeit gesteigerten Zorn verblendet, während eines Streits ins Gesicht geschrieen hatte, «wir haben in einem Hühnerstall gewohnt, begreifst du, in einem Hühnerstall, wie die Tiere!», oder Stark, der hier in der Visegrádigasse wohnte und doch nicht nach Hause gegangen war und der mir erst vor wenigen Wochen angeboten hatte, mir mit Reißfedern auszuhelfen, als es keine zu kaufen gab, doch weil die Wohnung abgeschlossen war, mußten wir in die benachbarte Synagoge gehen, wo seine Mutter putzte, sie kam mit uns und schloß die Tür zum Parterre auf, in der Küche war schon gedeckt, für zwei Personen, auf dem Herd ein winziger Topf, und trotz meines verlegenen Protestes war ich gezwungen, das Mittagessen seiner Mutter aufzuessen, weil er mich mit einem unendlich feinen Zartgefühl spüren ließ, er wisse, wer mein Vater sei; trotzdem kamen wir miteinander aus, jeder mußte das Seine tragen, und deshalb hatte ich auch das Recht, das gleiche wie sie zu fühlen, allein deshalb, weil sie mir dieses Recht gar nicht streitig machten, obwohl meine besondere Situation dem zu widersprechen schien, aber auch weil ich mit der allerfeinsten Begriffsunterscheidung zu wissen meinte und von dem Augenblick an, da ich in der deklamierenden Frau die kleine Verocska erkannt hatte, auch wußte, gerade weil ich weder uninformiert noch unempfindlich oder dumm war, daß dies eine Revolution war, in der ich mittendrin steckte, und daß mein Vater, wäre er hier – natürlich wußte ich, daß er nicht hier sein konnte, auch wenn ich nicht wußte, wo er gerade war, wo er sich wohl schimpflicherweise versteckt hielt –, es mit dem entgegengesetzten Wort bezeichnen würde.

Und die Tatsache, daß mir diese beiden sich gegenüberstehenden Worte so deutlich und genau in den Kopf kamen, ließ mich sofort in dem bis dahin als schrecklich, erstickend und aussichtslos empfundenen Wirrwarr unterschiedlicher wie identischer Gefühle zurechtfinden, zwei Worte, deren Sinn und Gewicht, deren politische Definition ich freilich gerade aus ihren Gesprächen und Diskussionen auf so altkluge Weise kennengelernt hatte, ich muß allerdings betonen, dies war für mich in jenem Augenblick die Revolution, ich erinnere mich nicht an den aus ihrem Wörterbuch stammenden, politisch gemeinten Begriff als dem Synonym für den Gegensatz, ich bezog es in der allerpersönlichsten Weise auf mich selbst, so als wäre das eine Wort sein Körper, das andere aber der meine, als stünden wir mit unseren Worten jeweils auf der entgegengesetzten Seite einer gemeinsamen Körperlichkeit, das ist eine Revolution, wiederholte ich für mich, als sagte ich es zu ihm, als sagte ich es mit einem dunklen Rachegefühl, voller Genugtuung, als wollte ich Vergeltung üben für alles, wofür es auch sei, worauf er nicht anders würde antworten können als mit seinem entgegengesetzten Begriff; doch hatte ich nicht das Gefühl, daß er mir deshalb ferngerückt sei, im Gegenteil, sein Körper, dieser seit dem Tode meiner Mutter gebrochene, zerrüttete, gekrümmte, mitleiderregende Körper, dessen bloßer Anblick Angst erregte, Angst vor einer niederschmetternden Ausweglosigkeit, dieser zerstörte Mensch, der seit dem Juni dieses Jahres wegen der traurigen Rolle, die er in den Prozessen spielte, seines Amtes zeitweilig enthoben worden war, der aber eine Art zähneknirschender Energie entwickelt und sich mit unbekannten, als Freunde bezeichneten, verdächtigen Figuren liiert hatte, dieser Mensch war mir in eine so lebendige gegnerische Nähe gerückt, wie ich sie das letzte Mal als kleines Kind empfunden hatte, als ich, ihn im Schlaf überlistend, mit entblößtem Körper auf seinen wundervollen nackten Körper gekrochen war und vom Wunsche, meine Neugier zu befriedigen, auch von dem elementaren Bedürfnis getrieben, unsere Identität zu spüren, zwischen seine Schenkel gefaßt hatte, doch jetzt blieb ich nüchtern, und trotz des Gefühls der Nähe, der körperlichen Identität mit ihm gab es einen Unterschied zwischen uns, immer noch einen Unterschied; ich marschierte mit ihnen, die ich kaum kannte, und doch hatte ich dieses geschwisterliche Gefühl für sie, weil sie mir das gleiche bedeuteten wie einst Kristian, dessen Vater gefallen war, Hedi, deren Vater man verschleppt hatte, Livia, die von den Resten der Schulküche lebte, Prém, dessen Vater ein trunksüchtiger Pfeilkreuzler war, Kálmán, der seines Vaters wegen als klassenfremd galt, Maja, mit der ich die Papiere unserer Eltern nach Beweisen für deren Verrat durchsucht hatte; fehlgeleitet von unserer Naivität und unserer Leichtgläubigkeit, waren wir in den Sündenpfuhl der Epoche eingetaucht, in etwas, das man nicht vergessen konnte, von dem man sich befreien mußte, und daher marschierte ich mit ihnen und fürchtete mich an ihrer Statt, was man auch Sorge oder Angst hätte nennen können, und das nicht ohne Grund, hatte ich doch an den Gesichtern der bei meinem Vater versammelten Freunde abgelesen, womit sie rechnen mußten, aber ebenso mußte ich den Ansturm auf den gebrochenen, verkrampften, fieberhaft erregten Körper meines Vaters fürchten, eine Flutwelle, die auch mich jetzt erfaßt hatte, doch gegen meine Gefühle konnte und wollte ich mich nicht länger wehren.

Wir drängten nach vorne, Körper an Körper wurden wir hinaus auf die Ringstraße gepreßt.

Mich mit Hilfe von Begriffen zu definieren, ob sie nun von meinen Großeltern stammten, Emotionen und Leidenschaften regulierten, also moralische Prinzipien waren, die sich auf eine bürgerlich puritanische Lebensführung bezogen, oder, weniger konkret, von meinen Eltern, die von ideologischen und politischen Inhalten geprägt waren, das war mir nicht fremd, und sie waren meiner Erziehung zugute gekommen; also war es nur natürlich, daß der theoretische Entschluß, aufgrund dessen ich mich bemühte, inmitten dieser Menge mich von meinem Vater zu trennen, ja mich ein für allemal von ihm loszusagen, mich sofort wieder in jenes heranwachsende Kind verwandelte, die Angst um ihn hatte sich als stärker erwiesen, das kindliche Identitätsgefühl, das Verstehen und das Mitleid, mußte ich doch zu guter Letzt mit seinen Argumenten meine unsichere oder jedenfalls der Erklärung bedürftige Situation innerhalb dieser Menge abstützen, vielleicht aber hatte sich auch die furchtbare Gemeinschaft der Trauer über den Tod meiner Mutter als stärker erwiesen, und als wir dann, aus dem Menschenpfropfen wieder befreit, zu rennen anfingen, um uns an die vor uns Marschierenden anzuschließen, ein ebenfalls elementares Gebot der Menge, aufschließen! nahmen die gegen meine Beine stoßende, vollgestopfte Schultasche, die ungeschickt baumelnde Zeichentafel wie das Lineal, das immer drohte, von seinem Platz zu rutschen, einiges von dieser Revolution zurück, als wollten sie mir, indem sie mich an meine untergeordnete, ausgelieferte und verworrene Situation erinnerten, einreden, nein, hier hätte ich nichts zu suchen, das glaubte ich aus jedem Schlag, jedem Stoß, dem Zurückrutschen des Lineals herauszuhören, als müßte ich schon deshalb nach Hause gehen, um mich endlich von diesen lästigen Gegenständen zu befreien, aber nur nicht verzagen! tröstete ich mich, ich marschiere in der richtigen Richtung! beruhigte ich mich inmitten der anderen, die von derartigen Sorgen offensichtlich nicht geplagt wurden, irgendwie werde ich schon über die Margit-Brücke gelangen und drüben, auf der anderen Seite, in die Straßenbahn steigen, obwohl ich sicher war, daß ich ihn nicht zu Hause antreffen werde.

Bei diesen Überlegungen erschien es mir beruhigend zu wissen, daß mein Zuhause außerhalb lag, abseits, oben, weit entfernt von diesem, auch was die Leidenschaften betraf, immer gefährlicher werdenden Gebiet oberhalb der Stadt.

Ich hatte richtig vermutet, er kam tatsächlich erst eine Woche später zum Vorschein, bis dahin hatten wir keine Nachricht von ihm, auch keinen Anruf, erzählte ich, nichts.

Auch das war an einem Nachmittag gewesen, es dämmerte schon, erzählte ich, und ich stand mit Kristian an unserem Gartentor, es war der Achtundzwanzigste oder Neunundzwanzigste, wir besprachen gerade die Zusammensetzung der neugebildeten Regierung, nein! es war doch der Achtundzwanzigste, ich hatte gerade einen Laib Brot unter dem Arm, an diesem Tag nämlich hatten sie wieder gebacken, am Sonntag hatten sie zum erstenmal wieder in der Kálmánschen Bäkkerei Brot gebacken, und Kristian hatte, von kleinen Lachsalven unterbrochen, erzählt, auf welche Weise es ihm gelungen war, sich von Kalocsa nach Hause durchzuschlagen, mit dem Gelächter überbrückte er die Pausen, in denen wir es vermieden, von Kálmán zu sprechen; Kristian war im Jahr vorher nach langen Kämpfen auf eine Militärschule gekommen, er wollte Offizier werden wie sein Vater, in Kalocsa waren sie gerade zum Herbstmanöver ausgerückt, von wo man sie einfach so, in Uniform, in die Puszta entlassen hatte, darüber mußte er lachen, sollte jeder gehen, wohin er wollte, die Uniform freilich mußten sie loswerden, weil man sie dauernd für Leute des Staatssicherheitsdienstes hielt, als er plötzlich überrascht sagte, dort kommt dein Vater! der tatsächlich dort hinten zwischen den Sträuchern, wo unser Garten an das Sperrgebiet grenzte, gerade über den Zaun sprang.

Verwirrt und verlegen wegen seiner Verwirrung, verabschiedete sich Kristian, na dann, mach's gut! sagte er mit einem letzten Lachen, und ich hatte verstanden, daß er nicht Zeuge dieser heimlichen Ankunft sein wollte, schnell verschwand er in der Dämmerung, damals habe ich ihn zum letztenmal gesehen, Vater aber eilte unbeirrt nach oben, ohne den Rasen zu überqueren, sondern folgte dem Bogen der Sträucher, die den Garten begrenzten, er kam unter den Bäumen näher, und an einer kleinen Bewegung seines Kopfes sah ich, daß er mich bemerkt hatte, doch erschien er mir ganz anders, als ich ihn mir in meinen Befürchtungen, meiner Angst, dem tagelangen angespannten Warten vorgestellt hatte, einmal hatte jemand zu mir gesagt, immer sei alles anders, als man es erwarte; er hatte fremde Kleider an, einen hellen Popelinemantel, darunter einen hellen, sommerlichen Leinenanzug, alles war zerdrückt, zwar nicht zerrissen, aber ramponiert und auf merkwürdige Weise verdreckt, obwohl es in dieser Woche nicht geregnet hatte, sein Gesicht war mit dichten Stoppeln bedeckt, ich würde sagen, er sei ruhig gewesen, wenn nicht eine innere Erregung, die aber weder Gehetztheit noch Angst sein mußte, seinen Körper biegsam, geschmeidig und leicht gemacht hätte; ich sah, daß er in diesen wenigen Tagen noch stärker abgemagert war, vielleicht war es die Spannkraft und Geschmeidigkeit eines wilden Tieres, die ihn so seltsam erscheinen ließ.

Dieser helle, sommerliche Leinenanzug war das erste, was ich an ihm berührte, noch bevor er mich hätte küssen können, es war eine unwillkürliche Bewegung, und es ist mir unverständlich, wieso das Auge in der Lage ist, diesen einen sommerlichen Leinenanzug von allen denkbaren sommerlichen Leinenanzügen zu unterscheiden, aber ich wußte es mit absoluter Sicherheit, daß er in János Hamars Sommeranzug zurückgekommen war, in jenem Anzug, in dem János Hamar, im Frühling des vergangenen Jahres aus dem Gefängnis kommend, bei uns erschienen war, demselben Anzug, den er getragen hatte, als er vor dem Eingang des Amtes für Wiedergutmachung von zwei Fremden aufgefordert worden war, mit ihnen in eine schwarzverhängte Limousine zu steigen, demselben Anzug, in dem er fünf Jahre später vor Mutters Bett gekniet hatte – also mußten sie wieder zusammengewesen sein, oder er hatte ihm diesen Anzug geliehen, ihm also geholfen und ihn versteckt, vielleicht sogar mit ihm gemeinsam in jener bewaffneten Gruppe gekämpft, die Vater schon Monate zuvor mit seinen Freunden organisiert hatte, und als ich mich hastig von meinen Gefühlen gegen diesen Anzug befreien wollte, sagte ich unversehens etwas, weswegen er mich zweimal hintereinander ohrfeigte, leicht und treffsicher hatte er zugeschlagen, kalt, es hätte nicht viel gefehlt und ich wäre zu Boden gegangen, doch davon später, sagte ich zu Melchior, jetzt wäre das noch nicht zu verstehen.

Ich sprach zu Melchiors Augen.

Mit der einen Hand hatte er meine Hand, mit der ich mich festhielt, gefaßt, mit der anderen klammerte er sich an die Halteschlaufe; sein hochgehobener Arm, der Ärmel seines offenen Anoraks verdeckte unsere Gesichter und Hände, die verräterische Geste unserer verbotenen Liebe vor den Blicken der Fahrgäste; unsere Gesichter waren sich sehr nahe, in Atemnähe, aber ich redete nicht zu seinem Gesicht und vor allem nicht zu seinem Verstand, sondern zu seinen Augen.

In meiner Erinnerung aber will es mir scheinen, als hätte ich nicht zu seinen zwei Augen gesprochen, sondern zu einem einzigen, riesengroßen, bereitwillig geöffneten, wunderbaren Auge, das dennoch zu eiligem Blinzeln gezwungen ist, um das Aufleuchten des Verstehens schnell hinter den Wimpern zu verbergen, auszuruhen, abzuwarten, aufzubewahren, die schöne Wölbung des empfindsam zuckenden Lids verrät Unsicherheit, Zweifel und drängt mich durch sein wiederholtes Öffnen und Schließen, mit diesen allzu nahen Einzelheiten aufzuhören; er möchte diese Dinge aus größerem Abstand sehen, müßte er doch sonst allzu vielen Anforderungen genügen, sich nicht nur unbekannte Personen vorstellen, auf fremden Schauplätzen zurechtfinden, ungenaue Zeitangaben in Übereinstimmung bringen, einem äußerst persönlich gefärbten und aus einer reichlich seltsamen Perspektive gesehenen, immer wieder abschweifenden, sich in den eigenen Details verfangenden Bericht folgen, den er bisher nur aus verallgemeinernden geschichtlichen Beschreibungen oder vom Hörensagen kannte, sondern sich auch, als unangenehme Beigabe, in meinen der Grammatik hohnsprechenden sprachlichen Ausrutschern und Fehlleistungen zurechtfinden, aus den bis zum Nichtmehrverstehen falsch betonten und fehlerhaft gebrauchten Worten auf das schließen, was zu sagen ich beabsichtige.

Es sei noch im Sommer gewesen, erzählte ich, vielleicht drei Wochen nachdem man ihn seines Amtes enthoben hatte, erklärte ich, als an einem Sonntagvormittag mindestens dreißig Besucher bei uns eintrafen und die Straße vor unserem Haus voll war von parkenden Autos, lauter Männer, eine Frau unter ihnen, die nur ihren Vater begleitete, einen alten Mann mit einem verhärmten und kränklichen Gesicht, der, auf seinem Stuhl hin- und herschaukelnd, die ganze Zeit schwieg und nur einmal, zu seiner Tochter gewandt, eine kleine Verbotsgeste machte, als diese etwas sagen wollte.

Ich nutzte ein kleines familiäres Zwischenspiel, um mich in Vaters Arbeitszimmer hineinzuschmuggeln, in dem die versammelten Männer – offensichtlich alte, miteinander in regem Kontakt stehende Bekannte – rauchten, in kleinen Gruppen lebhaft, manchmal auch heftig diskutierten oder nur miteinander plauderten; Vater nämlich war nach einiger Zeit hinausgegangen, um Großmutter zu bitten, Kaffee zu kochen, unglücklicherweise war auch Großvater in der Küche, und bevor Großmutter noch ein zögerndes, gekränktes Ja hätte sagen können, bemerkte Großvater trokken, zum erstenmal das seit Jahren geübte Schweigen brechend und rot vor Atemnot, die ihn vor lauter Zorn wieder überkommen hatte, daß Großmutter dazu leider keine Zeit habe, da sie um diese Zeit wie üblich in die Kirche gehe, wolle er aber seinen überraschenden Gästen unbedingt Kaffee anbieten, dann möge er sie doch selber bedienen.

Vater, der wie ein Chef zu seiner Sekretärin gesprochen hatte, war auf diese Antwort unvorbereitet, und das um so mehr, als Großvater offensichtlich diesen harmlosen Dienst in Großmutters Namen verweigerte, weil er es für unzumutbar hielt, mit dieser Gesellschaft in eine wie auch immer geartete Beziehung zu treten; na schön, stotterte Vater, er bedanke sich für den freundlichen Hinweis, und als er zurückeilte, hatte er wohl, bleich vor Zorn, nicht gemerkt, daß ich ihm folgte, oder es war ihm wegen dieses Zwischenspiels gar nicht so unrecht, daß ich dabeigewesen bin.

Für alle Fälle hatte ich mich neben der Tür postiert, die in mein Zimmer führte, an der, den Rücken gegen einen Pfosten gelehnt, fremd und ein wenig nervös, jene junge Frau in ihrem schönen, dunkel gemusterten Seidenkleid stand.

An seinen entschiedenen und doch gehemmten Schritten, an der deutlich einseitigen Krümmung seines Rückens, dem Haar, das ihm in die Stirn hing, vielleicht auch an der Zielsicherheit, mit der er durch die im dichten Zigarettenrauch versunkene Gesellschaft hindurchsteuerte, konnte man sehen, daß er etwas Außergewöhnliches vorhatte, etwas, wozu er sich schon vor einer Weile entschlossen haben mußte; er rückte seinen Armsessel beiseite, zog den Schlüssel zum Schreibtisch aus der Tasche, schloß die Schublade auf, doch als wäre er unsicher geworden oder als wollte er es sich noch einmal überlegen, zog er sie nicht heraus, sondern ließ sich langsam in seinen Sessel sinken und wandte sich der Gesellschaft zu.

Diese Wendung und sein Blick, der so etwas wie ein seltsames Vibrieren im Raum verbreitete, ließ die einen verstummen oder ihre Stimmen unwillkürlich dämpfen, andere blickten über die Schulter zu ihm hinüber, beendeten den begonnenen Satz noch laut, um dann leiser zu werden; er aber saß reglos da und starrte in die Luft.

Dann zog er mit einer langsam anhebenden, plötzlich raschen Bewegung die Schublade auf, nahm etwas heraus, schob mit der Faust, aus der der Lauf einer Pistole ragte, die Lade zu und knallte die Pistole auf die leere Schreibtischplatte.

Ein Knall, es wurde still: eine beleidigte, mitleidige, verdutzte, empörte Stille.

Draußen vor den offenen Fenstern standen die Bäume bewegungslos, man konnte in regelmäßigen Abständen das unterbrochene Surren des Rasensprengers hören, der das Wasser auf das Gras sprühte.

Plötzlich lachte jemand nervös auf, in das Lachen stimmten einige, wenn auch unsicher, ein, darunter ein sehr junger Offizier, wohl ein Oberst, ein blonder, rundgesichtiger, lächelnder Mann mit Bürstenhaarschnitt; in dieser Stille stand er langsam auf, zog den goldbetreßten Rock seiner Uniform mit einer lässigen Bewegung aus, lächelte freundlich, hängte den Rock sorgsam über die Stuhllehne, worauf alle gleichzeitig anfingen zu schreien, er aber setzte sich ruhig auf seinen Stuhl und begann in diesem entfesselten Geschrei sorgfältig und lässig die Ärmel seines weißen Hemdes aufzukrempeln.

Sie riefen, er solle sich nicht lächerlich machen, solle kein Theater spielen, sie redeten ihn mit Köles an, dem Namen, den er in der Illegalität gebraucht hatte, also hatten sie doch sofort begriffen, was geschehen war, und es freundschaftlich bewertet: Zirkus, Hysterie, und sie verbäten sich das, er solle seinen nüchternen Verstand bitte nicht verlieren.

Nein, er habe gerade aufgrund der Ereignisse in den letzten Monaten seinen nüchternen Verstand zurückgewonnen, sagte mein Vater, ohne daß er seine Stimme angehoben oder jemanden angesehen hätte, worauf wieder Stille eintrat, leere, schneidende, schweigende Stille, und er habe sie in der ehrlichen Hoffnung hierhergebeten, um sie zu fragen, ob sich in diesem Lande noch Männer fänden, die gleich ihm nicht gewillt seien zu verlieren.

Im vollen Bewußtsein seines durch das Schweigen bestätigten Ansehens und seiner beruflichen Redegewandtheit saß er bequem und reglos da, die Hände auf den Armlehnen des Stuhls; er wünsche weder persönliches Aufsehen zu erregen noch einen Vortrag zu halten, fuhr er sehr leise fort, er fühle nur den einfachen, menschlichen und, er wolle es zugeben, plump-sentimentalen Wunsch, die Versammelten an jene Verpflichtung zu erinnern, der sie sich, nicht hier und nicht jetzt, aber doch alle auf lebenslänglich verschrieben hätten – er lächelte –, in Anbetracht der innenpolitischen Entwicklung habe er allerdings das Gefühl, es gebe gar keine Möglichkeit mehr, sich dieser Pflicht zu entziehen, er sah dabei niemandem in die Augen, sondern blickte lächelnd zwischen den Gesichtern hindurch, mit diesem eisigen Blick, den ich so fürchtete und den ich mal als wahnsinnig, mal als gewollt grausam, mal als manische Angst deutete, er wolle eine ganz einfache Sache vorschlagen, und ohne Pause fuhr er fort, als redete eine Maschine aus ihm: aufgrund gewisser Überlegungen sei er zu der Überzeugung gekommen, daß man sich, um eine mögliche Machtergreifung der Gegenrevolutionäre zu verhindern, zur Aufstellung eines unmittelbar der obersten Führung unterstellten, von Militär, Polizei und Staatssicherheitsdienst absolut unabhängigen bewaffneten Verbandes entschließen müsse.

Es war fast körperlich zu spüren, wie die letzten Worte seines Satzes zwischen der Zustimmung zu dem überzeugenden Gedanken und der Tod und Teufel beschwörenden heftigen Ablehnung gleichsam in der Luft erstarrten, erst danach brach ein unvorstellbarer Tumult aus, der sich aus dem Lärm absichtlich und unabsichtlich umgeworfener Stühle, Schlägen auf Tische und Knie, aus Gebrüll, Hohngelächter, Pfiffen, die nicht unbedingt feindselig klangen, aus Räuspern, aus lautstarkem kehligem Gelächter, aus dröhnendem und ohrenbetäubendem Gejohle zusammensetzte, obgleich einige ohne Zweifel stumm geblieben waren; die junge Frau hatte sich vom Türpfosten gelöst, um etwas zu sagen, ihr fleckig gerötetes Gesicht zeigte eine beleidigte Miene, der Oberst wandte seinen runden, sanft lächelnden Kopf nach allen Seiten, und der Herr mit dem bekümmerten Gesicht stellte für einen Augenblick das Schaukeln ein, bedeutete seiner Tochter zu schweigen und schaukelte weiter.

Ich muß gestehen, sagte ich siebzehn Jahre später auf der Plattform der Berliner Straßenbahn zu Melchior, mich hat diese Szene damals überhaupt nicht peinlich berührt, im Gegenteil, ich habe sie genossen, ich freute mich über sie, und nicht bloß, weil ich, entgegen jeder nüchternen Einsicht, zu der ich freilich gar nicht in der Lage gewesen wäre, stolz auf Vaters Ansehen, Kraft und seine absurde Entschlossenheit war, die, unter welchem Vorzeichen auch immer, in den Augen eines Heranwachsenden etwas Faszinierendes und Beispielhaftes hat, selbst Prém, den sein faschistischer Vater mit Stöcken und Riemen traktierte, selbst er war stolz darauf, wie stark dieses trunksüchtige Schwein war, bei mir aber lag es noch anders, ich wußte etwas über Vater, was die Mitglieder dieser Gesellschaft nicht wissen konnten, sie beurteilten das Geschehene von politischen und ideologischen Gesichtspunkten aus, ich aber ausschließlich nach meinen Gefühlen, wußte ich doch, daß ihm diese aberwitzige Szene, wie sehr er sich auch dagegen verwahrte, persönliches Aufsehen zu erregen, die einzigartige Gelegenheit bot, sich von seinem Wahnsinn zu befreien und diesen tiefsitzenden, inneren Wahnsinn nach außen zu kehren; er war wirklich wahnsinnig, warum also sollte ich mich nicht über seine überraschende Klarheit freuen, da er seit dem Tode meiner Mutter oder, noch genauer, seit der Ankunft von János Hamar mit dem Wahnsinn kämpfte, denn es war kaum ein paar Tage her, daß wir beim Abendessen in der Küche saßen und er mich plötzlich ansah, aber seinen Augen war anzumerken, daß er nicht mich, sondern einen anderen sah, vielleicht auch andere oder anderes, das ihn fortdauernd quälte, und diese Qual muß so groß gewesen sein, daß sich sein voller Mund langsam öffnete und er anfing – als müsse er gegen diese anderen oder dieses andere kämpfen, obwohl es ihm davor graute –, aus Leibeskräften zu brüllen, so daß das halbzerkaute Essen ihm aus dem Mund fiel und auseinanderspritzte, auf den Tisch und in mein Gesicht, aus seinen erstarrten, reglosen Augen fielen Tränen, und vor der weißleuchtenden Kachelwand schrie er in mich hinein, «aber warum, warum, warum, warum?» und konnte nicht aufhören, und während ich noch mit ihm rang, verstummte er plötzlich, doch nicht wegen meiner Umarmung, meiner Hand oder meinem Leib, nicht durch das, was der Mensch in einer solchen Situation zur Verfügung hat, ich weiß nicht, wodurch, vielleicht hatte dieser Jemand oder dieses Etwas in ihm gesiegt, mit meiner Hand und meinem Körper fühlte ich seine Fühllosigkeit, er war steif geworden, war gar nicht mehr da, sein Kopf war auf den Teller gesunken, ins Gemüse, als gehöre auch das noch zu seiner Demütigung, daß sich auf seinem Teller Gemüse befand.

Melchior ließ den Griff los und winkte mit dem Kopf, wir stiegen aus.

Wir standen auf einem Platz, der Endhaltestelle, die Straßenbahn fuhr langsam an, verschwand mitsamt ihren bleichen Lichtern aufkreischend in der Schienenschleife hinter unserem Rücken, nun hätten wir uns aufmachen müssen in Richtung Festungsgraben, wo das festlich beleuchtete, in streng klassizistischem Stil erbaute Theater zwischen verkümmerten Bäumen stand; eines der wenigen Gebäude, das der Aberwitz des Krieges unversehrt gelassen hatte, obgleich er das alte, liebe Kastanienwäldchen vernichtet hatte.

Andere gingen schon in diese Richtung, auf Hochglanz gebrachte schwarze Herrenschuhe und der Saum eines sich immer wieder im hohen Goldabsatz verfangenden, über den Asphalt schleifenden, billigen Abendkleides; wir blieben noch eine Weile stehen, als warteten wir darauf, daß sie verschwinden und wir diesen dunklen Platz einige Minuten allein für uns haben.

Dieses Gefühl, jetzt allein bleiben zu müssen, war uns beiden gemeinsam.

Merkwürdig war es auch, fuhr ich fort, als wir uns auf der dunklen Straße langsam auf das Theater zu bewegten, daß Vater sich dauernd versprach und den Marxplatz mit dem alten Namen Berliner Platz nannte; ich erwarte dich am Berliner Platz, aber sobald er es ausgesprochen hatte, korrigierte er sich auch schon, auf dem Marxplatz unter der Uhr, das ist mir nur deshalb eingefallen, erklärte ich, weil sie sich damals, an jenem Sonntag, nicht einigen konnten, stundenlang brüllten sie sinnlos herum – bis zu dem Augenblick, als jene junge Frau im Seidenkleid, trotz des entschiedenen Verbots ihres Vaters, sich zu Wort meldete –, als könnten sie sich nicht entscheiden, was sie von seinem Vorschlag halten sollten, einesteils beschuldigten sie ihn der Fraktionsbildung und der Sektiererei, manche bezichtigten ihn gar der Verschwörung, nannten ihn einen ganz gewöhnlichen Provokateur, forderten ihn auf, seinen Auftraggeber zu nennen, womit sie zu erkennen gaben, daß sie ihn unverzüglich anzeigen würden, andererseits waren auch sie der Ansicht, daß die Situation unhaltbar geworden, der Staatssicherheitsdienst in die Ecke gedrängt sei, die Polizei sich schon immer als unzuverlässig erwiesen habe, das Offizierskorps durch das andauernde Politisieren offensichtlich korrumpiert werde, daß also etwas geschehen müsse, solange es nicht zu spät sei, würden doch nach und nach auch die gewöhnlichen Kriminellen aus den Gefängnissen entlassen, und wenn gestern jeder jedes Feind war, dann fraternisierte heute jeder mit jedem, die zuverlässigsten Kommunisten würden an den Pranger gestellt, Sündenböcke würden gesucht und gefunden, Verordnungen blieben wirkungslos, weil sie entweder nicht durchgeführt würden oder gar nicht an ihren Bestimmungsort gelangten. Jeder wühle nur noch in der Vergangenheit und fische im Trüben, sogar die Spaniensache werde wieder aufgerührt, die Presse verhalte sich schamlos, der ganze Apparat sei voll von Hintertreibern und Manövrierern, die übelsten Lohnschreiber forderten Pressefreiheit, keiner arbeite, die Volkswirtschaft sei praktisch am Erliegen, insgeheim sei jeder mit seinen eigenen Angelegenheiten befaßt und trage natürlich auf beiden Schultern, und dazu noch die Wühlarbeit des Feindes; um es kurz zu machen, das Land werde unregierbar, aber gerade deshalb erweise sich jeder energische Schritt als Provokation, weshalb man die Einheit vielleicht doch nicht mit neuen Fraktionen gefährden dürfe, aber wer spricht hier schon von Einheit, wenn nicht einmal die oben in der Lage sind, einen gemeinsamen Standpunkt zu finden, es wäre unbedacht, die verschiedenen staatlichen Organe gegeneinanderzuhetzen, nicht der Partikularismus sei zu fördern, sondern das Vertrauen, alles liege an der Propaganda, jede radikale Maßnahme bedeute, Öl ins Feuer zu gießen, lieber sollte man die Presse säubern, die sich mit solchen Vorschlägen meldet und damit zwangsläufig Wasser auf die Mühlen des Feindes treibt, gegen den Wind kann man nicht anpissen, und ein brennendes Haus soll man nicht mit Öl löschen, Vater aber saß unterdessen stumm und reglos auf seinem Platz, aber jetzt kam sein Blick nicht von weit her, er sah nicht zwischen den

Gesichtern hindurch, sondern ließ seinen Blick mit einem matten, fast befriedigten und durchaus freundlichen Lächeln über die Gesichter der Redenden schweifen, wie jemand, der endlich sein Ziel erreicht hat und heimgekehrt ist, was aber die Situation nach einer Weile noch mehr verwirrte, weil ausgerechnet diejenigen, die weder gegen ihn noch gegen seinen Antrag waren, sich die Frage stellen mußten, ob der, der so ruhig hier saß, nicht doch ein Provokateur sei und mit dieser idiotischen Pistolengeschichte nur die Katze aus dem Sack gelassen hatte, während andere, die ihn am lautesten beschuldigten, sich fragen mochten, warum er so unbewegt und unverwundbar bleiben konnte, ob er nicht doch einen Auftraggeber, und zwar in den höchsten Kreisen, habe, über welche Informationen er verfüge, während sie unüberlegt ihre ängstlich gehüteten Karten ausspielten.

Er meldete sich erst wieder mit leiser Stimme, als die heftig lärmende Gesellschaft, von den Verdächtigungen restlos erschöpft, ihre Lautstärke gedämpft und sich bis zu einem gewissen Grade beruhigt hatte und die aufgeregten Gesten unsicherer geworden waren; nein, er habe sie nicht hierhergebeten, sagte er in maßvollem und bestimmtem Ton, um mit ihnen über die Notwendigkeit oder Überflüssigkeit seines Vorschlags zu diskutieren, sondern um über die Modalitäten seiner Verwirklichung zu reden.

Die ungeheure Anmaßung und Überheblichkeit seiner Erklärung, die jeden Anflug eines Verdachts zerstreute – konnte doch nur jemand eine solche Aggressivität an den Tag legen, der seine eigene Überzeugung vertrat –, stellte die Ruhe wieder her.

Sie dachten ausschließlich in ideologischen und politischen Kategorien.

Mit der Verteidigung ihres eigenen, als konsequent angesehenen Standpunkts beschäftigt, begriffen sie deshalb nicht, daß er ihre Verdächtigungen nicht dadurch zum Verstummen gebracht hatte, daß er sie, einen Dschungel von Argumenten tapfer durchdringend, mit dem Husarenstreich seiner Argumentation überzeugt hätte, sondern weil die Art und Weise seiner Argumentation verrückt war, ein Wahnsinniger hatte sich an ihre Spitze gestellt.

Er hatte noch etwas sagen wollen, als die junge Frau neben mir ihren Arm abwehrend und bittend zugleich in die Luft streckte, verzeihen Sie, sagte sie und ihre Finger zitterten; es erstaunte mich, welche tiefe, rauhe und durchdringende Stimme aus diesem zerbrechlichen, vor Erregung bebenden Körper kam, sie habe in dieser Diskussion den Eindruck gewonnen, als hätte sie sich nicht nur aus einem fremden Land, sondern geradewegs von einem fremden Stern hierher verirrt, offen gesagt, wisse sie nicht noch interessiere es sie, wo die Mitglieder der sehr geehrten Gesellschaft leben, aber sie glaube, in dem Land, in dem sie lebe, wäre im Augenblick die Wiederherstellung eines demokratischen, freien, geheimen Wahlrechts eine viel näherliegende und nützlichere Aufgabe als die Aufstellung irgendeiner mit Sicherheit provokativen, bewaffneten Einheit, und sie sollten doch bedenken, daß sie nicht die einzige sei, die das meine.

Während sie zitternd vor Aufregung sprach, stellte ihr Vater nur das apathische Schaukeln seines Sessels ein, stützte sich mit beiden Füßen ab, um nicht nach vorne oder nach hinten zu kippen, und schaute teilnahmslos zustimmend vor sich hin, mit einer Traurigkeit wie jemand, der genau weiß, wie das Ende aussehen wird.

Unerhört, das war einfach unerhört, es schien, als sei etwas ganz und gar Unschickliches passiert, auf das man weder antworten könne noch dürfe, das man weder ansehen noch anhören solle, das man nicht zur Kenntnis zu nehmen brauche, das jenseits aller Diskussion liege, über das man rasch zur Tagesordnung überzugehen habe, nur daß die entsprechende Reaktion ausblieb; wie erstarrt saßen alle da.

Der Vater der jungen Frau ließ seinen Stuhl geräuschvoll auf den Fußboden zurückknallen, was nicht nur eine absichtsvolle Bewegung, sondern ein nachdrückliches, als Antwort gedachtes Geräusch war, als wolle er sagen, jetzt aber Schluß damit!, worauf er sich ruhig und würdevoll erhob, was wohl als Zeichen zur Beendigung der peinlichen Situation gemeint war, denn als er zu meinem Vater trat, ihm die Hand mit einer ausgesprochen sanften und beruhigenden Gebärde auf den Arm legte und, weder zu laut noch zu leise, zu sprechen anfing, sollte jeder verstehen können, daß er seinen Vorschlag durchaus der Aufmerksamkeit für wert halte, jedenfalls für wichtig genug, zu einem späteren Zeitpunkt, so oder so, vielleicht in einer noch größeren Runde oder, im Gegenteil, in einem noch engeren Kreis, diskutiert zu werden, gerade weil so viele beherzigenswerte Argumente und Gegenargumente vorgebracht worden seien, er seinerseits halte aber im gegenwärtigen Augenblick und unter den gegebenen Umständen jede Art von Meinungsbildung für übereilt, ja für unmöglich; inzwischen redeten alle bereits wieder, unwillkürlich den gleichen abwägenden, verzögernden, auf Abwarten gestimmten Ton übernehmend, nicht zu leise und nicht zu laut, so als wäre nichts geschehen, sie sprachen rasch von etwas anderem, und wenn sie beim gleichen Thema blieben, dann doch frei von jeder Aufgeregtheit.

Einzelne standen auf, räusperten sich, setzten sich in Bewegung, zündeten sich eine Zigarette an, gingen hinaus auf die Terrasse, tauschten auf das zuvor Gehörte abzielende, verstohlene Blicke aus und lachten; genauso, wie man in einer aus Menschen mit verschiedenen Ansichten zusammengewürfelten Gesellschaft oder auf einem nicht besonders interessanten Empfang zu reden und sich zu benehmen pflegt.

Gewiß mache ich den Eindruck, als redete ich ohne Zusammenhang, sagte ich im Weitergehen zu Melchior, daß aber diese sonntägliche Diskussion doch nicht zu einem Mißerfolg wurde – die Worte der jungen Frau mochten den Teilnehmern sogar dazu verholfen haben, ihren eigenen Standpunkt zu klären –, weiß ich; denn als ich einige Tage danach mit Vater auf dem Marxplatz verabredet war, wir wollten Schuhe oder etwas anderes, ich weiß nicht mehr was, kaufen, und ich anderthalb Stunden vergeblich auf ihn gewartet hatte, berichtete er mir, nachdem er endlich nachts nach Hause gekommen war, aus seinen Kleidern und Haaren quoll Tabaksgeruch, mit besorgter, aber zugleich zuversichtlicher Stimme, er habe zu einer wichtigen, ja schicksalhaften Besprechung gemußt, die er selbstverständlich nicht habe verlassen können, und dieser ungewöhnlich gesprächigen Entschuldigung entnahm ich, daß es doch, wenn er auch noch nicht gesiegt hatte, einen Aufschub für seinen Wahnsinn gegeben hatte, wenigstens hatte er keine erneute Niederlage erlitten.

Ich war verstummt, dabei hätte ich gerne weitergesprochen, ohne aber selber zu wissen, was ich noch hätte sagen können, auch wußte ich nicht mehr, wie ich mich in diese mir plötzlich falsch, fremd und längst vergangen erscheinende Geschichte verstrickt hatte; unsere Schritte hallten gleichmäßig auf dem Pflaster, Melchior schwieg, konnte er doch nicht wissen, was ich hatte sagen wollen, er fragte nicht, wir sahen uns auch nicht an, und mir tat es wohl, daß ich nicht sprechen mußte.

Und in der vom Rhythmus unserer Schritte durchbrochenen Stille, die doch keine Stille war, sondern eher ein Mangel an adäquaten Worten, überfiel mich das Gefühl, als sei alles, was ich bisher gesagt hatte, nichts als vergebliches Gerede, reine Rabulistik, eine undurchdringliche und überflüssige Anhäufung leerer Worte, fremder, meiner Zunge nicht gehorchender Worte, und als sei es sinnlos zu sprechen, wenn man keine Worte habe; selbst in meiner eigenen Sprache habe ich keine Worte, die in dieser Geschichte irgendwohin führen könnten, weil sie selber nirgendwohin führt und führen kann, es gibt nichts, es gibt keine Geschichte, wenn der krampfhafte Zwang der Erinnerung unentwegt bei unbedeutenden oder als unbedeutend angenommenen Einzelheiten verweilt; in jenem Augenblick zum Beispiel kreiste ich um den Marxplatz von einst und wartete auf meinen Vater und war nicht in der Lage, mich von dort loszureißen, aber warum sollte ich ihm das erzählen?

Kann man doch immer nur Bruchstücke erzählen, ich aber wollte alles auf einmal, das Ganze wollte ich erzählen, in seinen Körper hineinstoßen, es ihm einverleiben, mich mit meiner großen Liebe einwurzeln in ihm, aber wo beginnt jenes ersehnte Ganze und wo endet es? wie hätte sich ein Ganzes ergeben können in der fremden, mir nicht zugehörigen Sprache, deren meine Zunge nicht mächtig war?

Hatte ich doch deshalb bisher über alles geschwiegen und deshalb noch niemals, zu niemandem von alledem gesprochen, damit nicht eine Abenteurergeschichte daraus würde, ein Märchen, das kein Märchen war, eine mit Worten zur Fabel verharmloste Begebenheit; es wäre besser, das Ganze in der Gruft der Erinnerung lebendig zu begraben, denn dort allein würde es seinen richtigen und ungestörten Platz finden.

Als hätte ich auf dieser dunklen Straße die Toten verunglimpft.

Und ist Schweigen nicht etwa das vollkommenere Ganze?

Wir gingen nebeneinander, Schulter an Schulter, Kopf an Kopf, doch in meiner Aufgewühltheit hatte ich nicht gemerkt, daß mich das Ganze so bedrückte, weil ich vorher nicht so sehr zu ihm als zu seinen Augen gesprochen hatte, und seine Augen fehlten mir jetzt.

Gleichzeitig spürte ich an diesem seelenlosen rhythmischen Hall unserer aufeinander eingestimmten Schritte, die uns dem Theater näher brachten, daß jeder von ihnen diesem Erzählzwang eine Grenze setzte, das war nicht weiter schlimm, es war sowieso zu Ende, war ohne Abschluß geblieben, und so hatte es seine Richtigkeit, wir werden hineingehen, werden etwas vorgespielt bekommen, und was noch zu sagen wäre, würde ich brav hinunterschlucken, womit auch die Peinlichkeit dieses Gesprächs ohne Abschluß bleiben würde.

Die von den Reflektoren aufsteigenden starken Lichtstrahlen hoben das Gebäude aus dem herbstlichen Abenddunst, im kalten, funkelnden Licht stand es vor uns wie eine unförmige Pappschachtel, und als wir in das nackte Licht eintraten, in dem die Menschen, ein wenig geblendet, sich beeilten, die abendliche Speise des Vergessens und der Entspannung zu sich zu nehmen, hätte ich gern noch etwas zu ihm gesagt, etwas Interessantes, Witziges, irgend etwas, das diesen mißglückten Gang hätte abschließen können.

Weißt du, sagte ich, ohne mir viel dabei zu denken, schlenderte ich doch in der Erinnerung noch über jenen Platz, dieser Karl-Marx-Platz, den mein Vater nach alter Gewohnheit immer wieder versehentlich Berliner Platz nannte, ist mir auch aus einem anderen Grunde im Gedächtnis geblieben, weil nämlich, fuhr ich in einem Ton fort, der beiläufig klingen sollte, aus dem Ilkovits, das war damals eine stadtbekannte, berüchtigte Kneipe, eine halbbetrunkene Gesellschaft heraustorkelte, Frauen und Männer, und die Blicke einer reichlich verlebten Dirne waren an mir hängengeblieben, sie wankte auf mich zu, und weil ich glaubte, sie wolle mich etwas fragen, wandte ich mich ihr durchaus bereitwillig zu, aber sie hängte sich bei mir ein, biß mich ins Ohr und flüsterte, ich solle mit ihr kommen, sie würde mich gerne ablutschen, unentgeltlich, und daß ich bestimmt einen süßen kleinen Pimmel hätte.

Womit sie wirklich recht hatte, fügte ich lachend hinzu, damit es sich noch komischer anhörte.

Er war stehengeblieben und wandte sich mir zu, aber er lächelte nicht einmal, sondern sah mich mit seiner abweisendsten Miene an.

In meiner Verwirrung erzählte ich weiter, sie sei nur eine betrunkene Hure, habe sie gesagt, und keine feine Dame, aber ich brauche keine Angst zu haben, sie wisse besser als irgend jemand anders, was so niedliche junge Herren mögen.

Die Teilnahmslosigkeit seiner Miene signalisierte Mißbilligung, dann faßte er mich langsam am Ellbogen, und als sich sein Gesicht meinem Gesicht näherte, erschien doch ein kleines Lächeln, aber nicht um seinen Mund, sondern in seinen Augen, das aber nicht meinem einen Ausweg anbietenden Scherz galt, sondern vielmehr seine entschiedene Absicht ausdrückte, mich jetzt, hier, inmitten des lichtüberfluteten Platzes, vor den Augen der auf den Theatereingang zueilenden Menschen, betont zärtlich auf den Mund zu küssen.

Dieser warme, weiche Kuß zog weitere Küßchen nach sich, auf meine Nase, meine unwillkürlich gesenkten Augenlider, meine Stirn, meinen Hals, als wolle er mit diesem blitzschnellen Gleiten und Drücken etwas ertasten; ich glaube nicht, daß jemand es bemerkte, und wenn er es bemerkt hätte, daß er dem Ganzen große Bedeutung zugemessen hätte, obwohl ich zu behaupten wage, daß die Vorübergehenden einen großen Augenblick verpaßten, dann ließen wir unsere Arme, die uns eher vorsichtig abgewehrt als festgehalten hatten, sinken und sahen uns an.

Ich hatte das einzige Auge wiedergefunden.

Jetzt aber lachte er doch, das heißt, hinter seinen weichen Lippen blitzten die kräftigen, wilden, weißen Zähne hervor, er zeigte auf den Eingang und sagte, schließlich seien wir ja nicht verpflichtet hineinzugehen.

Nein, das seien wir wirklich nicht.

Die Vorstellung werde auch ohne uns stattfinden können.

Ganz bestimmt.

Aber jetzt, inmitten der in die Vorstellung strömenden Menschen, drückte dieses Auge schon etwas ganz anderes aus.

Das wär's, sagte ich.

Geheimnisvoll, freundlich und ruhig lächelte er mich an, ich aber verstand dieses Lächeln damals nicht, weil es nicht das gewohnte, von mir gehaßte und geliebte Lächeln war; aber ich mußte diesem Lächeln gehorchen, ich war ihm preisgegeben, er aber hatte mich vielleicht zum erstenmal in der Geschichte unserer Beziehung ernsthaft wahrgenommen.

Er mußte etwas von meiner Persönlichkeit erkannt haben, gleichgültig, ob hassens- oder liebenswert, etwas, womit er bisher nicht gerechnet oder wofür er vorher noch keine Erklärung gefunden hatte.

Ich hatte das Gefühl, daß ich mich vielleicht doch lieber mit Worten vor ihm verbergen sollte.

Er rührte sich nicht von seinem Platz, so daß es aussah, als stritten wir.

In seinem tadellos geschnittenen dunklen Anzug, die Flügel seines offenen Mantels mit verschränkten Händen nach hinten geklappt, den Oberkörper etwas nach vorne gebeugt, stand er in dem schmerzend grellen Licht vor mir und kniff die Augen bis auf einen dünnen Spalt zu, so als wäre er von einem schwerwiegenden Zweifel befallen.

Jetzt sahen sich die Leute häufiger nach uns um, doch sie irrten sich.

Laß uns nach Hause gehen, sagte ich.

Er zuckte leicht die Achseln und wollte sich in Bewegung setzen, doch ich konnte mich nicht von der Stelle rühren.

Das alles hätte ich nur erzählt, sagte ich aus Unsicherheit und Resignation, damit er verstünde, warum ich damals aus dieser Menschenmenge nicht hatte nach Hause gehen können, es sei zwar nicht so wichtig, aber jetzt würde er es gewiß verstehen.

Mehr wolle ich nicht sagen.

Er verstehe es, natürlich verstehe er es, antwortete er ungeduldig, aber er sei sich keineswegs sicher, ob er verstanden habe, was ich ihm zu verstehen geben möchte.

Es wäre einfach gewesen, etwas zu sagen, irgend etwas, was mein quälendes Schweigen gebrochen hätte, es schmerzte, denn ich hätte so gerne gesprochen und konnte es nicht, obwohl ich gar nicht die Absicht hatte, zurückzunehmen, was er von meiner Persönlichkeit erkannt und mit so gieriger Ungeduld in Besitz genommen hatte, was mich freilich darauf aufmerksam machte, daß ich ihm nicht alles sagen durfte, aber mir hatte sich die Sprache nicht etwa deswegen verweigert, weil ich eine ungeheuer große und schwerwiegende Wahrheit hatte aussprechen wollen, im Gegenteil, mich hielt eine mir bisher unbekannte Scham von der Beschreibung dieser einfachen Geschehnisse zurück, eine zutiefst innere Scham, eine gefährlichere noch als die Scham körperlicher Nacktheit hinderte mich daran zu reden, weil alle persönlichen Erlebnisse, von denen ich hätte berichten können, aus der Perspektive so vieler hinter mir liegender Jahre betrachtet, durchaus zufällig, dumm, kleinlich, lächerlich und albern erschienen im Vergleich zu den Ereignissen, die die stumme historische Erinnerung zu tragischer Größe stilisiert hat.

Zwar hätte ich es, vom Endergebnis her gesehen, keineswegs für richtig gehalten, einen Rückzieher zu machen, aber es erschien mir unmöglich, von der gegen meine Beine schlenkernden Zeichentafel, von meinem während des Laufens ewig herausrutschenden Lineal und von der vollgestopften Schultasche zu sprechen.

Zu meiner persönlichen Revolution aber gehörten diese albernen Gegenstände, da sie mich mit ihrem Gewicht und ihrer Sperrigkeit zwangen, eine Frage zu klären, eine Frage, die, mit einer gewissen alltäglichen Oberflächlichkeit betrachtet, ohne Gewicht und Bedeutung war, denn vom Standpunkt der Ereignisse war und blieb es völlig uninteressant, ob es einem einzelnen blonden Gymnasiasten gelingen wird, sich aus dieser Masse von einer halben Million herauszumanövrieren, oder ob er in ihr steckenbleiben wird; grob gesagt, bedeutete diese Frage für mich, ob ich des Vatermordes fähig sei beziehungsweise ob ich ihn für notwendig halte, was keineswegs eine Spitzfindigkeit war, sondern eine Frage, die sich am Abend jenes Dienstags so oder anders einem jeden aufdrängen mußte.

Wäre die Frage damals so brutal und zugespitzt gestellt worden, dann wären wir bestimmt nicht, eingetaucht in dieses körperwarme Gefühl, in die von einer unbekannten Kraft bestimmte Richtung marschiert, dann hätte gewiß jeder sich entsetzt Hals über Kopf in seine elende oder prächtige Höhle geflüchtet, dann wäre es keine Menschenmenge geworden, sondern eine wutentbrannte Horde, ein kopflos auseinanderdrängender Haufen, ein in sinnlosem Zorn zerstörerischer Mob, da der Mensch, sich in vielem nicht von den Tieren der Wildnis unterscheidend, letztlich immer den Frieden ersehnt, die Sonnenwärme, ein weiches Nest, Ruhe und friedliche Fortpflanzung und erst dann kampflustig wird, wenn es ihm nicht gelingt, sich und sein Weibchen, den Frieden seines Nestes zu schützen, seine Nahrung herbeizuschaffen und seine Brut in Sicherheit zu wissen, und selbst dann ist sein erster Gedanke nicht Mord.

So war es auch in jener Stunde; in der lauwarmen Abendluft zeigte sich das Kämpferische nur darin, daß wir gingen, wir waren viele und wir gingen, was selbstverständlich gegen etwas oder gegen jemanden gerichtet war, doch blieb weiter ungeklärt, wogegen oder gegen welche Personen, jeder konnte das Seine denken, mitschleppen, bei sich tragen, und jeder konnte mit den ihm lästigen Utensilien auch seine individuellen Fragen mitbringen, er brauchte sich noch nicht zu entscheiden oder, sollte er sich schon entschieden haben, noch nicht genau zu wissen, was die anderen wohl zu dieser Entscheidung sagen würden, weshalb Sprüche skandiert, weshalb mitgeschrieen oder mitgeschwiegen werden konnte.

Ich glaube nicht, daß es etwas hätte geben können, das keine Bedeutung gehabt hätte, schließlich war jeder Schrei, jede Parole, jede Verszeile, selbst das Schweigen! für mich zur Erprobung meiner persönlichen Gefühle geworden, meiner Berührungspunkte mit der Masse, meiner Ähnlichkeit und möglichen Identität mit ihr, und zu einer Suche danach.

Jeder Gegenstand, sei es ein Lineal, ein Gedicht oder eine Fahne, gibt dem Denken eine Grundlage, auf dieser Grundlage siedeln wir unsere Gedanken an, für die wir sonst keine Worte hätten, und in diesem Sinne ist der Gegenstand nichts anderes als das greifbare Zeichen für die sprachunfähigen animalischen Triebe und die ungeformten dunklen Gefühle, der Schauplatz ihrer Ausformung, ihr Terrain, vielleicht auch nur der Vorwand und gar nicht der Gegenstand an sich.

Dieses gleißende Licht ertrug ich nicht länger.

Hätte ich zu sprechen vermocht, wenn schon nicht zu ihm, so wenigstens zu mir selber, dann hätte ich sagen müssen, daß der Wunsch, nach Hause zu gehen – als wir aneinandergepreßt, herausgestoßen aus dem Menschenpfropfen, der sich am Marxplatz gebildet hatte, uns im Laufschritt den vor uns Marschierenden anschlossen –, sich inzwischen in sein Gegenteil verkehrt hatte, wenigstens in mir; ich hatte es einfach vergessen, daß ich soeben noch nach Hause gehen wollte, und dafür war diese aus Steinen zu Häusern, aus Häusern zu Straßen, aus Straßen zu bestimmten Richtungen und zu bestimmten Möglichkeiten angelegte Stadt verantwortlich.

Von diesem Zeitpunkt an funktionierte alles im Sinne von Naturgesetzen; die aus dem Erdreich hervorsprudelnde

Quelle rieselte zu kleinen Rinnsalen zusammen, sammelte sich in Bächen, wurde zu einem Fluß, und der Fluß nahm seine Richtung aufs Meer, so einfach und poetisch! aus den lärmenden und fröhlich brodelnden Nebenstraßen drängten menschliche Leiber und zwängten sich, dem Sog der großen Menge gehorchend, zwischen die Leiber der auf dem Ring vorwärts strebenden Menschen, Verocska jedoch hatte aller Wahrscheinlichkeit nach ihren improvisierten Auftritt mit dem Zuruf «Ihr, die ihr's nie erfahren, jetzt sollt ihr es gewahren, wie sich das Volk vergnügt» beendet, da sich die Menschen, die den lebendigen Pfropfen durchbrachen, im Geräusch der laut dröhnenden Schritte auf uns ergossen und sich hinter unserem Rücken stauten, und dieser Stau drängte in die gleiche, die einzig mögliche Richtung, nach vorne, auf die Margit-Brücke zu; was zwar immer noch nicht bedeutete, daß die ungleich aufgeheizten persönlichen Motive, sich aneinander reibend, funkensprühend, entzündend, ununterbrochen Kräfte entladend, mangels geeignetem Zündstoff sich zu endgültiger Übereinkunft hätten anfeuern können, und trotzdem war eine Veränderung eingetreten, jeder mußte es fühlen, weil das Geschrei aufgehört hatte, es gab kein Gelächter, keine Deklamationen, keine Ansprachen, kein Fahnenschwenken, es war, als habe in dieser gemeinsamen und einzig möglichen Richtung jeder sich auf den kleinsten gemeinsamen Nenner, das Geräusch der eigenen Schritte, zurückgezogen.

Diese Ansammlung von Schritten, diese Dichte, dieser den Graben des Szent-István-Ringes mit seinem Widerhall ausfüllende, gleichmäßig wogende Rhythmus erwies sich als ausreichend, um das Gefühl der Gemeinschaft nicht in Frage zu stellen, sondern es im Gegenteil zu festigen, was dadurch gesteigert wurde, daß Menschentrauben aus den offenen Fenstern der oberen Stockwerke hingen und winkten, sie waren mit uns, obwohl sie nicht bei uns waren, während wir hier unten zusammen waren und auch bei ihnen, und das bewirkte, daß der bei jedem Schritt an Bedeutung und Stärke zunehmende Ernst, die Menge schwerfällig verlangsamend, die Führung übernahm.

Der breite Graben des Szent-István-Rings steigt von der Einmündung der Pannoniastraße, der heutigen László-Rajk-Straße, langsam an, um an der Pozsonyistraße in sanftem Bogen in die Margit-Brücke zu münden, dieser Anstieg, dieser sanfte Bogen und seine Einmündung fallen an friedlichen Tagen nicht besonders auf, und wenn ich an jenem Abend nicht in der Menschenmenge mitgezogen wäre, dann hätte ich ihm niemals eine besondere Bedeutung beigemessen; benutzt man die eigene Stadt doch nur, ohne sich um die Beschaffenheit ihrer Straßen und Plätze zu kümmern.

Am Brückenkopf nämlich trafen sich die beiden aus verschiedenen Richtungen anrückenden, in völlig verschiedener Gemütsverfassung befindlichen Kolonnen, was auch sofort erklärte, warum sich unsere Schritte verlangsamt hatten, warum unsere Kolonne zusammengedrängt, schweigsam und ernst geworden war, wir strebten nach oben, die Menge uns gegenüber aber drängte von der Brücke herunter, und die von oben kommende Menschenmenge war uns nicht nur dank der Dynamik ihres Standorts überlegen, sie war auch organisierter, fröhlicher, einvernehmlicher, jünger und energischer, und als hätten sie schon einen ihrer Einigkeit und Stärke zu verdankenden Sieg hinter sich, kamen die Menschen Arm in Arm, singend, zum Takt ihrer Schritte passende Reime brüllend, und ohne daß die Reihen sich aufgelöst hätten, die, ihre Arme ineinandergeflochten, die ganze Breite der Brücke einnahmen, schwenkten sie auf dem Platz, den die Straßenkreuzung vor dem Brückenkopf bildet, in einem großen Bogen in die Balassa-Bálint-Straße ein; unsere dichte, aber weniger organisierte, nach oben strebende, aber stärker von individuellen Emotionen und persönlichen Gründen zusammengehaltene Gruppe mußte sich in die gleich Flügeln eines riesigen Fächers geöffneten Reihen hineinzwängen, in turbulenten Wellenbewegungen den Durchstoß erzwingen, in die sich aus Öffnen und Schließen ergebenden, strahlenförmigen Spalten ungeordnet eindringen, sie stürmen und überfluten.

Es gibt Stunden, in denen der Mensch über dem Gefühl der Brüderlichkeit alle Unbill und alle Bedürfnisse seiner Körperlichkeit vergißt, er ist nicht müde, liebt nicht, fühlt keinen Hunger, friert nicht, hat keinen Durst, leidet nicht unter Hitze und braucht nicht zu urinieren; dies war eine solche Stunde.

Wir rannten, inzwischen glaubte Szentes zu wissen, daß es Studenten wären, die vom Bem-Platz kamen, ihre Reihen schlossen uns ein, wir waren aufgenommen, und obwohl wir ihre Ordnung und Einheit aufgelöst hatten, war etwas von ihrer Fröhlichkeit und ihrem Selbstbewußtsein auf uns übergegangen; sofort fingen alle an, laut zu sprechen, weil die aus verschiedenen Richtungen kommenden und ihre verschiedenen Temperamente fröhlich vermischenden Menschen, jeder mit erhobener Stimme, unverzüglich ihre Meinungen miteinander austauschten, mit Fremden sich befreundend, zuhörend und einander überschreiend; wir erfuhren, wer bei ihnen eine Ansprache gehalten hatte, welche Meinungen er vertrete, was er fordere, wir berichteten, daß wir Panzer und Soldaten gesehen hatten, daß Arbeiter von der Váci-Allee her aufmarschieren, daß auch das Militär auf unserer Seite sei, und dieses leidenschaftliche Durcheinander, der eilige Austausch von Nachrichten, machte die bis zu einem gewissen Grade aufgelockerte Kolonne nicht nur nervöser, sie sah sich auch auf heitere Weise in sich selbst bestärkt.

In dieser Verfassung marschierten wir auf das Parlament zu.

Szentes jedoch, als nähme er an, daß ich über die sich derart zusammenbrauenden Ereignisse anderer Meinung sei, diese Tatsache aber nicht preisgeben wolle, beugte sich zu mir, damit Stark ihn nicht hörte, unsere Gesichter waren sich in der gemeinsamen Aufregung ganz nah, er sagte, jetzt sehe doch auch ich deutlich, mit eigenen Augen, daß dieses System am Ende sei.

Und ob ich das sehe, natürlich sehe ich das, antwortete ich und wandte meinen Kopf ab, nur wisse ich nicht, was aus dem Ganzen werden soll.

Die dunkle Kuppel des Parlaments mit dem massiv leuchtenden Stern an ihrem Scheitelpunkt, den man vor kaum ein paar Monaten dort oben montiert hatte, war in unser Blickfeld geraten.

Ich muß komisch ausgesehen haben mit meiner Zeichentafel, meiner vollgepackten Schultasche, meinem verantwortungsvoll düsteren Gesicht, dem anzusehen war, daß ich die ungewöhnlichen Ereignisse des Abends mit den familiären Erfahrungen in Übereinstimmung zu bringen versuchte, denn meine die Zukunft betreffenden Bedenken überraschten ihn so sehr, daß er lachen mußte; aber noch ehe ich begreifen konnte, warum er eigentlich lachte, wurde ich von hinten umarmt, und eine Hand bedeckte kraftvoll, weich und warm meine Augen.

Schon wieder erteilt er Lektionen, schon wieder erteilt er Lektionen, rief Kálmán, sprang herum, schlug voller Freude mit schlenkernden Armen um sich, und wir drei Gymnasiasten standen verwirrt zwischen den grinsenden Bäckerlehrlingen; aber wir durften nicht stehenbleiben, wir mußten weitergehen.

Die Zeichentafel verlor ich übrigens auf dem Platz, am Fuße des Kossuth-Denkmals, Kálmán war hinaufgeklettert, ich hinter ihm her, wir wollten die Menschenmenge überblikken, die den ganzen Platz ausfüllte, als die Menge mit markerschütterndem Gebrüll fordert, der Stern müsse gelöscht werden, löscht den Stern, löscht den Stern, worauf augenblicklich sämtliche Lampen auf dem Platz erlöschen und nur der Stern oben auf der Kuppel noch leuchtet, ein Murren der Unzufriedenheit aufkommt, in ein Pfeifkonzert übergeht, in ein Johlen, bis es mit einemmal still wird und in dieser Stille die Menschen Fackeln aus Papier über ihren Köpfen entzünden, und als fege ein stürmischer, schweifender, kräuselnder Wind über eine endlose Wiese, flammt eine Lichtflut auf, taucht den ganzen Platz in Feuer, rast darüber hinweg, um flach zu verlodern, zu verglimmen, über den Köpfen auf dem riesigen Platz zu erlöschen, sich von neuem zu entzünden, auszubreiten, fleckig aufzuleuchten, weiß quirlt die Feuersbrunst auf, überschlägt sich in gelblichen Wellen und sinkt rötlich glimmend zwischen den Füßen zu Boden; meine

Schultasche blieb einige Stunden später auf der Kreuzung zwischen der Puschkin- und Sándor-Brody-Straße auf dem leeren Asphalt zurück, da, wo Kálmán im Laufen, während er in sein Brot mit Zwetschgenmarmelade biß, von einer Gewehrsalve, abgefeuert von einem Dach, zu Boden geworfen wurde, und ich glaubte, wie geschickt von ihm, und glaubte, sein Gesicht sei nur von Marmelade verschmiert.

Wenn ich später – als die abschiednehmende Hedi fragend und flehentlich von mir, dem Augenzeugen, verlangte, ihr das Unglaubliche zu bestätigen – überhaupt darüber hätte sprechen können oder wenn sie sich wirklich nicht im klaren darüber gewesen wäre, daß jedes Wort von vornherein falsch und pathetisch klingen mußte, dann hätte ich lieber von dieser warmen, kräftigen, weichen Hand sprechen sollen, der Hand eines Freundes, und nicht von dieser letzten Endes nichtigen Tatsache, daß er gestorben war, daß es zu Ende und daß er tot war, daß wir ihn in einen Toreingang geschleppt hatten und in eine Wohnung hinein, obwohl das nichts mehr nützte, weil er, während wir ihn trugen oder vielleicht schon dort, an der Stelle, gestorben war, aber wir taten, als hielte dieses sinnlose Herumtragen ihn noch ein wenig am Leben oder als könnte es ihn zum Leben erwecken, obwohl sein ganzer Körper durchlöchert war, aber man mußte irgend etwas für ihn tun; und als wir seinen toten Körper trugen, hinterließ sein Blut Spuren, es floß auch auf unsere Hände, die davon glitschig wurden, denn das Blut war länger lebendig als er, er war tot, gestorben, seine Augen standen offen, auch sein Mund stand offen in seinem zerschmetterten, blutverschmierten Gesicht, er war tot, und mir blieb nichts weiter zu tun, als noch in der gleichen Nacht seine Mutter im János-Krankenhaus zu benachrichtigen und ein paar Tage später, zwei Monate vor seinem Selbstmord, den hellen, sommerlichen Leinenanzug von János Hamar in den Händen, meinen heimlich nach Hause zurückgekehrten Vater einen Mörder zu heißen, was ich auch gründlich besorgte.

Nicht vom Tode meines Freundes hätte ich sprechen sollen, nicht von den Toden und nicht von den Begräbnissen, nicht von den Friedhöfen im flackernden Schein der Kerzen und nicht von allen Kerzen dieses ganzen Herbstes und Winters, sondern von der letzten Berührung mit seinem Körper, davon, daß ich es war, den er zum letztenmal angefaßt hatte, und daß er dieses verdammte Brot mit der Zwetschgenmarmelade in der Hand hielt – er hatte es von einer Frau bekommen, die an der Ecke der Puschkinstraße in einem offenen Parterrefenster Brot geschnitten und aus einem irdenen Topf für jeden eine Scheibe mit Zwetschgenmarmelade bestrichen hatte –, und von jenem unverwechselbaren Gefühl und dem Geruch seiner Hand, von der Einmaligkeit der Muskeln, der Haut, der Proportionen und der Ausstrahlung, an der wir einen Menschen erkennen, von dem weichen und warmen Dunkel, das uns plötzlich jedes geschichtliche Ereignis vergessen läßt und mit einer einzigen sanften Berührung aus der Fremde zurückführt ins Vertraute, in eine Vertrautheit der Berührungen, Gerüche und Empfindungen, in der man dann diese einmalige Hand zu erkennen vermag.

Und damit Melchior endlich etwas von mir verstünde, hätte ich in jenem Augenblick vielleicht von dem allerletzten, kurzen, glücklichen Zwischenspiel meiner Geschichte sprechen sollen, hier auf diesem grell erleuchteten Berliner Platz vor dem Theatergebäude, von jener Dunkelheit, die sich auf meine Augen gesenkt hatte, in der ich ihn noch erkenne, natürlich, das ist doch der Kálmán! oder der Kristian, nein, es ist der Kálmán, Kálmán! von jenem letzten winzigen Bruchteil kindlicher Freude hätte ich sprechen sollen, und da ich keine Hand frei habe, in der einen die Zeichentafel, in der anderen die Tasche, die ich später verlieren werde, muß ich vor lauter Freude den Kopf aus seinen Händen reißen, ist es doch so unerwartet und unglaublich, daß er hier ist, nicht anders, als ob man im Heuhaufen die gesuchte Stecknadel findet.

Stumm sah Melchior mein Schweigen an, es war ja auch vielsagend genug.

An jenem Nachmittag im Dezember war ja auch nicht ich es, der zuerst eine Bewegung machte, sondern Hedi, die den Kopf senkte.

Diese gemeinsame Verleugnung, dieses gemeinsame Nein wollte sie nicht länger hinnehmen, sie bat mich, sie hinauszubegleiten.

Auch im Haustor sahen wir uns nicht an, ich schaute die dämmrige Straße entlang, sie kramte in ihrer Tasche.

Ich dachte, sie wolle mir die Hand reichen, was gewiß komisch gewesen wäre, aber sie holte einen kleinen braunen Teddybären aus der Tasche hervor, einen ziemlich abgegriffenen, ich kannte ihn, es war ihr gemeinsamer Talisman, ich solle ihn Livia bringen, sagte sie.

Als ich ihn entgegennahm und ihre Hand zufällig meine Finger berührte, hatte ich das Gefühl, als wolle sie alles, was sie zurückließ, uns beiden anvertrauen.

Sie ging fort, und ich kehrte ins Haus zurück.

Großmutter kam gerade aus dem Zimmer, sicher wollte sie sich vor Tante Klaras Trostgeschwätz zu mir flüchten; ich war der einzige, mit dem sie noch sprechen mochte.

Sie fragte, wer das gewesen sei.

Hedi, sagte ich.

Die kleine blonde Jüdin, fragte sie.

Von Kopf bis Fuß in Schwarz gekleidet, stand sie mit ausdruckslosem Blick im dämmrigen Vorzimmer vor der geschlossenen weißen Tür.

Ob ihr jemand gestorben sei, fragte sie.

Sie wollen fortgehen, sagte ich.

Wohin, fragte sie.

Ich weiß es nicht, sagte ich.

Ich wartete, bis sie sich in Richtung der Küche entfernt hatte, und tat, als dächte ich, daß sie dort zu tun habe, dann ging ich in Großvaters Zimmer.

Ein Monat war vergangen, seitdem jemand das Zimmer betreten hatte, es war steril geworden ohne ihn, nichts mehr hatte den Staub bewegt.

Ich schloß die Tür hinter mir zu und blieb stehen, dann legte ich den kleinen Teddybären auf den Tisch, auf dem Bücher, Schreibzeug, Notizen, die aufgeregten Zeugen seiner letzten Tage, herumlagen.

Am dritten November hatte er angefangen, den Plan einer Wahlreform auszuarbeiten, den bis zum zweiundzwanzigsten November abzuschließen ihm nicht mehr gelungen war.

Mir fiel seine Fabel von den drei Fröschen ein, die in die Milch gefallen waren; ich werde doch in diesem glitschigen Zeug nicht ertrinken, sagt der Optimist unter ihnen, und während er noch spricht, klebt ihm der Mund zu und er versinkt; wenn schon der Optimist ertrunken ist, warum sollte dann ausgerechnet ich nicht ertrinken, sagt darauf der Pessimist und versinkt ebenfalls, aber der dritte, der Realist unter ihnen, tut, was ein Frosch eben tun kann, er strampelt in der Milch, bis er etwas Festes unter seinen Sohlen spürt, etwas Dickes, Hartes, von dem er sich abstoßen kann, zwar weiß er nicht, daß er Butter gestampft hat, woher sollte ein Frosch das wissen, aber er kann aus dem Bottich springen.

Ich mußte den Teddybären wieder vom Tisch nehmen, ich spürte, daß es ein schwerer Irrtum gewesen wäre.

Von Livia wußte ich, daß sie die Glasschleiferei erlernt hatte; eines Tages, vielleicht zwei Jahre später, ging ich durch die Pratergasse, schaute durch ein schräggestelltes Parterrefenster, unten saßen Frauen vor ihren sich in Windeseile drehenden, kreischenden Schleifscheiben, darunter Livia, den weißen Mantel über der Brust nachlässig aufgeknöpft, die geschickt ein Kelchglas auf der Scheibe drehte, sie war schwanger.

Noch im gleichen Sommer bekam ich von János Hamar einen Brief, einen liebenswürdigen Brief, der in Montevideo aufgegeben war und in dem er schrieb, wann und womit auch immer er mir helfen könne, würde er es gerne tun, ich brauchte ihm nur zu schreiben, noch lieber wäre es ihm aber, wenn ich ihn besuchte und, wenn ich wolle, für immer bei ihm bliebe; er stehe in diplomatischen Diensten, habe ein ruhiges und angenehmes Leben, habe noch zwei Dienstjahre vor sich und würde gerne eine größere Reise mit mir machen, ich solle ihm doch postwendend antworten, denn auch er sei allein geblieben und wolle daran nichts mehr ändern; dieser Brief sollte mich aber erst sehr viel später erreichen.

Trotzdem glaubte ich, jetzt würden so allmählich, vorsichtig, langsam und leise alle Lebenden zurückkehren, doch sollte ich keinem von ihnen je wieder begegnen.

Als der kleine Teddybär mir nach Jahren zufällig wieder in die Hände geriet, schmerzte mich sein Anblick, und ich warf ihn fort.

In welchem er Thea Melchiors Geständnis erzählt

Während bei unseren abendlichen oder nächtlichen Spaziergängen, auf welchem der gewohnten Wege auch immer, das Geräusch unserer einander angepaßten Schritte in einem fremden, gewaltsamen Rhythmus im Dunkel der menschenleeren Straßen hallte, konnte kein noch so tiefgehendes Gespräch oder Schweigen uns auch nur für Augenblicke von diesem Echo unserer Schritte befreien.

Als hielten die Häuser der Stadt, diese Fassaden des Krieges, die dem Auge keine besondere Annehmlichkeit bieten, jeden unserer friedlichen Schritte streng unter ihrer Kontrolle, als gäben sie nur das zurück, was auch in uns streng sachlich und seelenlos war; und wenn wir uns oben, im Wohnkäfig des fünften Stocks, unterm Dach, eher einem leichtfertig unkontrollierten Geplauder überließen, bekamen die Gespräche hier unten, wo wir die Kluft zwischen der aller Freuden baren Kälte der Umgebung und der Inwendigkeit unserer Gefühle zu überbrücken hatten, eine von Tiefe und Verantwortung geprägte Intensität, die man auch kühle Aufrichtigkeit nennen könnte.

Oben sprachen wir fast nie, hier unten aber häufig über Thea.

Von den heimlichen Wünschen meiner sündigen Gefühle geleitet, bemühte ich mich, diese Gespräche so zu lenken, daß nicht ich als erster ihren Namen auszusprechen brauchte, vorsichtig näherte ich mich dem Thema, umschiffte es sozusagen, doch sobald ihr Name gefallen war, fing Melchior an, von ihr zu sprechen, und wenn er, von den für ihn selber überraschenden Gedankenverbindungen erschrocken, verstummte oder vor den selbst für seine Begriffe als zu heftig befundenen Äußerungen zurückschreckte, versuchte ich mit meinen hinterhältig berechnenden Fragen, meinen Einwürfen und flüchtigen Bemerkungen, ihn noch stärker zu motivieren, auf dieser sich ins Dunkel seiner Vergangenheit zurückschraubenden Spur zu bleiben, in jene nebelverhangene Landschaft vorzudringen, von der er sich mit solcher Geschicklichkeit, theoretischen Spitzfindigkeit, selbst vor der Gefahr einer seelischen Verstümmelung nicht zurückschreckend, abzusetzen versuchte.

Auf den nachmittäglichen und abendlichen Spaziergängen mit Thea mußte ich genau die entgegengesetzte Taktik wählen, wenn wir uns in einer offenen, flachen, winddurchwehten Landschaft in der Umgebung der Stadt ergingen und am Ufer eines grünen Sees, eines sich in der Ferne verlierenden Kanals saßen und mit unbeschwerten Blicken dem Spiel der Wasseroberfläche folgten oder einfach in die Landschaft starrten, denn die Weite der Umgebung garantierte von vornherein eine selbstverständliche Vertrautheit unseres Gesprächs, die Unterschiede der Sinneswahrnehmungen und Gefühle und deren Aufeinander-angewiesen-Sein, weil die Natur ja keine Kulisse ist; für ein Auge, das gegen die Sinnestäuschung ankämpft, ist sie sogar wirklicher als wirklich und schließt daher von vornherein jene kleinen menschlichen Komödien aus, die nur in den Kulissen der Stadt denkbar sind; Thea also mußte ich, getrieben von dem heimlichen Wunsch, ihre Gefühle für Melchior in lebendiger Spannung zu halten, durch Ablenkungen und Unterbrechungen unentwegt daran hindern, daß sie, wie man sagt, aufrichtig wurde, also verhindern, daß sie von ihm sprach.

Ich hielt dies für eine schöne, ausgewogene Lösung zur Erreichung meines geheimen Ziels.

Denn auch wenn wir nicht von ihm redeten, sprachen wir von ihm, und daher fühlte ich jene würgende Aufregung, die ein Verbrecher während der Vorbereitung auf seine Tat empfinden mag, der in der Überzeugung, daß er selbst gar nichts zu tun braucht, sich umhört, alles ausspäht, den Tatort einkreist, nein, er braucht sich nicht in die schöne Ordnung der Natur einzumischen, er brauchte bloß das Wirkungsprinzip der Gegebenheiten zu entdecken, die Situation selbst wird ihm die Beute in die Hände spielen; und in der Tat habe ich nichts weiter getan, als stetig und konsequent in beiden diese stumme, einhellig akzeptierte Zielstrebigkeit zu nähren.

Ich flößte ihr tropfenweise die fast unmögliche Hoffnung ein, daß Melchior, jedem Anschein zum Trotz, keineswegs unerreichbar sei, in Melchior aber versuchte ich mit größter Behutsamkeit jene Hemmungen abzubauen, mit deren Hilfe er sich radikal gegen seine sich manchmal so nachdrücklich und hartnäckig meldenden natürlichen Gefühle wehrte; und deshalb war Thea auf seltsame, wenn auch begreifliche Weise nicht wirklich eifersüchtig auf mich, weil ich, und zwar nur ich, in ihren Augen, ja, man könnte sagen, in ihrem gesamten Gefühlshaushalt, die beständige, verkörperte Gewißheit einer blassen, aber aufgrund anderer Gesichtspunkte unverzichtbaren Hoffnung war, während Melchior von der Möglichkeit, durch mich etwas kennenzulernen, wozu er bisher keine Gelegenheit hatte, geradezu geistig berauscht war, aber er wußte auch, daß ich ihm so lange nicht ganz gehörte, als er dieses Etwas nicht besitzen würde.

Die Liebenden tragen den Körper des anderen an sich und strahlen ihre gemeinsame Körperlichkeit in die Welt aus, doch ist diese Gemeinsamkeit keineswegs identisch mit der mathematischen Summe der beiden Körper, es wird mehr daraus, das heißt, es wird etwas anderes daraus, etwas kaum Bestimmbares, etwas, das sowohl Qualität wie Quantität hat, weil sich die beiden Körper ja nur addieren, aber nicht summieren; andererseits ist dieses beständige, sich als ein Mehr an Quantität und als ein anderes an Qualität erweisende Einssein nicht identisch, sagen wir, mit dem vermischten Duft der beiden ineinander verflochtenen Körper, der gemeinsame Duft ist nur die auffälligste oder äußerlichste Manifestation der sich auf alle Lebensäußerungen erstreckenden Gemeinschaft zweier eigenständiger Körper, freilich durchtränkt er ihre Kleider, die Haare, ihre Haut, so daß derjenige, der mit den Liebenden in Berührung kommt, unversehens in die Hülle dieser neuen physikalischen Qualität einbezogen wird, und wenn seine Nase entsprechend empfindlich und unbefangen ist, wird er nicht nur in den Zauberkreis, sagen wir es einfacher, unter den Einfluß zweier Personen geraten, wird er nicht nur etwas von ihrer Liebe mitbekommen, in diesem Zauberkreis wäre es auch durchaus möglich, daß er, von seinem Geruchssinn geleitet, die wesentlichen, in den Bewegungen, Mienen, der Sprechweise eingetretenen Übernahmen und Umsetzungen, Proportionsverlagerungen und Richtungsänderungen wahrnimmt, welche die körperlichen Auswirkungen und Eigenheiten der seelischen Vereinigung von Liebenden sind.

Den Platz zwischen den beiden, den einzunehmen mir an unserem ersten gemeinsam verbrachten Abend, in der Ehrenloge des Opernhauses, nicht gelungen war, habe ich mir später verschafft, brauchte ich Thea doch nur ein ganz klein wenig in diese Hülle einzulassen, damit beide durch die Vermittlung meines Körpers miteinander kommunizieren konnten, denn ohne daß es mir bewußt geworden wäre, hatte ich bei diesen Nachmittagsspaziergängen Melchior bei mir, und wenn Thea etwas von mir annahm, und sie mußte es, wenn sie an der Peripherie ihrer Gefühle bleiben wollte, nahm sie auch etwas von ihm an, und umgekehrt war es genauso, wenn Thea mir etwas von sich gab, dann bekam Melchior es, sei es als Verlust, sei es als Gewinn, zu spüren; und er spürte es, umschnupperte mich nach Hundeart, veranstaltete Eifersuchtsszenen, denen man mit Ablenkung und Witz kaum beikommen konnte, wir mußten das gestörte Gleichgewicht und das ursprüngliche Verhältnis zwischen uns, sobald ich von diesen Spaziergängen zurückkehrte, von neuem herstellen, was wiederum bedeutete, daß wir uns Thea annäherten.

Ich wußte nicht genau, was zwischen ihnen vorgefallen war, auf meine diesbezüglichen Fragen gaben beide später ausweichende Antworten, denen ich bloß entnehmen konnte, daß es für beide gleich beschämend oder frustrierend gewesen sein mußte, aber ich dachte, daß es keinen Rückzug gibt, der nicht Vorspiel einer Trennung wäre, und wenn ich daher bei dem, was zwischen ihnen ablief, helfen wollte, und ich wollte nicht nur helfen, sondern hatte das deutliche Gefühl, daß dies für uns beide die einzige Möglichkeit wäre, anständige Bedingungen für unser weiteres Leben zu sichern, mußte ich die Situation möglichst genau kennen.

Wahrscheinlich ist es kaum zu erklären, aber ich kann für meinen Wunsch nach einem anständigen Rückzug auch keine andere Erklärung geben als die, daß ich mich in einem solchen Maße in diese Beziehung hineinverloren hatte, in einem solchen Maße jene lustvolle Angst und wahnsinnige Freude durchlebte, daß ich, ein und derselbe Mensch, ein Ich, das doch nur über einen einzigen, unteilbaren Gefühls- und sensorischen Haushalt verfügt, sich nicht mit einem von ihm verschiedenen, sondern ihm gleichen einließ, und wenn dem so war, wenn uns das trotz aller Verbote erlaubt war, mußte das einen Sinn haben, es mußte! ich durchlebte in einer so ungeheuerlichen geistigen Erregung die Idee von der Unteilbarkeit der Liebe, als wäre mir der Entwurf einer Weltformel aufgetragen oder als müßte ich mir in ein tiefes Geheimnis Einsicht verschaffen – wenn das nämlich so ist, dachte ich siegesbewußt, dann bin ich wirklich ein Ich, ein Mensch, und es gibt in mir ein nicht weiter teilbares Ganzes, mein Geschlecht aber wäre nur ein Teil dieses Ganzen? oder sollte sich dieses Ganze, ohne Rücksicht auf mein Geschlecht, nur in der Liebe in seiner Ganzheit offenbaren? und sollte der letzte Sinn des Liebesgefühls darin bestehen, daß ich als unteilbar Ganzes mich einem anderen unteilbar Ganzen verbinde? verbinde ich mich meinem Ich gemäß, wenn ich meinem Geschlecht entsprechend wähle, oder auch dann, wenn ich nicht meinem Geschlecht entsprechend wähle? doch vergeblich suchte ich nach einer Antwort, wenn ich, obwohl ich meinem Ich entsprechend gewählt hatte, diesen maßlosen Schmerz erleiden mußte, da er nun einmal nicht mit mir identisch war und es nicht werden konnte, sondern ein anderer blieb, mit mir identisch nur aufgrund seines Geschlechts; und so verwandelte sich die Freude an der unmittelbaren Berührung mit dem Identischen, das Glück und der Zorn darüber, daß ich das Anderssein eines Menschen, obwohl identisch mit ihm, nicht zu dem meinen machen kann, in eine so schmerzliche Erfahrung, daß mein ganzes Leben, meine Vergangenheit mir sinnlos erschien; und das Gefühl der völligen Vergeblichkeit und Hoffnungslosigkeit aller meiner Bemühungen steigerte sich derart, daß ich, dessen Natur eher auf Harmonie als auf die Verschärfung von Gegensätzen angelegt ist, es richtiger fand, meinem Impuls zu gehorchen, sofort und ohne Verzug fortzugehen, nach Hause, und nach Hause bedeutete in diesem Falle so etwas wie Vergangenheit, Langeweile, Gewohntes, so etwas wie Sicherheit, all das, was ein Zuhause in der Fremde bedeutet.

Ich wollte nach Hause, er wußte das, ich begründete es nicht und erklärte es nicht, er fragte nicht, in der maßlosen Überheblichkeit seines Schmerzes ließ er mich wortlos ziehen, doch gleichsam um meiner Abreise zuvorzukommen, wollte auch er zurück zu dem kaum Verlassenen, in seine Hoffnungslosigkeit, er hatte vor zu fliehen; ich wollte zurück in die sichere Heimat, er in die unsichere Fremde seiner Sehnsüchte, doch hatte das wieder nur den Anschein, als wollten wir mit diesem parallelen, uns selbst vergewaltigenden Situationswechsel uns gegenseitig unsere persönliche Geschichte heimzahlen, diesen historischen Schmutz von beträchtlichem Ausmaß, der in uns beiden aufeinandertraf, uns gegenseitig heimlich anlasten; nur konnte man das nicht mehr als ein Spiel, als so etwas wie einen Liebesstreit betrachten, aus diesem Lande konnte man nicht fortgehen, ohne daß das unmittelbare Lebensgefahr, Gefängnis bedeutete, und in jenen Jahren nur selten einen zufälligen Erfolg; aber darüber sprachen wir nicht, Melchior tat geheimnisvoll, war nervös, gereizt, wahrscheinlich wartete er auf irgendein Zeichen, eine Nachricht von drüben, und aus gewissen Hinweisen folgerte ich, daß es zu allem Überfluß dieser sich als Kommunist deklarierende französische Freund war, der seine Flucht organisierte.

Ich überlegte daher, daß ich – wenn ich im Vertrauen auf die Zuneigung der beiden, vor allem aber auf die manchmal sehr subtile Hartnäckigkeit Theas diesen denkbaren Austausch fördern wollte, der ihn dazu bringen sollte, seine sinnlose, von mir aus gesehen unerfreuliche und moralisch nicht vertretbare Fluchtabsicht zu vergessen – im Prinzip so neutral zu bleiben hatte wie ein Katalysator, der zwar am chemischen Prozeß beteiligt ist, da er aber über keine freie chemische Valenz verfügt, auch nicht zu einem Bestandteil der neu entstehenden Verbindung werden, also abgelöst werden kann.

Vielleicht brauche ich gar nicht zu erwähnen, daß mein Vorhaben sich später als eine ganz gewöhnliche seelische Vergewaltigung erwies und damit als eine Sünde wider das Gefühl, da mein Plan aber keineswegs aussichtslos erschien, hatte ich mir Möglichkeiten der Verwirklichung doch schon bei unserer ersten Begegnung ausgemalt, beschwichtigte ich mein Gewissen in den Stunden meiner Aktivitäten damit, daß nicht ich es war, der es wollte, sie waren es ja, ich half ihnen bloß dabei, und erst der Erfolg würde zu beweisen haben, daß ich es gut gemeint hatte – womit ich mir selbst sagte, daß ich mich nicht nur anständig verhielt, sondern mich auch noch als Sieger fühlen wollte.

Freilich konnte ich meines Sieges nicht sicher sein, und deshalb mußte ich oft, verräterisch oft, jene erste Begegnung heraufbeschwören, mir jede ihrer kleinsten Regungen und Einzelheiten in Erinnerung rufen, und je öfter ich meine Gedanken in jene Richtung schweifen ließ, um so eher wollte es mir scheinen, als sei damals in dem düsteren, weit entfernten Guckkasten der Bühne, in den Körpern der Sänger, gelenkt von der aus dem Orchestergraben hervorströmenden Musik, jene wilde Gefühlsverwirrung entstanden, die auch uns auf unseren Logensitzen in ihren Bann gezogen hatte.

Denn ohne daß sich damals ein bestimmter Gedanke in meinem Kopf artikuliert hätte, übte das mit meiner Schulter gefühlte, mit den Augen gesehene, mit den Ohren gehörte Geschehen, auf diese Weise verdoppelt und damit zum Gleichnis geworden, eine Wirkung ähnlich einer Gefühlsexplosion auf mich aus, und dieser Erinnerung hätte ich später sogar dann nicht ausweichen können, wenn ich keine bestimmte Absicht mit ihr verfolgt hätte; heute würde ich sagen, daß der festgetretene Boden meines dreißigjährigen Lebens angefangen hatte zu wanken, das Magma meiner Instinkte war in Bewegung geraten, die aus den Steinen der Einsicht, des Wissens, der Moral, der Selbstverteidigung zusammengefügten und als sicher geglaubten Gebäude bekamen während dieser herzzerreißenden Ouvertüre Risse, die allmächtig geglaubten Erfahrungen wurden aus ihrer Bahn geworfen, und als Beweis, daß auch Gefühle zur Materie werden können, brach mir in der Qual erschreckender, gegensätzlicher, aus bekannter Unbekanntheit aufsteigender Gefühle der Schweiß aus allen Poren, als wäre ich beim Holzsägen, obwohl ich regungslos dasaß, und wie üblich tat ich, als wäre ich von der Musik hingerissen, was jedoch meinen an Selbstbeherrschung und Selbstzucht gewöhnten Körper keineswegs beruhigte, sondern, wie jede offensichtliche Lüge, nur noch mehr zum Schwitzen brachte.

Es scheint, als würde der Mensch bis zu seinem dreißigsten Jahr eine gewisse Scheinsicherheit erwerben und als hätte damals diese von sich selbst erfüllte Sicherheit einen Riß bekommen, doch hatte in diesem Augenblick vor dem Zusammenbruch jedes meiner Gebäude noch seine ursprüngliche Form, wenn auch nicht mehr seinen gewohnten Platz, nichts war mehr an seinem ursprünglichen Platz, es war, als ob die Formen ihre eigene Leere zwar noch symbolisierten, aber keine Ahnung von den tektonischen Kräften hätten, denen sie ausgeliefert waren; jedes meiner Gefühle und jeder Gedankenfetzen waren zugleich ein hinter alte Grenzen zurückgedrängtes Gefühl und die geborstene Form eines auf fruchtlose Weise umherschweifenden Gedankenfetzens wie auch das leere Symbol dieser Form; in diesem Aufruhr aber schien ich, vor dem Augenblick der Vernichtung und der völligen Zerstörung, noch jener Gnade teilhaftig zu werden, die mir für einen einzigen Moment den Überblick erlaubte, so daß ich die grundlegenden Gesetze des Lebens oder zumindest meines Lebens zu erkennen vermochte.

Nein, ich habe meinen nüchternen Verstand nicht verloren, weder damals noch jetzt, da ich mich mit Hilfe einer Reihe von Vergleichen meinen damaligen Gefühlen zu nähern versuche, weil ich inzwischen sehr genau begriffen habe, daß das, was für mich ein echter Kerker, der Kerker meiner Gefühle und Ideale war, für den Franzosen zu meiner Linken nur eine nach Kleister riechende Dekoration war; was war schließlich geschehen, als daß der derbe Jaquino dort im Bühnenkerker die reizende Marcellina mit seiner Liebe verfolgte, sie sich aber nichts aus dem rohen Mannesbegehren machte, denn sie fühlte sich zu Fidelio, dem zarten Knaben, hingezogen, zu der als Mann verkleideten Leonore, die sich um die Befreiung Florestans, ihres im unterirdischen Gewölbe schmachtenden, unschuldig gefangenen Liebsten, bemühte und im Interesse dieses auch unter politischen Gesichtspunkten edlen Zieles, ohne zu überlegen, wenn auch mit einiger mitfühlender Traurigkeit, Marcellinas Gefühlsirrtum akzeptierte, diese niederträchtigste oder, wenn man so will, auch allerkomischste Täuschung, die ein Mensch dem anderen zufügen kann: sich als Knaben auszugeben, wenn man ein Mädchen ist, woraus sich letzten Endes nichts anderes lernen läßt, als daß der Zweck die Mittel heiligt, liebt doch jeder stets einen anderen oder möchte einen anderen lieben, obwohl jeder zu seiner eigenen Liebe finden muß, weshalb wir konsequenterweise unsere moralischen Bedenken hier aussetzen; während meine Schulter sich von der Schulter des zu meiner Rechten sitzenden Mannes weder lösen konnte noch wollte und dieses unerlaubte Gefühl mich mindestens so überraschte, demütigte, abstieß und erschreckte, wie seine unerwartete Abkehr meine Eitelkeit kränkte, auch wenn ich wußte, daß seine Abkehr nur ein vorübergehender, durchschaubarer Kunstgriff der Liebe war, daß er jetzt Thea auf die gleiche gemeine Weise als Werkzeug benutzte wie auf der Bühne der als Knabe verkleidete Fidelio die nicht einmal schneeweißen Gefühle der reizenden Marcellina, die doch schließlich gemerkt haben mußte, daß kein Knabe in den Kleidern steckt! er aber gräbt, womit auch sonst, mit Hilfe dieser Zweigeschlechtlichkeit das bei aller Fragwürdigkeit Echte aus und setzt es für seine Ziele ein; er nutzte Theas echte Gefühle für seine Zwecke, um aufgrund des in mir erzeugten Mangels seine Aussichten bei mir noch gründlicher zu erspüren, was ihm natürlich nur gelingen konnte, wenn er sich wirklich von mir abwandte und sich mit seinen echten oder als Möglichkeit in ihm schlummernden Gefühlen Thea zuwandte, und zwar mit den gleichen, die er mir entzogen hatte, genau wie auf der Bühne, wo Leonore sich in den echten Mann Fidelio und einen perfekten Gefängniswärter verwandeln mußte, um, indem sie Marcellina hinters Licht führte, den wahren Geliebten aus dem Gefängnis befreien zu können.

Ich spürte daher, daß Melchior Thea etwas vielleicht sogar ihm selber Unbekanntes, möglicherweise Überraschendes von sich zeigte, etwas, was er wirklich fühlte, und da ich die Verwirrung seiner Gefühle, seine kindliche Ausgeliefertheit spürte, fühlte ich tatsächlich nichts anderes, als was auch Thea fühlen mußte, sie reagierte umgehend mit allem, was ein Mensch in dieser heiklen Situation tun kann, mit Zittern und Seufzen, und so fühlte ich deutlich, daß sich zwischen ihnen etwas in vollkommener Gegenseitigkeit abspielte.

Meine vernunftwidrige Eifersucht galt nicht ihm, ihn fürchtete ich, fand meine Gefühle unerlaubt, das will heißen, ich wollte nicht nur ihn, sondern fühlte zugleich auch, wie die unteilbare menschliche Begierde, die seinem Körper galt, mich dennoch Thea zuneigte; ich könnte es auch so ausdrükken, daß ich Melchiors Annäherung nur in dem Maße nachgeben durfte, als ich mich dadurch Thea nähern konnte.

Etwas in dieser Art hatte sich während des auf die Zeitspanne von zwei Akten sich erstreckenden Täuschungsversuchs zwischen uns abgespielt; je näher Thea Melchior kam, um so näher kam ich Thea, obwohl ich seine körperliche Gegenwart immer stärker am eigenen Körper spürte, ich hatte zum Beispiel fortwährend das Gefühl, ihm meine Hand aufs

Knie legen zu müssen, was mich um so mehr wunderte, als es mir bisher noch in keinem Augenblick meines Erwachsenendaseins eingefallen war, einem Manne die Hand aufs Knie zu legen, ohne daß dies aus Freundschaft geschehen wäre, und jetzt fühlte ich in meiner Hand dieses kaum zu zähmende Verlangen, das zudem nicht nur ein Liebesverlangen, sondern ein berechnendes Liebesverlangen zu sein schien, eine einzige Berührung in zwei Richtungen, ein Kunstgriff der Liebe, mit dem ich einerseits seine mir als Vorschuß geschenkte Geste erwidern, andererseits, und das schien mir in diesem Augenblick das Wichtigere, ihn Thea abspenstig machen und sie zurückerobern könnte.

Wenn ich damals und dort überhaupt an etwas gedacht hätte, dann hätten es meine Flegeljahre sein müssen, und natürlich habe ich an vieles gedacht, nur eben nicht an sie; und wenn schon nicht an meine eigenen Flegeljahre, dann doch allgemein an jene Erfahrungen, die die Menschen während ihrer Flegeljahre sammeln, und doch, wie schnell vergessen sie, sobald sie die furchtbare Zeit der Reife hinter sich gebracht haben, die Wirkung der erkämpften, mehr noch die ihren Qualen abgetrotzten Wonnen.

Ich hätte bedenken müssen, daß wir uns aus der verzweifelten Notlage unseres Heranwachsens, aus der lähmenden Hilflosigkeit unserer sinnlichen Hingabebereitschaft, unseren Experimenten auf diesem Gebiet und aus der Unwissenheit über die Beschaffenheit dieser Sinnlichkeit nur retten können, wenn wir uns Formen kollektiv vorbereiteter, geregelter, innerhalb moralischer Grenzen bleibender Liebesbetätigungen auswählen, die zwar nicht ganz mit unseren eigenen sinnlichen Ansprüchen übereinstimmen, als Normen, die Grenzen setzen, aber von vornherein auch unsere im übrigen als unerträglich, regelwidrig, überflüssig und verkehrt empfundene, vom Standpunkt des moralischen Urteils der Gesellschaft beanstandbare Freiheit einschränken, doch finden wir innerhalb dieser Grenzen ein optimales Terrain für unsere Liebesbetätigung, auf dem wir, wenn wir die vernünftigen Vereinbarungen der sexuellen Rollenverteilung einhalten, uns einem anderen Menschen, der mit ähnlichen Schwierigkeiten kämpft, offenbaren und um den Preis des Verzichts auf die volle Befriedigung unserer sexuellen Wünsche eine beinahe unpersönliche, physische Intensität eines sinnvollen sinnlichen Lebens haben können; und selbst die überraschende, dem Augenblick der physischen Befriedigung folgende Leere, diese furchtbare Leere des Unpersönlichen, dieser Abgrund ist nicht unüberbrückbar, denn sogar aus einer solchen Vereinigung kann etwas sehr Persönliches, Organisches hervorgehen, ein Kind, und etwas Persönlicheres, Organischeres, Vollkommeneres kann es nicht geben; beiden zugehörig, uns ähnlich und unähnlich, ist es die Entschädigung für alle bisherige Qual und Gegenstand selbstloser Fürsorge, von Sorge, Angst und Freude, ist jener Abgrund keine leere Bedrückung mehr, sondern hat Sinn erhalten.

Als ob ein Schiffbrüchiger, der mit dem Ertrinken kämpft und mit den Füßen über einer bodenlosen Tiefe nach Halt sucht, sich in seiner Not an den ersten besten sich als fest erweisenden Gegenstand klammert, und sei dies auch nur ein Strohhalm; sobald er ihm in den aufgewühlten Wogen seiner Gefühle tatsächlich Halt gibt, wird er sich, ohne zu überlegen, diesem anvertrauen, sich an ihn klammern, mit ihm schwimmen und nach einer gewissen Zeit glauben – da er ja nichts anderes hat und da den gnadenlosen Überlebensinstinkt normalerweise mythische Vorstellungen begleiten –, der zufällig angeschwemmte Gegenstand gehöre tatsächlich ihm, der Gegenstand habe ihn und er seinen Gegenstand erwählt; sobald aber die rhythmische Kraft der Wellen ihn auf den trockenen Ufersand des reifen Erwachsenendaseins geschleudert hat, verschreibt er sich auch schon auf Treu und Glauben dem heiligen Zufall, aber kann man das Zufall nennen, was ihn vor der Vernichtung bewahrt hat?

Auf dem wankenden Boden meiner Gefühle schienen alle Erfahrungen von zehn in eifriger Liebestätigkeit verbrachten Jahren in sich zusammenzufallen; es schien mir, als hätte ich in jeder einzelnen meiner Liebesaffären bloß dem Wunsch und dem Zwang, am Leben zu bleiben, nachgegeben, zwanghaft und ohne Befriedigung wiederholte ich die meinen Körper zweifellos zu entlockende physische Lust, möglicherweise anstelle einer echten Bewegung, die keine bloße Bewegung mehr wäre; ihren Sinn konnte ich nicht begreifen, und darum mußte ich mich ständig irgendwo mit meinen Händen festhalten, ich schwebte über diesem großen Wasser, doch den einmal unter meinen Füßen weggerutschten Boden fand ich nie mehr wieder, und deshalb konnte ich mich auch niemals mit einer dieser Wonnen trösten, deshalb dieses ewige Suchen und Jagen nach ebenso gejagten Körpern! doch was mich so erschütterte, war keineswegs, daß ich durch den Körper des neben mir sitzenden Mannes Thea begehrte und daß er mir seine Sympathie über Thea zu erkennen gab, oder daß ich mich ihm wiederum über Thea näherte, daß wir also auf diese Weise beide um sie kreisten, wollten wir doch, wie es sich gehört, eine Zweierbeziehung herstellen, aber wie wir es auch drehten und wendeten, wir waren zu dritt, und wenn schon zu dritt, warum dann nicht zu viert oder fünft? nein, diese Verwicklung konnte mich nicht stärker überraschen als der Anblick eines zur Erinnerung verblaßten Bildes, zu dessen genauen Daten, Ort und Zeit, wir keinen Zugang mehr haben; es war, als hätte ich hinter dieser ganzen Wirrnis plötzlich die in meinem Körper nistende sinnliche Gestalt meiner elementaren Begierden nackt vor mir gesehen, und anstatt den normalen Vorgängen auf der Bühne aufmerksam zu folgen, achtete ich nur auf sie! sie war klein, von bläulicher Haut bedeckt, näßte und pulsierte, existierte für sich, unabhängig von uns, sogar von mir; es war, als sähe ich das körperliche Gehäuse der nackten Lebenskraft, ihre leibliche Gestalt, die jedem neuzeitlichen Glauben zum Trotz weder weiblich noch männlich ist, ohne Geschlecht, und nur dazu da, damit wir durch sie frei miteinander verkehren können.

An jenem Abend habe ich etwas zurückbekommen von der einstigen, verloren geglaubten Freiheit, der Freiheit des Herzens und der Freiheit der Sinne; doch nicht ohne Bitterkeit muß ich heute bekennen, daß es umsonst war, daß jede sensible Wahrnehmung oder Beobachtung umsonst gewesen ist, weil ich mich ausgerechnet in der Auffassung und Beurteilung meiner eigenen Sinnesempfindungen als ein töricht willfähriges Kind meiner Zeit erweisen sollte; ich hatte eine einigermaßen richtige Ahnung vom Stand der Dinge, aber ich glaubte, daß diese reichlich blasse und vor allem sich als abwegig erweisende Ahnung Erkenntnis sei, und wollte diese als Erkenntnis gedeutete Ahnung sofort anwenden, wollte mir mit diesem Gefühlsinstrumentarium eine geistige Position schaffen, ja, sofort praktische Ergebnisse erzielen, Erfolge haben, wollte Einfluß ausüben, regieren, beaufsichtigen, steuern, so als würde ich in einer Art Liebesministerium als leitender Beamter mit den mir zur Verfügung stehenden Daten arbeiten, weshalb die Verwurzelung in den zehn in eifriger Liebestätigkeit verbrachten Jahren sich rächte: ausschließlich an das Greifbare und die Greifbarkeit glauben, absehen von allem, was nicht unmittelbar versachlicht werden und daher keinen physischen Genuß bereiten kann, im Namen der Vernunft alles, was nicht in den Bereich der mit dem Verstand zu begreifenden Realität gehört, aus den Begriffskategorien der Wirklichkeit ausklammern und damit all das den Sinnen Zugängliche, den Gefühlen Vorbehaltene von mir fernhalten, das, was nur meine Wirklichkeit ist, oder umgekehrt, zugunsten meiner persönlichen Wirklichkeit die nicht persönliche Wirklichkeit leugnen; doch sei dem, wie es will, unter solchen geistigen Gegebenheiten wiesen mein Schuldbewußtsein und mein Gefühl für das Unwahrscheinliche vergebens mit ähnlichem Eifer auf meinen verhängnisvollen Irrtum hin, ich glaubte ihnen nicht.

Das alles mitzuteilen, hielt ich nur deshalb für notwendig, um Gelegenheit zu haben, bevor ich den fallengelassenen Faden meiner Erzählung wieder aufnehme und zu unserem nachmittäglichen Spaziergang zurückkehre, auch jenes geistige Medium zu beschreiben, in dem sich zwei Menschen bewegen, die, um ihr Ziel zu erreichen, jeweils den anderen als Werkzeug zu benutzen versuchen, wobei das Spazierengehen sie dennoch miteinander verbindet; bildlich gesprochen, gehen sie auf demselben Wege, den andere schon festgetreten haben.

Denn was nützt die durchaus als redlich zu bezeichnende Absicht, was der Traum von neutralem Verhalten, wenn wir andauernd, vielmehr uns von Stufe zu Stufe steigernd, in das lebendige Gefühlsmaterial unseres Gegenübers eindringen, das dann schließlich von der Materie des lebendigen Körpers nicht mehr zu trennen ist; umsonst beschränkten wir uns auf Worte, die nur im übertragenen Sinne verstanden und ausgelegt werden sollten, keine Berührung, höchstens Schweigen! wenn sich zugleich der unmittelbare, nur uns beide betreffende Sinn dieser Worte herausstellte, die Worte zu diesem Sinn hinführten, gerade das verdrängten, was wir als Ziel, als redliches und keineswegs unmögliches Ziel zu erreichen versuchten.

So ungefähr sah es damals aus, unter solchen geistigen Voraussetzungen bewegten wir uns in dieser natürlichen Landschaft, als sie mit gleichmäßigen Schritten vor mir über den festgetretenen Pfad auf den fernen Wald zuging und ich voller Überraschung und Befriedigung ihr leises, bitteres, kurzes und das Wesentliche berührendes Geständnis in mir durchdachte, als habe sie gar nicht die Absicht gehabt, uns in dem viel zu vertraulich und gefährlich gewordenen Augenblick an die im Hinblick auf unser Ziel gebotenen Proportionen unserer Beziehung zu erinnern und mich damit vielleicht abzuwehren, vielmehr schien es, als wollte sie mich näher an sich ziehen, mich in den tiefsten und geheimsten Bereich ihres Lebens einbeziehen.

Ich konnte mich kaum beherrschen, am liebsten hätte ich alle Hemmungen beiseite schieben, vor Dankbarkeit und dem Wunsch nach Erwiderung schwach werden, sie umarmen, ihre feine, zarte, zerbrechliche Gestalt an mich ziehen wollen, spürte ich doch etwas von ihrer Zuneigung in ihren sich entfernenden Schritten, und hatte sie nicht im voraufgegangenen Augenblick wörtlich gesagt, daß sie ihr ganzes Leben für eine große Dummheit halte, doch was immer sie in dieser Dummheit anstellen würde, es gäbe zwei Menschen, ihre Freundin und ihren Ehemann, zu denen sie immer zurückkehren könnte, was in unserer gemeinsamen Sprache heißen sollte, was immer wir beide tun würden, ich brauchte keine Angst zu haben, sie wisse sich in Sicherheit, ja selbst wenn sie die beiden verließe, würde sie nicht alle Türen hinter sich zuschlagen.

Haben doch unsere sogenannten aufrichtigen, unser Gefühl berührenden Geständnisse immer etwas von einem Verrat an sich. Wenn jemand zum Beispiel sagt, warum er sein Vaterland nicht liebt, dann umschreibt er unfreiwillig seine Liebe und seinen Tatendrang mit diesem Geständnis, während ein noch so ernsthaftes und leidenschaftliches Bekenntnis zum Vaterland eher davon zeugt, welchen Abscheu und Kummer, welchen Schmerz, welche Sorge, Verzweiflung und lähmende Ohnmacht dieses Vaterland bereitet, weshalb sich der gelähmte Tatendrang notgedrungen in wortreichen, schwärmerischen Beteuerungen erschöpfen muß.

Ihren zurückhaltenden, knappen und dennoch ausfallenden, weil ausgefallenen, der Beteuerung bedürftigen Worten merkte ich an, daß ich mich nicht getäuscht hatte, Frau Kühnert irrte sich; Thea hatte sich in den letzten Wochen in der Tat verändert, sie war an einer Grenze angelangt, und es schien, als habe sie ihr Geständnis nur machen können, weil ihr die Bindung, die ihrem Leben Sicherheit gegeben hatte, zur Last und unerträglich geworden war, und sie vertraute mir das an, damit ich ihr über diese Grenze helfe, zerrisse, was sie noch band und was sie zerreißen wollte.

Und doch durfte ich sie nicht, was das Nächstliegende gewesen wäre, mit meiner Hand oder gar meinem Körper berühren, das wäre zuviel und unstatthaft gewesen.

Wie ich schon an jenem denkwürdigen Sonntagnachmittag bei Melchiors kreatürlichem Weinen gespürt hatte, der Körper allein war als Trost zuwenig; er wollte die Zukunft meines Körpers, er wollte etwas, worüber ich nur dann hätte verfügen können, wenn ich es ihm stumm und ohne jeden Vorbehalt hätte überlassen können, aber ich konnte es nicht, vielleicht aus Feigheit, und verweigerte mich.

Und da ich fühlte, daß mein Körper einerseits nicht ausreichte, andererseits nicht dafür bestimmt war, verließ ich mich auf die meinem Körper abgewonnene tiefste und dunkelste sinnliche Erfahrung und erkannte mit der gleichen Gewißheit das Aufeinanderbezogensein ihrer Körper, für das mein Körper nur ein Katalysator sein konnte: ich wollte ihnen dienen.

Ich hatte mich den beiden als neutrales Instrument der Vermittlung auf ein fernes Ziel hin angeboten, das sie, den Gesetzen ihres Egoismus folgend, auch annahmen und nutzten, nur hatten wir nicht ernsthaft genug bedacht, daß in der Liebe weder moralische Forderungen noch Unterwerfungen das Geschlecht eines menschlichen Körpers zu neutralisieren vermögen, und daher verließ ich mich nur auf meine Selbstbeherrschung, die aber die wollüstige Spannung eines sich auf die Ausführung seiner Tat vorbereitenden Verbrechers in mir erzeugte, mit der Folge, daß der Wunsch zur Tat nicht mehr von der Liebe, sondern von der Absicht geleitet wurde, die geliebten Wesen aus meinem Körper auszutreiben.

Also war nicht ich es, der hier ging, sondern es waren zwei fremde Füße, die das leere Gehäuse dieses sklavischen Wunsches den Weg entlang trugen, ohne die Freude des Augenblicks verwandelte es sich in ein Bleigewicht, das im Hinblick auf eine ferne, lebenserhaltende oder ehrenhafte Zukunft mitzuschleppen war.

Das dunkle Grün der Nadeln hob und senkte sich gleich einer Flutwelle über den hochgewachsenen rötlichen Stämmen.

Der Pfad verlor sich im Wald auf dem weichen Teppich der trockenen Nadeln; weiter drinnen war es fast ganz dunkel geworden.

Vielleicht spürte Thea, daß ich nicht so gern da hineinginge, denn sie blieb unter den ersten Bäumen stehen, und ohne die Hand aus der Tasche ihres roten Mantels zu ziehen, wandte sie sich um, den Rücken an einen Stamm gelehnt, als wolle sie mit einem Blick den zurückgelegten Weg abschätzen, und ließ sich langsam am Stamm hinabgleiten, verharrte dort in der Hocke, setzte sich aber nicht.

Wir sahen uns nicht an.

Sie sah hinaus auf die sanften Wellenlinien der in der Dämmerung versinkenden Landschaft, die so friedlich unter dem weiten, von jagenden, zerzausten, sich stauenden und auflösenden Wolken verdunkelten und sich wieder aufhellenden Himmel lag, ich blickte in die kühle, herbe, vom Geruch der Fäulnis erfüllte Dunkelheit des Waldes; unter dem Gewölbe der rötlichen Stämme zerrissen schräg einfallende, aufblitzende Lichter die Dämmerung und hielten sie in ständiger Bewegung.

Nach einer Weile begann sie, in ihrer Tasche zu kramen, zog endlich eine lange Zigarette samt Streichhölzern heraus und zündete sie nach einem längeren Kampf mit dem Wind an.

Dabei sagte sie, jetzt tue sie etwas, was man hier bestimmt nicht tun dürfe.

Ja, stimmte ich ihr ernsthaft zu, auch mich reize es oft, so etwas zu tun.

Blinzelnd sah sie zu mir auf, als suche sie in meiner anzüglich platten Geistreichelei einen tieferen Sinn, aber ich erwiderte ihren Blick nicht, blieb zwischen den Bäumen stehen, ohne mich anzulehnen.

Ich schnitte ein Gesicht, sagte sie, als müßte ich dauernd an etwas Stinkendem riechen, und dann leiser, behutsamer, ob sie mich etwa gekränkt habe?

Ich blickte über ihre Schulter hinweg, konnte aber doch erkennen, daß sie ihr Gesicht spöttisch und herausfordernd verzog; wie wäre es, dachte ich, über meinen Einfall selbst amüsiert, wenn ich jetzt dieses weiche rote Knäuel einfach umstieße und es gründlich in die Erde unter den Bäumen hineintrampelte: ich spürte es förmlich in Kiefern und Zähnen, wie meine Füße stampften.

Dieses Gefühl der Gewalttätigkeit löste Abscheu in mir aus, und in der abwartenden Stille stellte ich mir vor, wie ich nach dem Mord in die Wohnung in der Steffelbauerstraße zurückkehren würde, meine Sachen in einen Koffer werfen, ein Flugzeug besteigen und noch aus der Luft diese auf einen winzigen Punkt zusammengeschrumpfte Stelle mit dem verräterischen Rot des Mantels unter dem grünen Teppich der Baumkronen erkennen würde.

Eine Frau, die gegen die monströsen Qualen des Alterns ankämpft, dachte ich, aber warum ist für die Frauen die Jugend so wichtig? schließlich galt mein Zorn und mein Ekel nicht ihrem Altern, sondern im Gegenteil jener eigenartigen Anziehung, welche die Vergänglichkeit der Formen für mich hatte, denn für mich waren die sich auflösenden Linien ihres Gesichts und ihr Kampf gegen diese Auflösung schön, sie lieferte sich dabei schamlos aus und gab mir so mehr, als wenn sie jung und glatt gewesen wäre.

Eigentlich tue es ihr leid, daß sie nicht in mich verliebt sei, sagte sie.

Und ob sie verliebt sei, hätte ich ihr fast erwidert.

Sie habe sich zum Beispiel vorgestellt, fuhr sie nach einer kurzen Pause fort, entweder von meinem verstörten Blick oder von der eigenen, durch ihre falsche und verräterische Aufrichtigkeit ausgelösten Erregung ermutigt – mit einem Wort, sie habe sich vorgestellt, wie ich nackt aussähe.

Von Gesicht und Händen, von dem also, was zu sehen sei, schließe sie, daß ich ein wenig dicklich sei und weich, und wenn ich nicht aufpaßte, würde ich bald so widerlich aussehen wie Langerhans.

Alles an mir sei so einschmeichelnd, so überaus entgegenkommend, so human und ordentlich, so diskret, von so herablassender Aufmerksamkeit, als hätte ich keine Muskeln und nur wenige Knochen unter einer ästhetisch unbehaarten Oberfläche, sagte sie, und daraus folgere sie, daß ich überhaupt keinen Geruch habe.

Ich trat näher, kauerte mich vor sie hin und nahm ihr die Zigarette aus der Hand, dann könne sie mir vielleicht sagen, in welcher Situation sie sich das vorgestellt habe, darauf sei ich in der Tat neugierig.

Mit den Augen verfolgte sie den Weg der Zigarette, als

fürchte sie ein wenig, daß ich ihr zu viel Rauch wegnehme, obwohl es ihr einen frivolen Genuß bereitet hätte, wenn durch die Vermittlung der Zigarette ihre Lippen meine Lippen berührten, schnell nahm sie die Zigarette wieder, und obwohl wir es beide zu vermeiden suchten, berührten sich unsere Hände, und durch diese Fingerberührung verwandelte sich unsere krampfhafte Zurückhaltung in ein Gefühl, als könnte jeden Augenblick eine Katastrophe über uns hereinbrechen.

Ja, sagte sie mit tiefer und rauher Stimme, manchmal trüge der Schein, möglich, sagte sie, daß ich aus lauter Haut und Knochen bestünde, grausam, wie ich in Wirklichkeit sei.

Warum sie nicht antworte, fragte ich.

Weil sie mich nicht kränken wolle, sagte sie, bevor sie wieder einen Zug aus der Zigarette nahm.

Sie könne mich gar nicht kränken.

Das Leben sei freilich voller Gegensätze, sagte sie, wenn ich nämlich rede, dann habe sie eher das Gefühl, als fasse sie in Teig, obwohl auch das nicht schlecht sei.

Wir sollten uns doch nichts vormachen, sagte ich, sie habe sich nicht mich vorgestellt, ich sei doch wohl eher so etwas wie eine notwendige Ergänzung für sie, eine Art Zusatztraining, damit ihre Knochen nicht einrosteten.

Frech lachte sie mir ins Gesicht, und während wir einander gegenüberkauerten, in einem Abstand von kaum zwei Spann, stieß sie sich mit dem Rücken vom Baumstamm ab, wippte kauernd hin und her, was mir ihr Gesicht mal näher brachte, mal wieder entfernte, sie spielte mit dem Abstand.

Aber nein, nein, ich täusche mich, sagte sie und reichte mir die Zigarette, sie habe sich auch mich vorgestellt.

Auch, sagte ich.

Sie sei eben unersättlich, sagte sie.

Wir ergingen uns in der Freude der Enthüllung, der rücksichtslosesten Offenheit und Hemmungslosigkeit, Entblößung gegen Entblößung tauschend; die Falten um ihre Augen glätteten sich, und doch hatte die Situation etwas äußerst Unangenehmes, so als tauschten wir unsere billigsten und oberflächlichsten Eigenschaften hemmungslos miteinander aus.

Sie habe sich sogar vorgestellt, oder wenigstens versucht, sich vorzustellen, was zum Teufel wir miteinander machen könnten.

Ihr Gesicht strahlte.

Von der zwischen uns wechselnden Zigarette war jetzt nur noch ein winziger Rest übrig, vorsichtig reichte ich sie ihr, sie nahm sie und rauchte so vorsichtig, als müsse sich noch während dieses letzten Zuges, ehe ihre Nägel ansengten, alles entscheiden; bei diesem Zug verzog sich ihr ganzes Gesicht, und dahinter versteckte sie ihre Beschämung.

Was wir miteinander machen könnten, warum mache sie das nicht mit ihm, überlegte ich schadenfroh mit jener bösen Hälfte meines Ichs.

Diese Frage war in mir aufgetaucht als Reaktion auf jene entferntere und umfassendere, warum der Mensch wohl die unmittelbare körperliche Berührung, die gegenseitige physische Befriedigung der Körper, für vollkommener und unbedingter hält als jede geistige Befriedigung, warum er sie als den einzigen gültigen Beweis für eine menschliche Beziehung ansieht; und noch weiter entfernt, sozusagen an den Randbezirken des Denkens, tauchte sogar die Frage auf, ob der Krieg nicht auch eine derartige sowohl notwendige als trügerische Befriedigung in der Begegnung der Völker sei; ist der Mensch sich doch dessen mehr als bewußt, daß die unmittelbare körperliche Berührung, die Befriedigung durch gegenseitige körperliche Ergänzung in der Mehrzahl der Fälle nichts anderes als eine Handhabung biologischer Gegebenheiten ist und eher ein rascher, immer verfügbarer, falscher physischer Trost als eine echte Befriedigung geistiger Begierden.

Im Prinzip habe sie nichts dagegen, sagte sie, lehnte sich aber nicht wieder an den Baumstamm zurück.

Auf ihrem Gesicht war der Glanz der Freude verblaßt, nachdenklich und sorgfältig bohrte sie den glimmenden Zigarettenstummel in die Erde, unter die dicke, trockene Nadelschicht.

Es sei jedenfalls nicht mehr, fuhr sie nach einer Atempause fort, als jede Frau empfinde, der man etwas wegnähme, das sich eigentlich auf sie beziehen sollte, aber gerade weil es sich eigentlich auf sie beziehen soll, billige sie es wiederum, ganz instinktiv.

Seltsamerweise sei sie überhaupt nicht eifersüchtig auf uns, vielleicht sei sie es damals, dort gewesen, im ersten Augenblick, als sie begriffen hatte, wovon die Rede war, vielmehr, es habe sie unvorbereitet getroffen, und ob mir schon mal durch den Kopf gegangen wäre, daß sie es gewesen sei, die uns zusammengebracht habe?

Aber als wir am Tag darauf bereits gemeinsam bei ihr erschienen seien und sie gesehen habe, welche Kraftanstrengung es uns kostete zu verbergen, was inzwischen geschehen war, und wir vor lauter Anstrengung so rührend ernsthaft gewesen seien, da sei sie nicht mehr eifersüchtig gewesen, eher erfreut, doch das auch wieder nicht, Freude wolle sie es lieber nicht nennen.

Ob ich schon beobachtet habe, daß Frauen Schwulen ein viel größeres Verständnis entgegenbrächten als die Männer selbst?

Na schön, es ist gräßlich, unnatürlich und abscheulich, aber ich fühle mich doch auch ein bißchen wie seine Mutter.

Sie verstummte, sah mich nicht an, betastete, drückte, glättete das Erdreich und beobachtete nachdenklich, mit den Gedanken weit weg, die feuerpolizeilichen Aktivitäten ihrer Finger.

Ich fühlte, sie würde es noch aussprechen, es würde ihr schwerfallen, aber sie würde es aussprechen, und wahrscheinlich wollte ich sie deshalb nicht unterbrechen, weil jetzt von uns beiden die Rede war.

Daß sie in dieser für sie äußerst unglücklichen Situation, wie streitsüchtig sie sich auch gebärde, mich zu quälen versuche oder häßliche und geschmacklose Dinge sage, mir eigentlich dankbar sei, weil ich sie durch meine bloße Existenz von etwas zurückhielte, was vielleicht wirklich tragisch oder lächerlich sein könnte.

Wieder verstummte sie, sie konnte es immer noch nicht aussprechen.

Dann sah sie mich an.

Ich bin eine alte Frau, sagte sie.

Ihre Aussage, ihr Blick, das leise Beben ihrer Stimme entbehrten jeder Selbstgefälligkeit und jeden Selbstmitleids, Gefühle, die durchaus natürlich gewesen wären, ihre wunderschönen braunen Augen blickten mich, die eigene Ausgeliefertheit überwindend, mit einer solchen Offenheit und Klarheit an, daß der Ausdruck ihres Gesichts den Sinn ihrer Aussage zunichte machte.

Diese innere Kraft, mit der sie sich ganz auf ihre Aussage konzentrierte und die sich geradezu auf meine Augen übertrug, ließ sie weder weiblich noch alt, weder schön noch sonstwie erscheinen, sie war nur noch eine einsame menschliche Kreatur, die unter heroischen Qualen mit ihrer Selbstbestimmung in einem durch seine Unendlichkeit überwältigenden Weltall ringt, und das machte sie schön.

Gewiß wäre sie dazu in einem Zimmer nicht fähig gewesen, dort wäre ein trostlos zähes Psychologisieren oder eine Knutscherei daraus geworden, innerhalb der vier Wände hätte ich ihre Aussage eher komisch gefunden, zu aufrichtig oder zu falsch, das bleibt sich gleich, und dementsprechend hätte ich heftig protestiert oder mich über sie lustig gemacht, hier aber konnte nichts die bedeutungsschweren Worte aufhalten; sie hatten ihren Mund verlassen, waren gegen mein Gesicht geprallt, einiges hatte ich in mich aufgenommen, das Überflüssige aber hatte sich verflüchtigt, hatte sich in der Landschaft aufgelöst oder dort seinen Platz gefunden.

Und in diesem Augenblick fühlte ich, daß eine Quelle ihrer Schönheit auch die nackte Qual war, ich war einem Menschen begegnet, der sich dem Leiden nicht entziehen, es aber auch nicht mißbrauchen, sich die Leidensfähigkeit bewahren wollte, für mich bewahren, und vielleicht war es gerade diese Eigenschaft, die mich anzog; sie wollte kein Mitleid, und deshalb protestierte sie auch so laut gegen den Stil der Anempfindung auf der Bühne, sie brauchte nichts zu verbergen, sie holte ja auch aus mir heraus, was sie von sich selbst zeigen wollte und was ich von mir zu verbergen suchte.

Ich tauschte meine eigenen, ähnlichen, von den Wolken des Selbstmitleids und Selbstbetrugs verhüllten Qualen gegen ihre Qualen ein.

Nicht nach der Zahl der Jahre sei sie alt, setzte sie rasch hinzu, als wolle sie schon den leisesten Anflug von Mitleid nicht nur in mir, sondern auch in sich selber zerstören, nein, gemessen an der Zahl ihrer Jahre könne sie sich durchaus noch für jung halten, aber ihrer Seele wegen, nein, auch das sei Unsinn, da sie keine Seele habe, sie wisse selbst nicht was, aber es sei irgend etwas in ihr und mit ihr!

Sei das nicht seltsam, wenn sie diese liebestollen Frauen, Vamps und überhaupt diese verführerischen Weibchen zu spielen hätte, und das habe sie niemals schlecht gemacht, sagte sie, wenn sie also wildfremde Männer umarmen und die verschiedensten Münder küssen müsse, habe sie beobachtet, daß sie in Wirklichkeit gar nicht anwesend sei, daß eine andere an ihrer Stelle die Verliebte spiele.

Für sie sei Liebe oder Verlangen zu etwas geworden – und wenn sie damit etwas Törichtes sage, solle ich ihr verzeihen –, das sich nicht auf einen anderen leibhaftigen Menschen beziehe, sondern auf jeden und alle, das höre sich vielleicht idiotisch an, auf alle und alles, was für den Menschen nicht zu erreichen sei und was er im Ernst auch nicht erreichen wolle, seitdem sie von diesem Gefühl besessen sei, komme sie sich jedoch selbst beklagenswert vor.

Wenn sie es aber nicht zu erreichen trachte, dann könne sie nicht spielen, sagte ich leise, da sie aber spielen wolle, dächte ich, müsse sie doch erreichen, was sie nicht erstrebe.

Verunsichert zuckten ihre Wimpern, sie konnte oder wollte meine Bemerkung nicht verstehen und ging darüber hinweg.

Sie würde lügen, sagte sie, wenn sie behaupten wollte, dies sei der erste Mißerfolg ihres Lebens gewesen, nein, sie sei niemals schön oder anziehend genug gewesen, um ohne das dauernde Gefühl des Mißerfolgs zu leben, sie habe sich daran gewöhnt.

Nein, sie möchte doch nicht darüber sprechen, sagte sie, sich plötzlich unterbrechend, es sei ebenso lächerlich wie geschmacklos, ausgerechnet mit mir darüber zu sprechen, aber mit wem sonst?

Ich wollte sie weder mit Fragen noch mit Zureden oder einem einfühlsamen freundschaftlichen Trost unterbrechen, jedes befremdliche Wort hätte sie zurückstoßen können; ich wußte, sie würde sprechen, aber ich hätte es auch verstanden, wenn sie von da an kein einziges Wort mehr gesagt hätte.

Der Dufthauch ihrer Stimme, der mir ins Gesicht schlug, verriet mir, daß sich ihr Sprechen nicht an mich, sondern meinen ganzen Körper richtete, und durch diese Vermittlung wurde es zur reinsten Selbstaussage.

Sie mußte aufstehen, aber sie tat es, als sei ihr Körper von einem einzigen zornigen Gedanken erfüllt, der ihr nicht erlaubte, die Knie zu strecken, sie wollte hinfällig und häßlich erscheinen.

Die Haut über ihrem Unterkiefer spannte sich.

Nein, sagte sie, auch das ist nicht wahr.

Sie sagte es, als zerbisse sie die Worte geradezu und zugleich das, was sie mit den Worten verschwieg.

Und das schmerzte mich vielleicht noch mehr, hatte sie es doch schließlich ausgesprochen.

Doch sie interessiere keine Wahrheit und niemandes Wahrheit.

Manchmal gelänge es ihr sogar, so zu tun, als sei es keine Demütigung.

Als sie ihn kennengelernt habe, gab es eine Zeit, da sie glaubte, alles für ihn hinschmeißen zu können; jetzt sei sie zum Glück nüchterner geworden.

Aber sie könne seinetwegen sogar Arno umbringen, wenn er die Nächte durchschnarche.

Sie gestehe, daß sie nachts zu telefonieren pflege.

Deshalb habe sie sich diesen blöden Alterskomplex ausgedacht, ihr Körper habe sich systematisch in diese seit Monaten andauernden Demütigungen hineingesteigert, vergeblich habe sie sich vorgenommen, aus dieser Geschichte auszusteigen, ihr Hirn könne an nichts anderes mehr denken, sie sei zu einem schwachsinnigen Backfisch geworden, der sich dauernd nur damit beschäftigt, wie häßlich er sei.

Wegen dieses Blödsinns, den sie ununterbrochen und sinnloserweise zu ertragen habe, laufe nichts anderes, und dabei dürfe sie auch noch unsere glückstrahlenden Visagen ertragen.

Ich hätte ihr damals gerne gestanden, daß Glück zwar zutreffend sei, daß ich aber noch niemals anhaltendere Qualen erlitten hatte als in diesem Glück, das wir erlebten; aber nichts davon ließ sich aussprechen.

Sie sei nicht eifersüchtig auf mich, sagte sie, ob sie überhaupt eifersüchtig sei? sie fühle eher Abscheu anstelle von Eifersucht, ähnlich der, die Männer an Klosettwände kritzeln lasse, daß jeder dreckige Schwule kastriert gehöre, sagte sie mit einem versöhnlichen Lachen; natürlich wisse sie, daß man nichts durcheinanderbringen dürfe, aber gerade weil sie auf eine so komisch nachsichtige Weise unser Verhältnis auch billige, allem Schimpfen und Fluchen zum Trotz, könne sie auf mich nicht so eifersüchtig sein, als wenn ich eine Frau wäre, sie habe fast ein wenig das Gefühl, als verträte ich sie, was freilich entwürdigend sei, denn wenn sie sich auch nicht zwischen uns drängen wolle, so müsse sie doch immer wieder telefonieren, sie könne nicht dagegen an. Vielleicht brauche sie es nicht mehr, nachdem sie nun darüber gesprochen habe.

Und wenn in diesem ewigen Aufruhr ihr nüchterner Verstand sich wieder melde, dann komme es ihr vor, als habe sie sich dieses Unmögliche nur ausgesucht, weil sie es gar nicht wirklich wolle, immer müsse sie etwas wollen, was nicht möglich sei, das hier aber verstehe sie nicht mehr, so etwas dürfe ihr einfach nicht passieren, für etwas so vollkommen Unmögliches sei sie wirklich zu alt.

Und jetzt wolle sie gar nichts mehr.

Nicht einmal sterben.

Wie sei es zu erklären, daß ihr Leben plötzlich so zerstört sei und ihr gar nichts mehr begegne, das heißt, daß alles, was ihr begegne, ihr nichts mehr bedeute.

Während sie spreche, fühle sie, daß auch das nichts tauge, kein Wort bedeute ihr mehr etwas, weil sie fühle, daß bloß die Gewohnheit den Menschen zwinge, dieses Nichts von Worten immer wieder hervorzubringen.

Jetzt aber wolle sie damit aufhören, wir sollten aufbrechen. Ich möge aufstehen.

Sie hatte nicht laut gesprochen, man hätte nicht einmal sagen können, sie habe mit leidenschaftlicher oder von unterdrückter Spannung erregter Stimme gesprochen, trotzdem wischte sie für mich unsichtbare Schweißperlen von ihrer Oberlippe ab.

In dieser Bewegung lag tatsächlich etwas Altmodisches; oder doch jedenfalls etwas, was jüngere Leute nicht tun würden, schon weil sie es nicht ästhetisch fänden.

Ich stand auf, unsere Gesichter waren sich wieder nahe gekommen, sie lächelte.

In einer Freilichtaufführung hätte ich sie wohl noch nicht gesehen, sagte sie und bog ihren Kopf zur Seite.

Dieser erneute Versuch, auszuweichen und Abstand zu gewinnen, ernüchterte auch mich, vielleicht weil er ungeschickt und befangen war, als wolle sie sich auf die Zunge beißen, daß es schmerzte, um einen größeren Schmerz zu unterdrükken; von neuem spürte ich die Kühle der Luft, den herben herbstlichen Duft der Föhren, die Winzigkeit des eigenen, so riesig aufgeblasenen Körpers in der Weite der flachen Landschaft.

Und ich fühlte den immer heftiger drängenden Wunsch, mich schnell von hier zurückzuziehen, zu ihrem Wagen zurückzukehren und mich einzuschließen, als böte das Eingeschlossensein größere Sicherheit; gleichzeitig ließen ihre Worte und Gesten aus dieser Entfernung mich erbarmungslos fühlen, auf welch gefährliches Gebiet ich mich gewagt hatte, wenn ich den Anschein erweckte, als wolle ich sie zurückhalten, obwohl ich sie doch allein durch meine bloße Gegenwart zu irgend etwas drängte, wobei das über die Nervenbahnen meiner Sinnesorgane laufende Bild von vorhin, die Möglichkeit, sie zu ermorden, keineswegs ein so unschuldiges

Spiel meiner Phantasie war, wie ich es mir eingebildet hatte; entsteht doch aus einer bewußt unterdrückten Leidenschaft notwendigerweise Mordlust, und selbst wenn ich eines Tages mein Ziel erreichte und es mir gelänge, die beiden zusammenzubringen, könnte ich mit dieser Aggression nichts anfangen, es sei denn, ich brächte mich selbst um.

Oder sollte es gerade umgekehrt sein, überlegte ich, Ursache und Wirkung mit einem lässigen Schulterzucken vertauschend, sollte ich sie deshalb zusammenführen wollen, deshalb vor ihnen fliehen, mich deshalb um eine Frau bemühen – wobei es mir vollkommen gleichgültig ist, was für eine Frau es ist, wenn es nur eine Frau ist –, deshalb den Körper eines Mannes als nicht befriedigend, als zuwenig oder zuviel ansehen, um die Liebe zu Melchior in mir zu ertöten; und konnte ich mich deshalb nicht entscheiden, weil ich mich im tiefsten Grunde meiner Seele vor der Strafe fürchtete, die andere in ihrer großen sexuellen Unsicherheit als Warnung an die Abortwände kritzeln.

Aber ich konnte nicht davonlaufen, nicht fliehen, ihr lag noch etwas auf der Zunge, das sie erst nach Überwindung der zwischen uns entstandenen Distanz, nach Rückkehr in die kleinliche, von öden Berechnungen erfüllte Welt und erst nach dieser direkten, verführerischen und umsichtigen Einführung auszusprechen wagte.

Ich wartete darauf, und an meinen Augen konnte sie ablesen, wie sehr mich dieses Warten ermüdete, sie hatte daher gewonnenes Spiel, denn was immer sie fragen oder sagen würde, sie wäre nur so lange ausgeliefert, als sie redete, während durch das, was sie sagte, ich zum Ausgelieferten würde.

Und dieses wechselseitige Ausgeliefertsein begann zwischen uns wirksam zu werden: die aus dem bewußt kontrollierten Begehren entstandene Gereiztheit, mein Ausgeliefertsein und die heimliche Absicht, mich über den Menschen, den sie liebte, ihr zu nähern, brachte mich an den Rand der Hilflosigkeit, der Lächerlichkeit und der Tränen, vielleicht auch hatten sich meine Augen vor lauter vergeblicher Anstrengung mit Tränen gefüllt, und diesen Vorteil ausnutzend, streichelte sie liebevoll, aber zurückhaltend vor Erregung mein Gesicht, als wolle sie sich glauben machen, daß ihre Geschichte mich so gerührt habe, und als würde sie, ja, wolle sie nicht sehen, daß dem zur Ohnmacht verurteilten Begehren dabei eine mindestens ebenso große Rolle zufiel; dennoch zitterten ihre Finger auf meinem Gesicht, ich spürte es und sie spürte es auch, und mit diesem wechselseitigen Fühlen waren wir auch schon in die vorhin noch gefürchtete Katastrophenzeit eingetreten, was neuen Schrecken, genauer Erschrecken, bedeutete.

Denn danach griff sie, nicht weniger besonnen, im Vertrauen auf ihre Überlegenheit, nach meinem Arm.

Wäre die Liebesmoral nicht stärker als das Liebesbegehren, hätte ich ihr zu dieser Geste keine Zeit gelassen und das Zittern ihrer Finger ihr auf den Mund zurückgegeben, und wäre das geschehen, so hätte sie mich mit Sicherheit nicht abgewiesen, sondern ihre eigene Hilflosigkeit mit ihrem Munde in mir erstickt, da es aber nicht so kam, begannen auch ihre Lippen vor Entbehrung zu zittern, voll Scham über den Mangel.

Wieder mußten wir einen Schritt zurück, vielleicht, weil die Liebesmoral es nicht dulden kann, daß im Liebesbegehren auch nur das geringste Element von Fremdheit bleibt, alles hat sich nur und ausschließlich auf den anderen zu beziehen und nur über ihn auf ein Drittes; durch diese Rückwendung aber wurde ich wieder zum Werkzeug, sie hielt mich genau in dem Maße gefesselt, als es das Ziel, der dritten Person habhaft zu werden, erforderte, und daher mußte auch ich, wiewohl auf ein reichlich dunkles Gebiet verirrt, konsequent an dem Ziel festhalten, sie über den anderen zu erreichen.

Ich stammelte, daß sie mich demnach also nicht liebe; was man in ihrer Sprache auch mit einem anderen, alltäglicheren, das Gefühl weniger direkt bestimmenden Wort ausdrücken kann, auf ungarisch würde ich sagen, daß sie mich nicht genügend gern habe.

Aber nein, sie liebe mich doch.

Sie hauchte die Worte an meinem Hals, auf meine Haut,

mit einem sich öffnenden und gleich wieder schamhaft schließenden Kuß.

Damit hatte freilich jedes bisherige Gefühl sein Ende gefunden.

Von den Einzelheiten der dennoch sich verflechtenden und gegenseitig steigernden Empfindungen erfüllt, vom Gefühl der Neuheit des anderen Körpers ein wenig verstört, hielten wir uns in den Armen, ein Gefühl, das das menschliche Gehirn, das vor der Gefahr, Zusammenhänge aufzulösen, zurückschreckt, nicht mehr in der Lage oder nicht gewillt ist zu analysieren, in seinen Einzelheiten zu benennen; so schien es, als umarmten sich zwei Mäntel, ein wenig theatralisch, ein wenig spröde, es hatte sich immer noch nicht entspannt, was sich hätte entspannen müssen, denn so fest sie sich auch umarmten, sogar je fester!, die Körper verfügten nicht über so viel Leidenschaft, oder die Leidenschaft verfügte nicht über so viele gegenseitige Bezugspunkte, wie sie das voneinander erhofft hatten, es schien, als wäre nichts in der Lage, das aufdringliche Gefühl der Mäntel zwischen ihnen verschwinden zu lassen, es wegzuwischen, zu neutralisieren.

In solchen oder ähnlichen Fällen kann uns die Liebeserfahrung schnell zu Hilfe eilen; mit behutsamen, langsamen, kleinen, auf ihren Nacken gehauchten Küssen hätten sich ihre Lippen, die sich an meinem Nacken schamhaft geschlossen hatten, wieder öffnen lassen, drei oder vier kleine Küsse hätten dafür ausgereicht, gleichzeitig müßte ich ihren Körper wegschieben, den Abstand ein wenig vergrößern, dann würde auch sie mich wieder küssen, so daß aus den gegenseitigen kleinen Nackenküssen der Wunsch nach Nähe entstehen könnte und dieser Wunsch nach Nähe nur durch die Nähe der Lippen befriedigt werden könnte, und so immer weiter, bis wir den Zustand «es gibt keine Nähe, die nahe genug sein könnte» erreicht hätten.

Kaum etwas, dessen es bedurft hätte, dem Zwang der archaisch biologischen Leidenschaft unserer Körper nachzugeben, es bedurfte nicht einmal einer Täuschung, des Betrugs oder einer bedrängenden egoistischen Wollust, Triebhaftigkeit, schließlich liebten wir uns ja wirklich, sogar mit Mantel, im Mantel und trotz Mantel, trotz unserer Unbeholfenheit und in unserer Unbeholfenheit, nur hätten wir damit die Moral unserer Liebe verletzt, trotz allem.

Sie mußte sich ein wenig strecken, was sie besonders liebenswert machte, ihre Lippen ruhten noch einen Augenblick auf meinem Nacken, sie wartete, ob ich tun würde, was die Erfahrung diktiert hätte, und mein Mund über ihrem Nacken wartete auf eine Übereinstimmung, die die dritte Person zum Verschwinden bringen könnte; mein Körper aber spürte inzwischen die sanften Stöße des Windes.

Trotzdem konnte sie nicht wünschen, daß meine Lippen sich wozu auch immer hinreißen ließen, war sie es doch, die Melchiors Drängen zuerst nachgegeben hatte, und das war nur natürlich, weil sie ihm weniger nahestand, und einen sogenannten Fehltritt kann sich immer nur der erlauben, der sich seines Besitzes sicher ist; sie schob mich ein wenig von sich, doch ohne daß wir uns aus der Umarmung gelöst hätten, wandte sie sich mit ihrem ganzen Antlitz meinem Antlitz zu, aus einer Nähe, daß das auf die Sicherheit der Brennweite angelegte Auge fast schon schmerzte, obgleich ein zum Gehirn führender stumpfer Schmerz auch dazu verhelfen kann, sich das fremde Antlitz einzuprägen, den nahe gerückten, verschwommenen Anblick von der kraftlosen Unsicherheit des eigenen Auges aufsaugen zu lassen.

Ihre Gefühle hätten sie noch nie getäuscht, sagte sie mit rauher Stimme, die meine der weiblichen Gerüche entwöhnte Nase mit dem trotz Tabakgeruchs süßen weiblichen Duft ihres Mundes überraschte; und das bezog sich sowohl auf uns als auf den, der zwischen uns stand.

Doch reichte der Zauber dieses Duftes nicht aus, um meine furchtbare Abwehr gegen sie zu schwächen, bloß fort von dieser Stimme, diesem Gesicht! Denn es war nicht nur verstört wie meines, sie reagierte mit ihrer Verstörung nicht auf meine, sie war manisch und wie von einer fixen Idee besessen, und nicht zum erstenmal ging es mir durch den Kopf, daß sie verrückt sei.

Alles, was sie sagte, was sie tat, alle Kraft, jeder Wunsch und jede Neugier entstammten einem winzigen, schmerzhaften, aus einer Verletzung stammenden und Linderung suchenden Punkt, und auf diesen konzentrierte sich, was als Kraft, als Neugier und Erwartung aus der Außenwelt in sie eindrang; wenn ich uns durch irgendein Wunder von unseren Kleidern hätte befreien und mich, mit allen Fasern meines Körpers um Gnade bittend, an ihren Körper hätte schmiegen, sie küssend hätte umstimmen, zwischen ihre feucht gewordenen Schamlippen hätte eindringen können – selbst dann hätte ich sie nicht erreicht.

Mir war in jenem Augenblick, als habe sie nur eine Neigung zur Nachgiebigkeit, nicht aber zur Gegenseitigkeit.

Eigentlich war es lächerlich, in einer Situation wie dieser so etwas wahrzunehmen, aber es erschreckte mich, ich war entsetzt, mir schien, als sei sie wahnsinnig geworden und ich mit ihr.

Und gegen meine innere Überzeugung mußte ich der eifersüchtigen Frau Kühnert recht geben; es war tatsächlich, als würde sie jeden Menschen und jedes Gefühl als Werkzeug benutzen, doch da ich jetzt selbst das Werkzeug war, dem zärtlichen Druck ihrer Hand, dem von ihrer Haut ausströmenden und soeben noch auf meinen Lippen gespürten Geschmack und Geruch im wahrsten Sinne des Wortes ausgeliefert, erschien mir das eher tragisch als komisch.

Wie konnte es nur so weit mit mir kommen?

Wen sie sich erwählt habe, flüsterte sie heiser in meinen Mund, der habe sie erwählt, auch wenn sie sich sonst in allem täusche und so dumm und häßlich sie auch sei.

Nein und nochmals nein, entweder sie ist außer sich oder wahnsinnig, dachte ich, weil mir dieser Gedanke einen gewissen Schutz zu bieten schien.

Auch wenn sie gemein und dumm sei, aber darin irre sie sich nie! und ich müsse ihr verraten, sagte sie direkt in meinen Mund hinein, wovor ich mich nur mit einer brutalen Bewegung hätte retten können, denn sie habe das Gefühl, zum erstenmal übrigens, als betrüge sie sich selbst, deshalb müsse ich ihr sagen, ob Melchior schon jemals eine Frau geliebt habe?

Nur der Wahnsinn kann einen Menschen dazu bringen, sich mit einer so maßlosen physischen und psychischen Energie einer so banalen Frage zu nähern.

Vorsichtig schob ich sie von mir, aber diese Bewegung konnte gar nicht vorsichtig genug sein, um nicht rücksichtslos zu erscheinen; es lag jedoch nicht in meiner Absicht, sie vor dieser Rücksichtslosigkeit zu bewahren.

Unsere Arme sanken hilflos herab, die Körper hatten ihr Gleichgewicht wiedergefunden, und ihr Gesicht sah mich ebenso durchdringend an, wie ich sie anblicken mußte, so als erblickten wir durch unsere Haut das Fleisch, die Knochen, das pulsierende Blut, die sich teilenden Zellen, all das, was im menschlichen Körper nur einen selbstbezogenen Sinn, einen Eigenwert darstellt und nicht das, was sich auf den anderen bezieht; ich hätte jetzt sagen müssen, Schluß damit, hören wir auf, wir haben ein unmögliches Spiel gespielt, sie mit mir und ich mit ihr und wir beide auf Kosten eines Dritten, obwohl wir getan hatten, als spielten wir nur um ihn.

Ich hätte es sagen müssen, tat es aber doch nicht.

Im Gegenteil, es schien, als tauge die Rücksichtslosigkeit meiner Bewegung nur dazu, jene berechnende, weitblickende Rücksichtnahme zu tarnen, mit der ich dann das innerhalb seiner Grenzen unlösbare Problem von einem Augenblick auf den nächsten verschieben könnte; damit ich durch Verzögerung und Verschleppung ihr immer noch so etwas wie eine blasse Hoffnung ließe.

Ihre Hoffnungslosigkeit schmerzte mich tiefer als sie, weil sie sich dadurch, daß sie es ausgesprochen hatte, vom Druck der Hoffnungslosigkeit hatte befreien können, auf ihrem Gesicht erschien auch sogleich an Stelle der Leere die matte Freude einer ertrotzten Befriedigung, ein fast herausfordernd trauriges Lächeln, das sich nicht nur auf die eben gestellte Frage bezog, sondern auf jene noch schamlosere, was wir wohl miteinander machen könnten, das sich so von jener Art der Liebestechniken unterscheide, die sie mit ihm oder mit mir praktizieren könnte, oder seien beide etwa identisch? ich aber spürte in dieser gewöhnlichen, prosaischen Frage noch stärker jene Hoffnungslosigkeit, aus der ich Melchior erretten wollte.

Ich habe mich geirrt, dachte ich beinahe laut, man will so oder so den anderen immer über das Geschlecht erreichen, weshalb man ihn gerade nicht erreicht, weil der andere nicht nur in seinem Geschlecht existent ist und den anderen vielleicht gar nicht will? ich muß mich geirrt haben oder wahnsinnig sein.

Ich hätte es ihr ohne weiteres sagen, auf ihre Fragen mit jenen einfachen Worten, die sie erwartete, antworten können, doch hätte ich dann diese meine Beziehung mit Worten bezeichnen müssen, die alle, aber auch alle, nur in bezug auf mein Geschlecht zutreffend und daher nichts als Betrug, Lüge, Selbstbetrug und Verrat gewesen wären.

Gehen wir, sagte ich laut.

Es sei noch zu früh, meinte sie, sie wolle noch spazierengehen.

Ich konnte an nichts anderes denken, als daß ich mich geirrt habe, schließlich war das ganz einfach, sicher hatte sie recht, sie konnte die Einfachheit der Dinge mit ihrem Körper fühlen, was ich offenbar nicht vermochte; so wie sie eine Suppe kocht. Sie nimmt Suppengrün, Gewürze, Wasser, einen Topf, macht Feuer darunter, ja, so einfach ist das für andere, daher hatte ich mich wohl geirrt, oder ich war tatsächlich wahnsinnig.

Da mir das alles auszusprechen nicht möglich war, drehte ich mich um und wollte zurückgehen.

Aber ich wollte wie jemand, der erwacht und nicht weiß, wo er sich befindet, aufbrechen und fand den Weg unter meinen Füßen nicht, war ich doch am Ende meines Glaubens oder Irrglaubens angekommen; als hätte ich nicht die geringste Vorstellung, wo wir waren, warum und wie wir hierhergekommen waren, wer diese Frau war, als wären wir gar nicht dort, wo wir hingeraten waren, weil die Gegend sich inzwischen verändert hatte und ich mich an einem unbekannten

Punkt einer unbekannten Welt wiederfand, genauer gesagt, ich fand mich überhaupt nicht, nichts, es gab mich nicht, und demnach wäre ich also gar nicht aufgewacht, sondern in eine noch tiefere Schicht der Unwirklichkeit hinabgestürzt.

Aus dem seiner Farbe beraubten flachen Land stieg ein sanfter grauer Dunst, und nur an den Rändern der sich am Himmel türmenden Wolken erglänzte noch ein windverwehtes Rot der Abenddämmerung, hier unten gab es keine Senke, keine Höhe, keine Begrenzung, die Zeit war dahingegangen, ihr unendlich zerteilter Inhalt war in mir, doch ungeformt, und die gleiche Formlosigkeit erblickte mein Auge ringsum.

Ich war in ein Chaos geraten, es ging weder vor noch zurück, es gab keinen Weg, ist Weg doch schließlich auch nur ein Begriff, den wir uns ausgedacht haben, um uns vermittels dieser Hilfskonstruktion von der eigenen lästigen Materie abzulösen; also gut, auch so war es gut, es gab keinen Weg, nur einen von fremden Füßen festgetretenen Boden, keinen Dunst, nur Wasser, einen Aggregatzustand, überall, auf allem und in allem unbewegte Materie.

Vielleicht das rote Leuchten am Saum der Regenwolke, falls das nicht auch Staub, Rauch, Sand, eine Ablagerung der Erde war; oder vielleicht das Licht an sich, das ich in seiner Reinheit nie sehen würde?

Ich schwieg, denn es gab keine Landschaft, es gab nur Materie, die Materie hatte Gewicht, ich hätte es hinausschreien wollen, daß man mich ihrer Schönheit beraubt hatte; es gibt keine Schönheit, keine Form, weil auch das ein Begriff ist, mit dem ich mich aus der Formlosigkeit, meiner eigenen Formlosigkeit, herauszureißen versuche, aber ist nicht jede logische Bemühung lächerlich, wenn es doch formlose Materie gibt, ich immerhin ihr Gewicht spüre und ihr Chaos fühle, wer könnte mich all dessen berauben?

Als sie mir die Wagentür öffnete und ich mich neben sie setzte, sah ich an ihrem Gesicht, daß sie sich beruhigt hatte, in ihrem Inneren war alles still geworden, und aus dieser Ruhe heraus beobachtete sie mich sehr vorsichtig, nur mich, ein wenig, als habe sie es mit einem Schwerkranken oder Geistesgestörten zu tun; und noch bevor sie anfing, sich mit dem Anlasser abzuplagen, sah sie mich an, als habe sie doch etwas von dem verstanden, was sich zwischen uns abgespielt hatte.

Sie fragte, wohin.

Sonst frage sie mich doch auch nicht danach, sagte ich; warum also jetzt.

Sie löste die Handbremse und ließ den Wagen den Hang hinunterrollen.

Gut, sagte sie, dann werde sie mich nach Hause bringen.

Nein, sagte ich, ich möchte zu Melchior.

Keuchend sprang der Motor an, unter dem unablässigen Getöse der gesamten Maschinerie, wir bogen wieder auf die Landstraße ein, und das Licht des Scheinwerfers schnitt aus der Dämmerung ein Stück des Weges heraus, den sich die Räder kontinuierlich einverleibten.

Wir verleiben uns die Zukunft ein und lassen die Vergangenheit hübsch hinter uns, das bezeichnen wir als Fortschritt, obwohl diese Einteilung willkürlich ist, weil wir die Abfolge der sich in der Zeit wiederholenden Elemente nur mit einem Begriff festhalten können, den wir Geschwindigkeit nennen, das war alles, nichts weiter, das war meine Geschichte, ich hatte mich geirrt und wiederholte meine Irrtümer immer von neuem.

Und doch war sie es, die mir jetzt mit ihrer Ruhe, Zurückhaltung, Ausgeglichenheit und Aufmerksamkeit zu einer vagen kleinen Hoffnung verhalf, auch das fühlte ich.

Später fragte ich sie, ob sie wisse, daß Melchior Geiger hatte werden wollen.

Ja, antwortete sie, sie wisse es, aber wir sollten nicht länger von ihm sprechen.

Wovon sollten wir dann sprechen, fragte ich.

Von gar nichts, sagte sie.

Und ob sie wisse, fragte ich, weshalb er damit aufgehört habe.

Nein, das wisse sie nicht, aber sie wolle es auch nicht wissen.

Sie solle sich einen siebzehnjährigen Jungen vorstellen,

fuhr ich fort, und der Umstand, daß ich mit meiner Stimme den mechanischen Lärm des miesen Zweitakters übertönen und daher ziemlich laut, fast brüllend über etwas sprechen mußte, das nur in der unberührten Stille der Seele seine Gültigkeit gehabt hätte, begünstigte diesen erneuten Vorstoß; ich hatte das Gefühl, ich müsse es noch einmal versuchen, und das sollte der letzte Anlauf sein; der Zwang, meine Stimme anheben zu müssen, ermöglichte es mir, zugleich auch Rache zu üben, als sagte ich, da hast du's! jetzt kannst du's hören! was mir übrigens auch half, an das Verbotene zu rühren, es herabzusetzen und die Schande über meinen Verrat zu verdrängen.

Sie solle sich einen siebzehnjährigen Jungen vorstellen, der in einer hübschen, altväterlichen, im Krieg wenig zerbombten Kleinstadt als Wunderkind umschwärmt wird, überschrie ich mit dieser komischen Stimme das Motorengeräusch und fragte, ob sie schon einmal dort gewesen sei, weil es mir plötzlich äußerst wichtig erschien, ob sie jene Häuser, Straßen, die Luft, den Schrank mit den duftenden Winteräpfeln darauf, den ehemaligen, von Sträuchern überwachsenen Wassergraben um die Ziegelburg kannte und den Fleck an der Zimmerdecke über dem Bett. Und als mir das durch den Kopf ging, spürte ich, daß schon das erste Wort so verfehlt war wie alle übrigen, ist doch die Geschichte als solche ohne den Stoff der Geschichte gar nicht zu erzählen.

Nein, sie sei leider noch nicht dort gewesen, aber sie wäre dankbar, wenn wir von etwas völlig anderem sprächen, noch lieber wäre es ihr, wenn ich schweigen würde.

Ich hätte ihr auch von jenem Abend erzählen müssen, von dem Dunst, der in Fetzen auseinandertrieb und in der windstillen Luft doch an den Dingen haftenblieb, als wir aus dem Tor des Hauses am Wörther Platz traten und überlegten, in welche Richtung wir gehen wollten, was keineswegs gleichgültig war, wählten wir doch den für den abendlichen Spaziergang geeigneten Weg mit Rücksicht auf unsere jeweilige Gefühlslage und unsere weiteren Pläne.

Ob sie sich einen Zustand vorstellen könne, brüllte ich, in

dem ein Heranwachsender noch keinen Unterschied zu machen verstehe zwischen der Schönheit seines Körpers und der Tragweite seiner Fähigkeiten.

Den Kopf hochgereckt, balancierte sie ihre gräßliche Brille auf der Nase, schwieg mißmutig, tat, als achte sie ausschließlich auf den Weg und als bedeute ihr meine Stimme nicht mehr als das Rattern und Dröhnen des Motors.

An jenem Abend aber, genauer, in jener Nacht, als mir Melchior diese Geschichte erzählte, hatten wir uns wahrscheinlich einen größeren oder ausgedehnteren Spaziergang gewünscht, denn obwohl wir den kürzeren Weg genommen hatten, waren wir schließlich auf die längere Strecke eingebogen und draußen am Weissensee gelandet.

Auf der Terrasse beim Bierausschank setzten wir die aufeinandergestapelten Eisenstühle auseinander, sie knarrten verlassen in der Dunkelheit, wir wollten weiter und machten es uns nur für eine Zigarettenlänge bequem; es war kalt.

Es mußte auf Mitternacht gegangen sein, vom See her war manchmal der heisere Schrei einer Wildente zu hören, sonst blieb alles stumm, dunkel und reglos.

Ich erzählte ihm von meiner kleinen Schwester, von ihrem Tod, von der Anstalt, in die mein Vater sie noch gebracht hatte, in der ich sie nur ein einziges Mal besuchte, weil ich mich nie wieder traute, noch ein zweites Mal hinzugehen, von diesem einzigen Besuch erzählte ich ihm, bei dem sie, den Gepflogenheiten unseres alten Spieles entsprechend, sich zwischen meine Knie stellte, was soviel bedeutete, daß ich sie drücken sollte.

Ich drückte sie, und sie lachte, was in ihrer Sprache bedeutete, daß sie sich irgendwie angenehm machen und daß sie sagen wollte, wie froh sie sei, und wenn ich sie mitnehmen würde, wolle sie mich dafür immer mit dieser Fröhlichkeit beschenken, aber es könne auch sein, so hatte ich fortgesetzt, es war der Schmerz über meine Teilnahmslosigkeit, der an ihrer Statt aus mir selbst sprach.

Die Ellbogen auf die Tischplatte gestützt, den Kopf in den Händen, hatte er auf mich herabgesehen, denn ich hatte mir zwei Stühle zusammengestellt und mich, den Kopf in seinem Schoß, ausgestreckt.

Dann, zwei Jahre später, erzählte ich, ich hatte nie wieder hingehen können, fand ich einen Fetzen Papier auf meinem Tisch: Dein Schwesterchen ist gestorben, die Beerdigung ist dann und dann.

Kein Licht drang hierher, wir konnten unsere Gesichter nur sehen, wenn unsere Zigaretten aufglimmten.

Er hörte mir bis zum Schluß aufmerksam zu, schwieg aber, sichtlich befremdet.

Melchiors Befremden bezog sich auf alles, was meine Vergangenheit betraf, sobald ich von der Vergangenheit sprach, verkrampften sich, trotz seines höflichen oder um Höflichkeit bemühten Interesses, seine Muskeln, als könne er es sich nicht erlauben, auch noch meine Vergangenheit in sich aufzunehmen, wäre doch schon meine Gegenwart, der Augenblick, meine Anwesenheit, mehr als genug.

Man könnte auch sagen, daß er mit der Zurückhaltung eines reifen, gegenwartsnahen, tatkräftigen, mitten im Leben stehenden Mannes auf mich herabsah, ein wenig befremdet, mit einer gewissen Nachsicht gegenüber meinen Schwächen, schließlich liebte er mich, jedoch ohne zu billigen, daß ich mich mit den Einzelheiten meiner Vergangenheit herumschlug, mit denen ein normaler, erwachsener Mann, der seine Vergangenheit ein für allemal hinter sich gelassen hat, sich nicht mehr beschäftigte.

Während seines Schweigens lief noch ein entgegengesetzter Prozeß in ihm ab, denn er korrigierte unaufhörlich meine fehlerhaften Sätze, was er selbst gar nicht bemerkte, es war zur Selbstverständlichkeit zwischen uns geworden; er ergänzte meine Sätze gleichsam für sich, ergänzte sie an meiner Statt, fügte sie in das ordnungsliebende Gehäuse seiner Muttersprache ein, während ich nur am Sprachschutt dieser von ihm notgedrungen übernommenen Sätze entlangturnen konnte, mit seinen Sätzen erzählte, was ich sagen wollte, und selbst nicht einmal merkte, daß der eine oder andere unserer gemeinsamen Sätze oft zwei- bis dreimal wiederholt werden mußte, seinen Standort und seine Wertigkeit änderte, bis er endlich sein Ziel verständlich erreicht hatte.

Als hätte ich ihm mit der Geschichte meiner Vergangenheit die Geschichte seiner Vergangenheit entlocken müssen.

Damals war es mir nicht in den Sinn gekommen, heute aber glaube ich, daß wir diese abendlichen und nächtlichen Spaziergänge nicht aus bloßem Bewegungsdrang brauchten, sondern um eine Beziehung zu dieser uns beiden – wenn auch aus jeweils anderen Gründen – unfreundlich und fremd erscheinenden Welt herzustellen, und das auf eine Weise, die dieser Welt unsere eigene Beziehung verheimlicht.

Auch seine Art zu rauchen liebte ich.

Es lag etwas Würdevolles darin, wie er mit seinen schlanken Fingern eine Zigarette aus dem Päckchen klopfte, sie herauszog und anzündete; nach einem langen, hingebungsvollen, tiefen Zug, den er langsam, die Lippen kräuselnd, wieder herausblies, genoß er den Anblick des Rauchs, manchmal half er auch mit der Zunge nach, um Ringe zu blasen, und diesen Ringen folgte er mit dem Finger und steckte ihn hindurch, zwischen zwei Zügen aber hielt er die Zigarette, als wolle er sagen: Schaut her, sie kann es bezeugen, daß uns die außergewöhnliche Gunst zuteil geworden ist, in Frieden und Ruhe eine Zigarette zu rauchen! Was heißen sollte, daß dieses Rauchen nicht das gewöhnliche Rauchen einer gewöhnlichen Zigarette, sondern Rauchen an sich ist.

Darin war nichts von Geiz, der auch sich selbst den Genuß zu versagen sucht, oder von dem Eifer, Genüsse überhaupt zu verdammen, sondern eher eine aus einer puritanischen Erziehung stammende, ihre Ansichten sorgsam abwägende, ihre Ziele und Mittel mißtrauisch wählende Bereitschaft, die es nie, keinen einzigen Augenblick zulassen kann, daß etwas einfach nur geschieht, sondern am Geschehen teilhaben und sich seiner bewußt sein möchte, um so seiner Existenz in jedem Augenblick Nachdruck zu verleihen, sich gleichsam mit Hilfe von Begriffen über die eigene Existenz und deren Bedeutung zu erheben, die Existenz sozusagen durch Begriffe beim Ohr zu packen.

War ich mit Thea zusammen, so war es gleichgültig, was geschah, was soviel bedeutete, daß eigentlich nichts geschah, obgleich es geschah; war ich hingegen mit Melchior zusammen, hatte ich das Gefühl, was immer geschah, es konnte nicht anders geschehen, und jedes Geschehen war richtig, ja mehr noch, von vornherein war entschieden, was überhaupt geschehen konnte.

Ich weiß nicht mehr, welcher Satz oder welche kleine Wendung in meiner Geschichte es gewesen sein könnte, die ihn ergriffen hatte, doch sein in aufmerksamer Zurückhaltung gespannter, widerstrebender Körper zuckte zusammen, als sei ihm mein Kopf im Schoß unbequem geworden, zwar änderte sich nichts, er lockerte sich nicht, rührte mich nicht an, blieb in der selbstbewußten Ruhe seiner Überlegenheit, nur daß hinter dieser disziplinierten Ruhe so etwas wie Erregung zu fühlen war.

Schließlich ist das, was wir aus unserem Leben erzählen können, keineswegs so ungewöhnlich, daß es im Leben des anderen nicht ähnliches – und, vom Schweigen zugedeckt, ebenso Außergewöhnliches – gäbe; wir erzählen, weil wir genau wissen, daß in unserem Gegenüber die gleiche Geschichte schläft.

Wie reif, wie ausgeglichen ein Mensch auch sein, wie sehr und wie wasserdicht er sich gegen seine eigene Vergangenheit abgeschottet haben mag – er wird beim Anhören solch seltsamer kleiner Begebenheiten nicht verhindern können, daß eigene, ähnliche Begebenheiten lebendig werden und sich sogleich zu Wort melden, so, als riefe jemand mit kindlicher Gebärde: So etwas kann ich auch erzählen! und in der Freude der entdeckten Identität fallen zwei Menschen einander andauernd ins Wort.

Andererseits, wenn wir diese in unseren eigenen Geschichten verborgenen Fabeln aus etwas größerer Entfernung betrachten und als einen zur seelischen Gesunderhaltung notwendigen Prozeß ansehen, müssen wir auch zugeben, daß wir sowohl im wechselseitigen Austausch als auch im Erzählen selbst Gewicht und Gültigkeit unserer Erfahrungen aneinander messen, die Identität unserer Erfahrungen aber läßt so etwas wie eine Gesetzmäßigkeit, vielleicht sogar ein Gesetz vermuten, und so ist das Erzählen, die Mitteilung und der Austausch unserer Erlebnisse, aber auch jedes andere Fabulieren, der Klatsch, der an die Öffentlichkeit gebrachte Kriminalfall, Anekdoten über Saufereien oder das Geschwätz von Nachbarinnen nichts anderes als die alltägliche Methode zur gesitteten Regelung menschlichen Verhaltens; um mich meiner Identität zu versichern, muß ich mein Anderssein darstellen und umgekehrt, in der Ähnlichkeit und Identität jene Unterschiede aufspüren, durch die ich mich von allen anderen unterscheide.

Es gab ein Mädchen, sagte er endlich, mir mit einer Betonung ins Wort fallend, die das Unhöfliche der Unterbrechung mit dem Eifer, an das Thema anzuknüpfen, zu entschuldigen bemüht war; ob ich mich an das Haus erinnere – er machte eine Handbewegung –, in dem sein Musiklehrer wohnte, nun, genau in dem gegenüberliegenden Hause wohnte dieses Mädchen, er erinnere sich zwar nicht mehr, wie die Sache angefangen habe, jedenfalls sei er aufmerksam geworden, als er bemerkte, daß das Mädchen genau wissen mußte, wann er zum Unterricht erscheine, sobald er eintraf, sei auch das Mädchen sofort am Fenster gegenüber erschienen und habe sich während der ganzen Unterrichtsstunde nicht vom Fleck gerührt.

Sie blickte herüber, stand in einer ganz merkwürdigen Pose da, ihm jedenfalls sei sie merkwürdig vorgekommen, sie habe sich mit beiden Händen gegen den Fensterrahmen gestützt, sich auch mit dem Schoß dagegengelehnt, die Schultern hochgezogen und sich sanft gewiegt, er aber war bemüht, sich im Zimmer so hinzustellen, daß sein Lehrer nichts von diesem Spiel bemerke.

Ich fühlte, wie sich in seinem Körper die Gewichte verschoben, und als er nach einer Weile an seiner Zigarette zog, nahm ich im Schein der aufglimmenden Glut anstelle seiner überlegenen Zurückhaltung jene leichte träumerische Rührung wahr, mit der er sich seinen Erinnerungen hingab.

Während er redete, fielen mir seine fremdartigen Gedichte ein, nicht, als ob er in den Gedichten nicht über die Fähigkeit zu gewagten Aufschwüngen und sanfter Tiefe verfügt hätte, im Gegenteil, erschreckt von der Kraft seiner Leidenschaft und der Schärfe seiner Wahrnehmung zwang er sich eine Sprache auf, die von abstrakten Begriffen überladen war, so daß sich darin weder seine Vergangenheit noch seine Gegenwart in einer adäquaten sachlichen Form äußern konnten, und die jedes auf die eigene, einmalige sinnliche Erfahrung verweisende sprachliche Element mit ihrer Schwere erstickte.

Sie war sehr schön, sagte er, aus seiner Versunkenheit zurückkehrend, wenigstens habe er sie damals schön gefunden, inzwischen sei sie dick geworden und habe zwei gräßliche Kinder, damals jedoch sei sie ungefähr so groß gewesen wie er, für ein Mädchen verhältnismäßig groß, später habe er sie aus der Nähe gesehen, die Haare wie weißblonder Flaum, aus der Stirn nach hinten gekämmt und fast in Scheitelhöhe zu einem Schwanz gebunden, und wenn sie ihm, selten genug, in den Sinn komme, dann immer mit diesen blassen Flaumhaaren, sie hatte eine kräftige und energische Stirn und hieß Marion.

Er hatte die Zigarette zu Ende geraucht und meinen Kopf angehoben, um mit dem Fuß den auf die Erde geworfenen Stummel auszutreten, aber er hatte ihn angehoben, als sei er ein fremder, störender Gegenstand; ich setzte mich auf.

Ich möge verzeihen, sagte er, er habe mich unterbrochen, eigentlich habe er gar nichts weiter sagen wollen, es sei kalt, wir sollten aufbrechen, ich möge fortfahren, die Sache sei ganz unwichtig, er wisse gar nicht, wieso ihm das eingefallen wäre, es sei wirklich nicht der Rede wert.

Auf dem Heimweg wechselten wir kein Wort, horchten nur auf das fremde Geräusch unserer Schritte.

Oben in der Wohnung brannten die Lampen noch genauso, wie wir sie verlassen hatten.

Es war spät geworden, und wir taten, als könne man mit Hilfe alltäglicher Handgriffe diesen sinnlosen Tag zu Ende bringen.

Er zog sich im Schlafzimmer aus, während ich die Reste des Abendessens vom Tisch abräumte, und als ich sie in die Küche brachte, stand er schon nackt vor dem Wasserhahn und putzte sich die Zähne.

Sein Körper wirkte fahl und bleich im gelben Lampenlicht, zwischen den Lenden ein seltsames Gekräusel, die Schulterblätter stachen spitz hervor, der eingefallene Bauch war von den scharfen Linien der Beckenknochen eingerahmt, seine langen Schenkel über Gebühr mager, das heißt zu mager, als daß sie nach dem Schönheitsideal mit den Gesamtproportionen seines Körpers in Übereinstimmung gewesen wären, neben meinem Bekleidetsein wirkte er gebrechlich und hinfällig, aber genauso gebrechlich und hinfällig hätte ich ihn gefunden, wäre auch ich unbekleidet gewesen, er schien jetzt so weit von mir abgerückt, als wäre er selbst in seinem Körper gar nicht anwesend, und mir war, als würde ich aus der neutralen Perspektive brüderlichen Gefühls gegenüber menschlicher Gebrechlichkeit und Hinfälligkeit einen Körper betrachten, dem ich sonst verfallen war. Wie gewöhnlich stand das Fenster offen, und aus den Treppenhäusern, die zwischen den unregelmäßig ineinandergeschobenen Brandmauern und Hausdächern hervorlugten, konnte man ungehindert hereinsehen, aber das hatte ihn noch nie gestört.

Er nahm die Bürste aus dem Mund, blickte sich um und sagte mit dem von Zahncreme schäumenden Mund, er werde sich auf dem Sofa ein Bett machen.

Später, in der tauben Stille des Schlafzimmers, konnte ich diese kommentarlose Erklärung nicht länger ertragen, ich wälzte mich lange hin und her, ohne einschlafen zu können, ging hinüber zu ihm und dachte, wenn er schläft, lege ich mich zu ihm.

Ich fragte ihn im Dunkeln, ob er schlafe.

Nein, er schlafe nicht.

Die zugezogenen Vorhänge ließen kein Licht durch.

Die Dunkelheit war weder einladend noch abweisend; ich ertastete den Rand des Sofas und setzte mich, er rührte sich nicht. Er schien nicht einmal zu atmen.

Mit der Hand nahm ich seinen Körper wahr; er lag auf dem Rücken, die Arme bequem auf der Brust gekreuzt.

Auf dieses Kreuz legte ich meine Hand, nichts als das Gewicht meiner Hand.

Vielleicht hätte ich wirklich recht, sagte er in der Dunkelheit.

Seine Stimme war voll, tief und ruhig, seine Hand, sein Arm jedoch eine ferne, sich selber angehörende Materie, seine Stimme mußte mich über die fremde Materie seines Körpers hinweg erreichen.

Ich wagte nichts zu sagen, nicht einmal, meine Hand zu bewegen.

Ja, sagte er, vielleicht hätte ich tatsächlich recht.

Ich verstand ihn nicht, das heißt, ich wagte nicht, ihn zu verstehen, und während ich meine Stimme gerade nur bis an die Grenze des Hörbaren erhob, fragte ich, womit ich recht habe.

Da bewegte er sich plötzlich, zog den Arm unter meiner Hand hervor, setzte sich auf und knipste das Licht an.

Ein Armleuchter mit Seidenschirm brannte über seinem Kopf, an der Wand hinter dem Sofa hing ein in unregelmäßigen Mustern gewebter seidiger Smyrna in kräftigen Farben.

Den Rücken gegen den Teppich gelehnt – die Decke war bis zur Hüfte heruntergerutscht –, die Arme wieder über der Brust gekreuzt, das Kinn aufgestützt, sah er mich an, als betrachte er mich von unten, obwohl er mir gegenübersaß.

Im kreisrunden Lichtschein schimmerten seine wilden Locken weißlich, Schatten fielen auf sein Gesicht, Schatten breiteten sich auf den kräftigen Muskeln seiner Brust aus, bildeten Flecken auf seinen Armen und auf den weißen Bettbezügen.

Er war schön, das schöne Bild eines aus einem geheimnisvollen Grund halbnackten, in seinem Ernst eher in sich selbst versunkenen als in die Welt hinausblickenden jungen Mannes. Ein Bild, auf dem alles auf das harmonischste im Gleichgewicht war: dem Licht antworteten schöne Schatten, den blonden Locken entsprach die schwarze Behaarung der

Brust, der hellen Haut der dunkle Hintergrund, den feurigen Farben des Hintergrunds das blanke Weiß der Augen und ihr kaltes Blau, der sanften Biegung der Schultern die harte Waagerechte der gekreuzten Arme – eine Schönheit, die man betrachten, aber nicht berühren darf.

Wir sahen uns an, wie der erfahrene Arzt einen Patienten ansieht, eindringlich, ruhig, Anzeichen möglicher Krankheitssymptome auf dem Gesicht des anderen prüfend, möglichen Zusammenhängen der Symptome auf der Spur, doch ohne irgendwelche Gefühle zu verraten, ja, ohne trotz allen Fühlens der eigenen Gefühle gewahr zu werden.

Ich wußte, wir waren an einem sehr tiefen und sehr dunklen Punkt unseres gegenseitigen Erkundens angekommen; seit Wochen kreiste ich um die heikelsten Landschaften seines Lebens, ich war ans Ziel gelangt, hatte ihn herausgefordert, und entgegen seinem festen Vorsatz hatte er meine Herausforderung angenommen und in dieser zwielichtigen Landschaft so festen Fuß gefaßt, als bereite er sich auf eine grausame Rache vor, trotzdem störte es mich nicht, daß ich unbedeckt auf der Sofakante saß, als könnte die ungeschickte Lage, in der sich mein nackter Körper befand, mein Ausgeliefertsein, nur Schutz bieten.

Dieser Lehrer, sagte er nach einigen Augenblicken der Stille, und seine Stimme, deren warme Tiefe eben noch mir gegolten hatte, wurde trocken, kühl und so sachlich, als spreche er gar nicht von sich, und seinem Gesicht war nichts mehr von jener sanften Versunkenheit anzumerken, die es noch vor kaum einer Stunde gezeigt hatte, nicht er war es, der sprach, und nicht zu mir sprach er, es war ein Abbild, das sprach, einer, der imstande war, mit sich selber umzugehen wie ein Wissenschaftler mit dem im Spiritus in ewigen Schlaf versenkten Insekt, das er, auf eine Stecknadel gespießt, in seine umfangreiche Sammlung nach entwicklungsgeschichtlichen und morphologischen Gesichtspunkten einordnet, wobei der Nadel bei dieser Prozedur eine größere Bedeutung zukommt als dem Insekt oder seiner systematischen Standortbestimmung.

Der Lehrer war erster Geiger im Theaterorchester, genau wie sein echter, sein französischer Vater, von dem Melchior damals noch nichts wußte, als Künstler war er mittelmäßig, als Pädagoge hundsmiserabel, doch gemessen an den örtlichen Gegebenheiten immer noch der beste, nach der braven und vornehmen Tante Gudrun, die ihn vorher unterrichtet hatte, geradezu eine Erquickung, als habe man ihm das ersehnte Tor geöffnet, auf daß er aus der Klause einer musikalischen alten Jungfer in die geheiligten Hallen der Kunst eintreten könne, der Lehrer war ein kultivierter Mann, gebildet, informiert, ungezwungen, in der Welt herumgekommen, er schwamm und spielte Tennis, hatte ausgezeichnete Beziehungen und verstand es, diese Beziehungen ohne den leisesten Anschein von Aufdringlichkeit zu pflegen, so als wäre er es, der eine Gefälligkeit erwies; ein Junggeselle, der jedoch ein großes Haus im klassischen Sinne des Wortes führte, jeder, der auch nur ein wenig in der Stadt zählte oder dort eine Gastrolle gab, empfand es als angenehme Pflicht, bei ihm vorzusprechen, irgendwie fühlten sich alle gehalten, sich in seiner selbstlosen Güte und seinem durch Leid geläuterten Geist zu sonnen, vor allem weil er gut war, so als hätte sich, sagen wir, Richard der Dritte in dieser flötenden Friedensepoche dazu entschlossen, kein Bösewicht zu werden, sondern im Gegenteil unendlich gut zu sein, schließlich laufen das Gute und das Böse ja auf eines hinaus, hätte er doch mit seiner Güte noch dem schrecklichsten Einzugsmarsch süße Klänge zu entlocken vermocht.

All das wolle er keineswegs als nachträglichen Kommentar verstanden wissen, er versuche nur wiederzugeben, was er damals empfunden habe.

Jenes Stück habe er damals zum erstenmal gesehen, es sei bestimmt eine reichlich schwache Vorstellung gewesen, für ihn jedoch ein großartiges, schreckenerregendes Märchen über das Böse, man habe nämlich Richard zwei riesige spitze Buckel auf den Rücken gesetzt, so als habe er zwei verschieden große Berggipfel unter seinem Mantel, und er hinkte nicht, sondern schnellte das eine Bein aus der Hüfte heraus und winselte bei jedem Schritt laut vor Schmerz, er winselte wie ein Hund, was zwar ein leicht übertriebener Regie-Einfall war, denn vom Schmerz führt der Weg ja nicht unbedingt zur Bösartigkeit, immerhin war es sehr effektvoll; und sein Lehrer erinnerte ihn immer an diesen Schauspieler, ihm schien, daß auch seine Augen so funkelten, fand er ihn doch über alle Maßen faszinierend, freilich auch alt, er mußte damals ungefähr fünfundvierzig gewesen sein, schlank, mittelgroß, Wohlgerüche verströmend; mit dunkler Haut und strahlend schwarzen Augen, sein Haar allerdings, das er lang wie ein Künstler trug, in einer Mähne sorgsam zurückgekämmt, war fast völlig ergraut, so grau, wie in den Augen eines Kindes ein alter Mann zu sein hat.

Geriet er während seiner theoretischen Erklärungen in Hitze, teilte sich das Haar auf seinem Scheitel und fiel ihm ins Gesicht, er strich es mit der Handbewegung eines Künstlers zurück, denn niemals hätte er so sehr in Hitze geraten können, daß er den Anschein erweckt hätte, als sei nicht alles in bester Ordnung, und warum auch hätte nicht alles in Ordnung sein sollen, waren doch diese manchmal Stunden dauernden theoretischen Ausführungen faszinierend, weitblikkend, leidenschaftlich, es waren die kritischen Produkte eines analytischen Kopfes, was immer mitreißend und inspirierend ist, wenn es jedoch ans Praktische ging, wenn er etwas von seinem Wissen weitergeben sollte, dann meldete sich hinter der gütigen Klugheit eine unmißverständliche Eifersucht, ein unerklärlicher kreatürlicher Egoismus, eine krampfhafte Besitzgier und darüber hinaus so etwas wie Hohn, Schadenfreude und die Fratze des Geizes, als sei er im Besitze von einer Art Gralsschatz, der im Grunde unerreichbar war und den er nicht weitergeben wollte, er weidete sich am Anblick vergeblicher Qual, ja, um eine Erklärung für sein Verhalten zu geben, behauptete er einfach, daß es keine Technik gäbe! er habe keine! niemand habe eine! und wenn einer sie hätte, dann wäre er kein Künstler, sondern ein Techniker, deshalb brauche sich auch niemand um sie zu bemühen, weil jeder nur allein die ihm gemäße Technik sich aneignen könne, was dann keine bloße Technik mehr sei, sondern ein der Materie entlehntes und an die Materie zurückgegebenes Daseinsgefühl, das Wesentliche, das Allerwesentlichste, der reine Selbsterhaltungstrieb.

Im Kampf mit der Materie nämlich stoße der Künstler auf so geheime Schichten seines Inneren, von denen er selber nichts habe wissen können, daß es beschämend sei und er das am liebsten vor neugierigen Blicken verbergen würde, doch sofern Kunst nicht Initiationsritus zu diesem brennenden Geheimnis sei, tauge sie keinen Pappenstiel, unbeherrscht schrie er des öfteren, daß wir nur im Vorzimmer der Kunst herumtappten, als wollte er damit sagen, daß man irgendwohin vordringen müsse.

Er wolle nicht behaupten, daß er ihn geliebt habe, aber er fühlte sich von ihm angezogen, doch trotz aller Anziehung sei er mißtrauisch geblieben und habe sich zugleich die heftigsten Vorwürfe wegen dieses Mißtrauens gemacht, trotzdem schien ihm, als sähe und wisse er etwas, was sonst niemand sah, als sähe er, daß dieser Mensch bis ins Mark verderbt und verlogen war, ohne Ideale und zutiefst verbittert, dennoch habe er das Gefühl gehabt, jener wolle ihm Gutes tun, und dieses Gute wagte er nicht zurückzuweisen, sondern er bemühte sich ganz im Gegenteil mit allen Kräften, ihm nachzueifern, sich dieses Guten würdig zu erweisen – während seine Ohren andauernd zuhören mußten, wie falsch es war, was er vom Tempel der Kunst und dessen Vorhalle zusammenschwätzte, es war schon deshalb falsch, weil es ihm selbst niemals gelang, dort einzutreten, er sehnte sich zwar danach, in dieser lächerlichen Sehnsucht allerdings lag so viel alarmierende Bitterkeit, glaubwürdige Hoffnungslosigkeit und Trauer, daß es doch nicht ganz unsinnig erschien, was er sagte, wenn Melchior auch spürte, daß sich diese Sehnsucht nicht auf die Musik als Objekt bezog, noch nicht einmal auf die Karriere, die jener schon lange aufgegeben hatte, er wußte nicht, worauf sie sich bezog, vielleicht, daß er zugleich dämonisch und geheimnisvoll, infernalisch und aufpeitschend, aber auch weise, gütig, korrekt und verständnisvoll sein wollte

– und so sei er zum Gegenstand dieser Sehnsucht, dieses qualvollen und mitleiderregenden Kampfes geworden.

Nach jeder Stunde sei er so niedergeschlagen aus dem Hause geschlichen, daß man hätte glauben können, er wäre in den vier Jahren, in denen er bei ihm Unterricht nahm, von der Furie der Kunst besessen gewesen, er magerte ab, was aber nicht weiter auffiel, weil in jenen Jahren jeder hungerte, kraftlos und elend war.

Er unterwarf sich, arbeitete hartnäckig und besessen, kam auch von selber hinter eine ganze Menge, wofür er wieder seinem Lehrer dankbar war, alles Gute führte er auf ihn zurück, seine künstlerische Entwicklung war erfreulich, was der Lehrer mal zurückhaltend, mal mit Gefühlsausbrüchen honorierte, doch diese Gefühlsausbrüche fürchtete er mehr als jede vernichtende Kritik, höchst selten erlaubte er ihm Auftritte oder organisierte sie ihm selber, er führte ihn Berühmtheiten vor, ließ ihn auf Hauskonzerten vor einem ausgewählten Publikum spielen, und der Erfolg war immer überwältigend, er wurde geliebt, geküßt, umarmt, betastet, in manchen Augen glänzten sogar Tränen, obwohl die Menschen in den Nachkriegsjahren sich nur schwer zu Tränen rühren ließen.

Aber sein Lehrer habe ihm im selben Augenblick, mitten in diesem körperlichen Überschwang, gleichsam am Tatort zu verstehen gegeben, das sei zwar alles schön und gut, aber das stecken wir schnell weg und vergessen es, wir lassen uns davon nicht einlullen, noch empfinden wir Befriedigung darüber; sobald sie aber allein waren, analysierte er die Darbietung so streng, daß Melchior jedesmal einsehen mußte, daß es so nicht genügte, zwar war nicht klar, was erreicht werden sollte, nur, daß er es immer noch nicht erreicht hatte, sein Lehrer habe ja in fast allem recht gehabt, wahrscheinlich war er nur deshalb so mißtrauisch und undankbar und unfähig, sich dieser unendlichen Güte würdig zu erweisen, weil er vollkommen unbegabt war.

Blieb er mit diesem Gefühl allein, dann durchlebte er wahrhaftig Stürme einer zitternden Angst, tagelang kauerte er in irgendeiner Ecke, ging nicht zur Schule, wartete darauf, daß sich eines Tages seine völlige Talentlosigkeit herausstellen würde, war sie doch nicht länger zu verheimlichen, er fühlte es, jeder mußte es ihm ansehen, und am Ende würde ihn der Lehrer erbarmungslos hinauswerfen.

Manchmal ertappte er sich dabei, daß er diesen Tag herbeisehnte, aber seiner Mutter hätte er damit eine tödliche Enttäuschung bereitet.

Vielleicht war er deshalb noch nicht ganz am Boden zerstört, vielleicht hoffte er deshalb noch, daß sein Lehrer sich täuschen könne, weil der Mensch zu einer völligen geistigen, aber auch zu einer physischen Selbstvernichtung nicht imstande ist, nicht einmal dann, wenn er das Zyankali bereits hinuntergeschluckt hat, denn auch dann ist es das Gift, das ihn umbringt, oder der Strick oder das Wasser oder die Kugel, und doch, wie gerne wäre er in den Fluß gesprungen, wie sehr sehnte er sich nach dem strudelnden Wasser am Pfeiler der zerstörten Brücke! aber zur physischen Selbstvernichtung gehört ja auch nichts weiter als ein banaler Entschluß, man muß nur ein Werkzeug wählen, das es an meiner Statt ausführt, während die seelische Verzweiflung sich immer noch einen kleinen Ausweg offenläßt, draußen ist der Himmel blau, warum sollte das Leben nicht weitergehen, und diese Kontinuität verbürgt zugleich Hoffnung.

Auf das Zyankali sei er gekommen, weil einige Jahre später, er war schon an der Universität, dieser arme Mensch sich irgendwoher eine Dosis besorgt hatte, die selbst für ein Pferd gereicht hätte, es war heißer Sommer, das Theater geschlossen, an den Abenden wurde er nicht vermißt, so daß die Nachbarn erst aufmerksam wurden, als ein gräßlicher Verwesungsgestank aus seiner Wohnung drang.

Kurz, diese Gegebenheiten waren es, unter denen er das Mädchen im Fenster des gegenüberliegenden Hauses bemerkt hatte, sie waren gerade dabei, sich auf einen Musik-Wettbewerb von entscheidender Bedeutung vorzubereiten, es war Frühling, in der Wohnung seines Lehrers standen die Fenster offen, das Wagnis war groß, wenn er es schaffte, hätte er ohne die ersten drei Aufnahmeprüfungen in die Akademie aufgenommen werden können, und sein Lehrer glaubte zu wissen, daß die Konkurrenz außerordentlich groß war, er wies auf seine Kollegen und ihre anscheinend talentierten Schüler hin, aber den Begabten unterscheidet vom Unbegabten, sagte er, daß ihn seine Konkurrenten geradezu anstacheln, und da Melchior auf eine harte Konkurrenz stoßen würde, seien seine Aussichten gut.

Er habe den Notenständer ans Fenster gestellt, damit er sie bei jedem vermeintlich zufälligen Aufblicken sehen konnte.

Sein Lehrer habe in der Tiefe des Zimmers in einem großen Sessel gesessen und manchmal aus dem Dunkel heraus etwas zu ihm gesagt.

Doch das Seltsamste sei gewesen, daß diese Spannung seine Arbeit überhaupt nicht behinderte, obwohl sie zweifellos eine weitere Belastung bedeutete, aber das merkwürdige Gefühl, daß er mit seiner Geige auf der Grenze zweier voneinander unabhängiger, ja gegensätzlicher, möglicherweise sogar feindlicher Augenpaare zwischen Verrat und Geheimnis pendle, einem süßen Geheimnis und einem dunklen Verrat, steigerte seine Konzentration in einem Maße, wie er sie noch nie gespürt hatte.

Er produzierte sich nicht vor dem Mädchen, nicht vor sich selber und auch nicht vor dem Lehrer, er produzierte sich gleichzeitig für alle drei und darüber hinaus für alle, mit einem Wort, er spielte.

Wenn es regnete oder kühl war und man das Fenster schließen mußte, erfand das Mädchen ein verrücktes Spiel, mit ausgebreiteten Armen ließ es sich aus dem Fenster hängen, so daß man fürchten mußte, sie könnte herausfallen, oder sie schloß ihr Fenster, schmollte, preßte Nase und Mund, Zunge und Zähne gegen das Glas, entstellte sich absichtlich, schnitt Grimassen, äffte ihn nach, wie er auf der Geige fiedelte, hauchte Flecken auf die Scheibe und schrieb Buchstaben hinein, bis zu lesen war, daß sie ihn liebe, sie machte ihm Eselsohren, zerrte an ihrer Bluse, was bedeuten sollte, daß sie wahnsinnig würde, wenn sie seine süße Musik nicht mehr hören dürfte, streckte die Zunge heraus und blies kleine Küßchen von ihrer Handfläche; wenn sie sich aber zufällig auf dem Schulkorridor trafen, taten beide, als wüßten sie von nichts oder als wäre alles nicht wahr.

Sein Lehrer akzeptierte mit befriedigtem Wohlwollen diese stürmische Qualitätsveränderung, er lobte ihn nicht, strahlte ihn aber verliebt aus dem Dunkel des Zimmers an und dirigierte mit zornigen oder begeisterten, erregten Zwischenrufen sein Spiel, ihm aber verursachte es eine elementare Freude, daß es ihm nach der so vergeblich scheinenden Qual von vier Jahren gelungen war, diesen weisen und allwissenden braven Mann zu überlisten.

Mindestens zwei Wochen lang hatten sie dieses Spiel getrieben, bis er endlich dahinterkam, aber in seiner grausamen Art tat er, als habe er nichts gemerkt, schlau ließ er zu, daß ihre Geschichte sich entwickelte, um dann im geeigneten Augenblick auf sie herabzustoßen und sie wie Rotz am Ärmel zu behandeln; er habe das gnadenlose Abwarten gespürt und gewußt, daß die Katastrophe folgen müsse, doch da war das Mädchen, das von den Gefahren, die auf sie lauerten, nichts ahnen konnte, sie alberte herum, er mußte hinsehen, manchmal mußte er sogar lachen, obwohl er auf der Hut war und sich zu schützen versuchte, aber er wollte den Lehrer auch ärgern, womit er ihn aber nur noch mehr gereizt habe, das wisse er inzwischen.

Währenddessen mußte er lange, farbig vorgetragene und vor Güte triefende, mit aufregenden Beispielen und interessanten Gegenbeispielen gewürzte Sentenzen über sich ergehen lassen – über eine asketische Lebensführung, den seelischen Antriebsmotor der Ästhetik, die Gefahren des Hedonismus, über den Bremsmechanismus der menschlichen Seele, ihre Achse und ihre Kolben, wie über jene wirtschaftlich und rational arbeitenden Sicherheitsventile, mit deren Hilfe man den Überdruck, das Überflüssige aus dem Triebwerk ablassen könne –, und was an Formeln, Hinweisen und Umschreibungen es noch gab; als sich aber herausstellte, daß alle Anspielungen wirkungslos blieben, mußte er sich mit seinem Notenpult ins Innere des Zimmers verfügen, während der Lehrer am Fenster Platz nahm.

Hier hätte die Geschichte nun fast zu Ende sein können, denn er habe sich nicht widersetzt, im Gegenteil, in der Tiefe seines Herzens billigte und verstand er seinen Lehrer, das heißt, er glaubte ihn zu verstehen, und hielt diese naive physikalische Maßregelung für die natürlichste Reaktion auf seine menschlich so hinfälligen Eigenschaften, ja für die Lösung; er war von geradezu tumber Unschuld, kein Idiot konnte so unschuldig sein, wie er es war, er hatte damals nicht nur keine Ahnung, wie die Kinder auf die Welt kommen, sondern nicht einmal davon, worin der Unterschied zwischen einem Jungen und einem Mädchen besteht, genauer gesagt, alles, was ihn interessierte, bewegte sich in einer so anderen Dimension, daß er nicht einmal begriff, worüber er schon Bescheid wußte.

Aber das Mädchen ließ sich nicht abweisen, es wartete unten im Haustor auf ihn, und von diesem Zeitpunkt an war es zu Ende mit dem Spaß und den Grimassen, zwischen ihnen dreien begann ein schrecklicher Kampf, an dem er nur mit seinen Gefühlen oder nicht einmal mit seinen Gefühlen, eher mit seinen animalischen Instinkten Anteil hatte, und deshalb konnte er gar nicht ahnen, daß es in diesem Kampf um sein Leben ging.

Zudem hatte er keine Ahnung, welche Qualen dieser Mensch auszustehen hatte, welch furchtbaren Kampf er mit sich kämpfte, obwohl er das hätte wissen müssen, denn er forderte ihn ja heraus.

Und er wußte es auch, weil er des öfteren Ohrenzeuge eines vagen und verlegenen Getuschels gewesen war, wonach sein Lehrer aus einem Konzentrationslager zurückgekehrt sein sollte, aus Sachsenhausen vielleicht, das wisse er nicht mehr genau, aber er wußte sogar, daß der Lehrer dort kein gelbes oder rotes, sondern ein rosa Dreieck hatte tragen müssen, also ein Schwuler gewesen sein mußte; aber es gab, wie das zu sein pflegt, auch eine andere Geschichte, wonach man ihm diesen Stempel seiner offen geäußerten liberalen Ansichten wegen aufgedrückt hätte, eine mörderische Verleumdung, derentwegen später jemand im Gefängnis gesessen hätte; alldem aber wiederum schien die Behauptung zu widersprechen, wonach er ein eifriges Mitglied der Nazipartei gewesen sei und eine aktive Rolle bei der Entjudung der deutschen Musik gespielt hätte, aber wie es auch immer gewesen sein mochte, für ihn blieben das leere Worte, die sich in seinem Hirn zwar festgesetzt hatten, doch ohne daß er sie in irgendeinem Zusammenhang gebracht hätte, höchstens habe er die Folgerung daraus gezogen, daß den Erwachsenen der Krieg offenbar nicht genügt hatte, weil sie immer noch miteinander haderten, oder aber die Folgerung, daß ein Künstler von seiner Umgebung stets auch als Träger einer undefinierbaren ansteckenden Krankheit angesehen wird, womit sich zu beschäftigen einem vernünftigen Menschen nicht ansteht.

Seine Mutter hätte das wissen müssen.

Leise und ohne Unterbrechung hatte er bis zum Morgen geredet, und das hier war der einzige Augenblick, in dem der gleichmäßig kühle Fluß seiner Erzählung über einem unbewältigten Gefühl ins Stocken geriet.

Sein Brustkasten hob sich, sein Blick zog sich, ohne den meinen loszulassen, in sich selber zurück und sagte, nein, das wolle er nicht aussprechen, er könne es nicht.

Seine Augen füllten sich mit Tränen, seine Stimme versagte, als wolle sie in Weinen oder in laute Anklagen ausbrechen.

Doch mitten im Schluchzen rief er lachend, ich solle das alles nicht ernst nehmen, nichts davon!

Leiser, wieder zur distanzierten Kühle der ursprünglichen Stimmlage zurückgekehrt, bemerkte er, schließlich habe jede Nutte und jeder Schwule eine Mutter und eine zu Herzen gehende Geschichte.

Alles nur pure Sentimentalität, sagte er.

Und wenige Tage später, als wir auf der dunklen Landstraße in die Stadt zurückfuhren, erzählte ich diese Geschichte Thea weiter.

Natürlich hatte ich gewisse, unbedingt notwendig erscheinende Veränderungen an der Geschichte vorgenommen, die

Passagen über die psychologische Situation des Wunderkindes hatte ich als eine Art Einführung vorangestellt, sozusagen als Rahmengeschichte, und ich sprach mit einer so entpersönlichten Stimme, als würde ich von einer uns beiden unbekannten Person berichten.

Durch diesen unpersönlichen Ton und die historiographische Methode einer der Ordnung verpflichteten Reihenfolge indes erhielt mein Bericht ein Element der Abstraktheit, das es ermöglichte, die Fäden der persönlichen Kausalzusammenhänge in jene breitere und allgemeinere Chronologie einzufädeln, die wir aufgrund ihrer Unabänderlichkeit und Unpersönlichkeit historischen Ablauf, Fügung des Schicksals oder einfach göttliche Vorsehung zu nennen gewohnt sind; und an dem für unpersönlich und unveränderbar erklärten Standpunkt der Zeit festhaltend, der sich weniger in der Wirkungsweise des Intellekts als in der der Gefühle zeigte – versuchte ich doch, mit Hilfe dieser Distanzierung die Scham über meinen Verrat an Melchior zu verbergen –, erzählte ich, als würde ich von einer an sich unwesentlichen Episode des sich in ständigen Wiederholungen auslöschenden und neu gebärenden Geschichtsablaufs berichten.

Als sähe ich aus der Vogelperspektive eine Stadt, darin ein schönes junges Mädchen, eine Geige, als sähe ich jene Ritzen und Lücken, die die Geschichte herausgeschnitten und aufgerissen hatte und die sie aus ihrem eigenen Material würde zustopfen und ausbessern müssen; als sähe ich ein hübsches kleines Theater, im Theater einen Orchestergraben, im Orchestergraben die Musiker, gleichzeitig aber auch einen fernen Schützengraben irgendwo bei Stalingrad und darin den leeren Platz des ersten Geigers auf der einen, den in Lumpen gewickelten Soldaten, unmittelbar vor dem Erfrierungstod, auf der anderen Seite.

Und sähe es, so aus der Vogelperspektive der mitleidlosen Historie herabblickend, als ein ganz uninteressantes Geschehen an, daß einige Musiker von ihren Plätzen verschwunden waren und andere aus ihren Ehebetten, daß man manche ins Lager verbracht hatte, andere zu Soldaten gemacht, alles uninteressant, hat doch das Schicksal, die Geschichte, nur ein einziges, rasches Gebot, es darf keine Lücke bleiben, im Orchestergraben muß musiziert, im Schützengraben geschossen, in anderen Gräben beigesetzt werden, so muß sich also auch jemand auf den leeren Platz des ersten Geigers setzen, muß das gleiche geigen und die gleiche schwalbenschwänzige historische Verkleidung tragen, damit die Veränderung Unveränderlichkeit vortäusche, und der Umstand, daß nun französische Kriegsgefangene, aus dem benachbarten Lager abkommandiert, auf den Plätzen der Verschwundenen saßen, sei weder von Belang noch der Rede wert, und daß zur Sicherung unaufhörlicher Kontinuität ihre Bewacher sie in den Gasthof Zum goldenen Horn hinüberbegleiten, auch das hat das Schicksal, die Vorsehung, die Geschichte nicht nur zufällig, nicht etwa aus einer barmherzigen, quasimenschlichen Überlegung zugelassen, sondern damit der erste Geiger, der für ein paar kurze Stündchen oben in der Wohnung des in der eisigen Steppe Stalingrads dahinsiechenden Gastwirts verschwindet, glauben solle, der Atem der Geschichte habe um seinetwillen ausgesetzt.

Obgleich die Geschichte, das Schicksal, Gottes Gebot kein Aussetzen kennt; die Lücke, die der Gastwirt im Ehebett hinterlassen hat, wird ausgefüllt, und so betrachtet ist auch der Umstand ohne Bedeutung, daß hier eine schöne junge Frau und ein schöner junger Mann etwas fühlen, das sie mit vollem Recht eine tödliche Liebe nennen, lieber würden sie sterben, als ohne einander zu leben, beteuern sie sich und benennen ihre Gefühle gerade deshalb mit solch schicksalhaften Worten, weil sie glauben, die Absicht des Schicksals darin zu erkennen.

Daher ist es auch eine vollkommen uninteressante Frage, ob die bechernden Wachen diese schwerwiegende Übertretung bemerkten, ist es doch für die Geschichte keine so umständliche Aufgabe, ein paar dumme Bewaffnete vorübergehend zu betäuben oder zu bestechen, vielleicht sogar angesichts einer solchen Liebesekstase zu einer besseren Einsicht zu bekehren, um in dem Augenblick, da auf die furchtbare

Tat ein ernüchterndes Licht gefallen ist, den rassenschänderischen Franzosen von ihnen erschlagen zu lassen, womit in dem historisch notwendigen Orchester wieder ein Platz frei wird, für dessen Besetzung die Geschichte später dadurch sorgt, daß sie jemanden zurückholt, den sie früher wegen Unzucht entfernt hatte.

Deshalb glaube ich nicht, sagte ich zu Thea, daß die Blindheit seiner Mutter von diesem höheren Standpunkt aus zu tadeln sei, schließlich hatte sie, was sie mit ihrem Manne zu verlieren schien, schöner und vollkommener von ihrem Geliebten zurückerhalten, und was sie mit ihrem Geliebten zu verlieren schien, das wurde ihr, Gott sei es gedankt, in der Höhle ihrer Gebärmutter ersetzt, und was sie auf diese Weise bekommen hat, wird sie eines Tages wieder blind zurückgeben müssen.

Sie glaube, sagte Thea ruhig, sie könne mich auch verstehen, wenn ich auf weniger umständliche Weise Gott zu lästern versuchte.

Und sie tat weiter so, als höre sie mir nur beiläufig zu.

Noch am gleichen Tage, an dem sein Lehrer ihn vom Fenster entfernt hatte, so fuhr Melchior in seiner Geschichte fort, wartete das Mädchen vor dem Tor auf ihn, sie schauten sich eine Zeitlang an, er wußte jedoch nicht, was er tun sollte, denn einerseits freute er sich, daß sie den Lehrer doch noch hinters Licht geführt hatten, andererseits schämte er sich schrecklich vor dem Mädchen, er wußte selbst nicht warum, vielleicht wegen seiner kurzen Hose und weil er nicht wußte, was er sagen sollte, also machte er sich mit seiner Geige auf den Weg, das Mädchen aber rief ihm nach, er sei ein Idiot, und da drehte er sich um.

Wieder standen sie voreinander, und das Mädchen sagte, er solle mitkommen zu ihr nach Hause, weil sie sich wünsche, daß er einmal nur für sie spiele.

Das war ihm zu dumm, durfte man doch diese Dinge nicht so häßlich durcheinanderbringen, und so sagte er bloß ‹Idiotin›.

Worauf das Mädchen die Achseln zuckte und meinte, na schön, dann eben nicht, küssen könne er sie auch hier.

Und von diesem Zeitpunkt an wartete sie jeden Tag auf ihn, auch wenn sie beide jeden Tag von neuem beschlossen, daß sie nicht mehr warten solle, er erklärte ihr nämlich mit Nachdruck und Argumenten, die er bei seinem Lehrer entliehen hatte, daß es jetzt bei ihm um eine schicksalsentscheidende Sache ginge und daß sie deshalb jetzt aufhören müßten damit.

Das heißt nein, es war gerade umgekehrt.

Er erinnerte sich, daß sie an jenem ersten Tag, als sie vor Aufregung nicht wußten, was anfangen miteinander, und um das zu verdecken, miteinander redeten, im Burggraben standen, mitten im Dreck, zwischen Sträuchern und Abfallhaufen; es stank entsetzlich und das Mädchen erklärte, sie sei so verliebt in ihn, daß sie bis an ihr Lebensende auf ihn warten würde und daß sein Wettbewerb jetzt wichtiger als alles andere sei, deshalb müßten sie jetzt Schluß machen, sie würde warten, und das fanden beide wunderschön; dennoch wartete sie jeden Tag aufs neue auf ihn.

Und noch etwas müsse er jetzt verraten.

Auch wenn er im Augenblick nicht wisse, wie man vernünftig darüber reden könne.

Wir hatten reglos dagesessen, sein Blick war wie blind in mich eingedrungen, ich aber wich mit hilflosem Blinzeln seinen Worten aus, so als würden wir beide leidenschaftlich, aber mit verbundenen Augen um einen unerreichbaren Gegenstand kreisen, wir sahen einander und kreisten dennoch blind um diesen Gegenstand, der sich uns jedesmal in dem Augenblick, da wir glaubten, ihn fassen zu können, entzog.

Es war von der Belastbarkeit unserer Scham die Rede, und da die Gesetze der seelischen Scham viel rigoroser sind als die der körperlichen, was nur natürlich ist – besteht doch der Körper aus vergänglicher Materie, und wenn wir ihn nicht als Materie betrachten, dann erweist sich seine Endlichkeit plötzlich als erschreckende Unendlichkeit –, floh ich in panischer Angst vor dem Unabsehbaren und weigerte mich zu sehen, was ich herausgefordert hatte.

Seine Worte blieben unverändert entschieden, voller Abwehr und voll von Anstößen, nur wurden trotz aller nachdrücklichen, aber unvollständigen Hinweise, Erklärungen, Ausrufe und sie gleichzeitig zurücknehmenden Fragen keine vernünftigen Sätze daraus, nur ich konnte sie verstehen, soweit ein Mensch die von aufgestauter Energie vibrierenden schamhaften Wortfetzen eines anderen zu verstehen überhaupt in der Lage ist.

Die trotz ihrer Unsystematik aufeinander bezogenen Worte, ihr Ersticken, Verschlucken und Verbeißen wiesen auf jene Verbindung hin, die dieses fast völlig begrabene und vermeintlich zufällig auftauchende Erlebnis mit einem anderen, absichtlich unerwähnt gebliebenen Erlebnis in Verbindung brachte, nämlich die Bekanntschaft mit Thea, deren Namen er in jenem Augenblick nicht aussprechen konnte, gähnte doch zwischen beiden Erlebnissen der Abgrund von zehn Jahren.

Ich war in der glücklichen Lage, die Umstände ihres Kennenlernens in zwei Varianten erfahren zu haben.

Er sagte, so nie wieder.

Er sagte, nicht noch einmal mit mir.

Er sagte, daß Vergleichen natürlich keinen Sinn habe.

Und trotzdem, sagte er.

Nämlich mit ihr, und hier bezog sich das schamhafte Verschweigen auf Thea, nur daß dieses unglückselige Tohuwabohu gerade mit ihr zu tun hatte.

Wollte er doch weder geschmacklos noch lächerlich werden, er wäre es aber sonst geworden.

Auch habe er sie nicht kränken wollen, freilich aber gerade damit gekränkt.

Weil es den Anschein hatte, als würde er so etwas nie wieder fühlen können.

Ungefähr eine Woche habe dieser Zustand gedauert, sagte er nachdenklich, und ich sah es an seinem Gesicht, daß sich diese Feststellung im Grunde auf zwei Zeiten bezog, auf die vor zehn Jahren ebenso wie auf die vor ein paar Monaten, genauer, die vor zehn Jahren war von der vor ein paar Monaten durchglüht.

Ohne die Wiederholung von Gefühlen gibt es keine Erinnerung, oder umgekehrt, jedes Erlebnis ist zugleich ein Hinweis auf ein früheres Erlebnis, und das nennen wir Erinnerung.

Beide hatten sich auf seinem Gesicht ineinandergeschoben, waren miteinander verschmolzen und hatten sich gegenseitig gesteigert, was zu sehen mich so erleichterte und befriedigte, als hätten wir endlich den blind gesuchten Gegenstand unserer Erzählung in die Hand bekommen.

Diese schamhafte Abweichung habe ich im Wagen Thea gegenüber natürlich nicht erwähnt.

Aber er wolle mir noch das Ende erzählen, sein Lehrer habe ihm nämlich eines Tages mit ernstem, aber zu allem entschlossenem Gesicht die Tür geöffnet, so daß er sofort wußte, das Ende, mit dem er schon immer gerechnet hatte, sei gekommen.

Er bedeutete ihm, die Geige niederzulegen, sie würde nicht mehr gebraucht werden, und führte ihn in ein anderes Zimmer.

Er setzte sich, ihn ließ er stehen.

Und fragte, womit er seine Abende zubringe.

Melchior verschloß sich, antwortete nicht, und der Lehrer begann, die Tage der Woche mit bis auf die Minute genauen Zeitangaben über sein Nachhausekommen aufzuzählen.

Das Mädchen erwähnte er mit keinem Wort, nicht einmal mit einer Andeutung; Montag, sagte er, neun Uhr zweiundvierzig, Dienstag, zehn Uhr achtundzwanzig, und so weiter, ohne etwas Weiteres hinzuzufügen.

Er stand in seinen kurzen Hosen auf dem Teppich und war dort, mitten auf dem Teppich, ohnmächtig geworden.

Nachdem ihn der Gedanke durchzuckt hatte, daß dieser angesehene, schreckliche, angebetete, schöne, alte, grauhaarige, unglückliche Mensch ihm, einem Kind, einem Unbegabten, einem Nichts, an jedem Tag der Woche auf Zehenspitzen wie ein Schatten nachgeschlichen war und alles, aber auch alles gesehen hatte.

Wahrscheinlich hatte ihn nur ein Schwindel erfaßt, sollte es aber eine Ohnmacht gewesen sein, so hatte sie nur wenige Augenblicke gedauert.

Als er wieder zu sich kam, spürte er ganz nahe den vertrauten Geruch seines Lehrers, der über ihm kniete, und sah das Gesicht über sich, das ihm unvergeßlich blieb: eine Spinne, der die lang ersehnte grüne Fliege endlich ins Netz gegangen war.

Er küßte und umhalste ihn und war so aufgeregt vor Angst, daß er fast weinte, er flüsterte und flehte ihn an, ihm zu vertrauen, denn wenn er ihm nicht vertraue, werde er zugrunde gehen, er sei ein toter Mann, man habe ihn getötet, und in diesem aufgeregten Flüstern war auch der Satz zu hören gewesen, daß kein Lebender wissen könne, wer sein wirklicher Vater sei, deshalb solle er ihn doch als seinen Vater ansehen, ihm vertrauen, als wäre er sein wirklicher Vater.

Er habe sich gewehrt, habe geweint und gezittert, und als er sich in einer Ecke einigermaßen beruhigt hatte und sein Lehrer es wagen konnte, ihn auf die Straße hinaus zu lassen und er das wartende Mädchen vor der Toreinfahrt erblickte, rannte er wortlos davon.

Zum Glück kam seine Mutter an jenem Abend erst spät nach Hause.

Bis dahin hatte er sich einigermaßen gefaßt und sie gebeten, sofort von hier wegzuziehen, egal wohin, und einen anderen Lehrer für ihn zu suchen, irgendeinen, weil dieser ein schlechter Lehrer sei; er sagte nichts anderes, dachte auch nichts anderes, nur, daß jener ein schlechter Mensch sei, was er aber nicht auszusprechen wagte, deshalb wiederholte er auf alle Fragen seiner Mutter nur, daß er ein schlechter Lehrer sei, als sei nicht von seiner Moral, sondern von seiner Kunst die Rede.

Die Arglosigkeit seiner Mutter aber war ein Todesstoß, ein letzter Beweis, daß niemand und nichts ihm würde helfen können, daß auch seine Mutter ihm nicht helfen konnte und er daher alles, was sein Leben betraf, würde geheimhalten müssen.

Er ließ sich beruhigen, zudecken, in Schlaf streicheln, ließ entgegen allen bösen Ahnungen jene elementaren Gesten, die eine arglose Mutter in solch einem Falle aus Liebe macht, auf sich wirken.

Und nach Aufzählung so vieler unbedeutender Einzelheiten würde ich mir gewiß vorstellen können, was folgen mußte.

Das Mädchen erschien zuweilen am Fenster, vorsichtig, ängstlich, um zu zeigen, daß sie alles verstehe und warte, dieses Warten jedoch habe ihm solchen Schmerz bereitet, daß er sie mit allen Kräften zu vergessen suchte.

Am Nachmittag vor dem Wettbewerb sei er mit seinem Lehrer nach Dresden gefahren, doch was in jener Nacht in dem Hoteldoppelbett geschehen sei, wolle er nicht erzählen, nur so viel, daß er weder früher noch später einem Menschen begegnet sei, der einen solchen Kampf mit sich hätte ausfechten müssen und der erst dann seinen Widerstand aufgab, als seine Kräfte es nicht mehr schafften.

Es war gar kein Hotel, sondern eine friedliche alte Pension, irgendwo außerhalb der Stadt, in einem kühlen, tiefen Talkessel, mit düsteren Türmchen, vergitterten Erkern, ein vergessenes, liebenswertes Eulennest.

Vom Bahnhof waren sie mit der Straßenbahn hinausgefahren, ein riesiges kühles Zimmer, alles weiß gestrichen, ein weißes Porzellanlavoir, ein ovaler Spiegel, auf der weißen Marmorplatte das Wasser im weißen Porzellankrug, auch die Bettdecke war weiß, weiße Vorhänge, und vor dem Fenster raschelten die ganze Nacht dichte Baumkronen.

Er sprach stockend, als wolle er nach jedem Wort aufhören, aber als könne er nicht zurückfinden ins Schweigen, weil es nach jedem erhofften Schlußwort immer noch ein allerletztes geben müßte.

Er fragte, ob ich eine Zigarette hätte.

Nachdem ich eine gesucht und ihm auch den Aschenbecher in den Schoß gegeben hatte, setzte ich mich, um meinem Rücken eine Stütze, der störenden Nacktheit meines Körpers eine Hülle, meinen erstarrten Gliedern Wärme zu verschaffen, am Ende des Sofas an die Wand und zog das Fußende seiner Decke über mich; meine eiskalten Fußsohlen steckte ich unter seine Schenkel, er aber sprach mit dieser zwanghaft gehetzten und gehemmten Stimme weiter.

Jetzt verstünde ich gewiß, warum er seine Mutter nach seinem Vater gefragt habe; dieser seltsame Satz seines Lehrers hatte sich heimtückisch in seinem Kopf festgesetzt.

Auch war es merkwürdig, sagte er nach einer erneuten Atempause, daß seine Mutter – er studierte schon, drei Jahre waren inzwischen vergangen, und er war in den Ferien nach Hause gekommen – immer noch nichts zu ahnen schien, denn sie erzählte mit der gleichen grausamen Arglosigkeit, auf welche Weise sich sein früherer Lehrer umgebracht habe, und erzählte, als spreche sie von einem vollkommen nebensächlichen Ereignis.

Er hatte nicht geantwortet, sondern nur leichthin bemerkt, daß er in einigen Tagen einen Gast erwarte, einen Studienfreund, und um jedes Mißverständnis zu vermeiden, sprach er den Namen Mario deutlich aus, damit sie ihn nicht mit Marion verwechselte. Daraufhin hielt seine Mutter, als habe sie endlich verstanden, mit dem Geschirr in der Hand inne, denn auch das war beim Abwaschen geschehen.

Macht nichts, mein Junge, sagte sie, so bleibst du mir wenigstens erhalten.

Später wiederholte sie es, du bleibst mir erhalten.

Die Pausen wurden immer länger, aber er konnte nicht aufhören.

Aus einer merkwürdigen Selbsttäuschung heraus glaubt der Mensch, die Dinge auf der Welt geschähen um seinetwillen, alles, sagte er, auch das, was im anderen Menschen geschieht, alles um seinetwillen.

Vielleicht muß das so sein, sagte er, weil jeder Lebendige als erstes die Brust seiner Mutter in den Mund bekommt, auch den blutgeäderten Schwanz seines Vaters will er in den Mund nehmen, alles, was lebendig ist, alles, was sich in seinen Mund ergießen kann, das eine süß, das andere salzig, alles, was sein Leben garantiert, alles, was zur Vorbedingung, zur

Voraussetzung des Lebens gehört, will er sich aneignen, will er besitzen.

Ich hatte wohl verstanden, warum er nicht aufhören konnte; je nachsichtiger er sich seiner Mutter und seinem Lehrer gegenüber zeigte, um so deutlicher zeichnete sich seine verborgene und zu verbergende Absicht ab, die moralische Last seiner Erlebnisse teils auf die Geschichte, das heißt auf etwas nicht Faßliches, teils auf zwei nur allzu faßliche Personen abzuschieben; da aber sein moralischer Anspruch es nicht erlaubte, diese zwei Personen einfach und selbstverständlich zu hassen – hatte doch die eine durch den Tod gesühnt, die andere war seine Mutter, zum Selbsthaß aber hatte er keine Neigung –, wäre ihm keine andere Wahl geblieben, als sich trotz allem als Opfer der Geschichte zu begreifen.

Wenn aber das Opfer zu reden beginnt, dann hat das immer einen sentimentalen, geradezu humoristischen Beigeschmack, weil wir ja wissen, daß die wahren Opfer der Geschichte schweigen.

Deshalb mußte er den Geist des Ortes hassen, ich konnte das verstehen, deshalb mußte er trotz aller Risiken fortgehen von hier, jede lebendige Beziehung zu seiner eigenen Geschichte verleugnen und abbrechen, ja für den Traum von einem Neuanfang selbst den Tod in Kauf nehmen, falls sie ihn an der Grenze niederschießen würden wie einen Hund.

In der Stadt angekommen, sagte keiner von uns ein Wort, beide hatten wir uns in die eigene Stille zurückgezogen, in ein gemeinsames Schweigen, jeder für sich, aber miteinander.

Ich spürte eine leise Unruhe in Magen und Gedärmen, als regte sich mein Gewissen jetzt an dieser Stelle, und bemühte mich, dieses Grimmen, Knurren und den Drang, die Winde abzulassen, zu unterdrücken, was um so schwieriger wurde, als Thea rätselhaft und unberechenbar, verschlossen und unnahbar blieb, ich konnte daher nicht feststellen, wie meine Antwort auf sie gewirkt hatte.

Ihre seltsame Bemerkung, sie würde die Geschichte auch verstehen, wenn ich Gott nicht so umständlich lästerte, was heißen sollte, ja, sie würde die Geschichte noch besser verstehen, wenn ich meine mannigfaltigen moralischen Urteile weglassen würde, hatte mich verletzt.

Aber schließlich brachte sie mich auf ganz einfache Weise zu der Erkenntnis, daß sich Melchiors Geschichte, genauer gesagt, daß sich keine Geschichte in so gerader Linie von der Geschichte oder von der Biologie ableiten läßt; die moralische Last der Geschichten sei auf niemanden und nichts abzuwälzen, das sei Beschränktheit, eine Blockierung des Denkens, man müsse dagegen in jeder Geschichte die Macht des sich auf alles erstreckenden, jedes Detail durchdringenden Ganzen akzeptieren, was keine leichte Aufgabe sei, da der Mensch nun einmal in Einzelheiten und über Einzelheiten denke, und dazu noch als Gottloser.

Ich schaute sie an, als wolle ich mir die körperliche Beschaffenheit eines Menschen einprägen, der mir solche Fragen aufgab.

Sie schien weder das laute Knurren meines Magens zu hören noch meinen Blick zu spüren.

Ihr Verweis hatte mich schon deshalb merkwürdig berührt, weil sie weder vorher noch nachher, weder betend noch fluchend je diesen Namen über die Lippen gebracht hatte.

Ihre stumme Miene schien mir teilnahmslos und gleichgültig, aber zugleich voll Teilnahme für die Geschichte und zutiefst beeindruckt von ihr.

Und je näher wir dem Wörther Platz kamen, um so unerträglicher wurde das Gefühl, daß dieser Tag zu Ende ging, daß jetzt etwas anderes folgen würde, etwas unüberschaubar anderes, und daß wir uns bis zum nächsten Tag, der noch unendlich fern war, trennen mußten.

Es war kein unbekanntes Gefühl, war ich doch gegenwärtig zwischen ihnen, und je intensiver es mir gelang, in diesem Dazwischen gegenwärtig zu sein, um so stärker war das schmerzliche Gefühl, etwas zu verlieren.

Wenn ich dann zum Beispiel aus Theas Wagen und hinauf zum fünften Stock stieg und Melchior, etwas gereizt vom Warten, die Tür öffnete, was heißt öffnete, aufriß! da wollte mir nicht nur sein beherrschtes, fast unpersönliches Lächeln fremd erscheinen, sondern alles, seine Schönheit, sein Geruch, seine Haut, seine Stoppeln, die kühlen blauen Augen, die mich aus dem Lächeln anblickten und, ich schämte mich, es mir einzugestehen, selbst sein Geschlecht, wenn auch nicht seine Person.

Als könnte ich eine wirkliche Beziehung immer nur zu dem herstellen, was ich gerade verlasse, und als müßte ich es verlassen, um eine Beziehung dazu haben zu können, vielleicht kommen alle meine Irrtümer nur daher, dachte ich, aber zugleich dürfte man sie gar nicht Irrtümer nennen, bin doch nicht ich es, sondern meine Erlebnisse sind es, die statt meiner so denken, meine eigene Geschichte denkt an meiner Statt, ich lebe und verabschiede mich doch dauernd von meinem Leben, weil am Ende aller Erlebnisse der Tod steht, woraus folgt, daß der Abschied wichtiger ist als das Leben selbst.

Über derartiges hatte ich nachgedacht, als wir vor dem Haus anhielten; Thea sah mich mit zurückgeworfenem Kopf, ein wenig von oben herab an, sie hatte ihre Brille abgenommen und lächelte.

Es war ein schnell aufblühendes, in die Ferne schweifendes Lächeln, das schon vorher in den Muskeln ihres beweglichen Gesichts geschlummert haben mochte, nur hatte sie es nicht früher gezeigt, als habe sie es aus Rücksicht oder aus Berechnung zurückgehalten, um mich nicht zu verstören und die Geschichte als ein unbeeinträchtigtes Ganzes aufnehmen zu können, welche Färbung ich ihr auch gäbe.

Und als müßte ich an das Geheimnis meiner eigenen Nation rühren, fragte ich mich, ob sie sich wohl deshalb in jedem Augenblick weiter von meinem ureigensten Leben entfernte, und dies trotz meiner raffinierten Bereitschaft zur Anpassung an die Erwartungen der anderen! weil am Ende aller meiner Erinnerungen der Tod stünde, sollte es also doch nicht um die göttliche Einheit des Schicksals, sondern bloß um die primitivste Erfahrung der Geschichte gehen?

Sanft legte sie ihre Hand auf mein Knie, ihre Finger umschlossen die Kniescheibe, aber ohne jeden Druck; ich suchte ihre Augen im Dunkeln.

Vielleicht war es gar nicht das Knie, das sie mit dieser Bewegung umschloß, vielleicht umschloß sie unsere beiden Körper und die Stille in uns, und ich sah an ihren Augen, daß sie etwas sagen wollte, es aber nicht sagen konnte, weil sie genau spürte, was sie verstehen sollte.

Es erübrigte sich gewiß, laut zu erklären, daß man bestimmte Dinge noch nicht einmal indirekt aussprechen dürfe, nicht einmal um den Preis des Lebens, und dennoch, wäre es im Wagen nicht dunkel gewesen, hätten wir unsere Gesichter nicht nur im fleckigen Licht der von den Baumkronen verschatteten Straßenlampen gesehen, wäre alles nicht nur an der Grenze von Ahnung und Gefühl geblieben, sondern hätte sich zu Worten geformt, dann wäre es sicher anders gekommen zwischen uns dreien.

Später begann sie doch noch zu sprechen, doch da waren wir schon über diesen Augenblick hinweg.

Ja, sagte sie, jeder hat seine Lebensgeschichte, so oder anders, und ob ich schon bemerkt hätte, daß jede Lebensgeschichte traurig sei! warum wohl? und trotzdem habe sie den Eindruck, als hätte ich meine eigene Lebensgeschichte erzählt, obwohl sie fast nichts darüber wisse, vielleicht aber auch nur meine eigene Gekränktheit.

Meine Gekränktheit, fragte ich, das Wort überraschte mich.

Aber sie unterbrach mich, das Lächeln auf ihrem Gesicht verwandelte sich in ein kleines, prustendes Lachen, und aus diesem Prusten platzte sie mit der Frage heraus, ob ich wisse, daß sie Jüdin sei. Dann brach sie in ein lautes Lachen aus, wahrscheinlich über die verständnislose Verblüffung, die sich auf meinem Gesicht gezeigt haben mochte.

Schön, rief sie lachend, drückte mein Knie und zog ihre Hand zurück, ich solle jetzt gehen, das werde sie mir ein anderes Mal erzählen.

Ich sagte, ich verstehe sie nicht.

Macht nichts, ich solle darüber nachdenken, wo ich doch ein so kluges Bürschchen sei, im übrigen brauche man nicht immer alles zu verstehen, es genüge, wenn ich's fühlte.

Und was sollte ich fühlen?

Einfach fühlen.

Das würde ich ihr nicht so leicht durchgehen lassen, sagte ich, das sei eine Gemeinheit.

Wirklich, rief sie lachend, und über mich hinweg öffnete sie die Wagentür und stieß sie auf; ich solle aussteigen.

Aber wenn ich doch nicht verstünde, was sie da sage.

Es interessierte sie jetzt überhaupt nicht mehr, was ich sagte oder fragte, was ich verstand oder nicht verstand, sie stemmte ihre Hand gegen meine Schulter und meine Brust und wollte mich aus dem Wagen stoßen, ich aber packte nach einigem Zaudern ihr Handgelenk, zögerte, weil ich das Gefühl hatte, als dürfe ich der Gewalt nicht mit Gewalt begegnen, weil sie Jüdin war, hatte sie soeben doch gesagt, daß sie Jüdin sei, so versuchte ich, ihre Hand mit einer nur leichten Drehung von mir wegzuschieben, und beide lachten wir über unsere Albernheit, beide wollten wir ihr ein Ende setzen.

Nein, nicht, rief sie mit gedämpfter, etwas schmerzlich klingender Stimme, einer Mischung aus der dahinschmelzenden Abwehr der reifen Frau und der rührend kindischen Quengelei des kleinen Mädchens von einst, ich solle sie loslassen, sofort, Schluß jetzt.

Offenbar war es ihr doch noch nicht genug, denn sie versuchte, mit dem Kopf gegen meine Brust zu stoßen, worauf ich ihre Hand noch stärker verdrehte, sie stöhnte auf, einen Augenblick ruhte ihr Kopf an meiner Brust, als hätte er dort seinen lang ersehnten Platz gefunden, und es war, als solle die intensive Berührung der beiden Körper besagen, ich sei natürlich der kräftig gebaute Mann, sie aber das schwache Weib, noch habe sie sich nicht ergeben, noch wehrte sie sich, aber sie würde schon noch kapitulieren.

Nein, ich werde nicht loslassen, sagte ich laut und gab damit dem so schmeichelhaften, weil allgemein akzeptierten Rollenspiel der Geschlechter den gebührenden Ausdruck, und das mit einer so wilden Freude über mein törichtes Gefühl, als würde ich kundtun, daß ich diese Gelegenheit auf keinen Fall ungenutzt zu lassen wünschte.

Was ich lieber nicht hätte tun sollen, denn sie riß gekränkt ihren Kopf hoch und stieß mit ihm unbeabsichtigt gegen mein Kinn, was uns beiden ein bißchen weh tat.

Ihre gekränkte Weigerung sollte besagen, daß sie trotzdem nicht gewillt sei, diesen offensichtlichen Unterschied zwischen uns anzuerkennen, oder doch jedenfalls nicht, sich damit abzufinden, wenn auch der entstandene Schmerz zweifellos ein gemeinsamer war.

Ich fragte, was das solle.

Was schon, sagte sie schnippisch, nichts.

Dabei sah sie mir zärtlich und bittend in die Augen, von ganz nahe, und zog sich mit kleinmädchenhaft raffinierter Folgsamkeit in die Rolle des schwachen Weibes zurück, derart meisterhaft und überzeugend, daß es zum Lachen war, und die Lächerlichkeit unserer Situation war so sehr nach meinem Geschmack, daß ich, zögernd zwar, langsam mit dem Druck nachlassen mußte, ihre Hand aber nicht freigab.

Was sie damit sagen wolle, fragte ich und merkte, wie widerwillig ich aus den verheißungsvoll stummen Berührungen zu den falsch klingenden Worten zurückfand.

Eigentlich redete ich nur, damit der Verstand die eingeübten Gefühle nicht losließe oder sie wenigstens begleite, also begreife, was die Gefühle letztlich wollten und warum, damit sie nicht etwas gegen den Verstand oder anstelle des Verstandes wollten, und wenn es möglich wäre, wenn es wirklich möglich sein sollte, dann sollte es kein Ersatz, keine Ableitung anderer Emotionen oder doch keine gewöhnliche Liebesgymnastik werden; und etwas Ähnliches mochte auch sie empfinden.

Alles, was bisher zwischen uns geschehen war, konnte man als eine Art freundschaftlicher Neckerei ansehen, auch wenn man nicht genau wissen konnte, wo die Grenze zwischen einer freundschaftlichen Balgerei und einer Liebesberührung zu ziehen gewesen wäre, der Verstand würde dieser Grenze irgendwie Rechnung tragen, selbst wenn die Situation wegen der Lust an den Bewegungen und dem Spiel der Möglichkeiten unumkehrbar erschien, als hätten wir diese vage Grenze schon überschritten oder könnten gar nicht wissen, wo wir uns gerade befinden.

Sie werde es mir ein anderes Mal erzählen, sagte sie schroff, jetzt aber solle ich sie loslassen.

Nein, sagte ich, ich werde sie nicht eher loslassen, bis sie es mir erklärt habe, ich möge solche Albernheiten nicht.

Nur daß der Verstand den Gefühlen schon deshalb nicht beistehen konnte, weil auch Worte keine Entscheidung hätten herbeiführen können, hatten wir doch inzwischen nicht mehr die geringste Ahnung, worüber wir eigentlich sprachen, eine charakteristische Eigenschaft übrigens jeden Liebesstreits.

Wütend und ungeduldig riß sie den Kopf zur Seite, in der Hoffnung, daß ein Situationswechsel die Situation vielleicht verändern würde.

Ich solle sie endlich loslassen, verlangte sie mit geradezu haßerfüllter Stimme, Arno habe keine Ahnung, wo sie geblieben sei, er warte auf sie und sorge sich gewiß schon zu Tode, es sei sehr spät geworden.

Bei der plötzlichen Bewegung war Licht auf ihr Gesicht gefallen, das grelle Licht einer Straßenlampe, und vielleicht war es dieses Licht, das mich besiegt hat.

Ob sie es nicht komisch fände, sagte ich lachend, daß Arno ihr ausgerechnet jetzt einfiele?

Weil nämlich im grellen Licht der Straßenlampe, ich kann es nicht anders beschreiben, dieser andere in ihrem Gesicht zu erblicken war.

So als erinnere ihr Gesicht für einen Augenblick an das lange, langweilige, traurige Gesicht von Arno, nicht etwa, als habe sich des anderen Gesicht auf ihrem gezeigt, es war eher ein Gefühl, der Schatten eines Gefühls, die unbestimmbare Trauer dieses fremden Mannes, dem sie sich zugehörig fühlte und den sie bestimmt nicht ohne Absicht zwischen uns gestellt hatte, indem sie seinen Namen nannte; es war nicht einfach der alte Ehemann, an den sie denken mußte, wenn sie ihn gerade betrog, und den sie behandelte, als sei er ihr Vater oder ihr Sohn, nein, es war die Trauer dieses Menschen, der sie sich zur Treue verpflichtet fühlte, es war die Trauer, die ihr gemeinsames Leben bestimmte und umfaßte – hatte sie deshalb von ihrem Jüdischsein gesprochen, weil die Trauer nicht allein diesem Mann galt, sondern auch sich selbst? gab es etwas zwischen ihnen, das wirklich nicht zu zerreißen wäre? und lag es daran, daß sie Jüdin war und Arno Deutscher?

Ich hätte diese mir unbekannte, noch nie auf ihrem Gesicht wahrgenommene Trauer bezwingen, wegwischen oder wenigstens vorübergehend vertreiben müssen, nur wußte ich mit Arnos Trauer nichts anzufangen, das war die Trauer eines Mannes, dem ich mich nicht nahe fühlte, die mich nicht berührte, aber ich konnte nicht so tun, als sähe ich nicht, daß sie zu beiden gehörte und daß man sie nicht trennen konnte, weshalb sie zu seinem, zu beider Sieg wurde.

Denn jetzt wußte ich noch weniger, woran ich in dieser ganzen, ernster gewordenen Situation war oder sein sollte, aber in ihrer Trauer, die vom kalten Licht der Straßenlampe herausgehoben wurde und sich unverhüllt von ihren vielen Gesichtern und Masken zeigte, erkannte ich blitzartig das Aufeinanderprallen gegensätzlicher Kräfte.

Gut, sagte ich, ich würde sie loslassen, aber vorher wolle ich sie küssen.

Als werde das durch das Aussprechen von vornherein unmöglich gemacht, wir könnten aber so tun, als wäre es geschehen.

Und dann wäre in diesem berühmten Ganzen auch enthalten, was im alltäglichen Sinne des Wortes zwar nicht geschehen, aber dennoch Wirklichkeit war.

Sie wandte mir ihr Gesicht so überrascht und langsam zu, als wundere sie sich auch im Namen jenes Fremden; zu zweit wunderten sie sich über mich.

Mit dieser Drehung schwand aller Glanz von ihrem Antlitz, ich wußte schon, daß dieses fremde Gesicht sie nicht mehr verlassen würde, aber der halbgeöffnete Mund schien doch noch zu sagen oder zu stammeln, jetzt nicht.

Ich ließ sie los, und so verging eine kurze Weile.

Dieses sich aus ihrer gemeinsamen Trauer herauslösende

Stammeln bedeutete natürlich nicht, was es sagte, sondern mußte in unsere Sprache übersetzt werden, und dann bedeutete es das Gegenteil, daß sie mit mir übereinstimme, wenn also nicht jetzt, dann doch später einmal.

Hätte es bedeutet, in der nächsten Woche oder am nächsten Tag, dann hätte das geheißen, nicht jetzt, aber auch nicht ein anderes Mal, doch das bedeutete es nicht.

Unsere Mienen schwankten zwischen Ja und Nein, zwischen Jetzt, dem nächsten Augenblick und einem Wann-auch-immer.

Als hätte ich mit meinem unbedachten Satz unsere Lippen wachgerufen, auf die wir jetzt gebannt starrten.

Der Ausdruck ihres Gesichts bewegte sich zwischen Nachgeben und Festbleiben, und der nächste Augenblick kam, ohne daß aus diesem Jetzt oder Irgendwann etwas geworden wäre, es blieb bei dem ungewissen Später, und doch vibrierte das beschlossene Ja auf ihren Lippen, das offenließ, zu welcher Zeit.

Doch nun schmerzte es doch, weil es, wenn es nicht sofort galt, eben doch ein Nein bedeutete.

Auf unseren Gesichtern wechselte ein unbestimmter Schmerz, welcher der undeutlichen Verweigerung entsprach, mit der vagen Freude eines unsicheren Ja, ich würde sagen, unsere Gesichter schwankten zwischen Selbstaufgabe und Selbstsicherheit, doch gerade deshalb – während über das eine der Schmerz huschte, schien das andere glücklich, sobald jedoch auf dem einen Freude herrschte, war das andere von Schmerz gezeichnet – konnte man für den sehnlichst erwarteten, entscheidenden Augenblick das Nein noch immer nicht vom Ja trennen.

Und um nicht auf diesen Augenblick warten zu müssen, machte ich eine Bewegung, die ihre Ursache einzig in meinem Schmerz hatte, die Wagentür hinter meinem Rücken stand offen, der Schmerz, der die Freude jetzt überwog, strebte, koste es, was es wolle, nach Erleichterung.

Doch den physikalischen Gesetzen des Pendels entsprechend, begann Thea sich gerade zu öffnen, als ich mich zu verschließen begann, und da sie gerade bei einem Ja angelangt war, konnte sie ihre Freude nicht mehr in Schmerz verwandeln und mußte daher das Irgendwann, das meine Bewegung bedeutete, mit der Hand in ein Jetzt verwandeln.

Der Kiefer, der aufgrund seiner sekundären Bestimmung in unserem wachen und zurechnungsfähigen Zustand den Mund geschlossen hält, die obere Zahnreihe über die untere stülpt, die Oberlippe über die untere breitet, entspannt sich in diesem Augenblick – er kehrt gleichsam in den Urzustand zurück, löst jene vernunftbestimmte und wache Selbstdisziplin auf, die, abgesehen von den Stunden des Schlafs, die ganze Gesichtsmuskulatur in ständiger Spannung hält und den Zügen so je nach Art und Maß dieser Spannung Charakter verleiht –, wodurch im Inneren die vom rückwärtigen Rand der unteren Zahnreihe sich bogenförmig wölbende Zunge in eine unsicher schwebende Lage gerät, der Speichel aber, der sich unter der Zungenspitze hinter dem Gehege der Zähne angesammelt hat, fließt beim Öffnen in die Tiefe der Mundhöhle zurück.

Wenn sich die Münder zweier Menschen begegnen wollen, müssen diese die Köpfe ein wenig zur Seite neigen, der eine nach rechts, der andere nach links, um dem Zusammenstoß ihrer aus der Landschaft des Gesichts herausragenden Nasen auszuweichen.

Sobald aber das Auge die Entfernung abgeschätzt, aus den Gegebenheiten des Geländes den nötigen Neigungswinkel errechnet hat und aus der sich ständig beschleunigenden Geschwindigkeit auch der Moment der Begegnung zu errechnen ist, dann senkt sich das Augenlid langsam und sanft auf den Augapfel, aus dieser Nähe ist das Sehen unmöglich und überflüssig geworden, woraus freilich keinesfalls die Folgerung gezogen werden darf, daß alles, was unmöglich, zugleich auch unnötig wäre, doch der Augenschlitz wird nicht ganz geschlossen, eine kleine Öffnung wird ausgespart, gerade so viel, daß die langen oberen Wimpern nicht ganz die kurzen unteren bedecken, wodurch das Auge scheinbar in eine völlig symmetrische Lage zum Mund gerät: ein nüchterner Zustand und doch kein ganz wacher, soviel das Auge von seiner gespannten Nüchternheit aufgibt, soviel verliert es an Wachheit, öffnet es sich hier, wenn auch nicht ganz, verschließt er sich dort, aber auch nicht ganz.

Wenn wir über den Kuß, die Begegnung zweier Lippenpaare, den Augenblick, in dem das mittelbare Gefühl der Sinnesorgane sich plötzlich in das unmittelbare körperliche Empfinden verwandelt, etwas Näheres aussagen wollten, müßten wir uns wohl hinter die senkrecht gerippte Epidermis der geöffneten und einander berührenden Lippenpaare begeben.

Soweit etwas Derartiges überhaupt möglich wäre ohne die Inanspruchnahme eines chirurgischen Messers, würde uns doch das System, das das Zusammenspiel des organischen Mechanismus selbst bildet, zu einer unmöglichen Wahl zwingen: ob wir nämlich dem Weg der sich in sanften Wellen zum Mundwinkel hinziehenden Muskeln folgen sollen oder etwa dem Netzgeflecht der Nerven oder der Adern; im ersten Fall müßten wir den Kranz der Speicheldrüsen, der Lippen und Wange miteinander verbindet, durchdringen und würden durch das Bindegewebe hindurch sehr schnell zur Schleimhaut gelangen, während wir im zweiten Fall wie über das haardünn verzweigte Wurzelwerk eines Baumes in den Stamm und durch diesen in das Zentrum der Nervenkrone aufsteigen würden, im dritten Falle aber würden wir, je nachdem, ob wir unseren Wanderweg über die blauen oder roten Adern gewählt hätten, in den Vorhof und die Herzkammer gelangen.

Doch zum Glück braucht man nur im Märchen unter drei Wegen den einzig heilverheißenden zu wählen, denn soweit wir nicht darauf aus sind, das Heil zu gewinnen, sondern nur unserer simplen und oberflächlichen Neugier nachzugeben, entscheiden wir uns für eine vierte Möglichkeit und schlüpfen zwischen den zerfurchten, sich gerade noch berührenden Lippen in die Mundhöhle, was nicht leicht sein wird, weil nämlich die Oberfläche in diesem Augenblick so gut wie trokken ist, zwar produzieren die Speicheldrüsen reichlich Speichel, doch die unsicher pendelnde Zunge gibt keine Feuchtigkeit ab, je länger sich daher die Zeit vor der Berührung hingezogen hat, um so trockener sind die Lippen geworden, manchmal wie rissige Erde in trockenen Jahren, obgleich sich unter der Zunge, in der inwendigen Beuge der unteren Zahnreihe, schon ein ganz ansehnliches Rinnsal aus Speichel angesammelt hat.

Wenn wir auf dem felsigen Grat der unteren Zahnreihe den kleinen See umgangen haben und es uns gelingt, von ihrer Wurzel aus an der Längsseite auf den glitschigen Rücken der unruhig zuckenden Zunge hinaufzuklettern, um von dort aus den zurückgelegten Weg zu betrachten, dann bietet sich uns ein ganz außergewöhnlicher Anblick.

Das Unternehmen freilich ist nicht ohne Gefahr, wenn wir uns nämlich nicht richtig an den Geschmackswarzen festhalten, dann könnten wir leicht in den Schlund abrutschen, trotzdem lohnt es sich, schließlich befinden wir uns ja in einer geschützten Höhle, über uns wölbt sich der schönbogige Gaumen, vor uns aber bildet die Öffnung der Mundhöhle das regelmäßigste stumpfwinkelige Dreieck, und wenn wir nicht mit der Absicht gekommen wären, dieses faszinierende Phänomen anzuschauen, müßten wir vor Überraschung geradezu aufschreien, erinnert doch das anatomische Bild der Mundöffnung von hier aus betrachtet an das Auge Gottes, wie man es von Darstellungen kennt.

Und wenn beim Blick durch diese Öffnung sich plötzlich alles verdunkelt, weil sich gegen die Öffnung unserer Höhle, von den gegensätzlichen Bewegungen des Saugens und Eindringens angetrieben, wenn auch nicht ganz symmetrisch, eher ein wenig verrutscht, ein anderes Dreieck preßt, sich also ein Kuß ereignet, dann kommt uns plötzlich der Gedanke, als schaute im Dunkel der ineinandergestülpten Mundhöhlen das eine Auge Gottes in das andere Gottesauge.

Doch selbst in solchen Augenblicken der Erregung stören wir die Freude über unsere Entdeckung gerne durch den quälenden Zweifel, ob die Berührung der Lippenpaare zweier Menschen, der Kuß, wirklich eine so besondere und herausgehobene Begegnung sei, in der Gottes einziges Auge in das andere einzige Auge Gottes blickt?

In der Qual des Zweifels graben wir Kenntnisse und Erfahrungen aus, ob sie uns nun widerlegen oder bestätigen, doch um zu widerlegen oder zu bestätigen, müssen wir Streifzüge in unserem Körper unternehmen, wir sind ja schon dabei! und müssen jene Organe unter die Lupe nehmen, die im Liebesleben der Menschen auf diese oder jene Weise eine Rolle spielen.

Wenn wir nämlich diese Organe und alle ihre Eigenschaften sorgfältig überprüft haben, dann werden wir gewiß zu jener seltsamen und manche sicherlich entrüstenden Erkenntnis gelangen, daß die Liebeslust, Voraussetzung und Ausgangspunkt des Fortpflanzungstriebes, durch jedes Individuum, ob Frau oder Mann, aus jedem der Liebesorgane auch eigenhändig hervorgerufen werden kann, ja, sie kann eigenhändig zum Höhepunkt des Orgasmus gebracht werden, ohne daß zu dieser Manipulation ein anderes Individuum nötig wäre.

Dieses Gefühl der Eingeschlossenheit in uns selber und der Möglichkeit zur Selbstbefriedigung, wobei wir uns die Bilder einer körperlichen Berührung mit einem anderen Menschen zu Hilfe rufen und mit eigener Hand unseren Körper berühren, kennt jeder aus eigener Erfahrung.

Personen mit empfindlichen Nerven, gehemmte oder schamhafte Individuen brauchen gar nicht unmittelbar ihre Geschlechtsorgane zu berühren, es genügt schon, wenn ihre Handfläche irgendwo in der Gegend von Schenkel, Bauch oder Becken die Haut bloß zufällig berührt, wodurch zwischen dem eigenen Körper und der eigenen Haut sozusagen der für die wollüstige Erregung nötige Austausch zustande kommt; bei Frauen könnte die Umgebung der Brust in Betracht kommen, die Brustwarzen vielleicht oder deren dunkler Mond, und daran anschließend, vielleicht sogar parallel dazu, ein auf den Venushügel ausgeübter streichelnder Druck, der allmählich in einen Rhythmus übergeht, den Blutdruck steigert und das Atmen beschleunigt, und dieser Manipulation entspricht jenes vorsichtig sanfte Betasten, mit dem Männer am Ansatz ihres Schenkels beginnen, von dort aus die Berührung auf die Hoden und die Spitze der Eichel ausdehnen, bei den Frauen ist es der winzige Kitzler, ohne daß die Finger die Spitze des äußerst empfindlichen und manchmal ausgesprochen schmerzempfindlichen Kitzlers berühren, während die Männer, wenn auch mit derberen Griffen, ihr Glied zwischen die Finger nehmen, um im Auf und Ab die Eichel freizulegen und wieder in der Vorhaut verschwinden zu lassen, damit die vom Köpfchen der Eichel ausgehende Erregung jene kleinen Ventile öffnet, durch welche das Blut der Arterie in die leeren Schwellkörper ströme und sie straffe.

Und gerade weil von Manipulationen die Rede ist, die sich auf Personen beziehen, auf die persönliche Befriedigung persönlicher Ansprüche, sind Formen und Methoden der Betätigung äußerst verschieden.

Die unterschiedliche Methodik beim Hervorrufen und Befriedigen der körperlichen Wollust darf uns aber nicht vergessen lassen, daß, von einem streng somatischen Standpunkt aus gesehen, immer und in jedem einzelnen Individuum der gleiche Vorgang abläuft, nur sind seine Tiefe, seine Stärke, seine Wirkung und nicht zuletzt das Ergebnis unterschiedlich, weil der Vorgang in jedem einzelnen Individuum und in jedem einzelnen Fall eine geschlossene, durch körperliche Gegebenheiten von vornherein festgelegte Einheit bildet und nicht einmal davon abhängig zu sein scheint, ob er sich zwischen Verschieden- oder Gleichgeschlechtlichen abspielt oder das Ergebnis einer künstlichen Einwirkung, eines Spiels der Phantasie oder einer durch Phantasievorstellungen erzeugten Selbstbefriedigung ist.

Aber welch geschlossene Einheit die auf die Hervorrufung, Dauer und Befriedigung bezogenen somatischen Gesetzmäßigkeiten auch bilden mögen, selbst in den privatesten Formen ihrer Äußerungen, der Selbstbefriedigung oder einem unfreiwilligen Orgasmus, treten dennoch jene Wirkungselemente in Erscheinung, die dieses scheinbar geschlossene und vom physiologischen Standpunkt aus auch tatsächlich geschlossene System in Frage stellen.

Als wollte die Natur nicht zulassen, daß der Bogen des Kreises wieder auf sich selber zurückführt: im Falle der Selbstbefriedigung ist es die Phantasie, die sich einschaltet, im Falle des unfreiwilligen Orgasmus der Traum, Phantasie und Traum aber bringen das Individuum und den isolierten Vorgang stets mit einem anderen Individuum in Verbindung oder setzen doch wenigstens ein anderes Individuum voraus.

Das ist das Umfassendste, gleichzeitg aber auch das wenigste, was über die Gebundenheit des Individuums zu sagen wäre. Freilich wäre dem noch hinzuzufügen, daß in jedem Menschen ein Instinkt wirksam ist, der in gleicher Weise und zur gleichen Zeit, und zwar in jedem einzelnen Individuum, ein Gefühl der Verschlossenheit und Selbstbezogenheit, zugleich aber auch jenes der Offenheit und des Aufeinanderangewiesenseins erzeugt; die Verschlossenheit behindert die Annäherung, der wiederum die Offenheit Vorschub leistet, da die beiden Gefühle in einem von einander nicht trennbaren Spannungsverhältnis im Gesamtbereich der Instinkte wirksam sind.

Wenn sich zwei menschliche Individuen mittels jener Organe vereinigen, die auch in ihrer Isoliertheit funktionsfähig sind, obwohl sie ohne Zweifel auf ein anderes Individuum angelegt sind, wenn also zwei menschliche Individuen sich in ihrer Isoliertheit nicht auf ihre Phantasie oder ihren unfreiwilligen Traum verlassen wollen, sondern die eigene Isoliertheit in der möglichen Offenheit eines anderen Individuums auflösen oder beenden wollen, dann begegnen sich zwei in sich geschlossene Einheiten, von denen jede aus der Spannung zweier miteinander identischer Elemente, Offenheit und Isoliertheit, besteht.

Die Spannung paßt sich in diesem Fall mittels ihrer eigenen Offenheit an jene Eigenschaft der Geschlossenheit des anderen unter der Voraussetzung an, daß diese Geschlossenheit auch im ersteren offen ist.

Und aus der Begegnung der inneren Spannung zweier in

sich geschlossener Einheiten entsteht eine ihre Individualität übersteigende gemeinsame Offenheit, die gleichzeitig ihre gemeinsame Eingeschlossenheit bedeutet, daher können sie aus ihrer gemeinsamen Eingeschlossenheit, ihrer Individualität heraustreten, und umgekehrt wird die Offenheit ihrer Individualität umschlossen von der füreinander offenen Geschlossenheit ihrer Gemeinschaft.

Wenn es so wäre, dann könnte das auch heißen, daß die Begegnung zweier Körper um vieles mehr bedeutet als jeder der Körper für sich allein, sind sie doch einer im anderen gegenwärtig. Da wir doch Knechte unseres Körpers und des Körpers der anderen sind, sind wir also mehr, als wir für uns selbst genommen sind, so wie Freiheit mehr bedeutet als Knechtschaft, und als die Gemeinschaft von Knechten weniger ist als die gemeinsam akzeptierte Knechtschaft der Freien.

Und wie sehr das zutrifft, kann durch nichts besser bewiesen werden als durch den Kuß selbst.

Ist doch der Kuß ein organisches kleines Tor, ein aufs Allgemeine gerichteter Garant für den Körper, wie die Phantasie ein kleines geistiges Tor und ein Garant der Verbindung zum Universum ist.

Als Liebesorgan ist der Mund innerhalb des geschlossenen Körpersystems funktionsuntüchtig, neutral, das heißt, er besitzt keine rein spezifischen Eigenschaften dafür, seine außergewöhnliche Sensibilität und Erregbarkeit und die durchaus enge, intensive Verknüpfung mit den übrigen Liebesorganen zum Nervensystem können erst dann auf den Gesamtablauf der Triebfunktionen einwirken, wenn er unmittelbar mit dem Körper eines anderen Individuums in Kontakt kommt, woraus folgt, daß er das einzige am Liebesleben beteiligte Organ ist, das innerhalb des geschlossenen Systems von vornherein offen ist, offen auch vom Standpunkt der Körperlehre, ganz generell offen, da in ihm von vornherein eine auf den anderen bezogene Offenheit angelegt ist und er in diesem Sinne der organische Partner der Phantasie ist.

Der Mund unterscheidet sich so von allen übrigen zur Ausübung des Fortpflanzungstriebes notwendigen Körperorganen, die Phantasie jedoch ist eine der geistigen Fähigkeiten des Menschen, die die Funktionsfähigkeit der Liebesorgane sichert, auch wenn das andere Individuum fehlt.

Infolge dieser Merkmale unterscheidet sich der Mund von allen übrigen Liebesorganen so sehr, daß er diesen Organen in gewisser Weise gar nicht zuzuzählen ist, schon deshalb nicht, weil zur Vereinigung zweier Individuen die Berührung ihrer Münder weder eine Bedingung noch eine Voraussetzung ist und daher aus dem Ablauf der Vereinigung einfach ausgeklammert werden kann; dennoch ist es kein Werk des Zufalls, daß zwei menschliche Individuen, jeweils die Offenheit des anderen Körpers voraussetzend, die wechselseitige Bereitschaft zeigen, das geschlossene System des einen Körpers mit dem geschlossenen System des anderen zu vereinigen, und daß als höchster Beweis dieser Bereitschaft und dieses Wunsches sich gewöhnlich jene Organe zuerst vereinigen, die dazu zwar nicht unbedingt notwendig, die aber unbedingt offen sind: die Münder.

Über dies alles habe ich natürlich – und glücklicherweise – nicht nachgedacht, als sie mich, die Arme um meinen Hals geschlungen, daran hinderte, aus dem Wagen zu steigen, sondern erst jetzt, hier, vor dem Papier; man braucht um die Dreißig nicht mehr über alles nachzudenken, um sich mit annähernder Gewißheit über das Funktionsprinzip seiner Organe im klaren zu sein, hat uns die Erfahrung doch gelehrt, daß das Prinzip des Funktionierens so gut wie identisch ist mit der Triebfeder des Handelns, andererseits ist man darüber hinaus, blind und unkontrolliert zu handeln, sogar dann, wenn man im gegebenen Fall sein Bewußtsein bereitwillig den Instinkten anvertraut, sich also auf seine Erfahrungen verläßt, in der Erinnerung zwischen Zusammenhängen und Vergleichen herumtappt, was nichts anderes ist als Denken, doch auch wenn ich damals an nichts dergleichen gedacht habe, kann ich nicht behaupten, daß ich überhaupt nicht gedacht hätte.

Zwischen Gelöstheit und Kontrolle schwankend, gab ich lieber jener Schwere, jenem seltsamen Druck nach, der den

Kopf von der Stirn bis zum Nacken in Richtung des anderen Kopfes drängte, als verzichte er freiwillig auf jede natürliche Stütze und jeden Halt für sein Sehen, Atmen und die Fähigkeit zu vernünftigem Abwägen, als wolle er sich fallenlassen, hingeben, anvertrauen, vor allem aber nicht nach dem Warum fragen, obgleich das in der Mehrzahl der Fälle die einzig berechtigte Frage wäre.

Vor ihm ein halbgeöffneter Mund, gleich einer Frage des Körpers, auch sein eigener Mund offen, hier wird er die Antwort des anderen Körpers erhalten, und sobald die beiden Münder sich begegnen, der eigene Mund aus dem anderen gleichsam als Antwort seinen Atem und sein verlorenes Wahrnehmen wiedergewinnt, aus dem anderen Mund seinen Atem holt und in diesem Atem gleichsam seine auf den anderen Körper gerichteten Möglichkeiten erkennt, breitet sich vor ihm die innere Landschaft jenes Körpers aus, und auch er bietet eine Leere, eine Höhle, die ausgefüllt werden kann und muß, und da hört das Gefühl des Fallens auf, denn die Lippen, am Rande jener offenen Höhle aufgehalten, ertasten ein lebendiges, wohlriechendes, glattes, warmes, rauhes und weiches Material, das unterschiedlichste und auf die unterschiedlichste Weise, was für unser auf Aktivitäten eingestelltes Denken nicht wenig ist.

Und zu dieser Aktivität gedrängt, näherten sich unsere Münder einander so durstig und wild, so heftig und gierig, als wollten wir in diesem kurzen Augenblick all die vertane Zeit, die wir nicht miteinander verbracht hatten, überwinden und vergessen, eiligst mußten wir die zögernden Umwege gegenseitiger Anziehung und gegenseitiger Fremdheit, unvorhersehbaren Zurückweichens und möglicher Trennung ausschließen, es war, als erhielte zugleich jeder bisherige Umweg durch dieses durstige, eilige Ungestüm einen nachträglichen Sinn, als hätten wir nur deshalb ständig voreinander ausweichen müssen, damit, nachdem wir alle pflichtschuldige Falschheit und Verstellung hinter uns wußten, die Heftigkeit zu echter Heftigkeit werden konnte, und die Trockenheit, die Austrocknung um des anderen willen, eine Wüste, in der nur der Mund des anderen einen Trank zu bieten vermochte, auf daß endlich, sobald eine Lippe die andere berührte, die Begegnung eine andere Wendung nähme, hin zu Zärtlichkeit, zu hingebungsvoller Wärme, auf daß sich die Spannung der Gefühle in der Freude der Entdeckung auflöse und in dieser Freude der Speichel der Erwartung ineinanderflösse.

Von der Zunge unterstützt, schlürften wir einer aus dem Munde des anderen die nötige Nässe für unsere Lippen.

Begleitet von den unwillkürlichen Bewegungen der Arme, von Druck und Umschlingung.

Sie hielt mit beiden Händen meinen Nacken, als wolle sie sich meinen Kopf ganz und gar in den Mund stülpen und verschlingen, und wie hatte sie doch gespöttelt! ich zog sie, mit den Armen unter ihren offenen Mantel schlüpfend, an mich, und diese Bewegung gehörte noch zu einem spitzfindig unbewußten Denkvorgang; als wollten wir mit unseren Händen, mit dem krampfhaften Drücken und Halten, mit all dieser Übertreibung oder aus Eigensinn die unangenehme Erfahrung von der Verschlossenheit unserer Körper umgehen, und wie es zu sein pflegt, machte uns die auf das Umgehen verwendete Kraft erst bewußt, was es war, das wir zu umgehen hatten.

Dabei mußte der Mund dieses niederdrückende, unangenehme Gefühl der Begrenztheit gar nicht umgehen, war doch das Maß der umeinander erlittenen Austrocknung zu groß, als daß er etwas anderes als den Wunsch nach Stillung des Durstes hätte fühlen können, es gab daher nichts, das er hätte umgehen müssen; mit seinem Verschmachten und unverhohlenen Ineinanderdringen, dem Speichel schmerzlicher Erwartung, der sich sogleich in der Freude des Findens vermischte und nunmehr die Flächen beider Münder ungehindert aneinander und ineinander gleiten ließ, nahm er auch das Gefühl einer möglichen gegenseitigen Befriedigung vorweg und wies auf den möglichen Höhepunkt der Befriedigung hin, den jeder von Spannungen gebeutelte Körper erstrebt.

Für den Bruchteil eines Augenblicks umklammerten sich

sogar die beiden Zungenspitzen, und der Vorschuß auf die über die Freude an dieser Verklammerung hinausgehende Erfüllung überflutete den Körper wie eine warme Welle, die Hitzewelle aber zerstörte den Eigensinn selbstsüchtiger Wünsche, und jene zwiefache Fähigkeit der Hitze, die Muskeln zu entspannen und die Blutgefäße unter der Haut anschwellen zu lassen, ließ uns zitternd und entkräftet die begrenzende Hülle der äußeren Berührungsflächen überschreiten.

In der vom Kuß eröffneten inneren Landschaft ist alles scharf umrissen und schwebt doch alles in ständiger Veränderung, nichts ist jener äußeren Landschaft ähnlich, an die das Auge gewöhnt ist.

Das Gefühl eines Raumes, in dem der Mensch unwillkürlich seinen Ort bestimmt, in dem es ein Unten und Oben gibt, auch einen Vordergrund und einen Hintergrund, der Hintergrund liegt gewöhnlich im Dunkel oder in grauem Dämmerlicht, der aber keine greifbaren Objekte enthält, keine aus Träumen oder Wachen bekannten Gebilde, eher figürliche Flecken, Blitze, die aufleuchten und erlöschen, die zwar einen räumlichen Platz einnehmen, trotzdem eher flach als körperhaft wirken, sich irgendwie scharf geometrisch abheben und in den womöglich unendlichen Hintergrund des sanften Seinsgefühls einfügen.

Als entspräche jedes Gefühl einer geometrischen Form und als könnte ich aus einem Gefühl für diese Strukturen und Formverwandlungen, genauer gesagt, aus einer ins Gefühl übersetzten Bildersprache, das Gefühlssystem des anderen Menschen, seine Eigenschaften, seine Anlagen und seine Ansprüche erkennen, weil sich in dieser inneren Landschaft die Grenzen zwischen dem Ich und dem Du entweder verwischen oder ineinander übergehen, dennoch scheint das Gefühl zu besagen, der Raum ist der andere, ich selbst bin immer nur ein einziger Fleck, ein Gebilde, ein Licht in diesem anderen.

Der andere ist der Raum, ich aber bin ein unruhig, doch nicht ungeduldig sich bewegendes Gebilde in diesem Raum, das sich mit seinen Gestaltungen diesem Raum anpaßt.

Ich bin der Raum, der andere aber ist das unruhig, doch

nicht ungeduldig sich bewegende Gebilde in diesem Raum, das sich mit seinen Gestaltungen meinem Raum anpaßt.

Versprechen gegen Versprechen.

Und dieses Versprechen, das sich unsere Körper gaben, lösten wir einige Tage später, wenn auch sehr unüberlegt, ein.

Die Nächte unserer gemeinsamen Freuden

Nein, nein und dreimal nein hätte ich gesagt, hätte jemand in jenem denkwürdigen Augenblick mit den denkwürdigen Worten des griechischen Philosophen das Leben als einen sich dahinwälzenden Strom bezeichnet und behauptet, es wiederhole sich nichts, weil das Wasser fließe und man die Hand nicht zweimal in das gleiche Wasser tauchen könne, das, was vergangen sei, sei dahin, das Neue sei dem Alten dauernd auf der Spur und werde sogleich zum Alten, welches das Neue gebiert.

Wenn dem so wäre, wenn wir den unaufhaltsamen Strom des Neuen unverfälscht fühlen könnten, wenn nicht ständig der Schatten des Alten darüberfiele, dann verginge unser Leben, als wäre es ständig von Wundern erfüllt, jeder Augenblick des Tages und der Nacht, zwischen Geburt und Tod, wäre ein bis ins Mark erschütterndes Wunder, so daß wir Freude und Schmerz gar nicht zu trennen vermöchten, Kälte nicht von Wärme, Süßes nicht vom Bitteren; es gäbe keine Trennungslinie, keine Grenze zwischen den extremen Polen unserer Gefühle, weil es kein Dazwischen gäbe, und daher hätten wir kein Wort für den Augenblick, hätten weder Tag noch Nacht, kämen nicht weinend und jammernd aus dem warmen Fruchtwasser des mütterlichen Schoßes auf diese langweilige, kalte Erde und würden im Tode zerfallen wie von Eis, Regen und Sonnenhitze zerfressene Steine, denn es gäbe weder Verwesung noch Angst, wie es auch keine Sprache gäbe: anders gesagt, benennen kann man nur Ereignisse, die sich wiederholen, und in Ermangelung von Wiederholungen gäbe es auch keine vernünftige Rede, sondern nur das göttliche Erbe der unwandelbaren Freude an der Verehrung des sich im Wandel Gleichbleibenden.

Und selbst wenn es so wäre – war doch jeder von uns als Kind der Versuchung ausgesetzt, in einem dämmrigen Zimmer die Zeit beim Wort zu nehmen, um zu begreifen, wann der Tag zur Nacht wird, um den einfach scheinenden Sinn der Worte in dem unsichtbaren und unbegreiflichen Dunkelwerden zu erfassen und festzuhalten –, selbst wenn es so wäre, immer so sein könnte, wenn es tatsächlich keine Trennungslinie oder Grenze zwischen Tag und Nacht gäbe, müßte man nach einiger Zeit, von der steinharten Wand stetiger göttlicher Veränderbarkeit zurückgeworfen und bei sanfteren menschlichen Begriffen Zuflucht suchend, doch behaupten, dies sei nun die Nacht, obwohl man nicht sagen könnte, wann es dunkel geworden ist, zwar hat das Auge den Unterschied, aber nicht jene Grenzlinie wahrgenommen, die es vielleicht gar nicht gibt, dennoch ist es Nacht, weil es dunkel ist, weil es nicht Tag ist, wie gestern und vorgestern, und man kann mit der beruhigenden, wenngleich bitteren Erkenntnis einschlafen, daß es wieder hell werden wird.

Ich aber habe trotz des göttlichen Erbes der Beständigkeit und Ewigkeit das Gefühl, daß es gerade umgekehrt ist, daß unsere menschlichen Sinnesorgane und damit unsere Gefühle viel zu grob sind, als daß sie in jedem Neuen das ähnliche Alte zu spüren, im Gegenwärtigen das Zukünftige zu ahnen und in jedem auf den jeweiligen Körper beschränkten Geschehen eine frühere Geschichte dieses Körpers zu vermuten vermöchten.

Dann steht die Zeit, wenn auch nicht auf göttliche Weise, ebenso still, als wäre der Fuß nicht in jenen entschwindenden Fluß gestiegen, sondern in irgendeinen gräßlichen Sumpf geraten, in dem er herumtappt und einsinkt; und obwohl er auf der tödlich langweiligen Oberfläche der Wiederholungen bleiben möchte, die ja schließlich als der einzig akzeptable Beweis für das Leben erscheint, treibt er sich in diesem Kampf im wahrsten Sinne des Wortes in den eigenen Tod hinein.

Ferne sei mir jede angestrengte Klugrederei und jedes Philosophieren, ich erwähne das alles nur, um mit wenigstens annähernder Genauigkeit jenes Gefühl einer kaum zu beherrschenden Empörung zu beschreiben, das mich in jener vollkommen neuen und erdrückend peinlichen Situation befiel, als ich gegen Ende des zweiten Monats meines Aufenthaltes in Heiligendamm an dem hübschen weißen Schreibtisch meines Zimmers stand, o ja, es war kein Irrtum, schon einmal hatte ich im Morgenrock, ungewaschen und unrasiert, so dagestanden oder gesessen und auf das furchtbare Urteil des Schicksals gewartet! wogegen ich jetzt, unter den neugierigen, feuchten, kalt kontrollierenden Blicken eines Polizeischergen, den Brief meiner Verlobten lesen mußte, und wenn die Situation nicht so erinnerungsträchtig anders gewesen wäre und mich nicht dieser auffordernde und verbrechenskundige Blick verfolgt hätte, dann hätte mich allein die Anrede verstört, genauer gesagt, mich noch tiefer in diese wache Ohnmacht versetzt.

Geliebter und Teuerster, mein Einziger, schrieb meine Verlobte, was sie sonst nie tat, und mein von dieser ungewohnten Anrede wie von brennenden Ohrfeigen gebeutelter und von schrecklichen Erinnerungen schwindliger Kopf brachte gerade noch so viel Selbstbeherrschung auf, um nicht ganz die Haltung zu verlieren; während aber meine Augen die Zeilen überflogen, brach mir auf dem ganzen Körper kalter Schweiß aus, mit zitternder Hand steckte ich den Brief in den Umschlag zurück, und wie jemand, der sich festhalten will, ja festhalten muß, griff ich nach der Lehne des Sessels, obgleich ich am liebsten fliehen wollte.

Fliehen, fort von hier, fort aus der Wirrnis meines Lebens! was freilich allein die Anwesenheit des seltsamen Besuchers unmöglich machte, ganz zu schweigen von der Tatsache, daß der Mensch nicht in der Lage ist, sein Fluchtbedürfnis gleich einem Tier zu befriedigen, da er keinen Ort hat, wohin er aus dem Chaos seiner Seele zu fliehen vermöchte.

Die respektheischende Amtsperson stand nämlich in der Terrassentür, und ich hatte ihrem schamlosen Ansinnen, den neuangekommenen Brief in ihrer Gegenwart zu öffnen, nur deshalb allzu bereitwillig nachgegeben, weil am Morgen des gleichen Tages der Hans Baader geheißene Hausdiener mit einem einzigen Schnitt seines Rasiermessers jenen jungen Herrn aus Schweden umgebracht hatte, den am gemeinsamen Tisch kennenzulernen ich am Morgen des auf meine Ankunft folgenden Tages unter solch seltsamen Umständen, nämlich in dem Augenblick, als Graf Stolberg starb, das Vergnügen gehabt hatte; er also lag mit durchschnittener Kehle ausgestreckt in seinem Blute auf dem Boden des benachbarten Appartements, und die aus Bad Doberan im Pferdewagen an den Tatort herbeigeeilten Polizeibeamten hatten, nachdem sie den von seiner Tat offensichtlich verstörten und in seiner Verzweiflung laut jammernden Mörder aus einem dunklen Winkel des Kohlenkellers herausgeholt hatten, nach kaum einer halben Stunde auch jene zärtliche Beziehung ans Licht gebracht, die Gyllenborg und mich mit dem Fräulein Stolberg, aber freilich auch uns beide mit dem Hausdiener verband; mit meinem Entgegenkommen und meiner von herablassender Überheblichkeit nicht ganz freien weltmännischen Hilfsbereitschaft verfolgte ich das Ziel, jeden Verdacht von mir abzulenken, der mich mit dieser dunklen Geschichte, die zu dem Mord geführt hatte, in Verbindung hätte bringen können.

Ich pries das Schicksal und meine Unbeugsamkeit, daß ich auf jenen faszinierenden Schönheitsfotografien, die der arme Gyllenborg von der nur spärlich bekleideten Gräfin und dem gänzlich nackten Hausdiener gemacht hatte und die vielleicht gerade in diesem Augenblick in die Hände der seine Sachen durchwühlenden Amtsperson gelangt waren, nicht figurierte; obwohl mein unglücklicher junger Freund mich immer wieder heftig, manchmal fast mit Tränen in den Augen, damit zu überreden versucht hatte, daß er eine Dreiheit benötige, neben dem ungeschlacht kräftigen Körper des Hausdieners meine gotisch geschwungene Zerbrechlichkeit, wie er sich ausdrückte, auf daß «die beiden extremen Pole des Gesunden in die Mitte nehmen, was so wunderschön krank sei».

Daher konnte ich den in Amtshöflichkeiten vorsichtig verpackten und mit juristischer Spitzfindigkeit geäußerten Verdacht, wonach mich mit dem Hausdiener und dem Fräulein Stolberg eine über das Erlaubte hinausgehende Beziehung verbunden hätte und ich also über die Motive des Mordes etwas wissen müßte, auf das nachdrücklichste zurückweisen; es gab keinen Beweis, ja als hätte ich in den zwei Monaten unserer tragischen Bekanntschaft von vornherein eine Entdekkung gefürchtet, hatte ich mich dem in ein Atelier umgewandelten Appartement Gyllenborgs immer über die Terrasse genähert, wie das vor zwanzig Jahren mein Vater getan hatte, als er, den heimlichen Freuden der Nacht hinterherjagend, das Fräulein Wohlgast besuchte, weshalb auch meine nachmittäglichen oder nächtlichen Besuche keine Augenzeugen haben konnten; daher mußte ich weder weitschweifig noch vorsichtig sein und konnte den Verdacht als eine einfache und lächerliche Verleumdung hinstellen, als ein ganz gewöhnliches Hirngespinst, und mit einem Sorglosigkeit vortäuschenden Achselzucken versicherte ich dem Inspektor, daß ich von einem irgendwie gearteten, gar als intim zu bezeichnenden Verhältnis des ermordeten Herrn Gyllenborg zu den genannten Personen überhaupt nichts gewußt hätte.

Freilich, fügte ich hinzu, hätte ich kein so enges freundschaftliches Verhältnis zu ihm gehabt, als daß mir so etwas überhaupt hätte zur Kenntnis kommen können, aber ich kannte ihn als einen Mann von Geschmack, als einen Menschen von hervorragender Erziehung, in dessen Augen, wohin auch immer seine Neigungen tendieren mochten, eine Beziehung zu einem Diener, noch dazu eine moralisch so fragwürdige, von vornherein unmöglich war; dem Inspektor gegenüber mimte ich den Treuherzigen, den bis zur Harmlosigkeit Naiven, ich wollte der schrecklichen Falle entkommen, hätte ich doch mit Rücksicht darauf, daß der Hausdiener noch minderjährig war, mit einer Strafe nicht nur wegen Unzucht, sondern auch wegen Verführung Minderjähriger rechnen müssen, und um meinen von Naivität zeugenden Aussagen psychologischen Nachdruck zu verleihen, fragte ich ihn unter neuerlichem Achselzucken mit vertraulich leiser Stimme, ob er schon Gelegenheit gehabt hätte, Fräulein Stolbergs Hand ohne Handschuh zu sehen?

Die Augen des Inspektors richteten sich starr und unbeirrbar auf mich, das seltsamste Augenpaar, das ich je zu Gesicht bekommen habe, hell und durchsichtig, kalt und fast farblos, ein merkwürdiger Übergang vom verschleierten Blau in ein nebliges Grau, doch die beiden großen Augäpfel schwammen ständig, wahrscheinlich irgendeiner Schwäche oder eines pathologischen Leidens wegen, in der Hülle eines dichten und reichlichen Tränenflusses, wodurch der Eindruck entstand, als erfülle ihn jede seiner zielstrebigen Fragen und jede meiner unschuldig selbstgefälligen Antworten mit großer Traurigkeit, als schmerzte ihn das Ganze, das Verbrechen, die Lüge und auch die verheimlichte Wahrheit, während sein Gesicht und auch seine Augäpfel vollkommen teilnahmslos und unpersönlich kalt blieben.

Auch jetzt bedeutete er mir nur mit den Augen, daß er meine Anspielung nicht verstehe, aber dankbar wäre, wenn ich ihm ausführlicher erklären wollte, woran ich im Zusammenhang mit dem Fräulein denke.

Natürlich rechnete ich damit, daß mich das Fräulein nicht verraten, daß sie schweigen, vielleicht sogar leugnen würde, obwohl sie selbst von Gyllenborgs hinterlassenen Bildern verraten werden wird.

Seine wortlose Aufforderung veranlaßte auch mich, wortlos zu bleiben, und daher zeigte ich an meiner Hand, auf welche Weise die Finger des Fräulein Stolberg zusammengewachsen waren, wie ein Huf, sagte ich, weshalb sie ständig Handschuhe tragen müsse.

Der Inspektor, ein korpulenter, Jovialität, Ruhe und fachliche Kompetenz ausstrahlender Mann, für dessen eigenartigen Beruf dieses Äußere gewiß von Nutzen war, stand mir in der Terrassentür mit verschränkten Armen gegenüber, wir sprachen stehend miteinander, was bedeutete, daß dies zwar kein Verhör war, aber auch kein oberflächliches Geplauder; jetzt lächelte er, doch seine tränenden Augen gaben dem Lächeln einen ausgesprochen schmerzlichen Ausdruck, und meine Argumentation gleichsam zurückweisend, bemerkte er leichthin, daß nach seinen Erfahrungen Mißbildungen des Körpers auf gewisse seelisch labile Menschen nicht nur keine abstoßende, sondern eine geradezu faszinierende Wirkung ausübten.

Ich fühlte, daß ich rot wurde, und sah am Aufblitzen seiner tränenden Augen, daß die verräterische Veränderung meiner Gesichtsfarbe seiner Aufmerksamkeit nicht entgangen war, aber die Gemütsbewegung, die er ohne Absicht bei mir ausgelöst hatte, wirkte auf ihn zurück, so daß ihm die Befriedigung über meine plötzliche Entlarvung die Tränen so heftig in die Augen trieb, daß, hätte er nicht mit einer im Vergleich zu seiner üblichen Ruhe geradezu heftigen Bewegung sein Taschentuch aus der Tasche seiner schlampig weiten Hose gezerrt, sie sich gewiß über sein gutgepolstertes, rötliches Gesicht ergossen hätten.

Also gehöre auch ich zu den seelisch labilen Menschen, dachte ich unwillkürlich, weil meine Erinnerung plötzlich den Augenblick zurückholte, als das Fräulein in der vom Geratter der Eisenbahn unterbrochenen Stille des Coupés, unter dem fahlen, sanft schaukelnden Licht der Deckenbeleuchtung, während sie langsam und erbarmungslos ihren Handschuh auszog, mir dabei tief in die Augen schauend, das Geheimnis ihrer Hand enthüllte.

Erschrocken, mit stockendem Atem starrte ich auf diesen tierischen Anblick, sie hatte an beiden Händen – die Natur war dabei vollkommen symmetrisch verfahren ! – nur vier Finger, und zwar waren Mittel- und Ringfinger an jeder Hand zu einem einzigen, gewaltigen, flachen Finger, in einem auffallend blassen Nagel endend, zusammengewachsen; ich muß gestehen, daß mich diese eigenartige Deformation keineswegs überraschte, ich mußte dem Inspektor sogar recht geben! auch keineswegs abstieß, sondern mir eher eine anziehende, wiewohl grausame Erklärung für jene zerbrechliche und verletzliche Schönheit gab, die ich während unserer gemeinsamen Reise schon seit Stunden insgeheim wie verzaubert beobachtet und belauert hatte, aber nicht hatte enträtseln können.

Als sollte damit gesagt werden, daß alle Anlagen unseres Körpers, seine Fähigkeiten, Eigenschaften, seine Mängel und seine Leidenschaften in den Zügen unseres Gesichts festgeschrieben seien und die Scham daher zu nichts anderem berufen sei, als einen wohltätigen Schleier über das Offensichtliche zu breiten, war doch dieses Gesicht vollkommen und von größter Regelmäßigkeit; jeder Linie, jeder Wölbung und jedem lieblichen Bogen entsprach ein ebenso symmetrischer Bogen, eine Wölbung und eine liebliche Linie, und dennoch, noch ehe ich diese gräßliche Hand sah, hatte ich das Gefühl, als könne diese ganze Vollkommenheit über dem Abgrund ihrer Unsicherheit jeden Moment ins Wanken geraten, als sei ein Augenblick imstande, die Ordnung dieser Züge zu zerstören oder zu verzerren; unglaublich, aber mir war, als wohnte ich der Demonstration eines Naturgesetzes bei, als könnte die Schönheit sich nur über das Ungestalte verwirklichen, als wäre das Vollkommene nur eine Entartung des Unvollkommenen und als würde jede Schönheit mit Deformationen und Mißbildungen Versteck spielen, waren doch ihre Lippen so voll, genießerisch geschwellt und zugleich durchpulst von Strömen zärtlicher Sanftheit, als müßten sie eine große Heftigkeit oder einen Schmerz unterdrücken, ihre Augen aber waren so rund geöffnet, ihr Blick so durchdringend und trotzdem voll abweisenden Hochmuts, als wollte sie mit jedem Blick die Vernichtung herausfordern und ihr zugleich trotzen; auf ihrem Gesicht konnte ich ebenso die Angst vor der Vernichtung wie ihre Hingabe daran erkennen, ihr in Schönheit gekleideter Wahnsinn erregte mich, und deshalb verleitete mich ihre Bewegung, die Langsamkeit und erbarmungslose Würde der Bewegung, mit der sie mir schließlich nicht nur das Geheimnis ihrer Hand, sondern ihres ganzen, von Begierden gequälten und von Sehnsüchten geschüttelten Körpers enthüllte, zu einer extremen und unüberlegten Handlung; ich ergriff diese seltsame Hand, und indem ich in diesem mit Recht als abstoßend zu bezeichnenden Anblick den Grund meiner Faszination erkannte, küßte ich sie.

Sie duldete meinen respektvollen Kuß nicht nur, sondern überließ mir ihre Hand für den kurzen Augenblick des Kusses vorbehaltlos – das konnte ich deutlich spüren –, um sie mir langsam, den heißen Kuß meiner Lippen genießend, zu entziehen, trotzdem fühlte ich zugleich, daß sie sie nicht ernsthaft wegzog, sondern etwas anderes, Grausameres, Extremeres vorhatte, dank unserer Ungeschicklichkeit fielen sogar ihre Handschuhe zu Boden, und da stieß sie mir ihre zusammengewachsenen, gräßlichen hufartigen Finger zwischen die Lippen, während wir beide stumm verharrten, stumm wie Diebe – schlummerte doch ihre Mutter, gerüttelt von den Stößen der Eisenbahn, mit halbgeschlossenen Augen an ihrer Seite –, und mit der Kante ihres flachen, breiten Nagels verletzte sie mir Lippen und Zunge, um damit meine Ergebenheit in Demütigung zu verwandeln.

Dieses Lächeln war unvergeßlich, und genau dieses Lächeln hielt später Gyllenborg auf einer nicht weniger unvergeßlichen Fotografie fest.

Die Bildfläche wurde übrigens nicht von den zwei mir auf das intimste bekannten Körpern, sondern von einer schwer herabfallenden, mir unbekannten Draperie beherrscht, deren Falten, diagonal zusammengefaßt, von den oberen Ecken des Bildes sich seinem optischen Mittelpunkt näherten, dort aber machte die Stoffülle, irgendein zum Sitzen geeignetes Atelierrequisit oder einen Hocker verbergend, eine leichte Drehung und verließ, sich mit den Falten aus dieser Drehung wieder herauswindend und den beiden unteren Ecken zustrebend, den Bildraum, wodurch der Eindruck entstand, daß man es hier nicht mit einem vollständigen Bild zu tun habe, sondern mit dem zufällig herausgerissenen Teil eines möglicherweise größeren Bildes, so daß die vor dem prachtvollen Hintergrund der Draperie plazierten Modelle sich gleichfalls wie in zufälligen Posen präsentierten; das wilde Haar des Hausdieners zierte ein Lorbeerkranz, er saß mit gespreizten Schenkeln und geschwellten Brustmuskeln im Mittelpunkt des Bildes, die beiden schaufelgroßen knotigen Hände auf den Knien, doch im Gegensatz zu seiner Körperhaltung nicht dem Betrachter zugewandt, blickte er, offensichtlich den Linien der Falten folgend, nachdrücklich seitwärts aus dem Bild, über den Kopf von Fräulein Stolberg hinweg, die, auf ein Knie niedergelassen, sich so vor ihm postiert hatte, daß sie mit ihrem schönen nackten Hals und dem geneigten Kopf den Schoß des Hausdieners verdeckte und ihr Gesicht mit jenem gnädig-ungnädig lustvollen Lächeln von seinen weitgeöffneten Schenkeln und den kräftigen, nach unten strebenden Beinen wie von einem natürlichen Rahmen eingefaßt wurde.

Doch damit habe ich noch nichts über das Bild ausgesagt, das auf eine fast selbstverständliche Weise mehr über seinen Urheber als über die als Modell verwendeten Personen aussagte; Gyllenborg nämlich, einem ästhetischen Gesetz der alten Griechen gehorchend, hatte nur den Körper des Mannes entkleidet, aber darauf geachtet, daß sein Schoß verdeckt blieb, den Körper der Frau hatte er mit einem über die Schulter geworfenen Tuch von klassischem Faltenwurf, das die eine Brust frei ließ, bedeckt, das Tuch aber hatte man vorher in Wasser oder Öl getaucht, weil es sich naß und glänzend anschmiegte und so mit nachdrücklicher, ja mit herausfordernder Schamlosigkeit enthüllte, was es eigentlich verdekken sollte.

Das Bild hätte abscheulich, von lächerlicher Künstlichkeit, von aufreizender Geschmacklosigkeit sein können, abschrekkendes Anschauungsmaterial für eine an Verkrampfungen erstickte, schwärmerische Kunstbemühung, welche, bis zum äußersten nach harmonischen Proportionen strebend, alle unvollkommenen, deformierten und als Schande qualifizierten körperlichen Gegebenheiten, diese nicht wegzuleugnenden natürlichen Beigaben menschlicher Vollkommenheit, aus dem Bild verschwinden lassen möchte; nur hob das Fräulein auf diesem Bild, und das muß zum Lob des Fotografen gesagt werden, indem sie die gesunden Finger in die Handfläche krümmte, ihren abstoßenden, verdoppelten, hufförmigen Finger vor sich in die Höhe, und als spüre ihr Kopf nichts von der Wärme, die vom geöffneten Schoße des Hausdieners ausging, und wahrlich, ihr Götter, welch duftende Wärme konnte sein Schoß verströmen! schien sie nur dieses in einer so gräßlichen Form endende Glied mit ihrem grausamen Lächeln wahrzunehmen, jawohl, mit ihrem grausamen Lächeln! wodurch das aus beschönigenden Proportionen und niederträchtig sinnlichen Zusammenhängen zusammengebastelte Bild zu einer satanischen Parodie wurde, doch waren es keineswegs die beiden Gestalten, die sie mit solch teuflischem Spott lächerlich machte, sondern vielmehr die Späher am Schlüsselloch; sie lachte über mich, über dich, über jedermann, der das Bild betrachtete, vielleicht sogar über den, der das Bild gemacht hatte! hier nämlich war die Rede davon, daß man seine Deformationen mit einem Lächeln zu akzeptieren habe, mit einem Lächeln müssen die objektiven Grausamkeiten der Wirklichkeit angenommen werden, das ist wahre Unschuld, alles andere bloße Dekoration, Zierat, Ornament, Zeitgeschmack, Stil und Ausdrucksweise; durch dieses der Deformation gewidmete Lächeln wurde auch der Lorbeerkranz auf dem Kopfe des Hausdieners zu einer teuflischen Parodie, die angestrengte Gleichgültigkeit, mit der er aus den albernen Falten der Drapierung herausblickte, wirkte parodistisch, parodistisch auch jene offen zur Schau getragene, rohe Sinnlichkeit, die beide trotz aller absichtsvollen Gleichgültigkeit, trotz allen Wegschauens miteinander verband, wodurch letzten Endes auch die brutal dargebotene Schönheit ihres Körpers nur bedauernswert erschien.

Meine Bedrängnis hätte noch eine Weile andauern können, wenn der Inspektor nicht so viel schlaue Rücksichtnahme oder berufliche Berechnung an den Tag gelegt hätte, sich fortlaufend die Augen zu reiben; er tat es mit vorsichtigen kleinen Bewegungen, das Taschentuch aus Leinen auf den kleinen Finger gestülpt, wohl wissend, daß das anhaltende Tränen gelbliche Absonderungen in den Augenwinkeln hinterläßt; seine umständliche Betätigung jedoch war nichts anderes als Verstellung, so, als wolle er bewußt meine Verlegenheit nicht ausnutzen, als wünsche er im Gegenteil, daß ich mich beruhige, als wolle er sagen, bloß keine Eile, wir haben für alles noch Zeit genug, wenn nicht jetzt, dann würde ich es ein andermal sagen, und wenn nicht ein anderes Mal, dann werde ich eben gleich sagen, was ich zu sagen habe, ihm sei es völlig egal, und so gesehen war seine Rücksichtnahme eher ein rücksichtsloser Nervenkrieg.

Und das keineswegs ohne Erfolg, schien es mir doch, als wäre ich im Augenblick jener unendlichen Freude darüber, daß ich die sichtbaren Zeichen meiner Erregung hatte unterdrücken können, außer mir geraten und hätte jede zur Beherrschung meiner Situation notwendige Orientierung verloren und damit den Punkt erreicht, an dem er mich haben wollte; also gut, dachte ich plötzlich, ich werde ihm alles sagen, schon deshalb, damit wir es hinter uns haben.

Schien es doch so einfach, alles zu sagen, denn dieses Alles war ja ein Nichts, aus dem Liebesspiel von vier Menschen hatte einer ausscheren wollen, der andere aber versucht, diesen einen mit jenen skandalösen Bildern zu erpressen, die er von den beiden gemacht hatte; und wenn ich, um von diesem Nichts zu berichten, das erste zutreffende, einfache Wort gefunden hätte, wenn ich mich zu dem ersten, dieses alles umfassenden Satz hätte aufraffen können, warum hätte ich dann nicht sprechen sollen?

Zum Glück wurde leise an die Tür geklopft, doch ich war nicht von den drei leisen Klopftönen zusammengezuckt, sondern von der Ernüchterung, in die mich das Klopfen versetzte.

Die Ernüchterung aber hatte meine inneren Kräfte so durcheinandergebracht, daß mir war, als wollte etwas aus mir herausdrängen und sich äußern, und zugleich sollte etwas in mir zurückgestaut werden, und diese sich gleich einem Wechselfieber ablösenden Emotionen ließen mich erbleichen und schwindlig werden, so daß, als ich die schwerfällig eilige und wegen des Mordfalles besonders diensteifrige Gestalt des Hoteliers durch den Nebel meiner Hilflosigkeit auf uns zukommen sah, der Inspektor rasch meinen Arm packte und mich zum Hinsetzen drängte, was ich jedoch mit meinen bis zum äußersten angespannten Kräften zurückwies, und mit der gleichen abwehrenden Bewegung nahm ich den Brief von dem mir dargereichten Tablett, denn ich hatte sofort gesehen, von wem er kam.

Ich muß den Eindruck eines traurigen menschlichen Wracks gemacht haben, wollte ich doch glauben machen, Herr meiner Bewegungen zu sein, obgleich es in dieser Situation und in diesem Zimmer nichts mehr geben konnte, das diese krampfhafte Bemühung um Haltung länger gerechtfertigt hätte.

Seltsamerweise war es nicht die Situation an sich, die mich verblüffte, es waren eher die Einzelheiten – der scharfe Schatten, den die Gestalt des Inspektors auf mich warf, als sei das wichtiger als die gesprochenen und verschwiegenen Worte, oder daß sich das Rauschen des Meeres aus so großer Nähe so deutlich und beruhigend anhörte, obwohl die Fenster geschlossen waren, und wie das durchs Fenster dringende kalte Winterlicht die wahnsinnige Gehetztheit meiner Seele beobachtete.

Zum Beispiel konnte ich nicht verstehen, obwohl ich natürlich wußte, was geschehen war, konnte ich trotzdem nicht verstehen, warum der Hotelier mir die Post gebracht hatte und nicht der Hausdiener, jawohl, Hans, der Hausdiener, den ich soeben noch öffentlich aus meinem Herzen verbannt hatte, nein, tiefer noch, aus meinen Sinnen, ich konnte nicht begreifen, wo er geblieben war und warum mich das so tief schmerzte; der Verrat schmerzte.

Auch konnte ich nicht verstehen, warum der Fremde, der seine Arme wieder vor der Brust gekreuzt hatte, zu mir sagte, ich solle den Brief lesen, es so sagte, als wäre außer uns ein Dritter im Zimmer, der einen Brief lesen sollte, ich konnte nicht verstehen, warum er an meiner Stelle aussprach, was ich zu tun beabsichtigte, denn ich schämte mich der bereitwilligen Feigheit, mit der ich seinem als höfliche Bitte getarnten Befehl gehorchte, so sehr, daß ich mir wünschte, dieser Feigling wäre ein Fremder, ein Fremder, der ich war.

Nicht einmal jetzt, da ich aus dem Abstand langer Jahre diese Zeilen niederschreibe, verstehe ich wirklich, was damals mit mir geschehen war, die Größe der Gefahr allein erklärt es nicht, vielleicht verstehe ich es ja, aber ich empfinde tiefe Scham über die Szenen meines Zusammenbruchs, meines Wahnsinns, der Verstellung, des Verrats und der feigen Unterwerfung, in die ich mich zu retten versuchte; die Scham darüber gleicht einem Blutpfropfen, der in einer Ader steckt und sich weder nach oben noch nach unten bewegt, kein noch so triftiger Grund, keine noch so umfangreiche Erklärung wäre imstande, meine Schande auszulöschen, der schmerzende Pfropfen, diese Bestätigung meines moralischen Niedergangs, ist mir geblieben.

Es war ein kurzes Briefchen, ein halbseitiger Bogen, in einer einzigen Welle des Glücks entstanden, Liebster, Teuerster, Einziger, lautete die Anrede, an der mein Blick sofort hängenblieb, zweimal, dreimal, ein weiteres Mal überflog ich es, damit ich begriff, was das Auge begriffen hatte, weil sich zugleich mit dieser Anrede plötzlich ein Gespenst meldete, das Gespenst jener Frau, die ich schon auf früheren Seiten dieser Erinnerungen erwähnt hatte, sie, die selbst als Gespenst lebendiger in mir lebte als irgendein Lebender, von der ich aber nicht sprechen kann, weil ich nicht sprechen darf, und ihr Bild, genauer, ihr Geruch, der Geruch ihres Mundes, ihres Schoßes, ihrer Achselhöhle strömte aus der Anrede auf mich ein, ein Duft, den ich, selbst wenn ich ihm nachgelaufen wäre, nicht mehr gefunden hätte; sie hatte mich so angeredet, nur sie hatte mich so geliebt, nur sie hatte mir diese Kosenamen gegeben, obwohl ich mir dessen vollkommen bewußt war, daß es Helenes Brief war, den ich las.

In einem Bruchteil dieses Augenblicks, in der Sehnsucht nach diesem zerstobenen Duft mochte der Entschluß in mir geboren sein, daß ich trotz allem vor Helene fliehen müsse.

Zehn lange Jahre meines verleugneten und vergessenen Lebens blickten mich aus dieser zärtlichen Anrede an, umsonst hatte Helene sie gestohlen, sie gehörten ihr nicht, und dieser seltsame Zusammenhang war mir jetzt kaum zufällig in den Sinn gekommen, wußte ich doch, daß die Polizei über meine zehn langen, in Gesellschaft von Anarchisten verbrachten Jahre gründliche und zuverlässige Kenntnisse hatte, und wenn ich mich jetzt nicht mit dem Instinkt eines Tieres wehrte, dann würden auch diese zehn Jahre über mich herfallen, und die Hoffnung, mich vor all meinen schmerzlichen, umstürzlerischen und mörderischen Erfahrungen in Helenes Arme zu flüchten, wäre vergeblich.

Der Tod sah mich an, der vielgesichtige und doch einmalige, der in jeder Ecke und jedem Winkel lauernde, der so heiß ersehnte und so sehr gefürchtete Tod, der Tod jener einzigen, Wohlgeruch ausströmenden Frau, er sah mich aus dem blutigen Leichnam meines nunmehr auch öffentlich verleugneten Freundes an, aber auch jeder andere Mord und jeder Tod, der unbegreiflich schmerzliche Verfall meiner Mutter an der Seite meines Vaters, der unrühmliche Tod meines Vaters zwischen Görlitz und Löbau bei der Blockstelle sieben unter den Rädern des durchfahrenden Zuges, die verstümmelte Leiche des Mädchenkindes, das er vergewaltigt hatte, der Tod, dieser Sack voll Würmer, aus dem Schweiß, Urin, Scheiße, Speichel und Rotz sickern und tropfen, obwohl sich mir soeben aus Helenes Zeilen die Möglichkeit eines glückverheißenden Lebens eröffnete: «Seit jenem wundervollen Vormittag, den wir als Abschied gedacht hatten, einen schweren, aber erfüllten Abschied, trage ich dein Kind unter dem Herzen!» schrieb sie, und um den Zeitpunkt unserer Hochzeit zu beschleunigen, möge ich sogleich zu ihr eilen, ohne jeden Aufschub, darum bäten auch ihre Eltern, und zum Schluß als bestätigendes Handzeichen der Anfangsbuchstabe ihres Taufnamens.

Wenn das Schicksal sich in solchen Szenen gefällt und ich diesen Brief begleitet von den feuchten Blicken eines die Umstände eines Mordes untersuchenden Polizeibüttels lesen muß, dann kann alles, aber auch alles nur Schein und Lüge sein, dachte die eine Seite meines gespaltenen Ichs, während die andere es sich nicht versagen konnte, vor lauter Glück über die mögliche Fortsetzung des Lebens den Kopf zu verlieren, im Gegenteil, je deutlicher sie fühlte, daß auch dieses nur Täuschung, Betrug, die neuerliche verlogene Zuflucht zu einer rosaroten Hoffnung war, desto bereitwilliger ließ sie sich zu unsinnigem Frohlocken hinreißen.

Wünschte sie doch, daß diesem nichtswürdigen Sack von Körper, der im beglückenden und gefürchteten Tod endlich die Freiheit zu finden hoffte, ein Sohn geboren werde.

Welch schreckliche Dämonen kriechen aus unserem Denken hervor.

Dröhnend laut begann ich zu lachen und mußte mich an den Armlehnen des Sessels festhalten, um nicht vornüberzukippen.

Ich weiß nicht mehr, wann ich das Briefchen zurücksteckte, aber noch heute meine ich das hilflose Bemühen meiner zitternden Hand vor mir zu sehen.

Zuerst war der zitternde Kampf zwischen der Hand, dem Umschlag und dem Briefpapier zu bestehen, ja, und nach diesem kleinen Sieg mußte ich mich weiter an der Lehne des Sessels festhalten, um nicht zusammenzubrechen, und vielleicht war das Lachen sogar aus meinem unbeherrschten Zittern ausgebrochen.

Ich lachte wie ein Wahnsinniger, würde ich sagen, wenn meine Stimme nicht verraten hätte, daß ich mich gerade mit diesem Gelächter in den Wahnsinn zu retten versuchte.

Von diesem Augenblick an führte er mich, der Dämon der Stimme.

Ungefähr ein Jahrzehnt später fand ich in dem umfangreichen Werk des Barons Jakob Johann von Uexküll die erhellende und meinem Herzen angenehme Feststellung: «Wenn ein Hund läuft, dann bewegt das Tier seine Beine, wenn aber ein Igel sich auf den Weg macht, dann bewegen die Füße das Tier.»

Diese feine Unterscheidung half mir zu verstehen, daß sich in meinem Gelächter der jeden moralischen Inhalts bare Fluchtinstinkt einer niedrigen Tierart gemeldet hatte, nicht ich hatte mich in mein Gelächter geflüchtet, sondern das Lachen hatte mich aus meiner kritischen Lage gerettet.

Zwar war es entlarvend und verriet meine tödliche Verzweiflung, doch schon im nächsten Augenblick kippte es um,

Richtung, Plan und vor allem seine Bedeutung ändernd, um so zu tun, als sei es gar kein rüdes Gelächter, sondern ein sich in die eigene Freude verbeißendes Lachen, als sei es fast schon kein Lachen mehr, sondern der losgelassene Übermut eines himmelstürmenden Jubels; freilich war es kein ganz reines Gelächter, sondern durch die Situation, der es so gar nicht angemessen war, ein verlegenes, und seltsamerweise registrierte mein Ohr jedes winzige Detail seiner Verbiegungen und Verzerrungen, als hörte ich sie mit den Ohren des Inspektors, und von da an lachte die glückverheißende, reine Lebensfreude aus mir, bis sich meine Augen, von Rührung über sich selbst ergriffen, mit Tränen füllten, wodurch aber das Lachen stockte und zu glucksen begann und mich ein Gefühl der Ergriffenheit übermannte, bis ich endlich meine Beherrschung zurückgewann und, wenn auch stotternd, wieder Worte fand.

«Verzeihen Sie», stotterte ich, mir die Augen wischend, und der Dämon, der meine Stimme immer noch in seiner Gewalt hatte, erlaubte sich in maßloser Überheblichkeit sogar den Luxus, ihr den Anschein von Aufrichtigkeit zu geben, als wolle er beweisen, daß Lüge, Betrug und Verrat sich sehr wohl in Wahrheit und Echtheit verwandeln könnten, kein Grund also zur Scham! besser noch als manches, was sich als unschuldig, bescheiden und makellos ausgibt, die moralischen Werte irdischer Phänomene haben keine strenge Grenzlinie, daher ist jede Zimperlichkeit, jede seelische Verkrampfung überflüssig, vorwärts also und drauflos! schien es doch, als habe er in dem heiklen, mir in die Hände gespielten Brief meiner Verlobten einen überzeugenden, unumstößlichen Grund gefunden, um den triftigen Verdacht gegen meine Person zunichte zu machen: «Verzeihen Sie, ich weiß, daß mein Lachen hier wirklich nicht am Platze ist, und ich schäme mich dafür, doch wenn ich behaupte, daß ich die Verantwortung für dieses Lachen von mir weisen und weitergeben muß – wäre es mir doch ohne Ihre Aufforderung nie und nimmer in den Sinn gekommen, mir den heiklen Inhalt des Briefes vor einem Fremden zu eigen zu machen –, dann sollte ich doch wohl jenen Toten um Verzeihung bitten, der dort drüben im Nachbarzimmer liegt», sagte ich mit der geradezu düsteren, kalten und sachlichen Stimme meines Dämons, wenn auch mit der überheblichen Miene des Weltmannes, «doch Sie möchte ich genausowenig kränken wie den Toten, daher versichere ich Ihnen, daß der Brief privatester Natur ist, und um jede, wie auch immer geartete Annahme, wonach er mit dem heutigen traurigen Fall in Verbindung stehen könnte, zu zerstreuen, will ich Ihnen, mein Schamgefühl überwindend, auch das noch verraten, was zum Teufel sollte mich schließlich davon zurückhalten? geht es doch um eine überaus glückliche Nachricht, um ein Ereignis, das ich eigentlich ohne zu überlegen jedermann mitteilen könnte.»

Ich holte Luft, und ich erinnere mich sogar noch, daß ich den Kopf gesenkt und meine Stimme sich endgültig verdüstert hatte, es war mir unangenehm, ja geradezu peinlich geworden, was ich gesagt hatte.

Er blieb stumm, so daß ich nach einer Weile den Kopf heben mußte.

Als wäre die regenbogenschillernde Haut einer glänzenden runden Seifenblase in der Luft zerplatzt.

Hinter dem Schleier einer trügerischen Träne blitzten mich seine Augen an, und während wir uns lange in die Augen sahen, hatte ich den Eindruck, daß dies der erste Augenblick war, in dem sein Gesicht Erschütterung, ja Bestürzung zeigte.

«Im Gegenteil», entgegnete er leise, und ich verfolgte mit genüßlicher Genugtuung das tiefe Rot, das sein zum Schlagfluß neigendes Gesicht überzog, da es offensichtlich war, daß nicht Scham, sondern Zorn sein Gesicht rötete, «im Gegenteil», wiederholte er geradezu pathetisch, «zu entschuldigen habe ich mich, schon deshalb, weil ich, und Ihr Verweis besteht ganz zu Recht, mit meinem zudringlichen Wunsch in jenem Augenblick tatsächlich die Grenze meiner Befugnisse überschritten habe, und ich möchte zum wiederholten Male betonen, weil mich Ihr so deutliches, wenn auch verständliches Mißtrauen dazu zwingt, daß hier keine Rede sein kann von irgendwelchen Mutmaßungen oder Verdächtigungen, um so mehr als wir den Täter gefaßt haben, womit freilich der Fall noch lange nicht abgeschlossen ist, daher möchte ich Sie nicht nur um Entschuldigung bitten, daß dieser Eindruck entstehen konnte, sondern generell bitten, daß Sie meine Zudringlichkeit als Zeichen einer in solchen oder ähnlichen Fällen unumgänglich notwendigen Vorsichtsmaßnahme oder auch einer lästigen beruflichen Entartung menschlicher Neugier betrachten, doch wie auch immer, nehmen Sie es bitte nicht übel! Da es aber nun einmal so gekommen ist, erlauben Sie mir, daß ich Ihnen als erster meine wärmsten Glückwünsche ausspreche, und vergessen Sie bitte nicht, daß dies ein Mensch tut, von Herzen tut, der ständig mit der erbärmlichsten Seite des Lebens zu tun hat, ein Mensch, der nur selten Gelegenheit hat, von den schönen und vor allem den natürlichen Wendungen des Lebens zu erfahren.»

Die Röte verschwand allmählich von seinem Gesicht, er lächelte freundlich, ein bißchen wehmütig, und anstelle einer Verbeugung neigten wir beide den Kopf, aber er rührte sich weder jetzt noch später von der Stelle und verharrte mit verschränkten Armen in dem winterlich schräg hereinfallenden Licht der Terrassentür und warf seinen Schatten auf mich.

«Dürfte ich Sie um etwas bitten?» fragte er zögernd nach einer Pause.

«Aber gerne.»

«Ich bin nämlich ein leidenschaftlicher Raucher, und zu meinem Verdruß habe ich meine Zigarren im Wagen vergessen. Ob ich mich bei Ihnen bedienen dürfte?»

Dieser merkwürdige Charakterzug, sich für eine unangebrachte, unstatthafte, unberechtigte, jedenfalls sehr zudringliche Geste zu entschuldigen und sie gleichzeitig absichtlich zu machen, die gespannten Saiten der Situation sozusagen unnötig anzureißen, um die Herrschaft über den anderen deutlich zu zeigen, erinnerte mich an jemanden oder an etwas, ich wußte im Augenblick zwar nicht, woran, nur daß es mir bekannt war, und mein fast körperlicher Abscheu bestätigte mir, daß dieser Mensch von sehr niedriger Herkunft war.

«Aber natürlich», antwortete ich entgegenkommend,

rührte mich aber nicht von der Stelle, wie sich das gehört hätte, ich wollte ihm nicht mit eigener Hand den Deckel der Zigarrenkiste öffnen und bot ihm auch keinen Platz an.

Irgend jemand war ich einmal genauso ausgeliefert, und ich hatte ihn genauso verabscheut.

Er aber ließ sich nicht stören, gemächlich spazierte er an meinem Rücken vorbei, um aus der Dose, die mir Gyllenborg einige Tage zuvor geschenkt hatte, eine Zigarre zu nehmen; diese Tatsache traf mich wie ein Blitz, so daß ich nicht einmal die Kraft hatte, mich umzudrehen, wußte ich doch genau, was er damit beabsichtigte: im Zimmer des Toten stand nämlich die gleiche Lackdose auf dem Tisch, und damit hatte er jetzt eine Spur.

Die Stille zwischen uns war so groß, daß man hören konnte, wie er den Papierring von der Zigarre schnippte, dann spazierte er genauso gemächlich zurück und blieb vor mir stehen.

«Hätten Sie vielleicht auch noch ein Messer?» fragte er mit einem freundlichen Lächeln, ich aber wies nur auf meinen Schreibtisch.

Umständlich zündete er sie an, und ich bekam den Eindruck, daß er noch nie eine Zigarre geraucht hatte, schmatzend lobte er ihr Aroma, blies schweigend den Rauch aus, und ich war gezwungen, ihm schweigend in die Augen zu sehen.

Aber ich spürte, soviel Mühe ich mir auch gäbe, ich würde es nicht durchhalten, bis er zu Ende geraucht hätte.

«Kann ich Ihnen noch weiter zu Diensten sein?»

«Nicht doch», meinte er mit einem freundlichen Kopfnikken, «ich habe Ihnen gerade Zeit genug gestohlen, und morgen werden wir mit Sicherheit noch einmal das Vergnügen haben.»

«Wenn Sie eine solche Begegnung für unbedingt nötig erachten, darf ich Ihnen meine Visitenkarte dalassen», sagte ich, «ich gedenke nämlich, morgen abend wieder in Berlin zu sein.»

Er nahm die Zigarre aus dem Mund, nickte zufrieden und blies mit den Worten den Rauch aus.

«Sie würden mich zu Dank verpflichten.»

Meine Visitenkarte steckte er sorgsam in die Brieftasche, danach blieb uns nichts weiter übrig, als uns zu verbeugen; mit der brennenden Zigarre in der Hand schlenderte er stumm aus meinem Zimmer.

Ich blieb in tödlicher Erschöpfung zurück, und wie zwei auf dem dunklen Wasser eines tosenden Flusses dahintreibende Hälften einer geborstenen Eisscholle, gleich zwei hellen Punkten in der Nacht, entfernten sich die Hälften meines Ichs immer weiter voneinander; während die eine schäbige kleine Siegesmärsche trällerte, summte die andere ein Trauerlied über die blutige Niederlage vor sich hin, während die eine, zwischen ihren Erinnerungen kramend, darüber grübelte, woher ihr diese widerwärtige Figur so bekannt sei, an wen sie erinnere, und sich ärgerte, die Lösung des Rätsels vergeblich im Reiche der Erinnerung zu suchen, ohne sie zu finden, stellte sich die andere, die Möglichkeiten einer Flucht überdenkend, schon aufs genaueste vor, wie sie, in der Hauptstadt angekommen, im lebhaften Gewühl des Anhalter Bahnhofs sogar dann noch untertauchen und in den Zug nach Italien umsteigen könnte, wenn man ihr folgen würde; allerdings muß ich hinzufügen, daß ich auch noch über ein drittes Ich verfügte, das diese sich voneinander entfernenden Hälften auf eine seltsame Weise zusammenfaßte, und das Auge dieses Dritten zeigte mir ein Bild, das freilich genauso zufällig aus dem geöffneten Schatzhaus meiner Erinnerung stammte und anscheinend zu nichts eine Beziehung hatte, ein Bild aus dem Garten meiner Kindheit; das Bild eines heißen Spätsommernachmittags, als ich, zwischen den Bäumen schlendernd, beobachtete, daß in der mit Wasser gefüllten steinernen Schale des kleinen Springbrunnens eine grüne Eidechse am Ertrinken war, sie konnte gerade noch ein Zipfelchen ihres Köpfchens, das geöffnete Maul, herausstrecken, ihre Ohrlöcher und offenen Augen waren unter den Wasserspiegel gesunken, sie schaffte es weder nach vorne noch nach hinten, weder nach oben noch nach unten, obwohl sie mit ihren gespreizten Beinchen wie wild strampelte, dieses Bild war mein erster, vielleicht ältester Eindruck von der Welt, ein trockener Sommer, ich wußte, sie war vermutlich zum Trinken hineingekrochen und dann hineingerutscht, starr vor Schrecken sah ich ihr zu und hatte das Gefühl, kein Augenzeuge, sondern Gott selber zu sein, weil ich nach meinem Dafürhalten über ihr Leben und ihren Tod bestimmen konnte, und die pure Möglichkeit der Entscheidung erfüllte mich mit einem solchen Grauen, daß ich das Gefühl hatte, ich sollte sie lieber ertrinken lassen, dann aber hob ich sie, beide Hände unter ihren Körper tauchend, doch heraus, und von der Berührung oder vielleicht von der als vollendet erscheinenden Tatsache angeekelt, warf ich sie aufs Gras, wo sie bewegungslos liegenblieb, atmete und ihr Herz den ganzen wundervollen Körper durchpulste, und dieses Bild, das tauglänzende, furiose Smaragdgrün des Grases, die bewegungslose Eidechse, war nun keine Erinnerung mehr, sondern stand so scharf umrissen mit seinem Glanz, seiner Farbe und seinen Formen vor meinen Augen, als wäre es gegenwärtig; ich stand wieder in jenem alten Garten und nicht hier in diesem Zimmer.

Diese grüne Eidechse war ich, der ich das geschenkte Leben, den Aufschub, den Tod, das Schlagen des Herzens und die Luft ebensowenig verstand, genauer gesagt, noch weniger verstand und begriff als zuvor das Ertrinken.

Auch hatte ich nicht bemerkt, daß ich seit einiger Zeit dasaß, den Kopf in dieses Bild versenkt, irgendwo saß, also nicht mehr stand, und daß unter meinen gegen das Gesicht gepreßten Händen Tränen hervorquollen.

Aus meinem Schluchzen glaubte ich das Weinen des kleinen Jungen von damals herauszuhören, als sähe er, erschrokken, mit tränenlosen Augen all das vor sich, was später mit ihm geschehen wird, und hätte nur eine einzige, unaufhörlich wiederholende Frage: Warum nur, warum, wer hat das alles gewollt, wer hat es so gemacht und warum.

Als habe er sich schon damals diese unendlich törichte Frage gestellt und als würde es bei ihm auch heute zu nichts anderem reichen.

Nicht den geliebten Freund, nicht Gyllenborg beweinte ich, nicht jenen schönen, heiteren jungen Mann, den ich sogar im

Tode noch neidvoll bewunderte, hatte er doch, wie sein Leben auch geendet sein mochte, mit einer einzigen, teuflisch schönen Fotografie uns mehr gesagt, als ich es mit meinen trotz allem Bemühen, trotz aller Kämpfe und Zweifel ungeschickt aneinandergereihten Worten je fertiggebracht hätte; ich beneidete ihn, denn ich brauche es wohl kaum zu erwähnen, daß es mir in jenen zwei in Gefühlsanarchie verbrachten Monaten nicht gelungen war, auch nur einen als vollendet anzusehenden Satz für meine geplante Erzählung niederzuschreiben, während er, immer gequält von Ausschlägen unbekannter Herkunft und fiebrig von einer kranken Lunge, mit der heiteren Leichtigkeit des todbereiten Menschen, einer unerhört natürlichen, aus der unmittelbaren Nähe des Todes herrührenden Eleganz, mit jenen Fragen spielerisch umging, über die ich, im künstlich aufgeheizten Fieber des Dilettanten, bloß zu grübeln vermochte; ich bewunderte und beneidete ihn! weil er das, was sich in seinem Körper vorbereitete, mit tödlicher Konsequenz vervollkommnete und zum Abschluß brachte, weil er den Gegenstand seines Interesses und seiner Faszination nicht mit seinen Ideen verwechselte, im Gegenteil, er verschmolz sie miteinander, und an Ideen war nur so viel da, wie sich aus seinem Gegenstand unwillkürlich ergab, ich jedoch phantasierte und grübelte nur, weil ich mich mit meinen gewaltsam den Worten abgerungenen Ideen erretten wollte, und vielleicht verläuft hier die sinngemäße Grenze zwischen Kunst und Dilettantismus, darf doch der Gegenstand der Betrachtung nicht mit dem Werkzeug seiner Bearbeitung verwechselt werden! er hatte seinen Weg gemacht, und daher hatte sich in ihm und durch ihn etwas vollendet, ihn brauchte ich also nicht zu bemitleiden; und auch um Hans trauerte ich nicht, nicht um seine unschuldige und von nun an seinem Schicksal ausgelieferte junge Kraft, und doch, welch himmlische Lust und welch Höllengeschenk war es gewesen, seinen muskelstrotzenden, zum Bersten gespannten Körper in meinen schwachen Armen zu halten! welche Lust, mit meiner schwachen Zärtlichkeit sein feuerrotes Haar zu liebkosen, die sanfte Glätte seiner milchweißen Haut, die

Sommersprossen, die sich an manchen Stellen zu einem Muttermal rundeten, an welchem der Finger hängenblieb, das seidige Polster seiner Behaarung, die heiß hervorschießende Milch seiner Lenden! – nicht die verratenen, verlorenen Lüste, nicht die bis in die Tiefe seiner Poren ergründeten und verinnerlichten Formen seines Körpers beweinte ich, obwohl es doch keine bloße Form war, die zwischen den unbarmherzigen Mauern eines kalten Gefängnisses langsam dahinsiechen würde! auch nicht meinen schrecklichen Verrat, nicht meine Mutter, die ich in diesem Augenblick so bitter vermißte, daß ich es gar nicht wagte, meine Gedanken an sie zu richten, und nicht Helene, die ich jetzt nach reiflicher Überlegung verlassen werde, nicht mein ungeborenes Kind, das ich niemals zu Gesicht bekommen werde, nicht mich, den letzten Endes doch schuldlosen Vater, und nicht meinen eigenen Vater, auch nicht das Mädchenkind, das er auf so grauenhafte Weise ermordet hatte und dessen Leiche ich an einem ähnlich schrecklichen, sonnigen Vormittag im Rahmen eines umständlich schonungslosen Prozesses zusammen mit Hilde, unserem Dienstmädchen, identifizieren mußte, mit Hilde, die sich einige Monate später, um sich an ihrem Schicksal zu rächen, zur ersten Frau meines Lebens gemacht hatte und die inzwischen selber gestorben war, nein, nicht um sie alle habe ich getrauert, auch nicht um mich.

Während mich mein Auge die gerettete Eidechse sehen ließ, arbeitete mein Gehirn wie ein sinnlos aufgeheizter Motor, der, angetrieben von den Dämpfen der Affekte, mit seinen Zahnrädern, seinen Transmissionsriemen, seinen Kolben und Hebeln aus den tiefsten Tiefen der Seele alles heraufholt, was Ähnlichkeiten aufzeigte und was so tief, so kindlich schmerzte; nicht die Erschöpfung brachte mich zum Weinen und nicht die Gefahr, sondern die Hilflosigkeit, die mich beim Anblick dieses ganzen menschlichen Unrats überfiel.

Und im gleichen Augenblick glaubte ich auch zu wissen, wer es war, den mir die Gestalt des Inspektors in so deutliche Erinnerung rief, auch wußte ich, daß ich mit den lauten, rüttelnden Stößen meines Schluchzens ausschließlich meine einzige Tote, meine einzige Liebe, an der nichts von diesem Schmutz klebte, jene Frau beweinte, herausschluchzte aus mir, sie! von der ich nicht sprechen darf.

Ich war erhitzt und tränennaß, gleichzeitig erschauerte ich in dem grausamen Elend meines Leibes und hatte das Gefühl, als seien alle meine Glieder aufgeweicht, und obwohl ich nicht wußte, warum, mußte ich plötzlich aufblicken.

Wer verfügt über solche göttlichen Fähigkeiten, die einzelnen Zeitpartikel innerhalb eines einzigen Augenblicks voneinander unterscheiden zu können, obwohl diese haarfeinen göttlichen Unterscheidungen in uns, in wem denn sonst, ihre spinnennetzdünnen Fäden ziehen?

Sie, ja sie, die einzige, sah ich dort in der Tür stehen, stumm und vorwurfsvoll, schwarzgekleidet, verschleiert, die eine Hand noch auf der Klinke, um die offene Tür leise hinter sich zuzuziehen, ich wunderte mich noch, sie ganz in Schwarz zu sehen, sie war doch tot und konnte sich doch nicht selbst betrauern! obgleich ich schon im Bruchteil des nächsten Augenblicks wußte, daß nicht sie, sondern Fräulein Stolberg da stand.

Wie seltsam auch, daß der heftige Schmerz in diesem außergewöhnlichen Augenblick einer noch heftiger schmerzenden Erschütterung gewichen war, einer aus einem ewigen und unwiderruflichen Verlust stammenden Qual, doch das Fräulein konnte nur jene heftige Erschütterung an meiner Miene ablesen, die nicht ihr galt.

Sie lüftete den Schleier, steckte ihre behandschuhte Hand wieder in den Muff, zögerte noch, konnte sie doch wirklich nicht wissen, was sich in einer solchen Situation zu tun schickt, ihr Gesicht war bleich wie Marmor, glatt und unnahbar, eine mir völlig fremde, geradezu abstoßende Erschütterung hatte es dazu gemacht, trotzdem konnte ich auf ihrem Gesicht meinen eigenen Schmerz erkennen, vielleicht sogar in jenem ängstlichen, äußerst verletzlichen Lächeln, das trotz allem um ihren Mund zitterte, und das auch ich auf meinen Lippen spürte.

Ich hatte sie zum letztenmal bei jenem tumultuösen Auftritt

gesehen, als wir einige Stunden vorher, vom wahnsinnigen Geschrei eines Stubenmädchens aufgeschreckt, alle miteinander auf den Korridor drängten und sie mit mehreren anderen in Richtung auf die sperrangelweit offene Tür des Appartements unseres Freundes Gyllenborg zu rannte, ohne zu wissen, ja ohne zu ahnen, was geschehen war, und dieses hysterisch laute Durcheinander ausgesprochen zu genießen schien.

Jetzt aber sollte ihr kleines Lächeln helfen, ihren Schmerz zu lindern, ihn weniger demütigend erscheinen zu lassen, ich sah es an ihrem Gesicht, daß ihre kleinen grausamen Spiele ein für allemal beendet waren und daß jetzt eine noch größere Grausamkeit folgen würde, für dieses Folgende sollte das kleine Lächeln ein Gegengewicht sein, es machte den Schmerz freilich nur noch schlimmer, er wurde noch verstärkt durch die Scham, daß noch gelächelt werden konnte oder mußte, auch bei mir, dadurch, daß ich überhaupt noch zu lächeln in der Lage war und daß dieses Lächeln vielleicht sogar den Tod überdauern könnte, der freilich noch immer nicht mein eigener Tod war.

In ihrem Lächeln den Schatten ihrer gekränkten, stolzen, demütigen, schönen Grausamkeit, eilte sie auf mich zu, und ich erwartete sie mit dem gleichen Lächeln, doch drückte das Gewicht dieses Lächelns so schwer auf meine Glieder, daß ich nicht aufstehen konnte, sie aber zog plötzlich beide Hände aus dem Muff, und während sie den kostbaren Pelz auf den Boden fallen ließ, griff sie mit beiden Händen in mein Gesicht und in meine Haare.

«Mein teurer Freund!»

Wie ein ersticktes Weinen, ein geflüsterter Aufschrei brach es aus ihrer Kehle und, peinlich, es zu gestehen, die Berührung ihrer Hände verursachte mir eine schmerzliche Lust.

Die Freude, die mich wie ein Blitz durchzuckte, riß mich von meinem Stuhl hoch, mein Gesicht rutschte an ihrem Spitzenkleid hinauf, bis Gesicht an Gesicht reichte, ihre festen, kühlen Lippen berührten meine tränenweiche Haut, sie suchte etwas, zögernd, doch voller Unruhe, sie mußte es schnell finden, und auch ich suchte etwas auf der unnahbaren Glätte ihres Gesichts, ungeschickt, gierig, und in dem Augenblick, als ihre Lippen meine Lippen gefunden hatten, in dem flüchtigen Bruchteil jenes Augenblicks, als ich den kühlen Umriß ihrer Lippen, diese zarte Wölbung, diesen bezaubernden Bogen auf meinen Lippen fühlte – ähnlich schien es ihr zu ergehen, weil sich ihre Lippen nicht öffnen wollten –, zuckte ihr Kopf zurück und sank auf meine Schulter, gleichzeitig umfaßte sie mich fast gewaltsam mit beiden Armen, damit wir ihn nicht fühlten, und doch spürten wir den Geschmack seines Mundes auf unseren Lippen und wußten, daß wir uns ohne die Gegenwart des Toten nicht mehr berühren konnten.

Lange standen wir so da, in fester Umarmung, Brust an Brust, Schoß an Schoß gepreßt, jedenfalls schien es, als habe es lange gedauert; und wenn der Schmerz vorher in den Berührungen und Zärtlichkeiten, den plötzlich aufflammenden und sofort wieder verlöschenden sinnlichen Energien eine Ableitung gesucht hatte, dann war es jetzt die Gemeinsamkeit des Schmerzes, die den Weg über diese heftige und in jeder Hinsicht leidenschaftslose Umarmung in die Trauer und in die Sünde fand, eine Gemeinsamkeit, die aus gegenseitiger Rücksichtnahme den Toten zwischen uns weder austreiben konnte noch wollte, wir ließen es zu, daß er sich zwischen uns drängte.

Vielleicht hatte sie so lange gebraucht, bis sie ihren kalten Leib an meinem von Tränen fieberheißen Körper aufgewärmt hatte, denn jetzt begann sie mit einem ganz anderen, komplizenhaften, listigen, geheimnisvollen, in jedem Falle aber unschicklichen Geflüster an meiner Schulter zu sprechen.

«Ich war ein braves kleines Mädchen», sagte sie fast übermütig. «Ich habe gelogen.»

Ich wußte, wovon sie sprach, es war genau das, worüber ich Bescheid wissen wollte, die Kenntnis dieser auch unausgesprochen wichtigen Tatsache, über die ich sie aber nicht hätte befragen können, ohne mich selber zu verraten, bedeutetete Zeit, den Fluchtweg.

Aber auch sie war auf der Flucht, und wenn sie mich verraten hätte, dann hätte sie damit sich selbst verraten, und trotzdem wünschte sie sich, daß ich ihr dankbar sei.

Ich aber wollte aus diesem meinem Leben verschwinden, ohne eine Spur zu hinterlassen, nicht einmal die einer verräterischen, hastigen, neugierigen Frage, aus der die Zurückbleibenden im nachhinein auf meine Absicht hätten schließen können, ich wollte, daß nichts bliebe außer der Spur meiner Spurlosigkeit.

Das alles deutete sie richtig, obwohl sie nicht wissen konnte, was sie verstanden hatte; und obwohl ich nicht die Absicht hatte, ihr meinen Dank vorzuenthalten, mußte ich sie ein wenig von mir fortschieben, um es auch auf ihrem Gesicht bestätigt zu sehen.

Und so stand es auch auf ihrem Gesicht, bloß in einem hatte ich mich getäuscht, sie lachte nicht, sie weinte.

Mit der Zunge trank ich ihre dicht herabrollenden Tränen, ich freute mich, daß ich meine Dankbarkeit in so einfacher Weise zeigen konnte, und als ich sie wieder an mich zog, löste sich in uns beiden einvernehmlich das vorhin noch fremde, seltsame Gefühl auf, daß wir nicht allein waren.

Dieses Gefühl aber machte mir plötzlich deutlich, welch tödliche Stille in meinem Zimmer herrschte, welch stumme tödliche Stille im ganzen Haus und aus welch unendlicher Stille das lautlose Licht durchs Fenster fiel.

Es ging mir durch den Kopf, daß man den Hausdiener inzwischen weggebracht hatte.

Später sagte sie leise, daß sie eigentlich nur gekommen sei, um sich zu verabschieden, sie würden abreisen.

Auch ich wolle nach Hause fahren, log ich, aber es wäre wohl nicht ratsam, mich ihnen anzuschließen.

Ich brauche keine Angst zu haben, flüsterte sie heiß an meinem Hals, als wären es Liebesworte, sie würde mit ihrer Mutter mit dem Wagen nach Kühlungsbronn hinüberfahren und voraussichtlich einige Tage dort verbringen, bevor sie auf ihre Güter in Sachsen zurückkehrten.

Aber selbst nach so vielen Jahren, nachdem ich ein verändertes, von allen Leidenschaften und Ausschweifungen freies, ehrbares Leben hinter mir habe, frage ich mich, was das für eine Scham ist, die mich noch immer davon abhält, von diesem Abschied zu sprechen?

War es doch, als würden wir gar nicht voneinander Abschied nehmen, schließlich waren wir ja eher im Begriff, voreinander zu fliehen, je schneller und je weiter, bloß fort! aber von ihm, der hier zurückblieb, hätten wir liebevoll Abschied nehmen sollen.

Sie hatte mich nicht verraten, hatte meinetwegen gelogen, und es ist keineswegs sicher, daß ich das gleiche an ihrer Stelle getan hätte, und daher war sie es auch, die sogar in dieser Situation, in diesem unmöglichen Abschied, die stärkere war.

Sie schob mich von sich, trat sogar ein paar Schritte zurück, und wenn ich sagen würde, daß wir einander ansahen, dann müßte es richtiger heißen, daß wir den Toten an unserer Statt erblickten.

Hatten wir ihm mit unserem Abrücken doch einen zu großen Platz zwischen uns eingeräumt, das hatte ihn so stark werden lassen.

Verwirrt, ratlos, stotternd, wie wir ihm gemeinsam ausweichen könnten, ihm, der sich immer stärker zwischen uns breitmachte, ganz zu schweigen davon, daß seine Leiche auf der anderen Seite der Wand lag, sagte ich, vielleicht wäre es angebracht, mich von ihrer Mutter zu verabschieden, hoffte ich doch, daß wir, wenn wir das Zimmer gemeinsam verließen, dieses Gefühl für unseren toten Freund irgendwie abschütteln könnten; daraufhin aber blitzte etwas feindselig Schmerzliches in ihren Augen auf, das man versucht sein könnte, als Haß zu bezeichnen, als Vorwurf und als Haß: als Vorwurf, weil ich mich mit Hilfe eines so gewöhnlichen Vorwands dem Toten zu entziehen versuchte, und als Haß, weil ich damit auch sie, die Lebende, zurückwies; ich mußte daher bleiben.

In diesem Bleiben jedoch vermischten sich die Lebenden mit den Toten auf eine verhängnisvolle Weise.

Dann aber lächelte sie, wie eine reife Frau über die Unbeholfenheiten eines Kindes lächelt.

Nach einer kleinen Weile nahm sie den Hut ab und zog langsam die Handschuhe von beiden Händen; Handschuhe und Hut warf sie auf den Tisch, trat näher an mich heran und berührte mit jenen Fingern mein Gesicht.

«Wie dumm Sie sind, wie schrecklich dumm!»

Ich schwieg.

«Das ist doch nur natürlich», sagte sie, während ich, unwillkürlich die Bewegung ihrer Hand erwidernd, spürte, daß ich nicht das Gesicht jener Frau berührte, die ich geliebt habe und die ich jetzt lieben werde, sondern daß ich das Gesicht der Frau langsam mit meinen Händen umfasse, die er geliebt hat, der Tote, richtiger, daß noch immer er es ist, der sie mit meinen Händen, meinem Körper liebt, wie auch das Fräulein nicht mich umarmte.

Weiter fielen keine Worte zwischen uns, ja blieben uns nicht einmal Bewegungen, die sich nicht auf ihn bezogen hätten.

Mit würdevoller Langsamkeit erfüllten wir aneinander seine Zeit, und für diese lange, helle, in jedem ihrer Augenblicke nüchterne Stunde war auch Hans, der Mörder, verschwunden.

Als gehorchten sie einer inneren Erschütterung, erweiterten und verengten sich die Pupillen, hinter dem wollüstigen Schleier unserer Augen erblickten wir den Tod.

Während sie sich ankleidete, die Handschuhe überzog, die Haare vor dem Spiegel ordnete und den Hut aufsetzte, blickte sie noch einmal auf mich zurück, als wollten ihre Augen sagen, wenn ich es unbedingt möchte, könne ich mich jetzt auch von ihrer Mutter verabschieden.

Nach dem, was wir in dieser langen Stunde getan hatten, hatte jeder konventionelle Abschied seinen Sinn verloren, alles mußte bleiben, wie es war.

Vielleicht habe ich ein Nein angedeutet, vielleicht auch hat sie es gespürt und es selber so gewollt.

Sie zog den Schleier über das Gesicht und ging.

In der nächsten Nacht stand ich am Fenster des ratternden Zuges, um mir anzusehen, wie ich für immer jenen geographischen Ort verließ, den andere, Glücklichere oder Unglücklichere als ich, Heimat nennen.

Es war dunkel, eine neblige Winternacht, und natürlich war nichts zu sehen.

Es gibt kein Weiter

Ich bin ein rationaler, vielleicht allzu rationaler Mensch. Und neige zu keiner Art von Demut. Trotzdem möchte ich mit meiner eigenen Hand den letzten Satz meines Freundes auf dieses leere Papier niederschreiben. Möge er mir helfen, die Arbeit zu Ende zu führen, mit der mich niemand betraut hat und die zur ureigensten Aufgabe meines Lebens geworden ist.

Es war dunkel, eine neblige Winternacht, und natürlich war nichts zu sehen.

Ich glaube übrigens nicht, daß er ihn als seinen letzten Satz gedacht hat. Alle Anzeichen deuten darauf hin, daß er am folgenden Tage wie gewöhnlich mit einem natürlich nicht vorhersagbaren und aus seinen hinterlassenen Notizen nicht zu erschließenden Satz seinen Lebensbericht fortgesetzt hätte. Weil ein angefangener Lebensroman immer darauf hinausläuft: verirrt euch erst einmal gründlich darin, vielleicht werde ich euch dann aus meinem Dschungel herausführen.

Meine Aufgabe ist nicht größer als die des Berichterstatters.

Voller Trauer berichte ich, daß es nachmittags gegen drei gewesen sein mag. Um diese Zeit etwa hatte er die Gewohnheit, seine tägliche Arbeit zu unterbrechen. Es war ein strahlender, wolkenloser, sommerlich warmer Nachmittag Ende September. Er war von seinem Schreibtisch aufgestanden. Draußen träumte friedlich der von der Augusthitze gelichtete alte Garten. Durch die winddurchlässigen Zwischenräume der Bäume und Sträucher mochte vor seinen Augen manchmal das dunkle Wasser aufblitzen. Die schießschartenschmalen Fenster waren umrahmt von den an der Hauswand hochkletternden, sich rot und gelb färbenden Blättern des wilden Weins, dessen Beeren um diese Zeit schon schwärzlich schimmerten. Zwischen seinen Ranken hausen Eidechsen und allerlei Käfer, die sich auf dem rissigen Mauerputz sonnen und unter den schattigen Blättern Kühlung suchen. Darüber oder über etwas Ähnliches schreibt er im ersten Kapitel seiner Erinnerungen, und etwas Derartiges mochte er auch damals um sich herum gesehen und gespürt haben. Später aß er ein paar Bissen, wechselte einige belanglose Worte mit meinen Tanten in der Küche, klemmte sich seine Zeitung und seine Post unter den Arm und zog, ein dickes Handtuch über der Schulter, hinunter zur Donau. Beide Beine zerschmettert, den Brustkorb eingedrückt, die Schädeldecke offen. So brachte man ihn zurück.

Mit diesem Satz schließt, ohne daß ich ihm irgendeine symbolische Bedeutung beimessen möchte, an dieser Stelle endet das annähernd achthundert Seiten starke Manuskript. Es ist mir zugefallen, obwohl ich juristisch keinerlei Anrecht darauf habe.

An dieser Stelle möchte ich mit allem Nachdruck darauf hinweisen, daß ich keineswegs beabsichtige, meine eigene Person in den Vordergrund zu schieben, wenn ich, bevor ich mit dem Bericht über den Tod meines unglücklichen Freundes beginne, einige Worte über mich und meine Lebensumstände vorausschicke.

Ich heiße Kristian Somi Tót; und wenn schon nicht mein Familienname, so könnte mich doch mein Taufname denjenigen, die in der Lektüre des trotz seines Umfangs unvollendet gebliebenen Lebensberichts bis zu diesem letzten Satz vorgedrungen sind, bekannt gemacht haben. Hat doch mein armer Freund, sei es aus Liebe idealisiert oder aus Haßliebe verzerrt, jenen Knaben namens Kristian, der ich einmal war und den ich heute so wenig zu mir gehörig fühle, darin beschrieben.

Fast möchte ich sagen, er hat es für mich getan. Und darauf

bin ich ein wenig stolz. Oder vielleicht nicht einmal stolz. Ich war vielmehr so kindisch überrascht, als habe man mir ein heimlich aufgenommenes, entlarvend glaubwürdiges Foto unter die Nase gehalten. Aber es beschämt mich auch.

In Kenntnis seines Manuskripts habe ich den Eindruck, daß die Erinnerung, je unersättlicher der Lebenswille ist, um so größere Sprünge zu machen gezwungen ist. Je stärker der in seinen Mitteln nicht wählerische Wille das aufs bloße Überleben gerichtete Tun steuert, um so tiefer wird die Scham sein, zu der ihn die Erinnerung später zwingt. Der Mensch schämt sich nicht gerne, und deshalb erinnert er sich lieber nicht an moralisch dürftige Zeiten. Und damit verliert er gerade soviel, wie er gewinnt. Unter diesem Gesichtspunkt aber halte ich es für möglich, daß mein toter Freund recht hat: auch ich bin ein Mensch mit einer zwiespältigen Seele; wenn das aber so ist, dann unterscheide ich mich nicht wesentlich von den anderen.

Um deutlich zu machen, was ich meine, muß ich gestehen, daß zum Beispiel die Ereignisse jenes eisigen Märztages, die für die Entwicklung seines Schicksals von so verhängnisvoller Bedeutung waren, von meiner Erinnerung einfach und ohne Aufhebens fallengelassen wurden. Ich habe das gleiche erlebt und zweifellos genauso, wie er es beschreibt. Meine durch den Tod des Despoten ausgelöste elementare Freude und panische Angst, die innere Ungleichheit einer schon seit langem währenden gegenseitigen Anziehung, die kindliche Angst vor Verrat und Verratenwerden vermischte sich auch in mir in ähnlichen Proportionen und ließ auch meinen Mund vor lauter Verwunderung offenstehen. Doch ist mir das nie wieder eingefallen. Ich muß die Geschichte nach diesem Kuß wohl als abgeschlossen angesehen haben.

Während des Wasserlassens hatte ich tatsächlich die Äußerung gemacht, daß dieser Posträuber jetzt endlich krepiert sei. Oder eine ähnliche Dummheit. Einen solchen Satz laut auszusprechen hatte ein fast körperliches Lustgefühl zur Folge. Nachher bekam ich Angst, er könne mich anzeigen. In jenen Jahren waren wir ständig von der Gefahr der Aussiedlung bedroht. Unter den Bewohnern der Häuser in unmittelbarer Nachbarschaft des Sperrgebiets waren wir die letzten gewesen. Jeder amtliche Briefumschlag hatte meine Mutter in zitternde Aufregung versetzt. Vielleicht war unser Haus zu klein, vielleicht war es zu schäbig, ich weiß bis heute nicht, welchem Umstand wir diesen Gnadenakt zu verdanken haben.

Ich liebte meine Mutter mit jener zärtlich herrschsüchtigen und jeder ihrer kleinen Gemütsanwandlungen ausgelieferten, nachsichtigen und beschützenden Liebe, mit der ein vaterloser Junge eine mit Einsamkeit und schweren Existenzsorgen kämpfende, bis an ihr Lebensende trauernde Witwe zu lieben vermag. Ihretwegen fühlte ich mich zu jedem Zugeständnis, zu jeder Demütigung bereit. Deshalb hätte ich gewünscht, daß es nicht zu einer Anzeige komme. Oder, sollte sie schon gemacht worden sein, wenigstens zu erfahren, womit ich zu rechnen habe. Zur Selbsterniedrigung habe ich wahrlich kein Talent, aber in meiner Kompromißbereitschaft gehe ich seither bis zur äußersten Grenze des Möglichen.

Das alles soll besagen, daß es in meinem Leben auch später kein Ereignis gab, das mir den Gedanken eingegeben hätte, jener Kuß habe eine andere Bedeutung gehabt, als mich von einer existentiellen Sorge zu befreien, sei wirklich ein Kuß gewesen. Ich durfte mich nicht auch noch in innere Gefahren bringen, hatte ich doch genug äußere abzuwehren. Und nachdem ich mich so sehr an die Vorteile einer sich auf das seelische Verbergen gerichteten Handlungsweise gewöhnt hatte, bin ich auch später jeder Situation oder Situationsdeutung aus dem Wege gegangen, deren Doppeldeutigkeit meinen Interessen und meinen Absichten nicht entsprochen hätte.

Jetzt, nachdem ich weiß, wie er mich gesehen hat und welche bleibende, wenn auch mir unbewußte Wirkung ich auf ihn hatte, fühle ich keine geringe Traurigkeit. Als hätte ich etwas versäumt, was ich mir freilich nie gewünscht hatte. Was mir aber trotzdem schmeichelte. Während er sich den Luxus einer solchen seelischen Verfeinerung erlauben konnte. Worum ich ihn andererseits beneidete. Dessenungeachtet ist meine Trauer frei von jeder Art von Vorwürfen, Selbstbezichtigungen, Anklagen oder irgendwelchen Gewissensskrupeln. Sicher wird es so sein, daß ich als Kind interessanter, anziehender, ja, darüber hinaus gewissenloser, undurchschaubarer, boshafter und brutaler war als später im Erwachsenenalter. Wie hätte ich es auch anders sein können. Ich mußte mir die fürs Leben notwendigen sachlichen Voraussetzungen beharrlich erkämpfen, und dieser unterschwellige, an eine distanzierte Betrachtungsweise angepaßte Kalte Krieg hat mich damals mit Sicherheit erfinderischer, undurchschaubarer, anpassungsfähiger gemacht, als ich es später wurde, nachdem es mir endlich gelungen war, ermüdet vom Kampf um die elementaren Bedürfnisse des Lebens, meinen gesichert scheinenden Platz zu erobern.

Im Alter von dreißig hatte er sich gefährlich geöffnet, ich aber hatte mich gefährlich verschlossen, und beide waren wir schutzlos geworden. Er hatte eine Liebe gefunden, von der er hoffte, sie könne eine lange, quälende Leere ausfüllen, und diese Hoffnung hatte ihn gezwungen, unbekanntes Gelände zu betreten. Ich aber, aufgeschreckt aus meiner stumpfen Lethargie, war gerade dabei, mich in meiner Hoffnungslosigkeit auf die alltäglichste Weise und auf das gründlichste von meinen Qualen zu befreien, es fehlte nicht viel und ich wäre zum Alkoholiker geworden. Später sagte er einmal, daß auf ihre Geschlechtsrolle fixierte Männer dazu neigen, körperlichen und seelischen Gestank zu verbreiten.

Wenn ich den Bogen meiner Lebensbahn überprüfe, fühle ich mich keineswegs allein in diesem Vaterland. Wenn mein Freund die Ausnahme ist, bin ich der Durchschnitt, und erst wir beide zusammen ergeben die Norm. Doch suche ich meine Zuflucht durchaus nicht in dieser Unterscheidung, etwa um mich mit meiner Durchschnittlichkeit, meiner durch den ständigen Zwang zur Anpassung eingeschränkten Aufmerksamkeit, meiner träge funktionierenden Erinnerung zu brüsten und mich dadurch als überlegen über denjenigen zu erweisen, den ich als die Ausnahme bezeichnet habe, nein, mit dieser Charakterisierung möchte ich weder den einen noch den anderen abstempeln, im Gegenteil; auch möchte ich die Verantwortung für meine Blindheit und Taubheit nicht von mir abwälzen, sondern auf meine Weise, in seelischer Hinsicht vielleicht etwas dürftig, aber ohne jede Voreingenommenheit versuchen, unsere gemeinsamen Lebensdaten ins Auge zu fassen.

Ich bin Nationalökonom und befasse mich als wissenschaftlicher Assistent seit einigen Jahren mit theoretischer Wirtschaftswissenschaft. Meine Arbeit besteht im wesentlichen darin, daß ich die sich wiederholenden oder die sich als Ausnahme erweisenden Daten innerhalb der Erscheinungswelt der Nationalökonomie zusammentrage und analysiere. Das heißt, daß ich versuche, die Eigenschaften einer bestimmten Gruppe von Phänomenen zu bestimmen. Das möchte ich auch jetzt tun. Die Belletristik übrigens ist nicht mein Fall. Gedichte habe ich nie geschrieben. Ich bin Fußballer, Ruderer, Gewichtheber gewesen. Und seitdem ich abends nicht mehr trinke, laufe ich morgens beträchtliche Strecken. Fachwissenschaftliche Arbeiten sind das einzige, was ich zu Papier bringe. Aber ich vermute, daß mein Leben schon seit meiner frühesten Kindheit, aufgrund meiner Herkunft und meiner Erziehung, durch die vorsichtigste und mitleidloseste Beobachtung meiner Umgebung bestimmt wurde. Mußte ich doch schon im Kindesalter darauf achten, wie ich über etwas zu denken habe, bevor ich es ausspreche, oder doch wenigstens darauf, daß ich das, was ich sage, nicht etwa auch denke. Diese übermäßige Anpassung und Selbstkontrolle möchte ich trotzdem nicht als für mich charakteristisch bezeichnen, bin ich mir doch bewußt, daß ich meine registrierenden und protokollierenden Fähigkeiten einer aus Verzicht, Zwang und Notwendigkeit entstandenen Selbstdisziplin verdanke.

Jedes junge Lebewesen ist anfangs voller Leidenschaft, und sein leidenschaftliches Verlangen, die Welt in Besitz zu nehmen, verleiht ihm Schönheit. Je nach dem Prinzip der Befriedigung, dem Maß und der Funktion dieses leidenschaftlichen Verlangens unterscheidet es das Schöne vom Häßlichen und nennt das Gute schön, das Häßliche schlecht. Heute aber ist mir nichts mehr von dem zu eigen, was meine Betrachtungsweise als eine ästhetische ausweisen würde. Was ich sehe oder erlebe, sei es auch das aufwühlendste Ereignis, beurteile ich weder als schön noch als häßlich, weil ich es nicht als solches betrachte. Allerhöchstens eine stille Dankbarkeit, die an so etwas wie Wärme erinnert, empfinde ich für Dinge, die mir förderlich sind; sie aber kühlt schnell wieder ab.

Möglich, daß ich Leidenschaften hatte, die längst vergangen sind. Möglich auch, daß mir zeitlebens etwas fehlte. Möglich sogar, daß ich wegen dieser fehlenden oder gerade im Überfluß vorhandenen Eigenschaft schon als Kind gefühlskalt erschien. Ich kann nicht behaupten, daß ich von vielen geliebt werde, im allgemeinen hält man mich für einen sachlichen Menschen. Aber die schmeichelhafte Analyse meines Freundes veranlaßt mich, mich selber zu fragen, ob ich nicht deshalb als Mann von sachlichem Urteil gelte, weil es mir immer recht gut gelingt, die Gegenstände meiner Arbeit und die mir trotz allem zugetanen Personen in einer gewissen Distanz zu mir zu halten, so daß ich mich nicht mit ihnen zu identifizieren brauche, sie aber doch unter meiner Kontrolle zu behalten vermag.

Ich befinde mich nicht in der glücklichen Lage, auch nur ein einziges Lebensprinzip auf ideale Weise zu verkörpern. Aus mir hätte der verworfenste Zyniker werden können, ich bin es nur darum nicht geworden, weil dieser ständig sich erneuernde Mangel oder Überfluß an Gefühlen mich auf die allergewöhnlichste Weise quält.

Einige Tage vor meiner Reifeprüfung habe ich den Kachelofen in meinem Zimmer zur Hälfte abgerissen. Ich war frühmorgens, fast noch vor Tagesanbruch, von einem Stelldichein nach Hause gekommen. Ich mußte mich immer heimlich fortstehlen, damit die ahnungslosen Eltern des Mädchens nichts von meinen nächtlichen Besuchen merkten. An jenem Morgen war ich allein in unserem Haus. Meine Mutter war fort, um ihre Verwandten in Debrecen zu besuchen. Der Kachelofen hatte mich schon lange gestört. Ich hatte das Gefühl, daß er nicht auf dem richtigen Platz stand und daß ich ihn überhaupt nicht gebrauchen könne. Nachts strömte seine

Hitze direkt auf meinen Kopf, und auch die Zimmertür konnte man seinetwegen nicht richtig öffnen. Ich holte einen großen Hammer, ein Stemmeisen fand ich nicht, aber ein tüchtiger Bolzen war mir in die Hände gefallen, der durchaus meinen Absichten entsprach.

Ich fing mit dem Abbruch an und warf die Kacheln zum Fenster hinaus in den Garten. Aber der Abbruch der inneren Gänge des Ofens erwies sich als schwieriger, als ich es mir vorgestellt hatte. Und mein Zimmer, in dem ich keine Vorsorge für diese Arbeit getroffen hatte, bedeckte sich allmählich mit Staub, Schutt und Ruß. Die Teppiche, die Bücher, die Polsterung der Stühle, meine Hefte und die fertigen Prüfungsarbeiten auf der Schreibtischplatte. Was ich, als ich mich umsah, aus meinem Tätigkeitsrausch allmählich wieder zu mir gekommen, nicht als eine natürliche Begleiterscheinung des Arbeitsvorgangs, sondern als erschreckenden, unerträglichen Schmutz empfand. Als den langweiligen Abfall einer unendlichen Trostlosigkeit. Dieses Gefühl überkam mich genauso plötzlich wie der Einfall zum Abriß. Ich starrte in den verstümmelten Körper einer sinnlos gewordenen, dunkelbauchigen, nach Rauch stinkenden Konstruktion von Menschenhand. Ich muß ungefähr bis zur Hälfte gekommen sein, als ich damit aufhörte. Ich fühlte mich schläfrig oder müde, schloß das Fenster, warf die Kleider ab und kroch ins Bett. Konnte aber nicht einschlafen. Eine Zeitlang wälzte ich mich von einer Seite auf die andere, versuchte, mich zusammenzukrümmen, nur gelang es mir nicht, mich so zusammenzufalten und klein zu machen, wie ich es gewünscht hätte. Ich erinnere mich nicht, an irgend etwas anderes gedacht zu haben, und weiß auch nicht, ob ich diesen quälenden Wunsch überhaupt einen Gedanken nennen kann. Ich mußte fort aus dem Ganzen, weil man mit diesem Unvermögen nicht so liegen bleiben konnte. Und ohne mir für irgendeine Überlegung Zeit zu nehmen, fing ich an, wahllos die Tabletten aus dem Arzneikasten meiner Mutter zu schlucken. Ihr Bedarf an Beruhigungs- und Schlaftabletten war groß. Nach einer Weile konnte ich ohne Wasser nicht mehr schlucken.

Heute kommt es mir vor, als würde ich mich zwar an etwas erinnern, das aber nicht mit mir passiert ist. Denn zuerst trank ich das Wasser aus einer Blumenvase, anschließend das aus den kleinen Untersetzern der Zimmerpflanzen. Ich kann immer noch nicht begreifen, warum ich nicht in die Küche hinausgegangen bin. Und natürlich wurde ich von einer gräßlichen Übelkeit befallen. Von einem trockenen Würgen, als hätte ich überhaupt keinen Speichel mehr im Munde. Ich bekam Angst, Mutters Möbel vollzukotzen. Ich war in die Knie gesunken, bettete meinen Kopf auf den Rand des Sofas und versuchte mit allen Kräften, den krampfartigen Aufruhr meines Magens zu unterdrücken. Das ist alles, woran ich mich erinnere. Wäre meine Mutter, von einem bösen Vorgefühl getrieben, nicht einen Tag früher zurückgekommen, könnte ich jetzt nicht von alledem berichten. Der Magen wurde mir ausgepumpt. Der Ofen wieder instand gesetzt.

Nie wieder habe ich etwas ähnlich Unsinniges getan und habe auch nicht die Absicht, es in Zukunft jemals zu tun. Doch jenes eigenartige Gemisch von Gefühlen, die wir als Niedergeschlagenheit zu bezeichnen gewohnt sind, hat mich, unabhängig von meinem Tun, mochte es von Freude oder Leid, Hoffnung oder Hoffnungslosigkeit begleitet sein, nie wieder verlassen. Obwohl ich vorher keine vergleichbaren Gefühle gekannt hatte. Doch möchte ich diese Gefühle nicht nur deshalb nicht eingehender schildern, weil ich kein klares Bild von ihrem Ursprung habe, sondern weil ich im allgemeinen den Eindruck eines ausgeglichenen, heiteren Menschen mache, und dieser äußere Eindruck ist mir der wichtigere.

Wenn jemand gezwungen ist, seine Herkunft zu bestimmen, dann beginnt er unter seinen Vorfahren eine Auswahl zu treffen. Wenn ich danach gefragt werde, sage ich für gewöhnlich, daß ich aus einer Soldatenfamilie stamme. Als wollte ich damit behaupten, daß alle meine Vorfahren, ob Soldat oder General, Berufssoldaten gewesen wären. Eine eindrucksvolle Vorstellung, die sich aber nicht mit der Wirklichkeit deckt. Ein wenig so, als ob wir von dieser oder jener Familie sagen, es sei eine alte Familie. Obgleich doch alle Familien gleich alt sind. Freilich sind die Söhne und Töchter der verschiedenen Nationen zu unterschiedlichen Zeiten von den Bäumen herabgestiegen. Die Inkas und die Juden sicherlich um ein gutes Stück früher als die Deutschen, die Ungarn jedoch gewiß etwas später als die Engländer und Franzosen. Woraus aber keineswegs folgt, daß die Familie eines Leibeigenen nicht genauso alt wäre wie die seines Fürsten, wenn beide der gleichen Nation angehören. Und wie eine Nation entsprechend ihren sozialen Wertmaßstäben zwischen ihren unter dem Gesichtspunkt der Abstammung völlig gleichrangigen Familien unterscheidet, so verhält sich auch das Individuum, wenn es entsprechend seinen Neigungen, Wünschen, Absichten und Interessen anfängt, in dem reichlich gemischten Panoptikum seiner Vorfahren eine Auswahl zu treffen. Dieses eigenartige, personenbezogene Auswahlverfahren konnte ich auch im Manuskript meines Freundes entdecken.

Seine aus extremen Gegensätzen bestehende Persönlichkeit hätte er nur ins Gleichgewicht bringen können, wenn er sich erforscht und versucht hätte, Ursprung und Ursache der sich in ihm unterschwellig austobenden Kräfte in Augenschein zu nehmen. Zu einer so lebenswichtigen Seelenanalyse aber hätte er über ein ausgewogenes Einfühlungsvermögen verfügen müssen, das er wegen seiner Unausgeglichenheit eben nicht besaß. Er war in einen Teufelskreis geraten. Und ausbrechen konnte er nur, wenn er sich während der Zeit seiner Selbstbeobachtung jenem Menschen oder jener Menschengruppe angeschlossen hätte, sich die Ansichten jenes Menschen zu eigen gemacht hätte, der in seiner Umgebung noch am meisten über diese für ihn so wichtige Ausgeglichenheit verfügte. Deshalb hatte er sich seinen Großvater mütterlicherseits, einen auch in den herrschenden gefährlichen Lebenssituationen Selbstdisziplin ausstrahlenden, Selbstbeherrschung übenden, liberalen Bürger zum Vorbild gewählt. Und aus dem gleichen Grunde bewundert er, wenn auch mit grausamer Ironie, aber voller Rührung, die Ausdauer, den Anstand der einer rigorosen Moral das Wort redenden Bürgerin, seiner Großmutter. Er will sich durch seine Großeltern mit etwas identifizieren, aus dem er aufgrund seiner realen Lebenssituation ausgestoßen war. Und gerade deswegen bezieht er sich auf diese Herkunft. Auf dieser einen Spur geht er in seine Vergangenheit zurück, obwohl er es auch auf vielen anderen tun könnte. Beim Lesen kam mir der Gedanke, daß er vielleicht nicht ohne Absicht das andere großelterliche Paar vergessen hatte. Ich nehme aber an, daß er es nicht getan hat, weil er sich ihrer vielleicht geschämt hätte. Und auch nicht, weil sie im Hinblick auf sein Leben nicht von ähnlicher Bedeutung gewesen wären.

An Wochenende oder an manchen Sommermorgen waren wir mit der Straßenbahn zu ihnen hinaus nach Káposztásmegyer gefahren.

Nach Abschluß meines Studiums war ich im Außenhandel tätig. Zehn Jahre lang bin ich kreuz und quer durch die Welt gereist. Wenn ich aber ans Fahren denke, fällt mir immer noch jene gemütlich dahinratternde gelbe Straßenbahn ein. Die offene Plattform. Selbst auf langen Flugreisen, vertieft in irgendwelche Fachliteratur, sehe ich dieses alte Bild vor mir. Als würde ich nicht fliegen, sondern in jener gelben Straßenbahn durch die Welt reisen. Mit ihrem endlosen Geratter die alte Vácistraße entlang.

Der Alte, ein Kriegsversehrter aus dem Ersten Weltkrieg, der sich trotz seiner eingeschränkten Bewegungsfähigkeit eine muskulöse Robustheit bewahrt hatte, trotz seiner annähernd siebzig Jahre kaum ergraut, mit einer vom ausdauernden Trinken feuerroten, pockennarbigen Nase, ein lautstarker Mann, wohnte als Nachtportier der Wasserwerke mit seiner rundlich-dicken Ehefrau im Untergeschoß eines der Werksgebäude. Diese Großmama hatte die Gewohnheit, Telegramme an ihren Enkel zu schicken. Heute backe ich Palatschinken; morgen gibt es Mohnstrudel. Und wenn ich behaupte, daß ausgerechnet dieses Milieu zum widerstandsfähigsten Bollwerk unserer Freundschaft wurde, dann ist das nach meiner festen Überzeugung keine Übertreibung. Wenn aber lange nichts mehr passiert war, dann fragte ich ihn, wann es wieder Marmeladenfleckerl gebe. Worauf er bloß Apfelstrudel sagte. Oder er war es, der anfing und Marillenknödel sagte. Worauf ich nur zu fragen brauchte, wann. Zwischen uns hatte sich eine Sprache herausgebildet, die außer uns niemand verstand. Aber nicht nur wegen dieser so wohlschmekkenden Speisen.

Mich regten Maschinen wahnsinnig auf, ihr Funktionieren und ihre Konstruktion, was sie bewirkten und wie sie sich bewegten, und dafür hätte ich kein schöneres und anschaulicheres Modell finden können als jenes, dem ich dort im Wasserwerk begegnete. Ihn jedoch schien ausschließlich meine unstillbare Neugier zu begeistern. Auch muß er gewußt haben, daß er mich allein durch die Hoffnung auf unsere Besuche ganz in der Hand hatte, ja erpressen konnte. Brauchte er doch nur das Wort Nußfleckerl auszusprechen, und ich vergaß alle meine übrigen Vorhaben und Abhaltungen und rannte hinter ihm her. Die Geduld der ernstgekleideten, krawattentragenden Maschinenmeister und der Gehilfen im Athletentrikot erwies sich als nicht weniger unerschöpflich als meine nicht enden wollende Neugier. Sie zeigten und erklärten uns alles. Und es mochte sie mit nicht geringer Genugtuung erfüllen, daß sie auf die meisten unserer Fragen eine Antwort wußten.

Die Zeit der großen Reparaturen war die aufregendste. Dann schrubbten und wuschen die aus den Nachbargemeinden zusammengetrommelten Frauen und Mädchen in ihren geschürzten Röcken und in ihren Stiefeln die gekachelten Wände der entleerten Becken, und die bis zur Nasenspitze ölverschmierten Männer und von Pusteln verunzierten Lehrlinge reinigten und montierten die auseinandergenommenen Maschinenteile. Sie grölten, stichelten, schweinigelten, grapschten und kreischten, als wären sie zu Mitwirkenden irgendwelcher uralter Rituale geworden. Sie frotzelten und neckten einander, Männer die Männer und Frauen die Frauen, Frauen die Männer und Männer die Frauen, als gehöre dies sowohl zur Arbeit als auch zu jenem ganz anderen, in das wir, die beiden kleinen Buben, noch nicht eingeweiht waren. Es erschien uns wie ein seltsames Arbeitslied. Um ihr Tagewerk anständig zu erfüllen, mußten sie ihre nächtlichen

Strophen laut heraussingen. Aber wir konnten auch zu zweit, ohne jede Aufsicht, die wunderbaren, um die Jahrhundertwende gebauten Maschinenhäuser durchstreifen, den rings um die Brunnen angelegten, unberührten Park oder die widerhallenden Wandelgänge rings um die Staubecken, wo die Dinge von solch reiner, kristallener Kälte waren, daß wir zu nichts anderem Lust hatten, als dazustehen und stumm die unbewegte Oberfläche des sinkenden und steigenden Wasserspiegels zu bestaunen.

Doch mit dieser frühen, geradezu idyllischen Zeit unserer Freundschaft beschäftigte er sich in seinem Manuskript nicht. Ich muß gestehen, daß mich in meiner nicht geringen Gekränktheit öfters der Zorn packte wegen dieses auffälligen Mangels. Nicht selten waren wir über Nacht geblieben und hatten in der nach Zwiebel duftenden Küche gemeinsam auf einem ziemlich engen Lager geschlafen. In einer völkerkundlichen Studie habe ich einmal gelesen, daß die Eltern der Zigeunerkinder genau darauf achten, daß in der strengen Winterkälte, wenn sich die Kleinen im Stroh auf dem Boden aneinanderkuscheln, Buben zu Buben und Mädchen zu Mädchen kriechen. Ich kann mir nicht denken, daß er diese kindliche Wärme einer selbstverständlichen Brüderlichkeit, der er später sein ganzes Leben lang so verzweifelt nachjagte, ohne Absicht vergessen hätte.

Auch erinnere ich mich noch, daß sein Großvater, wenn es im Sommer sehr heiß war, sein Holzbein abschnallte und uns, während er den gräßlichen Stumpf, der aus seiner Klotthose ragte, tätschelte, die Vorzüge eines Kunstbeines schilderte. Erstens, daß es nicht stinkt und daß ihm keine Ballen wachsen. Wenn es quietscht, dann ölt er es eben. Was man bei dem richtigen nicht tun kann. Zweitens, daß dieses Bein kein Rheuma kriegt, was verbürgt sei. Höchstens, daß es wurmstichig wird. Nur eines bedaure er. Vom Saufen schlafen ihm alle Glieder ein. Sogar das Loch im Arsch. Nur dieses Bein macht nicht mit.

Was mich betrifft, so habe ich mir aus der zahlreichen Gesellschaft meiner Vorfahren – ländlicher Handwerker, Kleinbauern aus der Tiefebene, die ihr eigenes Stück Land bearbeiteten, halsstarriger protestantischer Volksschullehrer, Paloczer Tagelöhner, zu industriellen Unternehmern aufgestiegener, reich gewordener Mühlen- und Sägewerksbesitzer – zwei tote Soldaten ausgesucht.

Meinen Vater und meinen Großvater mütterlicherseits. Auf diese Weise sind wir zu einer Soldatenfamilie geworden. Sie nämlich waren die Außergewöhnlichen. Mehr an Berufssoldaten gab es nicht in unserer Familie. Und dazu kam noch, daß ich an keinen der beiden eine Erinnerung haben konnte.

Von Vater hatten wir nur wenige Fotografien, von Großvater dafür um so mehr. Zu meinen liebsten Kindheitsbeschäftigungen gehörte es, diese Fotos zu betrachten.

Heute wäre es wirklich schwer, in den Familiengeschichten, die sich um die Gestalt meines Großvaters rankten, die Übertreibungen von der Wirklichkeit, die diesen Übertreibungen zugrunde lag, zu unterscheiden. Doch denke ich, daß er die Ausstrahlung, die von seiner Person ausging und die tausendfach auf ihn zurückfiel, nicht nur seinen außerordentlichen Fähigkeiten, seiner durchaus vielversprechenden, abgebrochenen Karriere, sondern gewiß auch seinem anziehenden Äußeren verdankte. Wenn meine älteren Verwandten meine Schenkel betätschelten oder mein Gesicht mit schmatzenden Küssen bedeckten, pflegten sie unter genüßlichem Zwinkern zu sagen, daß ich, wenn ich erwachsen werde, wohl kaum ein so gutaussehender Mann wie mein Großvater sein würde. Meine Mutter jedoch spielte gerade umgekehrt mit scheinbar spöttischer, aber unüberhörbar stolzgeschwellter Stimme darauf an, daß ich, auch wenn ich in meinem Äußeren nach Großvater geriete, ihn bedauerlicherweise an Intelligenz kaum erreichen würde. Trotzdem waren beide Behauptungen, wiewohl voreingenommen, verführerisch genug, um in mir das Wissen über die Wichtigkeit einer solchen Ähnlichkeit zu festigen, das Gefühl, daß ich in jemandes Spur getreten sei, und auch jenen seltsamen Wunsch, daß ich ihm nacheifern müsse. Ihm, der ich in gewisser Hinsicht selber war, obwohl ich keineswegs zu beurteilen vermochte, ob das günstig oder ungünstig sei für mich.

Wir besaßen ein für kartographische Arbeiten gebräuchliches Vergrößerungsglas. Es war aus dem Nachlaß meines Großvaters auf uns gekommen. Mit diesem Glas untersuchte ich diese aus verschiedenen Zeiten stammenden Gesichter. Möglicherweise habe ich keine angeborene Empfänglichkeit für die Schönheit, soviel aber ist sicher, daß es mir noch nie gelungen ist, für schön zu halten, was andere dafür hielten. Und daher ist es auch nicht weiter verwunderlich, daß mich im Gegensatz zur Betrachtungsweise meines toten Freundes eine als schön bezeichnete Landschaft, ein Gegenstand oder eine Person zwar zum Nachdenken anregt, aber in keiner Weise in Begeisterung versetzt. Auch mit den Porträtaufnahmen meines Großvaters beschäftigte ich mich so eingehend, weil das, was andere für so eindrucksvoll hielten, ausgesprochen unangenehme Gedanken in mir wachrief. Wenn zwei Linien parallel laufen, müssen sie sich im Unendlichen treffen. Wenn sie nicht parallel laufen, dann hier vor meiner Nase. Mit dem, dem ich am meisten ähnlich bin, kann ich bloß an einem theoretisch gedachten Punkt zusammentreffen, während ich dem, von dem ich mich unterscheide, überall und jederzeit begegnen kann. Als hätte mich die Betrachtung meines Gesichts dazu gezwungen, anstelle von zwei sich ergänzenden Prinzipien die Gültigkeit eines dritten zu suchen. Und obwohl mir sein Gesicht und seine Gestalt geradezu abstoßend vorkamen, flüsterten mir meine Gefühle zu, daß wir uns sehr nahe seien. Vor allem waren es seine Augen. Sein Blick machte mich schaudern.

Die Fotografien meines Großvaters hatte ich seit mindestens fünfundzwanzig Jahren nicht in der Hand gehabt.

Sollten derartige Selbstbetrachtungen, die den Menschen notgedrungen in innere Nöte versetzen, in welchen sein Wille dann nicht mehr in der Lage ist, seinen Interessen gemäß zu handeln, eine so elementare Angst, einen solchen Schrecken und Abscheu in mir ausgelöst haben? Oder sollte ich ihm wirklich so ähnlich sein und ihn gerade aufgrund dieser Ähnlicheit für so abstoßend halten? Sollte ich über den Abstand, der den Lebenden von den Toten trennt, und über eine theoretisch denkbare Begegnung zwischen beiden nachgedacht haben? Und wäre es vielleicht diese aus der Selbstbeobachtung hervorgegangene Mutlosigkeit, die mich einerseits quält und andererseits hindert, für das Schöne empfänglich zu sein? Diese Fragen zu beantworten fühle ich mich jedoch nicht zuständig. Anders ausgedrückt, ich müßte dann über Einzelheiten meines Lebens nachdenken und sprechen, was aber nicht nach meinem Geschmack wäre.

Sagt mir doch eine fast vierzigjährige Erfahrung, daß das seelische Sichverstecken seine eigenen existentiellen Vorteile hat. Mit dem Tode meines Freundes aber begann die Neugier mich anzutreiben, mir gleich ihm Gewißheit über mich zu verschaffen – ohne daß ich wie er darüber zugrunde gehen müßte –, und das sogar ohne zu lügen.

Ich gehe bis an die Grenze der Selbstverleugnung und der Belastbarkeit meines Schamgefühls, wenn ich berichte, daß zum Beispiel manche Frauen, die mich ansonsten für einen guten Liebhaber halten, in den leidenschaftlichsten Momenten unserer Umarmungen meinen Mund mit ihrem Mund zu vergewaltigen suchen. Und wenn ich ihnen dies stumm verwehre, fragen sie mich oft und drängend, warum ich mich verweigere. Warum erlaubst du es nicht? Weil ich es nicht will, antworte ich meist. Wenn ich überhaupt antworte. Ich gebe zu, daß mein Verhalten mehr als eigenwillig erscheinen mag, aber in mir ist diese stumme Verweigerung mindestens so tief eingewurzelt wie bei anderen der Wunsch, stumm zu küssen. Ich fühle keine Notwendigkeit, den brutalen Egoismus meines Selbst- und Arterhaltungstriebes zum Nachteil meiner autonomen Persönlichkeit zu mäßigen. Mit dem Kuß aber würde ich die Kontrolle über mich und den anderen Menschen verlieren. Eine Kraft begänne mich zu lenken, der ich mich nicht gerne anvertrauen möchte.

Und wenn ich versuchen würde, die weiblichen Reaktionen auf diese meine gewiß als eigenartig zu bezeichnende Verhaltensweise in ein System zu bringen, wenn ich fragen würde, wie reagieren vollkommen verschiedene Menschen auf die Verweigerung eines für sie so grundlegenden Bedürfnisses, das ich für völlig überflüssig halte, dann wären nach meiner Erfahrung drei Verhaltensmuster zu unterscheiden.

Zum ersten gehört die nervöse, labile, gefühlvoll melancholische, verletzliche, jedesmal unsterblich verliebte Frau, die sich sofort empört entzieht, anfängt zu weinen, mit Fäusten auf mich losgeht und brüllt, «ich habe es doch gleich gewußt, daß es bloß das war, was du von mir gewollt hast», mich einen Lügner nennt und droht, jetzt, sofort, aus dem Fenster zu springen. Ich soll sie lieben! Doch um den Preis der eigenen Vergewaltigung ist niemand fähig zu lieben. Ihre Besänftigung beziehungsweise ihre stürmische Befriedigung verursacht trotzdem keine besonderen Probleme. Wenn es mir gelingt, sie auf dem Höhepunkt ihrer Raserei zu vergewaltigen, wenn ich also den Augenblick meines Handelns richtig gewählt habe, dann ist alles wieder in der denkbar besten Ordnung zwischen uns. Das sind die Masochisten, die schon immer auf eine sadistische Bestie gewartet haben, die ich freilich nicht bin. Der Bogen ihrer Lust ist kurz, sie empfinden ihn als heftig, doch jäh in sich zusammenfallend, so als hätten sie noch nicht den Höhepunkt erreicht, den sie angestrebt haben, und wären nur auf einer wesentlich niedrigeren, steinigen Ebene angelangt. Diese Frauen liebe ich am wenigsten.

Der zweite Typus neigt eher zu stiller Ergebenheit. Wenn sie sich meiner körperlichen Willkür anvertrauen, dann erreicht der zur Verzögerung neigende Bogen ihrer Lust über eine langsame, stufenweise Steigerung mehrere, ihr ganzes Wesen erschütternde Höhepunkte, deren Wirkung fast immer bis zum nächsten Höhepunkt anhält. So, als würde jede überwundene Hemmung sie weiterstoßen in die Lust, und obwohl die Lust anhält, aber von den Hemmungen verzögert wird, ist es zum Schluß nicht die Lust allein, die triumphiert. Eher gleicht diese Liebe einem krampfhaften Hindernislauf der Lust. Es sind das zurückgezogene, bescheidene, jedes Aufsehen ängstlich vermeidende, sich ihres unvorteilhaften Äußeren wegen abhärmende Mädchen, welche die unter

Frauen üblichen, charmant verpackten unbarmherzigen Intrigen irgendwie zur Heuchelei nötigen. Und auch wenn sie sich meiner Willkür entziehen, so tun sie doch, als würden sie nichts vermissen. Sie steigern ihre Hingabe bis zur äußersten Grenze ihrer Möglichkeiten, und wenn es sich zeigt, daß auch das nichts nützt, weil mich im Gegensatz zu ihnen Hingabe nicht zu Dankbarkeit verleitet, sondern höchstens meine Aufmerksamkeit schärft und meine Wachsamkeit steigert, dann protestieren sie mit zärtlichen Demutsgebärden, in welchen sich jene hinterhältige Absicht verbirgt, mit der eingeübten Bereitwilligkeit ihres Mundes meinen Mangel an Hingabe zu beschwichtigen und auch in mir den Wunsch nach etwas Ähnlichem zu wecken. Und machen damit ihren Mund gleichsam zum unterwürfigen Sklaven meines Körpers. Dementsprechend endet auch unsere anspruchslose Geschichte. Mit ihnen habe ich das größte Mitgefühl, aber in der Praxis verhalte ich mich ihnen gegenüber am mitleidlosesten.

Der dritte Typus steht mir am nächsten. Es sind gewöhnlich die Kräftigeren, irgendwie Derberen. Die Großen, Fröhlichen, Stolzen, Leidenschaftlichen, Eigenwilligen, Unberechenbaren. Unsere Vorspiele sind träge. Schwere Raubtiere umschleichen sich so. Unsere Begegnungen haben nichts von sentimentalen Umständlichkeiten. Der steil emporsteigende Bogen unserer Lust wird jedoch häufig vom frontalen Zusammenstoß unserer Gewalttätigkeit gebremst. Unheilträchtig verstummt jetzt jeder Kriegslärm. Diese unermeßlich weiten, von grellen Lichtern durchfluteten Höhepunkte liebe ich besonders. Launenhaft, unberechenbar folgen sie aufeinander, und meine nüchternen Überlegungen, die alles Triebhafte kontrollieren, überlistend, rufen sie die Vorstellung hervor, als wäre es nicht ein einzelner überschaubarer Gipfel, den wir zu besteigen haben, sondern eine Reihe endlos erscheinender Bergketten. Tatsächlich ist mir zumute, als sei ich auf ein Hochplateau geraten, auf dem die Vegetation nur spärlich gedeiht. Es ist nur ein Platz zum Ausruhen, eine Zwischenstation, wo man essen, trinken und Kräfte sammeln kann. Auf diesen Höhen angekommen, überfällt meine Partnerinnen häufig ein Gefühl des Mangels. Oder des Durstes, den zu stillen ich nicht in der Lage bin. Sie aber versuchen der blitzartig erkannten Situation Herr zu werden, indem sie das, was sie in ihrer leidenschaftlichen Erregung mit äußerster Beherrschung mir vorenthalten, meinem Munde auferlegen. Denken sie doch nicht im Traum daran, meiner seltsamen Eigenheiten wegen den kürzeren zu ziehen. Als wollten sie, verprellt von meinem Despotismus, sagen, du willst nicht? na, dann hast du's jetzt! Sie wollen auf ihre Kosten kommen, und ich finde, sie haben recht. In dieser neuen Situation aber neige ich nicht nur deshalb zu einer gewissen Nachgiebigkeit, weil auch ich Freude an dem Spiel habe, und nicht nur deshalb, weil ich auf diese Weise ihren Mund nicht zu berühren brauche, sondern auch weil ich von vornherein weiß, daß sie wenige Minuten nach ihrem rachedürstenden Spiel ihre ganze Selbstbeherrschung verlieren und ich aufgrund der nunmehr gemeinsam hochgeschraubten Lust an meinen Platz zurückkehren kann. Auf diese Weise bringen wir einen Zusammenhang zwischen dem Mangel und dem Überfluß zustande. Sie sind Realisten gleich mir. Und wissen, daß das für das Leben wünschenswerte Gleichgewicht nicht aus idealen Vorstellungen, sondern immer nur aus den uns gerade zur Verfügung stehenden Gegebenheiten geschaffen werden kann. Was aber unsere Erfindungsgabe betrifft, sind wir Spießgesellen und Verbündete. Wir pfeifen gemeinsam auf sämtliche Ideale der Welt, und ein wenig bedauern wir all jene, die sich mit ihnen abmühen. Für sie empfinde ich Dankbarkeit. Und auch sie sind mir dankbar, weil sie ihren unverhüllten Egoismus nicht vor mir zu verstecken brauchen. Ich könnte auch ohne sie leben, sagt mir doch meine Lebenserfahrung, daß nichts auf der Welt unersetzlich ist, trotzdem möchte ich behaupten, daß sie es sind, die mich am Leben erhalten.

Darüber und vielleicht über noch heiklere Details müßte ich mit mir selber ins Gespräch kommen. Aber leider ist der Mensch nicht so beschaffen, daß er fähig wäre, mit sich selber zu diskutieren. Bemühungen dieser Art kennzeichnen nur seine geistige Infantilität, sind nur einfältige Versuche.

Natürlich liebte auch ich den Großvater mütterlicherseits meines toten Freundes mehr als den anderen. Eigentlich war das keine richtige Liebe, eher ein Gefühl, das meinem Selbstgefühl schmeichelte. Er behandelte mich und redete mit mir, als sei ich keineswegs ein an Körper und Geist unreifer Knabe. Gelegenheit zu solchen Gesprächen gab seine Gewohnheit, an den Nachmittagen zu längeren Spaziergängen in die Umgebung aufzubrechen. Nachdenklich, seinen Spazierstock mit dem Elfenbeingriff in der Hand, ging er vor sich hin, und wenn wir uns zufällig trafen, hörte er, auf seinen Stock gestützt, das ergraute Haupt voll teilnehmender Nachsicht für seinen Mitmenschen zur Seite geneigt, aufmerksam zu. Mit seinen Bemerkungen, dem zustimmenden Nicken, dem abwägenden Brummen, seinen gereizten, ermahnenden Widerworten wies er mir einen Weg, dem zu folgen mich zwar mein Gewissen mahnte, den zu gehen ich aber keine Lust hatte. Seine Anteilnahme verwirrte mich manchmal so sehr, daß ich ihm gelegentlich aus dem Weg ging oder, einen höflich eiligen Gruß murmelnd, schnell an ihm vorüberlief.

In den Flegeljahren hat der Mensch ein mindestens ebenso beschämend eigensinniges Verhältnis zu seinen geistigen Meinungen wie zu seinen erotischen. Er aber forcierte nichts, versuchte weder zu fordern noch zu überreden. Und gerade diese Möglichkeit, ganz ich selbst bleiben zu können, zog mich immer wieder zu ihm hin.

Wir sprachen in direkter oder auch indirekter Form über politische Fragen, und einmal erwähnte er, daß es einem äußerst klardenkenden Naturphilosophen zufolge – den ich leider nicht lesen könne, weil er seine Werke auf englisch verfaßt habe – für menschliche Gesellschaftsformen nicht das Wichtigste sei, daß die Mehrheit die gleichen Rechte habe wie die herrschende Minderheit. Daß dem so sei, unterliege keinem Zweifel. Doch wenn dieses soziale Prinzip das einzige wäre, das das gesellschaftliche Zusammenleben regele, dann würde die Welt in ewiger Fehde liegen. Und es gäbe weder zwischen den Individuen noch zwischen den Gesellschaftssystemen die geringste Möglichkeit einer Übereinkunft. Wir wissen aber, daß dem nicht so ist. Und zwar, weil es in der Welt auch eine unendliche Güte gibt, an der alle ohne Ausnahme, Herrscher wie Beherrschte, in gleichem Maße teilhaben wollen. Ist doch unser Wunsch nach Ausgleich, Harmonie und Verständigung mindestens so stark wie jener nach Machtgewinn, der nur um den Preis des Krieges, des totalen Sieges über den Feind zu haben ist. Und wir müssen begreifen lernen, daß auch der Mangel an Verständigung oder Harmonie, den wir empfinden, ein Beweis für die Existenz des Guten ist.

Diesen komplizierten Gedankengang hätte ich mir gewiß nicht gemerkt, damals wohl auch gar nicht verstanden, aber später, als ich auf das Buch dieses bedeutenden Mannes gestoßen bin, habe ich mit angehaltenem Atem dieses längst Bekannte von neuem entdeckt.

Und wenn ich jetzt nach so vielen Jahren diese alten Fotografien wieder hervorhole und vor mir ausbreite, glaube ich im Zusammenhang mit diesem komplizierten Gedankengang zu wissen, weshalb mich jene Ausgeglichenheit, die andere auf dem Gesicht meines Großvaters so anziehend fanden, befremdete.

Seine gerade, fast steife Haltung, diesen ersten, unangenehmen Eindruck, brauche ich nicht als charakteristisch für ihn zu betrachten. Sie ist ebenso aus der Mode der Zeit zu erklären wie aus seinem Beruf, der eine solche Haltung gleichsam zur Pflicht machte. Vielleicht aber auch aus dem Umstand, daß die damaligen langen Belichtungszeiten allerlei unsichtbare Stützen und völlige Bewegungslosigkeit erforderten. Es gibt aber zwei Momentaufnahmen unter den Bildern. Die eine ist an der italienischen Front in einem der improvisierten Schützengräben entstanden. Man hatte wahrscheinlich einen natürlichen Erosionsgraben für diesen Zweck ausersehen, weil der Untergrund des Grabens und seine beiden senkrechten Wände von mächtigen, flach aufeinandergeschichteten weißen Kalksteinblöcken gebildet wurden. Über diese Steine hatte man die locker gefüllten Sandsäcke geschichtet. Sand muß rar gewesen sein. Großvater sitzt im Vordergrund des Bildes in Gesellschaft zweier Kameraden. Die langen, selbst in Stiefeln eleganten Beine locker übereinandergeschlagen, den Rumpf weit nach vorne gebeugt, die Ellbogen auf die Knie gestützt, schaut er mit halboffenem Mund und weit aufgerissenen Augen in die Linse. Die Gesichter seiner Kameraden, die rangmäßig unter ihm stehen, sind verhärmt und ausgemergelt, ihre Kleidung vernachlässigt, ihr Blick jedoch von unnatürlich trotziger Entschlossenheit. Mein Großvater wirkt in dieser Umgebung wie ein lebenslustiger Playboy, der sich sogar hier so überlegen fühlt, weil ihn nichts und niemand etwas angeht. Das andere Bild gehört zu den schönsten Aufnahmen, die ich je gesehen habe. Aller Wahrscheinlichkeit nach ist es bei Sonnenuntergang auf einem Hügel aufgenommen worden, auf dem ein einziges verkümmertes Bäumchen steht. Die Sonne sticht zwischen den schütteren Blättern in die Linse des einstigen Gelegenheitsfotografen und damit direkt in unsere Augen. Großvater tollt mit zwei kleinen Mädchen in langen Kleidern und Strohhüten um den Baum herum. Das eine Mädchen, meine Tante Ilma, rennt, auf der Flucht den Bänderhut in der Hand schwenkend, aus dem Bild hinaus. Ihr verewigtes Grinsen ist daher nur verschwommen zu sehen. Die andere Kleine aber, meine Tante Ella, bekommt Großvater in einer sehr komischen Pose, als er sich gerade hinter dem dünnen Stämmchen hervorbeugt und der Fotograf auf den Auslöser drückt, zu fassen. Er trägt einen leichten, hellen Sommeranzug. Die Jacke hatte er aufgeknöpft, oder sie hatte sich von alleine geöffnet.

An den Stamm geschmiegt, schiebt er sich nach vorne wie ein trotz aller Wohlfrisiertheit wütender Satyr. Sein Mund ist auch auf diesem Foto halb geöffnet, sein Blick geweitet, doch seinen Augen sieht man weder Lust noch Freude an, sie machen vielmehr den Eindruck, als erfülle er bloß eine lästige Pflicht, während in den Bewegungen seines langen Arms und seiner nach der Beute greifenden Hand die geschmeidige Begehrlichkeit eines wilden Tieres zu spüren ist. Auf den übrigen Fotos sieht man sein hinter der steifen Haltung verstecktes, von vorn fotografiertes, harmonisch unbewegtes Gesicht.

In alten Romanen nennt man solche Gesichter oval. Ein regelmäßiges, volles, längliches Gesicht also, kräftig und glatt, mit einer nicht zu bändigenden Haarfülle über der Stirn. Die Nase mit den empfindsamen Nüstern leicht gebogen, die Augenbrauen dicht, die Wimpern lang, die Iris im Vergleich zur dunklen Tönung seines Gesichts überraschend hell, fast leuchtend. Die Lippen von fast derber Fülligkeit, auf seinem energischen Kinn die gleiche, schwer auszurasierende sanfte Einkerbung wie auf meinem Kinn.

Das Gesicht hat, wie auch das Gehirn und der ganze Körper, zwei Hälften. Diesen beiden Hälften ist gemeinsam, daß sie nur annähernd symmetrisch sind. Die im menschlichen Körper und menschlichen Gesicht erkennbare Ungleichheit rührt daher, daß die von den neutralen menschlichen Rezeptoren aufgenommenen Eindrücke vom Gehirn auf zwei seiner verschieden entwickelten Hemisphären verteilt werden, und von dem Umstand, welche Gehirnhälfte bei dem in Frage kommenden Individuum entwickelter ist, hängt es auch ab, welche Hälfte seines Körpers die betontere sein wird. Das Gehirn verarbeitet in seiner rechten Hemisphäre die sinnlichen Aspekte der Wahrnehmungen, in seiner linken aber den Inhalt dieser Wahrnehmungen, und erst in einer Art zweitem Schritt schafft es eine Verbindung zwischen dem intellektuellen und affektiven Zusammenhang der jeweiligen Wahrnehmung. Der Mensch nimmt mit den Augen, den Ohren, der Nase und dem Tastgefühl die Gesamtheit einer undefinierten Wahrnehmung auf, zerlegt sie in Einzelheiten, und mit Hilfe der zwischen den Einzelheiten geschaffenen Zusammenhänge schafft er sich aus dem sensuell Erfahrenen ein neues Ganzes. Was der zwei verschieden entwickelten Gehirnhälften wegen bedeutet, daß das wahrgenommene Ganze nicht mit dem verarbeiteten Ganzen identisch sein kann und daß es daher weder vollkommen harmonische Gefühle noch vollkommen harmonische Gedanken geben kann.

Dieses Phänomen kann jeder an sich selbst beobachten, wenn er sich mit seinem Gegenüber unterhält. Weil sich nämlich zwei Gesprächspartner nie direkt in die Augen sehen, das tun nur Wahnsinnige, sondern ihre Blicke abwechselnd von einer Gesichtshälfte zur anderen schweifen lassen. Der Blick schwankt zwischen Verstehen und Fühlen, und sollte er irgendwo haftenbleiben, so wird das mit Sicherheit die linke, den Gefühlen zugeordnete Seite des Gesichts sein. Der neutrale, den gesamten Eindruck erfassende Blick kontrolliert, ob die Worte, die der Verstand aufgenommen hat, mit den Gefühlen identisch sind, die von den Worten seines Gesprächspartners ausgelöst wurden.

Diese funktionale Eigenart des menschlichen Körpers drückt die Sprache in bestimmten feststehenden Wortverbindungen aus. Wenn ich zum Beispiel in bezug auf eine Wahrnehmung erkläre, daß ich meinen Augen nicht traue, dann besagt das, daß ich das Ganze eines Eindrucks, von dem die Rede ist, weder gefühlsmäßig noch verstandesmäßig habe aufarbeiten können, das heißt, daß ich mich so ausschließlich der verstandesmäßigen oder der gefühlsmäßigen Bewertung zugeneigt habe, daß ich nicht mehr in der Lage war, zwischen den beiden Polen eine Verbindung herzustellen. Ich habe zwar etwas gesehen, finde aber für dieses Etwas keinen inneren Zusammenhang und kann es daher nicht als Ganzes erkennen und mir aneignen, obwohl ich es als Ganzes gesehen habe. Ein umgekehrter Vorgang aber läuft in uns ab, wenn wir sagen, daß wir unserem Partner starr in die Augen sehen. Dann sind nämlich die stetig in Bewegung befindlichen Blicke an einem toten Punkt angelangt. Aus zwei Gründen. Entweder ist eine Harmonie, das heißt vollkommene Übereinstimmung zwischen den Polen Gefühl und Verstand eingetreten, die Harmonie aber trifft uns immer unvorbereitet, ist sie doch ein theoretisch existierendes Ganzes, das grundsätzlich aus einzelnen Teilen besteht. Oder der Blick bemüht sich, an den toten Punkt der unvorstellbaren Harmonie zu gelangen, weil der Widerspruch zwischen den verstandesmäßigen und gefühlsmäßigen Beziehungen zu dem Phänomen extrem ist. In einem solchen Fall fixiert das Auge den Blick auf ein schlechterdings neutrales Wahrnehmungsobjekt, mit dieser Fixierung versucht es, sich von weiteren Eindrücken freizuhalten, und zwingt unter dem Anschein einer auf diese Weise entstandenen Teilnahmslosigkeit den anderen zu entscheiden, in welche Richtung der Zeiger seiner Waage ausschlagen wird.

Der Zustand, den wir «ich habe meinen Augen nicht getraut» nennen, kann natürlich nur Sekunden dauern, genauso wie man es auch nur für kurze Zeit aushält, sich «starr in die Augen» zu blicken.

Der Anschein einer zustande gekommenen Harmonie oder ihr völliges Fehlen ist schon deshalb für eine längere Zeit nicht aufrechtzuerhalten, weil nicht nur Verstand und Gefühl, die sich auch physiologisch in disharmonischem Verhältnis zueinander verhalten, ihr widersprechen, sondern weil auch das angeeignete oder das auf Aneignung wartende Bild nicht identisch ist mit dem von den Sinnesorganen ohne Hoffnung auf endgültige Fixierung unbearbeiteten, also in neutraler Form aufgenommenen Objekt. Das Ganze des Gesichts indessen spiegelt dieses Verhalten des dreifachen Bezugs auf die allerextremste Weise. Davon kann sich jeder überzeugen, wenn er mit Hilfe eines kleinen Handspiegels seine beiden Gesichtshälften prüft und sich erst anschließend, quasi zum Vergleich, von vorne betrachtet.

Die beiden Profile erweisen sich als völlig verschieden. Das eine Profil drückt die gefühlsmäßige, das andere die verstandesmäßige Anlage des Individuums aus, und je größer der Unterschied zwischen beiden ist, um so geringer ist die Chance, daß sie von vorne betrachtet ein harmonisches Bild ergeben. Doch da sie sich zusammenfügen müssen, schließt dieser Zwang von vornherein aus, daß die zwei Hälften eines Gesichts völlig verschieden, wie auch, daß sie völlig identisch seien.

Nach den Gesetzen der Logik müßte daraus folgen, daß wir die Gesichter, die von einer extremen gefühls- und verstandesmäßigen Gegensätzlichkeit geprägt sind, für ebenso schön halten wie jene Gesichter, auf welchen das Verhältnis von Verstand und Gefühl am ausgewogensten zum Ausdruck kommt. Und trotzdem stimmt das nicht. Sollten wir zwischen zwei annähernden Vollkommenheiten wählen müssen, dann wählen wir eben doch nicht die fast vollkommene Disharmonie, sondern die fast vollkommene Harmonie.

Wenn ich eine der von vorne fotografierten Porträtaufnahmen meines Großvaters, der vertikalen Linie seines Kinngrübchens folgend, den Nasenrücken entlang mit einer Schere durchschnitte und die so gewonnenen Gesichtsfelder aufeinanderlegte, dann würde die eine Hälfte seines Gesichts die andere gleich einem geometrischen Gebilde so gut wie völlig bedecken. Dieser ungewöhnliche Umstand mag damit zu erklären sein, daß bei Menschen wie ihm beide Gehirnhälften relativ gleichmäßig ausgebildet sind. Wenn wir aus dieser Äußerlichkeit Rückschlüsse ziehen, dann will es uns scheinen, als würde bei ihnen weder die Verstandes- noch die Gefühlsseite dominieren, und daher gerät derjenige, der ihnen ins Gesicht schaut, unvermeidlich in den Zauberkreis einer denkbar vollkommenen Harmonie.

Wenn nämlich die beiden Hemisphären des Gehirns aufgrund der vollkommenen Proportionalität von Verstand und Gefühl in der Lage wären, sich das anzueignen, was die Sinnesorgane als neutralen Eindruck vom Ganzen schon gewonnen haben, wenn es also keinen Unterschied gäbe zwischen dem Teil und dem Ganzen, wenn sich aufgrund der einseitigen gehirnphysiologischen Gegebenheiten des Individuums nicht ein neues, nur für dieses Individuum charakteristisches Bild entwickeln würde, sondern wenn jedes Individuum das für alle gegebene Ganze vollkommen reproduzieren könnte, dann tauchte gar nicht die Möglichkeit auf, zwischen Schön und Häßlich, Gut und Böse einen Unterschied zu machen, weil es dann auch keinen Unterschied zwischen der Vernunft und dem Gefühl geben könnte. Das wäre jene endgültige Symmetrie, nach der wir alle streben und die der moralische Mensch als das absolut Gute, der Ästhet aber als das absolut Schöne bezeichnet.

Das zu sagen habe ich deshalb für nötig befunden, um zu zeigen, welch unüberbrückbare Entfernung das ethische Denken, das sich, auch ohne im Besitz der absoluten Symmetrie zu sein, sicher fühlt, und das aus Mangel an Symmetrie zum Scheitern verurteilte ästhetische Denken von jener Art von Denken trennt, der ich mich verpflichtet fühle. In jungen Jahren hat man mich wegen meines für anziehend gehaltenen Äußeren zu den Bevorzugten gerechnet und mich dementsprechend behandelt. Die Vorteile, die mir Bewunderung und Schwärmerei einbrachten, waren ein Ausgleich für die sozialen Nachteile meiner Herkunft. In meinem Denken jedoch bin ich, vielleicht gerade deshalb, völlig durchschnittlich. Ich bin kein Gläubiger geworden wie die Ethiker und kein Zweifler wie die Ästhetiker, denn ich sehnte mich nicht nach der Verwirklichung des Unmöglichen, sondern habe gelernt, mit meinem Pfunde zu wuchern. Meine eigenen heimlichen Qualen aber befähigen mich, die glaubensstarke Sicherheit der Ethiker sowohl wie die glaubenslose Unsicherheit der Ästhetiker, ihr Glück und ihre Tragödien nachzuvollziehen, aber mein Denken ist weder darauf gerichtet, verborgenen Möglichkeiten zu ihrer praktischen Verwirklichung zu verhelfen, noch darauf, mich der Unwirklichkeit metaphysischer Gefühle zu überlassen, mein Denken beschäftigt sich mit Tatsachen, mit lauter Dingen, die ich mit meinen zwei wirklichen Händen anfassen kann.

Meine Tätigkeit hat nichts zu tun mit dem System des Lebens. Ich lasse mich von der Überzeugung leiten, daß das, was auf der einen Seite der Buchführung als Mangel erscheint, sich auf der anderen Seite als Überfluß ausweist. Entgegen meiner deutlich entwickelten Neigung zum Theoretisieren, befasse ich mich ausschließlich mit der vernünftigen Organisation des Lebens. Ich ziehe den Gewinn ab und gleiche den Verlust aus. Und vergesse nicht, daß die auf diese Weise zustande gekommene Symmetrie immer nur im Augenblick ihres Entstehens Gültigkeit hat.

Und wenn ich vorhin behauptet habe, daß das Studium dieser auf eine vollkommene Symmetrie hinweisenden und in mir keine geringe Abneigung hervorrufenden Fotografien zu den liebsten Beschäftigungen meiner Kindheit gehörte, dann bedarf diese Aussage unbedingt einer Ergänzung.

Wie es schon aus den Aufzeichnungen meines Freundes ersichtlich ist, war ich keineswegs ein stilles und verschlossenes Kind. Und auch als Erwachsener gehöre ich zu den aktiven Menschen. Obwohl ich versucht bin, diese Neigung zu einer manchmal fieberhaft übersteigerten Aktivität den Schattenseiten meines Charakters zuzurechnen. Selbst wenn ich meiner unerschöpflich scheinenden Energie wegen von anderen beneidet werde. Denn weder der Wunsch zu siegen noch die Aussicht auf Erfolg spornt mich an. Mich reizt vielmehr jene Borniertheit, mit der sich meine nähere und weitere Umgebung mit dem Zustand permanenter Niederlagen abfindet. Und nachdem die Niederlagen im Leben eines Menschen häufiger sind als die Siege, bieten sich mir nicht gerade viele Möglichkeiten, mich in den friedlichen Zustand der Beschaulichkeit zurückzuziehen. Ohne große Worte zu machen, möchte ich doch behaupten, daß wir an den Mißerfolgen und Niederlagen unserer nationalen Geschichte keinen geringen Anteil haben, weil wir, vor eine Aufgabe, die unsere Kräfte übersteigt, oder eine unlösbar erscheinende Situation gestellt, gar nicht erst überlegen, welche Möglichkeiten wir hätten, die vorhandenen Kräfte einzusetzen, sondern mit der vorsichtigen Abwehr von Dummköpfen dem Problem ausweichen, es hinausschieben, so tun, als existiere es gar nicht, ja mit geradezu leidenschaftlichem Eifer alle Gründe aufzählen, die eine vernünftige Bewältigung der Situation von vornherein unmöglich erscheinen lassen. Mich regt diese dummschlaue und besserwisserische Haltung in doppelter Weise auf. Eine Taktik der Verzögerung, des Nachgebens und Abwartens würde ich nur in einer Situation mit Perspektiven für verschiedene Lösungsmöglichkeiten für berechtigt halten, doch was und warum beim Fehlen solcher Perspektiven nicht gemacht werden kann und darf, weiß ich mindestens so gut wie alle meine Landsleute zusammengenommen. Während ich im ersten Fall das Hinauszögern für überflüssig halte, finde ich im letzteren die Zeit fürs Palavern zu schade. Gereiztheit und Zorn aber erweisen sich auch hier selten als gute Ratgeber. In meinem fieberhaften Tätigkeitsdrang häufe ich selber Fehler auf Fehler und stolpere von einem Mißerfolg in den anderen. Und währenddessen sage ich mir mit nicht geringer Selbstgefälligkeit, daß selbst ein blindes Huhn nur dann ein Korn findet, wenn es mit dem Schnabel herumhackt.

Wenn sich nach zwei als falsch erwiesenen Entscheidungen, wenn sich zwischen zwei Niederlagen doch noch ein Durchbruch ergibt, dann macht mich dieses überraschende Gefühl zum Rückzug bereit. In solchen Augenblicken versuche ich zu ergründen, ob mein Erfolg einer richtigen Entscheidung oder dem glücklichen Zusammenspiel des Zufalls zu verdanken ist. Ich denke nach, überlege, versuche meine eigenen Zweifel und die meiner Umgebung abzulenken, bin traurig und mutlos, sehne mich nach Einsamkeit, suche mir etwas zum Lesen, und mit einemmal werden mir die in sanftes Licht getauchten, behaglichen, friedlichen Zimmerecken angenehm.

In meiner Kindheit habe ich in den Pausen dieses Freiheitskampfes oder Kalten Krieges strategische Karten studiert, in Fotografien geblättert oder in Wörterbüchern geschmökert, als Jüngling dann merkte ich in solchen von Erfolgen verunsicherten Augenblicken, daß meine flüchtigen Abenteuer sich überraschend zu Liebesgeschichten verfestigten, und ich verschwand mit den unmöglichsten Mädchen wochenlang im warmen Unterschlupf einer Wohnung, später aber, als verheirateter Mann, haben mich diese sogenannten Erfolgszustände zu einem stillen und genießerischen, dafür aber ausdauernden Trinken verleitet.

Mein Abscheu vor Drückebergerei und Besserwisserei, meine Neigung, ohne gründliche Überlegung zu handeln, und mein Unvermögen, mit dem Erfolg umzugehen, ist mit Sicherheit vor allem in meinem Denken und Fühlen bis zur Indifferenz im Gleichgewicht haltenden Charakter begründet, aber weil ich viel herumgekommen bin in der Welt und längere Zeit in fremden Ländern gelebt und daher den Eindruck gewonnen habe, daß ich anderswo wahrscheinlich ein anderer Mensch hätte werden können, erscheinen mir Bestrebungen, die den Nationalcharakter des Individuums nicht in seinen individuellen Zügen zu erkennen glauben, reichlich fragwürdig. Wir sind Varianten, Spielarten unseres Geschlechts, unserer Abstammung, unserer Religion und unserer Erziehung. Und wenn jemand als Kind seinen Platz in der Gemeinschaft bestimmen will, dann sucht er sich als Vorbild zwar die ausgeprägtesten Charaktere aus, doch gibt es keinen noch so außergewöhnlichen Charakter, der nicht eine Variante des Nationalcharakters wäre, und daher wählt er in Wirklichkeit immer nur eine Variante.

Ich erwählte mir in meinem Großvater die hedonistische und karrieresüchtige Variante des auf Aktivität programmierten Charakters und dessen asketische und heroische Variante in meinem Vater. Obwohl sie so verschieden waren wie Himmel und Erde. Das einzig Gemeinsame an ihrem Schicksal war, daß beide in einem vom Standpunkt ihrer Nation aus verlorenen und von katastrophalen Folgen begleiteten Krieg den Tod fanden. Mein Großvater mit siebenunddreißig, mein Vater mit vierunddreißig Jahren. Ihr früher Untergang verband sie miteinander, und dieses einzige Gemeinsame festigte in mir das Wissen von jener Lebenserfahrung, wonach der Tod zwar das oberste Naturgesetz ist, was aber nicht die Vernichtung des Lebens bedeutet. Meine Mutter war als Halbwaise aufgewachsen und war Witwe, als sie mich aufzog. Der Sieg ist gewiß eine gute Sache, doch kann man auch mit der Verzweiflung der Niederlage leben. Dieser Tradition entsprechend hat sich meine Variante herausgebildet. Und dementsprechend werden auch meine Tochter und mein Sohn ihre eigene Variante auswählen.

Ich bin siebenunddreißig Jahre alt. Genauso alt, wie es mein Großvater war, als er in einer der blutigsten Schlachten des Ersten Weltkrieges sein Leben verloren hat. Das Leben verlieren, auf daß das Leben nicht verloren sei. Über den Trick, der in diesem Problem steckt, muß ich nachdenken. Mein Freund ist schon länger als drei Jahre tot. Es ist Nacht. Ich überdenke die Zeiten. Draußen rieselt leise der Vorfrühlingsregen. Die am Glas der riesigen Fensterscheibe hängengebliebenen Tropfen leuchten im freundlichen Schein meiner Schreibtischlampe auf, bis sie von ihrem eigenen Gewicht herunterrollen. Und ich überlege, wann ich meine Kinder für immer sich selbst werde überlassen müssen. Und wundere mich, daß ich überhaupt so viel Zeit bekommen habe. Hier sitze ich in diesem mit Büchern vollgestopften und mir lieben, ein wenig unordentlichen, stillen nächtlichen Zimmer. Meine Frau ist vorhin, wohl von einem schlechten Gefühl oder einem bösen Traum aufgeschreckt, aufgestanden, besser gesagt, herausgewankt aus unserem Schlafzimmer. Ich folgte ihr mit dem Gehör, wie sie, sich an der Wand des lichtlosen Verbindungskorridors entlangtastend, in die Küche geht und trinkt, wie das Glas klirrt und sie jetzt, nachdem sie für einen langen Augenblick ins Kinderzimmer hineingeschaut hat, mit sicheren und leisen Schritten zu unserem Bett zurückkehrt. Als sie die Tür zum Kinderzimmer geöffnet hatte, war ich ihr nicht mehr mit den Ohren, sondern mit der Nase gefolgt. Ich glaubte den süßen Kindergeruch des Zimmers fast selbst zu riechen. Doch nicht nur mit der Nase, sondern mit meinem ganzen Fleisch und Blut. Und mit diesem Gespür geht es ihr vermutlich noch viel stärker als mir. Zu mir hat sie nicht hereingeschaut. Obgleich sie, seit ich mich Nacht für Nacht mit diesem Manuskript beschäftige, ohne daß wir ein einziges Wort darüber gewechselt hätten, wieder so unruhig ist wie in der Zeit, als ich hier an der gleichen Stelle für mich allein trank. Der Kinder wegen sorgt sie sich um mich.

Wir mögen zehn Jahre alt gewesen sein, als wir, mein Klassenkamerad Prém und ich, beschlossen hatten, Soldat zu werden. Mein verstorbener Freund schildert ihn mit der annähernd gleichen Voreingenommenheit wie mich und vermutet hinter unserer Beziehung so etwas wie ein erotisches Geheimnis. Ihn freilich betrachtet er nicht mit Sympathie, sondern mit erbitterter Abneigung. In der Seelenforschung bin ich keineswegs in dem Maße bewandert, wie er es war, und deshalb kann ich es nicht beurteilen, inwieweit seine Feststellungen zutreffen. Doch möchte ich keinesfalls den Eindruck erwekken, als sei auch ich voreingenommen und wolle mich von vornherein gegen eine solche Deutung unserer Beziehung zur Wehr setzen. Wenn zwei menschliche Wesen dem gleichen Geschlecht angehören, dann wird ihre Beziehung zueinander dadurch bestimmt, daß sie dem gleichen Geschlecht angehören. Und wenn sie verschiedenen Geschlechts sind, dann eben dadurch, daß sie verschieden sind. Das ist meine Ansicht, möglich aber, daß ich auch in dieser Frage unsensibel bin.

Zu Prém habe ich bis heute ein ausgezeichnetes Verhältnis. Er ist nicht Soldat geworden, sondern Automechaniker. Und ein gesetzter Familienvater wie ich. Vielleicht sind seine Steuererklärungen nicht ganz unanfechtbar. Vor einigen Jahren, genau zur gleichen Zeit, als mein Freund aus Heiligendamm zurückkehrte und ich auf eine einträglichere Außenhandelskarriere verzichtete, hat er eine eigene Werkstatt eröffnet. Während wir geistig versagten, hat er es geschafft. Wenn an meinem Wagen etwas nicht stimmt, reparieren wir ihn an Sonntagnachmittagen gemeinsam. Prém ist der Schrecken aller Schäden. Und in der Art, wie wir in dem drekkigen Montagekabuff hocken oder aneinandergepreßt liegen und durch Vermittlung der Bestandteile einer leblosen Konstruktion eine Beziehung zwischen uns herstellen, wie wir fluchen und streiten oder in völliger Übereinstimmung die Bewegungen des anderen richtig und angemessen empfinden, das heißt auf die eine oder andere Weise unsere gegenseitige Anwesenheit genießen, findet sich zweifellos so etwas wie ein ritueller Zug, der auf eine Gemeinsamkeit aus der Kindheit und auf ein elementares Bedürfnis nach dieser Gemeinsamkeit hinweist.

Wir hatten Blutsbrüderschaft geschlossen, aber ich erinnere mich nicht mehr, was dazu den Anstoß gegeben hatte. Mit Vaters Dolch hatten wir uns die Fingerspitzen geritzt, hatten das Blut auf unseren Handflächen verrieben und es gegenseitig aufgeleckt. Leider war daran nichts Feierliches gewesen. Vielleicht weil das Blut keinen richtigen Strahl ergeben hatte. Wegen dieser Ungeschicklichkeit genierten wir uns voreinander. Trotzdem sollte sich diese Gemeinschaft, mit Blut besiegelt, als die tiefste und dauerhafteste Bindung erweisen. Was andere mit Worten abmachten, das überließen wir der Sprache unseres Körpers. Und der Körper verfügt nach meiner Überzeugung über Worte, die keinen Bezug zu irgendeiner Erotik haben. Wir gebrauchten unsere Körper auf ein bestimmtes Ziel hin als physische Instrumente, ohne daß sie sich aufeinander bezogen hätten. Meine Behauptung wird auch von der Tatsache erhärtet, daß es uns niemals in den Sinn gekommen wäre, uns als Freunde zu betrachten. Bis auf den heutigen Tag reden wir uns als Kumpel an, was aus meinem Munde aufgrund meiner intellektuellen Ambitionen ein wenig ironisch klingt, von seinem Standpunkt aus aber wegen der sozialen und familiären Unterschiede ernst gemeint ist. Er hat andere Freunde. Bei der Abwicklung seiner geringfügigen, jedoch keinen geringen Nutzen einbringenden finanziellen Machenschaften kann er immer mit meiner fachlichen Beratung rechnen.

Um Soldaten werden zu können, mußten wir dem herrschenden gesellschaftlichen System ein Schnippchen schlagen. Eine unmöglichere Laufbahn hätte sich keiner von uns beiden ausdenken können. Ich war der Sohn eines Hauptmanns im Generalstab, sein Vater aber war ein blutrünstiger kleiner Pfeilkreuzler gewesen. Mein Vater war an der russischen Front gefallen. Sein Vater hatte sich das Vermögen deportierter Juden unter den Nagel gerissen, hatte seine fünf Jahre Gefängnisstrafe hinter sich gebracht und wurde kaum ein halbes Jahr nach seiner Entlassung zur größten Erleichterung der Familie wieder interniert. Der offiziell herrschende und exemplarisch absurde Geist der Zeit brachte diese beiden von ganz verschiedenen Ausgangspunkten und völlig unterschiedlichen moralischen Wertvorstellungen bestimmten Lebensschicksale großzügig auf einen Nenner. Beide wurden wir als Abkömmlinge von Kriegsverbrechern angesehen. Wenn wir also nicht als Dummköpfe oder Geistesgestörte angesehen werden sollten, mußten wir unseren Entschluß geheimhalten. Selbst untereinander sprachen wir nicht darüber, schließlich wollten wir ja keine Soldaten der Volksarmee werden, sondern nur so im allgemeinen, Soldaten eben.

Das bedarf einer gewissen Erklärung.

Bis zur Mitte der fünfziger Jahre wurde noch häufig jene mit pragmatisch scheinenden Argumenten gestützte Erwartung geäußert, daß Engländer und Amerikaner in Kürze unser Land von den sowjetischen Truppen befreien würden. Und der Umstand, daß die sowjetischen Truppen neunzehnhundertfünfundfünfzig tatsächlich aus Österreich abgezogen wurden, hat jene Vorstellung bis zum vierten November neunzehnhundertsechsundfünfzig lebendig erhalten. Ich habe die Situation unserer Familie als ungerecht und empörend empfunden, habe aber mit dem untrüglichen Realismus eines Kindes auch gemerkt, daß die Menschen in meiner Umgebung nicht einmal selbst an das glaubten, was sie sich gegenseitig nachdrücklich beteuerten. Wenn meine Tanten und Onkel sich darüber unterhielten, dann senkten sie ängstlich die Stimme, die vor lauter Selbsttäuschung einen falschen, nervösen Klang bekam. Dieser hysterische Ton befremdete mich jedesmal. Ich muß daher zugeben, daß ich in Ermangelung einer anderen Möglichkeit eben doch ein Soldat der Volksarmee werden wollte. Mein Vorhaben mußte ich daher verwirklichen, ohne damit meiner Familie in den Rücken zu fallen. Und bei dieser vom moralischen Standpunkt fragwürdigen Bemühung war mir das Beispiel von Großvater eine Hilfe.

Er, das fünfte Kind des Dorfschullehrers von Nagylóc, dem noch drei weitere folgten, hätte außerhalb der militärischen oder kirchlichen Laufbahn nicht die geringste Chance gehabt, seine schon in der Kindheit auffallend ausgeprägten geistigen Fähigkeiten zu entwickeln. Er war ein ungebärdig wildes Kind, für das daher von vornherein eine geistliche Laufbahn ausschied. Einer militärischen Karriere jedoch stand die eingewurzelte und rigorose Achtundvierziger-Gesinnung meines Urgroßvaters entgegen. Sein Widerstand ging so weit, daß er meinem Großvater nicht einmal erlauben wollte, in die Königlich-Ungarische Honvéd-Armee einzutreten, obwohl ihre Kommandosprache die ungarische war und die Armee seit dem Ausgleich mit Österreich, nach den Gesetzen von siebenundsechzig, ohne Zustimmung des Parlaments außerhalb der Grenzen Ungarns nicht eingesetzt werden durfte. Trotzdem, es war ein gemeinsames Heer, und sein Sohn habe keine gemeinsame Sache mit den Kaiserlichen zu machen. In einer der darauffolgenden Debatten aber wagte mein Großvater zu sagen, wenn sein Vater nicht nachgebe, würde er abhauen und Tänzer werden. Worauf er zwei tüchtige Ohrfeigen bekam, aber am Tage darauf auch die väterliche Zustimmung. Die Militärschule in Sopron absolvierte er mit Auszeichnung.

Wir beide aber bereiteten uns vor, in welchem ungarischen Heer es auch sei, tüchtige Soldaten zu werden. Um das zu erreichen, unterzogen wir uns den denkbar schwierigsten Prüfungen. Mit von Steinen beschwerten Rucksäcken veranstalteten wir bei glühender Hitze lange Marschübungen, schlitterten durch Gräben mit eiskaltem Wasser, kletterten auf jeden Baum, um vom höchsten hinunterzuspringen. Nackt krochen wir durch dorniges Gestrüpp und gingen nicht einmal nach Hause, um die Kleider zu wechseln, wenn sie klatschnaß geworden oder zu klirrendem Eis gefroren waren. Wir hatten weder Hunger noch Durst, nie war es uns zu kalt oder zu heiß, wir durften weder Angst noch Müdigkeit, weder Ekel noch Schmerz fühlen. Das waren unsere Grundsätze. Häufig stahlen wir uns des Nachts von zu Hause fort, und ohne einen Treffpunkt zu verabreden, hatten wir uns zu finden. In dieser Hinsicht arbeiteten unsere Instinkte geradezu verblüffend. Wir schliefen in Heuschobern oder durchwachten die Nächte. Vor allem bei dichtem Schneefall, weil wir erproben wollten, wie man dem heimtückischen Erfrierungstod entgehen kann. Am nächsten Tag aber gingen wir, als wäre nichts geschehen, wieder in die Schule. Wir wetteten, wer von beiden den Atem länger anhalten könne. Das gleiche Experiment wiederholten wir unter Wasser. Wir paßten aufeinander auf, aber nicht mit der besorgten Aufmerksamkeit von Liebenden, sondern einzig vom gemeinsamen Nutzen geleitet. Wir lernten, geräuschlos durch trockenes Laub zu kriechen, Vogelstimmen zu imitieren, Bunker aus Schnee zu bauen, so fest, daß man im Innern Feuer machen konnte. Wir übten uns im Gewichtheben, kletterten auf Felsen, liefen über schweres Gelände und hoben Schützengräben aus. Verordneten uns Hunger- oder Dursttage, aßen und tranken die unmöglichsten Sachen. Wasser aus Pfützen zu trinken, Gras zu essen und frisch aus den Nestern geklaute rohe Vogeleier zu trinken gehörte keineswegs zu den ungewöhnlichen Aufgaben. Einmal zwang ich ihn, eine rohe Nacktschnecke zu verschlingen, er mich, einen am Spieß gebratenen Wurm zu verzehren, auch das waren Mutproben, keine Grausamkeiten. Unser Körper war ständig voller Wunden und Quetschungen, unsere Kleider fielen mehr oder weniger in Fetzen von uns, Prém wurde deshalb zu Hause oft verprügelt. Ich war zu spitzfindigen Lügen gezwungen, um meine besorgte Mutter zu beruhigen.

Ich erinnere mich an einen einzigen Fall, bei dem es mir nicht gelungen war, eine Ausrede zu erfinden. Aber auch dieses Erlebnis, so dramatisch es sich erweisen sollte, hatte mich nicht gebrochen. Die Situation, in die ich geraten war, hatte mich zwar bloßgestellt, aber trotzdem wollte ich nichts eingestehen. Seither bin ich ein praktizierender Lügner. Einer, der Ausflüchte macht oder schweigt, in kleinen wie in großen Dingen. Und ohne es zu wollen, durchschaue ich voller Nachsicht die nach eindeutigen Wahrheiten strebenden Schwindeleien meiner Mitmenschen. Doch jetzt möchte ich lieber von meinem Erlebnis erzählen.

Aus meiner Lektüre über die Strategie der Kriegführung wußte ich, daß dem Armeestab, dem die Sicherung von Transport und Nachschub obliegt, eine mindestens ebenso wichtige Rolle bei der erfolgreichen Durchführung einer Kriegsoperation zukommt wie der Bewaffnung, der Stimmung oder Kampfausrüstung der in der ersten Linie kämpfenden Truppe. Wichtig ist, daß jeder Soldat eine zeitgemäße Waffe besitzt, aber genauso wichtig, daß jeder einzelne zutiefst von der Notwendigkeit des Krieges durchdrungen ist, und nicht weniger wichtig ist es, daß die Lieferungen, die den Nachschub garantieren, mit atemberaubender Pünktlichkeit das Kriegsgeschehen begleiten. Auch auf diesem Gebiet mußten wir Erfahrungen sammeln.

Wir verbrachten unvergeßliche Sommertage auf dem Bahnhof der Ferencváros-Vorstadt und dem Rákos-Rangierbahnhof. Hatten uns die Eisenbahner auf ziemlich brutale Weise vertrieben, tauchten wir an anderer Stelle wieder auf. Noch heute existieren die Gleise, nach ihren verschiedenen Bestimmungen und Richtungen geordnet, in meinem Kopf, Drehscheiben, Weichen und Signaleinrichtungen bilden ein lebendiges und genau überschaubares System. Meine Kenntnisse verdanke ich zum nicht geringen Teil dem Umstand, daß die soziale Spannung zwischen den Streckenarbeitern und den Eisenbahnern ziemlich groß war. Wenn es uns gelungen war, in die Nähe einer Gleisinstandhaltungsbrigade zu gelangen, dann hatten wir für den ganzen Tag gewonnenes Spiel. Wir tranken ihren mit Wasser verdünnten Wein, aßen ihr Brot, ihren Speck und erfreuten uns des mit unaufdringlicher Zuneigung gepaarten Wohlwollens, mit dem uns diese gewöhnlich im mittleren Alter befindlichen, von ihren Familien weitab lebenden, fast taubstumm wirkenden Männer umgaben. Wenn Aufseher oder eine Gruppe von Ingenieuren kamen, dann murmelten sie höchstens, daß es, Leute, vielleicht doch nicht angebracht sei, Kinder zum Arbeitsplatz mitzubringen. Außer uns aber wissen vielleicht nur die Berufsverbrecher, wie einfach es ist, sich auf einem Güterbahnhof frei zu bewegen. Die Aufseher sehen nur eifrige, sich zielsicher bewegende Ameisen von ihrem Turm aus. Sie kontrollieren weder Zahl noch Farbe oder Größe der Ameisen, so daß man sich ruhig aus dem Haufen entfernen kann. Man muß nur die Baracken der Weichensteller und ihre Umgebung meiden, auf die Freigabe des mit einem Schuß angezeigten Rangierens achten sowie zufälligen Begegnungen mit den Streckenwärtern ausweichen.

Oft fuhren wir auch mit. Von allen möglichen Unternehmungen war es die angenehmste und zugleich auch gewagteste, wenn es uns gelang, in einen der für die Zusammenstellung des Zuges bereitstehenden Waggons einzusteigen. In einem solchen Fall mußten wir unbedingt auf die mit ihren Fähnchen Zeichen gebenden Rangierer und auf den Kontrollturm achten. Dem Waggon kann man sich unauffällig nur von der entgegengesetzten Seite her nähern. Erst wenn man eingestiegen ist, erfährt man durch die vom Turm aus gegebenen Kommandos, was weiter geschehen wird. Nachdem die aus der Nummer des Waggons und der Leitnummer bestehende Anweisung verklungen ist, erfolgt ein langes, von Flüchen gewürztes Werkeln an den Puffern und den Anschlußkabeln. Danach tritt Totenstille ein. Jetzt gilt es, sich festzuhalten. Zwar weiß man nicht wann, aber der Aufprall tritt jedesmal ein. Kein großer. Der wirklich große Genuß läßt immer auf sich warten.

Es ist das Aufeinanderprallen zweier harter Körper, das dem Waggon auf der freigegebenen Strecke zu einer gewissen Anfangsgeschwindigkeit verhilft. Mit schwerfälligem Rumpeln setzt er sich in Bewegung, gewinnt an Schnelligkeit, die manchmal von dem ärgerlichen Hindernis einer im letzten Augenblick umgestellten Weiche fast gestoppt wird. Wenn er ganz zum Stehen kommt, ist der Ärger groß. Mißbilligendes Gebrüll oben vom Kontrollturm, Geschimpfe unten am Boden, weil man ihn mit dem ganzen zurückgebliebenen Zug wieder in Gang setzen muß, um ihn hinauszuschieben. Was verdrießlich ist, Krach macht und nur im Zuckeltrab gelingt. Aber wenn er sich dann tatsächlich in Bewegung setzt, dann ist man vor lauter Glück kaum fähig zu begreifen, was einem geschieht. Die aus Gewicht und Richtung des trägen Körpers resultierende, durch den Widerstand der Oberfläche doch irgendwie gehemmte, gleichmäßige Beschleunigung trägt uns mit unaufhaltsamer und ungeheurer Geschwindigkeit dem nächsten Augenblick entgegen.

Wir liebten diesen ungeheuerlichen, betäubenden Aufprall, dem die kleineren, abebbenden Stöße der trägen Körper folgten. Und wenn wir aus Sicherheitsgründen den schon zusammengestellten Zug nicht mehr verlassen konnten, dann fuhren wir eben mit. Im allgemeinen wird er bloß hinausgeschoben, aber es kommt vor, daß er sofort in der vorgeschriebenen Richtung abfährt. An jenem Vormittag war er mit ziemlicher Geschwindigkeit in Richtung Cegléd mit uns abgefahren. Zum Aussteigen hatte sich keine Gelegenheit geboten. Manchmal drosselte er zwar die Geschwindigkeit, hielt aber nicht auf offener Strecke. Wir waren nicht nervös, schließlich waren wir nicht zum erstenmal in eine solche Situation geraten, aber an diesem Tag waren wir irgendwie ungeduldiger als nötig. Bei einer Verlangsamung gab Prém Alarm. Ich sprang, er sprang hinter mir her. Sofort versank ich mit einem Bein bis ans Knie in einem Haufen Schotter, während er gemächlich über die Böschung hinunterpurzelte. Der Schwung aber schien meinen Körper weiter fortgeschleudert zu haben. Die Erinnerung an diesen seltsamen Augenblick ist mir bis auf den heutigen Tag geblieben. An den hellen Sonnenschein, den Anblick seines frei trudelnden Körpers und das Knirschen in meinem festgeklemmten Bein. Das man im Lärm des vorbeiratternden Zugs gar nicht hätte hören dürfen und das ich trotzdem hörte. Den Anblick der sich nähernden Steine. Und ich mit dem Gesicht mitten hinein. Wir waren entdeckt. Unser ganzes Geheimnis lag nackt vor den Augen der Menschen. Selbst den grausam dunklen Schleier des Schmerzes durchzuckte noch der Gedanke, daß meine Ungeschicklichkeit unverzeihlich sei. Prém grub mich aus und wollte mich auf dem Rücken wegtragen. Wimmernd bat ich ihn, mich nicht anzufassen. Wie es sich später herausstellte, waren mein linker Arm und zwei meiner linken Rippen nur angebrochen, trotzdem fühlte ich hier einen stärkeren Schmerz als im rechten Bein mit dem offenen Bruch. Mein Kopf und mein Gesicht waren blutüberströmt. Und ringsum nichts. Weder ein Mensch noch ein Fahrzeug, noch ein Haus. Nichts als leere, verbrannte Weide. Und der Himmel darüber wolkenlos. Er mußte Hilfe holen. Mein einziger Trost war, daß er den Kopf nicht verlor.

Als ich in den Operationssaal gerollt wurde, hasteten schon

ein Dutzend weißer Gestalten neben uns her. Hier habe ich Abschied genommen von ihm. Ich hörte noch, wie einer der Sanitäter zu ihm sagte, du aber, mein Kleiner, wartest hier auf die Polizei.

Als ich wieder zu mir kam, konnte ich bloß mit einem Auge aus meinem Kopfverband herausschauen. Ich war eingegipst und eingewickelt. An meinem Bett saß eine Krankenschwester. Ihr Gesicht kam mir vor wie ein riesiges, pochendes weißes Herz. Sie gurrte und summte, als wolle sie singen, gab mir zu trinken, streichelte mich und kühlte mich mit nassen Tüchern, machte sich an mir zu schaffen, fächelte mich und schüttelte meine Kissen auf. Ich muß wohl trostbedürftig gewesen sein, weil sie mir im Singsang versicherte, daß es gar nicht schlimm sei, daß alles in bester Ordnung sei, alles schön vernarben, heilen und verschorfen würde. Nur bewegen dürfe ich mich nicht und solle mich ruhig melden, wenn ich Brechreiz verspüre oder pissen müsse, sie würde die ganze Zeit bis zur Ankunft meiner Mutter bei mir bleiben. Ich könne ganz beruhigt sein.

An meine Mutter hatte ich bis dahin überhaupt nicht gedacht. Aber bei diesem einen Wort rückte alles weit von mir weg, wurde leicht wie in dem Augenblick, als man mir im Operationssaal die Äthermaske aufs Gesicht gedrückt hatte. Ich wurde müde, Dunkelheit umfing mich.

Und als müßte ich mich an die Oberfläche eines verzweifelten Traumes hinaufquälen, schreckte ich plötzlich mit dem Gefühl auf, daß mein Körper auskühlt und ich im Sterben liege. Eingewickelt in ein nasses Leintuch, hörte ich die sanfte Stimme der Frau. Es sei nicht schlimm, überhaupt nicht schlimm. Mein Fieber sei plötzlich gestiegen, sie würde es aber wieder schön hinunterdrücken. Doch schien es, als umwickelte sie meine nackten Glieder vergeblich mit den nassen Tüchern, weil das Fieber sich unter den Verbänden und unter dem Gips festgesetzt hatte. Nach geraumer Zeit ließ es aber nach, und ich erinnere mich noch, daß ich, als sie mich voller Genugtuung mit einem trockenen Leintuch zudeckte, bedauerte, ihr nicht länger meine Nacktheit darbieten zu können.

Aus der Helligkeit und den Geräuschen im Krankensaal zu schließen, mußte es auf den Nachmittag zugehen. Meine Mutter hatte mich zum Glück noch nicht besucht. Später packte mich ein neuer Fieberanfall, und bis wir ihn heruntergedrückt hatten, war es Abend geworden. Die Schwester sagte, sie müsse jetzt gehen, ihr Dienst sei zu Ende, sie würde mich jetzt einer Kollegin übergeben. Ich weiß nicht, was sie gerührt haben mochte, denn viel konnte sie von meinem Gesicht nicht gesehen haben. Möglich, daß es eine Bewegung war, die ich gemacht hatte. Oder sie hatte durch die Verbände hindurch gespürt, daß ich auf diese Weise noch nie jemandem ausgeliefert gewesen war. Denn kaum war einige Zeit vergangen, kam sie wieder zurück. Als sie in der Tür erschien, sagte ich, das habe sie gut gemacht. Sie fragte, ob etwas passiert sei? Nein, sagte ich, nichts. Und tatsächlich hatte ich das Gefühl, ich sei wieder zu Kräften gekommen und sehe wieder klar mit diesem einzigen Auge. Warum also, fragte sie. Weil ich Sie brauche, sagte ich. Gleichzeitig faßten wir uns an den Händen, wobei sie errötete. Ich war damals zwölf, sie wird um zehn Jahre älter gewesen sein.

Die Verhaltensweise von Menschen, die uns nahestehen, kann uns kaum überraschen. Zu bestimmten Situationen gehören immer die gleichen Verhaltensformen. Wir wiederholen die gleichen Gesten bis ans Ende unserer Tage, und das verhilft unserer Umgebung zu großer Sicherheit. Dieser Erfahrung entsprechend bereitete ich mich auf den Besuch meiner Mutter vor.

Im Krankensaal lagen lauter mir ähnliche, an ihr Bett gefesselte weiße Mumien. Sie japsten, stöhnten, schnarchten, keuchten und stanken. Irgendwie wollte ich mich von ihnen unterscheiden. Über der Tür brannte ein blaues Nachtlicht. Mit dicken Kissen unter meinem Rücken ließ ich mich hochstützen, bat die Schwester, die Leselampe über meinem Kopf anzuknipsen, die Bettschüssel hinauszutragen und mir eine Zeitung zu bringen. Sie kam und ging. Meiner Schmerzen wegen konnte ich mit dem einen Auge doch nicht so lange lesen, bis meine Mutter eintreffen würde. Ich war eingenickt.

Als ich die Augen wieder öffnete, erblickte ich zu meiner größten Verwunderung nicht etwa die Gestalt meiner Mutter in der geöffneten Tür, sondern eine wahre Furie in der Gestalt und den Kleidern meiner Mutter. Wie sie hereinkam und geradewegs auf mich losging, darauf war ich nicht gefaßt. Mit ausgestrecktem Arm stürmte sie auf mich zu, ihre Handtasche schlug mir ins Gesicht, sie packte mich an den Schultern, und hätte sich die Krankenschwester nicht auf sie gestürzt, hätte sie mich ohne Rücksicht auf meinen Zustand durchgeschüttelt und verdroschen. Obwohl sie mir noch nie zuvor eine einzige Ohrfeige gegeben hatte. Sie kämpften regelrecht auf mir. Während mich die Furie mit heiserer Stimme anschrie, was hast du gemacht, was hast du schon wieder angestellt, was hast du bloß angestellt, kreischte mein Schutzengel mit sich überschlagender Kopfstimme, was machen Sie da, rühren Sie ihn nicht an, Sie sind ja wahnsinnig! Hilfe! Der Krankensaal war plötzlich taghell erleuchtet, innerhalb von Augenblicken waren alle wach, fingen an zu schreien, aber gleich war auch alles vorbei. Die Furie hatte sich verflüchtigt, meine Mutter schluchzte an meinem Bett. Da ließ die Krankenschwester sie los. Tastete den Gips ab, meine gesunden und meine verbundenen Glieder, dann legte sie der Reihe nach die anderen wieder in ihren Betten zurecht, lachte verlegen, beruhigte alle, machte das Licht aus und entfernte sich, nachdem sie mich noch von der Tür her angegrinst hatte.

In einer Situation wie dieser ist es für ein Kind das Nächstliegende, den Eltern stotternd zu erklären, was es und warum es etwas getan habe. Es muß alle seine bisherigen Sünden beichten, wenigstens ein Drittel seiner Geheimnisse preisgeben, um durch diese Unterwerfung Verzeihung zu erlangen. Mir wäre es trotzdem nicht eingefallen, uns zu verraten. Ich war mir sicher, daß auch Prém auf der Polizei sich auf das Allernötigste beschränken wird. Vielleicht war mir etwas Derartiges schon deshalb nicht eingefallen, weil ich zum erstenmal in meinem Leben zwischen zwei Frauen geraten war. Die stürmische Szene hatte mir klargemacht, daß diese Mutter nicht nur meine Mutter, sondern auch eine Frau war. Früher wäre mir das nie in den Sinn gekommen. Eine der Frauen hatte sich weinend über mein Bett geworfen, die andere sich kichernd an meinem Bett zu schaffen gemacht. Als habe sie es voller Schadenfreude genossen, daß ich mich in den Händen einer solchen Furie befinde.

Weinend wiederholte meine Mutter ihre Fragen und rührte damit an den heikelsten Punkt meines Lebens. Das war der Augenblick, da ich über meine Unabhängigkeit entscheiden mußte. Mit meiner gesunden Hand und meinem eingegipsten Arm drehte ich ihr weinendes Gesicht zu mir. Ich war zornig auf sie, wollte sie von diesem heiklen Gebiet ablenken, doch ohne ihr allzu weh zu tun.

Ich sagte, sie hätte auch früher kommen können.

Aber sie sei doch gerade erst nach Hause gekommen. Wo sie ein Polizist erwartet habe. Ein Polizist.

Und ich liege den ganzen Tag hier und habe noch nicht einmal etwas gegessen.

Sie sah mich mit tränennassen Augen an.

Auf Weichselkompott hätte ich Lust, sagte ich.

Auf Weichselkompott, fragte sie verblüfft, wo in aller Welt soll ich Weichselkompott hernehmen?

Doch ihre tränenfeuchten Augen hatten inzwischen den wohlbekannten beflissenen, ein wenig erschrockenen Witwenblick zurückgewonnen. Ich hatte ihr abgetrotzt, was mir zukam. Und sie in meine Mutter zurückverwandelt.

Heute weiß ich, daß ich es war, der die Frau in ihr getötet hat.

Vielleicht brauche ich es nicht besonders zu betonen, daß sich dieses Leben, unser Leben, in jeder Hinsicht vom Leben meines Freundes unterschied. Zwar gab es eine kurze, meine ganze Einstellung von Grund auf bestimmende Zeitspanne in dieser Geschichte, als auch uns, gleich ihm und seiner Freundin Maja, das Spionageabwehrfieber gepackt hatte. Was wir Aufklärungsarbeit nannten. Man mußte auf feindliches Gebiet vordringen und sich unbemerkt zurückziehen. Wir wählten dazu immer Häuser und Wohnungen, deren Besitzer wir nicht kannten. Das schien uns anständiger, hätten wir doch unseren Bekannten später nicht in die Augen blicken können. Wir kundschafteten fremde Gärten aus, durchsuchten leere Zimmer, erkundeten versehentlich offengelassene Fenster, eine gespreizte Jalousie, eine einzudrückende Tür und bestimmten den Gegenstand, der herausgeholt werden sollte. Einer stand Schmiere, der andere arbeitete.

Nie haben wir etwas entwendet. Die als Beweisstücke herausgeholten Gegenstände brachten wir heimlich wieder zurück. Im schlimmsten Fall warfen wir sie über den Zaun, legten sie auf die Schwelle oder das Fensterbrett. Akten, Uhren, Briefbeschwerer, Federkiele, medizinische Röhrchen, Petschaften, Zigarettendosen und die komischsten Nippsachen wanderten durch unsere Hände. Ich erinnere mich lebhaft an eine lackierte chinesische Spieldose und eine über die Maßen pornographische kleine Plastik, die an allen Gliedern beweglich war. Keines der ängstlich gehüteten Geheimnisse meines Liebeslebens hätte es mit ihr an Schamlosigkeit aufgenommen. Wir taten dem schutzlosen Leben von Fremden Gewalt an. Den nackten Wohnungen, die stumm waren und ohne Argwohn.

An diesem Punkt hatte unser gemeinsames Tun die Grenze des Erlaubten überschritten. Allein schon von dem Entschluß verkrampfte sich uns der Magen, unsere Blicke verschleierten sich, Hände und Füße zitterten hemmungslos, unsere Eingeweide revoltierten schamlos, und in unserer Aufregung waren wir nicht nur einmal genötigt, uns vor den Augen des anderen zu entleeren.

Ich glaube, daß der moralische Wert einer Tat sich am menschlichen Körper messen läßt. Diese physische Messung kann jeder Mensch in jedem Augenblick an sich selber vornehmen. Die Maßeinheit aber besteht in nichts anderem als in dem spezifischen Verhältnis zwischen Erlaubtem und Verbotenem. Die Tat leitet sich nämlich nicht nur aus den in den Instinkten wurzelnden Anlagen ab, sondern aus dem Verhältnis von diesen Anlagen zu den aus der Erziehung ableitbaren Verboten. Konstitution und soziale Einstellung, Erbgut und Abstammung suchen in einer Tat den ihnen gemäßen Ausdruck zu finden. Der Körper aber reagiert auf fortgesetzte Disharmonien mit Angst, Schweiß und Beklommenheit, in schweren Fällen mit Ohnmacht, Erbrechen oder Durchfall, in schwersten Fällen sogar mit organischen Schäden.

Die Gesellschaft müßte daher theoretisch jenen Menschen zum Idealtypus erklären, dessen Neigungen nur auf das Erlaubte ausgerichtet sind. Und jenen für den gefährlichsten, der ausschließlich auf das Verbotene aus ist. Dieser logisch scheinende Grundsatz aber funktioniert genausowenig nach den Regeln der Logik wie die asymmetrische Theorie von Häßlichkeit und Schönheit. Weil es in der weiten Natur keinen Menschen gibt, in dessen Handlungen keine Spannung zwischen Erlaubtem und Verbotenem auftreten würde, wie es auch keinen gibt, der ausschließlich Verbotenes tun würde. Das Ideal des gesellschaftlichen Friedens gründet zweifellos auf jenen Menschen, die diese Spannung in sich auf möglichst niedrigem Niveau zu halten vermögen, trotzdem würde es niemandem einfallen, sie für weise, gut oder für vollkommen anzusehen. Aus ihren Reihen gehen weder Mönche noch Nonnen, weder Revolutionäre noch Erfinder hervor, nicht die Geisteskranken noch die Propheten, und nicht sie sind die Verbrecher. Sie sind höchstens unter dem Gesichtspunkt des gesellschaftlichen Friedens von Nutzen. Doch kann die denkbar größte Nützlichkeit nur an der denkbar größten Nutzlosigkeit gemessen werden.

Und wenn ich vorhin im Nachdenken über Schönheit und Häßlichkeit behauptet habe, daß wir, vor die Wahl zwischen zwei annähernden Vollkommenheiten gestellt, niemals die fast vollkommene Disharmonie, sondern immer die fast vollkommene Harmonie wählen, dann muß ich jetzt im Nachdenken über Gut und Böse sagen, daß wir zum moralischen Maßstab unseres Handelns keineswegs das zum Leben notwendige Gute, den friedlichen und langweiligen Durchschnitt, sondern immer das friedlose und spannungsreiche Außergewöhnliche, das zum Leben notwendige Böse wählen. Was nichts anderes bedeutet, als daß für unsere Gefühle immer das annähernd Vollkommene, für unser Bewußtsein aber das annähernd Unvollkommene richtungsweisend ist.

Mein toter Freund behauptet auf der dreihundertsiebenundsiebzigsten Seite seines Manuskripts, ich hätte Prém manchmal aufgefordert, sich zu entblößen. Daran kann ich mich nicht erinnern. Möchte aber seine Behauptung auch nicht in Zweifel ziehen. Möglich, daß es so war, aber wenn es so war, dann wahrscheinlich aus einem anderen Grund als dem, den er annimmt.

Es ist unbestritten, daß sich Jungen für die Größe ihres eigenen Geschlechtsorgans und derjenigen ihrer Kameraden lebhaft interessieren. Zu ihren beliebten Spielen gehört der verbale oder reale Vergleich. Den Folgen dieses Vergleichs vermag sich die Mehrzahl der Männer selbst im Erwachsenenalter nicht zu entziehen. Ihre unveränderlichen physischen Gegebenheiten erinnern sie dauernd an die in der Kindheit erlittenen seelischen Kränkungen. Aus der Tatsache, daß ihr Glied in den Vergleichsspielen sich als groß oder klein erwiesen hat, lassen sich zwei Formen von Kränkungen ableiten. Ist es groß, können sie sich als etwas Besonderes betrachten, auch wenn diese Besonderheit später keinerlei nachweisbare Vorteile in der Liebe zu gewährleisten vermag. Ist es klein, haben sie eine aus diesem Minderwertigkeitsgefühl resultierende seelische Deformierung zu gewärtigen, selbst wenn ihnen daraus später kein fühlbarer Nachteil in der Liebe entsteht. In diesem Punkt widerspricht nicht nur die alltägliche, sondern auch die wissenschaftliche Erfahrung nachdrücklich der kulturellen Tradition. Ich weiß nicht, wie andere Kulturen die Ungleichheit zwischen der gefühlsmäßigen und der verstandesmäßigen Erfahrung aufarbeiten, doch unsere auf Ehrfurcht vor der Schöpfung ausgerichtete barbarische Zivilisation hat nicht die geringste Ehrfurcht vor der Schöpfung. Davon bin ich überzeugt. Auch die sich zu einer seelischen Deformation ausweitende Verletzung entsteht nicht aus physischen Gegebenheiten, sondern aus dem Widerspruch, wonach der auf Selbsterschaffung eingestellte

Mensch seine Eigenschaften als die einzig möglichen ansieht, doch seine der Schöpfung gegenüber ehrfurchtslose Kultur sieht die von der Natur geschaffenen und von der Natur gesetzten Grenzen keineswegs als maßgebend an, das heißt, daß er seine Gegebenheiten nicht in derselben Weise bewertet, wie er sie empfindet. Aus dem Mehr möchte er noch mehr herauspressen, er leidet daran, daß das, was gar nicht wenig ist, nicht mehr sein kann.

Wie jedermann weiß, hängt die Qualität des Liebeslebens vom zerbrechlichen Gefühl des Glücks ab. Zwar kann man das Liebesglück nicht von den Liebesorganen trennen, doch wäre es genauso töricht, es mit den Maßen dieser Organe in Verbindung zu bringen. Schon allein deshalb, weil es zu den natürlichen Eigenschaften der weiblichen Scheide zählt, sich so weit zu dehnen, wie es für das jeweilige Glied vonnöten ist. Diese Dehnung ist ausschließlich emotional gesteuert, genauso wie die Versteifung des Gliedes. Die auf das Ausmaß der Leistung, den Überfluß an angehäuften, zu Besitz und Nutzung erstrebten materiellen Gütern und auf die Richtigkeit ihrer Verteilung fixierte kulturelle Tradition spottet dennoch all dieser allgemeinen, mit wissenschaftlichen Methoden nachweisbaren Sinneserfahrungen. Sie redet sowohl Frauen wie Männern ein, daß alles erst wirklich gut ist, wenn es noch mehr und noch größer ist. Wenn du weniger hast als er, dann stimmt etwas nicht mit dir. Es stimmt aber auch nicht, wenn du aus diesem Mehr nicht noch mehr Lust herausschlagen kannst. Und wenn mit dir etwas nicht stimmt, dann mußt du dich entweder damit abfinden, oder du mußt dein Leben ändern. Du wirst Neid säen und Mitleid ernten. Die auf Selbstverwirklichung ausgerichtete Kultur ist auf diese Weise gezwungen, die von der Schöpfung gezogenen Grenzen anzuerkennen. Der nach Veränderung des Lebens strebende kluge Revolutionär erweist sich in der Praxis als genauso töricht, wie der törichte Gläubige sich als klug erweist, wenn er sich bemüht, das Leben anzunehmen, wie es ist. In dieser heiklen, unser aller tägliches Leben berührenden Frage verhalten wir uns nicht anders als jene primitiven Völker, die zwischen der Funktion der Geschlechtsorgane, der geschlechtlichen Wollust und der Empfängnis keinen Zusammenhang herstellen. Unsere durchaus als fortschrittlich zu betrachtende Zivilisation aber setzt eine unmittelbare Beziehung zwischen den Geschlechtsorganen und dem Liebesglück voraus, die die Natur nicht zu bestätigen vermag. Weil zwar die Voraussetzung zur Zeugung das normale Funktionieren der Geschlechtsorgane ist, deren Folge die Befruchtung sein kann, doch für das Glücksgefühl der Liebe ist damit nur eine Möglichkeit gegeben. Darum ist es ein verletzliches Gefühl.

Nach Darlegung dieser Gedanken wäre es freilich gewagt zu behaupten, daß ich in dieser Hinsicht weder geschädigt noch deformiert wäre. Seit meiner frühesten Kindheit haben mich die Umstände gezwungen, meine natürlichen Anlagen zu nutzen und nicht meinen kulturellen Wünschen nachzugeben. Und daher gibt es keinen Zweifel darüber, daß mich die kulturelle Verführung weder zu einem masochistischen Nachgeben noch zu einem sadistischen Durchhalten bewegen kann. Im Gegensatz zu meinem armen Freund, der, im Reich menschlicher Sehnsüchte vagabundierend, seinen Körper zum Gegenstand seiner Gefühlsexperimente machte, habe ich den meinen zum Werkzeug meiner Gefühle gemacht, und daher sind meine Wünsche bloß die strengen Wächter meiner Anlagen. Und weil das Unglück meiner Herkunft schon groß genug war, hielt ich jeden für hassenswert, der mir auch noch einreden wollte, daß ich unglücklich sei, oder mich gar meiner physischen Gegebenheiten wegen als Ausnahme ansah. Das konnte ich nicht akzeptieren. Ich wollte mich damit weder abfinden noch mich ändern, sondern in diesem einzig möglichen Leben die meinen Gegebenheiten entsprechenden Möglichkeiten finden. In dieser Hinsicht bin ich wenn auch nicht leidenschaftlich, so doch von einer fixen Idee besessen.

Meiner zu Betrachtungen und Bekenntnissen ungeeigneten Natur trotze ich diese einsamen nächtlichen Stunden ab. Der Wunsch bringt eben doch Fähigkeiten zutage und zwingt mich, auf einem Gebiet tätig zu werden, für das ich mich eigentlich ungeeignet halten müßte. Doch zwei sich ergänzende Fähigkeiten setzen notwendigerweise eine dritte in Gang.

Ich habe keine bestimmten Wunschbilder, und das zwingt mich zum Nachdenken und zum Erinnern. Ich verlange von mir, keinen Vorurteilen nachzugeben und unparteiisch zu sein. Freilich hat meine Erinnerung das Bild, das mein Freund von Prém festgehalten hat, aus lauter Voreingenommenheit gelöscht. Dennoch habe ich keinen Grund zur Klage, weil ich ein anderes, eindringlicheres bewahrt habe.

Ein unschuldiges Bild, wie mir scheint. Ich weiß nicht, wie häufig es mir bisher eingefallen ist. Gelegentlich. Und nicht heftiger als ein Nadelstich. Die Sonne scheint. Das Gras ist grün. Prém kauert im gleißenden Licht. Zwischen seinen geschlossenen Schenkeln baumelt sein Schwanz. Aus seinem Arsch kommt in einer dickeren, längeren und härteren Wurst die Scheiße heraus. Ich sehe mehrere ähnliche Bilder vor mir, aber sie sind weniger deutlich als dieses.

Die Notdurft hat uns manchmal mitten in unseren Aufklärungsaktionen überrascht. Wir genierten uns nicht voreinander. Mich oder ihn, oder beide auf einmal. In den unmöglichsten Situationen. Nicht einmal uns zu säubern hatten wir oft Zeit, denn ob wir nun Angst hatten vor einer solchen Entdekkung oder nicht, immer mußten wir vor einer viel größeren Schande Reißaus nehmen. Ich glaube, daß dieses schwere Vergehen mir jenes leichtere nicht so bedeutend erscheinen ließ.

Unsere erzwungene Schamlosigkeit hatte sich eine eigene Bedeutungsskala geschaffen. Was anderen einen prickelnden, ihre Sinnlichkeit erregenden und ihre brennende Neugier befriedigenden Anblick bot, war für uns etwas völlig Nebensächliches. Wenn ich also den Prém aufgefordert habe, sich zu entblößen und sein Geschlechtsorgan zu zeigen, dann habe ich das nicht etwa getan, weil mich eine nicht zu unterdrückende Neugier für sein männliches Emblem gepackt hätte, sondern im Gegenteil, weil ich wußte, daß in den anderen Jungen solch eine unausrottbare Neugier steckt, die unsere Schamlosigkeit in mir schon ausgemerzt hatte. Von diesem Gefühl wollte ich mich befreien oder mein Gemeinschaftsgefühl mit den anderen wiedergewinnen. Eine andere Sache war es, daß das nicht gelingen konnte. Vielleicht kann ich es deshalb nicht gut ertragen, geküßt zu werden.

Mit fürchterlichen Verboten hatte man mich zur Stubenreinheit erzogen. Mir wurde beigebracht, daß ich eine meiner grundlegendsten Lebensfunktionen, die Notdurft, nur im geheimen, allein, ja nicht in Gesellschaft anderer zu verrichten hatte. Dieses strenge Verbot dürfe kein Menschenkind ungestraft übertreten. Dagegen sind die Vorschriften, die sich heute aufs Geschlechtliche beziehen, geradezu harmlos zu nennen. Wie tief und unumstößlich mußte mein Engagement gewesen sein, um dessentwillen ich dieses Verbot verletzte. Wir verletzten es beide. Im Krieg. Im Kriegszustand durfte es verletzt werden. Wir brauchten daher keine Gewissensbisse zu haben, war es doch nicht unsere Absicht, die auf die Stubenreinheit bezüglichen Vorschriften zu übertreten, wie ja auch die Völker nicht deshalb Kriege gegeneinander führen, um ihre moralischen Tempel zu brandschatzen. Wir lebten in einem Scheinfrieden und wollten uns einfach vorbereiten, um eines schönen Tages über eine entsprechende Menge an Erfahrung und eine entsprechend qualifizierte Entschlossenheit für die große Aufklärungsarbeit zu verfügen. Der überzeugendste Beweis für diese Entschlossenheit wäre die Tat als solche gewesen. Das heißt, ein Vorstoß auf das von Bluthunden, Schranken, Drahtverhauen und Bewaffneten gesicherte Sperrgebiet. Unauffällig, unverletzbar, mühelos, wie es die Meisterspione tun. Wir machten keine Jagd auf Spione wie mein Freund mit Maja Prihoda, wir wollten uns selbst zu Spionen ausbilden. Wollten in jenes feindlichste aller Territorien vordringen, dessen bloße Existenz und Undurchschaubarkeit den Sinn unserer Existenz in Frage stellte. Aber zu dieser Operation des Kalten Krieges hatten wir natürlich keinen ausreichenden Mut, wir konnten ihn gar nicht haben. Wie ja auch die beiden davor zurückschreckten, ihre verdächtigen Eltern anzuzeigen. Wir hätten die sieben Siegel des Geheimnisses aufbrechen müssen. Etwas tun, wozu ein ganzes, in ohnmächtigem Frieden dahindämmerndes Land nicht fähig gewesen wäre. Und das war unsere größte gemeinsame Schande.

Ich konnte nicht aufgeben.

Es war Herbst, als ich jenen Satz niederschrieb. Gewisse Sätze muß ich hinschreiben, nur um sie nachher durchstreichen zu können. Weil es eigentlich keine Sätze nach meinem Geschmack sind. Trotzdem kann ich diesen in meinem Kopf nicht auslöschen. Jetzt ist es Frühling. Monat um Monat vergeht. Doch ich kann mich mit nichts anderem beschäftigen. Ich denke darüber nach, warum ich nicht aufgeben konnte. Wenn ich es wüßte, brauchte ich es nicht niederzuschreiben oder könnte es durchstreichen. Genaugenommen denke ich darüber nach, warum ich nicht aufgeben kann. Warum ich zu den schamlosesten Kompromissen bereit bin, nur um nicht aufgeben zu müssen. Wäre es nicht anständiger, sich den vollendeten Tatsachen zu beugen, als schamlos in den Schmutz der Rechthaberei einzutauchen. Warum fürchte ich mich so sehr vor meinem eigenen Schmutz, da es doch nicht nur der meine ist, und warum scheue ich mich zugleich, in einen Spiegel zu schauen, der immer nur mich selber zeigt.

Wenn ich zurückdenke, waren es zehn bis zwölf Wohnungen, in die wir unbefugt eingedrungen sind. Das ist eine ganze Menge. Aber ich brauche gar nicht zu betonen, daß wir uns vergeblich die unmöglichsten Aufgaben ausgedacht, umsonst die sinnlosesten Sünden aufgehalst haben, da wir doch beide wußten, daß wir auf etwas ganz anderes aus sind. Auch darüber brauchten wir keine Worte zu machen. Hilflos und niedergeschlagen umkreisten wir das Sperrgebiet. Freundeten uns mit der Wachmannschaft an, erwiesen ihnen kleine Gefälligkeiten, die sie mit leeren Patronenhülsen erwiderten. Überlegten, wie man die Hunde unschädlich machen könnte. Fragten sie danach. Sie sagten, das sei unmöglich. Aber wir konnten uns durch keine Tricks dazu bringen, der Größe der Aufgabe zu entsprechen, erwarteten wir doch von uns, daß unser Mut und unsere Kraft, unser Erfindungsgeist und unsere Entschlossenheit jener Gewalttätigkeit ebenbürtig seien, die dieses Gebiet mit seiner Unberührtheit und Unberührbarkeit darstellte.

Ich kann mich noch gut an unsere letzte Unternehmung erinnern. Ich versuchte gerade, mich durch ein enges Kammerfenster zu zwängen, als ein Regal mit Einmachgläsern unter meinem Gewicht zusammenkrachte. Das passierte in einer von einer hohen Ziegelmauer umgebenen Villa auf dem Dianaweg. Meine Geistesgegenwart reichte gerade noch aus, mich nicht zwischen die mit fürchterlichem Krach herunterpurzelnden Einmachgläser fallen zu lassen. Ich hielt mich am Fensterrahmen fest und warf einen Blick unter mich. Der chaotische Anblick ist mir unvergeßlich. Die mit Marmelade vermischten, auf dem eingemachten Obst schwappenden grünen Gurken und der auf den Steinfliesen auseinandertrudelnde gelbe saure Paprika. Und daß die auf die weiche Unterlage stürzenden Gläser eins auf dem anderen zerbarsten.

Mein Leben ist nicht reich an Wendepunkten. Diesen längst vergangenen Augenblick aber möchte ich für einen solchen halten. Ich mußte Methoden anderer Art suchen, die es mir erlaubten, mein Ziel nicht aus den Augen zu verlieren. Nie wieder.

Ich bin immer ein hervorragender Schüler gewesen. Dazu ausgestattet mit dem Fleiß, der Aufmerksamkeit und der Ausdauer eines Strebers. Meine Anpassungsfähigkeit und mein angenehmes Äußeres bewahrten mich davor, von den anderen abgelehnt zu werden. Ich gehöre zu den wenigen, die in der Schule Russisch gelernt haben.

Zusammen mit meiner Mutter besuchte ich der Reihe nach Vaters aus der Kriegsgefangenschaft heimkehrende Offizierskameraden und Soldaten. Während ich ihren Berichten zuhörte, faßte ich den Entschluß, die russische Sprache mir nicht nur so mit Ach und Krach, sondern ganz ernsthaft anzueignen. In dieser Beziehung folgte ich der fixen Idee meiner verwitweten Mutter. Wenn sie wüßte, wie mein Vater umgekommen war, würde sie ihn zurückbekommen. Etwas Ähnliches muß sie gefühlt haben, und dieses Gefühl nistete sich auch bei mir ein. Ich war entschlossen, sobald ich Soldat wäre, die Umstände von Vaters Tod an Ort und Stelle aufzuklären. Die deutsche Sprache habe ich zweimal erlernen müssen. Das erste Mal hatte ich mir ein Deutsch angeeignet, das heute niemand mehr spricht. Unter den Büchern, die aus Großvaters Nachlaß auf uns kamen, fand ich ein zweibändiges, in Leder gebundenes Werk, das auf dem Buchrücken einen in Goldbuchstaben geprägten, geheimnisvoll einfachen Titel trug: Vom Kriege. Am Seitenrand Großvaters Notizen in ungarischer Sprache, mit winzigen, haardünnen, gut lesbaren Buchstaben, aber das Buch selber war in gotischer Schrift gedruckt. Diese Arbeit mußte ich kennenlernen, versprach sie doch, daß auch ich mit ihrer Hilfe alles über den Krieg erfahren würde.

Im Dezember neunzehnhundertvierundfünfzig hatte sich, wie ich mich erinnere, am letzten Unterrichtstag vor den Winterferien eine aus düsteren Männern bestehende umfangreiche Kommission zu einer Schulvisitation eingefunden. Sie waren in schweren schwarzen Dienstwagen gekommen. Alle trugen schwarze Hüte. Aus dem Fenster konnten wir sehen, wie die Hüte unter dem Tor verschwanden. Der Unterricht wurde unterbrochen. Wir mußten stumm dasitzen. Auf dem Gang waren manchmal Schritte zu hören, doch immer von mehreren Personen, dann herrschte wieder Stille. Irgendwer wurde irgendwohin geführt. Die Stunden flossen ineinander, weil es kein Pausenläuten gab. Nicht den geringsten Laut will ich hören, zischte Klement, der verhaßteste unserer Lehrer, wenn doch noch ein Erleichterung heischendes Geräusch aus den Bänken zu hören war. Die Tür ging auf. Der Pedell rief einen von uns auf den Korridor hinaus, wobei er den Namen bloß flüsterte. Schritte. Dann das Warten, ob er zurückkommt. Nach einer Weile schleicht der Betroffene, von unseren Blikken begleitet, bleich auf seinen Platz, und die Tür schließt sich von neuem. Zitternde Lippen, rote Ohren zeigen an, daß irgend etwas passiert sein muß. Aber weil die unmöglichsten Leute hinausgerufen wurden, konnte ich mir keinen Reim darauf machen.

Nach einer gewissen Zeit hatte ich das Gefühl, daß man uns einkreiste.

Klement hatte einen riesigen kahlen Kopf mit wasserblauen, winzigen Augen. Einen Bauch wie ein Faß. Sein Nettogewicht etwa hundertfünfzig Kilo. Er trug immer einen kleinen Pappkoffer bei sich. Lutschte Bonbons, schmatzte, schnalzte mit der Zunge mitten in die Stille hinein. Ächzte, gab pfeifende Töne von sich, hantierte dauernd an sich herum. Zog die heruntergerutschten Socken an seinen geschwollenen Beinen hoch. Öffnete seinen abgewetzten Koffer, betrachtete seinen Schlüsselbund, schloß den Koffer wieder ab, seinem Gesicht war anzusehen, daß er über etwas nachdachte. Kratzte sich an der Nase. Etwas geriet ihm dabei unter den Fingernagel, er betrachtete es lange. Wischte es an der Hose ab. Knackte mit den Fingern, zog an seinen im Fett eingepolsterten Ringen. Die Hände über dem Bauch verschränkt, drehte er die Daumen umeinander, so daß sie sich immer ein bißchen berührten. Später lüpfte er den Hintern, kramte ein Taschentuch aus der Tasche, faltete es auseinander, rülpste und spuckte einen ordentlichen Batzen hinein. Und wie jemand, der einen seltenen Schatz hütet, faltete er das Taschentuch wieder zusammen. Bei ihm lösten gezielte Schikanen keine Aufregung, sondern lustvolle Selbstzufriedenheit aus, daher konnte man aus seinem Verhalten auf nichts anderes schließen, als daß unsere Lage bedrohlicher war als je zuvor.

Meine Gedanken rotierten wie das Korn in der Mühle. Auf alle Fragen, die sie mir hätten stellen können, antwortete ich mit einem entschiedenen Nein. Ich war bereit, alles, was ich wußte, mutig zu leugnen, ihnen mitten ins Gesicht. Leugnete, womit ich nach ihrem Dafürhalten mich selber hätte belasten müssen. Ich verleugnete auch Prém. Leugnete auch die Vergiftung der Hunde, obwohl wir sie ja gar nicht vergiftet hatten. Noch hatten sie ihn nicht hineinzitiert, mich auch nicht. Über eine so lange Zeit hinweg ließ sich die tödliche Stille nur aufrechterhalten, weil es nicht das erste Mal war. Keiner wagte auszutreten. Vor ungefähr zwei Jahren hatte man ein kleines, an unseren Klassikern geschultes Gedicht an der Wand des Knaben-WCs im zweiten Stock gefunden: «Frag nicht, wer's gesagt hat, sei's Lenin oder Stalin, es bleibt sich gleich. Und wenn du auch bis zum Halse in der Scheiße steckst, halte fest an der Partei. Hätte auch Rákosi sagen können. Er sei dein Leitstern!» Ich zitiere nicht in Reimen, weil sie so etwas natürlich nicht nach metrischen Gesichtspunkten bewerteten. Und irgend etwas fanden sie immer. Wie sollte da jemand das Verlangen haben, seine Notdurft zu verrichten. Jene beiden Tage vor zwei Jahren, während deren sie untersuchten, verhörten, uns aufmarschieren ließen, Schriftproben nahmen, fotografierten, unsere Schulranzen, Taschen, Federhalter kontrollierten, habe ich nicht vergessen.

Ich konnte meiner Angst nicht Herr werden. Vorsichtig begegneten sich manchmal unsere Blicke. Auch Prém war es nicht zum Lachen zumute. Umsonst leugnete ich bis zum Gehtnichtmehr. Ich hatte das Gefühl, vollkommen durchsichtig zu sein. Als wären meine Gedanken jedermanns Beute. Als könnte ich mich nicht verstecken, nicht einmal vor mir selber. Zwar möchte ich niemanden mit einer eingehenden Analyse meines damaligen Zustandes langweilen, aber berichten möchte ich doch, welche nützlichen Erfahrungen ich in diesem Zustand gemacht habe.

Wenn sich jemand vor seinen eigenen Gedanken fürchtet, weil er sich vor den Gedanken der anderen in acht nehmen muß, dann bemüht er sich, seine als gefährlich eingeschätzten Gedanken durch die Gedanken anderer zu ersetzen. Nur ist kein Mensch fähig, mit dem Gehirn eines anderen zu denken, weil der auf diese Weise entstandene Gedanke ja nichts anderes ist als die Unterstellung seines eigenen Gehirns, was andere über die gleichen Dinge denken. Daher muß er aus seinen Gedanken nicht nur jene verräterische Spur tilgen, wonach er ja nicht selber denkt, sondern bloß voraussetzt, was andere denken, sondern er muß auch jene Unsicherheit aus seinem Denken verbannen, wonach der ganze Vorgang der Substituierung eigentlich auf einer Mutmaßung beruht. Wenn aber jemand längere Zeit gezwungen ist, in seiner eindrucksfähigen Gehirnmasse diesen Part zu übernehmen, dann lernt er zwar die Mechanik des Denkens gründlich kennen, aber dann besteht auch die große Gefahr, daß er nicht mehr in der Lage sein wird, zwischen seinen Erkenntnissen und seinen Mutmaßungen zu unterscheiden.

Mindestens anderthalb Stunden waren vergangen. Als mein Name aufgerufen wurde, fühlte ich mich völlig unvorbereitet. Trotzdem war ich froh, aufspringen und endlich irgendwohin gehen zu können. Klement warf sich gerade ein neues Stückchen Zucker in den Mund. Der Pedell stand in der offenen Tür. Da aber fand es Klement angebracht, begleitet von lautem Schmatzen zu bemerken, «du jedenfalls, Sómi Tót, kommst überhaupt nicht in Frage.» Seine Bemerkung vernichtete mich. Zwar ließ sie den Schluß zu, daß ich mit dem schrecklichen Frevel, von dem er natürlich wußte, nichts zu tun habe. Seines bedauernden Tonfalls wegen brauchte das aber noch lange keinen Freispruch zu bedeuten, obwohl etwas von einem ermutigenden, zwinkernden Wohlwollen gegenüber dem Klassenbesten darin zu spüren war. Er machte aber das seit anderthalb Stunden aufgebaute System meiner Mutmaßungen zunichte. Ich fühlte mich wie damals, als die Schwester im Krankenhaus aus überfließender Freundlichkeit meine Mutter erwähnt hatte. Unter den Trümmern meiner Mutmaßungen und meines Verteidigungssystems konnte ich mich doch nicht an eine neue Mutmaßung klammern. Auch hatte ich nach dieser fragwürdigen Bemerkung keine Zeit mehr, weitere Überlegungen anzustellen. Unter Berücksichtigung dieser Umstände trugen mich meine Füße noch erstaunlich sicher. Wie ein fliehendes Tier durch den einzig vorhandenen Spalt geradewegs hinein in die Falle.

Wir durchquerten das Lehrerzimmer, und als der Bürogehilfe mir die breite Flügeltür zum Direktorzimmer öffnete, hatte mein tödliches Entsetzen seinen Höhepunkt erreicht. Das schwere Eisen des scharfgeschliffenen Fallbeils hatte mir bereits den Kopf abgetrennt. Ich war tot. Aber meine Augen waren offengeblieben, und als ich aus dem Korb mit dem Sägemehl aufblickte, sah ich, daß das, was mich auf der anderen Seite erwartete, keineswegs schrecklich war, nein, eher fröhlich, friedlich, freundlich. Frühstück im Freien. Picknick am Hang. Katerfrühstück mit Zigarre.

Als ich eintrat, sprachen sie mich auf russisch an.

Die Tür des Lehrerzimmers schloß sich hinter mir, aber die aus dem Büro in die Wohnung des Direktors führenden Türen waren alle weit offen. Durch die sperrangelweit geöffneten Flügel der riesigen braunen, kunstvoll gearbeiteten Türen konnte man in die ganze, üppig mit schweren Möbeln und dicken Teppichen eingerichtete Flucht der Vierzimmerwohnung sehen. Erst viel später lernte ich die Bilder des Wiener Hofmalers Hans Makart kennen, dessen mit Draperien, Skulpturen und Pflanzen überladene, in braunen und schwülstig roten Farben prangende, überhitzte Interieurs mich jedesmal an diesen unwirklichen Augenblick erinnerten. Von Livia, der Tochter des Pedells, wußten wir, daß der frühere Direktor, als man ihn seiner Stellung enthoben und deportiert hatte, alles hatte zurücklassen müssen. Im entferntesten der Zimmer spielten die beiden kleinen Töchter des Direktors auf dem Teppich. Die Räume waren hell von dem durch den Schnee reflektierten vormittäglichen Sonnenlicht erleuchtet, und ich sah die zierliche Gestalt der Frau des Direktors im Licht vorüberschweben. Irgendwo war ein Radio eingeschaltet, klassische Musik war zu hören, sehr leise.

Der freundlich blickende junge Mann, der im Schatten des ansehnlichen Philodendrons und der Fächerpalme hinter dem mit Schnitzwerk verzierten Schreibtisch saß, fragte mich auf russisch, wie es mir gehe. Nach seinem Äußeren und seinem Tonfall war ich mir sicher, daß er in seiner Muttersprache redete. Die übrigen Herren, die Beine gespreizt und ausgestreckt, räkelten sich kreuz und quer in größter Lässigkeit in den von ihren gewohnten Plätzen fortgerückten Sesseln und Stühlen. Der Direktor selber stand wie jemand, der nicht ganz zur Gesellschaft gehört, an den warmen Kachelofen gelehnt und lächelte gezwungen. Die in sanfte Rauchschwaden eingetauchten Männer hielten Weingläser in den Händen, kauten an ihren Sandwiches, rührten in ihren Kaffeetassen und rauchten. Das alles hätte nicht im geringsten einen offiziellen Eindruck gemacht, wenn auf dem Tisch, den Regalen oder neben den Stühlen nicht einige beängstigend fremd wirkende Papiere gelegen hätten.

Als Antwort entschlüpfte mir ein einziges russisches Wort. Ich weiß noch, daß ich dem Ausdruck zum erstenmal in einem Märchen von Tolstoj begegnet bin. Ich sagte also nicht, es geht mir gut, sondern danke, prächtig! Worauf einige von ihnen hell auflachten.

Du bist wirklich nicht auf den Mund gefallen, sagte der, der mich gefragt hatte. Komm näher, wir wollen uns ein wenig unterhalten.

Vor dem Schreibtisch erwartete mich ein steifbeiniger gepolsterter Stuhl, auf den ich mich setzen mußte, so daß die übrigen hinter meinen Rücken gerieten.

Ich wußte nicht, was passieren würde. Und hatte keine Ahnung, welcher Art die Prüfung sein könnte. Aber während er fragte und ich in meiner völligen Ahnungslosigkeit ohne jede Hemmung antwortete, spürte ich, daß ich auf der richtigen Spur war. Die Spur war zwar richtig, nur wußte ich nicht, wohin sie führte. Stille trat ein, gespannte Stille. Ihre Zufriedenheit hatte die Spannung erzeugt.

Als ich bereits saß, fragte mich der freundlich blickende Russe, ob es heute schneie.

Ich antwortete, daß es heute zwar nicht schneie, sondern die Sonne scheine, gestern aber habe es tatsächlich stark geschneit.

Dann fragte er mich nach meinen Noten und, meine Antwort mit einem zufriedenen Nicken quittierend, was ich werden wolle.

Soldat, sagte ich, ohne zu überlegen.

Prächtig, rief der Russe daraufhin aus, stieß den Stuhl unter sich fort, kam hinter dem Schreibtisch hervor und blieb vor mir stehen. Das ist unser Mann, sagte er zu den übrigen, dann faßte er mein Gesicht zwischen beide Hände und sagte, ich solle lachen. Er wolle sehen, ob ich lachen könne.

Ich versuchte es. Aber wahrscheinlich war es mir nicht sonderlich geglückt, denn er ließ mich los und fragte, ob in meiner Familie jemand Russisch spreche, von dem ich es gelernt hätte.

Ich antwortete, daß mein Vater Russisch konnte, stockte aber sofort, weil selbst das mehr war, als ich sagen durfte.

Dein Vater? fragend sah er auf mich herab.

Ja, sagte ich, aber ich habe ihn nicht gekannt. Ich habe es aus Büchern gelernt.

Er glaubte, mich falsch verstanden zu haben, du hast ihn nicht gekannt, fragte er verwundert.

Meine ganze Entschlossenheit, meine Heuchelei und alle meine Hoffnungen waren auf der Strecke geblieben. Immer noch versuchte ich zu lächeln. Er ist gestorben, sagte ich, und es gelang mir wenigstens, meine Tränen zu unterdrükken.

Da entstand in der Stille hinter meinem Rücken Unruhe, ein Heft oder Buch wurde umgeblättert, Schritte näherten sich, aber ich wagte mich nicht umzuschauen, obgleich auch der Russe aufmerksam geworden war.

Der Direktor war mit dem offenen Klassenbuch in der Hand neben uns stehengeblieben und zeigte mit dem Finger auf etwas, was er bestimmt den anderen schon gezeigt hatte. In kleinen schwarzen Quadraten war mit roten Buchstaben vor dem Namen unsere Herkunft ausgewiesen.

Der Russe warf einen flüchtigen Blick auf die Notizen, kehrte hinter seinen Schreibtisch zurück, setzte sich und vergrub mit der Verzweiflung eines enttäuschten Liebhabers das Gesicht in den Händen. Er fragte, was er jetzt mit mir machen solle.

Ich gab keine Antwort.

Mit erhobener Stimme, fast grob, wiederholte er die Frage auf ungarisch.

Ich weiß es nicht, sagte ich leise.

Und du glaubst, du seist würdig, russisch zu sprechen, fragte er, diesmal in seiner Muttersprache.

Das gab mir das Gefühl, doch nicht ganz verloren zu haben, und daher versuchte ich, sein Wohlwollen zurückzugewinnen.

Ich quälte mir ein Ja auf russisch ab.

Ich könne gehen, sagte er.

Kaum eine halbe Stunde nach ihrem Fortgang verbreitete sich die Nachricht, daß diejenigen, die die Prüfung bestanden haben, nach Sotschi zum Winterurlaub fahren dürfen. Noch nie habe ich die Ferien in so gedrückter Stimmung begonnen. Zwar hatte ich mir dieses Ja damals bloß abgequält, und doch glaube ich mich zu erinnern, daß es äußerst bestimmt und soldatisch klang. Mit ihren Ohren hätte ich mich hören wollen, wäre ich mir nämlich meines Erfolgs sicher gewesen, dann hätte ich meinen Verrat vergessen können. Wünschte ich mir doch gar nicht, zu einem Winterurlaub mitgenommen zu werden, und als ein Tag nach dem anderen verstrich, wurde auch die Wahrscheinlichkeit dafür geringer. Prém aber mied ich fortan. Mit ihm hatte ich nichts mehr im Sinn.

Am Vormittag des Silvestertages bestellte man uns in die Schule. Livias Vater holte uns ab. Zu sechsen warteten wir vor dem Lehrerzimmer, drei leichenblasse Mädchen und drei beflissene Knaben. Wir wagten kein einziges Wort miteinander zu wechseln. Der Direktor empfing uns wieder in Gesellschaft eines fremden Herrn und richtete eine kleine Rede an uns. Er war bemüht, seiner Stimme einen gehobenen und dem Anlaß entsprechenden feierlichen Klang zu geben. Unserer Schule sei eine überaus große Auszeichnung zuteil geworden. Aus Anlaß des Jahreswechsels werden wir im Namen der Jungen Pioniere und der gesamten ungarischen Schülerschaft den Führer und weisen Erzieher unseres Volkes, den großen Mátyás Rákosi, in seinem Haus besuchen dürfen. Der Fremde machte uns mit den Einzelheiten vertraut. Und erklärte uns genau, was wir zu tun, wie wir uns zu benehmen und was wir auf eventuelle Fragen zu antworten hätten. Grundsätzlich gelte, mahnte uns der Fremde, daß wir mit keinem Wort Trübsal verbreiten dürfen. Gewiß würden wir Zoltán Kodálys Losung kennen: Beim Singen muß gelächelt werden. Das sei zu beherzigen. Nach der festlichen Begrüßung werden wir

Kakao mit Schlagsahne und Kuchen bekommen. Sollte uns aber die Gattin des Genossen Rákosi freundlicherweise fragen, ob wir noch mehr wünschten, dann hätten wir zu antworten: nein, wir bedanken uns, weil der Besuch nicht länger als zwanzig Minuten dauern dürfe. Maja Prihoda wird den Neujahrsgruß auf ungarisch, ich auf russisch aufsagen. Er übergab uns den Text, den wir bis zum nächsten Morgen wortwörtlich und ohne einen Fehler auswendig zu lernen hatten. Von unserem Auftrag dürfe bis zur Beendigung der Aufgabe niemand erfahren, der Begrüßungstext niemandem gezeigt werden. Die Blumensträuße mit weiteren Anweisungen würden wir an der Schranke in der Lorántstraße erhalten.

Nachdem ich mich von den anderen verabschiedet hatte, trug mich dieser letzte Satz gleich einem leisen, donnerlosen Blitz in Richtung Prém. Jetzt also würde sich die Schranke doch noch vor mir heben. Er spielte in der Küche mit seinem Bruder Karten. Kaum ein paar Schritte vom Haus entfernt, erzählte ich ihm, daß wir doch noch hineinkommen würden. Und ich formulierte es, als würden wir beide hineinkommen. Fröstelnd trat er von einem Fuß auf den anderen. Unter seinen Sohlen knirschte der Schnee. Er blinzelte mißtrauisch, als halte er das Ganze für einen schlechten Scherz. Schon zog ich den Zettel aus meiner Tasche. Als Beweis wollte ich ihm den Begrüßungstext zeigen. Aber er fiel mir ins Wort, sagte, er habe ein gutes Blatt, und im übrigen könne ich ihn am Arsch lecken.

Ich hab's ihm nicht übelgenommen. An seiner Stelle hätte auch ich nichts anderes gesagt. Prém war ein sehr schlechter Schüler und schaffte es nur mit Mühe, von einer Klasse in die andere versetzt zu werden. Auch wir waren nicht reich, auch wir ernährten uns von Bohnen, gelben Erbsen und stinkenden Kartoffeln, aber meine Mutter konnte ab und zu einen Teppich, alten Schmuck, etwas Silber verkaufen. Dieser unüberbrückbaren Ungleichheit penibel Rechnung tragend, aber waren wir Freunde. In unseren Kriegsspielen war ich der Offizier, er der gemeine Soldat. Er wollte nicht einmal die Rolle des Unteroffiziers akzeptieren, weil diese zweideutige Stellung sein Selbstgefühl verletzt hätte. Das kleine Zwischenspiel hinderte uns daher nicht, nach einigen Tagen die alte Ordnung wiederherzustellen. Und nicht einmal wegen seiner Neugier brauchte er sich zu genieren. Sogar mehrmals am Tage ließ er sich von dem Besuch erzählen. Schon bei der ersten Gelegenheit habe ich ihm die Geschichte ziemlich romanhaft zum besten gegeben. Und je mehr die Zeit darüber hinging, berichtete ich ihm von immer weiteren Einzelbeobachtungen. Schien es mir doch einfach unmöglich einzugestehen, daß alles das, was wir bisher als tiefstes, der Aufdekkung bedürftiges Geheimnis angesehen hatten, in Wirklichkeit unendlich langweilig, in den Details öde und alltäglich war. Ich hatte das Geheimnis durchschaut, traute aber meinen eigenen Augen nicht. Ich habe nicht gewußt, daß es kein freudloseres Geheimnis auf der Welt gibt als das Geheimnis der Gewaltherrschaft.

Alles war abgelaufen, wie der fremde Mann es vorausgesagt hatte. In diesem Geheimnis haben Zufälle keinen Platz. Morgens um sieben mußten wir in Pionieruniform, ohne Mütze, Schal und Mantel, an der Schranke der Lorántstraße erscheinen. Zwei Nelkensträuße wurden uns in die Hand gedrückt. Den einen bekam Maja, den anderen ich. Es war ein strahlender, verschneiter Morgen, mit mindestens zehn Grad Kälte. Wir müssen mitleiderregend ausgesehen haben, da unsere mit Recht besorgten Eltern uns natürlich nicht, wie vorgeschrieben, in dem dünnen Pionierhemd hatten ziehen lassen. Wir waren alle gut ausgepolstert. Und natürlich schaute unter der feierlichen Bekleidung, wenn wir uns bewegten, überall etwas heraus. Das erzählte ich natürlich nicht, sondern erfand, daß jenseits der Schranke ein hervorragend getarntes Bereitschaftsgebäude stand, in dem wir durchsucht wurden, und um es noch aufregender zu machen, fügte ich hinzu, daß die Mädchen sich pudelnackt hätten ausziehen müssen. Ich erfand auch, daß wir die Sträuße erst dort ausgehändigt bekamen, damit wir nicht etwa Gift oder Sprengstoff darin verstekken konnten. Einer von den Wachleuten habe die Blumen aus seinem Wächterhäuschen gebracht. Also Kinder, wer von euch wird die Begrüßungsworte sprechen, habe er gefragt. Meine tiefe Beklemmung über die Vorkehrungen konnte ich mit der schlampigen Oberflächlichkeit ihrer Durchführung nicht in Übereinstimmung bringen, und so war es unvermeidlich, daß ich meine Beobachtungen mit den Zutaten der durchlebten Angst ausschmückte. Die kleine Schar stapfte den Weg entlang, der das Sperrgebiet durchquerte und der genausowenig von Schnee gesäubert war wie alle anderen Straßen. Meine Augen machten entgegen meinen Erwartungen die unbegreifliche Entdeckung, daß es zwischen ihnen keinerlei wesentliche Unterschiede gab. In meinem Bericht aber wurde dieser Weg durch eine verborgene Einrichtung von unten beheizt, so daß er nicht nur frei von Schnee, sondern auch stets trocken war. Linker Hand standen, etwas voneinander entfernt, zwei heruntergekommene Villen zwischen den Bäumen. Rechter Hand nichts. Nur ein verschneiter Wald. Tiefer im Wald ein häßliches Haus. Ich erzählte, man habe uns in einer schwarzen Limousine vor das weiße Palais gefahren. Zwei Bewaffnete haben zu beiden Seiten des Portals gestanden. Wir aber seien in eine dunkelrote Marmorhalle geführt worden.

In den letzten Oktobertagen des Jahres neunzehnhundertsechsundfünfzig entfernten Nationalgardisten die Schranke. Am Tag darauf brachten die Zeitungen die Nachricht von der Liquidierung des Sperrgebiets. Trotzdem machte Prém mir nicht den geringsten Vorwurf. Ich hatte gelogen, aber mit den Tatsachen hätte auch er nichts anzufangen gewußt. Ich erzählte, was er hören wollte. Oder was unsere Phantasie uns vorgaukeln mußte, wenn wir diese unfaßbaren Tatsachen verstehen wollten.

Wenn ich also im folgenden einige Behauptungen meines toten Freundes in manchen Punkten behutsam ergänze oder vorsichtig zurechtrücke, dann werde ich keineswegs von dem unstillbaren Wunsch nach dem Aussprechen der Wahrheit getrieben. Ich möchte vielmehr unsere gemeinsamen Lebenstatsachen in meinem eigenen Interesse, unter meinen eigenen Gesichtspunkten, in Augenschein nehmen. Dem

Gemeinsamen nämlich kann man sich nicht nur unter dem Gesichtspunkt der Gleichheit, sondern auch unter dem der Verschiedenheit nähern. Ich werde mich auf den Standpunkt des äußersten moralischen Relativismus stellen. Und keinen Qualitätsunterschied zwischen Lüge und Wahrheit machen. Ich möchte behaupten, daß unsere Lügen mindestens soviel Aussagekraft besitzen wie unsere Wahrheiten, und wenn ich ihm das Recht zuerkenne, von seinem Leben uneingeschränkt so zu berichten, wie er berichtet hat, dann erwarte ich als Gegenleistung das Zugeständnis, auf meine Weise lügen, phantasieren, verzerren und verschweigen oder auch die Wahrheit sagen zu dürfen.

Auf Seite sechshundertvierzig seines Manuskripts lese ich, daß ich erst nach längeren Kämpfen in die Militärschule aufgenommen worden war und wir gerade an den Herbstmanövern in Kalocsa teilgenommen hätten, als man uns auf die Nachricht vom Ausbruch des Aufstandes in alle Windrichtungen hatte ziehen lassen. Nachdem ich ihm aber die abenteuerliche Geschichte meiner Heimkehr erzählt habe, soll ich mich von ihm verabschiedet haben und im Dunkeln verschwunden sein, ohne daß wir uns jemals wiedergesehen hätten.

Gewiß wäre es großmütiger, seine Behauptungen unwidersprochen zu lassen. Das kann ich aber nicht. Ich kann seine Geschichte nicht als einzig gültige anerkennen, gibt es doch neben seiner Geschichte auch meine. Zwar war der Stoff unserer Geschichte identisch, aber wir bewegten uns innerhalb dieser Materie in ganz verschiedenen Richtungen. Und daher muß ich, von meinem Standpunkt aus, die erste von seinen drei unschuldigen Behauptungen als zu oberflächlich, die zweite als irrtümlich, die dritte aber als eine totale Gefühlsverfälschung bezeichnen, die den Tatsachen überhaupt nicht entspricht.

Dem Vater meines Freundes, vorausgesetzt, daß er wirklich sein Vater war, bin ich nur selten begegnet. Im allgemeinen nahm er keine Notiz von mir. Er erwiderte nur eben meinen Gruß. Daran erinnere ich mich. Doch kaum an sein Gesicht oder seine Gestalt. Ich hatte Angst vor ihm, ohne daß ich sagen könnte, warum. Meine Angst aber schien keineswegs unbegründet, gehörte er doch zu den rücksichtslosesten Männern jener Zeit; darüber jedoch erwarb ich mir erst später, nach seinem Selbstmord, sachdienliche Informationen. Und an jenem Nachmittag Ende Oktober war ich zweifellos in der Dämmerung verschwunden, denn als ich beobachtete, daß dieser angesehene und gefürchtete Mann über den Zaun stieg, hatte ich das Gefühl, ich dürfe unter keinen Umständen Zeuge dieser merkwürdigen Heimkehr sein. Auch wollte ich meinen Freund nicht durch meine Aufmerksamkeit demütigen. Ich verabschiedete mich also, aber nach genau elf Jahren begegneten wir uns noch einmal.

Elf Jahre später, in den letzten Oktobertagen des Jahres neunzehnhundertsiebenundsechzig, mußte ich nach Moskau reisen. Es war nicht das erste Mal. Im Jahr davor hatte ich meinen unmittelbaren Vorgesetzten zweimal, in jenem Jahr dreimal begleitet.

Bei jeder dieser Gelegenheiten wohnten wir in den fürstlich weiträumigen Appartements des Hotels Leningrad in unmittelbarer Nachbarschaft des Kazaner Bahnhofs. Vorzimmer, Empfangsraum und ein mit einem Seidenbaldachin ausgestattetes Schlafzimmer. Ausmaße, die kein Sterblicher mit seiner Person auszufüllen vermocht hätte. Mein Chef sprach nur mäßig Russisch, ich jedoch sonnte mich geradezu in meinen Sprachkenntnissen. Und ergriff jede sich bietende Gelegenheit, meine Sprachkenntnisse zu vervollständigen. In meiner freien Zeit schlenderte ich durch die Stadt, fuhr mit der Metro, machte Bekanntschaften, ja, ich flirtete sogar. Mir war der alles durchdringende, süßlich-stickige Benzingeruch, der hinauf bis ins dreizehnte Stockwerk kriecht, durch die Parkanlagen bläst, in die Metro-Unterführung eindringt, sich in der Haut, den Haaren und Kleidern einnistet und die Moskau-Besucher im Nu imprägniert, nicht mehr neu. Ich hatte ein schlagfertiges blondes Mädchen gefunden, mit dem auch ein drittes Mal zusammenzusein keine geringe Freude bereitete. Sie wohnte mit ihrer Mutter, der älteren Schwester und ihrer aus der Provinz zugereisten Nichte in der Pervomajskaja. Unter den kräftigen Stimmen und den geradezu hemmungslosen Gefühlsausbrüchen der vier stattlichen Frauen brach die kleine Wohnung fast zusammen. Es wurde mein heimliches Zuhause. Errötend muß ich gestehen, daß ich weder vorher noch später so appetitliche, stramme und mächtige weibliche Schenkel gesehen habe. Im Sommer mieteten sie eine Datscha irgendwo in der Gegend von Tula, und wir planten, daß ich sie im nächsten Jahr dorthin begleiten sollte. Wir wollten Pilze suchen, schwimmen und Sumpfheidelbeeren sammeln für den Tee im Winter. Damals hatte ich noch den lebhaften Wunsch, einmal nach Uriv und Aleksejevka zu kommen. Auch das haben wir ausführlich besprochen. Doch daraus ist nichts geworden.

Die Verhandlungen, an denen ich teilnahm, hatten das Ziel, die Voraussetzungen für einen langfristigen Vertrag über eine Zusammenarbeit bei der Herstellung von chemischen Produkten auszuarbeiten. Der vorbereitende Vertrag, an dessen Einzelheiten wir, die Bevollmächtigten verschiedener Handelsunternehmen, arbeiteten, mußte noch im Dezember von den zuständigen Ministern unterschrieben werden. Wir waren bei der letzten Runde angekommen. Viel Zeit blieb uns nicht mehr. Alle waren nervös, die Preise schlingerten. Was übrigens nichts Außergewöhnliches ist. Schlingern die Preise doch auch nach ihrer Fixierung.

Bei Geschäften, die unter sozialistischen Aspekten abgeschlossen werden, funktioniert die Preisbildung auf ziemlich eigenartige Weise. Sie weicht schlechterdings von allen im herkömmlichen Geschäftsleben üblichen Preisbildungen ab. Das ist etwa so, als sperrte man die Katze in die Falle, mit der man Mäuse fangen will. Wir pflegten es das Prinzip der doppelten Falle zu nennen. In komplizierteren Fällen läßt sich dann nicht mehr unterscheiden, wer in wessen Falle geraten ist.

Die Geschichte beginnt damit, daß das in Frage kommende sozialistische Handelsunternehmen nicht etwa von einem anderen sozialistischen Handelsunternehmen, sondern von seinem kapitalistischen Partner ein Angebot auf ein Produkt einholt, das zu kaufen ihm nicht einmal im Traum einfallen würde, sondern welches es, im Gegenteil, verkaufen will. Das kapitalistische Unternehmen, dem die Sachlage nicht unbekannt ist und das weiß, daß sein sozialistischer Partner nicht die geringsten Kaufabsichten hat, nennt ihm nicht den realen Preis, sondern einen gezielt irrealen, der seiner Ansicht nach die eigenen Geschäfte nicht stören wird. Das sozialistische Handelsunternehmen seinerseits betrachtet diesen Preis als realen Weltmarktpreis und macht seinem sozialistischen Partner ein entsprechendes Angebot. Sein sozialistischer Partner weiß natürlich, daß der als realistisch ausgegebene Preis irreal ist, und bietet deshalb, genauso willkürlich, bloß ein Drittel des verlangten Preises. Bei ihren Verhandlungen beginnen sie also, mit zwei irrealen Preisen zu operieren, mit deren Hilfe sie doch noch zu einem realen Abschluß kommen. Wenn zwei Menschen nicht an Gespenster glauben, aber in einem dunklen Zimmer anfangen, von Gespenstern zu reden, dann ist das Gespenst wirklich da, auch wenn man es nicht anfassen kann.

Die Sache nimmt ihren Fortgang, indem der Verkäufer versucht, die Differenz zwischen den zwei irrealen Preisen durch Verhandeln einander anzunähern, wäre doch der ansehnliche Preisunterschied nur mit staatlicher Unterstützung auszugleichen. Aber auch der Käufer weiß, daß der Verkäufer, insofern das Geschäft aus handels- oder gewerbepolitischen Gründen für ihn wichtig ist, mit einer staatlichen Unterstützung rechnen kann, daher versucht er die Verringerung der Preisspanne zu verhindern. Sollte er sich geirrt und der Verkäufer keine zwingenden politischen Gesichtspunkte haben, dann kommt das Geschäft entweder nicht zustande oder der Partner, von ähnlichen politischen Gesichtspunkten geleitet, findet sich mit einem Kompromiß ab. Doch ob der Handel zustande kommt oder nicht, keine der beiden Seiten wird mit Sicherheit wissen, in welchem Verhältnis die so ausgehandelten Preise zu den realen Weltmarktpreisen stehen.

Mein Chef, der die Lehrmethoden der griechischen Peripatetiker mit den Gewohnheiten der französischen Könige auf das angenehmste zu verbinden verstand und mich während seiner Morgentoilette in die Geheimnisse dieser Verhandlungen einführte, war der Überzeugung, die Russen seien die unberechenbarsten Partner. Ihre Nachgiebigkeit in einigen Fällen sei ebenso überraschend wie ihre Halsstarrigkeit und Unbeweglichkeit in anderen. Man mag mit Schweden, Italienern, mit amerikanischen Armeniern oder mit Chinesen verhandeln, in allen diesen Fällen wird die klare Logik des eigenen Vorteils den Ausschlag geben. Die Unterschiede ergeben sich aus den Unterschieden der Interessenlage. Verhandelt man aber mit einem Russen, dann kann man die Logik ruhig an den Nagel hängen.

Später, als ich meine eigenen Erfahrungen gemacht hatte, erschienen mir seine Schilderungen als freundliche Märchen. Es würde zu weit führen, würde ich meine von der allgemeinen Auffassung abweichende Meinung darlegen, aber vereinfacht gesagt glaube ich, daß die Russen über die Beziehung zwischen Realität und Irrealität einfach anders denken. Was nämlich von unserem Gesichtspunkt aus irreal ist, da es die realen Wertbezüge in Frage stellt und damit unser inneres System funktionsunfähig macht, das ist unter ihren Gesichtspunkten eine zufällige und zu vernachlässigende Erscheinung, bleibt doch ihr inneres System unabhängig von der Außenwelt funktionsfähig.

Meinen Chef befiel beim Mittagessen des ersten Verhandlungstages ein Unwohlsein. Damit er meine verbotenen nächtlichen Abwesenheiten nicht bemerkte und ich ihn morgens um sechs, wie er es wünschte, wecken und, während er im lauwarmen Wasser der Badewanne plätscherte, seine immer lehrreichen ökonomischen Gedankengänge anhören konnte, mußte ich in aller Frühe in der vom Stadtzentrum weit entfernten Pervomajskaja aufstehen. Daher war ich an diesem Morgen viel zu verschlafen, um den Klagen über seinen körperlichen Schwächezustand besondere Bedeutung zuzumessen. Er war ein großer, kräftiger Mann.

Unser Vormittag war nicht leicht gewesen. Es war schwierig, den richtigen Verhandlungston zu finden. Hätten wir unseren Sinn für Humor aufgegeben und akzeptiert, was sie für realistisch hielten, dann hätten wir selbst irreal gehandelt, wenn wir es aber nicht akzeptiert, sondern es, sagen wir, nur mit Humor genommen hätten, dann wiederum wäre die Beziehung zwischen uns irreal gewesen. In solchen Situationen wird man gewahr, welcher Nachgiebigkeit und welch unendlicher Geduld es bedarf, um sich als Sohn eines kleinen Volkes zu behaupten. Während meiner Lehrzeit hatte ich oft das Gefühl, es wäre gut, so schnell wie möglich über die üblichen Temperamentsausbrüche hinwegzukommen. Ich war ungeduldig, weil mein über die Erfahrung von vier Jahren Kriegsgefangenschaft verfügender Chef in solchen Situationen lieber abwartete, verzögerte, auswich, obgleich wir auch auf diese Weise nicht weiterkamen.

Nach der Sitzung speisten wir in Gesellschaft von zwei leitenden Mitgliedern der Handelsdelegation im hoteleigenen Speisesaal mit den Ausmaßen einer Säulenhalle. Mein Chef hatte langsam und bedächtig Messer und Gabel auf den Teller gelegt und gesagt, es wäre gut, wenn man ein Fenster öffnen würde. Die Bemerkung schien in Anbetracht der Größe des Speisesaals vollkommen sinnlos, deshalb nahmen wir auch keine Notiz davon, daß er über Luftmangel klagte. Nie noch habe ich einen Menschen in solcher Reglosigkeit sitzen sehen. Nach einigen Augenblicken ließ er sich wieder vernehmen. Er bat uns, die Medizin aus seiner Tasche zu nehmen. Dabei machte er den Mund auf und streckte die Zunge ein wenig heraus. Auf seine aschgraue Haut traten Schweißperlen. Er sagte nichts mehr, rührte sich nicht mehr, seine Augen verschleierten sich, aber seine herausgestreckte Zunge machte deutlich, daß wir ihm die Medizin unter die Zunge legen sollten. Sobald sich die winzige Tablette aufgelöst hatte, erholte er sich, ließ Messer und Gabel los, wischte sich das Gesicht ab, und etwas von seiner Farbe kehrte zurück. Aber wieder klagte er über Luftmangel, und wie jemand, der auf der Suche nach Luft ist, stand er unruhig auf. Wir stützten ihn. Aber er machte so kräftige Schritte, daß er unser nicht mehr bedurfte. Also ließen wir ihn los. In der Hotelhalle sackte er zusammen. Er mußte ins Krankenhaus gebracht werden. Er lebte noch zwei Tage, ohne sein Bewußtsein wiederzuerlangen.

Die Verhandlungen mußten unterbrochen werden. Unseren Generaldirektor verständigte ich telefonisch von dem Vorgefallenen. Auf Genesung sei nicht viel Hoffnung, der Kranke sei nicht transportfähig. Ich bat, man möge die Familie benachrichtigen. Die Gespräche mit meinem Chef hatten sich ausschließlich um Sachfragen gedreht. Trotzdem hatte ich die Vorstellung, daß die mir unbekannten Mitglieder seiner Familie ihm ähnlich wären. Kräftig, beweglich, ein wenig erschöpft, aber lebensfroh. Der Generaldirektor vertrat den Standpunkt, daß die Verhandlungen unverzüglich fortgesetzt werden müßten. Er habe schon die bisherige Verzögerungstaktik für eine Formsache, um nicht zu sagen für völlig überflüssig gehalten. Die Angebote der Russen müssen angenommen werden. Dazu habe er meinen Chef auf das nachdrücklichste angehalten, der aber würde immer dann Sperenzien machen, wenn es nicht nötig wäre. Er betraue mich mit der Weiterführung der Verhandlungen und ich solle in diesem Sinne vorgehen. Von seiner Entscheidung werde er den Delegationsleiter per Telex verständigen, der dann die Russen offiziell von der eingetretenen Veränderung unterrichten werde. Wenn das Ganze keine bloße Formsache wäre, würde er jemanden schicken. Das solle ich mir hinter die Ohren schreiben! Trotzdem lief es dann doch nicht ganz so ab. Mit der Verhandlungsführung wurde schließlich ein ranghöheres Mitglied der Delegation betraut, das jedoch, sich auf die Lükkenhaftigkeit seiner Kenntnisse berufend, die praktische Abwicklung der weiteren Verhandlungen auf mich abwälzte.

In den zwei darauffolgenden Tagen hatte ich eine Menge verantwortungsvoller Arbeiten zu erledigen. Fieberhafte Tätigkeit spornt immer zu noch weiterer Umtriebigkeit an, und zu untätigem Warten verurteilt, litt es mich nicht im Baldachinbett des Hotelzimmers. Obwohl ich mir im klaren war, daß ich einen Telefonanruf erwartete. Unter nicht geringen

Gewissensbissen schlief ich daher in der Pervomajskaja ein. In der ruhigen Umarmung eines kräftigen und warmen Frauenkörpers durchlebte ich das Sterben meines ein für allemal verlorenen Vaters.

Doch konnte ich den Tod auch in der Umarmung nicht loswerden. In der Schwebe zwischen Traum und Wachsein glitt ich über eine verschneite Landschaft dahin. In einer mir oft vergegenwärtigten, unendlich oft nachgespielten Szene.

Mehr als zwei Wochen nach dem Durchbruch auf dem Brückenkopf von Uriv, am siebenundzwanzigsten Januar neunzehnhundertdreiundvierzig, war mein Vater mit einem Kraftwagen aufgebrochen, um Meldung zu erstatten. Es war der Tag, an dem sie mit dem Rückzug begonnen hatten. Noch waren sie nicht ganz eingeschlossen, aber sie waren umzingelt. Es gab einen Punkt in diesem Schwebezustand, an dem ich entweder einschlief oder das Ganze von vorne beginnen mußte. Soviel nämlich war bekannt, daß das Bataillon auf dem Rückzug um zwanzig Uhr dreißig Minuten auf russische Truppen gestoßen war und nach Ablauf von einer halben Stunde einen Verlust von fünfzig Prozent erlitten hatte. Aber es war ihnen gelungen durchzubrechen. Und etwa sechshundert Meter vom Schauplatz des Kampfes entfernt fand man den Wagen, mit dem er in den Vormittagsstunden losgefahren war. Zerschossen. Mit offenen Türen. Leer.

Auf Vater haben wir jahrelang gewartet, war der Wagen doch leer gewesen.

Ich besitze ein Bild von ihm, das er von der Front nach Hause geschickt hatte. Unter einem vollkommen leeren Himmel ein endloses Sonnenblumenfeld. Mitten darin eine kleine Menschengestalt, hüfthoch in Blumen.

Am Morgen des zweiten Tages, als ich mit dem Taxi ins Hotel zurückfuhr, hörte ich schon auf dem Korridor das ausdauernde Läuten des Telefons. Ein solches Läuten ist unverwechselbar. Eigentlich hätte ich den Hörer gar nicht aufzunehmen brauchen. Aber der Mensch ist töricht. Er hebt den Hörer auf, um zu erfahren, wann geschah, was geschehen ist. Anderthalb Stunden später setzten wir die unterbrochenen

Verhandlungen fort. Es herrschte eine eigenartige Stimmung. Die Russen drückten bewegt ihre Anteilnahme aus, trotzdem waren wir alle bemüht, uns, als wäre nichts geschehen, an den Tisch zu setzen. Die Unschlüssigkeit über die Geschäftsordnung, das umständliche Hin- und Herschieben der Akten, das Austauschen und Umblättern bestärkte diesen Eindruck noch. Als ich an der Reihe war, konnte ich es mir nicht versagen, eine kleine Trauerrede zu halten. In das betroffene Schweigen der wesentlich älteren, überwiegend kriegserfahrenen Männer hinein erzählte ich von unserem allmorgendlichen Zeremoniell.

Bei uns Ungarn löst der Tod Entsetzen aus. Bei den Russen gleicht er dem weichen Zeichen in ihrem Alphabet. Es ist kein selbständiger Laut und nicht aussprechbar, aber es erweicht den Mitlaut, hinter dem es steht. In den letzten zwei Nächten in der Pervomajskaja hatte mein Instinkt diesen Unterschied wahrgenommen. Es war die erste und für lange Zeit auch die letzte Frau, auf deren Lippen mein Mund wieder erwachte.

Nachdem ich die wenigen Sätze des Gedenkens beendet hatte, kehrte ich fast ohne Atempause zu dem Thema zurück. Ich will mich nicht entschuldigen, aber ich hatte wirklich keine hinterhältige Absicht. Dessenungeachtet war ich nicht den Anweisungen meines Generaldirektors gefolgt. Ich empfand nichts anderes als blankes Entsetzen, und das machte mich renitent. Die Russen hatten nach zehn Minuten alle meine Anträge angenommen. Den Rest des Tages verbrachten wir, ohne Mittagspause, mit der Ausarbeitung der Details. Der Kollege von der Wirtschaftsdelegation wagte mir keine Vorwürfe zu machen, aber es kochte in ihm. Beide Seiten wollten so schnell als möglich mit der ganzen Geschichte zu Ende kommen. Schon deshalb, weil es der Vorabend des größten russischen Nationalfeiertages war, der sechste November, und eine Tageszeit, um die keiner mehr arbeitete.

Es war später Nachmittag, als ich ins Hotel zurückkehrte. Ich war angespannt, überreizt von zu wenig Schlaf, in einem Zustand, in dem man sich besonders tatkräftig fühlt. Ich wollte meine Krawatte loswerden, meinen unmöglichen dunklen Anzug, um dann zur Pervomajskaja aufzubrechen. Über meinen kleinen Durchbruch, den ich auch als Erfolg hätte verbuchen können, konnte ich mich nicht freuen. Der Preis dafür war zu hoch. War es doch nicht mein Erfolg, sondern der des Toten, nicht mein Triumph, sondern der Triumph des Todes. Zwar würde mir nicht einmal der Generaldirektor Vorwürfe machen, sollte er es aber doch tun, dann würde die Wirtschaftsdelegation gezwungen sein, mich zu verteidigen, aber mit diesem Vorgehen hatte ich mir mit Sicherheit seine ganze Ungnade zugezogen. Für lange Zeit würde ich als unzuverlässig gelten, und eine Karriere war auf diese Weise wohl auch nicht mehr zu machen. Das war ungefähr meine Stimmung, bevor ich in den Lift einstieg.

Er war voll besetzt, und die Liftfrau wartete nur, daß ich einstieg. Ich war unschlüssig und zauderte. Hatte keine Lust, zu den vielen einzusteigen. Auch hatte mein Auge sofort erfaßt, daß es Ungarn waren. Was mich eher abstieß als anzog. Unter ihnen war aber ein braunlockiges Mädchen in einem langen, pelzbesetzten Mantel, das meine Aufmerksamkeit erregte. Die schlechtgelaunte Liftfrau hatte gerade auf irgendeine Frage geantwortet, nein, das gehe nicht, dort finde ein Bankett statt. Worauf alle laut lachten, als hätten sie einen guten Witz gehört. Bankett, Bankett, brüllten sie. In dieses infantile Stimmengewirr trat ich ein, und ich kann kaum behaupten, daß ich mich dabei wohl gefühlt hätte. So verloren sich meine Landsleute im Ausland fühlen, wenn sie allein sind, so albern und ausgelassen benehmen sie sich, wenn sie in einer Gruppe auftreten. Ich nehme an, auch sie erkannten meine nationale Zugehörigkeit sofort. Und reagierten gleich mir, ihre Fröhlichkeit ließ nach. Ich suchte mir einen Platz, von dem ich das Mädchen aus unmittelbarer Nähe vor Augen hatte. Der in der Taille enge, ein wenig altmodische schwarze Mantel umhüllte eine schlanke Gestalt, der hochgeschlagene silbergraue Pelzkragen umrahmte locker das von der Kälte gerötete Gesicht. Auf ihren Haaren, den Augenbrauen, ja selbst auf ihren

Wimpern schmolzen glitzernde Schneeflocken. An jenem Tag war der erste Schnee gefallen. Es schneite seit dem frühen Morgen.

In meinem gleichgültigen und reduzierten Zustand dachte ich, das kommt mir gerade recht. Und ich sah es an ihren Augen, daß sie meinen Blick nicht nur auffängt, sondern auch seine Bedeutung versteht. Zwar hält sie ihn nicht für zudringlich, aber sie erwidert ihn auch nicht. Sie empfindet nicht das gleiche, weist ihn aber nicht zurück. Sie begreift und hält fest, was ich anbiete, aber ohne jedes Begehren. Beinahe teilnahmslos, aber nicht ohne Neugier. Sogar mit einer gewissen impertinenten Überlegenheit im Blick, als wollte sie fragen, na, mein Kleiner, was hast du noch anzubieten auf die Schnelle. Drei Stockwerke fast fuhren wir Auge in Auge. Wir waren völlig ineinander versunken, auch wenn sie versuchte, vor den anderen zu verbergen, wie engagiert sie war. Ich aber hatte das Gefühl, daß jemand mich von der Seite ausdauernd und reglos anstarrt, als könne man meinem Gesicht ablesen, womit ich beschäftigt bin. Ich mußte Schluß machen. Noch zögerte ich, weil mein Abwenden den Eindruck gemacht hätte, ich könnte dem Blick des Mädchens nicht standhalten, obwohl es doch jener andere Blick war, den ich nicht aushalten konnte.

Über die Gefühle jenes Augenblicks, als ich, den Kopf zur Seite gewendet, dem zudringlichen Fremden von ganz nahe ins Gesicht schaute, hätte ich Mühe, Rechenschaft abzulegen. Als Erwachsene halten wir immer einen bestimmten, von uns selber bestimmten Abstand vom Gesicht eines anderen Erwachsenen ein und regeln Maß und Qualität von Annäherung und Entfernung entsprechend unseren Interessen und Zielen. Dieses aus der Ferne der Kindheit auftauchende Gesicht jedoch, mochte es sich noch so sehr verändert haben, war in eine unkontrollierte Nähe zu mir gerückt. Ein unbezähmbar zärtliches Gefühl regte sich in mir. Nicht ein menschliches Wesen glaubte ich vor mir zu sehen, sondern das Dahinschwinden meiner eigenen Lebenszeit. Alles hatte sich verändert und doch auch wieder nicht. Das Vergängliche in mir und das Bleibende in den Zügen jenes Gesichts. Zugleich war ich erstaunt, in dem Gesicht eines völlig fremden Erwachsenen die Züge eines mir nur allzu nahe bekannten Kindes zu erkennen, was Wunder, daß sich in mir auch das Gefühl einer rigorosen Ablehnung regte. Das wollte ich nicht. Unsere Blicke erforschten wechselseitig unsere Gesichter. Auch er hatte sich noch nicht entschieden. Und damit hatten wir uns endgültig voreinander entlarvt. Es gab kein Ausweichen. Obgleich wir diese Begegnung ebenso gerne vermieden hätten, wie wir sie herbeigewünscht hatten. Gibt es doch nichts Demütigenderes als den Zufall. Aber demütigender noch ist es, ihn nicht anzunehmen.

Dieser Zufall aber konnte mir nichts an Vorteilen verschaffen. Im Gegenteil. Nichts als Nachteile. Ich wollte so schnell wie möglich in mein Zimmer kommen. Schnell den Eisschrank öffnen, einen tüchtigen Zug aus der Wodkaflasche nehmen, um dann sofort von hier zu verschwinden. Der Mensch, der im Alkohol Trost sucht, weiß, was die Augenblicke der Abstinenz bedeuten. Die Begegnung erinnerte mich an etwas, woran ich mich überhaupt nicht erinnern wollte. Trotzdem hatte ich den Zufall nicht verhindern können. Ich glaube, unsere Hände hatten sich gleichzeitig in Bewegung gesetzt, und in dieser Bewegung waren sich zwei völlig verschiedene Beklommenheiten begegnet. Nicht in einem normalen Händeschütteln, dazu standen wir wohl zu nahe beieinander, sondern in einem fast groben Händedruck. Zwei Hände griffen unsicher nach meinen beiden Händen und ließen sie sofort wieder los, ja stießen sie fast zurück. Die Berührung der Finger war nur flüchtig, doch ein Mehr wäre zuviel gewesen. Und dazu die stockend hervorgebrachten Fragen, was den anderen hierhergeführt habe. Ausgerechnet hierher. Als habe dieses Hier eine besondere Bedeutung. Ich murmelte das Meine und wurde rot, was mir nur selten passiert. Er stammelte etwas von einer Künstlerdelegation und wies mit einem albernen, zynischen Grinsen auf die anderen hin. Dieser Zirkus muß jedes Jahr wiederholt werden, sagte er. Sein Tonfall war mir unbekannt und fremd. Doch schien das bloß die Außenseite der Situation. Tonfall und Erröten dienten zu nichts anderem als zu einer notwendigen Tarnung, die Schutz bieten sollte. Weil der Augenblick im Grunde offenlegte, daß keiner von uns beiden, weder er noch ich, was für verschiedene Wege wir auch gegangen sein mochten, damals oder später einen anderen Menschen so ausschließlich geliebt hatte. Damals, ja. So lautete das Geständnis. Und jetzt, obwohl wir noch genauso verschieden waren, wenn auch in anderer Weise. Wie damals. Ist es doch ein lebendiger Teil unserer Existenz. Wir können nichts dafür. Es hat weder Sinn noch Ziel, noch ist es Mittel zu einem Zweck. Es war nichts damit anzufangen. Ich war errötet, weil ich hatte vergessen wollen und auch vergessen hatte. Er war in Verlegenheit geraten, weil er nicht vergessen hatte und wahrscheinlich auch nicht vergessen konnte.

Der Ausdruck seines Gesichts war so unsicher und undurchschaubar, als wollte jede Linie, jeder Bogen und jeder Zug gleich drei Dinge auf einmal ausdrücken. So daß ich fürchtete, er würde, unbekümmert um die Blicke der wildfremden Menschen, sich auf das gefühlvollste über die vergangenen Zeiten ergehen. Aber schließlich war es dann doch seine entschlossene Überdiszipliniertheit, die meine Bereitschaft zu einer letztlich unverbindlichen freundschaftlichen Umarmung zunichte machte. Hilflose Abweisung lag auf seinem Gesicht, blankes Entsetzen in seinen Augen, aber sein Ton war zynisch. Und doch war nicht ich es, sondern er, der Herr der Situation blieb. Wenn mich nämlich nicht die kühle Vernunft leitet, wenn ich Sinn, Richtung, Ziel, Ursache und Wirkung einer Geste nicht verstehe, dann bin ich wie gelähmt. Und kann mich weder einer Situation noch einem Menschen hingeben. Er aber kam mit sich allein zurecht. Er lachte. Am liebsten hätte ich die Augen geschlossen. Als hätten sie nur auf mich gewartet, sagte er so selbstverständlich, als hätten wir uns erst gestern getrennt, gerade kämen sie von einer Festveranstaltung und müßten sofort ins Bolschoi aufbrechen, zur Galavorstellung. Was ein umwerfendes Ereignis zu werden verspricht. Als wäre es eine Einladung zu Marmeladenknödeln, sagte er, weil nämlich die Galina Wischnewskaja singt. Sie hätten eine ganze Loge bekommen und hätten eine überzählige Karte für mich. Ich solle mitkommen.

Das peinlich Gekünstelte seiner Stimme ließ auch mich nach Ausflüchten suchen. Wir standen inzwischen auf dem Korridor des dreizehnten Stockwerks vor dem schlüsselbeladenen Tisch der Etagenfrau. Die anderen verzogen sich stumm in ihre Zimmer. Ich sagte, daß ich leider keine Zeit habe. Und mit einem Blick über die Schulter folgten meine Augen unwillkürlich jenem braunhaarigen Mädchen. Ich sagte, daß ich für den Abend schon eine Verabredung habe. Das Mädchen öffnete ohne Hast ihre Zimmertür und verschwand, ohne noch einmal zurückzuschauen. Zwischendurch amüsierten wir uns darüber, daß der dreizehnte Stock offenbar immer den Ungarn vorbehalten sei. Ob wir uns morgen beim Frühstück treffen? Aber nicht später als acht. Weil sie zur Truppenparade müssen. Wir werden uns dann einen Sekt genehmigen.

Ich muß gestehen, daß ich, sobald ich die Tür zu meinem fürstlichen Appartement hinter mir geschlossen hatte, diese zufällige Begegnung wie ein flüchtiges Mißgeschick sofort vergessen hatte. Ich hatte keine Lust auf ein Sektfrühstück. Ich machte das Licht nicht an. Die fremden Zimmer lagen im sanften Widerschein des Schnees, und draußen, unter mir, murmelte leise die Stadt. Was konnten diese wenigen flüchtigen Augenblicke im Vergleich zu den Ereignissen der vorhergehenden Tage schon bedeuten. Nichts außer Verwirrung und Ärger. Während ich mich sinnlos anstrenge, geben sie sich leichtfertigen Vergnügungen hin. Ohne den Mantel auszuziehen, ließ ich mich in einen Sessel fallen. Noch nie hatte ich eine solche innere Müdigkeit gefühlt. Es waren nicht die Knochen oder die Muskeln. Mein Herz war zusammengesackt. Die Adern hatten aufgehört, das Blut zu transportieren. Alles war leer in mir. Ich hatte noch nicht einmal das Bedürfnis nach Wodka. Das heißt, das Bedürfnis war da, aber nicht die Kraft aufzustehen. Doch selbst das beschreibt noch nicht genau, was ich meine, weil ich nämlich eher das Gefühl hatte,

Kräfte sammeln zu müssen, aber auch Kräfte konnte ich nur mit Hilfe von Kräften sammeln, die mir aber fehlten.

Nein, so nicht, so will ich nicht weitermachen, wiederholte ich mir immer wieder. Ich wußte gar nicht, worauf sich dieser Protest beziehen sollte, auch nicht, was ich nicht weitermachen wollte. Ich redete es bloß so vor mich hin. Ließ Kopf und Arme hängen. Die Beine gespreizt und ausgestreckt. Trotzdem konnte ich mich nicht ganz diesem Zustand hingeben. Ein kalt beobachtender Blick hätte ihn als Sentimentalität kritisiert. Als hampelte ich mit meinen losgelassenen Gliedern in einem nichtssagenden Theaterstück herum. Und spielte meine Rolle noch nicht einmal gut. Ich wäre gerne aus ihr herausgeschlüpft. Und als bereitete sich ein Fieber vor, überlief es mich heiß in der Kühle des riesigen Zimmers. Ich war fest eingeschlafen.

Der Gedanke, man habe mich hier vergessen, schreckte mich auf. Als schrie es in mir: Feuer! Vielleicht war es auch weder ein Gedanke noch ein Schrei, sondern das scharfe und genaue Bild des unbekannten Mädchens, das ohne Hast die Tür ihres Zimmers öffnete, wobei aber nicht das geschieht, womit ich gerechnet habe, weil sie nicht zu mir zurückschaut. Ich wußte nicht, wo ich mich befand. Als ich aus dem Sessel aufsprang, stellte ich schnell eine Berechnung an. Viel Zeit konnte nicht vergangen sein. Diese Frau durfte mir nicht entkommen. Wenn es nicht anders geht, muß ich ihnen folgen. Oder mich vor ihre Tür setzen und warten, bis sie zurückkommt. Auch wenn es nichts mit meiner Kindheit zu tun hatte, die mir soeben im Gesicht meines Freundes wiederbegegnet war, so war es doch ein Gefühl aus der Kindheit. Wie damals, als die anderen zum Spielen gingen, mir aber nichts gesagt hatten, weil sie mich nicht dabeihaben wollten. Wenn mein Zimmer die Nummer X hat und die Nummern in Richtung ihres Zimmers zunehmen, dann müßte ihre Zimmernummer die und die sein. Während ich die gefundene oder eher erahnte Nummer wählte, sah ich auf meine Uhr. Es war halb sieben. Demnach hatte ich also zwanzig Minuten geschlafen.

Ja bitte?

In dieser Frage schwang eine leise Unsicherheit mit. Wie bei jemandem, der nicht weiß, in welcher Sprache er sich melden soll. Diese zwei Worte hatten mein Herz in heftigen Schrecken versetzt. Vor lauter Freude, doch überschattet von einer unbekannten Angst. Ich hörte ihre Stimme zum erstenmal. Von dem Augenblick an, da ich in den Lift eingestiegen war, hatte sie kein Wort mehr zu den anderen gesagt. Daher kannte ich sie nicht. Sie gehörte zu jenen weiblichen Stimmen, die auf mich von besonders starker Wirkung sind. Als käme sie aus der Tiefe ihres Körpers, als hätte sie einen kräftigen, festen Kern, doch als wäre die Oberfläche dieses festen Kerns von weicher Glätte. Sie war nicht zärtlich, diese Stimme, dazu war sie viel zu selbstbewußt. Wenn ich an sie denke, erscheint eine dunkle Kugel vor meinem Auge. Eine Kugel kann sich in die Hand schmiegen, man kann sie anfassen, aber es ist so gut wie unmöglich, in sie einzudringen. Wenn man in sie eindringt, ist sie keine Kugel mehr.

Ich stellte mich vor, sagte viele Höflichkeiten, entschuldigte mich. Umständlich erklärte ich, daß ich es mir überlegt habe, ich wolle doch gerne mitgehen. Bemühte mich, sie möglichst lange festzuhalten. Sie hörte mich geduldig an. Blieb aber eine stumme Insel, die ich mit meinen Worten umschiffte. Weil ich nicht wisse, sagte ich, in welchem Zimmer mein Freund wohne, riefe ich sie an. Aber nicht nur deshalb. Ob sie so freundlich wäre, mir seine Nummer zu geben. Sie sagte bloß, dann müsse ich mich aber beeilen. Sie sagte, Sie müssen sich beeilen. Ich duzte sie, sie aber siezte mich. Von neuem duzte ich sie, wieder tat sie, als überhörte sie es. Sie ging mit ihrem Schweigen genauso zurückhaltend um, wie sie es mit ihren Blicken im Lift getan hatte. Sie duldete es, ließ mich aber abblitzen.

Ich würde diesem kurzen Gespräch keine solche Bedeutung beimessen, wenn es bloß eines meiner mäßig angenehmen Abenteuer im Gefolge gehabt hätte. Aber ihm folgte ein harter Kampf von vier Jahren. Den ich einen dauernden Streit, ein fortgesetztes Gezänk, einen Tiefpunkt meines Lebens, meine bisher dunkelste Zeit nennen müßte, wenn sie nicht dennoch erfüllt gewesen wäre von der Hoffnung auf ein zukünftiges Glück. Die Freude, die wir aneinander fanden, traf uns aber immer nur unerwartet, unberechenbar, manchmal für Wochen, manchmal nur für Tage, vielleicht für Stunden, ja für kurze Minuten. Wir hörten nicht auf, nach ihr zu suchen, und konnten sie nicht finden. Was blieb, war die Qual. Die Qual des Mangels oder die Freude an der Qual.

Obwohl wir doch keinen anderen Wunsch hatten als den, diesem überwältigenden Gefühl unserer Begegnung für ein ganzes Leben Dauer zu verleihen. Wir legten uns, geleitet von der Qual des Mangels, Bedingungen auf und merkten nicht, wie sehr wir uns gegenseitig mit diesen Auflagen kaputtmachten und zerstörten. Sie forderte Ausschließlichkeit von mir, ich aber wollte erreichen, daß sie meine Treulosigkeiten als Beweise meiner Treue akzeptierte. Umsonst versicherte ich ihr, daß ich noch niemals jemanden so geliebt habe wie sie und daß ich, um dieses Gefühl von bisher unbekannter Intensität im Gleichgewicht zu halten, einen Anschein von Freiheit zu bewahren nötig habe. Ich konnte ohne sie nicht leben, aber an ihrer Seite wurde ich zu einer Art schlecht kommunizierendem Gefäß. Wenn ich mit der größten inneren Anstrengung auf meine Freiheit verzichtete und, um ihre Bedingung zu erfüllen, anderen Frauen nicht einmal einen Blick schenkte, dann erhöhte sich in direktem Verhältnis dazu mein Bedürfnis nach Alkohol. Wenn ich aber, in törichte Abenteuer verwickelt, meinen Alkoholspiegel niedrig hielt, dann nahm die Spannung zwischen uns in unerträglicher Weise zu. Wir erreichten die tiefste Erniedrigung dann, wenn sie sich theoretisch in völliger Sicherheit wissen konnte, weil sie mit ziemlich hinterhältigen Methoden hinter mir herspionierte, forschte und schnüffelte, weshalb ich sie auch zweimal schlug, und es kostete mich ziemlich viel Selbstbeherrschung, es nicht öfter zu tun. Ihr Verdacht war freilich keineswegs unbegründet. Waren es im Grunde doch gar nicht meine Seitensprünge, die sie wirklich eifersüchtig machten, es war vielmehr meine erzwungene Treue. Wie auch ich sie nicht geschlagen habe, weil sie ihre Freundinnen zu Spitzeldiensten gebrauchte, sondern weil ich nicht verstehen konnte, warum sie mich nicht verstand. Sie erfühlte alles. Keine meiner Regungen, deren tiefste Ursache sie nicht erspürt hätte. Und sie fühlte, in welch verhängnisvolle Situation mich diese von ihr erzwungene Treue brachte, wie verlogen, wie beflissen falsch ich dadurch wurde, weil ich es nicht gewohnt war, auf irgend etwas zu verzichten. Wenn sie uns mit ihrer Eifersucht genug gequält hatte und ich nicht anders konnte, als doch noch in einem törichten Ausflippen mir Erleichterung zu verschaffen, in einem beiläufigen Abenteuer, das mit keinerlei Auflagen verbunden war, dann drohte sie, jede Beziehung zu mir abzubrechen. Sie brachte es fertig, außer dem morgendlichen Gruß wochenlang kein einziges Wort an mich zu richten. Auf keine meiner Fragen oder Bitten zu antworten, weder auf meine Drohungen noch auf meine Forderungen, meine Beteuerungen oder meine Schwüre zu reagieren. Als wolle sie mich bestrafen, daß ich überhaupt lebe. Als spiele sie diesen negativen Trumpf nur aus, damit ich auf einen Sieg setze, den sie aber nicht zulassen werde. Als wäre ihr Sieg erst vollkommen, wenn sie mich endgültig verloren hätte, wohl wissend, daß ich nicht auf sie verzichten konnte.

Das fehlerhafte Wertsystem meiner Jugend hat sich so auf die grausamste Weise gerächt. Da weder ästhetische noch ethische Prinzipien, sondern nur die pure Not Wert und Sinn meines Tuns bestimmt, verwischt sich mir die Grenze zwischen Bindungslosigkeit und Freiheit. Bis wir nach vier Jahren im Windschatten einer Waffenruhe schnell heirateten. Inzwischen sind wieder sechs hoffnungslos schwere Jahre vergangen.

Ich weiß nur, daß ich an jenem Novemberabend auf reichlich kuriose Weise den Schritt in die dunkle Zeit meines Erwachsenendaseins tat. Sie verwandelte mich in einen beflissenen und zaghaften Jüngling, der ich in Wirklichkeit niemals gewesen bin. Und daß ich es niemals war, ist bestimmt nicht nur meinem Charakter, meinen Fähigkeiten, sondern auch dem Zufall zu verdanken. Zur Vollständigkeit eines Lebens gehören auch die verlorenen oder fehlenden Lebensalter, denn was der Mensch nicht erlebt hat, das ist nachträglich nicht aufzuholen, und deshalb kann keiner sich selbst oder einem anderen einen Vorwurf machen.

Mich haben die Mädchen bis zu meinem sechzehnten Lebensjahr nicht besonders interessiert. Daß sie mich anhimmelten, hielt ich für genauso selbstverständlich wie die unsinnige Vergötterung, die ich von meiner Mutter erfuhr. Wenn ich aus irgendeinem Grunde die Zuneigung eines Mädchens verlor, dann trat ein anderes an seine Stelle. Und als möglicher Ersatz stand immer ein drittes oder viertes bereit. Die ungestümen Anzeichen meiner biologischen Reife akzeptierte ich ebenfalls in dem Bewußtsein, daß ich mich weder gegen sie wehren noch sie sonderlich wichtig nehmen werde. Immerhin erscheint es mir heute noch seltsam, daß sich diese Regungen weniger in meinen Träumen oder meinen Beziehungen zu den Mädchen meldeten als während der Fahrten in rüttelnden und holpernden Fahrzeugen, Straßenbahnen und Autobussen, sobald sie die Kurve nahmen. Mich genierte das nicht, ich versuchte auch nicht, es zu bremsen, verbarg es höchstens hinter meiner Tasche, aber die Erregung drohte manchmal so heftig zu werden, daß ich, um einem Mißgeschick zuvorzukommen, fluchtartig aussteigen mußte. Und das genügte dann, die physische Spannung nämlich, die körperliche Erregung bezog sich nicht auf eine Person, ja es war, als stünde sie, unabhängig von mir, nur mit dem Gerüttel in Zusammenhang.

Neunzehnhundertsiebenundfünfzig brach der Sommer ganz plötzlich über uns herein. In der Stadt lagen noch viele Häuser in Schutt und Asche. Als wollte dieser aus dem Frühling explodierende Sommer mit seinem heißen Atem dem verwüsteten Leben zu neuer Kraft verhelfen. Als der Unterricht wieder begann, hatten Mutter und ich ein paar hysterische Auseinandersetzungen miteinander, aus denen Mutter als Siegerin hervorging: sie ließ es nicht zu, daß ich mich erneut in der Kadettenschule anmeldete, sondern meldete mich in einem Gymnasium in Zugló an. Eines Nachmittags begleitete ich einen meiner frischgebackenen Freunde in die Gyertyánstraße und stieg anschließend in die Straßenbahn. Es muß gegen Ende Mai gewesen sein. Wenn ich an jenen Nachmittag denke, sehe ich Kastanienbäume mit riesigen weißen Blütenkerzen vor mir.

Wie gewöhnlich stand ich auf der offenen Plattform der Straßenbahn. Die Schiebetüren waren geöffnet, und die heiße Luft fegte wild und ungehindert durch den fast leeren Wagen. In der anderen Ecke der Plattform stand ein junger Mann. Er hatte seine beiden Hände nachlässig in den Taschen versenkt und stützte sich mit gespreizten Beinen ab. Hinter der offenen Tür stand eine junge blonde Frau in einem leichten, fast durchsichtigen Sommerkleid. An ihren kräftigen nackten Beinen weiße Sandalen. Sie hielt sich mit beiden Händen fest und hatte nichts bei sich außer der Fahrkarte. Diese Tatsache oder etwas anderes wirkte, als habe sie nichts an. Zuerst beobachtete ich die Frau, wie sie den Mann beobachtet, doch als sie meine neugierige Aufmerksamkeit wahrnahm und ihre lustigen, frechen blauen Augen auf mich richtete, blickte ich, um dem unverhüllten Blick der Frau auszuweichen, zu dem Mann hinüber, der seinerseits an den Blicken der Frau die sich zwischen uns anbahnende Entwicklung ablas. Es war ein unauffälliger Mann, durchschnittlich groß und schlank. Wenn überhaupt etwas, so war es die dunkle Glätte des Gesichts und der Haut, die auffiel. Eine glänzend glatte Stirn und etwas matter die Haut am Arm zwischen dem bis zum Ellbogen aufgekrempelten weißen Hemd und der in die Tasche gesteckten Faust. Eine Glätte, von der man annehmen konnte, daß sie nicht nur sein Äußeres charakterisierte. Als er jedoch, den Augen der Frau folgend, mich schließlich ansah, war ich gezwungen, auf Befehl einer unbegreiflich tiefen Scham meinen Blick von ihm abzuwenden; ich kehrte zurück zur Frau, weil ich sehen wollte, was ihre Augen zu dem Ganzen sagen.

Sie war kräftig gebaut, weißhäutig und rundlich. An der Grenze zum Dickwerden, doch an dem Punkt, an dem die Wohlgenährtheit noch im Gleichgewicht ist mit der Lebensenergie; was sie aus Freude am Genuß in sich hineinstopft und -schüttet, ist nicht mehr als das, was der Organismus gerade noch zu verbrennen imstande ist. Ihre wohlproportionierten Glieder schienen das Kleid nicht nur auszufüllen, sondern fast zu sprengen. Der warme Luftzug hatte ihr Haar zerzaust, den Rock hochgeblasen. Und ließ die kräftige, auffallend weiße Innenfläche ihrer Kniekehlen sehen. Manchmal schaukelte sie, wiegte sich geradezu im Lustgefühl unserer Blicke. Sie mochte kaum älter als zwanzig sein, war aber so reif und füllig wie für die Ewigkeit entworfen, gleich einer Statue in Stein. Womit ich nichts anderes behaupten will, als daß sie so käuflich und so unerreichbar war wie ein Stein.

Und als sich unsere Blicke wohl zum drittenmal ineinander verfangen hatten, lachte sie mir mit ihren ein wenig schiefstehenden Zähnen direkt ins Gesicht, ich aber gab dieses unwillkürlich übernommene Lächeln weiter an den Mann. Um sogleich zu bemerken, daß sie es in einer viel unverbindlicheren und zurückhaltenderen Form von ihm schon bekommen hatte. Der Mann übernahm es von mir und gab es an die Frau weiter. Dann wandten wir uns alle drei fast gleichzeitig voneinander ab.

Draußen ließen wir in rascher Fahrt den breiten Weg, die Bäume und Fassaden hinter uns. Wir drehten uns auch gleichzeitig um. Aber es wäre so gut wie unmöglich zu sagen, worauf wir unsere Blicke richteten. Gegenseitig beobachteten wir das durchs Wegschauen nicht erloschene und beim Zurückschauen wieder verstärkte Lächeln, doch als hätten wir unten auf dem schmierigen Boden der Straßenbahn etwas höchst Wichtiges zu suchen, richteten wir unser Lächeln auf den geometrischen Schnittpunkt unserer räumlichen Situation, wonach unsere lachenden Köpfe gleichzeitig wieder hochschnellten. Unser Gelächter aber war keineswegs so harmonisch. Die Frau kicherte und kreischte eher, stieß kleine Juchzer und Schreie aus und verschluckte sie wieder. Der Mann blieb so gut wie stumm. Er druckste herum, als wolle er Worte formen, stammelte uns etwas vor, und in dem fast Sprache gewordenen Lächeln auf dem glatten Gesicht bemerkte ich jenen zutiefst bitteren Zug um seinen Mund, der ihn hinderte, ganz hemmungslos zu lachen, obwohl es ihn vermutlich stärker schüttelte als die Frau oder mich, und dazwischen hörte ich mein eigenes enthemmtes Gewieher, das meine Naivität offenbarte, aber das genierte mich nicht. Langsam holperte die Straßenbahn weiter. Ich aber hatte das Gefühl, daß sie mit uns dahinrase. Vielleicht ist der Mensch erst wirklich frei, wenn er nicht an die Folgen denkt, sondern sich ausschließlich den Gegebenheiten seiner Lage überläßt; mag das Ich doch tun, was ihm beliebt.

Das Lachen war nicht zu bremsen, obwohl es vor sich selber erschrak und Angst hatte vor seinem eigenen Mut, doch erhielten wir nicht nur voneinander immer neue, befreiende Anstöße dazu, sondern es schien auch, als verfügten wir alle drei über Reserven, die in uns zu ersticken keinen Sinn gehabt hätte; solle doch alles seinen Lauf nehmen, keiner brauche sich zu schämen, solle es sich ruhig steigern, bis zu Tränenschmerzen. Das tat mir um so wohler, als ich inzwischen auch vor Angst zu zittern begann: ich spürte und sah, wie meine Arme und Beine zitterten. Als sich die Straßenbahn der Kreuzung Thököly- und Dózsastraße näherte, drosselte sie ihr Tempo. Der junge Mann neben mir stieß sich von meiner Seite ab, womit er sich zugleich von seinem Lachen befreite. Er zog die Hand aus der Tasche und hob Aufmerksamkeit heischend seinen Finger. Einen einzigen Finger, hoch über den Kopf. Wir schauten auf diesen Finger oben in der Luft, worauf das Lachen von einem Augenblick auf den anderen abbrach. Die Frau ließ den Handgriff los. Sie stand da, die Fahrkarte in der Hand, in ihren blauen Augen war die Keckheit erloschen. Träge trat sie heraus auf die Plattform. Es war vorauszusehen und vollkommen eindeutig, was geschehen würde, und mein Zittern war viel zu heftig, als daß ich, was kommen mußte, hätte verhindern können. Der Mann sprang elastisch von der langsamer fahrenden Straßenbahn auf die Verkehrsinsel hinunter, schaute sich aber nicht nach der ihm ungeschickt nachhüpfenden Frau um, sondern nach mir! und streifte mit einem einzigen raschen Blick meine Schultasche, die ich, um meinen Zustand zu verbergen, gerade vor meinen Schoß gehoben hatte. Noch hätte ich mich heraushalten können aus der Geschichte. Zwei große ölig-braune Augen hielten mich zurück. Es blieb nichts mehr zu überlegen.

Offenbar hatten wir diese winzige Verspätung nötig gehabt, unser Gerenne war dadurch explosiver geworden. Den Mund brauchten wir bloß zum Atmen, aber er durfte lachen, während unsere Sohlen über den Boden klapperten. Über den Fahrdamm, zwischen den Fußgängern hindurch, ohne mit ihnen zusammenzustoßen, während Beine und Arme das Auf und Ab über die Bordkanten abschätzten. Der Mann galoppierte behende vorneweg, und jede seiner Bewegungen war ein Hinweis für uns. Was er mit seinem Lachen nicht hatte aus sich herausholen können, zeigte sich jetzt in seinem Lauf. Mit den Bewegungen seiner Schultern, seinem nach rückwärts gebogenen Hals, seinem geraden Rücken gab er uns nicht nur die Richtung an, sondern machte geradezu ein Spiel daraus. Als könne er jeden Augenblick vor uns durchs Ziel gehen; als habe er seine Rivalen hinter sich gelassen und laufe in der Zielgeraden. Blitzschnell wechselte er die Richtung, bog in eine Nebenstraße ein, und als wir ihm ein wenig irritiert folgten, verschwand er, ohne vorher seine Kapriolen zu bremsen, in einem offenen Tor. Die Frau aber lief ausgesprochen komisch; nicht ungeschickt, aber schwerfällig, fast träge folgte sie der vom Mann vorgezeichneten Spur. Am Tag darauf sah ich mir den Namen der Straße an.

Es war kühl, dunkel und roch nach Katzen. Wir prallten gegen den verwitterten Mauerputz. Maßen uns gegenseitig und schauten uns in die Augen. Noch immer hätte ich mich zurückziehen können, doch das Laufen hatte das Zittern aus meinen Gliedern ausgetrieben, und eine leise, aber um so nüchternere Stimme flüsterte mir zu, es nicht zu tun. Wenn nicht jetzt und nicht so, dann würde ich es ein anderes Mal und auf andere Weise zu überstehen haben, warum also nicht hier und jetzt. Unser Atem ging keuchend. Wir sahen uns an, als stünden wir am Ende unserer Geschichte und nicht an ihrem Anfang. Alles war ruhig. Wir hatten keinerlei Gefahren zu befürchten. Die Frau nieste mitten in dieses leise Keuchen hinein. Das wäre wieder etwas zum Lachen gewesen. Doch der Mann legte den Finger mahnend an den Mund und ging, als wolle er diese mahnende Bewegung fortsetzen, die Treppe hinauf.

Durch die Ritzen der heruntergelassenen Jalousien brannte die Nachmittagssonne heiß in die vollkommen leere Wohnung herein. Ein leichter Wind wehte durch die offenen Fenster und Türen. Man muß sich vorstellen, daß weder in dem langen Korridor noch in den drei ineinandergehenden Zimmern auch nur ein einziges Möbelstück stand. Lediglich in der Mitte des größten Zimmers lagen ein paar Matratzen auf dem Boden, darauf nicht sehr saubere rosarote Bettwäsche, eine zurückgeschlagene Decke, ein zerknülltes Leintuch, so, wie er es verlassen hatte. Außerdem hingen an ein paar vergessenen Bilderhaken hier ein Hemd, dort eine Hose an den Wänden, und in einer Ecke lag ein Haufen Schuhe. Es war mir klar, daß wir uns außerhalb jeder Konvention befanden. Ich kannte keine einzige Geste des Rituals, und doch habe ich den ersten Schritt getan. Ich warf mich rittlings auf die Matratze und schloß die Augen. Womit ich ihnen meine unzweifelhafte Unerfahrenheit deutlich machte, sie waren die im Ritual Erfahrenen. Seitdem ich mich in der Wohnung befand, war kein einziges Wort gefallen. Trotzdem bedurfte nichts einer Erklärung. Ich war mir bewußt, in einer Wohnung zu sein, deren Bewohner Ende Dezember oder spätestens Anfang Januar für immer aus ihr fortgegangen waren. Der Mann aber mußte ein skrupelloser Wohnungsbesetzer sein. Er konnte weder ein Verwandter noch ein Bekannter sein, sonst hätte man ihm einen Tisch, ein Bett oder einen Stuhl dagelassen. Er mußte die leere Wohnung aufgebrochen haben. Hätte er den Hausmeister bestochen und den Schlüssel von ihm bekommen, dann hätten wir in der Toreinfahrt ruhig laut lachen können.

Ich wüßte nicht zu sagen, wieviel Zeit ich in dieser leeren Wohnung zugebracht habe. Eine Stunde vielleicht, vielleicht auch zwei. Wir drei lagen auf verschiedene Weise auf der Matratze; wir beide auf dem Rücken, die Frau auf dem Bauch, als ich merkte, daß ich überflüssig wurde, obwohl sich keiner von ihnen auch nur gerührt hatte, und das löste nach langer Zeit wieder ein Gefühl der Verkrampfung bei mir aus. Vielleicht war jetzt die Ruhe, die von ihnen ausging, von einer anderen Qualität, wodurch das Gefühl, das bisher gleichmäßig zwischen uns dreien zirkuliert hatte, eine andere Richtung nahm. Als wollten sie sich mit ihrer sonderbaren Ruhe von mir entfernen, so daß ich mit meiner Unruhe keinen Platz mehr zwischen ihnen fände. Ich ließ meinen Finger ganz sachte in die Beuge des angezogenen Frauenknies gleiten. Ich hoffte, daß sie schliefe. Wenn sie nicht schlief, würde sie ihn einklemmen. Sie rührte sich. Erst wandte sie ihren Kopf dem Manne zu, dann streckte sie ihr Knie, um sich von meinem Finger zu befreien. Der Mann öffnete langsam die Augen, und sein Blick machte deutlich, was die Frau ihm zu verstehen gegeben hatte. Es war nicht mißzuverstehen. Mit weiteren Gegenproben zu experimentieren hätte keinen Sinn gehabt. Ich hätte unerträglichen Schmerz empfinden müssen, wenn in den Augen des Mannes nicht so etwas wie eine ausgesprochen väterliche Ermutigung zu lesen gewesen wäre. So ausgeliefert ich auch dalag, konnte die anhaltende Steife meines Penis das Schamgefühl doch nicht verletzen, bezog sie sich doch auf unsere bisherige Gemeinschaft; in diesem Zustand aufzustehen schien trotzdem gewagt. Ich wartete eine Weile und schloß die Augen. So aber wurde es nur noch deutlicher, was sie mir vorhin zu verstehen gegeben hatten: sie wollten allein sein. Als ich dann meine verstreuten Sachen zusammengesucht, mein Hemd übergezogen, in Unterhose und Hose geschlüpft war, meine Sandalen zugeknipst hatte, schien es mir keineswegs nur vorgetäuscht zu sein, daß beide eingeschlummert waren.

Nichts war geschehen, keine einzige Geste war gegen mich gerichtet worden. Trotzdem fühlte ich mich in den darauffolgenden Tagen wie jemand, den man seiner tödlichen Vergehen wegen aus dem Paradies vertrieben hat. Nicht die Vertreibung war so schwer zu ertragen. War ich doch aus freien

Stücken und aus meinem als richtig erkannten Interesse fortgegangen. Aber ich wollte auf die neu entdeckte Lust nicht verzichten. Am nächsten Tag gegen Mittag ging ich zurück zu dem Haus in der Szinvagasse. Die Jalousien an den Fenstern im zweiten Stock waren unverändert. Zweifellos hatte ich gehofft, daß die Frau mir öffnen würde, und mir vorgestellt, sie allein anzutreffen. Hinter dem Guckloch bewegte sich die glänzende Kupferrosette, der Mann mußte mein Gesicht erkannt haben. Langsam, äußerst rücksichtsvoll schob er sie wieder vor sein Auge.

Lautlos wankte ich die Treppe hinunter. Ich konnte nicht verstehen, was er mit der Ermutigung gemeint haben sollte? Zwei Tage lang irrte ich wie betrogen durch die Gegend, wartete, schlich ums Haus. Hätte ich mich damals meinem Schmerz völlig hingegeben, dann hätte sich mein Leben wahrscheinlich in vielem anders gestaltet. Der Schmerz hätte mir Gelegenheit gegeben, das Geschehene zu Ende zu denken. Hätte ich es zu Ende gedacht, dann wäre ich nach einer gewissen Zeit mit Bestimmtheit zu der erschreckenden Erkenntnis gekommen, daß ich über den Körper eines Mannes die körperliche Liebe kennengelernt habe, auch dann über den Körper eines Mannes, trotz allem über den Körper eines Mannes, obwohl ich niemals, weder damals noch später, den Körper eines anderen Mannes berührt habe. Und außer einer schamhaften Neugier habe ich nicht den geringsten Wunsch danach. Dennoch hatten wir über den Körper der Frau miteinander kommuniziert. Der auf den Körper der Frau bezogene andere Männerkörper hatte sich unwillkürlich ein gemeinsames Becken für den gemeinsamen Rhythmus der Körper gesucht. Dieses Erlebnis hatten sie mir und auch sich selber vorenthalten. Zwar hatte es stattgefunden, doch was sie aus mir herausgeholt hatten, das konnten sie nur miteinander nutzen. Wie auch ich später bei anderen zu nutzen wußte, was ich bei ihnen gelernt habe. Die väterliche Ermutigung im Blick des Mannes bezog sich also auf jene späteren Zeiten und nicht darauf, daß ich zurückkommen dürfe.

Freilich habe ich damals nichts zu Ende gedacht, ich

konnte es gar nicht. Ich lenkte mich ab, wich meinem Schmerz aus, verschob das dringende Bedürfnis nach einer Wiederholung auf konventionellere Gleise. Ich schuf mir eigene Verhaltensregeln. Nie wieder habe ich die Mädchen berührt, angefaßt, geküßt, ich machte ihnen nicht den Hof, lief ihnen nicht nach, schmachtete sie nicht an, schrieb ihnen keine Liebesbriefe. Sei vernünftig, sagte ich mir mit jenem ermutigend väterlichen Blick, den ich mir von dem unbekannten Mann angeeignet hatte. Zwar war mir die Herkunft dieses überlegenen, lebensklugen Blicks nicht bewußt, aber ich bediente mich seiner. Irgendwie benutze ich ihn bis auf den heutigen Tag. Und die Mädchen oder wenigstens jene Mädchen, zu denen ich eine Beziehung aufnehmen wollte, erwiesen sich jedesmal als verständnisvoll.

Ich war in eine offene Welt geraten, in der die Gesetze der Ausschließlichkeit und Besitzergreifung nicht funktionieren, in der man nicht mit einem bestimmten, einem einzelnen Individuum in wechselseitiger Beziehung steht, sondern mit allen. Das heißt mit keinem. Überdies hatte mir meine Mutter, seit ich denken kann, geradezu verboten, ihre Gefühle zu erwidern; eine höchst vernünftige, vorausschauende Maßnahme von ihr. In mir liebte sie den Mann, den sie verloren hatte und dessen Verlust meine Gefühle nur um den Preis einer tragischen Täuschung hätten ersetzen können. Damit ersparte sie mir die Qualen der Liebe, und deshalb habe ich erst sehr spät begriffen, daß die Qualen genauso ein Teil zwischenmenschlicher Beziehungen sind wie die Freuden. Mit Krallen und Zähnen wehrte ich mich gegen jeden Schmerz. Und weil mein gewinnendes Äußeres mir eine Ausnahmesituation verbürgte, die mich jedoch keineswegs für die Verletzungen entschädigen konnte, welche ich meiner sozialen Herkunft wegen zu erleiden hatte, konnte ich auch nicht glauben, daß irgend jemand von mir Gefühle erwartete, die der Intensität seiner eigenen Gefühle entsprachen. Doch die zwischen meiner Lebenssituation und meinem Äußeren herrschende Spannung gab mir den nötigen Impuls, um, koste es, was es wolle, zu versuchen, in einer Welt Wurzeln zu schlagen, die, ob sie nun für mich schwärmte oder mich ablehnte, allem Anschein nach keinen Anspruch auf das Ganze meines Lebens geltend machte.

Begeisterung und Schwärmerei galten meiner puren physischen Existenz, die Ablehnung galt meiner sozialen Situation. Im Gegensatz zu meinem Freund, dessen ganzer Ehrgeiz wohl darauf gerichtet war, ein anderes menschliches Wesen zu erkennen, zu erobern, zu erfühlen, an sich zu binden und zu besitzen, wurde mein Bedürfnis nach Erkennen und Besitzen nicht von dem leidenschaftlichen Wunsch, eine andere menschliche Ganzheit zu besitzen, und dem damit verbundenen sinnlosen, bis zur Selbstvernichtung gehenden Wunsch nach Einswerdung bestimmt, sondern von dem Bemühen, meine eigene Situation zu ordnen. Uns beiden fehlte die ergänzende Hälfte. Ich hatte ein Zuhause, aber kein Vaterland. Er hatte ein Vaterland, aber kein Zuhause.

Was meine zielgerichtete Selbstbeschränkung betraf, war ich nicht unvernünftiger als er. Das war der Garant meiner Freiheit. In dem Maße, als ich mir die natürlichen Sympathien meiner Mitmenschen nutzbar machte, zügelte ich meine Neigungen, die nicht in das erstrebte Bild paßten, da sie mich am Erreichen meiner Ziele hätten hindern können. Soviel zu meiner Ehrenrettung. Nie habe ich mehr von einem anderen Menschen erwartet, als ich selber zu geben bereit war. Eher weniger. Ich habe mir eine so unerbittliche Nüchternheit anerzogen, die die Möglichkeit zur Liebe von vornherein ausschloß. Das erste Abenteuer, das mir körperliche Lust bereitet hatte, hat mit Sicherheit die späteren bestimmt, war aber nur Teil eines Prozesses. Wenn man gezwungen ist, sich als Mittel zum Zweck zu verstehen, dann bleibt man das auch in der Beziehung zu einem anderen Menschen. Die Qualität meines ersten Abenteuers scheint mir identisch mit der Qualität meiner Zielvorstellungen. Doch bin ich weder zu dumm noch zu gefühlskalt, als daß mein Bedürfnis nach Liebe hätte zerstört werden können. Nur hatte ich keinerlei Erfahrungen in der Liebe. Sie traf mich unvorbereitet, da meine Erfahrungen auf dem Gebiet der Beziehungen und der Verhaltensweisen lagen. So sieht meine Bilanz aus.

Eigentlich habe ich auf dem Neujahrsbesuch bei Rákosi den entscheidenden Anstoß zu dem risikoreichen Schritt erhalten, mich zur Aufnahme in die nach Ferenc Rákoczy II. benannten militärischen Erziehungsanstalt anzumelden. Ich konnte es nicht verstehen und habe es bis heute nicht verstanden, warum sie mich damals für diese Rolle aussuchten, aber sie haben es getan, und diese Tatsache bedeutete, daß das Unmögliche möglich wurde. Ich konnte es nicht verstehen, denn noch bevor sie mich ins Büro des Direktors haben rufen lassen, mußten sie doch meine Herkunft geklärt haben. Sollten sie das aber aus irgendeinem Grunde versäumt haben, dann verstehe ich nicht, warum sie dem diesbezüglichen Hinweis meines Direktors keine Bedeutung beimaßen. Die vorwurfsvolle Bewegung seines Fingers, mit dem er im Klassenbuch auf jenen kleinen schwarzen Würfel tippte, während er es herumzeigte, ist mir unvergeßlich. Wird doch auch den Rindern der Stempel nicht aus Überzeugung, sondern aus der puren Notwendigkeit, sie zu unterscheiden, in die Haut eingebrannt.

Mit meiner beschränkten kindlichen Auffassungsgabe folgerte ich daraus, daß das System, in dem ich lebte, das so strenge, im Hinblick auf die menschliche Würde gleichgültig erscheinende Regeln aufgestellt hatte, nicht in der Lage war, das Leben diesen strengen, gefühlskalten Normen anzupassen. Ich ahnte, daß ich meine Fähigkeiten nur in den zwangsläufigen Verwerfungen und natürlichen Lücken dieses unbegreiflichen und unannehmbar harten Systems würde entwikkeln können. Zwar konnte ich nicht entscheiden, ob sie mir in die Falle gegangen waren oder ob ich in die von ihnen aufgestellte Falle geschlittert war, aber das wollte ich auch gar nicht wissen. Was ich wollte: in das Sperrgebiet eindringen. Und diejenigen, die es gesperrt hielten, waren gezwungen, mich einzulassen. Die Voraussetzung für den Einlaß waren meine russischen Sprachkenntnisse, doch wäre es mir nicht im

Traum eingefallen, Russisch zu lernen, wenn mein Vater nicht in einem sibirischen Kriegsgefangenenlager oder in jenem von Schüssen durchsiebten Wagen umgekommen wäre. In die von ihnen angebotenen winzigen Lücken konnte ich mich freilich nur dann einbringen, wenn ich voller Arglist meine wahren Absichten verheimlichte. Wenn ich ausreichend glaubwürdig erschien, um im Endergebnis unaufrichtig sein zu können. Meine Russischkenntnisse und mein hübsches Gesicht hatten mir den Eintritt verschafft, aber sie verlangten mir die Kleinigkeit ab, mich auch dazu zu bekennen. Und warum hätte ich mich nicht dazu bekennen sollen, irgendeine Fremdsprache zu sprechen. Es ist wahr, damit habe ich meinen Vater bis zu einem gewissen Grade verleugnet und auch meinen Freund verraten. Das System jedoch hatte mir bereitwillig den Gegenwert für mein Bekenntnis und meine Willfährigkeit bezahlt. Es hatte sich mir an seinem schwächsten Punkt ausgeliefert. Wie man auch trotz aller gegenteiligen Überzeugung bloß aus solchen Kräutern eine Suppe kochen kann, die im eigenen Garten wachsen.

Wenn das alles ein Jahr früher geschehen wäre oder wenn das Sperrgebiet sich wesentlich von der gesamten damaligen Umgebung unterschieden hätte, wenn man uns in eine richtige Marmorhalle geführt und nicht in einen mit biederem Geschmack eingerichteten Salon, wenn der Kakao mit diesen ekelhaften Hautfetzen darauf wie bei der Milch der Schulspeisung nicht lauwarm, wenn die Schlagsahne richtig steif gewesen wäre und nicht so säuerlich labberig geschmeckt hätte oder wenn ich den Eindruck gewonnen hätte, daß das von uns angstvoll verehrte Ehepaar aus bloßer Unausgeschlafenheit uns in so gedrückter Stimmung empfing und daß es seinen üblichen Streit aller Wahrscheinlichkeit nach nur unseres Besuches wegen unterbrochen hatte, dann wäre mir gar nicht der Gedanke gekommen, daß ich in diese natürliche Lücke mit Haut und Haaren hineinpaßte. Die Strenge des Systems konnte die Zufälle des Lebens weder zur Kenntnis nehmen noch dulden. Und so war es kein Wunder, daß mich diese ansehnliche Anhäufung von alltäglichen Zufällen übermütig machte. Im Tausch für die sich bietende Gelegenheit gab ich meine kindliche Vorstellung, in irgendeiner Armee Offizier zu werden, sofort auf. Ich war drinnen in der Ritze, erkannte ihre Möglichkeiten und mußte mich ihren Regeln entsprechend entscheiden. Trotzdem sollten sich alle meine Berechnungen als falsch erweisen. Ich bekam auch sofort eins auf die Nase.

Noch am selben Tag, an dem ich das Anmeldeformular mit der ertrotzten Unterschrift meiner Mutter eingereicht hatte, wurde ich zum Direktor gerufen. Die Fenster waren offen, aber es wurde noch geheizt. Der Direktor wärmte seinen Rükken am lauwarmen Kachelofen, und als ich eintrat, sagte er lange nichts. Schüttelte nur mißbilligend den Kopf.

Dann löste er sich vom Ofen, schlenderte durchs Zimmer und trat an seinen Schreibtisch. Er mußte eine Rückgratverletzung oder ein Rückenleiden haben, denn er hielt sich merkwürdig nach der Seite geneigt, als könne er seinen Rükken nur an den warmen Ofen gelehnt geradehalten. Während er aus einem großen Haufen von Papieren mein Anmeldeformular herauszog und mir hinhielt, sagte er, ich kennte gewiß das Sprichwort, wonach es in Buda nur einmal einen Hundemarkt gegeben habe.

Bereitwillig nahm ich das Blatt entgegen. Er war außerordentlich zufrieden mit mir und winkte, ich sei entlassen. Aber ich rührte mich nicht. Das brachte ihn auf.

Möchtest du noch etwas, fragte er.

Ich verstehe das nicht, stotterte ich.

Dann müsse er sich in mir getäuscht haben, wäre ich doch der Klassenbeste in seiner Schule und nicht nur intelligent, sondern auch gewieft. Ich solle daher nicht versuchen, ihn zu übertölpeln. Wenn er das Gesuch weiterleitete, würden bloß ihm daraus Unannehmlichkeiten entstehen. Ich solle mich also in einer Schule anmelden, in der mir meine Herkunft das Weiterkommen möglich machte. Er wolle mir zwar nicht raten, mit dieser Durchschnittsnote mich um eine Lehrstelle zu bewerben, fürs Technikum aber käme ich nicht in Frage. Zu einer konfessionellen Schule wollte er mir genausowenig raten, die einzige Möglichkeit wäre, mir zu einem Platz in einem staatlichen Realgymnasium zu verhelfen. Jetzt aber solle ich schön nach Hause gehen. Und ein neues Formular ausfüllen. Für heute sei ich vom Unterricht befreit.

Tränen traten mir in die Augen. Ich sah, daß er es bemerkte. Zwar wußte ich, daß ihn das nicht beeindrucken, daß es aber auch nicht wirkungslos bleiben würde. Ich fühlte, daß er es mißverstand und für Trauer und Verzweiflung hielt, was aus Zorn geschah. Zwischen uns stand ein langer Tisch, auf den ich das Meldeformular schön langsam zurücklegte. Das war vielleicht nicht unverschämt, aber doch frech. Als hätte ich gesagt, wisch dir den Hintern damit. Ich wäre nicht in der Lage gewesen, es nach Hause mitzunehmen. Einen Gruß murmelnd, bewegte ich mich rückwärts auf die Tür zu. Diesen Gruß hätte ich sowieso nicht deutlich aussprechen können. Der Vorschrift entsprechend hätte er lauten müssen: «Vorwärts, Kamerad Direktor!» Wie sollte man einen erwachsenen Mann Kamerad nennen, der einem die Zukunft verpatzte, und vorwärts rufen, wenn man im Rückwärtsgang das Zimmer verlassen mußte. Er deutete auf das Formular auf dem Tisch und sagte, ich solle es mitnehmen. Ich verließ das Zimmer, als hätte ich das in meiner großen Verwirrung nicht mehr gehört.

Am frühen Vormittag ohne Mappe die Schule zu verlassen, das genügt an sich schon, um dich zu verstören. Du bist frei. Und doch fesselt dich die nervös ins Pult gestopfte Schultasche an den Ort deiner ewigen Sklaverei. Eine seltsame Laune des Schicksals treibt ihr Spiel mit dir. Es will dir zwar scheinen, als gehörte dieses normal pulsierende Leben eines gewöhnlichen Vormittags dir genauso wie jedem anderen. Und doch wird die Freiheit immer an einer kurzen Leine gehalten. Ich war wie betäubt und kochte vor Wut. Erst später, an der Haltestelle der Zahnradbahn, während ich mein Geld in der Hosentasche zusammensuchte, ging mir auf, worauf ich mich einzulassen im Begriff war. Meine Mutter, die als Fremdsprachenkorrespondentin in einem Außenhandelsunternehmen arbeitete, mit dieser neuerlichen Wendung zu beunruhigen, kam mir erst gar nicht in den Sinn. Und als mir, erschrocken über meinen eigenen Entschluß, das Herz in die Hosen fiel, fuhr ich schon.

Zu Oberst Elemér Jámbor, einem ehemaligen Freund und Kameraden meines Vaters. Geradewegs ins Verteidigungsministerium. Für die Straßenbahn reichte mein Geld nicht mehr. So fuhr ich also ohne Fahrschein weiter. Ein einziges Mal waren wir in seiner Wohnung gewesen, er hatte uns nie zu Hause aufgesucht. Meine Mutter aber war fest davon überzeugt, daß die Geldbeträge, die uns jeden Monat erreichten, nur von ihm kommen konnten. Zu Weihnachten, Ostern und an meinem Geburtstag erhielt ich, begleitet von ein paar Zeilen, ein Geschenk, für das ich mich mit einem ähnlich kurzen Briefchen bedanken mußte. Jener dunkelblaue Matrosenmantel mit den Goldknöpfen, den mein Freund so schön beschreibt, stammte auch von ihm. Meine Mutter hielt es nicht einmal für ausgeschlossen, daß wir dank seiner heimlichen Fürsprache der Aussiedlung entgangen waren. Später konnten wir uns, nachdem die Ereignisse eine so schreckliche Wendung genommen hatten, seiner Familie gegenüber für seine umsichtige Fürsorge erkenntlich zeigen. Er war im November neunzehnhundertsechsundfünfzig verhaftet und im darauffolgenden Jahr hingerichtet worden. Seine Witwe verlor ihre Anstellung und mußte für ihre beiden Töchter, die ungefähr in meinem Alter waren, sorgen.

Der wachhabende Unteroffizier sagte am Eingang, der Genosse Oberst sei im Augenblick nicht zu erreichen. Anderthalb Stunden etwa trieb ich mich in der Gegend herum. In der Falk-Miksa-Straße befand sich eine kleine Vogelhandlung; im Schaufenster Käfige und Aquarien; ich sah den Fischen zu, die unentwegt auf die Glaswand zuschwammen. Sie sperren das Maul auf und schnappen nach etwas Unsichtbarem. In der gleichen Straße, etwas weiter entfernt, kam aus einer Einfahrt ein Mädchen mit kurzem Haar weinend herausgestürzt. Sie rannte, als werde sie verfolgt, stutzte plötzlich, hielt inne, wirbelte herum. Ihr Blick war an meiner Neugier haftengeblieben, und selbst dieses bißchen Teilnahme ließ sie aufschluchzen. Es schien, als wolle sie in meine Arme flüchten, aber sie rannte zurück und verschwand hinter dem Tor. Eine Weile wartete ich noch, ob sie wiederkommt. Später ging ich zum Parlament. Der Platz war leer. Aus angemessener Entfernung beobachtete ich das Leben am rechten Seiteneingang. Von Zeit zu Zeit fuhr ein riesiger schwarzer Wagen vor, gleichzeitig öffnete sich das Tor, jemand kam heraus und stieg ein. Das chromglitzernde Fahrzeug aber verschwand hoheitsvoll in der Helle des Mittags. Niemand kam, alle gingen. Allmählich hatte ich das Gefühl, daß genügend Zeit verstrichen war. Der Wachhabende ärgerte sich zwar, telefonierte aber doch nach oben. Telefonmuschel und Mund verdeckt, nannte er jetzt nicht nur meinen Namen, sondern fügte hinzu, begleitet von einem kurzen Auflachen, das sei ein ganz schön hartnäckiger Junge. Er telefonierte mit einem weiblichen Wesen, was man an seiner Stimme merkte. Ich durfte in die Vorhalle, wo ich mich in einen Sessel setzen konnte. Während ich wartete, war ich von einem einzigen quälenden Gedanken beherrscht, ich wußte nicht, was mit meiner Tasche würde, wenn es mir bis zum Schluß des Unterrichts nicht gelingen sollte, sie abzuholen.

Es mochte nachmittags gegen vier sein, als es mir endlich gelang, zum Freund meines Vaters vorzudringen. Der Unteroffizier brachte mich hinauf in den vierten Stock, und auf dem spiegelglatten Korridor kam mir der Oberst entgegen. Er legte mir seine schwere Hand auf die Schulter, sah mich aufmerksam an, als wolle er feststellen, ob mich etwas Schlimmes hergebracht habe, und führte mich in einen Saal, in dem vorher eine strategische Besprechung stattgefunden haben mochte. Daran jedenfalls gemahnten die zusammengerollten Landkarten. Die Luft war zum Schneiden; leere Kaffeetassen, Wassergläser und Aschenbecher voller Zigarettenstummel standen auf dem langen, mit einer Glasplatte bedeckten Tisch. Er hieß mich setzen, ging um den Tisch herum, ließ sich auf der gegenüberliegenden Seite ebenfalls bequem nieder und zündete sich eine Zigarette an. Er hatte bisher noch kein Wort gesagt, und ich hatte ebenfalls geschwiegen. Ich sah, daß nicht nur der Rauch seiner Zigarette ihn zu einem lächelnden Zwinkern verleitete, sondern daß es auch der angenehme Eindruck war, den mein Äußeres auf ihn machte. Und auch er sprach in diesem witzelnd-freundlichen Ton zu mir, wie so viele der anderen Erwachsenen. Er fragte, ob mich etwas Schlimmes zu ihm führe.

Nachdem ich es ihm berichtet hatte, klopfte er mit dem schwarzen Stein seines Siegelringes aufs Glas und sagte, die Schule werde mein Aufnahmegesuch weiterleiten. Soviel könne er versprechen. Was natürlich nicht bedeute, daß man mich aufnehmen werde. Zwar respektiere er meinen Entschluß, fürs Weitere aber könne er mir kein ermutigendes Wort mitgeben. Doch sei er, ob man mich aufnehme oder nicht, der Meinung, daß ich von jetzt an mir selber helfen müsse.

Er drückte die Zigarrette aus, stand auf, ging um den Tisch herum und legte mir, nachdem auch ich aufgestanden war, wieder die Hand auf die Schulter, wovon diesmal aber nichts Ermutigendes ausging. Ich solle mich nicht nur deshalb an seine Worte halten, weil seine Möglichkeiten mehr als beschränkt seien, sondern weil derjenige, der nicht gelernt habe, mit seinen eigenen Möglichkeiten hauszuhalten, in Zukunft kaum in der Lage sein werde, seine eigenen Situation richtig einzuschätzen. Darüber würde auch mein Vater nicht anders denken. Er hatte leise gesprochen. Mit der Hand auf meiner Schulter dirigierte er mich zum Ausgang.

Einen Monat später wurde mein Aufnahmegesuch ohne jede Begründung abgelehnt.

Auf die hartnäckigen Fragen meines Freundes habe ich wohl genauso hartnäckig einsilbige Antworten gegeben. Daraus mochte er geschlossen haben, daß so etwas wie ein Kampf stattgefunden hatte. Ich weiß, er fürchtete, mich zu verlieren. Und hoffte, daß sich meine Hoffnungen nicht erfüllen würden und daß wir dann doch ins gleiche Gymnasium kämen. Mich interessierte das genausowenig, wie ihn meine Wünsche interessierten. Es hat keine Kämpfe gegeben. Meine Mutter war erleichtert. Prém resignierte und meldete sich zur

Ausbildung als Automechaniker. Ich blieb allein mit meinem Wahnsinn. Und empfand einen unstillbaren Zorn auf Vaters Freund. Ich konnte nicht verstehen, warum er mir nicht half. Wie ein auf Schokolade versessenes Kind auch nicht versteht, warum die Erwachsenen nicht ununterbrochen Schokolade essen, wenn sie doch das Geld dazu in der Tasche haben. Ich tat das Gegenteil von dem, was er mir geraten hatte. Das heißt, ich tat in meinem Zorn genau das, wovon er mir abgeraten hatte.

Ich schrieb, besser gesagt, ich tippte auf der Schreibmaschine einen Brief an István Dobi, den Staatspräsidenten. Den Durchschlag habe ich vernichtet, als ich dahinterkam, daß meine Frau in meinen Papieren kramte. Die Scham aber hindert mich jetzt, die Worte dieses ehrvergessenen Kindes wörtlich zu zitieren. Ich schrieb, welch grundlegende Wende es für mein Leben bedeutet habe, als ich die Ehre hatte, im Genossen Rákosi und seiner Gattin den sowjetischen Menschen in Person kennenzulernen. Ich fuhr fort, daß die Liebe zum Sowjetmenschen in unserer Familie Tradition habe, denn auch ich habe, dem Vorbild meines Vaters folgend, die russische Sprache erlernt. Damit allerdings steuerte ich in heiklere Gewässer. Ich bekannte, daß mein Vater gezwungen gewesen sei, an dem ungerechten Krieg gegen die Sowjetmacht teilzunehmen, bat aber, ihm seine konsequente deutschfeindliche Haltung zugute zu halten. Ich schloß mit dem Versprechen, mich mein Leben lang zu bemühen, den von ihm begangenen Fehler wiedergutzumachen. Und um meinen Worten Glaubwürdigkeit zu verschaffen, tat ich etwas, was ich als die größte Schande meines bisherigen Lebens bezeichnen muß, ich legte Vaters Kriegstagebücher, vier karierte Hefte, dem Brief bei.

Mir ist schon die Opernliteratur unbekannt, vom Ballett aber verstehe ich so gut wie gar nichts. Wenn ich Menschen auf der Bühne singen und tanzen sehe, überkommen mich Verwunderung und Befremden, weil sie etwas vorführen, was normale erwachsene Menschen vernünftigerweise niemals öffentlich tun würden. Und es versetzt mich jedesmal in kindliches Staunen, daß sie sich zu einer solchen Schamlosigkeit verstehen. Die Stimmen, die Körper, die Kulissen, der ganze überfrachtete Pomp der Opernarchitektur stößt mich in einem Maße ab, daß es mich jedesmal die größte Überwindung kostet, die Schwelle eines solchen Hauses zu überschreiten. Und sobald sich der Vorhang hebt, verkrampft sich mir der Magen, schließe ich aber die Augen, dann nicke ich jedesmal ein, ohne es zu merken, mitten im lautesten Musizieren. An jenem Novemberabend hatten wir noch dazu nicht bloß irgendwo, sondern unmittelbar neben der riesigen Zarenloge Plätze bekommen.

Ich weiß nicht, wie man diese Oper sonst zu inszenieren pflegt, aber in dieser Vorstellung wurde hinter dem Vorhang, der sich beim ersten Ton der Ouvertüre hob, ein weiterer Vorhang sichtbar. Aus silberglänzender Seide, rauchgoldenem Musselin, graphitgrauem Tüll, groben Sackleinwandstücken und schmutzigen, mit großen schwarzen Stichen zusammengenähten Lumpen, die weich übereinanderlagen. Und während die Musiker eifrig musizierten, wurden diese Schichten, unabhängig von der Musik, in langsamem Takt hin und her geschwenkt, auf- und zugezogen. Bis dahinter die Kulissen des Roten Platzes sichtbar wurden. Auf dem die Menge mit rauchenden Fackeln, flackernden Kerzen, Windlichter schwenkend tanzte; bis man endlich begriffen hatte, daß dieser Vorhang einen sich langsam lichtenden Morgennebel darstellen sollte.

Aus dem Hotel hatte man uns in zwei großen schwarzen Limousinen hergebracht, und obwohl es mir gelungen war, mit dem Mädchen in den gleichen Wagen einzusteigen, bereute ich es schon auf diesem kurzen Weg, mich ihnen angeschlossen zu haben. Außer der heimlichen, kaum verratenen Wiedersehensfreude hatten mein Freund und ich uns nicht so recht etwas zu sagen. Ich war müde und abgelenkt, des Mädchens wegen. Auch trennte mich der Umstand von ihnen, daß sie unter der Wirkung des vorher genossenen Alkohols laut wurden, während ich unter meiner Abstinenz litt. Und die Anstrengung, mit der wir die Wiedersehensfreude voreinander verheimlichten, verursachte uns zusätzlich eine unangenehme Verkrampfung. Das Mädchen aber konnte ich höchstens beobachten, im Auge behalten, mich ihm aber nicht entschiedener nähern. Sie gab mir zu verstehen, daß sie, sollte ich auch nur eine unvorsichtige Bewegung machen, gezwungen wäre, mich so nachdrücklich zurückzuweisen, daß ich endgültig auf sie verzichten müßte. Vielleicht würde auch sie nicht gerne auf mich verzichten. Noch wisse sie es aber nicht. Zwar wichen wir unseren Blicken aus, aber der Wunsch nach einem Blickwechsel hielt uns bis zum Schluß in fühlbarer Spannung. Ich erlaubte mir gerade noch, ihr den pelzbesetzten Mantel höflich abzunehmen, als sie ihn auszog. Sie bedankte sich mit einer ebenso unverbindlichen Höflichkeit. Ergab sich doch die gegenseitige Spannung aus dem Umstand, daß wir beide uns bemühten, unser Interesse aneinander vor den anderen zu verbergen. Was schon deshalb nicht ganz gelingen konnte, weil die vier Menschen und die sie begleitende Dolmetscherin nicht nur eine ausgiebige und fröhliche nachmittägliche Zecherei, sondern auch jenes eigenartige Zusammengehörigkeitsgefühl von Reisegruppen miteinander verband, auf das sie bedacht waren. Ich blieb ein fremdes Element in ihrer Mitte.

Ein Mitglied der Gesellschaft, ein bärtiger junger Mann, der sich mit seinem Äußeren um jeden Preis aufzufallen bemühte, zeigte sich mir gegenüber besonders angriffslustig. Ich hielt es auch nicht für ausgeschlossen, daß das Mädchen am Telefon so zurückhaltend gewesen war, weil sie nicht allein im Zimmer war. Der bärtige junge Mann beobachtete mich, ich beobachtete die beiden. Später sollte es sich herausstellen, daß mein Verdacht nicht unbegründet war. Mein Freund aber und der dritte Mann beobachteten, was wohl daraus wird. Die Dolmetscherin aber behielt mit freundlichmütterlicher und zu jeder Art von Fürsorglichkeit bereiter Aufmerksamkeit die ganze Gesellschaft im Auge. Mich auf meine Eigenschaft als Gast berufend, ließ ich ihnen höflich den Vortritt und zog mich in das wohltätige Dunkel der Loge zurück, an die Seite der Dolmetscherin. Das Mädchen saß, auf die Brüstung der Loge gestützt, vor mir. Manchmal war ich gezwungen, auf ihren nackten Hals zu blicken. Sie hatte ihr widerspenstiges Haar zu einem Knoten hochgesteckt und zuckte jedesmal zusammen, wenn mein Blick auf ihrem Nakken ruhte. Es wollte mir scheinen, daß es an ihr liege, ob ich auf ihren Nacken oder auf die Bühne schaute.

Nachdem die letzten Seidenschleier und die Lumpen des morgendlichen Nebels sich zerteilt hatten, wurde auch die ideologische Absicht des als Nebel dahingeschwundenen Vorhangs deutlich. Auf der Bühne nämlich setzten sich Lumpen und Seidentücher, ineinander verknäult und doch deutlich voneinander unterschieden, als Reichtum und Armut fort. Goldverpuppte Prinzessinnen, pelzverbrämte, betrunkene Bojaren, lüsterne Händler und wollüstige Popen, die sich mit halbnackten Kurtisanen vergnügten, in ihren Lumpen dahinsiechende Krüppel und in blutigen Verbänden stöhnende Verwundete, halbnackte Bettler, vagabundierende Schausteller, ihre armseligen Waren anpreisende Krämer, und zwischen dem herumlungernden, glotzenden Gesindel die in der Volkstracht prangende Landbevölkerung, Jungfrauen mit den ihnen zugesellten stattlichen Burschen. Angesichts dieser Üppigkeit überkam mich sofort die gewohnte Übelkeit. Ich wollte fort. Fort zur Pervomajskaja. Wo ich erwartet wurde, wo ich mich nicht so fehl am Platze fühlen würde. Wo allmorgendlich die drei Frauen in riesigen Büstenhaltern aus rosarotem Satin und noch größeren rosa Schlüpfern um mich waren, während ich mich noch schlaftrunken räkelte. Auf der Suche nach einem Grund für eine unauffällige Flucht ging mir sogar die Ausrede durch den Kopf, daß es mehr als eine Geschmacklosigkeit sei, wenn der Schüler einen Tag nach dem Tod seines Meisters im Theater herumsitze.

Auf der Bühne war der Tanz in vollem Gange, als der Bärtige seine Pranke auf die Hand des Mädchens legte, die auf der Brüstung ruhte. Er beugte sich zu ihr und flüsterte ihr etwas ins Ohr. Ihr Getuschel ließ vermuten, daß sie ziemlich vertraut miteinander waren. Was ihre beiden anderen Gefährten neugierig machte. Sie reckten die Hälse, wollten auch mithören. Daraufhin begann der Bärtige, ohne die Hand des Mädchens freizugeben, mit einer Erklärung. Mein Freund aber hatte kaum die ersten zwei Worte aufgeschnappt, als er sich schon hinter dem Rücken des Bärtigen zu dem Mädchen hinüberbeugte und ihr etwas zuflüsterte. Worauf beide auflachten. Das Mädchen aber wandte den Kopf, um auch mir etwas von ihrem Lachen zu schenken, wobei sie ihre Hand unter der Hand des Bärtigen fortzog. Was ebenfalls mir galt. Womit sie die Fortsetzung mir anvertraute. Jetzt konnte ich nicht gehen. Doch habe ich mich selten unangenehmer gefühlt inmitten dieses Getues, Gekichers und Lärmens, das sie während der ganzen Zeit anstellten. Zwar gehörte ich zu ihnen, hatte aber nichts mit ihnen gemein. Ich verstand ihre Lustigkeit, wünschte aber nicht, an ihr teilzuhaben. Denn von nun an geschah nichts mehr auf der Bühne, was sie nicht zum Lachen gereizt hätte. Obwohl ich mich der festlichen, andächtigen Stimmung, die das Theater erfüllte, nicht entziehen konnte, war ich von jetzt an gezwungen, die Bühne mit ihren Augen zu betrachten.

Es besteht kein Zweifel darüber, daß es kein besonders glücklicher künstlerischer Einfall ist, die Choreographie einer Balletteinlage auf dem Gegensatz der Klassengesellschaft und ihrem unversöhnlichen Kampf aufzubauen. Auch wird man zugeben müssen, daß eine Opern-Ouvertüre sich nicht besonders für eine Tanzeinlage eignet. Trotzdem mißbilligte ich ihr Verhalten. Freilich fürchtete ich auch, daß der Skandal nicht ausbleiben würde. Und so war es. Nach einiger Zeit bemerkte auch die in ihre nationale Andacht versunkene Dolmetscherin etwas und versuchte, sie mit einem erschrockenen, behutsamen Antippen ihres Fingers zur Vorsicht zu mahnen. Was Öl aufs Feuer war. Sie sahen sich gar nicht an, und ich glaube, sie sahen auch nur ab und zu auf die Bühne. Die Dolmetscherin verstand nichts von dem Ganzen, versuchte nur, sie in ihrem weichen Russisch zu beschwichtigen. Sie aber schüttelten sich vor unterdrücktem Lachen. Das manchmal kurz herausplatzte, explodierte, schnell wieder erstickte, was aber die folgenden Explosionen nur beschleunigte und verstärkte.

Ich weiß nicht, wie viele Tänzer sich auf der Bühne bewegten. Es waren jedenfalls so viele, wie nur selten auf einmal zu sehen sind. Als aber am Schluß der Ouvertüre hinter den siegreich auf die Bühne vordringenden Solisten ein neuer Haufen, der jubelnde Chor, Kriegsembleme und Kirchenfahnen schleppend, sich nach vorne schob und auf der Bühne ein richtiges Gedränge entstand, zu allem Überfluß auch noch die Sonne, begleitet von dröhnendem Glockengeläut, rotglühend hinter den gezackten Mauern des Kremls von einem Draht hochgezogen aufging, brach in der Loge endgültig die Hölle los. Sie stießen, pufften und knufften sich. Erschrocken schlug die Dolmetscherin auf sie ein, um sie zu beschwichtigen. In den benachbarten Logen verstärkte sich der Protest des Publikums. Kraftausdrücke gegen die Verständnislosigkeit, empörtes Zischen, kaum beherrschte zornige Ausrufe wurden laut. Ich hatte den Kopf verloren. Sprang auf und verließ fluchtartig den Raum.

Die Logen öffneten sich nicht unmittelbar auf den Korridor, sondern in einen mit roter Seide ausgekleideten, hell erleuchteten Salon. Ich war erregt und empört, aber bis zu einem gewissen Grade auch erleichtert, daß ich, geschehe was wolle, davongekommen war. Ich packte meinen Mantel, aber noch während ich in ihn hineinschlüpfte, flog die Tapetentür der Loge auf, und begleitet von einer sich verstärkenden Baß-Arie, stürzten die vier Ungarn unter einem befreienden Gelächter, übereinander stolpernd, durch die Tür. Einen Augenblick lang war die im Dunkel der Loge verzweifelt gestikulierende Dolmetscherin zu sehen. Einer schlug ihr die Tür vor der Nase zu. Sich gegenseitig drängend und stoßend, lachten und johlten sie laut. Ein gurgelndes, winselndes, tränendes Lachen. Ich meinerseits wollte der Szene ein rasches Ende bereiten. Das Mädchen und der Bärtige fielen, sich aneinander festhaltend, gegen die tapezierte Wand. Der Bärtige rutschte daran hinunter. Ich hätte mich noch retten können, wenn mein Freund – ich weiß nicht ob mit oder ohne Absicht

– seinen Kameraden nicht losgelassen hätte, so daß er selbst auf mich fiel. Ich mußte ihn auffangen. Wir starrten uns an. Gegen die Verachtung und den Haß, der genauso aus dem Dunkel der Kindheit gespeist wurde wie die Freude des Wiedersehens vor einer Stunde, konnte ich mich nicht wehren. Ich spürte meine Hand, das heißt, ich spürte, daß sie seine Schulter gepackt hatte. Ich schüttelte ihn. Was seid ihr doch für Narren und Possenreißer! sagte, nein schrie ich ihn an. Sofort strafften sich seine Züge, und mit dem gleichen unversöhnlichen Haß sah er mir ins Gesicht. Und du, was bist du? Ein magenkranker Karrierist! Ein beschissener Julien Sorel bis du gewesen und bist es auch geblieben. Du mieser Playboy du. Und noch etwas sagte er damals. Der Haß war aus seinen Augen nicht verschwunden, aber seine Stimme hatte wieder jenen künstlich zynischen Ton angenommen, den ich nicht kannte. Es brach förmlich aus ihm heraus. Und in der plötzlich eintretenden Stille konnten es auch die anderen deutlich hören. Jetzt ist der günstigste Augenblick zu verkünden, zischte er mit dieser eigentümlichen Stimme, daß ich unsterblich in dich verliebt war, du feiges Luder.

Mit nachsichtiger Verachtung staunte das Mädchen über die Bloßstellung. Nicht doch, sagte sie mit gespitzten Lippen, während sie auf den Ausgang zuging und meinen Arm voller Mitgefühl berührte. Das war wohl als Gnadenstoß gedacht. Von drinnen sickerte Musik in den Salon, in dem wir standen, jeder für sich. Das Mädchen zog zwei Nadeln aus ihrem Knoten, so daß ihr Haar gelöst über den Rücken herabfiel. Sie schüttelte den Kopf und trat durch die Tür.

Was nachher folgte, hatte etwas von einem Märchen-Szenario. Sie schritt über den weichen roten Teppich abwärts. Hinunter über die Treppe mit ihren wunderschönen bestrumpften Beinen. Stumm, ein wenig verstört, folgten wir ihr. Die letzten Töne der Musik hatten wir hinter uns gelassen. Im ersten Stock war die Glastür offen, die zum einstigen Audienzsaal des Zaren führte. Im Glanz der strahlenden Kristalleuchter warteten die mit unvorstellbarem Reichtum gedeckten Tische auf die Gäste der Galavorstellung. In U-Form angeordnet, folgten sie dem Grundriß des Saals. Außer uns kein Mensch, nirgends. Sie aber spazierte ohne das geringste Zeichen von Verwirrung oder Überraschung hinein. Die anderen folgten ihr zögernd. Sie ging um den mit kalten Platten, Obstschüsseln, Getränken und Süßigkeiten reich beladenen, mit Girlanden und Blumenkörben geschmückten, von Silber, Kristall und Porzellan strotzenden Tisch herum. Nahm einen Teller, Serviette und Gabel und bediente sich. Die anderen lachten amüsiert und folgten verlegen ihrem Beispiel. Innerhalb von Augenblicken setzten sie fort, was sie vorhin in der Loge unterbrochen hatten. Jetzt aber stumm. Sie soffen und fraßen. Ich fand eine Flasche Wodka, goß mir ein und trank das Glas leer. Dann ging ich auf sie zu und fragte, ob sie mit mir gehen wolle. Eigentlich war sie es, die sich am boshaftesten aufführte. Denn sie machte sich nicht über das Essen her, sondern ging systematisch von einer Schüssel zur anderen, stocherte in den Speisen, kostete von allem und zerstörte alles. Mit völlig unbewegtem Gesicht. Als ich sie ansprach, blickte sie auf. Nein, sagte sie, mir unbewegt in die Augen schauend. Sie fühle sich hier sehr wohl.

Es schneite ununterbrochen. Die Straßen waren erfüllt von fröhlichen, lebhaften Geräuschen, und der vom dichten Schnee etwas gedämpfte Verkehr ließ vermuten, daß ihr Feiertag angebrochen war. Betrunkene waren auch schon unterwegs. Langsam schlenderte ich ins Hotel zurück. Holte meinen Wodka aus dem Eisschrank, stellte ihn neben das Telefon. Trank und wartete auf sie. Später wählte ich in immer kürzeren Abständen ihre Nummer. Kurz nach Mitternacht meldete sich sich, jetzt war sie endlich allein.

Das war es, was ich wußte, und das hielt ich für nötig, von mir zu berichten.

Nach dieser zufälligen Begegnung in Moskau sah ich meinen Freund lange Zeit nicht wieder. Manchmal begegnete ich seinem Namen. Seine Geschichtchen über orientierungslose, sich leichtsinnig verzettelnde junge Männer, die sich im Leben nicht zurechtfanden, las ich mit einem Gefühl, als müsse ich in Watte beißen. Mehr als fünf Jahre waren vergangen, als ich einige Tage vor Weihnachten nach Zürich fliegen mußte. Meinen Wagen hatte ich auf dem Parkplatz des Flughafens Ferihegy abgestellt. Und als ich nach zwei Tagen wieder aus der Ankunftshalle trat, fand ich wie gewöhnlich meinen Schlüssel nicht. Weder im Mantel noch in der Hosentasche. Ich tastete alles ab. Also mußte er in meiner Reisetasche sein. Oder ich hatte ihn verloren, was nicht zum erstenmal passiert wäre. Sogar meine Sachen halten es nicht aus bei mir. Ich hatte nur eine Reisetasche mit, darin Hemden und Akten, und eine große Warenhaustüte, mit verschiedenen Geschenken vollgestopft. Ich stellte mein Gepäck auf einen Kofferkuli. Und begann nach meinem Schlüssel zu suchen.

Während ich herumsuchte, hatte ich zwar bemerkt, daß, kaum eine Armlänge von mir entfernt, jemand auf der Treppenbrüstung hockte, ich sah ihn mir aber erst genauer an, als ich den Schlüssel in einer Socke gefunden hatte. Er saß so nahe, daß ich nicht einmal die Stimme zu heben brauchte.

Bist du angekommen oder fährst du ab, fragte ich, als sei das die natürlichste Sache der Welt. Weder Jahreszeit noch Ort oder Stunde waren geeignet, hier herumzusitzen. Es dunkelte schon, feiner Nebel fiel, die Lampen brannten, es war naßkalt und unfreundlich. Er sah mich zwar an, und doch war ich mir nicht sicher, ob er mich erkannte. Und als er den Kopf verneinend schüttelte, glaubte ich fast, ihn mit jemandem verwechselt zu haben.

Wartest du auf jemanden, fragte ich.

Nein, sagte er, er warte auf niemanden.

Und was machst du hier, fragte ich ein wenig gereizt.

Wieder schüttelte er stumm den Kopf.

In den vergangenen fünf Jahren hatte er sich bestimmt nicht stärker verändert als ich; trotzdem überraschte mich sein abgemagertes Gesicht, seine kahle Stirn, sein ergrautes Haar. Er machte den Eindruck, als habe man das letzte Tröpfchen Feuchtigkeit aus ihm hinausgepreßt. So trocken und zerknittert wirkte er.

Ich trat näher zu ihm, zeigte ihm meinen Schlüssel und sagte, daß ich ihn gerne in die Stadt mitnähme.

Er schüttelte den Kopf.

Ich fragte, was zum Teufel er hier machen wolle. Nichts, sagte er.

Er saß zwischen zwei großen, vollgestopften Koffern, an deren Griffen die Schilder der Berliner Interflug-Gesellschaft baumelten. Ein eindeutiger Hinweis, daß er nicht abfliegen wollte, sondern angekommen war. Ich drückte ihm mein Gepäck in die Hand, packte seine Koffer und machte mich ohne ein weiteres Wort zu verlieren auf zum Parkplatz. Als ich meinen Wagen gefunden und seine Koffer im Gepäckraum verstaut hatte, stand er mit meinen Sachen neben mir. Er streckte sie mir entgegen, aber sein Gesicht hatte den erschreckenden Ausdruck der Gleichgültigkeit behalten.

Dabei wirkte es viel entschlossener als früher. Fast energisch, trotz aller Sanftheit. Auch jene seltsame Frivolität, die mich bei unserer letzten Begegnung überrascht hatte, war verschwunden. Ein makellos reines Gesicht. So, als sei er selber gar nicht darin anwesend. Als habe er Ferien von seinem Ich genommen. Trocken. Ein besseres Wort zu finden, wollte mir nicht gelingen.

Auch in meinem Wagen herrschte ziemliche Unordnung. Ich mußte daher Platz schaffen. Verschiedenes nach hinten räumen. Ich bemühte mich, schnell und entschlossen zu handeln, weil ich das Gefühl hatte, daß er unter Hinterlassung seiner Koffer jeden Augenblick verschwinden könne. Weil er immer noch vollkommen gleichgültig blieb. Er stand da, war aber nicht anwesend.

Wir waren schon auf der Schnellstraße, als ich ihm eine Zigarette anbot; er lehnte ab, ich steckte mir eine an.

Und sagte, ich wolle ihn nach Hause bringen.

Nein, nicht dorthin.

Wohin sonst, fragte ich.

Er gab keine Antwort.

Ich kann selber nicht sagen warum, aber ich mußte ihn ansehen. Nicht wegen der Antwort. Ich wußte, er kann nicht antworten, weil er keine Antwort hat. Da er kein Zuhause hat. Und wenn einer kein Zuhause hat, dann kann er auch nicht darüber sprechen. In gleichmäßigen Abständen sausten wir unter dem Licht der Bogenlampen hindurch, und deshalb mußte ich mich später noch einmal vergewissern, ob ich auch richtig gesehen hatte. Er weinte. So wie ihn hatte ich noch keinen Menschen weinen sehen. Sein Gesicht war trocken und ausdruckslos geblieben. Genau wie vorher. Trotzdem traten Wassertropfen aus seinen Augen und liefen an seiner Nase hinunter.

Ich sagte, er solle mitkommen, zu uns nach Hause. Morgen sei Weihnachten. Er solle mit uns feiern.

Nein, das wolle er nicht.

Ich hätte gerne noch etwas Einfaches und Tröstliches gesagt und meinte, bestimmt werde es auch schneien. Was sich reichlich dumm anhörte, und daher fiel mir eine ganze Weile nichts ein, was ich vielleicht noch hätte sagen können.

Meine Kinder ausgenommen, hatte ich noch keinem anderen Menschen gegenüber ein so deutliches Gefühl gehabt, daß er auf mich angewiesen sei. Hätte ich ihn vorm Ertrinken zu retten, vom Strick abzuschneiden gehabt, das wäre etwas ganz anderes gewesen. Aber kein sichtbares Zeichen ließ darauf schließen, daß er lebensmüde sei. Die leere Hülse seines Körpers war noch lebendig, und es gab keinen Bedarf an heldenhaften Gesten. Ich hatte keine Ahnung, was mit ihm geschehen war, und war auch nicht neugierig darauf. Ich brauchte ihn nicht zu retten. Man spürt ja auch, wann man eine Frage stellen kann und wann nicht. Er war auf nichts weiter als auf meine Fürsorge angewiesen, und das war mir keineswegs unangenehm. In ihm war alle Leidenschaft erloschen, und diese Leere machte es möglich, daß ich meine einfachen und praktischen Fähigkeiten anwenden konnte.

Wir waren in der Stadt angelangt. Jedesmal, wenn ich an dem mächtigen Gebäude der Ludovika vorbeikomme, dem Schauplatz, an dem sich das Leben meines Vaters abspielte, muß ich wenigstens einen Blick darauf werfen. Dann folgt die Chirurgische Klinik in der Üllöistraße, wo vor zwei Jahren in einem Operationssaal im zweiten Stock meine Mutter gestorben ist. Und ausgerechnet hier, zwischen diesen hohen Gebäuden, hatte ich das dringende Bedürfnis, eine Entscheidung über unsere weitere Fahrtrichtung herbeizuführen. Ich schaute ihn nicht an.

Und sagte, ich hätte eine neue Idee. Müsse aber vorher wissen, ob er darauf bestehe, in der Stadt zu bleiben

Nein, er bestehe auf nichts. Nur möchte er mich ernstlich bitten, mir keine Sorgen um ihn zu machen. Ich solle ihn bloß irgendwo absetzen, egal wo. Am besten am Ring. Dort werde er die Straßenbahn nehmen.

Ich sagte, davon könne keine Rede sein. Weil mir das mit der Straßenbahn reichlich verdächtig vorkam. Wenn er aber nichts dagegen habe, mit mir noch weiter zusammenzusein, dann sollten wir noch eine kleine Fahrt zusammen machen.

Er reagierte nicht.

Später hatte ich doch das Gefühl, als wäre etwas in die leere Hülse seines Körpers zurückgekehrt, das mich wiederum an ein verblaßtes Gefühl erinnerte. Der Wagen hatte sich inzwischen gründlich erwärmt. Möglich, daß mich diese physikalisch erzeugte Wärme getäuscht hat; jedenfalls fand ich unsere Situation schon deshalb großartig, weil sie gar nicht einfacher hätte sein können.

Mein Großvater väterlicherseits ist ein recht wohlhabender Mann gewesen; er war Mühlenbesitzer, Getreidehändler, ja sogar Grundstücksspekulant. Heutzutage ist die kurze, von unternehmerischem Elan durchpulste Zeit der ungarischen Geschichte, in der man sozusagen von einem Tag auf den anderen zu beträchtlichem Vermögen kommen konnte, kaum vorstellbar. Und auch kaum zu verstehen, ist doch die ungarische Wirtschaftsgeschichte, angefangen vom ausgehenden Mittelalter, eher die Geschichte von Stagnationen aus den verschiedensten Ursachen und von lang andauernden Notzeiten. Daß es aber ein solches Zeitalter gegeben hat, wissen wir, weil wir zumeist in Schulen unterrichtet, in Krankenhäusern behandelt werden und unsere Abwässer in ein Kanalisationssystem fließen, die alle damals gebaut wurden. Möglich, daß nicht jeder den protzigen Stil dieser Bauten schätzt, aber jeder genießt die Vorzüge ihrer Solidität. Zu jener Zeit, nicht lange nach der Jahrhundertwende, hatte Großvater für sich zwei Häuser gebaut. Ein auch im Winter bewohnbares Sommerhaus auf dem Svábhegy, zu deutsch Schwabenberg, in dem wir bis zu Mutters Tod lebten, sowie ein ansehnliches einstökkiges Jagdhaus von romantischem Aussehen. Seine Leidenschaft war die Jagd auf Kleinwild, daher wählte er nicht weit von der Hauptstadt einen seiner Passion entsprechenden Platz für sein Haus. Auf dem flachen Land, unmittelbar am Donauufer, wo er Wildenten und Bläßhühner im Weidengebüsch des Überschwemmungsgebietes, Fasane und Hasen in der von Sandhügeln unterbrochenen Ebene schießen konnte.

Den Namen der Gemeinde kann ich nicht preisgeben. Später wird sich herausstellen, warum. Im Grunde müßte ich verfahren, wie es die geistreichen Autoren der klassischen russischen Romane taten, die die jeweiligen Ortsnamen mit einem Stern bezeichneten. Damit kennzeichneten sie jene Siedlungen, die ein bestimmtes und mit anderen Siedlungen unverwechselbares Gesicht hatten, daher einen genau bestimmbaren Platz auf der Landkarte einnahmen und sich trotzdem an jedem beliebigen Ort des weiten Vaterlandes befinden konnten. Wegen der peinlichen Folgen einer Identifizierung muß ich darauf verzichten, den Ort näher zu beschreiben. Soviel allerdings möchte ich hinterhältigerweise verraten, daß die Gemeinde, zu der wir an jenem Nachmittag unterwegs waren, bei gutem Tempo vom Kilometerstein null aus in sechzig Minuten zu erreichen ist.

Auch sollte ich noch hinzufügen, daß die Schwestern meiner Mutter, meine Tanten Ella und Ilma, im Januar neunzehnhundertfünfundvierzig in ihrer Wohnung in der Damjanichgasse ausgebombt wurden. Mitte der fünfziger Jahre waren die Ruinen des Hauses immer noch nicht weggeräumt. In dieses Dorf waren sie unmittelbar nach der Belagerung gezogen. Sie taten es im letzten Augenblick. Das Haus fanden sie aufgebrochen, aber seltsamerweise fehlten kaum ein paar Dinge. Nur die Gartengeräte aus dem Schuppen. Und zwei riesige Torontaler Wandteppiche aus dem Jagdzimmer im Erdgeschoß, die sie Jahre später zerschnitten als Matten in verschiedenen Hundehütten wiedersahen. Hier im Dorf hatten sich weder Deutsche noch Russen einquartiert. Sie waren bloß durchmarschiert. Geplündert hatten anscheinend Einheimische, aber zu einer gründlicheren Arbeit hatte die Zeit wohl nicht gereicht, weil die Dorfleute schreckliche Tage durchmachten, als meine Tanten eintrafen.

Einige Tage zuvor waren drei vom Truppenkörper abgesprengte russische Soldaten über den Fluß gerudert, der nicht zugefroren war. Sie hatten Wein, Schnaps, Hühner und Enten requiriert. Und ein Haus entdeckt, in dem drei heiratsfähige Töchter mit ihrer verwitweten Mutter wohnten. Weder die Töchter noch die Mutter hatten etwas gegen die aus den gestohlenen Sachen veranstaltete Schwelgerei. Sie brieten und kochten, aßen und tranken und schossen um sich in ihrer guten Laune. Das Haus stand am Ortsrand, in einer feuchten Senke, unterhalb des Friedhofshügels. Die Einheimischen reden bis heute mit größter Zurückhaltung von den damaligen Ereignissen. Man erzählt sich, die Gaudi habe zwei volle Tage und Nächte gedauert, und nicht einmal die Fenster seien verhängt gewesen. Das Dorf hatte sich scheintot gestellt. In diesen Tagen habe angeblich keiner den Fuß vor die Tür gesetzt. Am zweiten Abend haben dann doch welche durchs Fenster ins Zimmer hineingeschossen. Die Schüsse waren vom Friedhofshügel abgegeben worden, aus Pistolen und Jagdgewehren. Die ersten Schüsse verwundeten eines der Mädchen, einer der Russen erlitt einen Bauchschuß und verblutete sofort. Die beiden anderen schossen zurück. Die Spuren der Einschüsse sind noch auf den alten Grabsteinen zu sehen. Das Feuergefecht erwies sich dann doch als ungleich, weil das Magazin der Russen wegen der vorhergehenden Schießerei so gut wie leer war. Es blieb ihnen gerade soviel Munition, um sich, einander gegenseitig sichernd, bis ans Ufer zurückziehen zu können. Die Mutter erhängte sich unmittelbar darauf auf dem Dachboden. Sie hatte verstanden, was man ihr zu verstehen gegeben hatte. Am nächsten Tag traf die russische Militärpolizei mit großer Gefolgschaft ein. Das verwundete Mädchen wurde abtransportiert. Am Nachmittag waren meine Tanten ins Dorf gegangen. Die Verhöre, das An-die-Wand-Stellen, die Hausdurchsuchungen und Verschleppungen führten zu keinem Ergebnis. Spuren waren kaum geblieben, Waffen nicht gefunden worden. In einem so kleinen Dorf ist jeder irgendwie mit jedem verwandt. Um die Witwe unter die Erde zu bringen, mußten die Russen ein paar Männer ausheben. Das Dorf aber wünscht bis auf den heutigen Tage nicht zu wissen, wer geschossen hat.

Sofern aber das Haus meiner Tanten leer geblieben wäre, hätte nichts und niemand es vor dem völligen Verfall bewahrt. Ganz zu schweigen davon, daß es ausschließlich der Voraussicht und Schläue meiner lieben Tanten zu verdanken ist, daß es sich bis auf den heutigen Tag im Besitz unserer Familie befindet.

Zwei altgediente Schlachtrösser, so werden sie von den scharfzüngigeren Mitgliedern meiner Familie bezeichnet. Was nicht gerade sehr schmeichelhaft ist. Aber sie sind wirklich zwei außergewöhnliche Erscheinungen. Wenn ich traurige Reflexionen über den Untergang der Nation lese, dann sind sie es, die mir zuerst einfallen. Im Zusammenhang mit ihnen wäre es nämlich schwer zu entscheiden, ob ihre mit Geschmeidigkeit gepaarte Energie oder ihre in der kontinuierlichen Erhaltung des Lebens bewanderte Erfindungsgabe das stärkere Element ist. Sie essen wenig, reden viel, ihre Hände und Füße sind dauernd in Bewegung. In den letzten Jahren sichtlich gealtert, behaupten sie, daß der Organismus sich von der dauernden Betriebsamkeit abnutzt, und ist der Organismus einmal abgenutzt, wird auch das Sterben leichter. Der Altersunterschied von zwei Jahren ist ihnen nicht anzusehen. Sie sehen sich so ähnlich, als seien sie Zwillinge. Beide sind groß und knochig. Gegenseitig schneiden sie sich die Haare kurz. In ihrer Jugend sind sie, was ihr Äußeres betrifft, vermutlich Ackergäulen vergleichbar gewesen, die ja auch gottgefällige Geschöpfe sind. Ihre Schuhgröße ist etwa vierzig, um sie herum ist es laut und geräuschvoll, sie selber gehen mit dröhnenden Schritten. Wenn ihre Augen nicht so leicht naß würden vor Mitleid oder wenn sie nicht über eine Überdosis an Verständnis für die verschiedenartigsten und abwegigsten Erscheinungen dieser Welt verfügten, dann müßte man meinen, sie hätten nichts Weibliches an sich. Aber ihr Taktgefühl ist von solcher Noblesse, Diskretion und Hilfsbereitschaft, daß sie damit sämtlichen seelischen Anforderungen, die an ein herkömmliches Frauenideal gestellt werden, entsprechen.

Meine Tante Ilma ist mit achtzehn Jahren als lediges Mädchen schwanger geworden. Was die Familie kaum weniger aus der Fassung brachte als seinerzeit die Eröffnung meines Großvaters, daß er, wenn sie ihm nicht erlaubten, Soldat zu werden, Tänzer werden würde. Den Ausbruch eines Familienskandals verhinderte Ella energisch, indem sie die jüngere Schwester von zu Hause fortbrachte. Der Säugling starb einige Tage nach der Geburt. Seither leben die Schwestern zusammen. Sie werden etwas miteinander abgesprochen haben. Ein Mann jedenfalls ist nie wieder in ihr Leben getreten. Wenigstens lassen alle Anzeichen darauf schließen. Und irgendwann damals muß die Zeit für sie stehengeblieben sein. Sie halten keine Zeitung, hören kein Radio, einen Fernsehapparat haben sie sich erst vor einigen Wochen angeschafft. Sie sind fromm, messen aber weder dem Kirchgang noch dem Gebet besondere Bedeutung bei. Von Gott sprechen sie in der gleichen Tonlage wie von der zu erwartenden Ernte ihres reichen Küchengartens. Und für den Teufel bringen sie auch nicht mehr Abscheu auf als für die Blattläuse oder die Kartoffelkäfer. Erstere werden mit Holzasche bestreut, letztere klauben sie auf den Knien kriechend von den blühenden Kartoffelstauden und quetschen sie zwischen den Fingern tot.

Den Tag beginnen sie mit Gartenarbeit. Von Ende Mai bis Mitte September schwimmen sie jeden Morgen in der Donau. Ob es regnet, stürmt, das Wasser steigt, nichts macht ihnen etwas aus. Sie legen ihre äußerst komischen, über der Burst zu engen, über dem Gesäß ausgeweiteten, aus kleingeblümtem Kattun gefertigten und inzwischen total ausgeblichenen Badeanzüge an, stülpen weiße Gummikappen über den Kopf und ziehen weiße Gummischuhe an die Füße. So marschieren sie durch den schmatzenden Schlamm, über die knirschenden Kiesel das Ufer stromaufwärts. Ella vorneweg. Ilma hinterher. Darauf folgt ein kleinmädchenhaftes Gesellschaftsspiel: sie waten ins Wasser bis zu den Hüften, ängstlich und genüßlich ihre Haut eingewöhnend, spritzen sich gegenseitig kreischend an, lassen sich plötzlich ins Wasser gleiten und vertrauen ihren Körper der Strömung an. Über ihrem Hintern bläht sich, groß wie eine Schwimmblase, der Badeanzug auf.

Den Park von zweieinhalb Morgen, in dem jede früher einmal gesetzte edle Pflanze und jedes Unkraut wächst und vergeht, wie es ihm gefällt, trennt eine hohe Ziegelmauer vom Dorf, und eine mehr als drei Meter hohe, aus rotem Naturstein erbaute Umfriedung am Ufer schützt vor Überschwemmungen. Bis zu dieser Stelle schwimmen sie mit der Strömung, steigen dann die steile, enge, moosüberwachsene Steintreppe hinauf, schlüpfen in ihre Bademäntel und kehren ins Haus zurück. An diesem Uferabschnitt, unter der Steinmauer, wurde mein Freund ermordet. Der Sommer war trokken gewesen, und im Herbst hatte sich der Fluß, dunkelbraun und düster, tief in sein Bett zurückgezogen.

An den Abenden, während die eine näht, stopft, einen Pullover für mich strickt oder ihre endlosen Spitzen häkelt, liest die andere vor. Ihr Freund, Vince Fitos, der reformierte Pfarrer, versorgt sie mit frommen Büchern. Beide machen ernste und nachdenkliche Gesichter, was sie aber nicht hindert, über allzu großen Unsinn zu kichern.

Ich weiß nicht, aufgrund welcher Informationen sie sich ihre Meinung bilden, aber ihre Fähigkeit zur Lagebeurteilung funktioniert so hervorragend, als verfügten sie über die besten Informationen. Ich zum Beispiel werde systematisch über den Stand der Börsenkurse befragt, von der Dorfjugend erfahren sie die Ergebnisse der Fußballmeisterschaften. Ihre persönlichen Ansprüche sind gering. Wenn ich ihnen ein Geschenk bringe, schauen sie sich erst einmal erschrocken um, wo sie es verstauen könnten, brauchen tun sie es nämlich nicht. Und wenn sie etwas wollen oder etwas ablehnen, lassen sie sich nicht von einem selbstsüchtigen Interesse, sondern ausschließlich vom Familieninteresse oder einer moralischen Überlegung leiten. So war es auch, als sie meinen Vater für tot erklären ließen. Zwar hofften wir weiter auf seine Rückkehr, aber sie beharrten darauf, daß Mutter den Totenschein ernst nehme und das Haus auf ihre Schwestern überschreiben lasse. Damit man uns keine zwei Häuser nachweisen könne. In anderen Familien hätte ein so verfänglicher Vorschlag alte Wunden aufgerissen, Feindseligkeiten und Kämpfe ausgelöst. Aber meine Mutter war aus dem gleichen Holz geschnitzt wie ihre Schwestern. Freudig nahm sie den Vorschlag an. Daraufhin vermieteten sie das in ihren Besitz übergegangene Haus nominell an den Gemeinderat. Ella war als Gärtnerin ausgebildet, Ilma war Lehrerin. Das Dorf aber hatte weder ein entsprechendes Gebäude noch fachkundiges Personal, um einen Kindergarten aufzumachen. Also eröffneten die Tanten einen Kindergarten in ihrem eigenen Haus. Zwar hatten sie damit, den holzgetäfelten herrschaftlichen Jagdsaal eingeschlossen, sämtliche Räumlichkeiten im Erdgeschoß verloren, waren aber auf diese Weise zu einer Einnahme gekommen, einer Miete von ein paar Forint; die vier Zimmer im ersten Stock hatten sie behalten, und die anfallenden Renovierungsarbeiten wurden ebenfalls von der Gemeinde übernommen. Anfang der sechziger Jahre, als die Gefahr einer Verstaatlichung nicht mehr drohte, fingen sie mit ihrer heimlichen Wühlarbeit an. Dem Anschein nach sägten sie selber an dem Ast, auf dem sie saßen. Bis die Gesundheitsbehörden das alte Haus schließlich als ungeeignet für die Unterhaltung eines Kindergartens erklärten; und als nach einigen Jahren das neue Gebäude fertiggestellt war, beantragten sie ihre Pensionierung. Der Feind hatte sich bedingungslos ergeben und den Schauplatz mit dem angenehmen Gefühl, der Sieger zu sein, verlassen.

Nach alledem brauche ich vielleicht gar nicht zu betonen, welcher Art die Gefühle sind, die meine lebenstüchtigen Tantchen für mich hegen. Sie sehen in mir die Verkörperung der Vollkommenheit. Sie ließen mich jedesmal ausführlich über meine Studien berichten, über meine Arbeit und über die Entwicklung meiner Laufbahn, und entzückt wie sie waren, glaubten sie blind, daß alles richtig war, was ich tat. Weder pflichteten sie mir laut bei, noch kritisierten sie mich, lediglich ihr Gesichtsausdruck bestätigte, ja, in dieser Situation hätten sie nicht anders gehandelt. Freilich gebe ich auch Geschichten zum besten, die nach ihrem Geschmack sind. Seitdem aber meine Mutter gestorben ist, hat ihre Verwöhnung geradezu bedrückende Ausmaße angenommen. Meine Besuche brauche ich nicht anzumelden, hatten sie sich doch schon während meiner leichtsinnigen Jugend, als ich nie im vorhinein wußte, wo ich schlafen werde, und deshalb mit einer Zahnbürste in der Tasche unterwegs war, daran gewöhnt, daß ich nicht allein und auch noch zu völlig unberechenbaren Zeiten eintraf. Später haben sie es sogar geschluckt, daß ich nicht unbedingt mit meiner Frau und den Kindern kam. Diesem heiklen Punkt in unserer sonst wolkenlosen Beziehung setzen sie gerade nur so viel Vorbehalte entgegen, daß sie andeuten, vom sittlichen Standpunkt aus sehen sie sich gezwungen, sich von meinem Liebesleben zu distanzieren. Das verflossene Mädchen zum Beispiel finden sie immer bezaubernder als das jeweils neue. Oder sie listen das Äußere und die inneren Eigenschaften der flüchtigen Besucherinnen auf und reiben mir das niederschmetternde Ergebnis ihrer Bestandsaufnahme mit unschuldiger Miene unter die Nase. Womit sie etwa sagen wollen, daß sie der vielen wegen zwar stolz sind auf mich, daß sie es aber doch nicht für richtig halten, weil viel nicht unbedingt mehr ist.

Unverändert wohnen sie in den Zimmern im oberen Stock. Das Erdgeschoß steht leer, im Winter ungeheizt, nur die Küche wird benutzt. Ich kann so gut wie unbemerkt hier eintreffen, ohne sie aufzustören. Wenn mir daran liegt, merken sie es gar nicht, daß ich da bin. Auf dem Vorplatz vor der Küche, auf dem Balkon unter der Traufe, liegt ein Schlüssel. Und im Erdgeschoß gibt es ein Zimmer, wo es nur einer Streichholzflamme bedarf, und das Feuer im Kachelofen beginnt freundlich zu knistern.

Drei Jahre lang hat er in diesem Haus mit ihnen zusammengelebt. In diesem Zimmer. Und daß ich ihn beim Schreiben meiner Erinnerungen bis zum Schluß als meinen Freund bezeichne, das ist nicht der gemeinsamen Kindheit, sondern dem Umstand zu verdanken, daß wir uns in den drei Jahren sehr nahegekommen waren. Auch, wenn wir eher in Andeutungen sprachen. Vorsichtig wichen wir jeder völligen Offenheit aus, ob sie nun unsere Vergangenheit betraf oder unsere Gegenwart. Ich erfuhr nicht mehr über sein Leben, als ich ohnehin schon wußte oder zu sehen gezwungen war. Und mehr oder anderes zeigte auch ich nicht von mir. Aber nachdem zwanzig Jahre vergangen waren, kehrten wir doch wieder zu jener unsere Verschiedenheit übersteigenden Sympathie zurück, mit der wir als Kinder nichts anzufangen wußten. Der Grund für diese Rückbesinnung lag vielleicht darin, daß sich meine Erfolge schön der Reihe nach in Mißerfolge verwandelten und daß auch er es nie wieder versuchte, mit jemandem identisch zu werden. Auch mit mir nicht. Er beobachtete, war sensibel, blieb aber verschlossen. Er war erkaltet. Hätte ich von der schmerzlichen Kehrseite dieser Kälte nichts gewußt, würde ich sagen, er wirkte wie eine präzise fühlende und präzise denkende, auf eine hohe Umdrehungszahl programmierte Maschine.

Meine Vertrautheit mit Beziehungen und Verhaltensweisen hat mich gelehrt, alles in der Welt für vergänglich und provisorisch zu halten. Von einem Gefühl, das ich heute für Liebe und Freundschaft halte, kann sich morgen herausstellen, daß es nichts weiter ist als das bloße Bedürfnis nach Befriedigung einer rein physischen Spannung oder das Interesse an einer nützlichen Komplizenschaft zur Lösung von Problemen. Daß dem so ist, darüber habe ich mich nie getäuscht, zugleich habe ich mir nie etwas vorgelogen, kenne ich doch die sich zwangsläufig ergebenden Schwankungen jeden zielgerichteten Tuns. Auf den vorhergehenden Seiten habe ich einen Rechenschaftsbericht gegeben. Ich lebe ohne Liebe und ohne Freundschaft. In meinen schlimmeren Stunden habe ich das Gefühl, als bestünde die Welt aus nichts als einem Haufen von Enttäuschungen. Hätte ich mich in mir, in einem anderen oder in anderen getäuscht, könnte ich mich wahrscheinlich dem Gefühl der Enttäuschung hingeben. Nur empfand ich das Fehlen dieser Gefühle so deutlich, daß ich ihren Mangel ebenso intensiv wie ein Gefühl spürte. Was darauf schließen läßt, daß ich nicht ganz abgestumpft bin. Und bestimmt war mir in jenen Jahren die Aufmerksamkeit und Sensibilität eines menschlichen Wesens, das ich nicht zu berühren brauchte, ja gar nicht berühren durfte und das auch gar kein Bedürfnis danach hatte, zu einer grundlegenden Lebensnotwendigkeit geworden; ein Wesen, das mir aber trotzdem näher stand als ein Körper, den ich in Besitz genommen hätte.

Mit keinem einzigen Zucken ihrer Augen verrieten meine Tanten ihre Überraschung. Vielleicht merkte ich es an ihrer steifen Haltung, daß sie nicht verstehen. Sie redeten auch mehr als gewöhnlich. Eine ganze Weile taten sie, als gebe es meinen Freund gar nicht. Auch seine Koffer würdigten sie keines Blickes. Sie waren aufgeregt. Und sprachen gleichzeitig, nicht, daß sie sich gegenseitig ins Wort gefallen wären, aber beide überfielen mich, wenn auch unterschiedliche Ausdrücke verwendend, mit den Einzelheiten der gleichen Geschichte. Demnach hatten sich am vorhergehenden Tag zwei Burschen aus dem Dorf erhängt. Ich kannte sie. Um meinem Gedächtnis aufzuhelfen, fingen sie mit einer umständlichen Personenbeschreibung an. Zum Glück habe man sie entdeckt und vom Strick abgeschnitten. Von einem einzigen Strick. Beide seien am Leben geblieben und lägen jetzt im Krankenhaus. Beide Enden hätten sie zu einer Schlinge geknüpft und im Schuppen über einen Balken geworfen. Hatten Apfelkisten untergestellt und sie gleichzeitig fortgestoßen. Angeblich waren sie in dasselbe Mädchen verliebt. Wenn die Hennen der Nachbarin ihre Eier nicht immer in fremde Nester gelegt hätten. Wenn sie nicht ausgerechnet zu diesem Zeitpunkt auf Eiersuche gegangen wäre. Wenn das Mädchen nicht beiden versichert hätte, daß sie in den jeweils anderen verliebt sei. Wenn die Nachbarin ihnen die Kisten nicht wieder unter die

Füße geschoben hätte. Nur schwer gelang es mir, den Wortschwall abzustellen. Ohne jeden Übergang sagte ich endlich, daß wir hungrig seien. Im Nu war ein Abendessen improvisiert.

Ella ist die Energischere, Ilma die Gefühlvollere. Daher folgte ich Ilma, als sie in der Speisekammer verschwand, um Saures zu holen. Während sie in einem Fünfliterglas fischte, beschrieb ich ihr flüsternd, mit wenigen Worten die Situation. Für eine gewisse Zeit, ich wüßte nicht wie lange, würden sie ihn hierbehalten müssen. Die ist weich, sagte sie mit erhobener Stimme und warf eine Gurke zurück ins Glas. Sie müssen ihn pflegen wie mich, wenn ich krank bin. Erschrocken nickte sie. Warum bloß die Gurken in diesem Jahr so weich sind, sagte sie wieder mit lauter Stimme. Sie mußten über ein geheimes Kommunikationssystem verfügen. Denn obwohl sie keinen Augenblick allein geblieben waren, also auch nicht hatten miteinander sprechen können, war Ella hinausgegangen, um im Kachelofen Feuer zu machen. Als wir uns dann zu Tisch setzten, hatten beide ihre Verstimmung überwunden und auch ihre steife Zurückhaltung. Sie zeigten sich jetzt liebenswürdig und entgegenkommend. Bemühten sich, meinen Freund ins Gespräch zu ziehen, und waren nicht wieder auf das Thema der jugendlichen Selbstmörder zurückgekommen. Schließlich mußten sie gesehen haben, was nicht zu übersehen war. Obwohl mein Freund ausdauernd lächelte. Das Essen, das Reden, das Lächeln kosteten ihn eine solche Anstrengung, daß ich ihn nach Beendigung des Abendessens im wahrsten Sinne des Wortes ins Bett bringen mußte. Die Kleider ausziehen, den Schlafanzug überziehen. Protestierend versuchte er sich zu wehren. Er könne nicht bleiben. Beschämend sei das alles für ihn. Er wolle Fremden nicht zur Last fallen. Ich solle ihn wieder mitnehmen. Ich deckte ihn gut zu, weil es im Zimmer immer noch eiskalt war. Ich sagte, ich komme wieder, um den Ofen zu schließen, sobald das Feuer heruntergebrannt ist.

Über die Einzelheiten seiner Genesung bin ich durch meine Tanten unterrichtet. Im Zimmer steht ein Sofa; vor den schießschartenschmalen Fenstern steht ein marmorglatt abgenutzter Nußbaumtisch mit einem alten Armsessel. Dem Eingang gegenüber eine große Kommode. Darüber ein einfacher Spiegel. Die Wände sind weiß und leer. Die Deckenbalken dunkel. Er schlief zwei Tage. Dann stand er auf und zog sich an, verließ aber auch an den folgenden Tagen das Zimmer nur zur Essenszeit. Am zweiten Weihnachtstag und einige Tage nach Neujahr fuhr ich hinaus zu ihm. Beide Male tat ich, als besuchte ich meine Tanten. Wir wechselten kaum ein paar Worte. Er lag auf dem Sofa. Saß beim leeren Tisch. Starrte durchs Fenster. Das war sein tägliches Programm. Es war still. Ich saß auf seinem Bett, er starrte zum Fenster hinaus. Sein Schweigen hatte so lange gedauert und meine Aufmerksamkeit war so weit abgeirrt, daß es mich überraschte, als er doch noch etwas sagte. Den Spiegel möchte er am liebsten verhängen. Es gibt doch keinen Toten im Haus, sagte ich. Es schien, als könnten wir uns nicht einigen. Auf dem Tisch befand sich ein Messingleuchter. Mit konzentrierter Aufmerksamkeit schob er ihn hin und her. Wenn sich viele Gegenstände im Raum befinden, wird unsere Aufmerksamkeit von dem Verhältnis, in dem sie zueinander stehen, gefesselt. Das hindert uns, den Raum als solchen zur Kenntnis zu nehmen. Befinden sich aber nur wenige Gegenstände im Raum, versucht unsere Aufmerksamkeit zwischen dem Raum und den Gegenständen eine Beziehung herzustellen. In diesem Fall ist es jedoch nicht einfach, den endgültigen Platz für einen bestimmten Gegenstand zu bestimmen. Man kann ihn hierhin tun, aber auch dorthin. Im Verhältnis zum Ganzen des Raums wird jeder mögliche Platz als zufällig erscheinen. Etwas in diesem Sinne sagte er über sich aus. Als spreche eine Denkmaschine aus ihm. Damit wollte er seine Situation beschreiben. Was mich zum Lachen reizte. Mein Lachen war nicht gerade rücksichtsvoll, ich lachte ihn ganz einfach aus, weil er sein Geständnis in die Lüge der Abstraktion verpackt hatte. Nachher versuchten wir aneinander abzulesen, was von dieser Gegensätzlichkeit zwischen uns zu halten sei. Aber unsere Augen lächelten. Ich mußte über meine Lachlust lächeln, er über seine verschämten Versuche, sich hinter Abstraktionen zu verstecken.

Vormittags saß er am Tisch. Nachmittags lag er auf dem Bett. Während der Dämmerstunde starrte er, wieder am Tisch sitzend, durchs Fenster hinaus. Aus diesen sich zwanghaft wiederholenden Bewegungen entstand der Lebensrhythmus seiner darauffolgenden drei Jahre. Zu seiner Genesung bedurfte es nur kurzer Zeit. Am Ende der zweiten Woche traute er sich schon hinüber ins Jagdzimmer, in welchem meine Tanten die so gut wie unversehrt gebliebenen, annähernd tausend Bände der Bibliothek meines Großvaters wieder aufgestellt hatten. Mag es auch übertrieben sein, das eine Bibliothek zu nennen. Hier war unangefochten von irgendeinem Qualitätsgefühl der Schund vom Ende des vorigen und vom Anfang des neuen Jahrhunderts zusammengetragen. Er fing an zu arbeiten. Auf die leere Tischplatte kamen Papiere, die den Platz des Leuchters bestimmten.

Nach Ablauf von einigen Wochen wurde mir klar, daß meine Idee nicht schlecht gewesen war. Ja, sie hatte sich als so gut erwiesen, daß meine Tanten mir sogar die Steuerung des Geschehens aus der Hand nahmen. Ella hatte mich schon bei meinem nächsten Besuch beiseite genommen und gemeint, ich würde doch sicher nichts dagegen haben, wenn mein Freund für eine längere Zeit hier bei ihnen bliebe. Es sei hier so schön ruhig für ihn. Und auch für sie beide sei das gut. Müsse sie doch gestehen, daß es Tage gebe, an welchen sie sich fürchteten. Warum, könne sie nicht erklären, aber manchmal fürchteten sie sich nicht nur nachts, sondern auch am Tage. Sie hätten bisher nicht davon gesprochen, weil sie niemanden damit belasten wollten. Kennen sie wahrhaftig doch jedes Geräusch und jeden Laut. Sie kontrollieren die Türen, sehen nach, ob das Gas richtig abgedreht ist. Und doch haben sie das Gefühl, als drohe ihnen irgendeine Gefahr, Feuer, oder als spioniere ihnen jemand nach, schleiche ums Haus, aber nicht ein Tier. Sie lachte. Freilich sei mein Freund kein kräftiger Bursche, der sie im Notfall beschützen könne, im Gegenteil, er sei viel zu zart dazu, und doch hätten die

Ängste, seit er im Haus ist, aufgehört. Und wenn ich das Zimmer unbedingt bräuchte, zu meinem Vergnügen oder um mit der Familie Ferien zu machen, dann stünden mir ja alle anderen Zimmer zur Verfügung, sei es oben im ersten Stock oder hier unten im Erdgeschoß. Ich müsse doch wissen, daß alles mir gehöre. Das sei auch der Grund, weshalb sie um meine Zustimmung bäten.

Sie erwähnte auch gewisse materielle Vorteile. Was mich nur amüsierte. Über die mehr als zerrüttet zu bezeichnenden finanziellen Verhältnisse meines Freundes war ich mir im klaren. Die für das Zimmer zu zahlende Summe war eher fiktiv zu nennen. Von seiner Verköstigung war überhaupt nicht die Rede. Im übrigen aßen sie, was in ihrem Garten wuchs. Von diesem Zeitpunkt an hatten sie uns höchstens etwas weniger aus ihrem Überfluß zukommen lassen. Mit einem Wort, sie hatten ihn liebgewonnen, hatten einen sachlichen Rahmen und eine materielle Basis für ihre Zuneigung geschaffen. Hatten ihre grenzenlose Vergötterung, die sie für mich empfanden, auf ihn übertragen. Auch entsprach er ihren Lebensidealen viel mehr, als ich es je hätte tun können. In den drei Jahren hatte er alles in allem nicht mehr als fünf harmlose Besucher gehabt. Während sie sich um das Haus herum oder im Küchengarten zu schaffen machten, arbeitete er vollkommen stumm in seinem Zimmer. Von morgens acht bis nachmittags drei war von dort kein Laut zu hören. Er aß wenig und ging zeitig zu Bett. Doch ob das ein neues Gericht, ein winterlicher Sonnenaufgang war oder eine verspätete Pflanze, die ihren Keimling doch noch aus dem Boden herausstreckte, er konnte sich über jede Winzigkeit freuen. Bei schwerer Arbeit half er ihnen. Hackte Holz, schleppte Dünger, sägte, reparierte kaputtgegangene Gegenstände. Und was wohl das allerwichtigste war, er hörte ihnen zu, nicht nur mit Geduld, sondern aus echtem Interesse.

Sein als vorübergehend ausgegebener Aufenthalt erregte freilich ein mit Befremden gepaartes Interesse im Dorf. Meine Tanten erzählten, einzelne Dorfbewohner hätten um Erlaubnis gebeten, während seiner Abwesenheit durchs Fenster in sein Zimmer schauen zu dürfen. Gewiß wollten sie sehen, was jemand ganz allein in seinen vier Wänden treiben könne. Das wußte er zwar nicht, spürte aber trotzdem etwas von seiner fragwürdigen Situation. Er habe das Gefühl, sagte er einmal, daß meine Tantchen in sein Manuskript schauen, weshalb er fürchte, ihr Vertrauen zu verlieren. Bei einer anderen Gelegenheit sagte er, wenn er nachmittags um drei von seinem Tisch aufstehe, könne jeder sehen, was er geschrieben habe. Und er habe immer das Gefühl, nackt unter die Menschen zu gehen. Auch vermute er, sagte er lachend, daß man ihn eines Tages erschlagen werde wie einen tollen Hund. Und sie wußten tatsächlich nicht, was sie von seinen langen, einsamen Spaziergängen halten sollten. Der Feldhüter folgte ihm öfters von weitem, und natürlich hatte er das gemerkt. Der Geistliche war der erste Mensch im Dorf, mit dem er in ein Vertrauensverhältnis geriet. Die alten Frauen sagten von ihm, er sei ein lächelnder Mensch.

Die polizeilichen Ermittlungen ergaben, daß es sich um drei Motorradfahrer gehandelt haben müsse. Die Möglichkeit eines Zufalls hielten sie im Hinblick auf die Sichtverhältnisse und die sich als eindeutig erweisenden Spuren für sehr gering. Etwas näher zum Wasser als zur Steinmauer lag sein Körper auf dem Sand. Wenn sich das Wasser so weit zurückzieht, werden die Bodenverhältnisse des Flußbetts sichtbar. Dem Wasser am nächsten zieht sich ein breiter Sandstreifen entlang, dann folgt ein schmaler Schlammstreifen voll größerer Steine, zum Uferrand hin verfeinern sich die Steine zu Kieseln. Er lag rücklings auf dem Handtuch. Sein Kopf war in den Schlammstreifen geraten. Wahrscheinlich hatte er geschlafen. Vorher war er vermutlich geschwommen oder zumindest im Wasser gewesen. Seine Badehose, sagte man, sei naß gewesen. Die drei Motorradfahrer mußten parallel nebeneinander mit einem Tempo von etwa vierzig Stundenkilometern auf dem sanft abfallenden, steinigen, vor Trockenheit rissigen Ufer herangekommen sein. Auf einem Gelände wie diesem kann man theoretisch nicht mit höherer Geschwindigkeit fahren. Sie kamen aus der der Strömung entgegengesetzten Richtung. Zur gleichen Zeit näherte sich stromabwärts ein Schlepper mit seinen Lastkähnen. Zu diesem Zeitpunkt konnte er die Schiffsstation noch nicht erreicht haben. Aber auch das Ufer muß menschenleer gewesen sein. Sommergäste gab es um diese Zeit nicht mehr. Die Dorfbewohner kommen nur ihrer Gänse wegen oder um ihre Pferde zu schrubben herunter ans Wasser. An der Landestelle hielt sich auch niemand auf. Etwa sechzig Meter vom Körper entfernt, müssen zwei der Fahrer Gas gegeben haben. Die Sachverständigen konnten sich über die Stärke der Beschleunigung nicht einigen. Der dritte folgte ihrem Beispiel in einem Abstand von nur vierzig Metern; vielleicht war er unschlüssig, oder er hatte als einziger den Körper bemerkt. Jedenfalls hat er die Beine überfahren. Der mittlere war über den Brustkorb gefahren und anschließend gestürzt. Samt Motorrad ist er ein gutes Stück nach oben gerutscht, in den hart gewordenen Schlammstreifen hinein. Der dritte muß von einem in der Nähe liegenden Stein wie im Sprung direkt auf seinen Kopf gerast sein. Der gestürzte Motorradfahrer beschrieb, nachdem er sich wieder hochgerappelt hatte, eine große Schleife um das Opfer, hat es sich vermutlich angesehen und ist erst dann seinen Kumpels gefolgt. Ihr Werk wird der Tod nach etwa zehn Minuten vollendet haben. Da der eine zurückblieb, werden sich die beiden anderen sicherlich öfter umgeschaut haben; die beiden Radspuren führten auf einer ungefähr dreißig Meter langen Strecke abwechselnd aufeinander zu oder voneinander fort, gleichsam in Wellenbewegungen. Bis dann ihre mit einemmal geradeaus laufenden Spuren wieder parallel bis zur Schiffsstation hinaufführten. Von hier aus bogen sie im Gänsemarsch in die asphaltierte Straße ein. Inzwischen hatte der Schlepper die Landestelle erreicht. Ein Schiffsmaschinist hatte die drei Motorradfahrer vom Deck aus gesehen. Eine zusätzliche Personenbeschreibung konnte er nicht geben, meinte aber, es seien junge Leute gewesen, vielleicht sogar Halbwüchsige. Später hatte er auch gesehen, daß ein Körper am Ufer lag. Sich aber nichts dabei gedacht.

Als ich, vom Anruf meiner Tanten aufgeschreckt, eintraf,

war die Polizei mit dem Fotografieren und der Spurensicherung bereits fertig. Es dämmerte schon. Seine Leiche wurde auf einer improvisierten Tragbahre vom Ufer heraufgebracht. Ich ging neben ihm her, begleitete die Bahre. Ein einziges Mal warf ich einen Blick auf das, was geblieben war. Pendelnd hing seine Hand herunter. Die geöffneten Finger berührten manchmal die Erde. Ich hätte sie gerne aufgefangen, angefaßt, an ihren Platz getan. Aber selbst dazu hatte ich nicht den Mut.

Wenn der Wasserstand niedrig ist, veranstaltet die Dorfjugend häufig wettkampfähnliche Geländefahrten am Ufer. Sämtliche Motorräder der Umgegend wurden umgehend untersucht. Man fand keine Spuren, die einem ernst zu nehmenden Verdacht hätten Nahrung geben können. Die über Motorräder verfügende oder Motorrad fahrende Dorfbevölkerung war übrigens zum fraglichen Zeitpunkt noch nicht wieder zurück von ihrer Arbeit. Ein einziger Mann, ein älterer Bäcker, war zwei Stunden nach dem Mord zu seinem Arbeitsplatz aufgebrochen, er aber mußte anderer Umstände halber als über jeden Verdacht erhaben angesehen werden. Das in der Gemarkung der Gemeinde liegende Campinglager war um diese Zeit nicht mehr in Betrieb, aber es gab immer ein paar Herumtreiber, die hier ihre Zelte aufschlugen. Auch von ihnen hatte keiner in jenen Tagen irgendwelche Motorrad fahrenden jungen Leute gesehen. Offiziell sind die Ermittlungen zwar nicht abgeschlossen worden, aber nach drei Jahren kann man mit keinem Ergebnis mehr rechnen. Der mit den Nachforschungen betraute Polizeioffizier war vom ersten Augenblick an überzeugt, daß man die Motorradfahrer unter den Trunkenbolden, den trunksüchtigen jungen Männern, zu suchen habe. Und ich kann mir kaum einen gründlicheren Kenner der Wirtshäuser in der Umgebung vorstellen als ihn. Er suchte nach drei jungen Männern, die sich an jenem Tag möglicherweise betrunken aus einem der Wirtshäuser der Umgebung entfernt hatten. Nach drei vor einem Wirtshaus abgestellten Motorrädern. Bis zum Tag des Begräbnisses neigte auch ich zu seiner Auffassung.

Vince Fitos, der reformierte Geistliche, beerdigte meinen Freund auf dem Friedhof des Ortes. Leise rieselten die trockenen Blätter von den Bäumen, während er sprach. Es war ein angenehmer, warmer, luftiger, nach Rauch schmeckender Herbsttag. Auffallend viele Menschen waren gekommen. Alte Frauen sangen Psalmen am offenen Grab. Ich sah mir die Gesichter an. Den tief betroffenen, mit den Tränen kämpfenden Pfarrer. Schaute mir das verrufene Haus unterhalb des Friedhofshügels an, in dem man im Hinblick auf den lebhafter werdenden Fremdenverkehr ein Wirtshaus aufgemacht hatte. Die Erinnerung an die vormaligen Bewohner wurde durch den erfinderischen Volksmund für alle Zeiten verewigt, man nannte es «Csárda zu den drei Fotzen». Das Klappern des Geschirrs war bis hierher zu hören, und der Wind brachte den fetten Essensgeruch herauf.

Und da ging mir etwas durch den Kopf, oder besser, es ging mir eine Ahnung auf. Gierig griff ich danach. Wenn Betrunkene es getan hätten, müßte man es als ein schändliches Werk des Zufalls ansehen. Und dann gäbe es keine Erklärung dafür.

Es reichte nicht einmal zu einem Verdacht. Selbst der Gedanke war viel zu dünn, um daraus einen Faden zu spinnen, der zu einer Spur hätte führen können. Auch hatte ich keineswegs den Wunsch, mich in der Rolle des Meisterdetektivs zu produzieren. Doch der Mensch, der dem Tod begegnet ist, sucht nach einer Erklärung.

Auf der dem Grabe gegenüberliegenden Seite stand in seinem dunklen, schon ein wenig ausgewachsenen Anzug ein leichenblasser junger Mann. Ich kenne ihn gut, denn meine Tanten holen schon seit Jahren bei ihm zu Hause die Milch. Manchmal schüttelte es ihn, als würde er von einem physischen Kampf gegen das Schluchzen gebeutelt. Unwillkürlich sang er dann lauter. Er war einer der beiden jungen Selbstmordkandidaten. Den anderen, der nicht zum Begräbnis erschienen war, hatte der Kehlkopfschnitt für immer stumm gemacht. Ich kannte ihn vom Sehen als eine Art Lokalberühmtheit. Er war ein außereheliches Kind, seine Mutter eine zwergwüchsige Frau von kaum hundertfünfzig Zentimetern.

Wer der Vater war, wußte man nicht. Die Zwergin arbeitete seit jeher im Alten Wirtshaus. Auf dem Küchenschemel stehend, besorgte sie den Abwasch am Ausschank. Gerüchten zufolge hatte sie es früher mit den betrunkenen Männern so lange im Schuppen hinter dem Wirtshaus getrieben, bis sie schließlich einmal schwanger geworden war. Und obwohl alles gegen sie sprach, blieben ihr Zustand und die Geburt von der moralischen Empörung des Dorfes verschont. Bis auf den heutigen Tag erinnert man sich gutgelaunt mit einer von gepfefferten Witzen begleiteten Befriedigung ihrer Praktiken. Sie brachte einen gesunden Knaben zur Welt und benahm sich von da an wie eine untadelige Mutter. Der Knabe wuchs heran, wurde groß, kräftig und ansehnlich, weshalb man in ihm, abgesehen von den Umständen seiner Empfängnis, ein lebendiges Wunder der unberechenbaren Kräfte der Natur sah. Weshalb man auch nichts dagegen einzuwenden hatte, daß er sich mit dem Sohn eines der wohlhabenden Bauern im Dorf anfreundete. Sie wurden zu unzertrennlichen Freunden. Anführer und Wortführer der Dorfjugend. Auch später hat die Tatsache keinen Keil zwischen ihre Freundschaft getrieben, daß der Sohn der Zwergfrau eine Metzgerlehre anfing und der andere aufs Gymnasium ging. Als hätten sie sich auch zu diesem gemeinsamen Selbstmord entschlossen, um ihrer gemeinsamen Liebe wegen nicht zu Rivalen werden zu müssen. Eine Lehre, die Beachtung verdient. Zwei wilde Tiere männlichen Geschlechts, in welchen der elementare Liebestrieb sich als schwächer erweist als der Wunsch nach der Freundschaft des Menschenbruders.

In jenen Jahren konnte ich die gesellschaftlichen Veränderungen, die sich in der Gemeinde vorbereiteten, an dem veränderten Verhalten meiner Tanten verfolgen. Hatte sich bisher ihr ganzes Streben darauf gerichtet zu retten, was zu retten war, und hatten sie lieber Entbehrungen auf sich genommen als etwas von den Sachwerten der Familie zu veräußern, so ließen sie sich jetzt mit geradezu kindlichem Leichtsinn im Strom einer unaufhaltsamen ökonomischen Bewegung treiben. Vielleicht waren sie müde geworden. Vielleicht auch fürchteten sie sich vor dem Alter und versuchten Schritt zu halten.

Die Einwohnerzahl der abgelegenen Gemeinde sank sprunghaft. Dementsprechend nahm das brachliegende Land im Umfeld der Gemeinde zu. Ein Teil der arbeitsfähigen Bevölkerung zog fort, der andere, ebenfalls bereit zu gehen, pendelte zwischen Dorf und Stadt. Wein-, Obstgärten und Äcker verkaufte man an die Städter, die Bauplätze für Wochenendhäuser suchten. Für die Städter bedeuteten diese Käufe die einzige Möglichkeit, das bißchen Kapital, das aus Diebereien und Betrügereien, vielleicht auch aus Erbschaften stammte, der staatlichen Nutzung, die nur niedrige Zinsen brachte, zu entziehen und in sicheren Investitionen anzulegen. Also kauften die Städter mit ihren brachliegenden Sümmchen die brachliegenden Ländereien der Landbevölkerung auf. Daraufhin verkauften auch meine Tanten. Obwohl ich mich bemühte, sie zu überzeugen, daß man, wenn das verzettelte Privatkapital im Überfluß vorhanden ist und die einzige Möglichkeit zu investieren ausschließlich in Immobilien besteht, kaufen und nicht verkaufen muß. Zuerst gaben sie einen Weingarten zu einem Spottpreis her. Später, als mein Freund bei ihnen wohnte, verkauften sie trotz meines nachdrücklichen Protests ein schönes Stück von ihrem Park. Das Geld gaben sie mir, damit ich mir einen neuen Wagen kaufe. Auf diese Weise versuchten sie ihrem unsinnigen Tun eine Erklärung zu geben; im Grunde aber schienen sie damit sagen zu wollen, mag dahingehen, was dahingehen muß. Und die neuen Besitzer handelten auch danach. Unbarmherzig rotteten sie alles aus; edle Sträucher, Rosenlauben, Obstbäume, jahrhundertealte Linden und Kastanien. Sie wollten ein sauberes Blatt. Wollten etwas Eigenes haben. Entgegen aller Vernunft genossen sie es, daß nach so vielen Jahren jeder mit seinem Eigentum machen konnte, was er wollte. Der langjährige Mangel an Privateigentum rächte sich nicht nur am staatlichen, sondern auch am neuerworbenen Privateigentum. Wochenendhäuser von trostlosem Aussehen wurden gebaut, aus sehr schlechtem Material und mit noch schlechterer Arbeitsmoral. Ein Campinglager wurde eröffnet. Die Einheimischen, von dem vorübergehenden Aufschwung angespornt, übernahmen dreierlei Arbeiten auf einmal und brachen so endgültig mit den herkömmlichen Gepflogenheiten ihres Berufs. In den Reihen der männlichen Bevölkerung wuchs die Anzahl der Infarkte sprunghaft an. Der Geistliche aber mußte feststellen, daß seine Kirche auch an den Feiertagen leer blieb.

Der gemeinsam versuchte Selbstmord hatte die beiden Freunde, als sie wieder gesund wurden, zu Todfeinden gemacht. Der dunkel gekleidete junge Mann, der am Grabe psalmensingend gegen seinen Jammer ankämpfte, hatte angefangen, den Pfarrer zu besuchen. Zunächst nur zu Gesprächen unter vier Augen, später zu Bibelstunden, wo er auch meinem Freund begegnete, bis er schließlich jeden Sonntagmorgen zum Gottesdienst ging. Ein Teil der Dorfjugend folgte seinem Beispiel. Es hatte sich ein kleiner Kreis gebildet, der hartnäckig und feindselig jener anderen Gruppe gegenüberstand, deren Anführer der stumme Freund war. Diese Gruppe bestand ausschließlich aus Motorrad fahrenden Burschen. Die man nicht gerade sanftmütig nennen konnte. Sie tranken, prügelten, verfolgten die Mädchen auf dem Campingplatz, drehten ihre Radios auf höchste Lautstärke, belästigten die Sommergäste und amüsierten sich in aufgebrochenen Wochenendhäusern.

Mein Freund hatte zum erstenmal in seinem Leben das Abendmahl aus den Händen des Priesters empfangen. Über die Umstände seiner Bekehrung weiß ich wenig. Nur daß er zur gleichen Zeit mit dem jungen Selbstmörder, der nach dem Abitur eine Lehre als Mechaniker angefangen hatte, in ein vertraulicheres Verhältnis geraten war. An den Nachmittagen wartete er auf ihn, und der junge Mann begleitete ihn auf seinen Spaziergängen. Waren schon seine einsamen Spaziergänge in den Augen der Dorfbewohner unverständlich, dann waren diese gemeinsamen Spaziergänge in Regen und Schnee geradezu mysteriös für sie. Im Jahr darauf meldete sich der junge Mann zum Theologiestudium.

Nach dem Begräbnis war ich noch fast zwei Wochen im Dorf geblieben. Meine Tanten hatten mich darum gebeten. Ich stellte keine Nachforschungen an, habe aber mit vielen Menschen gesprochen. Das war nicht schwierig, schließlich kannten sie mich seit meinen Kindertagen. Ihre tiefsten Geheimnisse haben sie mir freilich nicht anvertraut. Mein Verdacht scheint dennoch nicht ganz unbegründet. Ich vermute das, weil auch dieser zurückhaltende, bescheidene und nachdenklich formulierende junge Mann zum Ausdruck brachte, daß mein Freund im Zusammenhang mit ihm niemals etwas getan habe, wodurch er sich vor Gottes Angesicht nicht hätte gerechtfertigt fühlen können. Aber ich erfuhr auch, was mir der junge Mann nicht erzählt hat. Bei einem ihrer winterlichen Spaziergänge am Ufer rasten die Motorisierten von hinten auf sie zu. Zwar konnten sie ihnen ausweichen, aber der Stumme packte meinen Freund, während er an ihm vorbeipreschte, am Ärmel seines Mantels und ließ ihn genauso plötzlich wieder los. Das brachte meinen Freund zu Fall, beim Aufprall auf den Steinen verletzte er sich das Gesicht. Wenn ich mich recht erinnere, muß er im Anschluß daran geäußert haben, daß man ihn einmal erschlagen werde wie einen tollen Hund.

Erst anderthalb Jahre nach seinem Tode fand ich die Kraft, mich endlich an seinen Tisch zu setzen. Die Kapitel seines Lebensromans waren, jedes für sich, in Aktenmappen verwahrt. Die größte Arbeit verwandte ich an das Studium seiner Notizen. Aus dem Konzept, das sich auf das Ganze des Manuskriptes bezog, konnte ich die Reihenfolge der Kapitel eindeutig feststellen, aber selbst nach einem gründlichen Studium der Notizen konnte ich nicht erkennen, in welche Richtung die Handlung geführt hätte. Ich fand aber ein fragmentarisch formuliertes oder Entwurf gebliebenes Kapitel vor, das mir nirgends einzufügen gelingen wollte und das auch in keinem der mehrmals korrigierten Inhaltsverzeichnisse Erwähnung fand. Trotzdem will es mir scheinen, als habe er es als Schlußstein der Geschichte geplant.

Ich habe meine Arbeit getan. Es bleibt mir nur noch dieses letzte Bruchstück hier anzufügen.

Flucht

Einmal würde auch der Tag der Premiere kommen.

Am Nachmittag hatte es angefangen zu schneien, in weichen, dichten, trägen, mitunter vom Wind gejagten und herumgewirbelten, wäßrigen Flocken.

Auf den Dächern, den Rasenflächen der Parks blieb er liegen, bedeckte Fußwege und Fahrstraßen, doch eilige Füße, vorbeiflitzende Räder hinterließen sogleich schwarze, matschige Streifen, schmutzige Spuren, Pfade und Fährten im Schnee.

Er war sehr früh gekommen, dieser weiße Schnee, zwar hatte unsere Pappel schon ihre letzten dürren Blätter abgeworfen, aber die Laubkronen der Platanen auf dem Wörther Platz waren noch grün.

Während draußen der zeitige Schnee so wunderbar dicht fällt, liegt der eine auf dem Sofa in der Diele, der andere aber dezimiert seine reiche Plattensammlung; er kauert da, zieht jede Platte einzeln aus ihrer Hülle und zerbricht ohne erkennbaren Grund jede, die ihm nicht gefällt, über dem Knie.

Er antwortete auf keine meiner Fragen, und ich beantwortete keine von ihm.

Auch später kein lautes Wort, kein Schimpfen, keine Tränen, die man in einer stürmischen, wehmütig-zärtlichen Umarmung hätte vergessen können, sondern eher von plötzlichem Aufbegehren unterbrochene, unnötige und gereizte Sticheleien, Widerworte, zahllose vorsichtig ausgekundschaftete Möglichkeiten für unblutige Verletzungen, als sollte mit diesen heimtückisch beigebrachten kleinen Wunden eine größere vermieden werden.

Vorwürfe, Ausreden, doch kein einziges Wort über das, was uns beiden auf die Nerven geht, was uns erbittert, was zuviel ist, was ein Ende haben muß.

Ein paar Stunden später, nachdem wir endlich ins Theater aufgebrochen waren, hatte der Schnee gesiegt, er saß auf den kahlen Ästen, hatte Spuren verwischt und Wege zugedeckt; die Stadt war im Schnee versunken, den grünen, vom Lampenlicht durchleuchteten Platanenkuppeln hatte er weiße Mützen übergestülpt, seine Dichte dämpfte die Geräusche.

Das im Trommelfell leise pochende Blut sagte, so ist es gut.

Ich glaubte, ich sei es, der lügt, wußte ich doch damals noch nicht, daß auch er mich belog.

Eigentlich waren es keine vorsätzlichen Lügen, eher ein systematisches gegenseitiges Verschweigen gewisser Dinge, das sich unversehens breitmachte und unseren Verstand erstickte.

Er habe zu tun, sagte er, und warte auf einen Anruf, er werde mir folgen oder sich die Aufführung ein andermal ansehen, ich solle endlich gehen, er wolle allein sein.

Das mit dem Anruf stimmte, er wartete tatsächlich auf etwas, aber ich konnte nicht feststellen, worauf und was er verheimlichen mußte.

Jeder von uns kennt jene seltsamen Versöhnungen, die in Wahrheit nur die Feindschaft verlängern. Später gehen sie nebeneinander im Schneetreiben, in warmen Mänteln, mit hochgeschlagenem Kragen, die Hände in die Taschen versenkt, ohne sich anzusehen, stumm, scheinbar gemächlich durch den unter ihren Sohlen zermanschten, aufgeweichten Schnee.

Die Selbstachtung gebietet ihnen, eine lächelnde Ruhe vorzutäuschen, tatsächlich aber ist es nichts als verkrampfte Selbstverteidigung und Selbstbeherrschung, und diese Verkrampfung ist das einzig Gemeinsame, die einzige Klammer, die, weil keiner von ihnen den Grund seiner Friedlosigkeit beim Namen nennt, nicht gelöst werden kann.

Am Senefelderplatz warten sie auf die U-Bahn, und dort geschieht etwas Merkwürdiges.

Anderthalb Wochen hatten wir noch bis zu meiner Heimreise, doch nie mehr hatten wir von meiner Absicht heimzukehren gesprochen.

Der Bahnhof war leer, und wie allgemein bekannt, sind diese öden, widerhallenden, schmucklos kahlen und zugigen, einige Zeit nach der Jahrhundertwende erbauten Untergrundbahnhöfe, die auch in meiner erfundenen Geschichte eine Rolle spielen, äußerst sparsam beleuchtet, ja fast vollkommen dunkel.

Weiter entfernt, auf der gegenüberliegenden Seite, stand eine dünne, frierende Gestalt.

Ein in sich versunkener, schmuddeliger Bursche, den er nur deshalb ins Auge faßte, weil an der Haltung des trotz seiner Schattenhaftigkeit sich scharf abzeichnenden Körpers zu sehen war, wie sehr er fror; die Schultern hochgezogen, den Hals eingezogen, die Arme an den Körper gepreßt, wärmte er sich die Hände an den Schenkeln, gleichzeitig schien er sich auf Zehenspitzen von der Berührung mit dem kalten Boden abzuheben, die brennende Zigarette aber, die ihm aus dem Mund hing, glühte manchmal beruhigend auf.

Lange blieb das in die Ferne weisende lichtlose Rohr der Untergrundbahn leer und stumm, noch war nicht einmal das Getöse ihres Näherkommens zu hören, wo doch jede Minute zählte; wenn ich die authentische, jede Einzelheit der Vorbereitung erfassende Geschichte dieser Aufführung beschreiben wollte, dann durfte ich keine Minute der Premiere, die die Arbeit langer Monate krönte, versäumen.

Und da kam der Bursche mit seiner aus dem Mund hängenden Zigarette auf uns zu.

Das heißt, er ging schnurstracks auf ihn zu.

Ich dachte, sie würden sich von irgendwoher kennen, was freilich im Hinblick auf sein Äußeres ziemlich unwahrscheinlich war.

Ich hatte ein schlechtes, unsicheres Gefühl.

Seine Schritte klapperten nicht, er wippte elastisch auf und ab, mit jedem Schritt schien er seinen schmalen Körper ein wenig in die Luft zu schnellen, als müsse er sich bei seiner Vorwärtsbewegung gleichzeitig nach oben bewegen, und vielleicht rührte der unangenehme Eindruck daher, daß er das Gewicht seines Körpers nicht wieder ganz auf seine Fersen zurückfallen ließ; er hatte an den Nähten ausgefranste bulgarische Opanken an den Füßen, ohne Socken, und daher blitzten bei jedem seiner sich hochschnellenden Schritte die nackten Fersen auf.

Das soziale Mitleid ist immer in einen angenehm warmen Mantel gehüllt.

Er hatte eine enge, reichlich kurze, an den Knien durchlöcherte Hose an, und sein gerade nur bis zu den Hüften reichendes, aus rotem Kunstleder gefertigtes, steifgefrorenes Mäntelchen klirrte und raschelte bei jeder Bewegung.

Bis dahin hatte er ihm den Rücken zugekehrt, erst bei diesem frostigen, sich im widerhallenden Raum verstärkenden Knistern horchte er auf.

Mit einer eleganten, gleichgültigen Bewegung der Schultern drehte er sich zu ihm um, daraufhin blieb der Bursche stehen und sah ihn mit einem überraschend gewalttätigen, lauernden Ausdruck von Wahnsinn an.

Hier wäre von den nächtlichen Parks zu reden, wo es im Schatten der Bäume schwärzer als schwarz ist; wo die auf wollüstige Berührungen begierigen Namenlosen mit dem aufglühenden Rot ihrer Zigaretten ihre Signale ausschikken.

Kann die tierische Natur des Menschen sich noch tiefer erniedrigen?

Es war nicht genau auszumachen, wohin er blickte, fast schien es, als fixiere er seinen Hals.

Er war nicht betrunken.

Es sah aus, als schwärze sein Kinn ein kleiner Ziegenbart, doch bei genauerem Hinsehen wurde deutlich, daß diese Schwärze von keiner Behaarung herrührte, sondern daß es das spitze Kinn selber war, eine sich über das Kinn erstreckende gräßliche Hautkrankheit, ein Mal, vielleicht auch ein blutunterlaufener blauschwarzer Fleck, der Abdruck eines gezielten Faustschlags, eines Falles oder Sturzes.

Melchior erblaßte nie.

Aber sein gegenüber der Außenwelt vollkommen gleichmütiger Ausdruck ließ den Wechsel in einen Seelenzustand erkennen, den ich gleichwohl als Erbleichen bezeichnen möchte.

Und dieser Wechsel des Ausdrucks zeigte, daß er den Burschen gar nicht kannte, aber trotzdem etwas sehr Wichtiges von ihm erwartete, etwas, das ihn durch seine Plötzlichkeit erschreckte und zugleich mit lang erwarteter Freude erfüllte wie ein erlösender Gedanke, ein unausweichlicher Zwang, was er mir aber nicht verraten wollte, und daher täuschte er Beherrschung vor.

Er verriet sich trotzdem, denn sein Blick zuckte schnell, abweisend, angriffslustig und voll maßloser Ablehnung über mein Gesicht, das gehe mich nichts an, sagte dieser Blick, und als habe ich mich schwer versündigt, sagte er mit leiser, dunkler Stimme, kaum daß er den Mund bewegte, als wollte er den Sinn seiner Worte vor den aufsässigen Augen des Burschen verbergen, hau ab!

Ich dachte, damit wollte er sich rächen.

Was soll das, fragte ich hilflos.

Hau ab, hau ab, stieß er zwischen zusammengebissenen Zähnen tief aus der Kehle hervor, blutrot im Gesicht, zog schnell eine Zigarette aus der Tasche, steckte sie zwischen die Lippen und ging auf den Jungen zu.

Der Bursche erwartete ihn, reglos und kampfbereit, auf den Fußspitzen nach vorn gebeugt.

Ich wurde nicht klug aus dem Ganzen, die Wendung, die es genommen hatte, überraschte mich nicht, aber ich war überzeugt, daß es zu einer Schlägerei kommen würde; kein Mensch weit und breit, nur der Wind fegte Kellergeruch durch den leeren Bahnhof.

Er war ihm nun ganz nahe gekommen, neigte sich fast über die brennende Zigarette, sagte etwas, worauf der Junge sich nicht nur auf die Fersen zurückfallen ließ, sondern ungeschickt ein paar Schritte zurückwich. Er aber machte sofort einen Schritt hinter ihm her, lag fast auf ihm, und ich hatte das Gefühl, daß ich nicht ihn, sondern den Jungen beschützen müsse, den sein Rücken verdeckte.

Als sei ein Wahnsinniger einem noch Wahnsinnigeren begegnet; als er nämlich wieder drängend etwas sagte, neigte sich der Bursche verunsichert zur Seite, nahm die Zigarette eilig und ergeben aus dem Mund und gab ihm mit zitternder Hand Feuer.

Von der zittrigen Berührung mußte sich die Glut gelockert haben, sie fiel auf den Boden hinunter.

Doch ohne sich darum zu kümmern, fing der Junge an, schnell, sich überstürzend, zu reden, er redete eine ganze Weile, gedämpft, mir gelang es nur zu verstehen, daß er von der Kälte redete, kalt, kalt, das war ein paarmal in der widerhallenden Dunkelheit zu hören.

Der sich nähernde Zug donnerte durch den Tunnel.

Und wenn Melchior bis dahin von einer manischen Unkontrolliertheit und Unbeherrschtheit getrieben schien, so war das alles jetzt plötzlich erstickt und erloschen.

Es war zu Ende, ist zu Ende.

Er kramte in seiner Tasche, ließ ein paar Münzen in die ausgestreckte Hand des Burschen fallen, drehte sich enttäuscht auf dem Absatz und kam müde auf mich zu.

Während er kam, warf er die Zigarette weg und trat sie wütend aus.

In den wenigen Augenblicken dieser unerwarteten Wendung war er tatsächlich blaß geworden; empört, gedemütigt, verzweifelt fand er sich wieder bei mir ein.

Ich aber starrte den Burschen an, als könnte mir sein bloßer Anblick zu einer Erklärung verhelfen, dieser aber, in der einen Hand das soeben erbettelte Geld festhaltend, mit der anderen die erloschene Zigarette zerbröselnd, hob sich wieder auf die Fußspitzen und sah mich so herausfordernd, weinerlich und vorwurfsvoll an, als hätte ich schuld an allem, ich, den er im nächsten Augenblick überfallen, niederstrecken und umbringen würde.

Im Bruchteil des nächsten Augenblicks wäre es auch fast dazu gekommen.

Guck mich nur an, durchbohr mich nur mit deinem Blick, brüllte er aus Leibeskräften auf mich ein, den Lärm des einfahrenden Zuges überschreiend.

Glaubst du, brüllte er, glaubt ihr, mit mir könnt ihr das machen.

Öffentlich, brüllte er, mich öffentlich bezahlen.

Und wie ein sprintender Kurzstreckenläufer begann er, den ganzen Körper drangebend, zu rennen.

Zeit zum Überlegen hatten wir nicht.

In einer winzigen Pause des Gebrülls riß Melchior die Tür des am nächsten stehenden Wagens auf, stieß mich hinein, sprang hinter mir her, wie behext starrten wir den Tobenden an und wichen zurück vor ihm.

Glaubt ihr an eine Vergebung?

Wir wichen ins Wageninnere zurück, aber die messerscharfe Stimme des Wahnsinns drang zu den still auf ihren Plätzen dösenden Menschen herein.

Vergebung ist nicht für Pfennige zu haben.

Ein riesiges, von eiternden Pusteln entstelltes Gesicht, feucht klebendes, flaumblondes Kinderhaar, doch von der eigenen verzweifelten Empörung unberührte, verständnislose blaue Augen.

Eine fremde Gottheit, die er überall mit sich hinschleppen mußte, schrie aus ihm heraus.

Während wir uns schutzsuchend zwischen den aufhorchenden Reisenden nach hinten verzogen, stieg aus einem der anderen Wagen eine Schaffnerin aus, schlenderte träge an den Waggons entlang, die Hand auf der um ihren Hals gehängten Tasche, ihr Gesicht blieb stumpf, sie nahm keine Notiz von dem furchtbaren Geschrei. «Einsteigen», leierte sie mit apathischer Stimme, obwohl niemand außer dem laut schreienden Burschen auf dem Bahnsteig war, «Einsteigen»; woher wohl mochten diese schreckliche Nüchternheit und diese beschämende Ordnung kommen?

Sie schubste den Schreihals einfach zur Seite.

Der Junge wankte, aber um doch noch einen winzigen Sieg, irgend etwas, eine kleine Genugtuung zu bekommen, etwas, was ihm nach so viel Demütigungen wenigstens für einen Augenblick Genugtuung verschaffen würde, schleuderte er uns, bevor sich die Tür schloß, seine zerbröselte, erloschene Zigarette ins Gesicht, nein, nicht das Geld, aber auch sie traf nicht, und nun lag das Schmutzige dieser Szene vor unseren Füßen.

Nachdem sich in dem dahinrasenden Zug alle beruhigt hatten und uns nicht mehr neugierig, vorwurfsvoll, begierig auf einen Skandal ansahen und versuchten, von unseren Gesichtern abzulesen, was wir diesem unglücklichen Kind angetan hätten, fragte ich ihn, was das gewesen sei.

Er antwortete nicht. Regungslos, aufgewühlt, bleich stand er da, die Hand, mit der er sich festhielt, verdeckte seine Augen, er sah mich nicht einmal an.

So normal kann wirklich kein Mensch sein, als daß ihn die Worte eines Wahnsinnigen nicht aus der Fassung brächten.

Wie ich mich hier neben ihm festhielt, schien auch ich an der Grenze des Wahnsinns angekommen, mitten in diesem sinnlosen technischen Dröhnen.

Räder, Schienen.

An der nächsten Haltestelle wortlos aussteigen, mich unter die Räder werfen und alles, aber auch alles hinter mir lassen.

Und das, obwohl ich noch nicht einmal den Mut hatte, die Tabletten zu schlucken.

Denn es war nicht Wahnsinn und nicht einmal die Grenze des Wahnsinns.

Mir fehlte in jenen Jahren jede Weite; jedes meiner Worte, jede meiner Bewegungen, meiner geheimen Wünsche, Ziele, Bestrebungen und Vorhaben suchte ausschließlich in den Körpern der Menschen Befriedigung, Erfüllung, ja Erlösung zu finden.

Mir fehlte jede Weite, jene großartige Weite des Wahnsinns fremder Gottheiten, denn das, was ich als Wahnsinn oder Sünde empfand, war keineswegs das Chaos der Natur, sondern zeugte bloß von den lächerlichen Konfusionen meiner Erziehung und den verworrenen Gefühlen meiner Jugend.

Oder gerade umgekehrt, mir fehlte jene Weite der gnädigen, strafenden, erlösenden, einzigen Gottheit, denn das, was ich als Gnade verbuchte, war nicht das Werk einer großartigen göttlichen Ordnung, sondern meiner eigenen kleinlichen Geschicklichkeiten, Schlauheiten und Gehässigkeiten.

Ich glaubte, ich könnte das Irreale aus meinem Leben verbannen; ich war feige, ein dem Geist der Zeit ausgelieferter Tor, ein Karrierist meines eigenen Lebens, und glaubte, daß das Gefühl der Beklommenheit, der Angst, der Ausgeliefertheit wenigstens zu beruhigen oder durch bestimmte Fähigkeiten des Körpers zu umgehen sei.

Doch wie könnte jemand in den nahen Dingen der Menschen bewandert sein, ohne von den fernen Dingen der Götter zu wissen?

Die Scheiße türmt sich nicht hinauf bis zum Himmel, sie sammelt sich bloß und sackt dann zusammen.

Nahe an seinem Ohr wiederholte ich die Frage, was das gewesen sei, worauf er warte, hartnäckig wiederholte ich die Frage, obwohl ich besser hätte schweigen und geduldig warten sollen.

Des Geflüsters überdrüssig, antwortete er ziemlich laut, ich hätte doch gesehen, er habe Feuer verlangt, einfach Feuer, ganz einfach Feuer, und habe nicht gemerkt, daß er an einen Idioten geraten sei.

Ich wurde an meine kleine, nie wiedergesehene Schwester erinnert, spürte ihren schweren Körper in meinem Körper.

Ich bin ein Haus, in dem alle Türen und Fenster sperrangelweit offenstehen und in das jeder hineinschauen und eintreten kann, wer es auch sei, woher er auch komme, wohin er auch gehe.

Ich kann deine Lügen nicht länger ertragen.

Er antwortete nicht.

Wenn er nicht antworte, sagte ich, dann würde ich an der nächsten Haltestelle aussteigen, und er hätte mich zum letztenmal gesehen.

Daraufhin schwenkte er den Arm, mit dem er sich festhielt, und stieß mir seinen Ellbogen ins Gesicht.

Durchs offene Fenster sah man den Frühlingsnachmittag draußen.

Endlich war der Tag der Premiere gekommen. Am Nachmittag hatte es angefangen zu schneien, in weichen, dichten, trägen, mitunter vom Wind gejagten und umhergewirbelten wäßrigen Flocken.

Auf den Dächern, den Rasenflächen der Parks blieb er liegen, bedeckte Fußwege und Fahrstraßen, doch eilige Füße, vorbeiflitzende Räder hinterließen sogleich schwarze, matschige Streifen, schmutzige Spuren, Pfade und Fährten im Schnee.

Wir gingen zur Premiere.

Er war sehr früh gekommen, dieser weiße Schnee, zwar hatte unsere Pappel schon ihre letzten dürren Blätter abgeworfen, aber die Laubkronen der Platanen auf dem Wörther Platz waren noch grün; ein paar Stunden später hatte der Schnee gesiegt; er lag auf den kahlen Ästen, hatte Spuren verwischt und Wege zugedeckt; die Stadt war im Schnee versunken; den grünen, vom Lampenlicht durchleuchteten Platanenkuppeln hatte er weiße Mützen übergestülpt.

Als ich zu Maria Stein ging, der einzigen, die noch am Leben war, wollte ich sie fragen, von welchem der beiden Männer ich glauben solle, er sei mein Vater gewesen, auch wenn es mir im Grunde gleichgültig sein konnte.

Das Unkraut vom letzten Jahr reichte bis zu den Hüften, und bis zu den Hüften entkleidete Männer suchten auf den Ufertreppen Kühlung vor der heißen Nachmittagssonne.

Schläfrig floß das Wasser, strudelte trichterförmig unter ihren Füßen, und an den Weiden drüben auf der Insel welkte gelblich das Laub an den Zweigen, die sich im Wasser spiegelten.

Sonntag konnte es nicht sein, weil drüben auf der Schiffswerft alles in Bewegung war, klapperte, hämmerte, knarrte und die Arme der Kräne sich schwerfällig drehten.

Zuerst ging ich auf einem festgetretenen Pfad am Bahndamm entlang zur Haltestelle am Filatori-Damm; ich wußte, daß man Vaters Leiche hierhergebracht hatte, hier hatte man sie auf der Bank im Wartesaal aufgebahrt, bis der Leichenwagen ihn abgeholt hatte.

Der Warteraum war leer und kühl, man wird den Boden wahrscheinlich mit ölgetränkten Sägespänen gereinigt haben, eine Katze huschte vorbei an meinen Füßen durch die Tür; drüben an der Wand stand die lange Bank.

Hinter dem eisenvergitterten Fenster des Schalters bewegte sich der Vorhang, eine Frau schaute heraus.

Danke, sagte ich, nein, ich will keine Karte lösen.

Was ich dann hier zu suchen habe?

Ich war mir sicher, daß sie den Toten gesehen hatte, aber auch wenn sie ihn nicht gesehen haben sollte, mußte sie davon wissen.

Das ist kein Kasino, sondern ein den Reisenden vorbehaltener Warteraum, und wenn ich nicht die Absicht habe zu verreisen, solle ich mich fortscheren von hier.

Schließlich hatte ich dann doch nicht den Mut, Maria Stein zu fragen, welchen von den beiden Männern ich als meinen Vater anzusehen hätte; später habe ich vergeblich versucht, in meinem Gesicht nach ihm zu forschen und meinen Körper vor dem Spiegel zu überprüfen.

Auch in Heiligendamm habe ich versucht, im Spiegel des Hotelzimmers meine leibliche Abstammung und seelische Identität festzustellen, meine Nacktheit aber erschien mir wie ein nicht auf mich zugeschnittenes Kleidungsstück, aber die Polizisten haben nicht an der Tür gepoltert, weil sie auf die Umstände von Melchiors Flucht neugierig gewesen wären, sondern weil ich durch mein von den Steinen zerschundenes Gesicht in den Augen des zu so ungewöhnlicher Stunde mir die Tür aufschließenden Hotelportiers ganz einfach verdächtig war und er mich angezeigt hatte.

Gegen Morgen hatte sich der Wind gelegt.

Ich habe wohl an nichts anderes gedacht, als daß ich Melchior verleugnen müsse.

Ich mußte mich ausweisen, verlangte den Grund ihres

Kommens zu erfahren, sie forderten mich auf, meine Sachen zu packen, und brachten mich auf die Polizeiwache von Bad Doberan.

Ich hörte das Tosen des Meeres, obwohl der Wind sich gelegt hatte.

In der kalten Gefängniszelle kauernd, entschloß ich mich, alle Konsequenzen auf mich zu nehmen und zuzugeben, daß mein Freund vom Hausdiener ermordet worden war.

Und als man mir unter Entschuldigungen meinen Paß zurückgab, mit der Aufforderung, in kürzester Zeit das Land zu verlassen, spielte ich, nicht ohne Schadenfreude, mit dem Gedanken, ihnen zum Abschied die Begleitumstände von Melchiors Flucht zu erzählen, und um ihren Triumph zu krönen, wollte ich ihnen einreden, der Hausdiener sei unschuldig hingerichtet worden, da ich der Mörder sei.

Inzwischen hatte sich das Meer beruhigt, die Wellen schlugen sanft ans Ufer, und ich wartete auf meinen Zug.

Und weil ich an jener einsamen Bank im Warteraum auch nicht viel zu sehen bekommen hätte, ging ich aus dem kühlen Raum hinaus in die heiße Frühlingssonne.

Weil ich wußte, daß Maria Stein ihre Wohnung nicht zu verlassen wagte – Nachbarn versorgen sie mit Essen –, konnte ich sicher sein, sie zu Hause anzutreffen.

In einem an Ellbogen und Knien ausgebeulten Trainingsanzug öffnete sie mir die Tür, eine Zigarette in der Hand.

Sie erkannte mich nicht.

Das letzte Mal hatte sie mich beim Begräbnis meiner Mutter gesehen.

Auch ich hatte sie erst beim Begräbnis meiner Mutter wiedergesehen, fünf Jahre nachdem sie freigekommen war, weil sie sich vorher bei uns nicht hatte sehen lassen.

Oder sie wollte mich nicht erkennen, um nicht mit mir reden zu müssen.

Sie führte mich in das Zimmer, in dem sie einander bis zum frühen Morgen gequält hatten und wo das ungemachte Bett stand, aus dem offenen Fenster konnte man zur Station sehen.

Der Mann, dessen Namen ich immerhin trage, hatte zu ihr gesagt, also gut, Maria, ich verstehe alles und akzeptiere es, ich gehe und komme nie wieder zurück, ich bitte dich nur, aus dem Fenster zu sehen!

Ich bitte dich nicht um meinet-, sondern um deinetwillen, ich wäre froh, wenn du dich davon überzeugtest, daß ich tatsächlich gehe. Wirst du es bestimmt tun, fragte der Mann.

Die Frau nickte, obwohl sie es nicht ganz verstand.

Der Mann kleidete sich an, die Frau schlüpfte im Bad in ihren Morgenrock, der Mann verließ wortlos die Wohnung, die Frau ging langsam zum Fenster.

Vorher aber warf sie noch einen Blick in den Spiegel, berührte mit dem Finger Gesicht und Haare, das Haar war ergraut und fremd, die Haut des Gesichts aber erschien glatt, das erinnerte sie daran, daß sie nach ihrer Brille suchen müsse.

Sie fand sie unter dem Bett, sie wollte den Mann genau sehen können.

Als liefe ein leerer Mantel zwischen dem schwarz gewordenen, hüfthohen, vertrockneten Unkraut über den hartgefrorenen Weg; einer ging an diesem kalten Morgen im Lampenlicht davon.

In jenem Jahr war der erste Schnee im Januar gefallen.

Die Frau war dankbar, das zu sehen, hatte sie doch die ganze Nacht im zerwühlten Bett mit jedem Schrei, jedem Seufzer, mit jedem winzigen Stocken ihres Atems jene erschrockene Weigerung verdrängt, daß sie nicht und niemals die Frau eines Mörders werden könne, sie könne und wolle es nicht, wiederholte sie, umsonst, alles umsonst.

Ich bleibe deine Geliebte, wie ich es bisher war, das kann ich mir nicht versagen, aber nichts weiter.

Ich habe zwei Kinder aufzuziehen, ich, ein Wahnsinniger, sagte der Mann.

Nichts weiter, nein. Nur das Ficken.

Das brauche er nicht, sagte der Mann in dem Augenblick, als er in sie eindrang, und das nicht zum erstenmal in jener Nacht.

Das Wort lag der Frau die ganze Nacht auf den Lippen, trotzdem sprach sie es nicht aus, sondern sagte, deine Kinder interessieren mich wirklich nicht.

Ich kann es nur dir sagen, mein Kleiner, ihm habe ich es nicht gesagt, daß ich nicht die Frau eines Mörders werden könnte.

Sie hatte sich so gedreht, daß der Mann noch tiefer in ihren Schoß eindringen konnte.

Nicht dich habe ich geliebt, nein, er war es, den ich geliebt habe, nicht dich, immer nur ihn und keinen anderen.

János Hamar, den Maria Stein so grenzenlos geliebt hatte, war nach wenigen Monaten abgereist; er wurde Geschäftsträger in Montevideo, und sein Sommeranzug aus Leinen war bei uns geblieben.

Ich liebe ihn, hatte die Frau bei jeder Bewegung des Mannes gestöhnt, es gab in meinem ganzen Leben nichts anderes als diese Liebe, auch das Gefängnis habe ich überstanden aus Liebe zu ihm, du bist mir gar nicht in den Sinn gekommen, nur er, dich habe ich nur benutzt.

Möglich, daß sich alles nicht genau so zugetragen hat.

Aber sicher ist, daß Weihnachten neunzehnhundertsechsundfünfzig, am Morgen, der auf den Heiligen Abend folgte, der Mann auf dem dunklen Weg zu jener Stelle des beleuchteten Schienenstranges kam, an dem die Vorstadtbahn in einer scharfen Kurve zur Station am Filatori-Damm einbiegt.

Gerade hatte die am Fenster wartende Frau ihren Blick abwenden wollen, weil es doch nichts mehr zu sehen gab, als sie wahrnahm, wie der Mann sich umdrehte, etwas aus der Tasche zog und mit seinen Blicken offenbar das erleuchtete Fenster suchte.

Es war sein letzter Wunsch, die Frau sollte es sehen.

Er schoß sich in den Mund.

Sie nannte mich mein liebes Kind, sprach aber nicht wie mit einem Kind mit mir, und auch nicht, als wäre ich das Kind eines der beiden Männer.

Aus den Worten, die sie fallengelassen hatte, schloß ich, was zwischen ihnen geschehen sein mochte, obwohl ich den

Sinn dieser Worte erst sehr viel später enträtseln konnte, aber aufgrund meiner Kindheitserfahrungen hatte ich schon damals gewisse Vorstellungen von der unglücklichen Liebe.

Nur bei dir, mein Kind, bringe ich es fertig zu sagen, was ich ihm nicht habe sagen können, es war mir nicht möglich, die Frau eines Mörders zu werden.

Und auch nicht eure Stiefmutter.

Sollte es aber doch noch einen Gott geben, so wird er mir verzeihen, denn die Würde hat auch in seinen Augen Gültigkeit.

Er hat es zwei Tage vorher gewußt und hätte genug Zeit gehabt, mich zu warnen.

Ich wäre nicht geflohen, und hätten sie mich um Beistand gebeten, hätte ich mich mit Sicherheit aus eigenem Entschluß gestellt, ich war ihnen ja in allem willfährig, so aber nicht. Nicht um diesen Preis.

Meine Mutter, mein Junge, hat ihr Brot mit ihrem Körper verdient, sie war schön, eine Hure, eine unglückliche, lungenkranke Proletarierhure; wenn es nötig war, verkaufte sie sich für ein paar lumpige Groschen, trotzdem hat sie mir beigebracht, daß Würde nicht käuflich ist.

Und wenn man dir das bisher nicht beigebracht hat, dann will ich es jetzt tun.

Sie haben meine Tür eingetreten, mich aus dem Bett gezerrt, die Bezüge der Stühle aufgeschlitzt, obwohl sie selbst am besten wissen mußten, daß sie bei mir nichts finden würden, höchstens etwas, das sie selber belasten würde, denn ich hatte ihnen ja mein ganzes elendes Leben ausgeliefert.

Und doch habe ich ihnen nichts ausgeliefert, es gibt sie ja bloß, wenn es einen Gott gibt, und den gibt es nicht.

Ich habe mir selbst zu verdanken, was ich bekommen habe.

Sie haben mich gefesselt, mit ihrem Lärm absichtlich das Haus aufgestört, alle sollten sehen, daß es etwas gibt, wovor selbst eine Ávo-Mitarbeiterin* Angst haben muß, haben mir die Augen verbunden und mich so die vier Stockwerke hinun-

* Ávo = Allamvedelmi Osztaly, Staatssicherheitsdienst.

tergestoßen, so daß ich bei jedem Treppenabsatz an die Wand prallte.

Am Ostermorgen neunzehnhundertneunundvierzig wurde ich abgeholt.

Deine Mutter hat mir am Tag vorher am Telefon erzählt, daß der Goldregen in eurem Garten blüht, worüber wir uns unbändig gefreut haben, der Frühling ist gekommen, trällerte sie ins Telefon, obwohl auch sie es gewußt hat.

Sie wußte, was mir in den nächsten drei Tagen bevorstand, und ich wußte auch, was auf mich wartet, trotzdem übertraf es meine Vorstellung.

Ich will es dir schön der Reihe nach erzählen, mein lieber Junge.

Noch nie habe ich darüber gesprochen, darf es auch nicht, denn sie haben mich ja in der Hand, aber dir will ich es jetzt erzählen, komme, was kommen mag.

Ein großer Fisch bin ich nicht gewesen.

Sie war für die technische Betreuung der Gebäude des Staatssicherheitsdienstes verantwortlich gewesen, für Heizung, Reinigung, das Inventar und die Verpflegung des Personals.

Mein Rang war um vieles höher als meine Einteilung, und sie brauchten mich nur, damit das Bild vollständig wäre, damit sich jemand aus dem inneren Kreis des Vollzugs unter den Angeklagten befand.

Sie habe nichts mehr bereut, als es unterlassen zu haben, ein Blutbad unter ihnen anzurichten, sie niederzuschießen, diese Hunde.

Ich hätte sogar Zeit gehabt, nach meiner Pistole zu greifen, aber ich dachte, es läge ein Irrtum vor, der leicht zu bereinigen wäre.

Aber jetzt können sie mich nicht mehr täuschen.

Jeder meiner Schritte wird streng bewacht, ich werde auf ihren amtlichen Listen geführt.

Sie lassen mich nicht mehr hinein, aber ich kann auch nicht raus. Wohin sollte ich auch gehen.

Hier im Haus weiß man, daß ich gesessen habe.

Aber sie könnten jederzeit über mich verbreiten, ich sei ein Spitzel.

Sie legte den Finger an den Mund, stand auf, winkte mir, ich solle ihr folgen.

Wir gingen in das schmutzige Badezimmer, wo sie das Klo betätigte und die Wasserhähne aufdrehte, in allen Ecken lag schmutzige Wäsche.

Sie lachte und flüsterte mir ins Ohr, daß es ihr nicht einfiele, sich von ihnen vergiften zu lassen.

Ihre Lippen kitzelten mein Ohr, die Kälte ihrer Brillengläser berührte meine Schläfe.

Zum Glück verstünde ihre Nachbarin etwas von diesen Dingen, sie hole die Milch jeden Tag in einem anderen Geschäft.

Mit der Milch ginge es am einfachsten.

Nachdem sie freigekommen war, hat man ihr diese Wohnung zugewiesen, weil hier Abhörgeräte eingebaut sind.

Sie drehte die Wasserhähne zu, und wir gingen ins Zimmer zurück.

Hört euch also mit an, was ihr getan habt.

Ich werde es diesem Kind erzählen.

Es ging mir wie der Fliege, die von einer großen, warmen Hand gefangen wird.

Dieses eine Mal werdet ihr anhören müssen, was ihr mir angetan habt.

Von jetzt an sprach sie nicht mehr zu mir, und ich hatte deshalb das Gefühl, als wären wir nicht allein in diesem Zimmer.

Lange war man mit ihr in einem Auto gefahren.

Den Geräuschen nach schien es ihr, als würde ein Kanalgitter oder eine auf Scharnieren laufende Eisentür hochgehoben und sie werde auf einer senkrechten Eisentreppe in eine Art Zisterne hinunterbefördert.

So etwas gab es in keinem der Häuser, man unterzog sie also einer Sonderbehandlung, sie sollte nicht wissen, wo sie sich befand.

Bis zum Knie wateten sie im Wasser, dann stiegen sie ein

paar Stufen nach oben, hinter ihr wurde eine Eisentür geschlossen.

Es war kein Laut zu hören, mit gefesselten Händen riß sie sich die Binde von den Augen, glaubte, daß sich ihre Augen allmählich an die Dunkelheit gewöhnen würden.

Es mußten einige Stunden dort vergangen sein, mit den Händen betastete sie den nassen Boden, der Raum war unbegreiflich groß, jede ihrer Bewegungen rief ein Echo hervor.

Sie rief laut, um festzustellen, wie hoch es bis zur Decke über ihrem Kopf sei.

Später öffnete sich die Eisentür, es kamen welche herein, aber es blieb dunkel wie zuvor, sie wich zurück, versuchte auszuweichen, sie folgten ihr, waren zu zweit, begannen sie einzukreisen, schwangen Gummiknüppel in den Händen, aber es gelang ihr eine ganze Weile, den Schlägen auszuweichen.

Auf einem seidenbezogenen Sofa kam sie zu sich.

Sie hatte das Gefühl, in einem Barockschloß zu sein oder überhaupt nicht zu wissen, wo sie sich befand.

Die Instinkte diktierten ihr, so zu tun, als schliefe sie, und langsam fiel ihr wieder ein, was mit ihr geschehen war. Aber da sie keine Fesseln an ihren Händen sah, ließ sie sich täuschen und setzte sich auf.

Wahrscheinlich wurde sie beobachtet, denn im gleichen Augenblick öffnete sich die Tür des Saales, und eine Frau, eine Tasse in der Hand, kam auf sie zu.

Ihr schien, es war Nachmittag.

Der Tee war lauwarm.

Sie war dankbar für den Tee, doch als sie ihn trank, hatte sie das Gefühl, als würde die Frau sie seltsam ansehen und daß der Tee auch einen seltsamen Geschmack hätte.

Die Frau lächelte, aber ihr Blick blieb kalt, und doch schien sie ihr Gesicht intensiv zu beobachten.

Sie wußte ja, daß sie alle möglichen Mittel ausprobierten, das ging ihr noch durch den Kopf, mit der Zunge versuchte sie den fremden Geschmack in dem lauwarmen Tee herauszufinden, das war aber auch alles, woran sie sich noch erinnerte.

Das erste, woran sie sich danach wieder erinnern konnte,

war, daß sie sich sehr krank fühlte; alles erschien ihr riesengroß, verflüchtigte sich, um wieder ins Riesenhafte zu wachsen, sobald sie nur hinsah, woraus sie schloß, daß sie hohes Fieber hatte.

Die widersprüchlichsten Sätze rumorten in ihrem Kopf.

Es war ihr, als schreie sie laut, und jedes Wort tat ihr so weh, daß sie doch noch die Augen öffnete. Drei Männer standen vor ihr. Einer von ihnen hatte einen Photoapparat in der Hand, und sobald sie sich ihnen zuwandte, photographierte er, von jetzt an hörte er mit dem Photographieren nicht mehr auf.

Sie brüllte, forderte zu wissen, wer sie seien, was sie von ihr wollten, wo sie sich befinde und wovon sie krank sei, forderte einen Arzt, wollte vom Bett aufspringen, einer Art Couch an der Wand eines von der Sonne beleuchteten Spiegelsaals, doch die drei Männer sagten kein Wort, wichen ihr aus, und der Photographierende nahm ihren ganzen Wutausbruch auf.

Zuerst spürte sie ihre Beine nicht, sackte zusammen, hielt sich an einem Stuhl fest, wollte dem photographierenden Mann den Apparat aus der Hand reißen, der aber photographierte auch das. Darauf gingen die beiden anderen auf sie los, schlugen und traten sie, was der dritte ebenfalls photographierte.

Das war am zweiten Tag geschehen.

Am dritten Tag zog man sie an einem Strick aus der Zisterne herauf, wieder waren ihre Augen verbunden, immer wieder schlug sie gegen die Eisentreppe, war aber froh, überhaupt zu wissen, wo sie sich befand, und das mit Sicherheit, da sie das Zuschlagen der Eisentür hörte.

Es folgte eine lange Fahrt, man gab ihr weder zu essen noch zu trinken, erlaubte ihr nicht, Wasser zu lassen, sie war so schwach, daß sie es unter sich ließ.

Zuerst knirschte ein Kiesweg unter den Rädern des Autos, dann hielt es an, mit leisem Dröhnen öffnete sich eine Eisentür, sie fuhren in so etwas wie einen geschlossenen Raum, vermutlich in eine Garage, wo sich der Wagen sofort mit dem

Geruch von Benzin und Auspuffgasen füllte, bis die Tür schließlich mit großem Knall zugeschlagen wurde.

Sie frohlockte.

Würde man sie jetzt auf einer schmalen Wendeltreppe hinunterführen, durch einen langen Korridor, dessen Steinfliesen sie mit Linoleum hatte auslegen lassen, um die Schritte zu dämpfen, und sie dann in einen an eine Holzkammer erinnernden Verschlag stoßen, dann würde sie endlich wissen, wo sie sich befand.

Dann hätte man sie also zurückgebracht.

Dann befände sie sich im Haus in der Eötvösgasse, dem Haus, das sie selbst gefunden, dessen Umbau sie geleitet hatte, dann wäre also nichts verloren, gleich wäre sie von bekannten Gesichtern umgeben.

Zwar gab es die Wendeltreppe, aber kein Linoleum, es gab die Holzkammer, sie spürte den Geruch des in der Nähe aufgestapelten Brennmaterials, das frisch gespaltene Holz und den nach Schwefel riechenden Kokshaufen, doch ihre gefesselten Hände betasteten feuchte Ziegelwände.

Sie lag auf etwas Weichem, schlief ein, wachte auf, schlief wieder ein.

Ihr Mund war vor Durst so angeschwollen, daß sie ihn nicht mehr schließen konnte, sie hatte keinen Speichel mehr, ihre Zunge war dick und blieb an schmerzhaften Wunden kleben.

Den fiebrigen Schmerz versuchte sie zu stillen, indem sie die trockene Zunge an die nässenden Ziegel drückte, doch reichte die Feuchtigkeit nicht aus.

Nach einiger Zeit gelang es ihr, ihre Augen von der Binde zu befreien.

Sie war also doch nicht an Ort und Stelle; dann gab es also keine Hoffnung.

Sehr weit oben sah sie eine fensterähnliche Öffnung, die man mit einem einfachen Pappdeckel abgedichtet hatte, da aber an den gewellten Rändern etwas Licht und Luft eindrang, konnte sie nicht verglast sein.

An der Wand entdeckte sie das scharfe Eisen einer verrosteten Rohrhalterung, und sie rieb und zerrte so lange mit den

Handfesseln dagegen, bis es ihr gelang, sich zu befreien. Jetzt hatte sie zwar ein Stück von einem Strick, doch war es nicht lang genug, um Schlinge und Knoten daraus zu knüpfen, außerdem fand sie nichts, woran sie ihn hätte festmachen können.

Im Traum hörte sie sanfte Musik, die alles wunderbar verblassen ließ, so daß sie bedauerte, aufgewacht zu sein, doch die Musik war immer noch zu hören, wenn auch nicht mehr so schön wie vorhin, jetzt klang sie wie normale Tanzmusik.

Sie überlegte, ob das eine Halluzination sei, wußte sie doch, daß Durst Wahnsinn erzeugen kann, sollte sie etwa wahnsinnig geworden sein, wenn auch nicht so wahnsinnig, um das nicht erkennen zu können.

Schön, dann war sie eben wahnsinnig geworden, nur wußte sie nicht, wann.

Sie wußte sogar, daß sie gleich jener Wutausbruch überfallen würde, den sie schon kannte von damals, als sie sich bei vollem Bewußtsein gegen die Wand geworfen hatte, obwohl sie eigentlich keine Kraft dazu hatte, und doch hatte sie nicht aufhören können damit.

Die Musik kam von draußen, es wurde kühler im Keller, und durch die Ritzen fiel kaum noch Licht.

Es mußte Abend geworden sein.

Von jetzt an konnte sie nicht mehr unterscheiden, ob sie träumte oder halluzinierte, ob die Bilder, die sie sah, real existierten oder eine Täuschung waren, schien es ihr doch, als habe die Musik so etwas wie ein Rinnsal aus der Wand hervorgelockt, das zunächst bloß sickerte, dann anfing zu fließen, ein Rohrbruch, dachte sie, bis ein tosender, brausender, donnernder Wasserfall daraus wurde, in dem sie fast ertrunken wäre.

Eine Minute später, nach einer halben Stunde oder nach zwei Tagen, das wußte sie nicht mehr, wachte sie mit dem klaren Bewußtsein auf, daß alles in Ordnung sei, konnte sie doch mit ihren Fingern aus den Fugen zwischen den Ziegeln den von der Nässe aufgeweichten Zement herauskratzen.

Ja, es gelang ihr sogar, bis zum Fenster hinaufzuturnen,

doch in diesem Augenblick ertönte die Musik von neuem, und sie taumelte zurück.

Sie machte sich erneut daran, und mit der Fingerspitze, fast nur mit dem Nagel, erreichte sie den welligen Rand des Pappdeckels.

Er war ordentlich eingepaßt, sie bearbeitete ihn, bis er sich bewegte und prompt zur Erde fiel.

Jetzt konnte sie auf eine von bunten Lampions beleuchtete Terrasse sehen, auf der festlich gekleidete Menschen zu den Klängen dieser Musik tanzten und zwei Männer sich auf einer Treppe, die in einen dunklen Park führte, mit einer schönen jungen Frau in einer fremden Sprache unterhielten.

Die Frau trug ein buntes Musselinkleid und machte ein ernstes Gesicht.

Wenn man nicht nach kurzer Zeit gekommen wäre, um sie abzuholen, wenn man sie nicht die gleiche Treppe hinaufgeführt hätte, wenn die beiden Männer und die junge Frau ihnen nicht auf die selbstverständlichste Weise Platz gemacht hätten, wenn man sie nicht durch die Tanzenden auf der Terrasse geführt hätte, um sie ins Haus zu bringen, würde sie bis zum heutigen Tag überzeugt sein, das lampiongeschmückte Gartenfest habe zu ihren Halluzinationen gehört.

Gerüche, fremde Wortfetzen, Qualität und Form der Gegenstände ließen sie darauf schließen, daß sie die Landesgrenze überschritten hatten und irgendwo in der Gegend von Preßburg sein müßten.

Zuerst zeigten sie mir die Unterschrift deines Vaters, ich mußte seine Zeugenaussage lesen, anschließend das Protokoll, in dem János Hamar die Zeugenaussage als echt und wahr bestätigt.

In zwei tiefen Sesseln saßen zwei Männer.

Ich sagte, das sei nicht wahr.

Sie wunderten sich, warum das nicht wahr sein sollte, und während sie sich gegenseitig ins Wort fielen, benannten sie lachend die Beziehungen, die mich mit den beiden verbanden, mit den ordinärsten Ausdrücken.

Entweder sie lügen, oder ihr habt sie gefoltert wie mich,

oder sie sind wahnsinnig geworden, eine andere Möglichkeit gibt es nicht, mehr kann ich nicht dazu sagen.

Auf dem Tisch stand ein Glas Wasser.

Einer von ihnen sagte, das Protokoll des Verhörs sei vorbereitet, wenn du unterschreibst, kannst du trinken.

Es hat doch gar kein Verhör gegeben, sagte ich, was sollte ich da unterschreiben.

Worauf der andere ein Zeichen gab, und ich wurde durch eine Seitentür hinausgezerrt.

Nachdem sich die Tür geschlossen hatte, fingen sie an, mich zu schlagen, stießen mich in eine Badewanne, ließen heißes Wasser einlaufen, schlugen mich mit der Duschrose auf den Kopf, brüllten, ich sei eine Spionin, eine Verräterin, jetzt kannst du trinken, du Schlampe.

Im Keller kam ich wieder zu mir, und wieder schleppten sie mich nach oben.

Viel Zeit konnte nicht vergangen sein, denn meine Kleider waren klitschnaß, und die Musik war immer noch zu hören.

Doch diesmal führten sie mich nicht über die Terrasse, sondern über die Wendeltreppe, durch die Garage, und wahrscheinlich durch den Haupteingang.

Sie brachten mich in ein winziges Zimmer, in dem nichts stand außer einem großen Schreibtisch und einem Stuhl.

Im freundlichen Licht einer Lampe saß ein junger blonder Mann hinter dem Schreibtisch, und auch hier war die Musik zu hören.

Als ich eintrat, sprang er auf und zeigte eine geradezu übertriebene Freude über mein Kommen, so als würde er seit langem auf mich warten, aber er begrüßte mich auf französisch, bot mir auf französisch einen Platz an und empörte sich auf französisch darüber, wie man mich seinen striktesten Anweisungen entgegen bisher behandelt habe.

Er könnte mir versichern, daß von diesem Augenblick an alles anders werde.

Ich fragte, warum wir französisch sprechen müßten.

Das Komische war, daß er überhaupt nicht unaufrichtig

wirkte, weshalb eine kleine blasse Hoffnung in mir keimte, daß ich vielleicht doch noch in gute Hände geraten sei.

Verzeihung heischend breitete er die Arme aus und sagte, weil es die einzige Sprache sei, in der wir uns verständigen könnten, und eine Verständigung zwischen uns sei jetzt dringend erforderlich.

Ich blieb hartnäckig, woher er wissen wolle, daß ich Französisch spräche?

Aber Genossin Stein, wir wissen doch alles über Sie.

Als Ihr Freund im Mai fünfunddreißig, nicht wahr, aus dem Gefängnis entlassen wurde, hat er Ihnen doch gestanden, daß man ihn für den Geheimdienst angeworben hat, und damals, nicht wahr, haben Sie auch vergessen, diese wesentliche Veränderung zu melden, Sie sind beide nach Paris gefahren und erst nach der Besetzung durch die Deutschen auf Weisung der Partei mit einem falschen Paß in Ihre Heimat zurückgekehrt, wenn ich mich nicht irre.

Es hat sich nur beinahe so zugetragen, sagte ich, nur daß mein Freund von keinerlei Geheimpolizei angeworben worden ist, mir das also auch nicht gestehen konnte, ich folglich auch nichts zu melden hatte, und nach Paris sind wir gefahren, weil wir keine Arbeit und nichts zu essen hatten.

Wir sollten die Zeit doch nicht mit solch sinnlosen Diskussionen vergeuden, es wäre ihm lieber, wenn wir gleich zur Sache kämen. Er habe nämlich, sagte er, einem ehrenvollen Auftrag zu genügen und eine Bitte, er betonte Bitte, zu überbringen, die Genosse Stalin direkt an die Genossin Stein richte. Die Bitte bestehe im ganzen aus sechs Worten:

Maria Stein, seien Sie bitte vernünftig.

Sie mußte lange nachdenken, weil an diesem dritten Tag nichts mehr geschehen konnte, was sie für unmöglich gehalten hätte, und während sie das Gesicht des blonden jungen Mannes betrachtete, schien es ihr, als ob sie ihr Leben lang auf diese Bitte gewartet hätte.

Wenn dem wirklich so sein sollte, sagte sie, dann läßt Maria Stein dem Genossen Stalin sagen, daß seine Bitte unter den gegebenen Umständen nicht zu erfüllen ist.

Der blonde junge Mann aber schien von ihrer Antwort überhaupt nicht überrascht zu sein.

Er beugte sich über den Tisch, nickte und sah sie lange an, fragte schließlich mit sehr leiser und sehr drohender Stimme, ob sich Maria Stein vorstellen könne, daß sich ein Narr finden ließe, der eine so freche Botschaft überbringen würde.

Am Frühlingshimmel glitzerten Sterne, es war kühl geworden.

Irgendwann mußte ich aufstehen, sie stand ebenfalls auf, sprach weiter, später ging ich durch ihr Zimmer, sie kam hinter mir her und redete weiter.

Ich ging ins Vorzimmer hinaus, und sie redete, ich öffnete die Tür, sah mich um, und sie redete, ohne die Stimme zu senken.

Als ich die Tür vor ihr zuschlug und den Korridor entlanglief, meinte ich sie immer noch zu hören, ich rannte die Treppe hinunter, durch das Tor hinaus, über den Fußweg auf die Schienen zu, auf der eben eine leere, erleuchtete Straßenbahn kreischend die Kurve nahm.

Es war spät geworden.

Das gelbliche Licht der Straßenlampen leuchtete festlich und sanft auf dem vielen Weiß.

Im Widerschein des Schnees wurde der Himmel hell und weit, die Geräusche hörten sich gedämpft an, und oben, hinter den durchsichtigen Rändern der schwer und dunkel dahinziehenden Wolken schaute manchmal das kalte Antlitz des Mondes hervor.

Es muß etwas nach Mitternacht gewesen sein, als ich wieder in der Wohnung am Wörther Platz ankam.

Im widerhallenden Eingang stapfte ich den festgetretenen Schnee von den Schuhen, knipste aber im Treppenhaus kein Licht an.

Als könne jederzeit auch noch zu so später Stunde jemand fragen, was ich hier suche.

Mit dem Finger das Schlüsselloch ertastend, steckte ich vorsichtig den Schlüssel hinein.

Ich wollte ihn nicht wecken, wenn er schon schlief.

Im Dunkeln fiel die Tür nur eben ins Schloß, das war das einzige Geräusch.

Ich achtete auf das Knarren des Fußbodens, und es gelang mir fast lautlos, den Garderobenhaken zu erreichen, als er aus dem Schlafzimmer rief, er schlafe nicht.

Ich spürte, daß er die Tür zum Schlafzimmer nicht deshalb offengelassen hatte, um auf mich zu warten.

Sollte es sich aber so ergeben, wollte er keinen Schlaf vortäuschen, um sich nicht selbst etwas zu vergeben.

Ich hängte meinen Mantel auf und ging hinein.

Es war ein angenehmes Gefühl, mit der Kühle des Schnees und dem Geruch des Winters zu ihm zu gehen.

Unter seinen Bewegungen quietschte das Bett unangenehm, im Dunkeln konnte ich zwar nichts sehen, aber ich wußte, daß er mir Platz machte.

Ich setzte mich auf den Bettrand.

Wir schwiegen, schwiegen mit jenem unguten Schweigen, denn jetzt wäre es besser gewesen zu reden, worüber und wovon auch immer. In dieses Schweigen hinein sagte er mit heiserer Stimme, daß er mich um Verzeihung bitte wegen des Hiebes, den er mir versetzt habe, daß er sich schäme und es mir erklären möchte.

Ich wollte diese Erklärung nicht, ich fühlte mich dafür nicht gefestigt genug, und deshalb fragte ich, ob ihm die Vorstellung gefallen habe.

Er könnte nicht behaupten, daß sie ihm gefallen habe, aber auch nicht das Gegenteil, sie sei irgendwie nichtssagend gewesen, war seine Antwort.

Und Thea?

Sie war nicht schlecht, sicher war sie noch die beste, sagte er widerwillig, aber er habe sie weder bedauern noch verabscheuen oder bewundern können, nichts.

Ich fragte, warum er sich davongemacht habe.

Er habe sich nicht davongemacht, sondern nur nach Hause gehen wollen.

Aber warum er mich stehenlassen und nicht auf mich gewartet habe, fragte ich.

Er habe gesehen, daß wir einander brauchten, und uns durch seine Gegenwart nicht stören wollen.

Ich konnte sie nicht stehenlassen, sagte ich, Arno habe sie endgültig verlassen, erklärte ich, heute früh sei er ausgezogen und habe noch nicht einmal einen armseligen Bleistift, kein einziges Taschentuch zurückgelassen, aber nicht ich sei der Grund dafür.

Schweigend lag er da, schweigend saß ich im Dunkeln auf dem Bettrand.

Und plötzlich, als habe er gar nicht zugehört oder als interessiere ihn diese Neuigkeit nicht mehr, ein fremdes Leben, das ihn nichts mehr anging, fuhr er dort weiter fort, wo ich ihn vorhin unterbrochen hatte, er möchte mir etwas erzählen, etwas Einfaches und doch Schwieriges, hier könne er es nicht, und deshalb bitte er mich, einen Spaziergang mit ihm zu machen.

Einen Spaziergang, jetzt, fragte ich, bei dieser Kälte?

Jetzt, sagte er.

Die Nacht war überhaupt nicht kalt.

Mit langsamen, ruhigen Schritten, wie Leute, die Zeit haben, gingen wir in Richtung Senefelderplatz, überquerten die stille Schönhauser Allee, und da, wo die Fehrbelliner Straße in den Platz vor der Zionskirche mündet, kehrten auch wir um, setzten unseren Spaziergang durch die Anklamerstraße fort und bogen in die Ackerstraße ein, wo der Weg zu Ende ist.

Noch nie hatten wir diesen Weg für unsere nächtlichen Spaziergänge gewählt, er endete an der Mauer.

Während wir gingen, betrachtete ich die Straßen und Häuser mit einem geradezu distanzierten Interesse, so, als wäre das alles bloß der Schauplatz meiner erfundenen Geschichte und nicht als würde sich hier mein eigenes Leben abspielen.

Ich beutete den Augenblick aus und war mit den erbeuteten Schätzen meiner erfundenen Vergangenheit nicht unzufrieden, hinderte sie mich doch, die Gegenwart aus zu großer Nähe zu erleiden.

Die Mauer ist an dieser Stelle der Straße identisch mit der Ziegelmauer eines alten Friedhofs, und jenseits der Mauer, in dem verminten und von Reflektoren ausgeleuchteten Niemandsland, steht das Gerippe einer im Krieg ausgebrannten Kirche, der Versöhnungskirche.

Es war schön, wie der Mond durch das nackte Gerippe des Turms hindurchschien, in das hohle Schiff eindrang und ein paar Glasscherben im Gestänge der Fensterrosette müde aufblitzen ließ. Es war schön, ja es war schön.

Die beiden Freunde standen beieinander und schauten zum Mond hinauf.

Etwas weiter entfernt von ihnen quatschten die Schritte einer Wache im nassen Schnee.

Sie konnten die Wache vor ihrem Häuschen beobachten, wie sie vier Schritte nach vorn machte und genauso viele zurück, und die Wache konnte sie sehen.

Das Ganze war so merkwürdig, daß ich vergessen hatte, daß mir Melchior etwas Unheilverkündendes hatte erzählen wollen.

Sanft ließ er seinen Arm auf meiner Schulter ruhen, sein Gesicht war von drei verschiedenen Lichtquellen gleichzeitig beleuchtet, dem Mond, den gelben Straßenlampen und den Reflektoren, doch keine von ihnen warf einen Schatten, weil das Licht vom Schnee reflektiert wurde, trotzdem war es nicht hell, die Dunkelheit war vielmehr vielfarbig schattiert.

Um es kurz zu machen, ich gehe in den Westen, sagte er leise, es ist abgemacht. Zwei Drittel, zwölftausend Mark, sind einbezahlt, seit anderthalb Wochen warte ich auf eine bestätigende Nachricht.

Er müsse einen Anruf abwarten, anschließend einen Spaziergang machen, man werde ihm folgen, er werde einem Mann begegnen, der eine Zigarette raucht und auf ihn zukommt, ihn muß er um Feuer bitten, worauf der Mann sagen wird, er habe sein Feuerzeug leider zu Hause vergessen, würde ihm aber gern helfen.

Ein Glück, daß er uns hatte stehenlassen, denn als er aus dem Theater nach Hause gerannt kam, hatte das Telefon geläutet.

Deshalb hatte er auch jenen wahnsinnigen Burschen um

Feuer gebeten und anschließend das Gefühl gehabt, etwas verdorben zu haben, denn der Anruf war ausgeblieben, die Spannung hatte ihn durcheinandergebracht, ich würde sicher verstehen, wie schwer es ihm falle, sich in diesem Wartezustand zu beherrschen, so war es also passiert, ich dürfe ihm nicht böse sein, deshalb habe er zugeschlagen.

Wann er seinen Arm von meiner Schulter genommen hat, weiß ich nicht mehr.

Aber warum gerade hier, flüsterte ich, komm, laß uns gehen, warum gerade hier.

Die Wache kam nicht näher, aber nach jedem vierten Schritt blieb der Mann stehen und sah zu uns herüber.

Noch bin ich zu Hause, sagte er mit seiner gewohnten Stimme.

Zu Hause, wiederholte ich.

Und das alles erzähle er mir ohne jede Furcht, weil er es so, wie er es ursprünglich geplant habe, doch nicht tun wolle. Er möchte nicht wortlos gehen. Außer von mir verabschiede er sich von niemandem, werde in der Wohnung nichts von der Stelle bewegen, sein Testament habe er geschrieben, obwohl ja doch alles unter den Hammer kommen wird, sollen sie es haben, es sei daher eher eine Art irreales Testament, und er bitte mich, es erst nach seiner Abreise an mich zu nehmen.

Vielleicht werde er noch seine Mutter besuchen, aber auch ihr werde er nichts sagen, es wäre gut, wenn ich ihn begleiten würde, falls das keine zu große Zumutung sei, er würde dann leichter über alles schweigen können. In drei Tagen werde man ihn über alles Nähere unterrichten, und dann werde er zu nichts mehr Zeit haben.

Deshalb rede er jetzt.

Ich weiß nicht einmal, wann wir uns voneinander abwandten, wir schauten zum Mond hinauf, und ich sagte, er könne sich auf mich verlassen.

In den folgenden drei Tagen würde ich mich ganz nach ihm richten und tun, was er für richtig halte.

Das hätte ich nicht sagen sollen, es klang wie ein stiller Vorwurf.

Wir schwiegen.

Ich sagte, das Zitat sei zwar nicht genau, aber nach Tacitus glaubten die Germanen, daß schicksalentscheidende Unternehmungen am besten bei Vollmond zu unternehmen seien.

Oh, diese Barbaren, sagte er, und beide lachten wir.

Und dann machte mir eine unterbliebene Geste bewußt, warum das alles hier an der Mauer, unter dem Licht, unter den Augen der Wache und fast in ihrer Hörweite, hatte gesagt werden müssen; wir durften uns nun nicht mehr berühren.

Ich sagte, dann fahre ich jetzt lieber hinaus nach Schöneweide.

Ja, sagte er, auch er halte das für besser, er würde anrufen.

Am nächsten Tag war der Schnee verschwunden, es folgten freundliche, etwas windig-trockene Tage, die Quecksilbersäule des Thermometers sank nachts unter den Nullpunkt.

Ich saß in der Wohnung von Frau Kühnert, im ersten Stock des Hauses in der Steffelbauerstraße, ließ alle Türen offen und wälzte unmögliche Pläne im Kopf.

Am dritten Tag verbrachten wir nachts die letzten Stunden gemeinsam, wir saßen in seinem Zimmer wie in einem Wartesaal.

Wir zündeten weder Kerzen noch elektrisches Licht an, manchmal war seine Stimme aus dem einen, manchmal meine aus dem anderen Sessel zu hören.

Um halb vier Uhr morgens läutete das Telefon dreimal, vor dem vierten Läuten mußte man den Hörer abnehmen, durfte sich nicht melden, und im Sinne der Verabredung mußte die andere Seite zuerst auflegen.

Genau fünf Minuten später läutete das Telefon ein einziges Mal, und das bedeutete, alles sei in Ordnung.

Wir standen auf, zogen die Mäntel an, er schloß die Wohnung ab.

Unten am Eingang hob er mit zwei Fingern den Deckel des Mülleimers und ließ mit einer lässigen Bewegung seine Schlüssel hineinfallen.

Er spielte mit unserer gemeinsamen Angst.

In der gläsernen Halle am Bahnhof Alexanderplatz stiegen wir in die Stadtbahn nach Königswusterhausen.

Als wir Schöneweide erreichten, berührte ich ihn leicht am Ellbogen, stieg aus und schaute mich nicht um, als die Bahn an mir vorbeifuhr.

Er mußte bis Eichenwalde fahren.

Auf dem Friedhof in der Liebermannstraße erwartete man ihn, er würde über die Transitstraße E 8 am Helmstedt-Marienborner Übergang mit Papieren, die auf eine exhumierte Leiche ausgestellt waren, in einem versiegelten Sarg über die Grenze geschleust werden.

Es regnete.

Abend für Abend ging ich ins Theater, die Sohlen meiner Lackschuhe wurden vom feuchten Teppich der herabgefallenen Platanenblätter ein wenig durchnäßt.

In der verlassenen Wohnung summte der leere Kühlschrank, und als ich ihn öffnete, ging das Licht bereitwillig an, so als sei nichts geschehen.

Das Telegramm enthielt nur drei Worte, wofür in meiner Sprache ein Wort genügt, ich bin angekommen.

Am nächsten Tag fuhr ich nach Heiligendamm.

Die Aufforderung der Polizei nahm ich nicht ernst, ich blieb, bis meine Aufenthaltsgenehmigung ablief, und wartete den letzten Tag ab.

Zwei Jahre danach ließ er mich auf einer Postkarte aus dem Sommerurlaub, die mit winzigen Buchstaben vollgeschrieben war, wissen, daß er geheiratet habe, seine französischen Großeltern leider nicht mehr lebten und daß seine kleine Tochter anderthalb Monate alt sei. Auf der Karte war der Atlantische Ozean zu sehen, nichts weiter, nur die zornigen Wellen, die bis zum Horizont reichten, doch laut Aufschrift war die Aufnahme bei Arcachon gemacht.

Er schreibe seit langem keine Gedichte mehr, denke entschieden weniger nach, betreibe einen Weinhandel, ausschließlich mit Rotwein, er sei glücklich, freilich lächle er nicht mehr so viel.

Und der andere stand mit dieser Nachricht immer noch in einem fremden Haus, sah sich einmal die beschriebene, das andere Mal die Seite mit dem Bild an.

So einfach sollte es sein.

Er überlegte, so einfach also sollte es sein.

So einfach war alles, so einfach, ja.

Inhalt

Václav Havel

«Mit **Václav Havel** ehren Sie einen unbequemen Intellektuellen, der weiß, daß er stört, und nicht daran denkt, davon zu lassen. Sie ehren einen Schriftsteller, der weiß, daß die Arbeit an den Worten absolut notwendig ist — eine Arbeit, die sich keiner in diesem Jahrhundert ersparen kann, in dem jedes Wort zum Slogan werden kann, in dem der Aufschrei des Herzens so vielen Manipulationen unterworfen werden kann und in dem gute Absichten zur allerschönsten Verpakkung schlechter Taten dienten.» André Glucksmann in seiner Laudatio auf Václav Havel anläßlich der Verleihung des Friedenspreises des Deutschen Buchhandels 1989

Das Gartenfest. Die Benachrichtigung *Zwei Dramen. Essays. Antikoden*
(rororo 12736)

Die Gauneroper. Das Berghotel. Erschwerte Möglichkeit der Konzentration. Der Fehler
Theaterstücke
(rororo 12880)
«Ich frage bei jeder Gelegenheit Havels politische Bewunderer: Kennen Sie seine Stücke? Seine Stücke geben dem Politiker Havel Dimensionen, ohne die man ihn nicht verstehen kann.»
Milan Kundera

Largo Desolato *Schauspiel*
Mit einem Vorwort von Siegfried Lenz
(rororo 5666)

Vaněk-Trilogie: Audienz. Vernissage. Protest – Versuchung. Sanierung *Theaterstücke*
(rororo 12737)

3234/2

rororo Literatur

Fernverhör *Ein Gespräch*
(rororo 12859)

Am Anfang war das Wort *Texte von 1969 bis 1990*
(rororo aktuell essay 12838)

Briefe an Olga *Betrachtungen aus dem Gefängnis*
(rororo aktuell essay 12732)

Angst vor der Freiheit *Essay*
(rororo aktuell essay 13018)

Versuch, in der Wahrheit zu leben
Essay
(rororo aktuell essay 12622)

Im Rowohlt · Berlin Verlag liegen vor:

Sommermeditationen
Deutsch von Joachim Bruss
160 Seiten. Gebunden

Eda Kriseová
Václav Havel. Dichter und Präsident
Die autorisierte Biografie
Deutsch von E. Thiele, G. Heißig und M. Pasetti
288 Seiten mit Abbildungen. Gebunden.

Romane und Erzählungen

Barbara Taylor Bradford
Bewahrt den Traum *Roman*
(rororo 12794 und als gebundene Ausgabe im Wunderlich Verlag)
Eine bewegende Familiensaga: die Erfolgsautorin erzählt mit Charme und Einfühlungsvermögen vor allem die Geschichte zweier Frauen, die sich ihren Platz in einer männlichen Welt erkämpfen.
Und greifen nach den Sternen
Roman
(rororo 13064)
Wer Liebe sät *Roman*
(rororo 12865 und als gebundene Ausgabe im Wunderlich Verlag)

Barbara Chase-Riboud
Die Frau aus Virginia *Roman*
(rororo 5574)
Die mitreißende Liebesgeschichte des amerikanischen Präsidenten Thomas Jefferson und der schönen Mulattin Sally Hemings.

Marga Berck
Sommer in Lesmona
(rororo 1818)
Diese Briefe der Jahrhundertwende, geschrieben von einem jungen Mädchen aus reichem Hanseatenhaus, fügen sich zusammen zu einem meisterhaften Roman zum unerschöpflichen Thema erste Liebe.

Diane Pearson
Der Sommer der Barschinskys
Roman
(rororo 12540)
Die Erfolgsautorin von «Csárdás» hat mit diesem Roman wieder eines jener seltenen Bücher geschrieben, die eigentlich keine letzte Seite haben dürften.

rororo Unterhaltung

Dorothy Dunnett
Die Farben des Reichtums
Der Aufstieg des Hauses Niccolò. Roman
656 Seiten. Gebunden im Wunderlich Verlag und als rororo 12855
«Spionagethriller, Liebesgeschichte, spannendes Lehrbuch (wie lebten die Menschen vor 500 Jahren?) - einer der schönsten historischen Romane seit langem.» *Brigitte*
Der Frühling des Widders
Die Machtentfaltung des Hauseses Niccolò. Roman
640 Seiten. Gebunden im Wunderlich Verlag
Das Spiel der Skorpione
Niccolò und der Kampf um Zypern. Roman
784 Seiten. Gebunden im Wunderlich Verlag

Marti Leimbach
Wen die Götter lieben *Roman*
272 Seiten. Gebunden im Wunderlich Verlag und als rororo 13000
Das Buch zum Film «Entscheidung aus Liebe». Die Geschichte von Hilary und Viktor.

Neue deutsche Literatur

Georg Heinzen / Uwe Koch
Von der Nutzlosigkeit erwachsen zu werden
(rororo 12459)
«Georg Heinzen und Uwe Koch ist die bislang treffendste Darstellung der siebziger Jahre und ihrer Folgen gelungen. Wer das Buch für ein gelungenes Kabarettstückchen hält, ist dem Wortwitz, der Situationskomik, der Selbstironie, den Stilmitteln der Autoren auf den Leim gegangen.» Der Spiegel

Georg Heinzen
Ich bin ein Krokodil und du hast Angst *Roman*
(rororo 12868)
«Kino, Fernsehen, Radio, Video, Sensationspresse: in Georg Heinzens Buch hat sich die Welt in die Medien zurückgezogen, ist alles nur noch ‹fiction›, jede Aufregung nur ‹suspense›.» Helmut Schödel im Norddeutschen Rundfunk

Thommie Bayer
Das Herz ist eine miese Gegend *Roman*
(rororo 12766)
Drei verrückte Typen und eine schöne Frau rudern ums Überleben durch die Brandungswellen der sechziger, den Seegang der siebziger und die stillen Wasser der achtziger Jahre. Die Geschichte einer großen Liebe, einer großen Freundschaft, von Träumen und Verwicklungen zwischen Menschen, die Phantasten, doch zugleich auch Realisten sind.

Klaus Modick
Das Grau der Karolinen *Roman*
(rororo 12938)
Eine fast detektivische Geschichte über die geheimnisvollen Wirkungen eines Gemäldes auf seine verschiedenen Besitzer. «Klaus Modicks großer und schöner Roman ist ein Buch, das durchaus etwas zu bieten hat: eine Geschichte, die spannend ist und noch spannender wird; Poesie und sprachliche Schönheit; Einfühlsamkeit und, nicht zuletzt, eine die Zeiten übergreifende Nach-Denklichkeit.» Norddeutscher Rundfunk

rororo Literatur

3294/1

Lyrik

«Wer Lyrik schreibt, ist verrückt!»
Peter Rühmkorf

Mascha Kaléko
Das lyrische Stenogrammheft
(rororo 1784)
«Nun, da du fort bist, scheint mir alles trübe.
Hätt' ich's geahnt, ich ließe dich nicht gehn.
Was wir vermissen, scheint uns immer schön.
Woran das liegen mag –. Ist das nun Liebe?»

Mascha Kaléko
Verse für Zeitgenossen
(rororo 4659)
«Ich bin, vor jenen ‹tausend Jahren›,
Viel in der Welt herumgefahren.
Schön war die Fremde; doch Ersatz.
Mein Heimweh hieß Savignyplatz.»

Peter Rühmkorf
Haltbar bis Ende 1999 *Gedichte*
(rororo 12115)
«Ein plebejischer Poet ist er, ein handfester Spaßmacher, ein Repräsentant und Verwalter des literarischen Untergrunds, ein Dichter der Gasse und der Masse, einer, der die Lyrik auf den Markt gebracht hat. Nur: er ist zugleich ein feinsinniger Ästhet, ein raffinierter Schöngeist, ein exquisiter Ironiker.»
Marcel Reich-Ranicki

Peter Rühmkorf
Außer der Liebe nichts
Liebesgedichte
(rororo 5680)
«Dichter! schmeißt Eure Lyrik weg, der Rühmkorf kann's besser!» Jürgen Lodemann im Südwestfunk

Von Peter Rühmkorf sind außerdem lieferbar:

Der Hüter des Misthaufens
Aufgeklärte Märchen
(rororo 5841)

Die Jahre die Ihr kennt *Anfälle und Erinnerungen*
(rororo 5804)

Über das Volksvermögen
Exkurse in den literarischen Untergrund
(rororo 1180)

Strömungslehre I Poesie
(das neue buch 107)

Dreizehn deutsche Dichter
208 Seiten. Broschiert.

Einmalig wie wir alle *Gedichte*
168 Seiten. Broschiert.

Wer Lyrik schreibt, ist verrückt!
Gesammelte Gedichte
140 Seiten. Kartoniert.

Peter Rühmkorf / Michael Naura / Wolfgang Schlüter
Phönix voran! Mit Ton-Cassette
128 Seiten. Kartoniert.

rororo Literatur